Zeitschrift

für

Mathematik und Physik

herausgegeben

unter der verantwortlichen Redaction

von

Dr. O. Schlömilch, Dr. E. Kahl

und

Dr. M. Cantor.

XXXIV. Jahrgang.

Mit elf lithographirten Tafeln.

Leipzig,
Verlag von B. G. Teubner.
1889.

Inhalt.

Kinematik und Mechanik.

Mathematische Physik.

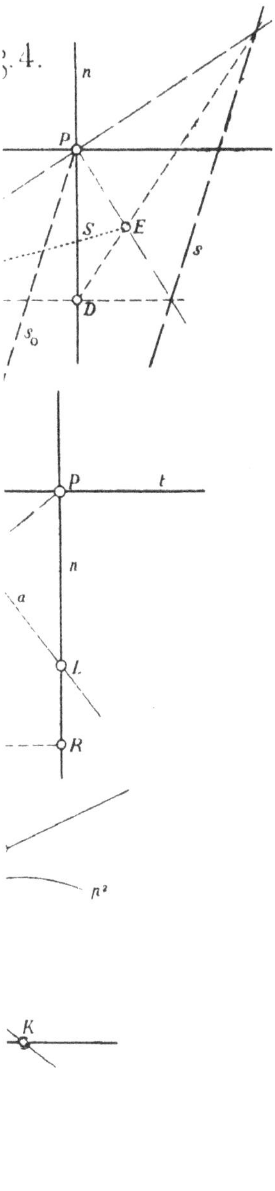

Fig. 12.

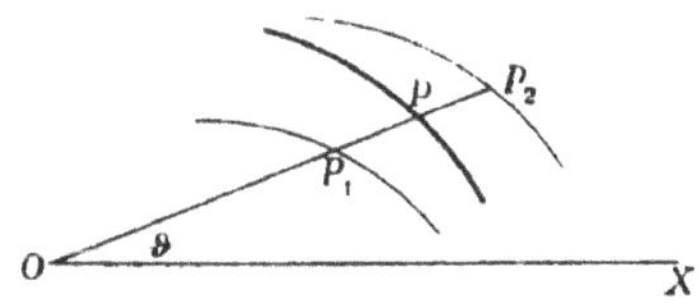

Fig. 13.

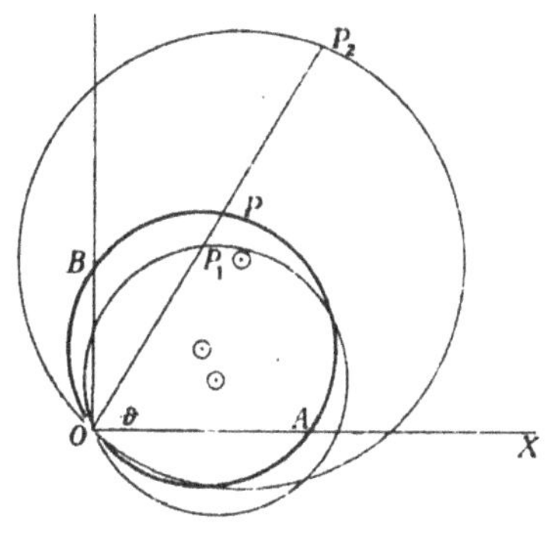

Fig. 14.

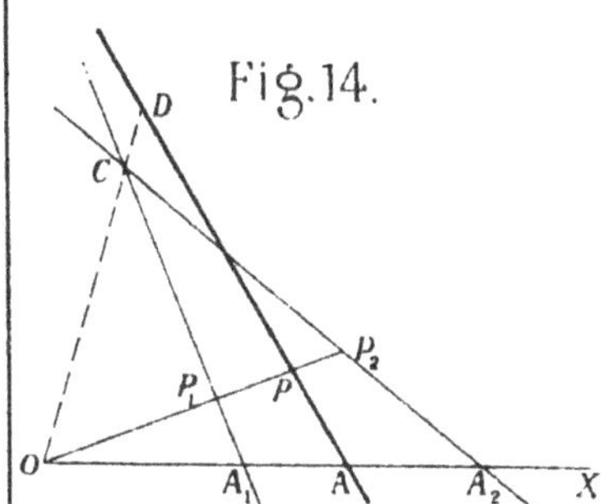

I.

Ueber die Osculationskreise bei Kegelschnitten.

Von

Dr. A. Weiler

in Zürich.

Hierzu Taf. I Fig. 1–11.

Erste Mittheilung.

Für die Osculationskreise bei Kegelschnitten sind bereits sehr viele Constructionen vorgeschlagen worden, von denen die meisten besondere Elemente als bekannt voraussetzen. Bezüglich der Literatur über diesen Gegenstand vergleiche man die gebräuchlichen Werke über darstellende Geometrie und über Kegelschnitte, z. B. diejenigen von Wiener, Mannheim, Fiedler, Steiner-Schroeter, Schellbach, Cranz.

Die synthetische Geometrie liefert direct zweierlei allgemeine Methoden für die Bestimmung des Osculationskreises eines Kegelschnittes in einem seiner Punkte, welche nachfolgend in Nr. 1 und in Nr. 2—4 behandelt werden sollen. Hierbei wird ausdrücklich hervorgehoben, dass Specialisirungen der vorgeschlagenen Constructionen im Allgemeinen absichtlich vermieden sind.

1. Die Kreise, welche den beliebigen Kegelschnitt k^2 in einem seiner Punkte P berühren, bilden ein Kegelschnittbüschel. Zwei Grundpunkte des Büschels liegen auf k^2 bei P unendlich benachbart und die zwei übrigen sind die unendlich fernen imaginären Kreispunkte J_1, J_2 der Ebene. Es schneidet k^2, als Kegelschnitt durch zwei Grundpunkte des Büschels, die Kreise in Punktepaaren, welche auf k^2 eine Involution bilden. Die diesbezüglichen Involutionssehnen gehen durch einen festen Pol N.

Das Kreisbüschel enthält zwei Linienpaare, bestehend aus der Tangente t an k^2 in P zusammen mit der unendlich fernen Geraden g_∞ der Ebene, und aus den imaginären Geraden PJ_1, PJ_2. Es ist g_∞ eine Involutionssehne, also liegt N unendlich fern. — Zwei weitere Kreise des Büschels berühren k^2 in den symmetrischen Punkten von P in Bezug auf die Axen. Letztere Punkte sind die Endpunkte eines Durchmessers und die Tangenten in ihnen sind die beiden Involutionssehnen, welche k^2 berühren. Es folgt, dass die Involutionssehnen die orthogonal-symmetrischen Linien der Tangente t in P

in Bezug auf die Axenrichtungen sind.* — Leicht übersehbare Modificationen treten ein, wenn P in einen Scheitel von k^2 fällt oder wenn k^2 eine Parabel ist.

Ist s eine Involutionssehne, so giebt es stets einen Kreis, welcher k^2 in P berührt und durch die beiden s und k^2 gemeinsamen Punkte geht. Legt man die mit s parallele Sehne s_0 durch P selbst, so geht der genannte Kreis in den Osculationskreis p^2 des Punktes P über. Der nicht in P fallende Schnittpunkt von s_0 mit k^2 sei P_0. Die Mittelsenkrechte der Strecke PP_0 schneidet die Normale n, von k^2 in P, im Krümmungscentrum K. Die in P_0 auf PP_0 errichtete Senkrechte schneidet n im Endpunkte L des in die Normale fallenden Durchmessers von p^2.

Um nun für den durch die fünf nothwendigen Elemente P mit t und n und die drei weiteren Punkte A, B, C bestimmten Kegelschnitt k^2 den Osculationskreis p^2 zu construiren, ergeben sich zwei Möglichkeiten. Entweder benutzt man einen beliebigen Kreis des Büschels, oder den in PJ_1, PJ_2 zerfallenden.

a) Es sei der Kreis k'^2 des Büschels gewählt (Fig. 1). Aus P projicire man A, B, C auf k'^2 und erhalte A', B', C'. So entstehen die aus P perspectiven Dreiecke ABC, $A'B'C'$ und es liegen die drei Schnittpunkte von AB, AC, BC bezüglich mit $A'B'$, $A'C'$, $B'C'$ auf der Perspectivaxe s, welche die Verbindungslinie (Involutionssehne) der nicht in P fallenden Schnittpunkte von k'^2 mit k^2 ist. Denn mit Bezug auf die Collineation vom Centrum P, in welcher A', B', C' den Punkten A, B, C entsprechen, ist k'^2 das Bild von k^2. — Die durch P zu s gezogene Parallele s_0 schneidet k'^2 in P'_0 und die erwähnte centrische Collineation liefert hierzu (in der Figur durch Benutzung von B', B und s) den Punkt P_0 von k^2.** Zieht man endlich zu der Verbindungslinie von P'_0 mit dem Centrum M' von k'^2 eine Parallele, so schneidet sie n in K.

Legt man hier k'^2 durch A, so fällt A' mit A zusammen und es ist s die Verbindungslinie dieses Punktes mit dem Schnitt von BC mit $B'C'$. — Für P als Scheitel von k^2 ist die Construction nicht anwendbar, es sind alsdann s und t parallel und P_0 fällt mit P zusammen.

---

* Im Zusammenhang mit dem Folgenden liesse sich diese Eigenschaft in doppelter Weise verwerthen, je nachdem nämlich die Axenrichtungen bekannt sind oder bestimmt werden sollen.

** Ein Specialfall dieser Construction ist die in Fig. 2 dargestellte Bestimmung des vierten Schnittpunktes P_0 des Osculationskreises p^2 mit dem Kegelschnitt k^2, der durch P, p^2 und die zwei weiteren Punkte A, B gegeben gedacht ist. — Ist andererseits k^2 bestimmt durch t, p^2 und zwei weitere Tangenten a, b, so liefert die reciproke der vorigen Construction die vierte gemeinsame Tangente t_0 von p^2 mit k^2 (Fig. 3). Die Axe der Collineation ist t, ihr Centrum, auf t liegend, ist mit S_0 bezeichnet. — Hier lässt sich p^2 ersetzen durch einen beliebigen Kegelschnitt, welcher k^2 und P dreipunktig berührt, u. s. f.

b) Der in PJ_1, PJ_2 zerfallende Kreis (Nullkreis) des Büschels ist für die Construction von p^2 weniger bequem. Es sind PJ_1, PJ_2 die Doppelstrahlen der Involution, welche aus den aufeinander senkrechten Strahlenpaaren durch den Punkt P besteht. Diese Strahlenpaare schneiden k^2 in einer Involution von Punkten, deren Pol S in den Schnittpunkt der Normalen n mit der Sehne AE fällt (Fig. 4); E ist als Schnittpunkt der Senkrechten PE zu PA mit k^2 zu bestimmen. Die Normale n schneide k^2 ausser in P noch in D. Hierauf liegen die Schnittpunkte von PA mit DE und von PE mit DA auf der Polaren s von S mit Bezug auf k^2. Diese Gerade s ist aufzufassen als Verbindungssehne der Schnittpunkte von PJ_1, PJ_2 mit k^2, demnach ziehe man durch P die Parallele s_0 zu s, welche k^2 zum zweiten Mal in P_0 schneidet. Dann ist der Osculationskreis durch P, t, P_0 bestimmt.*

2. Der Krümmungskreis p^2 des Kegelschnittes k^2 im Punkte P berührt k^2 in P und enthält den P unendlich benachbarten Punkt Q von k^2 (Fig. 5). Die Senkrechte, welche man in Q auf PQ errichtet, schneidet n im Endpunkte L des in n fallenden Durchmessers von p^2 und die Mittelsenkrechte von PQ schneidet n im Krümmungscentrum K. — Es haben p^2 und k^2 den unendlich kleinen Bogen PQ gemeinsam. Legt man daher in Q an k^2 die Tangente, welche t in Q^* schneidet, und fällt man aus Q^* auf PQ die Senkrechte, so schneidet sie n in einem Punkte, welcher K zur Grenzlage hat. — Aus diesen Ueberlegungen ergeben sich verschiedene Constructionen für L oder für K, welche in dieser und in den folgenden Nummern behandelt werden sollen.

Verbindet man P mit allen Punkten $A, B, C, \ldots$ von k^2 und errichtet man in $A, B, C, \ldots$ auf den Sehnen $PA, PB, PC, \ldots$ die Senkrechten $a, b, c, \ldots$, so umhüllen diese Linien eine Curve dritter Classe c^3 (mit unendlich ferner Doppel- oder Wendetangente), welche n in L berührt. Es sind nämlich $a, b, c, \ldots$ (Fig. 6) aufzufassen als Verbindungslinien entsprechender Punkte zweier projectiven Reihen, nämlich von $A, B, C, \ldots$ auf k^2 und den Richtungen $A'_\infty, B'_\infty, C'_\infty, \ldots$ der Strahlen $a, b, c, \ldots$ auf der Geraden g_∞.**

Projicirt man $A, B, C, \ldots$ aus irgend einem Punkte O von k^2 auf die Tangente t, so entsteht die mit den genannten Reihen projective Reihe A'', B'', C'', ... Das Erzeugniss der beiden projectiven geraden Reihen A', B', C', ... auf g_∞ und A'', B'', C'', ... auf t ist eine **Parabel**, welche von den Strahlen $A'A''$, $B'B''$, ... umhüllt wird. Diese Parabel und die Curve c^3 berühren die Normale n in demselben Punkte L. — Lässt man O jede

* Ueber die Construction von K mit Hilfe von S vergl. Cranz, Theorie der Krümmung von Curven und Flächen zweiter Ordnung. Stuttgart, 1886.

** Vergl. Schroeter, Ueber die Erzeugnisse krummer projectivischer Gebilde. Crelle's Journal Bd. 54.

Lage auf k^2 annehmen, so werden die so entstehenden Parabeln stets *t* ferner *n* in *L* berühren. Sie bilden somit eine specielle Schaar von Kegelschnitten.

Für irgend eine dieser Parabeln lässt sich, ohne Zuhilfenahme der Curve dritter Classe c^3, zeigen, dass sie *n* in *L* berührt. Zu diesem Zwecke ersetze man in Fig. 5 resp. 6 den Punkt *Q* durch seine Projection Q'' (aus *O* auf *t*) und zeige, dass die Senkrechte $Q''Q'_\infty$ die Normale *n* in einem Punkte schneidet, dessen Grenzlage in *L* liegt, wenn *Q* nach *P* rückt.

Es seien nun *P* mit *t* und *n* und drei weitere Punkte *A*, *B*, *O* von k^2 bekannt, man construire den Osculationskreis in *P* (Fig. 7). Zu diesem Zwecke schneide man *t* mit *OA*, *OB* in A'', B'' und fälle aus diesen Punkten bezüglich auf *PA*, *PB* die Senkrechten *a*, *b*, welche *n* in A''', B''' schneiden. Dann sind *t*, *n*, *a*, *b* vier Tangenten einer Parabel, welche *n* in *L* berührt. Deshalb werden A'', B'', *P* (auf *t*) und A''', B''', *L* (auf *n*) ähnlichen Punktreihen angehören und es wird die Strecke $A'''B'''$ durch den Punkt *L* in demselben Verhältnisse getheilt, wie die Strecke $A''B''$ durch den Punkt *P*. Die Verbindungslinie der Mitten der Strecken $A''B'''$, $B''B'''$ schneidet *n* in *K*. — Diese Construction ist unabhängig von der Art des Kegelschnittes k^2 und von der Lage von *P* auf k^2.

Für eine bestimmte Lage des Centrums *O* werden die Reihen A', B', … auf g_∞ und A'', B'', … auf *t* perspectiv (mit *L* als Centrum). Durch den Schnittpunkt *R* von *n* mit k^2 ziehe man eine Parallele zu *t*, so schneidet sie k^2 in diesem ausgezeichneten Punkte *O* (Fig. 8).

Es sei weiterhin *O* als Endpunkt des Durchmessers *PM* von k^2 gewählt (Fig. 9). Alsdann erhält man diejenige Hilfsparabel der Schaar, welche die Tangente *t*, die Normale *n* und die Parallelen *a*, *b* aus *O*, zu den Axen von k^2, zu Tangenten hat. Der Durchmesser *PM* ist die Directrix dieser Parabel. — Ist nun k^2 selbst eine Parabel, so liegen hierbei *O* und *B* unendlich fern. Die Tangenten *t*, *n*, *a* der Hilfsparabel bleiben erhalten, *a* wird zu ihrer Scheiteltangente und *PA* zu ihrer Axenrichtung.

3. Nach Nr. 2 findet man den Krümmungsmittelpunkt *K* als den Berührungspunkt der Normalen *n* mit einer weiteren Curve dritter Classe c_1^3, welche von den Mittelsenkrechten a_1, b_1, … der Sehnen *PA*, *PB*, … umhüllt wird. Die Sehnenmitten A_1, B_1, … (Fig. 6) erfüllen einen Kegelschnitt k_1^2 und es spielt die Curve c_1^3 für k_1^2 dieselbe Rolle, wie oben (Nr. 2) c^3 für k^2. Die Systeme c^3, k^2, *a*, *b*, … und c_1^3, k_1^2, a_1, b_1, … sind ähnlich und ähnlich gelegen, mit *P* als Aehnlichkeitspunkt.

Der Berührungspunkt von c_1^3 mit *n* ist der Punkt L_1 für k_1^2 und zugleich der Punkt *K* für k^2. Er lässt sich mit Hilfe von unendlich vielen Parabeln construiren. Hierbei wird auf k_1^2 ein Projectionscentrum O_1 gewählt, aus welchem die Punkte A_1, B_1, … auf die Tangente *t* projicirt werden u. s. f., vergl. Nr. 2. — Speciell kann O_1 im Mittelpunkte *M* von

k^2, welcher Punkt nothwendig auf k_1^2 liegt, gewählt werden. Man erhält neuerdings Fig. 9, worin k^2 durch k_1^2 etc. zu ersetzen ist und wo a, b die Axen von k^2 sein werden. Es folgt damit der bekannte Satz: t, n und die Axen von k^2 sind vier Tangenten einer Parabel, welche n in K berührt. — Ist k^2 eine Parabel, so wird die Hilfsparabel t und n zu Tangenten und die Axe a von k^2 zur Scheiteltangente haben.

4. Die Tangenten an k^2 in den Punkten A, B, ... mögen t bezüglich in A^*, B^*, ... schneiden (s. Fig. 10). Fällt man aus A^*, B^*, ... auf PA, PB, ... die Senkrechten a^*, b^*, ..., so umhüllen letztere eine Parabel, welche nach Nr. 2 n in K berührt.* Sie ist mit der in voriger Nummer behandelten speciellen Parabel identisch, weil sie, wie leicht nachzuweisen, t, n und die Axen von k^2 berührt. — Fig. 10 enthält die Anwendung auf die Bestimmung von K, wobei von k^2 die Punkte P, A, B mit ihren Tangenten als bekannt vorausgesetzt sind.

Diese Construction, welche auf alle Kegelschnitte in derselben Weise anwendbar ist, vereinfacht sich wesentlich, wenn P in einen Scheitel von k^2 fällt. Dann werden die Reihen A', B', ... auf g_∞ und A^*, B^*, ... auf t perspectiv, weshalb sämmtliche Strahlen a^*, b^*, ... n in K schneiden. Fig. 11 zeigt, wie man hiernach K für den Scheitel P eines Kegelschnitts findet, nämlich durch Benutzung des Punktes A mit seiner Tangente AA^*.

Die in dieser Nummer einzeln auftretende Hilfsparabel lässt sich leicht aus Fig. 9 herleiten. Werden daselbst in A, B, C, ... an k^2 die Tangenten gezogen, so liegen ihre Schnittpunkte A^*, B^*, C^*, ... mit t in den Mittelpunkten der Abschnitte PA'', PB'', ... (Steiner, Werke I, Fussnote auf S. 66.) Fällt man weiter aus A^*, B^*, ... auf PA, PB, ... die Senkrechten, so werden sie die Normale n in den Mitten A'''_1, B'''_1, ... der Strecken PA''', PB''', ... schneiden. Die Reihen A^*, B^*, ... auf t und A'''_1, B'''_1, ... auf n sind ähnlich mit P auf t und K auf n als entsprechenden Punkten.

Nachschrift. Man wird bemerken, dass in Fig. 8 der Schnittpunkt von PA mit $A''A''' = a$ den Osculationskreis p^2 beschreibt.

---

* Diese Parabel wird von den Senkrechten aus den Punkten der Tangente t, auf ihre Polaren bezüglich k^2, umhüllt. Vergl. die Eigenschaft dieser Senkrechten, welche ich in dieser Zeitschrift, Bd. 28 S. 190—192 mitgetheilt habe.

II.

Ueber die Flächen zweiten Grades, welche ein gegebene Tetraeder zum gemeinsamen Polartetraeder haben.

Von

K. MEISTER,

herausgegeben von

DR. A. RASCHE

in Essen.

(Fortsetzung von Jahrg. XXXI, S. 321.)

---

§ 1.

1. Die Forderung, ein gegebenes Tetraeder zum Polartetraeder zu hab ist für eine Fläche zweiten Grades, mag man sie als Punktgebilde oder Erzeugniss von Ebenen auffassen, mit sechs linearen Bedingungen äq valent; denn die Fläche muss je zwei Ecken des Tetraeders zu conjugir Punkten, oder je zwei Ebenen desselben zu conjugirten Ebenen hab Demnach bilden alle Flächen zweiten Grades, welche ein Tetraeder *ABC* zum gemeinsamen Polartetraeder haben, ein lineares System dritter St ein Gebüsch, welches in sich dual ist. Das System ist bestimmt du vier seiner Flächen, welche weder zu demselben Netze, noch zu demsel Gewebe gehören. (Vergl. Reye, Geometrie der Lage, II. Abth. 28. Vor Durch drei Punkte geht eine Fläche des Systems, drei Ebenen werden einer Fläche desselben berührt. Durch zwei Punkte geht ein Flächenbüsc zwei Ebenen bestimmen eine Flächenschaar. Durch einen Punkt ist Flächennetz, durch eine Ebene ein Flächengewebe festgelegt.*

Durch jede Gerade geht eine Fläche des Gebüsches; denn drei be bige auf der Geraden liegende Punkte bestimmen eine Fläche; weil di aber mehr als zwei Punkte mit der Geraden gemein hat, muss sie diese ganz enthalten; — oder drei beliebige durch die Gerade gehende Tang tialebenen bestimmen eine Fläche; weil aber durch die Gerade mehr zwei Tangentialebenen gehen, so liegt sie ganz auf der Fläche.

---

* In der vorliegenden Arbeit sind die wesentlichen Veränderungen grösseren Zusätze des Herausgebers durch ein vorgesetztes Sternchen kennt gemacht.

Ein Punkt und eine Ebene als Pol und Polarebene legen eine Fläche fest; zwei conjugirte Punkte bestimmen ein Netz und zwei conjugirte Ebenen ein Gewebe des Systems.

2. Da unser System die Eigenschaft hat, in sich dual zu sein, so kann man sich fragen, ob auch umgekehrt jedes lineare System dritter Stufe von Flächen zweiten Grades, welches in sich reciprok ist, ein gemeinsames Polartetraeder besitzt.

* Wir setzen voraus, dass die im System dritter Stufe enthaltenen Systeme niedrigerer Stufe nicht in sich dual sind. — Eine Flächenschaar des Systems hat bekanntlich ein gemeinsames Polartetraeder, das wir mit $ABCD$ bezeichnen wollen. Zwei beliebige Flächen dieser Schaar bestimmen einen Büschel, der ebenfalls zum System gehört und das Tetraeder $ABCD$ gleichfalls zum gemeinsamen Polartetraeder hat. Zwei beliebige Flächen dieses Büschels und zwei Flächen der Schaar, welche mit dem ersteren nicht zu demselben Netz oder Gewebe gehören, constituiren das System dritter Stufe, und weil sie $ABCD$ zum gemeinsamen Polartetraeder haben, so ist letzteres auch ein gemeinsames Polartetraeder für alle Flächen des Systems. „Demnach hat jedes in sich duale lineare System dritter Stufe von Flächen zweiten Grades, in welchem die Systeme niederer Stufe nicht in sich reciprok sind, ein gemeinsames Polartetraeder.“

Der Beweis des Satzes wird hinfällig, wenn unsere Voraussetzung nicht erfüllt ist.

Lineare Systeme dritter Stufe, in welchen die linearen Systeme niederer Stufe in sich dual sind, werden z. B. gebildet von allen Flächen zweiten Grades, welche durch zwei windschiefe Geraden gehen, oder welche zwei gemeinsame Pole und Polarebenen haben. Den Dualismus der im ersteren System vorhandenen Systeme niederer Stufe habe ich in meiner Dissertation (1882) nachgewiesen. Ein gemeinsames Polartetraeder ist für die Flächen dieses Systems nicht vorhanden, wie sich aus der „Geometrie der Lage“ des Herrn Reye, II. Abth. S. 81, 2. Aufl., ergiebt.

Wir betrachten kurz das zweite System, bezüglich dessen Flächen A und α, B und β je Pol und Polarebene seien. Die Gerade AB werde von den Ebenen α und β in A' bezw. in B' getroffen; dann ist A' zu A, B' zu B bezüglich aller Flächen des Gebüsches conjugirt. Durch beide Punktepaare ist die ganze Involution conjugirter Punkte auf AB festgelegt, und sie ist allen Flächen des Systems gemeinsam; mithin gehen diese sämmtlich durch die reellen oder imaginären Doppelpunkte der Involution auf AB. Weiterhin ist die Schnittlinie $(\alpha\beta)$ zu AB in Bezug auf alle Flächen des Gebüsches reciproke Polare; nennen wir die Ebenen, welche sie mit A und B verbinden, α' und β', so sind letztere zu α und β bezw. conjugirt für alle Flächen des Systems; die Involution conjugirter Ebenen um $(\alpha\beta)$ ist dann auch bestimmt, also auch die beiden Doppelebenen derselben, welche gemeinsamen Berührungsebenen für alle Flächen sind; beide Involutione sind perspectivisch, die Doppelpunkte der früheren sind die Berührung punkte der Doppelebenen bezüglich aller Flächen des Systems. (Verg Sturm, Mathem. Annalen, Bd. 19 S. 461 Nr. 25.)

Seien jetzt C und C' zwei beliebige Punkte mit der Bestimmung, da sie conjugirte seien; dadurch ist ein Netz des Gebüsches festgelegt.

Die Ebene π', welche C mit $(\alpha\beta)$ verbindet, hat ihren Pol bezüglic jeder Fläche dieses Netzes in der durch C und AB gelegten Ebene π; e sind also π' und π zwei hinsichtlich des Netzes conjugirte Ebenen un daraus folgt, dass dieses Netz zugleich eine Schaarschaar ist.

Lassen wir C' mit C zusammenfallen, so gehen alle Flächen des Netz durch denselben Punkt C; wir haben hierin einen Specialfall des betrachtete

Geben wir noch ein zweites Paar conjugirter Punkte D und D', s wird dadurch ein Büschel des Gebüsches festgelegt; wir finden genau s wie vorhin, dass derselbe auch gleichzeitig eine Schaar ist.

Die Flächen dieses zweiten speciellen Gebüsches haben kein gemei sames Polartetraeder; denn wäre ein solches vorhanden, so müssten d gemeinsamen reciproken Polaren AB und $(\alpha\beta)$ zwei von den windschiefe Kanten desselben sein. Nun giebt es aber zu keinem Punkte auf $(\alpha\beta)$ eine Punkt auf dieser Geraden, welcher zu ihm hinsichtlich aller Flächen d Gebüsches conjugirt ist; folglich giebt es auch kein gemeinsames Pola tetraeder.

§ 2.

3. In jedem Flächenbüschel unseres Systems befinden sich vier Keg zweiten Grades, welche die vier Ecken des gemeinsamen Polartetraeders z Mittelpunkten haben. (Vergl. Reye, II. Abth. S. 150.) Mithin liege die Scheitel aller Kegel des Systems in den vier Ecken de gemeinsamen Polartetraeders $ABCD$. Betrachten wir diejenige Kegel des Gebüsches, deren Mittelpunkte in der Ecke A liegen, so habe diese offenbar das Dreikant, welches von den durch A gehenden Tetraede kanten gebildet wird, zum gemeinsamen Poldreikant.

Ferner befinden sich in jeder Flächenschaar unseres Systems vier z Kegelschnitten ausgeartete Flächen, deren Ebenen die vier Ebenen des g meinsamen Polartetraeders sind. Also giebt es im System unendlic viele Kegelschnitte, und deren Ebenen sind die vier Ebene des gemeinsamen Polartetraeders $ABCD$. Die Kegelschnitte in d Ebene BCD haben offenbar das Dreieck BCD zum gemeinsamen Pola dreieck, sie liegen also perspectivisch mit dem System aller Kegel, welc die gegenüberliegende Ecke A zum gemeinsamen Scheitel haben. Letzter erhalten wir daher durch Projection des ebenen Systems. Das System d Kegelschnitte ist — planimetrisch — aber sowohl ein Netz als eine Schaa schaar. (Siehe I. Theil § 1 Nr. 1.)

Die in demselben befindlichen Geradenpaare und doppelten Geraden werden projicirt durch Ebenenpaare und Doppelebenen (die drei durch A gehenden Tetraederebenen); ferner die Punktepaare und doppelten Punkte des ebenen Systems durch Geradenpaare und doppelte Geraden (die drei durch A gehenden Tetraederkanten).

Es giebt also in unserem Gebüsch vier Systeme zweiter Stufe von Kegelschnitten, deren jedes in einer der vier Tetraederebenen sich befindet und das durch die in der betreffenden Ebene liegenden drei Tetraederkanten gebildete Dreieck zum gemeinsamen Polardreieck hat. Jedes dieser vier Systeme kann sowohl als ein Kegelschnittnetz, wie auch als eine Kegelschnittschaarschaar aufgefasst werden; es enthält einfach unendlich viele Geradenpaare und drei doppelte Geraden, einfach unendlich viele Punktepaare und drei doppelte Punkte. Ferner giebt es in dem Gebüsche vier Netze von Kegeln zweiten Grades, deren jedes aus solchen Kegeln besteht, welche eine Ecke des Polartetraeders zum gemeinsamen Scheitel und das durch die in dieser Ecke zusammenstossenden Tetraederkanten gebildete Dreikant zum gemeinsamen Polardreikant haben. Jedes dieser vier Systeme ist sowohl ein Kegelnetz als eine Kegelschaarschaar; es enthält einfach unendlich viele Ebenenpaare und drei Doppelebenen, einfach unendlich viele Geradenpaare und drei doppelte Geraden. Inwiefern ein Geradenpaar als Ausartung eines Kegels oder allgemeiner einer Fläche zweiten Grades aufzufassen ist, kann leicht angegeben werden. Die Berührungsebenen der Fläche erzeugen nämlich den doppelten Ebenenbündel um den Schnittpunkt des Geradenpaares, die Punkte der Fläche das doppelte Feld der Ebene des Paares, und der quadratische Complex der Tangenten der Fläche zerfällt in die beiden linearen Complexe der Geraden, welche die eine oder andere Gerade des Paares treffen.

Mit Berücksichtigung von Nr. 1 in § 1 des I. Theiles ergiebt sich ferner der Satz: Jede der sechs Tetraederkanten ist die gemeinsame Axe von unendlich vielen Ebenenpaaren des Gebüsches, welche eine Involution bilden, deren Doppelelemente die beiden durch die Kante gehenden Tetraederebenen sind; die vier Tetraederebenen bilden also vier Doppelebenen des Gebüsches. Ebenso: In jeder Tetraederebene ist jede Tetraederecke der gemeinschaftliche Mittelpunkt von unendlich vielen Geradenpaaren des Gebüsches, welche eine Involution bilden, deren Doppelstrahlen die in der Ecke zusammenstossenden Tetraederkanten sind. Die sechs Tetraederkanten sind also sechs doppelte Geraden des Gebüsches. Dualistisch zum ersteren Satze:

Jede der sechs Tetraederkanten ist der Träger von unendlich vielen Punktepaaren des Systems, welche eine Involution bilden, deren Doppelelemente die beiden auf der Tetraederkante liegenden Ecken sind. Letztere sind also vier Doppelpunkte des Systems.

4. In einem allgemeinen Gebüsch von Flächen zweiter Ordnung liegen die Mittelpunkte aller Kegelflächen auf einer Fläche vierter Ordnung K^4, der Kernfläche des Gebüsches. (Vergl. Reye, II. Abth. S. 237.) Diese ist in unserem Falle ausgeartet in die vier Ebenen des Polartetraeders. Denn wenn auch im Allgemeinen jeder Kegel seinen Mittelpunkt in einer der vier Tetraederecken hat, so gilt dieses doch nicht für die vier Doppelebenen, da jeder Punkt einer solchen als ihr Mittelpunkt angesehen werden kann. Dualistisch finden wir, dass die Fläche vierter Classe, welche von den Ebenen aller Kegelschnitte eines linearen Flächengewebes dritter Stufe eingehüllt wird, in unserem Falle aus den vier Tetraederecken besteht.

5. Zwei Kegel, deren Mittelpunkte in zwei verschiedenen Ecken des Polartetraeders liegen, schneiden sich in einer Raumcurve R^4 vierter Ordnung, der Grundcurve eines Flächenbüschels des Systems. Aus den beiden anderen Ecken des Tetraeders wird die Raumcurve durch zwei Kegel projicirt, welche ebenfalls dem Büschel angehören. (Vergl. Reye, II. Abth. S. 150.) Da jede Ecke des Tetraeders Mittelpunkt von doppelt unendlich vielen Kegeln des Systems ist, so giebt es vierfach unendlich viele Raumcurven R^4 und folglich ebenso viele Flächenbüschel in unserem System.

Wenn die beiden Kegel, welche einen Flächenbüschel constituiren, zwei gemeinsame Tangentialebenen haben, so zerfällt die Raumcurve des Büschels in zwei Kegelschnitte. Denn jede der beiden Tangentialebenen hat mit den beiden Kegeln einen gemeinsamen Berührungspunkt, den Schnittpunkt der beiden Berührungskanten. Legt man nun durch die beiden gemeinsamen Berührungspunkte und einen weiteren gemeinsamen Punkt beider Kegel die Ebene, so haben die beiden ausgeschnittenen Kegelschnitte diese drei Punkte gemeinsam, ausserdem aber in den beiden ersten die Tangenten, sind daher identisch. Die Raumcurve zerfällt daher in diesen und folglich noch in einen zweiten Kegelschnitt. Der Flächenbüschel enthält in diesem Falle ein Ebenenpaar, das Paar der beiden Kegelschnittebenen. Wir erhalten daher solche Raumcurven, wenn wir die Involution der Ebenenpaare, welche eine Tetraederkante zur gemeinsamen Axe haben, mit dem Kegelnetze, welches eine der beiden auf der Gegenkante liegenden Tetraederecken zum gemeinsamen Mittelpunkt hat, schneiden. Es giebt mithin solcher in Kegelschnitte zerfallender Raumcurven R^4 dreifach unendlich viele. Da jedes Ebenenpaar von den beiden durch seine Schnittlinie gehenden Tetraederebenen harmonisch getrennt wird, so gewinnen wir den Satz:

Schneiden sich zwei Kegel zweiten Grades in zwei Kegelschnitten, so sind die Ebenen der beiden Kegelschnitte harmonisch zu den Ebenen, welche ihre Schnittlinie mit den Scheiteln der beiden Kegel verbinden.

Wenn ein Ebenenpaar zu einer doppelten Ebene wird, also die beiden Ebenen mit einer Tetraederebene zusammenfallen, und wir schneiden es dann mit einem Kegel, so besteht die Schnittcurve aus einem doppelten Kegelschnitt, einem Kegelschnitt des Systems, längs dessen sich also die Flächen des betreffenden Büschels berühren.

6. Zwei Kegel mit gemeinsamem Scheitel schneiden sich in vier Kanten; sie constituiren einen Kegelbüschel. Die Grundcurve eines solchen Büschels besteht also aus vier Geraden durch eine Tetraederecke. Der Büschel entsteht durch Projection eines in der gegenüberliegenden Tetraederebene befindlichen und zum System gehörenden Kegelschnittbüschels. Daraus folgt, dass die vier Geraden der Grundcurve paarweise auf sechs Ebenen mit je einer durch den gemeinsamen Scheitel gehenden Tetraederkante liegen und dass durch jeden Strahl durch eine Tetraederecke ein solcher Büschel bestimmt ist (vergl. I. Theil, § 1 Nr. 2), sowie dass es deren doppelt unendlich viele giebt.

Wählen wir statt zweier Kegel zwei Ebenenpaare, deren Axen zwei Gegenkanten des Tetraeders sind, zu Constituenten eines Büschels, so besteht dessen Grundcurve aus den Seiten eines windschiefen Vierecks, von dem auf jeder der beiden Gegenkanten zwei Eckpunkte liegen, welche durch die ebenfalls darauf liegenden Tetraederecken harmonisch getrennt sind (sie bilden also Punktepaare des Systems).

Da jede Kante des Tetraeders die Axe von einfach unendlich vielen Ebenenpaaren des Systems ist, so giebt es solcher Raumcurven doppelt unendlich viele.

Jede Gerade, welche zwei Gegenkanten des Tetraeders trifft, bestimmt die Raumcurve; denn die Gerade lässt sich mit jeder der beiden Gegenkanten durch eine Ebene verbinden; diese beiden Ebenen aber gehören zu zwei Ebenenpaaren, die sich in einem windschiefen Viereck schneiden, dessen eine Seite die erste Gerade ist. Während also im Allgemeinen durch jede Gerade im Raume nur eine einzige Fläche des Systems hindurchgeht, sind hiervon diejenigen Geraden ausgenommen, welche zwei Gegenkanten des Tetraeders treffen, indem durch jede solche Gerade ein ganzer Flächenbüschel geht. Dasselbe gilt für Gerade, welche durch eine Tetraederecke gehen.

Wir unterlassen die Angabe der dualen Resultate, weil die Ableitung derselben aus dem Vorhergehenden nicht schwierig ist.

7. Herr Schroeter hat in seiner „Theorie der Oberflächen zweiter Ordnung" S. 699 auf die Analogie hingewiesen, die zwischen einem Flächenbüschel dieser Art und einem Büschel von einander doppelt berührenden Kegelschnitten besteht, indem beide auch als Schaaren aufgefasst werden können. Diese Analogie wird noch vollständiger durch den Umstand, dass jeder dieser Büschel nicht nur ein, sondern unendlich viele gemeinsame

Polardreiecke, beziehlich Polartetraeder hat. Für den ebenen Büschel ist dies bekannt, für den Flächenbüschel lässt es sich leicht beweisen. Seien E, F, G, H die vier Ecken des windschiefen Vierseits, durch welches die Flächen des Büschels gehen, EG und FH die Diagonalen desselben, also die Axen der beiden Ebenenpaare des Büschels; wählen wir dann auf EG und FH je ein durch E, G beziehlich F, H harmonisch getrenntes Punktepaar J, K und L, M, so sind J, K, L, M die vier Ecken eines dem Büschel angehörenden gemeinsamen Polartetraeders. Denn zunächst sind, wie leicht einzusehen ist, EG und FH reciproke Polaren bezüglich aller Flächen des Büschels. Die Polarebene des Punktes J bezüglich irgend einer Fläche geht daher durch FH, andererseits durch K, ist also die Ebene LMK. Demnach ist das Tetraeder $LMJK$ so beschaffen, dass die Ecken und Gegenebenen Pole und Polarebenen des Büschels sind, d. h., es ist ein gemeinsames Polartetraeder. Wir finden, dass der Büschel doppelt unendlich viele gemeinsame Polartetraeder hat. Unter diesen Tetraedern kommt aber das aus den vier Ecken der Grundcurve gebildete Tetraeder nicht vor.

Demnach würde die zutreffende Stelle auf S. 699 in dem Werke des Herrn Schroeter in der Fassung zu geben sein:

„Die Flächen haben doppelt unendlich viele Polartetraeder und eins von der besonderen Art, wie es S. 145 beschrieben ist."

§ 3.

8. An dieser Stelle möge eine Untersuchung Platz finden, deren Inhalt ich der Güte meines hochverehrten Lehrers, des Herrn R. Sturm, verdanke, nämlich die Untersuchung über die Charakteristiken des vorliegenden Gebüsches.

Durch die drei Fundamentalbedingungen: 1. durch einen gegebenen Punkt zu gehen, μ; 2. eine gegebene Gerade zu berühren, ν; 3. eine gegebene Ebene zu berühren, ϱ (vergl. Schubert, Kalkül der abzählenden Geometrie), scheiden wir aus dem Gebüsche 1. ein Netz, 2. ein noch genauer zu untersuchendes System zweiter Stufe, 3. eine Schaarschaar aus.

Nehmen wir je zwei von jenen drei Bedingungen, so sondern wir Systeme von einfach unendlicher Mannichfaltigkeit ab; wir haben die sechs Fälle: μ^2, ν^2, ϱ^2, $\mu\nu$, $\nu\varrho$, $\mu\varrho$. μ^2 führt zu einem Büschel, ϱ^2 zu einer Schaar. Die Charakteristiken derselben, d. h. die Zahlen der Flächen, welche jene drei Fundamentalbedingungen erfüllen, sind bekannt. Für den Büschel ist $\mu^3 = 1$, $\mu^2\nu = 2$, $\mu^2\varrho = 3$; für die Schaar ist $\mu\varrho^2 = 3$, $\nu\varrho^2 = 2$, $\varrho^3 = 1$. ν^2 führt zu einem in sich dualen System unseres Gebüsches, zu dem aller Flächen, welche zwei gegebene Gerade berühren. Untersuchen wir dessen Charakteristiken oder statt dessen die Ausartungszahlen φ, χ, ψ von Kegelschnitt, Kegel und Ebenenpunktpaar des Systems. Was die letztere Ausartung anbetrifft, so müssen wir jedes unserer Ebenenpaare aus dem Gebüsche, welches eine Tetraederkante zur Doppellinie hat, mit einem Punktepaare, das dieselbe Kante zur Axe hat, combiniren, um eine Fläche ψ zu erhalten. Wir haben demnach im Gebüsch sechs Systeme von doppelt unendlich vielen Flächen ψ.

In jedem der vier Systeme von Kegeln des Gebüsches, welche je das betreffende Dreikant zum Polardreikant haben, giebt es einen, der von den beiden gegebenen Geraden berührt wird, d. h. durch deren Spuren in der Tetraederebene geht (vergl. § 2 Nr. 1); also $\chi = 4$. (Es bedeutet nach Schubert, S. 102, χ sowohl einen Kegel des Systems, als auch die Zahl der Kegel in einem einfach unendlichen System.) Ebenso ist $\varphi = 4$; dagegen ist $\psi = 0$, da die Doppellinie keiner der Flächen ψ von einer der beiden Geraden getroffen wird. Nun bestehen (nach Schubert, S. 103) die zwei Beziehungsgleichungen:

$$\mu = \tfrac{1}{4}(3.\varphi + \chi + 2.\psi),$$
$$\varrho = \tfrac{1}{4}(\varphi + 3.\chi + 2.\psi),$$
$$\nu = \tfrac{1}{4}(2.\varphi + 2.\chi + 4.\psi);$$

also ist in unserem Falle $\mu = \varrho = \nu = 4$. Für die Flächen unseres Gebüsches ist mithin $\nu^2\mu = \nu^2\varrho = \nu^3 = 4$, d. h.:

„Je vier Flächen des Gebüsches berühren drei gegebene Gerade, oder berühren zwei gegebene Gerade und gehen durch einen gegebenen Punkt, oder berühren zwei gegebene Geraden und eine gegebene Ebene."

In sich dual ist auch das einfach unendliche System $\mu\varrho$ des Gebüsches. Da der gegebene Punkt im Allgemeinen in keiner der Tetraederebenen liegt, so ist $\varphi = 0$; und da die gegebene Ebene durch keine Tetraederecke geht, so ist $\chi = 0$. Jener bestimmt bei jeder Tetraederkante das Ebenenpaar, diese das zugehörige Punktepaar; also ist $\psi = 6$; mithin ergiebt sich nach den vorstehenden Gleichungen $\mu = 3$, $\varrho = 3$, $\nu = 6$. Für unser Gebüsch ist also $\mu^2\varrho = 3 = \mu\varrho^2$ (wie schon bekannt) und $\mu\nu\varrho = 6$, d. h.:

Es giebt im Gebüsche sechs Flächen, welche durch einen gegebenen Punkt gehen, eine gegebene Gerade und eine gegebene Ebene berühren.

Wir betrachten endlich das System $\mu\nu$ des Gebüsches. Da der gegebene Punkt in keiner der Tetraederebenen liegt, so ist $\varphi = 0$; in jedem der vier Kegelnetze giebt es zwei Kegel, welche durch den gegebenen Punkt gehen und die gegebene Gerade berühren; also $\chi = 8$. Da die gegebene Gerade keine der sechs Tetraederkanten trifft, so ist $\psi = 0$. Mithin folgt nach den obigen Gleichungen:

$$\mu = 2, \quad \varrho = 6, \quad \nu = 4.$$

Für unser Gebüsch ergiebt sich demnach:

$$\mu^2\nu = 2; \quad \mu\nu\varrho = 6, \quad \mu\nu^2 = 4.$$

Dualistisch erhalten wir:

$$\varrho^2\nu = 2, \quad \mu\nu\varrho = 6, \quad \nu^2\varrho = 4.$$

Die dreifachen Charakteristiken des vorliegenden Gebüsches sind also:

$$\mu^3 = \varrho^3 = 1, \quad \nu^3 = 4,$$
$$\mu^2\nu = \varrho^2\nu = 2;$$
$$\mu^2\varrho = \mu\varrho^2 = 3;$$
$$\mu\nu^2 = \varrho\nu^2 = 4;$$
$$\mu\nu\varrho = 6.$$

Wir haben somit die Resultate gewonnen:

„Von den Flächen unseres Systems:

1. geht eine Fläche durch drei gegebene Punkte;
2. berührt eine Fläche drei gegebene Ebenen;
3. berühren vier Flächen drei gegebene Geraden;
4. gehen zwei Flächen durch zwei gegebene Punkte und berühren eine gegebene Gerade;
5. berühren zwei Flächen zwei gegebene Ebenen und eine gegebene Gerade;
6. gehen drei Flächen durch zwei gegebene Punkte und berühren eine gegebene Ebene;
7. gehen drei Flächen durch einen gegebenen Punkt und berühren zwei gegebene Ebenen;
8. gehen vier Flächen durch einen Punkt und berühren zwei gegebene Geraden;
9. berühren vier Flächen eine gegebene Ebene und zwei gegebene Geraden;
10. gehen sechs Flächen durch einen gegebenen Punkt, berühren eine gegebene Gerade und eine gegebene Ebene."

Als die Charakteristiken des im Eingange erwähnten in sich dualen Systems der Flächen des Gebüsches, welche eine gegebene Gerade berühren, haben sich ergeben:

$$\mu^2 = \varrho^2 = 2, \quad \nu^2 = 4, \quad \mu\nu = \varrho\nu = 4, \quad \mu\varrho = 6.$$

§ 4.

9. Die durch einen beliebigen Punkt P_1 des Raumes gehenden doppelt unendlich vielen Flächen des Systems bilden ein Flächennetz, d. h. sie gehen noch durch sieben andere Punkte $P_2, P_3, P_4, \ldots, P_8$, welche mit P_1 die acht Grundpunkte des Netzes sind. Weil nun die Punkte in dreifach unendlicher Mannichfaltigkeit im Raume auftreten, so folgt, dass es dreifach unendlich viele Flächennetze in unserem Gebüsche giebt.

Durch einen Grundpunkt sind die sieben anderen vollständig bestimmt. Ueber die gegenseitige Lage der acht Grundpunkte eines Flächennetzes in unserem Gebüsche gelten folgende Sätze:

„Auf der Verbindungslinie eines Grundpunktes mit einer Tetraederecke liegt noch ein zweiter Grundpunkt."

„In der Verbindungsebene eines Grundpunktes mit einer Tetraederkante liegen noch drei andere Grundpunkte."

Verbinden wir nämlich den Grundpunkt P_1 mit der Ecke A und nennen A' den Schnittpunkt von P_1A mit der Tetraederebene BCD, so sind A und A' zwei conjugirte Punkte bezüglich aller Flächen des Systems und folglich auch des Netzes. Da nun sämmtliche Flächen des Netzes durch P_1 gehen, so gehen sie auch durch den zu P_1 bezüglich A und A' harmonischen Punkt P_2, welcher also einer der acht Grundpunkte des Netzes sein muss.

Zum Beweise des zweiten Satzes legen wir die Ebene durch P_1 und die Kante AB des Tetraeders. Ihr Schnitt mit der zu AB windschiefen Kante CD sei E. Nach dem Vorhergehenden liegt auf AP_1 noch ein Grundpunkt P_2, der von P_1 durch die Schnitte von AP_1 mit AB und BE harmonisch getrennt ist; ebenso liegt auf BP_1 noch ein Grundpunkt P_3, welcher von P_1 durch die Schnitte von BP_1 mit AB und AE harmonisch getrennt ist. Ausserdem ist aber auch der Schnittpunkt P_4 von BP_2 und AP_3 einer der acht Grundpunkte, weil er von P_2 durch die Schnitte von BP_2 mit AE und AB, von P_3 durch die Schnitte von AP_3 mit AB und BE harmonisch getrennt wird.

Also liegen vier Grundpunkte P_1, P_2, P_3, P_4 in einer Ebene durch die Kante AB, die vier übrigen P_5, P_6, P_7, P_8 liegen daher in einer zweiten Ebene durch AB, welche mit der ersteren ein zum Netz gehöriges Ebenenpaar bildet. Daraus folgt, dass jedes Netz unseres Systems sechs Ebenenpaare besitzt, deren Axen die sechs Tetraederkanten sind.

10. Betrachten wir zwei von diesen Ebenenpaaren, deren Axen sich schneiden, so constituiren diese einen Kegelbüschel, dessen Grundkanten die vier Schnittlinien der beiden Ebenenpaare sind. Durch dieselben geht auch das dritte Ebenenpaar des Büschels, dessen Axe die Doppellinien der beiden ersten schneidet. Zwei Ebenenpaare dagegen, deren Axen sich nicht schneiden, also Gegenkanten des Tetraeders sind, constituiren einen Büschel von Flächen durch ein windschiefes Vierseit.

Jedes Netz unseres Gebüsches enthält also vier Büschel von Kegeln, welche je eine Tetraederecke zum gemeinsamen Mittelpunkt haben, und drei Flächenbüschel durch windschiefe Vierseite.

Die Grundkanten eines jeden Kegelbüschels sind die Verbindungslinien des gemeinsamen Scheitels mit vier associirten Punkten (vergl. I. Theil) in der Gegenebene.

Ferner die Kegelspitzencurve C^6 sechster Ordnung eines allgemeinen Netzes (vergl. Reye, II. Abth. S. 232) degenerirt im vorliegenden Falle in die sechs Kanten des Tetraeders.

Dualistisch: Die eine beliebige Ebene berührenden Flächen des Systems bilden ein Flächengewebe (Schaarschaar), d. h. sie berühren noch sieben andere Ebenen, welche mit der ersten die acht Grundebenen des Gewebes sind. Durch eine Grundebene sind die sieben anderen bestimmt.

Durch die Schnittlinie einer Grundebene mit einer Tetraederebene geht noch eine zweite.

Durch den Schnittpunkt einer Grundebene mit einer Tetraederkante gehen noch drei andere Grundebenen.

Die vier übrigen schneiden sich in einem Punkte derselben Kante, der mit dem ersten ein Punktepaar des Gewebes bildet.

Jedes Gewebe des Systems enthält sechs Punktepaare, deren Träger die sechs Tetraederkanten sind; ferner vier Kegelschnittschaaren in den vier Tetraederebenen und drei Flächenschaaren durch windschiefe Vierseite.

Die Grundtangenten eines jeden dieser Kegelschaaren sind vier associirte Geraden des Kegelschnittnetzes in der Tetraederebene.

11. Da zwei Gegenkanten des Polartetraeders reciproke Polaren bezüglich aller Flächen des Systems sind, so ist jeder Punkt der einen Kante zu jedem Punkte der andern Kante conjugirt. Hieraus folgt:

Zieht man durch einen der acht Grundpunkte eines Netzes eine Gerade, welche zwei Gegenkanten des Tetraeders trifft, so liegt auf derselben noch ein zweiter Grundpunkt.

Denn die beiden Punkte, in welchen die Gerade die Gegenkanten trifft, sind conjugirt bezüglich aller Flächen des Systems. Alle Flächen also, welche durch den gewählten Grundpunkt gehen, d. h. alle Flächen des Netzes, enthalten auch denjenigen Punkt, der zu dem Grundpunkte harmonisch ist bezüglich der beiden conjugirten Punkte.

Dualistisch: Schneidet man eine der acht Grundebenen eines Gewebes in unserem System mit zwei Gegenkanten des Tetraeders, so geht durch die Verbindungslinie der beiden Schnittpunkte noch eine zweite Grundebene.

§ 5.

12. Die acht Grundpunkte eines Flächennetzes wollen wir associirte Punkte, die acht Grundebenen eines Gewebes associirte Ebenen nennen. (Vergl. Reye, II. Abth. S. 236.) Setzen wir das Polartetraeder als reell voraus, so geht aus den Sätzen von § 4 hervor, dass acht associirte Punkte, resp. acht associirte Ebenen entweder sämmtlich reell, oder sämmtlich imaginär sind.

Je zwei associirte Punkte liegen entweder auf einer Geraden durch eine Tetraederecke und zwar harmonisch zu dieser Ecke und dem Schnittpunkte der Geraden mit der Gegenebene, oder auf einer Geraden, welche zwei Gegenkanten des Tetraeders trifft, und zwar harmonisch zu den beiden Schnittpunkten.

Es ist nicht uninteressant, das Verhalten einer Gruppe von acht associirten Punkten noch weiter zu untersuchen.

Durch einen Punkt P_1 ist ein Netz unseres Gebüsches und dadurch die zu P_1 associirten sieben Punkte $P_2, P_3, P_4, \ldots, P_8$ festgelegt. Es fragt sich, ob man, von einem dieser sieben anderen Punkte ausgehend, zu der nämlichen Punktgruppe gelangt. Das durch P_1 bestimmte Netz enthält einen Büschel von Kegeln mit gemeinsamem Scheitel in der Tetraederecke A, auf dessen vier Grundkanten die acht Punkte $P_1, P_2, P_3, \ldots, P_8$ paarweise liegen. Dieser Büschel ist perspectiv mit einem Kegelschnittbüschel in der Tetraederebene BCD, welcher das Dreieck BCD zum gemeinsamen Polardreieck und die Spuren der Grundkanten des ersteren zu Grundpunkten hat. Von welchem der vier Grundpunkte in der Ebene BCD wir auch ausgehen, immer erhalten wir denselben Kegelschnittbüschel, wie sich aus der Construction des Punktquadrupels nach dem I. Theile ergiebt; also führt auch jeder der sieben anderen Punkte $P_2, P_3, P_4, \ldots, P_8$ zu demselben Kegelbüschel mit dem gemeinsamen Scheitel in A.

Ein Gleiches gilt für den Kegelbüschel unseres Netzes, dessen Flächen die Ecke B zur gemeinsamen Spitze haben. Beide Kegelbüschel constituiren aber unser Netz, bestimmen also auch die Grundpunkte $P_1, P_2, P_3, \ldots, P_8$ desselben. — Nähert sich ein Grundpunkt einer Tetraederecke, so thun es auch die sieben associirten, und in der Ecke selbst fallen alle acht zusammen. Das zugehörige Netz wird gebildet durch die Kegel des Gebüsches, welche ihre Spitze in jener Ecke haben.

Zwei associirte Ebenen schneiden sich entweder in einer Geraden, welche in einer Tetraederebene liegt, und sind dann harmonisch getrennt durch diese Ebene und die Verbindungsebene der Schnittlinie mit der Gegenecke, oder sie treffen sich in einer Geraden, welche mit zwei Gegenkanten je in einer Ebene liegt, und sind harmonisch zu diesen beiden Ebenen.

Wir nennen jede Verbindungsgerade von zwei associirten Punkten des Gebüsches einen Hauptstrahl desselben (Reye, II. Abth. S. 237); ebenso soll jede Schnittlinie zweier associirter Ebenen eine Hauptlinie des Systems heissen.

Jede Gerade durch eine Ecke des Tetraeders ist ein Hauptstrahl, jede Gerade in einer Tetraederebene eine Hauptlinie, und jede Gerade, welche zwei Gegenkanten des Tetraeders trifft, sowohl ein Hauptstrahl als eine Hauptlinie. Durch jeden Hauptstrahl geht ein Flächenbüschel, durch jede Hauptlinie eine Flächenschaar des Systems. (Vergl. § 2 Nr. 6.)

Wir schliessen ferner aus dem Vorhergehenden: Die Hauptstrahlen sind Träger involutorischer Punktreihen, deren Punktepaare aus je zwei associirten Punkten bestehen. Sie werden von den Flächen des Gebüsches in diesen Punktepaaren geschnitten. Die Doppelpunkte der Punktreihen liegen auf den Tetraederebenen, jeder Punkt der letzteren ist also sich selbst associirt.

Die Hauptlinien sind Träger involutorischer Ebenenbüschel, deren Ebenenpaare aus je zwei associirten Ebenen bestehen, und welche die Paare der von den Hauptlinien an die Flächen des Systems gehenden Tangentialebenen sind. Die Ebenen durch die Tetraederecken sind sich selbst associirt.

13. Acht associirte Punkte des Systems können zu je zweien durch 28 Hauptstrahlen verbunden werden. Davon gehen 16 zu je vieren durch die vier Tetraederecken, die zwölf übrigen treffen zu je vieren die drei Gegenkantenpaare des Tetraeders. Durch einen beliebigen Punkt gehen sieben Hauptstrahlen, weil der Punkt sieben associirte Punkte hat; vier derselben gehen nach den vier Tetraederecken; die drei übrigen treffen je ein Gegenkantenpaar des Tetraeders. In einer beliebigen Ebene liegen drei Hauptstrahlen, es sind nämlich die drei Geraden, welche die Schnittpunktepaare dieser Ebene mit je zwei Gegenkanten des Tetraeders enthalten.

Dualistisch: Acht associirte Ebenen schneiden sich zu zweien in 28 Hauptlinien; davon liegen 16 zu je vieren in den vier Tetraederebenen, die zwölf übrigen aber treffen zu je vieren ein Gegenkantenpaar des Tetraeders. In einer beliebigen Ebene liegen sieben Hauptlinien, nämlich die Schnittlinien der Ebene mit den Tetraederebenen und die drei Geraden, welche die Gegenkanten des Tetraeders treffen.

Die Hauptstrahlen bilden demnach eine Strahlencongruenz mit dem Bündelrang 7 und dem Feldrang 3, die Hauptlinien eine Congruenz mit dem Feldrang 7 und dem Bündelrang 3.

14. Drei Flächen unseres Systems constituiren sowohl ein Netz, als ein Gewebe (Schaarschaar) des Gebüsches, d. h. ihre acht Schnittpunkte sind acht associirte Punkte, und ihre acht gemeinsamen Tangentialebenen sind acht associirte Ebenen. Halten wir nun eine der drei Flächen fest und lassen die beiden anderen das Netz durchlaufen, so werden die acht gemeinsamen Tangentialebenen sich fortwährend ändern. Kommen die beiden Flächen der festen Fläche näher, bis sie schliesslich damit zusammenfallen, so werden die acht gemeinsamen Tangentialebenen sich immer mehr den acht Tangentialebenen der festen Fläche in den Grundpunkten des Netzes nähern und im Grenzfall in dieselben übergehen. Wir gewinnen daher den Satz:

Die Tangentialebenen einer Fläche unseres Systems in acht auf derselben liegenden associirten Punkten sind acht associirte Ebenen.

Dual:

Die Berührungspunkte von acht associirten Ebenen mit einer Fläche des durch sie bestimmten Gewebes im System sind acht associirte Punkte.

Die Tangentialebenen aller Flächen eines Netzes in einem Grundpunkte desselben bilden einen Ebenenbündel um diesen Punkt. Die associirten Ebenen bilden demnach die Ebenenbündel um die sieben anderen Grundpunkte. Daher können wir sagen: Dreht eine Ebene sich um einen Punkt, so drehen sich die sieben associirten Ebenen um die sieben associirten Punkte.

Dual:

Bewegt sich ein Punkt auf einer Ebene, so bewegen sich die sieben associirten Punkte auf den associirten Ebenen.

Weiterhin lässt sich der Satz beweisen:

Dreht eine Ebene sich um eine Gerade p, so drehen die associirten Ebenen sich um sieben andere Geraden. Denn nehmen wir auf p zwei Punkte P_1 und P_2 an, so muss, da sich die Ebene gleichzeitig um P_1 und P_2 dreht, jede associirte Ebene gleichzeitig um einen zu P_1 und einen zu P_2 associirten Punkt, d. h. um eine Gerade drehen.

Dual:

Bewegt ein Punkt sich auf einer Geraden p, so bewegen die sieben associirten Punkte sich auf sieben anderen Geraden.

Von einer Geraden p kommen wir auf beide Weisen zu denselben sieben anderen Geraden. Denn denken wir uns dieselben auf die erste Weise gebildet und legen auf die Gerade p einen Punkt, so liegt dieser auf allen Ebenen durch p, also müssen die sieben associirten Punkte auf den zu diesem Ebenenbüschel associirten Ebenen, d. h. auf einer der sieben anderen Geraden liegen.

Wir wollen solche acht Geraden, welche associirte Punkte enthalten und um welche sich associirte Ebenen drehen, associirte Geraden nennen. Zu jeder Geraden giebt es demnach sieben associirte. Letztere bilden die Raumcurve siebenter Ordnung, welche in jedem Flächengebüsch einer Geraden associirt ist. (Reye, II. Abth. S. 284.)

Acht associirte Geraden liegen stets auf einer Fläche des Systems.

Denn durch eine von den acht Geraden kann man eine und nur eine Fläche des Systems legen. Da diese nun auch die zu jedem Punkte der Geraden associirten Punkte enthalten muss, so folgt, dass auch die associirten Geraden auf ihr liegen.

Vier von diesen acht Geraden gehören zu den Erzeugenden der einen Schaar, die vier übrigen zu denen der andern Schaar.

Denn jede Gerade wird von vieren ihrer associirten Geraden getroffen und zwar dort, wo sie die vier Tetraderebenen schneidet; letztere Punkte sind nämlich sich selbst associirt (nach Nr. 12), müssen also zugleich auf der ersten und auf je einer von ihren associirten Geraden liegen. — Da die Berührungspunkte associirter Ebenen mit einer Fläche unseres Systems associirte Punkte sind, so sind auch die Punkte der Berührungscurven der aus acht associirten Punkten an die Fläche gehenden Tangentialkegel untereinander associirt; daher bilden die Ebenen der acht Berührungskegelschnitte auch eine Gruppe associirter Ebenen. Oder:

Die Polarebenen von acht associirten Punkten bezüglich einer Fläche des Systems sind acht associirte Ebenen.

Dual:

Die Pole von acht associirten Ebenen bezüglich einer Fläche des Systems sind acht associirte Punkte. Hieraus ergiebt sich auch:

Die reciproken Polaren von acht associirten Geraden bezüglich einer Fläche des Systems sind wieder acht associirte Geraden.

§ 6.

15. Pol und Polarebene bestimmen eine Fläche unseres Systems eindeutig; also wird auch jeder Punkt M des Raumes im Allgemeinen Mittelpunkt einer und nur einer Fläche sein, da er als solcher Pol der unendlich fernen Ebene ist.

Verbindet man den Mittelpunkt M einer Fläche mit der Ecke A des Polartetraeders und legt durch ihn die Parallelebene α zur Gegenebene des Tetraeders, so sind MA und α Durchmesser und conjugirte Diametralebene der Fläche. Denn die unendlich ferne Gerade von α ist conjugirt zu A, weil sie in der Gegenebene von A liegt; und conjugirt zu M, weil sie in der unendlich fernen Ebene liegt; sie hat also MA zur reciproken Polare bezüglich der Fläche. Wir können demnach leicht vier Durchmesser und ihre conjugirten Diametralebenen construiren, wodurch das ganze Bündelpolarsystem um den Mittelpunkt M, also auch die Axen und der Asymptotenkegel bestimmt sind. Wir können aber das Bündelpolarsystem auch durch drei Polardreikante desselben bestimmen (zwei derselben genügen). Denn ziehen wir durch M die Parallelen zu zwei Gegenkanten des Tetraeders, und diejenige Gerade, welche beide Gegenkanten trifft, so haben wir ein solches Poldreikant. (Schroeter, Oberflächen 2. O., S. 540.)

Jeder Punkt als Mittelpunkt bestimmt demnach eine Fläche des Systems, mit Ausnahme der Tetraederecken, welche, wie wir wissen, die Mittelpunkte von doppelt unendlich vielen Kegeln sind.

16. * Um zu untersuchen, wie die Mittelpunkte der verschiedenartigen Flächen unseres Systems im Raume vertheilt sind, haben wir besonders die Ausartungen der Flächen zu beachten; es sind dies vorzüglich die doppelt unendlich vielen Kegelschnitte in den Tetraederebenen. Da in der Tetraederebene ABC beispielsweise diese Kegelschnitte das Dreieck ABC zum gemeinsamen Polardreieck haben, so ist aus Theil I, § 2 Nr. 1 die Vertheilung der Mittelpunkte der verschiedenen Kegelschnittsarten bekannt; die Mittelpunkte der Hyperbeln liegen in den Räumen (e), die der Ellipsen in den Räumen (h), und zwar die Mittelpunkte der imaginären Ellipsen im Innern des Dreiecks ABC. (Vergl. Fig. 1 von Theil I.) Wenn eine Fläche zweiten Grades in einen Kegelschnitt degenerirt, so wird eine der drei Axen der Fläche Null; der Kegelschnitt bildet den Uebergang von solchen Flächen, wo diese Axe imaginär ist, zu solchen, wo sie reell ist, während

beiden anderen Axen im Allgemeinen endlich und in allen drei Fällen gleichartig sind.

Wir betrachten zunächst die Punkte im Innern des Tetraeders. Innerhalb des Tetraeders müssen die Mittelpunkte imaginärer Ellipsoide liegen. Denn bei jeder reellen nicht geradlinigen Fläche liegt stets eine Ecke des Polartetraeders innerhalb derselben; jede Gerade durch diese Ecke muss die Fläche also reell schneiden. Verbinden wir nun einen innerhalb des Polartetraeders gelegenen Punkt M mit der Ecke A desselben, und sei H der Schnittpunkt von MA mit der Ebene BCD, so müssen A und H conjugirt sein bezüglich der Fläche, welche M zum Mittelpunkt hat, oder die beiden Schnittpunkte der letzteren mit MA müssen harmonisch sein zu A und H und gleichweit entfernt von M, können mithin, da M zwischen A und H liegt, nicht reell sein. Was von MA gilt, gilt auch von MB, MC und MD. Da keine dieser vier Geraden die Fläche reell schneidet, so muss dieselbe imaginär sein.

Auch die Mittelpunkte der reellen geradlinigen Flächen können nicht im Innern des Tetraeders liegen, was im Folgenden bewiesen werden soll.

Bekanntlich wird eine geradlinige Fläche zweiten Grades von zwei Paar Gegenkanten eines ihrer Polartetraeder reell, von dem dritten Paar imaginär getroffen. Sei nun M der Mittelpunkt einer Fläche F_1^2 unseres Gebüsches, welche von den Gegenkanten AB und CD des Polartetraeders nicht geschnitten werde; eine durch M und AB gelegte Ebene schneidet aus der Fläche F_1^2 einen reellen Kegelschnitt C^2 aus, welcher AB und den Schnittpunkt P der Ebene mit CD zu Polare und Pol hat. Auch der Kegelschnitt C^2 wird von AB nicht getroffen; folglich muss der Pol P im Innern des Kegelschnittes liegen. Eine durch P beliebig gezogene Gerade schneidet den Kegelschnitt C^2 reell. Denken wir uns jetzt, der Punkt M liege innerhalb des Tetraeders, und suchen dann nach dem Vorhergehenden die Schnittpunkte der Geraden MP mit der Fläche, so ergeben sich zwei imaginäre Punkte (dieselben sind harmonisch zu P und dem Treffpunkte von MP mit AB); folglich kann M nicht innerhalb des Tetraeders liegen.

17. Durchschreiten wir, aus dem Innern des Tetraeders kommend, eine Tetraederebene, z. B. ABC (was innerhalb des Dreiecks ABC geschieht), so wird beim Passiren der Ebene eine Axe der Fläche Null und darauf reell. Wir gelangen von einem imaginären Ellipsoid zu einem zweimanteligen Hyperboloid. Wir finden daher:

Die Mittelpunkte der zweimanteligen Hyperboloide liegen in den vier pyramidenstumpfförmigen Räumen, welche von den Tetraederebenen gebildet werden.

Durchschreiten wir dagegen, aus dem Innern des Tetraeders kommend, eine Tetraederkante, so gehen zwei Axen der Fläche durch Null (vergl. Theil I, § 3 Nr. 3) zum Reellen über; wir gelangen in einen keilförmigen, durch die vier Tetraederebenen begrenzten Raum und zwar zu den Mittelpunkten geradliniger Flächen. Mithin ergiebt sich:

Die Mittelpunkte der einmanteligen Hyperboloide liegen in den sechs keilförmigen Räumen, welche von den vier Tetraederebenen begrenzt und deren Schneiden die sechs Tetraederkanten sind.

Durchschreiten wir drittens vom Innern des Tetraeders aus eine Ecke des Polartetraeders, so gehen alle drei Axen vom Imaginären durch Null zum Reellen über; wir kommen in einen durch drei Tetraederebenen begrenzten pyramidenförmigen Raum und zwar zu reellen Ellipsoiden.

Die Mittelpunkte der reellen Ellipsoide liegen also in den vier pyramidenförmigen, durch je drei Tetraederebenen begrenzten Räumen.

18. * Zu den letzteren Resultaten kommen wir auch durch folgende Ueberlegung. Wir hatten daran erinnert, dass in der Ebene ABC die Räume (e) die Mittelpunkte der Hyperbeln, die ausserhalb des Dreiecks ABC gelegenen Räume (h) die Mittelpunkte der Ellipsen des Kegelschnittnetzes in der Ebene ABC enthalten. Gehen wir nun aus einem pyramidenstumpfförmigen Raume durch den Flächenraum (e) in einen keilförmigen Raum, so ist die Uebergangscurve eine Hyperbel des Systems; wir gelangen also von einem zweimanteligen Hyperboloid durch eine Hyperbel zu einem einmantligen Hyperboloid, zu einer Fläche mit einer imaginären und zwei reellen Axen.

Bewegen wir uns dagegen aus einem keilförmigen Raum in einen pyramidenförmigen, so kommen wir durch einen mit (h) bezeichneten Flächenraum einer Tetraederebene und zwar von einem einmanteligen Hyperboloid durch eine reelle Ellipse zu einem reellen Ellipsoid. Wollen wir aus einem pyramidenstumpfförmigen Raum in einen pyramidenförmigen direct gelangen, so müssen wir eine Tetraederkante passiren; es gehen dann zwei Axen einer Fläche vom Imaginären durch Null zum Reellen über; auch so kommen wir also zu den reellen Ellipsoiden des Systems.

19. Was die Vertheilung der Mittelpunkte der hyperbolischen und elliptischen Paraboloide des Systems oder, was dasselbe ist, deren Berührungspunkte mit der unendlich fernen Ebene anbetrifft, so lässt sich dieselbe leicht angeben. Diejenigen Flächenräume nämlich, welche die keilförmigen Räume aus der unendlich fernen Ebene ausschneiden, enthalten die Mittelpunkte der hyperbolischen Paraboloide, dagegen diejenigen Flächenräume, welche durch die pyramidenförmigen oder, was dasselbe ist, durch die pyramidenstumpfförmigen Räume in der unendlich fernen Ebene eingeschnitten werden, die Mittelpunkte der elliptischen Paraboloide.

20. Die Mittelpunkte aller Flächen eines Netzes liegen auf einer Fläche dritter Ordnung F^3. (Vergl. Reye, II. Abth. S. 232.) Da jedes Netz unseres Gebüsches sechs Ebenenpaare enthält, welche die sechs Tetraeder-

kanten zu Axen haben, so müssen diese sechs Kanten auf der Fläche F^3 liegen, letztere hat daher die vier Ecken des Tetraeders zu Knotenpunkten. (Vergl. Sturm, Flächen dritter Ordnung, S. 380.)

Alle Mittelpunktsflächen F^3 in unserem System bilden ein Gebüsch von Flächen dritter Ordnung. Soll nämlich ein gegebener Punkt ein Knotenpunkt einer Fläche sein, so ist diese Forderung mit vier einfachen linearen Bedingungen äquivalent. (Vergl. Salmon-Fiedler, Raumgeometrie, II. Th., 2. Aufl., § 26.) Alle Flächen dritter Ordnung also, welche vier gegebene Punkte zu Knotenpunkten haben sollen, müssen 16 linearen Bedingungen genügen, und da man einer Fläche dritter Ordnung nur 19 lineare Bedingungen auferlegen kann, so bilden sie ein lineares System von dreifacher Unendlichkeit. Umgekehrt, jede Fläche dritter Ordnung, welche die vier Tetraederecken zu Knotenpunkten hat, ist die Mittelpunktsfläche eines Netzes unseres Gebüsches. Denn drei beliebige Punkte auf ihr sind die Mittelpunkte dreier Flächen unseres Systems. Letztere constituiren ein Netz des Gebüsches, dessen Mittelpunktsfläche F^3 mit der gegebenen die Knotenpunkte und ausserdem noch drei Punkte gemeinsam hat; da beide Flächen also denselben 19 linearen Bedingungen genügen, so sind sie identisch.

Die Mittelpunkte eines Flächengewebes unseres Systems liegen auf einer Ebene, nämlich auf derjenigen, welche zur unendlich fernen Ebene bezüglich des Gewebes conjugirt ist. Umgekehrt, jede Ebene im Raume ist Mittelpunktsebene eines Gewebes in unserem System, da sie als conjugirte Ebene zur unendlich fernen Ebene ein Gewebe bestimmt.

21. Die Mittelpunkte eines Flächenbüschels unseres Systems liegen auf einer Raumcurve dritter Ordnung (Reye, II. Abth., S. 157). Dieselbe geht durch die vier Tetraederecken als Mittelpunkte der vier Kegel des Büschels. Die Mittelpunktscurven aller Büschel eines Netzes befinden sich auf der Mittelpunktsfläche des Netzes, bilden also die doppelt unendlich vielen Raumcurven dritter Ordnung der einen Art, welche auf dieser Fläche liegen (Sturm, Flächen dritter Ordnung, S. 32). Umgekehrt, jede Raumcurve dritter Ordnung durch die vier Tetraederecken ist die Mittelpunktscurve eines Flächenbüschels in unserem System. Denn zwei beliebige Punkte auf ihr sind Mittelpunkte zweier Flächen des Systems. Letztere constituiren einen Büschel des Gebüsches, dessen Mittelpunktscurve mit der gegebenen sechs Punkte gemein hat, also mit derselben identisch ist (Reye, II. Abth., S. 93). Die Mittelpunktscurven dritter Ordnung bilden also ein System vierter Stufe.

Die Mittelpunkte einer Schaar des Gebüsches liegen auf einer Geraden, welche demnach ein gemeinsamer Durchmesser für alle Flächen der Schaar ist. (Vergl. Reye, II. Abth., S. 148.) Umgekehrt, jede Gerade im Raume ist gemeinsamer Durchmesser einer Schaar in unserem System, da sie als conjugirte Gerade zur unendlich fernen Ebene eine Schaar bestimmt.

§ 7.

22. Construiren wir zu einer Geraden l bezüglich aller Flächer allgemeinen Flächenbüschels zweiter Ordnung die reciproken Polar bilden dieselben einen Complex, welcher aufgefasst werden kann a Erzeugniss zweier collinearer Räume. Denn lege ich auf l zwei Pun und B und construire von A und B die Polarebenen in Bezug au Flächen des Gebüsches, so erhalte ich zwei in collinearer Beziehung st Räume, indem je zwei solche Ebenen sich entsprechen, welche Polar von A und B bezüglich derselben Fläche sind. Das Erzeugnis beiden Räume aber ist ein Complex zweiten Grades, ei genannter tetraedraler Complex. (Vergl. Reye, II. Abth., bis 138), welcher aus den reciproken Polaren von l bezüglich aller F des Gebüsches besteht. In unserem Falle, wo alle Flächen ein gemei Polartetraeder besitzen, bildet dieses das Haupttetraeder des Com Denn die reciproken Polaren von l bezüglich aller Kegel unseres Geb bilden die vier Strahlenbündel um die vier Tetraederecken, und di proken Polaren bezüglich aller Kegelschnitte des Systems die vier St felder in den Tetraederebenen. Es ist somit ersichtlich, dass sich serem Falle bei einer Veränderung der Geraden l das Haupttetraed Complexes nicht ändern wird. Zu dem Complex gehört übrigens die G selbst, da sie ihre eigene reciproke Polare bezüglich der Fläche ist, durch sie hindurchgeht.

(Schluss folgt.)

III.

Zurückführung der Gleichungen relativer Bewegung auf die canonische Form.

Von

J. Rachmaninow,

Prof a. d. Univ. Kiew.

---

1. Werden die Bedingungen eines Systems von n materiellen Punkten, welche mittels $3n$ Coordinaten (x, y, z) auf unbewegliche Coordinatenaxen bezogen, durch $(3n-k)$ Gleichungen

$$1) \qquad f_1 = 0, \quad f_2 = 0, \quad \ldots, \quad f_{3n-k} = 0$$

ausgedrückt, so kann man aus denselben die $3n$ Coordinaten (x, y, z) als Functionen von $q_1, q_2, \ldots, q_k$ bestimmen, wodurch die Gleichungen 1) identisch erfüllt würden.

Bezeichnet man durch T die lebendige Kraft des sich bewegenden Systems materieller Punkte, indem man T durch die neuen Veränderlichen $q_1, q_2, \ldots, q_k$ ausdrückt, und setzt man

$$\frac{\partial T}{\partial q'_i} = p_i,$$

wobei i alle ganzen Werthe von 1 bis k hat und $q'_i = \frac{\partial q_i}{\partial t}$, so kommt man bekanntlich, nach Hamilton, zu den canonischen Gleichungen:

$$2) \qquad \frac{\partial p_i}{\partial t} = \frac{\partial H}{\partial q_i}, \quad \frac{\partial q_i}{\partial t} = -\frac{\partial H}{\partial p_i}.$$

In diesen Gleichungen ist

$$H = V - T,$$

wobei V eine Kraftfunction bezeichnet. Die von Hamilton herrührende Ableitung der erwähnten Gleichungen wird darauf begründet, dass die lebendige Kraft als eine homogene Function zweiter Ordnung in Bezug auf $q'_1, q'_2, \ldots, q'_k$ sich ausdrücken lässt, und ist nur auf den Fall, wo die Bedingungen des Systems von der Zeit unabhängig sind, anzuwenden. Die Hamilton'sche Ableitung wird in den meisten Handbüchern der Mechanik angegeben.* Der selige Akademiker Ostrogradsky hatte aber darauf hingewiesen, dass die Bewegungsgleichungen auch in dem Falle, wo die Bedingungen des Systems sich mit der Zeit ändern, sich zur canonischen Form zurückführen lassen; nur ist dann in diesen Gleichungen

$$H = \Theta + V$$

zu setzen, wobei

$$\Theta = T - (p_1 . q'_1 + p_2 . q'_2 + \cdots + p_k . q'_k).$$

Sind die Bedingungen von der Zeit unabhängig, so erscheint T als eine homogene Function zweiter Ordnung von $q'_1, q'_2, \ldots, q'_k$:

$$p_1 . q'_1 + p_2 . q'_2 + \cdots + p_k . q'_k = 2T, \quad \Theta = -T,$$

woraus folgt, dass

$$H = V - T,$$

wie in dem von Hamilton betrachteten Falle.

Coriolis war der Erste, der die Gleichungen relativer Bewegung gab; später führte Bour die erwähnten Gleichungen zur canonischen Form für den Fall zurück, wo die Bedingungen des Systems von der Zeit nicht abhängen. Transformirt man nun die Gleichungen relativer Bewegung zur canonischen Form in einem allgemeinen Falle, wo die Bedingungen des Systems in Bezug auf bewegliche Coordinatenaxen von der Zeit abhängen, so lässt sich leicht beweisen, dass auch in diesem Falle man schliesslich zu den Formeln kommt, welche den von Ostrogradsky gegebenen vollständig entsprechen. Zum erwähnten Zwecke ist zunächst eine kurze Auseinandersetzung der bekannten Gleichungen relativer Bewegung nothwendig, um die im Weiteren vorkommenden Bezeichnungen begreiflich zu machen.

2. Es seien x_1, y_1, z_1 die Coordinaten eines materiellen Punktes in Bezug auf unbewegliche Axen und x, y, z die Coordinaten desselben Punktes nach den im Raume sich bewegenden Coordinatenaxen, in Bezug auf welche man die Bewegung des gegebenen Systems zu bestimmen hat. Es sei die Abhängigkeit der beiden Coordinatensysteme voneinander durch die Gleichungen

$$3) \quad \begin{cases} x_1 = x_0 + ax + by + cz, \\ y_1 = y_0 + a'x + b'y + c'z, \\ z_1 = z_0 + a''x + b''y + c''z \end{cases}$$

bestimmt, wobei x_0, y_0, z_0 die Coordinaten des Anfangs der beweglichen Axen in Bezug auf die unbeweglichen vorstellen, ausgedrückt als Functionen der Zeit. Da die Axen der Coordinaten x, y, z und die der x_1, y_1, z_1 rechtwinklig vorausgesetzt werden, so sind die Cosinus a, a', a'', b, b',

---

* Bertrand giebt dieselbe in seiner Ausgabe von Lagrange's Analytischer Mechanik, ohne darauf Rücksicht zu nehmen, dass sie nur den Fall betrifft, wo die Bedingungen des Systems mit der Zeit unveränderlich bleiben. Sogar im Schell'schen Werke „Theorie der Bewegung und der Kräfte“, welches so reich an bibliographischen Anzeigen ist, wird nur Hamilton's Ableitung erörtert.

b'', c, c', c'' die Winkel, welche die beweglichen Axen mit den unbeweglichen bilden, durch die sechs Gleichungen miteinander verbunden:

$$4)\quad \begin{cases} a^2 + a'^2 + a''^2 = 1, \\ b^2 + b'^2 + c''^2 = 1, \\ c^2 + c'^2 + c''^2 = 1, \\ bc + b'c' + b''c'' = 0, \\ ca + c'a' + c''a'' = 0, \\ ab + a'b' + a''b'' = 0. \end{cases}$$

Die erwähnten sechs Cosinus können folglich als abhängig von drei veränderlichen Grössen betrachtet werden, welche drei gegebene Functionen der Zeit vorstellen. Deshalb setze man

$$5)\quad \begin{cases} c.\partial b + c'.\partial b' + c''.\partial b'' = -(b.\partial c + b'.\partial c' + b''.\partial c'') = \omega_x.\partial t, \\ a.\partial c + a'.\partial c' + a''.\partial c'' = -(c.\partial a + c'.\partial a' + c''.\partial a'') = \omega_y.\partial t, \\ b.\partial a + b'.\partial a' + b''.\partial a'' = -(a.\partial b + a'.\partial b' + a''.\partial b'') = \omega_z.\partial t, \end{cases}$$

wo ω_x, ω_y, ω_z als gegebene Functionen der Zeit zu betrachten sind. Die Gleichungen 4) und 5) lassen auf diese Weise die betrachteten Cosinus als Functionen der Zeit T bestimmen.

Differenzirt man die Gleichungen 3) nach der Zeit t, so erhält man

$$\frac{\partial x_1}{\partial t} = \frac{\partial x_0}{\partial t} + x\cdot\frac{\partial a}{\partial t} + y\cdot\frac{\partial b}{\partial t} + z\cdot\frac{\partial c}{\partial t} + a\cdot\frac{\partial x}{\partial t} + b\cdot\frac{\partial y}{\partial t} + c\cdot\frac{\partial z}{\partial t},$$

$$\frac{\partial y_1}{\partial t} = \frac{\partial y_0}{\partial t} + x\cdot\frac{\partial a'}{\partial t} + y\cdot\frac{\partial b'}{\partial t} + z\cdot\frac{\partial c'}{\partial t} + a'\cdot\frac{\partial x}{\partial t} + b'\cdot\frac{\partial y}{\partial t} + c'\cdot\frac{\partial z}{\partial t},$$

$$\frac{\partial z_1}{\partial t} = \frac{\partial z_0}{\partial t} + x\cdot\frac{\partial a''}{\partial t} + y\cdot\frac{\partial b''}{\partial t} + z\cdot\frac{\partial c''}{\partial t} + a''\cdot\frac{\partial x}{\partial t} + b''\cdot\frac{\partial y}{\partial t} + c''\cdot\frac{\partial z}{\partial t}.$$

Multiplicirt man diese Gleichungen entsprechend mit a, a', a'', mit b, b', b'', mit c, c', c'', indem man dieselben jedesmal addirt, so erhält man nach den Gleichungen 4) und 5):

$$6)\quad \begin{cases} \dfrac{a.\partial x_1 + a'.\partial y_1 + a''.\partial z_1}{\partial t} = \dfrac{a.\partial x_0 + a'.\partial y_0 + a''.\partial z_0}{\partial t} - y\,\omega_z + z\,\omega_y + \dfrac{\partial x}{\partial t}, \\[2ex] \dfrac{b.\partial x_1 + b'.\partial y_1 + b''.\partial z_1}{\partial t} = \dfrac{b.\partial x_0 + b'.\partial y_0 + b''.\partial z_0}{\partial t} - z\,\omega_x + x\,\omega_z + \dfrac{\partial y}{\partial t}, \\[2ex] \dfrac{c.\partial x_1 + c'.\partial y_1 + c''.\partial z_1}{\partial t} = \dfrac{c.\partial x_0 + c'.\partial y_0 + c''.\partial z_0}{\partial t} - x\,\omega_y + y\,\omega_x + \dfrac{\partial z}{\partial t}. \end{cases}$$

Es lässt sich leicht zeigen, falls man die geometrische Bedeutung der vorher angeführten Formeln sich erklären wollte, dass ω_x, ω_y, ω_z die Winkelgeschwindigkeiten um die beweglichen Axen der Coordinaten x, y, z vorstellen bei der Drehung dieser Axen um eine momentane Axe, die durch die Gleichungen

$$\frac{x}{\omega_x} = \frac{y}{\omega_y} = \frac{z}{\omega_z}$$

bestimmt wird.

Man setze in den Gleichungen 6):

$$
7)\qquad \begin{cases} \dfrac{\partial x}{\partial t} - y\omega_z + z\omega_y = \xi, \\ \dfrac{\partial y}{\partial t} - z\omega_x + x\omega_z = \eta, \\ \dfrac{\partial z}{\partial t} - x\omega_y + y\omega_x = \zeta. \end{cases}
$$

Multiplicirt man die Gleichungen 6) relativ mit a, b, c, mit a', b', c', mit a'', b'', c'', indem man dieselben jedesmal addirt, so erhält man:

$$
\frac{\partial x_1}{\partial t} = \frac{\partial x_0}{\partial t} + a\xi + b\eta + c\zeta,
$$

$$
\frac{\partial y_1}{\partial t} = \frac{\partial y_0}{\partial t} + a'\xi + b'\eta + c'\zeta,
$$

$$
\frac{\partial z_1}{\partial t} = \frac{\partial z_0}{\partial t} + a''\xi + b''\eta + c''\zeta.
$$

Differenzirt man die Gleichungen, so findet man:

$$
\frac{\partial^2 x_1}{\partial t^2} = \frac{\partial^2 x_0}{\partial t^2} + \xi\cdot\frac{\partial a}{\partial t} + \eta\cdot\frac{\partial b}{\partial t} + \zeta\cdot\frac{\partial c}{\partial t} + a\cdot\frac{\partial \xi}{\partial t} + b\cdot\frac{\partial \eta}{\partial t} + c\cdot\frac{\partial \zeta}{\partial t},
$$

$$
\frac{\partial^2 y_1}{\partial t^2} = \frac{\partial^2 y_0}{\partial t^2} + \xi\cdot\frac{\partial a'}{\partial t} + \eta\cdot\frac{\partial b'}{\partial t} + \zeta\cdot\frac{\partial c'}{\partial t} + a'\cdot\frac{\partial \xi}{\partial t} + b'\cdot\frac{\partial \eta}{\partial t} + c'\cdot\frac{\partial \zeta}{\partial t},
$$

$$
\frac{\partial^2 z_1}{\partial t^2} = \frac{\partial^2 z_0}{\partial t^2} + \xi\cdot\frac{\partial a''}{\partial t} + \eta\cdot\frac{\partial b''}{\partial t} + \zeta\cdot\frac{\partial c''}{\partial t} + a''\cdot\frac{\partial \xi}{\partial t} + b''\cdot\frac{\partial \eta}{\partial t} + c''\cdot\frac{\partial \zeta}{\partial t}.
$$

Multiplicirt man die erhaltenen Gleichungen entsprechend mit a, a', a'', mit b, b', b'', mit c, c', c'', so findet man:

$$
8)\qquad \begin{cases} \dfrac{a.\partial^2 x_1 + a'.\partial^2 y_1 + a''.\partial^2 z_1}{\partial t^2} = \dfrac{a.\partial^2 x_0 + a'.\partial^2 y_0 + a''.\partial^2 z_0}{\partial t^2} - \eta\omega_z + \zeta\omega_y + \dfrac{\partial \xi}{\partial t}, \\ \dfrac{b.\partial^2 x_1 + b'.\partial^2 y_1 + b''.\partial^2 z_1}{\partial t^2} = \dfrac{b.\partial^2 x_0 + b'.\partial^2 y_0 + b''.\partial^2 z_0}{\partial t^2} - \zeta\omega_x + \xi\omega_z + \dfrac{\partial \eta}{\partial t}, \\ \dfrac{c.\partial^2 x_1 + c'.\partial^2 y_1 + c''.\partial^2 z_1}{\partial t^2} = \dfrac{c.\partial^2 x_0 + c'.\partial^2 y_0 + c''.\partial^2 z_0}{\partial t^2} - \xi\omega_y + \eta\omega_x + \dfrac{\partial \zeta}{\partial t}. \end{cases}
$$

Diese Gleichungen bestimmen die Projectionen der Beschleunigung des betrachteten materiellen Punktes, bei dessen Bewegung in Bezug auf die unbeweglichen Axen, auf die drei beweglichen Coordinatenaxen.

3. Mögen die Bedingungen eines Systems materieller Punkte in Bezug auf unbewegliche Coordinaten durch folgende $3n-k$ Gleichungen ausgedrückt werden:

$$
9)\qquad M_1 = 0,\quad M_2 = 0,\quad \ldots,\quad M_{3n-k} = 0,
$$

wobei M_1, M_2, ..., M_{3n-k} gegebene Functionen der Zeit und der Coordinaten x_1, y_1, z_1 materieller Punkte des Systems in Bezug auf unbewegliche Axen seien. Die Bewegungsgleichungen des Punktes (x_1, y_1, z_1) in Bezug auf die unbeweglichen Axen sind folgende:

$$10)\quad \begin{cases} m\cdot\dfrac{\partial^2 x_1}{\partial t^2} = m.X_1 + \mu_1\cdot\dfrac{\partial M_1}{\partial x_1} + \mu_2\cdot\dfrac{\partial M_2}{\partial x_1} + \cdots, \\ m\cdot\dfrac{\partial^2 y_1}{\partial t^2} = m.Y_1 + \mu_1\cdot\dfrac{\partial M_1}{\partial y_1} + \mu_2\cdot\dfrac{\partial M_2}{\partial y_1} + \cdots, \\ m\cdot\dfrac{\partial^2 z_1}{\partial t^2} = m.Z_1 + \mu_1\cdot\dfrac{\partial M_1}{\partial z_1} + \mu_2\cdot\dfrac{\partial M_2}{\partial z_1} + \cdots, \end{cases}$$

wobei X_1, Y_1, Z_1 die Projectionen auf die Coordinatenaxen der beschleunigenden, auf einen materiellen Punkt m des Systems wirkenden Kraft vorstellen; $\frac{\partial M}{\partial x_1}$, $\frac{\partial M}{\partial y_1}$, $\frac{\partial M}{\partial z_1}$ sind den Cosinus der Winkel proportional, welche die Normale zur Oberfläche

$$M = 0$$

mit den unbeweglichen Axen bilden; in M sind dabei nur die Coordinaten x_1, y_1, z_1 als veränderlich zu betrachten; μ_1, μ_2, ... sind unbestimmte Factoren und den von den Bedingungen des Systems herrührenden Widerstandskräften proportional.

Die $(3n-k)$ Gleichungen 9) und die $3n$ Gleichungen 10) bestimmen vollständig die $3n$ Coordinaten und die $(3n-k)$ Factoren.

Man transformire zuerst die Bedingungsgleichungen 9) in Bezug auf die beweglichen Coordinatenaxen mittels der Gleichungen 3), welche sich auf die Coordinaten (x, y, z) materieller Punkte nach dem unbeweglichen Axensystem beziehen; dann erhält man überhaupt ein System von Gleichungen:

$$11)\qquad L_1 = 0,\quad L_2 = 0,\quad \ldots,\quad L_{3n-k} = 0,$$

wo L_1, L_2, ..., L_{3n-k} Functionen der $3n$ Coordinaten (x, y, z) und der Zeit t sind. Multiplicirt man die Gleichungen 10) entsprechend mit a, a', a'', mit b, b', b'', mit c, c', c'', indem man dieselben jedesmal addirt, so erhält man:

$$12)\quad \begin{cases} \dfrac{a.\partial^2 x_1 + a'.\partial^2 y_1 + a''.\partial^2 z_1}{\partial t^2} \\ = a X_1 + a' Y_1 + a'' Z_1 + \mu_1\left(a\cdot\dfrac{\partial M_1}{\partial x_1} + a'\cdot\dfrac{\partial M_1}{\partial y_1} + a''\cdot\dfrac{\partial M_1}{\partial z_1}\right) + \cdots, \\ \dfrac{b.\partial^2 x_1 + b'.\partial^2 y_1 + b''.\partial^2 z_1}{\partial t^2} \\ = b X_1 + b' Y_1 + b'' Z_1 + \mu_1\left(b\cdot\dfrac{\partial M_1}{\partial x_1} + b'\cdot\dfrac{\partial M_1}{\partial y_1} + b''\cdot\dfrac{\partial M_1}{\partial z_1}\right) + \cdots, \\ \dfrac{c.\partial^2 x_1 + c'.\partial^2 y_1 + c''.\partial^2 z_1}{\partial t^2} \\ = c X_1 + c' Y_1 + c'' Z_1 + \mu_1\left(c\cdot\dfrac{\partial M_1}{\partial x_1} + c'\cdot\dfrac{\partial M_1}{\partial y_1} + c''\cdot\dfrac{\partial M_1}{\partial z_1}\right) + \cdots \end{cases}$$

Setzt man ferner

$$a X_1 + a' Y_1 + a'' Z_1 = X,\quad b X_1 + b' Y_1 + b'' Z_1 = Y,\quad c X_1 + c' Y_1 + c'' Z_1 = Z,$$

wo X, Y, Z die Projectionen der Kräfte auf die beweglichen Axen sind, und giebt man darauf acht, dass

$$\frac{a\cdot\frac{\partial M}{\partial x_1}+a'\cdot\frac{\partial M}{\partial y_1}+a''\cdot\frac{\partial M}{\partial z_1}}{\frac{\partial L}{\partial x}}=\frac{b\cdot\frac{\partial M}{\partial x_1}+b'\cdot\frac{\partial M}{\partial y_1}+b''\cdot\frac{\partial M}{\partial z_1}}{\frac{\partial L}{\partial y}}=\frac{c\cdot\frac{\partial M}{\partial x_1}+c'\cdot\frac{\partial M}{\partial y_1}+c''\cdot\frac{\partial M}{\partial z_1}}{\frac{\partial L}{\partial z}},$$

so erhält man nach den Gleichungen 12) infolge der Gleichungen 8)

$$13)\quad\begin{cases} m\cdot\frac{\partial^2\xi}{\partial t^2}=mX-m\cdot\frac{a.\partial^2x_0+a'.\partial^2y_0+a''.\partial^2z_0}{\partial t^2}+m(\eta\,\omega_z-\zeta\,\omega_y) \\ \qquad\qquad+\lambda_1\cdot\frac{\partial L_1}{\partial x}+\lambda_2\cdot\frac{\partial L_2}{\partial x}+\cdots, \\ m\cdot\frac{\partial^2\eta}{\partial t^2}=mY-m\cdot\frac{b.\partial^2x_0+b'.\partial^2y_0+b''.\partial^2z_0}{\partial t^2}+m(\zeta\,\omega_x-\xi\,\omega_z) \\ \qquad\qquad+\lambda_1\cdot\frac{\partial L_1}{\partial y}+\lambda_2\cdot\frac{\partial L_2}{\partial y}+\cdots, \\ m\cdot\frac{\partial^2\zeta}{\partial t^2}=mZ-m\cdot\frac{c.\partial^2x_0+c'.\partial^2y_0+c''.\partial^2z_0}{\partial t^2}+m(\xi\,\omega_y-\eta\,\omega_x) \\ \qquad\qquad+\lambda_1\cdot\frac{\partial L_1}{\partial z}+\lambda_2\cdot\frac{\partial L_2}{\partial z}+\cdots, \end{cases}$$

wobei λ_1, λ_2, ... unbestimmte Factoren sind.

Eliminirt man aus den Gleichungen 13) ξ, η, ζ mittels der Gleichungen 7), so erhält man die von Coriolis gegebenen Differentialgleichungen relativer Bewegung.

4. Indem wir die Grössen (x, y, z), (ξ, η, ζ) als veränderliche betrachten, nehmen wir an, dass die relative Bewegung durch die Gleichungen 13) und 7) ausgedrückt werde. Die erwähnten Gleichungen, in Verbindung mit den die Bedingungen des Systems ausdrückenden Gleichungen 11), genügen vollkommen, um die $3n$ Coordinaten (x, y, z), die $3n$ Veränderlichen (ξ, η, ζ) und $(3n-k)$ Factoren λ zu bestimmen.

Setze man nun voraus, dass im zu betrachtenden Falle relativer Bewegung eine Kraftfunction U existire, und zwar so, dass

$$X=\frac{\partial U}{\partial x},\quad Y=\frac{\partial U}{\partial y},\quad Z=\frac{\partial U}{\partial z}.$$

Setze man ferner, dass

$$T=\tfrac{1}{2}\Sigma m(\xi^2+\eta^2+\zeta^2),$$

$$P=\frac{a.\partial^2x_0+a'.\partial^2y_0+a''.\partial^2z_0}{\partial t^2}\Sigma mx+\frac{b.\partial^2x_0+b'.\partial^2y_0+b''.\partial^2z_0}{\partial t^2}\Sigma my$$
$$+\frac{c.\partial^2x_0+c'.\partial^2y_0+c''.\partial^2z_0}{\partial t^2}\Sigma mz,$$

$$S=\Sigma m\{(y\,\omega_z-z\,\omega_y).\xi+(z\,\omega_x-x\,\omega_z).\eta+(x\,\omega_y-y\,\omega_x).\zeta\}.$$

Infolge angeführter Bezeichnungen nehmen die Gleichungen 7) und 13) die folgende Form an:

$$m\frac{\partial x}{\partial t}=\frac{\partial}{\partial \xi}(T+S),\quad m\frac{\partial y}{\partial t}=\frac{\partial}{\partial \eta}(T+S),\quad m\frac{\partial z}{\partial t}=\frac{\partial}{\partial \zeta}(T+S);$$

$$m\frac{\partial \xi}{\partial t}=\frac{\partial}{\partial x}(U-P-S)+\lambda_1\frac{\partial L_1}{\partial x}+\cdots,$$

$$m\frac{\partial \eta}{\partial t}=\frac{\partial}{\partial y}(U-P-S)+\lambda_1\frac{\partial L_1}{\partial y}+\cdots,$$

$$m\frac{\partial \zeta}{\partial t}=\frac{\partial}{\partial z}(U-P-S)+\lambda_1\frac{\partial L_1}{\partial z}+\cdots$$

Setzt man nun

14) $$U-P-(T+S)=W$$

und zieht man in Betracht, dass $(U-P)$ von ξ, η, ζ und T von x, y, z unabhängig ist, so gehen die letzten Gleichungen in folgende über:

15) $$m\frac{\partial x}{\partial t}=-\frac{\partial W}{\partial \xi},\quad m\frac{\partial y}{\partial t}=-\frac{\partial W}{\partial \eta},\quad m\frac{\partial z}{\partial t}=-\frac{\partial W}{\partial \zeta};$$

16) $$\begin{cases} m\frac{\partial \xi}{\partial t}=\frac{\partial W}{\partial x}+\lambda_1\frac{\partial L_1}{\partial x}+\cdots,\\ m\frac{\partial \eta}{\partial t}=\frac{\partial W}{\partial y}+\lambda_1\frac{\partial L_1}{\partial x}+\cdots,\\ m\frac{\partial \zeta}{\partial t}=\frac{\partial W}{\partial z}+\lambda_1\frac{\partial L_1}{\partial z}+\cdots \end{cases}$$

Multiplicirt man die Gleichungen 16) relativ mit willkürlichen unendlich kleinen Verschiebungen Δx, Δy, Δz und die Gleichungen 15) mit unendlich kleinen Zunahmen $\Delta\xi$, $\Delta\eta$, $\Delta\zeta$, so erhält man, indem man nachher die Summe der letzten Gleichungen von der der ersteren abzieht und den erhaltenen Ausdruck für alle Punkte des Systems summirt:

$$\sum m\left\{\frac{\partial \xi}{\partial t}\cdot\Delta x+\frac{\partial \eta}{\partial t}\cdot\Delta y+\frac{\partial \xi}{\partial t}\cdot\Delta z\right\}-\sum m\left\{\frac{\partial x}{\partial t}\cdot\Delta\xi+\frac{\partial y}{\partial t}\cdot\Delta\eta+\frac{\partial z}{\partial t}\cdot\Delta\zeta\right\}$$
$$=\Delta W+\lambda_1\cdot\sum\left\{\frac{\partial L_1}{\partial x}\cdot\Delta x+\frac{\partial L_1}{\partial y}\cdot\Delta y+\frac{\partial L_1}{\partial z}\cdot\Delta z\right\}+\cdots$$

oder

$$\frac{\partial}{\partial t}\sum m(\xi.\Delta x+\eta.\Delta y+\zeta.\Delta z)-\Delta\sum m\left(\frac{\partial x}{\partial t}\cdot\xi+\frac{\partial y}{\partial t}\cdot\eta+\frac{\partial z}{\partial t}\cdot\zeta\right)$$
$$=\Delta W+\lambda_1\cdot\sum\left\{\frac{\partial L_1}{\partial x}\cdot\Delta x+\frac{\partial L_1}{\partial y}\cdot\Delta y+\frac{\partial L_1}{\partial z}\cdot\Delta z\right\}+\cdots,$$

weil

$$\frac{\partial}{\partial t}\Delta x=\Delta\frac{\partial x}{\partial t},\quad \frac{\partial}{\partial t}\Delta y=\Delta\frac{\partial y}{\partial t},\quad \frac{\partial}{\partial t}\Delta z=\Delta\frac{\partial z}{\partial t}.$$

Da die vorhergehende Gleichung für alle willkürlichen Zuwüchse $(\Delta x, \Delta y, \Delta z)$, $(\Delta\xi, \Delta\eta, \Delta\zeta)$ existirt, so muss die Gleichung

17) $$\frac{\partial}{\partial t}\sum m(\xi.\Delta x+\eta\ \Delta y+\zeta.\Delta z)-\Delta\sum m\left(\frac{\partial x}{\partial t}\ \xi+\frac{\partial y}{\partial t}\cdot\eta+\frac{\partial z}{\partial t}\cdot\zeta\right)=\Delta W$$

für diejenigen Verschiebungen $(\Delta x, \Delta y, \Delta z)$ des Systems gelten, welche den Gleichungen

$$18)\quad \begin{cases} \Delta L_1 = \sum \left(\frac{\partial L_1}{\partial x} \cdot \Delta x + \frac{\partial L_1}{\partial y} \cdot \Delta y + \frac{\partial}{\partial} \right. \\ \Delta L_2 = \sum \left(\frac{\partial L_2}{\partial x} \cdot \Delta x + \frac{\partial L_2}{\partial y} \cdot \Delta y + \frac{\partial}{\partial} \right. \\ \dots\dots\dots\dots \end{cases}$$

genügen.

Die ersten Theile der Gleichungen 18) stellen abhängigen Veränderungen der Functionen L_1, L_2, stellen auch Δx, Δy, Δz die von der Zeit unabh der Coordinaten materieller Punkte des Systems v. Δy, Δz) diejenige Verschiebung des Systems,* wel der wirklichen Verschiebung ∂x, ∂y, ∂z desselben schiebung (δx, δy, δz) zur Folge hätte, wofür die Gleic

$$\sum \left(\frac{\partial L_1}{\partial x} \cdot \delta x + \frac{\partial L_1}{\partial y} \cdot \delta y + \frac{\partial L_1}{\partial z} \cdot \delta z \right) + \frac{\partial L_1}{\partial t}$$
$$\sum \left(\frac{\partial L_2}{\partial x} \cdot \delta x + \frac{\partial L_2}{\partial y} \cdot \delta y + \frac{\partial L_2}{\partial z} \cdot \delta z \right) + \frac{\partial L_2}{\partial t} \cdot$$
$$\dots\dots\dots\dots$$

5. Man setze voraus, dass aus den Bedingungs Systems, deren Zahl, wie angenommen, $(3n-k)$ ist, (x, y, z) als Functionen der k neuen Veränderlichen q_1, worden seien, womit die Gleichungen 11) identisch erfü

19) $x = f(t, q_1, q_2, \dots, q_k)$, $y = \varphi(t, q_1, q_2, \dots, q_k)$, $z =$

Man erhält aus diesen Gleichungen, indem man t als trachtet:

$$\Delta x = \frac{\partial x}{\partial q_1} \cdot \Delta q_1 + \frac{\partial x}{\partial q_2} \cdot \Delta q_2 + \dots + \frac{\partial x}{\partial q_k} \cdot \Delta q$$
$$\Delta y = \frac{\partial y}{\partial q_1} \cdot \Delta q_1 + \frac{\partial y}{\partial q_2} \cdot \Delta q_2 + \dots + \frac{\partial y}{\partial q_k} \cdot \Delta q$$
$$\Delta y = \frac{\partial z}{\partial q_1} \cdot \Delta q_1 + \frac{\partial z}{\partial q_2} \cdot \Delta q_2 + \dots + \frac{\partial z}{\partial q_k} \cdot \Delta q$$

Diese Werthe von (Δx, Δy, Δz) genügen den Gleichun ständig willkürlichen Δq_1, Δq_2, ..., Δq_k. Multiplicirt Ausdrücke bez mit ξ, η, ζ, addirt man dieselben und Punkte des Systems, so erhält man

$$\sum m(\xi . \Delta x + \eta . \Delta y + \zeta . \Delta z)$$
$$= \Delta q_1 \cdot \sum m \left(\xi \cdot \frac{\partial x}{\partial q_1} + \eta \cdot \frac{\partial y}{\partial q_1} + \zeta \cdot \frac{\partial z}{\partial q_1} \right)$$
$$+ \Delta q_2 \cdot \sum m \left(\xi \cdot \frac{\partial x}{} \right.$$

---

* Zeitschrift f. Math.
Arbeit der verlorenen

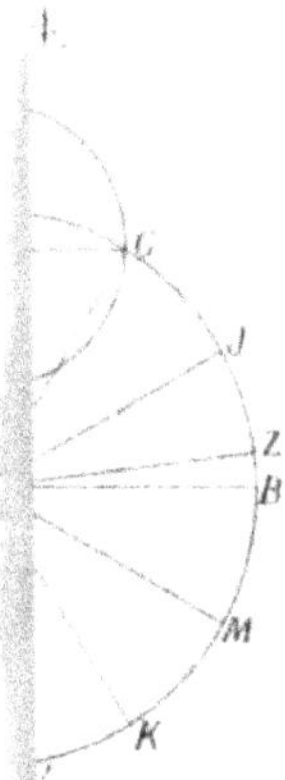

Fig. 5.

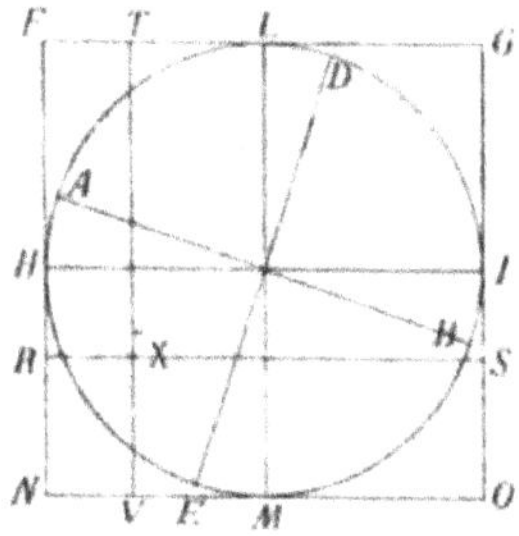

Fig. 10.

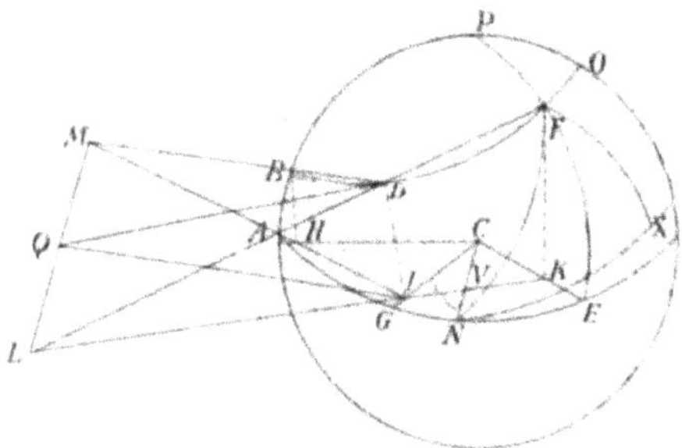

Fig. 14.

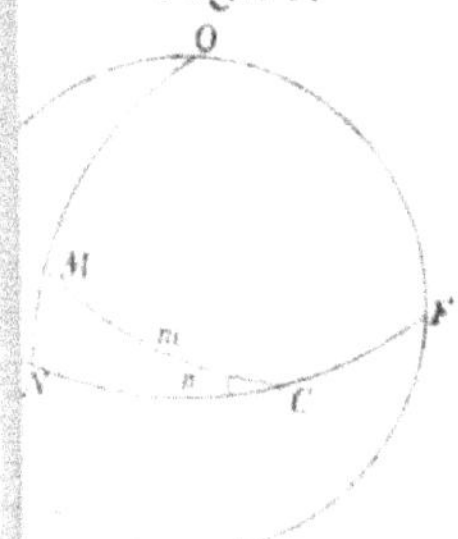

Fig. 15.

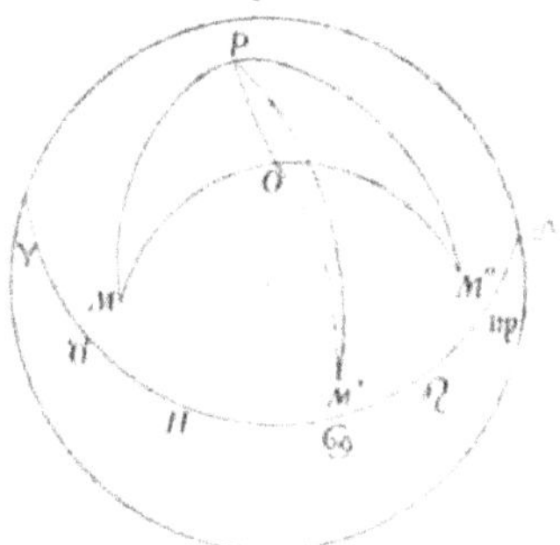

Man setze nun

$$20)\quad \begin{cases} \sum m\left(\xi\cdot\frac{\partial x}{\partial q_1}+\eta\cdot\frac{\partial y}{\partial q_1}+\zeta\cdot\frac{\partial z}{\partial q_1}\right)=p_1, \\ \sum m\left(\xi\cdot\frac{\partial x}{\partial q_2}+\eta\cdot\frac{\partial y}{\partial q_2}+\zeta\cdot\frac{\partial z}{\partial q_2}\right)=p_2, \\ \cdots\cdots\cdots\cdots, \end{cases}$$

so erhält man

$$21)\quad \sum m(\xi.\Delta x+\eta.\Delta y+\zeta.\Delta z)=p_1.\Delta q_1+p_2.\Delta q_2+\cdots+p_k.\Delta q_k.$$

Aus den Gleichungen 19) hat man

$$22)\quad \begin{aligned} x'&=\frac{\partial x}{\partial t}=\left(\frac{\partial x}{\partial t}\right)+\frac{\partial x}{\partial q_1}\cdot q'_1+\frac{\partial x}{\partial q_2}\cdot q'_2+\cdots+\frac{\partial x}{\partial q_k}\cdot q'_k,\\ y'&=\frac{\partial y}{\partial t}=\left(\frac{\partial y}{\partial t}\right)+\frac{\partial y}{\partial q_1}\cdot q'_1+\frac{\partial y}{\partial q_2}\cdot q'_2+\cdots+\frac{\partial y}{\partial q_k}\cdot q'_k,\\ z'&=\frac{\partial z}{\partial t}=\left(\frac{\partial z}{\partial t}\right)+\frac{\partial z}{\partial q_1}\cdot q'_1+\frac{\partial z}{\partial q_2}\cdot q'_2+\cdots+\frac{\partial z}{\partial q_k}\cdot q'_k, \end{aligned}$$

wobei $\left(\frac{\partial x}{\partial t}\right)$, $\left(\frac{\partial y}{\partial t}\right)$, $\left(\frac{\partial z}{\partial t}\right)$ erste Differentialquotienten von x, y, z nach der explicite in den Ausdrücken 19) vorkommenden Zeit t sind, und

$$q'_1=\frac{\partial q_1}{\partial t},\quad q'_2=\frac{\partial q_2}{\partial t},\quad \ldots,\quad q'_k=\frac{\partial q_k}{\partial t}.$$

Multiplicirt man die Gleichungen 19) relativ mit ξ, η, ζ, addirt man dieselben und summirt für alle Punkte des Systems, so erhält man:

$$23)\quad \sum m\left(\xi\cdot\frac{\partial x}{\partial t}+\eta\cdot\frac{\partial y}{\partial t}+\zeta\cdot\frac{\partial z}{\partial t}\right)$$
$$=\sum m\left\{\xi\cdot\left(\frac{\partial x}{\partial t}\right)+\eta\cdot\left(\frac{\partial y}{\partial t}\right)+\zeta\cdot\left(\frac{\partial z}{\partial t}\right)\right\}+p_1q'_1+p_2q'_2+\cdots+p_kq'_k$$

mit den Gleichungen 20) übereinstimmend.

Bevor wir weiter fortschreiten, wollen wir die Bedeutung der veränderlichen Grössen $p_1, p_2, \ldots, p_k$ bestimmen, durch welche die Veränderlichen ξ, η, ζ ersetzt werden. Aus den Gleichungen 22) ersieht man, dass

$$\frac{\partial x}{\partial q_i}=\frac{\partial x'}{\partial q'_i},\quad \frac{\partial y}{\partial q_i}=\frac{\partial y'}{\partial q'_i},\quad \frac{\partial z}{\partial q_i}=\frac{\partial z'}{\partial q'_i},$$

wobei i alle ganzen Werthe inclusive von 1 bis k hat. Dagegen erhält man aus den Gleichungen 7):

$$\frac{\partial x'}{\partial q'_i}=\frac{\partial \xi}{\partial q'_i},\quad \frac{\partial y'}{\partial q'_i}=\frac{\partial \eta}{\partial q'_i},\quad \frac{\partial z'}{\partial q'_i}=\frac{\partial \zeta}{\partial q'_i},$$

folglich ist

$$\frac{\partial x}{\partial q_i}=\frac{\partial \xi}{\partial q'_i},\quad \frac{\partial y}{\partial q_i}=\frac{\partial \eta}{\partial q'_i},\quad \frac{\partial z}{\partial q_i}=\frac{\partial \zeta}{\partial q'_i}.$$

Führt man diese Grössen in die Gleichungen 20) ein, so erhält man

$$p_i=\sum m\left(\xi\cdot\frac{\partial \xi}{\partial q'_i}+\eta\cdot\frac{\partial \eta}{\partial q'_i}+\zeta\cdot\frac{\partial \zeta}{\partial q'_i}\right)=\frac{\partial T}{\partial q'_i},$$

ebenso wie in den Gleichungen von Hamilton und Ostrogradsky.

setze nun

$$\left\{\begin{array}{l}\sum m\left(\xi\cdot\frac{\partial x}{\partial q_1}+\eta\cdot\frac{\partial y}{\partial q_1}+\zeta\cdot\frac{\partial z}{\partial q_1}\right)=p_1,\\ \sum m\left(\xi\cdot\frac{\partial x}{\partial q_2}+\eta\cdot\frac{\partial y}{\partial q_2}+\zeta\cdot\frac{\partial z}{\partial q_2}\right)=p_2,\\ \dots\dots\dots\dots\dots,\end{array}\right.$$

man

$$m(\xi.\varDelta x+\eta.\varDelta y+\zeta.\varDelta z)=p_1.\varDelta q_1+p_2.\varDelta q_2+\dots+p_k.\varDelta q_k.$$

Gleichungen 19) hat man

$$x'=\frac{\partial x}{\partial t}=\left(\frac{\partial x}{\partial t}\right)+\frac{\partial x}{\partial q_1}\cdot q'_1+\frac{\partial x}{\partial q_2}\cdot q'_2+\dots+\frac{\partial x}{\partial q_k}\cdot q'_k,$$

$$y'=\frac{\partial y}{\partial t}=\left(\frac{\partial y}{\partial t}\right)+\frac{\partial y}{\partial q_1}\cdot q'_1+\frac{\partial y}{\partial q_2}\cdot q'_2+\dots+\frac{\partial y}{\partial q_k}\cdot q'_k,$$

$$z'=\frac{\partial z}{\partial t}=\left(\frac{\partial z}{\partial t}\right)+\frac{\partial z}{\partial q_1}\cdot q'_1+\frac{\partial z}{\partial q_2}\cdot q'_2+\dots+\frac{\partial z}{\partial q_k}\cdot q'_k,$$

$\left(\frac{\partial x}{\partial t}\right)$, $\left(\frac{\partial y}{\partial t}\right)$, $\left(\frac{\partial z}{\partial t}\right)$ erste Differentialquotienten von x, y, z nach der in den Ausdrücken 19) vorkommenden Zeit t sind, und

$$q'_1=\frac{\partial q_1}{\partial t},\quad q'_2=\frac{\partial q_2}{\partial t},\quad \dots,\quad q'_k=\frac{\partial q_k}{\partial t}.$$

rt man die Gleichungen 19) relativ mit ξ, η, ζ, addirt man die-d summirt für alle Punkte des Systems, so erhält man:

$$\sum m\left(\xi\cdot\frac{\partial x}{\partial t}+\eta\cdot\frac{\partial y}{\partial t}+\zeta\cdot\frac{\partial z}{\partial t}\right)$$

$$m\left\{\xi\cdot\left(\frac{\partial x}{\partial t}\right)+\eta\cdot\left(\frac{\partial y}{\partial t}\right)+\zeta\cdot\left(\frac{\partial z}{\partial t}\right)\right\}+p_1q'_1+p_2q'_2+\dots+p_kq'_k$$

Gleichungen 20) übereinstimmend.

r wir weiter fortschreiten, wollen wir die Bedeutung der veränder-össen p_1, p_2, ..., p_k bestimmen, durch welche die Veränderlichen rsetzt werden. Aus den Gleichungen 22) ersieht man, dass

$$\frac{\partial x}{\partial q_i}=\frac{\partial x'}{\partial q'_i},\quad \frac{\partial y}{\partial q_i}=\frac{\partial y'}{\partial q'_i},\quad \frac{\partial z}{\partial q_i}=\frac{\partial z'}{\partial q'_i},$$

alle ganzen Werthe inclusive von 1 bis k hat. Dagegen erhält den Gleichungen 7):

$$\frac{\partial x'}{\partial q'_i}=\frac{\partial \xi}{\partial q'_i},\quad \frac{\partial y'}{\partial q'_i}=\frac{\partial \eta}{\partial q'_i},\quad \frac{\partial z'}{\partial q'_i}=\frac{\partial \zeta}{\partial q'_i},$$

st

$$\frac{\partial x}{\partial q_i}=\frac{\partial \xi}{\partial q'_i},\quad \frac{\partial y}{\partial q_i}=\frac{\partial \eta}{\partial q'_i},\quad \frac{\partial z}{\partial q_i}=\frac{\partial \zeta}{\partial q'_i}.$$

n diese Grössen in die Gleichungen 20) ein, so erhält man

$$p_i=\sum m\left(\xi\cdot\frac{\partial \xi}{\partial q'_i}+\eta\cdot\frac{\partial \eta}{\partial q'_i}+\zeta\cdot\frac{\partial \zeta}{\partial q'_i}\right)=\frac{\partial T}{\partial q'_i},$$

ie in den Gleichungen von **Hamilton** und **Ostrogradsky**.

Setzt man nachher in ...

$\frac{\partial x}{\partial t}, \frac{\partial y}{\partial t}, \frac{\partial z}{\partial t}$ ihre Werthe nach ...

$$25)\qquad 2T + S = \sum m \Big[\ldots$$
$$+ p_1 \cdot q'_1 \ldots$$

Ersetzt man in der Gleichung ... durch die neuen $q_1, q_2, \ldots, q_k$, ... gemäss, so erhält man

$$\frac{\partial}{\partial t}\{p_1 . \Delta q_1 + p_2 . \Delta q_2 + \cdots + \ldots$$
$$= \Delta \Big\{ W - \sum m \Big[\ldots$$

oder

$$\left(\frac{\partial p_1}{\partial t} \cdot \Delta q_1 + \ldots\right.$$
$$- (q'_1 . \Delta p_1 + \ldots$$
$$= \Delta \Big\{ W - \sum m \Big[\ldots$$

Führt man statt W seinen Ausdruck ...

$$\sum m \Big[\xi \cdot \left(\frac{\partial x}{\partial t}\right) \ldots$$

den Ausdruck nach der Gleichung ...

$$W + \sum m \Big[\xi \cdot \left(\frac{\partial x}{\partial t}\right. \ldots$$
$$= U - P + \{T - (p_1 q' \ldots$$

Sezt man auf ähnliche Weise wie ...

$$T - (p_1 . q'_1 + p_2 . \ldots$$

und

$$U - P \ldots$$

so kommt man von der Gleichung ...

$$\left(\frac{\partial p_1}{\partial t} \cdot \Delta q_1 + \frac{\partial p_2}{\partial t} \cdot \Delta q_2 \ldots\right.$$
$$-\left(\frac{\partial q_1}{\partial t} \cdot \Delta p_1 + \frac{\partial q_2}{\partial t} \cdot \Delta p_2 \ldots\right.$$

wobei H vorläufig mittels der Veränder... ausgedrückt werden muss.

Die Kraftfunction U und die Gr... nen von $q_1, q_2, \ldots, q_k$ ausdrücken. ...

$$T = \tfrac{1}{2} \sum m (\ldots$$

wird, nachdem man in denselben statt ... a 7) einführt:

...chen Integrale einer ... Differentialgleichung.

... die Form der logarithmischen ... gleichungen mit algebraischen ... für das Integral einer solchen ... dieselbe — als ganze rationale ... aufgefasst — von der höchst... eine Form angegeben, auf ... und schliesslich gezeigt, dass ... algebraischen linearen nicht ... auch wirklich genügt.

... Differentialgleichung eine ... ithmen ist, ist von Herrn ... eingehend untersucht ... im Eingang der oben... welche das Integral einer ... Ordnung immer besitzen ... Grades der darin auf... werden, dass eine ... Differentialgleichung ... untersucht, in wel... gleichung von ... ithmen ist.

$$T = \tfrac{1}{2}\sum m(x'^2 + y'^2 + z'^2)$$
$$+\sum m\{(z\,\omega_y - y\,\omega_z)x' + (x\,\omega_z - z\,\omega_x)y' + (y\,\omega_x - x\,\omega_y)z'\}$$
$$+\tfrac{1}{2}\sum m\{(z\,\omega_y - y\,\omega_z)^2 + (x\,\omega_z - z\,\omega_x)^2 + (y\,\omega_x - x\,\omega_y)^2\}$$

und lässt sich nachher in eine Function von $q_1, q_2, \ldots, q_k, p_1, p_2, \ldots, p_k$ mittels der Gleichungen 19) und 20) transformiren. Die Gleichungen 24):

$$\frac{\partial T}{\partial q'_1} = p_1, \quad \frac{\partial T}{\partial q'_2} = p_2, \quad \ldots, \quad \frac{\partial T}{\partial q'_k} = p_k$$

machen es möglich, die Grösse $q'_1, q'_2, \ldots, q'_k$ als Functionen von $q_1, q_2, \ldots, q_k, p_1, p_2, \ldots, p_k$ und folglich auch Θ und H als Functionen von denselben Veränderlichen auszudrücken.

Die Gleichung 27) zerfällt in $2k$ canonische Gleichungen:

$$\frac{\partial p_i}{\partial t} = \frac{\partial H}{\partial q_i}, \quad \frac{\partial q_i}{\partial t} = -\frac{\partial H}{\partial p_i},$$

wobei H dieselbe Form hat, welche von Ostrogradsky für absolute Bewegung gegeben; nur wird T im Falle relativer Bewegung keine homogene Function zweiter Ordnung in Bezug auf die Grössen $q'_1, q'_2, \ldots, q'_k$ sein, auch dann nicht, wenn die Bedingungen des Systems von der Zeit unabhängig wären.

IV.

Ueber die Form der logarithmischen Integrale einer linearen nicht homogenen Differentialgleichung.

Von

C. Koehler

in Heidelberg.

(Fortsetzung von Jahrg. XXXIII, S. 231 flgg.)

In der oben citirten Arbeit wird zuerst die Form der logarithmischen Integrale linearer nicht homogener Differentialgleichungen mit algebraischen Coefficienten im Allgemeinen bestimmt, dann für das Integral einer solchen Differentialgleichung m^{ter} Ordnung, wenn dasselbe — als ganze rationale Function der darin auftretenden Logarithmen aufgefasst — von der höchstmöglichen, also von der m^{ten} Dimension ist, eine Form angegeben, auf welche dasselbe immer gebracht werden kann, und schliesslich gezeigt, dass jede Function, welche diese Form besitzt, einer algebraischen linearen nicht homogenen Differentialgleichung m^{ter} Ordnung auch wirklich genügt.

Der Fall, dass das Integral einer solchen Differentialgleichung eine lineare Function der darin enthaltenen Logarithmen ist, ist von Herrn Königsberger (Journ. f. Math. Bd. 99, S. 10 flgg.) eingehend untersucht worden. Es soll deshalb hier in § 1 mit Hilfe der im Eingang der obengenannten Arbeit* bewiesenen Sätze die Form, welche das Integral einer algebraischen linearen Differentialgleichung m^{ter} Ordnung immer besitzen muss, wenn es eine ganze rationale Function zweiten Grades der darin auftretenden Logarithmen ist, festgestellt, und dann gezeigt werden, dass eine Function von dieser Form auch immer einer solchen Differentialgleichung genügt. In § 2 werden dann noch zwei specielle Fälle untersucht, in welchen das Integral einer algebraischen linearen Differentialgleichung von höherer als zweiter Dimension in den darin enthaltenen Logarithmen ist.

1.

Es sei gegeben die Function

$$1)\qquad y=\sum_{\lambda=1}^{n}\sum_{\mu=1}^{n}\varphi_{\lambda\mu}\,\vartheta_\lambda\vartheta_\mu+\sum_{\lambda=1}^{n}\psi_\lambda\vartheta_\lambda+\sum_{\varrho=1}^{s}\chi_\varrho\zeta_\varrho+\omega,$$

in welcher die Grössen

---

* Dieselbe soll im Folgenden bei Citaten kurz mit 𝔄. bezeichnet werden.

$$\varphi_{\lambda\mu} = \varphi_{\mu\lambda},\ \psi_\lambda,\ \chi_\varrho,\ \tilde{\omega}$$

algebraische Functionen von x bedeuten (wobei nicht ausgeschlossen sein soll, dass dieselben zum Theil oder alle constant sind), während die Grössen ϑ_λ, ζ_ϱ algebraisch von einander unabhängige Logarithmen bezeichnen sollen, deren Ableitungen algebraische Functionen von x sind. Es soll untersucht werden, wann ein Ausdruck von dieser Form einer linearen nicht homogenen Differentialgleichung m^{ter} Ordnung

$$\text{A)}\qquad \frac{d^m y}{dx^m} + P_1 \frac{d^{m-1} y}{d x^{m-1}} + \cdots + P_m y = q$$

genügt, in welcher die Grössen $P_1, \ldots, P_m$, q algebraische Functionen von x sind.

Nach Satz I (A. S. 232) erhält man aus Gleichung 1) durch einmalige Differentiation nach den sämmtlichen Logarithmen ϑ_λ die n logarithmischen Integrale

$$\text{2)}\qquad y_\lambda = \frac{1}{2}\frac{\partial y}{\partial \vartheta_\lambda} = \varphi_{\lambda 1}\vartheta_1 + \varphi_{\lambda 2}\vartheta_2 + \cdots + \varphi_{\lambda n}\vartheta_n + \tfrac{1}{2}\psi_\lambda \qquad (\lambda = 1, 2, \ldots, n)$$

der reducirten Differentialgleichung

$$\text{B)}\qquad \frac{d^m y}{dx^m} + P_1 \frac{d^{m-1} y}{d x^{m-1}} + \cdots + P_m y = 0.$$

Wenn diese Integrale nicht unabhängig voneinander sind, also eine lineare homogene Relation mit constanten Coefficienten von der Form

$$c_1 y_1 + c_2 y_2 + \cdots + c_n y_n = 0$$

möglich sein soll, so müssen sich, da die Logarithmen $\vartheta_1, \vartheta_2, \ldots, \vartheta_n$ als algebraisch voneinander unabhängig vorausgesetzt sind, nothwendig die c_i als constante Grössen aus den Gleichungen

$$\text{3)}\qquad \begin{aligned} c_1\varphi_{11} + c_2\varphi_{21} + \cdots + c_n\varphi_{n1} &= 0, \\ c_1\varphi_{12} + c_2\varphi_{22} + \cdots + c_n\varphi_{n2} &= 0, \\ \cdots\cdots\cdots\cdots\cdots & \\ c_1\varphi_{1n} + c_2\varphi_{2n} + \cdots + c_n\varphi_{nn} &= 0 \end{aligned}$$

bestimmen lassen. Eine solche Bestimmung der c_i ist nur möglich,

wenn die Determinante

$$D = \Sigma \pm \varphi_{11}\varphi_{22}\cdots\varphi_{nn}$$

identisch verschwindet, und wenn ausserdem, falls alle ihre Unterdeterminanten von höherer als r^{ter} Ordnung ebenfalls identisch Null sind, während ihre Unterdeterminanten r^{ter} Ordnung nicht sämmtlich identisch verschwinden, die von Null verschiedenen Unterdeterminanten dieser Ordnung, welche aus r Zeilen oder Colonnen von D gebildet werden können, sich nur durch constante Factoren voneinander unterscheiden. α)

Nun lässt sich aber zeigen, dass der Ausdruck 1) für y, wenn die in ihm vorkommenden Grössen $\varphi_{\lambda\mu}$ die in α) verlangten Eigenschaften besitzen, stets übergeführt werden kann in einen andern Ausdruck von derselben Form, dessen Coefficienten der logarithmischen Glieder zweiter Dimension die Bedingung α) sicher nicht mehr erfüllen, so dass demnach die nach der Transformation durch Differentiation nach den Logarithmen gebildeten logarithmischen Integrale der reducirten Differentialgleichung B) jedenfalls linear unabhängig voneinander sein werden.

Sei also die Bedingung α) für y erfüllt und

$$D_r = \Sigma \pm \varphi_{11}\varphi_{22}\cdots\varphi_{rr}$$

eine Unterdeterminante r^{ter} Ordnung von D, welche nicht identisch verschwindet, dann muss die Determinante

$$D_{r+1}^{\lambda\sigma} = \begin{vmatrix} \varphi_{11} & \cdots & \varphi_{1r} & \varphi_{1\sigma} \\ \varphi_{21} & \cdots & \varphi_{2r} & \varphi_{2\sigma} \\ \cdot & \cdots & \cdot & \cdot \\ \varphi_{r1} & \cdots & \varphi_{rr} & \varphi_{r\sigma} \\ \varphi_{\lambda 1} & \cdots & \varphi_{\lambda r} & \varphi_{\lambda\sigma} \end{vmatrix}$$

identisch Null sein, welche Werthe aus der Reihe der Zahlen $1, 2, \ldots, n$ auch λ und σ besitzen mögen, da, sobald einer der beiden Werthe $\leqq r$ ist, zwei Zeilen oder Colonnen dieser Determinante miteinander übereinstimmen, während, falls sowohl λ wie auch σ grösser als r ist, $D_{r+1}^{\lambda\sigma}$ eine Unterdeterminante $(r+1)^{\text{ter}}$ Ordnung von D ist, also der Voraussetzung gemäss identisch verschwindet. Ordnet man nun diese Determinante nach den Elementen der letzten Horizontalreihe und bezeichnet die dem Element $\varphi_{\lambda i}$ entsprechende Unterdeterminante mit $\Phi_{\sigma i}$, so erhält man somit die Gleichung

$$\varphi_{\lambda 1}\Phi_{\sigma 1} + \varphi_{\lambda 2}\Phi_{\sigma 2} + \cdots + \varphi_{\lambda r}\Phi_{\sigma r} + \varphi_{\lambda\sigma}\Phi_{\sigma\sigma} = 0,$$

welche, wenn $\lambda = 1, 2, \ldots, n$ und $\sigma = r+1, r+2, \ldots, n$ gesetzt wird, in jedem Falle $\varphi_{\lambda\sigma}$ durch $\varphi_{\lambda 1}, \varphi_{\lambda 2}, \ldots, \varphi_{\lambda r}$ auszudrücken erlaubt. Da aber die Unterdeterminanten $\Phi_{\sigma i}$, soweit sie nicht Null sind, sich der Voraussetzung nach voneinander nur um constante Factoren unterscheiden, und $\Phi_{\sigma\sigma} = D_r$, also sicher von Null verschieden ist, so sind die durch die Gleichungen

$$-\frac{\Phi_{\sigma i}}{\Phi_{\sigma\sigma}} = b_{\sigma i} \qquad (\sigma = r+1, r+2, \ldots, n)$$

definirten Grössen constant, und die letzte Gleichung geht nach deren Einführung über in

$$4) \qquad \varphi_{\lambda\sigma} = b_{\sigma 1}\varphi_{\lambda 1} + b_{\sigma 2}\varphi_{\lambda 2} + \cdots + b_{\sigma r}\varphi_{\lambda r}$$
$$(\lambda = 1, 2, \ldots, n; \quad \sigma = r+1, r+2, \ldots, n),$$

es ist also jede der Grössen $\varphi_{\lambda\sigma}$ eine lineare homogene Function von $\varphi_{\lambda 1}, \varphi_{\lambda 2}, \ldots, \varphi_{\lambda r}$ mit constanten Coefficienten.

Wir führen jetzt in Gleichung 1) durch die Gleichungen

$$5) \qquad \vartheta_\nu = \eta_\nu - b_{r+1,\nu}\vartheta_{r+1} - \cdots - b_{n\nu}\vartheta_n \qquad (\nu = 1, 2, \ldots, r)$$

die neuen Variablen $\eta_1, \eta_2, \ldots, \eta_r$ ein und setzen zur Abkürzung die in y enthaltene quadratische Form von $\vartheta_1, \vartheta_2, \ldots, \vartheta_n$

$$\sum_{\lambda=1}^{n}\sum_{\mu=1}^{n}\varphi_{\lambda\mu}\,\vartheta_\lambda\vartheta_\mu=z,$$

dann wird, wenn wir den Ausdruck, in welchen z nach vollzogener Substitution übergeht, mit $\bar{z}$ bezeichnen, $\bar{z}$ die Grössen $\vartheta_1,\ \vartheta_2,\ \ldots,\ \vartheta_r$ nicht mehr enthalten. Man kann nun aber zeigen, dass $\frac{\partial\bar{z}}{\partial\vartheta_\sigma}$ für $\sigma=r+1,\ r+2,\ \ldots,\ n$ identisch verschwindet, dass also $\bar{z}$ auch die Grössen $\vartheta_{r+1},\ \vartheta_{r+2},\ \ldots,\ \vartheta_n$ nicht mehr enthält und folglich als quadratische Form der Variablen $\eta_1,\ \eta_2,\ \ldots,\ \eta_r$ mit algebraischen Coefficienten sich darstellt.

Es ist nämlich

$$\frac{\partial\bar{z}}{\partial\vartheta_\sigma}=\frac{\partial z}{\partial\vartheta_\sigma}+\frac{\partial z}{\partial\vartheta_1}\frac{\partial\vartheta_1}{\partial\vartheta_\sigma}+\cdots+\frac{\partial z}{\partial\vartheta_r}\cdot\frac{\partial\vartheta_r}{\partial\vartheta_\sigma}$$

oder nach den Gleichungen 5)

$$\frac{\partial\bar{z}}{\partial\vartheta_\sigma}=\frac{\partial z}{\partial\vartheta_\sigma}-b_{\sigma 1}\frac{\partial z}{\partial\vartheta_1}-\cdots-b_{\sigma r}\frac{\partial z}{\partial\vartheta_r},$$

und man erhält, wenn man Gleichung 4) mit $2\vartheta_\lambda$ multiplicirt, $\lambda=1,\ 2,\ldots,\ n$ setzt, die so entstehenden Gleichungen addirt und berücksichtigt, dass

$$2\varphi_{1\nu}\vartheta_1+2\varphi_{2\nu}\vartheta_2+\cdots+2\varphi_{n\nu}\vartheta_n=\frac{\partial z}{\partial\vartheta_\nu}\qquad(\nu=1,\ 2,\ \ldots,\ r,\ \sigma)$$

ist,

$$\frac{\partial z}{\partial\vartheta_\sigma}=b_{\sigma 1}\frac{\partial z}{\partial\vartheta_1}+b_{\sigma 2}\frac{\partial z}{\partial\vartheta_2}+\cdots+b_{\sigma n}\frac{\partial z}{\partial\vartheta_n},$$

es wird folglich

$$\frac{\partial\bar{z}}{\partial\vartheta_\sigma}=0\qquad(\sigma=r+1,\ r+2,\ \ldots,\ n),$$

z geht somit durch die Substitution 5) über in

$$\bar{z}=\sum_{\nu=1}^{r}\sum_{\tau=1}^{r}\varphi_{\nu\tau}\,\eta_\nu\eta_\tau,$$

und y selbst erhält jetzt, wenn man noch zur Abkürzung die algebraische Function

$$\psi_\sigma-b_{\sigma 1}\psi_1-b_{\sigma 2}\psi_2-\cdots-b_{\sigma r}\psi_r=\bar{\psi}_\sigma$$

setzt, die Form

$$y=\sum_{\nu=1}^{r}\sum_{\tau=1}^{r}\varphi_{\nu\tau}\,\eta_\nu\eta_\tau+\sum_{\nu=1}^{r}\psi_\nu\eta_\nu+\sum_{\sigma=r+1}^{n}\bar{\psi}_\sigma\,\vartheta_\sigma+\sum_{\varrho=1}^{s}\chi_\varrho\zeta_\varrho+\bar{\omega}.$$

Diese Form unterscheidet sich, da die Grössen $\eta_1,\ \eta_2,\ \ldots,\ \eta_r$ als lineare homogene, mit constanten Coefficienten versehene Functionen der ursprünglichen Logarithmen $\vartheta_1,\ \vartheta_2,\ \ldots,\ \vartheta_n$ selbst wieder Logarithmen sind, welche algebraische Functionen von x als Ableitungen besitzen, von der Form 1), in welcher y gegeben war, nur dadurch, dass in ihr die Bedingung α) für die Coefficienten $\varphi_{11},\ \varphi_{12},\ \ldots,\ \varphi_{rr}$ der logarithmischen Glieder zweiter Dimension sicher nicht mehr erfüllt ist, indem ja die Determinante D_r als von Null verschieden vorausgesetzt wurde.

Auch können die in der letzten Gleichung auftretenden Logarithmen in keinem algebraischen Zusammenhange stehen, wenn ein solcher zwischen den ursprünglich gegebenen Logarithmen nicht statthaben soll. Denn eine algebraische Relation

$$F(x, \eta_1, \ldots, \eta_r, \vartheta_{r+1}, \ldots, \vartheta_n, \zeta_1, \ldots, \zeta_s) = 0$$

müsste mindestens eine der Grössen $\eta_1, \eta_2, \ldots, \eta_r$ enthalten, da die ϑ und ζ algebraisch unabhängig voneinander sind; man könnte diese Relation demnach auf die Form bringen

$$\eta_i = f(x, \eta_1, \ldots, \eta_{i-1}, \eta_{i+1}, \ldots, \eta_r, \vartheta_{r+1}, \ldots, \vartheta_n, \zeta_1, \ldots, \zeta_s)$$

und also unter Berücksichtigung der Gleichungen 5) den Logarithmus ϑ_i algebraisch durch die übrigen Logarithmen ϑ und ζ ausdrücken, was nach unserer Voraussetzung nicht möglich ist. Wir haben somit Folgendes festgestellt:

Wenn die Function y die Form 1) besitzt und für die darin auftretenden algebraischen Functionen $\varphi_{\lambda\mu}$ die Bedingung α) erfüllt ist, so kann man diese Function stets so transformiren, dass nach der Transformation die Coefficienten der logarithmischen Glieder zweiter Dimension der Bedingung α) sicher nicht mehr genügen.

Wir können deshalb von jetzt ab annehmen, der Ausdruck 1) für y sei schon so beschaffen, dass die Bedingung α) für die darin vorkommenden algebraischen Functionen $\varphi_{\lambda\mu}$ nicht erfüllt ist. Wenn ferner

β) die Coefficienten $\chi_1, \chi_2, \ldots, \chi_s$ der *nur linear* in y auftretenden Logarithmen $\zeta_1, \zeta_2, \ldots, \zeta_s$ durch lineare homogene Relationen mit constanten Coefficienten verbunden sind,

so wollen wir mit dieser Function eine weitere Umformung derart vornehmen, dass der neue Ausdruck für y die Eigenschaft β) nicht mehr besitzt, im Uebrigen aber ganz von derselben Art ist, wie der ursprüngliche.

Bestehen nämlich zwischen den Functionen $\chi_1, \chi_2, \ldots, \chi_s$ die k voneinander unabhängigen Gleichungen

$$a_{\lambda 1}\chi_1 + a_{\lambda 2}\chi_2 + \cdots + a_{\lambda s}\chi_s = 0 \qquad (\lambda = 1, 2, \ldots, k),$$

in welcher die Grössen $a_{\lambda\mu}$ Constanten bedeuten, so können nicht sämmtliche aus je k der s Colonnen

$$\begin{array}{cccc} a_{11}, & a_{12}, & \ldots, & a_{1s}, \\ a_{21}, & a_{22}, & \ldots, & a_{2s}, \\ \cdot & \cdot & & \cdot \\ \cdot & \cdot & & \cdot \\ a_{k1}, & a_{k2}, & \ldots, & a_{ks} \end{array}$$

gebildeten Determinanten gleich Null sein. Wir nehmen an, es sei die Determinante

$$\Sigma \pm a_{11} a_{22} \ldots a_{kk}$$

von Null verschieden, dann ergeben sich für $\chi_1, \chi_2, \ldots, \chi_k$ die Gleichungen

$$\chi_\lambda = d^{k+1,\lambda}\chi_{k+1} + d_{k+2,\lambda}\chi_{k+2} + \cdots + d_{s\lambda}\chi_s \quad (\lambda = 1, 2, \ldots, k),$$

in welchen die $d_{\lambda\mu}$ ebenfalls Constante sind.

Führen wir jetzt in y durch die Gleichungen

6) $$\tau_\varrho = \zeta_\varrho + d_{\varrho 1}\zeta_1 + d_{\varrho 2}\zeta_2 + \cdots + d_{\varrho k}\zeta_k \quad (\varrho = k+1,\ k+2, \ldots, s)$$

die neuen Variablen $\tau_{k+1}, \ldots, \tau_s$ ein, welche selbst wieder Logarithmen sind, die algebraische Functionen von x als Ableitungen besitzen, so wird

7) $$y = \sum_{\lambda=1}^{n}\sum_{\mu=1}^{n} \varphi_{\lambda\mu}\,\vartheta_\lambda\,\vartheta_\mu + \sum_{\lambda=1}^{n} \psi_\lambda\,\vartheta_\lambda + \sum_{\varrho=k+1}^{s} \chi_\varrho\,\tau_\varrho + \bar{\omega},$$

in welchem Ausdruck die Coefficienten der nur linear auftretenden Logarithmen $\tau_{k+1}, \ldots, \tau_s$ sicher linear unabhängig voneinander sind. Auch können diese Logarithmen weder untereinander, noch mit $\vartheta_1, \vartheta_2, \ldots, \vartheta_n$ algebraisch verbunden sein; denn eine algebraische Gleichung zwischen diesen Grössen müsste mindestens einen der Logarithmen τ_ϱ wirklich enthalten, sich also auf die Form bringen lassen

$$\tau_i = f(x,\ \vartheta_1, \ldots, \vartheta_n,\ \tau_{k+1}, \ldots, \tau_{i-1},\ \tau_{i+1}, \ldots, \tau_s);$$

sie würde unter Zuhilfenahme der Gleichungen 6) gestatten, ζ_i durch die übrigen Grössen ϑ und ζ algebraisch auszudrücken, und somit der über diese Grössen gemachten Voraussetzung widersprechen.

Es ist y jetzt so umgeformt, dass auch die Bedingung β) nicht mehr erfüllt ist, und wir können das Resultat der bisherigen Untersuchungen in folgenden Satz zusammenfassen:

Wenn die durch die Gleichung 1) gegebene Function y einer oder beiden Bedingungen α) und β) genügt, so lässt sich dieselbe stets auf eine Form bringen, in welcher weder die Coefficienten der logarithmischen Glieder zweiter Dimension die Bedingung α), noch die Coefficienten der *nur linear* auftretenden Logarithmen die Bedingung β) erfüllen.

Es soll diese Form als *die einfachste Form* einer solchen Function bezeichnet werden.

Wir nehmen nun an, die Function y, welche der Differentialgleichung A) genügen soll, sei in Gleichung 1) schon auf ihre einfachste Form gebracht, und bilden alle ersten und alle zweiten Ableitungen von y nach den Logarithmen $\vartheta_1, \vartheta_2, \ldots, \vartheta_n$, sowie die ersten Ableitungen von y nach $\zeta_1, \zeta_2, \ldots, \zeta_s$, dann erhalten wir nach Satz I (A. S. 232) die n logarithmischen Integrale 2) und die $\frac{n(n+1)}{2} + s$ algebraischen Integrale

8) $$\varphi_{11}, \varphi_{12}, \ldots, \varphi_{nn};\quad \chi_1, \chi_2, \ldots, \chi_s$$

der reducirten Differentialgleichung B). Von den Integralen 2) kann keines identisch verschwinden, weil die Logarithmen $\vartheta_1, \vartheta_2, \ldots, \vartheta_n$ sämmtlich in den Gliedern zweiter Dimension von y wirklich vorkommen sollen, und diese Integrale sind nach den angestellten Betrachtungen linear unabhängig voneinander, weil y die einfachste Form besitzt; es kann ferner aus demselben Grunde keine lineare homogene Relation mit constanten Coefficienten zwischen den Integralen $\chi_1, \chi_2, \ldots, \chi_s$ bestehen, und es sind auch die Integrale 2) linear unabhängig von den Integralen 8), da eine Gleichung von der Form

$$c_1 y_1 + \cdots + c_n y_n + \sum_{\lambda=1}^{n}\sum_{\mu=1}^{n} c_{\lambda\mu}\,\varphi_{\lambda\mu} + \sum_{\varrho=1}^{s} g_\varrho \chi_\varrho = 0,$$

in welcher die c und die g constante Grössen bedeuten, die Gleichungen 3) nothwendig nach sich ziehen müsste, die nicht möglich sind, weil nach Voraussetzung y der Bedingung α) nicht genügt. Dagegen können die Integrale 8) linear voneinander abhängig sein, und es ist, wenn $s = 0$ oder $s = 1$ ist, möglich, dass sie sich alle durch ein einziges derselben linear und homogen ausdrücken lassen. Die reducirte Differentialgleichung B) besitzt demnach mindestens $n+1$ voneinander unabhängige Integrale, es muss also

$$n \leqq m - 1$$

sein, und wir haben den Satz bewiesen:

VI. **Wenn die Differentialgleichung A) ein Integral von der Form 1) besitzt, so kann dasselbe — auf seine einfachste Form gebracht — in den logarithmischen Gliedern zweiter Dimension höchstens $m-1$ verschiedene algebraisch voneinander unabhängige Logarithmen enthalten.**

Da die Differentialgleichung B) die Integrale 8), also jedenfalls algebraische Integrale besitzen muss (vergl. 𝔄. Satz III, S. 233), so wollen wir annehmen, sie besitze im Ganzen p solche $\varphi_1, \varphi_2, \ldots, \varphi_p$, die linear unabhängig voneinander sind; dann müssen sich die Integrale 8) als lineare homogene Functionen derselben darstellen lassen, also die Gleichungen gelten:

$$9)\qquad \varphi_{\lambda\mu} = k_{\lambda\mu}^{(1)}\varphi_1 + k_{\lambda\mu}^{(2)}\varphi_2 + \cdots + k_{\lambda\mu}^{(p)}\varphi_p$$
$$(\lambda = 1, 2, \ldots, n;\ \mu = 1, 2, \ldots, n;\ k_{\lambda\mu} = k_{\mu\lambda}),$$

$$10)\qquad \chi_\varrho = l_\varrho^{(1)}\varphi_1 + l_\varrho^{(2)}\varphi_2 + \cdots + l_\varrho^{(p)}\varphi_p \qquad (\varrho = 1, 2, \ldots, s),$$

in welchen die $k_{\lambda\mu}^{(\nu)}$ und $l_\varrho^{(\nu)}$ constante Grössen bedeuten. y erhält demnach die Form

$$\text{D)}\quad y = \sum_{\lambda=1}^{n}\sum_{\mu=1}^{n} \vartheta_\lambda\,\vartheta_\mu \sum_{\nu=1}^{p} k_{\lambda\mu}^{(\nu)}\varphi_\nu + \sum_{\lambda=1}^{n}\psi_\lambda\,\vartheta_\lambda + \sum_{\varrho=1}^{s}\zeta_\varrho \sum_{\nu=1}^{p} l_\varrho^{(\nu)}\varphi_\nu + \bar{\omega}.$$

In dieser Gleichung dürfen die Constanten $k_{\lambda\mu}^{(\nu)}$ und $l_\varrho^{(\nu)}$ gewisse Bedingungen nicht erfüllen, welche die Bedingungen α) und β) zu ersetzen geeignet sind.

Da y auf die einfachste Form gebracht, also die Bedingung α) nicht erfüllt ist, so dürfen die Gleichungen 3)

$$\sum_{\lambda=1}^{n} c_\lambda\,\varphi_{\lambda\mu} = 0 \qquad (\mu = 1, 2, \ldots, n)$$

nicht bestehen. Setzt man in dieselben die Werthe von $\varphi_{\lambda\mu}$ aus den Gleichungen 9), so gehen sie über in

$$\sum_{\lambda=1}^{n} c_\lambda \sum_{\nu=1}^{p} k_{\lambda\mu}^{(\nu)}\varphi_\nu = 0 \qquad (\mu = 1, 2, \ldots, n),$$

welche Gleichungen, da die Functionen $\varphi_1, \varphi_2, \ldots, \varphi_p$ linear unabhängig voneinander sind, nur bestehen können, wenn die Gleichungen

$$\sum_{\lambda=1}^{n} c_\lambda k_{\lambda\mu}^{(\nu)} = 0 \qquad \begin{pmatrix}\mu = 1, 2, \ldots, n\\ \nu = 1, 2, \ldots, p\end{pmatrix}$$

für jeden Werth von μ und ν miteinander verträglich sind; dies ist aber nur dann und immer dann der Fall,

wenn die aus je n der np Reihen

$$\gamma) \qquad k_{1\mu}^{(\nu)}, \; k_{2\mu}^{(\nu)}, \; \ldots, \; k_{n\mu}^{(\nu)} \qquad (\mu = 1, 2, \ldots, n; \; \nu = 1, 2, \ldots, p)$$

gebildeten Determinanten sämmtlich verschwinden.

Die Bedingung α) kann somit durch die Bedingung γ) ersetzt werden.

Da y in Gleichung D) die einfachste Form besitzen soll, so ist auch die Bedingung β) sicher nicht erfüllt, es muss also in dieser Gleichung jedenfalls

$$s \leq p$$

sein. Ausserdem würden, wenn die Bedingung β) erfüllt wäre, also eine Gleichung von der Form

$$\sum_{\varrho=1}^{s} a_\varrho \chi_\varrho = 0$$

bestände, aus ihr unter Berücksichtigung der Gleichungen 10) wegen der linearen Unabhängigkeit der Functionen $\varphi_1, \varphi_2, \ldots, \varphi_p$ die p Gleichungen folgen

$$\sum_{\varrho=1}^{s} a_\varrho l_\varrho^{(\nu)} = 0 \qquad (\nu = 1, 2, \ldots, p),$$

welche nur dann und immer dann miteinander verträglich sind,

wenn die aus je s der p Reihen

$$\delta) \qquad l_1^{(\nu)}, \; l_2^{(\nu)}, \; \ldots, \; l_s^{(\nu)} \qquad (\nu = 1, 2, \ldots, p)$$

gebildeten Determinanten sämmtlich verschwinden.

Diese Bedingung ersetzt somit vollständig die Bedingung β), und man kann jetzt sagen:

Das Integral y besitzt in Gleichung D) die einfachste Form, wenn die darin enthaltenen Constanten $k_{\lambda\mu}^{(\nu)}$ und $l_\varrho^{(\nu)}$ der Bedingung γ) und der Bedingung δ) nicht genügen.

Da die Differentialgleichung B) ausser den n logarithmischen Integralen 2) noch die p von diesen und voneinander unabhängigen algebraischen Integrale $\varphi_1, \varphi_2, \ldots, \varphi_p$ besitzt, so muss

$$m \geq n + p$$

sein, es kann also, da n mindestens gleich Eins ist, p höchstens gleich $m-1$ sein, und wir haben mithin folgenden Satz, der den Satz VI als speciellen Fall enthält, bewiesen:

VII. Wenn eine lineare nicht homogene Differentialgleichung m^{ter} Ordnung ein Integral besitzt, welches eine ganze rationale Function zweiten Grades von algebraisch voneinander unabhängigen Logarithmen ist, deren Ableitungen und deren Coefficienten algebraische Functionen von x sind, so lässt sich dasselbe stets auf die Form D) bringen, — eine Form, in welcher die Constanten $k_{\lambda\mu}^{(\nu)}$ und $l_\varrho^{(\nu)}$ der Bedingung γ) und der Bedingung δ) nicht genügen, in welcher ferner die Anzahl der linear voneinander unabhängigen algebraischen Functionen $\varphi_1, \varphi_2, \ldots \varphi_p$ höchstens gleich $m-1$, die Anzahl der Logarithmen $\vartheta_1, \vartheta_2, \ldots, \vartheta_n$ höchstens gleich $m-p$, die Anzahl der nur linear auftretenden Logarithmen $\zeta_1, \zeta_2, \ldots, \zeta_s$ höchstens gleich p ist.

Es gilt aber auch umgekehrt der Satz:

VIII. Jeder Ausdruck von der Form D), in welchem $\varphi_1, \ldots, \varphi_p$, $\psi_1, \ldots, \psi_n$, $\bar{\omega}$ algebraische Functionen von x sind, $\vartheta_1, \ldots, \vartheta_n$, $\zeta_1, \ldots, \zeta_s$ Logarithmen bedeuten, deren Ableitungen algebraische Functionen von x sind, genügt einer algebraischen linearen Differentialgleichung $(n+p)^{\text{ter}}$ Ordnung, die eindeutig bestimmt und nicht homogen ist, wenn die Logarithmen ϑ_1, $\vartheta_2, \ldots, \vartheta_n$ algebraisch unabhängig, die Functionen $\varphi_1, \varphi_2, \ldots, \varphi_p$ linear unabhängig voneinander sind und die Constanten $k_{\lambda\mu}^{(\nu)}$ der Bedingung γ) nicht genügen.

Um diesen Satz zu beweisen, ordnen wir den Ausdruck D) nach den darin enthaltenen algebraischen Functionen $\varphi_1, \varphi_2, \ldots, \varphi_p$, $\psi_1, \psi_2, \ldots, \psi_n$, $\bar{\omega}$ und führen durch die Gleichungen

$$w_\nu = \sum_{\lambda=1}^{n}\sum_{\mu=1}^{n} k_{\lambda\mu}^{(\nu)}\vartheta_\lambda\vartheta_\mu + \sum_{\varrho=1}^{s} l_\varrho^{(\nu)}\zeta_\varrho \quad (\nu = 1, 2, \ldots, p)$$

die von x nicht explicite abhängenden Functionen $w_1, w_2, \ldots, w_p$ ein, dann wird

$$y = \varphi_1 w_1 + \cdots + \varphi_p w_p + \psi_1\vartheta_1 + \cdots + \psi_n\vartheta_n + \bar{\omega}.$$

Bildet man aus dieser Gleichung alle Ableitungen von y nach x bis zur $(n+p)^{\text{ten}}$, so stellen sich dieselben dar als lineare Functionen von $w_1, \ldots, w_p$, $\vartheta_1, \ldots, \vartheta_n$ und den Ableitungen der Functionen w_ν nach den Logarithmen $\vartheta_1, \ldots, \vartheta_n$, $\zeta_1, \ldots, \zeta_s$ mit algebraischen Coefficienten. Jede Ableitung von w_ν nach irgendwelchen dieser Logarithmen ist aber selbst wieder eine lineare Function von $\vartheta_1, \vartheta_2, \ldots, \vartheta_n$ mit constanten Coefficienten, es muss folglich auch jede Ableitung von y nach x sich als lineare Function von $w_1, \ldots, w_p$, $\vartheta_1, \ldots, \vartheta_n$ mit algebraischen Coefficienten darstellen lassen, und man erhält somit für y und dessen $n+p$ erste Ableitungen nach x die Gleichungen:

$$
\begin{aligned}
y &= \varphi_1 w_1 + \cdots + \varphi_p w_p + \psi_1 \vartheta_1 + \cdots + \psi_n \vartheta_n + \omega, \\
\frac{dy}{dx} &= \varphi'_1 w_1 + \cdots + \varphi'_p w_p + \varrho_{11} \vartheta_1 + \cdots + \varrho_{1n} \vartheta_n + \omega_1, \\
\frac{d^2y}{dx^2} &= \varphi''_1 w_1 + \cdots + \varphi''_p w_p + \varrho_{21} \vartheta_1 + \cdots + \varrho_{2n} \vartheta_n + \omega_2, \\
& \ldots\ldots\ldots\ldots\ldots\ldots\ldots\ldots, \\
\frac{d^{n+p}y}{dx^{n+p}} &= \varphi_1^{(n+p)} w_1 + \cdots + \varphi_p^{(n+p)} w_p + \varrho_{n+p,1} \vartheta_1 + \cdots + \varrho_{n+p,n} \vartheta_n + \omega_{n+p},
\end{aligned}
$$

in welchen $\varphi_\nu^{(i)}$ die i^{te} Ableitung von φ_ν nach x bedeutet, die Grössen $\varrho_{\lambda\mu}$ und ω_i algebraische Functionen von x sind.

Multiplicirt man diese Gleichungen der Reihe nach mit P_{n+p}, P_{n+p-1}, ..., P_0, addirt sie und bestimmt dann die $n+p+1$ Grössen P_i gemäss den $n+p$ homogenen linearen Gleichungen mit algebraischen Coefficienten

$$
\begin{aligned}
& P_0 \varphi_1^{(n+p)} + P_1 \varphi_1^{(n+p-1)} + \cdots + P_{n+p} \varphi_1 = 0, \\
& \ldots\ldots\ldots\ldots\ldots\ldots, \\
& P_0 \varphi_p^{(n+p)} + P_1 \varphi_p^{(n+p-1)} + \cdots + P_{n+p} \varphi_p = 0, \\
& P_0 \varrho_{n+p,1} + P_1 \varrho_{n+p-1,1} + \cdots + P_{n+p} \psi_1 = 0, \\
& \ldots\ldots\ldots\ldots\ldots\ldots, \\
& P_0 \varrho_{n+p,n} + P_1 \varrho_{n+p-1,n} + \cdots + P_{n+p} \psi_n = 0,
\end{aligned}
$$

welche immer auflösbar sind, weil die Anzahl der Unbekannten um eine Einheit grösser ist als diejenige der Gleichungen, so erhält man, wenn man ausserdem

$$P_0 \omega_{n+p} + P_1 \omega_{n+p-1} + \cdots + P_{n+p} \omega = q_1$$

setzt, für y die lineare Differentialgleichung

$$\text{A}') \qquad P_0 \frac{d^{n+p}y}{dx^{n+p}} + P_1 \frac{d^{n+p-1}y}{dx^{n+p-1}} + \cdots + P_{n+p} y = q_1,$$

in welcher P_0, P_1, ..., P_{n+p}, q_1 algebraische Functionen von x sind.

Diese Differentialgleichung ist eindeutig bestimmt und nicht homogen, wenn in D) die Logarithmen ϑ_1, ϑ_2, ..., ϑ_n algebraisch unabhängig, die algebraischen Functionen φ_1, φ_2, ..., φ_p linear unabhängig voneinander sind und ausserdem die Constanten $k_{\lambda\mu}^{(\nu)}$ die Bedingung γ) nicht erfüllen; denn die p algebraischen Integrale φ_1, φ_2, .., φ_p und die n logarithmischen Integrale $\frac{\partial y}{\partial \vartheta_1}$, $\frac{\partial y}{\partial \vartheta_2}$, ..., $\frac{\partial y}{\partial \vartheta_n}$ der zugehörigen reducirten Differentialgleichung sind dann nach den oben angestellten Betrachtungen sämmtlich linear unabhängig voneinander, sie bilden ein Fundamentalsystem von Integralen dieser Differentialgleichung, und es sind somit durch sie die Coefficienten derselben eindeutig bestimmt. Setzt man dann in die Differentialgleichung A') den Ausdruck D) ein, so muss die algebraische Function q_1 gleich werden dem Werthe, welchen die linke Seite der Differentialgleichung nach dieser Substitution annimmt; q_1 ist also ebenfalls eindeutig bestimmt. Dabei kann q_1 niemals gleich Null werden; denn sonst müsste y

selbst der reducirten Differentialgleichung genügen, sich also linear und homogen durch das Fundamentalsystem

$$\varphi_1,\ \varphi_2,\ \ldots,\ \varphi_p,\quad \frac{\partial y}{\partial \vartheta_1},\ \frac{\partial y}{\partial \vartheta_2},\ \ldots,\ \frac{\partial y}{\partial \vartheta_n}$$

von Integralen dieser Differentialgleichung darstellen lassen, was offenbar unmöglich ist; die Differentialgleichung A') kann somit nicht homogen sein. Q. e. d.

Beiläufig sei bemerkt, dass sich durch Specialisirung aus VII und VIII der weitere Satz ergiebt:

Eine quadratische Form von beliebig vielen algebraisch voneinander unabhängigen Logarithmen, deren Ableitungen und deren Coefficienten algebraische Functionen von x sind, wird nur dann und immer dann einer algebraischen linearen Differentialgleichung m^{ter} Ordnung genügen, wenn nur p dieser Coefficienten, wo $p \leq m-1$ ist, linear unabhängig voneinander sind und sie selbst übergeführt werden kann in eine quadratische Form von höchstens $m-p$ Logarithmen, deren Ableitungen und deren Coefficienten ebenfalls algebraische Functionen von x sind.

Es sollen jetzt noch einige Betrachtungen angestellt werden für den Fall, dass das Integral y der Differentialgleichung A) — auf seine einfachste Form gebracht — in den Gliedern zweiter Dimension die grösstmögliche Anzahl von Logarithmen enthält.

Nach Satz VII ist stets $n \leq m-p$; der grösste Werth, den n annehmen kann, tritt demnach ein, wenn $p=1$ ist, und derselbe ist

$$n = m-1.$$

Da $s \leq p$ immer sein muss, so kann in diesem Falle s nur gleich Null oder gleich Eins sein, und Gleichung D) lautet, wenn wir der Kürze halber

$$\varphi_1 = \varphi,\quad k_{\lambda\mu}^{(1)} = k_{\lambda\mu},\quad l_1^{(1)} = l$$

setzen:

$$\text{E)}\qquad y = \varphi\left[\sum_{\lambda=1}^{m-1}\sum_{\mu=1}^{m-1} k_{\lambda\mu}\,\vartheta_\lambda\,\vartheta_\mu + l\,\zeta_1\right] + \sum_{\lambda=1}^{m-1} \psi_\lambda\,\vartheta_\lambda + \bar{\omega}.$$

In dieser Gleichung darf l auch gleich Null sein, die Constanten $k_{\lambda\mu}$ dürfen aber die Bedingung γ) nicht erfüllen, die Determinante

$$\Delta = \Sigma \pm k_{11}\,k_{22}\ldots k_{m-1,\,m-1}$$

muss also von Null verschieden sein, weil y in E) auf die einfachste Form gebracht sein soll. Die reducirte Differentialgleichung B) besitzt in diesem Falle die $m-1$ logarithmischen Integrale

$$\text{11)}\qquad y_\lambda = \tfrac{1}{2}\frac{\partial y}{\partial \vartheta_\lambda} = \varphi[k_{\lambda 1}\,\vartheta_1 + k_{\lambda 2}\,\vartheta_2 + \cdots + k_{\lambda,\,m-1}\,\vartheta_{m-1}] + \tfrac{1}{2}\psi_\lambda$$

$$(\lambda = 1, 2, \ldots, m-1)$$

und das eventuell sich auch auf eine Constante reducirende algebraische Integral

$$y_m = \varphi,$$

welches mit $y_1, y_2, \ldots, y_{m-1}$ zusammen ein Fundamentalsystem von Integralen derselben bildet; sie besitzt also ein Fundamentalsystem, das aus $m-1$ transcendenten und aus nur einem algebraischen Integral besteht, und dieses letztere muss deshalb, wie Herr Königsberger (Allgem. Untersuchungen aus der Theorie der Differentialgleichungen, S. 127) gezeigt hat, nothwendig die Wurzel einer binomischen, in den Coefficienten der Differentialgleichung rationalen Gleichung sein. Es gilt daher der Satz:

IX. Wenn die Differentialgleichung A) durch ein Integral, welches in seiner einfachsten Form durch Gleichung E) gegeben ist, befriedigt wird, so muss die darin auftretende algebraische Function φ, falls sie sich nicht auf eine Constante reducirt, die Wurzel einer binomischen, in den Coefficienten der Differentialgleichung rationalen Gleichung sein.

Sind insbesondere sämmtliche Coefficienten der Differentialgleichung A) rational, so ist φ die Wurzel aus einer rationalen Function von x.

Wir wollen nun unter der Annahme, dass der Differentialgleichung A) das Integral E) von einfachster Form genügt, aus der Differentialgleichung B), der dann die Function φ genügen muss, durch die Substitution

$$12)\qquad y = \varphi \int z\, dx$$

die lineare homogene Differentialgleichung $(m-1)^{\text{ter}}$ Ordnung bilden:

$$\text{F)}\qquad \frac{d^{m-1} z}{\partial x^{m-1}} + Q_1 \frac{d^{m-2} z}{d x^{m-2}} + \cdots + Q_{m-1} z = 0,$$

in welcher die Coefficienten $Q_1, Q_2, \ldots, Q_{m-1}$ durch folgende Gleichungen mit den ursprünglichen Coefficienten $P_1, P_2, \ldots, P_m$ zusammenhängen:

$$Q_1 = \frac{1}{\varphi}\left[m \frac{d\varphi}{dx} + P_1 \varphi\right],$$

$$Q_2 = \frac{1}{\varphi}\left[\frac{m(m-1)}{2} \frac{d^2\varphi}{dx^2} + (m-1) P_1 \frac{d\varphi}{dx} + P_2 \varphi\right],$$

$$\cdots\cdots\cdots\cdots\cdots\cdots\cdots\cdots,$$

$$13)\quad Q_r = \frac{1}{\varphi}\left[\frac{m(m-1)\ldots(m-r+1)}{r!} \frac{d^r\varphi}{dx^r} + \frac{(m-1)(m-2)\ldots(m-r+1)}{(r-1)!} P_1 \frac{d^{r-1}\varphi}{dx^{r-1}} + \cdots + (m-r+1) P_{r-1} \frac{d\varphi}{dx} + P_r \varphi\right],$$

$$\cdots\cdots\cdots\cdots\cdots\cdots\cdots\cdots$$

Diese Differentialgleichung wird befriedigt durch die $m-1$ Integrale

$$14)\quad z_\lambda = \frac{d}{dx}\left(\frac{y_\lambda}{\varphi}\right) = k_{\lambda 1} \frac{d\vartheta_1}{dx} + k_{\lambda 2} \frac{d\vartheta_2}{dx} + \cdots + k_{\lambda\, m-1} \frac{d\vartheta_{m-1}}{dx} + \frac{1}{2} \frac{d}{dx}\left(\frac{\psi_\lambda}{\varphi}\right)$$

$$(\lambda = 1, 2, \ldots, m-1),$$

welche sämmtlich Logarithmen enthalten, und ausserdem die Ableitungen

$$\text{18)} \qquad \frac{\partial^r y}{\partial \vartheta_\lambda^r} = r!\,\psi_\lambda \qquad (\lambda = 1, 2, \ldots, n),$$

welche algebraische Functionen von x sind, Integrale der reducirten Differentialgleichung B), wir kennen also $(r-1)n$ logarithmische und n algebraische Integrale dieser Differentialgleichung, und es ist direct ersichtlich, dass eine homogene lineare Relation mit constanten Coefficienten zwischen den ersteren und den letzteren oder für die ersteren unter sich nicht bestehen kann; denn aus der Gleichung

$$\sum_{\lambda=1}^{n} \left[c_\lambda^{(1)} \frac{\partial y}{\partial \vartheta_\lambda} + c_\lambda^{(2)} \frac{\partial^2 y}{\partial \vartheta_\lambda^2} + \cdots + c_\lambda^{(r)} \frac{\partial^r y}{\partial \vartheta_\lambda^r} \right] = 0$$

würde, da die Logarithmen $\vartheta_1, \vartheta_2, \ldots, \vartheta_n$ algebraisch voneinander unabhängig sind, successive folgen

$$c_\lambda^{(1)} = 0, \quad c_\lambda^{(2)} = 0, \quad \ldots, \quad c_\lambda^{(r-1)} = 0 \quad (\lambda = 1, 2, \ldots, n).$$

Dagegen können die algebraischen Integrale 18) durch lineare homogene Relationen mit constanten Coefficienten verbunden sein. Nehmen wir an, die Differentialgleichung B) besitze im Ganzen p voneinander unabhängige algebraische Integrale $\varphi_1, \varphi_2, \ldots, \varphi_p$, so müssen sich die n Integrale 18) linear und homogen durch dieselben darstellen lassen, also die Gleichungen gelten:

$$\psi_\lambda = k_\lambda^{(1)} \varphi_1 + k_\lambda^{(2)} \varphi_2 + \ldots + k_\lambda^{(p)} \varphi_p \qquad (\lambda = 1, 2, \ldots, n),$$

in welchen die Grössen $k_\lambda^{(\nu)}$ Constante bedeuten, und Gleichung 16) geht über in

$$\text{G)} \qquad y = \sum_{\lambda=1}^{n} \vartheta_\lambda^r \sum_{\nu=1}^{p} k_\lambda^{(\nu)} \varphi_\nu .$$

Die Differentialgleichung B) besitzt dann jedenfalls $(r-1)n+p$ voneinander unabhängige Integrale, es muss also

$$m \geqq (r-1)n + p$$

sein. Da n mindestens gleich Eins ist, darf somit p höchstens gleich $m-r+1$ sein, und wir erhalten, wenn wir die grösste in a enthaltene ganze Zahl mit $[a]$ bezeichnen, den Satz:

X. Wenn die Differentialgleichung A) ein Integral von der Form G) besitzt, so kann in demselben die Anzahl der linear voneinander unabhängigen algebraischen Functionen $\varphi_1, \varphi_2, \ldots, \varphi_p$ höchstens gleich $m-r+1$, diejenige der algebraisch voneinander unabhängigen Logarithmen $\vartheta_1, \vartheta_2, \ldots, \vartheta_n$ höchstens gleich $\left[\frac{m-p}{r-1}\right]$ sein.

Es lässt sich aber auch folgende Umkehrung dieses Satzes beweisen:

XI. Jede Function von der Form G), in welcher $\varphi_1, \varphi_2, \ldots, \varphi_p$ algebraische Functionen von x sind, und $\vartheta_1, \vartheta_2, \ldots, \vartheta_n$ Logarithmen bedeuten, deren Ableitungen algebraische Functionen von x sind, genügt einer algebraischen linearen Differentialgleichung $[(r-1)n+p]^{\text{ter}}$ Ordnung, die eindeutig bestimmt und nicht homogen ist, wenn die Logarithmen $\vartheta_1, \vartheta_2, \ldots, \vartheta_n$ algebraisch unabhängig, die Functionen $\varphi_1, \varphi_2, \ldots, \varphi_p$ linear unabhängig voneinander sind.

Wir setzen, um diesen Beweis zu führen,

$$\sum_{\lambda=1}^{n} k_\lambda^{(\nu)} \vartheta_\lambda^r = w_\nu \qquad (\nu = 1, 2, \ldots, p),$$

dann geht Gleichung G) über in

$$y = \sum_{\nu=1}^{p} \varphi_\nu w_\nu,$$

und es werden, da die Functionen w_ν die Variable x nicht explicite enthalten, sämmtliche Ableitungen von y nach x lineare Functionen von w_1, $w_2, \ldots, w_p$ und von den Ableitungen dieser Grössen nach $\vartheta_1, \vartheta_2, \ldots, \vartheta_n$ mit algebraischen Coefficienten. Jede dieser Ableitungen selbst ist aber eine lineare Function von Potenzen der Logarithmen $\vartheta_1, \vartheta_2, \ldots, \vartheta_n$, deren Exponenten $\leqq r-1$ und deren Coefficienten constant sind. Man erhält demnach, wenn man zur Abkürzung

$$(r-1)n+p = s$$

setzt, für y und dessen s erste Ableitungen nach x die Gleichungen:

$$\begin{aligned}
y &= \sum_{\nu=1}^{p} \varphi_\nu w_\nu,\\
\frac{dy}{dx} &= \sum_{\nu=1}^{p} \varphi'_\nu w_\nu + \sum_{\lambda=1}^{n} \varrho_{1\lambda}^{(r-1)} \vartheta_\lambda^{r-1},\\
\frac{d^2y}{dx^2} &= \sum_{\nu=1}^{p} \varphi''_\nu w_\nu + \sum_{\lambda=1}^{n} \left[\varrho_{2\lambda}^{(r-1)} \vartheta_\lambda^{r-1} + \varrho_{2\lambda}^{(r-2)} \vartheta_\lambda^{r-2}\right],\\
&\ldots\ldots\ldots\ldots\ldots\ldots\ldots\ldots\ldots,\\
\frac{d^ry}{dx^r} &= \sum_{\nu=1}^{p} \varphi_\nu^{(r)} w_\nu + \sum_{\lambda=1}^{n} \left[\varrho_{r\lambda}^{(r-1)} \vartheta_\lambda^{r-1} + \cdots + \varrho_{r\lambda}^{(1)} \vartheta_\lambda\right] + \bar{\omega}_r,\\
&\ldots\ldots\ldots\ldots\ldots\ldots\ldots\ldots\ldots,\\
\frac{d^sy}{dx^s} &= \sum_{\nu=1}^{p} \varphi_\nu^{(s)} w_\nu + \sum_{\lambda=1}^{n} \left[\varrho_{s\lambda}^{(r-1)} \vartheta_\lambda^{r-1} + \cdots + \varrho_{s\lambda}^{(1)} \vartheta_\lambda\right] + \bar{\omega}_s,
\end{aligned}$$

in welchen $\varphi_\nu^{(i)}$ die i^{te} Ableitung von φ_ν nach x bedeutet, die Grössen $\varrho_{\sigma\lambda}^{(x)}$ und $\bar{\omega}_i$ algebraische Functionen von x sind.

Multiplicirt man diese Gleichungen der Reihe nach mit $P_s, P_{s-1}, \ldots, P_0$, addirt sie und setzt in dem Additionsresultat die Coefficienten von w_1,

$w_2, \ldots, w_p, \vartheta_\lambda^{r-1}, \vartheta_\lambda^{r-2}, \ldots, \vartheta_\lambda$ $(\lambda = 1, 2, \ldots, n)$ gleich Null, so erhält man zur Bestimmung der $s+1$ Grössen P_i s lineare homogene Gleichungen mit algebraischen Coefficienten, und für y ergiebt sich, wenn man noch

$$P_0 \tilde{\omega}_s + P_1 \tilde{\omega}_{s-1} + \cdots + P_{s-r} \tilde{\omega}_r = q_1$$

setzt, die Differentialgleichung

$$P_0 \frac{d^s y}{d x^s} + P_1 \frac{d^{s-1} y}{d x^{s-1}} + \cdots + P_s y = q_1.$$

Ihre Coefficienten sind algebraische Functionen von x, und sie sind eindeutig bestimmt, wenn in G) die Logarithmen $\vartheta_1, \vartheta_2, \ldots, \vartheta_n$ algebraisch unabhängig und die algebraischen Functionen $\varphi_1, \varphi_2, \ldots, \varphi_p$ linear unabhängig voneinander sind, da sich dann aus der Form von y nach Satz I (𝔄. S. 232) $(r-1)n$ logarithmische Integrale der zugehörigen reducirten Differentialgleichung ergeben, welche untereinander und von $\varphi_1, \varphi_2, \ldots, \varphi_p$ linear unabhängig sind. Ferner kann die algebraische Function q_1 nicht gleich Null sein, weil sich sonst y durch diese s Integrale linear und homogen darstellen lassen müsste, was offenbar unmöglich ist. Die gefundene Differentialgleichung ist also eindeutig bestimmt und nicht homogen, und Satz XI ist bewiesen.

Die Anzahl der Logarithmen, welche die Function y in Gleichung G) bei gegebenem Grade r enthalten darf, wenn sie einer algebraischen linearen Differentialgleichung m^{ter} Ordnung genügen soll, wird nach Satz X um so grösser sein können, je kleiner p ist. Der grösste Werth, den diese Anzahl n überhaupt besitzen kann, ist demnach, da nach Satz III (𝔄. S. 233) p mindestens gleich Eins sein muss,

$$n = \left[\frac{m-1}{r-1}\right], \tag{19}$$

und y erhält, wenn $p = 1$ ist, die Form

$$y = \varphi \sum_{\lambda=1}^{n} k_\lambda \vartheta_\lambda^r. \tag{H}$$

Nach Satz IIa) (𝔄. S. 234) kann der Grad r dieser Function höchstens gleich m sein. Ist aber $r = m$, so folgt aus Gleichung 19) $n = 1$, das Integral H) kann also in diesem Falle nur einen einzigen, mit einer algebraischen Function oder mit einer Constanten multiplicirten Logarithmus enthalten, was sich übrigens auch aus dem letzten Satze von 𝔄. (S. 242) direct ergiebt.

Ist $r = m - 1$ und $m = 3$, so ist die Maximalzahl der möglichen Logarithmen $n = 2$; sobald aber $m > 3$ ist, muss $n = 1$ sein. Aus Satz X und XI folgt somit:

Ein Ausdruck von der Form H), in welchem $r = m - 1$ ist, wird immer dann und nur dann einer algebraischen linearen Differentialgleichung m^{ter} Ordnung genügen, wenn er, falls

$m > 3$, nur einen einzigen, falls aber $m = 3$, höchstens zwei algebraisch voneinander unabhängige Logarithmen enthält.

Für $m = 3$ folgt dies auch aus Satz VI.

Fragen wir allgemein, zwischen welchen Grenzen r liegen muss, wenn die Maximalzahl n der Logarithmen in dem Integral H) gleich Eins sein soll, so folgt aus der Gleichung

$$1 = \left[\frac{m-1}{r-1}\right]$$

für r die Ungleichung

$$\frac{m+1}{2} < r \leqq m,$$

d. h.:

Ein Ausdruck von der Form H), in welchem $r > \frac{m+1}{2}$, aber $\leqq m$ ist, wird einer algebraischen linearen Differentialgleichung m^{ter} Ordnung immer dann und nur dann genügen, wenn er nur einen einzigen Logarithmus enthält.

Wir betrachten jetzt noch das mit einer algebraischen Function oder mit einer Constanten multiplicirte Product der n algebraisch voneinander unabhängigen Logarithmen $\vartheta_1, \vartheta_2, \ldots, \vartheta_n$

$$\text{J)} \qquad y = \varphi\, \vartheta_1 . \vartheta_2 \ldots \vartheta_n$$

und suchen die Bedingungen dafür, dass es einer linearen nicht homogenen Differentialgleichung m^{ter} Ordnung mit algebraischen Coefficienten genügt.

Wenn diese Function die Differentialgleichung A) befriedigt, so wird nach Satz I der Differentialgleichung B) durch jede Ableitung von der Form

$$\frac{\partial^r y}{\partial \vartheta_{\lambda_1} \partial \vartheta_{\lambda_2} \ldots \partial \vartheta_{\lambda_r}}$$

genügt, in welcher r die Werthe von 1 bis n annehmen darf und bei jedem Werthe von r für $\lambda_1, \lambda_2, \ldots, \lambda_r$ alle Combinationen r^{ten} Grades der Zahlen $1, 2, \ldots, n$ zu setzen sind. Die Anzahl dieser Integrale der Differentialgleichung B) ist demnach

$$\binom{n}{1} + \binom{n}{2} + \cdots + \binom{n}{n} = (1+1)^n - 1 = 2^n - 1,$$

und dieselben sind offenbar alle von Null und voneinander verschieden. Auch kann eine lineare homogene Gleichung mit constanten Coefficienten zwischen ihnen nicht stattfinden; denn dieselbe würde, da jedes ihrer Glieder eine andere Combination der Logarithmen $\vartheta_1, \vartheta_2, \ldots, \vartheta_n$ enthielte, sich also nicht gegen ein anderes Glied wegheben könnte, gegen Voraussetzung einen algebraischen Zusammenhang zwischen $\vartheta_1, \vartheta_2, \ldots, \vartheta_n$ ergeben. Es muss somit jedenfalls

$$m \geqq 2^n - 1,$$

also

$$20)\qquad n \leqq \left[\frac{\log(m+1)}{\log 2}\right]$$

sein.

Nun lässt sich aber durch ganz dasselbe Verfahren, welches in den bisher betrachteten Fällen angewandt wurde und deshalb nicht nochmals wiederholt werden soll, zeigen, dass jeder Ausdruck von der Form J) einer eindeutig bestimmten linearen nicht homogenen Differentialgleichung $(2^n - 1)^{\text{ter}}$ Ordnung mit algebraischen Coefficienten genügt. Wir haben daher den Satz:

XII. Eine Function von der Form J), in welcher φ eine algebraische Function oder eine Constante ist, und $\vartheta_1, \vartheta_2, \ldots, \vartheta_n$ algebraisch voneinander unabhängige Logarithmen bedeuten, deren Ableitungen algebraische Functionen von x sind, genügt immer dann und nur dann einer algebraischen Differentialgleichung m^{ter} Ordnung, wenn für die Anzahl der darin auftretenden Logarithmen die Ungleichung 20) erfüllt ist.

Heidelberg, 11. September 1888.

Kleinere Mittheilungen.

I. Ueber die Bestimmung eines unendlichen Productes.

In der algebraischen Analysis findet man das unendliche Product:

$$\left[1+\left(\frac{k}{x}\right)^n\right]\left[1+\left(\frac{k}{2\pi-x}\right)^n\right]\left[1+\left(\frac{k}{2\pi+x}\right)^n\right]\left[1+\left(\frac{k}{4\pi-x}\right)^n\right]\left[1+\left(\frac{k}{4\pi+x}\right)^n\right]\cdots$$

für $n=2$ entwickelt. Hier soll unter Anwendung von periodischen Reihen das Product bestimmt werden, wenn n eine beliebige gerade Zahl bedeutet.

Zunächst handelt es sich um den Werth des Integrals:

$$\int_0^\infty \cos rx . \log\frac{x^n}{k^n+x^n}\,dx,$$

wobei n als gerade Zahl vorausgesetzt werden möge. Der Nenner lässt sich in die folgenden rein quadratischen Factoren zerlegen:

$$x^n+k^n=\prod_1^{\frac{n}{2}}\left[x^2+\left(-kie^{\frac{2g-1}{n}\pi i}\right)^2\right]$$

und es erscheint mit Rücksicht darauf das Integral durch nachstehende Summe von Integralen ausgedrückt:

$$\int_0^\infty \cos rx \log\frac{x^n}{k^n+x^n}\,dx=\sum_1^{\frac{n}{2}}\int_0^\infty \cos rx . \log\frac{x^2}{x^2+\left(-kie^{\frac{2g-1}{n}\pi i}\right)^2}\,dx.$$

Die einzelnen Summanden können nach der bekannten Formel:

$$\int_0^\infty \cos rx . \log\frac{x^2}{p^2+x^2}\,dx=\frac{\pi}{r}\left(e^{-pr}-1\right)$$

entwickelt werden, wenn $p=-kie^{\frac{2g-1}{n}\pi i}$ gesetzt wird, und es ist daher:

$$\int_0^\infty \cos rx . \log\frac{x^n}{k^n+x^n}\,dx=\sum_1^{\frac{n}{2}}\frac{\pi}{r}\left(e^{\frac{2g-1}{n}\pi i}-1\right)$$

oder, wenn man zur Abkürzung setzt:

1) $$\alpha_g=k\sin\frac{2g-1}{n}\pi,$$

2) $$\beta_g=k\cos\frac{2g-1}{n}\pi,$$

$$\int_1^{\infty} \cos rx \,.\, \log \frac{x^n}{k^n+x^n}\, dx = \frac{\pi}{r} \sum_1^{\frac{n}{2}} \left[e^{ri(\beta_\varrho + i\alpha_\varrho)} - 1\right]$$

$$= -\frac{n\pi}{2r} + \frac{\pi}{r} \sum_1^{\frac{n}{2}} e^{-r\alpha_\varrho}\left[\cos(r\beta_\varrho) + i \sin(r\beta_\varrho)\right],$$

weshalb man für das ursprüngliche Integral erhält:

$$3)\qquad \int_0^{\infty} \cos rx \,.\, \log \frac{x^n}{k^n+x^n}\, dx = \frac{\pi}{r}\left[-\frac{n}{2} + \sum_1^{\frac{n}{2}} e^{-r\alpha_\varrho} \cos(r\beta_\varrho)\right].$$

Nebstdem folgt noch aus der vorletzten Gleichung:

$$\sum_1^{\frac{n}{2}} e^{-r\alpha_\varrho} \sin(r\beta_\varrho) = 0.$$

Nun ist aus der Theorie über periodische Reihen bekannt, dass für alle x, welche zwischen 0 und 2π liegen, die Gleichung besteht:

$$4)\qquad \begin{aligned} &\tfrac{1}{2}A_0 + A_1 \cos x + A_2 \cos 2x + A_3 \cos 3x + \cdots \\ &= f(x) + f(2\pi - x) + f(2\pi + x) + f(4\pi - x) + f(4\pi + x) + \cdots, \end{aligned}$$

wobei die Coefficienten durch das nachstehende Integral ausgedrückt erscheinen:

$$5)\qquad A_n = \frac{2}{\pi} \int_0^{\infty} \cos rx\, f(x)\, dx.$$

Setzt man für die Function:

$$f(x) = \log \frac{x^n}{k^n+x^n},$$

so folgt aus Gleichung 3) in Verbindung mit Gleichung 5) für den Coefficienten A_r:

$$6)\qquad A_r = -\frac{n}{r} + \frac{2}{r} \sum_1^{\frac{n}{2}} e^{-r\alpha_\varrho} \cos(r\beta_\varrho),$$

daher ist das allgemeine Glied der Reihe 4) durch den Ausdruck bestimmt:

$$A_r \cos rx = -\frac{n}{r} \cos rx + \frac{2}{r} \cos rx \sum_1^{\frac{n}{2}} e^{-r\alpha_\varrho} \cos(r\beta_\varrho),$$

ferner ist noch:

$$\tfrac{1}{2}A_0 = -\frac{k}{\sin\frac{\pi}{n}}.$$

Dies beachtend, geht die linke Seite der Gleichung 4) über in:

$$-\frac{k}{\sin\frac{\pi}{n}} - n \sum_{r=1}^{r=\infty} \frac{\cos rx}{r} + 2 \sum_{r=1}^{r=\infty} \sum_{\varrho=1}^{\varrho=\frac{n}{2}} \frac{e^{-r\alpha_\varrho} \cos rx \cos(r\beta_\varrho)}{r}.$$

Für die erste Summe hat man bekanntlich:

$$\sum_{r=1}^{r=\infty} \frac{\cos r x}{r} = -\tfrac{1}{2} \log(2-2\cos x),$$

während letztere die Form hat:

$$\sum_{r=1}^{r=\infty} \frac{2 p^r \cos r x \cos r \beta}{r}$$

und mittels der Formel:

$$7) \qquad \sum_{r=1}^{r=\infty} \frac{2 p^r \cos r z}{r} = -\log(1-2p\cos z + p^2)$$

summirt werden kann, nachdem zuvor das Product der zwei Cosinusse durch eine Summe ersetzt worden. Dies berücksichtigend, ergiebt sich für die letztere Reihe der Werth:

$$\sum_{r=1}^{r=\infty} \frac{2 p^r \cos r x \cos r \beta}{r} = -\tfrac{1}{2} \log[1-2p\cos(x+\beta)+p^2][1-2p\cos(x-\beta)+p^2].$$

Mit Rücksicht auf diese Gleichung hat man:

$$2 \sum_{r=1}^{r=\infty} \sum_{\varrho=1}^{\varrho=\frac{n}{2}} \frac{1}{r} \cdot e^{-r\alpha_\varrho} \cos r x \cos(r\beta_\varrho)$$

$$= -\tfrac{1}{2} \sum_{\varrho=1}^{\varrho=\frac{n}{2}} \log[1-2e^{-\alpha_\varrho}\cos(x+\beta_\varrho)+e^{-2\alpha_\varrho}].[1-2e^{-\alpha_\varrho}\cos(x-\beta_\varrho)+e^{-2\alpha_\varrho}]$$

und man gelangt nach Vereinigung der Logarithmen zu dem nachstehenden Ergebnisse:

$$\log\left[1+\left(\frac{k}{x}\right)^n\right]\left[1+\left(\frac{k}{2\pi-x}\right)^n\right]\left[1+\left(\frac{k}{2\pi+x}\right)^n\right]\left[1+\left(\frac{k}{4\pi-x}\right)^n\right]\left[1+\left(\frac{k}{4\pi+x}\right)^n\right]\cdots$$

$$= \log \frac{\prod_{1}^{\frac{n}{2}} [1-2e^{-\alpha_\varrho}\cos(x+\beta_\varrho)+e^{-2\alpha_\varrho}]^{\frac{1}{2}}.[1-2e^{-\alpha_\varrho}\cos(x-\beta_\varrho)+e^{-2\alpha_\varrho}]^{\frac{1}{2}}}{2^{\frac{n}{2}}(1-\cos x)^{\frac{n}{2}}.e^{-k\csc\frac{\pi}{n}}},$$

woraus sich der Werth des vorgelegten Productes also ergiebt:

$$9) \quad \left[1+\left(\frac{k}{x}\right)^n\right]\left[1+\left(\frac{k}{2\pi-x}\right)^n\right]\left[1+\left(\frac{k}{2\pi+x}\right)^n\right]\left[1+\left(\frac{k}{4\pi-x}\right)^n\right]\left[1+\left(\frac{k}{4\pi+x}\right)^n\right]\cdots$$

$$= \frac{\prod_{1}^{\frac{n}{2}} [1-2e^{-\alpha_\varrho}\cos(x+\beta_\varrho)+e^{-2\alpha_\varrho}]^{\frac{1}{2}}.[1-2e^{-\alpha_\varrho}\cos(x-\beta_\varrho)+e^{-2\alpha_\varrho}]^{\frac{1}{2}}}{2^{\frac{n}{2}}(1-\cos x)^{\frac{n}{2}}.e^{-k\csc\frac{\pi}{n}}}.$$

Die Werthe von α_ϱ und β_ϱ sind durch die Gleichungen 1) und 2) bestimmt, während x der Relation $0 < x < 2\pi$ genügen muss. Ersetzt man in der letzten Formel x durch $\pi - x$, so folgt für $-\pi < x < +\pi$:

$$10)\quad \left[1+\left(\frac{k}{\pi-x}\right)^n\right]\left[1+\left(\frac{k}{\pi+x}\right)^n\right]\left[1+\left(\frac{k}{3\pi-x}\right)^n\right]\left[1+\left(\frac{k}{3\pi+x}\right)^n\right]\cdots$$

$$=\frac{\prod_1^{\frac{n}{2}}[1+2e^{-\alpha_g}\cos(x+\beta_g)+e^{-2\alpha_g}]^{\frac{1}{2}}.[1+2e^{-\alpha_g}\cos(x-\beta_g)+e^{-2\alpha_g}]^{\frac{1}{2}}}{2^{\frac{n}{2}}(1+\cos x)^{\frac{n}{2}}.e^{-k\csc\frac{\pi}{n}}}.$$

Der specielle Fall $n=2$ giebt die aus der algebraischen Analysis bekannten Resultate.

Einfacher gestaltet sich die letzte Gleichung für $x=0$ und $k=y\pi$, durch welche Substitution man erhält, wenn das unendliche Product mit Q bezeichnet wird:

$$Q^2=\left[\left(1+\frac{y^n}{1^n}\right)\left(1+\frac{y^n}{3^n}\right)\left(1+\frac{y^n}{5^n}\right)\cdots\right]^2$$

$$=\frac{1}{2^n}e^{\pi y\csc\frac{\pi}{n}}.\prod_1^{\frac{n}{2}}(1+2e^{-\alpha_g}\cos\beta_g+e^{-2\alpha_g})$$

$$=\frac{1}{2^n}e^{\pi y\csc\frac{\pi}{n}}.\prod_1^{\frac{n}{2}}e^{-\alpha_g}.\prod_1^{\frac{n}{2}}(e^{\alpha_g}+e^{-\alpha_g}+2\cos\beta_g),$$

oder es ist, nachdem zur Abkürzung das Trinom $e^{\alpha_g}+e^{-\alpha_g}+2\cos\beta_g=\psi(g)$ gesetzt worden:

$$Q^2=\frac{1}{2^n}e^{\pi y\csc\frac{\pi}{n}}.\prod_1^{\frac{n}{2}}e^{-\alpha_g}.\prod_1^{\frac{n}{2}}\psi(g).$$

Für das erste Product folgt, wenn man auf die Bedeutung von α_g zurückgeht, der einfache Werth:

$$\prod_1^{\frac{n}{2}}e^{-\alpha_g}=e^{-\pi y\csc\frac{\pi}{n}}.$$

Um die Anzahl der Substitutionen im letzten Producte auf die Hälfte zu reduciren, sollen die Fälle $n=4m$ und $n=4m+2$ unterschieden werden. So ist für den ersten Fall:

$$\prod_1^{\frac{n}{2}}\psi(g)=\prod_1^{\frac{n}{4}}\psi(g).\prod_{\frac{n}{4}+1}^{\frac{n}{2}}\psi(g).$$

Der zweite Factor lässt sich folgendermassen umgestalten, wenn die Substitutionen in umgekehrter Ordnung ausgeführt werden:

$$\prod_{\frac{n}{4}+1}^{\frac{n}{2}}\psi(g)=\prod_{\frac{n}{2}}^{\frac{n}{4}+1}\psi(g)=\prod_1^{\frac{n}{4}}\psi\left(\frac{n}{2}-g+1\right).$$

Nun ist aber:

$$\alpha_{\frac{n}{2}-g+1} = \pi y \sin\left(\pi - \frac{2g-1}{n}\pi\right) = \alpha_g,$$

$$\beta_{\frac{n}{2}-g+1} = \pi y \cos\left(\pi - \frac{2g-1}{n}\pi\right) = -\beta_g$$

und

$$\psi\left(\frac{n}{2}-g+1\right) = \psi(g),$$

daher hat man für das nachstehende Product:

$$\prod_1^{\frac{n}{2}} \psi(g) = \left[\prod_1^{\frac{n}{4}} \psi(g)\right]^2.$$

Dies beachtend, gelangt man für $n = 4m$ zu dem einfachen Resultate:

$$11)\quad \left(1+\frac{y^n}{1^n}\right)\left(1+\frac{y^n}{3^n}\right)\left(1+\frac{y^n}{5^n}\right)\cdots = \frac{1}{2^{\frac{n}{2}}}\prod_1^{\frac{n}{4}}(e^{\alpha_g}+e^{-\alpha_g}+2\cos\beta_g).$$

Nach einer ähnlichen Behandlung des zweiten Falles folgt für $n = 4m+2$:

$$\left(1+\frac{y^n}{1^n}\right)\left(1+\frac{y^n}{3^n}\right)\left(1+\frac{y^n}{5^n}\right)\cdots$$

$$= \left(\frac{1}{2}\right)^{\frac{n}{2}}\left(e^{\frac{\pi y}{2}}+e^{-\frac{\pi y}{2}}\right).\prod_1^{\frac{n-2}{4}}(e^{\alpha_g}+e^{-\alpha_g}+2\cos\beta_g);$$

α_g und β_g sind durch die Ausdrücke gegeben:

$$\alpha_g = \pi y \sin\frac{2g-1}{n}\pi, \quad \beta_g = \pi y \cos\frac{2g-1}{n}\pi.$$

Römerstadt, im Juni 1888. Prof. REINHARD MILDNER.

II. Hyperarithmetische und hyperharmonische Mittel nebst geometrischen Anwendungen.

(Hierzu Taf. I Fig. 12–14.)

I. Das arithmetische Mittel zwischen den Grössen r_1 und r_2 wird bekanntlich durch die Formel

$$r = \tfrac{1}{2}(r_1 + r_2)$$

definirt; diese bildet einen sehr speciellen Fall der allgemeineren Gleichung

$$1)\qquad r = \varkappa r_1 + \lambda r_2,$$

worin $\varkappa$ und λ constante numerische Coefficienten bedeuten mögen, und es wäre vielleicht nicht unpassend, r als das hyperarithmetische Mittel von r_1 und r_2 zu bezeichnen. Für solche Mittel gilt nun folgende sehr einfache geometrische Bemerkung.

Es giebt unendlich viel Curven, deren Gleichung zwischen den Polarcoordinaten r und ϑ unter der Form

2) $$r = a f(\vartheta) + b\varphi(\vartheta) + c\psi(\vartheta) + \cdots$$

enthalten ist, wobei jedoch die Parameter a, b, c, ... in den Functionen $f(\vartheta)$, $\varphi(\vartheta)$, $\psi(\vartheta)$, ... **nicht** vorkommen dürfen; man ersetze hier r, a, b, c, ... einmal durch r_1, a_1, b_1, c_1, ... nachher durch r_2, a_2, b_2, c_2, ... und nehme schliesslich $r = \varkappa r_1 + \lambda r_2$; man erhält dann eine Gleichung, die wieder von der Form 2) ist und daher geometrisch bedeutet (Fig. 12):

> Sind OP_1 und OP_2 die, in zwei Curven der genannten Art demselben Polarwinkel entsprechenden Vectoren, und wird auf OP_1P_2 der Vector OP gleich dem hyperarithmetischen Mittel zwischen OP_1 und OP_2 genommen, so ist der Ort von P eine Curve derselben Art, und jeder ihrer Parameter das hyperarithmetische Mittel aus den gleichnamigen Parametern der ursprünglichen Curven.

Die Kegelschnitte liefern hierzu drei Beispiele.

a) Haben zwei beliebige Kreise (Fig. 13) einen Punkt O gemein und wird derselbe zum Coordinatenanfang gewählt, so ist die Polargleichung eines solchen Kreises

$$r = a\cos\vartheta + b\sin\vartheta,$$

mithin gilt hier der obige Satz.

b) Für zwei beliebige gleichseitige Hyperbeln, welche den Punkt O gemein haben, ist

$$r = \frac{a}{\cos\vartheta} + \frac{b}{\sin\vartheta},$$

was der Voraussetzung entspricht.

c) Schneiden sich zwei Parabeln, deren Axen parallel liegen, im Punkte O, so ist

$$r = a\frac{\sin\vartheta}{\cos^2\vartheta} + b\frac{1}{\cos\vartheta}$$

wie in Nr. 2).

II. Die vorigen Erörterungen bleiben fast wörtlich dieselben, sobald man eine Fläche voraussetzt, deren Gleichung in den Polarcoordinaten r, ϑ, ω unter der Form

3) $$r = a f(\vartheta, \omega) + b\varphi(\vartheta, \omega) + \cdots$$

enthalten ist, wobei a, b, ... nicht in f, φ, ... vorkommen. Der allgemeine Satz, zu welchem man gelangt, unterscheidet sich von dem vorigen nur dadurch, dass statt „Curve“ zu sagen ist „Fläche“.

III. Von bedeutend grösserer Tragweite ist die Verallgemeinerung des Doppelschnittsverhältnisses. Liegen nämlich die Punkte O, P_1, P, P_2 so, dass für ein gegebenes δ die Gleichung besteht

$$\frac{OP_1}{PP_1} : \frac{OP_2}{PP_2} = \delta \quad \text{oder} \quad \frac{r_1}{r_2}\frac{(r_2 - r)}{(r - r_1)} = \delta,$$

so folgt

4) $$r = \frac{(1+\delta)\, r_1 r_2}{r_1 + \delta r_2}$$

wobei r das Doppelschnittsmittel zwischen r_1 und r_2 heissen könnte; schreibt man statt Nr. 4)

$$\frac{1}{r}=\frac{1}{1+\delta}\cdot\frac{1}{r_1}+\frac{\delta}{1+\delta}\cdot\frac{1}{r_2} \quad \text{oder kurz} \quad \frac{1}{r}=\mu\frac{1}{r_1}+(1-\mu)\frac{1}{r_2},$$

so ersieht man, dass die allgemeinere, zwei beliebige Coefficienten μ und ν enthaltende Gleichung

$$5) \qquad \frac{1}{r}=\mu\frac{1}{r_1}+\nu\frac{1}{r_2}$$

für $\mu+\nu=1$ das Doppelschnittsmittel und für $\mu=\nu=\frac{1}{2}$ das harmonische Mittel als besondere Fälle umfasst. Das nach Nr. 5) bestimmte r möge das *hyperharmonische* Mittel zwischen r_1 und r_2 genannt werden.

In völliger Analogie zu I und II lässt sich dies auf Curven anwenden, deren Polargleichung lautet:

$$\frac{1}{r}=\frac{1}{a}f(\vartheta)+\frac{1}{b}\varphi(\vartheta)+\frac{1}{c}\psi(\vartheta)+\cdots$$

und ebenso auf Flächen mit der Polargleichung

$$\frac{1}{r}=\frac{1}{a}f(\vartheta,\omega)+\frac{1}{b}\varphi(\vartheta,\omega)+\cdots,$$

vorausgesetzt, dass die Parameter $a, b, c, \ldots$ in den Functionen $f, \varphi, \psi, \ldots$ nicht vorkommen. Man erhält ohne Weiteres den Satz:

> Sind OP_1 und OP_2 die, in zwei Curven oder Flächen der genannten Art zu gleichen Polarwinkeln gehörenden Vectoren, und wird auf OP_1P_2 der Vector OP gleich dem hyperharmonischen Mittel zwischen OP_1 und OP_2 genommen, so ist der Ort von P eine Curve, bezw. Fläche derselben Art, und jeder ihrer Parameter das hyperharmonische Mittel aus den gleichnamigen Parametern der ursprünglichen Curven bezw. Flächen.

Einige Beispiele hierzu sind folgende.

a) In rechtwinkligen Coordinaten ist die Gleichung der Geraden

$$\frac{x}{a}+\frac{y}{b}=1,$$

mithin in Polarcoordinaten

$$\frac{1}{r}=\frac{1}{a}\cos\vartheta+\frac{1}{b}\sin\vartheta;$$

der allgemeine Satz gilt also, wenn von einem festen Punkte O aus Transversalen durch zwei feste Gerade gelegt werden. Fig. 13 zeigt den Fall $\mu=\frac{1}{2}$, $\nu=\frac{1}{3}$,

$$OP=\frac{6\,OP_1.OP_2}{2\,OP_1+3\,OP_2}, \quad OD=\tfrac{6}{5}OC.$$

Für $\mu+\nu=1$ fällt D auf C; für $\mu=\nu=\frac{1}{2}$ kommt man auf einen alt- und allbekannten Satz zurück.

Ersetzt man die festen Geraden durch Ebenen, so beschreibt P gleichfalls eine Ebene.

bei welchen $\alpha \geqq \beta$ ist; die zweite soll diejenigen umfassen, bei denen $\alpha < \beta$ ist. In der ersten Gruppe kann man also $\alpha = \mu + \nu$, $\beta = \mu$ und in der zweiten $\alpha = \mu$, $\beta = \mu + \nu + 1$ setzen, wo μ und ν irgendwelche nicht negative Zahlen bezeichnen. Hiernach folgt aus obiger Formel:

$$R(x, y, z) = \Sigma x^{\mu} y^{\mu+\nu} z^{\mu(\mu+\nu)} + \Sigma x^{\mu+\nu+1} y^{\mu} z^{\mu(\mu+\nu+1)}$$

oder:

$$R(x, y, z) = \sum_{\mu=0}^{\infty} \frac{x^{\mu} y^{\mu} z^{\mu^2}}{1 - y z^{\mu}} + \sum_{\mu=0}^{\infty} \frac{x^{\mu+1} y^{\mu} z^{\mu.(\mu+1)}}{1 - x z^{\mu}},$$

und hieraus ergiebt sich schliesslich die Kirchhoff'sche Formel:

$$R(x, y, z) = \sum_{\mu=0}^{\infty} \frac{1 - x y z^{2\mu}}{(1 - x z^{\mu})(1 - y z^{\mu})} \cdot x^{\mu} y^{\mu} z^{\mu^2},$$

welche wir herleiten wollten.

Prag, am 15. Mai 1888.

M. Lerch,
Docent am Böhm. Polytechnikum zu Prag.

IV. Erklärung.

Bezugnehmend auf die Note von S. 161, Bd. II der Darstellenden Geometrie von Herrn Professor Wiener und auf die in dieser Zeitschrift erschienene Recension von Herrn Professor Rodenberg erlaube ich mir, Folgendes zu erklären:

Die Anmerkung zu meiner Abhandlung über Imaginärprojection (S. 29 des XXX. Bandes der Vierteljahrsschrift der naturf. Gesellschaft in Zürich) erregte den Schein, als beanspruche ich gegenüber von Herrn Professor Wiener die Priorität. Sofort nachdem ich die Note Bd. II S. 161 von Herrn Prof. Wiener gelesen, erklärte ich ihm, dass mir dieser Anspruch fern liege. Es sei ja klar, dass das im I. und II. Bande der Darstellenden Geometrie über Imaginärprojection Entwickelte aus langen Studien hervorgegangen sei. Meine Abhandlung dagegen wurde erst im Winter 1883/84 geschrieben. Im folgenden Winter trug ich dieselbe der naturforschenden Gesellschaft in Zürich vor. Der Druck verzögerte sich, weil ich einige Abhandlungen zusammenstellte, welche durch denselben Gedanken verknüpft sind. So konnte ich noch die literarische Notiz hinzufügen, welche sich auf den unterdessen (1884) erschienenen I. Band der Darstellenden Geometrie von Herrn Professor Wiener bezieht.

Zürich, 15. November 1888.

Dr. Christian Beyel.

Gegenüber der grossen Ausbeute, welche durch Anwendung der Doppelschnittsverhältnisse gewonnen worden ist, darf man wohl erwarten, dass die mitgetheilte Verallgemeinerung des Doppelschnittsverhältnisses noch zu vielen interessanten Resultaten führen wird. Endlich liegt es auch nahe, bei mehr als zwei Curven oder Flächen mittlere Vectoren nach den allgemeineren Formeln

$$r = \Sigma \varkappa_n r_n \quad \text{und} \quad \frac{1}{r} = \sum \frac{\mu_n}{r_n}$$

zu construiren und damit Analoga zu den vorigen Hauptsätzen aufzustellen.

Ein sehr einfaches Beispiel hierzu ist folgendes. Wird ein aus n Strahlen bestehender ebener Büschel, dessen Mittelpunkt C ist, von einer beliebigen, durch den festen Punkt O gelegten Transversale in den Punkten P_1, P_2, ..., P_n geschnitten und

$$\frac{1}{OP} = \frac{1}{n}\left(\frac{1}{OP_1} + \frac{1}{OP_2} + \cdots + \frac{1}{OP_n}\right)$$

genommen, so ist der Ort von P eine Gerade, welche durch C geht. Um dieselbe rasch zu construiren, errichte man in C senkrecht zu OC die willkürliche Strecke CD und lege durch D parallel zu OC eine Gerade, welche die Strahlen des ursprünglichen Büschels in E_1, E_2, ..., E_n schneidet; wird nun DE gleich dem arithmetischen Mittel zwischen DE_1, DE_2, ..., DE_n auf der Geraden DE_1E_2... abgeschnitten, so fallen die Strahlen CE und CP zusammen.

O. Schlömilch.

III. Neuer Beweis einer Kirchhoff'schen Formel.

(Aus einem an A. Gutzmer gerichteten Briefe.)

... Die Kirchhoff'sche Formel* in Betreff der Reihe

$$R(x, y, z) = \sum_{\alpha=0}^{\infty} \frac{y^\alpha}{1 - x z^\alpha},$$

für welche Sie kürzlich einen Beweis veröffentlicht haben**, welcher sich auf die Heine'sche Reihe stützt, kann auch auf folgende Weise hergeleitet werden.

Nehmen Sie in der obigen Reihe die absoluten Beträge der Argumente x, y, z kleiner als Eins, so erhalten Sie offenbar:

$$R(x, y, z) = \Sigma x^\beta y^\alpha z^{\alpha\beta} \qquad (\alpha, \beta = 0, 1, 2, \ldots).$$

Ich theile nun die Glieder dieser absolut convergenten Reihe in zwei Gruppen. In die erste sollen alle diejenigen Glieder aufgenommen werden,

---

* Sitzungsberichte der Königl. Preuss. Akademie d. Wissenschaften zu Berlin, 1886, S. 1007–1013.

** Jornal de Sciencias mathematicas e astronomicas publicado pelo Dr. F. Gomes Teixeira, vol. VIII, p. 81–88.

werden können, oder von Hyperbeln für die übrigen Nichtcurvenpunkte, während in den Curvenpunkten die Indicatrix zu einem kleinen Stück der Tangente zusammenschrumpft. Sämmtliche Punkte der Ebene lassen sich nun nach zwei Gesichtspunkten ordnen: einmal können diejenigen Punkte verbunden werden, für welche die eine Axe der Indicatrix die nämliche Neigung gegen eine Hauptaxe des Kegelschnitts besitzt, woraus ein System von Curven hervorgeht, welche Isogonen heissen sollen; ferner jene Punkte, deren Indicatricen das gleiche Axenverhältniss haben; dies giebt ein zweites System: die Niveaulinien. Zu jeder Niveaulinie gehört demnach eine gewisse Zahl, nämlich der vorhin definirte Quotient, und zu jeder Isogone eine andere, nämlich die Anzahl Grade der Neigung der gewählten Indicatricenaxe; in jedem Punkte kreuzt sich eine Isogone mit einer Niveaulinie, und durch die hierdurch gegebenen zwei Zahlen ist der Punkt in Bezug auf den Kegelschnitt und gegenüber den übrigen Punkten der Ebene vollständig und eindeutig charakterisirt.

In einem rechtwinkligen Coordinatensystem XOY wird ein involutorisches Büschel, dessen rechtwinkliges Paar in die Coordinatenaxen fällt, durch die Gleichung $y = \pm mx$ gegeben. Einem reellen m entspricht eine hyperbolische Indicatrix $\frac{x^2}{\alpha^2} - \frac{y^2}{\beta^2} = 1$ mit dem Axenverhältnisse $\frac{\beta}{\alpha} = m$; dabei vermag m alle Werthe von 0 bis ∞ anzunehmen; ist aber m rein imaginär, so gehört zu ihm eine elliptische Indicatrix $\frac{x^2}{\alpha^2} + \frac{y^2}{\beta^2} = 1$ mit $\frac{\beta}{\alpha} = i\mu$, wobei μ ebenfalls sich von 0 bis ∞ zu ändern vermag. Bildet die Axe α der Indicatrix mit der Axe $+X$ den Winkel φ, so giebt die Transformation der Coordinaten als neue Gleichung des Büschels $x(\pm m + \lambda) + y(\pm m\lambda - 1) = 0$, wobei $tg\varphi = \lambda$ gesetzt worden ist. Wird endlich letzterer parallel verschoben, bis sein Centrum im Punkte $(x_0 y_0)$ angelangt ist, so geht seine Gleichung über in

$$x(\pm m + \lambda) + y(\pm m\lambda - 1) - \{x_0(\pm m + \lambda) + y_0(\pm m\lambda - 1)\} = 0.$$

Die Uebereinstimmung mit der gewöhnlichen Form $ux + vy - 1 = 0$ wird also erreicht für

$$u = \frac{\pm m + \lambda}{x_0(\pm m + \lambda) + y_0(\pm m\lambda - 1)} \quad \text{und} \quad v = \frac{\pm m\lambda - 1}{x_0(\pm m + \lambda) + y_0(\pm m\lambda - 1)}.$$

Auf einer Isogone liegen jetzt die Punkte x, y, für welche λ constant bleibt und m sich ändert, während eine Niveaulinie solche Punkte x_0, y_0 verbindet, für welche m constant bleibt und λ sich ändert.

Für einen Kreis vom Radius r lautet die Gleichung in Liniencoordinaten $u^2 + v^2 - \frac{1}{r^2} = 0$, der unser Büschel genügt, wenn

$$(\pm m + \lambda)^2 + (\pm m\lambda - 1)^2 - \frac{1}{r^2}\{x_0(\pm m + \lambda) + y_0(\pm m\lambda - 1)\}^2 = 0,$$

woraus

$$[x^2(\lambda^2+m^2)+y^2(1+m^2\lambda^2)+2xy\lambda(m^2-1)-r^2(1+\lambda^2)(m^2+1)]$$
$$\pm m\left\{\lambda x^2-\lambda y^2+xy(\lambda^2-1)\right\}=0,$$

was nur möglich ist, wenn die in den beiden grossen Klammern stehenden Ausdrücke einzeln $=0$ sind. Wird zuerst $\lambda x^2-\lambda y^2+xy(\lambda^2-1)=0$ genommen, so liefert dies ein Paar rechtwinkliger Geraden mit den Neigungen φ, resp. $90+\varphi$ gegen die $+X$-Axe, von denen aber wegen der anfänglich angenommenen Drehung um den Winkel φ nur die erstere weiter zu berücksichtigen ist. Die Gerade $y=\lambda x$ bildet demnach, wie von vornherein klar war, die Isogone für alle Punkte, für welche die Indicatricenaxe a die Neigung φ hat. — Den Ausdruck der zweiten Klammer $=0$ gesetzt und die Reduction auf die Hauptaxen $X'OY'$ durchgeführt, lehrt, dass die Axe X' mit X den Winkel φ macht; dabei nimmt die Gleichung die Form an: $m^2x'^2+y'^2=r^2(1+m^2)$, was, je nachdem m^2 positiv oder negativ ist, eine Ellipse oder Hyperbel darstellt, deren zwei Scheitel die auf der Geraden $y=\lambda x$ liegenden Punkte vom Gewicht (φ, m), resp. $(180+\varphi, m)$ sind. Wird endlich aus den beiden obigen $=0$ gesetzten Ausdrücken λ eliminirt, so folgt $x^2+y^2=\frac{r^2(1+m^2)}{m^2}$; d. h. die Niveaulinien sind concentrische Kreise. Für den Radius R eines solchen ergiebt sich $R=r\sqrt{1+\frac{1}{m^2}}$, woraus ersichtlich ist, dass dem Kreismittelpunkt der Werth $m=i$ zukommt; steigenden Werthen von m, also $2i$, $3i$ u. s. f., entsprechen immer grössere Kreise, bis schliesslich mit $m=\infty i$ die Peripherie des gegebenen erreicht wird; jenseits des letzteren folgen dann für die reellen m von ∞ bis 0 immer weitere, bis $m=0$ einen unendlich grossen ergiebt. Zu einem gegebenen m lässt sich $R^2=r^2+\frac{r^2}{m^2}$ einfach construiren und umgekehrt kann zu einem beliebig gewählten Punkte leicht $m=\frac{r}{\sqrt{R^2-r^2}}$ und damit die Indicatrix gefunden werden. — Umgekehrt entspringt diesen Betrachtungen eine Reihe von viel allgemeineren Kreisconstructionsproblemen, als die Planimetrie sie seither aufgestellt hat. So ist z. B. die Aufgabe, einen Kreis durch drei gegebene Punkte zu legen, nur ein specieller Fall von der neuen, einen solchen zu finden, für welchen drei gegebene Punkte vorgeschriebene Werthe von m erhalten sollen. Doch sei dieser Gedanke, um den Gang der Untersuchung nicht zu unterbrechen, hier nur angedeutet, ebenso der Hinweis, dass die collineare Beziehung von Kreis und Indicatrix die Quelle schöner Sätze und Constructionen ist.

Wird das nämliche Verfahren auf den imaginären Kreis vom Radius $r=i\varrho$ angewendet, so ergiebt sich, dass auch hier die vom Centrum ausgehenden Strahlen die Isogonen darstellen, und da nur elliptische Indicatricen möglich sind, so ist m ebenfalls imaginär $=i\mu$ zu nehmen, so dass dann $\frac{\beta}{\alpha} = \mu$ wird. Für die Niveaulinien folgt dann $x^2 + y^2 = \frac{\varrho^2(1-\mu^2)}{\mu^2}$, d. h. dieselben sind reelle Kreise für $\mu \lesseqgtr 1$; der Radius $R' = \varrho \sqrt{\frac{1}{\mu^2} - 1}$ ist $= 0$ für $\mu = 1$ und wächst mit abnehmendem μ. Verfolgt man demnach die Form der Indicatrix auf einem Radius, vom Mittelpunkte ausgehend, so ist dieselbe anfänglich kreisrund, hierauf bekommt sie die Gestalt einer Ellipse, die um so länger gezogen erscheint, je weiter man sich vom Mittelpunkte entfernt, bis sie schliesslich im Unendlichen zu einem Stück des Radius zusammenschrumpft. Durch dieses Verhalten des imaginären Kreises unterscheidet er sich ganz charakteristisch vom reellen.

Liegen in einer Ebene zwei reelle Kreise k und k' mit den Mittelpunkten M und M' und den Gleichungen $x^2 + y^2 - r^2 = 0$ und $(x-a)^2 + y^2 - r'^2 = 0$, so liefern diese für jeden Punkt P zwei Indicatricen, deren Axenverhältnisse mit m und m' bezeichnet sein sollen. Der Winkel $MPM' = \Theta$ ihrer Hauptaxen, die in die Richtungen MP und MP' fallen, bleibt für alle Punkte des Kreisbogens MPM' derselbe und die verschiedenen Werthe von Θ führen demnach auf den durch M und M' gehenden Kreisbüschel. — Andererseits kann nach dem Ort derjenigen Punkte gefragt werden, für welche $\frac{m}{m'}$ einen constanten Werth c besitzt. Die Rechnung ergiebt hierfür die Gleichung: $x^2 + y^2 - r^2 - \frac{r^2}{c^2 r'^2}\{(x-a)^2 + y^2 - r'^2\} = 0$, d. h. einen Kreis des durch k und k' bestimmten Büschels. Für $c = 0$ erhält man den Kreis k selbst, für $c = 1$ folgt der sogenannte Aehnlichkeitskreis von k und k', dessen Bedeutung nun auch für den Fall klar ist, wo der eine Kreis den andern umschliesst; die Construction seiner Schnittpunkte auf der Centralen bleibt hierbei die gleiche, wie wenn k ausserhalb k' liegt. — Für $c = \frac{r}{r'}$ erhält man die Schnittlinie von k und k' und für $c = \infty$ den Kreis k'. Imaginäre Werthe von c ergeben dann die von k resp. k' eingeschlossenen Kreise, die mit abnehmendem c immer kleiner werden, bis schliesslich $c^2 = -\frac{a^2 - r^2 - r'^2 \pm \sqrt{(a^2 - r^2 - r'^2)^2 - 4rr'}}{2r'^2}$ auf die Grenzpunkte des Büschels führt. — Jeder Punkt P der Ebene ist demnach durch die beiden Bicircularcoordinaten Θ und c bestimmt.

Ganz ähnlich gestalten sich die Verhältnisse, wenn der eine der beiden Kreise imaginär angenommen wird. Für $k \equiv x^2 + y^2 - r^2 = 0$ und $k_1 \equiv (x^2 - a)^2 + y^2 + \varrho_1^2 = 0$ folgt wieder als Ort der Punkte, für welche $\frac{m}{m'} = c$ ist, $k + \frac{r^2}{c^2 \varrho'^2} k' = 0$, d. h. ein Kreis des durch k und k' bestimmten Büschels, und zwar liefert $c^2 = -\frac{r^2}{\varrho'^2}$ die Schnittlinie $x = \frac{a^2 + r^2 + \varrho'^2}{2a}$;

diese theilt a in die beiden Abschnitte MA und AM', so dass $MA^2 - AM'^2 = r^2 + \varrho'^2$. Man wird also A einfach dadurch gewinnen, dass man in M' das Loth $M'B = \sqrt{r^2 + \varrho'^2}$ macht; das Mittelloth auf MB ergiebt dann auf MM' den Punkt A. — Für die von k eingeschlossene Fläche wird c reell, auf $k = \infty$ und ausserhalb imaginär, so dass es sich von einem Grenzpunkt zum andern durch ∞ hindurchbewegt zwischen den Grenzen

$$c^2 = \frac{a^2 - r^2 + \varrho'^2 \pm \sqrt{(a^2 - r^2 + \varrho'^2)^2 + 4 r^2 \varrho'^2}}{2 \varrho'^2}.$$

Sind beide Kreise k und k' imaginär und haben dieselben die Gleichungen $k \equiv x^2 + y^2 + \varrho^2 = 0$ und $k' \equiv (x-a)^2 + y^2 + \varrho'^2 = 0$, wobei $\varrho > \varrho'$ sein soll, so folgt wieder als Ort der Punkte von gleichem $\frac{m}{m'} = c$ der Kreis $k - \frac{\varrho^2}{c^2 \varrho'^2} k' = 0$. Der Werth $c = \frac{\varrho}{\varrho'}$ ergiebt die reelle Schnittlinie $x_0 = \frac{a^2 - \varrho^2 - \varrho'^2}{2a}$, so dass $(a - x_0)^2 - x_0^2 = \varrho^2 - \varrho'^2$ wird; d. h. man erhält den Punkt A der Schnittlinie auf MM', wenn man das Loth MB in M $= \sqrt{\varrho^2 - \varrho'^2}$ macht und auf BM' das Mittelloth errichtet. Die Entfernung der Grenzpunkte von A ist dann $= \sqrt{x_0^2 + \varrho^2} = \sqrt{(a - x_0)^2 + \varrho'^2}$ und dort wird $c^2 = \frac{a^2 + \varrho^2 + \varrho'^2 \pm \sqrt{(a^2 + \varrho^2 + \varrho'^2)^2 - 4 \varrho^2 \varrho'^2}}{2 \varrho'}$. Für alle anderen Kreise des Büschels kk' wird c reell. Mit $c = 1$ erhält man den Aehnlichkeitskreis gerade so, wie bei reellen k und k'. — Bei drei Kreisen schneiden sich die drei Aehnlichkeitskreise in zwei Punkten und der bekannte Satz von Monge führt ohne Weiteres darauf, dass die drei Kreise über den Diagonalen eines Vierseits sich in zwei Punkten schneiden müssen.

Die Parabel $y^2 = 2px$ lautet in Liniencoordinaten: $2u + pv^2 = 0$. Setzt man in letztere Gleichung die früheren Werthe von u und v ein, so ergiebt sich:

$$2(\pm m + \lambda)\{x_0(\pm m + \lambda) + y_0(\pm m\lambda - 1)\} + p(\pm m\lambda - 1)^2 = 0,$$

woraus folgt:

$$\left\{x_0(\lambda^2 + m^2) + \lambda y_0(m^2 - 1) + \frac{p}{2}(m^2\lambda^2 + 1)\right\} \pm 2m\{2\lambda x_0 + (\lambda^2 - 1)y_0 - \lambda p\} = 0,$$

was in die beiden Gleichungen zerfällt:

$$2\lambda x + (\lambda^2 - 1)y - \lambda p = 0 \quad \text{und} \quad x(\lambda^2 + m^2) + \lambda y(m^2 - 1) + \frac{p}{2}(m^2\lambda^2 + 1) = 0.$$

Die erste derselben liefert $y = \frac{2\lambda}{1 - \lambda^2}\left(x - \frac{p}{2}\right)$, d. h. die Isogone für einen bestimmten Werth von λ ist ein Strahl, der vom Brennpunkt ausgehend mit der $+Y$-Axe einen Neigungswinkel ψ bildet, der gleich dem doppelten Neigungswinkel φ der Axe α der Indicatrix ist; letztere halbirt demnach in jedem Punkte den Winkel zwischen Brennstrahl und Durchmesser. — Die Elimination λ aus den beiden obigen Gleichungen giebt dann:

$$(2x+m^2p)(2m^2x+p)-(1-m^2)^2y^2=0$$

als Gleichung der Niveaulinien. Letztere sind also Kegelschnitte mit der gleichen X-Axe, wobei immer ein Brennpunkt mit jenem der Parabel zusammenfällt. Für $m=i$ erhält man den letzteren; grösseren Werthen von m, also $2i$, $3i$ u. s. f. folgen Ellipsen, die immer grösser werden und für $m=\infty i$ in die Parabel übergehen. Für reelle Werthe von m treten dann Hyperbeln auf, von denen ein Ast dem Werthe m, der andere dem reciproken $\frac{1}{m}$ angehört; für $m=1$ vereinigen sich beide Zweige in der Directrix der Parabel. Die Construction der Niveaulinien macht sich sehr einfach aus den Scheitelpunkten $x_1=-\frac{m^2p}{2}$, $x_2=-\frac{p}{2m^2}$ und dem gemeinschaftlichen Brennpunkt $x=\frac{p}{2}$.

Bei der Ellipse $\frac{x^2}{a^2}+\frac{y^2}{b^2}=1$ folgt durch Einsetzung von den Werthen für u und v in $a^2u^2+b^2v^2-1=0$

$$a^2(\pm m+\lambda)^2+b^2(\pm m\lambda-1)^2-\{x_0(\pm m+\lambda)+y_0(\pm m\lambda-1)\}^2=0$$

oder

$$\{x_0^2(\lambda^2+m^2)+y_0^2(1+m^2\lambda^2)-2x_0y_0\lambda(1-m^2)-a^2(\lambda^2+m^2)-b^2(1+m^2\lambda^2)\}$$
$$\pm 2m\{\lambda x_0^2-\lambda y_0^2-x_0y_0(1-\lambda^2)-\lambda(a^2-b^2)\}=0.$$

Nimmt man wieder zuerst die zweite Klammer $=0$, so liefert die Gleichung $x^2-y^2+xy\left(\lambda-\frac{1}{\lambda}\right)-y^2-(a^2-b^2)=0$ bei der Reduction auf die Hauptaxen für die Neigungen der letzteren die Winkel $\varphi-45^0$ resp. $\varphi+45^0$ und als Normalgleichung $x_1^2-y_1^2=\frac{2\lambda(a^2-b^2)}{1+\lambda^2}$; sie stellt also eine gleichseitige Hyperbel dar, welche durch die beiden Brennpunkte der Ellipse geht. Die Isogonen sind demnach von dem linken resp. rechten Brennpunkte ausgehende Bogen von gleichseitigen Hyperbeln, so dass eine solche Hyperbel die Isogonen für φ, $90^0+\varphi$, $180^0+\varphi$ und $270^0+\varphi$ liefert, woraus sofort der Satz folgt: Die vier Punkte, in denen eine Ellipse von einem Rechteck berührt wird, liegen mit den beiden Brennpunkten auf einer gleichseitigen Hyperbel. — Die erste Klammer $=0$ genommen und möglichst reducirt, führt auf einen Kegelschnitt, dessen Axen die Neigungen φ resp. $90^0+\varphi$ besitzen, und in Bezug auf diese folgt dann die Gleichung:

$$m^2x^2+y^2=\frac{a^2(\lambda^2+m^2)+b^2(1+m^2\lambda^2)}{1+\lambda^2},$$

was im Innern der Ellipse auf eine Hyperbel, im äussern Theil auf eine Ellipse führt, während $m=0$ und $m=\infty$ Paare paralleler Tangenten ergeben. Für einen bestimmten Werth von λ gehen alle zu imaginären m gehörigen Hyperbeln durch die Ecken eines Rechtecks, welches der Ellipse umbeschrieben ist und dessen Seiten den Axen der Hyperbeln parallel laufen. Die einem bestimmten λ und reellen m angehörige Ellipse wird von der zu λ

gehörigen Isogone in den vier Ecken eines der Ellipse umbeschriebenen Parallelogramms getroffen und die Brennstrahlen aus der Ecke eines solchen Parallelogramms bilden mit den Seiten gleiche Winkel.

Die Elimination von λ aus den beiden vorhin $= 0$ gesetzten Klammerausdrücken führt auf:

$$(m^2x^2 + y^2 - m^2a^2 - b^2)(x^2 - a^2 + m^2y^2 - m^2b^2) - (1 - m^2)^2x^2y^2 = 0,$$

was lemniscatenartige Curven als Niveaulinien ergiebt. Für $m = i$ erhält man die Brennpunkte, dann folgen für kleinere m Ovale um jeden Brennpunkt, ferner für $m = \frac{b}{a}$ eine schleifenförmige die Brennpunkte umfassende Curve mit dem Mittelpunkt als Doppelpunkt; für noch kleinere Werthe nähert sich die Niveaulinie immer mehr der ursprünglichen Ellipse, die mit $m = 0$ erreicht wird. $m = 1$ liefert den bekannten Kreis $r = \sqrt{a^2 + b^2}$, der nach aussen zu von den Curven höherer reeller m umschlossen wird, welche die Form aufrechter Kettenglieder besitzen.

Die imaginäre Ellipse $\frac{x^2}{a^2} + \frac{y^2}{b^2} + 1 = 0$, worin $a > b$, hat auf der Axe Y zwei reelle Brennpunkte in der Entfernung $\pm\sqrt{a^2 - b^2}$. Ihre Gleichung in Liniencoordinaten $a^2u^2 + b^2v^2 = 0$ liefert für $u = \frac{i\mu + \lambda}{x_0(i\mu + \lambda) + y_0(i\mu\lambda - 1)}$ und $v = \frac{i\mu\lambda - 1}{x^0(i\mu + \lambda) + y_0(i\mu\lambda - 1)}$ die beiden neuen:

$$x^2(-\mu^2 + \lambda^2) + y^2(-\mu^2\lambda^2 + 1) + 2xy(-\mu^2\lambda - \lambda) + a^2(-\mu^2 + \lambda^2) + b^2(-\mu^2\lambda^2 + 1) = 0$$

und

$$x^2 + xy\left(\lambda - \frac{1}{\lambda}\right) - y^2 + \alpha^2 - \beta^2 = 0.$$

Letztere ergiebt wieder als Isogonen gleichseitige Hyperbeln mit den Axenneigungen $45^0 + \varphi$ resp. $135^0 + \varphi$ und den Normalgleichungen $\xi^2 - \tau^2 = \frac{2\lambda(\alpha^2 - \beta^2)}{\lambda^2 + 1}$; sie gehen also sämmtlich durch die zwei reellen Brennpunkte und eine jede derselben wird durch die Brennpunkte in vier Stücke zerlegt, welche die Isogonen für φ, $90 + \varphi$, $180 + \varphi$ und $270 + \varphi$ sind. — Die Elimination von λ ergiebt als Resultat für die Niveaulinien:

$$(\mu^2x^2 - y^2 + a^2\mu^2 - b^2)^2 - (\mu^2x^2 - y^2 + a^2\mu^2 - b^2)(x^2 - y^2 + a^2 - b^2)(1 + \mu^2)$$
$$- x^2y^2(1 + \mu^2)^2 = 0.$$

Für $\mu = 1$ erhält man die reellen Brennpunkte, dann folgen für kleinere Werthe von μ wieder Ovale um die ersteren; $\mu = \frac{\beta}{\alpha}$ ergiebt die Schleife durch den Mittelpunkt und noch kleinere μ liefern dann kettengliedförmige Curven mit der Einschnürung auf der $+X$-Axe. Darnach ist also die Indicatrix in den reellen Brennpunkten ein kleiner Kreis; geht man jetzt auf einer Isogone, also auf einem solchen Hyperbelbogen weiter, so wird die Indicatrix zu einer Ellipse, die unter Beibehaltung ihrer Axenrichtungen immer schmäler wird und im Unendlichen zu einem Stück der durch den Mittelpunkt gehenden Asymptote wird.

Analog gestalten sich endlich die Verhältnisse für die Hyperbel $\frac{x^2}{a^2}-\frac{y^2}{b^2}-1=0$ resp. $a^2x^2-b^2y^2-1=0$. Unser Verfahren liefert hier

$$x^2-y^2+xy\left(\lambda-\frac{1}{\lambda}\right)-a^2-b^2=0$$

und

$$x^2(\lambda^2+m^2)+y^2(1+m^2\lambda^2)-2xy\lambda(1-m^2)-\{a^2(\lambda^2+m^2)-b^2(1+m^2\lambda^2)\}=0.$$

Die erste Gleichung giebt eine um $45^0-\varphi$ resp. $45^0+\varphi$ geneigte gleichseitige Hyperbel $x_1^2-y_1^2=\frac{2\lambda(a^2+b^2)}{1+\lambda^2}$, welche durch die Brennpunkte geht. Auch hier sind also die Isogonen vom linken resp. rechten Brennpunkte ausgehende Hyperbelbogen, wobei eine solche gleichseitige Hyperbel die Isogonen für φ, $90+\varphi$, $180+\varphi$ und $270+\varphi$ liefert. Auch hier folgt der Satz: Wird einer Hyperbel ein Rechteck umbeschrieben, so liegen die vier Berührungspunkte mit den zwei reellen Brennpunkten auf einer gleichseitigen Hyperbel. Ferner: Für ein System confocaler Ellipsen und Hyperbeln liegen die Berührungspunkte paralleler Tangenten auf einer gleichseitigen Hyperbel durch die Brennpunkte.

Die zweite Gleichung führt auf einen um φ' geneigten Kegelschnitt mit der Normalgleichung:

$$m^2x_{11}^2+y_{11}^2=\frac{a^2(\lambda^2+m^2)-b^2(1+m^2\lambda^2)}{1+\lambda^2},$$

was für imaginäre m, also für das Innere der Curve, Hyperbeln und für das Aeussere Ellipsen ergiebt. Für einen angenommenen Werth von λ gehen alle zu imaginären m gehörigen Hyperbeln durch die Ecken eines Rechtecks, welches der gegebenen Curve umbeschrieben ist und dessen Seiten den Axen der Hyperbelschaar parallel sind. Die zu einem bestimmten Werthe von λ und einem bestimmten reellen Werthe von m gehörige Ellipse wird von der λ entsprechenden Isogone in den vier Ecken eines Parallelogramms getroffen, welches der Hyperbel umbeschrieben ist, und die Brennstrahlen aus den Ecken eines solchen Parallelogramms bilden mit den Seiten desselben gleiche Winkel.

Die Elimination von λ aus den vorigen Grundgleichungen liefert endlich noch für die Niveaulinien:

$$(m^2x^2+y^2-m^2a^2-b^2)(x^2-y^2-m^2a^2-m^2b^2)-(1-m^2)^2x^2y^2=0.$$

Dies sind Curven IV. Ordnung, die für $m=0$ in die beiden Brennpunkte zusammenschrumpfen; $m=2, 3$ u. s. f. entsprechen dann Ovale um die obengenannten, die dann immer wachsend für $m=\infty$ in die Hyperbel übergehen. Reelle Werthe von m ergeben dann elliptische Curven: für $m=1$ ergiebt der Kreis $r=\sqrt{a^2-b^2}$; für $m=\frac{b}{a}$ erhält man den Mittelpunkt.

Dabei darf nicht unbeachtet bleiben, dass die Gleichung der Niveaulinien den Tausch zwischen m und $\frac{1}{m}$ gestattet, wodurch die seitherige Numerirung dieser Linien sich auch in die reciproke verwandeln lässt.

Stuttgart, im [illegible]

VI.

Ueber die Flächen zweiten Grades, welche ein gegebenes Tetraeder zum gemeinsamen Polartetraeder haben.

Von

K. MEISTER,

herausgegeben von

DR. A. RASCHE
in Essen.

(Schluss.)

---

§ 8.

23. Eine beliebige Gerade ist im Allgemeinen nicht Axe einer Fläche unseres Systems. Da die Anzahl der Flächen und folglich auch die der Axen von dreifacher Unendlichkeit ist, so bilden letztere einen Strahlencomplex. Um den Grad dieses Complexes zu bestimmen, haben wir zu untersuchen, wieviele Axen in einer Ebene α durch einen Punkt P gehen.*

Eine Gerade wird als Axe einer Fläche bezeichnet, wenn ihre reciproke Polare bezüglich dieser Fläche diejenige unendlich ferne Gerade ist, durch welche alle zu ihr senkrechten Ebenen hindurchgehen. (Reye, II. Abth., S. 43.) Die reciproken Polaren derjenigen Axen, welche in der Ebene α durch den Punkt P gehen, werden also in der unendlich fernen Ebene den unendlich fernen Punkt P_∞ der in P auf α errichteten Senkrechten enthalten. Es sei nun l eine beliebige Gerade durch P in α. Construiren wir ihre reciproken Polaren bezüglich der Flächen des Systems, so umhüllen nach dem vorigen Paragraphen diejenigen, welche in die unendlich ferne Ebene fallen, einen Kegelschnitt K^2_∞, der auch die vier Schnittlinien der unendlich fernen Ebene mit den Tetraederebenen zu Tangenten hat. Da diese Linien fest sind, so wird, wenn l in α den Strahlbüschel um P beschreibt, K^2_∞ eine Kegelschnittschaar durchlaufen. Weil an jeden Kegelschnitt K^2_∞ von P_∞ aus zwei Tangenten gehen, so entspricht jeder Geraden l ein Paar

---

* In der vorliegenden Arbeit sind die wesentlichen Veränderungen und grösseren Zusätze des Herausgebers durch ei[illegible] Sternchen kenntlich gemacht.

reciproker Polaren durch P_∞, dem Strahlbüschel der Geraden l um P demnach eine Strahleninvolution um P_∞. (Reye, I. Abth., S. 203.) Ebenso ist nachweisbar, dass dem Strahlbüschel in der unendlich fernen Ebene um P_∞ eine Strahleninvolution in α um P entspricht. Wir untersuchen, wie oft ein Strahl der Involution um P zu einem Strahl des entsprechenden Paares der Involution um P_∞ senkrecht ist.

Denken wir uns die letztere Involution aus P projicirt durch eine Ebeneninvolution, diese um 90^0 um ihre Axe gedreht und mit der Ebene α geschnitten, so erhalten wir um P eine neue Strahleninvolution, welche mit der ersteren nach dem Chasles'schen Correspondenzprincip vier entsprechende Elemente gemein hat, und das sind die durch P in α gehenden Axen. Wir gewinnen also den Satz:

Die Axen aller Flächen unseres Systems bilden einen Complex vierten Grades.

24. Zu unserem Axencomplex gehören alle Strahlen durch die vier Tetraederecken als Axen von Kegelflächen des Systems, sowie alle Geraden in den vier Tetraederebenen und die zu den letzteren senkrechten Linien als Axen der Kegelschnitte des Systems. Ferner müssen zu dem Complex gezählt werden die zu den Tetraederkanten normalen Geraden als Axen der Ebenen- und Punktepaare des Gebüsches, ebenso alle Geraden in der unendlich fernen Ebene als Axen der im System befindlichen Paraboloide. Denn jede unendlich ferne Gerade ist als Axe zweier verschiedener Paraboloide aufzufassen. Da nämlich die reciproken Polaren dieser Geraden bezüglich des Gebüsches, welche in der unendlich fernen Ebene liegen, einen Kegelschnitt umhüllen, so befinden sich zwei unter ihnen, welche zu der Geraden senkrecht sind.

Jede der vier Tetraederhöhen, z. B. die durch die Ecke A gehende, ist gemeinsamer Durchmesser der Flächen einer Schaar des Gebüsches (§ 2 Nr. 6), und da ausserdem die Polarebene des Punktes A bezüglich jeder Fläche der Schaar, d. i. die Gegenebene BCD, zur Höhe senkrecht steht, so ist die Höhe für jede Fläche der Schaar zugleich eine Axe. Denken wir uns ferner alle Flächen dieser Schaar mit der Ebene BCD geschnitten, so ist für die Schnittcurven das Dreieck BCD ein gemeinsames Polardreieck; zudem haben alle diese Kegelschnitte die Spur der Höhe in der Ebene BCD zum Mittelpunkt; folglich müssen sie sich in einem einzigen Kegelschnitt C^2 vereinigen. Derselbe gehört, als Fläche zweiter Classe betrachtet, ebenfalls der vorliegenden Schaar an. Die drei anderen Kegelschnitte derselben arten in die Ecke A als doppelten Punkt aus. Die Torse der Schaar besteht also aus einem Kegel, der die Ecke A zur Spitze hat und in dessen Schnittcurve C^2 mit der Ebene BCD sich alle in Rede stehenden Flächen berühren. Die Schaar ist demnach zugleich ein Flächenbüschel.

Das gemeinschaftliche Loth zweier Gegenkanten des Tetraeders ist ebenfalls gemeinsamer Durchmesser einer Schaar des Systems, welche auf jeder

der beiden Kanten ein Punktepaar besitzt. Die gemeinschaftliche Torse besteht aus einem windschiefen Vierseit (den Verbindungslinien der beiden Punktepaare), durch welches sämmtliche Flächen der Schaar hindurchgehen; letztere ist mithin auch ein Büschel des Systems. — Sei nun M ein Punkt des gemeinsamen Durchmessers, also Mittelpunkt einer Fläche der Schaar, so erhält man die zu dem Durchmesser conjugirte Diametralebene, indem man durch M zu den von dem Durchmesser getroffenen beiden Gegenkanten des Tetraeders die Parallelen zieht und durch letztere die Ebene legt. (Schroeter, Theorie der Oberflächen zweiter Ordnung, S. 540.) Da der Durchmesser aber als gemeinsames Loth auf den Gegenkanten senkrecht steht, wird er auch zur conjugirten Diametralebene normal sein, er ist also eine Axe der betreffenden Fläche und folglich eine gemeinschaftliche Axe der Flächenschaar. Also:

Die vier Höhen des Polartetraeders und die gemeinsamen Lothe der drei Gegenkantenpaare desselben sind gemeinsame Axen von sieben Büschelschaaren des Systems.

Ferner sind auch die drei Höhen eines jeden Dreiecks in den vier Tetraederebenen gemeinsame Axen von solchen Flächenschaaren des Systems, welche in Kegelschnittschaaren degenerirt sind. Ebenso ist jede Tetraederkante gemeinsame Axe von einfach unendlich vielen Ebenenpaaren (oder auch Punktepaaren) des Systems.

Weiterhin lassen sich noch zwölf Geraden ermitteln, welche gemeinsame Axen von Kegelbüscheln sind. Eine zur Kante AB im Punkte A normale Ebene z. B. schneide die Tetraederebene CAD in der Geraden l; da l in CAD liegt und durch A geht, so geht die Polarebene von l bezüglich aller Kegel des Netzes, welche ihre Spitze in A haben, durch AB; jede Ebene durch AB und der Strahl l bestimmen als Polarebene und Polstrahl einen concentrischen Kegelbüschel, insbesondere auch die durch AB gehende und zu dem Strahl l normale Ebene. Da in diesem Falle aber Polarebene und Polarstrahl zueinander senkrecht sind, so muss l für alle Kegel des Büschels gemeinsame Axe sein. [Dieses Resultat ist dual zu dem Ergebnisse, dass die Höhen der Tetraederdreiecke gemeinsame Axen von Kegelschnittbüschelschaaren des Systems sind.] Eine zur Axe l normale Ebene schneidet den Kegelbüschel in einem concentrischen Kegelschnittbüschel, welcher die Spuren der drei in A zusammenstossenden Tetraederkanten zum gemeinsamen Polardreieck hat. Da die Ebene offenbar zur Kante AB parallel ist, so ist eine Ecke des gemeinsamen Polardreiecks unendlich fern. Es ist ferner aus Theil I (Jahrg. XXXI) ersichtlich, dass die Kegelschnitte des ebenen Schnittes sich doppelt berühren; mithin berühren sich auch die Kegel des Büschels doppelt. In unserem System giebt es also zwölf Kegelbüschelschaaren.

Der Axencomplex vierten Grades enthält also 37 Geraden von besonderer Art.

bezüglich zweier Kegelschnitte des Systems conjugirt ist, und folglich zwei Pole P von p' auf l liegen. Wir haben also zwei Strahlbüschel um Q, die so aufeinander bezogen sind, dass jedem Strahl des ersten drei des zweiten, dagegen jedem Strahl des zweiten zwei des ersten entsprechen. Die Anzahl der vereinigten entsprechenden Elemente ist daher fünf. Die durch die Ecken der Polardreiecke erzeugte Curve ist demnach eine Curve fünfter Ordnung K^5, welche auch den Mittelpunkt des in der Schaar befindlichen Paraboloids enthält. Durch letzteren geht auch die Mittelpunktslinie m der Flächenschaar. Da jeder Punkt von K^5 die Ecke eines bestimmten Polardreiecks ist, so bestimmt er auch einen von den unendlich fernen Kegelschnitten, und folglich eine Fläche der Schaar eindeutig. Während also jedem Punkte von m als dem Mittelpunkte einer Fläche drei Punkte von K^5 entsprechen, entspricht jedem Punkte von K^5 ein Punkt von m. Wie oft wird nun eine beliebige Gerade von einer Verbindungslinie entsprechender Punkte getroffen? Um dies zu entscheiden, legen wir durch die Gerade eine Ebene, welche K^5 in fünf, dagegen m in einem Punkte schneidet. Ersteren entsprechen fünf Punkte auf m, letzterem drei Punkte auf K^5, so dass der Ebene einmal fünf und das andere Mal drei Ebenen entsprechen. Die Anzahl der vereinigten entsprechenden Ebenen um die gegebene Gerade ist mithin acht. Aber dazu gehört auch die Ebene nach dem unendlich fernen Punkte von m, da dieser sich selbst entspricht. Daraus folgt:

Die Axen einer Schaar von Flächen zweiten Grades erzeugen eine Regelfläche siebenten Grades.

Die Mittelpunktslinie m der Schaar liegt dreifach auf der Fläche. Jede Ebene durch dieselbe enthält also vier Axen der Schaar. Der unendlich ferne Schnitt der Fläche besteht aus der Curve K^5 und den beiden unendlich fernen Axen des Paraboloids der Schaar.

Wird die Flächenschaar gebildet von den Kegelschnitten einer Schaar in einer Tetraederebene, so zerfällt die Regelfläche in vier Strahlbüschel und eine Curve dritter Classe. Drei von den Strahlenbüscheln enthalten die Axen der drei Punktepaare der Schaar; das vierte, dessen Strahlen in den Punkten der Mittelpunktsgeraden auf der betreffenden Tetraederebene senkrecht stehen, besteht aus den dritten Axen (von der Länge Null) der Kegelschnitte. Die übrigen Axen der Kegelschnitte in der Tetraederebene umhüllen eine Curve dritter Classe. Wir können leicht nachweisen, dass von jeder Ecke des gemeinsamen Polardreiecks der Schaar nur drei Tangenten an die Curve gehen. Jede der beiden durch eine Ecke gehenden Dreiecksseiten enthält ein Punktepaar der Schaar, für welches sie eine Axe ist. Ferner die Höhe des Dreiecks durch diese Ecke ist gemeinsame Axe einer Kegelschnittschaar; letztere hat mit der ersteren Schaar denjenigen Kegelschnitt gemeinsam, welcher den Schnitt der Mittelpunktsgeraden der gegebenen Schaar mit der Höhe zum Mittelpunkt hat. Jede andere Gerade aber durch die Ecke ist nach Theil I eine Axe eines eigentlichen Kegelschnittes.

27. Während die in Nr. 3 und 4 gefundenen Sätze über die Axen für jeden Flächenbüschel und jede Flächenschaar überhaupt gelten, ist dies nicht der Fall mit denjenigen Sätzen, welche wir im Folgenden über die Axen eines Flächennetzes und eines Flächengewebes aufstellen werden; vielmehr haben diese nur für die in unserem Gebüsch enthaltenen Systeme zweiter Stufe Giltigkeit.

Ist eine Axe einer Fläche unseres Systems gegeben, so ist die Fläche dadurch bestimmt und folglich auch ihr Mittelpunkt auf dieser Axe. Denken wir uns nun alle Axen durch einen Punkt P, welche nach dem Vorhergehenden (Nr. 23) einen Kegel vierter Ordnung bilden, und auf jeder den zugehörigen Mittelpunkt, so werden die Mittelpunkte eine auf dem Kegel liegende Raumcurve erzeugen. Unter den durch P gehenden Axen befinden sich auch diejenigen drei, welche derjenigen Fläche angehören, die den Punkt P zum Mittelpunkt hat. Die Raumcurve hat also in P einen dreifachen Punkt. Legen wir durch P irgend eine Ebene, so schneidet diese vier Kanten des Kegels aus und geht folglich durch die vier darauf liegenden Mittelpunkte. Jede Ebene durch P trifft die Raumcurve also ausser in dem dreifachen Punkte P noch in vier weiteren Punkten. Der Ort der Mittelpunkte ist mithin eine Raumcurve siebenter Ordnung R^7. Dieselbe geht auch durch die vier Tetraederecken; denn die Verbindungslinien dieser Ecken mit P sind die Axen von vier Kegeln, welche die Ecken zu Mittelpunkten haben. Zu jedem Punkte P gehört eine solche Raumcurve R^7.

Die in einer Ebene α liegenden Axen, welche eine Curve C_4 vierter Classe umhüllen, gehören zu Flächen desjenigen Flächengewebes, das die Ebene α zur Mittelpunktsebene hat. Der Ort der zugehörigen Mittelpunkte ist eine Curve vierter Ordnung C^4. Denn eine beliebige Gerade in α ist Mittelpunktsgerade einer Schaar, welche zu dem Gewebe gehört, und von den Axen dieser Schaar liegen vier in der Ebene α. (Vergl. Nr. 26.) Die Gerade schneidet also die Curve der Mittelpunkte in vier Punkten. Die Curve C^4 geht durch die drei Gegeneckenpaare des vollständigen Vierseits, in welchem α von den vier Tetraederebenen getroffen wird; denn diese Punkte sind zu betrachten als die Mittelpunkte der sechs Punktepaare des Gewebes. Von jedem dieser Punktepaare fällt eine zu der betreffenden Tetraederkante senkrechte Axe in α.

28. Die Axen aller Flächen eines Gewebes in unserem Gebüsch werden eine Congruenz bilden. Um die Anzahl der durch einen Punkt P gehenden Axen zu finden, denken wir uns die zum Punkte P gehörige Raumcurve R^7. Da diese die Mittelpunktsebene des Gewebes in sieben Punkten schneidet, so gehen durch P sieben Axen. Ferner eine beliebige Ebene π trifft die Mittelpunktsebene in einer Geraden, der Mittelpunktsebene einer Schaar; die Anzahl der in π liegenden Axen beträgt mithin vier. Also:

Die Axen der Flächen eines Gewebes in unserem System bilden eine Congruenz vom Bündelrang 7 und vom Feldrang 4.

(Vergl. das analoge Resultat des Herrn Krüger, Inauguraldissertation 1885.)

Die sieben Axen aus einer Tetraederecke sind leicht nachweisbar. Es sind die drei in der Ecke zusammenstossenden Tetraederkanten die Axen von drei Punktepaaren des Gewebes. Ferner ist jede durch die Ecke gehende Höhe der drei Dreiecke in den Tetraederebenen, welche sich in der Ecke schneiden, die Axe eines Kegelschnittes, welchen das Gewebe mit derjenigen Kegelschnittbüschelschaar gemeinsam hat, deren Kegelschnitte die betreffende Höhe zur gemeinsamen Axe haben. Endlich besitzt das Gewebe eine Fläche gemeinsam mit derjenigen Flächenbüschelschaar des Systems, welche die durch die Ecke gehende Tetraederhöhe zur gemeinsamen Axe hat.

29. * Unter der Voraussetzung, dass die Gegenkantenpaare des gegebenen Tetraeders aus zueinander senkrechten Geraden bestehen („rechtkantiges Tetraeder"), lassen sich für einen gewissen ferneren Punkt die durch ihn gehenden sieben Axen leicht finden. Legen wir nämlich durch jede Tetraederkante die Ebene senkrecht zur Gegenkante, so schneiden sich diese sechs Ebenen in einem Punkte Q, durch welchen auch die vier Tetraederhöhen und die drei gemeinsamen Lothe der Gegenkantenpaare des Tetraeders gehen (Baltzer, Elemente der Mathematik, II, S. 207). Diese sieben Geraden sind aber die gemeinsamen Axen von sieben Büschelschaaren, von denen jede mit unserem Gewebe eine Fläche gemeinsam hat.

Die Congruenz der Axen vom Bündelrang 7 und Feldrang 4 besitzt folgende Singularitäten:

1. vier Parallelstrahlenbüschel; die Strahlen derselben stehen beziehlich senkrecht auf den vier Tetraederebenen in den Punkten der Mittelpunktsgeraden der dem Gewebe angehörenden Kegelschnittschaaren;
2. sechs Strahlbüschel, senkrecht zu den Tetraederkanten; es sind die Axen der sechs Punktepaare des Gewebes;
3. die vier Tetraederebenen; jede derselben enthält eine Curve dritter Classe, gebildet von den Axen der in der Ebene liegenden Kegelschnittschaar;
4. die Mittelpunktsebene des Gewebes; sie enthält eine Curve vierter Classe (vergl. Nr. 27);
5. die unendlich ferne Ebene; in ihr liegen die Axen der dem Gewebe angehörenden Paraboloidenschaar, deren unendlich ferne Mittelpunktsgerade m heissen möge. Die Gerade m ist aber nach Nr. 24 gemeinsame Axe zweier Paraboloide der Schaar.

Ferner gehen von jedem Punkte von m noch zwei Axen aus, weil er der Mittelpunkt eines Paraboloides der Schaar ist. Die unendlich fernen Axen umhüllen mithin eine Curve vierter Classe mit der Doppeltangente m. Dieses letzte Resultat werden wir an einer andern Stelle bestätigt finden.

30. * Die Axen eines Flächennetzes unseres Systems bilden ebenfalls eine Congruenz, deren Bündel- und Feldrang ähnlich wie vorhin gefunden wird.

Die Mittelpunkte der Flächen liegen auf einer Fläche dritter Ordnung (Sturm, Flächen dritter Ordnung, Nr. 18), welche die vier Tetraederecken zu Knotenpunkten hat und auch die sechs Tetraederkanten enthält. Die zu einem beliebigen Punkte P gehörige Raumcurve R^7 schneidet die Mittelpunktsfläche in 21 Punkten, von denen aber je zwei in die vier Tetraederebenen fallen. Ausserdem ist noch Folgendes zu beachten. Unter den Axen, welche durch den Punkt P gehen (auf dem Kegel vierter Ordnung), befinden sich auch die von P auf die sechs Tetraederkanten gefällten Lothe. Das Loth von P beispielsweise auf die Kante AB ist die Axe eines einzigen Ebenenpaares im Gebüsche, von welchem eine andere Axe AB ist. Die zu dem Punkte P gehörige Raumcurve R^7 trifft also AB in dem Fusspunkte dieses Lothes. Da das Ebenenpaar nicht zu unserem Netze gehört, so finden wir, dass von den 21 Schnittpunkten nur $21-14$, mithin sieben zu Axen des Netzes führen.

Eine beliebige Ebene ferner schneidet die Mittelpunktsfläche in einer Curve dritter Ordnung, welche durch die drei Paar Gegenecken des aus dem Tetraeder ausgeschnittenen Vierseits geht. Sie trifft die in der Ebene befindliche Curve C^4 in zwölf Punkten, von welchen sechs in jene Gegenecken fallen. Es bleiben also noch sechs Punkte übrig, welche zu Axen in der Ebene führen. Demnach gilt der Satz:

Die Axen eines Flächennetzes in unserm System bilden eine Congruenz vom Bündelrang 7 und vom Feldrang 6.

Ist das Tetraeder ein rechtkantiges, so schneiden sich die gemeinsamen Axen der sieben Büschelschaaren des Gebüsches in einem Punkte Q. Da unser Netz mit jedem der sieben Büschel eine Fläche gemeinsam hat, so erkennen wir, dass sieben Axen des Netzes durch den Punkt Q gehen.

Hinsichtlich der sechs Axen des Netzes, welche in jeder Tetraederebene liegen, verweisen wir auf den Schluss von Nr. 3.

Die Congruenz hat folgende Singularitäten:

Singuläre Punkte sind die vier Tetraederecken als Spitzen der Axenkegel dritter Ordnung der vier Kegelbüschel des Netzes. Wir wollen hier ausdrücklich hervorheben, dass zu dem Kegel dritter Ordnung aus jeder Tetraederecke noch ein einzelner singulärer Strahl, die betreffende Tetraederhöhe, hinzutritt; sie gehört dem Kegel nicht an. Eine singuläre Ebene ist die unendlich ferne Ebene; sie enthält die Axen der Paraboloide des Netzes. Ferner gehören noch hierher die zwölf Parallelstrahlenbüschel, senkrecht zu den sechs Tetraederkanten, in den Halbirungsebenen der sechs Ebenenpaare des Netzes.

Nebenbei sei noch erwähnt, dass, da durch einen Grundpunkt des Flächennetzes ebenfalls sieben Axen gehen, die zugehörigen Flächen diesen Punkt zum gemeinsamen Scheitel haben. Folglich ist jeder Punkt des Raumes Scheitel von sieben Flächen des Geb.-

§ 9.

31. **Alle Paraboloide unseres Systems als Flächen, welche die unendlich ferne Ebene berühren, bilden ein Flächengewebe.** Die gemeinsamen Tangentialebenen desselben sind die unendlich ferne Ebene und ihre sieben associirten Ebenen. Nach der früher angegebenen Construction der associirten Elemente ergeben sich als diese sieben Ebenen die vier Ebenen, welche die Mitten von je drei in einer Ecke zusammenstossenden Tetraederkanten verbinden, und die drei Ebenen, welche die Mitten je zweier Gegenkantenpaare enthalten und zum jedesmaligen dritten Gegenkantenpaar parallel sind.

Ueber die Vertheilung der Berührungspunkte der Flächen in der unendlich fernen Ebene haben wir bereits in § 6 Nr. 19 Aufschluss erhalten.

32. **Bekanntlich gehen die Directorebenen aller Paraboloide, welche sechs Ebenen berühren, d. h. ein Gewebe bilden, durch einen Punkt.** (Vergl. Salmon-Fiedler, Geometrie des Raumes, I. Theil, S. 284, 3. Aufl.) Bei unserem speciellen Gewebe von Paraboloiden lässt sich dieser Punkt leicht nachweisen. Denn die Directorebene eines Paraboloids muss jede einem Polartetraeder der Fläche umgeschriebene Kugel rechtwinklig schneiden (Salmon-Fiedler, I. Theil, S. 254) oder durch den Mittelpunkt derselben gehen. Hieraus folgt, **dass die Directorebenen aller Paraboloide unseres Systems durch den Mittelpunkt der dem gemeinsamen Polartetraeder umgeschriebenen Kugel gehen.**

33. Wir wollen jetzt die Classe derjenigen Fläche untersuchen, welche von den Scheitelberührungsebenen sämmtlicher Paraboloide eingehüllt wird. Der unendlich ferne Punkt eines Paraboloids ist der Pol des unendlich fernen Schnittes seiner Scheitelberührungsebene bezüglich des unendlich fernen Kugelkreises. Wir fragen uns nun, wieviel Scheitelberührungsebenen von Paraboloiden durch eine Gerade p gehen. Der unendlich ferne Punkt P_∞ von p muss zu den unendlich fernen Mittelpunkten dieser Flächen conjugirt sein bezüglich des unendlich fernen Kugelkreises oder die Polare von P_∞ bezüglich des letzteren muss jene Mittelpunkte enthalten. Die fraglichen Paraboloide liegen demnach in einer und derselben Schaar. Die durch p an die Flächen jener Schaar gelegten Tangentialebenen bilden eine Ebeneninvolution, deren Paare auf die unendlich ferne Punktreihe der Mittelpunkte projectiv bezogen sind. Der unendlich ferne Schnitt der Ebeneninvolution ist mithin eine durch P_∞ gehende Strahleninvolution, und es entsteht nun die Frage, wie oft ein Strahl dieser Involution die Polare seines entsprechenden Punktes bezüglich des unendlich fernen Kugelkreises wird, oder wie oft ein Strahl der Involution mit dem auf der Polare von P_∞ liegenden conjugirten Punkte seines entsprechenden Punktes incident wird. Da die Punktreihe der Mittelpunkte aber mit der Punktreihe ihrer conjugirten

Punkte bezüglich des Kugelkreises, und folglich die letztere mit der Strahleninvolution projectiv ist, und weil eine Strahleninvolution und eine mit ihr projective Punktreihe drei incidente entsprechende Elemente haben, so geschieht dies dreimal. Es gehen also durch die Gerade p die Scheiteltangentialebenen dreier Paraboloide, und zwar von solchen, die sich in einer und derselben Schaar befinden. Oder:

Die Scheitelberührungsebenen aller Paraboloide unseres Systems (sowie jedes allgemeinen Gewebes von Paraboloiden) umhüllen eine Fläche dritter Classe.

Aus dem Vorhergehenden folgt, dass die Scheitelberührungsebenen einer Schaar von Paraboloiden durch einen und denselben unendlich fernen Punkt gehen, nämlich durch den Pol ihrer Mittelpunktsgeraden bezüglich des unendlich fernen Kugelkreises, und dass sie einen Cylinder dritter Classe umhüllen. — Durch denselben Punkt gehen auch die Directorebenen jener Paraboloide, da jede Directorebene zu der entsprechenden Scheitelberührungsebene parallel ist. Zugleich gehen sie aber durch den Mittelpunkt der dem Polartetraeder umgeschriebenen Kugel, sie bilden mithin einen Ebenenbüschel. (Vergl. Salmon-Fiedler, I. Theil, S. 284.)

34. * Wir untersuchen den Ort der Pole der Directorebenen einer Paraboloidenschaar, deren Mittelpunktsgerade m_∞ heissen möge. Da die Directorebene eines Paraboloides zur endlichen Axe normal ist (Salmon-Fiedler, I. Theil, S. 283), so liegt ihr Pol $\mathfrak{P}$ bezüglich der Fläche auf dieser Axe; umgekehrt hat jede Ebene durch $\mathfrak{P}$ ihren Pol in der Directorebene.

Construiren wir nun zu einer beliebigen Ebene π bezüglich der Flächen der Schaar die Pole, so bilden diese eine gerade Punktreihe p. Jedem Punkte auf p als Pol zu π entspricht eine einzige Fläche der Schaar, mithin ist auch die zur Fläche gehörige Directorebene und damit deren Schnittpunkt auf p festgelegt und umgekehrt. Wir haben demnach auf p zwei entsprechende conjective Punktreihen, die Punktreihe der Pole von π und die Punktreihe, welche entsteht durch den Schnitt von p mit dem Ebenenbüschel der Directorebenen; beide besitzen zwei entsprechende vereinigte Elemente, d. h. zweimal fällt der Pol von π hinsichtlich einer Fläche der Schaar in die zugehörige Directorebene. Construiren wir zu jeder der beiden Directorebenen den Pol hinsichtlich der entsprechenden Fläche, so liegt dieser in π. Mithin trifft π den Ort der Pole in zwei Punkten; derselbe ist also ein Kegelschnitt.

Degenerirt die Schaar der Paraboloide in eine Parabelschaar, so gehen die Directorebenen über in die Ebenen, welche in den Directricen der Parabeln auf der gemeinsamen Ebene des Systems senkrecht stehen, die Pole der Directorebenen in die Brennpunkte der Parabeln. Da der Ort dieser Brennpunkte bekanntlich ein Kreis ist, so finden wir hierin eine Bestätigung unseres Resultates.

Der vorhin gefundene Kegelschnitt und die Mittelpunktsgerade m_∞ der Flächenschaar sind projectiv aufeinander bezogen; denn jeder Punkt der Mittelpunktsgeraden bestimmt eine Fläche der Schaar, diese die zugehörige Directorebene, letztere den Pol auf dem Kegelschnitte; umgekehrt ist jeder Punkt des Kegelschnittes der Pol einer Directorebene, wodurch eine Fläche der Schaar und folglich deren unendlich ferner Mittelpunkt auf m_∞ bestimmt ist. Das Erzeugniss beider projectiver Gebilde, d. i. die Fläche der endlichen Axe der Paraboloidschaar, ist eine Regelfläche dritten Grades. (Vergl. das ähnliche Resultat in meiner Dissertation, § 20 S. 48.) Da aber die Axen einer jeden Flächenschaar eine Regelfläche siebenten Grades erzeugen, so zerfällt in diesem Falle offenbar dieselbe in eine Regelfläche vom dritten Grade und in eine zweite vom vierten Grade. Letztere muss, weil die beiden anderen Axen eines jeden Paraboloids in die unendlich ferne Ebene fallen, in eine Curve vierter Classe in jener Ebene degeneriren (§ 8 Nr. 7).

In jeder Ebene durch die Mittelpunktsgerade m_∞ liegen demnach zwei Axen der Schaar.

35. • Wir fanden, dass die Congruenz der Axen eines Gewebes in unserem System vom Bündelrang 7 und Feldrang 4 ist. Folglich bilden auch die Axen des Gewebes der Paraboloide eine solche Congruenz. Von derselben sondert sich aber ab das doppelte Strahlenfeld der unendlich fernen Ebene, welche die unendlich fernen Axen der Paraboloide enthält. Dass jede Gerade in der genannten Ebene zweimal Axe einer Fläche des Gewebes ist, haben wir früher nachgewiesen (vergl. § 8 Nr. 24). Die endlichen Axen bilden demnach eine Strahlencongruenz vom Bündelrang 7 und Feldrang 2. Dass in jeder Ebene zwei liegen, ist leicht zu erkennen; denn jede Ebene trifft die unendlich ferne Ebene in einer Geraden, welche die Mittelpunktslinie einer Schaar von Paraboloiden ist. Von den Axen dieser Flächen fallen aber zwei in die Ebene.

Die Congruenz hat elf singuläre Ebenen und zwar eine mit einer Curve sechster Classe und zehn mit je einer Curve dritter Classe. (Vergl. Reye, Crelle's Journal Bd. 86 S. 92.)

Dass die unendlich ferne Ebene eine Curve sechster Classe enthalten muss, lässt sich leicht zeigen. Von jedem Punkte der genannten Ebene gehen sieben Axen aus, und da nur eine von ihnen im Endlichen liegt, so müssen die anderen in jener Ebene eine Curve sechster Classe umhüllen. Dieselbe besteht aus den Axen der sechs Punktepaare, welche gebildet werden von den unendlich fernen Punkten der sechs Tetraederkanten und deren Mittelpunkten; die Curve zerfällt mithin in die sechs Strahlbüschel um die unendlich fernen Punkte der Kanten.

Ferner die vier Tetraederebenen enthalten die Axen der Parabeln des Gewebes; diese Axen erzeugen, wie bekannt, eine Curve dritter Classe.

Unter der Voraussetzung, dass das Polartetraeder ein rechtkantiges ist, ist auch jede Ebene durch eine Tetraederkante senkrecht zur Gegenkante eine singuläre Ebene; denn sie enthält die in ihr liegende Kante als Axe eines Punktepaares des Gewebes; da sie weiterhin diejenigen Tetraederdreiecke, deren Ebenen sich in der Gegenkante schneiden, je in einer Dreieckshöhe trifft, und letztere Linien die Axen zweier Parabeln des Gewebes sind, so liegen in ihr noch zwei fernere Axen. Ausserdem sind die beiden Tetraederhöhen, welche der in Rede stehenden Ebene angehören, die Axen zweier Paraboloide. In jeder Büschelschaar des Systems nämlich, welche eine Tetraederhöhe zur gemeinsamen Axe hat, befindet sich ein Paraboloid. Durch jede der beiden Tetraederecken in der fraglichen Ebene gehen mithin drei Axen. (Jede andere Gerade durch die betreffende Ecke ist niemals Axe einer eigentlichen Fläche zweiter Classe des Systems.) Somit hat sich ergeben, dass die sechs Ebenen durch die Tetraederkanten singuläre Ebenen sind, weil jede mehr als zwei Axen enthält, und wir fanden bestätigt, dass die in ihnen gelegenen Curven der Axen von der dritten Classe sind.

Bei einem beliebigen Tetraeder dürften die letzten sechs singulären Ebenen wohl keine ausgezeichnete Lage zum Tetraeder haben.

36. Wir gehen dazu über, den Ort der Scheitel der Paraboloide des Gewebes zu bestimmen, indem wir fragen, wieviel Scheitel auf eine beliebige Gerade g fallen.

In jedem Scheitel auf g treffen sich die Scheitelberührungsebene und die Axe der zugehörigen Fläche. Die von einem Punkte P auf g ausgehenden Scheitelberührungsebenen umhüllen einen Kegel dritter Classe (nach Nr. 3); wir suchen den Ort der Axen derjenigen Flächen, welche diese Ebenen zu Scheitelberührungsebenen haben. Letztere treffen die unendlich ferne Ebene in einer Curve dritter Classe; der Ort der Pole der Tangenten der Curve bezüglich des unendlich fernen Kugelkreises ist eine Curve dritter Ordnung, deren Punkte offenbar die Spuren der Axen der zugehörigen Flächen in der unendlich fernen Ebene sind. Die Axen der Flächen bedecken demnach eine geradlinige Fläche dritter Ordnung F^3.

Eine Bestätigung des Resultats finden wir, wenn wir den Punkt P in die unendlich ferne Ebene fallen lassen; dann geht der Kegel dritter Classe über in einen Cylinder dritter Classe, dessen Tangentialebenen die Scheitelberührungsebenen einer Schaar von Paraboloiden sind (vergl. Nr. 33). Die Axen dieser Schaar aber erzeugen eine Regelfläche dritten Grades.

Die Fläche F^3 wird nun von der Geraden g in drei Punkten getroffen; mithin schneiden drei Axen von Flächen, deren Scheitelberührungsebenen den Punkt P enthalten, die Gerade g.

Ferner gehen von dem Punkte P auf g sieben Axen von Paraboloiden aus; die zugehörigen Scheitelberührungsebenen schneiden mithin g in sieben Punkten. Jedem Punkte von g entsprechen also das eine Mal drei, das andere Mal sieben Punkte. Die Anzahl der vereinigten Elemente ist daher zehn. Hierbei ist noch Folgendes zu beachten. Durch den unendlich fernen Punkt P_∞ auf g gehen ebenfalls sieben Axen, von denen jedoch sechs in der unendlich fernen Ebene liegen. Fällt aber die Axe einer Fläche in die unendlich ferne Ebene, so thut es auch der Scheitel, er geht über in den unendlich fernen Berührungspunkt der Fläche, die Scheitelebene also in die unendlich ferne Ebene. Der Punkt P_∞ entspricht sich mithin sechsmal selbst. Die sechs in die unendlich ferne Ebene fallenden Axen durch P_∞ sind Axen der sechs Punktepaare des Gewebes, wir erkennen mithin, dass der Punkt P_∞ nie zu dem Scheitel einer Fläche führt. Wir gewinnen damit das Resultat:

Die Scheitel der Paraboloide des Systems gehören einer Fläche vierter Ordnung an.

Jede Tetraederebene schneidet die Fläche in einer Curve vierter Ordnung, welche die Scheitel der in der Tetraederebene gelegenen Parabeln des Systems enthält. (Vergl. Theil I, Jahrg. XXXI.)

37. * In unserem Paraboloidgewebe giebt es, wie in jedem Gewebe des Systems, drei Flächenschaaren durch ein windschiefes Vierseit. Ein jedes derselben besteht aus den vier Geraden, welche die Mitten und die unendlich fernen Punkte zweier Gegenkanten des Tetraeders miteinander verbinden. Da auf der Verbindungslinie der Mitten zweier Gegenkanten der Schwerpunkt des Tetraeders liegt (Baltzer, Elemente etc., II, S. 202), so enthalten die Flächen aller drei Büschelschaaren den Schwerpunkt, gehen mithin auch durch die zu ihm associirten sieben Punkte.

§ 10.

38. Ein Hyperboloid ist ein gleichseitiges, wenn jede Normalebene zu einer seiner Erzeugenden eine gleichseitige Hyperbel ausschneidet, oder wenn je drei derselben Regelschaar angehörende Erzeugende zueinander senkrecht sind. (Vergl. H. Vogt, Crelle's Journal Bd. 86. S. 301.) Da diese Definition aber nur für das geradlinige Hyperboloid gilt, so wollen wir sie anders aussprechen.

Zu jeder Geraden eines Hyperboloids ist eine Kante seines Asymptotenkegels parallel, jede senkrechte Ebene zu einer Erzeugenden ist mithin normal zu einer Kante des Asymptotenkegels und umgekehrt. Also können wir sagen: Ein Hyperboloid ist ein gleichseitiges, wenn jede Normalebene zu einer Kante des Asymptotenkegels aus ihm eine gleichseitige Hyperbel ausschneidet, oder wenn der Asymptotenkegel ein gleichseitiger ist. Da die unendlich fernen Punkte dreier zueinander rechtwinkliger Geraden die Eckpunkte eines Polardreiecks des unendlich fernen Kugelkreises sind, so folgt hieraus: Enthält der Asymptotenkegel eines Hyperboloids drei zueinander rechtwinklige Geraden, so ist der unendlich ferne Kegelschnitt des Asymptotenkegels und des Hyperboloids dem unendlich fernen Kugelkreise harmonisch umgeschrieben und enthält folglich die Ecken von unendlich vielen

Polardreiecken desselben. (Reye, I. Abth., S. 194.) — Unser Flächengebüsch schneidet in die unendlich ferne Ebene ein Kegelschnittgebüsch ein; wir fragen nach den Kegelschnitten des Gebüsches, welche dem unendlich fernen Kugelkreise harmonisch umgeschrieben sind. Alle Kegelschnitte, welche einem gegebenen Kegelschnitte harmonisch umgeschrieben sind, bilden ein lineares System vierter Stufe (Reye, I. Abth., S. 196), zwei lineare Systeme dritter und vierter Stufe haben aber ein lineares System zweiter Stufe gemeinsam. Folglich bilden alle Curven unseres Kegelschnittgebüsches, welche dem Kugelkreise harmonisch umgeschrieben sind, ein Netz. Jedes Netz des Gebüsches rührt aber her von einem Netze unseres Flächengebüsches.

Alle gleichseitigen Hyperboloide in unserem System sind demnach Flächen eines Netzes.

39. Die sechs Ebenenpaare dieses Netzes sind rechtwinklig, denn jedes rechtwinklige Ebenenpaar hat die Eigenschaft eines gleichseitigen Hyperboloids: sein unendlich ferner Schnitt ist dem Kugelkreise harmonisch umgeschrieben.

Die sechs rechtwinkligen Ebenenpaare, welche aus den Halbirungsebenen der Flächenwinkel des Polartetraeders bestehen (da sie die rechtwinkligen Paare der Ebeneninvolutionen um die sechs Tetraederkanten bilden), werden sich also in den acht Grundpunkten des Netzes gleichseitiger Hyperboloide schneiden. Da jeder dieser Grundpunkte auf den Halbirungsebenen von sechs Flächenwinkeln des Tetraeders liegt, so ist er von den vier Tetraederebenen gleichweit entfernt. Daraus folgt:

Alle gleichseitigen Hyperboloide, welche ein gegebenes Tetraeder zum gemeinsamen Polartetraeder haben, gehen durch die Mittelpunkte der acht Kugeln, welche die Ebenen des Tetraeders berühren.

40. In dem vorliegenden Netze giebt es vier Büschel von gleichseitigen Kegeln (§ 4 Nr. 2) und drei Büschelschaaren, deren Grundcurven windschiefe Vierseite sind. In jeder Büschelschaar giebt es ein gleichseitiges hyperbolisches Paraboloid. Ferner finden wir (nach Reye, II. Abth., S. 235 und Schroeter, Oberfl. 2. O., S. 695):

In jedem Netze unseres Systems ist ein Büschel gleichseitiger Hyperboloide vorhanden, und in jedem Büschel giebt es ein, in jeder Schaar drei gleichseitige Hyperboloide.

41. Es existirt noch eine andere Art von Hyperboloiden, welche ebenso wie das gleichseitige Hyperboloid eine gewisse Analogie mit der gleichseitigen Hyperbel zeigen. Jedes Hyperboloid dieser Gattung hat die Eigenschaft, dass sein unendlich ferner Kegelschnitt dem unendlich fernen Kugelkreise harmonisch eingeschrieben ist, oder sein Asymptotenkegel hat je drei zu einander normale Tangentialebenen.

Nun ist für eine allgemeine Fläche zweiter Ordnung der Ort aller Punkte, von welchen drei rechtwinklige Tangentialebenen ausgehen, eine

Kugel, die Directorkugel der Fläche, welche mit letzterer concentrisch ist, und deren Radius zum Quadrat die Summe der Halbaxenquadrate der Fläche hat (Schroeter, Oberfl. 2. O., S. 534). Es ergiebt sich leicht, dass für eine Fläche der genannten besondern Art die Directorkugel auf den Mittelpunkt zusammenschrumpft. Eine gleichseitige Hyperbel aber hat die analoge Eigenschaft, dass ihr Directorkreis sich auf den Mittelpunkt reducirt.

In unserem System giebt es doppelt unendlich viele solcher Flächen, und der Ort ihrer Mittelpunkte ist nicht schwer nachzuweisen. Denn die Directorkugel jeder Fläche schneidet die dem gemeinsamen Polartetraeder umgeschriebene Kugel orthogonal (Salmon-Fiedler, Geom. des Raumes, I. Theil, S. 254). Eine Kugel vom Radius Null, welche eine andere orthogonal schneidet, hat aber ihren Mittelpunkt auf der letzteren. **Folglich ist der gesuchte Ort die dem Polartetraeder umgeschriebene Kugel.** Analog hierzu liegen die Mittelpunkte aller gleichseitigen Hyperbeln mit demselben Polardreieck auf dem Kreise um dieses Dreieck.

§ 11.

42. Eine Fläche zweiten Grades nennen wir eine Rotationsfläche, wenn sie den unendlich fernen Kugelkreis doppelt berührt. Sie erfüllt damit eine zweifache Bedingung; es giebt demnach in unserem System einfach unendlich viele Rotationsflächen, in jedem Netz und in jedem Gewebe eine endliche Anzahl. Folglich wird unser System auch eine endliche Anzahl von Rotationskegeln und Rotationsparaboloiden enthalten.

Wenn ein Rotationskegel, d. h. ein gerader Kreiskegel von zwei Ebenen berührt wird, so steht die Ebene der beiden Berührungskanten senkrecht auf der Ebene, welche die Axe des Kegels mit der Schnittlinie der beiden Tangentialebenen verbindet. Nehmen wir also an, in unserem System befinde sich ein Rotationskegel, dessen Scheitel in der Ecke A des Polartetraeders liege, und legen wir durch eine der in A zusammenstossenden Tetraederkanten, etwa durch AB, die beiden Tangentialebenen an denselben, so liegen deren Berührungskanten in der Ebene ACD. Mithin muss die Axe des Rotationskegels in der aus AB auf ACD gefällten Normalebene liegen, aber aus denselben Gründen auch in den aus AC und AD beziehlich auf ADB und ABC senkrecht gefällten Ebenen. Dass nun diese drei Ebenen sich wirklich in einer Geraden schneiden, folgt aus dem Satze, dass die drei durch die Kanten eines Dreikants rechtwinklig zu den gegenüberliegenden Flächen des Dreikants gelegten Ebenen in einem Strahl, dem Höhenstrahl des Dreikants, sich schneiden (Schroeter, Oberfl. 2. O., S. 80). Es existirt folglich ein und nur ein Rotationskegel im System, der die Ecke A zum Scheitel hat.

Unser System enthält demnach vier Rotationskegel, von denen jeder eine Ecke des Polartetraeders zum Mittelpunkt hat. Desgleichen enthält es vier Rotationskegelschnitte, näm-

lich die vier Kreise in den Tetraederebenen. (Vergl. I. Theil, § 5 Nr. 1.)

43. Untersuchen wir jetzt die Rotationsparaboloide. Der Schnitt unseres Systems mit der unendlich fernen Ebene enthält unendlich viele Geradenpaare, welche von den Paraboloiden desselben herrühren; so oft ein solches Geradenpaar den unendlich fernen Kugelkreis doppelt berührt, liegt es auf einem Rotationsparaboloid. Dreht sich nun die eine Gerade eines dieser Geradenpaare um einen Punkt, so umhüllt die andere einen Kegelschnitt (Reye, I. Abth., S. 202); umhüllt die erste einen Kegelschnitt, etwa den unendlich fernen Kugelkreis, so beschreibt die zweite eine Curve vierter Classe. Letztere hat mit dem unendlich fernen Kugelkreise acht Tangenten gemein, und diese bilden zu je zweien vier Geradenpaare, welche den Kugelkreis doppelt berühren; denn betrachten wir eine der acht gemeinsamen Tangenten, so muss, weil diese Gerade sowohl die Curve vierter Classe, als auch den Kugelkreis berührt, die zugehörige Gerade ebenfalls beide Curven berühren. Da dieses Resultat offenbar für jedes Gebüsch Giltigkeit hat, so folgt:

In jedem Flächengebüsch giebt es vier Rotationsparaboloide.

44. Die Mittelpunkte aller Rotationsflächen liegen auf einer Raumcurve, die durch die Ecken des Polartetraeders als Mittelpunkte der Rotationskegel geht. Da die unendlich ferne Ebene vier Punkte derselben enthält, nämlich die Mittelpunkte der vier Rotationsparaboloide, so ist die Raumcurve von der vierten Ordnung. Das lässt sich auch anderweitig beweisen. Fragen wir uns, wieviel Kegelschnitte eines Netzes einen gegebenen Kegelschnitt doppelt berühren. Das Netz constituirt mit dem Kegelschnitte — er möge K^2 heissen — ein Kegelschnittgebüsch; ein Kegelschnitt des Netzes, welcher K^2 doppelt berührt, liegt mit demselben in einem zum Gebüsch gehörenden Büschel sich doppelt berührender Kegelschnitte. Die Verbindungslinie der beiden gemeinsamen Berührungspunkte ist demnach eine doppelte Gerade des Gebüsches. Nun enthält das Gebüsch vier doppelte Geraden (Reye, I. Abth., S. 202), K^2 constituirt mit jeder derselben einen Büschel sich doppelt berührender Kegelschnitte, und mit jedem dieser vier Büschel hat das gegebene Netz einen Kegelschnitt gemeinsam. Demnach giebt es in einem Netze vier Kegelschnitte, welche einen gegebenen doppelt berühren. Jedes Flächennetz schneidet die unendlich ferne Ebene in einem Kegelschnittnetze, in welchem also vier Curven den unendlich fernen Kugelkreis doppelt berühren. Daraus folgt:

In jedem Flächennetze giebt es vier Rotationsflächen.

Da die Mittelpunkte der Flächen eines Netzes in unserem Gebüsche auf einer Fläche F^3 dritter Ordnung liegen, für welche die Tetraederecken Knotenpunkte sind, so lässt sich aus der Anzahl ihrer Schnittpunkte mit der Raumcurve, welche die Mittelpunkte der Rotationsflächen enthält, die

Ordnung der letzteren erkennen. Nun schneidet aber diese Raumcurve die Fläche F^3 ausser in den Mittelpunkten der vier Rotationsflächen des Netzes auch noch in den vier Tetraederecken je zweimal, hat also mit ihr zwölf Punkte gemein und die Curve der Mittelpunkte der Rotationsflächen des Gebüsches ist daher eine Raumcurve vierter Ordnung.

Weil dieselbe die Mittelpunktsebene eines Flächengewebes in vier Punkten schneidet, so geht daraus hervor, dass auch jedes Gewebe unseres Systems vier Rotationsflächen enthält.

§ 12.

45. Der Inhalt eines Ellipsoids mit den Halbaxen a, b, c ist bekanntlich $abc.\pi$. Bei einem imaginären Ellipsoid und bei einem Hyperboloid kann von einem Inhalt eigentlich nicht die Rede sein, aber wir wollen auch bei diesen Flächen das Product ihrer Halbaxen multiplicirt mit π ihren Inhalt nennen. Bei einem geradlinigen Hyperboloid ist das Product der Halbaxen imaginär, ebenso bei einer imaginären Fläche, dagegen ist es reell bei einem zweimanteligen Hyperboloid und bei einem reellen Ellipsoid. Das Product der Halbaxenquadrate ist ferner bei den beiden ersten Flächen negativ, bei den letzteren positiv. Bezeichnen wir nun mit H_1, H_2, H_3, H_4 die vier Höhen des gemeinsamen Polartetraeders und mit P_1, P_2, P_3, P_4 die aus dem Mittelpunkte einer Fläche unseres Systems auf die vier Tetraederebenen gefällten Lothe, ferner mit v das Volumen des Tetraeders, so ist das Product der drei Halbaxenquadrate der Fläche:

$$a^2 b^2 c^2 = \frac{-(6v)^2}{H_1 . H_2 . H_3 . H_4} \cdot P_1 . P_2 . P_3 . P_4 .$$

(Vergl. Schroeter, Oberfl. 2. Ordn., S. 539.) Wir sehen, da der Factor $\frac{-(6v)^2}{H_1 . H_2 . H_3 . H_4}$ constant ist, dass das Inhaltsquadrat einer Fläche unseres Systems proportional ist dem Producte der vier Lothe, welche man aus ihrem Mittelpunkte auf die Ebenen des gemeinsamen Polartetraeders fällt. Demnach werden die Mittelpunkte aller Flächen unseres Systems mit gleichem Inhaltsquadrat eine solche Lage haben, dass das Product der aus ihnen gefällten Lothe constant ist, also die Beziehung besteht: $P_1 . P_2 . P_3 . P_4 = c$. Denken wir uns nun ein beliebiges rechtwinkliges Coordinatensystem im Raume durch einen Punkt als Anfangspunkt, den wir der Einfachheit halber im Innern des Polartetraeders annehmen, und stellen die Gleichungen der vier Ebenen des Polartetraeders in der Normalform auf, so werden deren linke Seiten durch Einsetzen der Coordinaten eines Punktes bis auf das Vorzeichen gleich den Lothen aus diesem Punkte auf die Tetraederebenen. Bezeichnen also x, y, z die Coordinaten des Mittelpunktes einer zu unserem System gehörigen Fläche, P_1, P_2, P_3, P_4 die aus demselben auf die Tetraederebenen gefällten Lothe, so sind $P_1 = 0$, $P_2 = 0$, $P_3 = 0$, $P_4 = 0$ die

Gleichungen der vier Ebenen. Die Bedingungsgleichung für die Mittelpunkte aller Flächen mit gleichem Quadrat des Inhaltes $P_1.P_2.P_3.P_4 = c$ stellt mithin den Ort dieser Mittelpunkte dar. Wie wir sehen, ist derselbe eine Fläche vierter Ordnung. Denken wir uns die Gleichung durch z homogen gemacht, so erkennen wir, dass jede der Tetraederebenen $P_1 = 0$, $P_2 = 0$, $P_3 = 0$, $P_4 = 0$ die Fläche dort schneidet, wo sie auch $z^4 = 0$ trifft. Also:

Die Mittelpunkte aller Flächen unseres Systems mit gleichem Inhaltsquadrat liegen auf einer Fläche M^4 vierter Ordnung, welche sich den vier Tetraederebenen asymptotisch anschmiegt, und zwar so, dass jede Gerade in einer Tetraederebene die Fläche im Unendlichen in vier zusammengefallenen Punkten schneidet.

46. Das Product der aus einem Punkte M auf die Tetraederebenen gefällten Lothe ist positiv, wenn entweder alle vier Lothe negativ, oder zwei derselben negativ und zwei positiv sind. Das Erstere ist der Fall, wenn M innerhalb des Polartetraeders liegt, also Mittelpunkt eines imaginären Ellipsoids ist (§ 6 Nr. 2), das Zweite, wenn M zu dem Mittelpunkte der einmantligen Hyperboloide gehört. Dagegen wird das Product der Lothe negativ sein, wenn entweder eines derselben positiv und die drei anderen negativ, oder wenn eines negativ und die drei anderen positiv sind, wie es der Fall ist, wenn M sich unter den Mittelpunkten der zweimantligen Hyperboloide oder der reellen Ellipsoide befindet. Demnach wird die Fläche M^4 die Mittelpunkte geradliniger und imaginärer Flächen enthalten, wenn c positiv ist, dagegen die Mittelpunkte der reellen nicht geradlinigen Flächen, wenn c negativ ist. Auf der Fläche M^4 liegen also stets die Mittelpunkte verschiedenartiger Flächen, welche nicht gleichen Inhalt, aber gleiches Inhaltsquadrat haben; indessen da die Mittelpunkte verschiedenartiger Flächen in verschiedenen Räumen des Polartetraeders liegen, muss M^4 in verschiedene Theile zerfallen, welche höchstens im Unendlichen zusammenhängen, so dass jeder Theil die Mittelpunkte von Flächen gleichen Inhalts enthält.

47. Die Mittelpunktsfläche F^3 eines Flächennetzes unseres Systems schneidet die Fläche M^4 in einer Raumcurve zwölfter Ordnung. Demnach giebt es in einem solchen Netze einfach unendlich viele inhaltsgleiche Flächen, deren Mittelpunkte auf einer Raumcurve zwölfter Ordnung liegen. Eine beliebige Ebene trifft M^4 in einer Raumcurve vierter Ordnung. In einem Flächengewebe unseres Systems sind mithin einfach unendlich viele inhaltsgleiche Flächen vorhanden, deren Mittelpunkte eine ebene Curve vierter Ordnung bilden. In einem Flächenbüschel aber giebt es je zwölf und in einer Flächenschaar je vier Flächen von gegebenem Inhalt, da die Mittelpunktscurve eines Büschels eine Raumcurve dritter Ordnung, die einer Schaar eine Gerade ist.

Durch die äussere Röhrenwandung, vom Flächeninhalt $2(r+dr)\pi . L$, fliesst in der Zeit dt die Wärmemenge $q.2(r+dr)\pi . L . dt \cdot \left(\frac{\partial u}{\partial r}\right)_{r+dr}$. Und zwar geht diese, weil ebenfalls der Axe zufliessend, in die Röhre hinein. Im Ganzen tritt also zunächst durch Wärmefluss in der Zeit dt folgende Wärmemenge in die Röhre ein:

$$+q.2\pi L.dt\left\{(r+dr)\cdot\left(\frac{\partial u}{\partial r}\right)_{r+dr}-r\cdot\left(\frac{\partial u}{\partial r}\right)_r\right\}.$$

Ausserdem entsteht durch den galvanischen Strom in dem Körperelement während der unendlich kleinen Zeit dt eine gewisse Wärmemenge:

Im ganzen Draht wird während der Zeit dt durch den galvanischen Strom die Menge Calorien:

$$\gamma . J^2 . \frac{w_0 . L}{R^2\pi} \cdot dt$$

hervorgerufen; denn diese ist gemäss dem Joule'schen Gesetz proportional dem Quadrat der Stromstärke J, der Zeit dt und dem Drahtwiderstand (L Länge, $R^2\pi$ Querschnitt, w_0 specifischer Widerstand); γ ist der Proportionalitätsfactor, die Wärmemenge, welche der Strom von der Intensität 1 in einem Leiter vom Widerstand 1 in der Zeiteinheit erzeugt. Das Volumen unserer unendlich dünnen Röhre ist $\{(r+dr)^2-r^2\}.\pi.L$ oder mit Weglassung der unendlich kleinen Grösse zweiter Ordnung: $2r\,dr\,\pi L$. Auf dieses Volumelement kommt also von der durch den galvanischen Strom im ganzen Draht erzeugten Wärmemenge der Theil:

$$\frac{\gamma . J^2 . w_0 . 2r\pi L . dt . dr}{R^4 . \pi^2}.$$

Zusammen wird also, während des Zeitelements dt, der Röhre die Wärmemenge zugeführt:

$$+2\pi . dt . L\left\{q.(r+dr)\cdot\left(\frac{\partial u}{\partial r}\right)_{r+dr}-q.r\cdot\left(\frac{\partial u}{\partial r}\right)_r+\frac{\gamma . J^2 . w_0 . r . dr}{R^4\pi^2}\right\}$$

oder, da $\left(\frac{\partial u}{\partial r}\right)_{r+dr}=\left(\frac{\partial u}{\partial r}\right)_r+dr\cdot\frac{\partial^2 u}{\partial r^2}+\left|\frac{dr^2}{2!}\cdot\frac{\partial^3 u}{\partial r^3}+\cdots\right.$, die folgende Wärmemenge:

$$1)\qquad +2\pi . dt . L\left\{q.r.dr\cdot\frac{\partial^2 u}{\partial r^2}+q.dr\cdot\frac{\partial u}{\partial r}+\frac{\gamma . J^2 . w_0 . r . dr}{R^4\pi^2}\right\}.$$

Dafür ist noch ein zweiter Ausdruck aufzustellen. Die Temperatur u ist eine Function des Orts und der Zeit. War dieselbe für ein bestimmtes r zu bestimmter Zeit $u(r,t)$, so ist sie an derselben Stelle, zur Zeit $t+dt$, $u(r,t+dt)$, also da $u(r,t+dt)=u(r,t)+dt\cdot\frac{\partial u(r,t)}{\partial t}+\left|dt^2\cdot\frac{\partial^2 u(r,t)}{\partial t^2}+\ldots\right.$, so ist die Temperaturänderung $u(r,t+dt)-u(r,t)$ an demselben Ort gleich $\frac{\partial u}{\partial t}\cdot dt$. Wenn nun ε die Dichte und c die Wärmecapacität des Leiters ist, so sind, um das Volumelement $2r\pi L.dr$ um $\frac{\partial u}{\partial t}\cdot dt$ Temperaturgrade zu erhöhen,

tretenden Temperaturschwankungen, sowie die Gesetze aufzustellen, welchen diese Schwankungen folgen. Der vorliegende Aufsatz beschäftigt sich mit der erwähnten Aufgabe. Die Resultate sind am Schlusse zusammengefasst; auch ist eine numerische Berechnung angefügt.

---

§ 1.

Die Temperatur, innerhalb desselben Querschnitts variabel angenommen.

Es sei ein homogener Draht von überall gleichem kreisförmigem Querschnitt vorausgesetzt; der Durchmesser sei $2R$, die Länge L, die Dichte ε, die specifische Wärme c, das innere Wärmeleitungsvermögen q, das äussere Wärmeleitungsvermögen oder der Ausstrahlungscoefficient η, der specifische elektrische Widerstand w_0 und u die Temperatur an beliebiger Stelle des Drahts im variablen Abstand r von der Axe zur Zeit t. Die Temperatur u werde von der der Umgebung an gezählt, die Zeit t von dem Augenblick an gerechnet, wo der Strom durch den Draht geschickt wird. Die Stromstärke J ist bei constanten Strömen unabhängig von der Zeit, $J = a$; bei Wechselströmen wird dieselbe, was ihre Abhängigkeit von der Zeit allein betrifft, meist proportional den Ordinaten einer Sinusoide angenommen, $J = b.\sin(\alpha t)$.

Aufstellung der Differentialgleichungen.

Innerhalb des Drahts wird in einem beliebigen Querschnitt die Temperatur u von Punkt zu Punkt und ebenso mit der Zeit eine andere sein, aber, da der Draht homogen vorausgesetzt ist, zur selben Zeit wenigstens constant auf der Peripherie eines jeden zum Querschnittskreis concentrischen Kreises. Wir gehen darauf aus, das Gesetz aufzustellen, demzufolge die Temperatur u erstens von der Entfernung r von der Axe und zweitens von der Zeit t abhängt. Zu diesem Zwecke denken wir uns im Drahtcylinder eine unendlich dünne coaxiale Röhre (Fig. 1); die Radien dieser Röhre seien r und $r + dr$, die Temperatur auf der inneren Fläche der Röhre u, auf der äusseren $u + du$.

Welche Wärmemenge wird in einem Zeitelement dt infolge der Wärmeströmung und des galvanischen Stroms in dieses Massenelement eintreten?

Den bekannten Annahmen über die Wärmeleitung zufolge fliesst durch die innere Röhrenwand, welche den Flächeninhalt $2r\pi.L$ besitzt, in der Zeit dt die Menge Calorien: $q.2r\pi L.dt\cdot\frac{\partial u}{\partial r}$, wobei q den Coefficienten der inneren Wärmeleitung vorstellt. Diese Wärmemenge geht nach der Axe zu, tritt also aus dem röhrenförmigen Körperelement aus (da die Temperatur der inneren und äusseren Röhrenwand bezüglich u und $u + du$ sein soll), oder umgekehrt tritt in die Röhre ein die Menge: $-q.2r\pi L.dt\cdot\frac{\partial u}{\partial t}$.

also die Menge $+2R\pi L.dt.\eta.u$, oder die entgegengesetzte Menge tri das Element ein.

Drittens wird durch den galvanischen Strom in dem Volumelement Wärmemenge hervorgerufen

$$+\frac{\gamma.J^2.w_0.2R\pi L.dr.dt}{R^4\pi^2}.$$

Im Ganzen ist somit die Erhöhung der Wärmemenge, welche das Gr element des Körpers durch die Wärmeströmung und durch den galvanis Strom in dem Zeitelement dt erfährt, vorgestellt durch den Ausdruck:

$$-q.2(R-dr)\pi L.dt\frac{\partial u}{\partial r}-\eta.2R\pi L.dt.u+\frac{\gamma.J^2.w_0.2L.dr.dt}{R^3\pi}.$$

Und diese ist andererseits gleich dem Product aus Masse $\varepsilon.2R\pi L.dr$ Wärmecapacität c des Elements in die Temperaturzunahme $dt\cdot\frac{\partial u}{\partial t}$, als

$$=c.\varepsilon.2R\pi L.dr.dt\cdot\frac{\partial u}{\partial t}\cdot$$

Setzt man beide Ausdrücke einander gleich und geht zur Grenze über, also dr und dt sich der Null nähern, so bleibt als die gesuchte G bedingung

für $r=R$:

6) $$\frac{\partial u}{\partial r}=-\frac{\eta}{q}\cdot u.$$

Integration der Differentialgleichung (für constante Ströme).

Diese war

$$r.k\cdot\frac{\partial u}{\partial t}=r\cdot\frac{\partial^2 u}{\partial r^2}+\frac{\partial u}{\partial r}+m.r,$$

mit den Nebenbedingungen:

a) für $t=0$ ist $u=0$; b) für $r=R$ ist $\frac{\partial u}{\partial r}=-\frac{\eta}{q}\cdot u.$

Nimmt man versuchsweise an, das vollständige Integral von u, als F tion von r und t, lasse sich in der Form einer nach steigenden Pot von r fortlaufenden Reihe darstellen:

$$u=A_0+A_1r+A_2r^2+A_3r^3+A_4r^4+\cdots,$$

wo die Coefficienten A_0, A_1, A_2, ... nur von t abhängen, so findet dass die sämmtlichen Coefficienten A_1, A_2, A_3, ... sich recurrent be men; nur a_0 bleibt als willkürliche Function von t unbestimmt; wir be nen sie mit $\varphi(t)$ und erhalten

$$u=\varphi(t)+r^2\cdot\frac{k.\varphi'(t)-m}{4}+r^4\cdot\frac{k^2.\varphi''(t)}{4.4^2}+r^6\cdot\frac{k^3.\varphi'''(t)}{4.4^2.6^2}+\cdots$$

Wie es sein muss, ist also u eine gerade Function von r, $f(-r)=f($ Angenommen, der Radius R des cylindrischen Drahts sei ein so kl

Fig.15.

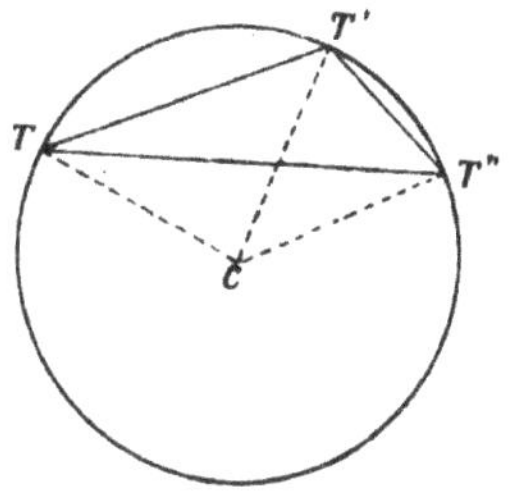

Fig.11.

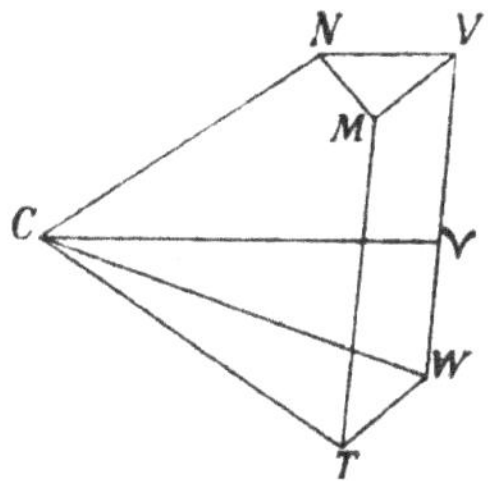

Fig.16.

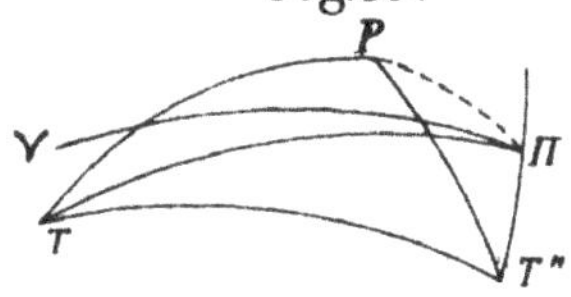

Fig.14.

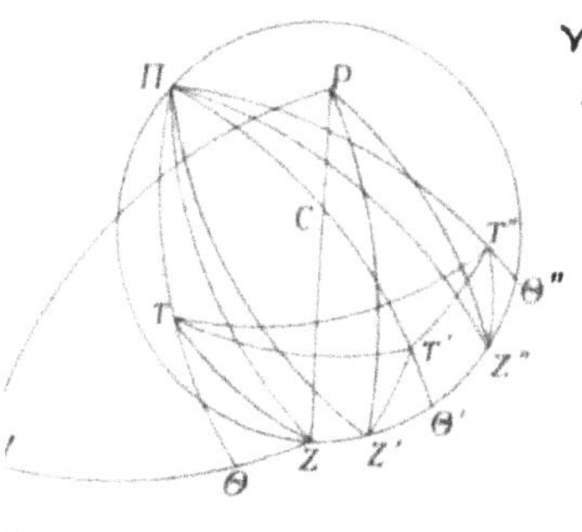

Fig.17.

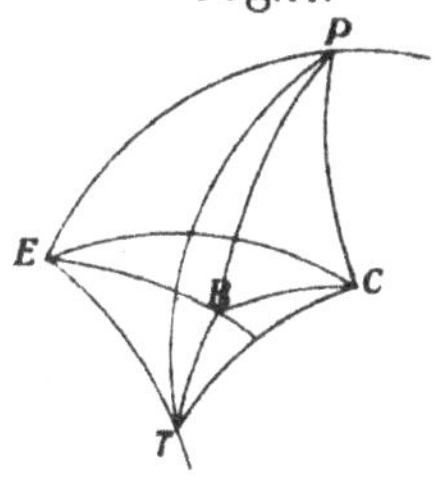

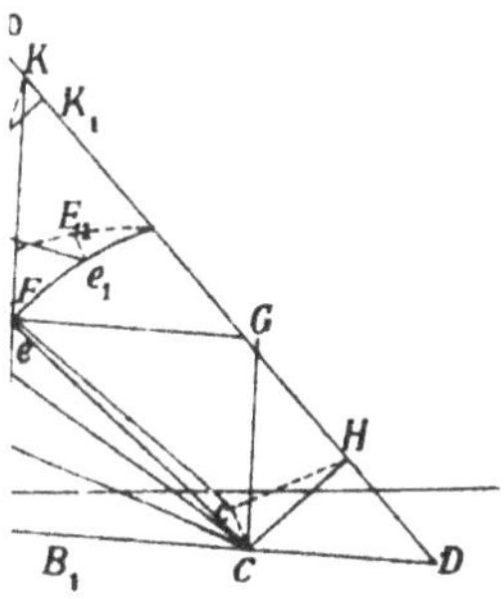

Fig.18.

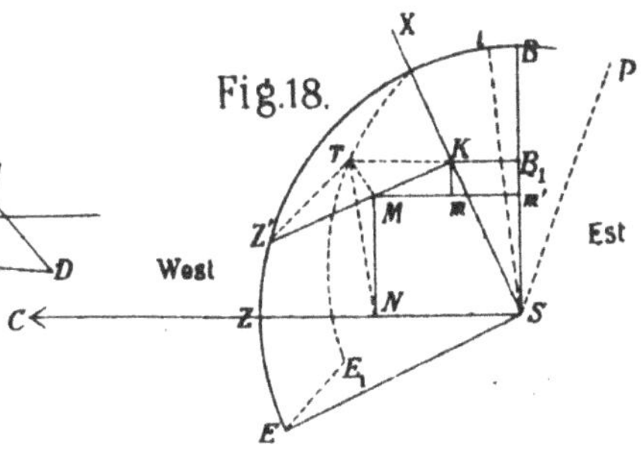

Bruchtheil der Längeneinheit, dass R^4, R^6, ... vernachlässigt werden können, so gilt Letzteres auch für r, da $r \leqq R$. Annäherungsweise ist dann

$$7)\qquad u = \varphi(t) + r^2 \cdot \frac{k \cdot \varphi'(t) - m}{4}.$$

Die willkürliche Function φ bestimmen wir aus der Bedingung, dass an der Oberfläche des Drahts Wärme ausgestrahlt wird, also dass für $r = R$ $\frac{\partial u}{\partial r} = -\frac{\eta}{q}u$ oder, da $\frac{\partial u}{\partial r} = 2r \cdot \frac{k\varphi' - m}{4}$ ist, aus der Bedingung:

$$2R \cdot \frac{k\varphi' - m}{4} + \frac{\eta}{q}\left(\varphi + R^2 \cdot \frac{k\varphi' - m}{4}\right) = 0.$$

Letzteres ist eine gewöhnliche Differentialgleichung erster Ordnung zwischen φ und t, von der sogenannten Euler'schen Form

$$\frac{d\varphi}{dt} + A \cdot \varphi = B,$$

wo zur Abkürzung $A = \dfrac{2\eta}{kqR\left(1 + \dfrac{\eta R}{2q}\right)}$, $B = \dfrac{m}{k}$ gesetzt wurde. Deren Integral

$$\varphi = \frac{B}{A} + C \cdot e^{-At},$$

wo C eine sogleich zu bestimmende Integrationsconstante ist, zeigt, dass φ sich mit wachsender Zeit immer mehr dem Grenzwerthe $\frac{B}{A}$ nähert.

Verwenden wir den gefundenen Werth von φ und den zugehörigen von φ' in 7), so wird

$$u = \frac{B}{A} - \frac{r^2 m}{4} - C \cdot e^{-At} \cdot \left\{\frac{r^2 kA}{4} - 1\right\}.$$

Hier ist Alles bestimmt ausser der willkürlichen Constanten C. Diese ergiebt sich aus der obenerwähnten Voraussetzung, dass im Anfang, in dem Augenblick, wo der galvanische Strom durch den Leiter zu fliessen beginnt, letzterer in allen Theilen die Temperatur der Umgebung besitze, also aus der Bedingung, dass $u = 0$ ist, wenn $t = 0$. Es wird so

$$0 = \frac{B}{A} - r^2 m + C\left(1 - \frac{r^2 kA}{4}\right),$$

also

$$u = \frac{B}{A} - r^2 m - e^{-At} \cdot \left\{\frac{B}{A} - \frac{r^2 m}{4}\right\}$$

oder

$$\mathrm{I})\qquad u = \frac{\gamma \cdot J^2 \cdot w_0}{R^4 \pi^2 \cdot q} \cdot \left(\frac{qR}{2\eta} + \frac{R^2 - r^2}{4}\right)\left(1 - \frac{1}{e^{At}}\right).$$

Durch diese Gleichung ist die Temperatur u für jede beliebige Zeit t in beliebiger Entfernung r von der Axe des cylindrischen Drahts gegeben.

Ebenso erhält man aus II) die Innentemperatur (für $r = 0$). Der Unterschied D der Innentemperatur gegenüber der Oberflächentemperatur ist natürlich ebenfalls eine Function der Zeit t; wenn die Temperaturverhältnisse stationär geworden sind ($e^{-At} = 0$), so ist dieser Unterschied:

IIb) $$D = \frac{\gamma . b^2 . w_0}{2R^2 . \pi^2 . q}\left\{cos 2\alpha t \cdot \frac{\alpha^2}{A(A^2 + 4\alpha^2)} - sin 2\alpha t \cdot \frac{\alpha}{2(A^2 + 4\alpha^2)} + \frac{sin^2 \alpha t}{2}\right\}.$$

Wenn die Gleichung $D = 0$ reelle Wurzeln hat, so wird periodisch dieser Unterschied negativ, also die Temperatur an der Oberfläche grösser als diejenige im Innern des Drahts. Für das unten durchgerechnete numerische Beispiel findet dies in der That statt (s. § 3).

Der Ausdruck IIa) für die Temperatur an der Oberfläche, den wir mit abkürzender Bezeichnung der constanten Coefficienten kurz in der Form schreiben können:

$$u = d - e . cos 2\alpha t - f . sin 2\alpha t - g . sin^2 \alpha t - h . e^{-At},$$

zeigt, dass die Temperatur anfangs einen unrein periodischen Verlauf besitzt und sich mit wachsender Zeit immer mehr einem Zustande mit rein periodischen Schwankungen nähert.

Wenn der stationäre Zustand eingetreten ist — theoretisch für $t = \infty$, $e^{-At} = 0$ —, besitzt die Temperatur einen mittleren Werth $u = d$, und um diesen mittleren Werth wird — abwechselnd kleiner und grösser werdend — die Temperatur schwanken. In Fig. 3 ist dementsprechend der Gang der Temperatur u als Function der Zeit t graphisch dargestellt, ohne dass übrigens die Zeichnung einen Maassstab für die Grösse der Schwankungen geben soll.

Die Schwankungen S sind dargestellt durch

$$S = e . cos 2\alpha t + f . sin 2\alpha t + g . sin^2 \alpha t.$$

Die Discussion dieser Function liefert den in Fig. 4 graphisch dargestellten Verlauf von S. So oft αt um π gewachsen ist, erhält S wieder denselben Werth; die Dauer der Schwankungen ist also $\frac{\pi}{\alpha}$, somit die Hälfte von denjenigen der Intensität $J = b . sin \alpha t$ des Wechselstroms; denn diese letztere Intensität ist, auch dem Zeichen nach, wieder dieselbe, so oft t um $\frac{2\pi}{\alpha}$ zunimmt. Das Maximum von S nach der einen oder andern Seite wird erreicht, so oft $tg 2\alpha t = \frac{2f}{2e - g}$ wird.

Der mittlere Werth M, den die Temperatur, abgesehen von diesen Schwankungen, besitzt, wird, wenn man die Werthe von A und k einsetzt:

$$M = \frac{\gamma . b^2 . w_0}{q . k R^4 . \pi^2} \cdot \frac{1}{2A^2}$$

oder

IIc) $$M = \frac{\gamma . b^2 . w_0 . c . \varepsilon}{8\eta^2 . R^2 . \pi^2}\left(1 + \frac{\eta . R}{2q}\right)^2.$$

und unter den gleichen Voraussetzungen über die Grösse von r, wie oben, erhält man so:

8) $$u = \varphi(t) + r^2 \cdot \frac{k \cdot \varphi'(t) - n \cdot \sin^2 \alpha t}{4}.$$

Die Euler'sche Differentialgleichung zur Bestimmung der willkürlichen Function $\varphi(t)$ lautet in unserem Falle von Wechselströmen:

$$\frac{d\varphi}{dt} + \varphi \cdot \frac{2\eta}{k q R\left(1 + \frac{\eta R}{2q}\right)} = \frac{n}{k} \cdot \sin^2 \alpha t.$$

Wenn man zur Abkürzung $\frac{2\eta}{k q R\left(1 + \frac{\eta R}{2q}\right)} = A$ setzt, so wird das Integral dieser Differentialgleichung für φ, mit C_1 als willkürlicher Constante,

$$\varphi = \frac{n}{2k}\left\{\frac{1}{A^2} - \frac{\cos 2\alpha t + \frac{2\alpha}{A}\sin 2\alpha t}{A^2 + 4\alpha^2}\right\} + C_1 \cdot e^{-At}.$$

Diesen so erhaltenen Ausdruck für φ und φ' hat man in 8) einzuführen und dann die Constante C_1 aus der Anfangsbedingung zu berechnen; es wird so

$$u = \frac{n}{2k}\left(\frac{1}{A^2} - \frac{\cos 2\alpha t + \frac{2\alpha}{A}\sin 2\alpha t}{A^2 + 4\alpha^2}\right) + C_1 e^{-At}$$
$$- \frac{r^2 k}{4}\left\{C_1 \cdot A \cdot e^{-At} + \frac{\frac{2\alpha^2}{A}\cos 2\alpha t - \alpha \sin 2\alpha t}{A^2 + 4\alpha^2} \cdot \frac{n}{k}\right\} - \frac{n r^2}{4}\sin^2 \alpha t.$$

Die Bedingung, dass für $t = 0$ $u = 0$ sein soll, giebt nach wenigen Reductionen

$$C_1 = -\frac{2n\alpha^2}{k A^2 (A^2 + 4\alpha^2)},$$

und damit wird in unserem Falle eines Wechselstroms die schliessliche Gleichung, welche die Temperatur u zu jeder Zeit t in jeder Entfernung r von der Axe erkennen lässt:

II) $$u = \frac{\gamma \cdot b^2 \cdot w_0}{R^4 \cdot \pi^2 \cdot q \cdot k}\left\{\frac{1}{2A^2} - \cos 2\alpha t \frac{A + r^2 k \alpha^2}{2A(A^2 + 4\alpha^2)} - \sin 2\alpha t \frac{4\alpha - r^2 k \alpha A}{4A(A^2 + 4\alpha^2)} - \sin^2 \alpha t \cdot \frac{r^2 k}{4} - e^{-At}\frac{\alpha^2(4 - r^2 k A)}{2A^2(A^2 + 4\alpha^2)}\right\},$$

wobei $A = \frac{2\eta}{k q R\left(1 + \frac{\eta R}{2q}\right)}$, $k = \frac{\varepsilon c}{q}$ ist. Speciell die Temperatur an der Oberfläche des Leiters ist (für $r = R$):

IIa) $$u_1 = \frac{\gamma \cdot b^2 \cdot w_0}{R^4 \cdot \pi^2 \cdot q \cdot k}\left\{\frac{1}{2A^2} - \cos 2\alpha t \frac{A + R^2 k \alpha^2}{2A(A^2 + 4\alpha^2)} - \sin 2\alpha t \frac{\alpha q R k}{2\eta(A^2 + 4\alpha^2)} - \sin^2 \alpha t \frac{R^2 k}{4} - e^{-At}\frac{\alpha^2(4 - R^2 k A)}{2A^2(A^2 + 4\alpha^2)}\right\}.$$

strahlungsvermögen η ist, also $\eta . 2r\pi L . u . dt$; oder auch, es geht die entgegengesetzte Wärmemenge $-2\eta R\pi L u\, dt$ in den Körper herein. Ferner werden in der Zeit dt durch galvanische Erwärmung im Draht $\frac{L.\gamma.J^2.w_0}{R^2\pi}dt$ Calorien erzeugt.

Zusammen wird somit die Wärmemenge des Drahts in dem Zeitelement dt um die Grösse

$$\frac{L.\gamma.J^2.w_0.dt}{R^2\pi} - 2.\eta.R.\pi.L.u.dt$$

vermehrt. Dies ist andererseits gleich dem Product aus Wärmecapacität c und Masse $s.R^2.\pi.L$ des Drahts in die Temperaturerhöhung $dt\cdot\frac{\partial u}{\partial t}$, also

$$= c.s.R^2\pi.L.dt\cdot\frac{\partial u}{\partial t}.$$

Das Gleichsetzen beider Ausdrücke ergiebt für constante Ströme, wo die Intensität $J = a$ ist, folgende Differentialgleichung zur Bestimmung der Temperatur u in beliebiger Zeit t:

$$9)\qquad \frac{du}{dt} + \frac{2\eta}{c s R}\cdot u = \frac{\gamma.a^2.w_0}{R^4.\pi^2.c.s}.$$

Durch Integration dieser Gleichung und Bestimmung der willkürlichen Integrationsconstante aus der Anfangsbedingung $(u_{t=0} = 0)$ erhält man

für constante Ströme:

$$\text{III)}\qquad u = \frac{\gamma.a^2.w_0}{2.\eta.R^3.\pi^2}(1 - e^{-Bt}),$$

wo $B = \frac{2\eta}{s.c.R}$ ist. Diese Temperatur nähert sich asymptotisch dem Werthe

$$\text{IIIa)}\qquad u = \frac{\gamma.a^2.w_0}{2.\eta.R^3.\pi^2}$$

(die bekannte Formel, die wir auch oben durch Specialisirung erhielten für die Temperatur an der Oberfläche eines Drahts, der im ganzen Querschnitt nicht dieselbe Temperatur haben sollte).

Bei Anwendung von Wechselströmen ist die Differentialgleichung

$$\frac{du}{dt} + \frac{2\eta}{c.s.R}\cdot u = \frac{\gamma.b^2.w_0}{R^4.\pi^2.c.s}\cdot \sin^2 \alpha t;$$

deren vollständiges Integral ist, nachdem die willkürliche Integrationsconstante wiederum daraus bestimmt ist, dass der Leiter anfangs die Temperatur 0 der Umgebung haben soll, die folgende Gleichung zwischen u und t:

für Wechselströme:

$$\text{IV)}\quad u = \frac{\gamma.b^2.w_0}{R^4.\pi^2.c.s}\cdot\left\{\frac{1}{2A^2} - \cos 2\alpha t\cdot\frac{1}{2(A+4\alpha^2)} - \sin 2\alpha t\cdot\frac{\alpha}{A(A^2+4\alpha^2)} - e^{-At}.\frac{4\alpha^2}{2A^2(A^2+4\alpha^2)}\right\},$$

wo $A = \frac{2\eta}{R.c.s}$ ist.

Die graphische Darstellung dieser Function u von t zeigt einen ähnlichen Verlauf wie oben in Fig. 3. Wenn der Temperaturzustand stationär geworden ist, schwankt die Temperatur — und dementsprechend die Ausdehnung — des Drahts um den festen Werth:

$$\text{IVa)} \qquad \frac{\gamma . b^2 . w_0}{R^4 . \pi^2 . c . \varepsilon} \cdot \frac{1}{2A^2} \text{ oder } \frac{\gamma . b^2 . w_0 . c . \varepsilon}{8 . \eta^2 . R^2 . \pi^2}$$

und die Schwankungen S sind dabei angegeben durch:

$$\text{IVb)} \quad S = \left(\cos 2\alpha t \cdot \frac{1}{2(A^2 + 4\alpha^2)} + \sin 2\alpha t \cdot \frac{\alpha}{A(A^2 + 4\alpha^2)} \right) \cdot \frac{\gamma . b^2 . w_0}{R^4 . \pi^2 . c . \varepsilon}.$$

Diese Function $d . \cos 2\alpha t + e . \sin 2\alpha t$ der Temperaturschwankungen ergiebt als Curve aufgezeichnet (Fig. 5) eine Maximal- oder Minimalordinate, so oft

$$tg 2\alpha t = \frac{\alpha . R . c . \varepsilon}{\eta}$$

geworden ist; für diejenigen Verhältnisse, welche in der Praxis meistens in Betracht kommen, tritt dies sehr nahe dann ein, wenn $2\alpha t$ ein Vielfaches von $\frac{\pi}{2}$ geworden ist. Daraus folgt, dass die grösste und kleinste Ordinate der Schwankungen dargestellt ist durch den Ausdruck:

$$\text{IVc)} \qquad \frac{\gamma . b^2 . w_0}{2 . \eta . R^3 . \pi^2} \cdot \frac{\alpha}{A^2 + 4\alpha^2}.$$

Hier zeigt der Werth von $A = \frac{2\eta}{Rc\varepsilon}$, dass A^2 um so mehr gegen $4\alpha^2$ vernachlässigt werden kann, je grösser R, je dicker also der Draht ist. In dem unten durchgerechneten numerischen Beispiele, bei einem Draht von 1 mm Durchmesser, kommt A^2 gegen $4\alpha^2$ nicht mehr in Betracht, und dann folgt die Grösse $\frac{\gamma . b^2 . w_0}{8 . \eta . R^3 . \pi^2 . \alpha}$ der Temperaturschwankungen einem ähnlichen Gesetz, wie die Temperatur des Drahts bei constanten Strömen, unter Voraussetzung gleicher Temperatur innerhalb desselben Querschnitts.

Der in IVa) angegebene feste Mittelwerth der Temperatur, um den die Schwankungen erfolgen, $\frac{\gamma . b^2 . w_0 . c . \varepsilon}{8 . \eta^2 . R^2 . \pi^2}$, weist, was die Abhängigkeit vom Radius R betrifft, ein anderes Gesetz auf, als die Temperatur bei constanten Strömen, für welche wir den Ausdruck $\frac{\gamma . J^2 . w_0}{\eta . 2 R^3 . \pi^2}$ fanden.

Wenn also durch einen Draht vom Radius R, der Dichte ε, der Wärmecapacität c und dem Ausstrahlungsvermögen η einmal ein Wechselstrom von der maximalen Stromordinate b und andererseits ein constanter Strom von der Intensität J fliesst, so ist die Erwärmung (und Ausdehnung) beim Wechselstrom grösser als bei constantem Strom im Verhältniss

$$\text{IVd)} \qquad \frac{c . \varepsilon . R}{4 . \eta} \cdot \frac{b^2}{J^2}.$$

Die Ausdehnung des Drahts ist bei mittleren Temperaturen proportinal der Temperatur in jedem Augenblick, also hat man, um die Ausdehnung zu erhalten, nur die Formeln IV) bis IVc) mit dem Ausdehnungscoefficienten zu multipliciren, um die betreffenden Grössen für die Ausdehnung des Drahts und die Grösse der Ausdehnungsschwankungen etc. zu erhalten; bei höheren Temperaturen u folgt die Ausdehnung $\varDelta$ aus $\varDelta = a_1 u + a_2 u^2$, wo die Zahlenwerthe von a_1 und a_2 schon oben angegeben sind.

§ 3.

Numerische Berechnung für Wechselströme.

Es ist von Interesse, auf ein praktisches Beispiel die Formeln anzuwenden, also die Erwärmung u und Ausdehnung $\varDelta$ bei constantem und bei Wechselstrom zu vergleichen, ferner das Gesetz, nach welchem sich u und $\varDelta$ mit der Zeit t ändern, durch Zahlen auszudrücken und endlich die Grösse der bei Wechselströmen auftretenden Schwankungen von Temperatur und Länge des Drahts kennen zu lernen, um entscheiden zu können, ob die periodischen Ausdehnungsänderungen unter Umständen wahrgenommen werden und ob sie für die Praxis in Betracht kommen könnten.

Als Beispiel wurde ein Kupferdraht von 1 mm Durchmesser und 657 cm Länge gewählt, durch welchen der Strom einer Siemens'schen Wechselstrommaschine (730 Touren pro Minute und 8 Spulen) mit der mittleren Stromintensität 6,4 Amp. fliesst. Welches ist die Temperatur u an der Oberfläche und die Ausdehnung $\varDelta$ des Drahts zu beliebiger Zeit t; welches ist das Verhältniss von Temperatur und Ausdehnung zu derjenigen bei constantem Strom, und welches ist die Grösse der Schwankungen von Temperatur und Länge des Kupferdrahts?

Die Einheiten seien cm., gr., sec., Amp., Volt., Cels. Die Temperatur u an der Oberfläche war folgende Function zur Zeit t:

$$u = \frac{\gamma . b^2 . w_0}{q . k . R^4 . \pi^2} \left\{ \frac{1}{2A^2} - \cos 2\alpha t \frac{A + R^2 k \alpha^2}{2A(A^2 + 4\alpha^2)} - \sin 2\alpha t \frac{\alpha q R k}{2\eta (A^2 + 4\alpha^2)} - \sin^2 \alpha t \cdot \frac{R^2 k}{4} - e^{-At} \frac{\alpha^2 (4 - R^2 k A)}{2A^2 (A^2 + 4\alpha^2)} \right\},$$

wo $k = \frac{\varepsilon . c}{q}$, $A = \frac{2\eta}{kqR\left(1 + \frac{\eta R}{2q}\right)}$; und wenn der cylindrische Leiter so dünn ist, dass die Temperatur im ganzen Querschnitt als constant angesehen werden kann:

$$u = \frac{\gamma . b^2 . w_0}{R^4 . \pi^2 . \varepsilon . c} \left\{ \frac{1}{2A_1^2} - \cos 2\alpha t \frac{1}{2(A_1^2 + 4\alpha^2)} - \sin 2\alpha t \frac{\alpha}{A_1 (A_1^2 + 4\alpha^2)} - e^{-A_1 t} \frac{4\alpha^2}{2A_1^2 (A_2^2 + 4\alpha^2)} \right\},$$

wo $A_1 = \frac{2\eta}{R . c . \varepsilon}$ ist.

1. Die Constante γ im Joule'schen Gesetz oder die Wärmemenge, welche im Draht vom Widerstand 1 Ohm, bei Intensität 1 Ampère, in 1 Secunde durch den galvanischen Strom entwickelt wird, ist 0,24014. (Kohlrausch, Praktische Physik.)

2. Specifisches Gewicht des Kupfers 8,9, specifische Wärme $c = 0{,}0952$, specifischer elektrischer Widerstand (für Centimeter u. 0°) $w_0 \doteq 0{,}0160 \cdot 10^{-4}$.

3. Das innere Wärmeleitungsvermögen q, oder die durch die Flächeneinheit bei dem Abstande Eins in der Zeiteinheit fliessende Wärmemenge, ist für sec., cm., Cels.: $q = \frac{119{,}699}{360}$ (nach Wiedemann).

4. Das äussere Wärmeleitungsvermögen oder der Ausstrahlungscoefficient η des Kupfers scheint nicht in absoluter, sondern nur in relativer Weise bestimmt zu sein (Mousson, Physik, Bd. II). Es wurde daher nach dem Vorschlag von Herrn Professor Dr. Dietrich folgender indirecte Weg eingeschlagen.

Nach der oben abgeleiteten und auch sonst bekannten Formel für die Temperatur u bei einem constanten Strom von der Intensität J ist

$$u = \frac{\gamma \cdot J^2 \cdot w_0}{2 \cdot R^3 \cdot \pi^2 \cdot \eta}, \quad \text{woraus} \quad \eta = \frac{\gamma \cdot J^2 \cdot w_0}{2 \cdot R^3 \cdot \pi^2 \cdot u}.$$

Beobachtet man also J und u oder beobachtet man wenigstens die Ausdehnung $\varDelta$ bei constantem Strom und berechnet dazu die Temperatur u, so sind sämmtliche Grössen auf der rechten Seite und damit der Ausstrahlungscoefficient η gegeben. Diesbezügliche, im elektrotechnischen Laboratorium des Polytechnikums in Stuttgart ausgeführte Versuche ergaben für einen Strom von 10, 23, 35 Ampère Stromstärke eine Ausdehnung des Drahts von bezw. 2,57; 13,23; 30,02 mm. Aus dieser Ausdehnung $\varDelta$ wurde die Temperatur u berechnet mittels

$$\varDelta = a_1 u + a_2 u^2,$$

wo $a_1 = 10^{-4} \cdot 0{,}14686$, $a_2 = 10^{-8} \cdot 0{,}8$. Es fand sich in den drei Fällen bezw. folgende Temperatur u des Drahts (von der der Umgebung als Null an gerechnet): 23,95, 123,34, 279,80° Cels., und endlich hieraus der Ausstrahlungscoefficient η, bezw.

$$\eta = 0{,}0006504, \quad 0{,}0006681, \quad 0{,}0006821.$$

5. Die Constanten b und c.

Die Abhängigkeit der Stromstärke J des Wechselstroms von der Zeit t wird in der Form vorausgesetzt: $J = b \cdot \sin(\alpha t)$. Hier ist also b die maximale Stromordinate, welche sich aus der mittleren constanten Stromintensität von 6,4 Amp. leicht berechnen lassen wird. Denn es ist (Fig. 7):

$$\frac{\pi}{\alpha} \cdot 6{,}4 = \int_{t=0}^{t=\frac{\pi}{\alpha}} b \cdot \sin(\alpha t) \cdot dt = \frac{2 \cdot b}{\alpha}, \quad \text{also} \quad b = 6{,}4 \cdot \frac{\pi}{2} = 10 \text{ Amp.}$$

[illegible] oder $t = \frac{\pi}{\alpha}$ [illegible]

[illegible] Spulenzahl 8 [illegible]

[illegible] $\frac{230.8}{60}$-mal oder [illegible]

[illegible]

[illegible] bestimmt:

[illegible] $=\cdot 1.016.10^{-4}$,

[illegible] $\alpha = 305{,}8$,

[illegible]

[illegible] Anwendung von Wechselströmen [illegible]

$$[\text{illegible}] - \ldots \frac{\ldots}{2(A^2-4\alpha^2)} - \sin 2\alpha t \frac{\alpha}{A(A^2+4\alpha^2)} - \ldots \frac{4\alpha^2}{2A^2(A^2-4\alpha^2)}\Big\},$$

[illegible] Zahlencoefficienten [illegible] im vorliegenden Falle (für $t=\infty$):

$$[\text{illegible}] \cos(2.305{,}8.t).0{,}[\text{illegible}]4.10^{-5} - \sin(2.305{,}8.t).0{,}01957$$

und damit die Ausdehnung A des Drahts zu irgend einer Zeit t:

$$A = 0{,}448 [\text{illegible}] \cos(2.305{,}8.t).0{,}106.10^{-4} - \sin(2.305{,}8.t).0{,}00022[\text{illegible}]$$

Der mittlere Werth der Ausdehnung, um welchen periodisch die Schw[illegible]kungen erfolgen, ist somit 0,448 cm. Die Schwankungen S der Ausdehnu[illegible] sind dabei dargestellt durch

$$S = 0{,}106.10^{-4}.\cos(611.t) + 0{,}0002209.\sin(611.t).$$

Die Schwankung erreicht ihren numerisch grössten Werth, wenn

$$tg(611.t) = \frac{\alpha.R.c.s}{\eta}, \text{ oder sehr nahe, wenn } 611.t = \frac{\pi}{2} \text{ ist.}$$

Daraus folgt, dass sehr nahe der Coefficient 0,0002209 zugleich [illegible] Maximalwerth der Schwankungen angiebt. Das Glied mit e^{-At} oder [illegible] Glied $\frac{1}{0{,}[\text{illegible}]\, e^{At}}$ für die Ausdehnung, macht schon nach 22 sec. nicht [illegible] 0,01 mm aus. Also: Die Ausdehnung des Drahts, welcher für [illegible] Beispiel angenommen wurde, nähert sich dem Werthe 4,48 [illegible] unter kleinen regelmässigen Schwankungen, deren Maxi[illegible]werth gegenüber dem Mittelwerth 4,48 der Ausdehnung [illegible] 0,0022 mm beträgt. Die zugehörige Maximalschwankung der Tempe[illegible] ist 0,010° Cels. Es ist also nicht anzunehmen, dass diese Schwanku[illegible] für die Praxis irgendwie in Betracht kommen.

Gegenüber der Verwendung von constantem Strome J ist die Tempetur, und dementsprechend nahe auch die Ausdehnung, bei Wechselstrom it maximaler Stromstärke b, also mittlerer Stromstärke $\frac{2}{\pi}\cdot b$, grösser im rhältniss:

$$\frac{b^2.w_0.c.\varepsilon}{8.R^2.\pi^2.\eta^2}\cdot\frac{2.R^3.\pi^2.\eta}{\gamma.J^2.w_0} \text{ oder } \frac{c.\varepsilon.R}{4.\eta}\cdot\frac{b^2}{J^2},$$

ls beidemal derselbe Draht verwendet wird.

Wenn also das eine Mal ein constanter Strom von der Intensität 6,4 np., das andere Mal ein Wechselstrom von maximaler Stromintensität Amp. oder von mittlerer Intensität 6,4 Amp. einen Kupferdraht von mm Durchmesser und 657 cm Länge erwärmt, so ist bei Anwendung des echselstroms die Erwärmung und Ausdehnung des Drahts der Rechnung mäss höher nahezu im Verhältniss 4. Diese Zahl 4 scheint eine etwas hohe zu sein (der Grund würde dann in der ungenauen Bestimmung on η liegen). Denn die Werthe der Energie, welche in dem Strom inerseits durch einen Wechselstrom von maximaler Stromstärke b, anererseits durch einen constanten Strom von der Stromstärke a in der gleichen Zeit entwickelt wird, verhalten sich wie $\int_0^{\frac{\pi}{\alpha}} b^2.sin^2\alpha t.dt$ zu $a^2\cdot\frac{\pi}{\alpha}$ oder wie $\frac{b^2}{2}$ zu a^2. Hat man also das eine Mal einen Wechselstrom von maximaler Stromstärke 10 Amp. oder von mittlerer Stromstärke $10\cdot\frac{2}{\pi}$ $=6{,}4$ Amp., andererseits einen constanten Strom von der Stromstärke 6,4 Amp., so verhalten sich die Energiewerthe wie $\pi^2:8$. Versuche konnten darüber nicht angestellt werden.

Es fragt sich endlich, ob die Differenz der Temperaturen im Innern des Drahts und an der Oberfläche vernachlässigt werden kann. Dieser Temperaturunterschied $D=\frac{\gamma.J^2.w_0}{4R^2.\pi^2.q}$ bei constanten Strömen wird für $J=6{,}4$ Amp.:

$$D=0{,}00047^0 \text{ Cels.}$$

Bei Anwendung von Wechselströmen ist die Temperaturdifferenz D eine periodische Function der Zeit t, und zwar im Falle unseres Beispiels die folgende:

$$D=0{,}00234\left(\frac{cos 2\alpha t}{1{,}2}-\frac{sin 2\alpha t}{2446{,}4}+\frac{sin^2\alpha t}{2}\right).$$

rägt man diese Differenz D als Function der Zeit t graphisch auf, die t ls Abscissen, D als Ordinaten, so erhält man eine Curve von periodischem erlauf. Dem grössten Theile nach verläuft die Curve im ersten Quadrann, auf der Seite der positiven D; auf eine kurze Strecke greift jedoch die urve auf die Seite der negativen D regelmässig über. Man hat somit das eressante Resultat, dass zwar im Allgemeinen die Temperatur im Innern des Drahts eine höhere ist als an der Oberfläche, dass aber auf kurze Zeit, in regelmässiger Wiederkehr, der Draht an der Oberfläche eine höhere Temperatur besitzt als im Innern.

Das Maximum des Ueberschusses der Innentemperatur gegenüber der Oberflächentemperatur (also der positiven D) ist nahezu 0,002° Cels., das Maximum der negativen D ungefähr 0,0007° Cels.

§ 4.

Zusammenstellung der Resultate.

Es bedeute:

R den Radius des cylindrischen Drahts,

L dessen Länge,

c die specifische Wärme,

ε die Dichte,

w_0 den specifischen elektrischen Widerstand,

q das innere Wärmeleitungsvermögen und

η das äussere Wärmeleitungsvermögen (oder den Ausstrahlungscoefficienten) für das Material, aus welchem der Leiter besteht,

γ die Constante im Joule'schen Gesetz (0,24014), die Wärmemenge, welche im Draht vom Widerstand 1 Ohm in 1 Secunde durch den galvanischen Strom bei Stromintensität 1 Ampère entwickelt wird; ferner

J die Stromstärke des durch den Draht fliessenden galvanischen Stroms [bei Wechselströmen ist $J = b . sin(\alpha t)$], t Zeit; dabei

b die maximale Stromstärke des Wechselstroms, welche nach der einen oder andern Seite auftritt, so oft αt ein ungerades oder abgekürzt ungerades Vielfaches von $\frac{\pi}{2}$ geworden ist, also

$\alpha = \pi \times$ Tourenzahl pro Secunde $\times$ Spulenzahl,

u die Temperaturdifferenz des Drahts gegenüber der Umgebung,

Λ die Ausdehnung des Drahts.

1. Wenn die Temperatur u innerhalb desselben Querschnitts nicht als constant angenommen wird, so ist die Temperatur u zu beliebiger Zeit t in beliebiger Entfernung r von der Axe angegeben durch folgenden Ausdruck

für Wechselströme:

$$u = \frac{\gamma . b^2 . w_0}{R^4 . \pi^2 . \varepsilon . c} \left\{ \frac{1}{2A^2} - cos(2\alpha t) \cdot \frac{A + r^2 . k . \alpha^2}{2A(A^2 + 4\alpha^2)} - sin(2\alpha t) \cdot \frac{4\alpha - r^2 . k . \alpha . A}{4A(A^2 + 4\alpha^2)} \right.$$
$$\left. - sin^2(\alpha t) \cdot \frac{r^2 . k}{4} - e^{-At} \cdot \frac{\alpha^2(4 - r^2 . k . A)}{2A^2(A^2 + 4\alpha^2)} \right\},$$

wo $k = \frac{\varepsilon . c}{q}$ und $A = \frac{2\eta}{\varepsilon . c . R\left(1 + \frac{\eta R}{2q}\right)}$ ist.

Wenn der stationäre Zustand eingetreten ist, ist die Temperatur an der Oberfläche des Drahts:

$$u_1 = \frac{\gamma \cdot b^2 \cdot w_0}{R^4 \cdot \pi^2 \cdot q \cdot k}\left\{\frac{1}{2A^2} - \cos(2\alpha t)\cdot\frac{A + R^2 . k . \alpha^2}{2A(A^2+4\alpha^2)} - \sin(2\alpha t)\cdot\frac{\alpha q R k}{2\eta(A^2+4\alpha^2)} - \sin^2(\alpha t)\cdot\frac{R^2 k}{4}\right\}.$$

Der Unterschied D der Innentemperatur gegen die Oberflächentemperatur, der ebenfalls periodisch sich ändert und auch negativ werden kann (§ 3), ist:

$$D = \frac{\gamma \cdot b^2 \cdot w_0}{2 R^2 \cdot \pi^2 \cdot q}\left\{\cos(2\alpha t)\cdot\frac{\alpha^2}{A(A^2+4\alpha^2)} - \sin 2\alpha t\cdot\frac{\alpha}{2(A^2+4\alpha^2)} + \frac{\sin^2\alpha t}{2}\right\}.$$

Die Temperatur an bestimmter Stelle des Drahts zeigt — was ihre Abhängigkeit von der Zeit betrifft — anfangs einen unrein periodischen Verlauf, der sich mit wachsender Zeit immer mehr einem Zustande mit rein periodischen Schwankungen nähert.

Der mittlere feste Werth, den die Oberflächentemperatur schliesslich besitzt (in Wirklichkeit nach 4—5 Min., theoretisch für $t = \infty$), und um welchen die Schwankungen nach beiden Seiten erfolgen, ist:

$$\frac{\gamma . b^2 . w_0 . c . \varepsilon}{8 . \eta . R^2 . \pi^2}\left(1 + \frac{\eta . R}{2q}\right)^2.$$

Die Periode der Schwankungen der Temperatur (und Ausdehnung) ist die Hälfte von derjenigen der Intensität des Wechselstroms.

Für constanten Strom

von der Intensität J ist die Temperatur u des Drahts zu beliebiger Zeit t und in beliebiger Entfernung r von der Axe des Drahts dargestellt durch:

$$u = \frac{\gamma . J^2 . w_0}{R^4 . \pi^2 . q}\left(\frac{qR}{2\eta} + \frac{R^2 - r^2}{4}\right)\left(1 - \frac{1}{e^{At}}\right).$$

Wenn der Temperaturzustand ein stationärer geworden ist, so ist die Temperatur u_1 in beliebiger Entfernung r von der Axe:

$$u_1 = \frac{\gamma . J^2 . w_0}{R^4 . \pi^2 . q}\left(\frac{qR}{2\eta} + \frac{R^2 - r^2}{4}\right),$$

und speciell an der Oberfläche des Drahts:

$$u_2 = \frac{\gamma . J^2 . w_0}{2 . \eta . R^3 . \pi^2}.$$

Die Differenz D der Temperaturen in der Axe und an der Oberfläche ist:

$$D = \frac{\gamma . J^2 . w_0}{4 R^2 . \pi^2 . q}.$$

2. Wenn die Temperatur im ganzen Querschnitt gleich vorausgesetzt wird, so dass die Temperatur u nur von der Zeit t abhängt, so ist

$$\delta Q = 0$$

und daher

$$5)\qquad \left(p + \frac{\partial \varphi}{\partial v}\right) \cdot dv + \frac{\partial \varphi}{\partial T} \cdot dT = 0.$$

Indem wir dv aus 4) und 5) eliminiren, bekommen wir für eine isentropische Veränderung folgende Gleichung:

$$6)\qquad \frac{dT}{dp} = \frac{\left(p + \frac{\partial \varphi}{\partial v}\right) \cdot \frac{\partial F}{\partial p}}{\frac{\partial F}{\partial v} \cdot \frac{\partial \varphi}{\partial T} - \left(p + \frac{\partial \varphi}{\partial v}\right) \cdot \frac{\partial F}{\partial T}}.$$

Aus 3) und 6) haben wir

$$7)\qquad \frac{\left(p + \frac{\partial \varphi}{\partial v}\right) \cdot \frac{\partial F}{\partial p}}{\frac{\partial F}{\partial v} \cdot \frac{\partial \varphi}{\partial T} - \left(p + \frac{\partial \varphi}{\partial v}\right) \cdot \frac{\partial F}{\partial T}} = \frac{T . v . \alpha}{C_p};$$

ferner ist

$$C_p = \frac{\partial \varepsilon}{\partial T} + \frac{\partial \varepsilon}{\partial v}\left(\frac{\partial v}{\partial T}\right)_p + p\left(\frac{\partial v}{\partial T}\right)_p = \frac{\partial \varphi}{\partial T} + \left(p + \frac{\partial \varphi}{\partial v}\right) \cdot v . \alpha$$

und

$$v . \alpha = \left(\frac{\partial v}{\partial T}\right)_p = -\frac{\partial F}{\partial T} : \frac{\partial F}{\partial v}.$$

Indem wir diese Werthe von C_p und $v.\alpha$ in 7) substituiren, erhalten wir schliesslich die gesuchte Relation zwischen F und φ in der Form

$$8)\qquad \left(p + \frac{\partial \varphi}{\partial v}\right) \cdot \frac{\partial F}{\partial p} + T \cdot \frac{\partial F}{\partial T} = 0.$$

Es soll zunächst φ als gegeben betrachtet werden, und wollen wir F durch Integration der linearen partiellen Differentialgleichung erster Ordnung 8) bestimmen. Bei dieser Integration muss v als constant betrachtet werden, weil die Gleichung 8) den Differentialquotienten $\frac{\partial F}{\partial v}$ nicht enthält.

Das System simultaner Differentialgleichungen, welches der partiellen Gleichung 8) entspricht, ist folgendes:

$$\frac{dp}{p + \frac{\partial \varphi}{\partial v}} = \frac{dT}{T} = \frac{dF}{0}.$$

Zwei erste Quotienten dieses Systems geben die gewöhnliche Differentialgleichung erster Ordnung

$$9)\qquad T\,dp - p\,dT = \frac{\partial \varphi}{\partial v} \cdot dT,$$

wo $\frac{\partial \varphi}{\partial v}$ eine gegebene Function der Veränderlichen T und des constanten Parameters v ist.

Die Gleichung 9) hat $1 : T^2$ als integrirenden Factor, und ihre Lösung ist

$$\frac{p}{T} = \int \frac{\partial \varphi}{\partial v} \cdot \frac{dT}{T^2} + f(v),$$

Kleinere Mittheilungen.

V. Zur mechanischen Wärmetheorie.

Mit p, v, T bezeichnen wir der Reihe nach Druck, specifisches Volumen und absolute Temperatur einer Substanz, und nehmen an, es existire zwischen diesen drei Grössen eine Relation

$$1)\qquad F(p, v, T) = 0,$$

die wir „charakteristische Gleichung" der Substanz nennen wollen.

Es sei ferner ε die innere Energie der Einheit der Masse der Substanz. Bekanntlich ist dieses ε ein bestimmte Function des Zustandes der Substanz, also eine Function von je zwei der Grössen p, v, T; und zwar wollen wir zunächst annehmen, es sei

$$2)\qquad \varepsilon = \varphi(v, T).$$

Der Zweck der vorliegenden Notiz besteht nun darin, eine interessante Relation zwischen den Functionen F und φ herzuleiten. Diese Relation lässt sich aus einem Satze von W. Thomson entwickeln, nämlich aus dem Satze, der durch die auf eine isentropische Zustandsänderung der Substanz bezügliche Gleichung

$$3)\qquad \frac{dT}{dp} = \frac{T.v.\alpha}{C_p}$$

ausgedrückt wird.

In der Gleichung 3) bezeichnet α den thermischen Ausdehnungscoefficienten der Substanz unter constantem Drucke, C_p ihre Wärmecapacität unter derselben Bedingung.

Denken wir uns, die Substanz (von der wir die Einheit der Masse voraussetzen) habe eine unendlich kleine Zustandsänderung erlitten, infolge deren p, v, T sich um dp, dv, dT ändern. Zwischen dp, dv, dT besteht dann die Gleichung

$$4)\qquad \frac{\partial F}{\partial p} \cdot dp + \frac{\partial F}{\partial v} \cdot dv + \frac{\partial F}{\partial T} \cdot dt = 0.$$

Wir nehmen jetzt an, diese Zustandsänderung sei eine isentropische, und wollen diese Bedingung analytisch ausdrücken.

Bei einer unendlich kleinen Zustandsänderung nimmt die Substanz die Wärmemenge

$$\delta Q = d\varepsilon + p\,dv = \left(p + \frac{\partial \varphi}{\partial v}\right) dv + \frac{\partial \varphi}{\partial T} \cdot dT$$

auf. Für eine isentropische Veränderung haben wir

Nehmen wir nun an, es bezeichne G^2 eine Function der Temperatur allein, h und ϱ dagegen reine Constanten, so gelangen wir auf Grund von 11) und 13) zu dem Resultat, dass die charakteristische Gleichung wirklicher Gase folgende Gestalt haben muss:

$$14)\qquad p+\frac{a}{v^2}=T.\tau(v).$$

Die Gleichung 14) enthält die bekannte van der Waals'sche Formel als einen speciellen Fall, wenn nämlich $\tau(v)=c:(v-b)$ ist.

Wir haben bis jetzt vorausgesetzt, es sei die Function φ gegeben; wenn dagegen F gegeben ist, so haben wir aus der Gleichung 8):

$$15)\qquad \varepsilon=\varphi(v,T)=-\int\frac{T\dfrac{\partial F}{\partial T}+p\dfrac{\partial F}{\partial p}}{\dfrac{\partial F}{\partial p}}\cdot dv+\omega(T).$$

Hier bezeichnet ω eine willkürliche Function; aus dem Ausdrucke, der unter dem Integralzeichen steht, muss p mit Hilfe von 1) eliminirt werden, T wird bei der Integration als constant betrachtet.

Sehen wir jetzt ε als Function von p und T an, etwa

$$\varepsilon=f(p,T),$$

so erhalten wir die Relation zwischen F und f in der Form

$$16)\qquad p\frac{\partial F}{\partial p}+T\frac{\partial F}{\partial T}-\frac{\partial f}{\partial p}\cdot\frac{\partial F}{\partial v}=0.$$

Aus 16), falls f gegeben ist, ergiebt sich:

$$F=\pi\left\{\frac{p}{T},\ \Big|^{c=\frac{p}{T}}\int\frac{dT}{T}\Big|^{p=cT}\frac{\partial f}{\partial p}+v\right\}.$$

Hier ist π eine willkürliche Function; bei der auf T bezüglichen Integration wird c als constant betrachtet. Wir haben also den Satz:

Ist ε durch p und T ausgedrückt, so muss die charakteristische Gleichung der Substanz folgende Gestalt haben:

$$17)\qquad p=T.\tau\left\{v+\Big|^{c=\frac{p}{T}}\int\frac{dT}{T}\Big|^{p=cT}\frac{\partial\varepsilon}{\partial p}\right\}.$$

Falls F gegeben ist, haben wir aus 16):

$$18)\qquad \varepsilon=f(p,T)=\int\frac{p\dfrac{\partial F}{\partial p}+T\dfrac{\partial F}{\partial T}}{\dfrac{\partial F}{\partial v}}dp+\omega(T).$$

Hier muss vor der Integration v mit Hilfe der Gleichung 1) eliminirt werden; T wird bei der Integration als constant angesehen.

Betrachten wir endlich p und v als unabhängige Veränderliche und setzen demgemäss

$$\varepsilon = \Theta(p, v),$$

so erhalten wir

19) $$\left(p + \frac{\partial \Theta}{\partial v}\right) \cdot \frac{\partial F}{\partial p} + T \frac{\partial F}{\partial T} - \frac{\partial \Theta}{\partial p} \cdot \frac{\partial F}{\partial v} = 0.$$

Die Integration der Gleichung 19) in Bezug auf F reducirt sich auf die Integration des Systems simultaner Gleichungen

$$\frac{dp}{p + \frac{\partial \Theta}{\partial v}} = \frac{dT}{T} = \frac{dv}{-\frac{\partial \Theta}{\partial p}} = \frac{dF}{0}.$$

Die Integration von 19) bezüglich Θ kommt zurück auf die Integration des Systems

$$\frac{dv}{-\frac{\partial F}{\partial p}} = \frac{dp}{\frac{\partial F}{\partial v}} = \frac{d\Theta}{p\frac{\partial F}{\partial p} + T\frac{\partial F}{\partial T}},$$

wobei T aus den Coefficienten von dv, dp, $d\Theta$ mit Hilfe der charakteristischen Gleichung eliminirt werden muss.

Es ist zu bemerken, dass die Gleichungen 16) und 19) sich entweder aus dem Thomson'schen Satze oder aus den Gleichungen 8) und 1) ableiten lassen. Wollen wir z. B. die Gleichung 16) aus 8) ableiten, so denken wir uns die Variable p in dem Ausdrucke

$$\varepsilon = f(p, T)$$

durch die Variablen v und T mit Hilfe der Gleichung 1) ersetzt; infolge davon muss $f(p, T)$ sich in $\varphi(v, T)$ verwandeln. Wir haben also

$$\frac{\partial \varphi}{\partial v} = \frac{\partial f}{\partial p} \cdot \left(\frac{\partial p}{\partial v}\right)_T;$$

nun folgt aber aus 1)

$$\left(\frac{\partial p}{\partial v}\right)_T = -\frac{\partial F}{\partial v} : \frac{\partial F}{\partial p},$$

also ist

$$\frac{\partial \varphi}{\partial v} = -\frac{\partial f}{\partial p} \cdot \frac{\partial F}{\partial v} : \frac{\partial F}{\partial p}.$$

Substituiren wir diesen Ausdruck für $\frac{\partial \varphi}{\partial v}$ in 8), so bekommen wir 16).

Die Gleichungen 8), 16) und 19) lassen sich auch gerade aus dem zweiten Hauptsatze der mechanischen Wärmetheorie ableiten. Wollen wir z. B. die Gleichung 8) auf diesem Wege ableiten, so wählen wir v und T als unabhängige Veränderliche. Dann erhalten wir für die von der Substanz bei einer unendlich kleinen Zustandsänderung aufgenommene Wärmemenge den Ausdruck

$$\delta Q = \left(p + \frac{\partial \varphi}{\partial v}\right) \cdot dv + \frac{\partial \varphi}{\partial T} \cdot dT.$$

Da nun nach dem zweiten Hauptsatze

$$\frac{\delta Q}{T}$$

ein vollständiges Differential sein muss, so haben wir

$$\frac{\partial}{\partial T}\left\{\frac{p+\frac{\partial \varphi}{\partial v}}{T}\right\}=\frac{1}{T}\cdot\frac{\partial^2 \varphi}{\partial v\,\partial T}$$

oder

$$20)\qquad -\frac{p+\frac{\partial \varphi}{\partial v}}{T^2}+\frac{1}{T}\left(\frac{\partial p}{\partial T}\right)_v=0.$$

Aus 1) folgt weiter

$$\left(\frac{\partial p}{\partial T}\right)_v=-\frac{\partial F}{\partial T}:\frac{\partial F}{\partial p},$$

und 20) verwandelt sich in 8).

Warschau.

B. W. Stankewitsch,
Docent a. d. kaiserl. Universität.

VI. Ermittelung der Tragweite der Neunerprobe, bei Kenntniss der subjectiven Genauigkeit des Rechnenden.

I. Von der Astronomie ist es bekannt, dass man den Resultaten, die von einem bestimmten Beobachter geliefert werden, nicht unbedingte Sicherheit zuspricht, sondern sich dieselben mit einem Fehler behaftet denkt und dementsprechend weiter verwerthet. Die Grösse dieses Fehlers ist je nach der Individualität des Beobachters verschieden — sein wahrscheinlicher Betrag wird durch Versuchsreihen ermittelt.

Auch für das reine Zifferrechnen darf die Einführung eines analogen Begriffs, eines „Fehlerfactors" oder der „Wahrscheinlichkeit des Falschrechnens für Zifferrechnungen von gegebenem Umfang U" geeignet erscheinen, da schliesslich auch der vollendetste Rechner im Verlaufe einer unendlich ausgedehnten Zifferrechnung nicht fehlerlos arbeiten wird.

Angenommen, ein Rechenexempel F sei vorgegeben, dessen Durchführung im Ganzen z Ziffern anzuschreiben nöthigt; dann kann man füglich — mit ungefährer Annäherung — diese Zahl z als Maass ansehen für die Summe der in der Berechnung von F niedergelegten Denkarbeit. Für eine und dieselbe Person wird dann die „Wahrscheinlichkeit, sich zu verrechnen" abhängig sein von jener Summe, dem „Umfang U der Rechnung", der durch z gemessen wird; sie bildet also eine Function (w) von z.

Für eine bestimmte Person kann man zu jedem z das zugehörige w beliebig genau ermitteln durch Herstellung von genügend langen Versuchsreihen.

Hat man beispielsweise ermittelt, dass Jemand sich für $z=90$ einmal auf drei Fälle verrechnet, so ist für ihn „das zum Umfang $z=90$ gehörige w" $=\frac{1}{3}$.

II. Wir stellen uns nunmehr die Aufgabe:

„Ein Rechenexempel F sei gestellt und durch Zifferrechnungen vom Umfang U [mit s Ziffern] durchgeführt worden, nebst der controlirenden Neunerprobe; es soll die Wahrscheinlichkeit W bestimmt werden dafür, dass das ermittelte Resultat wirklich genau ist, nachdem die Neunerprobe* stimmt, d. h. nachdem das Parallelrechnen mit den Quersummen der in F vorgegebenen Zahlen seinerseits für den Modul 9 einen kleinsten Rest r ergab, der gleich ist dem Reste R (*mod.* 9) des für F ermittelten Resultats. Hierbei sei die Wahrscheinlichkeit für den Rechnenden: innerhalb eines Complexes von Zifferrechnungen U [mit s Ziffern] einen Fehler zu begehen, ermittelt als $w \geq 0$."

Zahlenbeispiel für die Möglichkeit einer Täuschung über die Richtigkeit eines Resultats, bei Anwendung der Neunerprobe.

F: Problem: 2^{27} $\quad U$	F: Problem: 2^{27} $\quad U'$
$2^{13} = 2^8.2^5 = 256.32$, $s = 90.$	$2^{13} = 2^8.2^5 = 256.32$, $s = 90.$
$256.32 = 768$	$256.32 = 768$
512	512
$8192 = 2^{13}$,	$8192 = 2^{13}$,
$8192^2 = 64$	$8192^2 = 64$
161	161 ... Fehler
1458	1458
81	81
32764	32764
$67108864 = 2^{26}$	$81598864 = 2^{26}$
$\times 2$	$\times 2$
$134217728 = 2^{27}$.	$163197728 = 2^{27}$.
$1+3+4+2+1+7+7+2+8 = 35 \equiv 8 = R.$	$1+6+3+1+9+7+7+2+8 = 44 \equiv 8 = R.$
Neunerprobe: $2^{27} = 2^{24}.8$, $2^6 \equiv 1$,	(Falsches Resultat.)
$(2^6)^4 \equiv 1$, $1.8 = 8 = r$;	Neunerprobe: $r = 8$;
U-Controle: $R - r = 0$.	U'-Controle: $R - r = 0$.

(Die Unrichtigkeit in U' findet sich in der zweiten Zeile der Quadrirung von 8192, indem dieselbe um eine Stelle nach links verschoben wurde.)

Die Uebereinstimmung $R = r$ kann im zweiten Falle den Rechner veranlassen, das Resultat seiner falsch durchgeführten Rechnung als richtig anzunehmen.

---

* Matthiessen-Heis, Sammlung von Beispielen und Aufgaben aus der Arithmetik und Algebra, § 28. Die dort gegebene Bemerkung: „die Neunerprobe sei auch für Division höchst praktisch", ist ungenau, wie das Beispiel $60 : 15 = 4$ zeigt. Vielmehr darf die Neunerprobe bei Division nur mit besonderen Vorsichtsmassregeln angewendet werden.

Die auf Ursachen rückwärts schliessende Wahrscheinlichkeitsrechnung wird uns in den Stand setzen, die Wahrscheinlichkeit eines solchen Vorkommnisses, d. h. einer Täuschung durch die Neunerprobe, bei gegebenem Fehlerfactor w des Rechnenden zu bestimmen.

Nach Laplace, Théorie analytique des probabilités; introduction, VIme principe, hat man den Satz:

„Zwei Ursachen A, B eines Ereignisses E mögen *a priori* die Wahrscheinlichkeiten resp. a, b haben für ihr Bestehen.

Es seien ferner α, β die Wahrscheinlichkeiten, mit welchen sie das Ereigniss E herbeiführen, wenn sie bestehen.

Ist dann das Ereigniss E constatirt, so verhalten sich die Wahrscheinlichkeiten für das Gewirkthaben der Ursachen A oder B wie die Producte $a\alpha : b\beta$."

Die constatirte Uebereinstimmung $R=r$ (sie ist das Ereigniss E obigen Satzes) kann folgende beiden Ursachen haben:*

A. der Rechner hat richtig gerechnet;

B. der Rechner hat falsch gerechnet.

Die Hypothese A hat die Wahrscheinlichkeit *a priori* $1-w$; die Hypothese B hat die Wahrscheinlichkeit *a priori* w. $1-w$ und w sind die Werthe a und b des citirten Satzes.

Wenn A besteht, so ist die Wahrscheinlichkeit, dass die Neunerprobe stimmt, $R-r=0$ eintritt, $=1\,(\alpha)$.

Wenn B besteht, so ist die Wahrscheinlichkeit, dass die Neunerprobe $R-r=0$ liefert, $=\frac{1}{9}(\beta)$.

Denn eine falsche Rechnung kann den absoluten Werth von $R-r$ liefern

$$R-r=0 \text{ oder } 1 \text{ oder } 2 \ldots \text{ oder } 8$$

mit vollkommen gleicher Berechtigung der neun Ziffern.

Dafür aber, dass unter den neun gleichberechtigten Zahlen 0, 1, 2, ..., 8 der Zufall (der falschen Rechnung) gerade die Zahl 0 als Werth von $R-r$ ergebe, ist die Wahrscheinlichkeit $\frac{1}{9}$.

Es sei nun W die Wahrscheinlichkeit dafür, dass der Rechner richtig gerechnet hat [Hypothese A], so dass ihn die Neunerprobe nicht täuschte, W' die Wahrscheinlichkeit der Hypothese B, d. h. dafür, dass trotz der Uebereinstimmung $R-r$ ein Fehler sich eingeschlichen und das Resultat werthlos gemacht hat, oder dass die Neunerprobe getäuscht hat, dann sind die Zahlen a, b, α, β des obigen Satzes resp. $=1-w$, w, 1, $\frac{1}{9}$, und man hat das Resultat:

„Wenn die Neunerprobe stimmt, so ist

$$\frac{\text{Wahrscheinlichkeit für Richtigkeit des Resultats}}{\text{Wahrscheinlichkeit für Nichtrichtigkeit des Resultats}} = \frac{W}{W'} = \frac{(1-w).1}{w.\frac{1}{9}}\text{“, wobei selbstverständlich } W+W'=1.$$

---

* Die Neunerprobe selbst, sowie die Controle $R-r$ denken wir uns fehlerfrei.

Demnach ist die Wahrscheinlichkeit, durch das Eintreffen der Neunerprobe nicht getäuscht worden zu sein,

$$W = \frac{9 - 9w}{9 - 8w},$$

die Wahrscheinlichkeit, trotz Eintreffens der Neunerprobe getäuscht worden zu sein (W'),

$$= 1 - W = \frac{w}{9 - 8w}.$$

Die Function W verschwindet für $w = 1$; sie wird $= 1$ (Gewissheit) für $w = 0$. Diese rechnerisch gewonnenen Eigenschaften entsprechen den Forderungen der Logik.

Der Werth des Bruches W, der ein Maass giebt für das Vertrauen auf ein der Neunerprobe genügendes Resultat eines bestimmten Rechners, **fällt**, wenn Letzterer innerhalb U nur überhaupt öfter richtig rechnet als **falsch**, d. h. für $w < \frac{1}{2}$, so nahe an die Einheit, dass der Werth der Neunerprobe ins beste Licht gesetzt wird.

Verrechnet sich Jemand durchschnittlich einmal auf drei Aufgaben wie obiges U, $w = \frac{1}{3}$, so ist die Wahrscheinlichkeit für die Richtigkeit eines Resultats, das der Neunerprobe genügt, $= \frac{18}{19}$.

Für die Elferprobe ist die Sicherheit noch grösser; es ergiebt sich $W = \frac{11 - 11w}{11 - 10w}$; für $w = \frac{1}{3}$ wäre beispielsweise $W = \frac{22}{23}$. Doch bietet gegen diesen Vortheil die umständlichere Handhabung der Parallelrechnung ein Gegengewicht.

München, September 1888. Dr. Fritz Hofmann.

VII. Ueber das Integral $\int_0^{\frac{\pi}{2}} \log \sin \varphi \cdot \frac{d\varphi}{\sqrt{1 - k^2 \sin^2 \varphi}}$ und einige andere mit demselben zusammenhängende Integrale.

I.

Der Werth des obigen Integrals, der gewöhnlich mittels Reihenentwickelung abgeleitet wird [vergl. Schlömilch, Compendium der höheren Analysis, II, 2. Aufl. 1874, S. 313 flgg.], ergiebt sich durch Benutzung eines complexen Integrationsweges und unter Anwendung elementarer Formeln aus der Theorie der elliptischen Functionen folgendermassen.

Man setze

$$\int_0^\varphi \frac{d\varphi}{\sqrt{1-k^2 \sin^2\varphi}} = u,$$

so wird

$$\int_0^{\frac{\pi}{2}} \log \sin\varphi \cdot \frac{d\varphi}{\sqrt{1-k^2 \sin^2\varphi}} = \int_0^K \log(sn\, u)\, du.$$

Weiterhin betrachte man das Integral

$$\int \log(sn\, u)\, du$$

in dem complexen Gebiet u. Wählt man einen geschlossenen Integrationsweg, der keine singulären Punkte umschliesst, so ist der Werth des Integrals $=0$. Ein Integrationsweg, der diese Forderung erfüllt, ist der Umfang eines Rechtecks, dessen Ecken den folgenden Werthen von u entsprechen:

$$1.\ u=\varepsilon,\quad 2.\ u=K,\quad 3.\ u=K+iK',\quad 4.\ u=\varepsilon+iK',$$

wobei ε eine kleine positive Grösse ist. [Dadurch, dass die Seite $\overline{41}$ des Rechtecks nicht mit der imaginären Axe zusammenfällt, sondern in dem Abstand ε derselben parallel läuft, sind die Punkte $u=0$ und $u=iK'$, in denen $\log(sn\, u)$ unendlich wird, zunächst ausgeschlossen.] Das ganze Integral zerfällt in vier über je eine der Rechteckseiten zu erstreckende Integrale. Es ist daher

$$1)\quad \int_\varepsilon^K \log(sn\, u)\, du + \int_K^{K+iK'} \log(sn\, u)\, du + \int_{K+iK'}^{\varepsilon+iK'} \log(sn\, u)\, du + \int_{\varepsilon+iK'}^{\varepsilon} \log(sn\, u)\, du = 0.$$

In dem zweiten dieser Integrale setze man

$$u = K + iv,$$

so wird dasselbe, da

$$sn(K+iv) = \frac{cn(iv)}{dn(iv)} = \frac{1}{dn_1(v)}$$

ist,

$$i\int_0^{K'} \log\left(\frac{1}{dn_1 v}\right) dv.$$

Mit dem Index 1 an den Functionszeichen sn, cn, dn ist hier bezeichnet, dass an Stelle des Moduls k der complementäre Modul k_1 zu nehmen ist.

Im dritten Integral von 1) ist

$$u = v + iK'$$

zu setzen, so geht dasselbe wegen

$$sn(v+iK') = \frac{1}{k\, sn\, v}$$

über in

$$\int_K^{\varepsilon} log\left(\frac{1}{k\, sn\, v}\right) dv = log\left(\frac{1}{k}\right)\int_K^{\varepsilon} dv + \int_K^{\varepsilon} log\left(\frac{1}{sn\, v}\right) dv$$

$$= (K - \varepsilon)\, log\, k + \int_{\varepsilon}^{K} log(sn\, v)\, dv.$$

Im vierten Integral endlich setze man

$$u = \varepsilon + i v,$$

so wird

$$sn\, u = sn\, i(v - i\varepsilon) = \frac{i\, sn_1(v - i\varepsilon)}{cn_1(v - i\varepsilon)},$$

und somit wird das vierte Integral

$$i\int_{K'}^{0} log\left(\frac{i\, sn_1(v - i\varepsilon)}{cn_1(v - i\varepsilon)}\right) dv = -\, i K'\, log\, i + i\int_0^{K'} log\left(\frac{cn_1(v - i\varepsilon)}{sn_1(v - i\varepsilon)}\right) dv.$$

Die Gleichung 1) geht demnach, wenn man überall die Integrationsvariable mit u bezeichnet, in folgende über:

$$2)\quad 2\int_{\varepsilon}^{K} log(sn\, u)\, du + (K - \varepsilon)\, log\, k - i K'\, log\, i + i\int_0^{K'} log\left(\frac{cn_1(u - i\varepsilon)}{sn_1(u - i\varepsilon)\, dn_1 u}\right) du = 0.$$

Zerlegt man nun

$$\int_0^{K'} log\left(\frac{cn_1(u - i\varepsilon)}{sn_1(u - i\varepsilon)\, dn_1 u}\right) du$$

in die Summe zweier anderen, deren Grenzen 0 und $\frac{1}{2}K'$, resp. $\frac{1}{2}K'$ und K' sind, und setzt in dem zuletzt genannten

$$u = K' - v,$$

so wird

$$cn_1(u - i\varepsilon) = cn_1(K' - v - i\varepsilon) = \frac{k\, sn_1(v + i\varepsilon)}{dn_1(v + i\varepsilon)},$$

$$sn_1(u - i\varepsilon) = sn_1(K' - v - i\varepsilon) = \frac{cn_1(v + i\varepsilon)}{dn_1(v + i\varepsilon)},$$

$$dn_1 u = dn_1(K' - v) = \frac{k}{dn_1 v},$$

und man erhält

$$3)\qquad \int_0^{K'} log\left(\frac{cn_1(u - i\varepsilon)}{sn_1(u - i\varepsilon)\, dn_1 u}\right) du$$

$$= \int_0^{\frac{1}{2}K'} log\left(\frac{cn_1(u - i\varepsilon)}{sn_1(u - i\varepsilon)\, dn_1 u}\right) du + \int_0^{\frac{1}{2}K'} log\left(\frac{sn_1(v + i\varepsilon)\, dn_1 v}{cn_1(v + i\varepsilon)}\right) dv$$

$$= \int_0^{\frac{1}{2}K'} log\left(\frac{cn_1(u - i\varepsilon)}{cn_1(u + i\varepsilon)}\cdot\frac{sn_1(u + i\varepsilon)}{sn_1(u - i\varepsilon)}\cdot\frac{dn_1 u}{dn_1 u}\right) du;$$

2) wird daher

2a) $$2\int_{\varepsilon}^{K} log(sn\,u)\,du + (K-\varepsilon)\,log\,k - iK'\,log\,i$$

$$+ i\int_{0}^{\frac{1}{2}K'} log\left(\frac{cn_1(u-i\varepsilon)}{cn_1(u+i\varepsilon)}\cdot\frac{sn_1(u+i\varepsilon)}{sn_1(u-i\varepsilon)}\right)du = 0.$$

Jetzt gehe man zur Grenze für $\varepsilon = 0$ über, so wird

$$\lim_{\varepsilon=0}\left(\frac{cn_1(u-i\varepsilon)}{cn_1(u+i\varepsilon)}\right) = 1, \quad \lim_{\varepsilon=0}\left(\frac{sn_1(u+i\varepsilon)}{sn_1(u-i\varepsilon)}\right) = 1,$$

also

$$\lim_{\varepsilon=0}\int_{0}^{\frac{1}{2}K'} log\left(\frac{cn_1(u-i\varepsilon)}{cn_1(u+i\varepsilon)}\cdot\frac{sn_1(u+i\varepsilon)}{sn_1(u-i\varepsilon)}\right)du = 0.$$

Daher ist

$$\lim_{\varepsilon=0}\int_{\varepsilon}^{K} log(sn\,u)\,du$$

endlich, und die Gleichung 2a) ergiebt

4) $$2\int_{0}^{K} log(sn\,u)\,du + K\,log\,k - iK'\,log\,i = 0.$$

Die scheinbare Vieldeutigkeit von $log\,i$ fällt sogleich fort, wenn man beachtet, dass im Resultat der Logarithmus dieselbe Bedeutung hat, wie in dem ursprünglichen Integral. Hier aber war unter log derjenige Werth des Logarithmus zu verstehen, der für die Logarithmen positiver Zahlen Reelles giebt. Daher ist

$$log\,i = \frac{i\pi}{2}, \quad -i\,log\,i = \frac{\pi}{2},$$

also

$$\int_{0}^{\frac{\pi}{2}} log(sin\,\varphi)\frac{d\varphi}{\sqrt{1-k^2 sin^2\varphi}} = \int_{0}^{K} log(sn\,u)\,du = -\tfrac{1}{2}K\,log\,k - \frac{\pi}{4}K'$$

$$= K\,log\left(\frac{1}{\sqrt{k}}\right) - \frac{\pi}{4}K'.$$

II.

Eine andere Ableitung der eben bewiesenen Formel ergiebt sich aus der Productenentwickelung der elliptischen Functionen. Hier ist zunächst vorauszuschicken, dass in dem zu untersuchenden Integral die Integration von $\varphi = 0$ (also auch von $u = 0$) an gestattet ist, da man weiss, dass

$$\int_{0}^{\frac{\pi}{2}} log(sin\,\varphi)\,d\varphi$$

h ist.

Nach der Definition des bestimmten Integrals ist

$$1)\quad J=\int_0^K \log(sn\,u)\,du=\lim_{n=\infty}\frac{K}{n}\left\{\log\left(sn\frac{K}{n}\right)+\log\left(sn\frac{2K}{n}\right)+\cdots+\log\left(sn\frac{(n-1)K}{n}\right)\right\}$$

$$=\lim_{n=\infty}\frac{K}{n}\log\left[sn\frac{K}{n}\cdot sn\left(\frac{2K}{n}\right)\cdots sn\left(\frac{(n-1)K}{n}\right)\right].$$

Nun ist [vergl. Jacobi, Fundamenta, § 36]:

$$sn\left(\frac{K}{n}\right)=\frac{2q^{1/4}}{\sqrt{k}}\sin\left(\frac{\pi}{2n}\right)\prod_{h=1}^{\infty}\frac{1-2q^{2h}\cos\left(\frac{\pi}{n}\right)+q^{4h}}{1-2q^{2h-1}\cos\left(\frac{\pi}{n}\right)+q^{4h-2}},$$

$$sn\left(\frac{2K}{n}\right)=\frac{2q^{1/4}}{\sqrt{k}}\sin\left(\frac{2\pi}{2n}\right)\prod_{h=1}^{\infty}\frac{1-2q^{2h}\cos\left(\frac{2\pi}{n}\right)+q^{4h}}{1-2q^{2h-1}\cos\left(\frac{2\pi}{n}\right)+q^{4h-2}}$$

etc. etc.

Durch Multiplication folgt hieraus:

$$2)\quad sn\left(\frac{K}{n}\right)sn\left(\frac{2K}{n}\right)\cdots sn\left(\frac{(n-1)K}{n}\right)$$

$$=\left(\frac{2q^{1/4}}{\sqrt{k}}\right)^{n-1}\sin\left(\frac{\pi}{2n}\right)\sin\left(\frac{2\pi}{2n}\right)\cdots\sin\left(\frac{(n-1)\pi}{2n}\right)\cdot P,$$

wo

$$P=\prod_{h=1}^{\infty}\frac{\left[1-2q^{2h}\cos\left(\frac{\pi}{n}\right)+q^{4h}\right]\left[1-2q^{2h}\cos\left(\frac{2\pi}{n}\right)+q^{4h}\right]\cdots\left[1-2q^{2h}\cos\left(\frac{(n-1)\pi}{n}\right)+q^{4h}\right]}{\left[1-2q^{2h-1}\cos\left(\frac{\pi}{n}\right)+q^{4h-2}\right]\left[1-2q^{2h-1}\cos\left(\frac{2\pi}{n}\right)+q^{4h-2}\right]\cdots\left[1-2q^{2h-1}\cos\left(\frac{(n-1)\pi}{n}\right)+q^{4h-2}\right]}$$

ist. Durch Anwendung der bekannten Zerlegung

$$1-z^{2n}$$
$$=(1-z^2)\left[1-2z\cos\left(\frac{\pi}{n}\right)+z^2\right]\left[1-2z\cos\left(\frac{2\pi}{n}\right)+z^2\right]\cdots\left[1-2z\cos\left(\frac{(n-1)\pi}{n}\right)+z^2\right],$$

aus der für $z=1$

$$n=2^{2(n-1)}\sin^2\left(\frac{\pi}{2n}\right)\sin^2\left(\frac{2\pi}{2n}\right)\cdots\sin^2\left(\frac{(n-1)\pi}{2n}\right)$$

folgt, geht 2) über in

$$3)\quad sn\left(\frac{K}{n}\right)sn\left(\frac{2K}{n}\right)\cdots sn\left(\frac{(n-1)K}{n}\right)=\left(\frac{2q^{1/4}}{\sqrt{k}}\right)^{n-1}\cdot\frac{\sqrt{n}}{2^{n-1}}\prod_{h=1}^{\infty}\frac{1-q^{4hn}}{1-q^{4h}}\cdot\frac{1-q^{4h-2}}{1-q^{n(4h-2)}}$$

oder, da

$$\prod_{h=1}^{\infty}\frac{1-q^{4h}}{1-q^{4h-2}}=\sqrt{\frac{kK}{2\pi}}\cdot\frac{1}{q^{1/4}}$$

ist, in

$$3a)\quad sn\left(\frac{K}{n}\right)sn\left(\frac{2K}{n}\right)\cdots sn\left(\frac{(n-1)K}{n}\right)=\left(\frac{q^{1/4}}{\sqrt{k}}\right)^{n}\sqrt{n}\sqrt{\frac{2\pi}{K}}\prod_{h=1}^{\infty}\frac{1-q^{4hn}}{1-q^{n(4h-2)}}.$$

Also ist

$$4)\quad J=\lim_{n=\infty}\frac{K}{n}\left\{n\log\left(\frac{q^{1/4}}{\sqrt{k}}\right)+\tfrac{1}{2}\log n+\tfrac{1}{2}\log\left(\frac{2\pi}{K}\right)+\log\prod_{h=1}^{\infty}\left(\frac{1-q^{4hn}}{1-q^{n(4h-2)}}\right)\right\}.$$

Zum Schluss mögen noch die folgenden beiden Gleichungen Platz finden:

$$9)\quad \int_0^K \log(\Theta(u))\,du = \int_0^K \log[\Theta(u+K)]\,du = K\log\left[\left(\frac{K}{\pi}\right)^{\frac{1}{2}}\cdot(2kk_1)^{\frac{1}{6}}\right] + \frac{\pi}{12}K',$$

$$10)\quad \int_0^K \log(H(u))\,du = \int_0^K \log[H(u+K)]\,du = K\log\left[\left(\frac{K}{\pi}\right)^{\frac{1}{2}}\cdot(2kk_1)^{\frac{1}{6}}\right] - \frac{\pi}{6}K',$$

Die Formel 9) ergiebt sich unmittelbar aus der Gleichung 3) dieses Abschnitts in Verbindung mit der Formel

$$\frac{\Theta(2u)}{\Theta(0)} = \left(\frac{\Theta(u)}{\Theta(0)}\right)^4 (1 - k^2 sn^4 u),$$

während 10) aus 9) und dem zu Grunde gelegten Integral folgt; übrigens sind beide Formeln auch leicht nach der Methode des zweiten Abschnitts abzuleiten.

Halle a. S., December 1888. WANGERIN.

VII. Ueber den Tangentenkegel einer Fläche zweiter Ordnung.

Für den Satz über die Lage der Axen des von einem Punkte an eine Fläche zweiter Ordnung gelegten Berührungskegels erlaube ich mir eine Ableitung mitzutheilen, die ausser dem Begriff der confocalen Flächen nur die Formeln für die Transformation der Flächen zweiter Ordnung auf ihre Hauptaxen benutzt.

Ist die auf ein beliebiges rechtwinkliges Coordinatensystem X, Y, Z bezogene Mittelpunktsgleichung einer Fläche zweiter Ordnung

$$1)\quad a_{11}X^2 + a_{22}Y^2 + a_{33}Z^2 + 2a_{12}XY + 2a_{13}XZ + 2a_{23}YZ = f,$$

während die auf die Hauptaxen bezogene Gleichung

$$2)\quad L_1\xi^2 + L_2\eta^2 + L_3\zeta^2 = f$$

ist, so sind die Coefficienten L_1, L_2, L_3 die Wurzeln einer Gleichung dritten Grades, die sich, falls keine der Grössen a_{12}, a_{13}, a_{23} verschwindet, auf die Form bringen lässt

$$3)\quad \frac{1}{a_{23}^2(L-a)} + \frac{1}{a_{13}^2(L-b)} + \frac{1}{a_{12}^2(L-c)} - \frac{1}{a_{12}a_{13}a_{23}} = 0.$$

Dabei ist

$$3a)\quad a = a_{11} - \frac{a_{12}a_{13}}{a_{23}},\quad b = a_{22} - \frac{a_{12}a_{23}}{a_{13}},\quad c = a_{33} - \frac{a_{13}a_{23}}{a_{12}}.$$

Ferner sind die Richtungscosinus $\alpha_i, \beta_i, \gamma_i$ derjenigen Hauptaxe, welche der Wurzel L_i von 3) entspricht, durch die Gleichungen bestimmt:

$$4)\quad a_{23}(L_i - a)\alpha_i = a_{13}(L_i - b)\beta_i = a_{12}(L_i - c)\gamma_i.$$

Diese bekannten Resultate wende ich auf den Tangentenkegel an, der vom Punkte x_1, y_1, z_1 an die Fläche

$$4)\quad \int_0^K \log(dn^2u - k^2\, sn^2u\, cn^2u)\, du = \int_0^K \log(dn\,u)\, du + \int_0^K \log(1 - k^2\, sn^4u)\, du$$
$$= K \log\left(2\sqrt{\frac{k_1^3}{k}}\right) - \frac{\pi}{4} K'.$$

Beachtet man, dass
$$cn^2u = dn^2u\, sn^2(K-u)$$
ist, so nimmt die vorstehende Gleichung die Form an:

$$4\mathrm{a})\quad \int_0^K \log[1 - k^2\, sn^2u\, sn^2(K-u)]\, du = K \log\left(2\sqrt{\frac{k_1}{k}}\right) - \frac{\pi}{4} K'.$$

Aus der Formel für $cn(2u)$ ist eine analoge Folgerung nicht abzuleiten, da $cn\,u$ für $K < u < 2K$ negativ ist. Dagegen erkennt man leicht, dass

$$5)\quad \int_0^{2K} \log(1 + cn\,u)\, du = \int_0^{2K} \log(1 - cn\,u)\, du = 2\int_0^{2K} \log(sn\,u)\, du$$
$$= K \log\left(\frac{1}{k}\right) - \frac{\pi}{2} K'$$

ist. Weiter ergeben sich aus den vorstehenden Formeln und den für die Halbirung des Arguments giltigen

$$sn^2\left(\frac{u}{2}\right) = \frac{1 - cn\,u}{1 + dn\,u},\quad \frac{1}{k^2\, sn^2\left(\frac{u}{2}\right)} = \frac{1 + cn\,u}{1 - dn\,u},\quad cn^2\left(\frac{u}{2}\right) = \frac{cn\,u + dn\,u}{1 + dn\,u}\ \text{etc.}$$

die folgenden Integrale:

$$6)\quad \int_0^K \log(1 + dn\,u)\, du = -\int_0^K \log(sn\,u)\, du = K \log(\sqrt{k}) + \frac{\pi}{4} K',$$

$$7)\quad \int_0^K \log(1 - dn\,u)\, du = 3\int_0^K \log(sn\,u)\, du + 2K \log k = K \log(\sqrt{k}) - \tfrac{3}{4}\pi K',$$

$$8)\quad \int_0^{2K} \log(dn\,u + cn\,u)\, du = \int_0^{2K} \log(dn\,u - cn\,u)\, du = K \log\left(\frac{k_1^2}{k}\right) - \frac{\pi}{2} K'.$$

Uebrigens kann man den Formeln 6) und 7) durch Anwendung der Substitution $u = K - v$ die Form geben:

$$6\mathrm{a})\quad \int_0^K \log(dn\,u + k_1) = K \log(\sqrt{k k_1}) + \frac{\pi}{4} K',$$

$$7\mathrm{a})\quad \int_0^K \log(dn\,u - k_1) = K \log(\sqrt{k k_1}) - \tfrac{3}{4}\pi K'.$$

Zum Schluss mögen noch die folgenden beiden Gleichungen Platz finden:

$$9)\quad \int_0^K log(\Theta(u))\,du = \int_0^K log[\Theta(u+K)]\,du = K\,log\left[\left(\frac{K}{\pi}\right)^{1/2}\cdot(2kk_1)^{1/4}\right] + \frac{\pi}{12}K',$$

$$10)\quad \int_0^K log(H(u))\,du = \int_0^K log[H(u+K)]\,du = K\,log\left[\left(\frac{K}{\pi}\right)^{1/2}\cdot(2kk_1)^{1/4}\right] - \frac{\pi}{6}K',$$

Die Formel 9) ergiebt sich unmittelbar aus der Gleichung 3) dieses Abschnitts in Verbindung mit der Formel

$$\frac{\Theta(2u)}{\Theta(0)} = \left(\frac{\Theta(u)}{\Theta(0)}\right)^4 (1-k^2\,sn^4 u),$$

während 10) aus 9) und dem zu Grunde gelegten Integral folgt; übrigens sind beide Formeln auch leicht nach der Methode des zweiten Abschnitts abzuleiten.

Halle a. S., December 1888. WANGERIN.

VII. Ueber den Tangentenkegel einer Fläche zweiter Ordnung.

Für den Satz über die Lage der Axen des von einem Punkte an eine Fläche zweiter Ordnung gelegten Berührungskegels erlaube ich mir eine Ableitung mitzutheilen, die ausser dem Begriff der confocalen Flächen nur die Formeln für die Transformation der Flächen zweiter Ordnung auf ihre Hauptaxen benutzt.

Ist die auf ein beliebiges rechtwinkliges Coordinatensystem X, Y, Z bezogene Mittelpunktsgleichung einer Fläche zweiter Ordnung

$$1)\quad a_{11}X^2 + a_{22}Y^2 + a_{33}Z^2 + 2a_{12}XY + 2a_{13}XZ + 2a_{23}YZ = f,$$

während die auf die Hauptaxen bezogene Gleichung

$$2)\quad L_1\xi^2 + L_2\eta^2 + L_3\zeta^2 = f$$

ist, so sind die Coefficienten L_1, L_2, L_3 die Wurzeln einer Gleichung dritten Grades, die sich, falls keine der Grössen a_{12}, a_{13}, a_{23} verschwindet, auf die Form bringen lässt

$$3)\quad \frac{1}{a_{23}^2(L-a)} + \frac{1}{a_{13}^2(L-b)} + \frac{1}{a_{12}^2(L-c)} - \frac{1}{a_{12}a_{13}a_{23}} = 0.$$

Dabei ist

$$3a)\quad a = a_{11} - \frac{a_{12}a_{13}}{a_{23}}, \quad b = a_{22} - \frac{a_{12}a_{23}}{a_{13}}, \quad c = a_{33} - \frac{a_{13}a_{23}}{a_{12}}.$$

Ferner sind die Richtungscosinus α_i, β_i, γ_i derjenigen Hauptaxe, welche der Wurzel L_i von 3) entspricht, durch die Gleichungen bestimmt:

$$4)\quad a_{23}(L_i-a)\alpha_i = a_{13}(L_i-b)\beta_i = a_{12}(L_i-c)\gamma_i.$$

Diese bekannten Resultate wende ich auf den Tangentenkegel an, der vom Punkte x_1, y_1, z_1 an die Fläche

5) $$\frac{x^2}{A}+\frac{y^2}{B}+\frac{z^2}{C}=1$$

gelegt ist. Die Gleichung des Kegels ist, auf die Axen x, y, z bezogen,

$$\left\{\frac{x_1(x-x_1)}{A}+\frac{y_1(y-y_1)}{B}+\frac{z_1(z-z_1)}{C}\right\}^2$$
$$-\left(\frac{x_1^2}{A}+\frac{y_1^2}{B}+\frac{z_1^2}{C}-1\right)\left(\frac{(x-x_1)^2}{A}+\frac{(y-y_1)^2}{B}+\frac{(z-z_1)^2}{C}\right)=0,$$

oder, wenn man vom System x, y, z zu einem parallelen Axensystem X, Y, Z übergeht, dessen Anfangspunkt der Scheitel x_1, y_1, z_1 des Kegels ist:

6) $$g\left(\frac{X^2}{A}+\frac{Y^2}{B}+\frac{Z^2}{C}\right)-\left(\frac{x_1 X}{A}+\frac{y_1 Y}{B}+\frac{z_1 Z}{C}\right)^2=0.$$

Die hier auftretende Constante g ist

7) $$g=\frac{x_1^2}{A}+\frac{y_1^2}{B}+\frac{z_1^2}{C}-1.$$

Die Vergleichung von 6) mit 1) ergiebt, dass hier

$$a=\frac{1}{A}g,\quad b=\frac{1}{B}g,\quad c=\frac{1}{C}g$$

wird. Demnach wird die Gleichung 3) für unsern Fall

$$\frac{B^2C^2}{y_1^2z_1^2\left(L-\frac{g}{A}\right)}+\frac{A^2C^2}{x_1^2z_1^2\left(L-\frac{g}{B}\right)}+\frac{A^2B^2}{x_1^2y_1^2\left(L-\frac{g}{C}\right)}+\frac{A^2B^2C^2}{x_1^2y_1^2z_1^2}=0$$

oder

8) $$\frac{x_1^2}{A(AL-g)}+\frac{y_1^2}{B(BL-g)}+\frac{z_1^2}{C(CL-g)}+1=0.$$

Andererseits sind die Parameter $\lambda_1, \lambda_2, \lambda_3$ der drei durch den Punkt x_1, y_1, z_1 gelegten, zu 5) confocalen Flächen durch die Gleichung bestimmt

9) $$\frac{x_1^2}{A+\lambda}+\frac{y_1^2}{B+\lambda}+\frac{z_1^2}{C+\lambda}=1,$$

eine Gleichung, die nach Subtraction der die Constante g definirenden Gleichung 7) die Form annimmt:

9a) $$\frac{x_1^2}{A(A+\lambda)}+\frac{y_1^2}{B(B+\lambda)}+\frac{z_1^2}{C(C+\lambda)}=\frac{g}{\lambda}.$$

Die Vergleichung von 8) und 9a) zeigt, dass die Gleichung für λ dieselbe ist wie die für $-\frac{g}{L}$. Die drei Wurzeln von 8) hängen daher mit den Parametern $\lambda_1, \lambda_2, \lambda_3$ der obengenannten, zu 5) confocalen Flächen durch die Gleichungen zusammen

10) $$L_1=-\frac{g}{\lambda_1},\quad L_2=-\frac{g}{\lambda_2},\quad L_3=-\frac{g}{\lambda_3}.$$

Die Gleichung 6) des Berührungskegels wird also, auf die Kegelaxen bezogen:

$$-\frac{g}{\lambda_1}\xi^2-\frac{g}{\lambda_2}\eta^2-\frac{g}{\lambda_3}\zeta^2=0$$

oder

11) $$\frac{\xi^2}{-\lambda_1}+\frac{\eta^2}{-\lambda_2}+\frac{\zeta^2}{-\lambda_3}=0.$$

Die Gleichungen 4) ergeben ferner die Richtungscosinus α_i, β_i, γ_i der der Wurzel L_i entsprechenden Kegelaxe gegen die Axen X, Y, Z, also auch gegen die parallelen Axen x, y, z. Es wird

$$\alpha_i\frac{y_1z_1}{BC}\left(-\frac{g}{\lambda_i}-\frac{g}{A}\right)=\beta_i\frac{x_1z_1}{AC}\left(-\frac{g}{\lambda_i}-\frac{g}{B}\right)=\gamma_i\frac{x_1y_1}{AB}\left(-\frac{g}{\lambda_i}-\frac{g}{C}\right)$$

oder

$$\alpha_i\frac{(A+\lambda_i)}{x_1}=\beta_i\frac{(B+\lambda_i)}{y_1}=\gamma_i\frac{(C+\lambda_i)}{z_1},$$

d. h.

12) $$\alpha_i:\beta_i:\gamma_i=\frac{x_1}{A+\lambda_i}:\frac{y_1}{B+\lambda_i}:\frac{z_1}{C+\lambda_i}.$$

Diese Gleichungen lehren, dass die Hauptaxen des Berührungskegels zusammenfallen mit den Normalen der drei durch den Scheitel des Kegels gehenden, zur gegebenen Fläche confocalen Flächen. Aus 11) sieht man, dass die Coefficienten der auf seine Hauptaxen bezogenen Kegelgleichung die reciproken Parameter jener drei Flächen sind. Endlich folgt aus 11) unmittelbar, dass die von demselben Punkte x_1, y_1, z_1 an eine Schaar confocaler Flächen zweiter Ordnung gelegten Berührungskegel coaxial und confocal sind.

Die vorstehenden Beweise, die sich mit Leichtigkeit auf die Fälle übertragen lassen, in denen eine oder zwei der Grössen x_1, y_1, z_1 verschwinden, oder auch auf den Fall, dass an Stelle der Fläche 5) eines der Paraboloide tritt, scheinen mir einfacher zu sein als die Salmon'schen Beweise [vergl. Salmon-Fiedler, Analytische Geometrie des Raumes, Bd. I, 1. Aufl., S. 254 flgg.] und als die sehr elegante Darstellung des Herrn H. A. Schwarz [Bestimmung der scheinbaren Grösse eines Ellipsoids etc., Göttinger Nachr. 1883, S. 39].

Halle a. S., den 6. December 1888. WANGERIN.

VIII.

Ueber die Flächen dritter Ordnung (F^3) und vierter Ordnung mit Doppelkegelschnitt (F^4), insbesondere über deren Geraden.

Von

Prof. Küpper

in Prag.

Aufstellung von fünf quadratischen Transformationen, durch welche eine F^4 in sich selbst verwandelt wird.

F^3 sei eine Fläche dritter Ordnung ohne Doppelpunkt, a^2 ein auf ihr befindlicher Kegelschnitt, Σ die Ebene des a^2, q die Gerade, welche Σ ausser a^2 noch aus F^3 schneidet. Durch q gehen fünf Ebenen, die F^3 ausserhalb q berühren. Ist σ einer der fünf Berührungspunkte, so schneiden sich in σ zwei Gerade l, λ der F^3, welche beide q treffen.

Eine beliebig durch σ gezogene Gerade schneidet aus F^3 ein Punktepaar r, ϱ; der Punkt σ', welcher von σ durch dieses Paar harmonisch getrennt ist, hat zum Ort Σ_0^2, die quadratische Polarfläche von σ in Bezug auf F^3. Σ_0^2 enthält l, λ und hat ferner mit F^3 eine Raumcurve vierter Ordnung t^4 gemein, welche der Ort der Berührungspunkte der aus σ an F^3 möglichen Tangenten ist.

Diese t^4 ist Basis eines Büschels (φ^2), in welchem die Fläche Σ_0^2 vorkommt.

Wenn man jede dieser φ^2 mit der Polarebene von σ in Bezug auf dieselbe schneidet, so ist der Ort der erhaltenen Schnittlinien zweiten Grades eine cubische Fläche, welche die vorliegende F^3 längs t^4 berühren und die Geraden l, λ enthalten wird. Daher wird sie mit F^3 identisch sein. Die ebengedachten Polarebenen müssen durch eine feste Gerade gehen, die Conjugirte von σ in Bezug auf den Büschel (φ^2), und es wird diese Gerade der F^3 angehören, folglich identisch mit q sein, da sie in der Ebene $l\lambda$ liegen muss. In dem Büschel (φ^2) kommt mithin auch eine Fläche vor, welche durch a^2 geht; diese sei H^2. Die Ebene Σ ist nun Polarebene von σ in Bezug auf H^2.

Diese Construction von F^3 zeigt sogleich, dass ein beliebiges Paar r, ϱ durch H^2 harmonisch getrennt ist, so dass, wenn die Flächen Σ_0^2, H^2 vorliegen, sämmtliche Paare der F^3 leicht zu construiren sind. Es ist aber zweckmässig, eine andere Fläche zu benutzen, nämlich die Polarfigur Q^2 von Σ_0^2 in Bezug auf H^2. Weil Σ_0^2 die Geraden l, λ enthält, wird Q^2 die Ebene Σ in den conjugirten Polaren von l, λ schneiden. Diese beiden Geraden der Q^2 sollen beziehlich mit l', λ' bezeichnet werden, q_0 sei ihr Schnittpunkt.

1. Wir betrachten zuerst die Quadriflächen F^2, welche den Kegelschnitt a^2 enthalten, und F^3 überdies in zwei anderen Kegelschnitten x^2, y^2 durchdringen. Wird eine solche F^2 vorausgesetzt, und nennt man x, y die beiden Punkte, welche x^2, y^2 gemein haben, X, Y die Ebenen von x^2, y^2, so gehen durch x^2, y^2 ∞^1 Flächen ψ^2, von denen jede eine Curve s^2 aus F^3 schneiden wird. Dabei fallen diese s^2 in die durch q möglichen Ebenen. Nun befindet sich unter den ψ^2 auch das Ebenenpaar X, Y. Wenn sodann die Gerade xy die F^3 in s durchstösst, so müssen in s zwei Gerade von F^3 zusammentreffen, die in den Ebenen X, Y sind und auf q stehen. Mithin folgt, dass s einer der fünf mit σ bezeichneten Punkte sein muss. In der Ebene X liegt ausser x^2 eine durch s gehende Gerade von F^3, also entweder l, oder λ, etwa l, so dass Y durch λ gehen wird.

Wenn umgekehrt σ ausgewählt ist und durch l eine beliebige Ebene X gelegt wird, welche x^2 aus F^3 schneiden möge, so hat man in a^2, x^2 die Basis eines Büschels (F^2), durch dessen Flächen aus F^3 alle y^2 geschnitten werden, deren Ebenen die Gerade λ enthalten. Folglich existiren fünf Systeme solcher F^2, wie wir sie betrachten wollten, den fünf Punkten σ entsprechend; jede F^2 berührt F^3 in zwei Punkten x, y, deren Verbindungslinie einen der σ enthält. Zur Untersuchung eines dieser Systeme bedienen wir uns einer Abbildung der F^3, die man oft mit Nutzen anwenden kann.

2. Verknüpfung einer bekannten Transformation der Punkte r, ϱ des Raumes mit dessen Ebenen R.

Ist eine Quadrifläche H^2 gegeben, und wird ausserhalb H^2 ein Punkt σ als fest angenommen, so hat man in den Punkten r, ϱ, die auf den Strahlen r von σ liegen, und welche in Bezug auf H^2 conjugirt sind, eine quadratische Transformation (r, ϱ) des Raumes.

Nun lassen wir den Paaren $r\varrho$ die Ebenen R des Raumes in folgender Weise entsprechen: Unter Σ die Polarebene von σ in Bezug auf H^2, unter a^2 den Schnitt von Σ, H^2 verstanden, müssen sich die beiden Kegel, welche a^2 aus den Punkten r, ϱ eines beliebigen Paares projiciren, auf H^2 in einer ebenen Curve r^2 durchdringen; die Ebene der r^2 sei R, sie entspricht dem Paare $r\varrho$. Wenn man andererseits H^2 mit irgend einer R in r^2 schneidet und mit r, ϱ die Spitzen der Quadrikegel bezeichnet, welche durch a^2, r^2 möglich sind, so fallen diese bekanntlich auf den Strahl von σ, welcher zur Schnittlinie $R\Sigma$ conjugirt ist in Bezug auf H^2, und es ist auch r von ϱ durch H^2 harmonisch getrennt.

Wesentlich aber ist, dass der Pol σ' von R in Bezug auf H^2 im Strahle σr liegt und von σ durch $r\varrho$ harmonisch getrennt ist.

Denn projicirt man r, ϱ aus der Geraden $R\Sigma$ durch zwei Ebenen, so haben diese ϱ, r zu Polen bezüglich H^2 und sind offenbar durch die Ebenen R, Σ harmonisch getrennt. Demnach sind die Pole dieser vier Ebenen harmonische Punkte: r, ϱ, σ, σ'.

Ferner ist hervorzuheben, dass, wenn r irgend eine Gerade $\mathfrak{g}$ des Raumes beschreibt — also ϱ einen Kegelschnitt der Ebene $\sigma\mathfrak{g}$ durchläuft —, R einen Quadrikegel umhüllen wird, dessen Spitze in Σ liegt. Denn da R stets die conjugirte Polare von σr bezüglich H^2 enthält, so geht sie durch den Pol der Ebene $\sigma\mathfrak{g}$; schneidet letztere H^2 in b^2, a^2 in den Punkten 1, 2, so braucht man nur r aus 1, 2 auf b^2 zu projiciren, um zwei Punkte der Geraden zu finden, welche R mit der Ebene $\sigma\mathfrak{g}$ gemein hat. Es leuchtet aber sofort ein, dass die so construirte Gerade einen Kegelschnitt umhüllt.

3. Durch die Transformation ($r\varrho$) werden folgende Gebilde in sich selbst verwandelt:

a) Gewisse Quadriflächen P^2. Wenn P^2 von den Strahlen durch σ in Paaren $r\varrho$ getroffen wird, so ist der Ort des Punktes σ', welcher von σ durch $r\varrho$ harmonisch getrennt wird, eine Ebene; folglich enthalten nach 2. die zugehörigen R einen festen Punkt p, den Pol jener Ebene. Wenn daher P^2 existirt, so gehört sie zu einem bestimmten Punkte p.

Umgekehrt: Zu jedem Punkte p des Raumes gehört eine P^2.

Beweis. Durch p seien irgend zwei Ebenen R_1, R_2 gelegt, die aus H^2 die Linien r_1^2, r_2^2 schneiden. Alsdann sind a^2, r_1^2 und a^2, r_2^2 die Basen zweier Büschel von Quadriflächen, die auf jeder durch p gezogenen Geraden $\mathfrak{p}$ die nämliche Involution j ausschneiden; denn in den Involutionen, welche jene Büschel liefern, sind zwei gemeinschaftliche Paare: erstens die Schnittpunkte von $\mathfrak{p}$ mit H^2, zweitens p selbst und der Durchstosspunkt von $\mathfrak{p}$ in Σ. Nun sind die Doppelpunkte der j zwei Kegelspitzen r; denn wird (2.) r auf $\mathfrak{p}$ variabel gedacht, so umhüllt R einen Quadrikegel, und es ereignet sich zweimal, dass ein R durch p geht. Die diesen Lagen von R entsprechenden Kegelspitzen sind offenbar die Doppelpunkte der j. Es erübrigt zu zeigen, dass sie für alle $\mathfrak{p}$ auf einer bestimmten Quadrifläche liegen: r_1 sei ein solcher Doppelpunkt, dem die Ebene R_1 entspreche. Es giebt eine einzige Quadrifläche, welche r_1 enthält, und den Kegel, der aus p die Curve a^2 projicirt, längs a^2 berührt; sie sei P^2. Sucht man auf $\mathfrak{p}$ die Involution conjugirter Pole für P^2, so liegt von dieser ein Paar vor in p und dem Schnittpunkte $\mathfrak{p}\Sigma$, ein zweites besteht aus den Punkten, in welchen $\mathfrak{p}$ den Kegel durchdringt, der r_1 mit a^2 verbindet. — Man erkennt dies sogleich, wenn man den Schnitt von P^2 mit der Ebene $r_1\mathfrak{p}$ betrachtet. — Somit erhellt, dass j selbst die gesuchte Involution ist, dass also r_1 ein Punkt von P^2 ist.

Liegt p in H^2, so wird P^2 der Kegel mit der Basis a^2, der Spitze p; liegt p in Σ, so zerfällt P^2 in Σ und die Polarebene P von p in Bezug auf H^2.

b) Die Kegelschnitte $\mathfrak{g}^2$. Es versteht sich von selbst, dass die Ebene eines in sich transformirbaren $\mathfrak{g}^2$ durch σ gehen muss. Bestimmt man dann die Punkte σ', so erfüllen sie die Polare von σ bezüglich $\mathfrak{g}^2$, und die den Paaren $r\varrho$ zugewiesenen R werden einen Büschel bilden, dessen Axe $\mathfrak{g}$ jener Pole in Bezug auf H^2 conjugirt ist. Wir sagen, zu $\mathfrak{g}$ gehört $\mathfrak{g}^2$. Wird $\mathfrak{g}$ beliebig angenommen, so existirt auch $\mathfrak{g}^2$; denn zu irgend zwei Punkten p_1, p_2 der $\mathfrak{g}$ gehören P_1^2, P_2^2, welche ausser a^2 noch einen Kegelschnitt gemein haben; dieser ist $\mathfrak{g}^2$.

Zwei in derselben — durch σ gelegten — Ebene befindliche $\mathfrak{g}^2$ haben zwei Punkte auf a^2 gemein und überdies ein Paar $r\varrho$; die $\mathfrak{g}$, zu welchen sie gehören, treffen sich auf Σ, und umgekehrt. Vor Allem ist zu beachten, dass $\mathfrak{g}^2$ zerfällt, wenn H^2 von $\mathfrak{g}$ berührt wird; geschieht dies in p, so besteht $\mathfrak{g}^2$ aus zwei Kanten des Kegels P^2, nämlich aus denjenigen, welche P^2 mit der Polarebene des in Σ befindlichen Punktes von $\mathfrak{g}$ gemein hat. Wird hingegen H^2 von $\mathfrak{g}$ in zwei getrennten Punkten p_1, p_2 getroffen, so kann $\mathfrak{g}^2$ deshalb nicht zerfallen, weil die Kegel P_1^2, P_2^2 nicht zwei gemeinsame Kanten haben können.

c) Die biquadratischen Raumcurven r^4. Hier muss natürlich σ die Spitze eines der durch r^4 möglichen Quadrikegel sein, etwa von σ^2. Alsdann liegen die Punkte σ' in der Ebene P, welche die drei anderen Kegelspitzen enthält, mithin auf der Schnittlinie von P, σ^2. Demzufolge umhüllen die R einen Quadrikegel, die Polarfigur jener Schnittlinie bezüglich H^2. Das Inverse ist offenbar.

d) Die in sich transformirbaren cubischen Flächen F^3. Zunächst leuchtet ein, dass eine solche F^3 durch σ gehen muss, da jede durch σ denkbare Gerade $\mathfrak{r}$ die F^3 in einem Punktepaare $r\varrho$ durchstösst. Betrachtet man eine $\mathfrak{r}_0$, welche H^2 in r_0 — auf a^2 — tangirt, so wird r_0 zu jedem auf $\mathfrak{r}_0$ möglichen Paare gehören. Somit muss F^3 durch a^2 gehen, und es fällt in Σ eine Gerade $\mathfrak{q}$ der Fläche. Nun ist jeder Punkt auf $\mathfrak{q}$ mit einem Nachbarpunkte von σ gepaart, folglich wird die Ebene $\sigma\mathfrak{q}$ Tangentialebene von F^3 in σ sein und mit F^3 zwei in Σ zusammenstossende Gerade l, λ gemein haben.

Bestimmt man jetzt die Punkte σ', so erhält man als Ort für sie die Polarfläche Σ_0^2 von σ für die F^3, und es werden die den Paaren $r\varrho$ auf F^3 zugewiesenen R Tangentialebenen der Quadrifläche Q^2 sein, welche als Polarfigur von Σ_0^2 in Bezug auf H^2 als Grundfläche auftritt. Sind wieder l', λ' die conjugirten Polaren von l, λ, also in Σ gelegen, so nimmt Q^2 diese Geraden auf und berührt Σ in ihrem Schnittpunkte q_0. Hieraus sieht man, dass eine F^3, wie wir sie voraussetzten, zu einer bestimmten, die Σ berührenden Quadrifläche Q^2 derart gehört, dass den Tangentialebenen von Q^2 die Paare der F^3 in eindeutig umkehrbarer Weise entsprechen. Die Inversion gestaltet sich sehr einfach:

Geht man von Q^2 aus, so ergiebt sich zunächst Σ_0^2, ihre Polarfigur als Ort der Punkte σ'. Das auf $\sigma\sigma'$ befindliche Paar $r\varrho$ ist dadurch bestimmt, dass es sowohl durch σ, σ', als durch H^2 harmonisch getrennt wird, d. h. dass $r\varrho$ die Doppelpunkte der auf den Geraden $\mathfrak{r}$ durch die Flächen Σ_0^2, H^2 bestimmten Involutionen sind. Dass auf jeder $\mathfrak{r}$ ein Paar auftritt, folgt, wenn man durch die conjugirte Polare $\mathfrak{r}'$ von $\mathfrak{r}$ bezüglich H^2 die von Σ verschiedene Tangentialebene R von Q^2 beachtet. Will man die in Rede stehenden Doppelpunkte construiren, so kann man folgendermassen vorgehen: H^2, Σ_0^2 durchdringen sich in einer Raumcurve t^4, welche Basis eines Büschels von Quadriflächen ist. Zieht man von σ an sämmtliche Flächen dieses Büschels Tangenten, so erhält man in den Berührungspunkten die fraglichen Doppelpunkte; aber so resultirt eine cubische Fläche, der auch der Kegel umbeschrieben ist, welcher t^4 aus σ projicirt.

4. Uebergang zur F^4 — ihre 16 Geraden.

Mit Hilfe der zwischen F^3, Q^2 etablirten Abhängigkeit, die nach 1. stets möglich ist, lassen sich die F^2, welche a^2, nebstdem noch zwei Kegelschnitte x^2, y^2 mit F^3 gemein haben und das System σ constituiren, klar erkennen: Bedeutet $\mathfrak{g}$ eine Gerade von Q^2, z. B. auf l' stehend, so gehört zu ihr ein Kegelschnitt $\mathfrak{g}^2$ auf F^3, dessen Ebene die Gerade l enthält, weil die Polarebene des Punktes $\mathfrak{g}.l'$ den $\mathfrak{g}^2$ aufnehmen muss. $\mathfrak{g}^2$ ist also einer der x^2. Durch eine Gerade der andern Schaar von Q^2 würde man einen y^2 erhalten, und zum Schnittpunkt f beider Geraden wird eine F^2 gehören, die a^2, x^2, y^2 enthält, d. h.: das System σ besteht aus den zu allen Punkten von Q^2 gehörigen Quadriflächen, diese berühren F^3 in je einem Punktepaar $r\varrho$.

Durch ein beliebig im Raume gewähltes Paar $r_0\varrho_0$ gehen einfach unendlich viele F^2, nämlich sie gehören zu den Punkten f, welche die durch $r_0\varrho_0$ mitbestimmte R_0 mit Q^2 gemein hat, und werden von einer F^4 eingehüllt, welche die Doppelcurve a^2, die Doppelpunkte r_0, ϱ_0 besitzt und der F^3 längs einer Raumcurve vierter Ordnung σ^4 umbeschrieben ist (vergl. 9., wo anstatt F^4 nur F^3 zu setzen ist).

Jetzt soll eine beliebige F^4 mit der Doppelcurve a^2 betrachtet werden, ϱ_0 sei irgend ein Punkt der Fläche. Dem Kegel, welcher a^2 aus ϱ_0 projicirt, beschreibe ich längs a^2 die Quadrifläche G^2 ein und nenne $(r\sigma)$ die Transformation, deren Centrum ϱ_0, deren Ordnungsfläche G^2 ist. Durch diese wird F^4 in eine F^3 übergeführt, welche a^2 einfach enthält, somit eine Gerade $\mathfrak{q}$ aus der Ebene Σ schneidet, in der a^2 liegt. Eine der fünf Tangentialebenen von F^3, die durch $\mathfrak{q}$ möglich sind, berühre F^3 in s; dann ist s nach 1. das Centrum einer Transformation $(r\varrho)$, welche F^3

in sich verwandelt. In dieser gehöre r_0 zum angenommenen Punkte ϱ_0. Nach dem eben Gesagten giebt es durch a^2, r_0, ϱ_0 ∞^1 Quadriflächen F^2, welche F^3 in ihren gepaarten Punkten berühren. Diese F^2 werden durch die erste Transformation $(r\sigma)$ in Ebenen verwandelt, welche den Punkt σ_0 aufnehmen, in den r_0 sich transformirt, und so finden wir ∞^1 Bitangentialebenen der F^4, zugleich mit deren Enveloppe, der transformirten oben angegebenen F^4 mit den Doppelpunkten r_0, ϱ_0.

Vor Allem muss man die Kegelschnitte x^2, y^2 in Betracht ziehen, welche von den F^2 aus F^3 geschnitten werden: Sind $\mathfrak{x}$, $\mathfrak{y}$ die in s sich treffenden Geraden der F^3, so besteht ein beliebiges Paar aus einem x^2, dessen Ebene durch $\mathfrak{x}$, einem y^2, dessen Ebene durch $\mathfrak{y}$ geht. Hierbei ist aber jedem x^2 ein bestimmter y^2 zugewiesen, da es nur eine F^2 giebt, die a^2, x^2 und den Punkt ϱ_0 enthält.

Durch die Transformation wird x^2, y^2 wieder in ein Kegelschnittpaar — $\mathfrak{x}^2$, $\mathfrak{y}^2$ — verwandelt, weil F^2, auf welcher x^2, y^2 sind, in eine Ebene übergeht und die Transformation centrisch ist. Denkt man die ∞^1 durch a^2, x^2 mögliche Quadriflächen X^2, so enthalten diese sämmtliche y^2; unterwirft man diese X^2 der Transformation $(r\sigma)$, so gehen sie in Quadriflächen $\mathfrak{X}^2$ über, weil a^2 auf allen X^2 liegt. Da ferner die resultirenden $\mathfrak{X}^2$ einen Büschel mit der Basis (a^2, x^2) bilden, sie daher noch einen variabelen Kegelschnitt mit F^4 gemein haben, der kein anderer als $\mathfrak{y}^2$ sein kann, so folgt für F^4:

„Nimmt man aus einer willkürlichen Bitangentialebene einen Kegelschnitt $\mathfrak{x}^2$ und benutzt ihn mit a^2 als Basis eines Büschels $(\mathfrak{X}^2)$, so schneiden dessen Flächen noch einen variablen Kegelschnitt $\mathfrak{y}^2$ aus F^4, dessen Ebene einen festen Punkt σ_0 der Ebene des $\mathfrak{x}^2$ enthält." Zieht man von σ_0 an die $\mathfrak{X}^2$ Tangenten, so ergiebt sich als Ort für ihre Berührungspunkte eine Quadrifläche H_0^2. Jede durch σ_0 gehende Gerade $\mathfrak{r}$ wird von zwei Flächen $\mathfrak{X}^2$ berührt — in den Punkten, wo $\mathfrak{r}$ die H_0^2 trifft —, von den übrigen aber in Punktepaaren geschnitten, die durch jene Berührungspunkte harmonisch getrennt sind. H_0^2 geht durch a^2 und berührt längs a^2 den Kegel, dessen Spitze σ_0 ist. Also werden die $\mathfrak{X}^2$, demzufolge auch F^4 durch die Transformation, von welcher σ_0 das Centrum, H_0^2 die Ordnungsfläche ist, in sich selbst verwandelt.

Bestimmt man endlich für jeden auftretenden $\mathfrak{y}^2$ die Polare des Punktes σ_0, so erfüllen dieselben ein Hyperboloid Σ^2 (vergl. 7.), dessen Polarfigur in Bezug auf H_0^2 eine Quadrifläche Q_0^2 liefert, deren Berührungsebenen R den Paaren der F^4 in der unter 2. angegebenen Weise entsprechen. Vorstehendes lässt sich so zusammenfassen:

Eine F^4 mit der Doppelcurve a^2 kann durch **fünf** Transformationen der hier definirten Art in sich übergeführt werden, und es entsprechen die Paare, welche bei einer

Transformationen auf F^4 erscheinen, den Tangentialebenen einer gewissen Quadrifläche.*

Wäre umgekehrt die Transformation gegeben durch ihr Centrum σ, ihre Ordnungsfläche H^2, wodurch a^2 sich bestimmt, so gehört auch zu jeder beliebigen Quadrifläche Q^2 eine F^4 mit der Doppellinie a^2.

Beweis. Q^2 denke man erzeugt durch die variable Gerade e, welche zwei festgehaltene Gerade $\mathfrak{g}_1$, $\mathfrak{g}_2$ in p_1, p_2, die Ebene Σ — des a^2 — in p trifft. Zu $\mathfrak{g}_1$, $\mathfrak{g}_2$, e mögen die Kegelschnitte $\mathfrak{g}_1^2$, $\mathfrak{g}_2^2$, e^2 gehören; dann beschreibt e^2 die F^4: Denn die Flächen P_1^2, P_2^2 beschreiben zwei Büschel, deren Basen in a^2, $\mathfrak{g}_1^2$ und a^2, $\mathfrak{g}_2^2$ vorliegen. Sieht man die beiden Flächen als homologe an, welche denselben e^2 enthalten, wie z. B. P_1^2, P_2^2, so sind die Büschel projectivisch aufeinander bezogen. Nämlich die P_1^2 entsprechen projectivisch den Punkten p_1, weil diese die Pole der festen Ebene Σ in Bezug auf die P_1^2 sind (3a). Ebenso verhält es sich mit den P_2^2 und p_2, und da die p_2 den p_1 projectivisch zugeordnet sind, so gilt Gleiches für die P_1^2, P_2^2, folglich beschreibt e^2 eine F^4. Erwägt man, dass die zu p gehörige P^2 ebenfalls e^2 enthalten muss, dass aber diese P^2 die Polare P des p in Bezug auf H^2 als Bestandtheil hat, so folgt, dass die Ebene P, die sich um σ dreht, Bitangentialebene von F^4 ist, indem sie ausser e^2 noch einen Kegelschnitt aus F^4 schneiden wird. Da ferner der Ort für p die Curve q^2 ist, welche Q^2, Σ gemein haben, so umhüllt P den Quadrikegel σ^2, welcher die Polarfigur von q^2 bezüglich H^2 ist.

Die in sich transformirbaren Kegelschnitte der F^4 liegen hiernach paarweise in den Bitangentialebenen P; wenn $e_1^2 e_2^2$ ein solches Paar in P ist, so gehören sie zu zwei sich in p treffenden Geraden e_1, e_2 der Q^2, die beiden Berührungspunkte r, ρ von p und F^4 entsprechen der Ebene $e_1 e_2 \equiv R$.

Nun giebt es acht Gerade $e_1, \ldots, e_8$ auf Q^2, welche H^2 berühren, von denen vier (die mit ungeradem Index) der einen, die vier anderen e_2, e_4, e_6, e_8 der zweiten Schaar angehören. Die zugehörigen e^2 zerfallen in Geradenpaare (3b), und zwar liefern jene vier Geraden die Paare $a\alpha$, $b\beta$, $c\gamma$, $d\delta$, diese $a_1\alpha_1$, $b_1\beta_1$, $c_1\gamma_1$, $d_1\delta_1$, in zwei Gruppen I, II so vertheilt, dass irgend ein Paar von I von jedem aus II in zwei Punkten r, ρ geschnitten wird, während eine Gerade, aus I entnommen, von den nicht mit ihr gepaarten in I nicht geschnitten wird, wohl aber von vier Geraden der Gruppe II.**

Diese 16 Geraden sind die einzigen der F^4.

Beweis. $p_0 a$ sei eine Gerade von F^4, wobei a auf a^2, p_0 ebenfalls auf H^2 liege. Durchläuft r die Gerade $p_0 a$, so bleibt auch ρ auf einer

* Dass diese fünf Transformationen die einzigen ihrer Art sind, wurde von mir bewiesen (Abh. d. k. böhm. Ges. d. Wiss. VII. Folge 2. Bd.).

** Diese Ableitung der F^4 aus einer Q^2, sowie die Construction ihrer 16 Geraden, welche sofort das von Clebsch angegebene Arrangement zeigt, habe ich zuerst mitgetheilt (a. a. O. VI. F. Bd. 5).

durch p_0 gehenden Geraden $p_0\alpha$, die auch ganz in F^4 liegt. Ist ε der Pol der Ebene $ap_0\alpha$ in Bezug auf H^2, so berührt εp_0 die H^2 in p_0, und es entsprechen den durch εp_0 gehenden Ebenen R jene Paare $r\varrho$. Aber alle Paare der F^4 rühren von Tangentialebenen der Q^2 her, mithin muss εp_0 eine Gerade von Q^2 sein, w. z. b. w. Man kann demnach schliessen:

Jede Gerade a der F^4 wird von fünf anderen unter sich windschiefen der sechzehn geschnitten.

Welche Modification dieser Ausspruch erleidet, wenn die Flächen H^2, Q^2 nicht unabhängig voneinander sind, soll später erörtert werden; zunächst bildet er die Grundlage der Untersuchung über:

5. Das gegenseitige Verhalten der 16 Geraden.

Unter einem Geradenpaar sind zwei sich schneidende der sechzehn zu verstehen. Ist eine der 16 Geraden mit mehreren gepaart, so soll sie die Transversale derselben heissen. Windschiefe nennen wir n Gerade, wenn unter ihnen kein Paar ist. Da jede beliebige a Transversale von fünf Windschiefen ist, so liegen nie drei Gerade in einer Ebene, und es existiren $\frac{5\cdot 16}{2}=40$ verschiedene Paare.

a) Zwei Windschiefe a, b haben zwei Transversalen c_1, d_1. Das durch a^2, a, b mögliche Hyperboloid hat mit F^4 noch einen Ort zweiter Ordnung gemein; durch einen Punkt x desselben, welcher auf keiner der drei Linien a^2, a, b liegt, geht eine Gerade, welche die drei schneidet und, da sie fünf Punkte von F^4 enthält, unter den sechzehn sein muss. Jener Ort besteht daher aus zwei Transversalen von ab; sie seien c_1, d_1.

b) Drei Windschiefe a, b, c besitzen eine einzige Transversale d_1. Denn das Hyperboloid (abc) hat mit dem eben benutzten ausser a, b noch zwei Gerade gemein, wovon die eine der c auch dem Kegelschnitte a^2 begegnet, die andere somit fünf Punkte von F^4 aufnimmt; diese letztere werde mit d_1 bezeichnet, und die beiden Geraden, welche ausser abc noch auf d_1 stehen, sollen δ, δ_1 heissen.

c) Die Geradenvier $\mathfrak{V}$. Vier Windschiefe a, b, c, d können nach *b)* höchstens eine Transversale besitzen. Aus diesem Grunde können sie auch nicht hyperboloidisch liegen, da bei dieser Annahme die in *b)* gebrauchte Schlussweise für sie vier Transversalen ergäbe. Sollen aber $abcd$ eine Transversale haben, so muss d_1 diese sein; alsdann muss d entweder mit δ oder δ_1 zusammenfallen.

Könnte demnach eine zu a, b, c windschiefe Gerade d gefunden werden, verschieden von δ, δ_1, so würden a, b, c, d keine Transversale — auf F^4 — haben. Eine solche d ist nun offenbar die Transversale, welche δ, δ_1 ausser d_1 noch besitzen. Denn würde sie z. B. a treffen, so hätten δ, δ_1, a drei Transversalen. Nennen wir diese d, so haben a, b, c, d die Eigenschaft, dass die Transversalen von je dreien aus dieser Gruppe mit vierten windschief sind; wir nennen $(abcd)$ eine Geradenvier $\mathfrak{V}$, bezeichnen die vier auftretenden Transversalen mit a_1, b_1, c_1, d_1, je nachdem sie beziehlich windschief zu a, b, c, d sind. Da diese letzteren jetzt als Transversalen von a_1, b_1, c_1, d_1 erscheinen, so ist auch $(a_1 b_1 c_1 d_1)$ eine Vier $\mathfrak{V}_1$, und es liegt eine Doppelvier vor: $\mathfrak{V}\mathfrak{V}_1 \equiv \begin{pmatrix} a & b & c & d \\ a_1 & b_1 & c_1 & d_1 \end{pmatrix}$.

Die zwölf von den $\mathfrak{V}$ verschiedenen Geraden lassen sich nunmehr leicht überblicken. Da die Transversalen von zwei beliebigen der $\mathfrak{V}$ in $\mathfrak{V}_1$ vorkommen, so giebt es unter den übrigen acht keine Gerade, welche mehr als eine der $\mathfrak{V}$ schneidet. Aber a wird von fünf Geraden getroffen, von denen b_1, c_1, d_1 drei sind; bleiben zwei, α, α_1, und diese müssen unter den acht sein. Ebenso werden b, c beziehlich von β, β_1; γ, γ_1 und d, wie schon angenommen, von δ, δ_1 geschnitten. Die hier aufgezählten acht sind sämmtlich verschieden, da keine derselben zwei der $\mathfrak{V}$ schneiden kann, irgend eine aber stets einer $\mathfrak{V}$ begegnet. Gegen die $\mathfrak{V}_1$ verhalten sie sich ebenso; also muss α, ebenso α_1 eine der $\mathfrak{V}_1$ treffen, und zwar eine, die zu a windschief liegt, d. h. a_1. Es sind somit α, α_1 die Transversalen von aa_1, β, β_1 die von bb_1 etc.

Hier zeigt sich, dass überhaupt keine zu allen $\mathfrak{V}$ — oder $\mathfrak{V}_1$ — Windschiefe existirt. Weil ferner a_1, b_1, c_1, δ, δ_1 von den in $\mathfrak{V}$ befindlichen die d schneiden, so muss jede, von diesen fünf verschiedene Gerade entweder a, oder b, oder c treffen, mit anderen Worten: eine Gerade, die mit abc windschief liegt, muss unter den fünf Genannten sein; folglich sind diese δ, δ_1 und d. Da endlich weder δ, noch δ_1 mit abc eine Vier liefern, so folgt: Durch drei Windschiefe a, b, c ist eine Vier $(abcd)$ eindeutig bestimmt. Auch hat man sofort die Doppelvier $\begin{pmatrix} a & b & c & d \\ a_1 & b_1 & c_1 & d_1 \end{pmatrix}$ und die Sätze:

Sind gegeben vier Windschiefe, so bilden sie entweder eine Vier $(abcd)$, oder nicht — $abc\delta$, $abc\delta_1$. Im ersten Falle existirt keine zu allen vieren windschiefe, im zweiten nur eine — δ_1 oder δ. Eine Gruppe von sechs Windschiefen ist unmöglich, eine solche von fünf hat stets eine einzige Transversale.

Anordnung der acht: $\alpha\alpha_1$, $\beta\beta_1$ etc. α wird geschnitten von a, a_1, somit noch von drei Geraden, welche, da α weder eine Gerade in $\mathfrak{V}$ ausser a, noch in $\mathfrak{V}_1$ ausser a_1 treffen kann, unter den sechs $\beta\beta_1$, $\gamma\gamma_1$, $\delta\delta_1$ vorkommen müssen. Da nun die Transversalen von $\beta\beta_1$, $\gamma\gamma_1$, $\delta\delta_1$ in $\mathfrak{V}$, $\mathfrak{V}_1$ enthalten sind, so muss α entweder β oder β_1, γ oder γ_1, δ oder δ_1 treffen. Da uns die Bezeichnung der Getroffenen noch freisteht, so seien β_1, γ_1, δ_1 diese. Keine von ihnen kann von α_1 getroffen werden, weil die Transversalen von α, α_1 in a, a_1 vorliegen, und da α_1 mit der Transversale α von β_1, γ_1, δ_1 windschief liegt, so bilden α_1, β_1, γ_1, δ_1 eine Vier $\mathfrak{V}'_1$.

α_1, welche weder β_1, noch γ_1, noch δ_1 trifft, muss hiernach sowohl β, als γ, als δ treffen, und man hat in $(\alpha\beta\gamma\delta)$ eine Vier $\mathfrak{V}'$. $\mathfrak{V}'\mathfrak{V}'_1$ ist eine

Doppelvier $\begin{pmatrix} \alpha\,\beta\,\gamma\,\delta \\ \alpha_1\beta_1\gamma_1\delta_1 \end{pmatrix}$; denn δ ist windschief gegen α, β, γ, muss also nach dem eben Gesagten α_1, β_1 und γ_1 schneiden u. s. w.

d) Die fünf Systeme S von Geradenpaaren. $a\alpha$ sei irgend eines der 40 möglichen Paare. Es giebt — ausser α — vier Gerade, die a, und ebenso vier, welche α treffen; die übrigbleibenden sechs sind also windschief zu a und α. b sei eine dieser sechs; nach Abzug der beiden Transversalen von b, a, der beiden von b, α bleibt noch eine Gerade übrig, welche b schneidet, aber weder a, noch α trifft, mithin zu jenen sechs gehört; sie sei β. Auf diese Weise gewahrt man, dass durch ein Paar $a\alpha$ drei andere $b\beta$, $c\gamma$, $d\delta$ bestimmt sind, so dass von diesen vier Paaren jedes gegen die anderen windschief liegt. Vier solche Paare bilden deshalb eine unzertrennbare Gruppe I.

Ist d_1 die Transversale von abc, so muss d_1 entweder d oder δ treffen, da die zu d und δ windschiefen sechs, mit $d\delta$ zusammengenommen, die Gruppe I ausmachen müssen. Indem wir δ als die von d_1 geschnittene Gerade annehmen, liefern nach 3. $(abcd)$ eine Vier $\mathfrak{V}$. Ich behaupte, $(\alpha\beta\gamma d)$ ist ebenfalls eine Geradenvier $\mathfrak{V}'$: $(a_1b_1c_1d_1)$ sei die Vier $\mathfrak{V}_1$, welche $\mathfrak{V}$ zur Doppelvier $\mathfrak{V}\mathfrak{V}_1$ ergänzt, dann gehören α, β, γ, δ zu den acht Geraden [vergl. *c)*], welche nicht in $\mathfrak{V}\mathfrak{V}_1$ vorkommen; denn keine der Geraden α, β, γ, δ befindet sich in $\mathfrak{V}_1$, weil jede zu drei in $\mathfrak{V}$ enthaltenen windschief liegt. Ziehen wir die Transversale über α, β, γ, so ist diese nothwendig weder in $\mathfrak{V}$, noch in $\mathfrak{V}_1$. Nach der unter *c)* gegebenen Aufzählung der acht Geraden $\alpha\alpha_1$, $\beta\beta_1$, $\gamma\gamma_1$, $\delta\delta_1$ trifft eine in $\mathfrak{V}$ oder $\mathfrak{V}_1$ befindliche Gerade nur zwei dieser Genannten — a trifft $\alpha\alpha_1$, b trifft $\beta\beta_1$ etc. Die eben gezogene Transversale kann offenbar keine der α_1, β_1, γ_1 sein, da α, α_1, ebenso β, β_1, γ, γ_1 je zwei Windschiefe sind; die Transversale muss auch von δ verschieden sein, weil δ gegen α, β, γ windschief liegt, folglich kann sie nur δ_1 sein. Da hiernach δ windschief zu α, β, γ ist und auch ihre Transversale nicht trifft, so bildet $(\alpha\beta\gamma\delta)$ nach *c)* eine Geradenvier $\mathfrak{V}$, und diese wird durch $(\alpha_1\beta_1\gamma_1\delta_1) \equiv \mathfrak{V}'_1$ zur Doppelvier ergänzt. Es ist klar, dass die Paare $a_1\alpha_1$, $b_1\beta_1$, $c_1\gamma_1$, $d_1\delta_1$ eine neue Gruppe II liefern, welche man als durch I schon gegeben ansehen kann, und die insofern als Ergänzung von I anzusehen ist, als I und II sämmtliche 16 Geraden umfassen. Zwei solche Gruppen bilden ein System S von Paaren. Insofern eine bestimmte a der 16 Geraden mit fünf anderen — b_1, c_1, d_1, α, α_1 — gepaart erscheint, giebt sie Anlass zu fünf differenten Gruppen und zu ebenso vielen Systemen S, in welchen sodann alle 40 Paare untergebracht sind.

6. Die Kummer'schen Kegel σ^2.

Lehrsatz. Die acht in einem S vorkommenden Paare $a\alpha$, ..., $a_1\alpha_1$, $b_1\beta_1$, ... sind in acht Ebenen A, B, ..., A_1, B_1, ...

enthalten, welche durch denselben Punkt σ gehen und einen Quadrikegel σ^2 berühren.

Der Beweis beruht auf folgendem Satze:

Hat man zwei Büschel (Y^2), (Z^2) von Quadriflächen, von welchen jener die Kegelschnitte a^2, b^2, dieser a^2, c^2 zur Basis hat, so enthalten die Ebenen Y, Z, auf welchen sich irgend zwei Flächen Y^2, Z^2 durchdringen, einen festen Punkt σ:

Eine solche Ebene $Y_1 Z_1$ schneide die Ebene B des b^2 in b_1, die Ebene C des c^2 in c_1, und es sei σ der Punkt $b_1 c_1$; er liegt auf der Schnittlinie BC. Sind Y^2, Z^2 zwei willkürliche der Flächen, so gehen Z_1^2 und Z^2 durch a^2 auf Y^2, durch c^2 ausserhalb Y^2; folglich schneiden sich die Ebenen $Y_1 Z_1$, $Y_1 Z$ in einer unveränderlichen Geraden der Ebene C des c^2, d. h. in c_1; also hat $Y_1 Z$ mit B eine variabele, aber durch σ gehende Gerade mit B gemein, etwa b. Die Flächen Y_1^2 und Y^2 gehen beide durch a^2 auf Z^2, durch b^2 ausserhalb Z^2; folglich müssen die Ebenen $Y_1 Z$, YZ sich auf der Ebene B schneiden, also in b, und YZ geht durch σ, w. z. b. w.

Jedes Paar der Gruppe I wird von jedem der II geschnitten, daher liegen zwei Paare aus verschiedenen Gruppen stets auf einer durch a^2 gehenden Quadrifläche. Setzt man demnach $b\beta \equiv b^2$, $c\gamma \equiv c^2$, so schneiden sich dem Satze zufolge die sechs Ebenen B, C, A_1, B_1, C_1, D_1 in einem Punkte σ. Wenn man alsdann den Paaren $a\alpha$, $d\delta$ die Rolle von $b\beta$, $c\gamma$ überträgt, so ergiebt sich die oben aufgestellte Behauptung.

Nach 4) werden die Paare $b\beta \equiv b^2$, $c\gamma \equiv c^2$ durch zwei Windschiefe der Quadrifläche Q^2 geliefert, z. B. durch e_3, e_5. Schneidet eine variable Gerade e von Q^2 diese e_3, e_5 in y, z, und heissen Y^2, Z^2 die zu diesen Punkten gehörigen Flächen, so sind diese in den Büscheln (a^2, b^2), (a^2, c^2) und durchdringen sich in e^2 auf F^4, d. h. F^4 wird durch diese projectivisch aufeinander bezogenen Büschel erzeugt (siehe 4., wo e_3, e_5 durch $\mathfrak{g}_1$, $\mathfrak{g}_2$ vertreten werden). Dabei geht die Ebene E des e^2 stets durch σ, und schneidet F^4 in einem zweiten Kegelschnitt e_1^2, welcher zu der Geraden e_1 von Q^2 gehört, die mit e auf der Ebene Σ — in ε — zusammentrifft. E ist Polarebene von ε in Bezug auf H^2, und weil q^2 der Ort von ε ist, umhüllt E einen Quadrikegel σ^2; endlich berührt E doppelt die F^4, nämlich in den Punkten $r\varrho$, die der Ebene $ee_1 \equiv R$ zugewiesen sind und sowohl in e_3 als e_1^2 liegen müssen. Die fünf mit einer bestimmten Geraden a Gepaarten liegen in fünf durch a gehenden Ebenen, und in jeder von diesen Ebenen liegt die Spitze σ eines der F^4 doppelt umbeschriebenen Quadrikegels σ^2.

Der Ort von ε ist q^2, die Schnittlinie von Σ, Q^2, in ε ist die Ebene ee_1 Tangentialebene von Q^2, also enthält ee_1 den Pol s von Σ in Bezug auf Q^2, und das ihr zugewiesene Paar $r\varrho$ liegt zugleich auf der zu s gehörigen Z^2 und F^4, mithin auf einer Raumcurve vierter Ordnung σ^4.

7. Der in der vorigen Nummer angezogene Satz über die Büschel (Y^2), (Z^2) führt unmittelbar zu der Consequenz, dass diese Büschel auf

jedem Strahle des fixen Punktes σ identische Involutionen j ausschneiden. Die Doppelpunkte dieser Involutionen haben zum Ort eine Quadrifläche H^2.

Beweis. Y_1^2 sei dem einen Büschel entnommen und werde von irgend einer durch σ gelegten Ebene Y in y^2 geschnitten. Es leuchtet sofort ein, dass die Fläche des Büschels, der $a^2 y^2$ zur Basis hat, einerlei welches y genommen wird, die nämliche j ausschneiden, da eine solche j bestimmt ist durch ein Paar, wovon der eine Punkt σ ist, der andere in der Ebene des a^2 liegt, und durch ein zweites auf Y_1^2. Wird nun Y variabel gedacht, so liegen nach $3a)$ die Spitzen der Kegel, welche zugleich a^2 und y^2 enthalten, auf einer Quadrifläche, diese heisse H^2. Jeder Strahl von σ durchdringt H^2 in zwei Punkten, die, wie man sieht, die Doppelpunkte der auf diesem Strahle erscheinenden j sein werden. Nachdem dies erkannt, lässt sich zeigen, dass die Tangentialebenen der fünf Kegel σ^2 die einzigen Bitangentialebenen der F^4 sind.

Gesetzt, B sei eine Bitangentialebene, sie enthalte die beiden Kegelschnitte b^2, e^2 der F^4. Man wähle a^2, b^2 als Basis eines Büschels (Y^2), lege durch a^2, e^2 irgend eine Quadrifläche Z^2, so wird diese aus F^4 den Kegelschnitt c^2 schneiden. In a^2, c^2 gewinnt man die Basis eines zweiten Büschels (Z^2), und mittels dieser Büschel lässt sich F^4 projectivisch erzeugen. Nach 6) werden die Ebenen, auf welchen sich homologe Flächen durchdringen, einen festen Punkt σ_i enthalten, durch den B, sowie die Ebene C des c^2 geht. Zieht man von σ_i an alle Y^2, Z^2 Tangenten, so tritt gemäss unserer vorausgeschickten Bemerkung als Ort ihrer Berührungspunkte eine gewisse H_i^2 auf. Bestimmt man ferner von σ_i in Bezug auf die Kegelschnitte e^2, in welchen F^4 von je zwei homologen Y^2, Z^2 geschnitten wird, die Polaren, so erzeugen diese eine Regelfläche Σ^2; denn die Polarebenen von σ_i in Bezug auf die Y^2 und Z^2 drehen sich um zwei feste Gerade und sind einander projectivisch zugeordnet. Dabei umhüllt die Ebene E des variabelen e^2 einen Quadrikegel σ_i^2; man überzeugt sich davon, wenn man eine beliebige Ebene R auffasst, welche a^2 in x, x_1; b^2 in y, y_1; c^2 in z, z_1 schneiden möge, und beachtet, dass in R zwei Büschel mit den Grundpunkten $(x x_1 y y_1)$ und $(x x_1 z z_1)$ zu denken sind, deren Erzeugniss eine C^4 mit den Doppelpunkten x, x_1 sein wird, wo dann bekanntlich die Geraden, welche die construirten Punktepaare der C^4 tragen, einen Kegelschnitt zur Enveloppe haben. Betrachtet man die Polare von σ_i in Bezug auf einen e^2, so trifft dieselbe e^2 stets dann in zwei getrennten Punkten, wenn e^2 nicht zerfällt, und zwar sind dies auch Punkte der H_i^2. Wenn es sich ereignet, dass diese beiden Punkte coincidiren, so muss e^2 zerfallen. Aber auf Σ^2 liegen acht Polaren — in jeder Geradenschaar vier —, welche H^2 tangiren. Folglich sind unter den e^2 acht Geradenpaare, die in zwei Gruppen von je vier Paaren genau so angeordnet sind, wie in einem der oben mit S bezeichneten Systeme. Ihre acht Ebenen müssen sowohl den Kegel σ_i^2, als auch einen der fünf unter 6. mit σ^2 bezeichneten Kegel berühren, woraus die Identität von σ_i^2 mit diesem einen σ^2 erhellt.

8. *a)* Zusammenhang der Kegel σ^2. Auf geometrischem Wege fanden wir diese Eigenschaft einer Curve C^4 mit zwei Doppelpunkten: „C^4 besitzt vier unterschiedene Paare von Doppeltangenten, welche vier Schnittpunkte σ, σ', σ'', σ''' haben; von einem derselben, etwa σ, gehen an C^4 ausser dem Doppeltangentenpaar vier einfache Tangenten, deren Berührungspunkte τ paarweise auf Geraden liegen, die durch je einen der Punkte σ', σ'', σ''' gehen." *

Indem wir künftig nur unsere Construction der F^4 mittels der Q^2 zu Grunde legen, und die Polarfigur von Q^2 in Bezug auf H^2 wie bei F^3 mit Σ_0^2 bezeichnen, erkennen wir, dass ausser den durch σ gehenden Bitangenten, als einfache Tangenten, die Verbindungslinien von σ mit jedem Punkte τ der Raumcurve, in welcher H^2, Σ_0^2 sich durchdringen, erscheinen, und dass es sonst keine giebt. Diese Raumcurve heisse t^4. Man lege jetzt durch zwei Kegelspitzen, z. B. durch σ, σ_1, Ebenen, so schneiden diese gewisse C^4 aus F^4 und t^4 in je vier Punkten $\tau_1, \ldots, \tau_4$, so dass die σ, τ einfache Tangenten der C^4 sind. Also gehen durch σ_1 die Verbindungslinien zweier Paare der vier τ, etwa $\tau_1\tau_2$, $\tau_3\tau_4$. Dreht sich demnach die schneidende Ebene um $\sigma\sigma_1$, so erkennt man σ_1 als die Spitze eines durch t^4 gehenden Quadrikegels. Gleiches gilt von den nicht betrachteten Spitzen σ_2, σ_3, σ_4, d. h.: das Quadrupel conjugirter Pole für H^2, Σ_0^2 oder, was dasselbe ist, für H^2, Q^2 besteht aus σ_1, σ_2, σ_3, σ_4.

b) Die Raumcurven σ^4 (vergl. 6.). Die zu σ gehörende σ^4 ergab sich als Durchdringung von F^4 mit einer durch a^2 gehenden Fläche Z^2, nämlich derjenigen Quadrifläche, welche zum Pol s von Σ in Bezug auf Q^2 gehört; sie ist (nach 3*a*) dem Kegel $s(a^2)$ längs a^2 umbeschrieben. Dieser Punkt s nun ist seiner Lage nach unabhängig von der Wahl der σ, er ist durch F^4 allein schon bestimmt. Dies nebst Anderem folgt aus einer Construction der Tangentialebenen in irgend einem Paar r, ϱ der F^4, die wir jetzt herleiten wollen.

r, ϱ seien erhalten durch die Ebene $R \equiv ee_1$, die von den Geraden e, e_1 der Q^2 bestimmt wird. Die zum Schnittpunkte p von e, e_1 gehörige P^2 schneidet aus F^4 die Curven e^2, e_1^2, auf welchen r und ϱ liegt, und berührt deshalb F^4 in r, ϱ; daher handelt es sich um die Ermittelung der Tangentialebenen von P^2. Trifft e die H^2 in p_0, p_0^1, so sind dies, wie am Schlusse von 3*a*) bemerkt wurde, die Spitzen zweier zugleich durch a^2 und e^2 gehenden Quadrikegel, folglich fällt der Pol der Ebene E — in welcher e^2 ist — bezüglich P^2 auf e, etwa nach $\mathfrak{p}$, und ebenso liegt der Pol $\mathfrak{p}_1$ der die e_1^2 enthaltenden E_1 auf e_1; mithin sind $r\mathfrak{p}\mathfrak{p}_1$, $\varrho\mathfrak{p}\mathfrak{p}_1$ die gesuchten Tangentialebenen. Was die Lage von $\mathfrak{p}$, $\mathfrak{p}_1$ gegen p betrifft, so ist leicht darzuthun,

* a. a. O. VI. F. 6. Bd.

dass p von $\mathfrak{p}$ durch p_0, p_0^1 harmonisch getrennt wird und dass demgemäss $\mathfrak{p}\mathfrak{p}_1$ einerlei ist mit der Polare von p in Bezug auf die von der Ebene R aus H^2 geschnittene Linie r^2. Nämlich jene harmonische Trennung sagt aus, dass $p\mathfrak{p}$ zu der Involution j als Paar gehört, die vom Büschel (P^2) mit der Basis (a^2, e^2) auf e bestimmt wird. Ein Paar von j besteht aus den Punkten ε, ε', wo e den Ebenen Σ, E begegnet, ein zweites liegt auf P^2. Dieses letztere trennt aber gleichzeitig harmonisch p, ε und p, ε', woraus bekanntlich hervorgeht, dass $p\mathfrak{p}$ selbst ein Paar von j sein muss. Man darf nicht ausser Acht lassen, dass (3. a) p der Pol von Σ bezüglich P^2 ist — $\mathfrak{p}$ ist der von E.

Unsere Construction zeigt deutlich den biplanaren Charakter eines der auf a^2 beliebig gewählten Doppelpunkte x der F^4: das Paar $r\varrho$, von welchem x der eine Punkt ist, befindet sich auf dem Strahl σx, und die Ebene R, von welcher es herrührt, muss Σ in der zu σx bezüglich H^2 conjugirten Geraden schneiden (2.) und Q^2 berühren. Die Conjugirte zu σx ist aber die Tangente xt von a^2, und durch sie gehen zwei Tangentialebenen R_1, R_2 an Q^2. Berührt z. B. R_1 die Q^2 in p_1, und schneidet sie H^2 in r_1^2, so wäre die Polare von p_1 in Bezug auf r_1^2 mit x durch eine Ebene zu verbinden, wodurch offenbar die R_1 selbst hervorgeht. Wenn man x in einen der vier Punkte U_1, U_2, U_3, U_4 verlegt, wo die Tangente des a^2 zugleich Q^2 tangirt, so resultirt nur eine R, und zwar die Tangentialebene des obigen Kegels $s(a^2)$, d. h. die Punkte U sind Uniplanarpunkte von F^4 und ihre Berührungsebenen haben einen Punkt (s) gemein. Auch erkennt man, dass s von der Ebene Σ durch R_1, R_2 harmonisch getrennt liegt. Ist hiernach s von Σ oder Q unabhängig, so kann man von den fünf Raumcurven σ^4 aussagen, dass durch jede und a^2 eine Quadrifläche Z^2 sich bestimmt, welche dem Kegel $s(a^2)$ längs a^2 einbeschrieben ist. Berücksichtigt man, dass die Tangentialebene von F^4 in einem U auch den Kegel $s(q^2)$ berührt und aus diesem Grunde eine R ist, welcher zwei Punkte der σ^4 entsprechen müssen, wovon U selbst einer ist, so sieht man, dass die σ^4 die vier Uniplanarpunkte U enthalten.

Je zwei der Raumcurven σ^4 liegen auf einer Quadrifläche ψ_0^2.

Beweis. Durch σ^4 geht Z^2, durch σ_1^4 geht Z_1^2, welche beiden Flächen a^2 aufnehmen und sich längs a^2 berühren; deshalb sind σ^4, σ_1^4 die Grundcurven zweier Büschel (φ^2), ($\varphi_1)^2$, mittels welcher sich F^4 projectivisch erzeugen lässt. Da nun der Kegel σ^2 im ersten Büschel auftritt, und dieser F^4 längs σ^4 berührt, so muss die ihm homologe Fläche des zweiten Büschels die σ^4 selbst aus F^4 schneiden, und diese sei ψ_0^2.

Aus diesem Satze folgt, dass σ^4, σ_1^4 ausser U_1, ..., U_4 noch vier Punkte U'_1, ..., U'_4 einer gewissen Ebene X gemein haben; wir werden zeigen, dass X mit Σ coincidirt oder dass die Punkte U' den U unendlich nahe sind: k^2 sei einer der ∞^1 Kegelschnitte, welche durch die U möglich sind; k^2

bestimmt mit σ^4 eine Fläche ψ^2, mit σ_1^4 eine ψ_1^2. Variirt dabei k^2, so resultiren zwei projectivisch aufeinander bezogene Büschel $(\psi^2) \barwedge (\psi_1^2)$. Das Erzeugniss dieser Büschel besteht zunächst aus Σ, dann aus einer Ebene X durch die U' — indem zwei sich entsprechende Flächen ausser k^2 offenbar einen durch die U' gehenden k_1^2 gemein haben müssen —, endlich aus der gemeinsamen Fläche ψ_0^2. Nun muss X der Σ aus dem Grunde unendlich nahe liegen, weil bei der Annahme $k^2 \equiv a^2$ statt ψ^2 die Z^2, statt ψ_1^2 die Z_1^2 hervorgeht, welche nach Obigem den Kegel $z(a^2)$ längs a^2 berühren, d. h. in zwei unendlich nahe liegenden Kegelschnitten durchdringen, von denen a^2 der eine ist, während der andere in X fällt. Wir schliessen hieraus, das je zwei σ^4 sich in den U berühren und dass zwei homologe ψ^2, ψ_1^2 sich längs k^2 berühren müssen.

9. Die Curven σ^4 gehören einer ∞^1 Schaar von Curven s^4 an, längs welchen F^4 von Quadriflächen F^2 berührt wird. Wie gesagt, lässt sich F^4 durch zwei Büschel von φ^2 projectivisch erzeugen, wovon der eine die Basis σ^4, der andere σ_1^4 hat. Wenn daher φ^2 beliebig durch σ^4 gelegt wird, so schneidet sie aus F^4 noch s^4, so dass auch durch s^4, σ_1^4 eine φ_1^2 geht. Daher sind auch σ^4, s^4 die Grundcurven zweier zur Erzeugung der F^4 dienlichen Büschel (φ^2), (F^2). Weil aber im ersten Büschel eine Fläche vorkommt, welche die s^4 enthält, so muss dieser im zweiten eine F^2 entsprechen, die F^4 längs s^4 berührt.

Die σ^4 gehört ferner zu einer ∞^3 Schaar von Raumcurven vierter Ordnung, welche aus σ durch Quadrikegel projicirt werden, und längs welchen F^4 von Flächen vierter Ordnung F_2^4 berührt wird, die nebst der Doppelcurve a^2 zwei Doppelpunkte haben.

Beweis. R_0 sei eine beliebige Ebene des Raumes, sie habe mit Q^2, H^2 die Kegelschnitte q_0^2, r_0^2, wovon letzterer sich aus den Punkten r_0, ϱ_0 in a^2 projicirt. Die Flächen P^2, welche den Punkten p der Linie q_0^2 gemäss 3. a) zugewiesen sind, gehen alle durch r_0, ϱ_0, berühren doppelt die F^4 und werden von F_2^4 eingehüllt, welche r_0, ϱ_0 zu Doppelpunkten, a^2 zur Doppelcurve hat: Jedem Punkte p von q_0^2 entspricht P^2, welche durch die Kegelschnitte e^2, e_1^2 von F^4 geht, die den in p sich treffenden Geraden e, e_1 von Q^2 entsprechen. Aber irgend zwei der in Betracht kommenden Flächen P^2, P_1^2 schneiden sich in dem der Geraden pp_1 zugeordneten Kegelschnitte. Berührt pp_1 den q_0^2 in p, so ist der zugeordnete Kegelschnitt p^2 die Schnittcurve zweier unendlich nahen, in P^2 vereinigten Flächen, und der Ort von p^2 ist die Enveloppe von P^2; er ist leicht projectivisch abzuleiten. Zu dem Ende nehme man zwei feste Tangenten I und II von q^2 und schneide sie in p_1, p_2 durch eine variabele Tangente pp. Wenn die den Geraden I, II zugehörigen Kegelschnitte p_1^2, p_2^2 heissen, so wird P_1^2 dem Büschel (a^2, p_1^2), P_2^2 dem Büschel mit der Basis (a^2, p_2^2) angehören, und sie werden sich in dem p^2 durchdringen, der zur Geraden pp

Nämlich die Ebenen $\mathfrak{A}$ des Büschels durch a schneiden F^4 in cubischen Curven, welche sämmtlich D_1 und den zweiten, auf a und a^2 befindlichen Doppelpunkt enthalten und a nebstdem in einem variablen Punkte $\mathfrak{a}$, a^2 gleichzeitig in $\mathfrak{r}$ treffen. Dabei entsprechen die Punkte $\mathfrak{a}$, $\mathfrak{r}$ jenen Ebenen projectivisch; also beschreibt $\mathfrak{a}\mathfrak{r}$ ein Hyperboloid A^2, das in jedem Punkte $\mathfrak{a}$ dieselbe Tangentialebene hat wie F^4, mit anderen Worten, dessen der a benachbarte Gerade b ganz in F^4 liegt.

Nach Nr. 4 muss b von irgend einer e der Fläche Q^3 abgeleitet werden können, die deshalb die benachbarte von e_1 sein muss, weil b mit allen ihren Punkten unendlich nahe der a ist, somit auch H^2 in einem D_1 benachbarten Punkte trifft. e_3 sei die Nachbargerade von e_1, ihr Durchstosspunkt ε_3 in Σ liegt unendlich nahe bei ε_1, daher berühren die von ihm an a^2 gezogenen Tangenten in zwei beziehlich a, α benachbarten Punkten b, β und wir erlangen zugleich mit b eine benachbarte Gerade zu α, nämlich β. Auf dieselbe Weise liefert die zu e_2 benachbarte e_4 zwei zu a_1, α_1 benachbarte Gerade b_1, β_1 der F^4. Die vier Geraden a, α, a_1, α_1 heissen binäre, weil ihnen beziehlich die Geraden b, β, b_1, β_1 von F^4 benachbart sind. Sie sind Kanten eines Quadrikegels, dessen Spitze D_1 ist, und welcher den Ort für die Tangenten in D_1 der durch diesen Punkt geführten ebenen Schnitte der F^4 darstellt; wir nennen ihn den Osculationskegel für D_1. Am einfachsten gelangt man zu diesem Kegel durch eine Transformation der F^4 von der Art, wie sie unter 2. definirt wurde, wenn man D_1 zum Centrum, eine Quadrifläche G^2 zur Ordnungsfläche der Transformation macht, die durch a^2 geht und längs a^2 dem Kegel $D_1(a^2)$ einbeschrieben ist. Alsdann geht, wie man ohne Weiteres sieht, F^4 in eine Quadrifläche F^2 über, von welcher ein k^2 in der Ebene Σ sein wird, und eine sich von selbst aufdrängende Ueberlegung zeigt, dass die Verbindungslinie von D_1 mit irgend einem Punkte der k^2 noch einen dem D_1 unendlich nahen Punkt der F^4 aufnimmt, dass also in $D_1(k^2)$ der Osculationskegel vorliegt. Es ist klar, dass die vier binären Geraden auf ihm liegen, sowie dass er mit dem Kegel $D_1(a^2)$ überdies keine Kante gemein haben kann, weil sonst jede seiner Kanten eine Gerade von F^4 wäre.

Die Transversalen von a, b. Das oben benutzte Hyperboloid A^2 hat noch mit F^4 die beiden Transversalen dieser benachbarten a, b gemein. Wir dürfen sie mit c_1. d_1 wie früher (5a) bezeichnen, wenn erwiesen ist, dass keine derselben durch D_1 geht. Dies aber ergiebt sich sofort wenn man beachtet, dass die Gerade von A^2, welche a in D_1 trifft, in der Ebene liegt, die längs a den Osculationskegel berührt, mithin nicht zur F^4 gehören kann. Hieraus ziehen wir die Folgerung: Die vier binären Geraden zusammen mit ihren Nachbarn ordnen sich in eine Doppelvier an. Eine Gerade, welche a in D_1 trifft, muss windschief zu b sein (wie eben hervorgehoben). Wenn aber eine solche Gerade (etwa $\mathfrak{a}\mathfrak{r}$ zu Anfang dieser Nummer) gegen a windschief ist, so muss sie

getroffen, die offenbar unter den sieben übrigen e vorkommen müssen; also:

„Die acht Geraden e werden aus Q^2 durch die Tangentenfläche der r^4 geschnitten, vier dieser e gehören zur einen, die vier anderen zur zweiten Geradenschaar der Q^2.“

Die im Satze genannte Tangentenfläche, die wir künftig benutzen werden, um uns die e zu verschaffen, ist achter Ordnung; sie kann ausser der doppelt gerechneten r^4 nur noch Gerade der Q^2 enthalten, somit muss sie deren genau acht aufnehmen.

a) Wenn H^2, Q^2 sich ausserhalb a^2 in D_1 berühren, wobei D_1 Doppelpunkt der r^4 wird, so erhält auch F_1^4 den Doppelpunkt D_1.

Beweis. Zur Construction des Schnittes C^4 von F^4 mit irgend einer durch a gelegten Ebene F verfahre man also: f sei der Pol von F in Bezug auf H^2; die durch f gehenden R liefern die in F auf C^4 befindlichen Paare $r\varrho$. h^2 sei die Schnittlinie von E, H^2 und habe auf a^2 die Punkte x, $\mathfrak{x}$, alsdann kann man die fraglichen $r\varrho$ durch Benutzung der Tracen der durch f gehenden R finden. Diese umhüllen einen Kegelschnitt q_1^2, und man erlangt ein Paar, indem man aus x und $\mathfrak{x}$ die Punkte projicirt, welche irgend eine Tangente des q_1^2 mit h^2 gemein hat — als Schnittpunkte der Projicirenden. Auf einer Geraden durch x, welche h^2 in y schneidet, treten nur zwei Punkte r auf, entsprechend den von y an q_1^2 möglichen Tangenten, wobei die Paarlinge ϱ auf $\mathfrak{x}y$ fallen. Daraus folgt, dass x, $\mathfrak{x}$ Doppelpunkte der C^4 sind. Wenn nun H^2, Q^2 sich in D_1 berühren, so dass für jede durch aD_1 gehende F der Pol f in die gemeinschaftliche Tangentialebene von H^2, Q^2 fällt, so berühren sich auch h^2, q_1^2 in D_1. Bestimmt man sodann die auf xD_1 — oder $\mathfrak{x}D_1$ — vorkommenden r der C^4, so zeigt sich, dass diese beiden Punkte in D_1 coincidiren, weil die beiden von D_1 an q_1^2 möglichen Tangenten zu einer einzigen vereinigt sind. Folglich haben xD_1 und $\mathfrak{x}D_1$ je zwei in D_1 zusammenfallende Punkte mit F^4 gemein, und es bekommen alle Schnitte dieser Fläche mit den durch aD_1 denkbaren Ebenen in D_1 einen Doppelpunkt.

In D_1 treffen sich zwei Gerade e_1, e_2 der Q^2 und berühren H^2, sie liefern zwei Geradenpaare aa, a_1a_1 der F^4. Um sie zu construiren, ziehe man von den Punkten ε_1, ε_2, in welchen q^2 von e_1, e_2 getroffen wird, an a^2 die Tangenten $\varepsilon_1 a$, $\varepsilon_1 \mathfrak{a}$, $\varepsilon_2 a_1$, $\varepsilon_2 \mathfrak{a}_1$, verbinde deren Berührungspunkte mit D_1 und nenne die Geraden D_1a, $D_1\mathfrak{a}$ etc. kurz a, $\mathfrak{a}$ etc. Das Paar $a\mathfrak{a}$ muss mit $a_1\mathfrak{a}_1$ ein Punktepaar $r\varrho$ gemein haben, welches nämlich der Ebene $e_1e_2 \equiv R$ zukommt. Daher ist a windschief zu einer der Geraden a_1, $\mathfrak{a}_1$; diese sei a_1, so dass a, $\mathfrak{a}_1$ sich schneiden.

Wir beweisen jetzt den Satz: „Befindet sich auf einer Geraden (a) der F^4 ein Doppelpunkt (D_1) ausserhalb a^2, so enthält F^4 eine der a benachbarte, gegen a windschiefe Gerade (b).“

d, δ, ... die 16 umfassen. Wir erhalten für jeden Doppelpunkt ein Doppel-quadrupel in solcher Beziehung, dass irgend zwei benachbarte des einen, etwa a, b, zu Transversalen zwei benachbarte des andern haben müssen — c_1, d_1. Oben bezeichneten wir mit c_1, d_1 die beiden Transversalen von a, b; es ist daher noch nachzuweisen, dass diese im vorliegenden Falle benachbart sind: Weil c_1 sowohl a als b trifft, so sind a, b Gerade des Hyperboloids, welches sich der F^4 längs c_1 anschmiegt; alsdann aber muss sowohl a als b die benachbarte Gerade von c_1 treffen, d. h. diese letztere ist Transversale von a, b, also mit d_1 identisch.

Die uns vorliegende F_2^4 ist gleich der in Nr. 9 behandelten die Enveloppe von ∞^1 Flächen P^2, die alle die Doppelcurve enthalten: eine Ebene durch $D_1 D_2$ gelegt, schneidet F_2^4 in einer C^4 mit vier Doppelpunkten, d. h. in zwei durch D_1, D_2 gehenden Kegelschnitten b^2, c^2, welche sich noch auf a^2 begegnen. Durch a^2, c^2 lege man eine beliebige Fläche Z_0^2, welche aus F_2^4 die Linie c^2 schneiden möge; C^2 geht durch D_1, D_2 und hat mit a^2 zwei Punkte gemein. In (a^2, b^2), (a^2, c^2) liegen jetzt die Grundcurven zweier Büschel (Y^2), (Z^2) vor, mit Hilfe deren F_2^4 projectivisch erzeugt werden kann. Wenn sich die homologen Flächen Y_1^2, Z_1^2 dieser Büschel in y^2 auf F_2^4 durchsetzen, so kann man sich zur Erzeugung dieser Fläche auch der Büschel (a^2, y^2), (a^2, c^2) bedienen; denn Y_1^2 geht durch b^2, und es giebt im zweiten Büschel eine Fläche $\mathfrak{Z}_1^2$, welche ebenfalls b^2 enthält — a^2, b^2, c^2 liegen auf einer Quadrifläche, weil je zwei dieser Kegelschnitte je zwei Punkte gemein haben. In der neuen projectivischen Beziehung sind $\mathfrak{Z}_1^2$, Y_1^2 homolog; aber im Büschel (a^2, c^2) kommt Z_1^2 vor, welche y^2 ausschneidet, und dieser muss eine durch (a^2, y^2) gehende Quadrifläche entsprechen, welche F_2^4 längs y^2 berührt, mithin eine P^2.

Zweitens: r^4 besteht aus der Geraden $D_1 D_2$ und einer durch D_1, D_2 gehenden r^3. Da jede durch $D_1 D_2$ gelegte Ebene H^2 und Q^2 berührt, so ist $D_1 D_2$ ein Theil der Raumcurve t^4, und es wird F_2^4 längs $D_1 D_2$ von einer durch σ gehenden Ebene berührt.

Die Tangentenfläche der r^3 ist vierter Ordnung und hat mit Q^2 die doppelt gezählte r^3, nebstdem zwei Gerade e_3, e_4 gemein. Letztere ergeben zwei Paar unäre Gerade. Durch D_1 geht eine von $D_1 D_2$ verschiedene e der Q^2, sie liefert zwei binäre Gerade des D_1, und ebenso verhält es sich bei D_2. Wendet man endlich auf $D_1 D_2$, die eine e repräsentirt, weil sie H^2 in jedem ihrer Punkte berührt, unsere Construction (4.) an, so ist zu beachten, dass $D_1 D_2$ die Ebene Σ auf a^2, etwa in ε_0 trifft, dass demnach die beiden an a^2 aus ε_0 zu ziehenden Tangenten zusammenfallen, ihre Berührungspunkte in ζ_0 vereinigt sind. Mithin fallen die zwei binären Geraden, welche durch $D_1 D_2$ geliefert werden, mit ihr selbst zusammen, so dass die Geraden der F_2^4 vorliegen: in zwei Paar binären $(=\infty)$, der quaternären $D_1 D_2$ $(=4)$ und vier unären Geraden.

c) Berühren sich H^2, Q^2 in drei Punkten D_1, D_2, D_3, und besteht r^4 aus den Geraden D_3D_1, D_3D_2, nebst einem Kegelschnitt r^2 durch D_1, D_2, so geht durch D_1, D_2 noch je eine Gerade e der Q^2, durch welche man zwei Paar binäre Gerade bekommt. Durch D_3 gehen nur noch die quaternären D_3D_1, D_3D_2, und sonst hat F_3^4 keine Gerade.

d) Berühren sich H^2, Q^2 in vier Punkten, so kommen auf F_3^4 die Geraden D_3D_1, D_3D_2, D_4D_1, D_4D_2 als quaternäre vor. Weil eine quaternäre Gerade $\mathfrak{D}$ stets den Flächen H^2, Q^2 gemeinsam ist, so liegt der Pol σ' einer durch $\mathfrak{D}$ gehenden Ebene R in Bezug auf H^2 stets auf $\mathfrak{D}$, welche somit ein Theil der t^4 ist. Hieraus folgt, dass eine Gerade, die von σ nach irgend einem Punkte der $\mathfrak{D}$ gezogen wird, hier die F^4 berühren muss, und dass t^4 im Falle *c)* aus zwei Geraden und einem Kegelschnitt, bei *d)* aus vier Geraden besteht.

e) Die Regelfläche F_∞^4. Berühren sich H^2, Q^2 längs $\mathfrak{D}$, welche die in Σ befindlichen Curven a^2, q^2 im nämlichen Punkte $\mathfrak{D}$ durchdringt, so nehme man ε beliebig auf q^2 an. Die Gerade e der Q^2, welche durch ε geht und $\mathfrak{D}$ schneidet, z. B. in p_0, berührt in diesem Punkte H^2, liefert also zwei Gerade p_0a, $p_0\alpha$ der F^4, wo a, α die Berührungspunkte der von ε an a^2 möglichen Tangenten sind: in jedem Punkte von $\mathfrak{D}$ begegnen sich daher zwei Gerade von F^4, deren Ebene einen Quadrikegel einhüllt, die Polarfigur von q^2 in Bezug auf H^2. Legt man ferner durch $\mathfrak{D}$ irgend eine Ebene F, welche a^2 in $\mathfrak{d}$ und a schneide, zieht in a die Tangente des a^2, welche zwei Punkte ε_1, ε_2 von q^2 enthält, so ergeben die zu ε_1, ε_2 gehörigen e zwei Paare von Geraden, von welchen je eine Gerade durch a geht, beide aber in F sein werden.

Die Fläche dritter Ordnung F^3 und ihre 27 Geraden.

11. Von nun an setzen wir voraus, dass Q^2 die Ebene Σ im Punkte ε berührt, dass somit q^2 aus zwei Geraden ε, ε_1 der Q^2 besteht; sie sind einerlei mit den im Eingange l', λ' genannten Conjugirten zu l, λ bezüglich H^2. Bedeutet wieder R eine variable Tangentialebene der Q^2, $r\varrho$ das ihr zugewiesene Paar auf einem Strahle $\mathfrak{r}$ von σ, σ' den Pol von R bezüglich H^2, so ist r von ϱ harmonisch getrennt einmal durch σ, σ', sodann durch H^2, und es ist auf jedem $\mathfrak{r}$ das Paar $r\varrho$ bestimmt, sobald σ' bekannt ist. Der Ort von σ' ist aber die Polarfigur Σ_0^2 von Q^2 in Bezug auf H^2, die hier durch σ, den Pol von Σ gehen wird.

Nimmt man die Raumcurve t^4, in welcher H^2, Σ_0^2 sich durchsetzen, als Basis eines Büschels (φ^2) an, so bemerkt man, dass die Punkte r, ϱ auf $\mathfrak{r}$ die Doppelpunkte der auf $\mathfrak{r}$ von den φ^2 bestimmten Involution sind, da H^2 und Σ_0^2 in diesem Büschel vorkommen. Also ist der Ort von $r\varrho$ einerlei mit dem Orte für die Berührungspunkte der von σ an die φ^2 möglichen Tangenten, d. h. mit dem Erzeugniss F^3 des Büschels (φ^2) und dem projectivischen Büschel der Polarebene von σ in Bezug auf die einzelnen φ^2.

Die Axe q des Polarenbüschels wird dann eine Gerade von F^3 sein, nämlich die Schnittlinie von Σ — Polarebene von σ bezüglich H^3 — mit der Tangentialebene von Σ_0^2 im Punkte σ, somit die Polarebene q von q in Bezug auf a^2. F^3 enthält ferner a^2 — als Schnitt von Σ, H^3 — und die beiden Geraden l, λ der Σ_0^2, die durch σ gehen und in der eben erwähnten Tangentialebene liegen.

Die auf F^3 denkbaren Geraden ordnen sich naturgemäss in zwei Kategorien, solche $\mathfrak{A}$, welche auf a^2, und solche $\mathfrak{B}$, die auf q stehen. Jener giebt es 16, die nach Nr. 4 bestimmt werden mittels vier e der Q^2, welche $\mathfrak{e}$ treffen, und vier anderen e, welche $\mathfrak{e}_1$ treffen. Was die möglicherweise vorhandenen $\mathfrak{B}$ angeht, so kann in einer durch q gelegten Ebene F nur dann eine solche vorkommen, wenn der Kegelschnitt, den F mit der entsprechenden φ^2 gemein hat, zerfällt. Und damit dies geschehe, muss entweder Berührung zwischen F und φ^2 stattfinden, oder φ^2 muss eine Kegelfläche sein. Soll Ersteres eintreten, so muss der Pol von F bezüglich φ^2 auf dieser φ^2 selbst liegen, d. h. φ^2 muss die durch σ gehende Σ_0^2 sein, und so ergeben sich die beiden Geraden l, λ; was die zweite Möglichkeit betrifft, so existiren im Büschel φ^2 — oder durch t^4 — vier Kegel, deren Spitzen wir gleich anfangs mit $\sigma_1, \ldots, \sigma_4$ bezeichnet haben. Mithin geht durch jeden dieser Punkte ein Geradenpaar (resp. $l_1\lambda_1$, $l_2\lambda_2$ etc.), und ausser den fünf Paaren $l\lambda$, $l_1\lambda_1, \ldots$ giebt es keine Gerade der F^3, welche q trifft; daher enthält F^3 im Ganzen 27 Gerade.

12. Arrangement der 27. Wir haben in Nr. 5 gezeigt, wie man acht Gerade der Abtheilung $\mathfrak{A}$ in eine Doppelvier: $\mathfrak{B}\mathfrak{B}_1 \equiv \begin{pmatrix} a & b & c & d \\ a_1 & b_1 & c_1 & d_1 \end{pmatrix}$ bringen kann. Durch beliebige Wahl von drei Windschiefen a, b, c ist $\mathfrak{B}$, demnächst $\mathfrak{B}_1$ bestimmt; und da man drei Windschiefe aus $\mathfrak{B}\mathfrak{B}_1$ nur entweder in $\mathfrak{B}$, oder in $\mathfrak{B}_1$ finden kann, so lässt sich mit diesen acht Geraden keine zweite Doppelvier bilden. Die übrigen acht ordnen sich hierauf von selbst in $\mathfrak{B}'\mathfrak{B}'_1 \equiv \begin{pmatrix} \alpha & \beta & \gamma & \delta \\ \alpha_1 & \beta_1 & \gamma_1 & \delta_1 \end{pmatrix}$ an (vergl. 5c). Sodann haben wir die 40 möglichen Geradenpaare in fünf Systeme S eingereiht, wovon jedes durch ein einziges Paar vollkommen bestimmt ist. Durch $a\alpha$ ist zunächst die Gruppe I, bestehend aus $a\alpha$, $b\beta$, $c\gamma$, $d\delta$, gegeben; die fehlenden Geraden constituiren in eindeutiger Weise die Gruppe II: $a_1\alpha_1$, $b_1\beta_1$, $c_1\gamma_1$, $d_1\delta_1$. Da das Paar $a\alpha$ auf jedem der Gruppe II steht, so lassen sich durch a^2, $a\alpha$ und die Paare von II vier Quadriflächen F^2 legen, welche einem der unter 1. betrachteten Systeme angehören. Dabei müssen die Ebenen A_1, $B_1, \ldots$ der Paare $a_1\alpha_1$, $b_1\beta_1, \ldots$ durch eine der zehn Geraden $\mathfrak{B}$ gehen, z. B. durch λ_1, während die Ebenen A, $B, \ldots$ der Gruppe I alsdann nothwendig sich in l_1 schneiden. Jede der zehn Gruppen hat demnach eine Gerade der Abtheilung $\mathfrak{B}$ zur Transversale, und es leuchtet ein, dass man ch jene Gruppen sämmtliche $\mathfrak{B}$ erhält. Jede Gerade l wird somit ge-

troffen von q, λ und vier Paaren aus $\mathfrak{A}$. Aber l kann auch von keiner ferneren Geraden geschnitten werden; denn wäre eine solche unter den $\mathfrak{B}$, so fiele q nebst drei Geraden in eine Ebene; wäre sie eine Gerade m der $\mathfrak{A}$, so müsste in der Ebene lm noch eine μ von $\mathfrak{A}$ vorkommen. Durch m, μ wäre sodann eine der zehn Gruppen bestimmt; diese jedoch wurden *alle* benutzt, um die $\mathfrak{B}$ herzuleiten.

Fassen wir endlich eine a der Abtheilung $\mathfrak{A}$ auf. Sie ist mit fünf Windschiefen der $\mathfrak{A}$ gepaart; also wird a noch von fünf Windschiefen geschnitten, welche offenbar unter den $\mathfrak{B}$ sind, weil a, q sich nicht treffen. *Damit ist dargethan, dass jede der 27 von fünf und nur fünf Paaren geschnitten wird.**

Unter q sei jetzt eine willkürliche der 27 verstanden, die übrigen 26 sind in zwei Abtheilungen $\mathfrak{A}'$, $\mathfrak{B}'$ zu denken, von welchen $\mathfrak{B}'$ die fünf auf q stehenden Paare $\pi_1 \dots \pi_5$ umfasst. Es entsteht die Frage, ob den 16 Geraden $\mathfrak{A}'$ die Eigenschaften zuzusprechen sind, welche den auf a^2 stehenden $\mathfrak{A}$ zukommen, und es wird diese Frage bejaht werden müssen, wenn erwiesen ist, dass jede der 16 von fünf Windschiefen unter ihnen geschnitten wird; denn hierauf allein beruht Alles, was wir über das gegenseitige Verhalten der $\mathfrak{A}$ in Nr. 5 vorgebracht haben. Um den erforderlichen Nachweis zu erbringen, construiren wir die $\mathfrak{A}'$ mit Hilfe der als *gegeben* angesehenen $\mathfrak{B}'$, was nach dem soeben Hervorgehobenen zulässig ist.

Sind $\pi_1 \dots \pi_4$ irgend vier Paare der $\mathfrak{B}'$, und bezeichnet $l'\lambda'$ das fehlende, so entnehme man jenen vier Windschiefe. Da diese die Transversale q haben, so liefern sie eine zweite, welche zu den $\mathfrak{A}'$ gehören muss. Wendet man dasselbe Verfahren so oft an, als es die Paare $\pi_1 \dots \pi_4$ gestatten, nämlich $2^4 = 16$ mal, so erlangt man die $\mathfrak{A}'$ sämmtlich, weil dieselbe Gerade nicht zweimal erscheinen kann, da sie bei dieser Annahme in der Ebene eines der vier Paare π läge, was unmöglich ist. Nun wird die Gerade l' ausser von qλ' noch von vier Geradenpaaren geschnitten, die ersichtlich unter dem $\mathfrak{A}'$ sein müssen; λ' trifft dann die vier fehlenden Paare. Hieraus folgt, dass jede der construirten Geraden $\mathfrak{A}'$ fünf Windschiefen $\mathfrak{B}'$ begegnet, und da sie q nicht trifft, ebenso wenig eine der fünf anderen $\mathfrak{B}'$, im Ganzen aber doch von zehn Geraden getroffen wird, so müssen unter diesen zehn fünf Windschiefe $\mathfrak{A}'$ sein. Bedenkt man ferner, dass q, welche aus den 27 beliebig herausgegriffen wurde, gegen jede $\mathfrak{A}'$ und nur gegen eine solche windschief ist, so kann man sagen: „*Je zwei Windschiefe der 27 haben fünf Transversalen unter ihnen.*" Da jede der 27 mit zehn anderen gepaart ist, so giebt es $\frac{27 \cdot 10}{2} = 135$ verschiedene Paare. Wenn

---

* *Für die Folge ist anzumerken:* Durch eine beliebige Gerade (q) ist eine Ebene unmöglich, die zwei Punkte e enthält; denn in einer solchen lägen vier Gerade und q. Und schneidet eine von q verschiedene Gerade irgend eine der zehn auf q stehenden, so kann sie die mit ihr gepaarte nicht treffen, da sonst in der Ebene dieses Paares vier Gerade wären.

$m\mu$ ein solches ist, so liegt in seiner Ebene noch eine Gerade, etwa n. Nun giebt es noch acht Gerade, welche m treffen, dagegen μ nicht, acht andere, welche μ, nicht aber m treffen; die fehlenden $27-16-3=8$ Geraden x sind deshalb windschief sowohl zu m, als auch zu μ. Da auf n ausser dem Paare $m\mu$ vier Paare stehen, deren Gerade weder m, noch μ treffen, so umfassen diese die acht x, d. h.:

Jedes Paar $m\mu$ bestimmt eine einzige Gruppe von fünf Paaren, unter welchen es selbst vorkommt; die Ebenen dieser Paare schneiden sich in einer bestimmten der 27 Geraden — in n. Somit vertheilen sich alle 135 Paare auf $\frac{135}{5}=27$ verschiedene Gruppen, welche einerlei mit denjenigen sind, die auf je einer der 27 stehen.

13. Die Geradensechs $\mathfrak{S}$. a, b, c seien drei Windschiefe; einer derselben, c, ertheilen wir die Rolle der $\mathfrak{q}$, so dass a, b zur Abtheilung $\mathfrak{A}'$ gehören. Zu ab ergaben sich eben fünf Transversalen, von welchen gemäss $5a$) zwei in $\mathfrak{A}'$ sich befinden, folglich sind die drei anderen in $\mathfrak{B}'$ und treffen c; d. h.: Drei Windschiefe haben drei Transversalen. Wieviele schneiden keine der angenommenen a, b, c? Ausser den nachgewiesenen drei Transversalen hat jede der Combinationen ab, ac, bc deren noch zwei, ferner wird a ausschliesslich von $10-3-4=3$ anderen Geraden geschnitten, und Gleiches gilt für b, c. Also bleiben $27-3-3.2-3.3-3=6$, von welchen jede zu a, b und c windschief ist.

Vier Windschiefe besitzen zwei Transversalen, daher können fünf solche höchstens zwei Transversalen haben. Weisen wir der e, welche unter fünf Windschiefen irgend eine sei, die Rolle von $\mathfrak{q}$ zu, so können die vier anderen unter den $\mathfrak{A}'$ befindlichen entweder eine Vier ($abcd$) bilden, oder nicht ($abc\delta$). Wenn Ersteres stattfindet, so liegt von den beiden Transversalen (nach $5c$) keine in der Abtheilung $\mathfrak{A}'$, und beide müssen auf e stehen. Alsdann giebt es in $\mathfrak{A}'$ keine zu a, b, c und d windschiefe, also existirt überhaupt keine, die zu a, b, c, d und e windschief wäre. Wird umgekehrt angenommen, dass $abcde$ zwei Transversalen besitzen, so können $abcd$ keine in $\mathfrak{A}'$ fallende Transversale haben, folglich bilden sie dann eine Vier, und es muss jede der 22 fehlenden Geraden wenigstens eine dieser fünf schneiden.

Wenn zweitens $abc\delta$ keine Vier darstellt, abc aber durch d zur Vier ergänzt wird, so muss von den beiden Transversalen eine d_1 unter den $\mathfrak{A}'$ vorkommen, während die zweite auf e steht. Hier haben somit $abc\delta e$ diese letztere zur einzigen Transversale. Nun wird d_1 von a, b, c, δ und einer δ_1 unter den $\mathfrak{A}'$ getroffen, und es sind d, δ, δ_1 die einzigen gegen a, b und c Windschiefen in $\mathfrak{A}'$ (vergl. $5c$). Mithin sind dies auch die einzigen zu abc windschiefen; d aber schneidet δ, dagegen schneiden sich δ, δ_1 nicht. D. h.: Es existirt nur die eine Gerade δ, welche keiner der fünf Windschiefen a, b, c, δ, e begegnet. Hiermit ist bewiesen, dass mehr als sechs Windschiefe überhaupt nicht anzutreffen sind, und dass, wenn a, b, c, d, e, f sechs Windschiefe sind, je fünf derselben eine einzige Transversale haben. Es geht auch deutlich aus unserer Betrachtung hervor, dass fünf Windschiefe wenigstens eine Transversale zulassen; wenn aber noch eine vorhanden ist, so giebt es keine sechste zu ihnen windschiefe, im andern Falle kommt eine und nur eine Gerade vor, welche mit den fünfen sechs Windschiefe liefert, eine Geradensechs $\mathfrak{S}$.

Die Construction einer Sechs $abcdef$ ist im Gesagten enthalten. Denkt man der f die Rolle der q ertheilt, so dass a, b, c, d, e fünf Windschiefe der Abtheilung $\mathfrak{A}'$ werden, so haben diese nach Nr. 5 unter den $\mathfrak{A}'$ eine einzige Transversale, welche zu f windschief liegt; sie können (unter den $\mathfrak{B}$) keine zweite besitzen, weil sonst f nicht, wie vorausgesetzt, gegen alle fünf windschief läge. Fünf Windschiefe der Abtheilung $\mathfrak{A}'$ sind nur die fünf Geraden, welche auf irgend einer der $\mathfrak{A}'$ stehen: Eine Gerade f gehört somit zu 16 verschiedenen $\mathfrak{S}$. Es ist zweckmässig, die Geraden einer $\mathfrak{S}$ mit $a_1 \dots a_6$ zu bezeichnen, ihre Gesammtheit mit (a). Je fünf a haben eine einzige Transversale b, windschief gegen die fehlende sechste a; der b ertheile man den Index dieser a und schreibe sie unter diese a. Dann werden je zwei b die Transversalen der nicht über ihnen stehenden a sein, demnach windschief, und wir erlangen eine Sechs (b), die mit (a) die Doppelsechs $\binom{a}{b}$ bildet. Aus der Construction von $\binom{a}{b}$ erhellt, dass a_i die Transversale der fünf b ist, denen der Index i nicht zukommt, dass mithin $\binom{a}{b}$ durch ein und dasselbe Verfahren erlangt wird, man mag von den a oder b ausgehen.

Wie schon bemerkt, hat jede Combination von vier a ihre beiden Transversalen in (b), auch jede Combination von drei a hat die ihrigen in (b); dagegen hat eine beliebige Ambe aus a von ihren fünf Transversalen nur vier in (b). Also entspricht der Ambe $a_i a_k$ eine bestimmte, nicht in $\binom{a}{b}$ befindliche Gerade c_{ik}, und es werden die 15 auf diese Weise hervorgehenden c voneinender verschieden sein, weil sonst eine c mindestens drei a träfe, also in (b) vorkäme. Durch c_{ik} sind demgemäss sämmtliche 15 ausserhalb $\binom{a}{b}$ liegende Gerade der F^3 dargestellt.

Zur Bestimmung von c_{ik} kommt man sofort, wenn man bedenkt, dass die Geradenpaare $a_i b_k$, $a_k b_i$ von der Schnittlinie ihrer beiden Ebenen in vier Punkten getroffen werden, dass diese Schnittlinie eine der 27 sein muss und weder in (a) noch (b) vorkommen kann, da a nur Windschiefe zu a_i, (b) nur Windschiefe zu b_i enthält. Bleibt i dasselbe, während k die von i verschiedenen Werthe annimmt, so erhält man in den c_{ik} die fünf (windschiefen) Transversalen von $a_i b_i$. Daher liegt eine c mit a_i — oder b_i — in derselben Ebene, wenn ihr der Index i zukommt. Hat c diesen Index nicht, so sind c, a_i — und c, b_i — windschief. Denn a_i wird von den fünf c geschnitten, welche i haben, überdies von fünf b, also nicht mehr von einer c. c_{ik} liegt gegen jede c windschief, welche den Index i oder k trägt, und wird von jeder andern c geschnitten. Denn c_{ik} wird von zwei Geraden a, von zwei Geraden b getroffen, also noch von sechs Geraden c, von welchen keine einen der Indices i, k haben kann. Auch giebt es nur sechs c, unter deren Indices weder i, noch k ist; von diesen c allein wird mithin c_{ik} geschnitten.

14. Die Constructionen der Doppelsechs $\binom{a}{b}$.

Zu a_i ist in (b) nur b_i windschief, ihre homologe. Sollen daher in $\binom{a}{b}$ mehr als zwei Windschiefe möglich sein, so müssen diese sämmtlich entweder zu (a), oder zu (b) gehören.

α) $\binom{a}{b}$ ist bestimmt durch zwei willkürliche homologe a_1, b_1: Von den zehn auf b_1 stehenden Geraden scheide man die fünf Transversalen von $a_1 b_1$ aus, so bleiben fünf Windschiefe $a_2 \dots a_6$ übrig. Soll die Doppelsechs nun möglich sein, so muss dieselbe fünf Gerade a enthalten, die alle von b_1 geschnitten werden und zu a_1 windschief sind. Offenbar sind $a_2 \dots a_6$ die allein möglichen, und durch die sechs Windschiefen a ist (b) bestimmt.

β) Durch vier beliebige Windschiefe ist $\binom{a}{b}$ bestimmt. Die vier Geraden können entweder nur in (a), oder nur in (b) vorkommen, sie seien $a_1 \dots a_4$. Von den drei Transversalen über $a_2 a_3 a_4$ stehen zwei auf a_1, die dritte muss zu a_1 windschief, mithin deren homologe b_1 sein. Die Doppelsechs ist [α)] jetzt bestimmt; sie muss die fünf Geraden enthalten, welche b' schneiden und zu a_1 windschief liegen; $a_2 a_3 a_4$ sind offenbar drei derselben.

γ) Wären von $\binom{a}{b}$ drei Gerade a_1, a_2, a_3 gegeben, so muss sie die Transversalen b_4, b_5, b_6 ebenfalls enthalten. Von diesen b abgesehen, haben aber a_2, a_3 noch zwei Transversalen, von denen keine a_1 schneidet. Eine von diesen muss die homolge der a_1 werden. Nimmt man als b_1 irgend eine der beiden, so ist [α)] die Doppelsechs bestimmt und enthält a_2, a_3, wie die Construction α) zeigt. Es ergeben sich somit zwei Lösungen, wovon die eine die vorliegende $\binom{a}{b}$ selbst, die zweite von ihr verschieden ist. Man kann aber die letztere sofort hinschreiben: Es handelt sich um drei Gerade, welche mit a_1, a_2, a_3 die eine Hälfte der Doppelsechs bilden. Unter ihnen kann keine a vorkommen, da sonst nach β) die $\binom{a}{b}$ selbst hervorginge, aber auch kein b, weil ein b nur zu einer einzigen a windschief ist. Die gesuchte Hälfte wird also drei c enthalten müssen, und nach dem Vorigen dürfen die c keinen der Indices 1, 2, 3 aufweisen; sie sind deshalb c_{45}, c_{46}, c_{56}.

δ) Soll eine $\binom{a}{b}$ zwei gegebene Windschiefe enthalten (nicht als homologe, was erledigt wurde), so seien es z. B. $b_5 b_6$, dann sind in ihr von den fünf Transversalen über $b_5 b_6$ irgendwelche vier als $a_1 a_2 a_3 a_4$. Nimmt man diese an, so ist auch nach β) die Doppelsechs bestimmt, es ist klar, dass $b_5 b_6$ darin vorkommen.

ε) Läge eine Gerade a_1 der aufzustellenden $\binom{a}{b}$ vor, so muss und kann man als homologe b_1 irgend eine der 16 zu a_1 windschiefen Geraden setzen.

ζ) Die beste Classification sämmtlicher $\mathfrak{S}$ gewinnt man, wenn bei Zugrundelegung einer bestimmten $\binom{a}{b}$ man die Frage beantwortet: welche $\mathfrak{S}$ sind von (a) verschieden? Vier a kann eine solche $\mathfrak{S}$ nicht enthalten, und es giebt eine einzige $\mathfrak{S}$, welche drei vorgegebene Gerade aus (a) besitzt [γ)]. Können in $\mathfrak{S}$ zwei a (und nicht mehr) auftreten? In diesem Falle müssten aus dem in γ) angegebenen Grunde die fehlenden vier Geraden den c entnommen sein. Daraus, dass vier windschiefe c zu je zwei einen Index gemein haben müssen, folgt sofort, dass bei allen vieren ein und derselbe Index auftreten muss. Hat man beispielsweise c_{12}, c_{13}, c_{14}, c_{15}, so ist dadurch $\mathfrak{S}$ bestimmt. Nun sind a_6, b_6 sowohl windschief gegen diese c, als gegen einander, sie ergänzen deshalb die c zur $\mathfrak{S}$. Wir schliessen hieraus:

Erstens: Hat $\mathfrak{S}$ mit (a) weniger als drei Gerade gemein, so kann $\mathfrak{S}$ höchstens eine a enthalten, und enthält sodann stets die homologe b. Wie diese $\mathfrak{S}$ zu schreiben ist, wenn a_i, b_i in ihr vorausgesetzt werden, bedarf nach dem Vorangehenden keiner Erläuterung.

Zweitens: Eine $\mathfrak{S}$ kann höchstens vier c enthalten, und wenn sie so viele enthält, sind in ihr zwei homologe von $\binom{a}{b}$.

Drittens: Soll in $\mathfrak{S}$ kein a eintreten, so müssen mehr als zwei b darin sein, da mehr als vier c zur $\mathfrak{S}$ nicht brauchbar sind. Wenn aber drei b in $\mathfrak{S}$ sind, so ergänzt $\mathfrak{S}$ eine derjenigen Geradensechs, die drei a enthalten, zur Doppelsechs. Sind mehr als drei b in $\mathfrak{S}$, so folgt $\mathfrak{S} = (b)$.

15. F^3 mit i Doppelpunkten D_i ausserhalb a^2.

a) Wenn H^2, Q^2 sich in D_1 berühren, und zufolge 10. D_1 Doppelpunkt von F_1^3 wird, so fallen in D_1 zwei der Kegelspitzen σ, z. B. σ_3, σ_4, und σ_1, σ_2 finden sich in der gemeinsamen Tangentialebene von H^2, Q^2 für den Punkt D_1. Jetzt vereinigen sich die (windschiefen) Geradenpaare $l_3 \lambda_3$ und $l_4 \lambda_4$, und wir fassen $l_3 l_4$, $\lambda_3 \lambda_4$ als benachbarte Windschiefe auf. Ersichtlich finden die Sätze aus Nr. 10a) auch hier Anwendung. Zu den vier binären Geraden a, α, a_1, α_1 der Kategorie $\mathfrak{A}$ treten also noch zwei hinzu: l_3, λ_3, die gleich ihren benachbarten l_4, λ_4 zu $\mathfrak{B}$ gehören, d. i. auf q stehen.

Wenn, wie oben, das Paar $a\alpha$ von e_1, $a_1\alpha_1$ von e_2 herrührt, wo e_1, e_2 beziehlich in ε_1, ε_2 die Geraden $\mathfrak{e}$, $\mathfrak{e}_1$ treffen, so gehen die unendlich nahen Ebenen $a\alpha$, $b\beta$ durch l — die Conjugirte der $\mathfrak{e}$ in Bezug auf H^2 —, während die Ebenen $a_1\alpha_1$, $b_1\beta_1$ durch λ gehen. Die unären Geraden bestehen aus der Doppelvier $\mathfrak{B}\mathfrak{B}_1 \equiv \begin{pmatrix} c\,c_1\,\delta\,\delta_1 \\ d\,d_1\,\gamma\,\gamma_1 \end{pmatrix}$, aus den drei Paaren: $l\lambda$ (durch σ), $l_1\lambda_1$ (durch σ_1), $l_2\lambda_2$ (durch σ_2), endlich aus q, die von den aufgezählten Paaren getroffen wird, ebenso wie von $l_3\lambda_3$, $l_4\lambda_4$, $l\lambda$.

Betrachten wir eine binäre Gerade a; sie ist mit b_1, α, α_1 gepaart, und es müssen die drei Ebenen ab_1, $a\alpha$, $a\alpha_1$ je eine Gerade von $\mathfrak{B}$ enthalten. Nun kann eine dieser Ebenen nicht durch l_3 oder λ_3 gehen, wenn der Osculationskegel von F_1^3 in D_1 nicht zerfällt. Die Ebene $a\alpha$ geht nach der Construction dieses Paares durch l, mithin müssen die Ebenen $a\alpha_1$, ab_1 je eine der Geraden l_1, λ_1, l_2, λ_2 aufnehmen, z. B. l_1, l_2. Zu jedem der genannten Paare giebt es ein benachbartes ($b\beta$ zu $a\alpha$, $b\beta_1$ zu $a\alpha_1$, ba_1 zu ab_1), und deren Ebenen müssen λ, λ_1, λ_2 resp. enthalten (12.): „Die sechs Ebenen, welche je zwei der binären Geraden verbinden, gehen durch je eine l oder λ der sechs unären Geraden der Abtheilung $\mathfrak{B}$, und durch eine dieser l geht noch eine unendlich nahe Ebene, in der zwei binäre Gerade aus $\mathfrak{A}$ sind." Die auf einer l stehenden Paare sind sonach $q\lambda$, dann zwei benachbarte Paare binärer Geraden, und die beiden fehlenden Paare können nur in der Doppelvier $\mathfrak{B}\mathfrak{B}_1$ anzutreffen sein, natürlich so, dass eine Gerade in $\mathfrak{B}$, die benachbarte in $\mathfrak{B}_1$ ist. Aber $\mathfrak{B}$ hat zwei Transversalen, welche beide in $\mathfrak{B}$ sein müssen, nicht aber unäre dieser Abtheilung sein können, weil, wie oben erkannt wurde, eine solche l nur zwei Geraden aus $\mathfrak{B}$, zwei anderen aus $\mathfrak{B}_1$ begegnet. Hieraus folgt, dass die beiden Transversalen über die $\mathfrak{B}$ nur l_3, l_4 oder λ_3, λ_4 sein können. Nehmen wir Ersteres an, so sind nothwendig λ_3, λ_4 die Transversalen über die $\mathfrak{B}_1$. So hat man die Doppelsechs: $\begin{Bmatrix} c\,c_1\,\delta\,\delta_1\,\lambda_3\,\lambda_4 \\ d\,d_1\,\gamma\,\gamma_1\,l_4\,l_3 \end{Bmatrix}$ (Folgerung nach 14β).

b) Berühren sich H^2, Q^2 in D_1, D_2 ausserhalb a^2, so werden diese zu Doppelpunkten der F_2^3. Zwei Fälle sind zu unterscheiden.

Erstens: r^4 besteht aus zwei durch D_1, D_2 gehenden r^2. Nach 10b) ist die resultirende F_3^3 die Enveloppe von ∞^1 Quadriflächen P^2. Die Construction der $\mathfrak{A}$ liefert vier in D_1, vier in D_2 zusammenstossende binäre Gerade. Die Gerade D_1D_2 liegt ganz auf F_2^3 und muss, da sie H^2 in D_1, D_2 durchstösst, daher keinen Punkt mit a^2 gemein hat, auf q stehen. In dem Büschel (φ^2) mit der Grundcurve t^4 kommen die Kegel (σ_1), (σ_2) vor, und an die Stelle der beiden anderen Kegel treten zwei Ebenen Σ_1, Σ_2 durch D_1, D_2. Weil nämlich r^4 in der angegebenen Weise zerfällt, so sind Q^2, H^2 zwei Quadrikegeln einbeschrieben längs Curven t_1^2, t_2^2, die zusammen t^4 ausmachen (10.); Σ_1, Σ_2 sollen aber die Ebenen von t_1^2, t_2^2 bezeichnen. Mithin ist das Paar $\Sigma_1 \Sigma_2$ eine φ^2 und schneidet aus F_2^2 die doppeltgezählte Gerade $D_1 D_2$; die in der zu Grunde liegenden projectivischen Beziehung dieser besonderen φ^2 entsprechende Ebene ist (11.) $\mathfrak{q} D_1 D_2$, und es schneidet diese aus F_2^3 zwei in $D_1 D_2$ vereinigte binäre Gerade — eine quaternäre l_3 —, welcher l_4, λ_3, λ_4 unendlich nahe sind. Die Kegel (σ_1), (σ_2) liefern zwei unäre Paare $l_1 \lambda_1$, $l_2 \lambda_2$, auf $\mathfrak{q}$ stehend; endlich besteht noch das unäre Paar $l\lambda$.

Zweitens: r^4 besteht aus der Geraden $D_1 D_2$ oder l_3, und einer D_1, D_2 enthaltenden Raumcurve dritter Ordnung r^3. Nicht wie im vorigen Falle wird $\mathfrak{q}$ von l_3 getroffen, sondern, da l_3 den Flächen H^2, Q^2 gemeinsam ist, so muss sie Σ in einem Punkte ε_0 durchstossen, der sowohl auf σ^2, als auf den in $\mathfrak{e}$, $\mathfrak{e}_1$ zerfallenden q^2 fällt; ε_0 liege auf $\mathfrak{e}_1$. Durch D_1 gehen zwei Gerade der Q^2, nämlich l_3 und e_1, deren benachbarte e_3 heisst, so dass die Durchstosspunkte ε_1, ε_3 einander unendlich nahe auf $\mathfrak{e}$ liegen. Analog hat man in D_2 die e_5 mit dem Durchstosspunkte ε_5 auf $\mathfrak{e}$, sowie ihre benachbarte e_7 aufzufassen.

e_1 und e_3 liefern die unendlich windschiefen Paare $a\alpha$, $b\beta$; e_5, e_7 ergeben $c\gamma$, $d\delta$, wobei, wie früher, a, b; c, d unendlich nahe liegen, daher auch α, β; γ, δ. Die Polarebenen der Punkte von $\mathfrak{e}$ bezüglich H^2 gehen durch eine bestimmte Gerade der Fläche Σ_1^2, gemäss der in Nr. 11 eingangs betonten Uebereinkunft, durch l. Diese l müssen also die Ebenen der construirten vier Paare enthalten.

Die Tangentenfläche der r^3 schneidet aus Q^2 zwei Gerade, welche deshalb zur nämlichen Schaar wie $l^2 \equiv e_1$ gehören, weil l^3 Secante der r^3 ist, und welche demzufolge mit e_6, e_8 zu bezeichnen sind. Ihre Durchstosspunkte ε_6, ε_8 in Σ befinden sich daher in $\mathfrak{e}_1$. Aus e_6, e_8 leiten sich zwei Paare $m\mu$, $n\nu$ unärer Geraden ab, deren Ebenen λ enthalten werden. Die Polarebene von ε_0 in Bezug auf H^2 ist die Tangentialebene dieser Fläche in ε_0, enthält mithin l_3 und geht ebenfalls durch λ. Von den vier Punkten $\sigma_1 \ldots \sigma_4$, aus welchen sich r^4 durch Quadrikegel projicirt, sind nur mehr zwei vorhanden, und zwar D_1, D_2: denn die Spitzen der durch r^3 möglichen Quadrikegel kommen allein auf r^3 vor; soll also ein solcher Kegel überdies die Gerade $D_1 D_2$ enthalten, so muss offenbar seine Spitze einer der D selbst sein. Aus diesen Punkten und nur aus diesen projicirt sich auch t^4 durch Kegel zweiten Grades: denn $l_3 \equiv D_1 D_2$ ist ein Bestandtheil dieser t^4, welche der in Nr. 11 wiederholten Definition zufolge der Ort für die Berührungspunkte derjenigen Tangentialebenen von H^2 ist, welche Q^2 gleichfalls berühren, d. h. Ebenen R sind. l_3 ist gemeinsame Gerade von H^2, Q^2. Jede durch l_3 gelegte Ebene F berührt aber sowohl H^2, als Q^2 auf l_3, die erstere etwa in x; F schneidet somit H^2 in einer durch x gehenden Geraden f. Durch diese f lässt sich an Q^2 eine von F verschiedene Tangentialebene legen, die sodann H^2 in y auf f berühren wird. Während sich F um die Axe l_3 dreht, beschreibt x die Gerade l_3, y hingegen einen zweiten Theil t^3

oder t^4. Kommt F in die Lage, wo sie in D_1 oder D_2 die H^2 berührt, so gelangen jedesmal die Punkte x, y gleichzeitig nach D_1, bez. D_2. t_3 geht somit durch $D_1 D_2$ und wird aus diesen zugleich mit der Geraden l_3 durch zwei Kegel D_1^2, D_2^2 projicirt; alsdann aber gehören diese Kegel zu den Flächen φ^2. Die Polarebenen von σ in Bezug auf D_1^2, D_2^2 schneiden aus diesen φ_3^2 zwei Paare binärer Geraden $l_1 \lambda_1$, $l_2 \lambda_2$. Die 27 Geraden der F_2^3 werden nunmehr dargestellt durch sieben unäre q, l, λ, m, μ, n, ν, durch vier Paare binärer $a\alpha$, $c\gamma$, $l_1\lambda_1$, $l_2\lambda_2$ und die quaternäre Gerade l_3. Eine Gerade, welche σ mit irgend einem Punkte τ auf l_3 verbindet, muss in τ die F_2^3 berühren, weil τ zu t^4 gehört; demnach berührt die Ebene σl_3 die Fläche längs l_3. diese Ebene ist aber einerlei mit der Polarebene von s_0 in Bezug auf H^2.

c) F_3^3 mit den Doppelpunkten D_1, D_2, D_3. Berühren sich H^2, Q^2 in drei Punkten D, so dass R^4 zerfällt in zwei Gerade, z. B. $D_3 D_1$, $D_3 D_2$ und einen durch D_1, D_2 gehenden Kegelschnitt r^2, so muss t^4 ebenfalls aus diesen Geraden und einem durch D_1, D_2 gehenden t^2 bestehen. Die drei Verbindungslinien der D sind quaternäre Gerade, die eine $D_1 D_2 \equiv l_3$ trifft q, die beiden anderen $D_3 D_1$, $D_3 D_2$ stehen bez. in s_0, s'_0 auf σ^2, durch s_0 geht e, durch s'_0 sodann e_1. Durch D_1 geht ausser $D_1 D_3$ noch die Gerade e_2 von Q^2, welche e_1 in s_2 trifft; durch D_2 geht ausser $D_2 D_3$ noch e_1, welche e in s_1 trifft.

Mittels e_1, e_2 construiren wir die binären Paare $a\alpha$, $a_1\alpha_1$, wobei in Uebereinstimmung mit der von uns befolgten Bezeichnungsweise a, α_1 sich schneiden, etwa in r, ebenso a_1, α in ϱ, so dass in $r\varrho$ das Punktepaar von F_3^3 vorliegt, welches der Ebene $e_1 e_2 \equiv R$ in der bekannten Art zugewiesen ist.

In dem Büschel (φ^2) befindet sich der Kegel D_3^2, welcher aus D_3 die zerfallende t^4 projicirt, die Polarebene von σ in Bezug auf D_3^2 schneidet aus dieser Kegelfläche das binäre Paar $l_2 \lambda_2$, auf s stehend. In demselben Büschel (φ^2) ist auch ein Ebenenpaar $\Sigma_1 \Sigma_2$, dessen eine Ebene alle drei D enthält, indess die andere t^2 aufnimmt. Dieses schneidet die quaternäre Gerade l doppelt aus, indem die dem $\Sigma_1 \Sigma_2$ projectivisch entsprechende Ebene (durch q) die Fläche F_3^3 längs l_3 berühren muss. Die unären Geraden l, λ sind wie in allen anderen Fällen vorhanden. Wie gezeigt wurde, berührt die Polarebene von s_1 bezüglich H^2 die F_3^3 längs $D_3 D_1$, die analoge Ebene von s_2 berührt längs $D_3 D_2$ unsere Fläche, und in jener kommt noch die unäre l, in dieser λ vor. Wir haben drei quaternäre, sechs binäre und drei unäre Geraden.

d) F_4^3 mit vier Doppelpunkten D. Berühren sich H^2, Q^2 in vier Punkten D, den Ecken eines Tetraeders, so dass r^4 — und ebenso t^4 — aus den vier Geraden $D_1 D_2$, $D_3 D_2$, $D_4 D_1$, $D_4 D_3$ besteht, so werden diese [illegible] Gerade der F_4^3 sein. Sie stehen auf σ^2, zu gleicher Zeit paar-[illegible] s_0, s_1. Aber auch die Geraden $D_1 D_3$, $D_2 D_4$ treten als quaterire auf, und da sie H^2 in D_1, D_2 — bez. D_3, D_4 — durchstossen, so egegnen sie dem a^2 nicht, sondern q. Durch die erste Gruppe quaternärer eraden lässt sich kein Kegel legen, wohl aber zwei Ebenenpaare $\Sigma_1 \Sigma_2$, $_3\Sigma_4$, von denen jenes als Schnittlinie $D_1 D_2$, dieses die Schnittlinie $D_3 D_4$ abe. Die Polarebene von σ in Bezug auf $\Sigma_1 \Sigma_2$ schneidet die doppelt gechnete Gerade $D_1 D_2$ aus F_4^3, sie geht durch q und berührt die Fläche ngs $D_1 D_2$. Ebenso verhält sich die Ebene, welche durch q und $D_3 D_3$ stimmt ist. Ausserdem wird F_4^3 längs jeder quaternären Geraden der sten Gruppe von der Ebene berührt, welche aus dieser Geraden den nkt σ projicirt. Die unären q, l, λ sind hier allein als solche vorhanden, näre giebt es nicht.

e) Auftreten eines Biplanarpunktes. Wir gehen auf F_2^3 mit en Doppelpunkten D_1, D_2, wie sie unter b) zuerst gefunden wurde, zurück. ^{4} bestand aus t_1^2, t_2^2, denen die Punkte D_1, D_2 gemeinsam sind; jetzt ehmen wir an, dass diese Punkte auf der Geraden l_3 einander unendlich ahe liegen oder dass t_1^2, t_2^2 in D_1 die l_3 zur gemeinsamen Tangente haben. In D_1 hat man die vier binären Geraden a, α, a_1, α_1 durch die e_1, e_2 wie im Falle a) erhalten. Mit diesen erscheinen nun bei der neuen Annahme die vier binären des D_2 vereinigt, so dass sie als quaternäre Gerade zu gelten haben. Ueberdies fällt einer der Kegel (σ_1), (σ_2) fort, z. B. (σ_2) mit einem unären Paar $l_2 \lambda_2$. Es bestehen mithin nur noch fünf unäre Gerade q, l, λ, l_1, λ_1, vier quaternäre a, α, a_1, α_1, endlich l_3.

Aus der Untersuchung a) erhellt, dass von den drei Ebenen $a\alpha$, $a_1\alpha_1$, sb_1 die erste durch l geht; die zweite muss irgend eine andere der auf q stehenden Geraden enthalten, etwa l_1, die übrigbleibende dritte Ebene kann nach der in Nr. 12 gemachten Bemerkung weder durch σ_1, noch σ_1 gehen, weil bei dieser Voraussetzung a in der Ebene $l\lambda$ oder $l_1\lambda_1$ läge und somit q träfe, was nicht angeht. Da aber in der in Rede stehenden Ebene eine derjenigen Geraden, welche auf q stehen, vorkommen muss, so kann l_3 allein diese sein, mit anderen Worten: Verbindet man l_3 mit einer der vier in D_1 zusammenstossenden quaternären Geraden durch eine Ebene, so fällt in diese stets noch eine der vier. Demnach giebt es durch l_3 zwei Ebenen, die je drei Gerade der F_2^3 aufnehmen, und es zerfällt der zu D_1 gehörige Osculationskegel. Auch erhellt aus dieser Betrachtung, dass l_3 die Rolle von l_2, λ_2 übernommen und somit als sechs Gerade zu zählen hat.

Man kann die Anzahl distincter Geraden der F_2^3 weiter reduciren, indem man den einen Theil t_1^2 der t^4 durch zwei Gerade e_1, e_2 ersetzt, welche sich in D_1 schneiden. Es läuft dies darauf hinaus, Q^2 durch e, e_1 und zwei Gerade e_1, e_2 der H^2 zu legen, von welchen die eine (e_1) in ε_1 auf e, die andere in ε_2 auf e_1 steht. Alsdann fällt der Kegel (σ_1) aus, mit ihm die unären Geraden l_1, λ_1; es bleiben solcher übrig: q, l, λ. Die Polarebene von ε_1 in Bezug auf H^2 geht durch l und berührt F_2^3 längs e_1; Analoges gilt für die Ebene λe_2, Polarebene von ε_2. Das Paar quaternärer

Geraden, welches wir vorher mittels e_1 herleiten konnten, vereinigt si mit e_1 selbst, und so verhält es sich auch mit e_2: F_2^3 hat nur drei Gerade l_3, e_1, e_2, wovon jede für acht zählt. Der Oscul kegel des D_1 hat die Ebene $e_1 e_2$ zum Bestandtheil und kann keinen haben: denn sonst würde dieser von l — oder λ — in einem Punk troffen, der mit D_1 verbunden eine in der Ebene le_1 — oder le_2 findliche Gerade der F_2^3 ergäbe, was unmöglich ist.

Die zuletzt besprochenen Specialfälle werden umfasst von diese gemeinen Ausspruch: Wenn die Grundcurve t^4 des zur Erzeu des F^3 (11.) dienenden Büschels (φ^2) eine Spitze D besitz wird diese zum Biplanarpunkte der F^3. Der Beweis beru einer Construction der Curve dritter Ordnung C_1^3 mit Rückkehrpunk deren Richtigkeit man sich leicht überzeugen wird. Nämlich: hat man Büschel (f^2) von Kegelschnitten, die einander alle im selben Punkte liren, und zieht an die f^2 aus einem festen, sonst beliebigen Pu Tangenten, so liegen die Berührungspunkte auf einer C_1^3, die in Spitze und als Rückkehrtangente die allen f^2 in D gemeinschaftlich gente ϑ besitzt.

Die φ^2 berühren in D eine bestimmte Ebene Δ, weshalb D punkt von F^3 wird. D ist Spitze eines durch t^4 gehenden Quadrikeg und es berührt dieser Δ längs ϑ; in D liegt die Spitze σ_1 des z durch t^4 möglichen Kegels (σ_1); dieser berührt Δ längs der Geraden welche zu ϑ conjugirt ist bezüglich jeder φ^2. Der Schnitt von F^3, eine C^3, für welche ϑ Rückkehrtangente in D ist. Wenn man nun ϑ einen von C^3 verschiedenen ebenen Schnitt C_1^3 nachweisen kann gleichfalls ϑ zur Rückkehrtangente hat, so muss der Kegel, auf w die in D die F^3 osculirenden Geraden sind, zerfallen (andernfalls g durch irgend eine Osculirende nur eine C^3 dieser Art, nämlich Tangentialebene des gedachten Kegels). Bekanntlich kommt dem Pu in Bezug auf alle φ^2 dieselbe Polarebene σ_1 zu, sie geht als Pola für D^2 durch ϑ und fällt nicht mit Δ zusammen. Σ_1 wird von einem Büschel (f^2) geschnitten, dessen Curven sich in D osculiren tangiren. Verbindet man den Punkt σ (11.) mit σ_1 und nennt p den stosspunkt von $\sigma\sigma_1$ in Σ_1, so wird die Polarebene des σ in Bezug a φ^2 zur Trace in Σ_1 die zu $\sigma\sigma_1$ conjugirte Polare haben. Diese Tr daher einerlei mit der Polare des p in Bezug auf den von φ^2 aus schnittenen f^2 und trifft f^2 in zwei Punkten der Schnittlinie C_1^3 von Hier liegt offenbar die angeführte Construction vor, zufolge welcher Rückkehrtangente ϑ bekommt; folglich zerfällt der Osculations

Tafel IV.

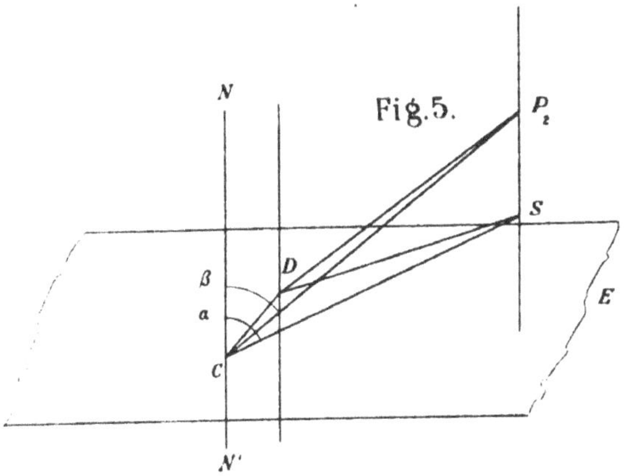

Fig. 5.

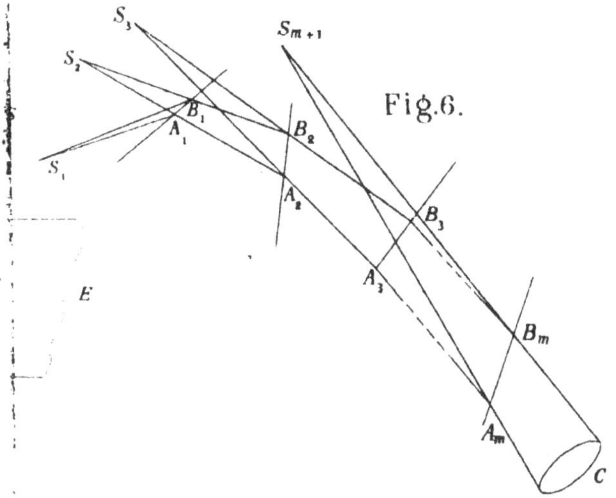

Fig. 6.

IX.

Ueber die Brechung des Lichtes durch Prismen.

Von

A. Gleichen,

Mathematiker am Friedrich Wilhelms-Gymnasium in Berlin.

Hierzu Taf. IV Fig. 1—7.

Herr von Helmholtz hat in seiner physiologischen Optik gezeigt, dass ein Strahlenbündel, welches im Minimum der Ablenkung durch ein Prisma geht, nach der Brechung homocentrisch bleibt. Dieses Resultat ist unter der Voraussetzung gewonnen, dass die Dicke des Prismas vernachlässigt werden darf. Bei der immer mehr zunehmenden Wichtigkeit spectroskopischer Untersuchungen dürfte die Frage von Interesse sein, inwieweit der Satz von Helmholtz sich modificirt, wenn man die oben angedeutete Beschränkung fallen lässt. In den nachfolgenden Untersuchungen werden wir diese Frage beantworten, indem wir die eigenthümlichen Beziehungen aufdecken, welche bestehen zwischen dem Falle der Minimumablenkung und den Bedingungen der Homocentricität bei der Brechung des Lichtes durch Prismen.

I. Form eines unendlich dünnen gebrochenen Strahlenbündels.

Wenn von einem leuchtenden Punkte ein unendlich dünner Strahlenkegel ausgeht, so werden die Strahlen desselben im Allgemeinen nach der Brechung an einer Fläche nicht wieder in einen Punkt vereinigt. Das gebrochene unendlich dünne Strahlenbündel zeigt vielmehr nach den Untersuchungen von Hamilton, Kummer und Helmholtz eine eigenthümliche Form. An zwei Stellen wird das gebrochene Strahlenbündel durch eine Ebene, welche senkrecht zur Richtung des Bündels steht, in zwei unendlich kleinen geraden Linien geschnitten, während an allen übrigen Stellen die Schnittcurve eine elliptische Form hat. Jene beiden unendlich kleinen Geraden, durch welche alle Strahlen des Bündels hindurchgehen, hat man die beiden Brennlinien genannt, und die beiden Punkte, in denen sie die Axe schneiden, die beiden Brennpunkte. Diese beiden Punkte sind dadurch ausgezeichnet, dass sich in ihnen zwei der Strahlen wirklich schn den, d. h. dass ihre Entfernung voneinander von der zweiten Ordnung u endlich klein ist.

Um sich eine klare Vorstellung von diesen Verhältnissen zu mach denke man sich eine Ellipse (Fig. 1), in deren Mittelpunkt M ein Loth Ebene der Ellipse errichtet ist. Dieses Loth bezeichnen wir als die A des Strahlenbündels. Die Strahlen, welche von den Punkten A und B, d. den Endpunkten der einen Ellipsenaxe ausgehen, schneiden sich in ein Punkte P_1 der Axe des Bündels; ebenso schneiden sich die von den bei Punkten B und C, den Endpunkten der anderen Ellipsenaxe, ausgehen Strahlen in dem Punkte P_2 der Axe des Strahlenkegels. Die Punkte und P_2 sind die obenerwähnten Brennpunkte und die ihnen entsprechen Querschnitte des Bündels die schon erwähnten geradlinigen Brennlin Dieselben sind parallel den Axen des elliptischen Querschnittes, und z so, dass die Brennlinie, in der sich die von A und B herkommen Strahlen schneiden, der Axe CD parallel gerichtet ist. Analog ist die dere Brennlinie in P_2 dem Durchmesser AB parallel. Die Wirkung e solchen gebrochenen Strahlenkegels auf das Auge wird nun eine wesent andere sein, wie diejenige eines Strahlenkegels, der direct von einem le tenden Punkte ausgeht.

Man stelle sich jetzt einen leuchtenden Punkt vor, von dem aus Strahlen in die Pupille des Auges gelangen. Die Oeffnung der Pupill gleichsam die Basis des hier in Betracht kommenden Strahlenkegels. möge der Einrichtung unseres Sehapparates wird in dem Beobachter Vorstellung erregt, als befinde sich der leuchtende Punkt in der Spitze Lichtkegels, welcher in das Auge dringt. Gelangt jedoch das Licht von leuchtenden Punkte S (Fig. 2) nicht direct in die Pupille, sondern dasselbe zuvor durch das System B gebrochen, so wird der Effect ein derer sein. Das Licht gelangt in diesem Falle so in das Auge, als l es von der Brennlinie P_1, und der Beobachter wird die Vorstellung e ten, als befinde sich der leuchtende Punkt an dieser Stelle; da jedoch statt des Punktes jetzt eine unendlich kleine Linie erscheint, so wird Schärfe des Bildes dadurch beeinträchtigt werden. Gleichzeitig muss bemerken, dass auch die zweite Brennlinie in P_2 nicht ganz ohne Wirl auf das Auge sein wird, da die sämmtlichen Strahlen des Kegels auch d diese Linie gehen. Die Undeutlichkeit des Bildes in P_1 wird dadurch je falls noch vermehrt werden. Nach den Erfahrungen, die man bis hierüber gemacht hat, sieht ein Auge den leuchtenden Punkt in dem zunächstliegenden Brennpunkte, und zwar ist das Bild um so schärfe geringer die Entfernung der beiden Brennpunkte ist.

In dem Falle, dass durch die Brechung ein sogenanntes virtuelles erzeugt wird, divergiren die einzelnen Strahlen des Lichtkegels nach Brechung beständig. Nichtsdestoweniger ist der Eindruck für ein in il

Gange befindliches Auge ein analoger, indem die Verlängerung sämmtlicher Strahlen im entgegengesetzten Sinne der Lichtbewegung in derselben Weise eine erste und zweite Brennlinie bilden. Helmholtz' Verdienst ist es, zuerst darauf hingewiesen zu haben, dass man nur dann ein absolut scharfes Bild des leuchtenden Punktes sieht, wenn der erste und zweite Brennpunkt zusammenfallen. In diesem Falle gehen sämmtliche Strahlen nach der Brechung wieder durch einen Punkt und man bezeichnet ein solches Strahlenbündel als homocentrisch.

Ersichtlich spielt bei Untersuchungen über die Bedingungen, unter denen Licht nach der Brechung homocentrisch bleibt, die Entfernung der beiden Brennpunkte voneinander eine grosse Rolle. Wir wollen diese Entfernung die „homocentrische Differenz" nennen und im Folgenden immer mit dem Buchstaben Δ bezeichnen.

II. Brechung an einer ebenen Fläche.

Die oben dargestellte Form eines unendlich dünnen Strahlenkegels setzt uns jetzt in den Stand, die Lage der Brennpunkte eines Strahlenkegels anzugeben, der an der ebenen Trennungsfläche eines Mediums gebrochen wird.

Von dem Punkte S (Fig. 3) falle ein Strahlenkegel auf die brechende Fläche E, sein Einfallsloth sei dargestellt durch die Linie ON. Die Strahlen des Bündels, welche in der Einfallsebene SON verlaufen, schneiden sich nach der Brechung offenbar in einem Punkte, eben weil die gebrochenen Strahlen in derselben Ebene verlaufen. Dadurch ist aber die Richtung der Axe AB der elliptischen Basis des Strahlenkegels festgelegt, sowie die Lage des einen Brennpunktes in P_1, der sich im Schnittpunkte der beiden Geraden AA' und BB' befinden muss. Errichte ich jetzt in O, der Mitte von AB in der Ebene E, ein Loth CD, so stellt dies die andere Axe der Ellipse $ABCD$ dar. Die von C und D ausgehenden Strahlen legen den andern Brennpunkt P_2 des Strahlenbündels fest. Wollte man noch die Richtung der Brennlinien angeben, so hätte man den Strahlenkegel senkrecht zu durchschneiden. Die beiden Axen des dadurch entstehenden elliptischen Schnittes $\alpha\beta\gamma\delta$ geben dann die Richtungen der Brennlinien in P_1 und P_2 an, und zwar ist die Brennlinie in P_1 zu $\gamma\delta$ und diejenige in P_2 zu $\alpha\beta$ parallel.

Nach den soeben angestellten Betrachtungen haben wir also, um die Brennpunkte des gebrochenen Strahlenkegels zu bestimmen, nur zwei Strahlenpaare zu betrachten, nämlich diejenigen, welche in der Einfallsebene sich befinden, also SA und SB, und ferner die Strahlen SC und SD, welche symmetrisch zu beiden Seiten der Einfallsebene verlaufen, so dass die Verbindungslinie ihrer Fusspunkte senkrecht zu dieser Ebene steht. Es braucht wohl kaum bemerkt zu werden, dass der gebrochene Strahlenkegel, welcher in Fig. 3 dargestellt ist, mit seinen beiden Brennpunkten virtuell ist.

Die angestellten Betrachtungen lassen sich sofort auf den Fall ausdehnen, dass das Strahlenbündel beliebig viele Brechungen an ebenen Flächen erfährt, sobald wir voraussetzen, dass die Einfallsebene unverändert dieselbe bleibt. Dieser Fall tritt z. B. ein bei der Brechung des Lichtes durch Prismen, deren brechende Kanten alle parallel sind, vorausgesetzt, dass das Strahlenbündel in einer zur Richtung der brechenden Kante senkrechten Ebene verläuft. Da dieser Fall bei der Brechung durch Prismen allein praktisch von Interesse ist, so beschränken wir uns im Folgenden auf die Untersuchung der hierbei auftretenden Erscheinungen.

Wir stellen uns jetzt die Aufgabe, die Entfernungen OP_1 und OP_2 (Fig. 3) der Brennpunkte von der brechenden Fläche zu berechnen, falls uns die Strecke OS oder die Entfernung des leuchtenden Punktes von der Trennungsfläche bekannt ist. Die Brennlinie in P_1 entsteht an der Stelle, wo sich zwei unendlich nahe in der Einfallsebene verlaufende Strahlen schneiden; man bezeichnet sie als primäre Brennlinien und den Punkt P_1 als primären Brennpunkt.

Die beiden von S ausgehenden Strahlen SB und SA, welche hier zunächst in Betracht kommen, mögen mit dem Einfallsloth (Fig. 4) die Winkel α und $\alpha + d\alpha$ bilden. Wie man leicht sieht, ist alsdann auch der Winkel $ASB = d\alpha$ und man hat aus dem Dreieck SAB nach dem Sinussatze, wenn man noch $AS = a$ und $AB = ds$ setzt:

$$\frac{d\alpha}{ds} = \frac{\sin \frac{\pi}{2} + \alpha}{a}$$

oder

1) $$a\,d\alpha = ds \cos\alpha.$$

Für das gebrochene Strahlenpaar, welches sich in P_1 schneidet, wird analog sein, wenn man den Brechungswinkel $B'BN' = NBP' = \beta$ setzt und die Entfernung AP_1 des primären Brennpunktes von der Trennungsebene durch b bezeichnet,

2) $$b\,d\beta = ds \cos\beta.$$

Durch Division der Gleichungen 1) und 2) entsteht:

3) $$\frac{a}{b} \cdot \frac{d\alpha}{d\beta} = \frac{\cos\alpha}{\cos\beta}.$$

Ist nun das Brechungsgesetz, also α, als Function von β gegeben, so ist auch $\frac{d\alpha}{d\beta}$ bekannt, und durch Gleichung 3) lässt sich die Entfernung b des primären Brennpunktes von der Trennungsebene für jeden Werth von β oder α angeben.

Um ferner die Entfernung des zweiten oder secundären Brennpunktes von der brechenden Fläche zu finden, müssen wir beachten, dass die Strahlen CG und DG (Fig. 5), deren Schnittpunkt nach der Brechung eben der secundäre Brennpunkt ist, mit dem Einfallsloth dieselben Winkel bilden.

Ihr Schnittpunkt P_2 nach der Brechung muss also auf dem Lothe liegen, welches man von G aus auf die Ebene E fällen kann. In dem Dreieck P_2GC ist nun der Winkel $CP_2G = \beta$ und Winkel $P_2SC = \pi - \alpha$. Wenn wir ferner die Strecke CP_2 mit b_1 bezeichnen, so wird, da $CS = a$ ist:

$$4) \qquad \frac{a}{b_1} = \frac{\sin\beta}{\sin\alpha}.$$

Hierdurch ist die Entfernung b_1 des secundären Brennpunktes von der Trennungsfläche bekannt, sobald a, die Entfernung des leuchtenden Punktes, und Winkel β oder α, welche ja durch das Brechungsgesetz aneinander gebunden sind, gegebene Werthe haben.

Mit Hilfe der Formeln 3) und 4) sind wir nun auch in den Stand gesetzt, die Bedingungen anzugeben, unter denen das gebrochene Strahlenbündel homocentrisch wird.

Aus 3) folgt:

$$5) \qquad b = a\frac{\cos\beta}{\cos\alpha}\cdot\frac{d\alpha}{d\beta},$$

aus 4)

$$6) \qquad b_1 = a\frac{\sin\alpha}{\sin\beta}.$$

Durch Subtraction dieser beiden Gleichungen entsteht:

$$7) \qquad b_1 - b = \Delta = a\left(\frac{\sin\alpha}{\sin\beta} - \frac{\cos\beta}{\cos\alpha}\,\frac{d\alpha}{d\beta}\right).$$

Ist $\Delta = 0$, so fallen die beiden Brennpunkte zusammen, und der Strahlenkegel ist homocentrisch. Die Bedingung hierfür ist:

$$\frac{\sin\alpha}{\sin\beta} - \frac{\cos\beta}{\cos\alpha}\cdot\frac{d\alpha}{d\beta} = 0$$

oder

$$8) \qquad \frac{d\alpha}{d\beta} = \frac{\sin\alpha\cos\alpha}{\sin\beta\cos\beta}.$$

Wir wollen unsere Formeln jetzt nur anwenden auf den Fall, dass das Medium einfach brechend ist, dass also das Gesetz von Snellius Giltigkeit hat.

Sei in Fig. 3 S ein leuchtender Punkt im dichteren Medium, also etwa in Glas oder in Wasser, so wird der Strahlenkegel, welcher ein in dieses Medium hineinblickendes, in $A'B'$ befindliches Auge trifft, im Allgemeinen nicht homocentrisch sein — der leuchtende Punkt wird in dem dem Auge zunächst liegenden Brennpunkte P_1 erscheinen. Ist n der Brechungsexponent der Substanz, so ist, da das Licht in das dünnere Medium übertritt, das Brechungsgesetz in der Form

$$\sin\alpha = \frac{1}{n}\sin\beta$$

anzuwenden.

Man hat demnach:

$$\frac{d\alpha}{d\beta} = \frac{1}{n}\frac{\cos\beta}{\cos\alpha},$$

und die Formel 7) wird:

$$\Delta = \frac{a}{n}\left(1 - \frac{\cos\beta^2}{\cos\alpha^2}\right).$$

Da in unserem Falle $\beta > \alpha$ ist, so ist $\frac{\cos\beta}{\cos\alpha} < 1$ ...
also hat man $b_1 > b$.

Der primäre Brennpunkt liegt also dem Au...
In dem ersteren wird uns also das Bild des Pun...
Bedingung dafür, dass der Strahlenkegel homo...

$$\frac{\cos\beta^2}{\cos\alpha^2} = 1, \quad \sin\alpha = \frac{1}{n}$$

Dieser Gleichung wird nur genügt, wenn ma...

$$\alpha = \beta = 0.$$

„Also nur in dem Falle, dass d... chenden Fläche austreten oder, was ... senkrecht in das Medium hineinse... centrisch."

Tritt der Lichtkegel aus dem dünn... bleibt die Bedingung für die Homocentri... diesem Falle zunächst, da man das Br... $= n \sin\beta$ anzuwenden hat:

$$\Delta = na\left(1 - \ldots\right.$$

In diesem Falle ist aber $\alpha > \beta$ und de... also einem im dichteren Medium befi... punkte erscheinen. Es ist dies desha... Lehrbüchern diese Verhältnisse so da... im primären Brennpunkte.

III. Brechung an einer beliebig gros...

Wir wollen jetzt den Gang ein... eine beliebige Anzahl brechender ... hindurchgeht. Wir betrachten zun... den Strahlen, deren Durchschnittsp... giebt über die Lage des primären ...

In Fig. 6 sei L_1 der leuchten... lich nahen Strahlen sei ... ten Brechung bei ... verlängert, sich ... das sich in C be...

uns jetzt die einzelnen geradlinigen Stücke des Strahlenpaares, welche zwischen den einzelnen Ebenen liegen, im entgegengesetzten Sinne der Lichtbewegung verlängert, so entstehen dadurch m neue Strahlenkegel, deren Spitzen wir mit $S_2, S_3, \ldots, S_m$ bezeichnen. Der Lichtstrahl $SA_1A_2\ldots A_m$ bilde an der k^{ten} Fläche den Einfallswinkel α_k und den Brechungswinkel β_k. Die Länge des zugehörigen einfallenden Strahlenkegels $S_k A_k$ sei gleich a_k und die Länge des zugehörigen gebrochenen Strahlenkegels $S_{k+1}A_k$ sei b_k, dann hat man, wenn man für die k^{te} brechende Ebene die Gleichung 3) anwendet:

$$\frac{a_k}{b_k}\frac{d\alpha_k}{d\beta_k}=\frac{\cos\alpha_k}{\cos\beta_k}.$$

Setzt man noch $\lambda_k=\dfrac{\cos\alpha_k}{\cos\beta_k}\dfrac{d\beta_k}{d\alpha_k}$, so hat man:

$$1)\qquad a_k=\lambda_k b_k.$$

Bezeichnet man ferner die Strecke $A_{k+1}A_k$, welche der Strahl zwischen der k^{ten} und $k+1^{ten}$ Ebene zurücklegt, mit d_k, so hat man offenbar:

$$2)\qquad a_{k+1}-b_k=d_k.$$

Wendet man jetzt Gleichungen 1) und 2) auf die Brechungen an den sämmtlichen Ebenen an, so entsteht das folgende System:

$$\begin{array}{lcl} a_1=\lambda_1 b_1, & & a_2-b_1=d_1,\\ a_2=\lambda_2 b_2, & & a_3-b_2=d_2,\\ \vdots & \text{und} & \vdots\\ a_m=\lambda_m b_m & & a_m-b_{m-1}=d_{m-1}. \end{array}$$

Aus dem letzten Gleichungssystem erhält man durch Elimination der Grössen a:

$$\begin{aligned} \lambda_2 b_2-b_1&=d_1,\\ \lambda_3 b_3-b_2&=d_2,\\ \lambda_4 b_4-b_3&=d_3,\\ &\vdots\\ \lambda_n b_n-b_{n-1}&=d_{n-1}. \end{aligned}$$

Multiplicirt man die erste dieser Gleichungen mit λ_1, die zweite mit $\lambda_1\lambda_2$, die dritte mit $\lambda_1\lambda_2\lambda_3$ u. s. w., und setzen wir:

$$\lambda_1\lambda_2\lambda_3\ldots\lambda_k=\lambda_{k1},$$

so wird durch Addition aller Gleichungen:

$$-b_1\lambda_1+b_m\lambda_{m1}=\sum_{k=m-1}^{k=1}\lambda_{k1}d_k.$$

Es war unsere Absicht, einen Zusammenhang zu finden zwischen a_1 und b_n oder zwischen der Entfernung des leuchtenden Punktes S_1 von der ersten Ebene und der Entfernung des Bildes S_{m+1} von der letzten brechenden Fläche. Setzen wir also:

$$a_1 = x, \quad b_m = y,$$

so wird, da man in der letzten Formel $b_1 \lambda_1$ durch a_1 ersetzen kann:

$$3) \qquad y \lambda_{m1} - x = \sum_{k=m-1}^{k=1} {}^k \lambda_{k1} d_k$$

oder

$$4) \qquad y \left(\frac{\cos\alpha}{\cos\beta} \frac{d\beta}{d\alpha}\right)_{m1} - x = \sum_{k=m-1}^{k=1} {}^k \left(\frac{\cos\alpha}{\cos\beta} \frac{d\beta}{d\alpha}\right)_{k1} d_k.$$

Ganz analoge Betrachtungen, wie für den primären Brennpunkt, gelten auch für den secundären. Nur ist die oben aufgestellte Gleichung $\frac{a_k}{b_k} \frac{d\alpha_k}{d\beta_k} = \frac{\cos\alpha_k}{\cos\beta_k}$ zu ersetzen durch die folgende:

$$\frac{a_k}{b_k} = \frac{\sin\beta_k}{\sin\alpha_k},$$

wo a_k und b_k jetzt die Entfernungen der beiden Spitzen des einfallenden und gebrochenen Strahlenkegels an der k^{ten} Trennungsfläche bedeuten, wenn wir dasjenige Strahlenpaar betrachten, welches symmetrisch zur Axe des gesammten Strahlenbündels immer in Ebenen verläuft, die zur Einfallsebene senkrecht sind. Wir gelangen durch ganz ähnliche Betrachtung zu einer Gleichung von der Form 3), nur dass in dem jetzigen Falle

$$\lambda_k = \frac{\sin\beta_k}{\sin\alpha_k}$$

zu setzen ist.

Nennen wir nun, wie oben, x die Entfernung des leuchtenden Punktes von der ersten brechenden Ebene und y_1 die Entfernung des secundären Brennpunktes von der letzten brechenden Ebene, so hat man:

$$5) \qquad y_1 \left(\frac{\sin\beta}{\sin\alpha}\right)_{m1} - x = \sum_{k=m-1}^{k=1} {}^k \left(\frac{\sin\beta}{\sin\alpha}\right)_{k1} d_k.$$

Bewegt sich der leuchtende Punkt S_1 in Richtung $A_1 S_1$, so verändert sich auch die Lage der Brennpunkte, während die Grössen α, β, d unverändert bleiben. Da nun die Ausdrücke 4) und 5) linear sind in Bezug auf x, y und y_1, so wird man die Coefficienten dieser Grössen bestimmen können, sobald man für zwei Werthe des x die zugehörigen Werthe der Grössen y und y_1 kennt.

Wir wollen die Formeln 4) und 5) jetzt auf den Fall anwenden, dass die Strahlen nach dem Gesetz von Snellius gebrochen werden. Also hat man das System von Gleichungen:

$$\begin{array}{ll} \sin\alpha_1 = n_1 \sin\beta_1, & \frac{d\beta_1}{d\alpha_1} = \frac{1}{n_1} \frac{\cos\alpha_1}{\cos\beta_1}, \\ \sin\alpha_2 = n_2 \sin\beta_2, & \\ \cdot & \cdot \\ \cdot & \cdot \\ \cdot & \cdot \\ \sin\alpha_m = n_m \sin\beta_m, & \frac{d\beta_m}{d\alpha_m} = \frac{1}{n_m} \frac{\cos\alpha_m}{\cos\beta_m}, \end{array}$$

und es ist:

$$\left(\frac{\cos\alpha}{\cos\beta}\frac{d\beta}{d\alpha}\right)_{k1}=\left(\frac{\cos\alpha^2}{n\cos\beta^2}\right)_{k1};$$

dadurch wird Formel 4):

$$6)\qquad y\left(\frac{\cos\alpha^2}{n\cos\beta^2}\right)_{m1}-x=\sum_{k=m-1}^{k=1}\left(\frac{\cos\alpha^2}{n\cos\beta^2}\right)_{k1}d_k.$$

Ferner ist infolge des Gesetzes von **Snellius**:

$$\left(\frac{\sin\beta}{\sin\alpha}\right)_{k1}=\left(\frac{1}{n}\right)_{k1}$$

und Formel 5) wird:

$$7)\qquad y_1\left(\frac{1}{n}\right)_{m1}-x=\sum_{k=m-1}^{k=1}\left(\frac{1}{n}\right)_{k1}d_k.$$

Setzen wir jetzt der Kürze halber:

$$8)\qquad \begin{cases}\left(\dfrac{\cos\alpha^2}{n\cos\beta^2}\right)_{m1}=A & \displaystyle\sum_{k=m-1}^{k=1}\left(\dfrac{\cos\alpha^2}{n\cos\beta^2}\right)_{k1}d_k=B,\\[2ex] \left(\dfrac{1}{n}\right)_{m1}=A_1 & \displaystyle\sum_{k=m-1}^{k=1}\left(\dfrac{1}{n}\right)_{k1}d_k=B_1,\end{cases}$$

so werden die Formeln 6) und 7):

$$9)\qquad yA-x=B,\quad y_1A_1-x=B_1.$$

Die Grösse $y_1-y=\varDelta$ hatten wir die homocentrische Differenz genannt. Von dieser Grösse hängt die Schärfe des Bildes ab, welches wir durch ein System von Prismen betrachten. Es wird im Folgenden namentlich unsere Aufgabe sein, die Bedingungen aufzusuchen, unter denen diese Grösse ein **Minimum** ist oder gar verschwindet.

Aus den Formeln 8) folgt nun leicht:

$$10)\qquad \varDelta=\frac{B_1}{A_1}-\frac{B}{A}+x\left(\frac{1}{A_1}-\frac{1}{A}\right).$$

IV. Bedingung für die Minimumablenkung durch beliebig viele Prismen.

Wir wollen jetzt die Bedingungen aufstellen, unter denen ein Strahl ein System von Prismen mit parallelen Kanten so durchläuft, dass seine Ablenkung von der ursprünglichen Richtung ein Minimum ist. Wir werden dadurch auf einen eigenthümlichen Zusammenhang hingewiesen, den dieser Fall mit der Frage nach den Bedingungen für die Homocentricität des Lichtes darbietet. Um den Untersuchungen die volle Allgemeinheit zu lassen, setzen wir zunächst voraus, dass der Lichtstrahl an jeder der m Begrenzungsflächen nach einem willkürlichen Gesetz gebrochen werde. Nur machen wir, wie immer in dieser Abhandlung, die eine Einschränkung, dass der Lichtstrahl in einer zu den brechenden Kanten senkrechten Ebene verläuft. Die Anzahl der brechenden Flächen sei m, die Anzahl der Prismen also $\frac{m}{2}$.

Die Winkel, welche die brechenden Flächen miteinander bilden, seien der Reihe nach $\sigma_1, \sigma_2, \ldots, \sigma_{m-1}$; die Winkel, welche der Strahl der Reihe nach mit der Normale beim Eintritt und Austritt der einzelnen Prismen bildet, seien der Reihe nach $i_1, i_2, \ldots, i_n$; diejenigen Winkel dagegen, welche der Strahl innerhalb der Prismen mit den Normalen bildet, bezeichnen wir durch $r_1, r_2, \ldots, r_m$.

Die Gesammtablenkung Ω, welche der Strahl erfährt, ist gleich der Summe der Ablenkungen der einzelnen gebrochenen Theile. Nun ist die Ablenkung ω_1, welche der Strahl bei A_1 (Fig. 7) erfährt, $\omega_1 = i_1 - r_1$; der Theil $A_1 A_2$ erfährt bei A_2 die Ablenkung $\omega_2 = i_2 - r_2$ u. s. w. Allgemein hat man

$$\omega_k = i_k - r_k.$$

Die Gesammtablenkung beträgt demnach:

$$1)\qquad \Omega = \sum_{k=m}^{k=1} \omega_k = \sum_{k=m}^{k=1} i_k - \sum_{k=m}^{k=1} r_k.$$

Nun bestehen aber zunächst die Gleichungen:

$$2)\qquad \begin{cases} r_1 + r_2 = \sigma_1, & \\ r_3 + r_4 = \sigma_3, & i_2 + i_3 = \sigma_2, \\ r_5 + r_6 = \sigma_5, & i_4 + i_5 = \sigma_4, \\ \quad\vdots & \quad\vdots \\ r_{m-1} + r_m = \sigma_{m-1}, & i_{m-2} + i_{m-1} = \sigma_{m-2}. \end{cases}$$

Aus diesen letzten Gleichungen folgt durch Addition

$$\sum_{k=m}^{k=1} r_k = \sigma_1 + \sigma_3 + \sigma_5 + \cdots + \sigma_{m-1}$$

und

$$\sum_{k=m}^{k=1} i_k = \sigma_2 + \sigma_4 + \cdots + \sigma_{m-2} + i_1 + i_m,$$

demnach:

$$\sum_{k=m}^{k=1} i_k - \sum_{k=m}^{k=1} r_k = i_1 + i_m - (\sigma_1 - \sigma_2 + \sigma_3 - \cdots - \sigma_{m-1}).$$

Bezeichnet man die constante Grösse

$$\sigma_1 - \sigma_2 + \sigma_3 - \sigma_4 + \cdots - \sigma_{m-1}$$

mit S, so wird

$$3)\qquad \Omega = i_1 + i_m - S.$$

Die Bedingung für das Minimum ist nun

$$d\Omega = 0$$

oder

$$4)\qquad di_1 + di_m = 0.$$

Wir haben in unserem Falle $2m$ Variable, nämlich $i_1, i_2, \ldots, i_m$ und $r_1, r_2, \ldots, r_m$. Ausser den $m-1$ Bedingungsgleichungen unter 2) besteht noch für jede Fläche das Brechungsgesetz, welches wir in der folgenden Form schreiben wollen: An der k^{ten} Fläche sei das Gesetz der Brechung:

$$di_k + q_k\, dr_k = 0,$$

wo die Grösse q eine Function von i_k und r_k bedeutet. Setzt man für k der Reihe nach die Werthe 1, 2, ..., m, so erhält man noch m Bedingungsgleichungen zwischen den hier in Betracht kommenden Variabeln:

$$5)\quad \begin{aligned} di_1 + q_1\, dr_1 &= 0, \\ di_2 + q_2\, dr_2 &= 0, \\ &\vdots \\ di_m + q_m\, dr_m &= 0. \end{aligned}$$

Die Gleichung 4) wird noch eine Bedingungsgleichung zwischen den Variabeln liefern, so dass man alsdann $2m$ Gleichungen mit $2m$ Unbekannten besitzt, aus denen man die Grössen i und r berechnen kann.

Um nun die Bedingung für das Minimum zu finden, wollen wir uns einer von **Lagrange** angegebenen Methode bedienen.

Wir multipliciren die Gleichungen 2), nachdem wir sie differentiirt haben, der Reihe nach mit unbestimmten Coefficienten $\lambda_1, \lambda_2, \ldots, \lambda_{m-1}$ und addiren sie zu Gleichung 4). Darauf multipliciren wir die m Gleichungen unter 5) mit Coefficienten $\mu_1, \mu_2, \ldots, \mu_m$ und addiren diese Gleichungen ebenfalls zu 4). Dann wird:

$$\begin{aligned} & di_1 + di_m \\ & + \lambda_1 (dr_1 + dr_2) \ + \lambda_3 (dr_3 + dr_4) \ + \cdots + \lambda_{m-1} (dr_{m-1} + dr_m) \\ & + \lambda_2 (di_2 + di_3) \ + \lambda_4 (di_4 + di_5) \ + \cdots + \lambda_{m-1} (di_{m-2} + di_{m-1}) \\ & + \mu_1 (di_1 + q_1\, dr_1) + \mu_2 (di_2 + q_2\, dr_2) + \cdots + \mu_m (di_m + q_m\, dr_m) = 0. \end{aligned}$$

Setzt man in dieser Gleichung die Coefficienten von $di_1, di_2, \ldots, di_m$ und $dr_1, dr_2, \ldots, dr_m$ einzeln gleich 0, so erhält man $2m$ lineare Gleichungen, aus denen man die $2m-1$ Grössen $\lambda_1, \lambda_2, \ldots, \lambda_{m-1}$ und $\mu_1, \mu_2, \ldots, \mu_m$ leicht eliminiren kann. Die resultirende Gleichung, welche nur noch die Grössen q enthält, findet man in der Form:

$$6)\quad \frac{q_2}{q_1} \cdot \frac{q_4}{q_3} \cdot \frac{q_6}{q_5} \cdots \frac{q_m}{q_{m-1}} = 1,$$

wo

$$q_k = -\frac{di_k}{dr_k}$$

ist.

Führt man jetzt wieder die früher angewendeten Bezeichnungen ein, so hat man zu setzen:

$$\begin{aligned} i_1 &= \alpha_1, & i_3 &= \alpha_3, & i_5 &= \alpha_5, & \ldots, \\ r_1 &= \beta_1, & r_3 &= \beta_3, & r_5 &= \beta_5, & \ldots, \\ i_2 &= \beta_2, & i_4 &= \beta_4, & i_6 &= \beta_6, & \ldots, \\ r_2 &= \alpha_2, & r_4 &= \alpha_4, & r_6 &= \alpha_6, & \ldots \end{aligned}$$

Die Bedingung für das Minimum wird dann:

9) $$\frac{d\alpha_1}{d\beta_1}\cdot\frac{d\alpha_2}{d\beta_2}\cdot\frac{d\alpha_3}{d\beta_3}\cdots\frac{d\alpha_m}{d\beta_m}=1$$

oder

$$\left(\frac{d\alpha_k}{d\beta_k}\right)_{m!}=1 \text{ oder } \left(\frac{d\beta_k}{d\alpha_k}\right)_{m!}=1.$$

Nach dem Brechungsgesetz von Snellius ist nun

$$\frac{d\alpha_k}{d\beta_k}=n_k\frac{\cos\beta_k}{\cos\alpha_k};$$

also wird die Bedingung für die Minimumablenkung in diesem Falle:

10) $$\left(\frac{\cos\alpha}{n\cos\beta}\right)_{m!}=1.$$

Zu bemerken ist, dass für den Fall der Minimumablenkung sämmtliche Winkel, welche der Strahl an den brechenden Flächen mit der Normalen bildet, bestimmt sind durch die Winkel σ, welche die Seiten der Prismen miteinander bilden. Für den Fall eines Prismas hat man:

$$\frac{\cos\alpha_1}{n_1\cos\beta_1}\cdot\frac{\cos\alpha_2}{n_2\cos\beta_2}=1,\quad \begin{array}{l}\sin\alpha_1=n_1\sin\beta_1,\\ \sin\alpha_2=n_1\sin\beta_2,\end{array}$$

$$n_2=\frac{1}{n_1},\quad \beta_1+\alpha_2=\sigma.$$

Wie man sich leicht überzeugt, folgt aus diesen Gleichungen:

$$\beta_1=\alpha_2=\frac{\sigma}{2},$$

$$\alpha_1=\beta_2 \text{ und } \sin\alpha_1=\sin\beta_2=n_1\sin\frac{\sigma}{2}.$$

In diesem Falle geht der Strahl symmetrischer durch das Prisma.

Betrachtet man aber ein System von Prismen, so ist der Durchgang des Strahles im Falle der Minimumablenkung nicht mehr symmetrisch. Dieses Letztere kann nur in ganz speciellen Fällen eintreten, wenn die brechenden Winkel bestimmte später zu berechnende Werthe haben.

V. Die Grösse der homocentrischen Differenz für den Fall der Minimumablenkung.

Wir nehmen jetzt an, dass die Prismen sich alle in demselben Medium befinden, also etwa in Luft. Alsdann bestehen zwischen den Brechungsexponenten die Beziehungen:

$$n_1 n_2=1,\quad n_3 n_4=1,\quad n_5 n_6=1,\quad \ldots,\quad n_{m-1} n_m=1.$$

Die Bedingung 10) in IV für die Minimumablenkung wird

1) $$\left(\frac{\cos\alpha}{\cos\beta}\right)_{m!}=1.$$

Die homocentrische Differenz hatten wir in der Form erhalten:

$$\Delta=\frac{B_1}{A_1}-\frac{B}{A}+x\left(\frac{1}{A_1}-\frac{1}{A}\right).$$

Nach der gemachten Voraussetzung kann man für $\left(\frac{\cos\alpha^2}{n\cos\beta^2}\right)_{m'}$ schreiben:

$$\left(\frac{\cos\alpha^2}{\cos\beta^2}\right)_{m'}.$$

Infolge der Gleichung 1) ist nun dieser Ausdruck gleich der positiven Einheit und man hat

$$A = 1.$$

Es war ferner $A_1 = \left(\frac{1}{n}\right)_{m'}$. Wegen der oben aufgestellten Beziehungen zwischen den Brechungsexponenten ist offenbar auch

$$A_1 = 1.$$

Man hat also:

$$2) \qquad \Delta = B_1 - B.$$

Die Grösse Δ wird in diesem Falle also unabhängig von der Grösse x.

Die Grössen B und B_1 sind, wie man aus den Formeln 8) in III ersieht, abhängig von den Wegen des Lichtbündels in den einzelnen Prismen und verschwinden, wenn man diese der Null gleich setzt.

In Gleichung 2) ist also der folgende Satz enthalten:

„Geht ein Strahlenbündel im Minimum der Ablenkung durch ein System von Prismen, so ist die homocentrische Differenz constant, d. h. unabhängig von der Entfernung des leuchtenden Punktes von der ersten Trennungsfläche. Die homocentrische Differenz wird Null, sobald man den Weg des Strahlenbündels durch das Prismensystem als verschwindend klein annimmt."

Aus dem Gange unserer Betrachtungen geht hervor, dass es keine andere Richtung als die Minimalablenkung giebt, in welcher die homocentrische Differenz für jede Entfernung des leuchtenden Punktes dieselbe ist. Durch diese Eigenthümlichkeit ist die Richtung der Minimumablenkung vor allen übrigen ausgezeichnet.

Wir wollen jetzt noch den Fall betrachten, dass der Strahl symmetrisch durch das Prisma geht. Es sei also

$$\alpha_1 = \beta_2 = \alpha_3 = \beta_4 = \cdots = p,$$
$$\beta_1 = \alpha_2 = \beta_3 = \cdots \qquad = q.$$

Offenbar muss auch sein:

$$n_1 = \frac{1}{n_2} = n_3 = \cdots = n_m.$$

Die Ausdrücke 8) in III werden nun:

$$A = 1, \quad A_1 = 1,$$

$$B = \frac{\cos p}{n\cos q}(d_1 + d_3 + \cdots + d_{m-1}) + d_2 + d_4 + \cdots + d_{m-2},$$

$$B_1 = \frac{1}{n}(d_1 + d_3 + \cdots + \qquad) + d_2 + d_4 + \cdots + d_{m-2}.$$

Bezeichne ich nun mit D den Weg, den der Strahl in dem brechenden Medium, mit D_1 den Weg, welchen er in der Luft zurücklegt, so ist

$$B = \frac{\cos p}{n \cos q} D + D_1, \quad B_1 = \frac{D}{n} + D_1.$$

Die Formeln 9) in III für die Entfernungen des primären und secundären Brennpunktes lauten für diesen Fall sehr einfach:

$$y - x = \frac{\cos p^2}{n \cos q^2} D + D_1, \quad y_1 - x = \frac{D}{n} + D_1.$$

Die Bedingung für die Minimumablenkung ist für diesen Fall ebenfalls erfüllt, wie man aus der Bedingung 1) ersieht.

Die constante homocentrische Differenz ist:

1) $$\Delta = \frac{D}{n}\left(1 - \frac{\cos p^2}{\cos q^2}\right).$$

Die Winkel p und q sind natürlich abhängig von den Grössen σ, d. h. von den Winkeln, welche die Prismenflächen miteinander bilden. Aus den hier bestehenden Gleichungen:

$$\beta_1 + \alpha_2 = \sigma_1, \quad \beta_2 + \alpha_3 = \sigma_2, \quad \ldots, \quad \beta_{m-1} + \alpha_m = \sigma_{m-1}$$

folgt, dass alle brechenden Winkel der Prismen einander gleich sein müssen, sowie auf der andern Seite diejenigen, welche die einander zugewandten Prismenflächen miteinander bilden; bezeichnen wir die ersteren durch σ, die anderen durch σ_1, so ist:

$$p = \frac{\sigma_1}{2}, \quad q = \frac{\sigma}{2}.$$

Aus $\sin p = n \sin q$ folgt:

$$\sin \frac{\sigma_1}{2} = n \sin \frac{\sigma}{2}.$$

Die homocentrische Differenz kann nie der Null streng gleich werden, denn die Bedingung

$$1 - \frac{\cos p^2}{\cos q^2} = 0$$

würde in Verbindung mit der Gleichung $\sin p = n \sin q$ zur Folge haben, dass auch $p = q = 0$ sein müssten. Dann hätte man aber auch $\sigma = \sigma_1 = 0$. Der brechende Winkel der Prismen müsste also gleich Null sein.

Drückt man in 1) p und q durch σ aus, so erhält man:

$$\Delta = D \frac{n^2 - 1}{n} tg\, {}^{\sigma}/_{2}{}^2.$$

Bezeichne ich noch die senkrechten Entfernungen der einzelnen Theile des Strahlenbündels von den Spitzen der Prismen der Reihe nach mit $e_1, e_3, e_5, \ldots, e_{m-1}$, so hat man:

$$d_1 = 2 e_1\, tg\, {}^{\sigma}/_{2}, \quad d_3 = 2 e_3\, tg\, {}^{\sigma}/_{2} \quad \text{u. s. w.}$$

Setzt man noch $e_1 + e_3 + \cdots + e_{m-1} = \mathrm{E}$, so erhält man durch Addition:

$$D = 2\mathrm{E}\, tg\, {}^{\sigma}/_{2}.$$

Also ist:

$$\Delta = 2 \cdot \frac{n^2-1}{n} E\, tg\, {}^{\sigma}/_{2}{}^{3}.$$

Man kann also den folgenden Satz aussprechen:

„Will man eine beliebige Anzahl von Prismen von demselben Brechungsexponenten und mit demselben brechenden Winkel σ so aufstellen, dass ein Strahlenbündel im Minimum der Ablenkung symmetrisch hindurchgeht, so hat man dieselben so aufzustellen, dass die einander zugewandten Seitenflächen einen Winkel σ_1 miteinander bilden, welcher durch die Gleichung

$$\sin {}^{\sigma_1}/_{2} = n \sin {}^{\sigma}/_{2}$$

bestimmt ist. Die homocentrische Differenz ist dann unabhängig von der Entfernung der einzelnen Prismen voneinander und ihrer Grösse nach:

$$\Delta = 2 \frac{n^2-1}{n} E\, tg\, {}^{\sigma}/_{2}{}^{3},$$

wo E die Summe der senkrechten Entfernungen der einzelnen Theile des Strahlenbündels in den Prismen von den Kanten der zugehörigen Prismen bedeutet.“

Man kann Δ also entweder dadurch zum Verschwinden bringen, dass man die Winkel σ sehr klein macht, oder dadurch, dass man das Strahlenbündel den brechenden Kanten sehr nahe das System durchlaufen lässt, wodurch die Grösse E zum Verschwinden gebracht wird.

Wir wollen jetzt noch den Fall eines einzigen Prismas betrachten.

Die Formeln 8) in III geben, da die Gleichung $n_1 n_2 = 1$ besteht:

$$A = \left(\frac{\cos\alpha_1 \cos\alpha_2}{\cos\beta_1 \cos\beta_2}\right)^2, \quad B = \frac{\cos\alpha_1{}^2}{n \cos\beta_1{}^2} d,$$

$$A_1 = 1, \qquad B_1 = \frac{d}{n}.$$

Die Gleichungen 9) in III, durch welche die Lage des primären und secundären Brennpunktes festgelegt wird, werden in diesem Falle:

$$y \left(\frac{\cos\alpha_1 \cos\alpha_2}{\cos\beta_1 \cos\beta_2}\right)^2 - x = \frac{\cos\alpha_1{}^2}{n \cos\beta_1{}^2} d$$

und

$$y - x = \frac{d}{n}.$$

Für den Fall der Minimumablenkung hat man

$$\alpha_1 = \beta_2 \text{ und } \beta_1 = \alpha_2,$$

und der Werth von Δ

$$\Delta = \frac{d}{n}\left(1 - \frac{\cos\alpha_1{}^2}{\cos\beta_1{}^2}\right)$$

lässt sich unter Berücksichtigung des Brechungsgesetzes und der Beziehung $\beta_1 + \alpha_2 = \sigma$ in der Form:

$$\Delta = d\,\frac{n^2-1}{n}\, tg\, {}^{\sigma}/_{2}{}^{2}$$

schreiben. Setzt man die senkrechte Entfernung des Strahles im Prisma von der brechenden Kante gleich e, so wird

$$\Delta = 2e\,\frac{n^2-1}{n}\, tg\, {}^{\sigma}/_{2}{}^{3}.$$

Diese Gleichung stimmt in der Form vollständig mit der überein, welche für den symmetrischen Durchgang durch eine beliebige Anzahl von Prismen gilt.

Die Einstellung in den Spectralapparaten ist in der Regel eine derartige, dass das Licht im Minimum der Ablenkung parallel das Prismensystem durchläuft. Die Formel 10) in III zeigt, dass Δ für paralleles Licht im Allgemeinen unendlich gross wird. Infolge dessen muss das Bild eines leuchtenden Punktes nothwendig undeutlich erscheinen. — Wesentlich anders ist jedoch der Fall der Minimumablenkung. Hier bleibt Δ constant, während der Bildpunkt und nach den Formeln 8) in III auch die beiden Brennpunkte ins Unendliche rücken. Diese endliche Grösse Δ ist nun als verschwindend klein anzusehen gegen die unendlich grossen Entfernungen der Brennpunkte, so dass in dem letzteren Falle das Strahlenbündel nach der Brechung durch die Prismen als streng homocentrisch zu betrachten ist.

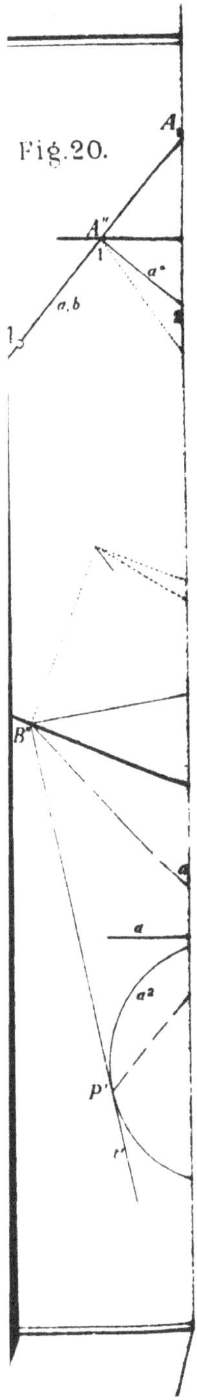

Fig.20.

X.

Ueber die Osculationskreise bei Kegelschnitten.

Von

Dr. A. Weiler

in Zürich.

Hierzu Taf. V Fig. 12–24.

Zweite Mittheilung.

5. Der feste Kegelschnitt k^2, welcher zunächst keine Parabel sein soll, werde nun als Curve zweiter Classe aufgefasst; eine bestimmte seiner Tangenten werde mit t, ihr Berührungspunkt mit P und der zugehörige Osculationskreis mit p^2 bezeichnet.

Irgend eine Tangente a von k^2 schneide t in A''; die in A'' auf a errichtete Senkrechte sei a^* (Fig. 12), sie mag die Normale n des Punktes P in A^* schneiden. Lässt man a den Kegelschnitt k^2 einhüllen, so wird a^* eine Curve dritter Classe c^3 beschreiben. — Um zu beweisen, dass der Strahl a^* bei seiner Bewegung dreimal durch irgend einen Punkt Q der Ebene hindurchgeht, wie eben behauptet worden ist, drehe man um Q einen Strahl y_1, auf welchen man je im Schnittpunkt mit t eine Senkrechte y errichtet. Alsdann wird y eine Parabel umhüllen mit Q als Brennpunkt und t als Scheiteltangente. Diese Parabel hat mit k^2 vier Tangenten gemein: t und u, v, w. Darauf sind u, v, w die einzigen Tangenten von k^2, deren zugeordnete Strahlen u^*, v^*, w^* durch den Punkt Q hindurchgehen.

Gelangt a nach t und damit A'' nach P, so wird a^* mit n zusammenfallen. In zwei Lagen wird ferner die Tangente a auf t senkrecht stehen und somit a^* mit t zusammenfallen. Es folgt hieraus, dass die Curve c^3 die Normale n berührt und dass sie t zur Doppeltangente hat.

Die Curve dritter Classe c^3 berührt die Normale n in der Mitte $\frac{K}{2}$ zwischen P und dem Krümmungscentrum K. — Der Berührungspunkt der Curve c^3 mit ihrer Tangente n ist nämlich aufzufassen als Grenzlage Q^* des bereits erwähnten Punktes A^*, wenn die variable Tangente a von k^2 in die t unendlich benachbarte Lage q übergeht. Dieselbe Grenzlage bezüglich q, q^*, Q^* tritt aber auch ein, wenn man eine variable Tangente r des Osculationskreises p^2 in die mit t unendlich benachbarte Lage übergehen lässt (denn es haben p^2 und k^2 die Tangente t und deren consecutive Tangente miteinander gemein — vergl. Nr. 2, erste Mittheilung). — Es sei nun (Fig. 13) r eine willkürliche Tangente von p^2, R ihr Berührungspunkt, r^* die im Schnittpunkte R'' von r mit t auf r errichtete Senkrechte, welche n in R^* schneidet. Die Dreiecke KR^*R'' und $PR''R$ sind gleichwinklig, weil ihre Seiten paarweise aufeinander senkrecht stehen. Das letztere Dreieck ist gleichschenklig, also ist auch KR^*R'' ein gleichschenkliges Dreieck und es ist $KR^* = R^*R''$. Diese Gleichheit besteht für alle Tangenten r von p^2. Rückt nun r in die mit t unendlich benachbarte Lage, so rücken R'' nach P und somit R^* in die Mitte $\frac{K}{2}$ zwischen P und K.

6. Es sei nun auch o (Fig. 12) eine feste Tangente von k^2, welche von der veränderlichen Tangente a im Punkte A geschnitten werde. Fällt man aus A'' auf PA die Senkrechte a_1, so wird letztere Gerade eine Parabel o^2 umhüllen. Ist nämlich A'_∞ die Richtung von a_1, so sind die von A'' auf t und von A' auf der unendlich entfernten Geraden g_∞ beschriebenen Reihen projectiv, weshalb a_1 in der That eine Parabel (mit t als Tangente) beschreibt. Nähert sich hierbei a der Tangente t, so rückt PA nach t, a_1 vereinigt sich mit a^* und es haben der Schnittpunkt A''' von a_1 mit n, sowie A^* dieselbe Grenzlage in n, nämlich den Punkt $\frac{K}{2}$. — Die Parabel o^2 berührt stets die Normale n in $\frac{K}{2}$.

Es lässt sich nun p^2 aus t, P und den drei weiteren Tangenten o, a, b von k^2 in folgender Weise construiren (Fig. 14). Man schneide a, b mit o in A, B und mit t in A'', B''. Fällt man aus A'', B'' auf PA, PB die Senkrechten a_1, b_1, welche n in A''', B''' schneiden mögen, so sind t, n, a_1, b_1 vier Tangenten einer Parabel (o^2), welche n in $\frac{K}{2}$ berührt. In anderer Ausdrucksweise sind A'', B'', P auf t und A''', B''', $\frac{K}{2}$ auf n entsprechende Punkte ähnlicher Reihen.

7. Nach vorangehender Nummer liefert jede Tangente o von k^2 eine Hilfsparabel o^2, welche t, ferner n im Punkte $\frac{K}{2}$, berührt. Diese Hilfsparabeln bilden somit eine specielle Schaar von Kegelschnitten, indem zwei der Grundtangenten in n vereinigt sind. Für zwei Lagen von o wird demnach die Hilfsparabel in zwei Büschel zerfallen, einmal wenn o nach t fällt, die Scheitel der Büschel sind P und der unendlich ferne Punkt von n (es ist diesfalls o^2 zur Construction von p^2 nicht zu verwenden); ferner wird für eine andere ausgezeichnete Lage von o das eine Büschel den Punkt $\frac{K}{2}$ zum Scheitel haben. Dieser Fall tritt ein, wenn die projectiven, von A'' auf t und von A' auf g_∞, beschriebenen Reihen perspectiv sind. Diese Lage

von o ist in Fig. 15 zur Anschauung gebracht. Man legt an k^2 die mit t parallele Tangente s (vom Berührungspunkte T), welche n in S schneidet; aus S wird o als zweite Tangente an k^2 gelegt. (Man wird sich überzeugen, dass, unter Beibehaltung der eingeführten Bezeichnung, die Punkte S'_∞ und S'' in dem g'_∞ und t gemeinsamen Punkte vereinigt sind.) Ist jetzt a irgend eine Tangente von k^2, so schneidet a_1 die Normale n stets in $\frac{K}{2}$. Geht dabei a in o über, in welcher Lage sie mit b bezeichnet werden soll, so zeigt es sich, dass die Senkrechte aus dem Schnittpunkte B'' von o mit t, auf die Polare PB dieses Schnittpunktes bezüglich k^2, ebenfalls n in $\frac{K}{2}$ schneidet.

In Fig. 15 gehen aus S zwei Tangenten s, o an k^2 mit den Berührungspunkten T, B. Ferner schneidet n, durch S gehend, k^2 in P und R. Auf k^2 ist somit B, T; P, R eine harmonische Gruppe. Projicirt man diese Punkte aus dem P unendlich benachbarten Punkte von k^2, so entstehen die harmonischen Strahlen PB, PT; t, n, wobei das letztere Paar ein Rechtwinkelpaar ist. Also bilden PB und der Durchmesser PT mit n und mit t gleiche Winkel. Wenn man endlich in der Figur auf s die Strecke ST_1 entgegengesetzt gleich ST abträgt, so muss PT_1 durch B gehen.

8. Im Vorangehenden hat man in Bezug auf die festen Elemente P, t, n zu jeder Tangente o eine Parabel o^2 in folgender Weise construirt. Jede Tangente a von k^2 schneidet o in A, t in A''; aus A'' fällt man auf PA die Senkrechte a_1, welche o^2 berührt. Es soll nun direct bewiesen werden, dass alle diese Parabeln o^2 auf n einen festen Berührungspunkt haben.

Wie bereits bekannt, ist o^2 das Erzeugniss der projectiven Reihen A'' auf t und A' auf g_∞ (Fig. 12). Fällt a nach der mit t parallelen Tangente s von k^2, so rückt S'' in den Schnittpunkt von t mit g_∞. Der entsprechende Punkt S' ist die Richtung der auf PS senkrechten Geraden, z. B. der in P auf PS errichteten Senkrechten o_1. Letztere Gerade ist ein Durchmesser der Parabel o^2 und PS ist ihre Directrix. — Gelangt ferner a in die Lage u, welche Tangente sich mit o auf n schneidet, so rückt A'_∞ bezüglich U'_∞ in den Schnittpunkt der Träger t, g_∞ jener projectiven Reihen. Der entsprechende Punkt U'' ist der Berührungspunkt der Parabel o^2 mit der Trägertangente t.

Diese zwei Berührungspunkte U'', S'_∞ als Richtung von o_1, von o^2 mit ihren festen Tangenten t, g_∞, verändern ihre Lage, wenn o als Tangente von k^2 sich bewegt. Andererseits soll nun der Berührungspunkt von o^2 mit n construirt werden und zwar nach einer sehr bekannten speciellen Form des Brianchon'schen Satzes. Man verbindet den Schnittpunkt P der Tangenten t, n mit dem Berührungspunkte S'_∞ der Tangente g_∞ und erhält den Strahl o_1. Ebenso ist o_2, durch U'' parallel mit n gezogen, die Verbindungslinie des Berührungspunktes der Tangente t mit dem Schnittpunkte der Tangenten n, g_∞. Durch den Schnittpunkt von o_1 mit o_2 zieht man o_3 parallel mit t und schneidet damit n im zugehörigen Berührungspunkte N.

Hält man nun in Fig. 12 P, t, n, s fest, während o den Kegelschnitt k^2 einhüllt, so werden o_1 und o_2 zwei perspective Büschel beschreiben. Vor Allem nämlich entsprechen sich die Strahlen o_1, o_2 umkehrbar eindeutig. Rückt dann o nach t, so fallen o_1 und o_2 mit n zusammen, also sind die Büschel perspectiv. Wird endlich o zu der aus dem Schnittpunkte von s mit n an k^2 gezogenen zweiten Tangente, so fällt o_1 mit t zusammen, während o_2 unendlich fern liegt. Es folgt hieraus, dass der Schnittpunkt von o_1 mit o_2 sich auf dem mit t parallelen Strahle o_3 fortbewegt und dass die Parabeln o^2 die Normale n in demselben Punkte N berühren.*

9. Der soeben direct nachgewiesene gemeinsame Berührungspunkt N der Parabeln o^2 mit der Normalen n muss nach Nr. 6 der mit $\frac{K}{2}$ bezeichnete Punkt sein. In Nr. 2, erste Mittheilung, sind dagegen Parabeln angegeben worden, welche n in L berühren. Diese zwei Resultate mögen an der Hand von Fig. 16 zu einander in Beziehung gebracht werden. Hierbei haben P, t, n, R, s die in früheren Nummern erwähnte, theilweise specielle Bedeutung.

O ist das in Nr. 2 erwähnte besondere Centrum auf k^2, für welches die dort erwähnte Hilfsparabel zu dem Büschel vom Scheitel L wird (Fig. 8). Es wird also in Fig. 16 die aus B''_2 auf PB gefällte Senkrechte die Normale n in L schneiden. Ferner hat o die specielle Bedeutung von Nr. 7 (Fig. 15), und die aus B''_1 auf PB gefällte Senkrechte schneidet n in $\frac{K}{2}$. Also muss, weil PL das Vierfache von $P\frac{K}{2}$ beträgt, auch PB''_2 das Vierfache von PB''_1 betragen. — Zum directen Beweise dessen ziehe noch BT, welche t in M trifft, und durch B die mit t parallele Secante BC von k^2. Auf k^2 wird nun P, T; B, C eine harmonische Gruppe sein, welche man aus dem B unendlich benachbarten Punkte von k^2 als Centrum auf die Tangente t projicirt. Es entsteht wieder eine harmonische Gruppe, wobei die Projection von C unendlich fern liegt und somit die Projection B''_1 von B in die Mitte der Strecke PM fällt. — Auf k^2 hat man weiter die harmonische Gruppe P, R; B, T, also ist auch P, O; C, T eine solche (letztere ist das Bild der ersteren in der involutorischen centrischen Collineation von der Axe PT mit dem Pol dieser Axe, bezüglich k^2, als Centrum). Projicirt man auch diese Gruppe P, O; C, T aus B auf die Tangente t, so findet man, dass die Projection M von T in die Mitte der Strecke PB''_2 fällt. — Schliesslich ist nun $PB''_1 = B''_1M$ und $PM = MB''_2$, somit in der That PB''_2 das Vierfache von PB''_1.

---

* In ganz analoger Weise lässt sich zeigen, dass die in Nr. 2 eingeführten Hilfsparabeln n in demselben Punkte berühren.

Der Kegelschnitt k^2 sei eine Parabel.

10. Errichtet man in dem Schnittpunkte A'' der laufenden Parabeltangente a mit der festen Tangente t auf a die Senkrechte a^*, so umhüllt dieselbe eine Parabel c^2 (anstatt eine Curve dritter Classe c^3, vergl. Nr. 5; man findet nämlich, dass durch a^* aus den Geraden t und g_∞ projective Reihen herausgeschnitten werden). Diese Parabel berührt t im Fusspunkte der auf t senkrechten Tangente von k^2, ferner nach Nr. 5 die Normale n in dem Punkte $\frac{K}{2}$.

Es sei nun (Fig. 17) die Parabel k^2 gegeben durch t mit P und n, sowie durch die zwei weiteren Tangenten a, b. Man construire a^*, b^* (als Senkrechte auf a, b in den Punkten A'', B''), welche n in A''', B''' schneiden; alsdann sind t, n, a^*, b^* vier Tangenten einer Parabel (c^2), welche n in $\frac{K}{2}$ berührt; auch sind A'', B'', P auf t und A''', B''', $\frac{K}{2}$ auf n entsprechende Punkte ähnlicher Reihen.

Aber auch die in Nr. 6 (Fig. 14) gegebene Construction von $\frac{K}{2}$ gilt unverändert, wenn k^2 zu einer Parabel wird; auch hier werden die Hilfsparabeln o^2, die eine specielle Schaar bilden, vorhanden sein. Für die Tangente o von k^2 giebt es nun eine, nur für k^2 als Parabel mögliche ausgezeichnete Lage. Es ist dies o als unendlich ferne Gerade der Ebene, nennen wir sie o_∞; sie veranlasst eine Hilfsparabel o^2_∞, welche eben mit c^2 identisch ist. (Nach Nr. 8, mit Fig. 12, stehen die Durchmeser von k^2 und von $c^2 = o^2_\infty$ aufeinander senkrecht.)

11. In Nr. 7 mit Fig. 15 ist die ausgezeichnete Lage der Tangente o von k^2 angegeben worden, für welche die Reihen A'' auf t und A' auf g_∞ perspectiv werden, womit o^2 zerfällt, indem die Strahlen a_1 sich in $\frac{K}{2}$ auf n schneiden. Wird k^2 zu einer Parabel, so rückt s unendlich fern, o wird zu der auf t senkrechten Parabeltangente $o = b$ (Fig. 18). (Die in Fig. 15 verzeichnete willkürliche Tangente a von k^2 ist in Fig. 18 unterdrückt worden.) Die Senkrechte aus B'' auf PB schneidet n in $\frac{K}{2}$. Nun bedenke man, dass die Tangenten t, $o = b$ rechtwinklig sind, sich also auf der Directrix d der Parabel k^2 schneiden. Die Polare PB des Punktes B'' geht durch den Brennpunkt F, dasselbe gilt für die aus B'' (auf d) auf dessen Polare PB gefällte Senkrechte. Errichtet man also in F auf dem Radius vector des Punktes P eine Senkrechte, so schneidet sie n in $\frac{K}{2}$. Weiter folgt durch Anwendung auf den Punkt B, dass, wenn man die Linie $B''\frac{K}{2}$ mit der Normalen m des Punktes B schneidet, der Schnittpunkt M des Krümmungsradius BM des Punktes B ist. — Ir

$B''C$ ein Durchmesser der Parabel k^2 (sie verbindet den Pol B'' mit der Mitte der in die Polare fallenden Sehne PB); es folgt, dass die in B'' auf $B''C$ errichtete Senkrechte d die Directrix von k^2 ist. Sie enthält namentlich die orthogonal-symmetrischen Punkte von $\frac{K}{2}$ in Bezug auf t und von $\frac{M}{2}$ in Bezug auf b [in Nr. 14d) werden sich theilweise Verallgemeinerungen dieser Beziehungen ergeben].

Anhang.

Im Punkte P des Kegelschnittes k^2, in welchem die Tangente t bekannt ist, lässt sich der Krümmungskreis p^2 construiren, wenn man neben P, t noch drei gleichartige Elemente, Punkte oder Tangenten, kennt. Bisher wurden diese Elemente als getrennt liegende behandelt. Es sollen nun die Constructionen von p^2 $\left(\text{bezüglich von } K, L \text{ oder } \frac{K}{2}\right)$ besprochen werden, wenn von jenen drei weiteren Elementen zwei oder alle drei unendlich nahe rücken.

12. Von k^2 seien P mit t und n und drei Punkte bekannt, von denen zwei unendlich benachbart sind.

a) Die Anwendung der Construction in Nr. 1a) ist in diesem Falle so einfach, dass eine Auseinandersetzung überflüssig erscheint.

b) Die benachbarten Punkte bezeichne man mit O, A, den einzeln gegebenen Punkt mit B, und wende die in Nr. 3 (Fig. 7) gegebene Construction an [die Ausführung ist in Nr. 14a) mit Fig. 21 enthalten].

c) Die ebengenannte Construction ist auch dann anwendbar, wenn man die benachbarten Punkte mit A, B bezeichnet, den einzeln gegebenen Punkt aber mit O. Die Verbindungslinie von A mit B sei g, vergl. die schematisirte Fig. 19. Man schneide t mit OA in A'', fälle aus A'' auf PA die Senkrechte a. Nun denke man sich diese Construction für B wiederholt, es würde ein dem Strahle a unendlich benachbarter Strahl b entstehen und darauf wären t, n, a, b vier Tangenten einer Parabel, welche n in L berührt. Von diesen Tangenten sind jedoch a, b unendlich benachbart und man hat vorerst deren Schnittpunkt X zu ermitteln, worauf man von der Hilfsparabel die Tangenten t, n, a und den Berührungspunkt X der letzteren kennt. Verbindet man nun O mit den Punkten A, C, ... von g und construirt man in der angegebenen Weise die Strahlen a, c, ..., so umhüllen diese eine gewisse Hilfsparabel, welche wieder durch vier ihrer Tangenten, etwa a, t, c, d, bestimmt ist. X ist alsdann der Berührungspunkt der Tangente a mit dieser Hilfsparabel.

13. Von k^2 seien t mit P und n, sowie drei weitere Tangenten bekannt, wovon zwei unendlich benachbart sind.

a) Am einfachsten wird die Construction in Nr. 6 mit Fig. 14 angewandt, indem man die benachbarten Tangenten (deren Schnittpunkt bekannt sein muss) als o und a, die einzeln gegebene als b zählt [vergl. die Anwendung in Nr. 14b) mit Fig. 22].

b) Sind aber o die einzeln gegebene Tangente, a und b die benachbarten Tangenten, so wende man ebenfalls die Construction aus Nr. 6 an, sowie die in Nr. 12c) besprochene Hilfsconstruction.

c) Ist k^2 eine Parabel, so genügen t mit P und n und die benachbarten Tangenten a, b zur Bestimmung von k^2, sowie zur Construction von p^2. In Nr. 10 (Fig. 17) ersetze man a, b durch die Tangente a und deren Berührungspunkt A (mit der Parabel k^2). Es entsteht Fig. 20, worin auch a^*, b^* zusammenfallen. Die Grenzlage A^* ihres Schnittpunktes ist der Berührungspunkt von a^* mit der Hilfsparabel $c^2 = o^2_\infty$. Um aber diese Grenzlage zu finden, beachte man, dass in Fig. 17 die Punkte A'', B'', die Schnittpunkte von a und b und von a^* und b^* auf einem Halbkreise liegen, und zwar sind die letztgenannten Punkte die Endpunkte eines Durchmessers. In Fig. 20 ist somit A^* der Endpunkt des in A beginnenden Durchmessers desjenigen Kreises, welcher durch A geht und t in A'' berührt. Trägt man daher $A''A_1$ auf a gleich AA'' ab, zieht aus A_1 auf t eine Senkrechte, so wird diese a^* in A^* schneiden. Endlich construirt man den Berührungspunkt $\frac{K}{2}$ derjenigen Parabel ($c^2 = o^2_\infty$) mit n, welche t, n zu Tangenten hat und a^* in A^* berührt. (In der Figur sind 1, 2, 3 und 1', 2', $3' = \frac{K}{2}$ entsprechende Punkte ähnlicher Reihen.) — Wäre speciell a auf t senkrecht, so würde nach Nr. 10 die Senkrechte aus A'' auf PA die Normale n in $\frac{K}{2}$ schneiden.

14. Es soll endlich k^2 durch P mit t und n, ferner durch drei unendlich benachbarte Elemente bestimmt sein. Neben P, t, n werden somit ein Punkt A, seine Tangente a und der zugehörige Osculationskreis a^2 (vom Centrum M) bekannt sein. Es soll p^2 construirt werden.

a) Bei der in Fig. 21 vollständig ausgeführten Construction wird nach Nr. 1a) der vierte Schnittpunkt $A_0 = B$ von k^2 mit a^2 bestimmt. Zu diesem Zwecke werden P, t (eigentlich P und dessen unendlich benachbarter Punkt von t) aus A auf den Kreis a^2 „projicirt", es entstehen P', t'. Den Schnittpunkt von t' mit t verbindet man mit A; diese Linie a_0 (in Nr. 1 s_0 genannt) wird a^2 zum zweiten Male in $A_0 = B$ schneiden. — Hierauf wende man die in Nr. 3, Fig. 7, bezüglich Nr. 12b) gegebene Construction an. Den Punkt O von k^2 wählt man bei A, projicirt A nach A'', B nach B'' auf die Tangente t und fällt $A''A'''$ auf PA, sowie $B''B'''$ auf PB senkrecht. Schliesslich gehören A'', B'', P auf t und A''', B''', L auf n ähnlichen Reihen an. Im Uebrigen wird die Verbindungslinie der Mitten von $A''A'''$ und $B''B'''$ die Normale n in K selbst schneiden.

b) Fig. 22. Genau ebenso einfach wird die Construction für $\frac{K}{2}$, wenn man erst die vierte, a^2 und k^2 gemeinsame Tangente $a_0 = b$ construirt. Es geschieht dies nach der Fussnote zu Nr. 1 mit Fig. 3, wobei die dort mit a, b bezeichneten Tangenten von k^2 hier in t vereinigt sind, mit P als Schnittpunkt; die dort mit a', b' bezeichneten Tangenten vereinigen sich hier in t', mit P' als Schnittpunkt u. s. f. Schliesslich verfahre man nach Nr. 13*a*).

Ist nun aber k^2 eine Parabel, so wird sie durch A, a, a^2 und die Tangente t bestimmt sein. Für die Construction von P und p^2 ergeben sich namentlich die folgenden Möglichkeiten:

c) Man wende die Construction Nr. 13*c*) zweimal, direct und in der Umkehrung, an (Fig. 23). Es schneide t die Tangente a in T'', daselbst errichte man auf t die Senkrechte t^*, welche die Normale m des Punktes A in T''' schneidet; auf dieser Normalen m sei $\frac{M}{2}$ die Mitte zwischen A und dem Mittelpunkt M von a^2. Eine erste Hilfsparabel, welche m in $\frac{M}{2}$, ferner t^* und a berührt, hat nach Früherem an t^* den Berührungspunkt P^*. Die aus P^* auf a gezogene Senkrechte trifft t in P_1, darauf wird P_1T'' $T''P$ gemacht. Aus t, P, a, A wird nach Nr. 13*c*) der Punkt $\frac{K}{2}$ direct construirt.

d) Fig. 24. Es seien A, a, $\frac{M}{2}$, t bekannt. Der eingeführten Bezeichnung gemäss werde a von t in T'' geschnitten. Der Kreis vom Centrum 2, welcher durch A geht und t in T'' berührt, geht durch den Brennpunkt F der Parabel. Ebenso (Nr. 11) liegt F auf dem Kreise vom Centrum 1 über $A\frac{M}{2}$ als Durchmesser. Es ist damit F als Schnittpunkt zweier durch A gehenden Kreise eindeutig bestimmt. (Man wird bemerken, dass der erstere Kreis den Durchmesser $T''T'''$ besitzt, dessen Träger mit t^* übereinstimmt.) Ein dritter Kreis, vom Centrum 3, welcher durch F geht und a in T'' berührt, wird t zum zweiten Mal in P schneiden. (Sein Durchmesser $T''A'''$ fällt in a^*.) In P lege man nun die Normale n und ziehe noch $F\frac{K}{2}$ senkrecht zu FP.

In Fig. 24 sind $T'''FT''$ und $A''FT''$ rechte Winkel. Es liegen A''' und T''', ebenso 2 und 3, je auf einer Senkrechten zu FT'' (was für die Construction von A''' und P leicht benutzt werden könnte). Weiter sind die Winkel PFT'' und AFT'' gleich dem „äusseren“, von a mit t eingeschlossenen Winkel; es liegen die Leitstrahlen FA und FP orthogonal-symmetrisch in Bezug auf FT''. Die darauf Senkrechten $F\frac{M}{2}$ und $F\frac{K}{2}$ liegen also ebenfalls orthogonal-symmetrisch zu FT''.

Kleinere Mittheilungen.

IX. Ueber einen Beweis des Fundamentalsatzes der Algebra.

Die folgende Mittheilung bezweckt, eine im 28. Bande dieser Zeitschrift auf S. 213—215 enthaltene Arbeit über den Fundamentalsatz der Algebra, deren Fehlerhaftigkeit noch nicht bemerkt worden zu sein scheint, in einen einwurfsfreien Beweis umzuwandeln.

Zu jedem Werthe der Variablen

$$z = \varrho\,(\cos\omega + i.\sin\omega)$$

gehört ein eindeutig bestimmter Werth der Function

$$f(z) = A_0 + A_1 z + A_2 z^2 + \cdots + A_m z^m,$$

deren Coefficienten in der Form

$$A_k = a_k\,(\cos\alpha_k + i\,\sin\alpha_k)$$

gegeben seien.* Dieser Werth von $f(z)$ wird auf die bekannte Art durch einen Punkt in einer Ebene dargestellt. Einer stetigen Aenderung des Arguments z entspricht dann immer eine stetige Verschiebung des Punktes $f(z)$. Führt man nun zwei Werthe von ϱ, ϱ' und ϱ'', vermittelst der Ungleichungen

$$a_m \varrho'^m > a_{m-1} \varrho'^{m-1} + a_{m-2} \varrho'^{m-2} + \cdots + a_1 \varrho' + a_0,$$

$$a_0 > a_1 \varrho'' + a_2 \varrho''^2 + \cdots + a_m \varrho''^m$$

ein, dann gilt der Satz:

> Hat ϱ den Werth ϱ' und wächst ω dabei von einem beliebigen Anfangswerthe ω_0 an um $\frac{2\pi}{m}$, so beschreibt der Punkt $f(z)$ einen Bogen um den Nullpunkt der Ebene herum; hat dagegen ϱ den Werth ϱ'', so kann $f(z)$ nicht um den Nullpunkt sich herumbewegen.

Der Beweis wird a. a. O. unter Benutzung geometrischer Hilfsvorstellungen erbracht, welche sich in folgender Weise umgehen lassen. Wenn z den absoluten Werth ϱ' hat, betrachtet man $f(z)$ als Summe von $A_m z^m$ und $A_{m-1} z^{m-1} + \cdots + A_1 z + A_0$; der letzte Summand hat dann geringeren absoluten Werth als der erste, woraus man leicht schliessen kann, dass der Abstand des Punktes $f(z)$ vom Punkte $A_m z^m$ kleiner ist als derjenige des Punktes $A_m z^m$ vom Nullpunkte. Wenn ω von ω_0 an um $\frac{2\pi}{m}$ wächst, so beschreibt der Punkt $A_m z^m$ einen vollständigen Kreis um den Nullpunkt, und der Punkt $f(z)$ muss sich deshalb gleichzeitig um den Nullpunkt herum-

* Die Bezeichnung der genannten Abhandlung ist:

ewegen. — Aehnlich zeigt man, dass für $\varrho = \varrho''$ der Punkt
Punkte A_0 nie um die Strecke a_0 entfernen kann.

Ein Umstand ist nun besonders zu beachten. Wenn ϱ ir
ist und ω von einem beliebigen Anfangswerthe an um $\frac{2\pi}{m}$ w
rechtigt nichts zu der Annahme, dass das vom Punkte $f(z)$
Curvenstück immer eine Schleife sei. Aber der Verfasser ma
nahme wie etwas ganz Selbstverständliches und schliesst dar
Curve, welche zu beliebigem ϱ und von ω_0 bis $\omega_0 + \frac{2\pi}{m}$ geh
hört, immer eine Schleife ist und darum für $\varrho = \varrho'$ den Nullp
dig umschliesst, während sie ihn für $\varrho = \varrho''$ nicht mehr umscl
so muss sie bei ihrer stetigen Aenderung, welche der Abnah
ϱ' bis ϱ'' entspricht, über den Nullpunkt hinweggehen. Damit
fasser die Existenz einer Wurzel von $f(z) = 0$ für bewiesen;
weiter etwa Folgendes: Wenn man diese Betrachtung für jed
tervalle $0 \ldots \frac{2\pi}{m}, \frac{2\pi}{m} \ldots \frac{4\pi}{m}, \ldots, \frac{2(m-1)\pi}{m} \ldots 2\pi$ durchg
dann erkennt man die Existenz von genau m Wurzeln von $f(z$
lich glaubt er, dass zu diesem Schlusse der Satz, dass eine G
Grades höchstens m Wurzeln haben könne, nicht nöthig sei:
dabei, dass jede der „Schleifen" bei ihrer Bewegung wohl
über den Nullpunkt hinweggehen könnte.]

Dass dieser „Beweis" des Fundamentalsatzes fehlerhaf
sofort zu sehen. Das Endergebniss lässt sich nämlich au
Werden die Wurzeln von $f(z) = 0$ durch Punkte einer z
gestellt, dann lässt sich diese Ebene durch m vom Nul
miteinander gleiche Winkel bildende Strahlen so zerleg
eine und nur eine Wurzel von $f(z)$ enthält. Doppelw
Wurzeln desselben Vorzeichens u. A. widersprechen
— Der Fehler der ganzen Beweisführung liegt in
besprochene Curvenstück immer eine Schleife sei.

Die Untersuchung lässt sich aber sofort in
des Fundamentalsatzes der Algebra umwandeln
trachtet, welche der Punkt $f(z)$ bei fixirtem ϱ
ω beschreibt. Diese geschlossene Curve
der Ebene umschliessen müssen (in m Wind
den Nullpunkt nicht mehr umschliessen.
so geht die Curve über den Nullpunkt h
gemeinen sogar mindestens m-mal). M
Wurzel von $f(z) = 0$ al [illegible] Fu
kommen bewiesen.

Die hiermit beric
essante Bestimmung

$f(z)=0$ ihren absoluten Werthen nach liegen. Derartige Einschliessungen sind schon verschiedene bekannt; die meisten Werke über Algebra enthalten einzelne und Gauss gab z. B. bei Gelegenheit seiner Beweise des Fundamentalsatzes der Algebra mehrere an. Dahin gehört der Satz:

Die Wurzeln von $f(z) = A_m z^m + A_{m-1} z^{m-1} + \cdots + A_1 z + A_0 = 0$ liegen ihren absoluten Werthen nach unter der einzigen positiven reellen Wurzel von $a_m \varrho^m - \sqrt{2}\,(a_{m-1} \varrho^{m-1} + \cdots + a_1 \varrho + a_0) = 0$, wenn a_k den absoluten Werth von A_k angiebt.

Der Beweis, welchen Gauss hierfür gab (Gauss' Werke, III, S. 76—77; Baltzer, Elementarmathematik, I), ist ziemlich umständlich; weit einfacher ist seinem Beweise und seiner Form nach der folgende Satz:

Die absoluten Werthe der Wurzeln von

$$f(z) = A_m z^m + A_{m-1} z^{m-1} + \cdots + A_1 z + A_0 = 0$$

liegen unter oder doch nicht über der einzigen reellen positiven Wurzel von

$$a_m \varrho^m - (a_{m-1} \varrho^{m-1} + \cdots + a_1 \varrho + a_0) = 0$$

und über oder genauer nicht unter der positiven Wurzel von

$$a_m \varrho^m + a_{m-1} \varrho^{m-1} + \cdots + a_1 \varrho - a_0 = 0.$$

Dieser Satz ist eine einfache Folge der anfangs über ϱ' und ϱ'' angestellten einfachen Betrachtungen. Der Beweis beruht nur auf den Sätzen über den absoluten Werth einer Summe complexer Grössen oder unter Verwendung der geometrischen Darstellung einer Summe auf dem Satze: Ein geschlossenes Polygon lässt sich aus gegebenen Seiten nicht zusammensetzen, wenn eine derselben grösser ist als die Summe aller übrigen. — Beachtenswerth ist ferner noch, dass unter alleiniger Benutzung der absoluten Werthe der Coefficienten von $f(z)$ sich ein kleineres Intervall für die absoluten Werthe der Wurzeln von $f(z)=0$ überhaupt nicht angeben lässt, wie leicht zu sehen ist.

Zum Schluss muss noch erwähnt werden, dass der Grundgedanke der besprochenen Arbeit durchaus nicht neu ist. Schon in Bd. 31 von Crelle's Journal gab Herr Ullherr zwei Beweise für den Fundamentalsatz der Algebra, in denen gezeigt wird, dass für $w = f(z) = A_0 + A_1 z + \cdots + A_m z^m$ diejenige Curvenschaar in der w-Ebene, welche der Gesammtheit aller Kreise um den Nullpunkt der z-Ebene entspricht, die w-Ebene vollständig bedeckt, dass also auch zu $w=0$ mindestens ein Werth von z gehören muss. Diese Arbeit und eine ähnliche, aber sicher unabhängig davon entstandene von Herrn A. Schmitz in Neuburg a. D. (Zeitschrift für das bayer. Gymnasialwesen XXI, 47—49) sind nahe mit der hier berichtigten Arbeit verwandt. Weiter ist noch der Beweis von H. Kinkelin* (Math. Annalen I) zu nennen und zu bemerken, dass in Herrn Rausenberger's Werk über periodische Functionen sich der Ullherr'sche Beweis im Wesentlichen

* Der von Herrn Netto im Jahrb. üb. d. Fortschr. d. Math. erwähnte schwache Punkt dieses Beweises lässt sich leicht um-

wiedergegeben (vielleicht auch selbständig aufgestellt) findet; fügt man dann noch hinzu, dass auch die Conformität der Abbildung leicht zu dem Beweis führt, dass für $w = A_0 + A_1 z + \cdots + A_m z^m$ (und auch noch bei weit allgemeineren Functionen) die ganze w-Ebene lückenlos vom Bilde der z-Ebene bedeckt wird, dann sind damit wohl alle auf dem Princip der Abbildung beruhenden Beweise des Fundamentalsatzes der Algebra erwähnt worden.

Marburg a. L. Stud. math. F. v. Dalwigk.

X. Eine projectivische Eigenschaft des Pascal-Brianchon'schen Sechsecks.

Bekanntlich ist es sehr leicht, ein Sechseck $ABCDEF$ zu construiren, das in einen Kegelschnitt und gleichzeitig um einen andern Kegelschnitt beschrieben ist; dasselbe entsteht nämlich, wenn durch einen Punkt G drei Strahlen gezogen werden, welche den ersten Kegelschnitt in den Punkten A und D, B und E, C und F treffen; die Polare von G in Bezug auf diesen Kegelschnitt ist dann die Pascal'sche Gerade g, welche die Durchschnitte der Gegenseiten AB und DE, BC und EF, CD und FA verbindet.

Diese Figur werde nun mittels eines Projectionscentrums O auf eine Ebene projicirt, welche die Gerade g in sich enthält; die Projection $A'B'C'D'F'F'$ ist dann wieder ein Sehnen- und Tangentensechseck mit derselben Pascal'schen Geraden g und einem andern Brianchon'schen Punkte G', welcher auf der Geraden GO liegt. Wird nun jede Ecke des einen Sechsecks mit der Gegenecke des andern Sechsecks verbunden, so schneiden sich die sechs Geraden AD', BE', CF', DA', EB', FC' in einem Punkte P, durch welchen auch GG' geht. Wird endlich die Projectionsebene um g gedreht, so durchläuft P die Gerade GO.

Herr Geh. Reg.-Rath Prof. Schroeter in Breslau, welchem ich das Vorstehende gelegentlich mitgetheilt hatte, macht hierzu brieflich die folgenden, zugleich den Beweis enthaltenden Bemerkungen:

„Der von Ihnen mitgetheilte Satz ist eine unmittelbare Folge des Satzes vom Viereck, den Sie im 27. Jahrgang Ihrer Zeitschrift auf S. 380 veröffentlicht haben, und der mich zu der Notiz im 28. Jahrg. S. 178 veranlasste. Die Polare des Punktes G in Beziehung auf den Kegelschnitt $ABCDEF$ ist die Pascal'sche Gerade g gleichzeitig für die vier Sechsecke $ABCDEF$, $ACBDFE$, $ABFDEC$, $AECDBF$; sie enthält daher die sechs Schnittpunkte

$$(AB, DE),\quad (AC, DF),\quad (BC, EF),$$
$$(AE, BD),\quad (AF, CD),\quad (BF, CE),$$

welche drei Punktepaare einer zum Kegelschnitt gehörenden Punktinvolution sind. Wendet man nun Ihren früheren Satz auf das Viereck $ABDE$ an, wovon die Durchschnitte (AB, DE) und (AE, BD) auf g liegen, so folgt, dass AD', DA', BE', EB' in einem Punkte P zusammentreffen; ebenso ergiebt sich aus dem Vierecke $ACDF$, dass AD', DA', CF', FC' durch einen Punkt gehen, welcher mit dem vorigen identisch ist. Weil endlich die drei Ebenen $[ADA'D']$, $[BEB'E']$, $[CFC'F']$ sich in der durch O gehenden Geraden GG' schneiden, so geht letztere auch durch den Punkt P."

SCHLÖMILCH.

XI. Ueber die Auflösbarkeit eines Systems linearer Gleichungen.

In dem neuesten Hefte des Jahrbuchs für die Fortschritte der Mathematik, Jahrg. 1886, findet sich auf S. 105 folgendes Referat über meinen im Jahrg. 1886 dieser Zeitschrift veröffentlichten Aufsatz „Zur Theorie der Elimination": „Herr Schmidt erhebt gegen die gebräuchliche Schlussfolgerung, aus der Lösbarkeit eines Systems linearer Gleichungen in dem speciellen Falle auf diejenige im allgemeinen Falle zu schliessen, wie es z. B. von Serret bei der Bézout'schen Eliminationstheorie gethan wird, einen ganz interessanten Einwurf. Er beseitigt denselben aber nur in dem behandelten Falle, während leicht und ganz innerhalb des Gebiets der Systeme linearer Gleichungen gezeigt werden konnte, dass jener logisch mögliche Einwand sich nie verwirklichen kann."

Diese letzte Behauptung muss auf einem Irrthum beruhen, denn es lässt sich gerade im Gegentheil leicht nachweisen, dass bei einem System linearer Gleichungen der fragliche Fall eintreten kann. Ein System linearer Gleichungen kann im allgemeinen Falle, d. h. wenn die Coefficienten von einer oder mehreren unbestimmten Grössen abhängen, nicht lösbar sein, dagegen in einem speciellen Falle, d. h. sobald man für die unbestimmten Grössen gewisse Werthe einsetzt, lösbar werden. Man kann also von der Lösbarkeit des Systems in einem speciellen Falle nicht ohne Weiteres auf die Lösbarkeit im allgemeinen Falle schliessen. Ich will dies an einem einfachen Beispiel nachweisen.

Es seien y_1, y_2, y_3 drei lineare Formen von x_1, x_2, x_3 mit folgenden Coefficienten:

$$\begin{array}{ccc} 1+4u, & -5+5u, & 3-13u, \\ 1+5u, & -5-6u, & 3-4u, \\ -13, & -4, & 30. \end{array}$$

Bildet man in der zugehörigen Determinante dritter Ordnung das System der Adjuncten, so findet man:

$$\begin{array}{ccc} -138-196u, & -69-98u, & -69-98u, \\ 138-98u, & 69-49u, & 69-49u, \\ -12u-98u^2, & -6u-49u^2, & -6u-49u^2. \end{array}$$

Die Determinante dritter Ordnung ist also gleich

$$-13(-12u-98u^2)-4(-6u-49$$

Bezeichnet man in dem System der Adjuncten drei in einer Vertikalreihe stehende Elemente bez. mit α_1, α_2, α_3, so ist

$$\alpha_1 y_1 + \alpha_2 y_2 + \alpha_3 y_3 = 0.$$

Im allgemeinen Falle, d. h. so lange u unbestimmt ist, ist also y_3 von y_1 und y_2 abhängig, während y_1 und y_2 voneinander unabhängig sind. Setzt man dagegen $u = 0$, so wird $\alpha_3 = 0$ und die letzte Gleichung verwandelt sich in folgende:

$$y_1 - y_2 = 0.$$

Dagegen ist jetzt y_3 von y_1 und y_2 ganz unabhängig. In dem speciellen Falle ist demnach das Gleichungssystem

$$y_1 = 0, \quad y_2 = 0, \quad y_3 = 1$$

lösbar, in dem allgemeinen Falle aber nicht.

Heppenheim a. d. Bergstr., im Febr. 1889. Dr. Carl Schmidt.

XII. Ein Satz aus der Zahlenlehre.

Ist p eine Primzahl > 3, $P = 1.2.3.\ldots.(p-1)$, so ist

$$R = \frac{P}{1} + \frac{P}{2} + \frac{P}{3} + \cdots + \frac{P}{p-1} \equiv 0 \ (mod\, p^2).$$

[NB. Für jedes ungerade p ist bekanntlich $R \equiv 0 \ (mod\, p)$.]

Beweis. Bezeichnen wir den Rest der Division $\frac{P}{a} : p$, wo a eine der Zahlen $1, 2, \ldots, p-1$ bedeutet, durch r_a, so ist zunächst klar, dass die Reste r alle verschieden sein müssen; denn wäre z. B.

$$r_a = r_b,$$

so würde

$$\frac{P}{a} \equiv \frac{P}{b} \ (mod\, p) \quad \text{oder} \quad P(a-b) \equiv 0,$$

also, da nach dem Wilson'schen Satze $P \equiv -1$ ist,

$$a - b \equiv 0, \quad \text{d. h.} \quad a = b.$$

Ferner ist

$$\frac{P}{a} + \frac{P}{p-a} = \frac{P}{a(p-a)} \cdot p,$$

mithin, da a und $p-a$ in p nicht aufgehen können, und r_a und r_{p-a} beide $< p$ sind,

$$r_a + r_{p-a} = p,$$

also

$$r_a \equiv -r_{p-a}, \quad r_{p-a} \equiv -r_a,$$

$$r_a . r_{p-a} \equiv -r_a^2 \equiv -r_{p-a}^2.$$

Schreiben wir nun

$$R = \left[\frac{P}{1(p-1)} + \frac{P}{2(p-2)} + \cdots + \frac{P}{\frac{p-1}{2}\left(p - \frac{p-1}{2}\right)}\right] \cdot p,$$

so erhalten wir, wenn wir mit P multipliciren und durch p dividiren,

$$P.\frac{R}{p} = \frac{P}{1}\cdot\frac{P}{p-1} + \frac{P}{2}\cdot\frac{P}{p-2} + \cdots + \frac{P}{\frac{p-1}{2}}\cdot\frac{P}{\frac{p+1}{2}}$$

$$\equiv r_1 . r_{p-1} + r_2 . r_{p-2} + \cdots + r_{\frac{p-1}{2}} . r_{\frac{p+1}{2}}$$

$$\equiv \sum_{a=1}^{a=\frac{p-1}{2}} r_a . r_{p-a}.$$

Nach Obigem ist

$$\sum_{a=1}^{a=\frac{p-1}{2}} r_a . r_{p-a} \equiv -\sum_{a=1}^{a=\frac{p-1}{2}} r_a^2 \equiv -\sum_{a=1}^{a=\frac{p-1}{2}} r_{p-a}^2,$$

also

$$2\sum_{a=1}^{a=\frac{p-1}{2}} r_a . r_{p-a} \equiv -\left(\sum_{a=1}^{a=\frac{p-1}{2}} r_a^2 + \sum_{a=1}^{a=\frac{p-1}{2}} r_{p-a}^2\right) \equiv -\sum_{a=1}^{a=p-1} r_a^2.$$

Da nun die $p-1$ Reste r alle verschieden und alle $< p$ sind, so ist $\sum_{a=1}^{a=p-1} r_a^2 =$ der Summe der Quadrate der Zahlen $1, 2, 3, \ldots, p-1$, d. h.

$$= \frac{(p-1)p(2p-1)}{6} \equiv 0 \ (mod\, p),$$

mithin, da $P \equiv -1 \ (mod\, p)$ ist,

$$\frac{R}{p} \equiv 0 \ (mod\, p) \quad \text{und} \quad R \equiv 0 \ (mod\, p^2), \quad \text{q. e. d.}$$

Beispiele.

1) $p=5, \quad P=24, \quad R=50=2.5^2;$

2) $p=7, \quad P=720, \quad R=1764=36.7^2.$

Für $p=9$ haben wir

$$P=40320, \quad R=109584=12176.9,$$

wo 12176 den Factor 9 nicht enthält.

Riga. Staatsrath August Rieke.

XIII. Bemerkung zu Dr. W. Braun's Mittheilung: „Ueber die Coefficienten der Kugelfunctionen einer Veränderlichen" (S. 314 des vorigen Bandes).

Ich möchte darauf hinweisen, dass sich im sechsten, von den Kugelfunctionen handelnden Capitel meiner „Beiträge zur Theorie der Functionen. Halle 1880" auf S. 61 für die Kugelfunctionen 0ter Ordnung die Gleichung

$$2^n P^n(x) = \sum \frac{(-1)^{\frac{n-\mu}{2}} (n+\mu)!\, x^\mu}{\frac{n-\mu}{2}!\, \frac{n+\mu}{2}!\, \mu!}$$

findet, in der ersichtlich der aus [illegible] ...ngesetzte Ausdruck

$$\frac{(n+\mu)!}{\frac{n-\mu}{2}!\,\frac{n+\mu}{2}!\,\mu!}=\binom{n+\mu}{\frac{n+\mu}{2}}\binom{\frac{n+\mu}{2}}{\frac{n-\mu}{2}}=\binom{n+\mu}{n}\binom{n}{\frac{n-\mu}{2}}$$

ist. Aus dieser Gleichung ergiebt sich hiernach unmittelbar, dass für positive ganze n die Coefficienten der Kugelfunction $P^n(x)$ mittels des Factors 2^n ganzzahlig werden.

Berlin, 20. October 1888. LEOPOLD SCHENDEL.

XIV. Notiz zu dem Artikel: „Zur Lehre von den unter unbestimmter Form erscheinenden Ausdrücken."*

Wie ich bei Benutzung des genannten Artikels sehe, modificirt sich die dortige Gleichung 7) in dem Falle, dass $\varphi^{(n)}(x)$ für $x=a$ unendlich wird; setzt man in diesem Falle nämlich:

$$\left[\frac{\varphi^{(n-1)}(x)}{(x-a)\,\varphi^{(n)}(x)}\right]_{x=a}=\alpha,$$

wobei α stets zwischen 1 und ∞, einschliesslich der Grenzen liegt, so geht unter Beibehaltung der dortigen Bezeichnungen die genannte Gleichung in folgende über:

$$(\alpha n+1)\,v'_a=z'_a,$$

wofür der Beweis zunächst für $n=1$ und dann allgemein leicht zu finden ist.

* Diese Zeitschrift, Jahrg. XXXII (1887), S. 378.

Königsberg, im December 1888. LOUIS SAALSCHÜTZ.

XI.

Ueber Riemann's punktirt unstetige Function.

Von

Dr. J. Frischauf.

Als erstes Beispiel einer punktirt unstetigen und dabei integrirbaren Function gilt die von Riemann* behandelte

$$f(x) = \frac{(x)}{1^2} + \frac{(2x)}{2^2} + \cdots + \frac{(nx)}{n^2} + \cdots,$$

wo (x) den Ueberschuss von x über die nächste ganze Zahl bedeutet mit dem Zusatz, dass $(x) = 0$ ist, wenn x in der Mitte zweier Zahlen liegt.

Im Folgenden möge die allgemeinere Form

$$f(x) = \frac{(x)}{1^\mu} + \frac{(2x)}{2^\mu} + \cdots + \frac{(nx)}{n^\mu},$$

μ positiv vorausgesetzt, untersucht werden.**

Um die Untersuchung nicht zu unterbrechen, möge eine Bemerkung hinsichtlich der Summe

$$S = \frac{1}{a^\mu} + \frac{1}{(a+b)^\mu} + \cdots + \frac{1}{(a+nb)^\mu}$$

vorausgeschickt werden. Grenzwerthe erhält man nach Dirichlet*** durch Bestimmung des Integrals

$$J = \int_a^{a+nb} \frac{dx}{x^\mu} = \frac{(a+nb)^{1-\mu} - a^{1-\mu}}{1-\mu},$$

$$J = \int_a^{a+nb} \frac{dx}{x} = \log \frac{a+nb}{a};$$

zerlegt man nämlich dieses Integral in Theile, deren Unterschied der Grenzen die Grösse b beträgt, so erhält man für den Theil von $a + rb$ bis $a + \overline{r+1}.b$

* Ueber die Darstellbarkeit einer Function durch eine trigonometrische Reihe. § 6.

** Für $\mu = 1$ enthält § 13 einige Sätze.

*** Vorlesungen über Zahlentheorie, Supplement II. Dirichlet behandelt nur den Fall $\mu > 1$.

$$\frac{b}{(a+rb)^\mu}, \quad \frac{b}{(a+\overline{r+1}.b)^\mu}$$

als obere und untere Grenze, und damit

$$\frac{J}{b}+\frac{1}{(a+nb)^\mu} < S < \frac{J}{b}+\frac{1}{a^\mu},$$

also für $n=\infty$ als Grenzwerthe von S

$$\frac{J}{b} < S < \frac{J}{b}+\frac{1}{a^\mu}.$$

Für $\mu < 1$, $\mu = 1$ wird daher S unendlich resp. wie

$$\frac{(a+nb)^{1-\mu}}{b(1-\mu)}, \quad \frac{1}{b}\log(a+nb).$$

Liegt die Zahl x zwischen den ganzen Zahlen a und $a+1$, so ist für

$x-a < \frac{1}{2}$: $\quad (x) = x-a$,

$x-a = \frac{1}{2}$: $\quad (x) = 0$,

$x-a > \frac{1}{2}$: $\quad (x) = x-(a+1)$;

es genügt daher, in (nx) die Zahl x von 0 bis 1 vorauszusetzen. Das Symbol (nx) bleibt für jede Zahl n eine stetige Function von x, so lange nicht n von der Form $(2r+1)q$ und zugleich x in kleinsten Zahlen ausgedrückt in der Form $x=\frac{p}{2q}$ vorausgesetzt wird. Denn für einen solchen Werth von x folgt, für $\lim \varepsilon = 0$,

$$(qx)=0, \quad (q.\overline{x-\varepsilon})=+\tfrac{1}{2}, \quad (q.\overline{x+\varepsilon})=-\tfrac{1}{2},$$

und ebenso für jede beliebige ganze Zahl r

$$(\overline{2r+1}.qx)=0, \quad (\overline{2r+1}.q.\overline{x-\varepsilon})=+\tfrac{1}{2}, \quad (\overline{2r+1}.q.\overline{x+\varepsilon})=-\tfrac{1}{2}.$$

Ist x irrational, so kann (nx) nie Null werden.

Betrachtet man die für $f(x)$ angesetzte Reihe als eine unendliche, erhält man folgende Sätze:

I. Für jeden rationalen Werth von x ist die Reihe convergent.

II. Für die an $x=\frac{p}{2q}$ anliegenden irrationalen Werthe von x bildet die Reihe Sprünge, welche für $\mu>1$ endlich, für $\mu \overline{\gtrless} 1$ unendlich gross sind.

Zu I. Ist $x=\frac{p}{q}$ in den kleinsten Zahlen ausgedrückt, so sind sämmtliche Zahlen up, wo u eine ganze Zahl bedeutet, mit den Zahlen $1, 2, 3, \ldots,$ nach dem Modulus q congruent, es ist daher

$$(ux) = (u'x), \quad u \equiv u' \ (mod.\ q);$$
$$(ux) = -(u'x), \quad u \equiv -u' \ (mod.\ q).$$

Die sämmtlichen (nx) der Reihe $f(x)$ lassen sich daher in Gruppen von q Gliedern eintheilen. Für q ungerade sind die von Null verschiedenen Glieder einer jeden Gruppe mit den Zahlen

$$\pm\frac{1}{q},\quad \pm\frac{2}{q},\quad \ldots,\quad \pm\frac{q-1}{2q},$$

für q gerade mit den Zahlen

$$\pm\frac{1}{q},\quad \pm\frac{2}{q},\quad \ldots,\quad \pm\frac{q-2}{2q}$$

ohne Rücksicht auf Ordnung identisch.

Ist s der Index einer Gruppe, so sind die Zahlen n einer Gruppe

$$qs+a,\quad qs+b,\quad \ldots,\quad qs+q-a,\quad qs+q-b,$$

wo die Zahlen a, b, ..., $q-a$, $q-b$ mit den Zahlen $1, 2, \ldots, q-1$ ohne Rücksicht auf Ordnung identisch sind. Sind die Werthe von (nx) für $n=qs+a$, $qs+b$, ... positiv α, β, ..., so sind die Werthe von (nx) für $n=qs+q-a$, $qs+q-b$, ... gleich den Zahlen $-\alpha$, $-\beta$, ... Die Glieder von $f(x)$ der Gruppe s lassen sich daher zusammenfassen in A_s-B_s, wo

$$A_s=\frac{\alpha}{(qs+a)^{\mu}}+\frac{\beta}{(qs+b)^{\mu}}+\cdots,$$

$$B_s=\frac{\alpha}{(qs+q-a)^{\mu}}+\frac{\beta}{(qs+q-b)^{\mu}}+\cdots$$

Setzt man in B_s statt $q-a$, $q-b$, ... $q+a$, $q+b$, ..., so werden sämmtlich Brüche kleiner, es ist daher

$$B_s > A_{s+1}.$$

Die Reihe $f(x)$ lässt sich daher umformen in eine fallende Reihe mit regelmässigem Zeichenwechsel, sie ist daher convergent. Dass diese Umformung gestattet ist, erhellt daraus, dass, im Falle für das Schlussglied die Zahl n nicht als ein Vielfaches von q aufgefasst wird, die restirenden Glieder für hinreichend grosse Werthe von n verschwindend klein werden.

Zu II. Ist $x=\frac{p}{2q}$, $2r+1$ die grösste in $\frac{n}{q}$ enthaltene ungerade Zahl, so wird für $\lim \varepsilon=0$

$$f(x-\varepsilon)-f(x)=\frac{1}{2q^{\mu}}\left(\frac{1}{1^{\mu}}+\frac{1}{3^{\mu}}+\cdots+\frac{1}{(2r+1)^{\mu}}\right),$$

$$f(x+\varepsilon)-f(x)=-\frac{1}{2q^{\mu}}\left(\frac{1}{1^{\mu}}+\frac{1}{3^{\mu}}+\cdots+\frac{1}{(2r+1)^{\mu}}\right),$$

welche Ausdrücke für unendlich grosse Werthe von n, also auch von r für $\mu>1$ endlich sind, für $\mu<1$ aber unendlich werden wie

$$\frac{(1+2r)^{1-\mu}}{4(1-\mu)q^{\mu}}$$

oder, wegen $1+2r=\frac{n}{q}-\alpha$, $0\leq\alpha<2$, wie

$$\frac{n^{1-\mu}}{4(1-\mu)q}.$$

Für $\mu=1$ wird $f(x-\varepsilon)-f(x)$ unendlich wie

$$\frac{1}{-}\log n.$$

Aus der Formel für die Anzahl aller mit $2q$ relativen Primzahlen $p < 2q$ folgt, dass die Gesammtsumme der Sprünge für alle Zahlen q, welche dieselben Primzahlen enthalten, constant ist.

Das Integral der Function $f(x)$ wird durch Integration der einzelnen Glieder erhalten.

1. Ist $a \leqq \frac{1}{2}$, so ist

$$\int_0^a (x)\,dx = \int_0^a x\,dx = \frac{a^2}{2} = \frac{(a)^2}{2}.$$

2. Ist $\frac{1}{2} \leqq a \leqq 1$, so ist

$$\begin{aligned}\int_0^a (x)\,dx &= \int_0^{\frac{1}{2}} (x)\,dx + \int_{\frac{1}{2}}^a (x)\,dx \\ &= \int_0^{\frac{1}{2}} x\,dx + \int_{\frac{1}{2}}^a \overline{x-1}\,.\,dx \\ &= \int_0^a x\,dx - \int_{\frac{1}{2}}^a dx \\ &= \frac{a^2}{2} - a + \tfrac{1}{2} = \frac{\overline{a-1}^2}{2} = \frac{(a)^2}{2};\end{aligned}$$

die Unstetigkeit von x für $x = \frac{1}{2}$ hat auf das Integral keinen Einfluss.

3. Allgemein erhält man für jede reelle Zahl a

$$\int_0^a (x)\,dx = \frac{(a)^2}{2},$$

wobei aber im Integral $(a) = \pm \frac{1}{2}$ zu setzen ist, wenn a in der Mitte zweier ganzer Zahlen liegt. Das Integral

$$\int_0^a (x)\,dx$$

ist daher eine stetige Function von a.

4. Zur Bestimmung von

$$\int_0^a (mx)\,dx$$

setze man $a = \frac{t}{m} + r$, $r < \frac{1}{m}$. Damit wird

$$\int_0^a = \int_0^{\frac{1}{m}} + \int_{\frac{1}{m}}^{\frac{2}{m}} + \cdots + \int_{\frac{t-1}{m}}^{\frac{t}{m}} + \int_{\frac{t}{m}}^{a}.$$

Wegen

$$\int\limits_{\frac{s}{m}}^{\frac{s+1}{m}} (mx)\,dx = 0$$

wird

$$\int\limits_0^a (mx)\,dx = \int\limits_{\frac{t}{m}}^{a} (mx)\,dx = \frac{1}{m}\int\limits_0^{mr} (z)\,dz = \frac{(mr)^2}{2m} = \frac{(ma)^2}{2},$$

wo wieder im Integrale $(ma) = \pm \frac{1}{2}$ zu setzen ist, wenn ma in der Mitte zweier ganzer Zahlen liegt.

Damit erhält man folgenden Satz: Ist

$$f(x) = \frac{(x)}{1^\mu} + \frac{(2x)}{3^\mu} + \cdots + \frac{(nx)}{n^\mu},$$

so ist

$$\int\limits_0^a f(x)\,dx = \frac{(a)^2}{1^{\mu+1}} + \frac{(2a)^2}{2^{\mu+1}} + \cdots + \frac{(na)^2}{n^{\mu+1}}.$$

Dabei ist im Integrale $(ra) = \pm \frac{1}{2}$ für $ra = \frac{p}{2}$.

Das Integral bleibt für $\mu > 0$ endlich, wenn n unendlich gross vorausgesetzt wird.

Aus der oben mitgetheilten Form des Sprunges, sowie aus dem Umstande, dass für $lim. \varepsilon = 0$ $f(x-\varepsilon) - f(x)$ und $f(x+\varepsilon) - f(x)$ für $x = \frac{p}{2q}$ entgegengesetzte Werthe annehmen, erklärt sich die Endlichkeit des Integrals für $\mu \leqq 1$.* Die unendlich grossen Elemente des Integrals heben sich in der Summe in ähnlicher Weise, wie dies im Integrale, durch welches eine Kugelfunctionenreihe gegeben ist, geschieht.

Schliesslich möge noch die Entwickelung von (nx) in eine trigonometrische Reihe folgen.

Setzt man

$$(nx) = A_1 \sin \pi x + A_2 \sin 2\pi x + \cdots,$$

so ist

$$A_r = 2\int\limits_0^1 (nx) \sin r\pi x\,dx.$$

Zerlegt man dieses Integral in Theile, deren Grenzenunterschied $\frac{1}{n}$ ist, so wird

---

* In diesem Sinne muss die Bemerkung Riemann's in § 13 seiner Abhandlung, betreffend die Integrirbarkeit der Function $f(x)$ für $\mu = 1$, berichtigt werden. Aehnliches gilt auch von dem nächsten Beispiele dieses Paragraphen.

$$\int_{\frac{s}{n}}^{\frac{s+1}{n}} (nx) \sin r\pi x \, dx = \frac{1}{n}\int_0^1 (z) \sin \frac{r\pi}{n}(s+z)\, dz$$
$$= -\frac{1}{r\pi} \cos \frac{r\pi}{n}(s+\tfrac{1}{2}) + \frac{n}{r^2\pi^2}\left(\sin\frac{r\pi}{n}(s+1) - \sin\frac{r\pi}{n}s\right),$$

also

$$A_r = -\frac{2}{r\pi}\sum_{s=0}^{s=n-1} \cos\frac{r\pi}{n}(s+\tfrac{1}{2}) = -\frac{2}{r\pi}\,\frac{\sin r\pi}{2\sin\frac{r\pi}{2n}}.$$

Ist r kein Vielfaches von $2n$, so ist

$$A_r = 0.$$

Ist $r = 2\alpha n$ (α eine ganze Zahl), so muss die obige Cosinussumme direc gerechnet werden; da jedes Glied dieser Summe $\cos\alpha\pi$ ist, so folgt

$$A_{2\alpha n} = \frac{(-1)^{\alpha+1}}{\alpha\pi}.$$

Setzt man

$$(nx) = B_0 + B_1 \cos\pi x + B_2 \cos 2\pi x + \cdots,$$

so erhält man ähnlich wie bei der Sinusreihe

$$B_r = \frac{2}{r\pi}\sum_{s=0}^{s=n-1} \sin\frac{r\pi}{n}(s+\tfrac{1}{2}) - \frac{2n}{r^2\pi^2}(1-\cos r\pi)$$
$$= \frac{2(1-\cos r\pi)}{r\pi}\left(\frac{1}{2\sin\frac{r\pi}{2n}} - \frac{n}{r\pi}\right),$$

also, da für $r = 2\alpha n$ die Sinussumme Null wird,

$$B_{2\alpha} = 0, \quad B_{2\alpha+1} = \frac{4}{(2\alpha+1)\pi}\left(\frac{1}{2\sin\frac{(2\alpha+1)\pi}{2n}} - \frac{n}{(2\alpha+1)\pi}\right).$$

---

14) $$\Pi(u, a) = \left(V + \frac{C}{r}\right) u + W + \frac{D}{r}$$

oder in Legendre'scher Bezeichnung:

15) $$\cot\theta\, \Delta\theta\, (\Pi_0(\varphi, n) - F(\varphi)) = \left(V + \frac{C}{r}\right) F(\varphi) + \left(W + \frac{D}{r}\right).$$

In dieser Formel können wir, da es sich um unbestimmte Integrale handelt, den constanten Summanden $\frac{D}{r}$ fortlassen; ist nun noch entweder m ungerade, oder m und m' gleichzeitig gerade, so ist auch $C = 0$ und es ist dann, wenn wir:

$$\sin\varphi = x$$

setzen und die Bezeichnungen W_1 für die in 8) unter dem Logarithmus stehende Grösse, welche also eine algebraische Function von x ist, sowie:

$$A = 1 + \frac{tg\,\theta}{\Delta\theta} \cdot V, \quad B = \frac{1}{2r} \frac{tg\,\theta}{\Delta\theta},$$

welche beide Grössen für x constant sind, einführen:

16) $$\int \frac{dx}{(1 + n x^2)\sqrt{R}} = A \cdot \int \frac{dx}{\sqrt{R}} + B . \log W_1, \quad R = (1 - x^2)(1 - k^2 x^2).$$

In dem einen Falle jedoch, dass m gerade und m' ungerade ist, kann die Formel 15) nicht ohne Weiteres angewandt werden; nimmt man jedoch das letzte Glied in V und gleichzeitig das einzige, was darin ebenfalls unendlich wird, mit $\frac{C}{r}$ zusammen, so kann man diese Summe in der Art darstellen:

$$\left[\frac{k^2}{r} \sin am\, a \sin am\, (mK + im'K' + \delta) \sin am\, (mK + im'K' + \delta - a) \right.$$
$$\left. + \frac{1}{r} \cot am\, \delta\, \Delta\, am\, \delta \right]_{\delta = 0}.$$

Dies ist:

$$= \frac{1}{r} \left[\frac{\sin am\, \delta}{\sin am\, \delta \sin am\, (\delta - a)} + \frac{\cos am\, \delta\, \Delta\, am\, \delta}{\sin am\, \delta}\right]_{\delta = 0}$$
$$= \frac{1}{r} \frac{\cos am\, a\, \Delta\, am\, a}{\sin am\, a},$$

also eine endliche Grösse. Somit bleibt also auch in diesem Falle die Gleichung 14) verwendbar. — Die Fälle $a = K$, $a = K + iK'$, $a = iK'$ oder $n = -k^2$, $n = -1$, $n = \infty$ sind jedoch wirkliche Ausnahmefälle.

Was nun Legendre's Angaben betrifft, so sagt er in seinem dritten Falle, es solle $F(\theta)$ ein rationaler aliquoter Theil von F^1 oder K sein, d. h. also, es solle

17) $$a = \frac{m}{r} K$$

sein. — In seinem zweiten Falle setzt er:

und verlangt, dass $F(\theta')$ ein rationaler aliquoter Theil von K', e
sein soll. Setzen wir nun $\theta' = am(a', k')$, so ist:

$$a' = \frac{p}{r} K';$$

ist nun auch gleichzeitig:

$$n = -k^2 \sin^2 am\, a,$$

so ist:

$$k \sin am\, a = \Delta am(a', k');$$

daraus folgt aber:

$$a = ia' + K + iK',$$

somit:

18) $$a = \frac{rK + i(r+p)K'}{r}.$$

In seinem ersten Falle endlich setzt Legendre:

$$n = \cot^2 \theta''$$

und verlangt, dass $F(\theta'', k')$ ein rationaler aliquoter Theil von k'
wenn $\theta'' = am(a'', k')$ gesetzt wird, dass etwa

$$a'' = \frac{q}{r} K'$$

sein solle. Zwischen a und a'' gilt nun die Beziehung:

$$\cot^2 am(a'', k') = -k^2 \sin^2 am\, a;$$

es ist aber allgemein:

$$tg\, am(K + iu) = \frac{i}{k' \sin am(u, k')},$$

also folgt durch Vertauschung von k mit k':

$$a'' = K' + ia$$

und daraus:

19) $$a = \frac{(r-q)iK'}{r}.$$

Wie man sieht, subsumiren sich die drei Bedingungen 17),
19) unter die eine 13), und wir ziehen nun noch den umgekehrten
Nur dann, wenn a die Form 13) hat, lässt sich $\Pi_0(\varphi, n)$ auf $F($
ciren.

Die Durchführung selbst ist mittels der Legendre'schen
abgesehen von ganz einfachen Fällen ($r = 2$), äusserst mühsam
unternehmen sie auf völlig anderem Wege.

§ 2. Wir benutzen zu dem Zwecke eine von Abel in seiner
lung: Sur les transcendentes elliptiques* angewandte Methode.
und Q_0 ganze rationale Functionen von x, welche keinen gemeinsam
miteinander haben mögen, und, wie früher:

$$R = (1 - x^2)(1 - k^2 x^2),$$

sodann:

20) $$L = \log \frac{P_0 + Q_0 \sqrt{R}}{P_0 - Q_0 \sqrt{R}}.$$

---

* Chap. II, pag. 106 des II. Bandes der Nouvelle édition (1881) sein

Dann ist:

$$\frac{dL}{dx}=\frac{P_0 Q_0 \frac{dR}{dx}+2\left(P_0\frac{dQ_0}{dx}-Q_0\frac{dP_0}{dx}\right)R}{(P_0^2-Q_0^2R)\sqrt{R}}.$$

Wir führen nun die Functionen M und N ein, welche beide rational und ganz in x sind:

21) $$M=P_0 Q_0 \frac{dR}{dx}+2\left(P_0\frac{dQ_0}{dx}-Q_0\frac{dP_0}{dx}\right)R,$$

22) $$N=P_0^2-Q_0^2R;$$

also:

23) $$\frac{dL}{dx}=\frac{M}{N\sqrt{R}} \text{ und } \int\frac{M\,dx}{N\sqrt{R}}=L=\log\frac{P_0+Q_0\sqrt{R}}{P_0-Q_0\sqrt{R}}.$$

Durch Differentiation von 22) bringt Abel M noch auf eine andere Form, nämlich:

24) $$M=\frac{2N\frac{dP_0}{dx}-P_0\frac{dN}{dx}}{Q_0}.$$

Aus dieser Gleichung folgt: Besitzt N irgend einen Factor $x-c$ zur etwa p^{ten} Potenz erhoben, so steckt er auch in M zur $p-1^{\text{ten}}$ Potenz erhoben; hat ferner P_0 mit R einen Factor gemeinsam, so ist er, wie 22) zeigt, auch in N (und zwar nur in erster Potenz) enthalten, aber auch in M, wie aus 21) oder 24) zu ersehen. In dem Quotienten $\frac{M}{N}$ hat der Nenner also nur ungleiche Factoren, deren keiner in R enthalten ist. — Weiter beweist Abel, dass $\frac{M}{N}$ höchstens vom ersten Grade sein kann. Sei nämlich P vom m^{ten}, Q vom n^{ten} Grade, so ist zu unterscheiden, ob:

$$m \gtreqless n+2$$

ist; ist $m \geq n+3$, so ist N vom $2m^{\text{ten}}$ und nach 21) M höchstens vom $m+n+3^{\text{ten}}$, also $\frac{M}{N}$ höchstens vom $n+3-m^{\text{ten}}$, d. i. höchstens vom nullten Grade; wenn $m \leqq n+1$ ist, so ist N vom $2n+4^{\text{ten}}$, M höchstens vom $m+n+3^{\text{ten}}$, $\frac{M}{N}$ vom $m-n-1^{\text{ten}}$, d. i. wieder höchstens vom nullten Grade; ist endlich $m=n+2$, so ist N vom $2n+4^{\text{ten}}$ oder einem geringeren, etwa dem μ^{ten} Grade; dann ist nach 24) M höchstens vom $\mu+m-1-n=\mu+1^{\text{ten}}$, also $\frac{M}{N}$ höchstens vom ersten Grade.

Jetzt kommen wir zur Anwendung dieser Formeln und verlangen, dass der Nenner von $\frac{M}{N}$ aus dem einen linearen Factor $(1+gx)$ bestehen soll; um dies zu erreichen, muss man suchen, P_0 und Q_0 so zu bestimmen, dass [illegible] $(1+gx)^r$, oder $H(1+gx)^r$ multiplicirt mit einem in R ent- [illegible] P zuertheilt werden muss, erhält

$$\frac{M}{N}=\frac{a+bx+cx^2}{1+gx} \text{ oder } \frac{M}{N}=\frac{a_1}{1+gx}+b_1+c_1x,$$

wobei r als gegeben zu denken, H, g, a, b, c, a_1, b_1, c_1 zu bestimmende Constanten sind. Denken wir uns den letzteren Werth von $\frac{M}{N}$ in 23) eingesetzt und dann integrirt, so erhalten wir die Gleichung:

$$a_1\int\frac{dx}{(1+gx)\sqrt{R}}+b_1\int\frac{dx}{\sqrt{R}}+c_1\int\frac{x\,dx}{\sqrt{R}}=\log\frac{P_0+Q_0\sqrt{R}}{P_0-Q_0\sqrt{R}}.$$

Das letzte Integral ist algebraisch und liefert einen logarithmischen Ausdruck, der sich mit dem auf der rechten Seite stehenden zu einem ähnlich gebildeten zusammenziehen lässt. Wir erhalten somit eine Gleichung von folgender Form:

25) $$\int\frac{dx}{(1+gx)\sqrt{R}}=A_1\cdot\int\frac{dx}{\sqrt{R}}+B_1.\log\frac{P_1+Q_1\sqrt{R}}{P_1-Q_1\sqrt{R}}.$$

Mögen jetzt T, U, V, W vorübergehend ganze gerade Functionen von x bedeuten und sei:

$$P_1=T+x.U,\quad Q_1=V+x.W;$$

setze ich dann in 25): $-x$ statt x und ziehe die entstehende Gleichung von 25) selbst ab, so erhalte ich:

26) $$2\int\frac{dx}{(1-g^2x^2)\sqrt{R}}$$

$$=2A_1\int\frac{dx}{\sqrt{R}}+B_1\log\frac{\{T+xU+(V+xW)\sqrt{R}\}\{T-xU-(V-xW)\sqrt{R}\}}{\{T+xU-(V+xW)\sqrt{R}\}\{T-xU+(V-xW)\sqrt{R}\}}.$$

Die Grösse unter dem Logarithmus hat, wenn X und Y wieder ganze gerade Functionen von x sind, deren Bedeutung an sich klar ist, die Form:

$$\frac{X+xY\sqrt{R}}{X-xY\sqrt{R}};$$

es kann aber geschehen, dass sich X durch x^2 oder durch R theilen lässt; heben wir dann den Bruch im ersten Falle durch x, im zweiten durch $\sqrt{R}$, so wird der Coefficient von $\sqrt{R}$ eine gerade und das rationale Glied eine ungerade Function von x. Bezeichnen wir also den Bruch mit:

$$\frac{P+Q\sqrt{R}}{P-Q\sqrt{R}}$$

und setzen:

$$-g^2=n,$$

so entsteht aus 26) eine Gleichung der Form:

27) $$\int\frac{dx}{(1+nx^2)\sqrt{R}}=A\int\frac{dx}{\sqrt{R}}+B.\log\frac{P+Q\sqrt{R}}{P-Q\sqrt{R}},$$

wobei wir wissen, dass von den beiden Functionen P und Q die eine gerade, die andere ungerade ist, dass deshalb [21) zufolge] M eine gerade Function und daher der Form nach:

$$\frac{M}{N} = \frac{c + c_1 x^2}{1 + n x^2}$$

ist. Uebrigens bemerke ich sogleich, dass dieselbe Form der Function unter dem Logarithmus auch noch in anderer Art hervorgebracht werden kann.*

Ich nehme nun an, dass P mit R keinen gemeinsamen Factor habe, verstehe unter r eine gegebene positive Zahl und setze:

28) $$N = P^2 - Q^2 R = H(1 + n x^2)^r.$$

Dass $1 + gx$ und $1 - gx$ in N gleich oft vorkommen müssen, folgt aus der Ableitung der Gleichungen 26) oder 27) aus 25). Ist nämlich, um es etwas allgemeiner zu sagen:

$$P_1^2 - Q_1^2 R = N_1, \quad P_2^2 - Q_2^2 R = N_2$$

und:

$$P \pm Q\sqrt{R} = (P_1 \pm Q_1\sqrt{R})(P_2 \mp Q_2\sqrt{R}),$$

so ist:

29) $$N = P^2 - Q^2 R = N_1 . N_2 .$$

§ 3. Ich nehme jetzt zuerst r als ungerade Zahl ($= 2p + 1$) an und setze:

30) $$\begin{cases} P = x(\alpha + \alpha_1 x^2 + \alpha_2 x^4 + \cdots + \alpha_p x^{2p}), \\ Q = 1 + \beta_1 x^2 + \beta_2 x^4 + \cdots + \beta_{p-1} x^{2p-2}. \end{cases}$$

Die Annahme von P als ungerader Function ist willkürlich und bedingt einen bestimmten Charakter von n; die Form des Ausdrucks von Q ergiebt sich dann von selbst. Setzen wir nämlich z. A.:

$$x^2 = t,$$

so geht die Gleichung 28) über in:

31) $$t(\alpha + \alpha_1 t + \cdots + \alpha_p t^p)^2 - (1 + \beta_1 t + \cdots + \beta_{p-1} t^{p-1})^2 R = H(1 + nt)^{2p+1},$$

wir haben also bei der Vergleichung der Potenzen von t $2p + 2$ Gleichungen für die unbekannten Grössen n, H, α, $\alpha_1, \ldots, \alpha_p$, $\beta_1, \ldots, \beta_{p-1}$, deren Anzahl ebenfalls $2p + 2$ ist.

Bei der Auflösung dieser Gleichungen, die nun den wesentlichsten Theil der ganzen Betrachtung bildet, verfahre ich in folgender Art. Ich dividire 31) durch $Q^2 . t$ und führe die Bezeichnungen ein:

32) $$\begin{cases} k^2 = \lambda, \quad \alpha + \alpha_1 t + \cdots + \alpha_p t^p = T, \quad T : Q = Z, \\ \dfrac{H(1 + nt)^{2p+1}}{t . Q^2} = W. \end{cases}$$

Dadurch wird die genannte Gleichung:

33) $$Z^2 = \frac{1}{t} - (1 + \lambda) + \lambda t + W.$$

Setze ich jetzt $t = -\frac{1}{n}$, so geht W fort und es wird, wenn ich der Kürze wegen den Index 0 an Stelle der Marke $t = -\frac{1}{n}$ einführe:

34) $$Z_0^2 = -\frac{n^2 + (1 + \lambda)n + \lambda}{n} = -\frac{(n + \lambda)(n + 1)}{n}.$$

* S. später § 6 Gl. 62 und das [1]

Differentiire ich nun die Gleichung 33) $2p$-mal nach t und setze dann jedesmal $t = -\frac{1}{n}$, so verschwinden noch immer die von W abhängigen Grössen und ich kann nacheinander die Grössen:

$$Z_0 Z'_0, \; Z_0 Z''_0, \; \ldots, \; Z_0 Z^{(2p)}_0$$

rational durch n ausdrücken. Denke ich mir vorläufig dies geschehen. Differentiire ich dann die Gleichung:

$$QZ = T$$

ebenfalls $2p$-mal, so haben die letzten p Gleichungen auf der rechten Seite Nullen, weil der $p+1^{\text{te}}$ Differentialquotient von T schon Null ist, und bilden ein lineares System Gleichungen für Q und seine ersten $p-1$ Differentialquotienten. Eliminirt man diese Grössen und setzt $t = -\frac{1}{n}$, so erhält man die verlangte Gleichung für n mit rationalen Coefficienten. Nach deren Auflösung kann man dann linear Q und seine Differentialquotienten für $t = -\frac{1}{n}$ und aus ihnen nacheinander die Grössen $\beta_{p-1}, \beta_{p-2}, \ldots, \beta_2, \beta_1$ finden und schliesslich aus den ersten $p+1$ Gleichungen nacheinander die Grössen $\alpha_p, \alpha_{p-1}, \ldots, \alpha_2, \alpha_1, \alpha$.

Schreiten wir nunmehr zur Ausführung. Die durch Differentiation nach t aus 33) folgenden Gleichungen sind:

$$2ZZ' = -\frac{1}{t^2} + \lambda + W', \quad 2ZZ'' + 2Z'^2 = \frac{2}{t^3} + W'' \text{ etc.},$$

und wenn man $t = -\frac{1}{n}$ einsetzt:

$$Z_0 Z'_0 = -\frac{1}{2}(n^2 - \lambda),$$

$$Z_0 Z''_0 + Z'^2_0 = -\frac{1.2}{2} n^3,$$

$$\ldots\ldots\ldots\ldots\ldots$$

$$Z_0 Z_0^{(h)} + (h)_1 Z'_0 Z_0^{(h-1)} + (h)_2 Z''_0 Z_0^{(h-2)} + \cdots$$
$$+ \left\{ \begin{matrix} (h)_{\frac{h-1}{2}} Z_0^{(h-1)} Z_0^{(h+1)} \; (h \text{ ungerade}) \\ \frac{1}{2}(h)_{\frac{h}{2}} Z_0^{(h)} Z_0^{(h)} \; (h \text{ gerade}) \end{matrix} \right\} = -\frac{h!}{2} n^{h+1}.$$

Führen wir nun die Function $\psi_{2h}(n)$ mittels der Gleichung:

$$35) \qquad Z_0^{2h-1} Z_0^{(h)} = \tfrac{1}{2} \psi_{2h}(n)$$

ein und multipliciren die voranstehenden Gleichungen bezüglich mit $1, Z_0^2, \ldots, Z_0^{2h-2}$, so erhalten wir mit Rücksicht auf 34):

$$36)\begin{cases} \psi_2(n) = -n^2+\lambda, \\ 2\psi_4(n)+\psi_2^2(n) = 2.1.2n^2(n+1)(n+\lambda), \\ \cdots\cdots\cdots\cdots, \\ 2\psi_{2h}(n)+(h)_1\,\psi_2(n)\,\psi_{2h-2}(n)+\cdots \\ +\left\{\begin{matrix} (h)_{\frac{h-1}{2}}\,\psi_{h-1}(n)\,\psi_{h+1}(n) & (h \text{ unger.}) \\ \frac{1}{2}(h)_{\frac{h}{2}}\,\psi_h(n)\,\psi_h(n) & (h \text{ gerade}) \end{matrix}\right\} = 2.(-1)^h h!\, n^2(n+1)^{h-1}(n+\lambda)^{h-1}. \end{cases}$$

Diese Gleichungen zeigen zunächst, dass die $\psi(n)$ rationale ganze Functio nen von n sind, sowie dass $\psi_2(n)$ vom zweiten, $\psi_4(n)$ vom vierten, $\psi_{2h}(n)$ vom $2h^{\text{ten}}$ Grade ist, dass also der Index den Grad bezüglich n angiebt. Ferner sind die ersten drei:

$$37)\begin{cases} \psi_2(n) = -(n^2-\lambda), \\ \psi_4(n) = \frac{1}{2}(3n^4+4(1+\lambda)n^3+6\lambda n^2-\lambda^2), \\ \psi_6(n) = -\frac{1}{4}(15n^6+36(1+\lambda)n^5+3(8+29\lambda+8\lambda^2)n^4+60\lambda(1+\lambda)n^3 \\ \qquad\qquad +45\lambda^2 n^2-3\lambda^3). \end{cases}$$

Die Coefficienten der höchsten Potenz sind also: -1, $\frac{1}{2}.1.3$, $-\frac{1}{4}.1.3.5$, und der nullten Potenz: $+1$, $-\frac{1}{2}.1$, $+\frac{1}{4}.1.3$; jetzt kann man mittels des Schlusses von n auf $n+1$ und, wenn man in die Gleichung:

$$x(x+d)\ldots(x+\overline{n-1}d)+(n)_1\,x(x+d)\ldots(x+\overline{n-2}d).y+\cdots$$
$$+y(y+d)\ldots(y+\overline{n-1}d) = (x+y)(x+y+d)\ldots(x+y+\overline{n-1}d)$$

für x und für y den Werth $-\frac{1}{2}$, für d den Werth -1 und für n den Werth h einsetzt, die Richtigkeit der beiden angedeuteten Gesetze für $\psi_{2h}(n)$ beweisen, wenn sie bis $\psi_{2h-2}(n)$ gelten; wir können demgemäss schreiben:

$$38)\quad \psi_{2h}(n) = \frac{(-1)^h}{2^{h-1}}(1.3.5\ldots(2h-1)n^{2h}+\cdots-1.3.5\ldots(2h-3)\lambda^h).$$

Aus der Gleichung $QZ=T$ folgt durch $2p$-malige Differentiation und wenn dann $t=-\frac{1}{n}$ gesetzt wird, folgendes System:

$$39)\begin{cases} Q_0Z_0 = T_0, \\ Q_0Z'_0+Q'_0Z_0 = T'_0, \\ \cdots\cdots\cdots, \\ Q_0Z_0^{(p-1)}+(p-1)_1\,Q'_0Z_0^{(p-2)}+\cdots+(p-1)_{p-1}\,Q_0^{(p-1)}Z_0 = T_0^{(p-1)}, \\ Q_0Z_0^{(p)}+(p)_1\,Q'_0Z_0^{(p-1)}+\cdots+(p)_{p-1}\,Q_0^{(p-1)}Z'_0 = T_0^{(p)}; \end{cases}$$

$$40)\begin{cases} Q_0Z_0^{(p+1)}+(p+1)_1\,Q'_0Z_0^{(p)}+\cdots+(p+1)_{p-1}\,Q_0^{(p-1)}Z''_0 = 0, \\ \cdots\cdots\cdots\cdots, \\ Q_0Z_0^{(2p)}+(2p)_1\,Q'_0Z_0^{(2p-1)}+\cdots+(2p)_{p-1}\,Q_0^{(p-1)}Z_0^{(p+1)} = 0. \end{cases}$$

Durch Elimination von $Q_0, Q'_0, \ldots, Q_0^{(p-1)}$ aus den Gleichungen 40) folgt:

$$\begin{vmatrix} Z_0^{(p+1)} & (p+1)_1\,Z_0^{(p)} & \ldots & (p+1)_{p-1}\,Z''_0 \\ \cdots & \cdots & \cdots & \cdots \\ Z_0^{(2p)} & (2p)_1\,Z_0^{(2p-1)} & \ldots & (2p)_{p-1}\,Z_0^{(p+1)} \end{vmatrix} = 0,$$

oder, wenn man sämmtliche Elemente der ersten Horizontalreihe mit $2Z_0^3$, diejenigen der zweit[illegible] u. s. w., die der letzten mit $2Z_0^{2p+1}$ multiplicirt und sodann alle Elemente der ersten Verticalreihe mit Z_0^{2p-2}, der zweiten mit Z_0^{2p-4} u. s. w., die der letzten mit 1:

$$41)\quad \begin{vmatrix} \psi_{2p+2}(n) & (p+1)_1\,\psi_{2p}(n) & (p+1)_2\,\psi_{2p-2}(n) & \ldots & (p+1)_{p-1}\,\psi_4(n) \\ \psi_{2p+4}(n) & (p+2)_1\,\psi_{2p+2}(n) & (p+2)_2\,\psi_{2p}(n) & \ldots & (p+2)_{p-1}\,\psi_6(n) \\ \cdot & \cdot & \cdot & \cdot & \cdot \\ \psi_{4p}(n) & (2p)_1\,\psi_{4p-2}(n) & (2p)_2\,\psi_{4p-4}(n) & \ldots & (2p)_{p-1}\,\psi_{2p+2}(n) \end{vmatrix} = 0.$$

Dies ist die gesuchte Gleichung für n; sie ist, wie man z. B. aus dem Diagonalglied erkennt, vom $(2p+2).p^{\text{ten}}$ oder $\frac{r^2-1}{2}^{\text{ten}}$ Grade, wenn nicht etwa der Coefficient der höchsten oder der nullten Potenz von n verschwindet. Dass Beides nicht der Fall ist, lässt sich folgendermassen darthun. Zunächst darf man, wie leicht zu ersehen, in der Determinante 41) alle Functionen ψ durch die betreffende in 38) in $\frac{(-1)^k}{2^{k-1}}$ multiplicirte Klammer ersetzen; dann wird der Coefficient von n^{2p+2} die Determinante:

$$42)\quad \begin{vmatrix} 1.1.3\ldots(2p+1) & (p+1)_1\,1.3\ldots(2p-1) & \ldots & (p+1)_{p-1}\,1.3 \\ \cdot & \cdot & \cdot & \cdot \\ 1.1.3\ldots(4p-1) & (2p)_1\,1.3\ldots(4p-3) & \ldots & (2p)_{p-1}\,1.3\ldots(2p+1) \end{vmatrix}.$$

Nun ist aber für jedes ganze positive m und k:

$$\begin{vmatrix} 1 & (m)_1 & (m)_2 & \ldots & (m)_k \\ 1 & (m+1)_1 & (m+1)_2 & \ldots & (m+1)_k \\ \cdot & \cdot & \cdot & \cdot & \cdot \\ 1 & (m+k)_1 & (m+k)_2 & \ldots & (m+k)_k \end{vmatrix} = 1,$$

also muss die Anzahl der ungeraden Glieder selbst eine ungerade Zahl* sein.

Multiplicirt man nun sämmtliche Elemente dieser Determinante mit beliebigen ungeraden Zahlen, so muss das Resultat wieder eine **ungerade** Zahl sein; dies ist aber in 42) geschehen, also kann deren Werth niemals Null sein, und aus demselben Grunde auch nicht das von n freie Glied. Der Grad der Gleichung 41) bleibt also stets der vorhin angegebene.

Ist 41) aufgelöst, so folgen aus 40) für ein bestimmtes n die Verhältnisse $Q_0 : Q_0^{(p-1)}$, $Q'_0 : Q_0^{(p-1)}$, ..., $Q_0^{(p-2)} : Q_0^{(p-1)}$ und hieraus linear β_1, $\beta_2, \ldots, \beta_{p-1}$. Multiplicirt man dann 39) mit Z_0, so folgen direct nacheinander die Grössen $\alpha_p, \alpha_{p-1}, \ldots, \alpha_2, \alpha_1, \alpha$. Dann folgt noch direct aus 31) $H=-1$, aus 21) (worin P, Q statt P_0, Q_0 zu lesen ist) M und sonach die Gleichung 27) aus 23). Welches Zeichen vorher dem Z_0 und somit der Function T und der Function P ertheilt wurde, ist gleichgiltig; denn geht P in $-P$ über, so verwandelt sich:

$$\log\frac{P+Q\sqrt{R}}{P-Q\sqrt{R}} \text{ in } \log\frac{-P+Q\sqrt{R}}{-P-Q\sqrt{R}} = -\log\frac{P+Q\sqrt{R}}{P-Q\sqrt{R}},$$

gleichzeitig aber auch, wie 21) zeigt, M in $-M$; die der Gleichung 23) entsprechende:

---

* Diese Zahl scheint Eins zu sein.

$$\int \frac{M}{N} \frac{dx}{\sqrt{R}} = \log \frac{P+Q\sqrt{R}}{P-Q\sqrt{R}} \tag{43}$$

bleibt also ungeändert.

§ 4. In § 1 ist gezeigt worden, dass eine Gleichung von der Form 16) existirt, so oft [s. 13)]:

$$a = \frac{mK + m'iK'}{r}$$

ist. Für ein bestimmtes ungerades r zerfallen diese Werthe bezüglich der Wahl von m und m' in vier Classen, nämlich derart, dass:

$$\text{I. } \left.\begin{matrix} sin \\ cos \\ \varDelta \end{matrix}\right\} am(ra) = \infty, \quad \text{II } sin\,am(ra) = 0, \quad \text{III. } cos\,am(ra) = 0, \quad \text{IV. } \varDelta\,am(ra) = 0$$

ist. Im ersten Falle sind solche Werthe von (ra), für welche $sin^2 am\, a$ alle überhaupt möglichen voneinander verschiedenen Werthe erhält, folgende, wenn $r = 2p+1$ gesetzt wird:

$$44) \left\{\begin{array}{l} ra = (2h+1)iK' + 2qK \text{ oder } ra = (2p+1)iK' + 2q_1 K, \\ h = 0, 1, 2, \ldots, (p-1), \; q = -p, \; -(p-1), \ldots, -1, 0, +1, \ldots, p, \\ q_1 = 1, 2, \ldots, p. \end{array}\right.$$

Die Anzahl derselben ist also $p(2p+1) + p = p(2p+2)$ oder $\frac{r^2-1}{2}$; die Werthe für ra in der zweiten Classe erhält man durch Vermehrung der genannten um iK', in der dritten um $K + iK'$, in der vierten um K.

Ich gehe nun daran, zu beweisen, dass die Gleichung 41) diejenigen Werthe für n liefert, für welche, wenn $n = -k^2 sin^2 am\, a$ gesetzt wird, $sin\,am(ra) = \infty$ ist. Nachher werde ich zeigen, wie die anderen Fälle ohne Auflösung einer neuen Gleichung sich auf diesen zurückführen lassen.

Zu genanntem Zwecke untersuchen wir, welche Form W in Gleichung 16) und somit

$$\frac{P+Q\sqrt{R}}{P-Q\sqrt{R}}$$

in Gleichung 27) in den genannten vier Classen haben muss. W_1 ist die Grösse, die in den Gleichungen 6) oder 8) unter dem Logarithmus steht; wir theilen das Product in die beiden: $h = 2$ bis $r-1$ und $h = r$; das erste sei W_2, der letztere Ausdruck W_3. Setzen wir in W_1 [Gl. 8)] $sin\,\varphi = x$ und bezeichnen mit a_h und b_h von x unabhängige Grössen, so können wir schreiben:

$$W_2 = \prod_{h=2}^{r-1} \frac{1 - a_h k^2 x^2 - b_h k^2 x \sqrt{R}}{1 - a_h k^2 x^2 + b_h k^2 x \sqrt{R}};$$

unter der Voraussetzung, dass keiner dieser Brüche sich durch $\sqrt{1-x^2}$ oder $\sqrt{1-k^2x^2}$ heben lasse, nimmt das Product die Form an:

45) $$W_2 = \frac{U + xV\sqrt{R}}{U - xV\sqrt{R}},$$

wobei U und V gerade Functionen von x bedeuten, so zwar, dass U sich weder durch $(1-x^2)$, noch durch $(1-k^2x^2)$ theilen lässt. Würde der eben ausgeschlossene Fall bei einem oder mehreren Brüchen eintreten, so könnte hierdurch die Form von W_2 wesentlich modificirt werden; wir müssen daher die Berechtigung unserer Voraussetzung beweisen. Es ist also nachzusehen, ob der Zähler (und auch der Nenner) irgend eines Bruches für $x = \pm 1$ oder für $x = \pm \frac{1}{k}$ verschwinden kann. Wir nehmen dazu die andere Form von W_1 [aus Gl. 6)], bezeichnen irgend einen Zähler mit $\varphi(u)$ und setzen, dem $x = \pm 1$ entsprechend, $u = \pm K$, dann ist:

$$\varphi(K) = \varphi(-K) = 1 + k^2 \sin am(a) \sin am(\overline{h-1}\, a) \frac{\cos am(ha)}{\varDelta\, am(ha)},$$

aber:

$$\sin am(\overline{h-1}\, a) = \frac{\sin am(ha) \cos am\, a\, \varDelta\, am\, a - \sin am\, a \cos am(ha)\, \varDelta\, am(ha)}{1 - k^2 \sin^2 am(ha) \sin^2 am\, a}.$$

Setzt man diesen Ausdruck ein, so erhält man nach leichten Reductionen:

$$\varphi(K) = \varphi(-K) = \frac{\varDelta\, am(\overline{h-1}\, a)}{\varDelta\, am(ha)}.$$

Da h höchstens $= r-1$ ist, so ist dieser Ausdruck stets zweifellos sowohl von 0 wie von ∞ verschieden. Ebenso ergiebt sich, wenn wir $x = \pm \frac{1}{k}$, also $u = \pm (K + iK')$ setzen:

$$\varphi(K + iK') = \varphi(-K - iK') = \frac{\cos am(\overline{h-1}\, a)}{\varDelta\, am(ha)},$$

also auch weder 0 noch ∞.

Wir kommen nun zu W_3 und betrachten zuerst den unbequemsten Fall: $\sin am(ra) = \infty$; wir wenden uns wieder an die Form in 6):

$$W_3 = \frac{1 - k^2 \sin am\, u \sin am\, a \sin am(\overline{r-1}\, a) \sin am(ra - u)}{1 + k^2 \sin am\, u \sin am\, a \sin am(\overline{r-1}\, a) \sin am(ra + u)}.$$

Nach dem in 44) angegebenen Schema hat ra die Form: $ra = 2qK + (2h+1)iK'$. Wir fügen nun noch die sehr kleine Grösse δ hinzu und führen die Abkürzung a_0 ein, so dass wir haben:

$$ra = 2qK + (2h+1)iK' + \delta, \quad a = \frac{2qK + (2h+1)iK'}{r} + \frac{\delta}{r} = a_0 + \frac{\delta}{r}.$$

Dann ist:

$$\sin am(ra - a) = (-1)^p \cdot \frac{1}{k \sin am(\delta - a)} = \frac{(-1)^{p-1}}{k \sin am\left(a_0 - \frac{r-1}{r}\delta\right)};$$

$$\sin am(ra - u) = (-1)^p \cdot \frac{1}{k \sin am(\delta - u)} = \frac{(-1)^{p+1}}{k \sin am(u - \delta)}.$$

Somit wird der Zähler von W_3:

$$= 1 - \frac{\sin am\, u \sin am\left(a_0 + \frac{\delta}{r}\right)}{\sin am\left(a_0 - \frac{r-1}{r}\right) \sin am(u-\delta)}.$$

Entwickeln wir und behalten nur die erste Potenz von δ bei, so ist dies:

$$= -\left(\frac{\cos am\, a_0\, \varDelta am\, a_0}{\sin am\, a_0} + \frac{\cos am\, u\, \varDelta am\, u}{\sin am\, u}\right) \cdot \delta.$$

Der Nenner von W_3 entsteht hieraus, wenn $-u$ an Stelle von u gesetzt wird, und daher wird, wenn wir durch δ heben und dann $\delta = 0$, also $a_0 = a$ setzen:

$$W_3 = \frac{\frac{\cos am\, a\, \varDelta am\, a}{\sin am\, a} + \frac{\cos am\, u\, \varDelta am\, u}{\sin am\, u}}{\frac{\cos am\, a\, \varDelta am\, a}{\sin am\, a} - \frac{\cos am\, u\, \varDelta am\, u}{\sin am\, u}}$$

oder, wenn wir den ersten constanten Summanden als c bezeichnen und wieder x für $\sin am\, u$ einführen:

46) $$W_3 = \frac{cx + \sqrt{R}}{cx - \sqrt{R}}.$$

Multipliciren wir diesen Ausdruck mit W_2, so erhalten wir:

47) $$W_1 = \frac{x(cU + V.R) + (U + cx^2 V)\sqrt{R}}{x(cU + V.R) - (U + cx^2 V)\sqrt{R}}.$$

Ist zweitens $\sin am(ra) = 0$, so zeigt 8), dass $W_3 = 1$ wird; die Form von W_1 fällt also mit der von W_2 [Gl. 45)] zusammen, d. h. es ist

48) $$W_1 = \frac{U + xV\sqrt{R}}{U - xV\sqrt{R}}.$$

Ist drittens $\cos am(ra) = 0$, so ist $\sin am(ra) = \pm 1$, $\varDelta am(ra) = \pm 1$, also nimmt W_3, wie 8) zeigt, wenn f eine Constante bedeutet, die Form an:

$$W_3 = \frac{1 - k^2x^2 + fx\sqrt{R}}{1 - k^2x^2 - fx\sqrt{R}}.$$

Die Multiplication mit W_2 ergiebt:

49) $$W_1 = \frac{(1-k^2x^2)(U + fx^2V(1-x^2)) + x(fU + V(1-k^2x^2))\sqrt{R}}{(1-k^2x^2)(U + fx^2V(1-x^2)) - x(fU + V(1-k^2x^2))\sqrt{R}}.$$

Ist endlich viertens $\varDelta am(ra) = 0$, so ist $k^2 \sin^2 am\, a = 1$ und daher wieder nach 8) (g eine Constante):

$$W_3 = \frac{1 - x^2 + gx\sqrt{R}}{1 - x^2 - gx\sqrt{R}},$$

folglich:

50) $$W_1 = \frac{(1-x^2)(U + gx^2V(1-k^2x^2)) + x(gU + V(1-x^2))\sqrt{R}}{(1-x^2)(U \text{[illegible]}) - x(gU + V(1-x^2))\sqrt{R}}.$$

Kehren wir nunmehr zu den Wurzeln der Gleichung 41) zurück. Wir wissen von ihnen, dass sie der Gleichung 27) oder, wenn sie als $-k^2 \sin^2 am\, a$ angesehen werden, der Gleichung 15) entsprechen. Es muss somit eine ganze positive Zahl ϱ geben, derart, dass für $am(\varrho a)$ einer der besprochenen vier Fälle eintritt. Halten wir nun die dem P und Q in 30) gegebene Form mit den vier Ausdrücken 47) bis 50) zusammen, so sehen wir, dass sie mit 47), aber mit keinem der anderen Ausdrücke coincidirt.* Wir schliessen daraus, dass $\sin am(\varrho a) = \infty$ ist. Suchen wir nun die Gleichung für ein solches $\sin^2 am\, a$ auf, indem wir den Nenner der elliptischen Functionen von $am(\varrho a)$ gleich Null setzen, so ist diese vom $\frac{\varrho^2-1}{2}^{\text{ten}}$ Grade (für $\sin^2 am\, a$) und hat in k^2 rationale Coefficienten, wie dies auch bei Gleichung 41) der Fall ist. Da aber für sämmtliche $\frac{r^2-1}{2}$ Wurzeln der Gleichung 41) $\sin am\, \varrho a$ etc. unendlich sein muss, so muss ϱ mindestens gleich r, also 41) mit derjenigen Gleichung identisch sein, welche durch Nullsetzung des Nenners der Functionen $\sin am(ra)$, $\cos am(ra)$, $\Delta am(ra)$ entsteht. Es ist also bewiesen:

1. dass die Gleichung 41) vermittelst n diejenigen $\frac{r^2-1}{2}$ Werthe von $\sin^2 am\, a$ liefert, für welche $\sin am(ra)$ unendlich ist;
2. dass durch die in 30) gegebenen Ausdrücke für P und Q, deren Coefficienten aus n herzuleiten wir gelernt haben, eine Gleichung 27) hergestellt werden kann, welche ein Integral dritter Gattung mit dem Parameter n auf eines der ersten Gattung zurückführt.

§ 5. Wir wollen nun die anderen drei Fälle erledigen, und es soll zunächst n so bestimmt werden, dass:

$$n = -k^2 \sin^2 am\, a, \quad \sin am(ra) = 0$$

ist, wobei r denselben Werth wie im vorigen Paragraphen haben soll. Wir stellen uns die Aufgabe, das Integral

$$J = \int \frac{dx}{(1+nx^2)\sqrt{R}} \text{ auf ein anderes: } J' = \int \frac{dy}{(1+n'y^2)\sqrt{R(y)}}$$

zurückzuführen, auf welches wir die bisherigen Formeln anwenden können.

Da $\sin am(ra) = 0$ und r eine ungerade Zahl ist, so ist:

$$\sin am(ra + riK') = \sin am(ra + iK') = \frac{1}{k \sin am(ra)} = \infty.$$

* Wollte man etwa den Ausdruck 47) durch Multiplication von Zähler und Nenner mit $\sqrt{R}$ den Ausdrücken 49) und 50) scheinbar ähnlich machen, so wäre doch der charakteristische Unterschied, dass in 47) das rationale Glied sich durch $(1-x^2)(1-k^2x^2)$ theilen liesse, aber in 49) nur durch $(1-k^2x^2)$, in 50) nur durch $(1-x^2)$.

Wir setzen also:

$$a' = a + iK', \quad n' = -k^2 \sin^2 am\, a' = -\frac{1}{\sin^2 am\, a} = \frac{k^2}{n},$$

so erfüllt n' die vorgeschriebene Bedingung und es wird:

$$J = \int \frac{dx}{\left(1+\frac{k^2}{n'}x^2\right)\sqrt{R}} = \frac{n'}{k^2}\int \frac{dx}{x^2\left(1+\frac{n'}{k^2x^2}\right)\sqrt{R}}.$$

Wir müssen also sehen, ob die Substitution:

$$y^2 = \frac{1}{k^2x^2}$$

die Form des Integrals J' hervorbringt. Und in der That wird:

51) $$\begin{cases} J = -n'\int \frac{y^2\,dy}{(1+n'y^2)\sqrt{R(y)}} = \int \frac{dx}{\sqrt{R}} + \int \frac{dy}{(1+n'y^2)\sqrt{R(y)}}, \\ \qquad = \int \frac{dx}{\sqrt{R}} + J', \end{cases}$$

wenn:

52) $$R(y) = (1-y^2)(1-k^2y^2)$$

gesetzt wird, ebenso wie wir:

53) $$\begin{cases} P(y) = y(\alpha + \alpha_1 y^2 + \cdots + \alpha_p y^{2p}), \\ Q(y) = 1 + \beta_1 y^2 + \cdots + \beta_p y^{2p} \end{cases}$$

setzen wollen. Nun ist nach 27):

$$J' = A\cdot\int \frac{dy}{\sqrt{R(y)}} + B.\log \frac{P(y) + Q(y)\sqrt{R(y)}}{P(y) - Q(y)\sqrt{R(y)}};$$

führen wir aber wieder x ein, so ist:

$$P(y) \pm Q(y)\sqrt{R(y)}$$
$$= \frac{\gamma}{x^{2p+1}}\{(1+\gamma_1 x^2 + \cdots + \gamma_p x^{2p}) \pm x(\delta + \delta_1 x^2 + \cdots + \delta_{p-1}x^{2p-2})\sqrt{R}\},$$

worin γ, δ etc. Constanten sind, die in sehr einfacher Art aus den bekannten α, α_1, β, β_1 etc. sich ergeben. Setzen wir nun:

54) $$\begin{cases} P = 1 + \gamma_1 x^2 + \gamma_2 x^4 + \cdots + \gamma_p x^{2p}, \\ Q = x(\delta + \delta_1 x^2 + \delta_2 x^4 + \cdots + \delta_{p-1} x^{2p-2}), \end{cases}$$

so entsteht wieder eine Gleichung der Form:

55) $$J = A_1 \int \frac{dx}{\sqrt{R}} + B_1 \log \frac{P + Q\sqrt{R}}{P - Q\sqrt{R}}.$$

Die Ausdrücke P und Q in 54) bestätigen und präcisiren die vorher unter 48) gefundene Form von W_1 und wir könnten nun für eine selbstständige Behandlung des Integrals J die obige Form für P und Q zu Grunde legen.

Soll ferner $\cos am(ra) = 0$ sein, so ist:

$$\sin am(ra + rK + riK') = \infty,$$

also

$$a' = a + K + iK', \quad n' = -\frac{\Delta^2 am\, a}{\cos^2 am\, a} = -k^2 \cdot \frac{n+1}{n+k^2},$$

folglich:

$$n = -k^2 \cdot \frac{n'+1}{n'+k^2},$$

dann:

$$1 + nx^2 = \frac{k^2(1-x^2)}{n'+k^2}\left(1 + n' \cdot \frac{1-k^2x^2}{k^2(1-x^2)}\right);$$

folglich ist die Substitution angezeigt:

$$56) \qquad y^2 = \frac{1-k^2x^2}{k^2(1-x^2)}.$$

Mit ihrer Hilfe wird:

$$J = -\frac{k^2+n'}{1-k^2} \cdot \int \frac{(1-y^2)\,dy}{(1+n'y^2)\sqrt{R(y)}} = \frac{k^2+n'}{(1-k^2)n'}\left\{\int \frac{dx}{\sqrt{R}} - (1+n')J\right\}$$

Setzen wir nun in $P(y)$ und $Q(y)$ den Werth für y aus 56) ein, so wird:

$$P(y) \pm Q(y)\sqrt{R(y)} = \frac{\gamma}{(1-x^2)^p\sqrt{R}}\{(1-k^2x^2)(1+\gamma_1 x^2 + \cdots + \gamma_p x^{2p}) \pm x(\delta + \cdots + \delta_{p-1}x^{2p-2})\sqrt{R}\},$$

worin wieder die γ und die δ in einfacher rationaler Art mit den α und β zusammenhängen. Es wäre also zu setzen:

$$57) \qquad \begin{cases} P = (1-k^2x^2)(1+\gamma_1 x^2 + \cdots + \gamma_p x^{2p}), \\ Q = x(\delta + \delta_1 x^2 + \cdots + \delta_{p-1}x^{2p-2}). \end{cases}$$

Soll endlich $\Delta\, am(ra) = 0$ sein, so erhält man in gleicher Behandlungsweise:

$$a' = a + K, \quad n = -\frac{n'+k^2}{n'+1}, \quad y^2 = \frac{1-x^2}{1-k^2x^2}$$

und hiermit:

$$58) \qquad \begin{cases} P = (1-x^2)(1+\gamma_1 x^2 + \cdots + \gamma_p x^{2p}), \\ Q = x(\delta + \delta_1 x^2 + \cdots + \delta_{p-1}x^{2p-2}). \end{cases}$$

Die Ausdrücke 57) und 58) bestätigen und präcisiren wiederum die Gleichungen 49) und 50).*

§ 6. Sei nunmehr r eine gerade Zahl $= 2p$ und zuerst wieder

$$\left.\begin{matrix} \sin \\ \cos \\ \Delta \end{matrix}\right\} am(ra) = \infty.$$

Dann ist den Schlüssen gemäss, die auf die Gleichungen 47) bis 50) führten, die Form dieselbe wie früher, und zwar:

$$59) \qquad \begin{cases} P = x(\alpha + \alpha_1 x^2 + \alpha_2 x^4 + \cdots + \alpha_{p-1}x^{2p-2}), \\ Q = \beta + \beta_1 x^2 + \beta_2 x^4 + \cdots + \beta_{p-1}x^{2p-2}); \end{cases}$$

$$60) \qquad N = H(1+nx^2)^{2p}.$$

---

* In den obigen drei Fällen überführen wir also das Integral $\Pi(u, a)$ in bez. $\Pi(u+iK', a+iK')$, $\Pi(u+K+iK', a+K+iK')$, $\Pi(u+K, a+K)$.

Die Grössen ψ haben auch jetzt genau dieselbe Bedeutung wie früher, d. h. die ersten derselben sind durch die Gleichung 37) gegeben und die späteren folgen aus ihnen mittels der Gleichung 36). An Stelle der Gleichung 41) tritt aber jetzt folgende:

$$61)\quad \begin{vmatrix} \psi_{2p}(n) & (p_1)\psi_{2p-2}(n) & (p)_2\psi_{2p-4}(n) & \dots & (p)_{p-1}\psi_2(n) \\ \psi_{2p+2}(n) & (p+1)_1\psi_{2p}(n) & (p+1)_2\psi_{2p-2}(n) & \dots & (p+1)_{p-1}\psi_4(n) \\ \cdot & \cdot & \cdot & \cdot & \cdot \\ \psi_{4p-2}(n) & (2p-1)_1\psi_{4p-4}(n) & (2p-1)_2\psi_{4p-6}(n) & \dots & (2p-1)_{p-1}\psi_{2p}(n) \end{vmatrix} = 0.$$

Sie ist vom $2p.p^{\text{ten}}$ oder $\frac{r^2}{2}^{\text{ten}}$ Grade und ist, wenn $n = -k^2 \sin^2 am\, a$ gesetzt wird, identisch mit der Gleichung, der $\sin^2 am\, a$ genügen muss, wenn die elliptischen Functionen von $am(ra)$ unendlich werden sollen. Das Alles folgt mittels Schlüsse, die mit den früheren ganz analog sind. Die Gleichung 61) lässt sich aber leichter auflösen. Denn führt man statt λ wieder k^2 ein, so lässt sie sich in zwei Factoren zerlegen, die sich nur durch das Zeichen von k voneinander unterscheiden und deren jeder also nur vom Grade p^2 ist. Die Berechnung der Constanten α und β erfolgt dann wieder so wie früher.

Doch ist hier noch ein neuer Umstand zu besprechen; man kann nämlich dem P und Q auch folgende Form geben:

$$62)\quad \begin{cases} P_1 = (1-x)(1-kx)(a_0 + a_1 x + a_2 x^2 + \dots + a_{p-1} x^{p-1}), \\ Q_1 = \, 1 + b_1 x + b_2 x^2 + \dots + b_{p-1} x^{p-1}, \end{cases}$$

$$63)\quad N_1 = H_1 (1-x)(1-kx)(1+nx^2)^p.$$

Dass bei fest angenommenem p die Anzahl der Gleichungen mit der Anzahl der zu bestimmenden Constanten gleich ist, folgt sofort, wenn man:

$$64)\quad P_1^2 - Q_1^2 R = N_1,$$

d. i. durch $(1-x)(1-kx)$ gehoben:

$$65)\quad \begin{aligned} &(1-x)(1-kx)(a_0 + \dots + a_{p-1}x^{p-1})^2 \\ &-(1+x)(1+kx)(1 + \dots + b_{p-1}x^{p-1})^2 = H_1(1+nx^2)^p \end{aligned}$$

aufstellt; und dass sich im Quotienten $M:N$ der Factor $(1-x)(1-kx)$ forthebt, ist in § 2 bewiesen; es bleibt also zu beweisen, dass die jetzige Annahme mit der früheren in den Gleichungen 59) und 60) im Einklang steht.

Denken wir uns mittels 65) n gefunden und daraus die Gleichung entwickelt:

$$66)\quad \int \frac{dx}{(1+nx^2)\sqrt{R}} = A \cdot \int \frac{dx}{\sqrt{R}} + B \log \frac{P_1 + Q_1\sqrt{R}}{P_1 - Q_1\sqrt{R}},$$

so können wir diese in zweifacher Art umformen. Einmal setze ich darin $-x$ statt x und ziehe die entstehende Gleichung von ihr selbst ab; dann kommt unter den Logarithmus ein Ausdruck von der Form:

$$\frac{R(\beta + \beta_1 x^2 + \beta_2 x^4 + \dots + \beta_{p-1} x^{2p-2}) + \sqrt{R}.x(\alpha + \alpha_1 x^2 + \dots + \alpha_{p-1} x^{2p-2})}{R(\beta + \beta_1 x^2 + \beta_2 x^4 + \dots + \beta_{p-1} x^{2p-2}) - \sqrt{R}.x(\alpha + \alpha_1 x^2 + \dots + \alpha_{p-1} x^{2p-2})}$$

und wenn wir diesen Bruch mit -1 multipliciren, durch $\sqrt{R}$ heben und die Constante $log(-1)$ auf die Integrationsconstante werfen, so erhalten wir:

67)
$$2\int\frac{dx}{(1+nx^2)\sqrt{R}}$$
$$=2A\int\frac{dx}{\sqrt{R}}+B.log\frac{x(\alpha+\cdots+\alpha_{p-1}x^{2p-2})+(\beta+\beta_1x^2+\cdots+\beta_{p-1}x^{2p-2})\sqrt{R}}{x(\alpha+\cdots+\alpha_{p-1}x^{2p-2})-(\beta+\beta_1x^2+\cdots+\beta_{p-1}x^{2p-2})\sqrt{R}}$$

Zweitens multipliciren wir die Gleichung 66) mit 2; dann wird der Ausdruck unter dem Logarithmus:

8)
$$\left(\frac{P_1+Q_1\sqrt{R}}{P_1-Q_1\sqrt{R}}\right)^2$$
$$=\frac{(1-x)(1-kx)(a_0+\cdots+a_{p-1}x^{p-1})^2+(1+x)(1+kx)(1+\cdots+b_{p-1}x^{p-1})^2+2(a_0+\cdots)(1+\cdots}{(1-x)(1-kx)(a_0+\cdots+a_{p-1}x^{p-1})^2+(1+x)(1+kx)(1+\cdots+b_{p-1}x^{p-1})^2-2(a_0+\cdots)(1+\cdots}$$

und es ist:

69)
$$2\int\frac{dx}{(1+nx^2)\sqrt{R}}=2A\int\frac{dx}{\sqrt{R}}+B.log\left(\frac{P_1+Q_1\sqrt{R}}{P_1-Q_1\sqrt{R}}\right)^2.$$

Da die Gleichungen 67) und 69) in ihren anderen Theilen übereinstimmen, so müssen auch die unter den Logarithmen stehenden Brüche gleich sein, und da die Coefficienten von $\sqrt{R}$ dem Grade nach (er ist der $2p-2^{te}$) übereinstimmen, so müssen sie überhaupt bis auf einen constanten Factor übereinstimmen, und um denselben Factor können sich auch nur die anderen rationalen Summanden voneinander unterscheiden. Dadurch erhalten wir eine Reihe von Gleichungen, von denen ein Theil aussagt, dass die Coefficienten der geraden Potenzen in dem rationalen Summanden in 68) und der ungeraden Potenzen im Coefficienten von $\sqrt{R}$ einzeln $=0$ sein müssen. Diese Gleichungen sind, wovon man sich leicht überzeugen wird, äquivalent mit folgendem System:

70)
$$\begin{cases} a_0^2+1=0, \quad a_1^2+b_1^2=0, \quad a_2^2+b_2^2=0, \quad \ldots, \quad a_{p-1}^2+b_{p-1}^2=0; \\ b_1=a_0a_1. \quad b_2=-a_0a_2, \quad b_3=a_0a_3, \quad \ldots, \quad b_{p-1}=(-1)^p a_0 a^{p-1}. \end{cases}$$

Setzen wir nun das in 67) oder 68) von $\sqrt{R}$ freie Glied gleich P, den Coefficienten von $\sqrt{R}$ gleich Q, so zeigt 67), dass wir die durch 59) gegebene Form von P und Q für $r=2p$ wieder erlangt haben; 68) zeigt aber, dass wir auch dieselbe Gleichung für n wieder erhalten. Denn die Bedeutung von P und Q ist nach 68) und 62):

71)
$$P=\frac{P_1^2+Q_1^2R}{(1-x)(1-kx)}, \quad Q=\frac{2P_1Q_1}{(1-x)(1-kx)}.$$

Nun muss nach 28):
$$P^2-Q^2R=N=H(1+nx^2)^{2p}$$
gesetzt und hieraus durch Elimination aller anderen Constanten die Gleichung für n hergestellt werden, welche dann zur Gleichung 61) wird; d. h. nach 71) ist:

$$\frac{(P_1^2 - Q_1^2 R)^2}{(1-x)^2(1-kx)^2} = H(1+nx^2)^{2p}$$

oder, wenn $\sqrt{H}$ mit H_1 bezeichnet wird:

$$P_1^2 - Q_1^2 R = H_1(1-x)(1-kx)(1+nx^2)^p$$
$$= N_1 \text{ [nach 63)]};$$

dies ist aber die Gleichung 64). Diese führt in den von mir berechneten Beispielen in der That auf eine richtige Gleichung für n und zwar vom Grade p^2, wie zu erwarten ist; die anderen p^2 Wurzeln für n erhält man dann, wenn man in 62) etc. statt des Factors $1-kx$ den Factor $1+kx$ nimmt. Doch gelang es mir noch nicht, eine so allgemein giltige Methode zu ihrer Auflösung wie diejenige, welche zu den Gleichungen 41) oder 61) führt, aufzufinden.

Sind die Grössen $\alpha:\beta$, $\alpha_1:\beta$, ..., $\alpha_{p-1}:\beta$, $\beta_1:\beta$, $\beta_2:\beta$, ..., $\beta_{p-1}:\beta$ durch die andere Methode gefunden, so kann man mittels der Gleichung 70) und der aus der Vergleichung der anderen Potenzen in 67) und 68) entstehenden zunächst $a_0 = i$ und sodann nacheinander und linear a_1, b_1; a_2, b_2 etc. finden (wobei nur ein Theil der bezeichneten Gleichungen benutzt wird). Die Gleichungen 62) kann man nun noch etwas bestimmter folgendermassen schreiben:

$$P = (1-x)(1-kx).i(1+c_1x+c_2x^2+\cdots+c_{p-1}x^{p-1}),$$
$$Q = \qquad 1-c_1x+c_2x^2\mp\cdots\pm c_{p-1}x^{p-1}.$$

Was noch die anderen Fälle betrifft, so bedarf derjenige, in dem $\sin am(2pa) = 0$ sein soll, keiner besonderen Behandlung; denn dies findet statt, wenn entweder $\sin am(pa)$, oder $\cos am(pa)$, oder $\Delta am(pa)$ verschwindet, oder auch wenn diese drei Functionen unendlich gross sind.

Der Fall $\cos am(2pa) = 0$ lässt sich durch die Substitutionen:

$$n' = -(1+n) = -k'^2 \sin^2 am(iK-K'-ia, k'), \quad 1-x^2 = \frac{1}{1-y^2}$$

erledigen; dies führt auf die Form:

$$P = (1-k^2x^2)(1+\gamma_1 x^2+\cdots+\gamma_{p-1}x^{2p-2}),$$
$$Q = \qquad x(\delta+\delta_1x^2+\cdots+\delta_{p-1}x^{2p-2}).$$

Soll endlich $\Delta am(2pa) = 0$ sein, so muss man direct mit den Formen:

$$P = (1-x^2)(1+\gamma_1x^2+\cdots+\gamma_{p-1}x^{2p-2}),$$
$$Q = \qquad x(\delta+\delta_1x^2+\cdots+\delta_{p-1}x^{2p-2}),$$

in die Rechnung eingehen.

Auch könnte man, wenn r eine gerade Zahl ist, das Additionstheorem der Parameter in der Form:

$$\Pi(u, \tfrac{1}{2}a) = \tfrac{1}{2}\Pi(u, a) - \text{etc.}$$

benutzen.

Ob bei zusammengesetzten ungeraden Zahlen auch noch eine Form von P und Q analog 62) existirt, muss späteren Untersuchungen überlassen bleiben.

Königsberg, den 24. October 1888.

XIII.

LVII Sätze über das orthogonale Viereck.

Von

Dr. C. Beyel

in Zürich.

Hierzu Taf. VI.

A. Metrische Beziehungen.

1.

Wir gehen von einem Dreieck ABC resp. abc aus (Fig. 1). J sei der Schnittpunkt der Höhen des Dreiecks. Ihre Fusspunkte in abc seien resp. A_1, B_1, C_1. Dann beweisen wir folgenden bekannten

Satz I. Bilden wir bei den drei Höhen eines Dreiecks je das Product aus den Abschnitten, in welche der Höhenschnittpunkt die Höhen theilt, so ist dieses Product constant.

Zum Beweise construiren wir zwei Kreise K_a^2, K_b^2, welche die resp. Seiten a, b zu Durchmessern haben. Von diesen Kreisen geht K_a^2 durch BB_1, CC_1; K_b^2 durch AA_1, CC_1. Beide Kreise schneiden sich also in CC_1. Suchen wir in Bezug auf dieselben die Potenz des Punktes J, so ist $JA.JA_1 = JC.JC_1 = JB.JB_1$. Wir wollen die im Satze vorkommende constante Grösse die Potenz von J in Bezug auf ABC nennen. Dieselbe ist negativ, gleich Null oder positiv, je nachdem das Dreieck ABC spitzwinklig, rechtwinklig oder stumpfwinklig ist.

2.

Die Ecken eines Dreiecks bilden mit seinem Höhenschnittpunkt ein specielles Viereck. Von seinen Ecken liegt stets eine — J — im Innern des Dreiecks der anderen. Sie werde innere Ecke des Vierecks genannt. Im Gegensatz zu ihr sollen die drei anderen Ecken — ABC — äussere Ecken des Vierecks heissen. Die Geraden AB, BC, CA und CJ, AJ, BJ sind gegenüberliegende Seiten des Vierecks. Wir unterscheiden sie als äussere und innere Seiten und bezeichnen sie mit c, a, b und c_1, a_1, b_1. Die Schnittpunkte der gegenüberliegenden Seiten cc_1, aa_1, bb_1 sind die Diagonalpunkte C_1, A_1, B_1 des Vierecks. In ihnen treffen sich die gegenüberliegenden Seiten unter rechtem Winkel. Wir nennen daher das Viereck $ABCJ$ ein orthogonales.

Nach den gegebenen Erklärungen bilden je drei Ecken des orthogonalen Vierecks $ABCJ$ ein Dreieck, für welches die vierte Ecke der Höhenschnittpunkt ist. Dieser hat eine Potenz in Bezug auf jenes Dreieck. Wir untersuchen die Abhängigkeit dieser Potenzen von dem Viereck $ABCJ$.

Zunächst stellen wir die Werthe für die Potenzen der vier Dreiecke ABC, ABJ, BCJ und ACJ auf.

Im Dreieck ABC ist J der Höhenschnittpunkt. Seine Potenz ist negativ und sei mit $-p_i^2$ bezeichnet. Dann ergiebt sich nach Satz I für diese Potenz:

1) $$JA.JA_1 = JB.JB_1 = JC.JC_1 = -p_i^2.$$

Das Dreieck ABJ hat C zum Höhenschnittpunkt. Seine Potenz sei p_c^2. Sie wird ausgedrückt durch:

2) $$CA.CB_1 = CC_1.CJ = CB.CA_1 = p_c^2.$$

Das Dreieck BCJ hat A zum Höhenschnittpunkt. Seine Potenz p_a^2 hat den Werth:

3) $$AB.AC_1 = AA_1.AJ = AC.AB_1 = p_a^2.$$

Das Dreieck ACJ hat B zum Höhenschnittpunkt. Seine Potenz p_b^2 ist:

4) $$BA.BC_1 = BB_1.BJ = BC.BA_1 = p_b^2.$$

Addiren wir 1) zu 3), so folgt:

$$JA.JA_1 + AA_1.AJ = -p_i^2 + p_a^2 = JA(JA_1 + A_1A)$$

oder:

5) $$p_a^2 - p_i^2 = AJ^2.$$

In analoger Weise erhalten wir durch Addition von 1) und 4) und 1) und 2):

$$p_b^2 - p_i^2 = BJ^2, \quad p_c^2 - p_i^2 = CJ^2.$$

Addiren wir 3) und 4), so folgt:

$$AB.AC_1 + BA.BC_1 = p_a^2 + p_b^2 = AB(AC_1 + C_1B)$$

oder:

6) $$p_a^2 + p_b^2 = AB^2.$$

In analoger Weise folgt aus 3) und 2) und aus 2) und 4):

$$p_a^2 + p_c^2 = AC^2 \text{ und } p_b^2 + p_c^2 = BC^2.$$

Wir schliessen daher:

Satz II. Das Quadrat aus der Entfernung zweier Ecken eines orthogonalen Vierecks ist gleich der algebraischen Summe der Potenzen dieser Ecken.

Subtrahiren wir die Gleichungen 5) und 6) in der Weise voneinander, dass je eine Potenz wegfällt, so folgt:

7) $$p_a^2 - p_b^2 = AJ^2 - BJ^2 = AC^2 - BC^2$$

und

8) $$p_a^2 + p_i^2 = AB^2 - JB^2 = AC^2 - JC^2.$$

Allgemein lässt sich dies so ausdrücken:

Satz III. Bei einem orthogonalen Viereck ist die Differenz der Potenzen von zwei Ecken gleich der Differenz der

Quadrate von denjenigen Seiten, welche durch diese zwei Ecken und eine dritte Ecke gehen.

Dividiren wir 3) durch 1), so folgt:

$$\frac{JA.JA_1}{AA_1.AJ} = \frac{-p_i^2}{p_a^2}$$

oder

$$9) \qquad \frac{A_1J}{A_1A} = \frac{p_i^2}{p_a^2}.$$

Dividiren wir mit 4) in 3), so erhalten wir:

$$\frac{AB.AC_1}{BA.BC_1} = \frac{p_a^2}{p_b^2}$$

oder

$$10) \qquad \frac{C_1A}{C_1B} = \frac{p_a^2}{p_b^2}.$$

Wir sprechen dies dahin aus:

Satz IV. **Die Potenzen von zwei Ecken des orthogonalen Vierecks verhalten sich ihrem absoluten Werthe nach wie die Abstände dieser Ecken von dem in ihrer Seite liegenden Diagonalpunkte.**

Vergleichen wir die Inhalte der Dreiecke BAC und BJC, so folgt:

$$\frac{\triangle BAC}{\triangle BJC} = \frac{bc}{b_1c_1} = \frac{AA_1}{JA_1}.$$

Dies in 9) eingesetzt, ergiebt:

$$11) \qquad \frac{p_a^2}{p_i^2} = \frac{bc}{b_1c_1}.$$

Analog finden wir:

$$\frac{p_b^2}{p_i^2} = \frac{ac}{a_1c_1} \text{ und } \frac{p_c^2}{p_i^2} = \frac{ab}{a_1b_1}.$$

Dividiren wir diese Gleichungen paarweise durcheinander, so folgt:

$$12) \qquad \frac{p_a^2}{p_b^2} = \frac{a_1b}{ab_1}, \quad \frac{p_a^2}{p_c^2} = \frac{a_1c}{ac_1}.$$

Wir fassen 11) und 12) zusammen in den:

Satz V. **Das Rechteck aus zwei Seiten eines orthogonalen Vierecks verhält sich zu dem Rechteck aus den gegenüberliegenden Seiten, wie der absolute Werth der Potenz des Punktes, in dem sich die zwei ersten Seiten schneiden, zum absoluten Werthe der Potenz des Schnittpunktes der zwei anderen Seiten.**

Multipliciren wir 11) mit 12), so ergiebt sich:

$$13) \qquad \frac{p_a p_c}{p_b p_i} = \frac{b}{b_1}.$$

Dividiren wir 11) durch 12), so ist:

$$14) \qquad \frac{p_a \cdot p_i}{p_b \cdot p_c} = \frac{a_1}{a}.$$

In Worten ausgedrückt, heisst dies:

Satz VI. Bei einem orthogonalen Viereck verhält sich das Product aus dem absoluten Werthe der Wurzeln von zwei Potenzen zu dem der zwei anderen, wie die Seite, auf der die Ecken der zwei ersten Potenzen* liegen, zur gegenüberliegenden Seite.

Addiren wir die Gleichungen 5) und 6), so folgt:

15) $AJ^2+BC^2=p_a^2+p_b^2+p_c^2-p_i^2=BJ^2+AC^2=CJ^2+AB^2$

oder:

Satz VII. Die Summe der Quadrate von zwei gegenüberliegenden Seiten eines orthogonalen Vierecks ist gleich der Summe der Potenzen der vier Ecken.

3.

Die Entwickelungen von 2 führen uns zu einer räumlichen Darstellung der Potenzen eines orthogonalen Vierecks.**

Wir gehen von drei Kugeln aus, welche resp. AB, BC, CA zu Durchmessern haben. Jede dieser Kugeln schneidet die andere in einem Kreise. Die Ebenen dieser Kreise stehen zu der Ebene des Vierecks senkrecht und gehen durch seine inneren Seiten. Folglich haben diese Ebenen die Gerade gemeinsam, welche im Punkte J zur Ebene des Vierecks senkrecht steht. Daher schneiden sich die drei Kugeln in zwei Punkten OO^* der erwähnten Senkrechten. Durch OO^* gehen die Kreise, in welchen sich je zwei der drei Kugeln schneiden. AA_1, BB_1, CC_1 sind Durchmesser dieser Kreise. Also werden AA_1, BB_1, CC_1 von O und O^* aus unter rechtem Winkel gesehen. Mithin ist der Abstand der Punkte OO^* von J gleich dem absoluten Werthe der Wurzel aus der Potenz von J, d. h. gleich p_i.

Verbinden wir jetzt O oder O^* mit den äusseren Punkten des Vierecks, so bilden diese Verbindungslinien bei O oder O^* eine rechtwinklige körperliche Ecke. Für die Längen ihrer Kanten zwischen O und ABC gelten daher die Beziehungen, welche wir in Satz II ausgesprochen haben. Mithin stellen diese Kantenlängen $p_a p_b p_c$ vor. Wir sagen daher:

Satz VIII. Construiren wir eine rechtwinklige Ecke, deren Kanten durch die äusseren Ecken ABC eines orthogonalen Vierecks $ABCJ$ gehen, so stellen die Längen der Kanten zwischen dem Scheitel O der Ecke und ABC die Wurzeln aus den Potenzen von ABC vor. Der Abstand des Punktes O von der Ebene des Vierecks giebt den absoluten Werth der Wurzel aus der Potenz der inneren Ecke an.

---

* Wir bezeichnen hier – wie im Folgenden – stets der Kürze halber die Ecke, in Bezug auf welche die Potenz einen bestimmten Werth hat, als die Ecke dieser Potenz.

** Vergl. meine Axonometrie und Perspective (Metzler 1887), S. 3.

4.

Mit Hilfe der räumlichen Darstellung von 3 drücken wir die Winkel von $ABCJ$ aus (Fig. 1). Wir beginnen mit dem Winkel α, den zwei äussere Seiten BA und CA miteinander einschliessen. Zu seiner Bestimmung benutzen wir die körperliche Ecke mit dem Scheitel A und den Kanten AB, AC und AO. Der Winkel an der Kante AO ist ein rechter. Daraus folgt nach dem Cosinussatze:

1) $$\cos\alpha = \cos BAO . \cos CAO = \frac{AO}{AB}\cdot\frac{AO}{AC} = \frac{p_a^2}{c.b}.$$

Ist α_1 der Winkel, den zwei innere Seiten JB und JC miteinander bilden, so ist $\cos\alpha = -\cos\alpha_1$, da $\alpha + \alpha_1 = 180^0$. Berücksichtigen wir, dass nach Satz V $\frac{p_a^2}{p_i^2} = \frac{cb}{c_1 b_1}$, so folgt:

2) $$\cos\alpha_1 = -\frac{p_i^2}{b_1 c_1}.$$

Wenden wir uns zu dem Winkel δ, den eine äussere Seite AB mit einer inneren einschliesst, so ist:

3) $$\cos\delta = \frac{AA_1}{BA} = \frac{p_a^2}{a_1 c}.$$

Aus diesen Beziehungen schliessen wir:

Satz IX. Der Cosinus eines Winkels im orthogonalen Viereck ist gleich der Potenz des Scheitels, dividirt durch das Product der zwei Seiten, welche die Schenkel des Winkels bilden.

Wir gehen zu den Sinus der Winkel über.

Rechnen wir den Inhalt des Dreiecks ABC aus, so ist:

$$J_{abc} = \frac{bc.\sin\alpha}{2} = \frac{a.AA_1}{2}.$$

Berücksichtigen wir, dass $AA_1 = \frac{p_a^2}{a_1}$, so folgt:

$$\sin\alpha = \frac{a}{a_1}\cdot\frac{p_a^2}{bc}.$$

Setzen wir für a den Werth, der sich aus 14) von 3 ergiebt, so folgt:

4) $$\sin\alpha = \frac{p_a . p_b . p_c}{p_i . b . c}.$$

Nun ist $\sin\alpha = \sin\alpha_1$. Ersetzen wir nach 11) von 3 bc durch $b_1 c_1$, so ist:

5) $$\sin\alpha_1 = \frac{p_b . p_c . p_i}{p_a . b_1 . c_1}.$$

Für den Winkel δ finden wir $\sin\delta = \frac{BA_1}{c}$. Für BA_1 können wir $\frac{p_b^2}{a}$ setzen. a rechnen wir aus 14) von 3 aus. Dann folgt:

6) $$\sin\delta = \frac{p_a . p_b . p_i}{p_c . a_1 . c}.$$

Aus 4), 5) und 6) ergiebt sich:

Satz X. Bei einem orthogonalen Viereck erhalten wir den Sinus eines Winkels, wenn wir die absoluten Wurzelwerthe derjenigen drei Potenzen miteinander multipliciren, deren Ecken auf den Schenkeln des Winkels liegen, und dieses Product durch ein zweites dividiren, welches aus den Schenkeln des Winkels und dem absoluten Wurzelwerthe der vierten Potenz gebildet ist.

Dividiren wir 4) durch 1), so folgt:

7) $$tg\,\alpha = \frac{p_b \cdot p_c}{p_a \cdot p_i}.$$

Durch Division von $\sin\beta$ durch $\cos\beta$ und von $\sin\delta$ durch $\cos\delta$ ergiebt sich:

8) $$tg\,\beta = \frac{p_a \cdot p_c}{p_b \cdot p_i}$$

und

9) $$tg\,\delta = \frac{p_b \cdot p_i}{p_a \cdot p_c}.$$

Aus diesen Gleichungen lesen wir:

Satz XI. Das Product aus den absoluten Wurzelwerthen von zwei Potenzen, dividirt durch dasjenige der zwei anderen Potenzen, ist dem absoluten Werthe nach der Tangente des Winkels gleich, dessen Schenkel durch die Ecken der zwei ersten Potenzen gehen.

Dividiren wir 7) durch 8), so folgt:

10) $$\frac{tg\,\alpha}{tg\,\beta} = \frac{p_b^2}{p_a^2} \quad \text{oder} \quad p_a^2 . tg\,\alpha = p_b^2 . tg\,\beta.$$

Es gilt daher allgemein:

Satz XII. Bei einem orthogonalen Viereck ist das Product aus der Tangente eines Winkels in die Potenz seines Scheitels constant.

5.

Wir benutzen die Entwickelungen von 4, um einige weitere Sätze für das orthogonale Viereck aufzustellen. Zunächst berechnen wir den Inhalt der vier Dreiecke, aus denen das orthogonale Viereck besteht. Sei J_{abc} der Inhalt des Dreiecks ABC, so ist:

1) $$J_{abc} = \frac{b . c}{2} \sin\alpha = \frac{p_a . p_b . p_c}{2 p_i}.$$

Bezeichnen wir mit J_{aic} den Inhalt von AJC, so ist:

2) $$J_{aic} = \frac{b_1 . c_1}{2} \sin\alpha_1 = \frac{p_b . p_c . p_i}{2 p_a}.$$

In analoger Weise erhalten wir die Inhalte von AJB und BJC. Wir schliessen daher:

Satz XIII. Der Inhalt eines Dreiecks ist gleich dem Product aus den absoluten Wurzelwerthen der Potenze-

seiner Ecken, dividirt durch den halben absoluten Wurzelwerth der Potenz des Höhenschnittpunktes.

Aus diesen Inhalten lässt sich eine Abhängigkeit zwischen den Potenzen des orthogonalen Vierecks ableiten. Wir können nämlich J_{abc} durch Summation der Inhalte von BJC, BJA und CJA finden. Setzen wir den so bestimmten Inhalt dem in 1) berechneten gleich, so folgt:

3)
$$\frac{1}{p_a^2}+\frac{1}{p_b^2}+\frac{1}{p_c^2}=\frac{1}{p_i^2},$$

d. h.:

Satz XIV. **Bei einem orthogonalen Viereck ist die Summe aus den reciproken Werthen der Potenzen von den drei äusseren Ecken gleich dem reciproken absoluten Werthe der Potenz der inneren Ecke.***

Wir wenden uns jetzt zu dem Dreieck $A_1 B_1 C_1$ der Diagonalpunkte.

Die Entfernung von zwei Diagonalpunkten A_1, B_1 erhalten wir, indem wir für das Kreisviereck $A_1 J B_1 C$ den Ptolemäischen Satz anwenden. Nach demselben ist:

$$A_1 B_1 . JC = CB_1 . JA_1 + B_1 J . A_1 C.$$

Daraus folgt:

4)
$$A_1 B_1 = \frac{c . p_c^2}{ab} = c \cos\gamma.$$

Wir finden somit die Entfernung von zwei Diagonalpunkten des orthogonalen Vierecks nach folgendem:

Satz XV. Multipliciren wir eine äussere Seite des orthogonalen Vierecks mit dem Cosinus des gegenüberliegenden Winkels, so giebt das Product die Entfernung derjenigen Diagonalpunkte des Vierecks an, welche auf den zwei anderen äusseren Seiten liegen.

B. Die Potenzkreise des orthogonalen Vierecks.

6.

Wir beschreiben nun aus den Ecken des orthogonalen Vierecks $ABCJ$ mit den resp. Radien p_a, p_b, p_c, p_i Kreise. Wir nennen dieselben Potenzkreise** der Ecken $ABCJ$ und untersuchen die gegenseitige Lage der Kreise (Fig. 2 u. 3).

---

* Hoffmann, Zeitschrift f. mathem. u. naturwissenschaftl. Unterricht. Jahrgang XIX S. 98, Aufg. 753.

** Vergl. Townsend, Chapters of the modern geometry of the point, line and circle. 1863. Vol. I pag. 221. Townsend nennt einen solchen Kreis „*the polar circle of the triangle*". Derselbe Ausdruck findet sich in einer Abhandlung von Walker, Demonstration of some known geometrical theorems. Quarterly journal of pure and applied mathematics, Vol. 8, Jahrg. 1867. (Diese Notiz verdanke ich bestens Herrn Prof. Lieber.) Der Ausdruck Potenzkreis scheint mir durch den Gedankengang gegeben zu sein, den meine Abhandlung verfolgt.

Den Potenzkreis P_i^2 des Punktes J erhalten wir, indem wir über AA_1 einen Kreis K_a^2 zeichnen; in J errichten wir eine Senkrechte zu AA_1, welche K_a^2 in O treffe (Fig. 2). Dann ist JO der Radius des Kreises P_i^2. AO ist nach Satz II der Radius von P_a^2. Benutzen wir zur Construction von P_i^2 die Kreise über BB_1, CC_1, so gelangen wir zugleich zu den Potenzkreisen P_b^2, P_c^2. Wir schliessen daher:

Satz XVI. Die Potenzkreise einer inneren und äusseren Ecke des orthogonalen Vierecks schneiden sich auf einer Geraden, welche in der inneren Ecke zur Verbindungslinie beider Ecken senkrecht steht.

Wir wenden uns zu zwei äusseren Ecken AB des Vierecks. Zwischen ihnen liegt der Diagonalpunkt C_1. Um die Potenzkreise von A und B zu bestimmen, bemerken wir, dass nach Definition: $AC_1.AB = p_a^2$ und $BC_1.BA = p_b^2$. Wir construiren diese Relation, indem wir über AB einen Kreis beschreiben und denselben mit der Geraden C_1C schneiden. Verbinden wir einen dieser Schnittpunkte mit A und B, so stellen die Längen der Verbindungslinien resp. p_a und p_b, d. h. die Radien der Potenzkreise P_a^2, P_b^2 vor. Führen wir eine analoge Schlussweise für die Potenzkreise der Ecken BC und CA durch, so gelangen wir zu folgendem:

Satz XVII. Die Kreise über zwei äusseren Seiten des orthogonalen Vierecks $ABCJ$ schneiden aus ihren gegenüberliegenden inneren Seiten je zwei Punkte vom Potenzkreise der Ecke, welche den zwei äusseren Seiten gemeinsam ist (Fig. 3).

Nach diesem Satze schneiden die drei Kreise über den äusseren Seiten des Vierecks aus den gegenüberliegenden inneren Seiten sechs Punkte, welche dreimal zu vieren auf den Potenzkreisen der äusseren Ecken liegen. Wir nennen diese sechs Punkte die Potenzkreisschnittpunkte. Je zwei von ihnen auf einer inneren Seite sind zur gegenüberliegenden äusseren Seite orthogonal symmetrisch. Von einem solchen Paare liegt der eine Punkt im Innern, der andere ausserhalb des Dreiecks ABC. Darnach unterscheiden wir diese Punkte als innere und äussere Potenzkreisschnittpunkte. Die auf a_1 liegenden bezeichnen wir mit L_i, L_a. Die Potenzkreisschnittpunkte in b_1 seien M_i und M_a. Die Potenzkreisschnittpunkte in c_1 endlich seien mit N_i und N_a bezeichnet. L_i, M_i, N_i sind die drei inneren, L_a, M_a, N_a die drei äusseren Potenzkreisschnittpunkte.

7.

Wir leiten einige Beziehungen für die Potenzkreisschnittpunkte ab, indem wir in anderer Weise als in 3 die Potenzen auf den Raum übertragen.

Wir errichten in den Ecken des orthogonalen Vierecks zu seiner Ebene Senkrechte. Auf den Se[illegible] BC tragen wir nach beiden Seiten der Ebene die resp. Längen p_a, p_b, p_c ab. P_a, P_b, P_c seien die Endpunkte, welche auf einer Seite der Ebene liegen. P_a^*, P_b^*, P_c^* seien die Endpunkte auf der andern Seite. Auf der Senkrechten in J tragen wir nach einer Seite die Länge p_l ab. O sei der Endpunkt.

Jetzt projiciren wir aus O die Punkte P_a, P_b, P_c und P_a^*, P_b^*, P_c^* auf die Ebene des Vierecks. Dann können wir beweisen, dass diese Projectionen die Potenzkreisschnittpunkte sind. Wir führen diesen Beweis für die Potenzkreisschnittpunkte, welche in der Ebene AOA_1 liegen und um A_1O von A_1 entfernt sind (Fig. 4). In der erwähnten Ebene liegt die Gerade OP_a^*, welche A_1A im Punkte L_l schneide. Nun ist $AO = p_a = AP_a^*$. Daraus folgt: $\angle AP_a^*O = \angle AOP_a^*$. Ferner ist $\angle AP_a^*O = \angle P_a^*OJ$. Folglich halbirt OP_a^* den Winkel AOJ. Bemerken wir, dass $AOA_1 = 90°$, so muss $AOL_l = 90^0 - AOP_a^* = 90^0 - P_a^*OJ = OL_lA$ sein. Mithin ist $A_1O = A_1L_l$. Also ist in der That der Schnittpunkt von OP_a^* mit AA_1 ein Potenzkreisschnittpunkt.

Verbinden wir O mit P_a, so ist diese Gerade die zweite Halbirungslinie des Winkels AOJ und schneidet die Ebene des Vierecks in L_a, d. h. im zweiten der Potenzkreisschnittpunkte auf a_1. Aus dieser Darstellung ziehen wir einige Schlüsse über die gegenseitige Lage von L_l, L_a. A liegt in der Mitte von P_a und P_a^*. Also bildet A mit $P_aP_a^*$ eine harmonische Gruppe, deren vierter Punkt unendlich fern liegt. Projiciren wir diese Gruppe aus O auf die Ebene des Vierecks, so erhalten wir die harmonische Gruppe AJL_aL_l. Anders ausgedrückt heisst dies: Die Geraden OL_a, OL_l sind Doppelstrahlen einer Involution, für welche OA und OJ ein Paar ist. Dieses bildet mit den Doppelstrahlen gleiche Winkel. Also ist jedes Geradenpaar, welches mit den Doppelstrahlen gleiche Winkel bildet, ein Paar der Involution. Wir heben dasjenige hervor, dessen Strahlen in O resp. zu OA und OJ senkrecht stehen. Der erste Strahl dieses Paares schneidet die Ebene des Vierecks in A_1. Der zweite ist zu der Ebene des Vierecks parallel. Mithin ist A_1 Mittelpunkt der Involution, welche L_aL_l zu Doppelpunkten und AJ zu einem Paare hat. Wir sagen daher:

Satz XVIII. Die zwei Potenzkreisschnittpunkte auf einer inneren Seite eines orthogonalen Vierecks sind Doppelpunkte einer Involution, für welche die Ecken ein Paar und der Diagonalpunkt der Seite Mittelpunkt ist.

8.

Die räumliche Darstellung von 7 führt uns zu weiteren Eigenschaften der Potenzkreisschnittpunkte. Die Geraden L_lM_l und L_aM_a sind die Schnittlinien der Ebenen $P_a^*P_b^*O$ und P_aP_bO mit der Ebene des Vierecks. Diese drei Ebenen schneiden sich in einem Punkte S_a von c. Folglich schneiden sich L_lM_l und L_aM_a in S_a. Die Geraden L_lM_a und L_aM_l

die Schnittlinien der Ebenen $P_a^* P_b O$ und $P_a P_b^* O$ mit der Ebene des Vierecks. Auch diese drei Ebenen schneiden sich in einem Punkte S_i von c. Mithin treffen sich die Geraden $L_i M_a$ und $L_a M_i$ in S_i (Fig. 3).

In analoger Weise schliessen wir, dass sich $M_i N_i$ und $M_a N_a$ in einem Punkte Q_a von a schneiden. Die Geraden $M_i N_a$ und $M_a N_i$ treffen sich in einem Punkte Q_i von a. Endlich schneiden sich die Geraden $L_i N_i$ und $L_a N_a$ in einem Punkte R_a von b und $L_i N_a$, $N_i L_a$ in einem Punkte R_i. Ferner lesen wir aus der räumlichen Darstellung, dass $P_a^* P_b^* P_c^*$ eine Ebene bestimmen, deren Schnittlinie g mit der Ebene des Vierecks die drei Punkte Q_a, R_a, S_a enthält. Eine weitere Ebene wird durch die Punkte P_a^*, P_b^*, P_c bestimmt. Sie schneidet die Ebene des Vierecks in einer Geraden s, welche die Punkte S_a, Q_i, R_i enthält. Die Ebene $P_b^* P_c^* P_a$ trifft die Ebene des Vierecks in einer Geraden q, auf der Q_a, R_i, S_i liegen. Die Ebene $P_a^* P_c^* P_b$ schneidet aus der Ebene des Vierecks eine Gerade r, welche die Punkte R_a, Q_i, S_i enthält.

Wir fassen das Bewiesene dahin zusammen:

Satz XIX. Vier Potenzkreisschnittpunkte, welche auf zwei inneren Seiten eines orthogonalen Vierecks liegen, bilden ein neues Viereck, für welches die den inneren Seiten anliegende äussere Seite eine Diagonale ist.

Wir erhalten nach diesem Satze die sechs Potenzkreisschnittpunkte in drei Vierecke geordnet und sagen von ihnen:

Satz XX. Die sechs Potenzkreisschnittpunkte bilden drei Vierecke, welche die innere Ecke des orthogonalen Vierecks zum gemeinsamen Diagonalpunkte haben. Die übrigen sechs Diagonalpunkte liegen viermal zu dreien auf den Seiten eines Vierseits, für welches die äusseren Seiten des orthogonalen Vierecks die Diagonalen und die äusseren Ecken die Diagonalpunkte sind.

Zur gegenseitigen Lage der Punktepaare $Q_i Q_a$. $R_i R_a$. $S_i S_a$ bemerken wir noch, dass diese Paare durch die äusseren Ecken des orthogonalen Vierecks harmonisch getrennt werden. Folglich liegt von diesen Paaren stets der eine Punkt zwischen den resp. Ecken des Vierecks, der andere ausserhalb. Wir deuten diese Unterscheidung durch die Indices i und a an. Das Vierseit $gqrs$ nennen wir Potenzvierseit* des orthogonalen Vierecks $ABCJ$.

9.

Die Potenzkreisschnittpunkte und die sechs Ecken des Potenzvierseits lassen sich von einem gemeinsamen Gesichtspunkte aus betrachten.

---

* [D]ieses Vierseits doppelt gezogen.

Wir zeigten oben, dass die Geraden OP_a und OP_a^* aus der Ebene des Vierecks $ABCJ$ die Punkte L_i, L_a schneiden. Nun ist $P_aP_a^*$ parallel zu OJ. Ferner ist $AP_a = AP_a^* = p_a$ und $OJ = p_i$. Mithin theilen die Punkte L_i, L_a die Strecke AJ im Verhältniss $\mp p_a : p_i$. Daraus folgt, dass L_i, L_a der innere und äussere Aehnlichkeitspunkt der Potenzkreise von A und J sind.

Unter 8 haben wir gesehen, dass Q_a, Q_i die Schnittpunkte der Ebenen $P_bP_c^*O$ und P_bP_cO mit a waren. Folglich treffen die Geraden $P_bP_c^*$ und P_bP_c die Linie a resp. in $Q_i\, Q_a$. Weil aber BP_b parallel zu $P_cP_c^*$ ist und weil $BP_b = p_b$, $CP_c = p_c = CP_c^*$, so müssen die Punkte Q_a, Q_i die Strecke BC im Verhältniss $\pm p_b : p_c$ theilen. Also sind Q_a, Q_i der äussere und innere Aehnlichkeitspunkt der Potenzkreise von B und C.

Eine ähnliche Schlussweise gilt für die übrigen Potenzkreisschnittpunkte und die übrigen Ecken des Potenzvierseits. Wir können daher aus den in 8 bewiesenen Sätzen folgende neue ableiten:

Satz XXI. Die Aehnlichkeitspunkte zwischen den Potenzkreisen einer inneren und äusseren Ecke des orthogonalen Vierecks liegen auf den Potenzkreisen der zwei anderen Ecken.

Satz XXII. Die gleichnamigen (d. h. äusseren oder inneren) Aehnlichkeitspunkte zwischen dem Potenzkreis der inneren Ecke und den Potenzkreisen von zwei äusseren Ecken liegen mit dem äusseren Aehnlichkeitspunkte der letzteren Potenzkreise in einer Geraden.

Der äussere Aehnlichkeitspunkt zwischen dem Potenzkreis der inneren Ecke und dem einer äusseren Ecke und der innere Aehnlichkeitspunkt zwischen dem Potenzkreis einer zweiten äusseren und dem der inneren Ecke liegt mit dem inneren Aehnlichkeitspunkt der Potenzkreise der erwähnten zwei äusseren Ecken in einer Geraden.

Die äusseren Aehnlichkeitspunkte der Potenzkreise der drei äusseren Ecken liegen in einer Geraden. Der äussere Aehnlichkeitspunkt der Potenzkreise von zwei äusseren Ecken liegt mit den zwei inneren Aehnlichkeitspunkten dieser Potenzkreise und des Potenzkreises der dritten äusseren Ecke in einer Geraden.

Nach diesem Satze gehen durch jeden der zwölf Aehnlichkeitspunkte vier Gerade, welche je zwei weitere Aehnlichkeitspunkte enthalten.

10.

Wir construiren jetzt eine Kugel K_a^2, welche A zum Mittelpunkte und p_a zum Radius hat. Sie schneidet die Ebene des Vierecks im Potenzkreise P_a^2 von A. Sie geht durch O und wird in diesem Punkte von der Ebene OBC berührt, weil diese Ebene zu OA senkrecht steht. X sei ein beliebiger Punkt von BC. Seine Potenz in Bezug auf die Kugel K_a^2 ist gleich dem Quadrate der Tangenten an K_a^2. Eine dieser Tangenten ist die Linie XO, welche den Längen XL_i und XL_a gleich ist. Zwei weitere Tangenten berühren den Kreis P_a^2. Auch ihre Längen sind gleich XL_i, XL_a. Folglich liegen die Berührungspunkte der letzteren Tangenten mit den Punkten L_i, L_a auf einem Kreise aus X. Derselbe schneidet P_a^2 rechtwinklig. Gehen wir von den Ecken B, C aus und führen wir den analogen Gedankengang durch, so gelangen wir zu folgendem:

Satz XXIII. Jeder Kreis, dessen Mittelpunkt auf einer äusseren Seite des orthogonalen Vierecks liegt und der durch die Potenzkreisschnittpunkte auf der gegenüberliegenden inneren Seite geht, schneidet den Potenzkreis der gegenüberliegenden äussern Ecke rechtwinklig.

Sei e eine beliebige Gerade in der Ebene des Vierecks (Fig. 2). e schneide aus den äusseren Seiten a, b, c des Vierecks die Punkte M_a, M_b, M_c. Dann sind die Längen M_aO, M_bO, M_cO gleich den Radien der Kreise aus M_a, M_b, M_c, welche die resp. Potenzkreise P_a^2, P_b^2, P_c^2 rechtwinklig schneiden. Diese Orthogonalkreise sind mithin denjenigen Kreisen aus M_a, M_b, M_c gleich, welche durch O gehen. Legen wir also die letzteren Kreise um e um, so erhalten wir die erwähnten Orthogonalkreise. Folglich haben dieselben den Punkt gemeinsam, welcher die Umlegung von O ist. Dieser befindet sich in einer Geraden f, welche durch die Orthogonalprojection des Punktes O, d. h. durch J geht und zu e senkrecht steht. f enthält somit auch den zweiten Punkt, welcher den drei Orthogonalkreisen gemeinsam ist.

Wir bemerken noch, dass der umgelegte Punkt O von e um eine Länge entfernt ist, welche durch die Hypotenuse eines rechtwinkligen Dreiecks gemessen wird, das p_i zu einer und den Abstand des Punktes J von e zur andern Kathete hat. Daraus folgt aber, dass der Kreis aus dem Schnittpunkte M_i von e und f, welcher zu P_i^2 senkrecht steht, aus f die zwei gemeinsamen Punkte der in Rede stehenden Orthogonalkreise schneidet. Wir sagen daher:

Satz XXIV. Construiren wir aus drei Punkten einer Geraden e, welche auf den äusseren Seiten eines orthogonalen Vierecks liegen, zu den resp. Potenzkreisen der gegenüberliegenden äusseren Ecken die Orthogonalkreise, so schneiden diese sich in zwei Punkten, welche auf einer Geraden f durch die innere Ecke des Vierecks liegen. Durch dieselben Punkte geht auch der Kreis aus dem Schnittpunkte von e und f, welcher zu dem Potenzkreis der inneren Ecke orthogonal steht.

11.

Durch die Potenzkreisschnittpunkte können wir ausser den Potenzkreisen und den Kreisen über den äusseren Seiten des orthogonalen Vierecks noch weitere Kreise legen. Einer von ihnen — Π_i^2 — geht durch die inneren Potenzkreisschnittpunkte L_i, M_i, N_i. Ihm steht ein Kreis Π_a^2 gegenüber, der die äusseren Potenzkreisschnittpunkte enthält. Ferner wird durch je zwei innere Potenzkreisschnittpunkte und einen äusseren, der mit jenen nicht auf derselben Seite des orthogonalen Vierecks liegt, ein Kreis bestimmt. Je ein zweiter geht durch die drei anderen Potenzkreisschnittpunkte. Darnach erhalten wir folgende Kreise:

Ein Kreis L_i^2 geht durch die Punkte $L_i M_a N_a$; ein zweiter L_a^2 geht durch $L_a M_i N_i$.

Ein Kreis M_i^2 geht durch die Punkte $L_a M_i N_a$; ein zweiter M_a^2 geht durch $L_i M_a N_i$.

Ein Kreis N_i^2 geht durch die Punkte $L_a M_a N_i$; ein zweiter N_a^2 geht durch $L_i M_i N_a$.

Wir wollen diese vier Paare von Kreisen duale Potenzschnittkreise nennen.

Wir untersuchen zunächst die Kreise Π_i^2 und Π_a^2. Der erste Kreis hat mit dem Potenzkreise P_a^2 die Punkte M_i, N_i gemeinsam, der zweite die Punkte M_a, N_a. Oben zeigten wir, dass sich $M_i N_i$ mit $M_a N_a$ in dem Punkte Q_a von a schneiden. Also haben Π_i^2, Π_a^2 mit P_a^2 in Bezug auf Q_a dieselbe Potenz. Sie ist nach 10 gleich dem Quadrate von $Q_a L_i$. Also muss der Kreis aus Q_a, welcher die Länge $Q_a L_i$ zum Radius hat, die Kreise Π_i^2, Π_a^2 rechtwinklig schneiden. Dieser Kreis geht aber durch L_i und L_a. Folglich berührt $L_i Q_a$ in L_i den Kreis Π_i^2. $L_a Q_a$ berührt in L_a den Kreis Π_a^2 (Fig. 3).

Nun bemerken wir, dass Q_i die Strecke BC im Verhältniss von $-p_b:p_c$ theilt. In dem Dreieck BL_iC ist aber $BL_i = p_b$ und $L_iC = p_c$. Daraus folgt nach einem bekannten Satze, dass L_iQ_i den Winkel BL_iC halbirt. Oben (8) bewiesen wir, dass die Punkte Q_a, Q_i von B und C harmonisch getrennt werden. Mithin bilden die Geraden L_iQ_a, L_iQ_i mit den Geraden L_iB, L_iC eine harmonische Gruppe. Von diesen Geraden steht L_iB zu L_iC senkrecht. Also sind L_iQ_i und L_iQ_a die zwei Halbirungslinien des Winkels CL_iB. Sie stehen daher aufeinander senkrecht.

Verknüpfen wir diese Bemerkung mit dem geführten Nachweis, dass $Q_a L_i$, $Q_a L_a$ die resp. Kreise Π_i^2, Π_a^2 berühren, so folgt, dass $Q_i L_i$, $Q_a L_a$ Durchmesser dieser Kreise sind.

Um diesen Schlüssen eine allgemeine Form zu geben, müssen wir die gegenseitige Lage der Punkte $L_i L_a$ und $Q_i Q_a$ in Worten ausdrücken. Diese Punktepaare liegen auf den gegenüberliegenden Seiten a_1, a des orthogonalen Vierecks $ABCJ$. Wir wollen daher $L_i L_a$ und $Q_i Q_a$ gegenüberliegende Punkte nennen. Dann schliessen wir:

Satz XXV. Verbinden wir eine äussere Ecke des Potenzvierseits eines orthogonalen Vierecks mit dem gegenüberliegenden inneren (äusseren) Potenzkreisschnittpunkte, so berührt diese Verbindungslinie den Kreis, welcher durch die inneren (äusseren) Potenzkreisschnittpunkte geht. Verbinden wir die inneren Ecken des Potenzvierseits mit den gegenüberliegenden inneren (äusseren) Potenzkreisschnittpunkten, so schneiden sich die drei Verbindungslinien im Mittelpunkte des Kreises, der durch die drei inneren (äusseren) Potenzkreisschnittpunkte geht.

Um die zuletzt bewiesene Beziehung kurz auszusprechen, bezeichnen wir eine Ecke des Potenzvierseits, welche in a liegt, dem Potenzkreise der Ecke A gegenüberliegend. Dann folgt:

Satz XXVI. Die drei Kreise, welche die inneren Ecken des Potenzvierseits eines orthogonalen Vierecks zu Mittelpunkten haben und auf den Potenzkreisen der gegenüberliegenden Ecken senkrecht stehen, berühren die Kreise durch die inneren und äusseren Potenzkreisschnittpunkte in diesen.

12.

Wir wenden uns zu dem Potenzschnittkreispaare L_i^2 und L_a^2. Diese Kreise haben mit P_a^2 die resp. Punktepaare $M_a N_a$ und $M_i N_i$ gemeinsam. Die Verbindungslinien dieser Punktepaare schneiden sich in Q_a. Folglich haben die Kreise L_i^2, L_a^2 und P_a^2 denselben Orthogonalkreis aus Q_a. Sein Radius ist $Q_a L_i = Q_a L_a$. Also berührt $Q_a L_i$ den Kreis L_i^2 in L_i. $Q_a L_a$ berührt L_a^2 in L_a. Weil aber $Q_a L_i Q_i = 90^0 = Q_a L_a Q_i$, so ist $L_i Q_i$ ein Durchmesser von L_i^2 und $L_a Q_i$ ist ein Durchmesser von L_a^2.

Die Kreise L_i^2, L_a^2 haben mit dem Potenzkreise von B die Punkte $L_i N_a$ und $L_a N_i$ gemeinsam. Die Verbindungslinien dieser Punktepaare schneiden sich in R_i. Folglich haben die drei Kreise L_i^2, L_a^2 und P_b^2 denselben Orthogonalkreis aus R_i, der durch M_i und M_a geht. Mithin berührt die Gerade $R_i M_i$ in M_i den Kreis L_a^2. $R_i M_a$ berührt in M_a den Kreis L_i^2.

Nun können wir analog wie oben (11) beweisen, dass M_iR_i auf M_iR_a senkrecht steht und desgleichen M_aR_i auf M_aR_a. Daraus ergiebt sich, dass M_iR_a ein Durchmesser von L_a^2 und M_aR_a ein solcher von L_i^2 ist. Folglich berührt der Kreis aus R_a, welcher zu P_b^2 senkrecht steht, in M_i resp. M_a die Kreise L_a^2, L_i^2.

Schliesslich untersuchen wir die Beziehungen der Kreise L_i^2, L_a^2 zum Potenzkreise P_c^2 der Ecke C.

P_c^2 hat mit diesen Kreisen die Punkte L_iM_a resp. L_aM_i gemeinsam. Die Verbindungslinien dieser Punktepaare schneiden sich in S_i. Aus S_i lässt sich daher zu den drei Kreisen ein Orthogonalkreis legen. Er hat S_iN_i, S_iN_a zu Radien. Also berührt S_iN_i in N_i den Kreis L_a^2. S_iN_a berührt in N_a den Kreis L_i^2. Weil aber $S_iN_iS_a = 90^0 = S_iN_aS_a$, so ist N_iS_a ein Durchmesser von L_a^2. N_aS_a ist ein Durchmesser von L_i^2. Der Kreis aus S_a, welcher zu P_c^2 senkrecht steht, berührt folglich den Kreis L_a^2 in N_i und L_i^2 in N_a.

Wir fassen diesen Gedankengang in folgenden:

Satz XXVII. Der Potenzschnittkreis, welcher durch einen inneren (äusseren) und zwei äussere (innere) Potenzkreisschnittpunkte eines orthogonalen Vierecks geht, wird im inneren (äusseren) Potenzkreisschnittpunkte von der Geraden berührt, welche durch die gegenüberliegende äussere Ecke des Potenzvierseits geht. In jedem der zwei äusseren (inneren) Potenzkreisschnittpunkte wird der Kreis von der Geraden berührt, welche den Potenzkreisschnittpunkt mit der gegenüberliegenden inneren Ecke des Potenzvierseits verbindet.

Die Mittelpunkte der in Rede stehenden Potenzschnittkreise ergeben sich nach folgendem:

Satz XXVIII. Verbinden wir einen inneren (äusseren) Potenzkreisschnittpunkt mit der gegenüberliegenden inneren Ecke des Potenzvierseits und verbinden wir zwei äussere (innere) Potenzkreisschnittpunkte, welche mit jenem inneren (äusseren) nicht auf derselben Seite des orthogonalen Vierecks liegen, mit den gegenüberliegenden äusseren Ecken des Potenzvierseits, so schneiden sich die drei Verbindungslinien im Mittelpunkte des Kreises durch die erwähnten drei Potenzkreisschnittpunkte.

Die Beziehung der Potenzschnittkreise zu den sechs Kreisen aus den Ecken des Potenzvierseits lässt sich dahin aussprechen:

Satz XXIX. Zeichnen wir aus drei Ecken — einer inneren und zwei äusseren — des Potenzvierseits, welche auf drei verschiedenen Seiten eines orthogonalen Vierecks liegen, die Orthogonalkreise zu den resp. Potenzkreisen der gegenüberliegenden Ecken des Vierecks, so berühren diese Orthogonalkreise in den resp. Potenzkreisschnittpunkten diejenigen zwei Potenzschnittkreise, welche die den erwähnten Ecken des Potenzvierseits gegenüberliegenden inneren resp. äusseren Potenzkreisschnittpunkte enthalten.

13.

Durch jeden Potenzkreisschnittpunkt gehen vier Potenzschnittkreise. Wir untersuchen ihre Abhängigkeit voneinander, indem wir eine Gruppe solcher Kreise betrachten und auf dieselbe die in 11 und 12 bewiesenen Sätze anwenden.

Der Punkt L_i ist den vier Kreisen Π_i^2, L_i^2, M_a^2, N_a^2 gemeinsam.

Nach Satz XXV berührt die Gerade $Q_a L_i$ in L_i den Kreis Π_i^2. Dieselbe Gerade berührt nach Satz XXVII in L_i den Kreis L_i^2. Also berühren sich Π_i^2 und L_i^2 in L_i. Ferner wird nach Satz XXVII M_a^2 und N_a^2 in L_i von der Geraden $L_i Q_i$ berührt. Also berühren sich auch diese Kreise in L_i. Wir schliessen daher:

Satz XXX. Durch jeden inneren (äusseren) Potenzkreisschnittpunkt gehen vier Potenzschnittkreise. Ein Paar von ihnen enthält noch je einen zweiten inneren (äusseren) Potenzkreisschnittpunkt. Dieses Paar berührt sich im gemeinsamen Potenzkreisschnittpunkte und ebenso das andere Paar. Die Berührungssehne für das erste Paar geht durch die innere Ecke des Potenzvierseits, welche dem gemeinsamen Potenzkreisschnittpunkte gegenüberliegt. Durch die äussere Ecke geht die Berührungssehne des zweiten Paares. Beide Berührungssehnen stehen zueinander senkrecht.

Wir bemerken noch, dass durch zwei Potenzkreisschnittpunkte, welche auf einer inneren Seite des orthogonalen Vierecks liegen, zwei Gruppen von je vier Potenzschnittkreisen gehen, die zueinander dual sind.

14.

Schliesslich leiten wir einige Beziehungen für die Mittelpunkte der Potenzschnittkreise ab.

Die beiden Dreiecke $L_i M_i N_i$ und $L_a M_a N_a$, denen die resp. Kreise Π_i^2 und Π_a^2 umschrieben sind, befinden sich in perspectivischer Lage mit J

als Perspectivcentrum. Jedes dieser Dreiecke ist nach Satz XXV zum Dreieck $Q_i R_i S_i$ perspectivisch. Die resp. Perspectivcentra sind die Mittelpunkte Π_i, Π_a der Kreise Π_i^2, Π_a^2. Diese Mittelpunkte liegen folglich mit dem Punkte J auf einer Geraden.

In analoger Weise lässt sich zeigen, dass die Mittelpunkte der Kreispaare $L_i^2 L_a^2$, $M_i^2 M_a^2$ und $N_i^2 N_a^2$ auf Geraden durch J liegen. Wir sagen daher:

Satz XXXI. Die Mittelpunkte von zwei dualen Potenzschnittkreisen eines orthogonalen Vierecks liegen auf einer Geraden durch die innere Ecke des Vierecks.

Wir gruppiren jetzt die Potenzschnittkreise in der Art, dass je zwei durch dieselben zwei Potenzkreisschnittpunkte gehen. Wir beginnen mit den Kreisen Π_a^2, L_i^2. Sie haben die Punkte M_a, N_a gemein. $M_a R_i$ und $N_a S_i$ schneiden sich im Mittelpunkte Π_a von Π_a^2. $M_a R_a$ und $N_a S_a$ treffen sich im Mittelpunkte L_i von L_i^2. Nun liegen die Punkte M_a, N_a auf dem Potenzkreise von A. Also ist $AM_a = AN_a$. Weiter ist $\angle AM_a C = 90^0 = \angle AN_a B$. Oben (11) haben wir bewiesen, dass $M_a R_i$, $M_a R_a$ den Winkel $AM_a C$ halbiren. $N_a R_i$, $N_a R_a$ sind die Halbirungslinien des Winkels $AN_a B$. Folglich schneiden sich von diesen Halbirungslinien die inneren und die äusseren, je in einem Punkte der Geraden, welche A mit dem Schnittpunkte der Linien $M_a C$ und $N_a B$ verbindet. Die Schnittpunkte der inneren und äusseren Halbirungslinien sind aber die Mittelpunkte Π_a, L_i. Folglich liegen diese auf einer Geraden durch A. Sie steht zur Linie $M_a N_a$ senkrecht, weil die Kreise Π_a^2, L_i^2 sich in den Punkten M_a, N_a schneiden.

Ein analoger Gedankengang zeigt uns, dass die Mittelpunkte der Kreise M_a^2, N_i^2 auf einer Geraden durch A liegen, welche zur Verbindungslinie der den Kreisen M_a^2, N_i^2 gemeinsamen Punkte M_a, N_i senkrecht steht. Ferner lässt sich beweisen, dass die Mittelpunkte der Kreise Π_i^2, L_a^2 und M_i^2, N_a^2 auf Geraden durch A liegen, welche resp. zu $M_i N_i$ und $M_i N_a$ normal sind. Wir haben somit vier Gerade durch A gefunden, auf denen die Mittelpunkte der Potenzschnittkreise zu Paaren liegen. Als allgemeines Gesetz drücken wir dies so aus:

Satz XXXII. Zwei Potenzschnittkreise, welche sich in zwei Potenzkreisschnittpunkten schneiden, haben ihre Mittelpunkte auf einer Geraden durch eine äussere Ecke des orthogonalen Vierecks. Diese äussere Ecke liegt auf derjenigen inneren Seite des orthogonalen Vierecks, welche die erwähnten Potenzkreisschnittpunkte nicht enthält.

Satz XXXIII. Durch vier Potenzkreisschnittpunkte, welche auf demselben Potenzkreise des orthogonalen Vierecks liegen, gehen ausser zwei inneren Seiten des Vierecks noch vier Gerade. Fällen wir auf die letzteren aus dem Mittelpunkte des Potenzkreises die Senkrechten, so liegen auf jeder derselben zwei Mittelpunkte von Potenzschnittkreisen.

Nach diesem Satze erhalten wir zwölf Gerade, welche sich achtmal zu dreien in den Mittelpunkten der Potenzschnittkreise treffen.

Eine andere Ausdrucksweise für die in 13 und 14 bewiesenen Sätze ergiebt sich, wenn wir an Stelle der Potenzkreisschnittpunkte und der Ecken des Potenzvierseits die mit ihnen identischen Aehnlichkeitspunkte zwischen den Potenzkreisen des orthogonalen Vierecks setzen. Unter den Sätzen, welche sich mit Hilfe dieser Ausdrucksweise aus den aufgestellten ableiten lassen, heben wir folgenden hervor:

Satz XXXIV. Die Geraden, welche die auf zwei gegenüberliegenden Seiten des orthogonalen Vierecks liegenden Aehnlichkeitspunkte der Potenzkreise verbinden, schneiden sich achtmal zu dreien in acht Punkten. Durch jede Ecke des orthogonalen Vierecks gehen vier Gerade, welche je zwei dieser acht Punkte enthalten.

Nach diesem und dem XXXIII. Satze bilden die Mittelpunkte der Potenzschnittkreise Vierecke, welche zu dem orthogonalen Viereck perspectivisch liegen. Unterscheiden wir nach dem Index *a* und *i* die Potenzschnittkreise als äussere und innere, so ergiebt eine Zusammenstellung dieser perspectivischen Vierecke den

Satz XXXV. Die Mittelpunkte von vier inneren (äusseren) Potenzschnittkreisen eines orthogonalen Vierecks sind in viererlei Weise zu diesem perspectivisch. Die Mittelpunkte der vier äusseren (inneren) Potenzschnittkreise sind die Perspectivcentra.

15.

Wir wenden uns wieder zu dem orthogonalen Viereck $ABCJ$ und stellen Eigenschaften auf, welche sich auf Polaritätsverhältnisse beziehen.

Schneiden sich zwei Kreise unter rechtem Winkel, so ist bekanntlich die Verbindungslinie der Schnittpunkte Polare vom Mittelpunkte des einen Kreises in Bezug auf den andern. Wenden wir dies auf die Potenzkreise der äusseren Ecken von $ABCJ$ an, so folgt unter Berücksichtigung von Satz XVII:

Satz XXXVI. Zwei äussere und eine innere Ecke des orthogonalen Vierecks bilden ein Tripel harmonischer Pole in Bezug auf den Potenzkreis der dritten äusseren Ecke.

Eine analoge Relation lässt sich für das Dreieck der äusseren Ecken von $ABCJ$ beweisen. Wir betrachten auf jeder inneren Seite des Vierecks die innere Ecke als Mittelpunkt einer Involution, für welche die äussere Ecke und der Diagonalpunkt ein Paar sind. Nach Satz I haben diese Involutionen die nämliche Potenz. Sie ist negativ. Folglich definiren die Involutionen imaginäre Punktepaare, welche vom Mittelpunkte gleichweit abstehen. Diese Punkte liegen daher auf einem imaginären Kreise K_i^2 aus J, der $i.p_i$ zum Radius hat. Die Polare einer äusseren Ecke des Vierecks in Bezug auf K_i^2 ist die Verbindungslinie der zwei anderen äusseren Ecken. Wir schliessen daher:

Satz XXXVII. Die äusseren Ecken des Vierecks $ABCJ$ bilden ein Tripel harmonischer Pole in Bezug auf einen imaginären Kreis aus der inneren Ecke, der die Wurzel aus ihrer Potenz zum Radius hat.

Beschreiben wir über einer äusseren und inneren Ecke des orthogonalen Vierecks einen Kreis, so liegen auf ihm zwei Diagonalpunkte des Vierecks. Sie bilden mit den erwähnten Ecken ein neues Viereck, für welches die zwei anderen Ecken des orthogonalen Vierecks Diagonalpunkte sind. Folglich sind diese in Bezug auf den in Rede stehenden Kreis zueinander conjugirt.

Jetzt construiren wir den Kreis über zwei äusseren Ecken des orthogonalen Vierecks. Er schneidet die gegenüberliegende innere Seite in zwei Potenzkreisschnittpunkten. Nach Satz XVII sind diese die Doppelpunkte einer Involution, für welche die Ecken des Vierecks ein Paar und der Diagonalpunkt der Seite der Mittelpunkt ist. Daraus folgt, dass die Ecken in Bezug auf den erwähnten Kreis zueinander conjugirt sind. Wir sagen daher:

Satz XXXVIII. Beschreiben wir über zwei Ecken des orthogonalen Vierecks einen Kreis, so sind die zwei anderen Ecken in Bezug auf denselben conjugirt.

Der Kreis, welcher eine innere und äussere Ecke des orthogonalen Vierecks zu Endpunkten eines Durchmessers hat, wird von der gegenüberliegenden äusseren Seite in zwei imaginären Punkten geschnitten. Diese werden durch eine Involution definirt, für welche die zwei äusseren Ecken ein Paar sind. Der auf der äusseren Seite liegende Diagonalpunkt des Vierecks ist Mittelpunkt der Involution. Diese definirt aber auch die zwei imaginären Punkte, in denen K_i^2 die äussere Seite des Vierecks schneidet. Es folgt daraus:

Satz XXXIX. Die drei Kreise über den inneren Seiten des orthogonalen Vierecks schneiden die gegenüberliegenden äusseren Seiten in Punkten des imaginären Kreises K_i^2, der die innere Ecke des Vierecks zum Mittelpunkte und die Wurzel aus ihrer Potenz zum Radius hat.

16.

Nach Satz XXXIX erhalten wir auf den äusseren Seiten des orthogonalen Vierecks sechs imaginäre Punkte. Wir suchen ihre übrigen Verbindungslinien.

Wir beginnen mit den in a liegenden Punkten. Sie werden durch eine Involution J_a definirt, für welche BC ein Paar und A_1 der Mittelpunkt ist. Diese Paare werden von dem in a_1 liegenden Potenzkreisschnittpunkte L_i unter rechtem Winkel gesehen. Daraus folgt, dass die Involution J_a von L_i aus durch eine Rechtwinkelinvolution projicirt wird. Letzterer gehört das Strahlenpaar an, welches L_i mit $Q_a Q_i$ verbindet. Daraus folgt wieder, dass $Q_a Q_i$ ein Paar der Involution J_a ist. Es wird (nach 8) von dem Paare BC harmonisch getrennt.

In analoger Weise lässt sich zeigen, dass die Schnittpunkte von b mit K_i^2 durch eine Involution definirt werden, für welche die Ecken R_a, R_i des Potenzvierseits ein Paar sind, das zu C und A harmonisch liegt.

Wir haben somit die Involutionen J_a, J_b von C aus durch je zwei Paare CB, $Q_i Q_a$ und CA, $R_i R_a$ dargestellt, welche dasselbe Doppelverhältniss bilden. Es müssen sich daher BA, $Q_i R_i$, $Q_a R_a$ in einem Punkte S_a schneiden. Er ist der reelle Punkt von einer der zwei Geraden, welche die vier imaginären Punkte auf a und b verbindet. Der reelle Punkt der zweiten Geraden ist der Schnittpunkt S_i der Linien BA, $R_i Q_a$ und $R_a Q_i$. Die imaginären Geraden selbst werden durch die erwähnten Verbindungslinien und den Strahl durch C definirt. Es ergiebt sich somit:

Satz XL. Der imaginäre Kreis aus der inneren Ecke des orthogonalen Vierecks, welcher die Wurzel aus ihrer Potenz zum Radius hat, schneidet die äusseren Seiten in sechs imaginären Punkten. Dieselben liegen paarweise auf sechs imaginären Geraden, deren reelle Punkte die Ecken des Potenzvierseits sind. Jede dieser Geraden wird durch eine Involution definirt, für welche die durch den reellen Punkt gehenden Seiten des Potenzvierseits ein Paar sind. Das zweite besteht aus einer äusseren Seite des Vierecks und der Geraden, welche durch die gegenüberliegende äussere Ecke geht.

Nach diesem Satze erscheinen die vier Seiten des Potenzvierseits als reelle Pascallinien des imaginären Sechsecks, in welchem der Kreis K_i^2 die äusseren Seiten des orthogonalen Vierecks schneidet.

(Schluss folgt.)

Kleinere Mittheilungen.

XV. Ueber die Gleichung $x^p + y^p = z^p$.

Soll die Gleichung $x^p + y^p = z^p$, in welcher p eine Primzahl >3 bedeutet, in positiven ganzen Zahlen gelöst werden, so dürfen wir zunächst x, y, z als relative Primzahlen betrachten; denn hätten zwei von ihnen einen gemeinschaftlichen Theiler, so müsste auch die dritte denselben haben, und wir könnten ihn durch Division fortschaffen.

Es ist (s. Anm. 1)

$$x^p + y^p = (x+y)^p \quad + \sum_{q=1}^{q=\frac{p-1}{2}} (-1)^q \cdot \frac{p}{q} (p-q-1)_{q-1} (x+y)^{p-2q} . x^q . y^q$$

und

$$x^p - y^p = (x-y)^p \quad + \sum_{q=1}^{q=\frac{p-1}{2}} \frac{p}{q} (p-q-1)_{q-1} (x-y)^{p-2q} . x^q . y^q ,$$

mithin

$$\frac{x^p + y^p}{x+y} = (x+y)^{p-1} + \sum_{q=1}^{q=\frac{p-1}{2}} (-1)^q \cdot \frac{p}{q} (p-q-1)_{q-1} (x+y)^{p-2q-1} . x^q . y^q .$$

Das letzte Glied rechts ist $(-1)^{\frac{p-1}{2}} p . x^{\frac{p-1}{2}} . y^{\frac{p-1}{2}}$, während alle übrigen den Factor $(x+y)^2$ haben; folglich können, da $x+y$ und xy relative Primzahlen sind, $\frac{x^p + y^p}{x+y}$ und $x+y$ nur dann einen gemeinschaftlichen Theiler, und zwar allein den Theiler p, haben, wenn $x+y \equiv 0 \ (mod\, p)$ ist, und es muss in diesem Falle

$$x^p + y^p \equiv 0 \ (mod\, p^2)$$

sein. Ebenso ist

$$x^p - y^p \equiv 0 \ (mod\, p^2),$$

wenn $x - y \equiv 0 \ (mod\, p)$ ist.

Aus $x^p + y^p = z^p$ erhalten wir

$$\frac{(x+y)^p - z^p}{p(x+y)xy} = \sum_{q=1}^{q=\frac{p-1}{2}} (-1)^{q-1} \cdot \frac{1}{q} (p-q-1)_{q-1} (x+y)^{p-2q-1} . x^{q-1} . y^{q-1} .$$

Da $x^p \equiv x$, $y^p \equiv y$, $z^p \equiv z$, also $x+y \equiv z \ (mod\, p)$ ist, und nach Obigem $(x+y)^p - z^p$ den Factor p wenigstens in der zweiten Potenz enthält, so muss entweder $x+y$, d. h. z, oder x, oder y, oder endlich

$$S = \sum_{q=1}^{q=\frac{p-1}{2}} (-1)^{q-1} \cdot \frac{1}{q} (p-q-1)_{q-1} (x+y)^{p-2q-1} . x^{q-1} . y^{q-1} \equiv 0 \quad (mod\, p)$$

sein. Letzteres ist der Fall, wenn

$$(x+y)^2 \equiv xy \; (mod\, p)$$

angenommen wird (s. Anm. 2), indem dann

$$x^{q-1} . y^{q-1} \equiv (x+y)^{2q-2},$$

also

$$S \equiv (x+y)^{p-3} . \sum_{q=1}^{q=\frac{p-1}{2}} (-1)^{q-1} \cdot \frac{1}{q} (p-q-1)_{q-1} \equiv 0 \quad (mod\, p)$$

ist (s. Anm. 1).

Ist weder x, noch y, noch $z \equiv 0 \; (mod p)$, so haben $(x+y)$ und $\frac{x^p+y^p}{x+y}$, $z-x$ und $\frac{z^p-x^p}{z-x}$, $z-y$ und $\frac{z^p-y^p}{z-y}$ keinen gemeinschaftlichen Theiler; mithin müssen $x+y$, $z-x$, $z-y$ p^{te} Potenzen sein.

Von den Zahlen x, y, z sind zwei ungerade, während die dritte gerade ist. Nehmen wir $z = 2z_1$ an, so wird $x+y = 2^p . a^p = 2A$. Setzen wir nun $x-y = 2B$, wo B ungerade und prim gegen A ist, so erhalten wir

$$z^p = 2^p . z_1{}^p = x^p + y^p = (A+B)^p + (A-B)^p$$
$$= 2[A^p + (p)_2 A^{p-2} . B^2 + (p)_4 . a^{p-4} . B^4 + \cdots + (p)_{p-1} A B^{p-1}],$$

also, wenn wir durch $2A = 2^p a^p$ dividiren,

$$\left(\frac{z_1}{a}\right)^p = A^{p-1} + (p)_2 . A^{p-3} . B^2 + (p)_4 A^{p-5} . B^4 + \cdots + (p)_{p-1} B^{p-1}$$
$$= A^{p-1} + p . B^2 \varphi(A, B).$$

Wäre hier $B^2 . \varphi(A, B) \equiv 0 \; (mod p)$, so hätten wir $\left(\frac{z_1}{a}\right)^p - A^{p-1} \equiv 0 \; (mod p^2)$.
Nun ist

$$\frac{z_1}{a} \equiv 1 \text{ und } \frac{A}{a} = 2^{p-1} . a^{p-1} \equiv 1, \text{ also } \frac{z_1}{a} - \frac{A}{a} \equiv 0 \; (mod p),$$

folglich nach Obigem

$$\left(\frac{z_1}{a}\right)^p - \left(\frac{A}{a}\right)^p \equiv 0 \quad (mod p^2);$$

es müsste mithin

$$\left(\frac{A}{a}\right)^p - A^{p-1} = A^{p-1}(2^{p-1}-1) \equiv 0 \quad (mod\, p^2),$$

d. h.

$$2^{p-1} - 1 \equiv 0 \quad (mod\, p^2)$$

sein, was nicht möglich ist.

Setzen wir jetzt

$$\left(\frac{z_1}{a}\right)^p = \left[A^{\frac{p-1}{2}} + B . \sqrt{p} . \sqrt{\varphi(A, B)}\, i\right] \times \left[A^{\frac{p-1}{2}} - B\sqrt{p} . \sqrt{\varphi(A, B)}\, i\right]$$
$$= (\sqrt{e} + \sqrt{f} . i)^p . (\sqrt{e} - \sqrt{f} . i)^p,$$

so wird

$$B\sqrt{p} . \sqrt{\varphi(A, B)} = \sqrt{f}\left[(p)_1 . e^{\frac{p-1}{2}} - (p)_3 . e^{\frac{p-3}{2}} . f + \cdots + (-1)^{\frac{p-1}{2}} . f^{\frac{p-1}{2}}\right]$$

oder

$$B\sqrt{\varphi(A, B)} = \sqrt{\frac{f}{p}}\left[(p)_1 . e^{\frac{p-1}{2}} - (p)_3 . e^{\frac{p-3}{2}} . f + \cdots + (-1)^{\frac{p-1}{2}} . f^{\frac{p-1}{2}}\right].$$

Da in dieser Gleichung keine höhere Wurzel, als die Quadratwurzel vorkommen darf, so muss f den Factor p enthalten; aber dann wird $B\varphi(A, B) \equiv 0 \pmod{p}$, im Widerspruch mit dem Obigen.

Zu ganz ähnlichen Resultaten gelangen wir, wenn wir $z-x=s^p.b^p$ oder $z-y=s^p.c^p$ annehmen.

Es sei nun eine der Zahlen x, y, z, z. B. $x, \equiv 0 \pmod{p}$, dann haben $x+y$ und $\frac{x^p+y^p}{x+y}$ keine gemeinschaftlichen Theiler; mithin muss

$$z=\sqrt[p]{x+y}\cdot\sqrt[p]{\frac{x^p+y^p}{x+y}}$$

sein. Ebenso wird

$$y=\sqrt[p]{z-x}\cdot\sqrt[p]{\frac{z^p-x^p}{z-x}},$$

während $z-y\equiv 0 \pmod{p}$ ist, also $z-y$ und $\frac{z^p-y^p}{z-y}$ den Factor p, aber nur diesen, gemein haben, so dass

$$x=\sqrt[p]{p(z-y)}.\sqrt[p]{\frac{z^p-y^p}{p(z-y)}}$$

wird. Setzen wir nun

$$x+y=a^p, \quad z-x=b^p, \quad z-y=p^{p-1}.c^p,$$

so ist

$$y\equiv a, \quad z\equiv b,$$

also, da $z\equiv y$ ist, auch

$$a\equiv b \pmod{p}, \text{ mithin } a^p-b^p\equiv 0 \pmod{p^2},$$

und wir finden jetzt

$$2x=a^p-b^p+p^{p-1}.c^p, \text{ d. h. } x\equiv 0 \pmod{p^2},$$
$$2y=a^p+b^p-p^{p-1}.c^p,$$
$$2z=a^p+b^p+p^{p-1}.c^p.$$

Aus $x^p+y^p=z^p$ und $x+y=a^p$ folgt

$$x(x^{p-1}-1)+y(y^{p-1}-1)=z^p-a^p\equiv 0 \pmod{p^2},$$

also auch

$$y^{p-1}-1\equiv 0 \pmod{p^2},$$

und ebenso finden wir

$$z^{p-1}-1\equiv 0 \pmod{p^2}.$$

Nach dem Obigen ist

$$\left(\frac{x}{pc}\right)^p=\frac{z^p-y^p}{p(z-y)}=\frac{1}{p}\left[(z-y)^{p-1}\right]+\sum_{q=1}^{q=\frac{p-1}{2}}\frac{p}{q}(p-q-1)_{q-1}(z-y)^{p-2q-1}.z^q.y^q],$$
$$=\frac{V}{p},$$

also, da das letzte Glied rechts $z^{\frac{p-1}{2}}.y^{\frac{p-1}{2}}\equiv y^{p-1}\equiv 1 \pmod{p}$ ist, auch

$$\frac{x}{pc}\equiv 1 \pmod{p}.$$

Denken wir uns V in die quadratischen Factoren

$$(z-y)^2+m_1 zy,\quad (z-y)^2+m_2 zy,\quad \ldots,\quad (z-y)^2+m_{\frac{p-1}{2}}.zy$$

zerlegt, wo m_1, m_2 etc. Irrationalzahlen sind, so finden wir, wenn wir die Summe $m_1+m_2+\cdots+m_{\frac{p-1}{2}}$ durch ${}^1f(m)$, die Summe der Producte dieser Zahlen zu zweien durch ${}^2f(m)$ etc. bezeichnen,

$$\begin{aligned}
{}^1f(m) &= \frac{p}{1}(p-2)_0,\\
{}^2f(m) &= \frac{p}{2}(p-3)_1,\\
{}^3f(m) &= \frac{p}{3}(p-4)_2,\\
&\ldots\ldots\ldots,\\
{}^{\frac{p-1}{2}}f(m) &= p,
\end{aligned}$$

d. h. m_1, m_2 etc. sind die Wurzeln der Gleichung

$$m^{\frac{p-1}{2}} - \frac{p}{1}(p-2)_0\, m^{\frac{p-3}{2}} + \frac{p}{2}(p-3)_1\, m^{\frac{p-5}{2}} + \cdots$$
$$+(-1)^q \cdot \frac{p}{q}(p-q-1)_{q-1}\, m^{\frac{p-2q-1}{2}} + \cdots + (-1)^{\frac{p-1}{2}}.p = 0.$$

Hieraus sehen wir, dass $m^{\frac{p-1}{2}}$ den Factor p, also m den Factor $p^{\frac{2}{p-1}}$ haben muss, aber keine höhere Potenz von p als Factor haben kann, und zwar gilt das für alle Werthe von m.

Setzen wir nun

$$\left(\frac{x}{pc}\right)^p = \frac{(z-y)^2+m_1 zy}{p^{\frac{2}{p-1}}}\cdot\frac{(z-y)^2+m_2 zy}{p^{\frac{2}{p-1}}}\cdots\cdot\frac{(z-y)^2+m_{\frac{p-1}{2}} zy}{p^{\frac{2}{p-1}}},$$

so haben die Factoren rechts keinen gemeinschaftlichen Theiler; mithin muss jeder für sich eine p^{te} Potenz sein, und wir dürfen

$$\begin{aligned}
\frac{(z-y)^2+m_1 zy}{p^{\frac{2}{p-1}}} = k_1^p \quad\text{oder}\quad (z-y)^2+m_1 zy &= p^{\frac{2}{p-1}}.k_1^p,\\
(z-y)^2+m_2 zy &= p^{\frac{2}{p-1}}.k_2^p,\\
&\ldots\ldots\ldots,\\
(z-y)^2+m_{\frac{p-1}{2}} zy &= p^{\frac{2}{p-1}}.k^p_{\frac{p-1}{2}}
\end{aligned}$$

setzen. Durch Addition dieser Gleichungen erhalten wir

$$\frac{p-1}{2}(z-y)^2 + p\,zy = p^{\frac{2}{p-1}}\left(k_1^p+k_2^p+\cdots+k^p_{\frac{p-1}{2}}\right).$$

Wie sich leicht nachweisen lässt, ist

$$k_1^p+k_2^p+\cdots+k^p_{\frac{p-1}{2}} = \left(k_1+k_2+\cdots+k_{\frac{p-1}{2}}\right)^p - pL,$$

wo L eine Summe von Producten aus Potenzen von $k_1, k_2, \ldots, k_{\frac{p-1}{2}}$ bedeutet; folglich wird

$$\frac{p-1}{2}\cdot\frac{(z-y)^2}{p}+zy=p^{\frac{2}{p-1}}\left[\frac{\left(k_1+k_2+\cdots+k_{\frac{p-1}{2}}\right)^p}{p}-L\right].$$

Da nun $k_1 . k_2 . \ldots . k_{\frac{p-1}{2}}=\frac{x}{pc}$ eine ganze Zahl sein soll, so dürfen k_1, k_2 etc. keine Wurzel enthalten, deren Exponent $>\frac{p-1}{2}$ ist, und ebenso wenig darf in ihnen eine negative Potenz von p vorkommen. Setzen wir demnach, damit p in $\left(k_1+k_2+\cdots+k_{\frac{p-1}{2}}\right)^p$ aufgeht,

$$k_1+k_2+\cdots+k_{\frac{p-1}{2}}=l.p^{\frac{2}{p-1}},$$

so erhalten wir

$$\frac{p-1}{2}\cdot\frac{(z-y)^2}{p}+zy=p^{\frac{2}{p-1}}\left(l^p.p^{\frac{p+1}{p-1}}-L\right).$$

Da die linke Seite dieser Gleichung rational ist, so muss auch die rechte es sein, was nur möglich ist, wenn wir $l^p.p^{\frac{p+1}{p-1}}-L=p^{\frac{p-3}{p-1}}M$ setzen; aber dann wird

$$\frac{p-1}{2}\cdot\frac{(z-y)^2}{p}+zy=pM\equiv 0\ (mod\, p),$$

während doch zy den Factor p nicht enthält.

Wir schliessen hieraus, dass, wenn p eine Primzahl >3 ist, die Gleichung $z^p=x^p+y^p$ sich nicht in positiven ganzen Zahlen lösen lässt. Für $p=3$ werden wir unten den Beweis gesondert führen.

Das hier Dargelegte wollen wir an einem Beispiel erläutern.

Für $p=5$ haben wir $k_1 k_2=\frac{x}{pc}\equiv 1\ (mod\, 5)$; also können k_1 und k_2 keine höhere Wurzel als die Quadratwurzel enthalten. Ferner ist

$$\frac{2(z-y)^2}{5}+zy=\sqrt{5}\,\frac{k_1^5+k_2^5}{5}=\sqrt{5}\left[\frac{(k_1+k_2)^5}{5}-(k_1+k_2)^3k_1k_2\right.$$
$$\left.+(k_1+k_2)k_1^2.k_2^2\right].$$

Setzen wir nun $k_1+k_2=l\sqrt{5}$, so wird

$$\frac{2(z-y)^2}{5}+zy=5(5l^5-5l^3\,k_1k_2+k_1^2k_2^2)\equiv 0\ (mod\, 5).$$

Zu demselben Resultat gelangen wir auf folgende Weise.

Da $m_1=\frac{5+\sqrt{5}}{2}$, $m_2=\frac{5-\sqrt{5}}{2}$, also

$$(z-y)^2+\frac{5+\sqrt{5}}{2}zy=\sqrt{5}.k_1^5 \text{ und } (z-y)^2+\frac{5-\sqrt{5}}{2}zy=\sqrt{5}.k_2^5$$

ist, so finden wir durch Subtraction

$$zy = k_1^5 - k_2^5 = (k_1 - k_2)\left[(k_1 - k_2)^4 + 5(k_1 - k_2)^2 k_1 k_2 + 5 k_1^2 k_2^2\right],$$

d. h. $k_1 - k_2$ muss eine ganze Zahl, etwa $= d$ und $\equiv zy$, also auch $\equiv y^2 \equiv \pm 1 \pmod 5$ sein. Ferner ist

$$(k_1 + k_2)^2 = (k_1 - k_2)^2 + 4 k_1 k_2 = d^2 + 4 \cdot \frac{x}{5c} \equiv 0 \pmod 5 = 5l,$$

also

$$k_1 + k_2 = l\sqrt{5}$$

und

$$\frac{2(z-y)^2}{5} + zy = 5(5l^5 - 5l^3 k_1 k_2 + l.k_1^2 k_2^2) \equiv 0 \pmod 5),$$

wie oben. NB. $k_1 = \frac{l\sqrt{5} + d}{2}$, $k_2 = \frac{l\sqrt{5} - d}{2}$, $k_1 k_2 = \frac{5l^2 - d^2}{4}$, $4 k_1 k_2 \equiv -1 \pmod 5$, $k_1 k_2 \equiv 1 \pmod 5$.

$$x^3 + y^3 = z^3.$$

Soll $x^3 + y^3 = z^3$ sein, so haben wir nach dem Früheren eine der Zahlen x, y, z, z. B. x, $\equiv 0 \pmod 9$ anzunehmen. Dann wird $y^2 \equiv 1 \pmod 9$, also $y \equiv \pm 1 \pmod 9$ und ebenso $z \equiv \pm 1 \pmod 9$, so dass wir, da $z \equiv y \pmod 3$ ist, $z = 9z_1 \pm 1$, $y = 9y_1 \pm 1$ setzen können. Wir haben jetzt

$$\begin{aligned} x^3 = z^3 - y^3 &= (z-y)(z^2 + zy + y^2) \\ &= (z-y)\left(z + \frac{y}{2} + \frac{y\sqrt{3}}{2} i\right)\left(z + \frac{y}{2} - \frac{y\sqrt{3}}{2} i\right) \\ &= 3(z-y) \times \frac{z + \frac{y}{2} + \frac{y\sqrt{3}}{2} i}{\sqrt{3}} \times \frac{z + \frac{y}{2} - \frac{y\sqrt{3}}{2} i}{\sqrt{3}} \\ &= 27c^3 \times \frac{z + \frac{y}{2} + \frac{y\sqrt{3}}{2} i}{\sqrt{3}} \times \frac{z + \frac{y}{2} - \frac{y}{2}\sqrt{3}i}{\sqrt{3}}. \end{aligned}$$

Da die Factoren $\frac{z + \frac{y}{2} + \frac{y\sqrt{3}}{2} i}{\sqrt{3}}$ und $\frac{z + \frac{y}{2} - \frac{y}{2}\sqrt{3}i}{\sqrt{3}}$ keinen gemeinschaftlichen Theiler haben, so muss jeder für sich ein Cubus sein; wir haben mithin

$$z + \frac{y}{2} - \frac{y\sqrt{3}}{2} i = \sqrt{3} k_1^3, \quad z + \frac{y}{2} - \frac{y\sqrt{3}}{2} i = \sqrt{3} k_2^3,$$

wo k_1 und k_2 natürlich einen imaginären Bestandtheil enthalten. Durch Addition dieser beiden Gleichungen finden wir

$$2z + y = \sqrt{3}(k_1^3 + k_2^3)$$

oder

$$9(2z_1 + y_1) \pm 3 = \sqrt{3}\left[(k_1 + k_2)^3 - 3(k_1 + k_2) k_1 k_2\right]$$

oder

$$3(2z_1 + y_1) \pm 1 = \frac{(k_1 + k_2)^3}{\sqrt{3}} - \sqrt{3}(k_1 + k_2) k_1 k_2.$$

Damit wir auf der rechten Seite dieser Gleichung, ebenso wie auf der linken, eine rationale und dabei ganze Zahl erhalten, müssen wir

$$k_1 + k_2 = l\sqrt{3}$$

annehmen, wodurch

$$3(2z_1 + y_1) \pm 1 = 3l(l^2 - k_1 k_2) \equiv 0 \ (mod\ 3)$$

wird, was natürlich unmöglich ist.

NB. $k_1 - k_2 = mi$, $k_1 = \frac{l\sqrt{3} + mi}{2}$, $k_2 = \frac{l\sqrt{3} - mi}{2}$, $k_1 k_2 = \frac{3l^2 + m^2}{4}$, $k_1 k_2 \equiv 1 \ (mod\ 3)$.

Anmerkung 1.

Es ist

$$x^2 + y^2 = (x+y)^2 - 2xy,$$
$$x^3 + y^3 = (x+y)^3 - 3(x+y)xy,$$

also

$$x^4 + y^4 = (x^3+y^3)(x+y) - (x^2+y^2)xy$$
$$= (x+y)^4 - 4(x+y)^2 xy + 2x^2y^2;$$

ferner

$$x^5 + y^5 = (x^4+y^4)(x+y) - (x^3+y^3)xy$$
$$= (x+y)^5 - 5(x+y)^3 xy + 5(x+y)x^2y^2;$$
$$x^6 + y^6 = (x^5+y^5)(x+y) - (x^4+y^4)xy$$
$$= (x+y)^6 - 6(x+y)^4 xy + 9(x+y)^2 x^2y^2 - 2x^3y^3,$$
$$x^7 + y^7 = (x^6+y^6)(x+y) - (x^5+y^5)xy$$
$$= (x+y)^7 - 7(x+y)^5 xy + 14(x+y)^3 x^2y^2 - 7(x+y)x^3y^3 \text{ etc.}$$

Setzen wir nun, je nachdem p ungerade oder gerade ist,

$$x^p + y^p = (x+y)^p + \overset{1}{f}_{(p)}(x+y)^{p-2}xy + \overset{2}{f}_{(p)}(x+y)^{p-4}x^2y^2 + \cdots$$
$$\cdots + \overset{\frac{p-1}{2}}{f}_{(p)}(x+y)x^{\frac{p-1}{2}}y^{\frac{p-1}{2}}$$

oder

$$x^p + y^p = (x+y)^p + \overset{1}{f}_{(p)}(x+y)^{p-2}xy + \overset{2}{f}_{(p)}(x+y)^{p-4}x^2y^2 + \cdots$$
$$\cdots + \overset{\frac{p}{2}}{f}_{(p)}x^{\frac{p}{2}}y^{\frac{p}{2}}$$

und entwickeln die Potenzen von $x+y$, so erhalten wir für die Coefficienten $f_{(p)}$ folgende Gleichungen, und zwar in beiden Fällen:

$$(p)_1 + \overset{1}{f}_{(p)} = 0,$$
$$(p)_2 + (p-2)_1 \overset{1}{f}_{(p)} + \overset{2}{f}_{(p)} = 0,$$
$$(p)_3 + (p-2)_2 \overset{1}{f}_{(p)} + (p-4)_1 \overset{2}{f}_{(p)} + \overset{3}{f}_{(p)} = 0,$$
$$\dots\dots\dots\dots\dots,$$
$$(p)_q + (p-2)_{q-1} \overset{1}{f}_{(p)} + (p-4)_{q-2} \overset{2}{f}_{(p)} + \cdots + \overset{q}{f}_{(p)} = 0,$$

woraus sich

$$\overset{1}{f}_{(p)} = -(p)_1 = -\frac{p}{1}(p-2)_0,$$
$$\overset{2}{f}_{(p)} = \frac{p}{2}(p-3)_1,$$
$$\overset{3}{f}_{(p)} = -\frac{p}{3}(p-4)_2,$$
$$\overset{4}{f}_{(p)} = \frac{p}{4}(p-5)_3 \text{ etc.}$$

ergiebt. Alle diese Ausdrücke haben eine ähnliche Form, und die Annahme liegt nahe, dass

$$\overset{q}{f}_{(p)} = (-1)^q \cdot \frac{p}{q}(p-q-1)_{q-1}$$

sein wird.

Nach Obigem ist

$$x^p + y^p = (x+y)^p + \overset{1}{f}_{(p)}(x+y)^{p-2}.xy + \cdots$$
$$\cdots + \overset{q-1}{f}_{(p)}(x+y)^{p-2q+2}.x^{q-1}.y^{q-1} + \cdots,$$
$$x^{p+1} + y^{p+1} = (x+y)^{p+1} + \overset{1}{f}_{(p+1)}(x+y)^{p-1}.xy + \cdots$$
$$\cdots + \overset{q}{f}_{(p+1)}(x+y)^{p-2q+1}.x^q.y^q + \cdots,$$
$$x^{p+2} + y^{p+2} = (x+y)^{p+2} + \overset{1}{f}_{(p+2)}(x+y)^p.xy + \cdots$$
$$\cdots + \overset{q}{f}_{(p+2)}(x+y)^{p-2q+2}.x^q.y^q;$$

ferner

$$x^{p+2} + y^{p+2} = (x^{p+1} + y^{p+1})(x+y) - (x^p + y^p)xy.$$

Nehmen wir an, für p und $p+1$ gelte die oben für $\overset{q}{f}$ aufgestellte Formel, so ist

$$\overset{q-1}{f}_{(p)} = (-1)^{q-1}\frac{p}{q-1}(p-q)_{q-2},$$
$$\overset{q}{f}_{(p+1)} = (-1)^q\frac{p+1}{q}(p-q)_{q-1},$$

und es wird

$$\overset{q}{f}_{(p+2)} = (-1)^q\left[\frac{p+1}{q}(p-q)_{q-1} + \frac{p}{q-1}(p-q)_{q-2}\right]$$
$$= (-1)^q\left[\frac{p+1}{q}(p-q)_{q-1} + \frac{p}{p-2q+2}(p-q)_{q-1}\right]$$
$$= (-1)^q \cdot \frac{1}{q}\left[\left(p+1+\frac{pq}{p-2q+2}\right)(p-q)_{q-1}\right]$$
$$= (-1)^q \cdot \frac{1}{q}\left[\frac{p^2-pq+3p-2q+2}{p-2q+2}(p-q)_{q-1}\right]$$
$$= (-1)^q \cdot \frac{p+2}{q}\left[\frac{p-q+1}{p-2q+2}(p-q)_{q-1}\right]$$
$$= (-1)^q \cdot \frac{p+2}{q}(p-q+1)_{q-1}.$$

Wir sehen hieraus, dass unsere Formel, wenn sie für p und $p+1$ richtig ist, auch für $p+2$, d. h. allgemein gelten muss, indem sie sich ja für $p=6$, $p+1=7$ bestätigt.

Aus der Gleichung

$$x^{p+2}+y^{p+2}=(x^p+y^p)(x+y)^2-2xy(x^p+y^p)-x^2y^2(x^{p-2}+y^{p-2})$$

finden wir, wenn p ungerade ist,

$$\overset{1}{f}(p+2)=\overset{1}{f}(p)-2,$$
$$\overset{2}{f}(p+2)=\overset{2}{f}(p)-2\overset{1}{f}(p)-1,$$
$$\overset{3}{f}(p+2)=\overset{3}{f}(p)-2\overset{2}{f}(p)-\overset{1}{f}(p-2),$$
$$\ldots\ldots\ldots\ldots\ldots\ldots,$$
$$\overset{\frac{p-1}{2}}{f}(p+2)=\overset{\frac{p-1}{2}}{f}(p)-2\overset{\frac{p-3}{2}}{f}(p)-\overset{\frac{p-5}{2}}{f}(p-2),$$
$$\overset{\frac{p+1}{2}}{f}(p+2)=\qquad -2\overset{\frac{p-1}{2}}{f}(p)-\overset{\frac{p-3}{2}}{f}(p-2).$$

(NB. Wäre p gerade, so hätten wir nur statt $\overset{\frac{p-1}{2}}{f}$, $\overset{\frac{p+1}{2}}{f}$ etc. $\overset{\frac{p}{2}}{f}$, $\overset{\frac{p+2}{2}}{f}$ etc. zu setzen.)

Durch Summirung dieser Gleichungen erhalten wir

$$\Sigma f(p+2)=-\Sigma f(p)-\Sigma f(p-2)-3.$$

Nun ist

$$\Sigma f(3)=-3,$$
$$\Sigma f(5)=0,$$

also

$$\Sigma f(7)=0;$$

ferner

$$\Sigma f(9)=-3,$$
$$\Sigma f(11)=0,$$
$$\Sigma f(13)=0 \text{ etc.},$$

d. h.: $\Sigma f(p)$ wird $=-3$, wenn p den Theiler 3 hat, sonst $=0$. Für gerade p haben wir

$$\Sigma f(4)=-2,$$
$$\Sigma f(6)=+1,$$
$$\Sigma f(8)=-2,$$
$$\Sigma f(10)=-2,$$
$$\Sigma f(12)=+1 \text{ etc.}$$

In diesem Falle wird $\Sigma f(p)=+1$, wenn p den Theiler 3 hat, sonst $=-2$.

Aus dem Obigen folgt, dass für ein ungerades p

$$x^p+y^p=(x+y)^p+\sum_{q=1}^{q=\frac{p-1}{2}}(-1)^q\cdot\frac{p}{q}(p-q-1)_{q-1}(x+y)^{p-2q}\cdot x^q\cdot y^q$$

ist. (NB. Ist p gerade, so haben wir $\frac{p}{2}$ als oberen Grenzwerth von q zu setzen)

Bedeutet p eine Primzahl > 3, so muss immer

$$\sum_{q=1}^{q=\frac{p-1}{2}} (-1)^q \cdot \frac{p}{q} (p-q-1)_{q-1} = 0,$$

also auch

$$\sum_{q=1}^{q=\frac{p-1}{2}} (-1)^q \cdot \frac{1}{q} (p-q-1)_{q-1} = 0$$

sein.

Anmerkung 2.

Ueber die Congruenz $(x+y)^2 \equiv xy \pmod p$.

Soll die Congruenz $(x+y)^2 \equiv xy \pmod p$, in welcher p eine Primzahl bedeutet, in positiven ganzen Zahlen gelöst werden, so dürfen wir x und y $< p$ annehmen.

Für $p = 2$ giebt es keine Lösung, während für $p = 3$ $x = y = 1$, oder $x = y = 2$ sein muss. Ist $p > 3$, so kann offenbar x weder $= y$, noch $= p - y$ sein.

Kennen wir zwei Werthe von x und y, z. B. x_1 und y_1, die der Congruenz

$$(x+y)^2 \equiv xy \quad \text{oder} \quad x^2 + xy + y^2 \equiv 0 \pmod p$$

genügen, so erhalten wir $p-2$ weitere Lösungen, indem wir x_1 und y_1 mit den Zahlen $2, 3, p-1$ multipliciren und von den Producten die etwa in ihnen enthaltenen Vielfachen von p abziehen. Ist z. B. a eine der genannten Zahlen, und ist $ax_1 \equiv v$, $ay_1 \equiv w \pmod p$, so finden wir durch Multiplication der Congruenz $x_1^2 + x_1 y_1 + y_1^2 \equiv 0 \pmod p$ mit a^2

$$(ax_1)^2 + ax_1 . ay_1 + (ay_1)^2 \equiv v^2 + vw + w^2 \equiv 0 \pmod p.$$

Da x_1 und y_1 $< p$ sind, so geben bekanntlich die Producte von x_1, sowie auch die von y_1, mit den Zahlen $1, 2, 3, \ldots, p-1$, durch p dividirt, die Reste $1, 2, 3, \ldots, p-1$, natürlich in anderer Ordnung; es muss daher eine Zahl $b < p$ geben, deren Product mit $y_1 \equiv x_1 \pmod p$ ist.

Multipliciren wir nun die Congruenz

$$1) \qquad x_1^2 + x_1 y_1 + y_1^2 \equiv 0 \pmod p$$

mit b^2 und setzen

$$bx_1 \equiv z_1, \quad \text{wo } z_1 < p \text{ ist},$$

so wird

$$2) \qquad x_1^2 + x_1 z_1 + z_1^2 \equiv 0 \pmod p;$$

d. h. es giebt zwei Zahlen $< p$, y_1 und z_1, von denen jede mit x_1 zusammen unserer Congruenz genügt. Dass y_1 und z_1 verschieden sein müssen, ergiebt sich aus den Congruenzen $by_1 \equiv x_1$ und $bx_1 \equiv z_1$, woraus $x_1^2 \equiv y_1 z_1$ folgt.

Durch Subtraction von 1) und 2) erhalten wir

$$x_1(y_1 - z_1) + y_1^2 - z_1^2 = (y_1 - z_1)(x_1 + y_1 + z_1) \equiv 0 \pmod p,$$

also

$$x_1 + y_1 + z_1 \equiv 0 \ (mod\, p),$$

d. h. entweder

$$x_1 + y_1 + z_1 = p, \quad \text{oder} \quad x_1 + y_1 + z_1 = 2p.$$

Da demnach

$$x_1 \equiv -(y_1 + z_1)$$

ist, so wird

$$(y_1 + z_1)^2 - (y_1 + z_1)y_1 + y_1^2 = y_1^2 + y_1 z_1 + z_1^2 \equiv 0 \ (mod\, p).$$

Sind x_2 und y_2, beide $< p$, verschieden von x_1 und y_1, und ist $x_2^2 + x_2 y_2 + y_2^2 \equiv 0 \ (mod\, p)$, so muss, wie leicht zu erkennen, wenn $z_2 \equiv -(x_2 + y_2)$ angenommen wird,

$$x_2^2 + x_2 z_2 + z_2^2 \equiv 0 \quad \text{und} \quad y_2^2 + y_2 z_2 + z_2^2 \equiv 0 \ (mod\, p)$$

sein, und z_2 ist verschieden von z_1.

So fortfahrend, erhalten wir weitere Gruppen von je drei Zahlen $< p$, deren Summe entweder $= p$, oder $= 2p$ ist, und von denen je zwei unserer Congruenz genügen. Die Anzahl dieser Gruppen muss offenbar $\frac{p-1}{3}$ sein, woraus wir schliessen, dass für Primzahlen von der Form $6n - 1$ die Congruenz $x^2 + xy + y^2 \equiv 0 \ (mod\, p)$ nicht bestehen kann.

Da $x + y$ nicht $\equiv 0 \ (mod\, p)$ ist, so folgt aus $(x + y)^2 \equiv xy \ (mod\, p)$:

$$x^{\frac{p-1}{2}} \cdot y^{\frac{p-1}{2}} \equiv (x+y)^{p-1} \equiv 1 \ (mod\, p),$$

d. h. x und y sind gleichzeitig quadratische Reste, oder Nichtreste von p. Demgemäss können wir sagen, dass die quadratischen Reste einer Primzahl $p = 6n + 1$ sich immer, und zwar nur auf eine Weise, in n Gruppen von je drei Resten vertheilen lassen, so dass die Summe der Reste in jeder Gruppe entweder $= p$, oder $= 2p$ ist; und dasselbe gilt von den Nichtresten.

Beispiele.

$p = 7.$

Reste: $1 + 2 + 4 = 7$; Nichtreste: $3 + 5 + 6 = 2.7$.

$p = 13.$

Reste: $1 + 3 + 9 = 13$, $4 + 10 + 12 = 2.13$;
Nichtreste: $2 + 5 + 6 = 13$; $7 + 8 + 11 = 2.13$.

$p = 19.$

Reste: $1 + 7 + 11 = 19$, $4 + 6 + 9 = 19$, $5 + 16 + 17 = 2.19$;
Nichtreste: $2 + 3 + 14 = 19$, $8 + 12 + 18 = 2.19$, $10 + 13 + 15 = 2.19$.

NB. Wenn $x \equiv 1 \ (mod\, 3)$ ist, so enthält $x(x+1) + 1 = 1 + x + x^2$ den Factor 3, sonst nur Primzahlen von der Form $6n + 1$ als Factoren, oder $1 + x + x^2$ ist selbst eine solche Primzahl. So ist z. B.

$4.5 + 1 = 3.7$, $5.6 + 1 = 31$, $6.7 + 1 = 43$, $9.10 + 1 = 7.13$ etc.

Riga. Staatsrath August Rieke.

XVI. Bemerkungen über Pol und Polare eines Kegelschnittes.

1.

Wir gehen von zwei projectivischen Reihen auf $t_1 t_2$ aus, welche in derselben Ebene E liegen. Eine beliebige Gerade g schneide t_1 in X_1 und t_2 in Y_2. Die entsprechenden Punkte zu X_1, Y_2 seien resp. X_2, Y_1. h sei die Verbindungslinie der Punkte X_2, Y_1.

Geben wir jetzt g alle möglichen Lagen in der Ebene E, so gehört zu jeder Lage von g eine solche von h. Eine beliebige Gerade p schneide ein zusammengehöriges Geradenpaar gh in den resp. Punkten G, H. Wir construiren zu G den vierten harmonischen G^* in Bezug auf $X_1 Y_2$ und zu H den vierten harmonischen H^* in Bezug auf $X_2 Y_1$. p^* sei die Verbindungslinie dieser vierten harmonischen. Dann können wir beweisen, dass alle Geraden p^* durch einen Punkt P gehen.

Um diesen Nachweis zu führen, betrachten wir t_1, t_2 als die Orthogonalprojectionen von zwei windschiefen Geraden l_1, l_2 im Raume. Die projectivischen Reihen auf t_1 und t_2 fassen wir als Orthogonalprojectionen von zwei projectivischen Reihen in l_1, l_2 auf. Indem wir die entsprechenden Punkte der letzteren Reihen verbinden, erhalten wir eine Regelschaar eines Hyperboloids H^2. Die Linien g und h sind Orthogonalprojectionen von Geraden, welche in Bezug auf H^2 zueinander conjugirt sind. Legen wir durch p zu E eine Normalebene P, so schneidet diese aus den zuletzt erwähnten conjugirten Geraden Punktepaare, deren resp. Verbindungslinien die Gerade p zur Orthogonalprojection haben. Die conjugirten aber zu diesen Verbindungslinien in Bezug auf H^2 sind Gerade, deren Orthogonalprojectionen in den resp. Linien p^* liegen. Nun gehen diese conjugirten Geraden alle durch den Pol P_u der Ebene P in Bezug auf H^2. Also schneiden sich die Linien p^* in der Orthogonalprojection P von P_u. Damit ist unsere Behauptung bewiesen. Wir geben derselben noch eine andere Ausdrucksweise.

Legen wir an das Hyperboloid H^2 den Cylinder, welcher zur Ebene E senkrecht steht, so berührt derselbe das Hyperboloid in einem Kegelschnitt K_u^2. Die Ebene U dieses Kegelschnittes enthält P_u. Sei u der Schnitt von U mit der Ebene P, so ist P_u der Pol von u in Bezug auf K_u^2. Bemerken wir jetzt, dass die Orthogonalprojection von K_u^2 in dem Kegelschnitte K^2 liegt, welchen die projectivischen Reihen auf t_1 und t_2 erzeugen, und dass P und p die Orthogonalprojectionen von P_u und u sind, so folgt, dass P der Pol von p in Bezug auf K^2 ist. Wir haben daher den

Satz I. Construiren wir in zwei projectivischen Reihen $X_1 Y_1 Z_1 \ldots$, $X_2 Y_2 Z_2 \ldots$ zu den Schnittpunkten von $X_1 Y_2$ und $Y_1 X_2$ mit einer beliebigen Geraden p die vierten harmonischen in Bezug auf $X_1 Y_2$ und $Y_1 X_2$, so liegen die Verbindungslinien dieser vierten harmonischen auf Geraden durch einen Punkt. Dieser ist Pol von p in Bezug auf den Kegelschnitt, welchen die projectivischen Reihen erzeugen.

2.

Der nämliche Kegelschnitt K^2, welcher durch die Reihen auf $t_1 t_2$ hervorgebracht wird, kann auch durch projectivische Reihen erzeugt werden, welche t_1 und die Gerade $\overline{X_1 X_2}$ zu Trägern haben. Sei E der Schnittpunkt von $t_1 t_2$, und F derjenige der Geraden $\overline{X_1 X_2}$, $\overline{Y_1 Y_2}$, so sind E, X_2 und F, Y_1 entsprechende Paare der zuletzt erwähnten Reihen. Wenden wir den Satz I an, und sei J der Schnittpunkt von EF mit p, so folgt, dass der vierte harmonische J^* zu J in Bezug auf E und F mit H^* in einer Geraden durch P liegt. Oben haben wir gezeigt, dass H^* und G^* in einer Geraden p^* durch P liegen. Es muss somit diese Gerade mit derjenigen durch J^* und H^* zusammenfallen, d. h. J^*, H^* und G^* liegen in derselben Geraden. Combiniren wir dieses Resultat mit Satz I, so folgt:

Satz II. Construiren wir in den Vierseiten, welche einem Kegelschnitt umschrieben sind, je zu den Schnittpunkten der drei Diagonalen mit einer beliebigen Geraden p die vierten harmonischen in Bezug auf die Ecken des Vierseits, so liegen diese vierten harmonischen in einer Geraden und diese Geraden gehen durch den Pol der Linie p in Bezug auf den Kegelschnitt.

3.

Wir machen von Satz I und II einige Anwendungen. Zunächst gestatten uns diese Sätze, zu einer Geraden in Bezug auf einen durch fünf Tangenten gegebenen Kegelschnitt den Pol zu finden, ohne — wie dies gebräuchlich ist — weitere Tangenten oder Punkte des Kegelschnittes zu zeichnen. Wir bilden aus den fünf Tangenten zwei Vierseite und construiren auf je zwei Diagonalen eines solchen Vierseits die vierten harmonischen zu den Schnittpunkten mit der Polaren in Bezug auf die resp. Ecken des Vierseits. Die Construction ist besonders bequem, wenn p unendlich ferne ist, und beweist folgenden:

Satz III. Seien $A_1 B_1 C_1 \ldots$, $A_2 B_2 C_2 \ldots$ zwei projectivische Reihen, welche einen Kegelschnitt K^2 erzeugen, so gehen die Verbindungslinien der Mitten von $A_1 B_2$, $B_1 A_2$; $A_1 C_2$, $C_1 A_2$, ... durch den Mittelpunkt des Kegelschnittes.

Bemerken wir, dass in projectivischen Reihen dem Schnittpunkte der Träger die Berührungspunkte entsprechen, so lässt sich nach Satz III der Mittelpunkt auch in dem Falle leicht construiren, in welchem der Kegelschnitt durch vier Tangenten und einen Berührungspunkt oder durch drei Tangenten und zwei Berührungspunkte gegeben ist.

Für das Fünfseit der Tangenten ergiebt sich folgender:

Satz IV. Construiren wir bei einem Fünfseit auf den 15 Geraden, welche je zwei Ecken — und nur zwei — des Fünfseits verbinden, zwischen diesen die Mittelpunkte, so liegen dieselben fünfmal zu dreien auf fünf Geraden.* Diese gehen durch den Mittelpunkt des Kegelschnittes, welcher dem Fünfseit eingeschrieben ist.

4.

Geben wir von einem Kegelschnitte den Mittelpunkt M und drei Tangenten t_1, t_2, a, so stellen wir uns nun die Aufgabe, weitere Tangenten des Kegelschnittes zu zeichnen. Wir lösen dieselbe, indem wir auf t_1 und t_2 projectivische Reihen construiren. Die Schnittpunkte A_1, A_2 von t_1, t_2 mit a sind ein Paar dieser Reihen. Soll zu einem Punkte B_1 auf t_1 der entsprechende B_2 gefunden werden, so verbinden wir B_1 mit A_2 und zeichnen die Mitte M_1 dieser Linie. Dann muss nach dem Satze III auf der Geraden M_1M die Mitte M_2 von A_1B_2 liegen. M_2 befindet sich aber auch auf der Parallelen t_2^* zu t_2, welche den Abstand zwischen A_1 und t_2 halbirt. Somit ist M_2 als Schnittpunkt von t_2^* mit M_1M bestimmt. Ziehen wir A_1M_2, so schneidet diese Gerade aus t_2 den Punkt B_2 (Fig. 1).

Fig. 1.

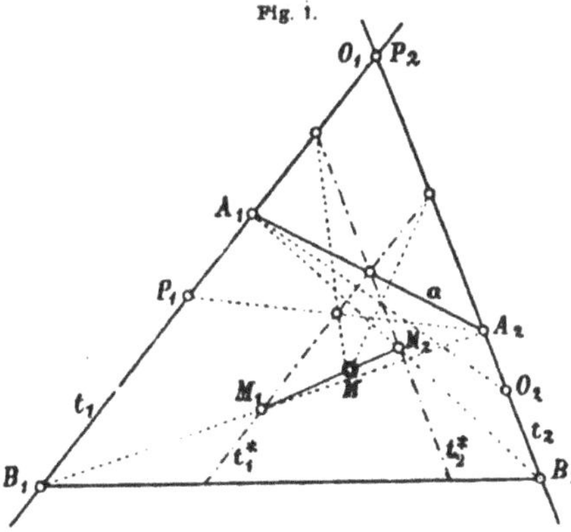

Lassen wir jetzt B_1 die Gerade t_1 durchlaufen, so bewegt sich M_1 auf einer Parallelen t_1^* zu t_1, welche den Abstand zwischen A_2 und t_1 halbirt. Die Linie M_1M_2 dreht sich um M, und M_2 durchläuft t_2^*. Darnach lässt sich die Construction der Tangenten des Kegelschnittes auch so aussprechen: Wir ziehen durch M eine beliebige Gerade, welche t_1^* in M_1 und t_2^* in M_2 schneide. Die Linien A_2M_1 und A_1M_2 treffen resp. t_1 und t_2 in Punkten einer Tangente.

Die Berührungspunkte der Tangenten t_1, t_2 erhalten wir als die entsprechenden zum Schnittpunkte dieser Geraden. Wir verbinden somit M mit dem Schnittpunkte von $t_1t_2^*$ ($t_2t_1^*$) und schneiden diese Gerade mit t_1^* (t_2^*). Die Projection dieses Schnittpunktes aus A_2 (A_1) auf t_1 (t_2) ist der gesuchte Berührungspunkt $P_1(O_2)$.

---

* Es sind die Mittelpunktslinien der fünf Kegelschnittschaaren, welche zu Grundlinien die fünf Vierseite haben, in die sich das Fünfseit zerlegen lässt.

5.

Betrachten wir die Geraden $t_1 a$ oder $t_2 a$ als Träger der projectivischen Reihen, welche den Kegelschnitt mit dem Mittelpunkte M erzeugen, so können wir diese Reihen auf dieselbe Weise construiren, wie unter 4 die Reihen auf t_1 und t_2. Wir stellen daher folgenden Satz auf:

Satz V. **Einem Kegelschnitte von gegebenem Mittelpunkte M sei ein Dreieck ABC resp. abc umschrieben. $A^* B^* C^*$ resp. $a^* b^* c^*$ sei das Dreieck der Seitenmitten von ABC. Eine beliebige Gerade durch M schneide $a^* b^* c^*$ in den Punkten A_1, B_1, C_1. Dann treffen die Linien AA_1, BB_1, CC_1 die resp. Geraden abc in Punkten einer Tangente des Kegelschnittes. MA^* schneidet a^* in einem Punkte, dessen Projection aus A auf a uns den Berührungspunkt dieser Tangente giebt.**

Transformiren wir die Figur dieses Satzes in einer centrischen Collineation erster Ordnung, so gelangen wir zu der Construction der Tangenten eines Kegelschnittes, der durch die Polare p eines gegebenen Punktes P und drei Tangenten a, b, c bestimmt ist. Dabei müssen wir zu den Schnittpunkten der Tangenten mit p die resp. vierten harmonischen in Bezug auf die Ecken des Tangentendreiecks zeichnen: Diese vierten harmonischen liegen auf einem Dreieck, welches zu dem Tangentendreieck perspectivisch ist. Nennen wir es das **zum Tangentendreieck in Bezug auf p harmonisch gelegene Dreieck**, so ergiebt sich aus Satz V folgender:

Fig. 2.

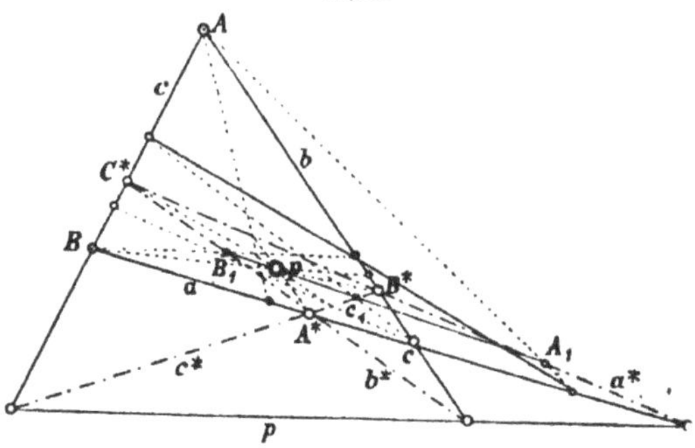

Satz VI. **Von einem Kegelschnitte sei der Pol zu einer Geraden p und ein Tangentendreieck ABC resp. abc gegeben (Fig. 2). $A^* B^* C^*$ resp. $a^* b^* c^*$ liege zu ABC in Bezug auf p harmonisch. Schneiden wir die Seiten von $a^* b^* c^*$ mit einer Geraden durch P und projiciren wir diese Schnittpunkte aus den gleichnamigen Ecken von ABC auf die resp. Seiten abc, so erhalten wir drei Punkte einer Tangente des Kegelschnittes. Projiciren wir die Ecken des Dreiecks $A^* B^* C^*$ aus P auf seine gleichnamigen Seiten und projiciren wir diese Projectionen aus den gleichnamigen Ecken von ABC auf die resp. Seiten abc, so erhalten wir ihre Berührungspunkte mit dem Kegelschnitte.**

Machen wir von Satz V eine duale Uebersetzung, so lehrt uns dieselbe Punkte eines Kegelschnittes finden, von dem wir den Mittelpunkt M und drei Punkte A, B, C kennen. Dabei müssen wir M mit ABC verbinden und zu diesen Verbindungslinien je die vierten harmonischen in Bezug auf zwei Seiten des Dreiecks ABC zeichnen. Auf diese Weise gelangen wir zu einem Dreieck $A^*B^*C^*$, welches zu ABC mit M als Centrum perspectivisch liegt. Wir nennen es das zu ABC in Bezug auf M harmonisch gelegene Dreieck. Dann erhalten wir Punkte des Kegelschnittes nach folgendem:

Satz VII. Ein Kegelschnitt von gegebenem Mittelpunkte M sei einem Dreieck ABC resp. abc umschrieben. $A^*B^*C^*$ resp. $a^*b^*c^*$ liege zu ABC in Bezug auf M harmonisch. Projiciren wir die Ecken von $A^*B^*C^*$ in beliebiger Richtung auf die gleichnamigen Seiten von abc, so schneiden sich die Geraden, welche durch diese Projectionen und die resp. Ecken A, B, C gehen, in einem Punkte des Kegelschnittes. Ziehen wir durch die Ecken von $A^*B^*C^*$ zu den resp. Seiten $a^*b^*c^*$ die Parallelen, so treffen diese resp. abc in Punkten, durch welche die resp. Tangenten in ABC gehen.

Kehren wir die in Satz V ausgesprochenen Beziehungen zwischen den Berührungspunkten der Tangenten und dem Pole um, so können wir aus den Berührungspunkten den Pol finden, wenn die Polare gegeben ist.

6.

Wir wenden uns nochmals zu Satz I und nehmen an, dass p eine Tangente des Kegelschnittes sei, welcher durch die Reihen auf t_1 und t_2 erzeugt wird. Dann berührt die Gerade p in ihrem Pole den Kegelschnitt. p^* schneidet folglich p in diesem Berührungspunkte.

Wir bemerken nun, dass in Bezug auf ein Vierseit zu jeder Lage von p eine bestimmte Lage von p^* gehört. Wir wollen zwei solche Lagen in Bezug auf das Vierseit harmonisch nennen. Mit Benutzung dieser Ausdrucksweise sagen wir:

Satz VIII. Construiren wir zu einer Tangente eines Kegelschnittes die harmonisch liegenden Geraden in Bezug auf die dem Kegelschnitt umschriebenen Vierseite, so gehen diese Geraden durch den Berührungspunkt der Tangente.

Die Beziehung von pp^* in Bezug auf ein Vierseit ist eine vertauschbare. Folglich muss der Kegelschnitt, welcher dem Vierseit eingeschrieben ist und p^* berührt, im Schnittpunkte von p^* mit p den Berührungspunkt haben. Wir können dies so aussprechen:

Satz IX. Die zwei Kegelschnitte einer Schaar, welche zwei in Bezug auf das Vierseit der Grundtangenten harmonisch liegende Gerade berühren, haben den Schnittpunkt dieser Geraden gemein.

Dr. Christian Beyel.

XVII. Ueber die parallelperspectivische Auffassung der Zeichnungsebene bei der Grund- und Aufrissprojection.

Herr **Reuschle** hat in seiner interessanten Schrift „Die Deck-Elemente“* u. A. die Begriffe „Deckebene“ und „symptotische Gerade“, d. i. Ebene, bezw. Gerade, deren beide Spuren in der Zeichnungsebene sich decken, in die descriptive Geometrie eingeführt. Durch jede Gerade, gegeben durch ihre Spuren H und V' (Fig. 1), geht eine Deckebene; ihre Spuren fallen in die Linie HV' zusammen. Durch jeden Punkt (a, a') geht eine symptotische Gerade; ihre Spuren fallen in einen Punkt A^* zusammen, der auf dem Grundloth aa' so liegt, dass (wenn g den Schnittpunkt von Grundloth und Grundschnitt bedeutet) $a'A^* = ga$, also auch $aA^* = ga'$ ist. Der Punkt A^* wird als der zum Punkte (a, a') gehörige „Centralpunkt“ bezeichnet. Die Centralpunkte aller Punkte einer Geraden liegen auf der Spur der Deckebene der Geraden.

Fig. 1.

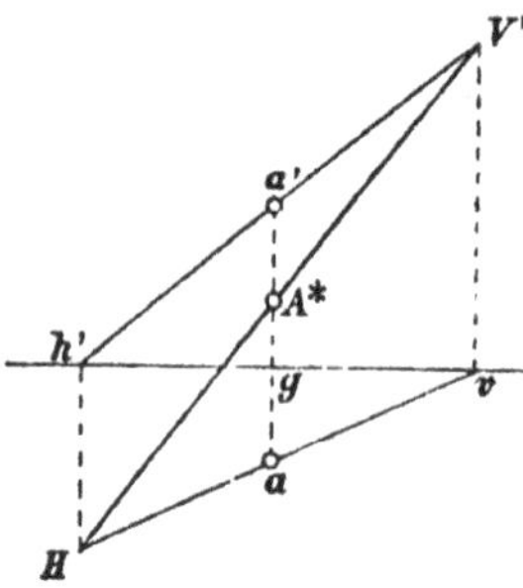

Fig. 2.

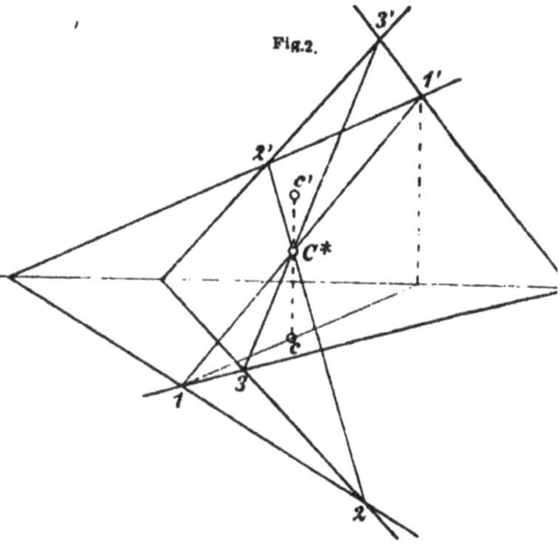

Die einfachen und eleganten Constructionen, welche Herr **Reuschle** mit Hilfe dieser zwei Deckelemente entwickelt, lassen sich nun auch noch auf andere, und zwar sehr anschauliche Weise, nämlich vom Gesichtspunkte der sogenannten Militärperspective und Cavalierperspective aus erklären.

Man kann die Militärperspective bekanntlich definiren als schiefe Parallelprojection auf eine horizontale Bildebene mit einer unter 45^0 gegen dieselbe geneigten Richtung der parallelen Sehstrahlen. Ist also das Object durch Grundriss und Höhen der einzelnen Punkte gegeben, so bilden

* C. **Reuschle**, Die Deck-Elemente. Stuttgart, Metzler. 1882.

sich der Grundriss als congruente Figur, die Höhen in wahrer Grösse ab, und man erhält die militärperspectivische Abbildung des Objects einfach dadurch, dass man von den einzelnen Punkten der Grundrissfigur aus die zugehörigen Höhen parallel mit der Richtung der Horizontalprojection des Sehstrahls in die Ebene der Grundrissfigur umlegt.

Denkt man sich demgemäss ein descriptives Grundsystem, bestehend aus Horizontalebene und Verticalebene in rechtwinkliger Verbindung, und legt die Verticalebene durch Drehung um den Grundschnitt in die Horizontalebene um, so kann die so entstandene „Zeichnungsebene" mit den in ihr liegenden Punkten und Linien aufgefasst werden als die militärperspectivische Abbildung des ursprünglichen rechtwinkligen Grundsystems mit den in seinen Ebenen liegenden Punkten und Linien, und zwar für eine Richtung der Sehstrahlen, deren Horizontalprojection senkrecht zum Grundschnitt ist.

Stellen also z. B. in der Zeichnungsebene (Fig. 1) H und V' die Spuren einer geraden Linie vor, so ist vV' die umgelegte Höhe des Punktes V', und es kann also die directe Verbindungslinie HV' aufgefasst werden als die Militärperspective der räumlichen Geraden HV'. Sind ferner a, a' die Projectionen eines Punktes A der Geraden, und schneidet das Grundloth aa' die Linie HV' in A^*, den Grundschnitt in g, so stellt A^* die Militärperspective des Punktes A dar; aA^* ist die umgelegte Höhe, folglich ist $aA^* = ga'$.

Ebenso gut kann man sich auch das Object durch seinen Aufriss und die Ordinaten der einzelnen Punkte gegeben denken und dasselbe dadurch abbilden, dass man von den einzelnen Aufrisspunkten aus die zugehörigen Ordinaten parallel zur Verticalprojection des Sehstrahls in die Ebene des Aufrisses umlegt. Man erhält dann ein Bild, das als „cavalierperspectivisch" zu bezeichnen ist.

Demgemäss kann die Zeichnungsebene eines descriptiven Grundsystems, wenn man sich dieselbe dadurch hergestellt denkt, dass man die Horizontalebene in die als fest betrachtete Verticalebene umlegt, auch aufgefasst werden als die cavalierperspectivische Abbildung des räumlichen Grundsystems für eine Richtung des Sehstrahls, senkrecht zum Grundschnitt.

Unter diesem letzteren Gesichtspunkte betrachtet, stellt in Fig. 1 $h'H$ die umgelegte Ordinate des Punktes H, folglich $V'H$ die Cavalierperspective der räumlichen Geraden $V'H$ vor. A^* repräsentirt die Cavalierperspective des Punktes A, $a'A^*$ die umgelegte Ordinate; es ist also $a'A^* = ga$.

Die von Herrn Reuschle eingeführte Darstellung eines Punktes durch eine seiner Projectionen a, bezw. a', und seinen Centralpunkt A^* kann hiernach identificirt werden mit seiner axonometrischen Darstellung nach dem System der Militärperspective, bezw. Cavalierperspective.

Es mag noch an einem Beispiel gezeigt werden, wie die dargelegte Auffassungsweise bei Constructionen der descriptiven Geometrie mit Vortheil verwerthet werden kann.

Hieran anschliessend führen wir noch folgende Bezeichnungen ein. Wir bezeichnen die Kugel mit K^2, einen Kreis auf ihr mit k oder k_r, seine Ebene mit $\varkappa$ oder $\varkappa_r$ und deren Pol mit K bezw. K_r; einen Kegelschnitt mit C^2, seine Ebene mit γ. Eine Gerade heisse g, ihre Polare g' u. s. w. Abkürzend werden wir gelegentlich einen Berührungskegel der Kugel, dessen Mittelpunkt K ist, den „Kegel K" nennen.

I. Das rechtwinklige Schneiden.

Auf der Kugel K^2 ist der Kreis k_1 gegeben; gesucht alle Kreise k, welche k_1 rechtwinklig schneiden. Die Tangenten t und t_1 in einem gemeinsamen Punkte B der Kreise k und k_1 stehen aufeinander normal und sind infolge dessen polar zueinander. Da nun alle Tangenten t_1 von k_1 in der Ebene $\varkappa_1$ liegen, so gehen alle Tangenten t der Kreise k durch den Pol K_1 von $\varkappa_1$, d. h. die k bilden ein Bündel. Das ist der Satz:

„Alle Kugelkreise k, welche einen Kreis k_1 normal schneiden, bilden ein Bündel, dessen Mittelpunkt der Pol von $\varkappa_1$ ist; ihre Pole liegen in $\varkappa_1$."

Wir legen durch zwei polare Geraden g' und g je eine beliebige Kreisebene $\varkappa$ und $\varkappa_1$, und ziehen an die Kreise k und k_1 im einen Schnittpunkte B die Tangenten t und t_1. Die Polare von t_1 ist eine Tangente von K^2 im Punkte B und schneidet g', weil g und t_1 in einer Ebene liegen, sie fällt also mit t zusammen, und da t und t_1 als polare Geraden normal sind, so schneiden sich k und k_1 rechtwinklig im Punkte B. Die Ebenen $\varkappa$ und $\varkappa_1$ waren beliebig durch g' und g gelegt, also gilt allgemein:

„Sind die Axen zweier Kreisbüschel polare Geraden, so schneidet jeder Kreis des einen Büschels jeden Kreis des andern normal."

Sind nun auf K^2 die beiden Kreise k_1 und k_2 gegeben, so liegen die Pole aller Kreise, welche diese beiden rechtwinklig schneiden, nach obigem Satze auf der Schnittlinie $\overline{\varkappa_1 \varkappa_2}$; die Kreise selbst bilden also ein Büschel, dessen Axe $K_1 K_2$ zu $\varkappa_1 \varkappa_2$ polar ist. Mit Hilfe des letzten Satzes können wir daher sagen:

„Alle Kreise, welche zwei Kreise k_1 und k_2 normal schneiden, bilden das Büschel $K_1 K_2$; sie werden von allen Kreisen des Büschels $(k_1 k_2)$ normal geschnitten."

Drei Kreise, deren Ebenen nicht durch eine Gerade gehen, sondern sich in einem Punkte schneiden, werden nur von einem Kreise k rechtwinklig geschnitten; sein Pol ist (S. 258) der Schnittpunkt K der drei Kreisebenen. Jede durch K gehende Gerade g hat eine in $\varkappa$ liegende Polare g', und nach Obigem wird daher jeder Kreis des Büschels g von k rechtwinklig geschnitten; da g eine beliebige durch K gehende Gerade war, so gilt das Gesagte von jedem Kreise des Bündels K. So haben wir:

XIV.

Geometrie der Kreise einer Kugel.

Von

Dr. F. Schumacher

in Metz.

Die Steiner'sche Aufgabe: „Einen Kreis zu suchen, welcher drei gegebene Kreise, oder eine Kugel, welche vier gegebene Kugeln unter gegebenen Winkeln schneidet" wurde in neuester Zeit von Herrn Prof. Reye in seinem Buche: „Synthetische Geometrie der Kugeln und linearen Kugelsysteme (Leipzig 1879)" in umfassender Weise gelöst. Die zahlreichen hierbei zur Anwendung kommenden Sätze über Kreissysteme hat Herr Professor Thomae in dieser Zeitschrift Bd. 29 S. 284 durch stereographische Projection auf die Ebene übertragen und dadurch eine Lösung des erweiterten Apollonischen Problems für die Ebene gegeben. In der vorliegenden Arbeit sollen diese Eigenschaften der Kreissysteme einer Kugel nochmals untersucht werden. Es findet sich naturgemäss eine Anzahl der hier abgeleiteten Sätze schon in der obengenannten Druckschrift des Herrn Prof. Reye; während aber Herr Reye dieselben mit Hilfe reciproker Radien und orthogonaler Kugeln ableitet, gelangen wir hier zu denselben auf einem andern, bisher noch nicht betretenen Wege, nämlich mittels der Polarentheorie. Wir weisen jedem Kreise einer Kugel den Pol seiner Ebene in Bezug auf diese Kugel zu und zeigen, dass dann gewissen Kreissystemen und Kreisschaaren der Kugel gewisse Hyperboloide und doppelt berührende Kegelschnitte im Raume entsprechen. Die Einführung dieser Gebilde in die Theorie der Kugelkreise gestattet Betrachtungen, welche sich nur mit Punkten, nicht mehr mit Kreisen beschäftigen, und die gefundenen, allgemeinen Sätze ergeben durch einfache Uebertragung die Beziehungen der Kugelkreise.

Wir werden im Folgenden häufiger die Ausdrücke „Kreisbündel" und „Kreisbüschel" gebrauchen, für welche wir die beiden Definitionen festlegen wollen:

1. Alle Kugelkreise, deren Ebenen durch einen Punkt gehen, bilden ein Kreisbündel; ihre Pole in Bezug auf die Kugel liegen in einer Ebene, und das Kreisbündel ist daher durch drei seiner Kreise bestimmt.

2. Alle Kugelkreise, deren Ebenen durch eine Gerade gehen, bilden ein Kreisbüschel; ihre Pole in Bezug auf die Kugel liegen in einer Geraden, und das Kreisbüschel ist daher durch zwei seiner Kreise bestimmt.

Hieran anschliessend führen wir noch folgende Bezeichnungen ein. Wir bezeichnen die Kugel mit K^2, einen Kreis auf ihr mit k oder k_r, seine Ebene mit $\varkappa$ oder $\varkappa_r$ und deren Pol mit K bezw. K_r; einen Kegelschnitt mit C^2, seine Ebene mit γ. Eine Gerade heisse g, ihre Polare g' u. s. w. Abkürzend werden wir gelegentlich einen Berührungskegel der Kugel, dessen Mittelpunkt K ist, den „Kegel K" nennen.

I. Das rechtwinklige Schneiden.

Auf der Kugel K^2 ist der Kreis k_1 gegeben; gesucht alle Kreise k, welche k_1 rechtwinklig schneiden. Die Tangenten t und t_1 in einem gemeinsamen Punkte B der Kreise k und k_1 stehen aufeinander normal und sind infolge dessen polar zueinander. Da nun alle Tangenten t_1 von k_1 in der Ebene $\varkappa_1$ liegen, so gehen alle Tangenten t der Kreise k durch den Pol K_1 von $\varkappa_1$, d. h. die k bilden ein Bündel. Das ist der Satz:

„Alle Kugelkreise k, welche einen Kreis k_1 normal schneiden, bilden ein Bündel, dessen Mittelpunkt der Pol von $\varkappa_1$ ist; ihre Pole liegen in $\varkappa_1$."

Wir legen durch zwei polare Geraden g' und g je eine beliebige Kreisebene $\varkappa$ und $\varkappa_1$, und ziehen an die Kreise k und k_1 im einen Schnittpunkte B die Tangenten t und t_1. Die Polare von t_1 ist eine Tangente von K^2 im Punkte B und schneidet g', weil g und t_1 in einer Ebene liegen, sie fällt also mit t zusammen, und da t und t_1 als polare Geraden normal sind, so schneiden sich k und k_1 rechtwinklig im Punkte B. Die Ebenen $\varkappa$ und $\varkappa_1$ waren beliebig durch g' und g gelegt, also gilt allgemein:

„Sind die Axen zweier Kreisbüschel polare Geraden, so schneidet jeder Kreis des einen Büschels jeden Kreis des andern normal."

Sind nun auf K^2 die beiden Kreise k_1 und k_2 gegeben, so liegen die Pole aller Kreise, welche diese beiden rechtwinklig schneiden, nach obigem Satze auf der Schnittlinie $\overline{\varkappa_1 \varkappa_2}$; die Kreise selbst bilden also ein Büschel, dessen Axe $K_1 K_2$ zu $\varkappa_1 \varkappa_2$ polar ist. Mit Hilfe des letzten Satzes können wir daher sagen:

„Alle Kreise, welche zwei Kreise k_1 und k_2 normal schneiden, bilden das Büschel $K_1 K_2$; sie werden von allen Kreisen des Büschels $(k_1 k_2)$ normal geschnitten."

Drei Kreise, deren Ebenen nicht durch eine Gerade gehen, sondern sich in einem Punkte schneiden, werden nur von einem Kreise k rechtwinklig geschnitten; sein Pol ist (S. 258) der Schnittpunkt K der drei Kreisebenen. Jede durch K gehende Gerade g hat eine in $\varkappa$ liegende Polare g', und nach Obigem wird daher jeder Kreis des Büschels g von k rechtwinklig geschnitten; da g eine beliebgie durch K gehende Gerade war, so gilt das Gesagte von jedem Kreise des Bündels K. So haben wir:

„Alle Kreise eines Bündels werden von einem einzigen, reellen oder imaginären Kreise normal geschnitten; derselbe heisst der Orthogonalkreis des Bündels, und seine Ebene hat den Mittelpunkt des Bündels zum Pol“, und ferner noch:

„Drei nicht in einem Büschel liegende Kreise werden nur vom Orthogonalkreise des durch sie gehenden Bündels normal geschnitten.“

Der Orthogonalkreis eines Bündels ist nur dann reell, wenn der Mittelpunkt des Bündels ausserhalb der Kugel liegt; der Orthogonalkreis reducirt sich auf einen Punkt, wenn der Mittelpunkt des Bündels ein Punkt der K^2 ist. Liegt endlich der Mittelpunkt des Bündels innerhalb K^2, so ist der Orthogonalkreis imaginär; in diesem Falle gehört zum Bündel auch der Kreis, welcher die kleinsten durch K gehenden Sehnen der Kugel zu Durchmessern hat und von jedem Kreise des Bündels in diametral gegenüberliegenden Punkten geschnitten wird.

II. Die Berührung.

Zwei Kreise k_1 und k mögen im Punkte B sich und die gemeinschaftliche Tangente t_1 berühren; da t_1 in $\varkappa$ und $\varkappa_1$ liegt, so fällt ihre Polare t'_1, d. h. die in B auf t_1 normale Tangente mit KK_1 zusammen und geht stets durch K_1, wenn t_1 auf k_1 rollt. Also:

„Die Pole aller Kugelkreise k, welche einen Kreis k_1 berühren, liegen auf demjenigen Berührungskegel der K^2, welcher den Pol K_1 zum Mittelpunkt hat.“

Die Pole aller Kreise k, welche zwei gegebene k_1 und k_2 berühren, liegen daher auf der Curve vierter Ordnung C^4, in welcher sich die beiden Kegel K_1 und K_2 schneiden. Eine beliebig durch $K_1K_2 = g'$ gelegte Ebene ε trifft die C^4 in vier Punkten C', D', C'', D'', welche durch sechs Sehnen der Curve verbunden werden können (Fig. 1). Vier dieser Sehnen sind Strahlen der Kegel K_1 und K_2 und berühren daher die K^2 in je einem der Punkte A_1, B_1, A_2, B_2, in denen die beiden Kreise k_1 und k_2 von ε geschnitten werden; die beiden anderen Sehnen $C'D'$ und $C''D''$ mögen sich in G' schneiden. Der Pol der Geraden $C'D'$ ($C''D''$) in Bezug auf den in ε liegenden Kreis k_ε der K^2 ist der Schnittpunkt P' (P'') der beiden Polaren A_1A_2 und B_1B_2 (A_1B_2 und B_1A_2) von C' und D' (D'' und C''). Infolge dessen hat die Gerade $P'P''$ zum Pole bezüglich k_ε den Punkt G', durch welchen daher auch die Diagonalen A_1B_1 und A_2B_2 des k_ε eingeschriebenen Vierecks $A_1A_2B_1B_2$ gehen. Aus letzterem folgt weiter, dass G' bezüglich k_ε die Gerade k_1k_2 zur Polare hat, also fallen $P'P''$ und K_1K_2 zusammen, und G' liegt auf der Polare $g = \varkappa_1\varkappa_2$ von g'. Jede mit g' in einer Ebene liegende, aber nicht durch K_1 oder K_2 gehende Sehne CD der C^4 schneidet demnach auch g. Da ferner P' und P'' bezüglich k_ε conjugirt sind, so liegt P' auf der Polare $C''D''$ von P'' und umgekehrt P'' auf der Polare $C'D'$ von P'. Wir werden nun gleich nachweisen, dass P' und P'' von der Lage der Ebene ε unabhängig sind, jede g' schneidende, aber nicht durch K_1 und K_2 gehende Sehne der C^4 liegt, wie hieraus folgt, in einer der beiden unveränderlichen Ebenen $\overline{P'g} = \gamma''$ und $\overline{P''g} = \gamma'$; die C^4 zerfällt also in zwei Kegelschnitte C'_{12} und C''_{12} der Ebenen γ' und γ''. Die beiden reellen oder imaginären Schnittpunkte der Kreise k_1 und k_2 liegen auf den beiden Kegeln K_1 und K_2, also auch auf den Schnittcurven C'_{12} und C''_{12}, und zwar berühren diese, ebenso wie die Kegel, in jenen beiden Punkten die Kugel K^2.

Fig. 1.

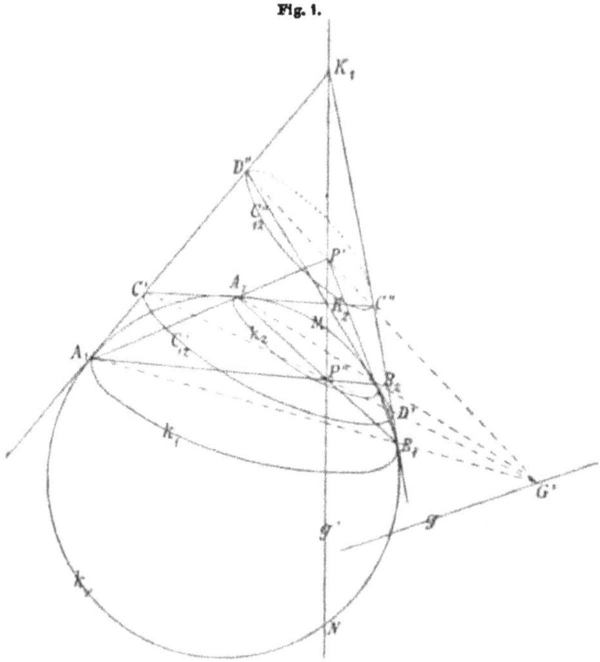

Die Unabhängigkeit der Punkte P' und P'' von ε ergiebt sich aus Folgendem. Wie schon bewiesen, liegen P' und P'' auf $g' = K_1K_2$ und sind, wie leicht ersichtlich, durch K_1 und K_2 harmonisch getrennt und in Bezug auf k_2, also auch auf K^2 conjugirt; weisen wir nun je zwei Punkte von g' einander zu, welche durch K_1 und K_2, bezw. durch die K^2 harmonisch getrennt sind, so erhalten wir zwei involutorische Punktreihen, von denen die erstere zwei reelle (K_1, K_2), die letztere zwei reelle (M, N) oder imaginäre Ordnungselemente besitzt, und da diese sich nicht trennen, so haben die Punktreihen stets ein reelles Punktepaar P', P'' gemein, aber auch nur eins, d. h. P' und P'' ändern ihre Lage mit ε nicht.

Der Pol der Ebene γ' liegt auf g' und fällt mit dem Pole P' von $C'D'$ bezüglich k_2 zusammen; ebenso folgt, dass P'' der Pol der Ebene γ'' ist.

Die beiden Punkte P' und P'' haben für k_1 und k_2 noch eine besondere Bedeutung. Legen wir nämlich durch k_1 einen Kegel mit dem Centrum P', so wird derselbe von jeder durch g' gelegten Ebene in zwei Geraden geschnitten, welche durch zwei Punkte A_2 und B_2 von k_2 gehen; der Kreis k_2 liegt also vollständig auf diesem Kegel. Dasselbe gilt von P''. Jeder der beiden Punkte P' und P'' ist daher das Centrum einer durch k_1 und k_2 gehenden Kegelfläche, und sie heissen daher Kegelcentren von k_1 und k_2. Also haben wir die beiden Sätze:

„Zwei sich nicht berührende Kreise k_1, k_2 einer Kugel können durch zwei Kegel verbunden werden; die beiden Kegelcentra liegen auf der Polare der Schnittlinie $\overline{\varkappa_1 \varkappa_2}$ und sind sowohl durch die K^2, als auch durch $\varkappa_1$ und $\varkappa_2$ harmonisch getrennt",

und ferner:

„Zwei Berührungskegel einer Kugel K^2 schneiden sich im Allgemeinen in zwei Kegelschnitten, welche die K^2 in den Schnittpunkten der beiden Berührungskreise berühren; ihre Ebenen haben die Kegelcentra der Berührungskreise zu Polen und sind daher sowohl durch die Ebenen dieser Kreise, als auch durch die K^2 harmonisch getrennt."

Die Kegelschnitte C'_{12} und C''_{12} sind nur dann nicht beide vorhanden, wenn k_1 und k_2 sich in einem Punkte berühren; dann werden die beiden Kegel K_1 und K_2 in der Geraden $\overline{K_1 K_2}$ von derselben Tangentialebene der K^2 berührt und haben daher nur einen Kegelschnitt und die Gerade $\overline{K_1 K_2}$ gemein.

Die Pole aller k_1 und k_2 berührenden Kreise lagen auf C'_{12} und C''_{12}. Denken wir uns eine dieser Curven durch zwei projective Strahlenbüschel erzeugt, so entsprechen letzteren als Polaren zwei projective, concentrische Strahlenbüschel, welche in verschiedenen Ebenen liegen und daher ein Ebenenbüschel zweiter Ordnung erzeugen. Dasselbe umhüllt eine Kegelfläche, und der Mittelpunkt der letzteren ist der Pol einer der Ebenen γ' und γ'' von C'_{12} und C''_{12}, also P' oder P''. Daher:

„Alle Kreise k, welche k_1 und k_2 berühren, liegen in zwei Kreisbündeln, deren Centra die Kegelcentra von k_1 und k_2 sind. Die Kreisebenen umhüllen zwei durch k_1 und k_2 gehende Kegelflächen, ihre Pole liegen auf zwei Kegelschnitten, welche die K^2 in den beiden Schnittpunkten von k_1 und k_2 berühren."

Wir suchen nun zu drei Kreisen k_1, k_2, k_3 einen berührenden k; sein Pol liegt, weil er k_1 und k_2 berührt, auf einem Kegelschnitte C_{12} und, weil er k_2 und k_3 berührt, auch auf einem Kegelschnitte C_{23}. Wir erhalten demnach die Pole aller Berührungskreise k, wenn wir jede der Curven C'_{12} und C''_{12} mit C'_{23} und mit C''_{23} zum Durchschnitte bringen; dies ergiebt acht Punkte, welche zu zweien auf den vier Geraden $\overline{\gamma'_{12}\gamma'_{23}}$, $\overline{\gamma'_{12}\gamma''_{23}}$, $\overline{\gamma''_{12}\gamma'_{23}}$ und $\overline{\gamma''_{12}\gamma''_{23}}$ liegen. Die Ebenen γ gehen alle durch den Punkt $\varkappa_1 \varkappa_2 \varkappa_3$, also auch die soeben genannten vier Geraden. Die jenen acht Punkten e sprechenden Kreise k berühren k_1 und k_3, also liegen die acht Punkte auch theils auf C'_{13}, theils auf C''_{13} und damit auf γ'_{13} bezw. γ''_{13}. Da nun die Schnittlinie $\overline{\gamma'_{13}\gamma''_{13}} = \varkappa_1 \varkappa_3$ den Punkt $\varkappa_1 \varkappa_2 \varkappa_3$ enthält, so geht durch jede der genannten vier Geraden eine der beiden Ebenen γ'_{13} und γ''_{13}, aber auch nur eine, weil sie sonst zusammenfallen müssten, was unmöglich ist. Die sechs Ebenen γ schneiden sich also zu dreien in vier Geraden des Punktes $\varkappa_1 \varkappa_2 \varkappa_3$, und daraus folgt für ihre Pole, die Kegelcentra:

„Drei Kreise einer Kugel haben im Allgemeinen sechs Kegelcentra; dieselben liegen mit den Polen der drei Kreise in einer Ebene und zwar zu dreien in vier Geraden, welche Kegelaxen heissen.“

Da auf jeder Polaren der vier Kegelaxen die Pole zweier Berührungskreise k liegen, so gehen durch jede Kegelaxe die Ebenen von zwei Kreisen k. Das ist der weitere Satz:

„Die Kreise einer Kugel, welche drei gegebene berühren, liegen zu zweien in den vier Kreisbüscheln, deren Axen die Kegelaxen sind.“

Wir wollen noch einen Augenblick bei den Schnittcurven der Berührungskegel einer K^2 verweilen. Eine beliebige Ebene γ schneidet einen solchen Kegel in einer Curve zweiter Ordnung und seinen Berührungskreis in zwei reellen oder imaginären Punkten, in welchen jene Curve die K^2 berührt; also jeder auf einem Berührungskegel der K^2 liegende Kegelschnitt berührt die K^2 doppelt.

Wir können auch das Umgekehrte beweisen. Sei C^2 ein die K^2 doppelt berührender Kegelschnitt, A und B die Berührungspunkte. Lässt sich durch diese C^2 ein Berührungskegel legen, so muss dessen Berührungskreis durch A und B gehen und daher seine Spitze auf der Polaren g' der Berührungssehne $AB = g$ liegen. Ein Berührungskegel der K^2, welcher einen beliebigen Punkt X der C^2 zum Centrum hat, schneidet g' in zwei Punkten K_1 und K_2, und diese sind Mittelpunkte zweier Berührungskegel der K^2, welche beide durch die C^2 gehen; ihre in der Ebene γ liegenden Schnittcurven haben nämlich mit C^2 die Punkte X, A und B, sowie die Tangenten in den beiden letzteren gemein. Dieselbe Construction für einen andern Punkt Y der C^2 führt zu denselben Punkten K_1 und K_2, da die beiden Strahlen $K_1 Y$ und $K_2 Y$ auch auf dem Berührungskegel Y liegen. Also:

„Jeder auf einem Berührungskegel der K^2 liegende Kegelschnitt C^2 berührt die K^2 doppelt, und umgekehrt lassen sich durch jede die K^2 doppelt berührende C^2 im Allgemeinen und höchstens zwei Berührungskegel der K^2 legen; ihre Mittelpunkte liegen auf der Polaren der Berührungssehne.“

Sei K ein Berührungskegel der K^2, l eine beliebige Gerade der Ebene $\varkappa$ seines Berührungskreises k und L der Pol von l bezüglich k. Dann hat die Gerade l bezüglich der K^2 dieselbe Gerade $KL = l'$ zur Polare wie die $\overline{Kl}$ bezüglich des Kegels K, und ebenso hat jeder Punkt L von $\varkappa$

diejenige Ebene $\overline{Kl}$ bezüglich der K^2 zur Polare, welche in Bezug auf den Kegel K Polarebene der Geraden KL ist.

Wir legen von den Punkten K einer Geraden g' Berührungskegel an die K^2 und schneiden sie durch eine beliebige, die Polare g von g' enthaltende Ebene γ; dann erhalten wir in γ eine Schaar von Kegelschnitten C^2, welche die K^2 in denselben beiden Punkten von g berühren. Da g in jeder der Ebenen $\varkappa$ liegt, so ist nach dem eben Gesagten g' in Bezug auf jeden der Kegel K Polare der Ebene $\overline{Kg}$, also der Punkt $G = \overline{g'\gamma}$ bezüglich jeder C^2 Pol von g. Und da ferner ein beliebiger Punkt M von g in allen Ebenen $\varkappa$ liegt, so ist seine Polarebene μ bezüglich jedes Kegels K Polarebene der Geraden KM, d. h. jeder Punkt M von g hat bezüglich aller C^2 dieselbe durch G gehende Polare m. Daraus ergiebt sich:

„Alle Berührungskegel der K^2, deren Mittelpunkte auf einer Geraden g' liegen, werden von einer beliebig durch g gelegten Ebene γ in einer Schaar von Curven zweiter Ordnung geschnitten. Diese berühren die K^2 in denselben beiden reellen oder imaginären Punkten von g und haben jedes Poldreieck gemein, dessen eine Seite in g liegt."

Fig. 2.

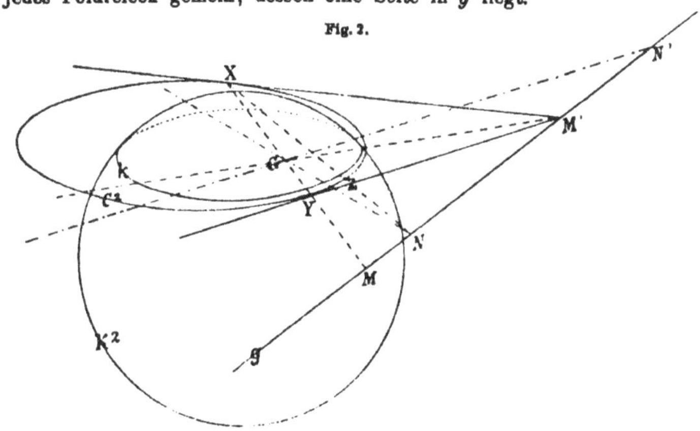

Wir sind jetzt im Stande, einen die K^2 doppelt berührenden Kegelschnitt zu zeichnen, welcher durch einen gegebenen Punkt X geht, und dessen Berührungspunkte auf einer gegebenen Geraden g liegen. Die Construction ist einfach, sobald g die K^2 in reellen Punkten schneidet; denn von der gesuchten Curve sind dann der Punkt X, die beiden Berührungspunkte und die Tangenten in den letzteren bekannt. Sind die Berührungspunkte dagegen imaginär, so wenden wir den letzten Satz an. Zu den in diesem Satze genannten Curven C^2 gehört auch der in der Ebene γ liegende, reelle oder imaginäre Kreis k der K^2 (Fig. 2). Bezüglich desselben sei GMM dasjenige Poldreieck, dessen eine Seite GM durch X geht, während eine zweite MM' auf g liegt; der vierte, von X durch G und M harmonisch getrennte Punkt Y liegt dann auf der gesuchten C^2, und die beiden Geraden $M'X$ und $M'Y$ sind Tangenten derselben. Ist ferner GNN' ein zweites Poldreieck von k und Z der vierte, von X durch GN' und N harmonisch getrennte Theilpunkt, so liegt auch Z auf der C^2, und diese ist nun bestimmt. Es bleibt nur nachzuweisen, dass diese C^2 mit k alle Poldreiecke gemein hat, deren eine Ecke G ist. Aus der Construction geht hervor, dass bezüglich C^2 XY Polare von M', G Pol von g und N Pol von $N'G$ ist; daher sind GMM' und GNN' Poldreiecke auch der C^2. In g liegen zwei involutorische Punktreihen, wenn wir Punkte, die bezüglich k, und ferner Punkte, die bezüglich der C^2 conjugirt sind, einander als entsprechende zuweisen. Diese beiden involutorischen Punktreihen sind aber identisch, da sie zwei Elementenpaare M, M' und N, N' gemein haber, und daher hat jeder Punkt von g in Bezug auf k und auf die C^2 dieselbe durch G gehende Polare, d. h. k und die C^2 haben alle Poldreiecke gemein, deren eine Ecke G ist. Also:

„Ein die Kugel K^2 doppelt berührender Kegelschnitt ist durch einen Punkt und die Berührungssehne eindeutig bestimmt."

Durch drei beliebige Punkte ist ein die K^2 doppelt berührender Kegelschnitt im Allgemeinen nicht eindeutig bestimmt. Nämlich die Mittelpunkte aller durch einen Punkt X gehenden Berührungskegel der K^2 liegen auf demjenigen Berührungskegel, welcher X zum Centrum hat. Hieraus folgt sofort, dass durch drei Punkte X, Y, Z die acht Berührungskegel der K^2 gehen, in deren Mittelpunkten sich die drei Berührungskegel X, Y und Z treffen. Diese Mittelpunkte können wir nach Früherem als die Pole derjenigen acht Kreise auffassen, welche die drei bezw. in den Ebenen ξ, η, ζ liegenden Kreise x, y, z der K^2 berühren; sie liegen daher zu zweien auf denjenigen durch einen festen Punkt gehenden Geraden g', deren Polaren die vier in der Ebene XYZ liegenden Kegelaxen g der Kreise x, y, z sind. Zwei solche Kegel, deren Mittelpunkte K_1 und K_2 auf einer Geraden g' liegen, schneiden sich, wie wir gesehen haben, in zwei Kegelschnitten, deren Ebenen durch die Polare g von g' gehen; der eine von ihnen liegt also in der Ebene XYZ und geht durch diese drei Punkte. Die acht durch X, Y und Z gehenden Berührungskegel der K^2 schneiden sich also in der Ebene XYZ zu zweien in vier Kegelschnitten C^2.

Die Berührungssehne g einer solchen C^2 ist nicht nur Kegelaxe für die drei Kreise x, y, z, sondern beliebiger drei Kreise x', y', z', deren Pole X', Y', Z' auf der C^2 liegen. Denn wir können durch diese drei letzteren Punkte wieder acht Berührungskegel der K^2 legen; dieselben schneiden die Ebene XYZ in vier Kegelschnitten, von denen einer mit C^2 zusammenfallen muss, und dessen Berührungssehne daher mit g identisch ist, d. h. g ist auch Kegelaxe für die drei Kreise x', y', z'. So haben wir den Doppelsatz:

„Durch drei Punkte einer Ebene gehen im Allgemeinen und höchstens vier die K^2 doppelt berührende Kegelschnitte; in ihnen schneiden sich zu zweien die acht Berührungskegel der K^2, welche durch jene drei Punkte gehen."

„Die Berührungssehne eines die K^2 doppelt berührenden Kegelschnitts ist eine Kegelaxe für je drei Kreise, deren Pole auf diesem Kegelschnitte liegen."

Da vier Berührungskegel der K^2 im Allgemeinen keinen Punkt gemein haben, so lässt sich durch vier beliebige Punkte einer Ebene keine die K^2 doppelt berührende C^2 legen. Wir nehmen also an, ein solcher Kegelschnitt C' sei durch einen Punkt X_1 und die Berührungssehne g gegeben. Die beiden durch C' hindurchgehenden Berührungskegel der K^2 sind leicht bestimmt, denn ihre Mittelpunkte sind die Schnittpunkte der Geraden g' mit den beiden in der Ebene $\overline{X_1 g'}$ liegenden und durch X_1 gehenden Tangenten der K^2. Die beiden Kegelflächen schneiden sich noch in einer zweiten Curve C''; sie lässt sich ohne Zuhilfenahme der beiden Kegel construiren. Nach dem 2. Satze auf S. 261 ist ihre Ebene γ'' conjugirt zu γ' bezüglich der K^2 und geht durch g hindurch; der Schnittpunkt X_2 dieser Ebene γ'' mit einer der beiden durch X_1 gehenden und in der Ebene $\overline{X_1 g'}$ liegenden Tangenten der K^2 ist ein Punkt der C'', und diese ist nach dem 1. Satze S. 264 bestimmt, da von ihr ein Punkt X_2 und die Berührungssehne g bekannt sind. Also:

„Zu einem die K^2 doppelt berührenden Kegelschnitte gehört stets ein zweiter ebensolcher, welcher auf denselben beiden Berührungskegeln der K^2 liegt wie der erste. Die Ebenen beider Kegelschnitte sind bezüglich der K^2 conjugirt, und jeder ist durch den andern ohne Hilfe der Berührungskegel vollständig bestimmt."

III. Das Schneiden unter beliebigem Winkel.

Die Ebenen aller Kugelkreise k, welche einen Kreis k_1 in einem Punkte B unter dem Winkel φ_1 schneiden, gehen durch die beiden Tangenten der K^2, welche mit der in B an k_1 gezogenen Tangente t_1 den Winkel φ_1 bilden; ihre Pole liegen daher auf den beiden Tangenten t' und t'' des Punktes B, welche mit t_1 den Winkel $90^0 - \varphi_1$ bilden. Lassen wir B den Kreis k_1 beschreiben, also die beiden Tangenten t' und t'' um die Gerade $K_1 M$ (M ist das Centrum von k_1) rotiren, so beschreiben sie die beiden Regelschaaren eines einschaligen Rotationshyperboloids, dessen Geraden die K^2 in Punkten von k_1 berühren. Das ist der Satz:

„Die Pole aller Kugelkreise k, welche einen Kreis k_1 unter dem Winkel φ_1 schneiden, liegen auf einem einschaligen Rotationshyperboloid, welches die K^2 im Kreise k_1 berührt, und dessen Geraden mit den sie schneidenden Tangenten von k_1 den Winkel $90^0 - \varphi_1$ bilden."

Diese Fläche werden wir gewöhnlich nur „ein die K^2 im Kreise k_1 berührendes einschaliges Hyperboloid" nennen. Nämlich eine Fläche zweiter

Ordnung F^2 besitzt bekanntlich zwei Schaaren unter sich paralleler Kreisebenen, und jede Kugel, welche durch einen Kreis der einen Schaar geht, schneidet aus der F^2 noch einen Kreis der andern Schaar heraus. Eine Kugel kann daher eine F^2 nur dann in einem Kreise berühren, wenn beide Kreisschaaren zusammenfallen, und dann ist die F^2 eine Rotationsfläche. Ist also H^2 ein die Kugel K^2 in einem Kreise k_1 berührendes einschaliges Hyperboloid, so muss H^2 ein Rotationshyperboloid sein; und bildet irgend einer seiner Strahlen mit der ihn schneidenden Tangente von k_1 den Winkel φ, so thun dies alle seine Strahlen, wie sich aus Gründen der Symmetrie ohne Weiteres ergiebt. Wir können daher sagen:

„Wenn ein einschaliges Hyperboloid ein Kugel in einem Kreise k_1 berührt, so ist es ein einschaliges Rotationshyperboloid, dessen Strahlen mit den sie schneidenden Tangenten des Berührungskreises k_1 den gleichen Winkel bilden."

Da ein einschaliges Hyperboloid doppelt unendlich viele Punkte enthält, so bilden die den letzteren entsprechenden Kreise ein System zweiter Stufe; eine beliebige Gerade hat mit dem Hyperboloid im Allgemeinen nur zwei Punkte gemein, und da den Punkten einer Geraden Kreise eines Büschels entsprechen, so enthält ein beliebiges Kreisbüschel im Allgemeinen zwei Kreise des Systems, und dieses heisst quadratisch:

„Die Kreise einer Kugel, welche einen Kreis k_1 unter demselben Winkel schneiden, bilden ein quadratisches Kreissystem zweiter Stufe." *

Ein einschaliges Hyperboloid, welches die K^2 in einem Kreise k berührt, wird von einer beliebigen Ebene in einer Curve zweiter Ordnung geschnitten, welche die K^2 in den beiden Schnittpunkten des Kreises k und der Curvenebene berührt. Seien nun die beiden einschaligen Hyperboloide H_1 und H_2 construirt, deren Punkten Kreise entsprechen, welche zwei Kreise k_1 und k_2 unter den Winkeln φ_1 bezw. φ_2 schneiden. Ein beliebiger Strahl des einen Hyperboloids trifft das andere in zwei Punkten P' und P''. Durch P' und die Gerade $g = \overline{\varkappa_1 \varkappa_2}$ legen wir eine Ebene; dieselbe schneidet die Hyperboloide in zwei Kegelschnitten, welche den Punkt P' gemein haben, die K^2 doppelt berühren und zwar g zur Berührungssehne haben, also nach dem 1. Satze S. 264 zusammenfallen. Dasselbe gilt für die Ebene $\overline{P''g}$, also ergiebt sich:

„Berühren zwei einschalige Hyperboloide die K^2 in je einem Kreise, so schneiden sie sich in zwei Kegelschnitten, welche die K^2 in den Schnittpunkten der beiden Berührungskreise berühren."

Sei H^2 ein die K^2 im Kreise k berührendes Hyperboloid, so enthält jede Berührungsebene π eines Punktes P von k zwei Strahlen von H^2, ist also auch Berührungsebene von H^2, d. h. π und P sind Polarebene und Pol

---

* Vergl. Reye, Synthetische Geometrie der Kugeln und linearen Kugelsysteme, Nr. 164.

für K^2 und H^2; dasselbe gilt demnach für die Ebene $\varkappa$ des Berührungskreises und das Centrum K des Berührungskegels. Ebenso besitzt bezüglich K^2 und H^2 jede Sehne von k dieselbe Polare, nämlich die durch K gehende Schnittlinie der Berührungsebenen ihrer Endpunkte. Infolge dessen hat jeder Punkt P der Ebene $\varkappa$ als Schnittpunkt zweier Sehnen dieselbe durch K gehende Polarebene und schliesslich jede Gerade von $\varkappa$ als Verbindungslinie zweier Punkte P die gleiche durch K gehende Polare. Also:

„Berührt ein einschaliges Hyperboloid eine Kugel in einem Kreise k, so besitzt jeder Punkt und jede Gerade der Ebene $\varkappa$ dieselbe Polarebene und Polare in Bezug auf Kugel und Hyperboloid."

Denken wir uns alle einschaligen Hyperboloide, welche die K^2 in den Kreisen eines beliebigen Büschels berühren, durch eine Ebene γ geschnitten, welche die Axe g des Büschels enthält, so liegt in γ eine Schaar von Kegelschnitten C^2. Alle diese C^2 berühren die K^2 in denselben beiden Punkten von g, und mit Hilfe des letzten Satzes lässt sich ebenso wie S. 263 oben der folgende nachweisen:

„Alle einschaligen Hyperboloide, welche die Kugel in den Kreisen eines Büschels g berühren, werden von einer beliebigen Ebene dieses Büschels in einer Schaar von Curven zweiter Ordnung geschnitten. Diese Curven berühren die K^2 in denselben beiden reellen oder imaginären Punkten und haben jedes Poldreieck gemein, dessen eine Seite in der Berührungssehne g liegt."

Wir wollen jetzt durch einen gegebenen, die K^2 doppelt berührenden Kegelschnitt C^2 ein die K^2 in einem Kreise berührendes einschaliges Hyperboloid legen. Die Ebene des Berührungskreises muss, wie wir sahen, durch die Berührungssehne g der C^2 gehen; wir legen also durch g eine beliebige Ebene, welche die K^2 im Kreise k_1 schneiden möge. Die Berührungsebene eines Punktes A von k_1 schneidet die C^2 in zwei Punkten S und T; die Gerade AS bilde mit der in A an k_1 gezogenen Tangente t_1 den Winkel φ_1, und construiren wir alle Tangenten der K^2, welche mit den sie schneidenden Tangenten von k_1 den Winkel φ_1 bilden, so liegen dieselben auf einem Hyperboloid H_1. Dasselbe schneidet die Ebene γ in einer Curve zweiter Ordnung, welche nach dem letzten Satze und dem 1. Satze S. 264 mit C^2 zusammenfällt. Dies Hyperboloid H_1 genügt also der Forderung; es enthält nicht nur die Gerade AS, sondern auch AT, denn die durch A gehende Gerade seiner zweiten Regelschaar liegt ebenfalls in der Tangentialebene von A und geht durch einen von S verschiedenen Punkt der C^2, also durch T. Für die Ebene $\varkappa_1$ haben wir ein einziges der Hyperboloide H^2 erhalten; da aber $\varkappa_1$ beliebig durch g gelegt ist, so folgt (vergl. den 3. Satz S. 262):

„Durch einen die Kugel K^2 von aussen doppelt berührenden Kegelschnitt C^2 lassen sich stets zwei Kegel und unendlich viele einschalige Hyperboloide legen, welche die K^2 in Kreisen berühren; die Berührungskreise bilden das Büschel, dessen Axe die Berührungssehne der C^2 ist. Zu jedem Berührungskreise gehört indessen nur ein solches Hyperboloid."

Wir gehen nun zur Anwendung der letzten Sätze über. Die Pole aller Kreise k, welche k_1 und k_2 unter den Winkeln φ_1 und φ_2 schneiden, liegen auf den beiden Kegelschnitten C_{12}, in denen sich die Hyperboloide H_1 und H_2 durchdringen. Den Punkten einer solchen Curve C_{12} entspricht eine Schaar Σ von Kreisen, welche demjenigen Bündel angehören, dessen Centrum P Pol der Ebene γ_{12} von C_{12} ist; die Ebenen der Kreisschaar Σ umhüllen eine Kegelfläche zweiter Ordnung. (Beweis s. S. 261 Mitte.) Jede beliebige Ebene des Raumes hat mit der C_{12} höchstens zwei Punkte gemein, und daher enthält ein beliebiges Kreisbündel der K^2 höchstens zwei Kreise der Schaar Σ. Durch die C_{12} können wir unendlich viele Berührungshyperboloide der K^2 legen; die Ebenen ihrer Berührungskreise gehen durch die Berührungssehne der C_{12}, und jeder dieser Berührungskreise wird von allen Kreisen der Schaar Σ unter gleichen Winkeln geschnitten. Ausserdem geben durch die C_{12} zwei Berührungskegel der K^2, also werden die Kreise der Schaar Σ noch von zwei Kreisen berührt. Zusammengefasst giebt dies den Satz:

„Alle Kreise k, welche zwei Kreise k_1 und k_2 unter den Winkeln φ_1 bezw. φ_2 schneiden, liegen in zwei Bündeln; in jedem derselben bilden sie eine Schaar Σ, deren Ebenen eine Kegelfläche umhüllen, und welche mit einem beliebigen Kreisbündel der K^2 im Allgemeinen und höchstens zwei Kreise gemein hat. Die Kreise jeder Schaar Σ werden von jedem Kreise des Büschels (k_1, k_2) unter gleichen Winkeln geschnitten und von zwei Kreisen dieses Büschels berührt." *

Werden mehrere Kreise dieses Büschels $(k_1 k_2)$ von einem und daher von allen Kreisen k der Schaar Σ unter demselben Winkel φ geschnitten, so liegen ihre Pole auf jedem Hyperboloid H^2, welches die K^2 in einem solchen Kreise k berührt, und dessen Strahlen mit den sie schneidenden Tangenten von k den Winkel $90^\circ - \varphi$ bilden. Ausserdem liegen ihre Pole auf g', sie sind also die Schnittpunkte von g' mit H^2. Nun kann g' nicht ganz auf H^2 liegen, denn dann würden alle Kreise, deren Pole auf g' liegen, von k unter demselben Winkel φ geschnitten, und das trifft für die beiden zuerst angenommenen Kreise k_1 und k_2 jedenfalls nicht zu; demnach enthält g' im Allgemeinen und höchstens zwei Punkte von H^2. Das giebt den Satz:

„Die Kreise jeder der beiden im letzten Satze genannten Schaaren Σ werden im Allgemeinen und höchstens von zwei Kreisen des Büschels $(k_1 k_2)$ unter demselben gegebenen Winkel geschnitten. Die Ebenen dieser beiden Kreise sind durch die Mittelpunkte der beiden Schaaren Σ harmonisch getrennt."

Der Beweis des Nachsatzes wird sich weiter unten (s. S. 269 u.) in geeigneterem Zusammenhange ergeben.

---

* vgl. Reye, a. a. O. Nr. 165.

Um alle Kreise zu finden, welche drei gegebene k_1, k_2 und k_3 unter den bezw. Winkeln φ_1, φ_2 und φ_3 schneiden, construiren wir die drei Hyperboloide H_1, H_2 und H_3, welche die K^2 in k_1, k_2, bezw. k_3 berühren, und deren Strahlen mit den Tangenten dieser Kreise die Winkel φ_1, φ_2 bezw. φ_3 bilden. Durch dieselbe Betrachtung wie S. 261 zeigt sich, dass diese drei Hyperboloide sich in acht Punkten treffen, welche zu zweien auf vier durch den Punkt $\overline{\varkappa_1 \varkappa_2 \varkappa_3}$ gehenden Geraden liegen. Also:

„Die acht Kugelkreise, welche drei gegebene k_1, k_2, k_3 unter den Winkeln φ_1, φ_2, bezw. φ_3 schneiden, liegen zu zweien in vier Kreisbüscheln; die Axen dieser Büschel liegen in der Ebene, welche die Pole der drei gegebenen Kreisebenen verbindet."

Ein besonderer Fall ist der, dass die drei Winkel φ_1, φ_2, φ_3 gleich sind, etwa gleich φ. Seien zunächst die beiden Schaaren von Kreisen k' und k'' construirt, welche k_1 und k_2 unter dem Winkel φ schneiden; wir wissen, ihre Pole liegen auf zwei Kegelschnitten C' und C'', ihre Ebenen $\varkappa'$, $\varkappa''$ gehen also jede durch den Pol P' bezw. P'' der Ebene γ' von C' bezw. γ'' von C''. Da ein beliebiger dieser Kreise k von k_1 und k_2 unter demselben Winkel φ geschnitten wird, so liegen die Pole K_1 und K_2 auf dem Hyperboloid H^2, welches die K^2 in k berührt, und dessen Geraden mit den sie schneidenden Tangenten von k den Winkel $90^0 - \varphi$ bilden; ausserdem liegen sie auf der Geraden g', welche auch den Punkt P' enthält. Dieser Punkt P' liegt in $\varkappa'$, hat also nach dem 1. Satze S. 267 bezüglich des Hyperboloids H^2 dieselbe Polarebene wie in Bezug auf die K^2, nämlich γ', also sind P' und γ' und daher auch die beiden Punkte P' und $Q' = \overline{\gamma' g'}$ durch K_1 und K_2 harmonisch getrennt. Sie sind ferner durch die K^2 harmonisch getrennt, also müssen sie, wie S. 261 nachgewiesen, mit den beiden Kegelcentren von k_1 und k_2 zusammenfallen. Ebenso müssen auch P'' und $Q'' = \overline{\gamma'' g'}$ mit den beiden Kegelcentren identisch sein, d. h. P' und P'' sind die Kegelcentra von k_1 und k_2. Das ist der Satz:

„Zwei einschalige Hyperboloide, welche eine Kugel K^2 in Kreisen k_1 und k_2 berühren, und deren Geraden mit den sie schneidenden Tangenten von k_1 und k_2 denselben Winkel φ bilden, schneiden sich in Curven zweiter Ordnung, welche die K^2 in den beiden Punkten $(k_1 k_2)$ berühren, und deren Ebenen die Kegelcentra von k_1 und k_2 zu Polen haben."

Dieser Satz lautet auf unsere Kreistheorie übertragen:

„Alle Kreise, welche zwei Kugelkreise k_1 und k_2 unter gleichen Winkeln schneiden, bilden die beiden Kreisbündel, deren Mittelpunkte die Kegelcentra von k_1 und k_2 sind."

Ein specieller Fall dieses Satzes ist der S. 261 u. genannte.

Da die Kegelcentra der Kreise k_1 und k_2 nach dem Satze S. 261 o. durch die beiden Kreisebenen $\varkappa_1$ und $\varkappa_2$ harmonisch getrennt sind, so ist jetzt auch der S. 268 erwähnte Nachsatz bewiesen.

Die sechs Kegelcentra, welche drei Kreise paarweise bestimmen, liegen zu dreien in den vier Kegelaxen, also folgt aus dem letzten Satze sofort:

„Alle Kreise, welche drei Kugelkreise unter gleichen Winkeln schneiden, bilden die vier Kreisbüschel, deren Axen die Kegelaxen jener drei Kreise sind.“

In diesen beiden letzten Sätzen war von der Grösse des Winkels φ nichts vorausgesetzt; sobald derselbe aber eine vorgegebene Grösse hat, gelten die Sätze S. 268 und S. 269 o. Es ist daher im Allgemeinen unmöglich, einen Kreis zu construiren, welcher vier gegebene unter dem bestimmten Winkel φ trifft; wohl aber ist es möglich, Kreise zu finden, welche vier gegebene gleichwinklig schneiden. Vier Kugelkreise bestimmen nämlich zu je zweien zwölf Kegelcentra, und da die sechs Kegelcentra dreier Kreise zu dreien auf vier Geraden liegen, so liegen jene zwölf Kegelcentra zu dreien auf $4.4 = 16$ Kegelaxen. Weil jedes Kegelcentrum zu zwei Kreistripeln der vier Kreise gehört, so gehen durch jedes Kegelcentrum vier Kegelaxen. Dieselben lassen sich zu je zweien durch sechs Ebenen verbinden; in zwei dieser Ebenen liegen die vier Kegelaxen von je drei Kreisen, die vier anderen wollen wir Kegelebenen nennen. In jeder solcher Kegelebene liegen auf den beiden sie bestimmenden Kegelaxen zusammen fünf Kegelcentren, von denen zwei Paar noch durch je eine Kegelaxe verbunden werden können, so dass in einer Kegelebene vier Kegelaxen liegen, die sich in sechs Kegelcentren schneiden. Durch jedes der zwölf Kegelcentren legten wir vier Kegelebenen; da aber jede der letzteren sechs Kegelcentren enthält, so giebt es im Ganzen nur $\frac{12.4}{6} = 8$ Kegelebenen. Die sechs Kegelcentren einer Kegelebene werden durch die sechs Combinationen aller vier Kreise zu je zweien erzeugt, es folgt daher aus dem letzten Satze, dass die vier gegebenen Kreise von dem in der Kegelebene liegenden unter gleichen Winkeln geschnitten werden. Also:

„Es giebt im Allgemeinen acht Kreise, welche vier Kugelkreise gleichwinklig schneiden; sie liegen in den acht Kegelebenen der letzteren.“

Wir wollen noch dem S. 265 aufgestellten Satze eine allgemeinere Form geben. In jeder von zwei bezüglich K^2 conjugirten Ebenen γ' und γ'' sei eine die K^2 in Punkten von $\overline{\gamma'\gamma''} = g$ doppelt berührende Curve zweiter Ordnung C' und C'' angenommen. Durch wieviele, die K^2 in Kreisen berührende Hyperboloide können wir beide Curven verbinden? Durch einen beliebigen Punkt M von C'' gehen von jedem der gesuchten Hyperboloide zwei Geraden; dieselben sind Tangenten der K^2. Da nun durch M höchstens vier die C' treffende Tangenten der K^2 gehen — es sind die Verbindungslinien des Punktes M mit den vier Schnittpunkten der Curve C' und des Berührungskegels M —, so gehen durch M und die C' höchstens zwei Berührungshyperboloide H_1 und H_2; sie enthalten nach den Sätzen [illegible] und 267 u. auch die C''. Sei k_1 der Berührungskreis des Hyperboloids

H_1, und mögen die Geraden von H_1 mit den Tangenten von k_1 den Winkel φ bilden, so entsprechen den Kegelschnitten C' und C'' zwei Kreisschaaren, welche k_1 unter dem Winkel φ schneiden. Nach dem Satze S. 268 u. können wir noch einen zweiten Kreis k_2 construiren, welcher ebenfalls von beiden Kreisschaaren unter dem Winkel φ geschnitten wird. Daher geht nach dem 2. Satze S. 269 durch jene beiden C' und C'' auch dasjenige Hyperboloid, welches die K^2 in k_2 berührt, und dessen Geraden mit den sie schneidenden Tangenten von k_2 den Winkel φ bilden. Dasselbe muss aber mit H_2 identisch sein, da wir eben nachgewiesen haben, dass durch C' und C'' nur die beiden Hyperboloide H_1 und H_2 gehen. Also:

„Zwei die K^2 doppelt berührende Kegelschnitte, welche in conjugirten Ebenen liegen und die Schnittlinie beider Ebenen zur Berührungssehne haben, lassen sich im Allgemeinen und höchstens durch zwei die K^2 in Kreisen berührende einschalige Hyperboloide verbinden. Die Geraden dieser beiden Hyperboloide bilden mit den sie schneidenden Tangenten der Berührungskreise alle denselben Winkel."

Betrachtet man den Kegel als Grenzfall des einschaligen Hyperboloids, so sieht man, wie dieser Satz den S. 265 gegebenen als speciellen Fall enthält. Zwischen den Kegelschnitten, welche die K^2 in zwei Punkten einer Geraden berühren und in zwei durch diese Geraden gehenden, bezüglich K^2 conjugirten Ebenen liegen, findet also auf Grund der Sätze S. 265 und 271 folgende Wechselbeziehung statt: Ein beliebiger solcher Kegelschnitt der einen Ebene lässt sich mit jedem derartigen Kegelschnitt der andern durch zwei die K^2 in Kreisen berührende einschalige Hyperboloide verbinden, aber nur mit einem derselben, dessen Construction S. 265 angegeben ist, durch zwei Berührungskegel der K^2.

XV.

Ueber das System der Tangentialpunkte einer unicursalen Plancurve vierter Ordnung.

Von

Professor WILHELM BINDER

in Wiener-Neustadt.

Hierzu Taf. VIII.

I.

1. Jedes Punktelement einer ebenen Curve vierter Ordnung, für das Symbol C_6^4 angeschrieben wird, ist bekanntlich von einem Paar gentialpunkte begleitet, dessen Elemente die Schnitte der betreffend ventangente mit der Curve sind. Diese Tangentialpunktenpaare sind mit der Plancurve C_6^4 angegeben, weshalb wir sie als das „absolute tenpaarsystem" der Curve bezeichnen könnten.

2. Das vorbezeichnete System spielt eine ausgezeichnete Rolle, in seiner die einzelnen Curvenelemente begleitenden Beziehung uns schluss giebt über die zwei- und dreifachen Elementencoincidenzen, bekanntlich als Singularitäten auf einer ebenen Curve vierter Ordnung finden. Wir geben folgenden Satz:

„Die Gesammtheit der Tangentialpunktenpaare einer curve C_6^4 bildet ein symmetrisches System vierten Grades

3. Für die Betrachtung dieses Systems denken wir uns die Pla C_6^4 nach den Gesetzen der Doppelverhältnissgleichheit [oder nach Steiner'schen (quadratischen) Verwandtschaft (Inversion)] auf einem schnitt (Grundkegelschnitt) transformirt (abgebildet), so dass auf bek Weise dem Dreieck der drei Doppelpunkte der Curve ein Hauptdreieck homolog ist und dem geometrischen Punktenort der Plancurve der „Gr kegelschnitt" k entspricht.

4. Von den Fundamentalaufgaben, welche auf dem Grundkegelsch in Betracht gezogen werden können, ist für unsere Zwecke diejenige H sache, welche zeigt, wie die beiden Schnittpunkte erhalten werden, die Kegelschnitt, der den Grundkegelschnitt in einem beliebig angenomm

Tafel VIII.

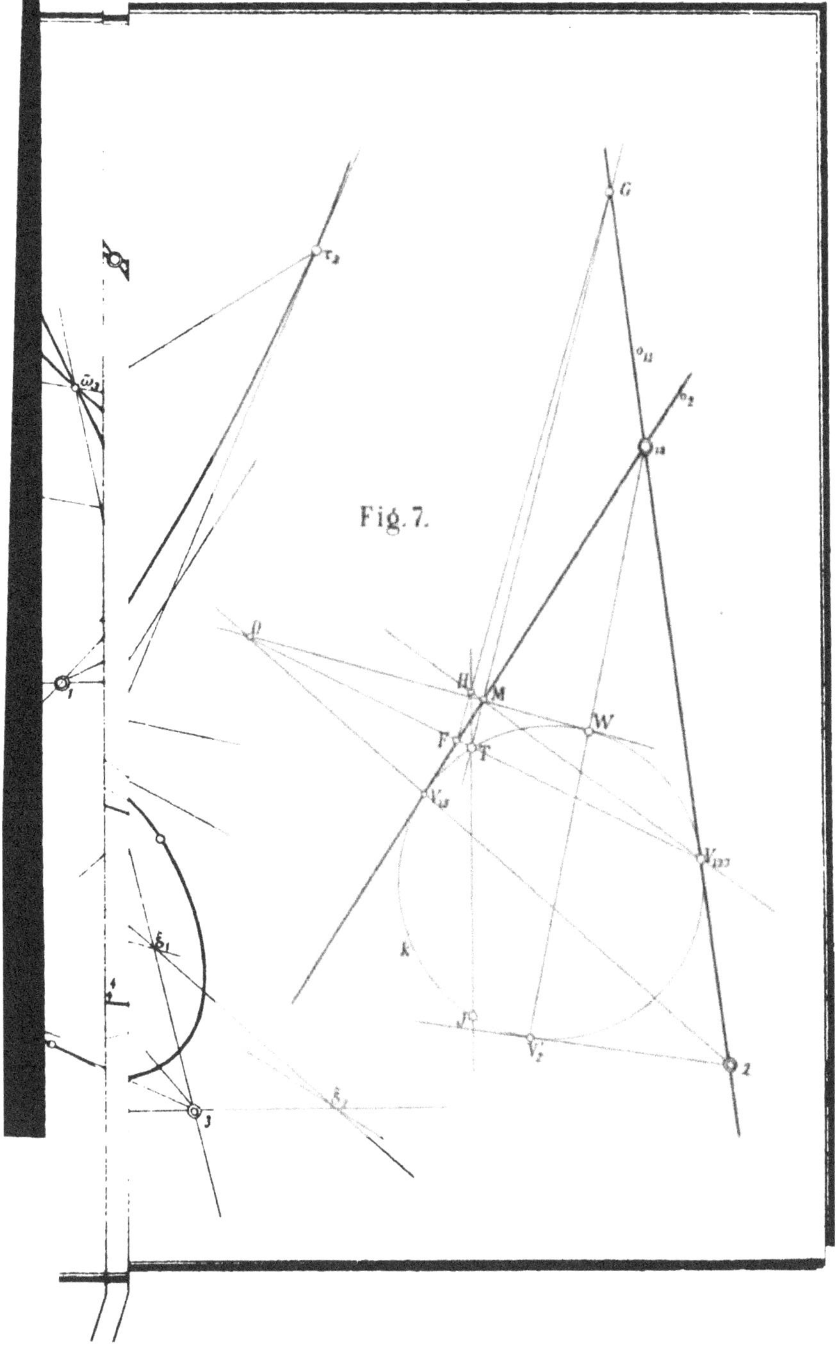

Fig. 7.

Punkte X einfach berührt und dem Hauptdreieck $O_1 O_2 O_3$ umschrieben ist, mit diesem gemeinsam hat. Denn es ist offenbar, dass ein solcher Kegelschnitt nichts Anderes vorstellt, als das Bild jener Tangente, welche die Plancurve C_6^4 in dem entsprechenden Bildpunkte $\overline{X}$ berührt und in den Bildern jenes Schnittpunktenpaares trifft.

Zur Lösung dieser Aufgabe benützen wir die folgende Construction.*
Ist X der auf dem Grundkegelschnitt beliebig gewählte Punkt (Fig. 1), so projiciren wir die Hauptpunkte O_1, O_2, O_3 aus X auf den Grundkegelschnitt nach X_1, X_2, X_3. Das derart erhaltene Punktentripel bildet ein Dreieck, welches mit dem Hauptdreieck $O_1 O_2 O_3$ im Centrum X perspectivisch ist. Die Perspectivitätsaxe x schneidet den Grundkegelschnitt in den Bildern X', X'' der gesuchten Tangentialpunkte, welche auf der Plancurve C_6^4 das Bild $\overline{X}$ des auf dem Grundkegelschnitt gewählten Punktes X begleiten. Die Construction der x-Geraden zeigt nachstehendes Schema:

$(|X_1 X_2|, |O_1 O_2|) = \xi_3, \quad (|X_1 X_3|, |O_1 O_3|) = \xi_2, \quad (|X_2 X_3|, |O_2 O_3|) = \xi_1.$

Das Punktentripel $\xi_1 \xi_2 \xi_3$ liegt auf der bezeichneten x-Geraden.

5. Verbindet man die beiden Punktenelemente eines $X'X''$-Paares durch eine x-Gerade, so erhält man ein System von Strahlen; deren Enveloppe ist die Directionscurve des symmetrischen Systems. Da dieses System (2) vom vierten Grade ist, so ist** die Directionscurve vierter Classe mit dem vorläufigen Symbol D_4.

6. Um über das Wesen der Directionscurve klar zu werden, müssen wir die x-Geraden, deren Gesammtheit wir als „Secantensystem" bezeichnen können, weil jede x-Gerade für den Grundkegelschnitt als eine Secante gilt, näher in Betracht ziehen. (Fig. 2.)

Die x-Geraden können in Bezug auf den Grundkegelschnitt eigentliche und uneigentliche Secanten sein, je nachdem das betreffende $X'X''$-Punktenpaar reell oder imaginär auftritt. Geschieden werden beide Secantenhälften durch jene Elemente, für welche in den Punktenpaaren $X'X''$ eine Coincidenz eintritt, so dass also die x-Gerade zur Tangente des Grundkegelschnitts wird. Es ist einleuchtend, dass dieser Fall dann eintritt, wenn auf der Plancurve C_6^4 eine Doppeltangente stattfindet. Den Berührungspunkten einer Doppeltangente der Plancurve entsprechen aber bekanntlich die Endpunkte einer Sehne p des Grundkegelschnitts, in welchen Endpunkten dieser letztere von einem Kegelschnitt doppelt berührt wird, der dem Hauptdreieck $O_1 O_2 O_3$ umschrieben ist und das Bild der betreffenden Doppeltangente ist. Hieraus folgt der Satz: Jedem Endpunkte einer p-Sehne entspricht im Secantensystem die Tangente im andern Endpunkte dieser Sehne des Grundkegelschnitts involutorisch.

---

* E. Weyr, Elemente d. project. Geometrie, II. Heft S. 130.

** E. Weyr, Curvenlehre, S. 14.

Es ist bekannt, dass es in einer Plancurve C_6^4 vier Doppeltange giebt, welchen am Grundkegelschnitt vier p-Sehnen entsprechen, die linear construiren kann.*

7. Beachtet man, dass ein Verzweigungsstrahl eines Doppelpunktes Plancurve C_6^4 eine Curventangente vorstellt, bei welcher die beiden gentialpunkte sich in diesem Doppelpunkte vereinigen; berücksichtigt weiter, dass das Bild des betreffenden Doppelpunktes in die beiden N barpunkte A, A' der entsprechenden Seite des Hauptdreiecks $O_1 O_2 O_3$ fällt, so sieht man ohne Schwierigkeit ein, dass jedem der beiden Verz gungspunkte eines Hauptpunktes (d. s. die Berührungspunkte V, V' der diesem Hauptpunkte an den Grundkegelschnitt gezogenen Tangenten) die ge überliegende Seite des Dreiecks $O_1 O_2 O_3$ identisch als ein Element des x cantensystems entspricht, woraus der Satz folgt: Die Seiten des Hau dreiecks $O_1 O_2 O_3$ sind Doppeltangenten der Directionscurve

8. Man kann sehr einfach die Berührungspunkte B, B' dieser als Dop tangenten fungirenden Seiten des Hauptdreiecks $O_1 O_2 O_3$ ermitteln. Die M fication der Construction in (4) drückt sich folgend aus: Projicirt man lich einen Verzweigungspunkt V eines Hauptpunktes aus den beiden and Hauptpunkten abermals in den Grundkegelschnitt, so schneidet die Ver dungslinie der zwei sich ergebenden Projectionspunkte die dem bezügli Hauptpunkte gegenüberliegende Dreiecksseite in einem Berührpunkte selben mit der Directionscurve. Analog ist die Construction für den zwe Berührpunkt.

9. Weil eine Doppelpunktstangente in dem Doppelpunkte einen Nachbarpunkte des letzteren mit einem der Tangentialpunkte der erst vereinigt, der jedoch, wie bekannt, auf dem andern Curvenzweige befindet, so resultirt der Satz: Die Directionscurve D_4 durchsetzt Grundkegelschnitt in den sechs Durchschnittspunkten A Seiten des Hauptdreiecks $O_1 O_2 O_3$ und des Grundkegelschni

In jedem dieser sechs Durchschnittspunkte A, A', welche in Pa die Bilder der Nachbarpunkte der Curvendoppelpunkte sind, zieht eine gente der Directionscurve, welche als Strahl des homologen Hauptpun im Dreiecke $O_1 O_2 O_3$ den Grundkegelschnitt zum andern Male in dem Bi des Tangentialpunktes der betreffenden Doppelpunktstangente t Denn man halte sich die constructive Beziehung in (4) vor Augen: suchen die x-Secante eines der beiden Nachbarpunkte A, A'; eine k Ueberlegung zeigt, dass die Secante die Verbindungslinie des andern Nach punktes mit dem jener Dreiecksseite, welche das Paar AA' aus dem Gr kegelschnitt schneidet, gegenüberliegenden Hauptpunkte sein muss.

---

* Ueber biquadratische Involutionen etc. von E. Weyr. Sitzungsber. d. Akad. d. Wissensch. in Wien, 81. Bd. S. 1015.

10. Eine Inflexionstangente der Plancurve C_6^4 repräsentirt eine Coincidenz von drei Punktenelementen. Am Grundkegelschnitt ist bekanntlich das Bild einer solchen Wendetangente jener Kegelschnitt, der den ersteren osculirend in dem Bilde des Inflexionspunktes berührt und dem Hauptdreieck umschrieben ist, wofür es sechs Lösungen giebt.* Darnach ist anzunehmen, dass, weil hier ein Zusammenfall eines der beiden Tangentialpunkte mit dem Berührpunkte auf der Curve statthat, die Directionscurve den Grundkegelschnitt (Fig. 4) auch in diesem Bilde T des nicht coincidirenden andern Tangentialpunktes der Inflexionstangente durchsetzen muss und dass wieder die Tangente i in diesem Punkte, als ein Element des x-Secantensystems, den Grundkegelschnitt in einem zweiten Punkte J schneidet, der bildlich den Berührpunkt der Inflexionstangente mit dem andern Tangentialpunkte vereinigt. Dieser letztere Schnittpunkt J ist somit das Bild eines Inflexionspunktes der Plancurve C_6^4. Das Ergebniss dieser Untersuchung folgert den Satz: Die Directionscurve durchsetzt den Grundkegelschnitt in weiteren sechs Punkten, welche die Bilder der Tangentialpunkte von den sechs Inflexionstangenten sind. Die Tangenten in diesen Schnittpunkten, als Elemente des x Secantensystems, treffen den Grundkegelschnitt in den Bildern der Berührungspunkte der sechs Inflexionstangenten auf der Plancurve vierter Ordnung.

11. Die vorliegende Directionscurve D_4 besitzt nach (7) drei Doppeltangenten, weshalb die Ordnung derselben nach der bekannten Steiner-schen Formel (Gesammelte Werke II, S. 495) als die Maximalzahl $4(4-1) -2.3=6$ resultirt und somit allgemein das definitive Symbol dieser Curve angeschrieben wird: D_4^6.

Das gleiche Resultat in Bezug der Ordnung der Directionscurve findet sich aber auch, wenn wir die Ergebnisse in (9) und (10) berücksichtigen, wonach diese Curve den Grundkegelschnitt in zusammen höchstens zwölf Punkten durchsetzt: $\frac{12}{2}=6$.**

12. Die Anzahl der Doppelpunkte unserer Directionscurve ist nach den gepflogenen synthetischen Untersuchungen $=3$. Da die Maximalzahl von Doppelpunkten in einer Plancurve sechster Ordnung (Salmon-Fiedler, Höhere ebene Curven, Art. 42) $\frac{(6-1)(6-2)}{2}=10$ ist, so ergiebt sich das Geschlecht: $10-3=7$, d. h. die Directionscurve D_4^6 ist keine Unicursalcurve (Cayley).

13. „Eine Degeneration der Classenzahl der Directions curve um je eine Einheit findet für jede Berührung einer der Seiten des Hauptdreiecks $O_1O_2O_3$ mit dem Grundkegelschnitt statt."

* Plücker, Algebr. Curven, S. 208.

** Durège, Curven dritter Ordnung, Art. 138.

Das vorstehende Gesetz zeigt, dass insbesondere für eine ebene Curve vierter Ordnung mit zwei Spitzen vom Symbol C_4^4 die Directionscurve ein Kegelschnitt ist; weiter ist zu ersehen, dass für eine Plancurve C_3^4 mit drei Spitzen das System der Tangentialpunkte auf ihr eine allgemeine quadratische Involution* ist, welche sich auf dem Grundkegelschnitte selbstverständlich central abbildet, wo ihr Centrum offenbar das Bild des gemeinsamen Schnittpunktes der drei Spitzentangenten der Plancurve C_3^4 ist. Es ist klar, dass diese Involution auf der Plancurve durch ein Kegelschnittbüschel erzeugt wird, dessen vier Basispunkte die drei Rückkehrpunkte der Curve und der gemeinsame Schnittpunkt der drei Spitzentangenten sind. Jedes Individuum dieses Büschels hat mit der Plancurve vierter Ordnung bekanntlich $2.4 = 8$ Punkte, von denen jedoch sechs durch die drei Rückkehrpunkte absorbirt werden, gemein; somit trifft es die Plancurve C_3^4 noch in einem Elementenpaare der allgemeinen quadratischen Involution und bildet sich auf dem Grundkegelschnitt als ein Strahlenelement der centralen Involution ab, wo es als Element des x-Secantensystems (6) das Bild jenes Punktenpaares der allgemeinen Involution ausschneidet. Eine einfache geometrische Ueberlegung zeigt, dass diese letztere Involution auf dem Grundkegelschnitte immer elliptisch sein muss, also keine reellen Doppelelemente aufweisen kann. Wir kommen später auf den ersteren Fall nochmals zurück.

14. Wenn man eine Directionscurve D_4^6 des absoluten symmetrischen Systems der Tangentialpunkte von einer ebenen Curve C_6^4 voraussetzt, so kann man immerhin die polarreciproke Curve D_6^4 construiren. Dieselbe stellt sich (Fig. 3 u. 5) als geometrischer Ort der Pole der einzelnen x-Secanten (6) heraus. Dual den Eigenschaften der Curve D_4^6 stehen jene der Curve D_6^4 gegenüber und insbesondere werden die Pole ω der Seiten des Hauptdreiecks $O_1 O_2 O_3$ als Doppelpunkte der letzteren Curve auftreten müssen. Der Construction der Berührungspunkte B, B' einer Doppeltangente der Curve D_4^6 nach (8) wird jene der Doppelpunktstangenten b, b' der Curve D_6^4 polar gegenüberstehen: Wir brauchen nur den Pol σ der Verbindungslinie der beiden bezeichneten Projectionspunkte eines Verzweigungspunktes V zu ermitteln, so zieht durch den diesem Verzweigungspunkte zugeordneten Doppelpunkt der Curve D_6^4 dessen eine Tangente b etc.

15. Aus den gesammten bisher angestellten Untersuchungen erhält der nachstehende Satz als Ergebniss derselben seine Sanction (Fig. 2—5):

Die Directionscurve D_4^6 als Enveloppe des absoluten symmetrischen Punktensystems vierten Grades einer Plancurve vierter Ordnung, wel-

Die Directionscurve D_6^4 als Ort des absoluten symmetrischen Tangentensystems vierten Grades einer Plancurve vierter Ordnung, welches Sy-

* E. Weyr, Ueber biquadratische Involutionen etc., S. 1020.

ches System auf einem Grundkegelschnitte abgebildet erscheint, ist höchstens vierter Classe und sechster Ordnung;

sie hat mit dem Grundkegelschnitte acht gemeinschaftliche Tangenten, welche diesen in Doppelelementen erster Art berühren und die Bilder der Berührungspunkte der vier Doppeltangenten der Plancurve sind;

sie hat mit dem Grundkegelschnitte sechs gemeinschaftliche Punkte, welche die Verzweigungselemente der Doppelpunkte zweiter Art sind; diese letzteren selbst ergeben sich als Schnittpunkte jener Sehnen, die in den Verzweigungspunkten die Directionscurve tangiren, den Grundkegelschnitt zum andern Male schneiden, und sie sind die Bilder der sechs Inflexionspunkte der Plancurve, während die Verzweigungspunkte die Tangentialpunkte der entsprechenden Inflexionstangenten auf dem Grunkegelschnitte abbilden;*

sie hat weiter noch die sechs Punkte der drei Nachbarpunktenpaare, welche als Bilder der Doppelpunkte der Plancurve das Hauptdreieck $O_1 O_2 O_3$ auf dem Grundkegelschnitte herausschneidet, mit diesem gemeinschaftlich und wird in

stem auf einem Grundkegelschnitte abgebildet erscheint, ist höchstens vierter Ordnung und sechster Classe;

sie hat mit dem Grundkegelschnitte acht gemeinschaftliche Punkte, welche die Doppelelemente erster Art sind und die Berührungspunkte der vier Doppeltangenten der Plancurve abbilden;

sie hat mit dem Grundkegelschnitte sechs gemeinschaftliche Tangenten, welche ihn in den Verzweigungselementen der Doppelpunkte zweiter Art berühren; diese letzteren selbst ergeben sich als Berührungspunkte jener Tangenten, die von dem Berührungspunkte einer Verzweigungstangente auf der Directionscurve zum andern Male an den Grundkegelschnitt ziehen, und sie sind die Bilder der sechs Inflexionspunkte auf der Plancurve, während die Berührungspunkte der Verzweigungstangenten die Tangentialpunkte der entsprechenden Inflexionstangenten auf dem Grundkegelschnitte abbilden;

sie hat weiter noch die sechs Tangenten der drei Nachbarpunktenpaare, welche als Bilder der Doppelpunkte der Plancurve das Hauptdreieck $O_1 O_2 O_3$ auf dem Grundkegelschnitte herausschneidet, mit diesem gemeinschaftlich und wird von

* Vergl. hierüber E. Weyr's Curvenlehre, S. 18.

diesen Punkten von Geraden berührt, die als Sehnen des Grundkegelschnitts zum andern Male das Bild des einer Doppelpunktstangente angehörigen Tangentialpunktes angeben.

diesen Tangenten in Punkten berührt, von welchen zum andern Male an den Grundkegelschnitt eine Tangente zieht, die auf ihm das Bild des einer Doppelpunktstangente angehörigen Tangentialpunktes angiebt.

II.

Linearconstruction der Inflexionselemente einer Unicursal-Plancurve vierter Ordnung mit zwei Rückkehrpunkten.

16. Es ist bekannt, dass eine ebene Curve vorbezeichneter Art vierter Classe ist und das Symbol C_4^4 erhält. Man weiss aber auch, dass die Abbildung einer solchen Curve auf einem Grundkegelschnitt geschieht, der die Eigenschaft hat, dass zwei Seiten des Hauptdreiecks $O_1 O_2 O_3$ ihn berühren. Schneidet die dritte Seite des Hauptdreiecks den Grundkegelschnitt nicht, so ist der entsprechende Doppelpunkt der Plancurve C_4^4 ein „Einsiedler" (isolirter Punkt) und diese Curve besitzt dann nur ein Paar reelle Inflexionen.

In (13) haben wir nachgewiesen, dass das System der Tangentialpunkte auf dem Grundkegelschnitt als ein symmetrisches Elementensystem zweiten Grades abgebildet wird und demnach dessen Directionscurve als ein Kegelschnitt erscheint, den wir den Directionskegelschnitt nennen.

17. Die Construction in (6) lässt uns immer fünf beliebige Bestimmungsstücke des Directionskegelschnitts finden, mit deren Hilfe dieser als vollkommen bestimmt erscheint, und nach einer bekannten Construction* lassen sich dann die beiden einzig reellen Schnittpunkte T, T', welche zwischen dem Grund- und dem Directionskegelschnitt stattfinden, linear ermitteln. Die Punkte T, T' sind aber nach dem Hauptsatze (15) links die Bilder der Tangentialpunkte von den beiden Inflexionstangenten der Plancurve C_4^4, deren Berührungspunkte man nach diesem Satze bekommt, wenn man in den Punkten T, T' die Tangenten an den Directionskegelschnitt construirt, welche als Elemente des x-Secantensystems (6) die Bilder dieser Berührungs- (Inflexions-) Punkte auf dem Grundkegelschnitt in JJ' herausschneiden.

18. Vermöge der Beziehung in (7), dass die Seiten des Hauptdreiecks $O_1 O_2 O_3$ die allgemeine Directionscurve als Doppeltangenten berühren, erhalten wir die betreffenden Seiten $o_1 o_3$ (Fig. 6), die wir als jene den Grundkegelschnitt in $V_{12} V_{23}$ tangirenden der Voraussetzung gemäss annehmen, wie leicht eingesehen wird, als einfache Tangenten des Directionskegelschnitts.

---

* H. Schröter, Theorie der Kegelschnitte etc., S. 375.

Die Berührungspunkte B_1, B_3 des Hauptseitenpaares $o_1 o_3$ ergiebt die Construction in (8).

19. Bekanntlich befinden sich coaxial auf der Dreiecksseite o_2, welche die Hauptpunkte O_1, O_3 enthält, zwei Involutionen, deren eine durch die Punkte O_1, O_3 als Asymptotenelemente und deren andere durch den Grundkegelschnitt hervorgerufen werden. Bestimmen wir die gemeinsamen Asymptotenelemente ζ_2, ζ'_2 dieser beiden Involutionen.* Die Verbindungslinie $|O_2 \zeta_2|$ ist, wie man sich ohne Schwierigkeit überzeugen wird, eine gemeinschaftliche Polare und der Punkt ζ'_2 ein gemeinschaftlicher Pol der beiden Kegelschnitte: Grund- und Directionskegelschnitt. Durch den Pol ζ'_2 ziehen die beiden Verbindungslinien $|V_{12} V_{23}|$, $|B_1 B_3|$.

20. Gelegentlich der Construction des Berührungspunktenpaares $B_1 B_3$ in (18) mussten die Verzweigungspunkte V'_1, V'_3 der Hauptpunkte O_1, O_3 aus dem dritten Hauptpunkte O_2 nach V'_{12}, V'_{23} auf den Grundkegelschnitt projicirt werden. Zieht man in diesen Projectionspunkten die Tangenten an den Grundkegelschnitt, so schneidet sich die Tangente in V'_{12} mit der Geraden $|O_1 V_{23}|$ in einem Punkte M und ebenso erhält man einen zweiten Punkt N aus dem Schnitte der Tangente in V'_{23} mit der Geraden $|O_3 V_{12}|$.

Die Verbindungslinie $|MN|$ geht durch den Pol ζ'_2 und ist *eine gemeinschaftliche Secante* der beiden betrachteten Kegelschnitte. Aus diesem Grunde sind die Schnittpunkte T, T', welche die Gerade $|MN|$ auf dem Grundkegelschnitt hervorbringt, das in (17) bezeichnete Bildpunktenpaar der Tangentialpunkte von den zwei reellen Inflexionstangenten der Plancurve C_4^4.

21. Die Construction der Tangenten in den gefundenen Punkten T, T' an den Directionskegelschnitt kann auf bekannte Weise** linear durchgeführt werden. Höchst einfach aber erhalten wir die zweiten Schnittpunkte J, J' dieser Tangenten mit dem Grundkegelschnitte folgendermassen:

Die Verzweigungstangenten $|O_1 V'_1|$, $|O_3 V'_3|$ treffen die gegenüberliegenden Dreiecksseiten $o_1 o_3$ in dem Punktepaare $L_1 L_3$. Sucht man den Schnitt:

$$(|L_1 L_{12}|, |L_3 V_{23}|) = 0,$$

so gehört derselbe der gemeinschaftlichen Polaren $|O_2 \zeta_2|$ als Punktelement an. *Nun treffen die Verbindungslinien* $|TO|$ *und* $|T'O|$ *den Grundkegelschnitt in den Bildern* J', J *der beiden Inflexionspunkte der Raumcurve* C_4^4. Die Verbindungslinien $|TJ|$, $|T'J'|$ sind die Tangenten des Directionskegelschnitts in den Punkten T, T' und treffen sich gemeinsam auf der Polaren $|O_2 \zeta_2|$ als Elemente des x-Secantensystems. Gleichzeitig ist zu bemerken dass die Verbindungslinie $|JJ'|$ ebenfalls durch den Pol ζ'_2 geht.

22. Wir haben in dem bisher betrachteten Falle eine Curve C_4^4 vorausgesetzt, in welcher die beiden Rückkehrpunkte als solche angenommen wurden, dass die Plancurve „Spitzen" bildet. Es ist aber auch der Fall

* Th. Reye, Geometrie der Lage I, S. 141.

** Schröter, Theorie der Kegelschnitte, S. 100.

bemerkbar, wo einer der Rückkehrpunkte einen Berührungsknoten vorstellt und die Curve einen „Schnabel" formirt.* Um die Beziehungen diesfalls vorzustellen, muss das Hauptdreieck des Grundkegelschnitts eine entsprechende Transformation erfahren.

Denken wir uns (Fig. 7) etwa die beiden Seiten o_1, o_3 des Hauptdreiecks $O_1 O_2 O_3$ im Zusammenfall, so muss offenbar die dritte Seite o_2 in dem Coincidenzhauptpunkte O_{13} hindurchgehen, während die Hauptseite o_{13} die beiden Hauptpunkte $O_{13} O_2$ enthält. Der Hauptpunkt O_2 bildet dann als homologer Punkt des Hauptpunktes O_{13} in der Plancurve vierter Ordnung im allgemeinen Falle einen Berührungsknoten, welcher, sofern derselbe Rückkehrpunkt ist, in der Plancurve einen Schnabel formt. Dieser Fall tritt ein, sobald der Grundkegelschnitt die Gerade o_{13} berührt. Ist gleichzeitig eine Tangention der Geraden o_2 am Grundkegelschnitt vorhanden, so wird die Plancurve eine solche vom Symbol C_4^4 mit einem Schnabel in O_2 und einer Spitze in O_{13}.

23. Die Frage nach den Inflexionen der Plancurve C_4^4 kann nur wieder durch die diesbetreffende Directionscurve des auf dem Grundkegelschnitt abgebildeten Tangentialpunktensystems erledigt werden. Behufs dessen haben wir zunächst die Modification zu studiren, welche die Construction in (4) erfährt.

Ein beliebiger Punkt X des Grundkegelschnitts wird aus den beiden Hauptpunkten O_{13}, O_2 nach X_{13}, X_2 projicirt. Da in X_{13} ein Punktenpaar in Coincidenz ist, so ist die Verbindungslinie seiner Elemente offenbar Tangente an den Grundkegelschnitt, welche die Hauptseite o_2 in ξ_2 trifft. Ebenso vereinigt die Verbindungslinie $|X_{13} X_2|$ zwei zusammenfallende Geraden $|X_1 X_2|$, $|X_2 X_3|$, welche die Coincidenzhauptseite o_{13} in dem Coincidenzpunkte ξ_{13} trifft. Die Verbindungslinie $|\xi_{13} \xi_2| = x$ ist nun ein Element des Secantensystems (6) und trifft den Grundkegelschnitt in dem Punktenpaare $X' X''$.

Wir müssen uns somit einen Kegelschnitt vorstellen, welcher den Grundkegelschnitt im Punkte X einfach berührt und in den Punkten X', X'' durchschneidet, der überdies die Hauptpunkte O_{13}, O_2 enthält, und weil O_{13} eine Coincidenz bildet, so wird dieser Kegelschnitt in diesem Punkte von der Hauptseite o_2 berührt. Das Bild dieses Kegelschnittes ist eine Tangente der Plancurve C_4^4, deren Berührungspunkt das Bild des Punktes X und deren Tangentialpunkte die Bilder der gefundenen Punkte X', X'' sind.

24. Auch in dem vorgelegten Falle bilden die Paare X', X'', wie in (16), ein symmetrisches Elementensystem zweiten Grades, welchen als Umhüllte der x-Geraden ein Directionskegelschnitt zugehört. Dieser Kegelschnitt hat die bemerkenswerthe Eigenschaft, dass er den Grundkegelschnitt in seinem dreifachen Verzweigungspunkte V_{123} der Hauptlinie o_{13}

* Salmon-Fiedler, Höhere Plancurven, S. 55.

osculirt. Hieraus muss gefolgert werden, dass die betreffende Plancurve C_4^4 nur eine einzige Inflexion aufweist.

25. Für die Fixirung des Directionskegelschnittes durch fünf Elemente ist nach dem Vorhergegangenen genügendes Material vorhanden. Erstlich kennen wir den Osculationspunkt V_{123} und dessen Tangente, die Hauptlinie o_{13}; ausserdem wissen wir nach (18), dass die Hauptlinie o_2 eine Tangente des Kegelschnitts ist, deren Berührungspunkt M gefunden wird, wenn man den Verzweigungspunkt V'_2 des Hauptpunktes O_2 aus dem Hauptpunkte O_{13} nach W auf den Grundkegelschnitt projicirt, dessen Tangente dann die Hauptlinie o_2 in M trifft etc.

Der Punkt T, welcher dem Grund- sowie dem Directionskegelschnitt gemeinschaftlich ist, kann also jedenfalls* linear construirt werden. Am einfachsten wird jedoch derselbe nachfolgend erhalten:

„Die vorhin gedachte Tangente $|WM|$ und die Verbindungslinie $|O_2V_{13}|$ haben einen Punkt O gemeinsam; die Gerade $|V_{123}O|$ trifft den Grundkegelschnitt in T."

26. Nach den bisherigen Erläuterungen und mit Bezug insbesondere des Hauptsatzes in (15) ist der Punkt T das Bild des Tangentialpunktes der einzigen Inflexionstangente auf der Plancurve C_4^4. Es handelt sich also nur noch um die Fixirung des Bildes J von jenem Punkte, in welchem die Wendetangente die Plancurve berührt. Hierzu verwenden wir einfachst die von Schröter** angegebene Construction:

Die Verbindungslinie $|TM|$ schneidet o_{13} in G; die Linie $|V_{123}O|$ trifft o_2 in einem Punkte F; nun suche man den Schnitt:

$$(|FG|, |V_{123}M|) = H.$$

Die Gerade $|HT|$ erzeugt zum andern Male auf dem Grundkegelschnitt den verlangten J-Punkt. Dass die Gerade ein Element des x-Secantensystems sein muss, ist unschwer einzusehen.

27. Die vorstehenden Constructionen der beiden zuletzt behandelten Aufgaben sind vollständig linear durchgeführt, ohne dass also die betreffende Directionscurve eingezeichnet werden muss.

Unseres Wissens ist eine Linearconstruction von Inflexionselementen einer ebenen Curve vierter Ordnung bisher nicht publicirt worden.

---

* Staudigl, Neuere Geometrie, S. 213.

** Theorie der Kegelschnitte, S. 101.

XVI.

Ueber die Osculationskreise bei Kegelschnitten.

Von

Dr. A. Weiler

in Zürich.

Hierzu Taf. IX.

Dritte Mittheilung.

15. Ist der beliebige Kegelschnitt k^2 durch den Punkt P seiner Tangente t und die drei weiteren Punkte A, B, O gegeben, so lassen sich seine Axen in folgender Weise finden. Man construire nach Nr. 2 mit Fig. 7 den Osculationskreis p^2 bei P und schneide denselben mit den Geraden PA, PB in A', B'. Indem man den Schnittpunkt von AB mit $A'B'$ mit P verbindet, entsteht eine gewisse Gerade s_0. Nach Nr. 1 *a)* sind die Halbirungslinien g, h der von den beiden Geraden t und s_0 gebildeten Winkel mit den Axen von k^2 parallel (und es schneiden sich p^2 und s_0 in den Punkten P und P_0). Die nicht in P fallenden Schnittpunkte von g und h mit p^2, G' und H', sind die Mitten der zwei durch P und P_0 begrenzten Bogen von p^2. Ihnen entsprechen bezüglich der zwischen p^2 und k^2 bestehenden Perspectivität vom Centrum P und der Axe s_0 die (zweiten) Schnittpunkte G, H von g, h mit k^2. Hierauf sind die Axen x, y die Mittelsenkrechten der Strecken PG, PH; der x und y gemeinsame Punkt ist der Mittelpunkt M von k^2.

Um die in die Axe x (oder y) fallenden Scheitel des Kegelschnittes k^2 zu erhalten, schneide man x mit t in T und fälle aus P auf x die Senkrechte (g, bezüglich h) vom Fusspunkte P'. Dann sind M der Mittelpunkt und P' mit T ein Paar derjenigen Punktinvolution in x, deren Doppelpunkte X_1, X_2 die gesuchten Scheitel sind.

16. Ein specieller Fall der allgemeinen in Nr. 6 mit Fig. 14 gegebenen Construction ist die von Steiner (Werke II, S. 341; Crelle's Journal XXX, S. 271, 1845) erwähnte.

Der Kegelschnitt k^2 werde als Ellipse vorausgesetzt und es seien an vier Tangenten t, a, b, o, welche ein Rechteck bilden sollen, be-

Der Berührungspunkt der Tangente t sei P, n die Normale dieser

Punktes (Fig. 25). Die Schnittpunkte der parallelen Tangenten a, b mit t seien A'', B'', ebenso mögen a, b die mit t parallele Tangente o in A, B schneiden. Die Senkrechten a_1, b_1 aus A'', B'' auf PA, PB gefällt, werden n in den zwei Punkten A''', B''' treffen. Darauf sind in gewohnter Bezeichnung A'', B'', P in t und A''', B''', $\frac{K}{2}$ in n ähnliche Reihen; der Punkt $\frac{K}{2}$ ist die Mitte zwischen P und dem Centrum K des Osculationskreises p^2.

Bezeichnet man die Längen der Strecken PA'', PB'', $AA''=BB''$ durch die Buchstaben α, β, γ, so findet man $PA'''=\frac{\alpha^2}{\gamma}$, $PB'''=\frac{\beta^2}{\gamma}$, $P\frac{K}{2}=\frac{\alpha\beta}{\gamma}$. — Fällt man aus A'' auf PB die Senkrechte, so wird sie n in einem Punkte N schneiden, welcher von P um die Länge $PN=\frac{\alpha\beta}{\gamma}$ entfernt ist. Derselbe Punkt N entsteht auch als Schnittpunkt von n mit der aus B'' auf PA gefällten Senkrechten. — Die so construirten Punkte $\frac{K}{2}$ und N der Normalen n liegen orthogonal-symmetrisch zu der Tangente t.

Der dem Rechteck $ABA''B''$ umschriebene Kreis vom Centrum M ist der Ort derjenigen Punkte, aus welchen an die Ellipse rechtwinklige Tangentenpaare gelegt werden können. Um N beschreibe man den durch P gehenden Kreis; derselbe wird den Kegelschnitt k^2 in P berühren und einen Radius von der Länge $\frac{\alpha\beta}{\gamma}$ haben. Es zeigt sich, dass für diese Kreise M und N das Quadrat der Centrallinie gleich ist der Summe der Quadrate der Radien, dass sich somit die beiden Kreise rechtwinklig schneiden.

Der Kreis N hat auf n die Strecke PD zum Durchmesser. Dabei steht $B''D$ auf der Verbindungslinie von P mit der Mitte A_1 von AA'' senkrecht. Aus der für die Kreise M und N nachgewiesenen Eigenschaft folgt, dass die Punkte P und D in Bezug auf den Kreis M conjugirt sind.

Ist der Kegelschnitt k^2 eine Hyperbel, welche umschriebene Rechtecke besitzt, so hat man in Fig. 25 den Punkt P in t ausserhalb der Strecke $A''B''$ vorauszusetzen u. s. f. — Es kann ferner das hier befolgte Beweisverfahren in der Weise abgeändert werden, dass o als die eine auf t senkrechte und etwa a als die mit t parallele Tangente gewählt wird. Die zugehörige Parabel o^2 (Nr. 6), welche n in $\frac{K}{2}$ berührt, hat AP zu ihrer Directrix und tangirt t bei B''. Errichtet man deshalb in P auf AP die Senkrechte, welche man mit b in B_1 schneidet, so ist die Verbindungslinie $B_1\frac{K}{2}$ mit t parallel. Fällt man aus B'' auf AP die Senkrechte, so schneidet sie n in N. Der Beweis, dass der um N mit NP als Radius beschriebene Kreis den dem Rechteck $toab$ umschriebenen Kreis rechtwinklig schneidet, geschieht hierauf wie bei Fig. 25.

17. Die Osculationskreise in den Endpunkten zweier conjugirten Durchmesser der Ellipse lassen sich leicht construiren, ohne dass weitere Elemente benutzt werden müssen.

Die gegebenen Durchmesser seien PC und AB, M der Mittelpunkt (Fig. 26). Tangente und Normale in P sind mit t, n bezeichnet. Bei der angestrebten Construction darf man die Ellipse k^2 durch eine andere k_1^2 ersetzen, welche folgendermassen entsteht. In der Normale n liegt ihre eine Axe PC_1, der Scheitel C_1 ist die Orthogonalprojection des Punktes C auf die Normale n. Die zweite Axe A_1B_1 und der Durchmesser AB liegen auf demselben Träger und haben dieselbe Länge. Unter diesen Voraussetzungen haben k_1^2 und k^2 in dem gemeinsamen Punkte P denselben Osculationskreis, beide Ellipsen osculiren in P, sie sind nämlich affine Gebilde, wobei die Affinitätsaxe die gemeinsame Tangente t ist und die Affinitätsstrahlen mit der Axe parallel laufen.* — Um nun K zu finden, fälle man aus dem Schnittpunkte $B_1{}^*$ der Tangenten in den Scheiteln P und B_1 auf PB_1 die Senkrechte, so schneidet diese n in K (Nr. 4 mit Fig. 11; wenn man n mit den Senkrechten aus $A_1{}^* = A^*$ auf PA und aus $B_1{}^* = B^*$ auf PB schneidet, so wird K in der Mitte dieser beiden Schnittpunkte liegen). Um für die eben hergeleitete Construction des Punktes K eine bequemere Ausdrucksweise zu erhalten, beschreibe man den Kreis vom Durchmesser $A_1{}^*B_1{}^*$ mit dem Centrum P, sein Radius ist gleich der Hälfte des Durchmessers AB. Bezüglich dieses Hilfskreises hat B_1 als Pol die Linie $B_1{}^*K$ zur Polaren. Daraus folgt, dass K der Pol der Geraden AB ist: Beschreibt man um P mit dem halben conjugirten Durchmesser als Radius einen Kreis, so ist der Pol des Trägers jenes conjugirten Durchmessers in Bezug auf diesen Kreis der Krümmungsmittelpunkt K. (Um beispielsweise in Fig. 26 die Axenrichtungen der Ellipse k^2 einzutragen, schneide man nach Nr. 15 den Osculationskreis p^2 mit PC in 1, lege daselbst die Tangente an p^2, welche von CC_1 in 2 geschnitten wird; die Axenrichtungen halbiren die von den Geraden t und $P2$ gebildeten Winkel und der Schnittpunkt 3 von $P2$ mit p^2 ist der vierte p^2 und k^2 gemeinsame Punkt.)

Die in P osculirenden Kegelschnitte k^2, k_1^2 können als Parallelprojectionen desselben räumlichen Kegelschnittes k_r^2 angesehen werden. Dabei sei beispielsweise k_r^2 eine Ellipse, welche t in P berührt und k_1^2 zu ihrer Orthogonalprojection auf die Zeichnungsebene P hat. Darauf lässt sich leicht eine Projectionsrichtung p^r angeben, bezüglich deren k^2 das Bild von k_r^2 ist. Die Richtung p^r ist so gelegen, dass ihr kürzester Abstand von der Spur t

---

* Die Ellipsen k^2 und k_1^2 sind noch auf eine zweite Art centrisch-affin für dieselbe Richtung der Affinitätsstrahlen. Die zweite Axe geht durch P und den einzelnen Schnittpunkt von k^2 mit k_1^2, sie halbirt die Strecken AB_1, BA_1, MM_1, CC_1.

in die Ebene P fällt, dass also die Fluchtlinien mit t parallel und die beiden Projectionen k^2 und k_1^2 flächengleich sind.*

18. Ueber die Anwendung der Affinität auf osculirende Kegelschnitte möge noch der folgenden Beispiele erwähnt werden.

a) Eine Parabel k^2 ist durch die zwei Punkte P, B mit ihren Tangenten t, b bestimmt (Fig. 27). Soll ihr Osculationskreis p^2 in dem Punkte P construirt werden, so darf man k^2 durch eine andere Parabel k_1^2 ersetzen. Hierbei müssen k^2 und k_1^2 centrisch-affine Gebilde sein, wobei t die Affinitätsaxe ist und die Affinitätstrahlen zu dieser Axe parallel sind. Man wähle die b entsprechende Tangente b_1 in senkrechter Lage zu t, B_1 wird alsdann auf b_1 und auf dem Affinitätsstrahle s des Punktes B liegen. Für diese durch P, t; B_1, b_1 bestimmte Parabel findet man nach Nr. 11 mit Fig. 18 den Punkt $\frac{K_1}{2}$, wenn man die Normale n mit dem aus $B''_1 = B''$ auf PB_1 gefällten Perpendikel schneidet. Die letzteren Hilfslinien schneiden sich in dem Brennpunkte F_1 der Parabel k_1^2 und es stimmt der Punkt $\frac{K_1}{2}$ mit dem gesuchten Punkte $\frac{K}{2}$ überein. — Beschreibt man um den Punkt P mit PB'' als Radius einen Kreis, so ist ersichtlich $\frac{K}{2}$ der Pol des Affinitätsstrahles s (des Punktes B) bezüglich dieses Kreises. — Bei dem Punkte P osculiren unendlich viele Parabeln k^2, k_1^2, k_2^2, ...; je zwei derselben sind in bekannter Weise centrisch-affin. Auf jeder mit t parallelen Linie s haben diese Parabeln sämmtlich gleichlange Sehnen. Die Parabeln (welche eine Kegelschnittschaar bilden) sind die schiefen Parallelprojectionen einer räumlichen Parabel k_r^2 auf die Zeichnungsfläche P, wobei jedoch die auftretenden Fluchtlinien mit t parallel sein müssen. Dabei ist k_r^2 irgend eine räumliche Parabel, welche t in P berührt und eine beliebige der Parabeln k^2, k_1^2, k_2^2, ... zu ihrer Orthogonalprojection hat. (Um k_r^2 zu finden, hätte man somit durch eine der Parabeln der Schaar einen aufrechten parabolischen Cylinder zu legen und denselben mit einer durch t gelegten Ebene zu schneiden.)

b) Die Parabel k^2 sei fernerhin durch die Elemente P, t, a, b bestimmt (Fig. 28). Dann lässt sich leicht eine affine Parabel k_1^2 finden, für welche P der Scheitel ist; sie besitzt die Elemente P, t, a_1, b_1. Um a_1, b_1 zu finden, zieht man durch den Schnitt D von a mit b den Affinitätsstrahl s, darauf $A''A_0$ parallel mit n bis nach A_0 in s, so wird b_1 mit PA_0 parallel sein; ebenso könnte man zu B'' den Punkt B_0 in s finden, wobei PB_0 parallel mit a_1 wäre. Errichtet man in A'', B'' bezüglich auf a_1, b_1 die Senkrechten, so schneiden sie n in dem Brennpunkte F_1 von k_1^2, also in dem k^2 und k_1^2 „gemeinsamen" Punkte $\frac{K_1}{2} = \frac{K}{2}$. Die einfache Construc-

* Vergl. Parallelprojectionen und Axonometrie (Leipzig 1889, bei B. G. Teubner), insbesondere Nr. 36, S. 98 und Nr. 38, S. 100, ferner nachfolgend Nr. 18 *a)*.

tion von $\frac{K}{2}$ (bezüglich k^2 oder P, t, a, b) besteht somit darin, dass man $B'' \frac{K}{2}$ senkrecht zu PA_0, oder $A'' \frac{K}{2}$ senkrecht auf PB_0 zieht. — Hier ist die Bestimmung des Osculationskreises in einem Punkte P einer Parabel auf die Bestimmung des Brennpunktes einer gewissen affinen Parabel, welche P zum Scheitel hat, zurückgeführt. (Von den mit k^2 affinen Parabeln der obenerwähnten Schaar ist hier diejenige benutzt worden, welche bei P am rundesten ist.)

c) Wendet man dieses soeben für die Parabel und auch bei den Figuren 26 und 30 befolgte Verfahren auf einen Kegelschnitt an, von welchem ein umschriebenes Parallelogramm und der Berührungspunkt einer Seite bekannt sind, so findet sich folgendes Resultat: Sind A, B, C, D die aufeinanderfolgenden Ecken eines einem Kegelschnitte k^2 umschriebenen Parallelogramms, P der Berührungspunkt der Seite AB mit k^2, n die Normale dieses Punktes, so bilden A, B und der Schnittpunkt Q von n mit CD ein Dreieck, dessen Höhenschnitt der in gewohnter Weise mit $\frac{K}{2}$ bezeichnete Punkt (bezüglich des Osculationskreises p^2 des Punktes P) ist.

19. Sind P, A, B, O die vier (reellen) Grundpunkte eines Kegelschnittbüschels, so wird jeder einzelne dieser Kegelschnitte durch die Angabe der Tangente t oder der Normalen n in P bestimmt. Nach Nr. 2 mit Fig. 7 findet man auf jeder Normalen n einen Punkt L und durch Halbiren der Strecke PL den Mittelpunkt K des Osculationskreises p^2 im Punkte P für den durch P, t, n, A, B, O bestimmten Kegelschnitt. Bei der Drehung von t und n um P beschreiben L und K zwei ähnliche Curven l und k, welche von der dritten Ordnung sind. Ihre Asymptoten stehen auf PA, PB, PO senkrecht, denn die in PA mit OB, PB mit OA, PO mit AB zerfallenden Kegelschnitte des Büschels haben in P unendlich grosse Krümmungsradien. Hierbei wird vorausgesetzt, dass keiner der Grundpunkte A, B, O mit P unendlich benachbart sei.

Die Curve l (ebenso k) hat P zum isolirten Doppelpunkte. Auf jeder durch P gezogenen Linie n liegt nämlich nur ein Punkt L und für zwei Lagen von n fällt L in P. Diese ausgezeichneten Linien n_1, n_2 verbinden P mit den unendlich fernen imaginären Kreispunkten der Ebene des Büschels. Sie sind als solche Linien aufzufassen, welche mit den zugehörigen Tangenten t_1, t_2 zusammenfallen, nämlich als imaginäre Linien, welche auf sich selbst senkrecht stehen. Denkt man für $t_1 = n_1$ oder für $t_2 = n_2$ die in Fig. 7 dargestellte Construction ausgeführt, so werden sich A'' mit A''', B'' mit B''' und somit auch P mit L decken. Es folgt, dass die Tangenten der Curven l und k in dem isolirten Doppelpunkte P die imaginären Linien sind, welche auf sich selbst senkrecht stehen.

Eine Folgerung des Satzes, dass k und l von der dritten Ordnung sind, ist, dass je sechs reelle oder imaginäre Kegelschnitte eines Büschels in demselben Grundpunkte gleiche Krümmungsradien haben.

20. Eine Kegelschnittschaar habe die vier Linien t, a, b, o zu Grundtangenten. Jeden Punkt P der Tangente t kann man als den Berührungspunkt eines der Kegelschnitte ansehen und für diesen Kegelschnitt in P nach Nr. 6 mit Fig. 14 den Punkt $\frac{K}{2}$, bezüglich K construiren. Lässt man P die Tangente t durchlaufen, so werden die Punkte $\frac{K}{2}$ und K zwei orthogonal centrisch-affine Curven beschreiben. Letztere Curven sollen nachfolgend in dem allgemeinsten Falle und in einigen speciellen Fällen angegeben werden; es treten dabei einige Specialfälle früherer Constructionen auf. — Die von $\frac{K}{2}$ und von K beschriebenen Curven bleiben dieselben, wenn man die Figur t, a, b, o durch eine damit centrisch-affine t, a_1, b_1, o_1 ersetzt, wobei t die Axe ist und die Affinitätsstrahlen mit t parallel sind.

a) Wird t von a, b, o im Endlichen geschnitten, so ist der geometrische Ort der Punkte $\frac{K}{2}$ eine Curve dritter Ordnung $\frac{k}{2}$, welche t in den Schnittpunkten $t \cdot a$, $t \cdot b$, $t \cdot o$ schneidet. Die Schaar enthält drei Kegelschnitte, welche in zwei Büschel zerfallen, und für jeden von ihnen wird der Krümmungsradius in P, nämlich in einem der eben genannten drei Punkte, zu Null. Auf jeder Normalen n zu t liegt im Endlichen nur ein Punkt $\frac{K}{2}$; der allen Normalen gemeinsame unendlich ferne Punkt ist ein Doppelpunkt der Curve $\frac{k}{2}$. Letztere geht mit nur einem Ast in das Unendliche, sie ist eine Curve dritter Ordnung mit unendlich ferner Spitze und mit der unendlich fernen Geraden als Spitzentangente. In Bezug auf t als Abscissenaxe eines rechtwinkligen Coordinatensystems besitzt die Curve $\frac{k}{2}$ die Gleichungsform $y = a + bx + cx^2 + dx^3$ (sie ist eine Parabel dritter Ordnung). — Sechs Kegelschnitte der Schaar haben in ihren Berührungspunkten mit t gleiche Krümmungsradien und ein längs t rollender oder gleitender Kreis ist je dreimal der Osculationskreis eines der Kegelschnitte.

b) Wenn t mit einer der übrigen Grundtangenten parallel ist, so bezeichne man diese mit o, die verbleibenden mit a, b. Es sei zunächst o im Endlichen gelegen. Gegenüber dem allgemeinen Falle *a)* rückt einer der Schnittpunkte der Curve $\frac{k}{2}$ mit der Grundtangente t unendlich fern, weshalb hier die Curve $\frac{k}{2}$ in die unendlich ferne Gerade und eine Parabel zerfällt. Letztere, welche nun einfach als die Curve $\frac{k}{2}$ bezeichnet wird, geht durch die Schnittpunkte $t \cdot a$, $t \cdot b$ und hat eine zu t senkrechte Axenrichtung. Um ihren Scheitel zu finden, wähle man, wie in Fig. 29, P in der Mitte der Punkte $t \cdot a$ oder A'' und $t \cdot b$ oder B'', bestimme somit für n als die Mittelsenkrechte der Strecke $A''B''$ den zugehörigen Punkt $\frac{K}{2}$, die Mitte der Strecke $A'''B'''$ oder die Mitte des auf n zwischen a_1 und b_1 gelegenen Abschnittes. Macht man $P\frac{K}{2} = \frac{K}{2}S$, so ist S der Scheitel der Parabel k, des Ortes der Krümmungsmittelpunkte. Diese Parabel k, durch A'', B'' und S gehend, besitzt n als Axe und es schneiden sich ihre Tangenten von den Berührungspunkten A_1'', B'' in L auf n, wobei $PS = SL$. — Die Osculationskreise der Kegelschnitte der Schaar, in den Berührungspunkten mit t, haben ihre Centra auf der in Fig. 29 verzeichneten Parabel k. Alle diese Osculationskreise berühren somit t und den dem Dreieck $A''B''L$ umschriebenen Kreis, dessen Centrum im Brennpunkt F der Parabel k liegt.

Bilden die Tangenten t, a, b, o ein Parallelogramm, so sind dessen Diagonalen für jeden Kegelschnitt zwei conjugirte Durchmesser. Geht das Parallelogramm in einen Rhombus über, so haben die Axen der Kegelschnitte dieselben Träger. In diesem letzteren Specialfalle könnte die am Schlusse von Nr. 3 behandelte Steiner'sche Construction (Cranz, S. 21) benutzt werden.

Die Grundtangente o kann unendlich fern liegen; die Schaar also aus den Parabeln mit den drei gemeinsamen Tangenten t, a, b bestehen. Alsdann wird man die in Fig. 29 enthaltenen Hilfslinien a_1, b_1 durch die in A'', B'' auf a, b errichteten Senkrechten ersetzen (Nr. 10).

c) Von den Grundtangenten a, b, o können zwei unendlich benachbart und mit t parallel sein; man bezeichne sie mit o, a (Fig. 30). Die Kegelschnitte der Schaar berühren t und b, ferner a bei A. Will man für den t in dem beliebigen Punkte P berührenden Kegelschnitt den Punkt $\frac{K}{2}$ construiren, so hat man den Berührungspunkt von n mit derjenigen Parabel zu bestimmen, welche die Linien t, n, $B''B'''$ berührt und PA zu ihrer Directrix hat (nach Nr. 6). Macht man darauf $P\frac{K}{2} = \frac{K}{2}K$, so ist K das Centrum des einzelnen Osculationskreises; die Centra der übrigen Osculationskreise erfüllen die Linie KB'' u. s. f. — In bequemerer Weise wird man, um $\frac{K}{2}$ zu finden, den Kegelschnitt P, t, A, a, b durch einen affinen ersetzen, welcher P zum Scheitel hat. Für den letzteren hat man, wie in Fig. 30 angegeben ist, aus B'' (eigentlich B''_1) auf PB_1 eine Senkrechte zu fällen und damit $n = d_1$ zu schneiden.

Liegen die vereinigten Linien o, a unendlich fern, so handelt es sich um eine Schaar von Parabeln von gleicher Axenrichtung, welche t und b berühren. Die Centra ihrer Osculationskreise in den Berührungspunkten bilden eine durch den Punkt $t \cdot b = B''$ gehende Gerade. Der Ueber diesem speciellen Falle lässt sich bei Fig. 30 leicht übersehen.

d) Es kann der Fall eintreten, dass die drei Grundtangenten a, b, o der Schaar aufeinanderfolgende, mit t parallele Tangenten sind. Die Kegelschnitte dieser Schaar berühren t und osculiren in einem Punkte A, in welchem ihre gemeinsame Tangente mit t parallel ist. Da für jeden der Kegelschnitte A und P die Endpunkte eines Durchmessers sind, so ist jedesmal der Osculationskreis bei P gleich demjenigen bei A; die Oerter der Punkte $\frac{K}{2}$ und K sind mit t parallele gerade Linien.

Liegen der Punkt A und die vereinigte Linie $a=b=o$ unendlich fern, so besteht die Kegelschnittschaar aus congruenten Parabeln in paralleler Lage.

Die Curve k, welche erst von der dritten Ordnung war, reducirt sich in den Fällen *b*), *c*), *d*) bezüglich auf die Parabel (von der Gleichung) $y=a+bx+cx^2$, die Gerade $y=a+bx$, endlich auf die mit t parallele Gerade $y=a$. Hierbei tritt von Fall zu Fall die unendlich ferne Gerade als Restcurve auf.

XVII.

LVII Sätze über das orthogonale Viereck.

Von

Dr. C. Beyel

in Zürich.

(Schluss.)

Hierzu Taf. VI.

C. Correspondenzen, welche durch das orthogonale Viereck vermittelt werden.

17.

Wir untersuchen nun orthogonale Vierecke $ABCJ$ einer Ebene und setzen voraus, dass diese Vierecke die äusseren Ecken A, B gemeinsam haben und dass die Potenz der inneren Ecke J die nämliche ist. Wir führen diese Untersuchung mit Hilfe der räumlichen Darstellung, welche wir unter 3 entwickelten. Sind A und B Ecken der Vierecke, so werden von A und B aus die Punkte OO^* unter rechtem Winkel gesehen. Also ist der Ort von OO^* eine Kugel K^2, welche AB zu einem Durchmesser hat. Sollen die inneren Ecken des Vierecks die nämliche Potenz $-p_i^2$ haben, so müssen die Punkte OO^* um $\pm p_i$ von der Ebene B des Vierecks entfernt sein. Folglich liegen sie in zwei Ebenen E, E*, welche um $\pm p_i$ von B abstehen. Diese Ebenen schneiden K^2 in zwei Kreisen K_0^2, K_0^{*2}, welche die bei unserer Untersuchung in Betracht kommenden Punkte O, O^* enthalten. Projiciren wir diese in orthogonaler Richtung auf B, so gelangen wir zu einem Kreise K_i^2, welcher die inneren Ecken der gesuchten Vierecke enthält.

Aus dieser Ableitung von K_i^2 folgt, dass K_i^2 zu dem Kreise K_e^2 concentrisch ist, welcher AB zu einem Durchmesser hat. Die Sehne von K_e^2, welche um p_i vom Mittelpunkte absteht, ist gleich dem Durchmesser von K_i^2.

Mit Hilfe von K_i^2 bestimmen wir den Ort der dritten Ecke C. Wir ziehen durch A eine beliebige Gerade b. Aus B fällen wir auf b die Normale b_1. Sie schneidet K_i^2 in zwei Punkten. Durch diese ziehen wir die Senkrechten c_1 zur Linie AB. Sie treffen b in zwei der gesuchten Punkte C. Dabei werden jeder Lage von b zwei Lagen von c_1 zugeordnet. Gehen wir von einer Lage von c_1 aus, so können wir zeigen, dass ihr zwei Lagen von b entsprechen. c_1 schneidet nämlich K_i^2 in zwei Punkten. Diese ver-

Tafel VI.

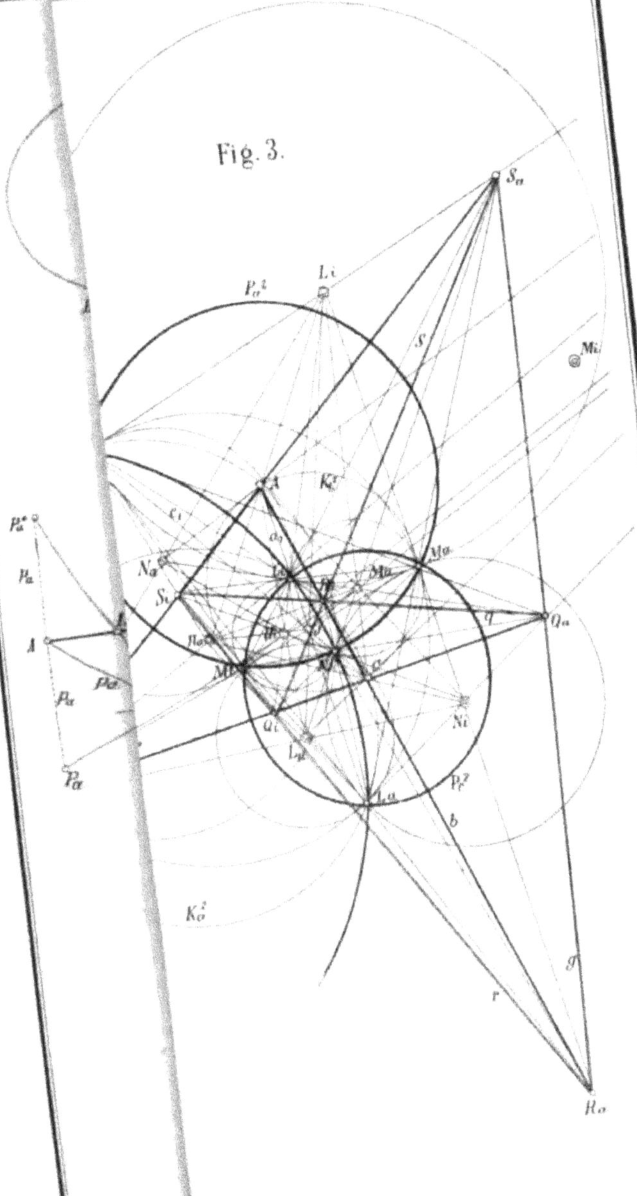

Fig. 3.

Zeitsc

binden wir mit B. Dann fällen wir aus A auf die Verbindungslinien die Senkrechten b. Sie schneiden c_1 in zwei Punkten C. Es stehen daher sowohl die Linien b zu c_1, als auch die Linien c_1 zu b in einer zweideutigen Beziehung. Folglich schneiden sich die entsprechenden Geraden c_1, b in einer Curve vierter Ordnung C^4. Dieselbe hat A und die Richtung von c_1 zu Doppelpunkten. Dieselbe Curve erhalten wir, indem wir von den Geraden a durch B ausgehen und ihnen vermittelst der Construction der Punkte C die Linien c_1 zweideutig zuordnen. Daraus folgt, dass auch B ein Doppelpunkt von C^4 ist. Wir schliessen daher:

Satz XLI. Die inneren Ecken aller orthogonalen Vierecke, welche zwei äussere Ecken und die Potenz der inneren Ecken gemeinsam haben, liegen auf einem Kreise. Derselbe ist concentrisch zu dem Kreise, welcher die gemeinsamen äusseren Ecken zu Endpunkten eines Durchmessers hat. Der Ort der dritten äusseren Ecke ist eine Curve vierter Ordnung mit drei Doppelpunkten. Zwei von ihnen sind die gemeinsamen äusseren Ecken. Der dritte ist die Normalrichtung zu ihrer Verbindungslinie.

18.

Wir untersuchen jetzt die orthogonalen Vierecke, welche zwei Ecken A, B gemeinsam haben, und setzen voraus, dass die dritte Ecke einen Ort durchlaufe. Wir fragen nach dem Orte der vierten Ecke.

Wir nehmen zuerst an, dass der Ort der dritten Ecke eine Curve der n^{ten} Ordnung C^n sei, welche mit der Geraden AB in einer Ebene B liege. Dann construiren wir aus C^n den Ort der vierten Ecke in gleicher Weise, wie wir in 17 die Curve C^4 aus K_i^2 ableiteten. Bei dieser Construction werden jeder Geraden durch A oder B n Senkrechte c_1 zur Linie AB zugeordnet. Entsprechende Gerade schneiden sich im gesuchten Orte. Derselbe ist folglich von der Ordnung $2n$. A, B, sowie die Normalrichtung zu AB sind n-fache Punkte des Ortes. Wir schliessen daher:

Satz XLII. Alle orthogonalen Vierecke einer Ebene, welche zwei Ecken gemeinsam haben und deren dritte Ecke eine Curve n^{ter} Ordnung durchläuft, haben ihre vierten Ecken auf einer Curve von der Ordnung $2n$. Die festen Ecken und die Normalrichtung zu ihrer Verbindungslinie sind n-fache Punkte der Curve.

Wir können für C^{2n} noch eine andere Interpretation geben. Beschreiben wir über AB als Durchmesser einen Kreis K_c^2, so sind nach Satz XXXVIII die dritten und vierten Ecken der orthogonalen Vierecke in Bezug auf K_c zueinander conjugirt. C^{2n} ist also der Ort von conjugirten Punkten von C^n. Setzen wir $n = 1$, so folgt:

Satz XLIII. c und g seien zwei sich schneidende Gerade. Liegen auf der einen von ihnen — etwa auf c — zwei Ecken von orthogonalen Vierecken, deren dritte Ecke die andere Gerade g durchläuft, so bewegt sich die vierte Ecke auf einer Hyperbel H^2. Sie geht durch die festen Ecken. Die Normale zu c giebt eine Asymptotenrichtung der Hyperbel an.

Wir fügen diesem Satze noch einige Bemerkungen über die Construction von H^2 bei. (Taf. VI Fig. 5.) Die Asymptote e von H^2, welche zu c senkrecht steht, geht durch den Schnittpunkt S von c und g. Die zweite Asymptotenrichtung von H^2 steht zu g senkrecht. H^2 enthält die Schnittpunkte von g mit K_c^2. Erzeugen wir H^2 durch projectivische Büschel aus A und B, so correspondiren in denselben dem Strahle AB die Tangenten in A und B an H^2. Wir erhalten daher diese Tangenten in folgender Weise: Wir ziehen die Normalen in A und B zu c und bestimmen ihre Schnittpunkte A^*, B^* mit g. Dann steht die Tangente in A zu A^*B und die Tangente in B zu B^*A senkrecht.

Construiren wir H^2 als Ort der conjugirten zu den Punkten von g, so benützen wir das Büschel ihrer Polaren in Bezug auf K_c^2 und ordnen die den Geraden c_1 zu. Dabei schliessen wir, dass H^2 durch den Scheitel de ersteren Büschels, d. h. durch den Pol G von g geht. Weiter ergiebt sic aus dieser Zuordnung, dass SG in G die Hyperbel H^2 berührt.

19.

Wir setzen jetzt voraus, dass die dritte Ecke der orthogonalen Vie eoke mit den gemeinsamen Ecken A, B eine Raumcurve oder eine ebe Curve n^{ter} Ordnung C^n durchlaufe, deren Ebene die Verbindungslinie c d Ecken A, B nicht enthalte. Wir fragen nach dem Orte C^* der viert Ecke.

Zur Beantwortung dieser Frage beschreiben wir über AB als Durc messer eine Kugel K^2. Dann projiciren wir aus A und B die Curve C Hierdurch erhalten wir zwei Kegel K_a^n, K_b^n der n^{ten} Ordnung. K_a^n durc dringt K^2 in einer Curve von der Ordnung $2n$. Sie ist der Ort von Diag nalpunkten B_1 der Vierecke. Projiciren wir diese Punkte aus B, so erhalt wir Linien b_1, auf denen die vierten Ecken der Vierecke liegen. Die G sammtheit der Linien b_1 erfüllt einen Kegel $K_{b_1}^{2n}$ von der Ordnung $2n$.

Den analogen Gedankengang führen wir durch, indem wir von de Kegel K_b^n ausgehen. Dieser Kegel durchdringt K^2 in einer Curve von d $2n^{\text{ten}}$ Ordnung, welche die Diagonalpunkte A_1 enthält. Dieselben werd von A aus durch einen Kegel $2n^{\text{ter}}$ Ordnung $K_{a_1}^{2n}$ projicirt. Seine Erze genden enthalten ebenfalls die vierten Ecken der orthogonalen Vi

Durch jeden Punkt C von C^n geht eine Gerade b nach Gerade a nach B. Auf b liegt ein Punkt A_1, auf a ein P

$A_1 A$ sind Erzeugende b_1, a_1 der Kegel $K^{2n}_{b_1}$, $K^{2n}_{a_1}$ und schneiden sich in einem Punkte von C^n. Somit sind die Erzeugenden der letzteren Kegel durch die Punkte von C^n einander eindeutig zugeordnet. Wir können beweisen, dass diese zugeordneten Erzeugenden sich in einer Curve $3n^{\text{ter}}$ Ordnung schneiden. Dies wird der Fall sein, wenn die Projection von C^n aus irgend einem Punkte X des Raumes auf eine beliebige Ebene E von der $3n^{\text{ten}}$ Ordnung ist. Wir machen also diese Projection.

A', B' seien die Projectionen der Punkte A, B aus X auf E. Durch A' ziehen wir in E eine beliebige Gerade a'_1. Die Ebene Xa'_1 schneidet $K^{2n}_{a_1}$ in $2n$ Erzeugenden a_1, denen $2n$ Gerade b_1 entsprechen. Ihre Projectionen treffen a'_1 in n Punkten der Projection von C^n. Ziehen wir durch B' in E eine beliebige Gerade b'_1, so schneidet die Ebene Xb'_1 aus $K^{2n}_{b_1}$ $2n$ Erzeugende b_1, denen $2n$ Gerade a_1 entsprechen. Ihre Projectionen treffen b'_1 in $2n$ Punkten der Projection von C^n. Letztere wird somit durch zwei Strahlenbüschel aus A' und B' hervorgebracht, bei denen jedem Strahle des einen Büschels $2n$ Strahlen des andern entsprechen. Im Allgemeinen ist das Erzeugniss von zwei solchen Büscheln eine Curve von der Ordnung $4n$. Die Scheitel der Büschel sind $2n$-fache Punkte. In unserem speciellen Falle aber schneidet die Ebene XAB aus C^n n Punkte, denen n Geradenpaare b_1, a_1 dieser Ebene zugeordnet sind. Folglich liegen in der Projection c' von AB die Projectionen von n Geradenpaaren b'_1, a'_1. Daher ist c' eine n-fache Gerade der Projection von C^n. Mithin reducirt sich ihre Ordnung um n und A', B' sind n-fache Punkte der Projection. Damit ist der angekündete Beweis geleistet und wir schliessen:

Satz XLIV. Halten wir zwei Ecken eines orthogonalen Vierecks fest, während die dritte Ecke eine Raumcurve n^{ter} Ordnung oder eine ebene Curve n^{ter} Ordnung durchläuft, deren Ebene die zwei festen Punkte nicht enthält, so bewegt sich die vierte Ecke auf einer Raumcurve C^{3n} von der Ordnung $3n$. Diese hat die festen Ecken zu n-fachen Punkten.

Wir knüpfen an diesen Satz einige Bemerkungen über C^{3n}.

a) Wir erhalten die Tangenten in den n-fachen Punkten A, B von C^{3n}, indem wir in der besprochenen Correspondenz der Erzeugenden a_1, b_1 die entsprechenden Geraden zur Linie AB suchen. Zu diesem Zwecke construiren wir in A die Tangentialebene an K^2, welche C^n in den Punkten $T_1, \ldots, T_n$ schneide. Verbinden wir diese mit A, so schneiden die Verbindungslinien in A aus K^2 n Punkte B_1. Also fallen in AB n Gerade b_1 zusammen. Ihre entsprechenden a_1 berühren folglich in A die Curve C^{3n}. Wir gelangen somit zu diesen Tangenten, indem wir die Linien $T_1B, \ldots, T_nB$ ziehen, ihre zweiten Schnittpunkte mit K^2 zeichnen und diese mit A verbinden. In analoger Weise ergeben sich die Tangenten in B.

b) Liegt ein Punkt von C^n auf K^2, so muss er auch auf C^{3n} liegen.

c) Nach Satz XXXVIII lässt sich die Construction von C^{3n} auch so ausdrücken: Wir zeichnen zu einem Punkte C von C^n die Polarebene in Bezug auf K^2. Eine Gerade durch C, welche AB trifft und zu dieser Linie senkrecht steht, schneidet aus der Polarebene einen Punkt von C^{3n}.

20.

Wir machen von Satz XLIII eine specielle Anwendung. Wir halten zwei Ecken eines orthogonalen Vierecks fest und lassen die dritte Ecke eine Gerade g durchlaufen, welche zur Verbindungslinie c der festen Ecken windschief ist. Dann bewegt sich nach Satz XLIII die vierte Ecke auf einer Curve C^3 der dritten Ordnung. Sie geht durch die festen Ecken A, B und durch die Schnittpunkte von g mit K^2. Schneiden die Ebenen, welche in A und B zu c senkrecht stehen, aus g die Punkte T_a, T_b, so ist die Tangente in A die Höhe des rechtwinkligen Dreiecks $T_a A B$. Die Tangente in B an C^3 ist Höhe des rechtwinkligen Dreiecks $T_b B A$ (nach 19*a*).

Wir können nun beweisen, dass C^3 durch die zwei imaginären Kreispunkte J_1, J_2 geht, in denen die Normalstellung n_∞ zur Geraden c die Kugel K^2 schneidet. Wir bemerken nämlich, dass C^3 die Durchdringungscurve von zwei Kegeln zweiten Grades $K_{a_1}^2$, $K_{b_1}^2$ ist, welche A, B zu Spitzen haben. Schnitte dieser Kegel sind die resp. Kreise, die von den Ebenen Bg, Ag aus der Kugel K^2 geschnitten werden. Projiciren wir den ersteren Kreis aus A, so erhalten wir den Kegel $K_{a_1}^2$. Schneiden wir denselben mit der Ebene T_b, welche in B die Kugel K^2 berührt, so ist dieser Schnitt die stereographische Projection des zuletzt erwähnten Kugelkreises aus A, also auch ein Kreis. In analoger Weise schliessen wir, dass die Ebene T_a, welche K^2 in A berührt, aus $K^2_{b_1}$ einen Kreis schneidet. Folglich ist die Stellung der Ebenen T_a, T_b, d. h. n_∞ für die Kegel $K^2_{a_1}$, $K^2_{b_1}$ eine Stellung von Kreisschnittebenen. Daher haben diese Ebenen die imaginären Kreispunkte von n_∞ gemeinsam. Dieselben liegen somit auch auf C^3 und wir schliessen:

Satz XLV. Halten wir zwei Ecken eines orthogonalen Vierecks fest, während die dritte Ecke sich auf einer Geraden bewegt, welche zu der Verbindungslinie c der festen Ecken windschief ist, so durchläuft die vierte Ecke eine Raumcurve dritter Ordnung. Sie enthält die imaginären Kreispunkte der Normalstellung von c.

Geben wir jetzt g alle möglichen Lagen, so entspricht jeder derselben eine C^3. Alle diese Curven gehen durch ABJ_1J_2. Je zwei weitere Punkte bestimmen eine solche Curve. Sie schneidet K^2 ausser in ABJ_1J_2 noch in zwei Punkten. Durch diese geht eine Gerade g. Fassen wir g als Ort von vierten Ecken der orthogonalen Viereche durch AB auf, so müssen die dritten Ecken auf der angenommenen C^3 liegen. Daher folgt:

Satz XLVI. Halten wir zwei Ecken eines orthogonalen Vierecks fest, während die dritte Ecke sich auf einer Curve dritter Ordnung bewegt, welche jene zwei festen Ecken und die imaginären Kreispunkte der Normalstellung ihrer Verbindungslinie enthält, so durchläuft die vierte Ecke eine Gerade. Diese geht durch die zwei Punkte, in denen die Curve dritter Ordnung noch die Kugel schneidet, welche die festen Ecken zu Endpunkten eines Durchmessers hat.

Der Satz XLIV erleidet eine Modification, wenn g und n_∞ sich schneiden, d. h. wenn g und c sich rechtwinklig kreuzen. Dann zerfällt die Curve C^3 in die Gerade c und einen Kreis C^2. Seine Ebene hat die Stellung n_∞. C^2 geht durch den Punkt C_1, in dem c diese Ebene trifft; denn dieser Punkt ist conjugirt zu dem unendlich fernen Punkte von g. Ferner enthält C^2 die Schnittpunkte von g mit der Kugel K^2. Folglich ist die Gerade d durch C_1, welche zu g senkrecht steht, ein Durchmesser von C^2. Er schneidet C^2 ein zweites Mal in dem Punkte, welcher zum Schnittpunkte von d und g in Bezug auf die Kugel K^2 conjugirt ist. Aus dem Gesagten ergiebt sich folgender:

Satz XLVII. c und g seien zwei sich rechtwinklig kreuzende Gerade. Durchläuft eine Ecke eines orthogonalen Vierecks die eine dieser Geraden — etwa g —, während zwei andere Ecken A, B auf c liegen und fest bleiben, so bewegt sich die vierte Ecke auf einem Kreise. Seine Ebene geht durch g und steht zu c senkrecht. Ein Durchmesser d des Kreises ist die gemeinsame Normale zu g und c. Ein Punkt des Kreises liegt im Schnitte von c und g. Ein zweiter Punkt auf d ist zu dem Schnitte von d und g in Bezug auf die Kugel über AB conjugirt.

Kehren wir diesen Satz um, so erhalten wir eine Modification von Satz XLV.

21.

Zum Schlusse dieser Gedankenreihe fragen wir nach der Fläche, welche die vierte Ecke eines orthogonalen Vierecks mit zwei festen Ecken durchläuft, wenn die dritte Ecke sich auf einer Fläche F^n von der n^{ten} Ordnung bewegt. Wir erhalten die Ordnungszahl der Fläche, indem wir die Zahl ihrer Punkte ermitteln, welche auf einer beliebigen Geraden g liegen. Zu diesem Zwecke lassen wir die dritten Ecken der Vierecke g durchlaufen. Dann bewegen sich die vierten Ecken auf einer Curve dritter Ordnung C^3. Diese hat mit F^n $3n$ Punkte gemeins[illegible]en entsprechen $3n$ Punkte von g, welche auf der zu untersuchenden Fläche liegen. Also ist diese von der Ordnung $3n$ und wir schliessen:

Satz XLVIII. Bewegt sich eine Ecke eines orthogonalen Vierecks auf einer Fläche n^{ter} Ordnung, während zwei Ecken fest bleiben, so durchläuft die vierte Ecke eine Fläche von der Ordnung $3n$.

Setzen wir $n = 1$, so folgt:

Satz XLIX. Bewegt sich eine Ecke eines orthogonalen Vierecks auf einer Ebene E, während zwei Ecken, die nicht in E liegen, fest bleiben, so durchläuft die vierte Ecke eine Fläche dritter Ordnung F^3.

Indem wir die Ueberlegungen von 18—20 für $n = 1$ specialisiren, können wir einige Eigenschaften der nach Satz XLIX abgeleiteten F^3 aufstellen.

a) Auf F^3 liegt der Kreis K_e^2, den die Ebene E aus der Kugel K^2 schneidet.

b) Drehen wir um c eine Ebene, so schneidet jede ihrer Lagen aus E eine Gerade g, welche c trifft. Ihr correspondirt (Satz XLIII) eine Hyperbel H^2, deren Asymptotenrichtungen zu c und g senkrecht stehen. Alle diese Hyperbeln liegen auf F^3. Von ihren Asymptotenrichtungen erfüllen diejenigen, welche zu c senkrecht stehen, die Gerade n_∞. Also liegt n_∞ auf F^3. Die Richtungen der anderen Asymptoten erhalten wir, indem wir aus einem beliebigen Punkte P von c auf die Geraden g Senkrechte fällen. Ihre Fusspunkte liegen auf einem Kreise. Derselbe wird durch die Ebene E aus einer Kugel geschnitten, welche P und den Schnittpunkt S von E und c zu Endpunkten eines Durchmessers hat. Also erfüllen die Senkrechten einen Kegel zweiten Grades K_s^2, dessen Schnitt K_∞^2 mit der unendlich fernen Ebene der Fläche F^3 angehört.

c) Die Tangenten im Punkte A an die Kegelschnitte H^2 werden in folgender Weise gefunden: Wir construiren in A die Tangentialebene an K^2. Sie schneidet aus E eine Gerade a^*. Die Ebene Ba^* trifft K^2 in einem Kreise. Der Kegel, welcher A zur Spitze und diesen Kreis zur Leitcurve hat, stellt uns den Ort der gesuchten Tangenten vor. In analoger Weise zeigen wir, dass auch die Tangenten in B an F^3 einen Kegel zweiten Grades umhüllen.

d) Die Ebenen N von der Stellung n_∞ schneiden E in Geraden, welche c rechtwinklig kreuzen. Diesen Geraden entsprechen (Satz XLVII) Kreise. Folglich schneidet jede Ebene N aus F^3 einen Kreis K_n^2. Alle diese Kreise treffen c. Also liegt c auf F^3.

Jeder Kreis K_n^2 hat mit K_e^2 zwei Punkte gemeinsam. Indem wir die Mitte zwischen diesen Punkten mit demjenigen Punkte von K_n^2 verbinden, der in c liegt, erhalten wir einen Durchmesser d von K_n^2. Er schneidet K_n^2 ein zweites Mal in der vierten Ecke des orthogonalen Vierecks, für welches

A, B und die erwähnte Mitte drei Ecken sind. Nun ist der Ort dieser Mitten eine Gerade g_1, welche die Orthogonalprojection der Linie c auf die Ebene E ist. g_1 schneidet c. Mithin correspondirt der Linie g_1 eine Hyperbel H_f^2. Sie enthält die zweiten Endpunkte der Durchmesser d. Wir können uns daher die Fläche F^3 durch einen beweglichen Kreis K_n^2 erzeugt denken, welcher längs c und H_f^2 gleitet. Seine Ebene steht zu c senkrecht und schneidet aus c und H_f^2 die Endpunkte eines Durchmessers (Taf. VI Fig. 5).

e) Zeichnen wir zu den Linien g in den Ebenen durch c die Pole G in Bezug auf die Kreise K_c^2 (Satz XLIII), so liegen diese Pole auf den resp. Hyperbeln H^2. Ferner befinden sich diese Pole auf der Polarebene N_s des Punktes S in Bezug auf K^2. Diese Polarebene steht zu c senkrecht. Also schneidet sie F^3 in einem Kreise K_g^2. Derselbe ist der Ort der erwähnten Pole. Nun berührt in jedem Punkte G eine Gerade SG eine Hyperbel H^2. Folglich berühren die Tangenten aus S an F^3 diese Fläche im Kreise K_g^2.

f) In der Ebene E muss ausser K_e^2 noch eine Gerade e der F^3 liegen. Sie ist die Verbindungslinie der zwei Punkte, in denen die Geraden c und n_∞ die Ebene E treffen. Folglich schneidet die Ebene, welche in S zu c senkrecht steht, aus E die Gerade e (Taf. VI Fig. 5).*

g) Die Ebene ec steht zur Ebene cg_1 senkrecht. In letzterer liegen die Durchmesser d der Kreise K_n^2 und sind zu c normal. Also muss die Ebene ec diese Kreise berühren. Sie ist daher eine Tangentialebene von F^3 längs der Geraden c.

Aus diesen Eigenschaften von F^3 können wir uns ein Bild der Fläche machen. Indem wir von der einen oder andern Eigenschaft ausgehen, erhalten wir verschiedene Erzeugungsweisen der Fläche. Durch collineare Transformation gelangen wir zu ihren allgemeinen Formen. Wir unterlassen es, hier darauf weiter einzutreten.

Ueberblicken wir nochmals die Entwickelungen von 18—21, so finden wir als das Gemeinsame, dass bei den orthogonalen Vierecken mit zwei festen Ecken die dritte und vierte Ecke in einer involutorischen Correspondenz stehen, deren Grundzüge in den Sätzen XLII—XLIX niedergelegt sind.

22.

Wir wenden uns zu den orthogonalen Vierecken $ABCJ$, welche zwei äussere Seiten — etwa a, b — gemeinsam haben und für welche die Potenz der inneren Ecke die nämliche ist. Wir fragen nach dem Orte der inneren Ecke und nach der Enveloppe der dritten äusseren Seite.

Wir beantworten diese Frage mit Hilfe der räumlichen Darstellung von 3. Zunächst suchen wir den Ort aller Punkte O, O^* für die Vierecke, welche

* In Fig. 5 (Taf. VI) ist die Ebene ec als Grundriss und die Ebene cg_1 als Aufrissebene gedacht.

a und b zu äusseren Seiten haben. Zu diesem Zwecke legen wir durch a eine beliebige Ebene E_a. Zu ihr construiren wir durch b die Normalebene E_b. Beide Ebenen schneiden sich in einer Geraden p_e, welche dem gesuchten Orte angehört. Jetzt drehen wir E_a um a und zeichnen zu jeder Lage von E_a die Normalebene E_b. Hierdurch erhalten wir zwei projectivische Ebenenbüschel, welche a, b zu Scheitelkanten haben und einen orthogonalen Kegel K_0^2 erzeugen. Er ist Ort der Punkte O, O^*.

Sollen die inneren Ecken der orthogonalen Vierecke dieselbe Potenz $-p_i^2$ haben, so verlangt diese Bedingung, dass die Punkte O, O^* in zwei Ebenen E, E* liegen, welche um $\pm p_i$ von der Ebene B der Vierecke abstehen. Diese Ebenen schneiden K_0^2 in zwei Curven. Ihre Orthogonalprojectionen auf B sind die inneren Ecken der orthogonalen Vierecke. Aus dieser Darstellung folgt, dass die inneren Ecken auf einer Hyperbel H_i^2 liegen, welche a, b zu Asymptoten hat.

Jetzt construiren wir die dritten äusseren Seiten c der Vierecke. Sei B ein Punkt von a, so fällen wir aus B die Normale b_1 zu b. Sie schneidet H_i^2 in zwei Punkten, welche innere Ecken von zweien der gesuchten Vierecke sind. Durch diese Ecken fällen wir die Senkrechten a_1 zu a. Sie treffen b in zwei Punkten A. Ihre Verbindungslinien mit B sind die Geraden c durch B. In analoger Weise construiren wir durch jeden Punkt A von b zwei Linien c. Sollen endlich die Geraden c gefunden werden, welche eine gegebene Richtung haben, so ziehen wir zu ihr durch C die Normale c_1, welche H_i^2 in zwei inneren Punkten trifft. Aus ihnen fällen wir die Senkrechten auf a. Sie schneiden b in zwei Punkten, durch welche die Geraden c der vorgeschriebenen Richtung gehen.

Aus diesen drei Constructionen der c ergiebt sich, dass durch diese Geraden die Punktreihen auf a, b und der unendlich fernen Geraden einander zweideutig zugeordnet sind. Die c erscheinen als Verbindungslinien entsprechender Punkte dieser Reihen. Also ist die Enveloppe der c von der vierten Classe und hat a, b, sowie die unendlich ferne Gerade zu Doppeltangenten. Wir schliessen daher:

Satz L. Der Ort der inneren Ecken von orthogonalen Vierecken, welche zwei äussere Seiten a, b und die Potenz der inneren Ecke gemein haben, ist eine Hyperbel, deren Asymptoten a, b sind. Die Enveloppe der dritten äusseren Seiten ist von der vierten Classe und hat a, b, sowie die unendlich ferne Gerade zu Doppeltangenten.

23.

Wir betrachten jetzt die orthogonalen Vierecke einer Ebene, denen zwei Seiten g_1, g_2 gemeinsam sind, und setzen voraus, dass die Ecke C der Vierecke, welche nicht auf jenen Seiten liegt, eine Curve n^{ter} Ordnung

C^n durchlaufe. Wir fragen nach der Curve, welche die Verbindungslinie c der anderen Ecken umhüllt.

Construiren wir die Geraden c aus g_1, g_2, C^n und der unendlich fernen Geraden g_∞ in gleicher Weise wie in 22) aus a, b, H_l^2 und g_∞, so erhalten wir auf g_1, g_2, g_∞ Punktreihen, welche durch die Linien c in n-deutige Correspondenz gesetzt werden. Also liegen die c auf einer Curve $2n^{\text{ter}}$ Classe, welche g_1, g_2, g_∞ zu n-fachen Tangenten hat. Wir schliessen daher:

Satz LI. Bewegt sich eine Ecke eines orthogonalen Vierecks auf einer Curve n^{ter} Ordnung, während eine zweite Ecke und zwei durch sie gehende Seiten fest bleiben, so umhüllt die Verbindungslinie der übrigen zwei Ecken eine Curve der $2n^{\text{ten}}$ Classe. Sie hat die festen Seiten und die unendlich ferne Gerade zu n-fachen Tangenten.

Wir bemerken noch, dass die zwei festen Seiten für die orthogonalen Vierecke sowohl äussere, als innere Seiten werden können. Es hängt dies von der Lage des Punktes C ab. Errichten wir im Schnittpunkte der Geraden $g_1 g_2$ zu ihnen die resp. Normalen p_1, p_2, so können wir diese Abhängigkeit in folgender Weise aussprechen: Liegt C in dem Raume, welchen der spitze Winkel $g_1 g_2$ einschliesst, so sind g_1, g_2 zwei äussere Seiten, C ist eine innere Ecke des Vierecks. Liegt C in dem Winkelraume des spitzen Winkels $p_1{}^\wedge p_2$, so sind g_1, g_2 zwei innere Seiten des Vierecks. Für jede andere Lage von C ist eine der Seiten g_1, g_2 eine äussere und die andere eine innere.

Auf jeder Seite c liegt ein Diagonalpunkt C_1 der betrachteten Vierecke. Wir ermitteln die Ordnungszahl des Ortes dieser Diagonalpunkte. Sie ist gleich der Zahl seiner Punkte, welche auf einer beliebigen Geraden g liegen. Ist X ein Punkt von g, so gehen durch ihn an C_{2n} $2n$ Tangenten. Auf sie fällen wir aus dem Schnittpunkte G von $g_1 g_2$ die Normalen c_1. Sie treffen g in $2n$ Punkten Y. Verbinden wir einen Punkt Y mit G, so können wir n Tangenten an C_{2n} legen, welche zu YG senkrecht stehen. Sie schneiden aus g n Punkte X. Durch diese Constructionen werden jedem Punkte X von g $2n$ Punkte Y zugeordnet und jedem Punkte Y n Punkte X. So oft ein Punkt X mit seinem entsprechenden Punkte Y zusammenfällt, haben wir einen Punkt des gesuchten Ortes. Nach der angedeuteten Zuordnung der Punkte X, Y wird dies $3n$-mal geschehen. Also liegen die C_1 auf einer Curve $C_1{}^{3n}$. Um die Punkte von $C_1{}^{3n}$ zu erhalten, welche sich auf einer Geraden ς durch G befinden, construiren wir die zu dieser Geraden senkrechten Tangenten an C_{2n}. Ihre Zahl ist n. Folglich enthält ς n Punkte von $C_1{}^{3n}$. Mithin ist G ein $2n$-facher Punkt von $C_1{}^{3n}$. Wir schliessen daher:

Satz LII. **Bewegt sich eine Ecke eines orthogonalen Vierecks auf einer Curve n^{ter} Ordnung, während eine zweite Ecke und zwei durch sie gehende Seiten fest bleiben, so durchläuft der Diagonalpunkt, welcher auf der Verbindungslinie der beweglichen und der festen Ecke liegt, eine Curve von der Ordnung $3n$, für welche die feste Ecke ein $2n$-facher Punkt ist.**

Wir fügen diesem Satze einige Bemerkungen über den Zusammenhang von C^n, C_{2n}, C_1^{3n} bei.

a) Sei D ein beliebiger Punkt der Ebene, so construiren wir einen Kreis K_x^2, der GD zu einem Durchmesser hat. Dieser Kreis wird von den Tangenten, welche aus D an C_{2n} gezogen werden können, in $2n$ Punkten von C_1^{3n} geschnitten. Setzen wir voraus, dass D ein Punkt von C_{2n} sei, so trifft die Gerade, welche in D C_{2n} berührt, den Kreis K_x^2 in zwei benachbarten Punkten von C_1^{3n}. Daraus folgt: Beschreiben wir über G und einem Punkte D von C_{2n} als Endpunkten eines Durchmessers einen Kreis, so berührt dieser C_1^{3n}. Der Berührungspunkt liegt auf der Geraden, welche in D Tangente an C_{2n} ist.

Weiter nehmen wir an, dass D ein Brennpunkt von C_{2n}, d. h. ein im Endlichen gelegener Schnittpunkt der Tangenten sei, welche aus den imaginären Kreispunkten an C_{2n} sich ziehen lassen. Dann schneidet der Kreis, welcher GD zu einem Durchmesser hat, zwei der Tangenten durch D an C_{2n} in den imaginären Kreispunkten. Diese liegen also auf C_1^{3n}. Nun gehen durch jeden imaginären Kreispunkt n Tangenten an C_{2n}. Mithin sind diese Punkte für C_1^{3n} n-fach.

Nach dem Gesagten besteht die Gesammtheit der Punkte, welche ein Kreis K_x^2 durch G mit C_1^{3n} gemein hat, aus dem $2n$-fachen Punkte G, den zwei n-fach zu zählenden imaginären Kreispunkten und weiteren n Punkten C_1. Durch jeden der letzteren geht eine Tangente an C_{2n}, welche den Kreis K_x^2 auf einem Durchmesser schneidet, der G enthält.

b) Construiren wir einen beliebigen Kreis durch G und einen Punkt C_1 von C_1^{3n} und schneide der durch G gehende Durchmesser diesen Kreis ein zweites Mal in D, so ist C_1D eine Tangente von C_{2n}. Zeichnen wir jetzt den Kreis durch G, welcher C_1^{3n} in C_1 berührt, so stellt C_1D zwei benachbarte Tangenten von C_{2n} vor und D ist ein Punkt dieser Curve. Wir sagen daher: Ein Kreis durch G, welcher C_1^{3n} berührt, schneidet aus seinem durch G gehenden Durchmesser einen Punkt von C_{2n}. Seine Tangente enthält den Berührungspunkt des Kreises an C_1^{3n}.

c) Die Tangenten von C_{2n}, welche zu g_1 und g_2 senkrecht stehen, schneiden diese Linien resp. in Punkten von C_1^{3n}.

d) Die n unendlich fernen Punkte von C^n liegen auch auf C_1^{3n}.

24.

Sei in Satz LI und LII $n = 1$, so folgt:

Satz LIII. Durchläuft eine Ecke eines orthogonalen Vierecks eine Gerade g, während eine zweite Ecke und zwei durch sie gehende Seiten fest bleiben, so umhüllen die Verbindungslinien der übrigen zwei Ecken eine Parabel P^2, welche die zwei festen Seiten berührt. Die Diagonalpunkte der Verbindungslinien bewegen sich auf einer circularen Curve dritter Ordnung C^3, welche die feste Ecke der Vierecke zum Doppelpunkte hat.

Seien wieder g_1, g_2 die gemeinsamen Seiten der Vierecke. G sei Schnittpunkt von g_1, g_2. G_1, G_2 seien die Punkte, in denen g die resp. Geraden g_1, g_2 trifft. Dann errichten wir in G_1, G_2 die resp. Normalen n_1, n_2 auf g_1, g_2. Diese sind Tangenten von P^2. Desgleichen die Linien g_1, g_2. Folglich ist g die Directrix von P^2.

Lassen wir jetzt die Gerade g die Ebene der Vierecke durchlaufen, so gehört zu jeder Lage von g eine Parabel P^2, welche g_1, g_2 berührt. Die Gesammtheit dieser Parabeln bildet also eine Schaarschaar. Sie enthält ebensoviele Parabeln, als Gerade g in der Ebene liegen. Es entspricht jeder dieser Parabeln auch eine Gerade g. Wir schliessen daher:

Satz LIV. Halten wir zwei Seiten eines orthogonalen Vierecks fest, während die dritte Seite eine Parabel umhüllt, welche die zwei festen Seiten berührt, so bewegt sich die vierte Ecke des Vierecks auf der Directrix der Parabel.

25.

Wir erweitern nun Satz LIV. Wir untersuchen die orthogonalen Vierecke, welche zwei Seiten gemeinsam haben, und setzen voraus, dass eine dritte Seite eine Curve n^{ter} Classe C_n umhüllt. Wir fragen nach dem Orte der vierten Ecke.

g_1, g_2 seien die gemeinsamen Seiten der Vierecke. G_1 sei ein Punkt von g_1. Durch ihn gehen n Tangenten c an C_n. Sie treffen g_2 in n Punkten G_2. Fällen wir aus ihnen die Senkrechten auf g_1, so schneiden diese die Gerade n_1 durch G_1, welche zu g_2 normal steht, in n Punkten C des gesuchten Ortes. Wir erhalten diese Punkte C auch, indem wir aus dem Schnittpunkte G von g_1, g_2 auf die n Tangenten c die Senkrechten fällen und sie mit n_1 zum Schnitte bringen. Zu einer dritten Construction der Punkte C gelangen wir, indem wir von einem Punkte G_2 von g_2 ausgehen und aus ihm die Normale n_2 zu g_1 und die n Tangenten an C_n ziehen. Aus den Schnittpunkten der letzteren mit g_1 fällen wir die Senkrechten auf g_2.

Sie treffen n_2 in n Punkten C. Bei jeder dieser Constructionen ist der Ort der Punkte C ein Erzeugniss von Büscheln, deren Strahlen einander n-deutig zugeordnet sind. Die Scheitel der Büschel sind die Normalrichtungen zu $g_1 g_2$ und der Punkt G. Folglich ist der Ort der Punkte C von der $2n^{\text{ten}}$ Ordnung und hat diese Scheitel zu n-fachen Punkten. Wir schliessen daher:

Satz LV. Umhüllt eine Seite eines orthogonalen Vierecks eine Curve n^{ter} Classe, während zwei Seiten fest bleiben, so bewegt sich die vierte Ecke auf einer Curve von der Ordnung $2n$, für welche die Normalrichtungen zu den festen Seiten und der Schnittpunkt der letzteren n-fache Punkte sind.

Sei $n = 1$, so folgt:

Satz LVI. Dreht sich eine Seite eines orthogonalen Vierecks um einen Punkt P, während zwei Seiten fest bleiben, so durchläuft die vierte Ecke eine Hyperbel H^2. Sie geht durch den Schnittpunkt der festen Seiten und die Asymptoten stehen zu den festen Seiten senkrecht.

Lassen wir P die Ebene der Vierecke durchlaufen, so erhalten wir zu jeder Lage von P eine Hyperbel durch G, deren Asymptoten zu g_1 resp. g_2 senkrecht stehen. Diese Hyperbeln bilden eine Schaarschaar. Jeder von ihnen ist ein Punkt P zugeordnet. Wir sagen daher:

Satz LVII. Durchläuft eine Ecke eines orthogonalen Vierecks eine Hyperbel, während zwei Seiten fest bleiben, zu den Asymptoten der Hyperbel senkrecht stehen und sich in einem Punkte der Hyperbel schneiden, so dreht sich die Verbindungslinie der übrigen zwei Ecken um einen Punkt.

Dieser Satz ist eine Modification von Satz LI.

Ueberblicken wir die Entwickelungen von 23—25, so finden wir, dass durch dieselben zwei Reciprocitäten vermittelt werden. Bei beiden gehen wir von orthogonalen Vierecken aus, welche zwei gemeinsame Seiten haben. Bei der ersten Reciprocität ordnen wir eine Ecke einer Seite zu. Der Geraden entspricht eine Parabel, der Curve n^{ter} Ordnung eine solche von der Classe $2n$. Bei der zweiten Reciprocität gehen wir von der Seite eines Vierecks aus und ordnen ihr eine Ecke zu. Dem Punkte entspricht eine Hyperbel, der Curve von der n^{ten} Classe eine solche von der $2n^{\text{ten}}$ Ordnung.

Kleinere Mittheilungen.

XVIII. Ueber die Doppelpunkte der Koppelcurve.

Bei der Bewegung eines Kurbelgetriebes beschreibt jeder Punkt der mit der Koppel verbundenen Ebene in Bezug auf den Steg eine Curve sechster Ordnung, die von Burmester* als Koppelcurve bezeichnet worden ist. Dieselbe geht dreimal durch die imaginären Kreispunkte und besitzt überdies im Allgemeinen — d. h. vom speciellen Falle des durchschlagenden Kurbelgetriebes abgesehen — drei endliche Doppelpunkte. Im Folgenden soll die Frage nach der Realität derselben behandelt werden.

1. In nebenstehender Figur stellt das Viereck $ABO'O$ ein Kurbelgetriebe dar mit dem Stege oder dem festen Gliede OO' und der Koppel oder dem beweglichen Gliede AB; mit AB ist der Punkt C starr verbunden. Wir setzen mit Roberts

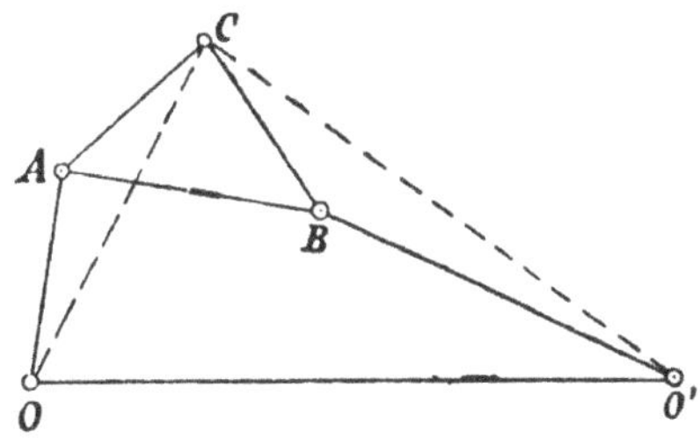

$OO' = \gamma,\quad OA = r,\quad O'B = s,\quad AB = c,\quad BC = a,\quad AC = b,\quad \angle ACB = C.$

Befindet sich dann in der Figur der Systempunkt C in einem Doppelpunkte seiner Bahncurve, so ist bekanntlich

$$\angle OCO' = \angle ACB, \text{ also auch } \angle ACO = \angle BCO'.$$

Nun ist für $OC = \varrho$, $O'C = \varrho'$

$$\cos ACO = \frac{\varrho^2 + b^2 - r^2}{2b\varrho}, \quad \cos BCO' = \frac{\varrho'^2 + a^2 - s^2}{2a\varrho'},$$

folglich

$$\frac{\varrho^2 + b^2 - r^2}{b\varrho} = \frac{\varrho'^2 + a^2 - s^2}{a\varrho'}$$

oder

$$1) \qquad b\frac{\varrho}{\varrho'} + b(a^2 - s^2)\frac{\varrho}{\varrho'}\cdot\frac{1}{\varrho'^2} - a\left(\frac{\varrho}{\varrho'}\right)^2 - a(b^2 - r^2)\frac{1}{\varrho'^2} = 0.$$

---

* Burmester, Lehrbuch der Kinematik, Bd. I S. 296 flgg. Vergl. auch Roberts, On Three-bar motion in Plane Space, Proceedings of the London Mathematical Society, vol. VII p. 14, und Cayley, On Three-bar Motion, ibid. p. 136.

Es ist ferner

$$\gamma^2 = \varrho^2 + \varrho'^2 - 2\varrho\varrho' \cos C,$$

also

$$\frac{\gamma^2}{\varrho'^2} = \left(\frac{\varrho}{\varrho'}\right)^2 + 1 - 2\frac{\varrho}{\varrho'} \cos C.$$

Setzen wir daher

$$\frac{\varrho}{\varrho'} = u,$$

so geht Gleichung 1) über in

$$b\gamma^2 . u + b(a^2 - s^2)\, u\, (u^2 + 1 - 2u \cos C) - a\gamma^2 . u^2 - a(b^2 - r^2)(u^2 + 1 - 2u \cos C) = 0$$

oder

$$b(a^2 - s^2)u^3 - \{a\gamma^2 + a(b^2 - r^2) + 2b(a^2 - s^2) \cos C\}\, u^2$$
$$+ \{b\gamma^2 + b(a^2 - s^2) + 2a(b^2 - r^2) \cos C\}\, u - a(b^2 - r^2) = 0.$$

Hierbei ist

$$\cos C = \frac{a^2 + b^2 - c^2}{2ab};$$

wir erhalten also zur Bestimmung von u die Gleichung dritten Grades

$$2)\quad ab^2(a^2 - s^2)u^3 - b\{a^2\gamma^2 + a^2(b^2 - r^2) + (a^2 - s^2)(a^2 + b^2 - c^2)\}\, u^2$$
$$+ a\{b^2\gamma^2 + b^2(a^2 - s^2) + (b^2 - r^2)(a^2 + b^2 - c^2)\}\, u - a^2 b(b^2 - r^2) = 0.$$

Setzen wir noch zur Abkürzung

$$c^2 - \gamma^2 + r^2 + s^2 = m^2,$$

so ergiebt sich die Discriminante dieser Gleichung in der Form

$$3)\quad \Delta = 27a^4b^4(a^2 - s^2)^2(b^2 - r^2)^2$$
$$+ 4a^2(a^2 - s^2)(2a^2b^2 + b^4 - r^2a^2 - m^2b^2 + r^2c^2)^3$$
$$+ 4b^2(b^2 - r^2)(a^4 - 2a^2b^2 - m^2a^2 - s^2b^2 + s^2c^2)^3$$
$$- 18a^2b^2(a^2 - s^2)(b^2 - r^2)(a^4 + 2a^2b^2 - m^2a^2 - s^2b^2 + s^2c^2)(2a^2b^2 + b^4 - r^2a^2 - m^2b^2 \cdot$$
$$- (a^4 + 2a^2b^2 - m^2a^2 - s^2b^2 + s^2c^2)^2(2a^2b^2 + b^4 - r^2a^2 - m^2b^2 + r^2c^2)^2.$$

Von den drei Doppelpunkten der Koppelcurve ist also der eine immer reell; die beiden anderen sind reell und verschieden, oder vereinigt, oder imaginär, je nachdem $\Delta \lesseqgtr 0$ ist.

2. Betrachten wir a und b als veränderlich, so bestimmt die Gleichung $\Delta = 0$ den **Ort aller derjenigen Systempunkte C, welche in dem gegebenen Kurbelgetriebe $ABO'O$ Koppelcurven mit zwei zusammenfallenden Doppelpunkten beschreiben.** Wir bezeichnen diesen Ort als die **Uebergangscurve** der bewegten Ebene. Sie theilt die Ebene in zwei Gebiete, so dass den Systempunkten des einen Gebietes Koppelcurven mit drei reellen Doppelpunkten, denen des andern solche mit nur einem reellen Doppelpunkte entsprechen.

Die Entwickelung nach Potenzen von a^2 und b^2 liefert Δ in der Form

$$\Delta = v^{(6)} + v^{(5)} + \dots + v^{(0)};$$

hierbei bezeichnet $v^{(k)}$ eine homogene Function k^{ten} Grades von a^2 und b^2 insbesondere ist

$$v^{(0)} = r^4 s^4 c^8,$$

$$v^{(6)} = (a^2 - b^2)^2 \{ - r^4 a^8 + 2 r^2 (m^2 - 2 c^2) a^6 b^2 + (4 r^2 c^2 + 4 s^2 c^2 - 2 r^2 s^2 - m^4) a^4 b^4 + 2 s^2 (m^2 - 2 c^2) a^2 b^6 - s^4 b^8 \}.$$

Sind x, y die rechtwinkligen Coordinaten von C in Bezug auf A als Anfangspunkt und AB als x-Axe, so ist

$$b^2 = x^2 + y^2, \quad a^2 = (x - c)^2 + y^2,$$

und dann geht $v^{(6)}$ in eine Function zehnten Grades von x und y über. Die Uebergangscurve ist daher von der zehnten Ordnung, und zwar, wie aus der Form ihrer Gleichung sofort folgt, mit vierfachen Punkten in den imaginären Kreispunkten.

Für $b^2 = 0$ liefert die Gleichung $\varDelta = 0$ zweimal den Werth $a^2 = c^2$, d. h. die Uebergangscurve hat die Endpunkte A und B der Koppel zu Doppelpunkten.

Entwickeln wir $\varDelta$ nach Potenzen von x und y in der Form

$$\varDelta = w^{(10)} + w^{(9)} + \dots + w^{(2)},$$

so ergiebt sich

$$w^{(2)} = 4 r^2 c^6 (c^2 + s^2 - m^2)^2 \{ \gamma^2 x^2 - (r^2 - \gamma^2) y^2 \}.$$

Der Punkt A ist also ein Knotenpunkt für $r > \gamma$ und ein isolirter Punkt für $r < \gamma$. Für $r = \gamma$ wird $m^2 = c^2 + s^2$, also $w^{(2)} = 0$, und dann geht $w^{(3)}$ über in

$$w^{(3)} = 32 r^6 c^5 (c^2 - s^2) x^3.$$

In diesem Falle ist also A ein dreifacher Punkt mit der einzigen Tangente $x = 0$.

Dr. R. Müller,
Prof. a. d. techn. Hochschule in Braunschweig.

XIX. Die Krümmungsradien der Polbahnen.

In seiner Mittheilung: „Bemerkungen zu der Grübler'schen Bestimmung der Krümmungsmittelpunkte der Polbahnen eines ebenen Systems“ (diese Zeitschrift, Bd. XXXIII, 2. Heft S. 117) machte Herr Dr. Buka in dankenswerther Weise darauf aufmerksam, dass die von mir gegebene Construction der Krümmungsmittelpunkte der Polbahnen (diese Zeitschrift, Bd. XXIX S. 212 u. 382) nur giltig ist für solche Punkte des bewegten ebenen Systems, welche augenblicklich Bahnen mit stationärer Krümmung durchlaufen. Obgleich nun die Allgemeinheit dieser Construction hierdurch insofern nicht beeinträchtigt wird, als im Allgemeinen in jedem irgendwie bewegten starren ebenen System unendlich viele solcher Punkte existiren, so besitzen doch die an citirter Stelle gegebenen Entwickelungen der Ausdrücke für die Krümmungsradien der Polbahnen nicht die ihnen dort irrthümlich beigelegte Allgemeinheit und dies veranlasst mich, dieselben hier nochmals aufzunehmen.

Die Bewegung des starren ebenen Systems werde ganz allgem
durch erzeugt, dass die im bewegten System liegenden Hüllcurven
γ_2 längs der im ruhenden System befindlichen Hüllbahnen c_1 und c_2
(s. Figur). Befindet sich das bewegte System momentan in der

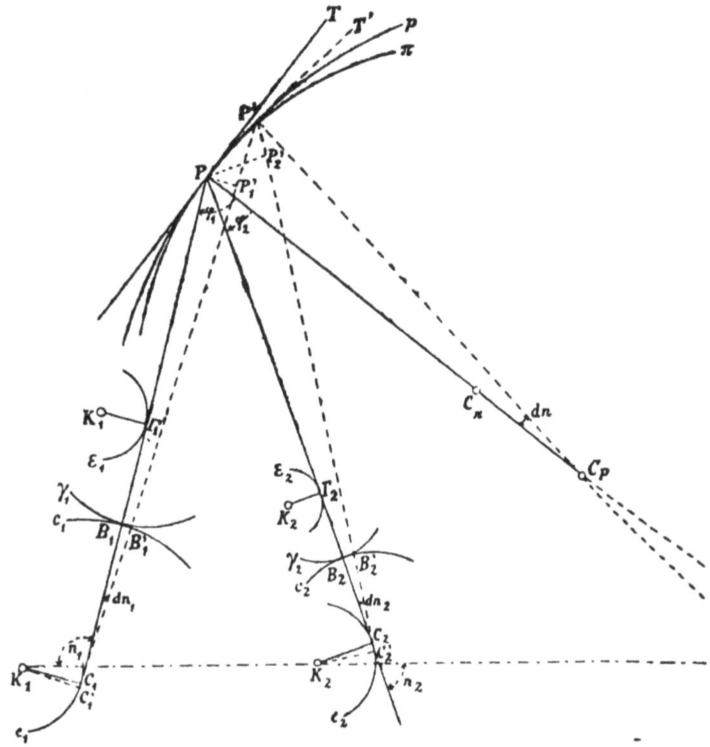

so bestimmt die unendlich benachbarte Lage II die gemeinschaftlicl
genten der Hüllcurven und -bahnen, folglich auch die gemeinsam
malen in den Berührungspunkten B_1 und B_2 der Curvenpaare. Di
malen, die sogenannten Berührungsnormalen, schneiden sich, wie
im Momentancentrum oder Pol P der unendlich kleinen Bewegu
Systems aus der Lage I in die Lage II. Die der Lage II folgende
lich benachbarte Lage III des Systems bestimmt die unendlich bena
Berührungsnormalen der Curvenpaare, somit einerseits die Krümmung
punkte C_1, C_2, Γ_1 und Γ_2 der Hüllbahnen und -curven, welche
mentanen Berührungspunkten B_1 und B_2 zugehören, andererseits den
lich benachbarten Pol P', bez. die Polbahntangente PT, welche bek
aus den genannten Krümmungsmittelpunkten mittels der **Bobilli**

Construction gefunden werden kann. Es ordnen sich sonach den vier Punkten C_1, C_2, Γ_1, Γ_2 drei unendlich benachbarte Lagen des bewegten Systems und damit die Polbahnnormale PD zu. Denken wir uns noch eine zu III unendlich benachbarte Lage IV des Systems hinzu, so ordnen sich den drei Lagen II, III und IV die den Punkten C_1, C_2, Γ_1, Γ_2 unendlich benachbarten Krümmungsmittelpunkte C'_1, C'_2, Γ'_1, Γ'_2 (letztere beiden Punkte sind nicht in die Figur aufgenommen worden, um dieselbe nicht zu undeutlich zu machen) zu, welche auf den Berührungsnormalen B'_1P' bez. B'_2P' liegen. Durch diese vier Punkte wird, wie vorher, die Tangente $P'T'$ und Normale $P'D'$ im Punkte P' der festen Polbahn p bestimmt; die beiden Normalen in den Punkten P und P' der letzteren Curve schneiden sich im gesuchten Krümmungsmittelpunkt C_p derselben. Es wird sonach der Krümmungsmittelpunkt der ruhenden Polbahn durch vier unendlich benachbarte Lagen des bewegten Systems bestimmt und ordnen sich diese letzteren den Krümmungsmittelpunkten K_1, K_2, K_1, K_2 der Evoluten der Hüllbahnen und -curven zu, welche den Punkten B_1 und B_2 entsprechen. Um die Richtigkeit dieser Behauptung zu erkennen, haben wir nur zu beachten, dass dem Krümmungsmittelpunkte C_1 die drei Lagen I, II, III, dem Krümmungsmittelpunkte C'_1 die drei Lagen II, III, IV des bewegten Systems sich zuordnen; da nun die Normalen B_1C_1 und $B'_1C'_1$ der Curve c_1 zugleich Tangenten der Evolute e_1 sind, so werden durch jene vier Lagen die Normalen in den Punkten C_1 und C'_1 der Evolute e_1 fixirt, die sich in dem Krümmungsmittelpunkte K_1 der Evolute e_1 schneiden und folglich letzteren bestimmen. Analoges gilt für die übrigen Curven c_2, γ_1 und γ_2, bez. für deren Evoluten e_2, ε_1 und ε_2. Zugleich geht aus dieser Betrachtung hervor, dass bei einer Bewegung des Systems aus der Lage I in die Lage IV die beiden Punkte K_1 und K_2 ihre Lage in der ruhenden Ebene nicht ändern, weshalb wir die Richtungen sämmtlicher ihre Lage ändernden Geraden auf die Verbindungslinie K_1K_2 beziehen.

Bezeichnet $\varrho_p = C_pP$ den Krümmungsradius, $ds = PP'$ das Curvenelement und $dn = \angle PC_pP'$ (s. Figur) den Contingenzwinkel der festen Polbahn p, so ist

$$1)\qquad \frac{1}{\varrho_p} = \frac{dn}{ds}.$$

Setzen wir zur Abkürzung

$$\angle C_1PD = \varphi_1, \quad \angle C_2PD = \varphi_2, \quad \angle PDK_1 = n$$

und bezeichnen mit n_1 bez. n_2 die Winkel zwischen den Berührungsnormalen PB_1 bez. PB_2 und der Geraden K_1K_2 im gleichen Sinne wie n gemessen, so bestehen für die letzten beiden Winkel als Aussenwinkel von Dreiecken die Relationen

$$n_1 = \varphi_1 + n, \quad n_2 = \varphi_2 + n;$$

aus denselben folgt unter Benutzung von 1)

$$2)\qquad \frac{d\varphi_1}{ds} = \frac{dn_1}{ds} - \frac{1}{\varrho_p}; \quad \frac{d\varphi_2}{ds} = \frac{dn_2}{ds} - \frac{1}{\varrho_p}.$$

Diese beiden Beziehungen benutzen wir in folgender Weise zur Ermittelung von ϱ_p.

Der Durchmesser W des Wendekreises der Bewegung des Systems aus der Lage I in die Lage III ergiebt sich bekanntlich aus der Gleichung

$$3)\qquad \frac{1}{W}=\left(\frac{1}{\varrho_1}-\frac{1}{r_1}\right)\cos\varphi_1,$$

in welcher zur Abkürzung $P\Gamma_1=\varrho_1$, $PC_1=r_1$ gesetzt wurde. Bei der Bewegung des Systems aus der Lage II in IV ändern sich alle vier in dieser Gleichung auftretenden Grössen und zwar um Werthe, zwischen denen die folgende Gleichung besteht:

$$4)\qquad d\left(\frac{1}{W}\right)=-\left(\frac{1}{\varrho_1}-\frac{1}{r_1}\right)\sin\varphi_1\,d\varphi_1-\left(\frac{d\varrho_1}{\varrho_1^2}-\frac{dr_1}{r_1^2}\right)\cos\varphi_1.$$

Die hierin auftretenden Elemente lassen sich aber durch gegebene Grössen und das Element ds der ruhenden Polbahn p ausdrücken. Es ist z. B. (s. Figur)

$$\begin{aligned} r_1+dr_1 &= P'C'_1=P'P'_1+P'_1C_1+C_1C'_1 \\ &= ds.\sin\varphi_1+r_1+k_1.dn_1, \end{aligned}$$

worin $k_1=K_1C_1$ den Krümmungsradius und $dn_1=\angle C_1K_1C'_1=\angle B_1C_1B'_1$ den Contingenzwinkel der Evolute e_1 im Punkte C_1 bedeutet; folglich ergiebt sich

$$dr_1=ds.\sin\varphi_1+k_1.dn_1.$$

Ganz analog finden wir

$$d\varrho_1=ds.\sin\varphi_1+\varkappa_1.d\nu_1;$$

hierin bezeichnet $\varkappa_1=K_1\Gamma_1$ den Krümmungsradius und $d\nu_1$ den Contingenzwinkel der Evolute ε_1 im Punkte Γ_1. Bekanntlich besteht aber zwischen $d\nu_1$, dn_1 und dem Drehwinkel $d\psi$ des bewegten Systems die Beziehung

$$d\nu_1=dn_1+d\psi,$$

auf Grund deren wir erhalten

$$d\varrho_1=ds.\sin\varphi_1+\varkappa_1(dn_1+d\psi).$$

Die Werthe für $d\varrho_1$ und dr_1, sowie denjenigen für $d\varphi_1$ aus 2) in 4) eingesetzt, ergeben nach einigen Reductionen

$$\begin{aligned} \frac{d}{ds}\left(\frac{1}{W}\right) &= -\left(\frac{1}{\varrho_1}-\frac{1}{r_1}\right)\left\{\frac{dn_1}{ds}-\frac{1}{\varrho_p}+\left(\frac{1}{\varrho_1}+\frac{1}{r_1}\right)\cos\varphi_1\right\}\sin\varphi_1 \\ &\quad -\frac{\varkappa_1\cos\varphi_1}{\varrho_1^2}\left(\frac{dn_1}{ds}+\frac{d\psi}{ds}\right)+\frac{k_1\cos\varphi_1}{r_1^2}\,\frac{dn_1}{ds}. \end{aligned}$$

Nun ist, wie aus der Figur unmittelbar hervorgeht,

$$PP'_1=ds.\cos\varphi_1,$$

andererseits aber

$$PP'_1=r_1.dn_1,$$

folglich

$$\frac{dn_1}{ds}=\frac{\cos\varphi_1}{r_1},$$

- bekanntlich

$$\frac{d\psi}{ds} = \frac{1}{W},$$

omit obige Gleichung übergeht in

$$\frac{d}{ds}\left(\frac{1}{W}\right) = \left(\frac{1}{\varrho_1} - \frac{1}{r_1}\right)\frac{\sin\varphi_1}{\varrho_p} - \left(\frac{1}{\varrho_1} - \frac{1}{r_1}\right)\left(\frac{1}{\varrho_1} + \frac{2}{r_1}\right)\sin\varphi_1\cos\varphi_1$$
$$- \frac{\varkappa_1\cos\varphi_1}{\varrho_1^2}\left(\frac{\cos\varphi_1}{r_1} + \frac{1}{W}\right) + \frac{k_1\cos^2\varphi_1}{r_1^3}.$$

Durch entsprechende Benutzung der Gleichung 3) erhalten wir schliesslich

$$\frac{d}{ds}\left(\frac{1}{W}\right) = \frac{\tan\varphi_1}{W.\varrho_p} - \left(\frac{1}{\varrho_1} + \frac{2}{r_1}\right)\frac{\sin\varphi_1}{W} - \frac{\varkappa_1\cos^2\varphi_1}{\varrho_1^3} + \frac{k_1\cos^2\varphi_1}{r_1^3}.$$

Vertauschen wir hierin den Index 1 mit 2, so ergiebt sich ein zweiter Ausdruck für den links stehenden Differentialquotienten; die Gleichsetzung beider Ausdrücke liefert die zur Berechnung von ϱ_p dienende Gleichung, welcher wir die folgende Gestalt geben:

$$\text{I)}\quad \frac{\tan\varphi_1 - \tan\varphi_2}{\varrho_p} = \left(\frac{1}{\varrho_1} + \frac{2}{r_1}\right)\sin\varphi_1 - \left(\frac{1}{\varrho_2} + \frac{2}{r_2}\right)\sin\varphi_2$$
$$+ \left(\frac{\varkappa_1\cos^2\varphi_1}{\varrho_1^3} - \frac{\varkappa_2\cos^2\varphi_2}{\varrho_2^3} - \frac{k_1\cos^2\varphi_1}{r_1^3} + \frac{k_2\cos^2\varphi_2}{r_2^3}\right).W.$$

Der Krümmungsradius $\varrho_\pi = PC_\pi$ der beweglichen Polbahn π findet sich durch die gleiche Entwickelung für die umgekehrte Bewegung. Wir haben folglich auf der rechten Seite der Gleichung 1) einfach die Grössen ϱ und r, bez. $\varkappa$ und k miteinander zu vertauschen, um die entsprechende Gleichung für ϱ_r zu erhalten. Hierbei ist aber noch Eines zu beachten. Führen wir nämlich diese Vertauschung in der Ausgangsgleichung 3) durch, so geht dieselbe über in die Gleichung

$$\left(\frac{1}{r_1} - \frac{1}{\varrho_1}\right)\cos\varphi_1 = \frac{1}{W}.$$

Diese Gleichung ist unmöglich, falls φ_1 denselben Winkel wie früher bezeichnet und unter r_1, ϱ_1 und W absolute Werthe verstanden werden, weil ja hier $r_1 > \varrho_1$ ist. Um die Gleichung richtig zu machen, müssen wir noch W mit $-W$ vertauschen, was ja auch mit dem Umstande in Einklang steht, dass die Wendekreise der umgekehrten und der ursprünglichen Bewegung zur Polbahntangente symmetrisch liegen. Diese Ueberlegung zeigt dass wir in Gleichung I) W ebenfalls mit $-W$ vertauschen müssen, sobal wir dieselbe für die umgekehrte Bewegung aufstellen und dabei unter φ und φ_2 dieselben Winkel verstehen wie bei der ursprünglichen Bewegun Mittels der angeführten Vertauschungen finden wir aus I) ohne Weiter die Gleichung

$$\text{II)}\quad \frac{\tan\varphi_1 - \tan\varphi_2}{\varrho_\pi} = \left(\frac{1}{r_1} + \frac{2}{\varrho_1}\right)\sin\varphi_1 - \left(\frac{1}{r_2} + \frac{2}{\varrho_2}\right)\sin\varphi_2$$
$$\left(\frac{k_1\cos^2\varphi_1}{\text{[illegible]}} - \frac{k_2\cos^2\varphi_2}{r_2^3} - \frac{\varkappa_1\cos^2\varphi_1}{\varrho_1^3} + \frac{\varkappa_2\cos^2\varphi_2}{\varrho_2^3}\right).W$$

Subtrahiren wir I) von II), so heben sich auf der rechten Seite die mit W multiplicirten Glieder ganz fort, und es bleibt

$$(\tan\varphi_1 - \tan\varphi_2)\left(\frac{1}{\varrho_\pi} - \frac{1}{\varrho_p}\right) = \left(\frac{1}{\varrho_1} - \frac{1}{r_1}\right)\sin\varphi_1 - \left(\frac{1}{\varrho_2} - \frac{1}{r_2}\right)\sin\varphi_2.$$

Unter Benutzung der Relation 3) und der folgenden

$$\left(\frac{1}{\varrho_2} - \frac{1}{r_2}\right)\cos\varphi_2 = \frac{1}{W}$$

ergiebt sich daraus, wie erforderlich, die Beziehung

$$\frac{1}{\varrho_\pi} - \frac{1}{\varrho_p} = \frac{1}{W}.$$

Der Einfluss, welchen die Lage der Punkte K_1, K_2, K_1 und K_2 auf die Form der Ausdrücke I) und II) hat, wird aus der Entwickelung der Gleichung I) unmittelbar ersichtlich. Liegt z. B. K'_1 auf der entgegengesetzten Seite der Berührungsnormalen B_1C_1, so ist in dem Ausdrucke für $r_1 + dr_1$ das Glied $C_1C'_1$ negativ; in der Gleichung I) würde sonach das Glied mit dem Factor k_1 das entgegengesetzte Vorzeichen erhalten. Wir können folglich die Abweichungen in der Lage der Punkte K'_1, K_2, K_1 und K_2 von der in der Figur angenommenen in den Gleichungen I) und II) dadurch berücksichtigen, dass wir die Krümmungsradien der Evoluten mit dem negativen Vorzeichen einführen.

Sind einzelne der Hüllcurven und -Bahnen Kreise oder Punkte, so hat man einfach in den Gleichungen I) und II) die entsprechenden Krümmungsradien der Evoluten gleich Null zu setzen; sind sie Gerade, so verschwinden in jenen Gleichungen ausserdem die Glieder $1:\varrho$, bez. $1:r$.*

Die Gleichungen I) und II) lassen ähnliche Umformungen zu, wie sie zum Zwecke der geometrischen Construction der Krümmungsmittelpunkte beider Polbahnen in der früheren Arbeit angegeben wurden; jedoch sollen dieselben hier nicht weiter berührt werden, weil ich in einer bald folgenden Mittheilung die erwähnte Construction unter Benutzung der Punkte stationärer Krümmung näher auszuführen beabsichtige.

---

* Herr Dr. Buka scheint nicht zu unterscheiden zwischen speciellen Bewegungen und speciellen Erzeugungsweisen von Bewegungen, sonst würde er wohl schwerlich die nicht zutreffende Anmerkung ** auf S. 117 aufgenommen haben, zu welcher kein Wort meiner Arbeit ihm Anlass bietet.

Riga, November 1888. Prof. M. Grübler.

XX. Der Simson'sche Satz vom Dreieck und dessen Erweiterung.

I. „Fällt man aus jedem Punkte des einem Dreieck umbeschriebenen Kreises Perpendikel auf die drei Seiten, so liegen deren Fusspunkte auf einer Geraden.“ *

Wendet man auf die so entstehenden Geraden den Transversalensatz des Menelaos an, so ergeben sich einige besondere Sätze. Errichtet man allgemein in den Schnittpunkten einer beliebigen Transversalen durch das Dreieck auf den Seiten des Dreiecks Senkrechte, so werden sich dieselben in drei Punkten schneiden, die die Ecken eines dem ursprünglichen Dreieck ähnlichen Dreiecks sind, das gewissen Bedingungen unterworfen ist, die hier nicht näher untersucht werden sollen. Fallen nun die drei Punkte in einen zusammen (oder wird das Dreieck gleich Null), so haben wir es mit der Umkehrung des obigen Satzes zu thun, d. h. der Punkt ist ein Punkt der Peripherie des dem Dreieck umschriebenen Kreises. In diesem Falle giebt uns die Anwendung des Satzes des Menelaos folgende bemerkenswerthen Resultate.

Es sei ABC das gegebene Dreieck, P der Punkt auf der Peripherie, A_1, B_1, C_1 die Fusspunkte der Senkrechten resp. auf BC, CA, AB.

1) $$PA.PA_1 = PB.PB_1 = PC.PC_1 = K.$$

Für die drei Fälle, dass P in A, B oder C liegt, ist $K=0$:

I) P in A, $PA=0$, $PB_1=0$, $PC_1=0$;

II) P in B, $PA_1=0$, $PB=0$, $PC_1=0$;

III) P in C, $PA_1=0$, $PB_1=0$, $PC=0$.

2) $$(BA_1-CA_1)a+(CB_1-AB_1)b+(AC_1+BC_1)c=0$$
oder
$$(BA_1^2-CA_1^2)+(CB_1^2-AB_1^2)+(AC_1^2-BC_1^2)=0$$
oder
$$BA_1^2+CB_1^2+AC_1^2=CA_1^2+AB_1^2+BC_1^2,$$
oder
$$(BA_1-CA_1)(BA_1+CA_1)+(CB_1-AB_1)(CB_1+AB_1)$$
$$+(AC_1-BC_1)(AC_1+BC_1)=0.$$

Es liege P in A, so wird $AB_1=0$, $AC_1=0$, $CB_1=b$, $BC_1=c$, also
$$(BA_1-CA_1)(BA_1+CA_1)+CB_1^2-BC_1^2=0,$$
d. h.
$$(BA_1-CA_1)a+b^2-c^2=0 \text{ oder } BA_1-CA_1=\frac{c^2-b^2}{a},$$
also, da $BA_1+CA_1=a$ ist,
$$BA_1=\frac{a^2+c^2-b^2}{2a}, \quad CA_1=\frac{a^2+b^2-c^2}{2a}.$$

---

* Dieser Satz wird R. Simson zugeschrieben von Servois Gerg. Ann. 4 S. 250. Vergl. Gerg. Ann. 14 S. 28 u. 280; Poncelet, Propr. proj. 468. Baltzer, Elemente II, S. 26.

Die beiden Sätze heissen in Worten:

1. „Fällt man von einem Punkte der Peripherie des einem Dreieck um beschriebenen Kreises Senkrechte auf die drei Seiten, so sind die Product der Abstände des Punktes von den drei Ecken in die Senkrechten auf di Gegenseiten gleich", und umgekehrt:

1. *a)* „Errichtet man in den Durchschnittspunkten einer Transversale auf den Seiten des Dreiecks Senkrechte und sind die Producte aus de Abständen der Schnittpunkte je zweier von den Ecken und den Senkrechte gleich, so schneiden sich die drei Senkrechten in einem Punkte, der au der Peripherie des dem Dreieck umbeschriebenen Kreises liegt."

2. „Die Summe der Quadrate dreier nicht aneinanderstossenden Ab schnitte ist für eine Simson'sche Transversale gleich der Summe der Qua drate der drei anderen Abschnitte", und umgekehrt:

2. *a)* „Ist die Summe der Quadrate dreier nicht aneinanderliegende Abschnitte gleich der Summe der Quadrate der drei anderen Abschnitte, s liegen die drei Theilpunkte auf einer Geraden. Diese Gerade ist ein Simson'sche Gerade, d. h. die in den Durchschnittspunkten auf den Seite errichteten Senkrechten schneiden sich in einem Punkte, der auf der Per pherie des dem Dreieck umbeschriebenen Kreises liegt."

II. Der Simson'sche Satz ist nur ein Specialfall eines allgemeineren:

„Zieht man von einem Punkte des einem Dreieck umbeschrieb nen Kreises unter beliebigem, aber gleichem Winkel Strahlen nac den drei Seiten, so liegen die Durchschnittspunkte auf einer Geraden."

Da man, wenn der Winkel kein rechter ist, unter demselben Wink zwei Strahlen nach jeder Geraden ziehen kann, so muss präcisirt werde dass die drei Durchschnittspunkte auf einer Geraden liegen, die vom Fuss punkte der Senkrechten nach derselben Richtung liegen. In diesem al gemeinen Falle ergeben sich also zwei Gerade, die für den Specialfall de rechten Winkels in die Simson'sche Gerade zusammenfallen.

Nach Steiner* ist die Simson'sche Gerade die Einhüllende eine Curve dritten Grades und vierter Ordnung. G_∞ ist ideelle Doppeltangent der Curve, die drei Rückkehrpunkte hat. Die drei Rückkehrtangente schneiden sich in einem Punkte. Die Curve berührt die Seiten und Höhe des Dreiecks.**

Ganz analog sind die Enveloppen der beiden für die allgemeine Vo aussetzung resultirenden Geraden dreieckige Hypocykloiden, da je zw zweien Gegenpunkten im umschriebenen Kreise entsprechende Gerade senk recht aufeinander stehen, also ein sogenanntes Paar bilden. Wir erhalte

* Crelle's Journal, Bd. 53 S. 231.

** Vergl. Schotten, Ueber einige bemerkenswerthe Gattungen der Hyp kloiden. Inaug.-Diss. Marburg 1883.

also jetzt zwei dreieckige Hypocykloiden, deren Lage und Grösse von der Grösse des beliebig gewählten Winkels abhängig sind. Es ergeben sich hier ähnliche Beziehungen wie zwischen der Fusspunktscurve und den beiden Scheitelpunktscurven.*

Die Durchschnittspunkte zweier ein „Paar" bildenden Geraden liegen nicht, wie beim Specialfall des rechten Winkels, auf dem Feuerbach-schen Kreise.

Hersfeld. Dr. H. Schotten.

XXI. Zum Problem der Brachistochrone.

In der Variationsrechnung wird gezeigt, dass die Curve, welche ein fallender Punkt verfolgen muss, um von einem gegebenen Punkte zu einem andern gegebenen Punkte in möglichst kurzer Zeit zu gelangen — die sogenannte Brachistochrone —, eine Cykloide ist, indem die Berücksichtigung der angegebenen Forderung auf die Differentialgleichung dieser Curve führt. Da aber sämmtliche Lehrbücher der genannten Theorie, soweit sie wenigstens dem Schreiber dieser Zeilen bekannt sind, mit einer einzigen, weiter unten näher berührten, sich auf einen Specialfall beziehenden Ausnahme sich sodann auf die Bemerkung beschränken, „die beiden in dem Integral jener Differentialgleichung noch enthaltenen willkürlichen Constanten würden durch die Bedingung bestimmt, dass die Curve durch die beiden gegebenen Punkte gehen müsse", ohne über die Ausführung dieser Bestimmung oder auch nur deren Möglichkeit Etwas auszusagen, so dürfte der Beweis nicht überflüssig sein, dass durch zwei beliebige Punkte, welche nicht auf verschiedenen Seiten einer gegebenen geraden Linie liegen, stets ein Cykloidenbogen gelegt werden kann, dessen erzeugender Kreis auf jener Geraden rollt.

Liegen beide Punkte auf der gegebenen Geraden selbst, so bedarf es keiner Erörterung, dass durch sie ein Cykloidenbogen gelegt werden kann, dessen Anfangs- und Endpunkt eben jene Punkte sind. Es werde daher angenommen, dass mindestens einer der beiden Punkte nicht auf der Geraden liege.

Legt man ein rechtwinkliges Coordinatensystem zu Grunde, dessen x-Axe die gegebene Gerade und dessen Anfangspunkt auf dieser beliebig ist, und nennt man die Coordinaten der zwei gegebenen Punkte $x_1 y_1$ und $x_2 y_2$, so darf offenbar unbeschadet der Allgemeinheit angenommen werden

$$x_2 > x_1 \text{ und } y_2 \geqq y_1 \geqq 0.$$

Die Gleichungen einer jeden Cykloide, deren erzeugender Kreis den Radius r hat und von dem Punkte $x = \xi$ aus in der positiven Richtung der

---

* Vergl. Schotten, Ueber Fusspunktscurven. Progr. Hersfeld, Ostern 1887.

x-Axe auf dieser rollt, sind alsdann bekanntlich, wenn der in $x=\xi$ m dem Werthe Null beginnende Wälzungswinkel mit φ bezeichnet wird,

$$1)\qquad \begin{cases} x-\xi=r(\varphi-\sin\varphi), \\ y=r(1-\cos\varphi). \end{cases}$$

Unser Beweis wird nun, wie sich durch eine nachträglich anzugeben Stetigkeitsbetrachtung zeigen wird, allgemein erbracht sein, wenn er fi die beiden folgenden besonderen Lagen des gegebenen Punktepaares g führt ist:

a) der eine Punkt liegt beliebig auf der Geraden, der andere belieb ausserhalb derselben $[(x_1, 0)$ und $(x_2, y_2)]$;

b) beide Punkte liegen in gleicher Entfernung von der Geraden, b liebig weit von dieser und voneinander $[(x_1, y_2)$ und $(x_2, y_2)]$.

Diese Fälle mögen daher zunächst erörtert werden.

Bezeichnet man bei allen durch (x_2, y_2) gehenden Cykloiden den z diesem Punkte gehörigen Werth des Wälzungswinkels mit φ_2, den Radi des erzeugenden Kreises mit r, so besteht zwischen diesen beiden von Cyl loide zu Cykloide stetig sich ändernden Grössen die Gleichung

$$2)\qquad r(1-\cos\varphi_2)=y_2.$$

Bei jeder dieser Cykloiden gehört zu der Abscisse x_1 eine gewisse Ordinat die wir mit u_1 bezeichnen wollen und die, wenn φ_1 den jedesmal zu : gehörigen Werth des Wälzungswinkels bezeichnet, gegeben wird durch

$$3)\qquad u_1=r(1-\cos\varphi_1).$$

Dabei besteht zwischen φ_1 und φ_2 noch die Gleichung

$$4)\qquad r(\varphi_2-\varphi_1-\sin\varphi_2+\sin\varphi_1)=x_2-x_1,$$

aus welcher r durch Gleichung 2) eliminirt werden kann.

a) In dem ersten der zu behandelnden Fälle muss u_1 verschwinde dadurch, dass $\varphi_1=0$ ist. Es ist daher zu untersuchen, ob φ_2 aus 2) un 4) demgemäss bestimmt werden kann, d. h. ob die Gleichung

$$5)\qquad \frac{\varphi_2-\sin\varphi_2}{1-\cos\varphi_2}=\frac{x_2-x_1}{y_2}$$

für einen zwischen 0 und 2π liegenden Werth von φ_2 erfüllt wird. D $\frac{x_2-x_1}{y_2}$ als gegebene Grösse jeden beliebigen positiven Werth haben kan ist also zu zeigen, dass die linke Seite von 5) alle Werthe von 0 bis c durchläuft, während φ_2 von 0 bis 2π geht. Dies ist aber der Fall; den für $\varphi_2=0$ ist der Ausdruck Null, wovon man sich durch Einsetzen de Reihen für $\sin\varphi_2$ und $\cos\varphi_2$ überzeugt, und für $\varphi_2=2\pi$ wird der Bruc unendlich. Da er aber eine stetige Function von φ_2 zwischen diesen Grenze ist, so nimmt er auch alle Werthe zwischen 0 und ∞ an.

Hiermit ist zunächst gezeigt, dass durch einen beliebigen Punkt au der gegebenen Geraden und einen beliebigen Punkt, der nicht auf ihr lieg stets ein Cykloidenbogen zu legen ist. Für diesen Specialfall hat übriger auch Sturm (Cours d'analyse, t. II, 6me édit., Paris 1880, p. 321) eine Construction des Radius des die Cykloide erzeugenden Kreises angegeben.

b) Damit $u_1 = y_2$ werde und durch (x_1, y_2) und (x_2, y_2) derselbe Cykloidenbogen hindurchgehe, muss zwischen φ_1 und φ_2 die Relation bestehen

6) $$\varphi_1 + \varphi_2 = 2\pi.$$

Eliminirt man mit Hilfe derselben aus 4) und den beiden identisch gewordenen Gleichungen 2) und 3) einen der beiden Winkel, z. B. φ_2, so ist also nur zu zeigen, dass die Gleichung

7) $$\frac{\pi - \varphi_1 + \sin\varphi_1}{1 - \cos\varphi_1} = \frac{1}{2}\frac{x_2 - x_1}{y_2}$$

durch einen zwischen 0 und π liegenden Werth von φ_1 zu befriedigen ist, — zwischen 0 und π; denn φ_1 muss ja $< \varphi_2$ sein, und die Summe beider ist 2π. Da aber die rechte Seite in 7) wieder jeden beliebigen positiven Werth haben kann, so ist zu zeigen, dass die Function von φ_1 auf der Linken alle Werthe von 0 bis ∞ durchläuft, während φ_1 von 0 bis π geht. In der That ist für $\varphi_1 = 0$ der Ausdruck unendlich und für $\varphi_1 = \pi$ Null, und wegen der Stetigkeit nimmt er dann auch alle Zwischenwerthe an.

Damit ist auch der Beweis erbracht, dass durch zwei gleichweit von der gegebenen Geraden entfernte Punkte stets ein Cykloidenbogen gelegt werden kann. Auch dieser letztere Beweis kann übrigens durch eine der angeführten, von Sturm herrührenden ähnliche Construction ersetzt werden. Sind nämlich zwei gleichweit von der gegebenen Geraden entfernte Punkte A (oder x_1, y_2) und B (oder x_2, y_2) gegeben, so ist $\frac{x_2 - x_1}{2}$ oder C der Mittelpunkt der Grundlinie der durch A und B zu legenden Cykloide. Construirt man nun irgend eine Cykloide, für die C ebenfalls Mittelpunkt der Grundlinie ist, so mögen CA und CB diese Cykloide in den Punkten A' und B' schneiden, und man findet leicht, dass alsdann die Proportionen bestehen

$$\frac{CA}{CA'} = \frac{CB}{CB'} = \frac{r}{r'},$$

wenn r und r' die Radien der die beiden Cykloiden erzeugenden Kreise sind. Hierdurch findet man also den Radius r der gesuchten durch A und B zu legenden Cykloide auf dem Wege der Construction.

Es ist jetzt noch nachzutragen, dass durch die Erledigung der beiden Specialfälle *a)* und *b)* thatsächlich auch der allgemeine Beweis erbracht ist, dass durch zwei Punkte $(x_2 y_2)$ und $(x_1 y_1)$, wo $0 \leqq y_1 \leqq y_2$, ein Cykloidenbogen zu legen ist. Der nach *b)* vorhandene, durch $(x_1 y_2)$ und $(x_2 y_2)$ gehende Cykloidenbogen schneidet auf der x-Axe einen Punkt x_0 aus, wo $x_0 < x_1$. Nach *a)* geht nun durch $(x_2 y_2)$ und jeden Punkt zwischen x_0 und x_1 ebenfalls ein Cykloidenbogen. Jeder derselben schneidet daher die auf der x-Axe in x_1 senkrecht stehende Gerade, und die auf dieser abgeschnittenen Stücke werden durch den Ausdruck für u_1 in Gleichung 3) gegeben. Da aber u_1 unter Berücksichtigung von Gleichung 2) und 4) eine stetige Function von φ_2 ist und für zwei bestimmte Werthe von φ_2 bezw. die Werthe 0 und y_2 annimmt, wie unter *a*) und *b*) gezeigt ist, so kann es auf der Senkrechten zwischen $(x_1 0)$ und $(x_1 y_2)$ auch nicht einen Punkt geben, welcher nicht von einem jener Cykloidenbogen geschnitten würde.

Hiermit aber ist unser Beweis vervollständigt.

Giessen. Dr. L. Heffter.

XXII. Ueber Reihentheoreme.

1.

Sei

$$A_0 > A_1 > A_2 > \cdots A_r > A_{r+1},$$

so ist leicht einzusehen, dass die Reihe

$$\beta = \sum_0^\infty \frac{\alpha^r}{r!} A_r,$$

sowie ihre sämmtlichen Differentialquotienten convergent bleiben. Unter dieser Voraussetzung gilt folgende allgemeine Beziehung:

$$\beta = \sum_0^\infty{}^{(n)} \frac{\alpha^n}{n!} \sum_0^\infty{}^{(\lambda)} (-1)^\lambda \frac{\alpha^\lambda}{\lambda!} \frac{d^{n+\lambda}\beta}{d\alpha^{n+\lambda}}.$$

Diese Gleichung schliesst, wie wir zeigen wollen, als speciellen Fall die Bürmann'sche Reihenentwickelung in sich.

Sie ergiebt sich mit Hilfe der Functionentheorie sofort; wir ziehen es jedoch vor, sie unter der obigen Voraussetzung auf eine eigenthümliche Weise zu begründen.

Es sei allgemein

$$\beta_x = \frac{d^x \beta}{d\alpha^x}.$$

Wir bilden

$$A_0 = \beta - \sum_1^\infty \frac{A_\lambda}{\lambda!} \alpha^\lambda, \quad -A_1\alpha = -\alpha\beta_1 + \sum_2^\infty \frac{\alpha^\lambda}{\lambda - 1!} A_\lambda;$$

addirt man diese Gleichungen, so folgt, wenn

$$\frac{1}{\lambda - 1!} - \frac{1}{\lambda!} = \frac{\lambda - 1}{\lambda!} = m_{1,\lambda}$$

gesetzt wird,

$$A_0 = \beta_0 - \alpha\beta_1 + \sum_2^\infty A_\lambda m_{1,\lambda} \alpha^\lambda.$$

Es ist aber auch

$$m_{1,2} A_2 \alpha^2 = m_{1,2} \beta_2 \alpha^2 - \sum_3^\infty m_{1,2} \frac{\alpha^\lambda}{\lambda - 2!} A_\lambda.$$

Setzt man daher

$$\frac{m_{1,2}}{\lambda-2!}-m_{1,\lambda}=m_{2,\lambda},$$

so folgt durch Addition der beiden letzten Gleichungen

$$A_0=\beta_0-\alpha\beta_1+m_{1,2}\beta_2\alpha^2-\sum_{3}^{\infty}m_{2,\lambda}A_\lambda\alpha^\lambda.$$

So fortfahrend erhält man, wenn

$$\frac{m_{\nu,\nu+1}}{(\lambda-\nu-1)!}-m_{\nu,\lambda}=m_{\nu+1,\lambda}$$

gesetzt wird, so dass

$$m_{\nu,\lambda}=\frac{(\lambda-1)(\lambda-2)\dots(\lambda-\nu)}{\nu!\,\lambda!}$$

und

$$m_{\nu,\nu+1}=\frac{1}{(\nu+1)!}$$

wird:

$$A_0=\sum_{\lambda=0}^{\lambda=\nu}(-1)^\lambda\frac{\beta_\lambda\alpha^\lambda}{\lambda!}+(-1)^\nu\sum_{\lambda=n}^{\lambda=\infty}m_{\nu,\lambda}A_\lambda\alpha^\lambda.$$

Nach der Voraussetzung wird

$$\lim\sum_{\lambda=\nu}^{\lambda=\infty}m_{\nu,\lambda}A_\lambda\alpha^\lambda=0 \text{ für } \lim\nu=\infty,$$

also

$$A_0=\sum_{0}^{\infty}(-1)^\lambda\frac{\alpha^\lambda}{\lambda!}\frac{d^\lambda\beta}{d\alpha^\lambda};$$

genau so ergiebt sich:

$$A_n=\sum_{0}^{\infty}(-1)^\lambda\frac{\alpha^\lambda}{\lambda!}\frac{d^{\lambda+n}\beta}{d\alpha^{\lambda+n}}$$

und damit ist unsere Formel bewiesen.

Um sie für einen speciellen Fall in Anwendung zu bringen, verlangen wir die Entwickelung von

$$f(x)=A_0+A_1\varphi(x)+A_2\varphi(x)^2+\cdots$$

Sei

$$\beta=f(\xi),\quad f'(\xi):\varphi'(\xi)=\beta_1,\quad \frac{d\beta_{n-1}}{d\xi}:\varphi'(\xi)=\beta_n=\psi_n(\xi),$$

so wird

$$f(x)=\sum_{0}^{\infty}\frac{\varphi(x)^n}{n!}\sum_{0}^{\infty}(-1)^\lambda\frac{\varphi(\xi)}{\lambda!}\psi_{n+\lambda}(\xi).$$

Kann unbeschadet der Convergenz ξ so gewählt werden, dass

$$\varphi(\xi)=0,$$

so folgt

$$f(x)=\sum_{0}^{\infty}\frac{\varphi(x)^n}{n!}\psi_n(\xi),$$

die bekannte Bürmann'sche Reihe. Im Allgemeinen muss der Werth von ξ so bestimmt werden, dass

$$\psi_n(\xi) > \psi_{n+1}(\xi), \quad \frac{1}{\varphi(\xi)} \gtreqless 0,$$

dann werden die Reihen sicher convergent und es gilt die Gleichung

$$f(x) = \sum_0^\infty \frac{\varphi(x)^n}{n!} \sum_0^\infty (-1)^\lambda \frac{\varphi(\xi)}{\lambda!} \varphi_{n+\lambda}(\xi).$$

2.

Die Entwickelung einer Function nach steigenden Potenzen einer andern Function wird bewirkt wie folgt:

Sei gegeben

$$f(x) = A_0 + A_1 \varphi(x) + A_2 \varphi(x)^2 + \cdots$$

Man setze

$$\frac{df(x)}{dx} : \varphi'(x) = \psi_1(x),$$

$$\cdots\cdots\cdots\cdots,$$

$$\frac{d\psi_{n-1}(x)}{dx} : \varphi'(x) = \psi_n(x),$$

so wird

$$\psi_n(x) = \sum_n^\infty \varkappa(\varkappa-1)\ldots(\varkappa-n+1) A_\varkappa \varphi(x)^{\varkappa-n}$$

und demzufolge

$$A_n = \frac{\psi_n(\alpha)}{n!},$$

wenn α ein solcher Werth von x ist, für den

$$\varphi(\alpha) = 0.$$

Es erscheint manchmal aber wünschenswerth, von der Auflösung der Gleichung

$$\varphi(x) = 0$$

frei zu sein. Dies kann auf folgende Art geschehen.

Sei

$$\varphi(\eta) = \alpha, \quad f(\eta) = \beta_0, \quad \psi(\eta) = \beta_n,$$

wo η eine vor der Hand noch unbestimmte Zahl bezeichnen mag. Dann ist offenbar

$$\beta_n = \sum_n^\infty \varkappa(\varkappa-1)\ldots(\varkappa-n+1) A_\varkappa \alpha^{\varkappa-n}$$

oder anders geschrieben

$$\beta_n = \sum_n^\infty \frac{\varkappa!}{(\varkappa-n)!} A_\varkappa \alpha^{\varkappa-n}.$$

Daraus ergiebt sich leicht:

1) $$A_n = \frac{\beta_n}{n!} - \sum_1^\infty \frac{(n+\varkappa)!}{n!\,\varkappa!} A_{n+\varkappa} \alpha^\varkappa$$

oder

2) $$A_n = \frac{\beta_n}{n!} - (n+1) A_{n+1} \alpha - \sum_1^\infty \frac{(n+\varkappa+1)!}{n!\,(\varkappa+1)!} A_{n+\varkappa+1} \alpha^{\varkappa+1}.$$

Nun ergiebt sich aus 1)

$$(n+1)\,\alpha\,A_{n+1}=\alpha\frac{\beta_{n+1}}{n!}-\sum_{1}^{\infty}\frac{(n+1+\varkappa)!}{n!\,\varkappa!}\,A_{n+\varkappa+1}\,\alpha^{\varkappa+1}.$$

Substituirt man diese Gleichung in die vorhergehende, so ergiebt sich

$$A_n=\frac{\beta_n}{n!}-\alpha\frac{\beta_{n+1}}{n!}+\sum_{1}^{\infty}\left\{\frac{1}{\varkappa!}-\frac{1}{\varkappa+1!}\right\}\frac{(n+1+\varkappa)!}{n!}\,A_{n+1+\varkappa}\,\alpha^{\varkappa+1}.$$

Setzen wir nun

$$\Phi_2(\varkappa)=\frac{1}{\varkappa!}-\frac{1}{\varkappa+1!},$$

so ergiebt sich auf dieselbe Art:

$$A_n=\frac{\beta_n}{n!}-\alpha\frac{\beta_{n+1}}{n!}+\Phi_2(1)(n+1)(n+2)\,A_{n+2}\,\alpha^2$$
$$+\sum_{1}^{\infty}\Phi_2(\varkappa+1)\frac{(n+2+\varkappa)!}{n!}\,A_{n+2+\varkappa}\,\alpha^{\varkappa+2}.$$

Nun ist

$$\Phi_2(1)(n+1)(n+2)\,A_{n+2}\,\alpha^2$$
$$=\Phi_2(1)\frac{\beta_{n+2}}{n!}\alpha^2-\sum_{1}^{\infty}\frac{(n+2+\varkappa)!}{n!\,\varkappa!}\,\Phi_2(1)\,A_{n+2+\varkappa}\,\alpha^{\varkappa+2},$$

also, wenn man die beiden letzten Gleichungen addirt:

$$A_n=\frac{\beta_n}{n!}-\alpha\frac{\beta_{n+1}}{n!}+\alpha^2\Phi_2(1)\frac{\beta_{n+2}}{n!}-\sum_{1}^{\infty}\left\{\frac{1}{\varkappa!}\Phi_2(1)-\Phi_2(\varkappa+1)\right\}$$
$$\times\frac{(n+2+\varkappa)!}{n!}\,A_{n+2+\varkappa}\,\alpha^{\varkappa+2}.$$

Setzt man

$$\Phi_0(x)=\Phi_1(x)=1,$$
$$\Phi_2(x)=\frac{1}{x!}-\frac{1}{x+1!},$$
$$\Phi_3(x)=\frac{1}{x!}\Phi_2(1)-\Phi_2(x+1),$$
$$\dots\dots\dots\dots\dots\dots,$$
$$\Phi_n(x)=\frac{1}{x!}\Phi_{n-1}(1)-\Phi_{n-1}(x+1),$$

so wird

$$A_n=\sum_{0}^{\infty}(-1)^{\varkappa}\Phi_{\varkappa}(1)\frac{\beta_{n+\varkappa}}{n!}\alpha^{\varkappa}.$$

Wird nun α so gewählt, dass diese Reihe convergirt, so ist

$$f(x)=\sum_{n=0}^{n=\infty}x^n\sum_{\varkappa=0}^{\varkappa=\infty}(-1)^{\varkappa}\Phi_{\varkappa}(1)\frac{\beta_{n+\varkappa}}{n!}\alpha^{\varkappa}.$$

Eine weitere Betrachtung dieser Reihe, sowie die Bestimmung des Restgliedes behalte ich mir für eine spätere Publication vor.

Prag. Dr. V. [illegible]

XXIII. Zur Neunerprobe.

Die Bemerkung auf S. 117 des laufenden Jahrgangs dieser Ze bezüglich beschränkter Anwendbarkeit der Neunerprobe bei der D beruht wohl auf einem Irrthum. Die Probe besteht ja darin, dass reducirten Quersummen des Quotienten und des Divisors ermittelt Zahlen multiplicirt und die reducirte Quersumme des Productes reducirten Quersumme des Dividenden vergleicht. Z. B.

$$15 \equiv 6, \quad 4 \equiv 4, \quad 6.4 \equiv 6 \equiv 60.$$

Auch bei Divisionen, welche nicht aufgehen, erweist sich die N probe als höchst praktisch. Z. B.

$$\begin{array}{l} 1889:75 = 25 \text{ (Rest 14)} \\ \;389 \\ \;\;14 \end{array}$$

$$75 \equiv 3, \quad 25 \equiv 7, \quad 14 \equiv 5,$$

$$3.7+5 \equiv 8 \equiv 1889.$$

Mülheim a. d. R. A. Emmer

Fig. 29.

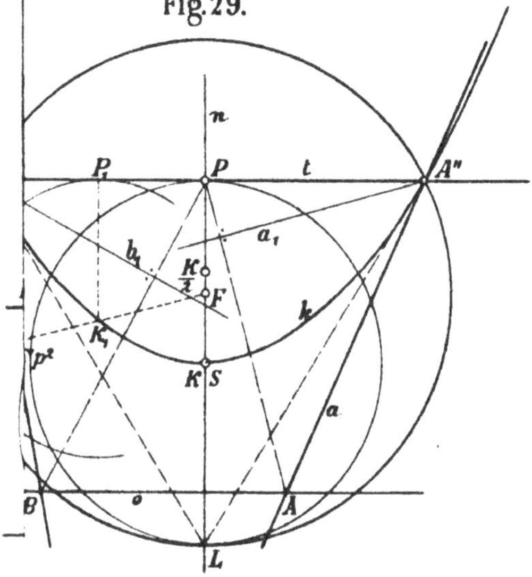

Fig. 30.

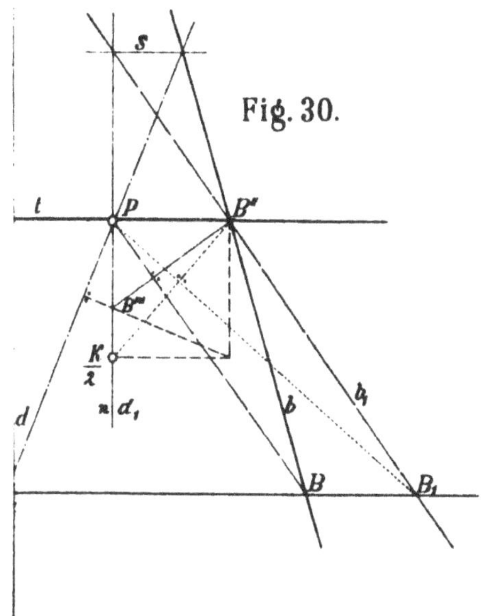

XVIII.

Zur Invariantentheorie.

Von

Dr. Veltmann

in Poppelsdorf-Bonn.

In Bd. XXII dieser Zeitschrift habe ich einen Beweis zu geben versucht für einen von Aronhold aufgestellten, aber in ganz verfehlter Weise hergeleiteten Satz über die Bedingungen, unter welchen zwei ganze homogene Functionen ineinander durch lineare Substitution transformirt werden können. Es ist nun mir gegenüber die Ansicht geäussert worden, dass nicht blos der Aronhold'sche Beweis (auf die Fehler desselben hatte auch Clebsch aufmerksam gemacht), sondern der Satz selbst unrichtig sei, wonach dann der von mir geführte Beweis ebenfalls fehlerhaft sein würde. Bei näherer Prüfung finde ich nun in der That, dass durch denselben nur die Nothwendigkeit, nicht die Zulänglichkeit der betreffenden Transformationsbedingungen dargethan ist. Der Satz ist jedoch richtig und der von mir eingeschlagene Weg geeignet, zu einem einwurfsfreien Beweise desselben zu führen. Die von mir gegebene Herleitung bedarf blos noch einer allerdings sehr wesentlichen Ergänzung und im Einzelnen strengerer Begründung. In letzterer Beziehung sind namentlich verschiedene besondere Fälle auszuschliessen, welche in der früheren Abhandlung nicht berücksichtigt oder wenigstens nicht ausdrücklich ausgeschlossen waren. Im Folgenden soll der vollständige Beweis mit jedesmaliger Angabe der auszuschliessenden Singularitäten gegeben werden.

I.

Mit $F_n^p(a, x)$, $F_n^p(b, x)$, ... wird eine ganze homogene Function p^{ter} Ordnung von $x_1 \dots x_n$ bezeichnet. Die Glieder werden so geordnet, dass diejenigen mit nachstehenden Benennungen den Anfang machen:

$$1)\qquad \begin{array}{l} x_1^{p-1}.x_1,\quad x_1^{p-1}.x_2,\quad x_1^{p-1}.x_3,\quad \dots,\quad x_1^{p-1}.x_n;\\ x_2^{p-1}.x_1,\quad x_2^{p-1}.x_2,\quad x_2^{p-1}.x_3,\quad \dots,\quad x_2^{p-1}.x_n;\\ \dots\dots\dots\dots\dots\dots\dots\dots;\\ x_n^{p-1}.x_1,\quad x_n^{p-1}.x_2,\quad x_n^{p-1}.x_3,\quad \dots,\quad x_n^{p-1}.x_n. \end{array}$$

Die übrigen mögen dann etwa in Gruppen nach den Poten- Gruppe nach den Potenzen von x_{n-1} u. s. w. ge

Reihenfolge wird der die (reellen oder imaginären) Coefficienten bezeichnende Buchstabe (a, b u. s. w.) mit den Indices 1, 2, ..., m versehen, wo also $m = [n(n+1)\ldots(n+p-1)]:(1.2.\ldots.p)$ ist. Durch lineare Substitution wird eine Function $F_n^{p}(a, x)$ in eine Function $F_n^{p}(b, x)$, eine Coefficientenreihe $a_1 \ldots a_m$ in eine Coefficientenreihe $b_1 \ldots b_m$ transformirt. Zwei Coefficientenreihen, welche ineinander transformirbar sind, heissen collinear. Alle Coefficientenreihen, welche aus einer bestimmten durch lineare Substitution entstehen können, bilden ein collineares Gebiet.

Aus der Reihe $a_1 \ldots a_m$ möge durch die Substitution

$$2) \qquad x_i \,(=)\, \alpha_{i1} x_1 + \cdots + \alpha_{in} x_n = \sum_{j=1}^{j=n} \alpha_{ij} x_j$$

[wo also das Zeichen (=) „ersetzt durch" bedeutet] die Reihe $b_1 \ldots b_m$ entstehen. Die $b_1 \ldots b_m$ seien in den $a_1 \ldots a_m$ und den α_{ij} dargestellt durch die Gleichungen

$$
\begin{array}{lll}
3_1) & b_1 & = \overset{1}{\alpha_1}\, a_1 + \cdots + \overset{1}{\alpha_m}\, a_m, \\
3_2) & b_2 & = \overset{2}{\alpha_1}\, a_1 + \cdots + \overset{2}{\alpha_m}\, a_m, \\
 & \cdots & \cdots\cdots\cdots\cdots\cdots, \\
3_{nn}) & b_{nn} & = \overset{nn}{\alpha_1}\, a_1 + \cdots + \overset{nn}{\alpha_m}\, a_m, \\
3_{nn+1}) & b_{nn+1} & = \overset{nn+1}{\alpha_1}\, a_1 + \cdots + \overset{nn+1}{\alpha_m}\, a_m, \\
 & \cdots & \cdots\cdots\cdots\cdots\cdots, \\
3_m) & b_m & = \overset{m}{\alpha_1}\, a_1 + \cdots + \overset{m}{\alpha_m}\, a_m,
\end{array}
$$

wo die $\overset{i}{\alpha_j}$ Functionen der α_{ij} vom p^{ten} Grade sind. Es ist hier vorausgesetzt, dass die Anzahl m der Glieder der Function grösser als nn, dass also $p > 2$ und, wenn $p = 3$, $n > 2$ ist. Die Benennungen 1) sind dann sämmtlich voneinander verschieden.

Die Gleichungen 3_1) bis 3_m) bleiben bestehen, wenn man sämmtliche α_{ij} mit irgend einer p^{ten} Wurzel aus 1 multiplicirt. Löst man also diese Gleichungen oder einen Theil derselben in Bezug auf α_{ij} auf, so erhält man mindestens p verschiedene Lösungen.

II.

In den Gleichungen 3_1) bis 3_m) sind, besondere Fälle ausgenommen, bei constanten $a_1 \ldots a_m$ und $b_1 \ldots b_{nn}$ die Grössen α_{ij} und somit auch die $b_{nn+1} \ldots b_m$ nicht stetig veränderlich.

Beweis. Angenommen, die Substitution 2) lasse sich unendlich wenig so variiren, dass aus den früheren $a_1 \ldots a_m$ durch die Gleichungen 3_1) bis 3_{nn}) wieder die früheren $b_1 \ldots b_{nn}$ hervorgehen. Die variirte Substitution sei

$$4) \qquad x_i \,(=)\, \gamma_{i1} x_1 + \cdots + \gamma_{in} x_n .$$

Es möge eine Substitution

$$5)\qquad x_j\ (=) \sum_{k=1}^{k=n} \beta_{jk}\, x_k$$

so bestimmt werden, dass 4) durch Composition von 2) mit 5) entsteht. Die resultirende Substitution wird erhalten, indem man aus 5) den Ausdruck für x_j in 2) einsetzt; sie ist also

$$6)\qquad x_i\ (=) \sum_{j=1}^{j=n} \alpha_{ij} \sum_{k=1}^{k=n} \beta_{jk}\, x_k$$

oder

$$7)\qquad x_i\ (=) \sum_{k=1}^{k=n} (\alpha_{i1}\beta_{1k} + \cdots + \alpha_{in}\beta_{nk})\, x_k .$$

Soll dies mit 4) übereinstimmen, so muss

$$8)\qquad \begin{array}{l} \gamma_{1k} = \alpha_{11}\beta_{1k} + \cdots + \alpha_{1n}\beta_{nk}, \\ \ldots\ldots\ldots\ldots\ldots, \\ \gamma_{nk} = \alpha_{n1}\beta_{1k} + \cdots + \alpha_{nn}\beta_{nk} \end{array}$$

sein, woraus sich ergiebt, wenn die Determinante der Substitution 2) mit A, ihre Unterdeterminanten mit A_{ij} bezeichnet werden:

$$9)\qquad \begin{array}{l} \beta_{1k} = \dfrac{\gamma_{1k} A_{11} + \cdots + \gamma_{nk} A_{n1}}{A}, \\ \ldots\ldots\ldots\ldots\ldots, \\ \beta_{nk} = \dfrac{\gamma_{1k} A_{1n} + \cdots + \gamma_{nk} A_{nn}}{A}. \end{array}$$

Da die γ von den α nur unendlich wenig verschieden sind, so kann die Substitution

$$10)\qquad \begin{array}{l} x_1\ (=)\ \beta_{11} x_1 + \cdots + \beta_{1n} x_n, \\ \ldots\ldots\ldots\ldots\ldots, \\ x_n\ (=)\ \beta_{n1} x_1 + \cdots + \beta_{nn} x_n \end{array}$$

dargestellt werden durch

$$11)\qquad \begin{array}{llll} x_1\ (=) & (1+\xi_{11}\delta) x_1 + & \xi_{12}\,\delta\, x_2 + \cdots + & \xi_{1n}\,\delta\, x_n, \\ x_2\ (=) & \xi_{21}\,\delta\, x_1 + & (1+\xi_{22}\delta) x_2 + \cdots + & \xi_{2n}\,\delta\, x_n, \\ \ldots & \ldots & \ldots & \ldots, \\ x_n\ (=) & \xi_{n1}\,\delta\, x_1 + & \xi_{n2}\,\delta\, x_2 + \cdots + & (1+\xi_{nn}\delta) x_n, \end{array}$$

wo die ξ endliche Grössen sind, δ unendlich klein ist.

Da die mit der Substitution α zusammengesetzte Substitution β den Coefficienten $b_1 \ldots b_{nn}$ dieselben Werthe giebt, wie die Substitution α allein, so müssen, wenn man auf die Reihe $b_1 \ldots b_m$ die Substitution 10) = 11) anwendet, die $b_1 \ldots b_{nn}$ ungeändert bleiben. Die Aenderung, welche die Function $F_n^\nu(b, x)$ durch die Substitution 11) erfährt, ist nun

$$12)\qquad \begin{aligned} &\frac{dF}{dx_1}(\xi_{11}x_1+\cdots+\xi_{1n}x_n)\,\delta\\ +&\frac{dF}{dx_2}(\xi_{21}x_1+\cdots+\xi_{2n}x_n)\,\delta\\ &\dots\dots\dots\dots\dots,\\ +&\frac{dF}{dx_n}(\xi_{n1}x_1+\cdots+\xi_{nn}x_n)\,\delta. \end{aligned}$$

In dieser Summe müssen also die Glieder mit den Benennungen 1) $= 0$ sei Zur Bestimmung der ξ erhält man somit eine Anzahl $= nn$ Gleichunge welche in den ξ homogen vom ersten Grade sind und in welchen die ξ n linearen Functionen der Coefficienten b der Function $F_n^p(b, x)$ multiplici sind. Die Determinante (vom nn^{ten} Grade) dieser Gleichungen, welche n X bezeichnet werden möge, ist nicht identisch $= 0$; denn wenn man z. $F_n^p(b, x)$ die besondere Function

$$x_1^p + x_2^p + \cdots + x_n^p$$

sein lässt, so ist die Variation derselben $=$

$$\begin{aligned} &p x_1^{p-1}(\xi_{11}x_1+\cdots+\xi_{1n}x_n)\,\delta\\ +&p x_2^{p-1}(\xi_{21}x_1+\cdots+\xi_{2n}x_n)\,\delta\\ &\dots\dots\dots\dots\dots\\ +&p x_n^{p-1}(\xi_{n1}x_1+\cdots+\xi_{nn}x_n)\,\delta. \end{aligned}$$

In diesem Ausdruck kommen nur die Benennungen 1) vor und mit We lassung des gemeinsamen Factors p sind die Gleichungen zur Bestimmu der ξ diese: „Jedes $\xi = 0$." Die Determinante dieser nn Gleichung ist $= 1$.

Wenn demnach in dem Ausdruck 12) die Glieder mit den Benennung 1) $= 0$ gesetzt werden, so ist das Verschwinden der Determinante c Gleichungen, welche man hierdurch zur Bestimmung der ξ erhält, als S gularität zu betrachten und kann daher ausgeschlossen werden. Im A gemeinen ist diese Determinante nicht $= 0$ und ergeben sich deshalb 1 sämmtliche ξ die Werthe Null. Die Substitution kann also nicht so vari werden, dass aus denselben $a_1 \ldots a_m$ dieselben $b_1 \ldots b_{nn}$ hervorgehen.

Hierbei möge bemerkt werden, dass es collineare Gebiete giebt, welchen die Determinante X durchweg $= 0$ ist. Wenn nämlich eine Fu tion die Eigenschaft hat, durch eine stetig variable Substitution, deren I terminante nicht gleich Null ist, in sich selbst transformirt werden können, so hat jede zu derselben collineare Function die nämliche Eig schaft. Wenn also die $a_1 \ldots a_m$, $b_1 \ldots b_m$ in den Gleichungen 3) ein solchen Gebiete angehören, so können die α_{ij} variirt werden, während ni blos die $b_1 \ldots b_{nn}$, sondern sämmtliche b ungeändert bleiben. In solch Falle gilt also obige Ausschliessung für das ganze betreffende colline Gebiet.

III.

In den Gleichungen 3_1) bis 3_m) möge aus einem bestimmten collinearen Gebiete die Reihe $b_1 \dots b_m$ so angenommen werden, dass die Determinante X nicht $=0$ ist. Durch eine lineare Substitution, deren Determinante von 0 verschieden ist, werde dieselbe in eine Reihe $a_1 \dots a_m$ transformirt. Kehrt man die angewandte Substitution um, so erhält man Substitutionscoefficienten α'_{ij} und für diese, wenn man sie in den Gleichungen 3_1) bis 3_m) an die Stelle der α_{ij} setzt, und für die beiden Reihen $b_1 \dots b_m$ und $a_1 \dots a_m$ gelten dann die Gleichungen 3_1) bis 3_m).

Jetzt betrachte man in den Gleichungen 3_1) bis 3_{nn}) die Grössen $b_1 \dots b_{nn}$ und sämmtliche a als gegeben, die nn Grössen α_{ij} als zu bestimmende Unbekannte. Die vorhin bestimmten besonderen Werthe α'_{ij} stellen dann eine Lösung dieser Gleichungen dar, welche nach II nicht variirt werden kann. Andere Lösungen erhält man, indem man die α'_{ij} mit einer p^{ten} Wurzel aus 1 multiplicirt. Diese können ebenfalls nicht variirt werden, weil sie nicht blos für $b_1 \dots b_{nn}$, sondern für sämmtliche b die nämlichen Werthe liefern, wie die α'_{ij}, die Determinante X also für alle diese Lösungen nicht $=0$ wird.

Sollte ausserdem noch irgend eine Lösung α''_{ij} existiren, so ist diese ebenfalls nicht variabel. Denn angenommen, sie wäre es. Wenn man dann die Substitution α'_{ij} umkehrt, so erhält man die Substitution $\frac{A'_{ji}}{A'}$, welche $b_1 \dots b_{nn} b_{nn+1} \dots b_m$ in $a_1 \dots a_m$ transformirt. Componirt man dieselbe mit α''_{ij}, welche letztere $a_1 \dots a_m$ in $b_1 \dots b_{nn} b''_{nn+1} \dots b''_m$ verwandelt, so transformirt die Resultante die Reihe $b_1 \dots b_{nn} b_{nn+1} \dots b_m$ in $b_1 \dots b_{nn}$ $b''_{nn+1} \dots b''_m$, lässt also $b_1 \dots b_{nn}$ ungeändert. Die Resultante ist aber variabel, weil eine der Componenten variabel ist. Die Reihe $b_1 \dots b_{nn} b_{nn+1}$ $\dots b_m$ würde also durch eine variable Substitution so transformirt werden können, dass die $b_1 \dots b_{nn}$ unverändert bleiben, was nicht möglich ist, weil die Determinante X nicht $=0$ ist. Variable Auflösungen der Gleichungen 3_1) bis 3_{nn}) existiren also nicht; man erhält durch Auflösung dieser Gleichungen nach den α_{ij} eine bestimmte Anzahl Werthsysteme dieser Grössen. Ferner liefern dann die Gleichungen 3_{nn+1}) bis 3_m) ebenso viele Werthsysteme der Grössen b_{nn+1} bis b_m.

IV.

In den Gleichungen 3_1) bis 3_m) mögen die Grössen $b_1 \dots b_{nn}$ die unter III angenommenen, bestimmten numerischen Werthe behalten. Die $a_1 \dots a_m$ seien ebenfalls als gegebene Grössen betrachtet, deren Werthe jedoch noch willkürlich angenommen werden können. Die $b_{nn+1} \dots b_m$, sowie die α_{ij} werden als zu bestimmende Unbekannte betrachtet.

Die nn Gleichungen 3_1) bis 3_{nn}) enthalten nur die [illegible]

α_{ij}. Eliminirt man in der Weise, dass man aus [illegible]

Werth von α_{11} in die übrigen, dann aus 3_2) den Werth von α_{12} in die folgenden u. s. w. setzt (ob dies ausführbar ist oder nicht, ist hier gleichgiltig), so kann der Fall nicht eintreten, dass irgend einmal sämmtliche α herausfallen, also Bedingungsgleichungen zwischen den $a_1 \dots a_m$ erhalten werden. Denn dann würden, wenn dieselben erfüllt wären, für die α sich stetig variable Lösungen ergeben. Die $a_1 \dots a_m$ würden also nicht so angenommen werden können, dass man nichtvariable Lösungen erhält, was mit III im Widerspruche steht. Ebenso ist es nicht möglich, dass ausser sämmtlichen α auch sämmtliche a herausfallen; denn in diesem Falle würde man für beliebige a variable Lösungen erhalten, ebenfalls im Widerspruche mit Früherem.

Nur in besonderen Fällen, bei bestimmten Beziehungen zwischen den $a_1 \dots a_m$ kann es also eintreten, dass die Gleichungen 3_1) bis 3_m) keine oder variable Lösungen haben. Um diese Beziehungen zu erhalten, würde man durch rationale Elimination, etwa nach dem Verfahren der Kettenbruchentwickelung unter Anwendung des Satzes von Labatie, das System von Gleichungen auf eine oder mehrere Gruppen reduciren von der Beschaffenheit, dass in jeder Gruppe die erste Gleichung sämmtliche Unbekannte, die zweite eine weniger u. s. w. enthält. Hierbei würde man durch Ausschliessung bestimmter Beziehungen zwischen den a erreichen können, dass diese Elimination sich in einer bestimmten Weise allgemein ausführen liesse. Ob diese Ausschliessungen für obigen Zweck alle nothwendig sind oder nicht, ist gleichgiltig; es handelt sich hier nur um den Nachweis, dass eine endliche Anzahl von Beziehungen existirt, deren Ausschliessung für diesen Zweck genügt.

V.

In den Gleichungen 3_1) bis 3_{nn}) mögen $b_1 \dots b_{nn}$ wieder die früheren numerischen Werthe haben und die a so gewählt sein, dass die unter IV nachgewiesenen Bedingungen bestimmter Lösungen stattfinden. Löst man also die Gleichungen nach den α_{ij} auf, so ergeben sich bestimmte Werthsysteme dieser Grössen. Setzt man jedes derselben in die Gleichung 3_{nn+1}) ein, so ergeben sich aus dieser ebenso viele Werthe von b_{nn+1}, wobei es dahingestellt bleibt, ob diese Werthe alle verschieden sind oder nicht. Diese Werthe mögen $b^1_{nn+1}, b^2_{nn+1}, \dots$ genannt werden. Wenn also die Gleichung 3_{nn+1}) nach Einsetzung der α_{ij} wieder rational gemacht, d. h. wenn die α_{ij} aus den Gleichungen 3_{nn+1}) und 3_1) bis 3_{nn}) eliminirt werden, so wird die resultirende Gleichung für b_{nn+1} die Werthe b^1_{nn+1}, b^2_{nn+1} u. s. w. liefern. Fälle, wo diese Gleichung infolge besonderer Werthverhältnisse der Grössen $a_1 \dots a_m$ in Bezug auf b_{nn+1} mehrfache Wurzeln hat, können ausgeschlossen werden. Sollten aber solche mehrfache Wurzeln allgemein existiren, so kann durch einen rationalen Factor dividirt werden derart, dass jede der Grössen b^1_{nn+1}, b^2_{nn+1} u. s. w. nur einmal als Wurzel darin vorkommt. In dieser Form möge die Gleichung sein

$$13_1)\qquad \varphi_0^{\frac{1}{}}(a)+\varphi_1^{\frac{1}{}}(a).b_{nn+1}+\cdots+\varphi_h^{\frac{1}{}}(a).b_{nn+1}^h=0,$$

wo die φ Functionen von $a_1 \ldots a_m$ sind. Die Coefficienten dieser Functionen bestimmen sich aus den angenommenen numerischen Werthen der $b_1 \ldots b_{nn}$. Die Gleichung liefert [unter Ausschliessung besonderer Werthe der a, für welche $\varphi_h^{\frac{1}{}}(a)=0$] eine Anzahl $=h$ verschiedene Werthe von b_{nn+1}.

Auf gleiche Weise erhält man durch Elimination der α_{ij} aus den Gleichungen 3_1) bis 3_{nn}) und 3_{nn+2}) eine Gleichung

$$13_2)\qquad \varphi_0^{\frac{2}{}}(a)+\varphi_1^{\frac{2}{}}(a).b_{nn+2}+\cdots+\varphi_k^{\frac{2}{}}(a).b_{nn+2}^k=0,$$

aus welcher sich eine Anzahl $=k$ verschiedene Werthe von b_{nn+2} bestimmen.

U. s. w. Die letzte der so erhaltenen Gleichungen sei

$$13_{m-nn})\qquad \varphi_0^{\frac{m-nn}{}}(a)+\varphi_1^{\frac{m-nn}{}}(a).b_m+\cdots+\varphi_t^{\frac{m-nn}{}}(a).b_m^t=0.$$

Die Anzahl der aus den Gleichungen 3_1) bis 3_{nn}) erhaltenen Werthsysteme der α_{ij} möge mit q bezeichnet werden. Zu jedem derselben liefert die Gleichung 3_{nn+1}) und somit auch 13_1) einen Werth von b_{nn+1}, die Gleichung 13_2) einen Werth von b_{nn+2} u. s. w., die Gleichungen 13_1) bis 13_{m-nn}) also ein Werthsystem der b_{nn+1} bis b_m. Man erhält somit Werthsysteme der letzteren Grössen, deren Anzahl höchstens $=q$ ist. Jedes dieser Werthsysteme und kein anderes System von Werthen der b_{nn+1} bis b_m stellt mit $b_1 \ldots b_{nn}$ zusammen eine zu $a_1 \ldots a_m$ collineare Reihe dar. Transformirt man also die Reihe $a_1 \ldots a_m$ durch eine beliebige Substitution

$$x_i\ (=)\ \delta_{i1}x_1+\cdots+\delta_{in}x_n,$$

deren Determinante nicht $=0$ ist und die auch irgendwelche andere oben ausgeschlossene Singularitäten nicht zur Folge hat, in eine Reihe $a'_1 \ldots a'_m$ und setzt diese in den Gleichungen 3_1) bis 3_m), sowie 13_1) bis 13_{m-nn}) an die Stelle von $a_1 \ldots a_m$, so erhält man ebenfalls alle diejenigen Werthsysteme b_{nn+1} bis b_m und nur diese, welche mit $b_1 \ldots b_{nn}$ eine zu $a'_1 \ldots a'_m$ collineare Reihe bilden. Da aber eine zu $a'_1 \ldots a'_m$ collineare Reihe es auch zu $a_1 \ldots a_m$ ist und umgekehrt, so müssen genau dieselben Werthsysteme b_{nn+1} bis b_m erhalten werden, wie früher zu $a_1 \ldots a_m$. Die Gleichung 13_1) wird daher dieselben voneinander verschiedenen Werthe von b_{nn+1} in der Anzahl $=h$, 13_2) dieselben Werthe von b_{nn+2} in der Anzahl $=k$ liefern u. s. w.

In der Gleichung 13) müssen somit die Quotienten

$$14_1)\qquad \frac{\varphi_0^{\frac{1}{}}}{\varphi_h^{\frac{1}{}}},\ \frac{\varphi_1^{\frac{1}{}}}{\varphi_h^{\frac{1}{}}},\ \cdots$$

in der Gleichung 13_2) die Quotienten

$$14_2)\qquad \frac{\varphi_0^{\frac{2}{-}}}{\varphi_k^{\frac{2}{-}}},\ \frac{\varphi_1^{\frac{2}{-}}}{\varphi_k^{\frac{2}{-}}},\ \ldots$$

u. s. w., in der Gleichung 13_{m-nn}) die Quotienten

$$14_{m-nn})\qquad \frac{\varphi_0^{\frac{m}{-}}}{\varphi_t^{\frac{m}{-}}},\ \frac{\varphi_1^{\frac{m}{-}}}{\varphi_t^{\frac{m}{-}}},\ \ldots$$

für beide Reihen $a_1 \ldots a_m$ und $a'_1 \ldots a'_m$ dieselben Werthe haben. hieraus hervorgehenden Gleichungen zwischen den $a_1 \ldots a_m$ und den $a'_1 \ldots$ mögen in folgender Weise angedeutet werden:

$$15)\qquad \begin{gathered} \frac{\varphi_0^{\frac{1}{-}}(a)}{\varphi_h^{\frac{1}{-}}(a)} = \frac{\varphi_0^{\frac{1}{-}}(a')}{\varphi_h^{\frac{2}{-}}(a')},\quad \frac{\varphi_1^{\frac{1}{-}}(a)}{\varphi_h^{\frac{1}{-}}(a)} = \frac{\varphi_1^{\frac{1}{-}}(a')}{\varphi_h^{\frac{1}{-}}(a')},\ \ldots \\ \frac{\varphi_0^{\frac{2}{-}}(a)}{\varphi_h^{\frac{2}{-}}(a)} = \frac{\varphi_0^{\frac{2}{-}}(a')}{\varphi_h^{\frac{2}{-}}(a')},\ \ldots \\ \cdots\cdots\cdots\cdots \\ \frac{\varphi_0^{\frac{m}{-}}(a)}{\varphi_h^{\frac{m}{-}}(a)} = \frac{\varphi_0^{\frac{m}{-}}(a')}{\varphi_h^{\frac{m}{-}}(a')},\ \ldots \end{gathered}$$

wo die Ausdrücke auf den rechten Seiten in derselben Weise die $a'_1 \ldots$ enthalten, wie diejenigen auf den linken Seiten die $a_1 \ldots a_m$.

VI.

Das unter V erhaltene Resultat, dass für zwei collineare Reihen $a_1 .$ und $a'_1 \ldots a'_m$ die Gleichungen 15) stattfinden, lässt sich in folgender V umkehren.

Eine Reihe $a'_1 \ldots a'_m$ möge so beschaffen sein, dass sie, statt $a_1 .$ in die Gleichungen 3_1) bis 3_{nn}) eingesetzt, für die α_{ij} bestimmte variable Werthsysteme liefert. Ferner mögen die $a'_1 \ldots a'_m$ die Eigens haben, dass sie, statt der $a_1 \ldots a_m$ in die Quotienten 14) eingesetzt, d dieselben Werthe geben, wie die Reihe $a_1 \ldots a_m$. Dann sind $a'_1 \ldots a'_m$ $a_1 \ldots a_m$ collinear.

B e w e i s. Setzt man die $a'_1 \ldots a'_m$ in die Gleichungen 3_1) bis 3_m und eliminirt zur Bestimmung der $b_{nn+1} \ldots b_m$ in der früheren Weise erhält man Gleichungen, welche aus den Gleichungen 13_1) bis 13_m dadurch entstehen, dass in denselben die $a_1 \ldots a_m$ durch $a'_1 \ldots a'_m$ er werden. Nach der für die $a'_1 \ldots a'_m$ in Bezug auf die Quotienten 14 machten Voraussetzung bestimmen sich also die $b_{nn+1} \ldots b_m$ aus Gl ungen, welche mit den früheren 13) identisch sind. Die Grössen b, bis b_m erhalten daher einzeln dieselben Werthe, wie früher.

Es bleibt nun noch zu zeigen, dass diese Werthe auch in derselben Weise zusammengehören, dass also für die beiden Reihen $a_1 \dots a_m$ und $a'_1 \dots a'_m$ dieselben Werthsysteme der $b_{nn+1} \dots b_m$ erhalten werden. Setzt man in den Gleichungen 15) statt der $a'_1 \dots a'_m$ die $a_1 \dots a_m$, so wird denselben genügt. Da die Gleichungen algebraische sind, so kann man auf unendlich vielfache Weise die Reihe $a'_1 \dots a'_m$ stetig so in $a_1 \dots a_m$ übergehen lassen, dass den Gleichungen beständig genügt wird und zugleich keine der ausgeschlossenen besonderen Fälle stattfinden. Die aus den Gleichungen 13_1) bis 13_{m-nn}) hervorgehenden Werthe von b_{nn+1} bis b_m bleiben dann ungeändert, weil die Quotienten 14) sich nicht ändern. Hieraus folgt aber ohne Weiteres, dass diese Werthe auch stets in derselben Weise zusammengehören, dass man also für beide Reihen $a_1 \dots a_m$ und $a'_1 \dots a'_m$ die nämlichen Werthsysteme der b erhält. Da dieselben zu den letzteren collinear sind, sind sie auch unter sich collinear.

VII.

Nach V ist es eine nothwendige, nach VI eine genügende Bedingung für die Collinearität zweier Reihen $a_1 \dots a_m$ und $a'_1 \dots a'_m$, dass die Gleichungen 15) stattfinden, in welchen auf der linken Seite eine Function der $a_1 \dots a_m$, auf der rechten dieselbe Function der $a'_1 \dots a'_m$ steht. Wie aus diesen gebrochenen absoluten Invarianten relativ invariante ganze Functionen der Coefficienten abgeleitet werden, ist in Bd. XXII gezeigt worden.

Die Gleichungen 15) werden nicht alle voneinander unabhängig sein. Da aus den Gleichungen 3_1) bis 3_m) durch Elimination der α_{ij} eine Anzahl $= m - nn$ Gleichungen erhalten werden und diese die Collineationsbedingungen (in anderer Form) für die beiden Reihen $a_1 \dots a_m$ und $b_1 \dots b_m$ darstellen, so muss auch die Zahl der auf obige Weise erhaltenen voneinander unabhängigen Gleichungen $= m - nn$ sein.

Der Satz kann auf ein System von mehreren Functionen ausgedehnt werden. Jedoch müssen hinsichtlich der Auflösbarkeit der den Gleichungen 3_1) bis 3_m) entsprechenden Gleichungen ähnliche Bedingungen stattfinden, wie in dem hier behandelten Falle einer Function. Dies ist u. A. dann der Fall, wenn das System wenigstens eine Function enthält, für welche, wenn sie allein transformirt werden sollte, die obigem Beweise zu Grunde liegenden Voraussetzungen gelten, weil dann der Beweis ohne Weiteres auch auf das System anwendbar ist.

Die bei dem Beweise ausgeschlossenen besonderen Fälle sind nicht nothwendig auch sämmtlich von dem Satze auszuschliessen. Bei stetiger Annäherung an einen besondern Fall bleibt der Satz giltig, und wenn hierbei die zu bestimmenden Substitutionscoefficienten nicht unendlich gross werden, so gilt der Satz auch in der Grenze.

In Fällen, wo die ursprünglichen Transformationsgleichungen in Bezug auf die Substitutionscoefficienten nur unter besonderen Bedingungen auf-

so dass die Richtung der x_1-Axe mit derjenigen von l übereinstimmt. 2) geht durch diese Substitution über in

$$\sum_{(i,k=1,2,3)} b_{ik}\, x_i x_k = 1,$$

wo

$$b_{11} = \sum_{(i,k=1,2,3)} a_{ik}\lambda_i\lambda_k, \quad b_{22} = \sum_{(i,k)} a_{ik}\mu_i\mu_k, \quad b_{33} = \sum_{(i,k)} a_{ik}\nu_i\nu_k,$$

$$b_{23} = \sum_{(i,k)} a_{ik}\mu_i\nu_k, \quad b_{31} = \sum_{(i,k)} a_{ik}\nu_i\lambda_k, \quad b_{12} = \sum_{(i,k)} a_{ik}\lambda_i\mu_k$$

gesetzt ist. Die weiteren Entwickelungen vereinfachen sich wesentlich, wenn die neun Richtungscosinus noch einer Bedingung unterworfen werden, was gestattet ist, da wohl die x_1-Axe durch $\lambda_1, \lambda_2, \lambda_3$ bestimmt, dagegen die Lage der x_2- (oder x_3-) Axe in der x_2x_3-Ebene noch willkürlich geblieben ist, indem sich bekanntlich die neun Richtungscosinus als Functionen dreier unabhängigen Winkel ausdrücken lassen. Die Bedingung laute:

$$b_{23} = 0.$$

Aus der so transformirten Gleichung des Ellipsoids wird diejenige des ellipsoidischen Schnittes erhalten, wenn an Stelle von x_1 die Normale l substituirt wird, wobei nach einem Satze der analytischen Geometrie

3) $$l = \sum_{i=1,2,3} \lambda_i \alpha_i,$$

unter $(\alpha_1, \alpha_2, \alpha_3)$ den angezogenen Punkt verstanden. Mithin ergiebt sich als Gleichung des ellipsoidischen Querschnittes:

$$b_{22}x_2^2 + b_{33}x_3^2 + 2lb_{12}x_2 + 2lb_{13}x_3 + b_1 l^2 - 1 = 0$$

oder

$$b_{22}x_2^2 + b_{33}x_3^2 = 1 + l^2\left(\frac{b_{12}^2}{b_{22}} + \frac{b_{13}^2}{b_{33}} - b_{11}\right).$$

Demnach ist:

$$M = \frac{\pi}{\sqrt{b_{22}b_{33}}}\left[1 + \frac{l^2}{b_{22}b_{33}}(b_{22}b_{13}^2 + b_{33}b_{12}^2 - b_{11}b_{22}b_{33})\right]$$

oder mit Benutzung der bekannten Relation:

$$b_{11}b_{23}^2 + b_{22}b_{31}^2 + b_{33}b_{12}^2 = b_{11}b_{22}b_{33} - \varDelta,$$

wo $\varDelta$ die Determinante der quadratischen Form φ bezeichnet,

4) $$M = \frac{\pi}{\sqrt{b_{22}b_{33}}}\left(1 - \frac{l^2\varDelta}{b_{22}b_{33}}\right),$$

und dabei ist:

$$b_{22}b_{33} = \sum_{h,i,k}^{1,2,3}(a_{ii}a_{kk} - a_{ik}^2)\lambda_h^2 + 2\sum_{h,i,k}^{1,2,3}(a_{hk}a_{ik} - a_{hi}a_{kk})\lambda_h\lambda_i \quad (h \gtrless i \gtrless k),$$

$$\varDelta = a_{11}a_{22}a_{33} + 2a_{12}a_{23}a_{31} - a_{11}a_{23}^2 - a_{22}a_{31}^2 - a_{33}a_{12}^2.$$

Betrachtet man parallel zu dem ellipsoidischen Schnitte von den beiden möglichen Tangentialebenen an das Ellipsoid die demselben am nächsten

XIX.

Bestimmung der Potentialfunction eines homogenen Ellipsoids.

Von

Dr. Jahnke.

Nachdem schon die Herren Weingarten* und Scheibner* die Theorie des Fourier'schen Doppelintegrals angewandt hatten, um die Laplace-Poisson'sche Differentialgleichung resp. für die Massen- und Flächenpotentialfunctionen herzuleiten, hat Roch* mit Benutzung derselben Theorie und unter Voraussetzung jener Differentialgleichung für die Potentialfunction eines Körpers folgenden Ausdruck aufgestellt:

$$1)\qquad V = \frac{1}{\pi}\int\int M(x)\, d\sigma,$$

wo $M(x)$ die Schwere der zur x-Axe normalen und durch den angezogenen Punkt gelegten Ebene bezeichnet und die x-Linie durch die Winkel ψ und ϑ bestimmt ist, wenn

$$d\sigma = \sin\psi\, d\psi\, d\vartheta.$$

Dabei ist zu beachten, dass die Normalen sämmtlich nach einer Seite zu ziehen sind, womit zusammenhängt, dass in V_i die Grenzen der Integration 0 und π sind, während in V_a der Kegel, welchen die Normalen der vom angezogenen Punkt an den Körper gelegten Tangentialebenen bilden, die Werthe von ψ und ϑ angiebt, innerhalb deren die M endlich sind.

Im Folgenden soll Roch's Ausdruck zur Berechnung der Potentialfunction eines homogenen Ellipsoids angewendet werden. Dabei werde die Dichtigkeit der Einheit gleich gewählt. Die zu einem Querschnitt des Ellipsoids

$$2)\qquad \varphi = \sum_{(i,k=1,2,3)} a_{ik}\,\xi_i\,\xi_k = 1 \qquad (a_{ik} = a_{ki})$$

gehörige Normale l habe die Richtungscosinus λ_1, λ_2, λ_3. Neben dem im Raume festen Coordinatensystem (ξ_1, ξ_2, ξ_3) werde ein zweites (x_1, x_2, x_3) eingeführt, das mit jenem durch die Beziehungen verbunden ist:

$$\xi_i = \lambda_i x_1 + \mu_i x_2 + \nu_i x_3 \qquad (i = 1, 2, 3),$$

* Crelle's Jour

und dieses Doppelintegral verwandelt sich einer Jacobi'schen Formel zufolge in

$$6)\qquad \pi\int_0^\infty \frac{ds}{\sqrt{D}},$$

wo

$$D = \Delta s^3 + \Delta s^2 \sum_i d_i + \Delta s \sum_{\substack{i,k\\(i \gtrless k)}} d_i d_k + \Delta d_1 d_2 d_3$$

gesetzt ist. Infolge des zwischen den c und d bestehenden Zusammenhanges wird

$$7)\qquad D = \Delta s^3 + \Delta s^2 \sum_h c_{hh} + \Delta s \sum_h \Delta'_{hh} + \Delta\Delta',$$

wenn Δ' die Determinante der quadratischen Form n^2 und Δ'_{hh} deren zu c_{hh} gehörige Unterdeterminante bezeichnet, und bei Rücksicht auf die Bedeutung der Grössen c:

$$7^*)\qquad D = \Delta s^3 + s^2 \sum_h \Delta_{hh} + s \sum_h a_{hh} + 1,$$

wo Δ_{hh} analoge Bedeutung wie Δ'_{hh} besitzt, nämlich

$$\Delta_{hh} = a_{ii}a_{kk} - a_{ik}^2 \qquad (h \gtrless i \gtrless k).$$

Die übrigen in 5) enthaltenen Doppelintegrale lassen sich durch partielle Differentiation von 5*) reduciren. Der Coefficient von α_h^2 ist:

$$-\frac{1}{\sqrt{\Delta}}\int_0^\pi\int_0^\pi \frac{\lambda_h^2\, d\sigma}{n^5} = 2\pi \frac{\partial}{\partial c_{hh}} \int_0^\infty \frac{ds}{\sqrt{D}} = -\pi \int_0^\infty \frac{D_{hh}}{\sqrt{D^3}}\, ds,$$

wo

$$D_{hh} = \frac{\partial D}{\partial c_{hh}} = \Delta s^2 + s(\Delta_{ii} + \Delta_{kk}) + a_{hh}$$

gesetzt ist, und der Coefficient von $2\alpha_h\alpha_i\ (h \gtrless i)$ ist:

$$-\frac{1}{\sqrt{\Delta}}\int_0^\pi\int_0^\pi \frac{\lambda_h\lambda_i\, d\sigma}{n^3} = -\pi \int_0^\infty \frac{D_{hi}}{\sqrt{D^3}}\, ds,$$

wo

$$D_{hi} = \frac{\partial D}{\partial c_{hi}} = -s\Delta_{hi} + a_{hi}$$

gesetzt ist. Hiernach nimmt die Potentialfunction des Ellipsoids in Bezug auf einen inneren Punkt die Gestalt an:

$$8)\qquad V_i = \pi \int_0^\infty G(s) \frac{ds}{\sqrt{D}},$$

wo

$$G(s) = 1 - \frac{1}{D} \sum_{h,i}^{1,2,3} \alpha_h \alpha_i D_{hi}$$

gesetzt ist;* und dieser Ausdruck gilt für eine beliebige Richtung der Coordinatenaxen, wenn nur der Mittelpunkt als Anfangspunkt gewählt wird.**

Der Fall eines äusseren Punktes lässt sich durch einen einfachen Gedanken auf den eben behandelten zurückführen. Es ist nämlich

$$V_a = \frac{1}{\sqrt{\Delta}} \int\int \frac{d\sigma}{n}\left(1 - \frac{l^2}{n^2}\right) \qquad (n^2 \geqq l^2).$$

Da also die Potentialfunction — wenn den hier auftretenden Wurzelgrössen das positive Zeichen beigelegt wird — positiv sein muss, so ist V_a, wie man auch sagen kann, gleich dem positiven Theil von

$$\frac{1}{\sqrt{\Delta}} \int_0^\pi\int_0^\pi \frac{d\sigma}{n}\left(1 - \frac{l^2}{n^2}\right)$$

oder von

$$\pi \int_0^\infty G(s) \frac{ds}{\sqrt{D}}.$$

Dieses Integral ist aber nur so lange positiv, als $G(s)$ positiv bleibt. Wird daher die positive Wurzel von

$$G(s) = 1 - \frac{\sum\limits_{h,i}^{1,2,3} \alpha_h \alpha_i D_{hi}}{\Delta(s+d_1)(s+d_2)(s+d_3)} = 0$$

mit σ bezeichnet, so wird

9) $$V_a = \pi \int_\sigma^\infty G(s) \frac{ds}{\sqrt{D}}.$$

Dasselbe Verfahren lässt sich noch in anderen Fällen, wie beim Kreisringe und anderen Rotationskörpern mit Erfolg einschlagen, wie ich bei einer nächsten Gelegenheit zu zeigen gedenke.

Schlussbemerkung. Die Formel 5) — welche u. a. die Potentialfunction des homogenen Ellipsoids für den Fall eines inneren Punktes als ganze rationale Function zweiten Grades der Coordinaten des angezogenen Punktes darstellt, wobei die Coefficienten Doppelintegrale sind — kann auch benutzt werden, um Eigenschaften der Anziehungskräfte inhomogener Ellipsoide zu erkennen.

---

* Die Differentiation unter dem Integralzeichen ist zulässig, denn einmal stellt der Ausdruck unter demselben innerhalb der Integrationsgrenzen eine stetige Function von s dar, da er unstetig nur für die Wurzeln von $D = 0$ werden könnte, welche aber negativ sind; andererseits ist er für einen bestimmten Werth von s auch stetig in Bezug auf den Parameter c_{hh} resp. c_{hi}, wie man sich leicht überzeugt.

** Vergl. Mertens, Bestimmung des Potentials eines homog… Crelle's J. Bd. 70.

Nämlich bei der Herleitung von 5) ist allerdings die Dichtigkeit gleich Eins angenommen worden; die Entwickelung bleibt jedoch genau dieselbe, wenn ein Ellipsoid mit beliebiger Massenvertheilung gewählt wird; nur ist dann kM an Stelle von M zu setzen, wo k den mittleren Werth der auf einem Querschnitte herrschenden Dichtigkeit bezeichnet.

Nehmen wir nun etwa

$$k = n^{-p} f\left(\frac{l}{n}\right),$$

wo die analytische Function f nur von dem Verhältniss $\frac{l}{n}$ abhängt, so stellt sich die Potentialfunction des auf seine Hauptaxen bezogenen Ellipsoids dar in der Form:

$$V = \frac{1}{\sqrt{a_1 a_2 a_3}} \int\int_{\epsilon} n^{-p-1} f\left(\frac{l}{n}\right)\left(1 - \frac{l^2}{n^2}\right) d\sigma$$

oder, wenn die Jacobi'sche Substitution wieder angewendet wird:

$$V = \int\int^{\epsilon} n_1^{\,p-2} f_1(l_1)\, d\sigma,$$

wo

$$f_1(l_1) = f(l_1)(1 - l_1^2)$$

gesetzt ist. Dabei bleiben die Integrationsgrenzen dieselben wie oben.

Für $p = 2$ behält der Ausdruck von V den gleichen Werth bei allen Ellipsoiden, die in den Grössen $\alpha_\nu \sqrt{\alpha_\nu}$ $(\nu = 1, 2, 3)$ übereinstimmen.

Denken wir uns also ein Ellipsoid aus unendlich dünnen ellipsoidischen Schalen bestehend und diese von Ellipsoiden begrenzt, welche dem gegebenen ähnlich sind und zu ihm ähnlich liegen, und denken wir uns ferner die Dichtigkeit so vertheilt, dass ihr mittlerer Werth in den dieselbe Schale berührenden Querschnitten n^{-2} proportional, d. h. dem Quadrate des zugehörigen Radius vectors der Fusspunktenfläche umgekehrt proportional ist, so besteht der Satz: Ein solches Ellipsoid übt auf einen inneren oder äusseren Punkt dieselbe Anziehung aus wie ein ähnliches und ähnlich liegendes Ellipsoid, dessen Dichtigkeit demselben Gesetz unterworfen ist, auf den correspondirenden Punkt (im Ivory'schen Sinne). Für den Fall einer Kugel, wo $n = r$, lautet der Satz einfacher so: Eine Kugel, in welcher die Dichtigkeit derart vertheilt ist, dass ihr Mittelwerth in allen Querschnitten welche Tangentialebenen an dieselbe (zur gegebenen Kugel concentrische) Kugelschale bilden, der gleiche ist, übt dieselbe Anziehung aus wie eine concentrische Kugel mit der gleichen Massenvertheilung auf den correspondirenden Punkt. Wird $p = -1$ gewählt, so verhalten sich die auf zwei correspondirende innere oder äussere Punkte bezogenen Potentialfunctionen der beiden oben genannten ähnlichen und ähnlich liegenden Ellipsoide, wie die Massen der mit derselben constanten Dichtigkeit erfüllt gedachten Körper.

Für

$$k = n^{-p} \qquad (p = 0, 1, \ldots)$$

lässt sich die auf einen beliebigen Punkt bezogene Potentialfunction noch als einfaches elliptisches Integral, und für

$$k = n^{-2p} \qquad (p = 1, \ldots),$$

sowie für

$$k = n^{2p+1} \qquad (p = 1, \ldots)$$

in endlicher Form darstellen, wie man leicht unter Benutzung der auf das Doppelintegral bezüglichen Jacobi'schen* Formeln erkennt.

* Jacobi, l. c.

XX.

Ueber Kreisfusspunktcurven.

Von

Dr. Otto Richter

in Leipzig.

Hierzu Taf. X.

Gegeben sei ein Kreis mit dem Mittelpunkte M, und in ihm ein Durchmesser A_1A_2. Fällt man von irgend einem auf dem Radius MA_2 (bez. dessen Verlängerung über A_2 hinaus) gelegenen Punkte N Lothe auf alle Tangenten des Kreises, so bilden die Fusspunkte eine Curve vierter Ordnung („Pascal'sche Schnecke"), welche ich im Folgenden Kreisfusspunktcurve der ersten, zweiten, dritten Art nenne, je nachdem $MN <, =, > MA_2$ ist. Die Kreisfusspunktcurve zweiter Art ist also die Cardioide (mit Spitze in N). Jenen Kreis nenne ich den erzeugenden Kreis der Curve; der Radius desselben sei mit r, die Entfernung des Poles oder Doppelpunktes N vom Mittelpunkte M mit e bezeichnet: $r = MA_1 = MA_2$, $e = MN$. Bei den Curven erster Art* ist N isolirter Doppelpunkt; diese Curven sind ganz convex oder mit einer hohlen Einbiegung (und also dann mit zwei reellen Wendepunkten) versehen, je nachdem $e <$ oder $> \frac{r}{2}$ ist; für $e = \frac{r}{2}$ ergiebt sich eine Curve mit Flachpunkt (Hyperosculationspunkt mit unendlich grossem Krümmungsradius). — Bekanntlich ist jede solche Curve in zweierlei Hinsicht Rollcurve (Epicykloide und Hypocykloide); auch kann sie dadurch erzeugt werden, dass man von N aus alle Strahlen NU nach der Peripherie des über NM als Durchmesser errichteten Kreises zieht und von U aus auf NU eine constante Strecke ($r = MA_1 = MA_2 = UP_1$, Fig. 2) abträgt. Es werde aber hier gleich noch eine (ebenfalls nicht neue) Erzeugungsweise, des Folgenden wegen, erwähnt (Fig. 1a). Sind C_1, C_2 die Mitten von NA_1, NA_2, O die Mitte von NM, und wird der Kreis um O gezeichnet, welcher durch C_1, C_2 geht; ist ferner P_1 ein beliebiger Punkt der Curve, schneidet NP_1 den vorhin genannten Kreis, welcher NM zum Durchmesser hat, in U; wird in dem Kreise, wovon ein Durchmesser C_1C_2 ist, der Radius $OJ \| NP_1$

* Die Figuren sind für Curven erster Art entworfen, mit Ausnahme der Fig. 5c.

Fig. 5c.

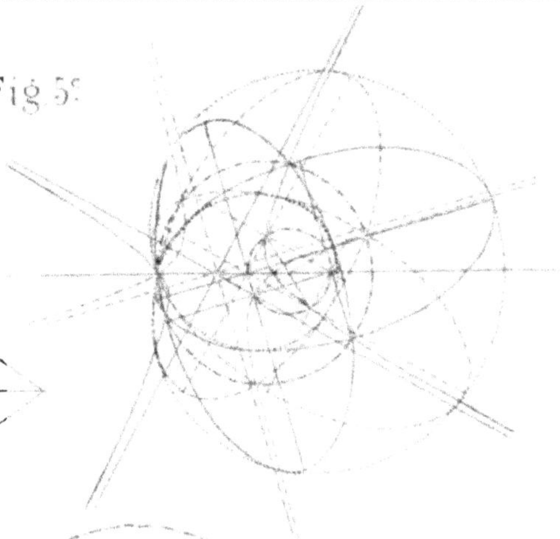

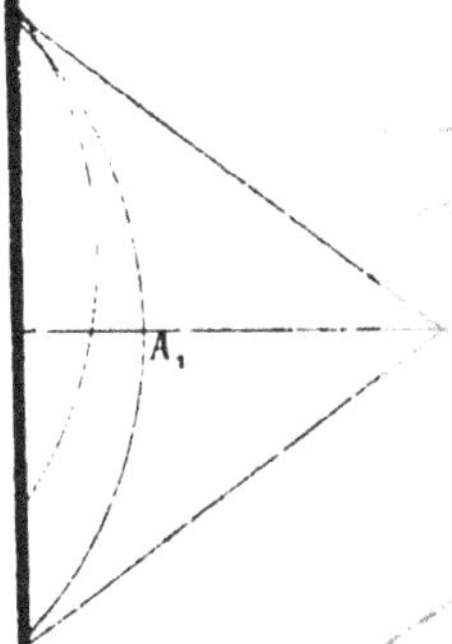

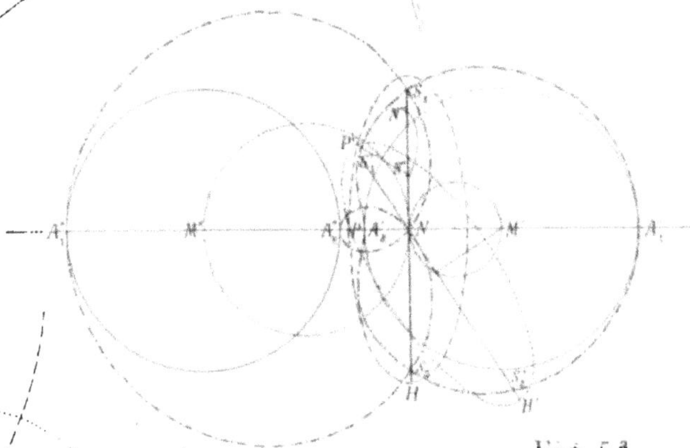

Fig. 5a.

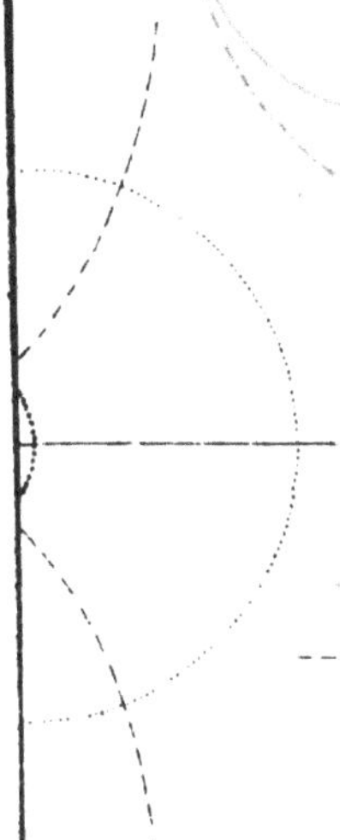

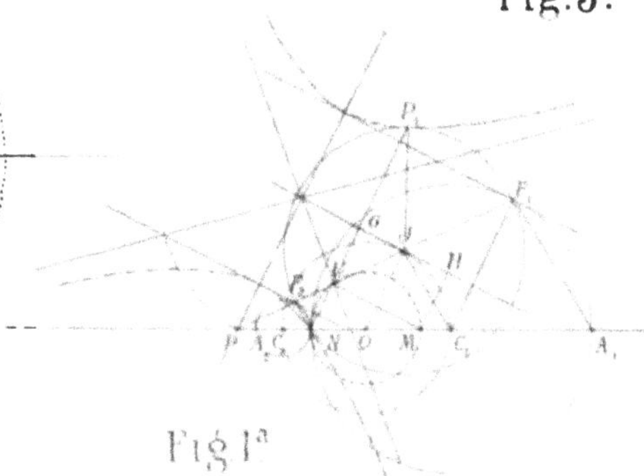

Fig. 1a.

gezogen, in J die Tangente gelegt und diese mit NP_1 zum Schnitte (G) gebracht; ist endlich MH das Loth von M auf jene Tangente, so folgt aus der Unveränderlichkeit der Länge UP_1 $(= MA_1 = \frac{1}{2} A_1 A_2 = C_1 C_2 = 2\overline{OJ}$ $= NG + MH = NG + UG)$ sofort $NG = GP_1$, mithin $JP_1 = JN$ (so dass also der Kreis um J durch P_1 auch durch N gehen muss, wobei für den Kreis O, auf welchem J liegt, das Verhältniss $\frac{OJ}{NO} = \frac{r}{e}$ ist). Also hat man den Satz:

a) Alle Kreise, deren Mittelpunkte (J) auf einem gegebenen Kreise (Durchmesser $C_1 C_2$) liegen und welche durch einen gegebenen Punkt (N) gehen, hüllen eine Kreisfusspunktcurve ein, deren Doppelpunkt N, und welche von der ersten, zweiten, dritten Art ist, je nachdem N in, auf dem Kreise oder ausserhalb desselben gelegen ist.

Diese Kreise kann man als doppelt berührende bezeichnen, insofern man den Durchgang durch den Doppelpunkt als Berührung auffassen darf. Ist P der vierte harmonische Punkt zu N, C_1, C_2 (N, P einander zugeordnet), und schneidet PJ die durch A_1 und N parallel $C_1 J$ gezogenen Geraden (oder, was dasselbe ist, die Parallelen zu $C_2 J$ durch N, A_2) in F_1, F_2, so gehören diese beiden Punkte bez. den durch N, A_1 und N, A_2 gehenden Kreisen an, deren Mittelpunkte C_1, C_2 sind; überdies liegen sie auf dem Kreise J selbst, und die Radien der Kreise J, C_1 oder J, C_2 verhalten sich ebenso zu einander, wie die Entfernungen ihrer Mittelpunkte von P, d. h. der Quotient $\frac{JP_1}{PJ}$ ist constant, und zwar $= \frac{OJ}{PO} = \frac{e}{r}$. Hieraus folgt:

b) Alle Kreise, deren Mittelpunkte auf einem gegebenen Kreise liegen und für welche das Verhältniss des Radius zum Abstande des Mittelpunktes von einem gegebenen Punkte constant, und zwar ebenso gross wie das Verhältniss des Radius des gegebenen Kreises zum Abstande seines Mittelpunktes vom gegebenen Punkte ist, hüllen eine Kreisfusspunktcurve erster, zweiter, dritter Art ein, je nachdem jenes Verhältniss $\lesseqgtr 1$ ist.

Man beweist ferner (Fig. 1b), dass, wenn J' ein Punkt des Kreises NM ist, F'_1, F'_2 die Schnittpunkte von NJ' mit den Kreisen C_1, C_2; P'_1, P'_2 die Schnitte des Kreises um J' durch F'_1, F'_2 mit der Parallelen zu $C_1 F'_1$ und $C_2 F'_2$ durch P, dann P'_1 und P'_2 Punkte der Kreisfusspunktcurve sind, und zwar der Kreis J' dieselbe in ihnen berührt. Dabei ist auch das Verhältniss $\frac{J'P'_1}{NJ'}$ constant, und zwar $= \frac{r}{e}$. Also:

c) Alle Kreise, deren Mittelpunkte auf einem gegebenen Kreise liegen und für welche das Verhältniss des Radius zum Abstande des Mittelpunktes von einem auf dem gegebenen Kreise liegenden gegebenen Punkte constant ist, hüllen eine Kreisfusspunktcurve erster, zweiter, dritter Art ein, je nachdem dieses Verhältniss $\gtreqless 1$ ist.

Die Normale der Curve in einem Punkte P_1 geht durch die Mitte von NQ_1, wenn Q_1 denjenigen Punkt des erzeugenden Kreises bedeutet, dessen Tangente den Punkt P_1 liefert ($NP_1 \parallel MQ_1 \perp P_1Q_1$). Q_1 mag der erzeugende Punkt von P_1 heissen.

Die Punkte P und N sind Brennpunkte der Kreisfusspunktlinie, und zwar N bekanntlich ein Doppelbrennpunkt.

Mit Bezug auf jeden Kreis, dessen Mittelpunkt N ist, ist der Curve ein Kegelschnitt kreisverwandt (Fig. 2). Die Kegelschnitte sind bez. Ellipsen, Parabeln, Hyperbeln bei den Curven erster, zweiter, dritter Art. Unter ihnen ist jedesmal einer besonders ausgezeichnet, nämlich derjenige, wovon der eine Brennpunkt mit N zusammenfällt und die zugehörige Leitlinie das Mittelloth von A_1A_2 (in M) ist. Der Grundkreis dieser Kreisverwandtschaft hat offenbar NM als Radius. Bezeichnet man den andern Brennpunkt des ausgezeichneten Kegelschnittes mit N, seinen Mittelpunkt mit M, so entsprechen den Punkten N, M vermöge der Kreisverwandtschaft zwei Punkte P, Q, welche derart liegen, dass Q, N, A_1, A_2 harmonische Punkte sind (Q, N einander zugeordnet), und P die Mitte von NQ ist, wobei dieser Punkt P mit dem auf S. 338 und 339 genannten identisch ist, und die Beziehung $PA_1 . PA_2 = \overline{PN}^2$ besteht. Den Hauptscheiteln A_1, A_2 des in Rede stehenden Kegelschnittes entsprechen die Punkte A_1, A_2, den Nebenscheiteln B_1, B_2 aber zwei Punkte B_1, B_2 der Curve, welche (ausserhalb der Axe A_1A_2 gelegene) Hyperosculationspunkte sein müssen.

Durch Uebertragung einfacher Kegelschnittssätze vermittelst der Kreisverwandtschaft ergiebt sich Folgendes:

1. Es giebt eine Schaar von Kreisen, von welchen jeder die Kreisfusspunktcurve in zwei Punkten P_1, P_2 berührt; dies sind die Kreise J' (Fig. 1b), welche im Satze c) S. 339 erwähnt sind [sie entsprechen den Berührungskreisen des Kegelschnittes, deren Mittelpunkte auf der Nebenaxe desselben liegen.* Die Kreise J (Fig. 1a), Satz a) und b) S. 338 und 339, entsprechen den Tangenten des Kegelschnittes];

2. solche zwei Punkte P_1, P_2 liegen mit P in gerader Linie (hierzu und zu Folgendem vergl. Fig. 3),**

---

* Des Späteren wegen sei bemerkt, dass ein solcher Berührkreis eines Kegelschnittes eine Hauptscheiteltangente in demjenigen Punkte schneidet, welcher mit dem zugehörigen Brennpunkte und dem Kreiscentrum in gerader Linie liegt, was zuerst Quetelet bemerkt hat (Nouv. Mém. de l'Acad. de Bruxelles, t. V, pag 25). Uebrigens liegen die Berührpunkte selbst auf der Parallelen zur Hauptaxe durch denjenigen Punkt, in welchem die zum genannten Brennpunkte gehörige Leitlinie des Kegelschnittes von der eben erwähnten geraden Linie geschnitten wird.

** Aus diesem Satze folgt, dass die Tangenten von P an die Curve dieselbe gerade in den Hyperosculationspunkten berühren.

3. werden auch ausgeschnitten von einem Kreise, welcher die Axe $A_1 A_2$ in N berührt, und

4. von einem durch A_1, A_2 gehenden Kreise.

Durch einfache Betrachtungen folgt hieraus weiter, dass, wie schon erwähnt,

5. die Mittelpunkte B (in Fig. 1b J' genannt) jener Berührkreise auf dem über NM als Durchmesser errichteten Kreise liegen, dass

6. die Verbindungslinie der beiden erzeugenden Punkte von P_1, P_2, nämlich Q_1, Q_2, stets durch den Punkt N läuft, weiter

7. deren Leitstrahlen von N aus, NQ_1, NQ_2 unter entgegengesetzt gleichen Winkeln gegen die Axe $A_1 A_2$ der Curve geneigt sind, und

8. der durch N gehende Durchmesser $A'_1 A'_2$ eines Berührkreises derart beschaffen ist, dass $A_1 A'_1 \| A_2 A'_2 \| MB$ ist, überdies $A'_1 A'_2 \| Q_1 Q_2$ und $NL \perp Q_1 Q_2$, wenn L der Schnitt von $Q_1 Q_2$ mit $P_1 P_2$ ist, und also $PL = PN$. Insbesondere hat man aber den Secantensatz $PP_1 . PP_2 = const. = PA_1 . RA_2 = \overline{PN}^2$ (auf diesen Satz hat wohl zuerst Chasles aufmerksam gemacht).* Hiernach und wegen 5 hat man den Satz:

Berühren sich zwei Kreise $\mathfrak{K}_1$, $\mathfrak{K}_2$ in N, so hüllen alle Kreise, deren Mittelpunkte auf $\mathfrak{K}_1$ liegen, und welche $\mathfrak{K}_2$ rechtwinklig schneiden, eine Kreisfusspunktcurve ein; dieselbe ist von der ersten oder dritten Art, je nachdem $\mathfrak{K}_2$ ausserhalb oder innerhalb $\mathfrak{K}_1$ liegt; N ist ihr Doppelpunkt.

Der durch Zusammenfassung von 1, 5, 8 entstehende Satz ist aber nur ein specieller Fall eines allgemeineren, für **alle Fusspunktcurven** giltigen Satzes, welchen ich bereits vor langer Zeit gefunden habe, ohne in der Literatur eine Spur davon zu entdecken, ausgenommen eine neuerdings erschienene Arbeit von H. G. L. Schotten,** wo sich eine Andeutung, sowie der (freilich analytische) Beweis für den speciellen Fall der Cardioide findet. Es wäre aber seltsam, wenn jener an und für sich sehr einfache Satz so lange sollte verborgen geblieben sein. Jedenfalls dürfte der hier gegebene Beweis, vielleicht auch die Fassung des Satzes neu sein. Um den Satz bequem aussprechen zu können, schicke ich einige Bemerkungen voraus.

Es sei eine beliebige Curve $\mathfrak{C}$ gegeben. Die Fusspunktcurve derselben mit Bezug auf einen beliebigen, aber fest gewählten Pol C bezeichne ich mit $\mathfrak{F}_{\frac{\pi}{2}}$, diejenige Curve aber, welche entsteht, wenn man von C aus nicht unter rechtem, sondern einem beliebigen constanten Winkel ψ

* Daher ist die Entfernung der Hyperosculationspunkte (B_1, B_2, Fig. 2) von P gleich PN.

** Wissenschaftl. Beilage zum P[illegible] etc. zu Hersfeld 1887: „Ueber Fusspunktcurven“,

Strahlen nach den Tangenten von $\mathfrak{C}$ zieht, mit $\mathfrak{F}_\psi$.* Dabei kann man voraussetzen, dass unter allen Umständen die Bedingung $0 \leqq \psi \leqq \pi$ erfüllt sei, weil offenbar $\mathfrak{F}_{\pi+\psi}$ mit $\mathfrak{F}_\psi$ identisch ist.

Sind weiter $\mathfrak{C}_0$, $\mathfrak{C}'$ zwei einander ähnliche und ähnlich gelegene Curven, C ihr äusserer Aehnlichkeitspunkt, und wird die kleinere Curve $\mathfrak{C}'$ aus ihrer Lage um C soweit gedreht, bis der *cos* des Winkels zweier entsprechender Strahlen p', p_0 der Curven $\mathfrak{C}'$, $\mathfrak{C}_0$ gleich $\frac{p'}{p_0}$ ist, und wird in dieser Lage $\mathfrak{C}'$ mit $\mathfrak{C}$ bezeichnet, so soll gesagt werden, dass sich die Curven $\mathfrak{C}_0$ und $\mathfrak{C}$ in gedreht-ähnlicher Lage befinden; genauer, wenn der Winkel zweier entsprechender Strahlen (z. B. von p gegen p_0) φ genannt, und entsprechend $\mathfrak{C}$ durch $\mathfrak{C}_\varphi$ ersetzt wird:** dass sich die Curve $\mathfrak{C}_\varphi$ in gedreht-ähnlicher Lage gegen $\mathfrak{C}_0$ mit Bezug auf φ als Drehungswinkel und C als Aehnlichkeitspunkt befindet. Betrachtet man alle Curven $\mathfrak{C}_\varphi$ (entsprechend den verschiedenen Werthen von φ), so soll dieses Curvensystem ein System von Curven in gedreht-ähnlicher Lage heissen. Dabei liegen entsprechende Punkte der Curven $\mathfrak{C}_\varphi$, welche einem Punkte P_0 von $\mathfrak{C}_0$ entsprechen, jedesmal auf einem Kreise durch C, und zwar dem Kreise, wovon ein Durchmesser P_0C ist. Dem Winkel φ muss man dabei die Spielräume von 0 bis $\frac{\pi}{2}$ und von $\frac{3\pi}{2}$ bis 2π geben. Falls $\mathfrak{C}_0$ sich nicht ins Unendliche erstreckt, ist $\mathfrak{C}_{\frac{\pi}{2}}$ oder $\mathfrak{C}_{\frac{3\pi}{2}}$ identisch mit dem Punkte C; ausserdem ist $\mathfrak{C}_{2\pi-\varphi} = \mathfrak{C}_{-\varphi}$. Es mag festgesetzt werden, dass φ nur von 0 bis $\frac{\pi}{2}$ variiren soll, dagegen für einen Winkel φ' zwischen $\frac{3}{2}\pi$ und 2π, welcher $= 2\pi - \varphi$ ist, $\mathfrak{C}_{\varphi'} \equiv \mathfrak{C}_{2\pi-\varphi}$ durch $\mathfrak{C}_{-\varphi}$ ersetzt werden soll.

Der in Rede stehende allgemeine Satz lautet dann so:

Die Fusspunktcurve $\mathfrak{F}_{\frac{\pi}{2}}$ irgend einer gegebenen Grundcurve $\mathfrak{C}_0$ mit Bezug auf einen gegebenen Pol N ist zugleich $\mathfrak{F}_{\frac{\pi}{2}-\varphi}$ mit Bezug auf $\mathfrak{C}_\varphi$ als Grundcurve, welche sich gegen $\mathfrak{C}_0$ in Bezug auf N als Aehnlichkeitspunkt und φ als Drehwinkel in gedreht-ähnlicher Lage befindet. Die Fusspunktcurve wird dabei von der Schaar der Curven $\mathfrak{C}_\varphi$ eingehüllt, während andererseits jede Schaar entsprechender Tangenten der (einander ähnlichen) Curven $\mathfrak{C}_\varphi$ einen Punkt der Fusspunktcurve als gemeinsamen Punkt hat, so dass auch umgekehrt jedem Punkte

* Die Zweideutigkeit, welche entsteht (da man von N aus zwei Strahlen unter dem Winkel ψ gegen eine Gerade ziehen kann), wird durch Festsetzung eines bestimmten Drehungssinnes des Winkels, von der Tangente zum Strahle gerechnet, beseitigt. Die andere Curve ist dann als $\mathfrak{F}_{\pi-\psi}$ zu bezeichnen.

** Wieder mit Festsetzung eines bestimmten Drehungssinnes.

der Fusspunktcurve sein Strahlbüschel als Schaar entsprechender Tangenten der einhüllenden Curven $\mathfrak{C}_\varphi$ zugeordnet ist.

So wird z. B. die Lemniscate von allen den gleichseitigen Hyperbeln eingehüllt, deren Mittelpunkte mit dem Lemniscatenmittelpunkt zusammenfallen, und deren Scheitel auf den Kreisen liegen, die über den beiden Halbaxen der Lemniscate als Durchmessern errichtet sind; und entsprechende Tangenten dieser Hyperbeln schneiden sich jedesmal in einem Punkte der Lemniscate.

Einen analytischen Beweis für diesen Satz zu geben, scheint wenig angemessen, da die analytische Behandlung solcher Aufgaben die inneren Beziehungen der betrachteten geometrischen Gebilde eher zu verdunkeln als aufzuhellen pflegt. Mir scheint der folgende Beweis am einfachsten zu sein.

Beweis.* Man denke sich drei Kreise, die sich in einem Punkte N schneiden. Ihre anderen Schnittpunkte seien A, B, C. Ein Dreieck $S_a S_b S_c$, dessen Ecken S_a, S_b, S_c bez. auf den drei durch BC, CA, AB gehenden Kreisen laufen, während die Seiten $S_b S_c$, $S_c S_a$, $S_a S_b$ sich bez. um A, B, C drehen, wird beständig sich selber ähnlich bleiben. Die Seiten des grössten dieser Dreiecke sind parallel den Centralen der drei Kreise; das kleinste fällt mit N selbst zusammen (Maximaldreieck — Nulldreieck). Indem man alle diese einander ähnlichen Dreiecke ins Auge fasst und eine beliebige Figur $\mathfrak{G}$ in den Lagen der verschiedenen Dreiecke betrachtet (so dass $\mathfrak{G}_0$ zum grössten Dreiecke $S_a^0 S_b^0 S_c^0$ dieselbe Lage hat wie $\mathfrak{G}_\varphi$ zum beliebigen Dreieck $S_a^\varphi S_b^\varphi S_c^\varphi$, welches um φ gegen das Maximaldreieck $S_a^0 S_b^0 S_c^0$ gedreht ist, und also die Figuren $\mathfrak{G}_\varphi S_a^\varphi S_b^\varphi S_c^\varphi$ und $\mathfrak{G}_0 S_a^0 S_b^0 S_c^0$ einander ähnlich sind), so kann man auch von einer Bewegung der Figur $\mathfrak{G}$ bei der Drehung des Dreiecks $S_a S_b S_c$ reden. Ist z. B. $\mathfrak{G}$ ein Punkt $\mathfrak{P}$, so bewegt sich $\mathfrak{P}$ auf dem Kreise, wovon ein Durchmesser $N\mathfrak{P}_0$ ist, so dass das System der Figuren $\mathfrak{G}$ stets ein System in gedreht-ähnlicher Lage mit Bezug auf N als Drehpunkt darstellt, und zwar eine Figur $\mathfrak{G}_\varphi$ gegen $\mathfrak{G}_0$ sich mit Bezug auf φ als Drehwinkel in gedreht-ähnlicher Lage befindet. Ist $\mathfrak{G}$ eine gerade Linie $\mathfrak{R}$, so wird sich, wenn wieder die Lage von $\mathfrak{R}$ im grössten Dreieck mit $\mathfrak{R}_0$ bezeichnet wird, $\mathfrak{R}$ um einen festen Punkt D drehen, welcher als Pusspunkt des Lothes von N auf $\mathfrak{R}_0$ gefunden wird, indem man vom grössten Dreieck $S_a^0 S_b^0 S_c^0$ ausgeht; oder, wenn man von einem beliebigen Dreieck $S_a^\varphi S_b^\varphi S_c^\varphi$ ausgeht, indem man von N aus nach $\mathfrak{R}_\varphi$ die Gerade unter dem Winkel $\frac{\pi}{2} - \varphi$ zieht** (Fig. 4). Aus diesen Betrachtungen, die eigentlich selbstverständlich sind,

* Vergl. hierzu etwa J. Petersen, Methoden und Theorien zur Auflösung geometrischer Constructionsaufgaben, deutsch von Fischer-Benzon, S. 79 flgg.

** Die Zweideutigkeit ist wieder durch Festsetzung eines bestimmten Drehungssinnes zu beseitigen. Der Winkel φ von $S_a^\varphi S_b^\varphi$ gegen $S_a^0 S_b^0$ z. B., von letzterer Geraden nach der ersteren hin [illegible] Drehungssinn ergiebt sich bereits der zu beweisende Satz, wenn man jetzt nach der Bewegung der Tangenten einer Curve 𝔈 fragt, die sich mit dem Dreieck $S_a S_b S_c$ bewegt. Jede einzelne Tangente dreht sich um einen festen Punkt, und die verschiedenen Lagen einer bestimmten Tangente (entsprechend den verschiedenen Lagen des Dreiecks $S_a S_b S_c$, d. i. den verschiedenen Dreiecken $S_a^\varphi S_b^\varphi S_c^\varphi$) sind entsprechende Tangenten der verschiedenen Lagen von 𝔈 oder der verschiedenen Curven $\mathfrak{C}_\varphi$, wobei, wie bemerkt wurde, $\mathfrak{C}_\varphi$ sich in gedreht-ähnlicher Lage gegen $\mathfrak{C}_0$ befindet. Ausgehend von irgend einer Lage $\mathfrak{C}_\varphi$, findet man nach dem vorhin Gesagten die Drehpunkte D der Tangenten von 𝔈, indem man von N die Geraden unter dem Winkel $\frac{\pi}{2} - \varphi$ gegen die Tangenten von $\mathfrak{C}_\varphi$ zieht; d. h. mit früherer Bezeichnungsweise, die Drehpunkte D bilden die $\mathfrak{F}_{\frac{\pi}{2}-\varphi}$ von $\mathfrak{C}_\varphi$, insbesondere ($\varphi = 0$) auch die $\mathfrak{F}_{\frac{\pi}{2}}$ von $\mathfrak{C}_0$.

Hiermit ist der Satz bewiesen. Jede $\mathfrak{C}_\varphi$ berührt die Drehpunktscurve (oder Fusspunktcurve von $\mathfrak{C}_0$) in ebensovielen Punkten, als sich Tangenten von einem gegebenen Punkte an die gegebene Curve 𝔈 ziehen lassen. Es ist selbstverständlich, dass diese Berührpunkte von vornherein in gewisser Anzahl paarweise conjugirt imaginär sein oder es im Verlaufe der geschilderten Bewegung werden können. So werden z. B. bei einer Kreisfusspunktcurve der ersten Art die Berührpunkte des Berührkreises (J' Fig. 1b, B Fig. 3) von zwei bestimmten Stellen an (B_1, B_2 Fig. 2), wo sie zusammenfallen (so dass diese beiden Kreise Hyperosculationskreise sind, s. S. 340), conjugirt imaginär.

Aber selbst der Satz S. 342 ist wiederum nur einem weit umfassenderen Satze untergeordnet. Es liegt ihm (vergl. seinen Beweis) die Betrachtung einer Curve 𝔈 zu Grunde, welche sich von einer gegebenen Curve $\mathfrak{C}_0$ aus derart verändert, dass sie I. der letzteren beständig ähnlich bleibt und dass II. jeder ihrer Punkte P denjenigen Kreis beschreibt, dessen Durchmesser NP_0 ist, wenn unter P_0 der dem Punkte P von 𝔈 entsprechende Punkt von $\mathfrak{C}_0$ verstanden wird. Der Satz sagt alsdann aus, dass die Gebilde, welche die sämmtlichen Schaaren entsprechender Tangenten der Curven 𝔈 hervorbringen (nämlich die Schnittpunkte der Tangenten), dieselbe Curve erzeugen, wie die Curvenschaar 𝔈 selbst. Dies ist die Form des Satzes S. 343, in welcher er sich verallgemeinern lässt. Da eine nähere Erörterung dieses umfassenderen Satzes, welcher der bequemen Anführung wegen der Satz (𝔄) genannt werden möge, nicht hierher gehört, so möge er blos durch einige Beispiele erläutert werden, welche sich auf die Kegelschnitte und Kreisfusspunkt-

haben, wie der Winkel φ von $\mathfrak{R}_\varphi$ gegen $\mathfrak{R}_0$, derselbe von $\mathfrak{R}_0$ nach $\mathfrak{R}_\varphi$ hin gerechnet. Dann ist bei demselben Drehungssinne der oben genannte Winkel $\frac{\pi}{2} - \varphi$ von $\mathfrak{R}_\varphi$ gegen ND zu rechnen.

curven beziehen. Vorher sei noch bemerkt, dass die in Rede stehende Verallgemeinerung im Wesentlichen auf eine Verallgemeinerung des Begriffes der „gedreht-ähnlichen Lage“ hinauskommt (S. 342), indem man festsetzt, dass die Function, welche das Verhältniss zweier entsprechender Strecken der betrachteten ähnlichen Figuren angiebt, nicht der *cos* ihres Winkels zu sein braucht, sondern eine beliebige Function sein kann. Zu jedem definirten System in „gedreht-ähnlicher Lage“ gehört dann eine bestimmte Winkelfunction, und umgekehrt wird bei derselben Ausgangsfigur $\mathfrak{C}_0$ und demselben Aehnlichkeitscentrum C jeder eindeutigen Winkelfunction ein ganz bestimmtes System $\mathfrak{C}$ in gedreht-ähnlicher Lage entsprechen. In diesem Sinne kann man z. B. sagen, dass auch die Kreise J (Fig. 1a) sich in gedreht-ähnlicher Lage befinden, und zwar [auf Grund der Sätze a) und b) S. 339] sowohl mit Bezug auf N als mit Bezug auf P als Aehnlichkeitscentrum. — Es mögen nun drei Specialfälle des Satzes ($\mathfrak{A}$) folgen, welche also dem Satze S. 342 nebengeordnet sind.

1. Setzt man an Stelle der obigen Bedingung II die folgende: dass jeder Punkt P diejenige Gerade beschreibt, welche in P_0 auf NP_0 senkrecht steht, so lautet der hieraus sich ergebende Specialfall des Satzes ($\mathfrak{A}$), weil alsdann eine Gerade $\mathfrak{R}$ diejenige Parabel umhüllt, welche C zum Brennpunkte und $\mathfrak{R}_0$ zur Scheiteltangente hat, folgendermassen:

Verändert sich eine Curve $\mathfrak{C}$ von einer gegebenen Curve $\mathfrak{C}_0$ aus derart, dass sie beständig $\mathfrak{C}_0$ ähnlich bleibt, und jeder Punkt P diejenige Gerade beschreibt, welche in P_0 (dem entsprechenden Punkte von $\mathfrak{C}_0$) auf CP_0 senkrecht steht (unter C das gegebene Aehnlichkeitscentrum verstanden), so wird die Einhüllungscurve von $\mathfrak{C}$ zugleich eingehüllt werden von allen Parabeln, welche C zum Brennpunkte und die Tangente von $\mathfrak{C}_0$ zu Scheiteltangenten haben. Jede Schaar entsprechender Tangenten der Curven $\mathfrak{C}$ hüllt eine der Parabeln ein.

Insbesondere, wenn $\mathfrak{C}_0$ ein Kreis ist (wobei die $\mathfrak{C}$ einen Kegelschnitt einhüllen, vergl. die Anmerkung S. 340):

Jeder Kegelschnitt wird eingehüllt von den Parabeln, welche einen der beiden Brennpunkte zum gemeinsamen Brennpunkte, und die Tangenten desjenigen Kreises, welcher den Kegelschnitt in den Hauptscheiteln berührt, zu Scheiteltangenten haben.* Oder, was genau dasselbe ist: Alle Parabeln, welche

* Dieser Satz ist ebenso, wie die folgenden, auch leicht direct nachzuweisen. Der Berührpunkt einer solchen Parabel mit dem Kegelschnitte liegt auf demjenigen Strahle, der vom andern Brennpunkte des letzteren aus zur Parabelaxe parallel gezogen ist, wenn man die Parabelaxe in der Richtung vom Parabelbrennpunkte zum Scheitel rechnet. Durch Anwendung der Kreisverwandtschaft ergiebt sich aus dem obigen Satze ein interessanter Satz über Kreisfusspunktcurven. — Uebrigens befinden sich auch die Berühr[illegible] Kegelschnittes, die ihre Mittelpunkte

den Doppelpunkt einer Kreisfusspunktcurve zum Brennpunkte und die Punkte dieser Curve zu Scheiteln haben, hüllen eine Ellipse oder Hyperbel ein, je nachdem die Kreisfusspunktcurve von der ersten oder dritten Art ist.

2. Die Bedingung II (S. 344) möge durch diese ersetzt werden: dass jeder Punkt P den durch P_0 gehenden zu CP_0 symmetrisch gelegenen Kreis beschreibt, für welchen das Verhältniss $CP'_0 : CP_0 = \lambda$ einen gegebenen Werth hat (wo P'_0 seinen andern Schnitt mit CP_0 bezeichnet), so wird eine Gerade $\mathfrak{R}$ einen Kegelschnitt beschreiben. Nimmt man gleichzeitig für $\mathfrak{C}_0$ einen Kreis, welchem dasselbe Verhältniss λ zukommt (so dass, wenn die Enden seines durch C gehenden Durchmessers $\overline{P_0}$, $\overline{P'_0}$ sind, $C\overline{P'_0} : C\overline{P_0} = \lambda$ ist), so wird derselbe (oder die Kreisschaar $\mathfrak{C}$) eine Kreisfusspunktcurve* einhüllen. Daher hat man auf Grund des Satzes ($\mathfrak{A}$) (vergl. Fig. 1a):

Jede Kreisfusspunktcurve wird von den Kegelschnitten eingehüllt, welche P zu einem Brennpunkt und die Paare entsprechender (paralleler) Tangenten** der Kreise C_1, C_2 zu Hauptscheiteltangenten (oder die Tangenten des Kreises C_1C_2 zu Nebenaxen) haben. Diese Kegelschnitte sind Hyperbeln oder Ellipsen, je nachdem die Curve von der ersten oder dritten Art ist. Jeder dieser (in gedreht-ähnlicher Lage befindlichen) Kegelschnitte wird von einem System entsprechender Tangenten der Kreise J (mit P als Aehnlichkeitscentrum) eingehüllt. Man übersieht sehr leicht, dass diese Kegelschnitte alle durch den Doppelpunkt N laufen, und der andere Berührpunkt jedesmal auf der Parallelen durch N zur Hauptaxe des Kegelschnittes liegt. Man kann also auch sagen:

Dreht sich ein Kegelschnitt, welcher einem gegebenen ähnlich ist, um den einen Brennpunkt, während seine Peripherie beständig durch einen gegebenen Punkt geht, so hüllt er eine Kreisfusspunktcurve erster oder dritter Art ein, je nachdem er eine Hyperbel oder Ellipse ist. Der Brennpunkt ist zugleich Doppelpunkt der Eingehüllten. Die numerische Excentricität der Kegelschnitte ist offenbar gleich $\frac{r}{e}$ (s. S. 338).

3. Berücksichtigt man, dass die Kreise J sich auch mit Bezug auf N als Aehnlichkeitscentrum in gedreht ähnlicher Lage befinden [vergl. Satz a), S. 339], so erhält man genau wie bei 2:

Jede Kreisfusspunktcurve wird von den Kegelschnitten eingehüllt, welche N zum Brennpunkte und die Paare entspre-

---

auf der Nebenaxe haben, in gedreht-ähnlicher Lage, nämlich mit Bezug auf jeden der imaginären Brennpunkte.

* Vergl. den Satz b) S. 339, wobei also P (Fig. 1a) das Aehnlichkeitscentrum der in gedreht-ähnlicher Lage befindlichen Kreise J ist.

** Entsprechend mit Bezug auf P als Aehnlichkeitspunkt.

chender Tangenten der Kreise C_1, C_2* zu Hauptscheiteltangenten (oder die Tangenten des Kreises NM zu Nebenaxen) haben. Jeder dieser (in gedreht-ähnlicher Lage befindlichen) Kegelschnitte wird von einem System entsprechender Tangenten der Kreise J eingehüllt, und seine Berührpunkte liegen auf der Parallelen zu seiner Hauptaxe durch P. Oder, was dasselbe ist:

Dreht sich ein Kegelschnitt, welcher einem gegebenen ähnlich ist, um den einen Brennpunkt N, während seine Nebenaxe beständig einen durch N hindurchgehenden gegebenen Kreis berührt, so wird er eine Kreisfusspunktcurve (mit N als Doppelpunkt) einhüllen, welche von der ersten oder dritten Art ist, je nachdem er eine Ellipse oder Hyperbel ist. Die numerische Excentricität ist gleich $\frac{e}{r}$.

Die Sätze 2 und 3 können folgendermassen zusammengefasst werden:

Jede Kreisfusspunktcurve wird von zwei Systemen doppelt berührender Kegelschnitte in gedreht-ähnlicher Lage eingehüllt; das eine besteht stets aus Hyperbeln, das andere aus Ellipsen. Das eine System hat P, das andere N als Aehnlichkeitscentrum und gemeinsamen Brennpunkt, und zwar besteht das erste aus Hyperbeln oder Ellipsen, das zweite umgekehrt aus Ellipsen oder Hyperbeln, je nachdem die Curve von der ersten oder dritten Art ist. Die numerische Excentricität des einen Systems ist das Reciproke von der des andern. Die Mittelpunkte des ersten Systems liegen auf einer Kreisfusspunktcurve dritter oder erster Art, die des zweiten auf einer solchen zweiter Art. Unter den Hyperbeln befinden sich stets zwei zerfallende, nämlich die, deren Mittelpunkte bei der Curve erster Art P, bei der dritten Art N sind; die ersteren bestehen aus der Axe PN und einer der von P an die Curve gehenden Tangenten, die letzteren, welche zusammenfallen, aus den beiden Doppelpunktstangenten.

Es mögen nun die Betrachtungen S. 340 fortgesetzt werden. Ist (Fig. 3) der erzeugende Kreis M, der Doppelpunkt N und auf dem Kreise NM der Mittelpunkt B eines Berührkreises gegeben, so findet man die Berührpunkte P_1, P_2 desselben nach den Sätzen S. 340 u. 341. Ein ganz anderes Verfahren ergiebt sich aber auf Grund des Satzes S. 342 (vergl. namentlich den Beweis desselben): man ziehe (Fig. 3) durch A'_1 oder A'_2 die Parallele zur Axe und zeichne den Hilfskreis, welcher mit dem Berührkreise B concentrisch ist und jene Parallele berührt — die Tangenten von N aus an diesen Hilfskreis werden die Punkte P_1, P_2 ausschneiden.**

---

* Entsprechend natürlich jetzt mit Bezug auf N als Aehnlichkeitspunkt; s. Fig. 1b.

** Alle diese Hilfskreise hüllen eine Curve ein, welche sowohl zur Axe NM, als auch zu einer darauf senkrechten Axe symmetrisch ist. Im Falle der Cardioide ist es eine zweispitzige Cy

Aus den bereits angeführten Sätzen folgt weiter, dass der Winkel von QQ_1Q_2 gegen die Axe (Fig. 3) gleich dem Winkel $NQ_1M = NQ_2M$, ferner, dass, wenn R_1 den Fusspunkt des Lothes von N auf MQ_1 bedeutet, dann $P_1Q_1R_1NL$ ein Kreisfünfeck ist. Trifft also das Loth von Q_1 auf die Axe die letztere in S_1, so ist demnach $P_1Q_1S_1R_1NL$ ein Kreissechseck, folglich $\angle S_1P_1L = \angle S_1Q_1Q = \frac{\pi}{2} - \angle Q_1QS_1 = \frac{\pi}{2} - \angle NQ_1M = \angle P_1Q_1N$, andererseits $\angle P_1S_1N = \angle P_1Q_1N$; mithin $\angle S_1P_1P = \angle P_1S_1P$, d. h. PP_1S_1 ist ein gleichschenkliges Dreieck, also

$$\begin{aligned} PP_1 = PS_1 &= PM + \overline{MQ_1}.\cos \angle P_1NA_1 \\ &= PM + r.\cos \angle P_1NA_1. \end{aligned}$$

Wird der andere Punkt, in welchem NP_1 die Curve trifft, mit P'_1 bezeichnet, so hat man ebenso

$$\begin{aligned} PP'_1 &= PM + r.\cos \angle P'_1NA_1 \\ &= PM - r.\cos \angle P_1NA_1; \end{aligned}$$

nennt man also die Leitstrahlen PP_1, PP'_1 zweier Curvenpunkte P_1, P'_1, welche mit dem Doppelpunkte N in gerader Linie liegen, w und w', so ist

$$w + w' = const. = 2.\overline{PM},$$

während sich $P_1P'_1$ um N dreht. Weil aber auch die Länge $P_1P'_1$ constant $= 2r$ ist, so entspringt hieraus der folgende merkwürdige Satz (s. Fig. 5a):

Der Mittelpunkt und der eine Nebenscheitel einer Ellipse seien mit $\mathfrak{N}$ und $\mathfrak{P}$ bezeichnet, die Punkte, auf welche $\mathfrak{N}$ und $\mathfrak{P}$ fallen, wenn man die Ellipse auf eine Ebene legt, mit N und P. Dreht man dann in der Ebene die Ellipse so, dass beständig ihre Hauptaxe durch N und ihre Peripherie durch P geht, so beschreiben ihre Brennpunkte eine Kreisfusspunktcurve, deren Doppelpunkt N ist.

Von der Ausgangslage der Ellipse aus lässt sich diese Fusspunktcurve sehr leicht punktweise zeichnen. Ist nämlich in dieser Lage (Fig. 5a) P' irgend ein Peripheriepunkt, etwa in der Nachbarschaft von P, so braucht man nur um P' als Mittelpunkt, den Kreis zu schlagen, dessen Radius gleich PN ist; schneidet derselbe die Hauptaxe der Ellipse in N', und bedeutet H den Hauptscheitel, welcher mit P den Ellipsenquadranten einschliesst, in welchem P' nicht liegt, so trage man an PN in N den Winkel $PNH' = P'N'H$ ab und mache $H'N = HN'$; dann wird H' die Lage von H sein, die derjenigen Lage der Ellipse entspricht, in welcher P' nach P gekommen ist. Da jedoch jener Hilfskreis um P' die Hauptaxe in zwei Punkten N', N'' schneidet, so entsprechen dem Punkte P' auch zwei Lagen von H', und also zwei Lagen der Ellipse überhaupt. D. h.: von der Anfangslage aus lässt sich die Ellipse auf zwei Arten in der S. 347 geforderten Weise bewegen, und also können die Brennpunkte auch *zwei* Kreisfusspunktcurven beschreiben, welche N als gemeinsamen Doppelpunkt und auch P gemeinsam haben, d. h. mit einem Worte confocal sind. Man beweist leicht direct, dass die beiden Richtungen, in welchen sich jeder Brennpunkt von der Anfangslage aus verschieben lässt, aufeinander senkrecht stehen. Auch in den beiden anderen Punkten, in welchen sich die beiden Kreisfusspunktcurven durchsetzen, müssen sie sich daher rechtwinklig schneiden; dies folgt aus dem Secantensatze S. 340, ebenso wie, dass die vier Schnittpunkte paarweise mit P in gerader Linie liegen. Die beiden ersten Schnittpunkte entsprechen den beiden äusseren, die beiden anderen den inneren gemeinsamen Tangenten der erzeugenden Kreise (M', M'' Fig. 5a). Dass sich die beiden Curven überall rechtwinklig schneiden, folgt nach einem bekannten Satze schon daraus, dass sie confocal sind. Stets ist übrigens die eine der beiden Curven von der ersten, die andere von der dritten Art; stets sind ihre beiden erzeugenden Kreise gleich gross und liegen symmetrisch zu P, weshalb auch, wenn man für die zwei Curven das Verhältniss $\frac{r}{e}$ (s. S. 338) mit $q'.q''$ bezeichnet, $q'.q''=1$ ist. — Aus der Erzeugungsweise der Kreisfusspunktcurven durch Abtragen einer constanten Strecke mittels des Kreises über NM als Durchmesser (S. 338) folgt sofort weiter, dass jeder Punkt des Axenkreuzes der Ellipse (nicht blos die Brennpunkte!) zwei Kreisfusspunktcurven beschreibt; denn die Strecke $S'_1 S'_2$, wenn zwei Punkte der Kreisfusspunktcurve, welche mit N in gerader Linie liegen, so bezeichnet werden (Fig. 5a), ist gleich dem Durchmesser des erzeugenden Kreises und wird durch das Loth aus dem Mittelpunkte desselben halbirt, so dass der Mittelpunkt der Ellipse zwei Kreise beschreibt, je zwei gleich weit vom Mittelpunkte der Ellipse abstehende Punkte (Punktepaar) einer Ellipsenaxe aber jedesmal dasselbe Curvenpaar, und zwar zwei Punkte der Nebenaxe jedesmal ein Paar sich doppelt berührender Curven, dagegen ein Punktepaar der Hauptaxe ein Paar von Curven, welche die Brennpunkte gemein haben. Mit Festhaltung der Punkte N, P (Fig. 5a) werden sich alle möglichen Ellipsen mit verschiedenen Hauptaxen $2a$, aber mit derselben Nebenaxe $2b=2.\overline{NP}$ in der S. 348 angegebenen Weise bewegen lassen. Dann werden die Brennpunkte jeder Ellipse ein confocales Curvenpaar beschreiben, und alle diese Curvenpaare sind wiederum miteinander confocal: es entsteht also ein Doppelorthogonalsystem von Kreisfusspunktcurven* (Fig. 5b). Jedem Curvenpaare entspricht umgekehrt eine Ellipse mit bestimmter Halbaxe a, die „erzeugende" Ellipse. Unter diesen Curvenpaaren sind drei hervorzuheben: die beiden extremen, sowie ein mittlerer. Die beiden extremen sind: 1. $a=b$ (erzeugende Ellipse ein Kreis): die Curve erster Art dieses Paares ist der Punkt N selbst, die Curve dritter

* Denkt man sich in dieser Figur den Punkt N ins Unendliche gerückt, so entsteht ein Doppelsystem confocal[illegible]

Art der Kreis durch N um P, doppelt gezählt.* 2. $a = \infty$ (Ellipse bestehend aus zwei Parallelen): die Curve erster Art ist die Verlängerung von PN über P hinaus, die dritter Art aber PN sammt Verlängerung dieser Strecke über N hinaus. 3. $a = \frac{1}{3} b$; die Brennpunkte dieser Ellipse beschreiben zwei Curven, für welche das Verhältniss $\frac{r}{e}$ (S. 338) bez. 2 und $\frac{1}{2}$ ist; d. h. die Curve erster Art dieses Paares ist eine solche mit Flachpunkt (s. S. 338), welche gerade in der Mitte steht zwischen den Curven erster Art mit Einbiegung und den ganz convexen Curven erster Art.

Jeder andere Punkt einer so sich bewegenden Ellipse durchläuft aber eine Curve vierter Ordnung anderer Art, und diese Curven sind augenscheinlich dieselben, welche sich ergeben, wenn man von einem Punkte N eines Kreises Leitstrahlen zieht und von deren Endpunkten nicht auf den Strahlen selbst, sondern unter einem constanten Winkel gegen sie geneigt eine constante Strecke abträgt.

Es liegt sehr nahe, zu fragen, was dabei eine derart bewegte Ellipse einhüllt? Man kommt zu folgendem Satze:

Gegeben sei ein Kreis (Mittelpunkt K), und eine Ellipse, für welche die Summe oder Differenz der Halbaxen gleich dem Durchmesser des Kreises ist. Bewegt sich dann die Ellipse so, dass ihre beiden Axen beständig durch zwei Gegenpunkte des Kreises K, M_1 und M_2, gehen, so wird ihre Peripherie durch einen festen Punkt N auf $M_1 M_2$ laufen und eine Kreisfusspunktcurve dritter oder erster Art einhüllen, welche N zum Doppelpunkte hat. Die Berührpunkte je zweier parallelaxiger Ellipsen dieses einhüllenden Systems werden von einer gleichseitigen Hyperbel durch die Brennpunkte der eingehüllten Curve ausgeschnitten, deren Asymptoten den Axen der beiden Ellipsen parallel sind, und die durch deren Mittelpunkte hindurchgeht. Setzt man die Strecke $NK = 2m$, und sind a, b die Halbaxen der Ellipse, so ist $\frac{1}{m} = \frac{1}{b} \pm \frac{1}{a}$. — Vergl. Fig. 5c.

Eine übergrosse Menge von Folgerungen lässt sich aus diesen Betrachtungen noch ziehen; jedoch kann hier nicht weiter darauf eingegangen werden.**

Vielmehr sollen noch aus der Kreisverwandtschaft (S. 339) einige Eigenschaften der Kreisfusspunktcurve abgeleitet werden, die sich wesentlich auf die Krümmung beziehen.

---

* Dieser Kreis hat auf Grund früherer Sätze die Eigenschaft, durch die ausserhalb der Axe gelegenen Hyperosculationspunkte aller Curven erster Art des Systems zu gehen; s. Anm. * S. 341.

** Nachträgliche Anmerkung. Es ist mir gelungen, den letzten Satz auf die allgemeinen bicircularen Curven vierter Ordnung zu übertragen, und dabei bin ich zu höchst überraschenden Ergebnissen gelangt. Die betreffende Abhandlung wird nächstens erscheinen. October 1889.

Es sei (Fig. 6) P_1 ein beliebiger Punkt der Curve, Q_1 sein erzeugender Punkt; ein beliebiger, sie in P_1 berührender Kreis $\mathfrak{K}$ schneide sie noch in E und F, deren erzeugende Punkte G, H seien; endlich sei J der Schnitt von GE mit HF. Die so festgestellte Figur denke man sich mit Hilfe der oben angegebenen ausgezeichneten Kreisverwandtschaft transformirt. Dann verwandelt sich P_1 in einen Punkt Π_1 des Kegelschnittes, $\mathfrak{K}$ in einen den letzteren in Π_1 berührenden Kreis $\mathfrak{K}'$, E, F in die beiden anderen Schnittpunkte E, Φ von $\mathfrak{K}'$ mit dem Kegelschnitte; die Geraden GE, HF, weil sie auf NE bez. NF senkrecht stehen, in die Kreise über $N\mathrm{E}$ bez. $N\Phi$ als Durchmessern, und ihr Schnittpunkt J in den zweiten Schnittpunkt I dieser beiden Kreise, deren Mittelpunkte E', Φ' genannt werden mögen. Da N der eine Brennpunkt des Kegelschnittes ist, so wird demnach $\mathrm{E}'\Phi' \| \mathrm{E}\Phi$ sein. Bekanntlich ist aber die Kegelschnittsnormale in Π_1 unter demselben Winkel gegen die Axe geneigt, wie irgend eine Senkrechte auf $\mathrm{E}\Phi$ oder (da $\mathrm{E}'\Phi' \| \mathrm{E}\Phi$) wie irgend ein Loth auf $\mathrm{E}'\Phi'$, z. B. $N\mathrm{I}$; denn diese Gerade steht in der That senkrecht auf $\mathrm{E}'\Phi'$ als gemeinschaftliche Sehne der beiden Kreise, deren Mittelpunkte E', Φ' sind. Wandert also der Mittelpunkt des Kreises $\mathfrak{K}'$, während dieser den Kegelschnitt immer in Π_1 berührt, auf der Normalen dieses Punktes, so läuft I auf der Geraden $N\mathrm{I}$, deren Richtung gegen die Axe unverändert bleibt. Dieses Ergebniss, wieder rückwärts auf die Kreisfusspunktcurve übertragen, bedeutet: dass der Punkt J auf einer festen, von N ausgehenden Geraden NJ wandert, wenn der die Curve in P_1 berührende Kreis seine Grösse ändert. Es ist aber GH die Polare von J in Bezug auf den Kreis M; und da, wie eben bewiesen wurde, bei jeder Veränderung von $\mathfrak{K}$ der Pol J eine Gerade durchläuft, so muss sich dabei GH um einen Punkt O_1 drehen, welcher der Pol von NJ sein wird. Da der Pol jeder durch O_1 gehenden Geraden also auf NJ liegt, so gilt dies auch von dem Pole des Lothes von O_1 auf die Axe; dieser liegt aber auf der Axe selbst, fällt also mit N zusammen. Der Fusspunkt X jenes Lothes ist also der zu N gehörige vierte harmonische Punkt von N, A_1, A_2, d. h. (s. S. 340) er ist mit Q identisch.

In dem besonderen Falle, dass der Kreis $\mathfrak{K}$ die Curve zum zweiten Male berührt, also E und F zu P_2 zusammenfallen, vereinigen sich G, H und J zu dem erzeugenden Punkte von P_2, nämlich Q_2; also geht die Gerade NJ durch Q_2, ist also unter einem Winkel gegen die Axe geneigt, welcher dem von NQ_1 gegen die Axe entgegengesetzt gleich ist (s. S. 340); und da O_1 der Pol dieser Geraden ist, so folgt hieraus, dass die Tangente in Q_2, d. i. P_2Q_2, durch O_1 geht, und ebenso das Spiegelbild von P_1Q_1 in Bezug auf die Axe.

Alles zusammengefasst giebt den Satz (Fig. 6):

Es sei P_1 ein beliebiger Punkt der Kreisfusspunktcurve und $\mathfrak{K}$ ein veränderlicher Kreis, der aber beständig die Curve in P_1 berührt und ausserdem in den (veränderlichen) Punkten E, F

im Endlichen gelegene Axenbrennpunkte* und werden von drei Systemen doppelt berührender Kreise eingehüllt, die nach unserer Sprechweise sich in gedreht-ähnlicher Lage befinden,** und zwar jedes System mit Bezug auf zwei von den Brennpunkten als Aehnlichkeitscentren. Hieraus folgt sofort [zufolge des Satzes (𝔄), S. 344] eine Verallgemeinerung der Sätze 2, 3, S. 346, 347 für die Cartesischen Ovale (indem man in 2, S. 346 nicht einen Kreis für $\mathfrak{C}_0$ wählt, welchem dasselbe λ zukommt, sondern einen ganz beliebigen Kreis):

Dreht sich ein Kegelschnitt, welcher einem gegebenen ähnlich ist, um den einen Brennpunkt, während beständig seine Nebenaxe einen gegebenen Kreis berührt, so hüllt er eine Cartesische Curve ein, für welche der genannte Brennpunkt auch Brennpunkt ist. Jede derartige Curve wird von sechs solchen Systemen doppelt berührender Kegelschnitte in gedreht ähnlicher Lage eingehüllt, indem jeder Brennpunkt Aehnlichkeitscentrum für zwei Systeme ist. Selbstverständlich sind die numerischen Excentricitäten dieser sechs Kegelschnittssysteme nicht alle unabhängig, vielmehr sind nur zwei unabhängige darunter. Bezeichnet man nämlich die numerischen Excentricitäten irgend zweier Systeme mit ε, η, so sind die der vier übrigen gegeben durch $\frac{1}{\varepsilon}$, $\frac{1}{\eta}$, $\frac{\varepsilon}{\eta}$, $\frac{\eta}{\varepsilon}$, so dass stets drei Systeme aus Ellipsen und die anderen drei aus Hyperbeln bestehen. Nennt man in leicht verständlicher Weise die drei Brennpunkte der Curve den äusseren, mittleren, inneren Brennpunkt, so entsprechen dem äusseren Brennpunkte zwei Systeme Hyperbeln, dem inneren zwei Systeme Ellipsen, dem mittleren ein System Hyperbeln und ein System Ellipsen. — Die Berührpunkte aller Kegelschnitte eines Systems liegen allemal in gerader Linie mit einem Brennpunkte der Curve, und diese Geraden sind parallel den Axen der Kegelschnitte.***

* Für jeden von ihnen besteht ein Secantensatz.

** Ich bemerke, dass deswegen jede solche Curve (entsprechend dem Satze S. 341) folgendermassen definirt werden kann: Eine Cartesische Linie wird eingehüllt von allen Kreisen, deren Mittelpunkte auf einem gegebenen Kreise liegen und welche einen andern gegebenen Kreis rechtwinklig schneiden. Und: eine solche Curve wird eingehüllt von allen Kreisen, deren Mittelpunkte auf einem gegebenen Kreise liegen und welche einen andern gegebenen Kreis unter einem Durchmesser schneiden. — In der ersteren Weise wird jede Curve auf zweierlei verschiedene Arten erzeugt.

*** Es ist hier nur von solchen Cartesischen Curven die Rede, welche drei reelle Axenbrennpunkte haben. Sind zwei davon imaginär, so bedarf der Satz einer Abänderung.

Leipzig, October 1888.

XXI.

Darstellung der hyperelliptischen Integrale zweiter und dritter Gattung und erster Ordnung durch Integrale erster Gattung.

Von

Dr. G. SCHIRDEWAHN

in Breslau.

Einleitung.

In vorliegender Arbeit soll die in meiner Dissertation: „Ueber das Umkehrproblem der hyperelliptischen Integrale dritter Gattung" für Integrale dritter Gattung bereits im Resultat gegebene allgemeine Darstellung durch Integrale erster Gattung zugleich mit der entsprechenden Darstellung der Integrale zweiter Gattung behandelt werden. Die Methode ist wesentlich eine Verallgemeinerung des von Jacobi in der Theorie der elliptischen Integrale eingeschlagenen Verfahrens* und von Herrn O. Staude für einen speciellen Fall bereits angewandt.** Der in letzterer Arbeit in § 6 ausgesprochene Hinweis auf die (an die Theorie der Thetacharakteristiken sich anschliessende) Gruppirung der Integrale in Bezug auf die sechs Verzweigungspunkte des hyperelliptischen Gebildes erhält hiermit seine präcisirte Fassung. Auf Grund der von Herrn Staude*** eingeführten Ein- und Drei-Indicesbezeichnung gelingt die Aufstellung einer Thetaformel, welche die Darstellung der Integrale für gleiche untere Grenzen liefert; der Uebergang zu ungleichen Grenzen geschieht durch eine Verbindung des Resultats mit ebenderselben Thetaformel. Endlich zeigt sich, dass die Darstellung der Integrale zweiten Grades auch aus derjenigen der Integrale dritten Grades durch Differentiation nach dem Unstetigkeitspunkte unter nachherigem Gleichsetzen desselben mit einem Verzweigungspunkte hervorgeht.

---

* Jacobi, Ges. Werke, herausgegeben v. Weierstrass, Bd. I S. 526 figg., 533 figg.

** Staude, Ueber hyperellipt. Integrale zweiter und dritter Gattung. Acta math. Bd. 8 S. 81 figg.

*** Staude, Ueber die algebraischen Charakteristiken der hyperell functionen. Math. Ann. Bd. XXV.

Capitel I.

Gestalt und Umformung der Integrale.

Das hyperelliptische Gebilde, welches wir zu Grunde legen, ist bestimmt durch die Gleichung

1) $$r(\mathfrak{z}) = 2(\mathfrak{z}) = a_0 - \mathfrak{z} . a_1 - \mathfrak{z} . a_2 - \mathfrak{z} . a_3 - \mathfrak{z} . a_4 - \mathfrak{z} . a_5 - \mathfrak{z}.$$

Die a_i sind Verzweigungspunkte, und eine variable Stelle der zugehörigen doppelblättrigen Riemann'schen Fläche ist bestimmt durch $\mathfrak{z}$ und s als $\mathfrak{z}, s$. Als Form der Integrale erster Gattung wählen wir:

2) $$u_i = \int_{a_{\varkappa_1}}^{\mathfrak{z}_1 s_1} (\mathfrak{z}_1 - \mathfrak{g}_i) \frac{d\mathfrak{z}_1}{2 s_1} + \int_{a_{\varkappa_2}}^{\mathfrak{z}_2 s_2} (\mathfrak{z}_2 - \mathfrak{g}_i) \frac{d\mathfrak{z}_2}{2 s_2}; \quad i = 1, 2, \quad s_i = \sqrt{r(\mathfrak{z}_i)}.$$

Die Unstetigkeitsstelle des Integrals dritter Gattung ist ωs_ω, wo $s_\omega = \sqrt{r(\omega)}$. Zu ω gehören zwei Parameterintegrale

2') $$v_i = \int_{a_{\lambda_0}}^{\omega s_\omega} (\omega - \mathfrak{g}_i) \frac{d\omega}{2 s_\omega}; \quad i = 1, 2.$$

Die Unstetigkeitsstelle des Integrals zweiter Gattung sei der Verzweigungspunkt a_{λ_0}.

Die darzustellenden Integrale zweiter und dritter Gattung sind:

3a) $$\mathop{E}_{\varkappa_1 \varkappa_2}^{\mathfrak{z}_1 \mathfrak{z}_2}(\lambda_0 \lambda_1 \lambda_2) = \frac{-r'(a_{\lambda_0})}{(a_{\lambda_0} - a_{\lambda_1})(a_{\lambda_0} - a_{\lambda_2})}$$
$$\times \left\{ \int_{a_{\varkappa_1}}^{\mathfrak{z}_1 s_1} \frac{\mathfrak{z}_1 - a_{\lambda_1} \cdot \mathfrak{z}_1 - a_{\lambda_2}}{\mathfrak{z}_1 - a_{\lambda_0}} \cdot \frac{d\mathfrak{z}_1}{2 s_1} + \int_{a_{\varkappa_2}}^{\mathfrak{z}_2 s_2} \frac{\mathfrak{z}_2 - a_{\lambda_1} \cdot \mathfrak{z}_2 - a_{\lambda_2}}{\mathfrak{z}_2 - a_{\lambda_0}} \cdot \frac{d\mathfrak{z}_2}{2 s_2} \right\},$$

3b) $$\prod_{\varkappa_1 \varkappa_2}^{\mathfrak{z}_1 \mathfrak{z}_2}(\omega \lambda_1 \lambda_2) = \frac{\sqrt{a_0 - \omega . a_1 - \omega . a_2 - \omega . a_3 - \omega . a. \quad \omega . a_5 - \omega}}{(a_{\lambda_1} - \omega) . (a_{\lambda_2} - \omega)}$$
$$\times \left\{ \int_{a_{\varkappa_1}}^{\mathfrak{z}_1 s_1} \frac{\mathfrak{z}_1 - a_{\lambda_1} \cdot \mathfrak{z}_1 - a_{\lambda_2}}{\mathfrak{z}_1 - \omega} \cdot \frac{d\mathfrak{z}_1}{2 s_1} + \int_{a_{\varkappa_2}}^{\mathfrak{z}_2 s_2} \frac{\mathfrak{z}_2 - \quad {}_{1} \cdot \mathfrak{z}_2 - a_{\lambda_2}}{\mathfrak{z}_2 - \omega} \cdot \frac{d\mathfrak{z}_2}{2 s_2} \right\}.$$

Die von den Constanten befreiten Integrale werden wir dabei unter der Bezeichnung

3') $$\mathop{J}_{\varkappa_1 \varkappa_2}^{\mathfrak{z}_1 \mathfrak{z}_2}(a_{\lambda_1 \lambda_2}) = \mathop{J}_{\lambda_1 \lambda_2}(a), \quad a = \omega; \quad a = a_{\lambda_0}$$

zusammenfassen können, was eine gemeinsame Umformung beider Integrale erlaubt.

Zuerst zeigt die Identität:

$$
4)\quad
\begin{aligned}
&-(\mathfrak{z}-\mathfrak{g}_1)(\mathfrak{z}-\mathfrak{g}_2)(a_{\lambda_1}-a_{\lambda_2})(a_{\lambda_2}-a_{\lambda_0})(a_{\lambda_0}-a_{\lambda_1})\\
&=(a_{\lambda_1}-a_{\lambda_2})(a_{\lambda_0}-\mathfrak{g}_1)(a_{\lambda_0}-\mathfrak{g}_2)(\mathfrak{z}-a_{\lambda_1})(\mathfrak{z}-a_{\lambda_2})\\
&+(a_{\lambda_2}-a_{\lambda_0})(a_{\lambda_1}-\mathfrak{g}_1)(a_{\lambda_1}-\mathfrak{g}_2)(\mathfrak{z}-a_{\lambda_2})(\mathfrak{z}-a_{\lambda_0})\\
&+(a_{\lambda_0}-a_{\lambda_1})(a_{\lambda_2}-\mathfrak{g}_1)(a_{\lambda_2}-\mathfrak{g}_2)(\mathfrak{z}-a_{\lambda_0})(\mathfrak{z}-a_{\lambda_1}),
\end{aligned}
$$

dass jedes Differential $\frac{\mathfrak{z}-\mathfrak{g}_1\cdot\mathfrak{z}-\mathfrak{g}_2}{\mathfrak{z}-a}:\frac{d\mathfrak{z}}{2s}$ durch solche von der Form $\frac{\mathfrak{z}-a_{\lambda_\iota}\cdot\mathfrak{z}-a_{\lambda_\varkappa}}{\mathfrak{z}-a}\cdot\frac{d\mathfrak{z}}{2s}$ darstellbar ist, wofern nur $a_{\lambda_\iota}\neq a_{\lambda_\varkappa}$, dass mithin die Formen E und Π die nöthige Allgemeinheit besitzen. Ferner giebt

$$
4')\quad
\begin{aligned}
\frac{1}{\mathfrak{z}_\iota-a}&=\frac{a_{\lambda_1}-a_{\lambda_2}\cdot\mathfrak{z}_\varkappa-a}{a_{\lambda_1}-a_{\lambda_2}\cdot\mathfrak{z}_\varkappa-a\cdot\mathfrak{z}_\iota-a}\\
&=\frac{(\mathfrak{z}_\varkappa-a_{\lambda_1})\cdot(a-a_{\lambda_2})-(\mathfrak{z}_\varkappa-a_{\lambda_2})\cdot(a-a_{\lambda_1})}{(a_{\lambda_1}-a_{\lambda_2})(a-a_{\lambda_1})(a-a_{\lambda_2})+(\mathfrak{z}_\iota-a_{\lambda_1})(\mathfrak{z}_\varkappa-a_{\lambda_1})(a-a_{\lambda_2})-(\mathfrak{z}_\iota-a_{\lambda_2})(\mathfrak{z}_\varkappa-a_{\lambda_2})(a-a_{\lambda_1})}
\end{aligned}
$$

identisch:

$$
5)\quad \frac{\mathfrak{z}_\iota-a_{\lambda_1}\cdot\mathfrak{z}_\iota-a_{\lambda_2}}{\mathfrak{z}_\iota-a}=\frac{\dfrac{\mathfrak{z}_\iota-a_{\lambda_1}\cdot\mathfrak{z}_\varkappa-a_{\lambda_1}}{a_{\lambda_1}-a_{\lambda_2}\cdot a-a_{\lambda_1}}(\mathfrak{z}_\iota-a_{\lambda_2})-\dfrac{\mathfrak{z}_\iota-a_{\lambda_2}\cdot\mathfrak{z}_\varkappa-a_{\lambda_2}}{a_{\lambda_1}-a_{\lambda_2}\cdot a-a_{\lambda_2}}(\mathfrak{z}_\iota-a_{\lambda_1})}{1+\dfrac{\mathfrak{z}_\iota-a_{\lambda_1}\cdot\mathfrak{z}_\varkappa-a_{\lambda_1}}{a_{\lambda_1}-a_{\lambda_2}\cdot a-a_{\lambda_1}}-\dfrac{\mathfrak{z}_\iota-a_{\lambda_2}\cdot\mathfrak{z}_\varkappa-a_{\lambda_2}}{a_{\lambda_1}-a_{\lambda_2}\cdot a-a_{\lambda_2}}}.
$$

Folglich ist nach Multiplication mit $\frac{d\mathfrak{z}_\iota}{2s_\iota}$ und Addition

$$
d\,\mathfrak{J}^{(a)}_{\lambda_1\lambda_2}=\frac{\dfrac{\mathfrak{z}_1-a_{\lambda_1}\cdot\mathfrak{z}_2-a_{\lambda_1}}{a_{\lambda_1}-a_{\lambda_2}\cdot a-a_{\lambda_1}}\left\{\dfrac{\mathfrak{z}_1-a_{\lambda_2}}{2s_1}d\mathfrak{z}_1+\dfrac{\mathfrak{z}_2-a_{\lambda_2}}{2s_2}d\mathfrak{z}_2\right\}-\dfrac{\mathfrak{z}_1-a_{\lambda_2}\cdot\mathfrak{z}_2-a_{\lambda_2}}{a_{\lambda_1}-a_{\lambda_2}\cdot a-a_{\lambda_2}}\left\{\dfrac{\mathfrak{z}_1-a_{\lambda_1}}{2s_1}d\mathfrak{z}_1+\dfrac{\mathfrak{z}_2-a_{\lambda_1}}{2s_2}d\mathfrak{z}_2\right\}}{1-\dfrac{\mathfrak{z}_1-a_{\lambda_1}\cdot\mathfrak{z}_2-a_{\lambda_1}}{a_{\lambda_2}-a_{\lambda_1}\cdot a-a_{\lambda_1}}-\dfrac{\mathfrak{z}_1-a_{\lambda_2}\cdot\mathfrak{z}_2-a_{\lambda_2}}{a_{\lambda_1}-a_{\lambda_2}\cdot a-a_{\lambda_2}}}.
$$

Da ferner: $\mathfrak{z}-a_\lambda=\frac{\mathfrak{z}-a_\lambda\cdot\mathfrak{g}_1-\mathfrak{g}_2}{\mathfrak{g}_1-\mathfrak{g}_2}=\frac{(\mathfrak{z}-\mathfrak{g}_1)(a_\lambda-\mathfrak{g}_2)-(\mathfrak{z}-\mathfrak{g}_2)(a_\lambda-\mathfrak{g}_1)}{\mathfrak{g}_1-\mathfrak{g}_2}$, so ist

$$
(\mathfrak{z}_1-a_\lambda)\frac{d\mathfrak{z}_1}{2s_1}+(\mathfrak{z}_2-a_\lambda)\frac{d\mathfrak{z}_2}{2s_2}=\frac{a_\lambda-\mathfrak{g}_1}{\mathfrak{g}_1-\mathfrak{g}_2}du_1+\frac{a_\lambda-\mathfrak{g}_2}{\mathfrak{g}_2-\mathfrak{g}_1}du_2.
$$

Ausserdem gilt für ungleiche λ_0, λ_1, λ_2 die Identität:

$$
4'')\quad 1=\frac{a_{\lambda_0}-\mathfrak{z}_1\cdot a_{\lambda_0}-\mathfrak{z}_2}{a_{\lambda_1}-a_{\lambda_0}\cdot a_{\lambda_2}-a_{\lambda_0}}+\frac{a_{\lambda_1}-\mathfrak{z}_1\cdot a_{\lambda_1}-\mathfrak{z}_2}{a_{\lambda_2}-a_{\lambda_1}\cdot a_{\lambda_0}-a_{\lambda_1}}+\frac{a_{\lambda_2}-\mathfrak{z}_1\cdot a_{\lambda_2}-\mathfrak{z}_2}{a_{\lambda_0}-a_{\lambda_2}\cdot a_{\lambda_1}-a_{\lambda_2}}.
$$

Dieselbe gestaltet den Nenner für $a=a_{\lambda_0}$ in

$$
7a)\quad \frac{a_{\lambda_0}-\mathfrak{z}_1\cdot a_{\lambda_0}-\mathfrak{z}_2}{a_{\lambda_1}-a_{\lambda_0}\cdot a_{\lambda_2}-a_{\lambda_0}}
$$

und für $a=\infty$ in

$$
)\quad \left\{\frac{a_{\lambda_0}-\mathfrak{z}_1\cdot a_{\lambda_0}-\mathfrak{z}_2}{a_{\lambda_1}-a_{\lambda_0}\cdot a_{\lambda_2}-a_{\lambda_0}\cdot\infty-a_{\lambda_0}}+\frac{a_{\lambda_1}-\mathfrak{z}_1\cdot a_{\lambda_1}-\mathfrak{z}_2}{a_{\lambda_2}-a_{\lambda_1}\cdot a_{\lambda_0}-a_{\lambda_1}\cdot\infty-a_{\lambda_1}}+\frac{a_{\lambda_2}-\mathfrak{z}_1\cdot a_{\lambda_2}-\mathfrak{z}_2}{a_{\lambda_0}-a_{\lambda_2}\cdot a_{\lambda_1}-a_{\lambda_2}\cdot\infty-a_{\lambda_2}}\right\}(\infty-a_{\lambda_0})
$$

um. Damit erhält [illegible] Formen:

$$\text{8a)}\qquad d\,E^{(\lambda_0\lambda_1\lambda_2)} = \frac{-r'(a_{\lambda_0})}{a_{\lambda_0}-a_{\lambda_1}\cdot a_{\lambda_0}-a_{\lambda_2}}$$

$$\times\frac{\dfrac{\mathfrak{z}_1-a_{\lambda_1}\cdot\mathfrak{z}_2-a_{\lambda_2}}{a_{\lambda_1}-a_{\lambda_2}\cdot a_{\lambda_0}-a_{\lambda_1}}\left\{\dfrac{a_{\lambda_2}-\mathfrak{s}_2}{\mathfrak{s}_1-\mathfrak{s}_2}du_1+\dfrac{a_{\lambda_0}-\mathfrak{s}_1}{\mathfrak{s}_2-\mathfrak{s}_1}du_1\right\}-\dfrac{\mathfrak{z}_1-a_{\lambda_2}\cdot\mathfrak{z}_2-a_{\lambda_2}}{a_{\lambda_1}-a_{\lambda_2}\cdot a_{\lambda_0}-a_{\lambda_2}}\left\{\dfrac{a_{\lambda_1}-\mathfrak{s}_1}{\mathfrak{s}_2-\mathfrak{s}_1}du_1+\dfrac{a_{\lambda_1}-\mathfrak{s}_2}{\mathfrak{s}_1-\mathfrak{s}_1}du_2\right\}}{\dfrac{a_{\lambda_0}-\mathfrak{z}_1\cdot a_{\lambda_0}-\mathfrak{z}_2}{a_{\lambda_1}-a_{\lambda_0}\cdot a_{\lambda_2}-a_{\lambda_0}}},$$

$$\text{8b)}\qquad d\,\Pi^{(\omega\lambda_1\lambda_2)} = \frac{s(\omega)}{\omega-a_{\lambda_1}\cdot\omega-a_{\lambda_2}}$$

$$\times\frac{\dfrac{\mathfrak{z}_1-a_{\lambda_1}\cdot\mathfrak{z}_2-a_{\lambda_1}}{a_{\lambda_1}-a_{\lambda_2}\cdot\omega-a_{\lambda_1}\cdot\omega-a_{\lambda_0}}\left\{\dfrac{a_{\lambda_2}-\mathfrak{s}_2}{\mathfrak{s}_1-\mathfrak{s}_2}du_1+\dfrac{a_{\lambda_2}-\mathfrak{s}_1}{\mathfrak{s}_2-\mathfrak{s}_1}du_2\right\}-\dfrac{\mathfrak{z}_1-a_{\lambda_2}\cdot\mathfrak{z}_2-a_{\lambda_2}}{a_{\lambda_1}-a_{\lambda_2}\cdot\omega-a_{\lambda_2}\cdot\omega-a_{\lambda_0}}\left\{\dfrac{a_{\lambda_1}-\mathfrak{s}_1}{\mathfrak{s}_2-\mathfrak{s}_1}du_1+\dfrac{a_{\lambda_1}-\mathfrak{s}_2}{\mathfrak{s}_1-\mathfrak{s}_2}d\right.}{\dfrac{a_{\lambda_0}-\mathfrak{z}_1\cdot a_{\lambda_0}-\mathfrak{z}_2}{a_{\lambda_1}-a_{\lambda_0}\cdot a_{\lambda_2}-a_{\lambda_0}\cdot\omega-a_{\lambda_0}}+\dfrac{a_{\lambda_1}-\mathfrak{z}_1\cdot a_{\lambda_1}-\mathfrak{z}_2}{a_{\lambda_2}-a_{\lambda_1}\cdot a_{\lambda_0}-a_{\lambda_1}\cdot\omega-a_{\lambda_1}}+\dfrac{a_{\lambda_2}-\mathfrak{z}_1\cdot a_{\lambda_2}-\mathfrak{z}_2}{a_{\lambda_0}-a_{\lambda_2}\cdot a_{\lambda_1}-a_{\lambda_2}\cdot\omega-a_{\lambda_2}}}$$

Die einzige Bedingung, welcher diese in $(u_1 u_2)$ symmetrische Darstellung unterliegt, ist die Ungleichheit der drei Indices λ_0, λ_1, λ_2. Dieselbe ist für Differentiale zweiter Gattung von selbst erfüllt, schliesst aber für die untere Grenze des zum Integral dritter Gattung gehörigen Parameterintegrals v die Werthe a_{λ_1}, a_{λ_2} vorläufig aus; jedoch gelingt es, sich auch von dieser Beschränkung frei zu machen (vergl. Cap. III, Ende).

Capitel II.

Darstellung des Integrals zweiter Gattung mit gleichen unteren Grenzen.

Für die Sigmafunctionen* gilt folgendes Additionstheorem, in dem die λ_0, λ_1, λ_2, λ_3, λ_4, λ_5 die Zahlen 0, 1, 2, 3, 4, 5 in beliebiger Reihenfolge bedeuten, so zwar, dass $\lambda_i \neq \lambda_k$.

$$\begin{aligned}
&(a_{\lambda_1}-a_{\lambda_2})\cdot\sigma_{\lambda_0}(u+v)\,\sigma_{\lambda_0}(u+w)\,\sigma_{\lambda_3\lambda_4\lambda_5}(v+w)\\
&=(a_{\lambda_1}-a_{\lambda_2})\{\sigma_{\lambda_0}(u)\,\sigma_{\lambda_3\lambda_4\lambda_5}(v)\,\sigma_{\lambda_3\lambda_4\lambda_5}(w)\,\sigma_{\lambda_0}(u+v+w)\\
\text{A)}\qquad&\qquad+\sigma_{\lambda_2\lambda_4\lambda_5}(u)\,\sigma_{\lambda_0}(v)\,\sigma_{\lambda_0}(w)\,\sigma_{\lambda_3\lambda_4\lambda_5}(u+v+w)\}\\
&+(a_{\lambda_0}-a_{\lambda_3})(a_{\lambda_0}-a_{\lambda_4})(a_{\lambda_0}-a_{\lambda_5})\{\sigma_{\lambda_1}(u)\,\sigma_{\lambda_2}(v)\,\sigma_{\lambda_2}(w)\,\sigma_{\lambda_1}(u+v+w)\\
&\qquad-\sigma_{\lambda_2}(u)\,\sigma_{\lambda_1}(v)\,\sigma_{\lambda_1}(w)\,\sigma_{\lambda_2}(u+v+w)\}.
\end{aligned}$$

Die partielle Differentiation von A) nach w_h $(h=1, 2)$ giebt, wenn gleichzeitig $w_1/w_2 = 0/0$ gesetzt und mit $\sigma_{\lambda_0}(u+v)\,\sigma_{\lambda_0}(u)\,.\,\sigma_{\lambda_3\lambda_4\lambda_5}(0)$ dividirt wird:

---

* Ueber den Zusammenhang der σ mit den Θ vergl. Staude, Parameterdarstellung etc. Math. Ann. Bd. XXIV.

$$\text{A}')\quad \begin{aligned} &-(a_{\lambda_1}-a_{\lambda_2})\left\{\frac{\sigma^{(h)}_{\lambda_0}(u+v)}{\sigma_{\lambda_0}(u+v)}-\frac{\sigma^{(h)}_{\lambda_0}(u)}{\sigma_{\lambda_0}(u)}-\frac{\sigma^{(h)}_{\lambda_3\lambda_4\lambda_5}(v)}{\sigma_{\lambda_3\lambda_4\lambda_5}(v)}\right\}\\ &=(a_{\lambda_1}-a_{\lambda_2})\,\sigma^{(h)}_{\lambda_0}\cdot\frac{\sigma_{\lambda_3\lambda_4\lambda_5}(u)\,\sigma_{\lambda_0}(v)\cdot\sigma_{\lambda_3\lambda_4\lambda_5}(u+v)}{\sigma_{\lambda_0}(u)\cdot\sigma_{\lambda_3\lambda_4\lambda_5}(v)\cdot\sigma_{\lambda_0}(u+v)}\\ &+(a_{\lambda_0}-a_{\lambda_3})(a_{\lambda_0}-a_{\lambda_4})(a_{\lambda_0}-a_{\lambda_5})\\ &\times\left\{\frac{\sigma^{(h)}_{\lambda_2}\sigma_{\lambda_1}(u)\,\sigma_{\lambda_2}(v)\,\sigma_{\lambda_1}(u+v)-\sigma^{(h)}_{\lambda_1}\sigma_{\lambda_2}(u)\,\sigma_{\lambda_1}(v)\,\sigma_{\lambda_2}(u+v)}{\sigma_{\lambda_0}(u)\,\sigma_{\lambda_3\lambda_4\lambda_5}(v)\,\sigma_{\lambda_0}(u+v)}\right\}, \end{aligned}$$

worin $\sigma^{(h)}(u)=\dfrac{\partial\sigma(u)}{\partial w_h}$; $\sigma^{(h)}=\{\sigma^{(h)}(u)\}_{u=0}$.

Eine zweite partielle Differentiation nach v_i $(i=1,2)$ giebt für $v_1/v_2=0/0$:

$$\text{A}'')\quad \begin{aligned} &-(a_{\lambda_1}-a_{\lambda_2})\left\{\frac{\partial}{\partial u_i}\left(\frac{\sigma^{(h)}_{\lambda_0}(u)}{\sigma_{\lambda_0}(u)}\right)-\frac{\sigma^{(hi)}_{\lambda_3\lambda_4\lambda_5}}{\sigma_{\lambda_3\lambda_4\lambda_5}}\right\}=(a_{\lambda_1}-a_{\lambda_2})\cdot\sigma^{(h)}_{\lambda_0}\sigma^{(i)}_{\lambda_0}\cdot\frac{\sigma^2_{\lambda_3\lambda_4\lambda_5}(u)}{\sigma^2_{\lambda_0}(u)}\\ &+(a_{\lambda_0}-a_{\lambda_3})(a_{\lambda_0}-a_{\lambda_4})(a_{\lambda_0}-a_{\lambda_5})\left\{\frac{\sigma^{(h)}_{\lambda_2}\sigma^{(i)}_{\lambda_2}\sigma^2_{\lambda_1}(u)-\sigma^{(h)}_{\lambda_1}\sigma^{(i)}_{\lambda_1}\sigma^2_{\lambda_2}(u)}{\sigma^2_{\lambda_0}(u)}\right\}. \end{aligned}$$

Mit resp. $\sigma^{(2)}_{\lambda_0}du_i$ und $-\sigma^{(1)}_{\lambda_0}du_i$ multiplicirt und addirt geben die vier Formeln von A'')

$$1)\quad \begin{aligned} &-(a_{\lambda_1}-a_{\lambda_2})\left\{\sigma^{(2)}_{\lambda_0}d\left(\frac{\sigma^{(1)}_{\lambda_0}(u)}{\sigma_{\lambda_0}(u)}\right)-\sigma^{(1)}_{\lambda_0}d\left(\frac{\sigma^{(2)}_{\lambda_0}(u)}{\sigma_{\lambda_0}(u)}\right)\right\}\\ &+(a_{\lambda_1}-a_{\lambda_2})\sum_h\left(\sigma^{(1h)}_{\lambda_3\lambda_4\lambda_5}\sigma^{(2)}_{\lambda_0}-\sigma^{(2h)}_{\lambda_3\lambda_4\lambda_5}\sigma^{(1)}_{\lambda_0}\right)du_h \end{aligned}$$

$$\begin{aligned} =(a_{\lambda_0}-a_{\lambda_3})(a_{\lambda_0}-a_{\lambda_4})(a_{\lambda_0}-a_{\lambda_5})&\left\{\frac{\sigma^2_{\lambda_1}(u)}{\sigma^2_{\lambda_0}(u)}\left(\sigma^{(1)}_{\lambda_2}\sigma^{(2)}_{\lambda_0}-\sigma^{(2)}_{\lambda_2}\sigma^{(1)}_{\lambda_0}\right)\left(\sigma^{(1)}_{\lambda_2}du_1+\sigma^{(2)}_{\lambda_2}du_2\right)\right.\\ &\left.-\frac{\sigma^2_{\lambda_2}(u)}{\sigma^2_{\lambda_0}(u)}\left(\sigma^{(1)}_{\lambda_1}\sigma^{(2)}_{\lambda_0}-\sigma^{(2)}_{\lambda_1}\sigma^{(1)}_{\lambda_0}\right)\left(\sigma^{(1)}_{\lambda_1}du_1+\sigma^{(2)}_{\lambda_1}du_2\right)\right\}. \end{aligned}$$

Nach der Parameterdarstellung* ist für gleiche untere Grenzen

$$\sigma^{(1)}_{\varkappa}\sigma^{(2)}_{\lambda}-\sigma^{(2)}_{\varkappa}\sigma^{(1)}_{\lambda}=\frac{a_{\varkappa}-a_{\lambda}}{\mathfrak{s}_1-\mathfrak{s}_2},$$

$$-\{\sigma^{(1)}_{\lambda}du_1+\sigma^{(2)}_{\lambda}du_2\}=\frac{a_{\lambda}-\mathfrak{s}_2}{\mathfrak{s}_1-\mathfrak{s}_2}du_1+\frac{a_{\lambda}-\mathfrak{s}_1}{\mathfrak{s}_2-\mathfrak{s}_1}du_2,$$

$$\sigma^2_{\lambda}(u)=\varphi^2(a_{\lambda}-\mathfrak{z}_1)(a_{\lambda}-\mathfrak{z}_2).$$

Damit nimmt die rechte Seite von 1) genau die Form von $dE(\lambda_0\lambda_1\lambda_2)$ abgesehen von einem constanten Factor $(a_{\lambda_2}-a_{\lambda_1})$ an, so dass

$$2)\quad \begin{aligned} dE(\lambda_0\lambda_1\lambda_2)&=d\left\{\frac{(a_{\lambda_0}-\mathfrak{s}_1)\,\sigma^{(1)}_{\lambda_0}(u)+(a_{\lambda_0}-\mathfrak{s}_2)\,\sigma^{(2)}_{\lambda_0}(u)}{\sigma_{\lambda_0}(u)}\right\}\\ &-\sum_h\left\{(a_0-\mathfrak{s}_1)\,\sigma^{(1h)}_{\substack{\lambda_3\lambda_4\lambda_5\\ \lambda_0\lambda_1\lambda_2}}+(a_0-\mathfrak{s}_2)\,\sigma^{(2h)}_{\substack{\lambda_3\lambda_4\lambda_5\\ \lambda_0\lambda_1\lambda_2}}\right\}du_h. \end{aligned}$$

---

* Staude a. a. O. S. 260.

$$\text{1 b)}\qquad \prod_{\varkappa_1\varkappa_2}^{\mathfrak{z}_1\mathfrak{z}_2}(\omega\lambda_1\lambda_2) = \tfrac{1}{2}\log\frac{\sigma_{\lambda_0}(v-u)\,\sigma_{\lambda_0}(v+u^{\varkappa_1\varkappa_2})}{\sigma_{\lambda_0}(v+u)\,\sigma_{\lambda_0}(v-u^{\varkappa_1\varkappa_2})} + \sum_h (u_h - u_h^{\varkappa_1\varkappa_2})\frac{\partial}{\partial v_h}\log\sigma_{\lambda_0\lambda_1\lambda_2}(v).$$

Die Formel A), Cap. II, giebt für $u=v$, $v=u$, $w=-u^{\varkappa_1\varkappa_2}=u_{\varkappa_1 2}$

$$\text{A}_{\varkappa_1\varkappa_2})\qquad \frac{\sigma_{\lambda_0}(v-u)\,.\,\sigma_{\lambda_0}(v+u^{\varkappa_1\varkappa_2})}{\sigma_{\lambda_0}(v+u)\,.\,\sigma_{\lambda_0}(v-u^{\varkappa_1\varkappa_2})} = \frac{\sigma_{\lambda_0\varkappa_1\varkappa_2}(v-(u-u^{\varkappa_1\varkappa_2}))}{\sigma_{\lambda_0\varkappa_1\varkappa_2}(v+(u-u^{\varkappa_1\varkappa_2}))}.$$

Entsprechend giebt die Formel A′), Cap. II, für $u-v=u^{\varkappa_1\varkappa_2}$, $u=v=u-u^{\varkappa_1\varkappa_2}$:

$$\text{A}'_{\varkappa_1\varkappa_2})\qquad \frac{\sigma_{\lambda_0}^{(h)}(u)}{\sigma_{\lambda_0}(u)} - \frac{\sigma_{\lambda_0}^{(h)}(u^{\varkappa_1\varkappa_2})}{\sigma_{\lambda_0}(u^{\varkappa_1\varkappa_2})} = \frac{\sigma_{\lambda_0\varkappa_1\varkappa_2}^{(h)}(u-u^{\varkappa_1\varkappa_2})}{\sigma_{\lambda_0\varkappa_1\varkappa_2}(u-u^{\varkappa_1\varkappa_2})}.$$

Daher ist, da $u-u^{\varkappa_1\varkappa_2}=u_{\varkappa_1\varkappa_2}^{\mathfrak{z}_1\mathfrak{z}_2}=U$, nunmehr allgemein

$$\text{E)}\qquad \mathop{E}_{\varkappa_1\varkappa_2}^{\mathfrak{z}_1\mathfrak{z}_2}(\lambda_0\lambda_1\lambda_2) = \mathop{L}_{\lambda_0\varkappa_1\varkappa_2}(U) - U_1\mathop{L}_{\lambda_0\lambda_1\lambda_2}^{(1)}(0) - U_2\mathop{L}_{\lambda_0\lambda_1\lambda_2}^{(2)}(0),$$

$$\Pi)\qquad \prod_{\varkappa_1\varkappa_2}^{\mathfrak{z}_1\mathfrak{z}_2}(\omega\lambda_1\lambda_2) = \tfrac{1}{2}\log\frac{\sigma_{\lambda_0\varkappa_1\varkappa_2}(v-U)}{\sigma_{\lambda_0\varkappa_1\varkappa_2}(v+U)} + U_1\frac{\partial}{\partial v_1}\log\sigma_{\lambda_0\lambda_1\lambda_2}(v) + U_2\frac{\partial}{\partial v_2}\log\sigma_{\lambda_0\lambda_1\lambda_2}$$

Das Theorem der Darstellung lautet somit in expliciter Form:

Theorem.

Sind $\mathfrak{z}_1 s_1$ und $\mathfrak{z}_2 s_2$ zwei variable Stellen des du $s^2=r(\mathfrak{z})=a_0-\mathfrak{z}.a_1-\mathfrak{z}.a_2-\mathfrak{z}.a_3-\mathfrak{z}.a_4-\mathfrak{z}.a_5-\mathfrak{z}$ definirten perelliptischen Gebildes und

$$u_i=\int_{a_{\varkappa_1}}^{\mathfrak{z}_1 s_1}(\mathfrak{z}_1-g_i)\frac{d\mathfrak{z}_1}{2s_1}+\int_{a_{\varkappa_2}}^{\mathfrak{z}_2 s_2}(\mathfrak{z}_2-g_i)\frac{d\mathfrak{z}_2}{2s_2},\quad v_i=\int_{a_{\lambda_1}}^{\omega s_\omega}(\omega-g_i)\frac{d\omega}{2s_\omega}\quad (i=1$$

Integrale erster Gattung (mit Verzweigungspunkten als unt Grenzen), so wird die Darstellung der Integrale zwei und dritter Gattung:

$$\mathop{E}_{\varkappa_1\varkappa_2}^{\mathfrak{z}_1\mathfrak{z}_2}(\lambda_0\lambda_1\lambda_2)$$

$$=\frac{-r'(a_{\lambda_0})}{a_{\lambda_1}-a_{\lambda_0}\,.\,a_{\lambda_2}-a_{\lambda_0}}\cdot\left\{\int_{a_{\varkappa_1}}^{\mathfrak{z}_1 s_1}\frac{\mathfrak{z}_1-a_{\lambda_1}\cdot\mathfrak{z}_1-a_{\lambda_2}}{\mathfrak{z}_1-a_{\lambda_0}}\cdot\frac{d\mathfrak{z}_1}{2s_1}+\int_{a_{\varkappa_2}}^{\mathfrak{z}_2 s_2}\frac{\mathfrak{z}_2-a_{\lambda_1}\cdot\mathfrak{z}_2-a_{\lambda_2}}{\mathfrak{z}_2-a_{\lambda_0}}\cdot\right.$$

$$\prod_{\varkappa_1 \varkappa_2}^{\mathfrak{z}_1 \mathfrak{z}_2} (\omega \lambda_1 \lambda_2)$$

$$= \frac{s_\omega}{a_{\lambda_1} - \omega \,.\, a_{\lambda_2} - \omega} \cdot \left\{ \int_{a_{\varkappa_1}}^{\mathfrak{z}_1 s_1} \frac{\mathfrak{z}_1 - a_{\lambda_1} \cdot \mathfrak{z}_1 - a_{\lambda_2}}{\mathfrak{z}_1 - \omega} \cdot \frac{d\mathfrak{z}_1}{2 s_1} + \int_{a_{\varkappa_2}}^{\mathfrak{z}_2 s_2} \frac{\mathfrak{z}_2 - a_{\lambda_1} \cdot \mathfrak{z}_2 - a_{\lambda_2}}{\mathfrak{z}_2 - \omega} \cdot \frac{d\mathfrak{z}_2}{2 s_2} \right\},$$

in denen a_{λ_0} und ω, $\pm s_\omega$ je die Unstetigkeitsstellen sind, durch folgende Formeln gegeben:

$$E_{\varkappa_1 \varkappa_2}^{\mathfrak{z}_1 \mathfrak{z}_2}(\lambda_0 \lambda_1 \lambda_2) = \frac{(a_{\lambda_0} - \mathfrak{z}_1)\, \overset{(1)}{\sigma}_{\substack{\lambda_0 \varkappa_1 \varkappa_2 \\ \mu_1 \mu_2 \mu_3}} (u_1/u_2) + (a_{\lambda_0} - \mathfrak{z}_2)\, \overset{(2)}{\sigma}_{\substack{\lambda_0 \varkappa_1 \varkappa_2 \\ \mu_1 \mu_2 \mu_3}} (u_1/u_2)}{\sigma_{\substack{\lambda_0 \varkappa_1 \varkappa_2 \\ \mu_1 \mu_2 \mu_3}} (u_1/u_2)}$$

$$- \sum_h^{1,2} u_h \left\{ (a_0 - \mathfrak{z}_1)\, \overset{(h1)}{\sigma}_{\substack{\lambda_0 \lambda_1 \lambda_2 \\ \lambda_3 \lambda_4 \lambda_5}} + (a_0 - \mathfrak{z}_2)\, \overset{(h2)}{\sigma}_{\substack{\lambda_0 \lambda_1 \lambda_2 \\ \lambda_3 \lambda_4 \lambda_5}} \right\},$$

$$\prod_{\varkappa_1 \varkappa_2}^{\mathfrak{z}_1 \mathfrak{z}_2} (\omega \lambda_1 \lambda_2) = \tfrac{1}{2} \log \frac{\sigma_{\substack{\lambda_0 \varkappa_1 \varkappa_2 \\ \mu_1 \mu_2 \mu_3}} (v_1 - u_1 / v_2 - u_2)}{\sigma_{\substack{\lambda_0 \varkappa_1 \varkappa_2 \\ \mu_1 \mu_2 \mu_3}} (v_1 + u_1 / v_2 + u_2)} + \sum_h^{1,2} u_h \frac{\partial}{\partial v_h} \log \sigma_{\substack{\lambda_0 \lambda_1 \lambda_2 \\ \lambda_3 \lambda_4 \lambda_5}} (v_1/v_2);$$

$\mu_1 \mu_2 \mu_3$ sind dabei die in der Reihe 012345 zu $\lambda_0 \varkappa_1 \varkappa_2$ gehörigen übrigen Ziffern; ferner geht $\begin{matrix}\varkappa \lambda \mu \\ \varkappa_1 \lambda_1 \mu_1\end{matrix}$ für $\lambda = \mu$ in $\varkappa$ über.

Es erübrigt noch zu zeigen, dass die Darstellung der Integrale zweiten Grades direct durch Differentiation nach ω und Gleichsetzung von ω mit a_{λ_0} aus der Darstellung der Integrale dritten Grades herleitbar ist. Zu dem Ende multiplicirt man (Π) mit s_ω und erhält:

$$r(\omega) \frac{\Pi}{s_\omega} = s_\omega \left\{ \tfrac{1}{2} \log \frac{\sigma_{\lambda_0 \varkappa_1 \varkappa_2}(v-u)}{\sigma_{\lambda_0 \varkappa_1 \varkappa_2}(v+u)} + \sum u_h \frac{\partial}{\partial v_h} \log \sigma_{\lambda_0 \lambda_1 \lambda_2}(v) \right\}.$$

Die Differentiation giebt:

$$r'(\omega) \frac{\Pi}{s_\omega} + r(\omega) \left(\frac{\Pi}{\sigma_\omega} \right)'$$

$$= s'_\omega \left\{ \equiv \right\} + 2 \sum_i \frac{\partial v_i}{\partial \omega} s_\omega \left\{ \frac{\partial}{\partial v_i} \left(\tfrac{1}{2} \log \frac{\sigma_{\lambda_0 \varkappa_1 \varkappa_2}(v-u)}{\sigma_{\lambda_0 \varkappa_1 \varkappa_2}(v+u)} \right) + \sum_h u_h \frac{\partial^2}{\partial v_h \partial v_i} \log \sigma_{\lambda_0 \lambda_1 \lambda_2}(v) \right\}'$$

$\omega = a_{\lambda_0}$ giebt:

$$- r'(a_{\lambda_0}) \left(\frac{\Pi}{s_\omega} \right)_{\omega = a_{\lambda_0}} = \sum_i \left(\frac{\overset{(i)}{\sigma}_{\lambda_0 \varkappa_1 \varkappa_2}(u)}{\sigma_{\lambda_0 \varkappa_1 \varkappa_2}(u)} - \sum_h u_h \overset{(hi)}{\sigma}_{\lambda_0 \lambda_1 \lambda_2} \right) (a_{\lambda_0} - \mathfrak{z}_i) = E.$$

Mit Rücksicht hierauf nehmen die Darstellungen der Integrale E und wenn

$$\log \sigma_{\varkappa \lambda \mu}(u_1/u_2) = Z_{\varkappa \lambda \mu}(u_1/u_2)$$

gesetzt wird, folgende Gestalt an:

$$\Pi_1) \qquad \prod_{\varkappa_1 \varkappa_2} (\omega \lambda_1 \lambda_2) = \tfrac{1}{2} \left\{ \underset{\lambda_0 \varkappa_1 \varkappa_2}{Z} (v-u) - \underset{\lambda_0 \varkappa_1 \varkappa_2}{Z} (v+u) \right\} + \sum_h u_h \overset{(h)}{\underset{\lambda_0 \lambda_1 \lambda_2}{Z}} (v),$$

$$\mathrm{E}_3)\qquad \begin{aligned} E^{(\lambda_0\lambda_1\lambda_2)}_{\varkappa_1\varkappa_2} &= \left\{(a_{\lambda_0}-\mathfrak{s}_1)\overset{(1)}{\underset{\lambda_0\varkappa_1\varkappa_2}{Z}}(u)+(a_{\lambda_0}-\mathfrak{s}_2)\overset{(2)}{\underset{\lambda_0\varkappa_1\varkappa_2}{Z}}(u)\right\} \\ &\quad -\sum_h u_h\left\{(a_{\lambda_0}-\mathfrak{s}_1)\overset{(1h)}{\underset{\lambda_0\lambda_1\lambda_2}{Z}}(0)+(a_{\lambda_0}-\mathfrak{s}_2)\overset{(2h)}{\underset{\lambda_0\lambda_1\lambda_2}{Z}}(0)\right\}. \end{aligned}$$

Die Gruppirung der Integrale zu den Verzweigungspunktgruppen ist aus der Gestalt der Darstellungen beim blossen Hinblick ersichtlich; die Art der Unstetigkeitspunkte und der unteren Grenzen bestimmen jeweilig den ersten Theil der Darstellung bezüglich des Index der Z-Function, während die Nullpunkte der quadratischen Zählerfunction der Integrale in Verbindung mit den Unstetigkeitsstellen dasselbe bezüglich des zweiten Theiles leisten. Es sei auch darauf hingewiesen, dass stets $\lambda_0\lambda_1\lambda_2$ drei ungleiche Indices vorstellen, mithin $Z^{(i\varkappa)}_{\lambda_0\lambda_1\lambda_2}=\sigma^{(i\varkappa)}_{\lambda_0\lambda_1\lambda_2}(0)$ als zweite Differentialquotienten einer geraden Function einen festen, bestimmten Werth besitzen, der sich, wie die entsprechende Constante der Jacobi'schen Darstellung, durch Integrale zwischen Verzweigungspunkt und Periodicitätsmoduln leicht darstellen lässt.

Breslau, Januar 1889.

XXII.

Ueber eine Anwendung der Symbolik bei einer Aufgabe aus der Theorie der Kegelschnitte.

Von

Dr. Carl Schmidt

aus Giessen.

---

1. Bestimmung der Schnittpunkte der Geraden $u_x = u_1 x_1 + u_2 x_2 + u_3 x_3 = 0$ mit dem Kegelschnitt $f(x, x) = \Sigma a_{ik} x_i x_k = 0$.

Ist x_1, x_2, x_3 ein Punkt der Geraden u, und v eine beliebige Gerade durch denselben, so ist

$$u_x = 0, \quad v_x = 0,$$

daher kann man setzen

$$1) \qquad x_1 = u_2 v_3 - u_3 v_2, \quad x_2 = u_3 v_1 - u_1 v_3, \quad x_3 = u_1 v_2 - u_2 v_1.$$

Setzt man diese Werthe in $f(x, x)$ ein, so erhält man bei gegebenen u_1, u_2, u_3 eine quadratische Form von v_1, v_2, v_3, die gleich Null gesetzt das Punktepaar darstellt, in welchem die Gerade u den Kegelschnitt $f = 0$ schneidet.

Man kann nun diese reducible Form in derselben Weise in ihre linearen Factoren zerlegen, wie es Clebsch in seinen Vorlesungen über Geometrie mit der Form $\Sigma a_{ik} x_i x_k$ gethan hat. Dort ist nämlich Folgendes gezeigt: Ist $\Sigma a_{ik} x_i x_k$ reducibel, und bezeichnet man mit $\alpha_1 x_1 + \alpha_2 x_2 + \alpha_3 x_3$ den einen Factor, so verhält sich $\alpha_1 : \alpha_2 : \alpha_3$ wie

$$2) \qquad \begin{aligned} & a_{11} : a_{12} + \sqrt{-\alpha_{33}} : a_{13} - \sqrt{-\alpha_{22}} \\ = \; & a_{21} - \sqrt{-\alpha_{33}} : a_{22} : a_{23} + \sqrt{-\alpha_{11}} \\ = \; & a_{31} + \sqrt{-\alpha_{22}} : a_{32} - \sqrt{-\alpha_{11}} : a_{33}. \end{aligned}$$

Für den andern linearen Factor hat man den Quadratwurzeln überall die entgegengesetzten Werthe beizulegen.

Um dies auf unsern Fall anzuwenden, muss man die Coefficienten unserer quadratischen Form und ihrer adjungirten Form berechnen, und zu diesem Zwecke bedient man sich mit Vortheil der Methode der Symbolik.

Wir setzen symbolisch

$$3) \qquad f(x, x) = (a_1 x_1 + a_2 x_2 + a_3 x_3)^2 = (b_1 x_1 + b_2 x_2 + b_3 x_3)^2.$$

Dann wird, wie man sich leicht durch Ausrechnen überzeugt, die adjungirte Form symbolisch durch

$$4)\qquad \varphi(u, u) = \tfrac{1}{2}(a, b, u)^2$$

dargestellt, wobei (a, b, u) die Determinante

$$\begin{vmatrix} a_1 & a_2 & a_3 \\ b_1 & b_2 & b_3 \\ u_1 & u_2 & u_3 \end{vmatrix}$$

bedeutet. Macht man nun in 3) die Substitutionen 1), so erhält m

$$5)\qquad f = \begin{vmatrix} a_1 & a_2 & a_3 \\ u_1 & u_2 & u_3 \\ v_1 & v_2 & v_3 \end{vmatrix}^2$$

$$= [(a_2 u_3 - a_3 u_2) v_1 + (a_3 u_1 - a_1 u_3) v_2 + (a_1 u_2 - a_2 u_1) v_3]^2.$$

Daher ist der Coefficient von v_1^2 gleich:

$$(a_2 u_3 - a_3 u_2)^2 = a_2^2 u_3^2 + a_3^2 u_2^2 - 2 a_2 a_3 u_2 u_3$$

oder, wenn man die Symbole durch ihre Werthe ersetzt, gleich

$$a_{22} u_3^2 + a_{33} u_2^2 - 2 a_{23} u_2 u_3 .$$

Analoge Ausdrücke findet man für die Coefficienten von v_2^2 u

Der Coefficient von $2 v_2 v_3$ ist gleich

$$(a_3 u_1 - a_1 u_3).(a_1 u_2 - a_2 u_1) = a_1 a_3 u_1 u_2 + a_1 a_2 u_1 u_3 - a_2 a_3 u_1^2 - a_1^2$$

$$= a_{13} u_1 u_2 + a_{12} u_1 u_3 - a_{23} u_1^2 - a_{11} u_2 u_3$$

u. s. w.

Nun ist symbolisch

$$f = ((a_2 u_3 - a_3 u_2) v_1 + (a_3 u_1 - a_1 u_3) v_2 + (a_1 u_2 - a_2 u_1) v_3)^2$$

$$= ((b_2 u_3 - b_3 u_2) v_1 + (b_3 u_1 - b_1 u_3) v_2 + (b_1 u_2 - b_2 u_1) v_3)^2.$$

Bezeichnet man in der Determinante

$$\begin{vmatrix} a_1 & a_2 & a_3 \\ b_1 & b_2 & b_3 \\ u_1 & u_2 & u_3 \end{vmatrix}$$

die Adjuncten der Elemente der ersten bezw. zweiten Zeile mit

$$\alpha_1 \quad \alpha_2 \quad \alpha_3,$$

$$\beta_1 \quad \beta_2 \quad \beta_3,$$

so ist

$$f = (\alpha_1 v_1 + \alpha_2 v_2 + \alpha_3 v_3)^2 = (\beta_1 v_1 + \beta_2 v_2 + \beta_3 v_3)^2.$$

Daher ist die adjungirte Form mit den Variablen y_1, y_2, y_3 gleich

$$\tfrac{1}{2}(\alpha, \beta, y)^2.$$

Nun ist nach einem bekannten Determinantensatz

$$\alpha_2 \beta_3 - \alpha_3 \beta_2 = u_1 (a, b, u),$$
$$\alpha_3 \beta_1 - \alpha_1 \beta_3 = u_2 (a, b, u),$$
$$\alpha_1 \beta_2 - \alpha_2 \beta_1 = u_3 (a, b, u),$$

folglich ist die gesuchte adjungirte Form gleich

$$\tfrac{1}{2}(a, b, u)^2.(u_1 y_1 + u_2 y_2 + u_3 y_3)^2$$

oder, wenn man die Symbole durch ihre Werthe ersetzt, gleich

$$6)\qquad \varphi(u, u).(u_1 y_1 + u_2 y_2 + u_3 y_3)^2.$$

Die adjungirte Form ist also, wie es bei reducibeln Formen nothwendig ist, ein vollständiges Quadrat und stellt, gleich Null gesetzt, die Gerade u dar.

Bezeichnet man nun mit ξ_1, ξ_2, ξ_3 die Coordinaten des einen gesuchten Schnittpunktes, so ist

$$
\begin{aligned}
\xi_1 : \xi_2 : \xi_3 &= a_{22} u_3^2 - 2 a_{23} u_2 u_3 + a_{33} u_2^2 \\
&\quad : a_{31} u_3 u_2 + a_{32} u_3 u_1 - a_{12} u_3^2 - a_{33} u_1 u_2 + u_3 \sqrt{-\varphi(u, u)} \\
&\quad : a_{21} u_2 u_3 + a_{23} u_2 u_1 - a_{13} u_2^2 - a_{22} u_1 u_3 - u_2 \sqrt{-\varphi(u, u)} \\
&= a_{31} u_3 u_2 + a_{32} u_3 u_1 - a_{12} u_3^2 - a_{33} u_1 u_2 - u_3 \sqrt{-\varphi(u, u)} \\
&\quad : a_{11} u_3^2 - 2 a_{13} u_1 u_3 + a_{33} u_1^2 \\
&\quad : a_{12} u_1 u_3 + a_{13} u_1 u_2 - a_{23} u_1^2 - a_{11} u_2 u_3 + u_1 \sqrt{-\varphi(u, u)} \\
&= a_{21} u_2 u_3 + a_{23} u_2 u_1 - a_{13} u_2^2 - a_{22} u_1 u_3 + u_2 \sqrt{-\varphi(u, u)} \\
&\quad : a_{12} u_1 u_3 + a_{13} u_1 u_2 - a_{23} u_1^2 - a_{11} u_2 u_3 - u_1 \sqrt{-\varphi(u, u)} \\
&\quad : a_{11} u_2^2 - 2 a_{12} u_1 u_2 + a_{22} u_1^2 .
\end{aligned}
\tag{7}
$$

Die Coordinaten des andern Schnittpunktes erhält man, indem man in diesen Formeln der Quadratwurzel überall den entgegengesetzten Werth beilegt. Daraus ergiebt sich:

Die Schnittpunkte der Geraden u mit dem Kegelschnitt $f = 0$ sind
- real, wenn $\varphi(u, u)$ negativ ist,
- imaginär, wenn $\varphi(u, u)$ positiv ist;
- sie fallen zusammen, d. h. u ist Tangente, wenn $\varphi(u, u) = 0$ ist.

Man kann die Coefficienten der reducibeln Form 5) und somit auch die rationalen Bestandtheile von ξ_1, ξ_2, ξ_3 in einer andern Form darstellen.

Bezeichnet man nämlich

$$\varphi(u, u) = \Sigma \alpha_{ik} u_i u_k ,$$

$$\varphi_1(u) = \tfrac{1}{2} \frac{\partial \varphi}{\partial u_1} = \Sigma \alpha_{1k} u_k, \quad \varphi_2(u) = \tfrac{1}{2} \frac{\partial \varphi}{\partial u_2} = \Sigma \alpha_{2k} u_k, \quad \varphi_3(u) = \tfrac{1}{2} \frac{\partial \varphi}{\partial u_3} = \Sigma \alpha_{3k} u_k ,$$

so ist bekanntlich

$$\begin{vmatrix} \varphi(u, u) & \varphi(u, v) \\ \varphi(u, v) & \varphi(v, v) \end{vmatrix} = \begin{vmatrix} u_1 & u_2 & u_3 \\ v_1 & v_2 & v_3 \end{vmatrix} \begin{vmatrix} \varphi_1(u) & \varphi_2(u) & \varphi_3(u) \\ \varphi_1(v) & \varphi_2(v) & \varphi_3(v) \end{vmatrix} = \begin{vmatrix} x_1 & x_2 & x_3 \\ \varphi_1(u) & \varphi_2(u) & \varphi_3(u) \\ \varphi_1(v) & \varphi_2(v) & \varphi_3(v) \end{vmatrix}$$

mit Benutzung der Gleichungen 1). Nun ist

$$\begin{vmatrix} \varphi_2(u) & \varphi_3(u) \\ \varphi_2(v) & \varphi_3(v) \end{vmatrix} = \begin{vmatrix} u_1 & u_2 & u_3 \\ v_1 & v_2 & v_3 \end{vmatrix} \begin{vmatrix} \alpha_{21} & \alpha_{22} & \alpha_{23} \\ \alpha_{31} & \alpha_{32} & \alpha_{33} \end{vmatrix} = \Delta . (a_{11} x_1 + a_{12} x_2 + a_{13} x_3),$$

wo $\Delta = |a_{ik}|$ die Determinante von f ist.

Mithin ist

$$\varphi(u, u)\, \varphi(v, v) - \varphi(u, v)^2 = \Delta f(x, x)$$

oder

$$f(x, x) = \frac{1}{\Delta} (\varphi(u, u)\, \varphi(v, v) - \varphi(u, v)^2).$$

Daher ist

8)

$$\begin{aligned}
\xi_1:\xi_2:\xi_3 &= \frac{1}{\Delta}(\alpha_{11}\varphi-\varphi_1^2) && :\frac{1}{\Delta}(\alpha_{12}\varphi-\varphi_1\varphi_2)+u_3\sqrt{-\cdots}\\
& && :\frac{1}{\Delta}(\alpha_{13}\varphi-\varphi_1\varphi_3)-u_2\sqrt{-\cdots}\\
&= \frac{1}{\Delta}(\alpha_{12}\varphi-\varphi_1\varphi_2)-u_3\sqrt{-\varphi} && :\frac{1}{\Delta}(\alpha_{22}\varphi-\varphi_2^2)\\
& && :\frac{1}{\Delta}(\alpha_{23}\varphi-\varphi_2\varphi_3)+u_1\sqrt{-\cdots}\\
&= \frac{1}{\Delta}(\alpha_{13}\varphi-\varphi_1\varphi_3)+u_2\sqrt{-\varphi} && :\frac{1}{\Delta}(\alpha_{23}\varphi-\varphi_2\varphi_3)-u_1\sqrt{-\cdots}\\
& && :\frac{1}{\Delta}(\alpha_{33}\varphi-\varphi_3^2).
\end{aligned}$$

Man kann für das Verhältniss $\xi_1:\xi_2:\xi_3$ noch drei neue Formeln indem man die Elemente der ersten Zeile mit a_{i1}, die der zweite mit a_{i2} und die der dritten Zeile mit a_{i3} multiplicirt ($i=1, 2,$ dann colonnenweise addirt. Da

9) $$a_{i1}\varphi_1(u)+a_{i2}\varphi_2(u)+a_{i3}\varphi_3(u)=\Delta u_i$$

ist, so erhält man

10)

$$\begin{aligned}
\xi_1:\xi_2:\xi_3 = {} & \varphi-\varphi_1 u_1-(a_{12}u_3-a_{13}u_2)\sqrt{-\varphi}\\
: {} & -\varphi_2 u_1-(a_{13}u_1-a_{11}u_3)\sqrt{-\varphi}\\
: {} & -\varphi_3 u_1-(a_{11}u_2-a_{12}u_1)\sqrt{-\varphi}\\
= {} & -\varphi_1 u_2-(a_{22}u_3-a_{23}u_2)\sqrt{-\varphi}\\
: {} & \varphi-\varphi_2 u_2-(a_{23}u_1-a_{21}u_3)\sqrt{-\varphi}\\
: {} & -\varphi_3 u_2-(a_{21}u_2-a_{22}u_1)\sqrt{-\varphi}\\
= {} & -\varphi_1 u_3-(a_{32}u_3-a_{33}u_2)\sqrt{-\varphi}\\
: {} & -\varphi_2 u_3-(a_{33}u_1-a_{31}u_3)\sqrt{-\varphi}\\
: {} & \varphi-\varphi_3 u_3-(a_{31}u_2-a_{32}u_1)\sqrt{-\varphi}.
\end{aligned}$$

2. Die Aufgabe, die Tangenten zu bestimmen, welche von dem x an den Kegelschnitt $f=0$ gehen, ist der vorigen polar-reciprok.

Bekanntlich ist die Gleichung des Tangentenpaares

11) $$f(x,x)\,f(y,y)-f(x,y)^2=0$$

oder

12) $$\varphi(u,u)=0,$$

wenn man setzt

13) $$u_1=x_2y_3-x_3y_2,\quad u_2=x_3y_1-x_1y_3,\quad u_3=x_1y_2-x_2y_1.$$

Die adjungirte Form von $\varphi(u,u)$ ist $\Delta . f(x,x)$.

Auf dieselbe Weise, wie bei der ersten Aufgabe unter 6), erg als adjungirte Form von 11) mit den Variablen v_1, v_2, v_3:

14) $$\Delta . f(x,x).(x_1v_1+x_2v_2+x_3v_3)^2.$$

Sie ist ein vollständiges Quadrat und stellt, gleich Null gesetzt, de x doppelt dar.

Bezeichnet man nun mit α_1, α_2, α_3 die Coordinaten der einen Tangente, so verhält sich $\alpha_1:\alpha_2:\alpha_3$ wie

$$\begin{aligned} & a_{11}f - f_1^2 && : a_{12}f - f_1 f_2 + x_3\sqrt{-\Delta f} : a_{13}f - f_1 f_3 - x_2\sqrt{-\Delta f} \\ 5)\quad & : a_{12}f - f_1 f_2 - x_3\sqrt{-\Delta f} : a_{22}f - f_2^2 && : a_{23}f - f_2 f_3 + x_1\sqrt{-\Delta f} \\ & : a_{13}f - f_1 f_3 + x_2\sqrt{-\Delta f} : a_{23}f - f_2 f_3 - x_1\sqrt{-\Delta f} : a_{33}f - f_3^2. \end{aligned}$$

Dasselbe Resultat, auf andere Weise abgeleitet, findet sich in den Vorlesungen über Geometrie von Clebsch.

Daraus ergiebt sich:

Der Punkt x liegt ausserhalb des Kegelschnitts, wenn $\Delta f(x, x)$ negativ ist, innerhalb des Kegelschnitts, wenn $\Delta f(x, x)$ positiv ist, und auf dem Kegelschnitt, wenn $\Delta f(x, x)$, also $f(x, x) = 0$ ist.

Man kann die Coordinaten α_1, α_2, α_3 der Tangente auch in ähnlicher Form, wie unter 7) und 10) darstellen, wenn man statt

$$a_{ik},\quad u_i,\quad \varphi(u, u),\quad \varphi_i(u)$$

setzt.

$$\text{bezw. } \alpha_{ik},\quad x_i,\quad \Delta . f(x, x),\quad \Delta . f_i(x)$$

3. Die Aufgabe, die Tangenten zu bestimmen, welche den Kegelschnitt $f = 0$ in den Schnittpunkten mit der Geraden $u_x = 0$ berühren, kann nun sowohl auf die erste, als auch auf die zweite Aufgabe zurückgeführt werden.

Der Pol der Geraden u hat die Coordinaten $\varphi_1(u)$, $\varphi_2(u)$, $\varphi_3(u)$. Von diesem gehen die beiden Tangenten aus, also hat man in der Lösung der Aufgabe 2 statt x_i überall $\varphi_i(u)$ einzusetzen.

Nun wird

$$f_i(x) = a_{i1}\varphi_1(u) + a_{i2}\varphi_2(u) + a_{i3}\varphi_3(u) = \Delta u_i,$$

also

$$f(x, x) = \Sigma x_i f_i(x) = \Sigma \varphi_i(u)\, \Delta u_i = \Delta \varphi(u, u).$$

Daher geht die Gleichung 11) des Tangentenpaares über in folgende:

$$\Delta\,(\varphi(u, u)\, f(y, y) - \Delta u_y^2) = 0.$$

Die adjungirte Form der linken Seite 14) ist

$$\Delta f(x, x)\,(\varphi_1 v_1 + \varphi_2 v_2 + \varphi_3 v_3)^2 = \Delta^2 \varphi\,(\varphi_1 v_1 + \varphi_2 v_2 + \varphi_3 v_3)^2.$$

Nimmt man als Gleichung des Tangentenpaares

$$16)\qquad \varphi(u, u)\, f(y, y) - \Delta u_y^2 = 0,$$

so wird die adjungirte Form der linken Seite

$$17)\qquad \varphi\,(\varphi_1 v_1 + \varphi_2 v_2 + \varphi_3 v_3)^2 = 0.$$

Demnach verhalten sich die Coordinaten α_1, α_2, α_3 der einen Tangente, wie

$$\begin{aligned} & a_{11}\varphi - \Delta u_1^2 && : a_{12}\varphi - \Delta u_1 u_2 + \varphi_3\sqrt{-\varphi} \\ & && : a_{13}\varphi - \Delta u_1 u_3 - \varphi_2\sqrt{-\varphi} \\ 18)\quad & = a_{12}\varphi - \Delta u_1 u_2 - \varphi_3\sqrt{-\varphi} && : a_{22}\varphi - \Delta u_2^2 \\ & && : a_{23}\varphi - \Delta u_2 u_3 + \varphi_1\sqrt{-\varphi} \\ & = a_{13}\varphi - \Delta u_1 u_3 + \varphi_2\sqrt{-\varphi} && : a_{23}\varphi - \Delta u_2 u_3 - \varphi_1\sqrt{-\varphi} \\ & && : a_{33}\varphi - \Delta u_3^2. \end{aligned}$$

Unter 8) haben wir die Coordinaten ξ_1, ξ_2, ξ_3 des einen Schnittpunktes der Geraden u mit dem Kegelschnitt $f=0$ bestimmt. Daraus ergeben sich aber auch sofort die Coordinaten $\alpha_1, \alpha_2, \alpha_3$ der Tangente; denn es ist

$$\alpha_1 = a_{11}\xi_1 + a_{12}\xi_2 + a_{13}\xi_3,$$
$$\alpha_2 = a_{21}\xi_1 + a_{22}\xi_2 + a_{23}\xi_3,$$
$$\alpha_3 = a_{31}\xi_1 + a_{32}\xi_2 + a_{33}\xi_3;$$

daher ergiebt sich

$$19) \quad \begin{aligned} \alpha_1 : \alpha_2 : \alpha_3 &= \varphi - \varphi_1 u_1 + (a_{12}u_3 - a_{13}u_2)\sqrt{-\varphi} \\ &: \quad - \varphi_1 u_2 + (a_{22}u_3 - a_{23}u_2)\sqrt{-\varphi} \\ &: \quad - \varphi_1 u_3 + (a_{32}u_3 - a_{33}u_2)\sqrt{-\varphi} \\ &= \quad - \varphi_2 u_1 + (a_{13}u_1 - a_{11}u_3)\sqrt{-\varphi} \\ &\quad \varphi - \varphi_2 u_2 + (a_{23}u_1 - a_{21}u_3)\sqrt{-\varphi} \\ &\quad - \varphi_2 u_3 + (a_{33}u_1 - a_{31}u_3)\sqrt{-\varphi} \\ &= \quad - \varphi_3 u_1 + (a_{11}u_2 - a_{12}u_1)\sqrt{-\varphi} \\ &\quad - \varphi_3 u_2 + (a_{21}u_2 - a_{22}u_1)\sqrt{-\varphi} \\ &\quad \varphi - \varphi_3 u_3 + (a_{31}u_2 - a_{32}u_1)\sqrt{-\varphi}. \end{aligned}$$

Genau dieselben Formeln findet man aus 18), wenn man dort die Elemente der drei Zeilen bezw. mit $\alpha_{i1}, \alpha_{i2}, \alpha_{i3}$ $(i = 1, 2, 3)$ multiplicirt und dann colonnenweise addirt. Man hat dabei zu beachten, dass z. B.

$$\alpha_{12}\varphi_3 - \alpha_{13}\varphi_2 = \begin{vmatrix} \alpha_{12} & \alpha_{12}u_1 + \alpha_{22}u_2 + \alpha_{32}u_3 \\ \alpha_{13} & \alpha_{13}u_1 + \alpha_{23}u_2 + \alpha_{33}u_3 \end{vmatrix} = \varDelta a_{13}u_2 - \varDelta a_{12}u_3$$

ist.

4. Der Aufgabe 3 polarreciprok ist folgende:

Die Berührungspunkte der beiden Tangenten zu bestimmen, welche von dem Punkte x an den Kegelschnitt $f=0$ gehen.

Die Polare des Punktes x hat die Coordinaten $f_1(x), f_2(x), f_3(x)$, und diese schneidet den Kegelschnitt in den gesuchten Berührungspunkten. Wir haben daher in der Gleichung des Punktepaares

$$\frac{1}{\varDelta}(\varphi(u,u)\,\varphi(v,v) - \varphi(u,v)^2) = 0$$

u_i durch $f_i(x)$ zu ersetzen.

Dann wird

$$\varphi_i(u) = \alpha_{i1}f_1(x) + \alpha_{i2}f_2(x) + \alpha_{i3}f_3(x) = \varDelta x_i$$

und

$$\varphi(u,u) = \Sigma u_i \varphi_i(u) = \Sigma f_i(x)\,\varDelta x_i = \varDelta f(x,x).$$

Folglich heisst die Gleichung des Punktepaares

$$20) \quad \varDelta f(x,x)\,\varphi(v,v) - \varDelta(x_1v_1 + x_2v_2 + x_3v_3)^2 = 0.$$

Die adjungirte Form der linken Seite ist

$$21) \quad \varDelta f(x,x).(f_1y_1 + f_2y_2 + f_3y_3)^2.$$

Daher ergiebt sich für die Coordinaten des einen Berührungspunktes

$$
22)\quad \begin{aligned}
\xi_1 : \xi_2 : \xi_3 &= \alpha_{11} f - \Delta x_1^2 && : \alpha_{12} f - \Delta x_1 x_2 + f_3 \sqrt{-\Delta f} \\
&&& : \alpha_{13} f - \Delta x_1 x_3 - f_2 \sqrt{-\Delta f} \\
&= \alpha_{12} f - \Delta x_1 x_2 - f_3 \sqrt{-\Delta f} && : \alpha_{22} f - \Delta x_2^2 \\
&&& : \alpha_{23} f - \Delta x_2 x_3 + f_1 \sqrt{-\Delta f} \\
&= \alpha_{13} f - \Delta x_1 x_3 + f_2 \sqrt{-\Delta f} && : \alpha_{23} f - \Delta x_2 x_3 - f_1 \sqrt{-\Delta f} \\
&&& : \alpha_{33} f - \Delta x_3^2 .
\end{aligned}
$$

Unter 15) haben wir die Coordinaten α_1, α_2, α_3 der Tangente bestimmt, welche von dem Punkte x an den Kegelschnitt geht. Daraus können wir wieder die Coordinaten ξ_1, ξ_2, ξ_3 des Berührungspunktes finden, denn es ist

$$
\begin{aligned}
\xi_1 &= \alpha_{11}\alpha_1 + \alpha_{12}\alpha_2 + \alpha_{13}\alpha_3 , \\
\xi_2 &= \alpha_{21}\alpha_1 + \alpha_{22}\alpha_2 + \alpha_{23}\alpha_3 , \\
\xi_3 &= \alpha_{31}\alpha_1 + \alpha_{32}\alpha_2 + \alpha_{33}\alpha_3 .
\end{aligned}
$$

Daher ergiebt sich

$$
23)\quad \begin{aligned}
\xi_1 : \xi_2 : \xi_3 = {} & \Delta f - \Delta f_1 x_1 + (\alpha_{12} x_3 - \alpha_{13} x_2)\sqrt{-\Delta f} \\
: {} & \quad - \Delta f_1 x_2 + (\alpha_{22} x_3 - \alpha_{23} x_3)\sqrt{-\Delta f} \\
: {} & \quad - \Delta f_1 x_3 + (\alpha_{32} x_3 - \alpha_{33} x_3)\sqrt{-\Delta f} \\
= {} & \quad - \Delta f_2 x_1 + (\alpha_{13} x_1 - \alpha_{11} x_3)\sqrt{-\Delta f} \\
: {} & \Delta f - \Delta f_2 x_2 + (\alpha_{23} x_1 - \alpha_{21} x_3)\sqrt{-\Delta f} \\
: {} & \quad - \Delta f_2 x_3 + (\alpha_{33} x_1 - \alpha_{31} x_3)\sqrt{-\Delta f} \\
= {} & \quad - \Delta f_3 x_1 + (\alpha_{11} x_2 - \alpha_{12} x_1)\sqrt{-\Delta f} \\
: {} & \quad - \Delta f_3 x_2 + (\alpha_{21} x_2 - \alpha_{22} x_1)\sqrt{-\Delta f} \\
: {} & \Delta f - \Delta f_3 x_3 + (\alpha_{31} x_2 - \alpha_{32} x_1)\sqrt{-\Delta f} .
\end{aligned}
$$

Dieselben Formeln findet man aber auch aus 22), indem man dort die Elemente der ersten, zweiten und dritten Zeile bezw. mit a_{i1}, a_{i2}, a_{i3} $(i = 1, 2, 3)$ multiplicirt und dann colonnenweise addirt. Man hat dabei zu beachten, dass z. B.

$$
a_{21} f_3 - a_{31} f_2 = \begin{vmatrix} a_{21} & a_{21} x_1 + a_{22} x_2 + a_{23} x_3 \\ a_{31} & a_{31} x_1 + a_{32} x_2 + a_{33} x_3 \end{vmatrix} = \alpha_{13} x_2 - \alpha_{12} x_3
$$

ist.

Es ist klar, dass diese rechnerische Erledigung des Problems, von den Thetarelationen aus, nur solche Endresultate liefern konnte, welche aus den Formeln der allgemeinen Theorie* durch geeignete Specialisirung herleitbar sind. Rechnerische Gründe empfehlen zudem die Beschreibung auf Integrale mit entgegengesetzten Unstetigkeitsstellen, ohne dass dadurch der Allgemeinheit Eintrag gethan würde, da die Herstellung weiterer Formeln sich blos als Anwendung der Additionstheoreme der Thetafunctionen darstellt, ähnlich der Methode, welche im Anfang des Cap. IV befolgt ist.

* Vergl. F. Klein, Ueber hyperelliptische Sigmafunctionen. Math. Annalen Bd. XXVI und XXXII.

Heppenheim a. d. Bergstr., im Februar 1889.

$$(c^2-\gamma^2)y^2-\gamma^2x^2=0$$

die Gleichung der Asymptoten der Uebergangscurve.

Ist $c=\gamma$, so zerfällt die Uebergangscurve in die unendlich ferne Gerade und in eine tricirculare Curve neunter Ordnung, und ist zugleich $r=s$, so ergiebt sich (von der doppelt zählenden unendlich fernen Geraden abgesehen) eine bicirculare Curve achter Ordnung mit einem vierfachen Punkte im unendlich fernen Punkte der y-Axe.*

2. Gleichung 1) ist in Bezug auf a und b vom zwölften Grade, und zwar fanden wir als Glied zwölften Grades

$$(a^2-b^2)^2\{-r^4a^8+2r^2(m^2-2c^2)a^6b^2+(4r^2c^2+4s^2c^2-2r^2s^2-m^4)a^4b^4$$
$$+2s^2(m^2-2c^2)a^2b^6-s^4b^8\}.$$

Ferner stellt die Gleichung

$$\frac{a^2}{b^2}=k$$

einen Kreis dar, dessen Mittelpunkt Ω die Strecke AB im Verhältniss $\frac{A\Omega}{B\Omega}=\frac{1}{k}$ theilt. Ist nun k eine Wurzel der Gleichung

$$2)\quad -r^4k^4+2r^2(m^2-2c^2)k^3+(4r^2c^2+4s^2c^2-2r^2s^2-m^4)k^2$$
$$+2s^2(m^2-2c^2)k-s^4=0,$$

so berührt der betrachtete Kreis die Uebergangscurve in den imaginären Kreispunkten, d. h. Ω ist der Schnittpunkt zweier Tangenten der Uebergangscurve in diesen Punkten. Ist insbesondere k reell, so ist Ω ein Doppelbrennpunkt der Uebergangscurve. Die Wurzeln der Gleichung 2) sind nun im Allgemeinen sämmtlich verschieden, folglich hat die Uebergangscurve in jedem der imaginären Kreispunkte im Allgemeinen vier verschiedene Tangenten.

Für den speciellen Fall des gleicharmigen Kurbelgetriebes ergeben sich hieraus leicht die folgenden Beziehungen: Von den vier Doppelbrennpunkten der Uebergangscurve liegen entweder zwei auf der Koppel und zwei auf der Normalhalbirenden derselben — und zwar symmetrisch in Bezug auf die Koppelmitte —, oder alle vier auf der Normalhalbirenden, je nachdem $c+\gamma \gtrless 2r$ ist. Ist $c+\gamma=2r$, also das gleicharmige Kurbelgetriebe ein durchschlagendes, so fallen zwei der Doppelbrennpunkte in der Koppelmitte zusammen; die beiden anderen liegen auf der Normalhalbirenden der Koppel.

3. Für $b=r$ liefert Gleichung 1) zweimal $a^2=m^2-r^2-c^2=s^2-\gamma^2$. Die Kreise um A und B mit den Radien r bez. s berühren also die Uebergangscurve.

4. Beim gleicharmigen Kurbelgetriebe ist die Uebergangscurve symmetrisch in Bezug auf die Normalhalbirende MY der Koppel. Um in

* Dann zerfallen die Koppelcurven in Kreise und Curven vierter Ordnung. Vergl. Burmester, Kinematik, S. 300–306.

diesem Falle die Curvenpunkte auf MY zu bestimmen, setzen wir in Gleichung 1) $a=b$, $r=s$ und erhalten nach einfacher Umformung

$$\{(m^2-2r^2)a^2-r^2c^2\}^3.\{4a^4-(m^2+2r^2)a^2+r^2c^2\}=0.$$

Die Uebergangscurve besitzt daher auf MY zwei Spitzen S und T mit der Tangente MY (Fig. 1). Für dieselben ist

$$a=b=\frac{rc}{\sqrt{m^2-2r^2}}=\frac{rc}{\sqrt{c^2-\gamma^2}}.$$

Die Punkte S und T beschreiben Koppelcurven mit drei zusammenfallenden Doppelpunkten (Fig. 4).

5. Wir untersuchen zum Schluss die Gestaltung der Koppelcurven für ein bestimmt gegebenes Kurbelgetriebe; es sei z. B. $c=2\gamma$, $r=s=\gamma$. — Nehmen wir die Koppelmitte M als Coordinatenanfangspunkt, MB als x-Axe und setzen wir noch $x^2+y^2=\lambda^2\gamma^2$, so ergiebt sich als Gleichung der Uebergangscurve (Curve ω in Fig. 1)

$$60y^6+(88\lambda^4-428\lambda^2+97)\left(\frac{\gamma}{2}\right)^2y^4+2(\lambda^2-1)^2(-18\lambda^4-232\lambda^2+43)\left(\frac{\gamma}{2}\right)^4y^2$$
$$+(\lambda^2-1)^3(36\lambda^4+349\lambda^2-1)\left(\frac{\gamma}{2}\right)^6=0.$$

Die Curve ω hat — wegen $r=s=\gamma$ — die Koppelendpunkte A und B zu dreifachen Punkten mit einer dreifach zählenden Tangente $\perp AB$. Für die Spitzen S und T auf MY folgt $y=\pm\frac{\gamma}{\sqrt{3}}$, also $\angle ASB=120^\circ$. Die beiden Asymptoten gehen durch M und bilden mit AB Winkel von 30°.

In Fig. 2 ist für dasselbe Kurbelgetriebe die Polcurve p construirt worden. Die Polcurve ist bekanntlich für jedes Kurbelgetriebe eine bicirculare Curve achter Ordnung mit vierfachen Punkten in A und B. Für $r=s$ fallen die beiden Tangenten in jedem der imaginären Kreispunkte mit der unendlich fernen Geraden zusammen, so dass die Polcurve überdies noch zwei unendlich ferne Punkte besitzt. Im gegenwärtig betrachteten Beispiel sind dieselben reell; als Gleichung der Asymptoten ergiebt sich

$$7y\pm\sqrt{15}x=0.$$

Von den vier Tangenten der Polcurve in A und B sind je zwei imaginär; die beiden reellen bilden mit AB Winkel von 60°. Auf MY liegen zwei imaginäre Doppelpunkte; für die reellen Punkte G und H ist $a=2\gamma$.

Die Curven ω und p theilen den Quadranten XMY der bewegten Ebene in fünf Flächenstücke: FMS, $BFSG$, $UBGY$, $BPUV$ mit dem Berührungspunkte P von ω und p (vergl. Fig. 3 in fünffacher Vergrösserung), VBX. Da nun jeder Punkt von p eine Koppelcurve mit Rückkehrpunkt beschreibt, und da der Rückkehrpunkt die Uebergangsform zwischen dem Knotenpunkte und dem isolirten Punkte bildet, so können wir den Formenwandel der Koppelcurve für alle Systempunkte im Quadranten XMY in der folgenden Tabelle darstellen:

	Ort des Systempunktes.	Doppelpunkte der erzeugten Koppelcurve.	
1.	Flächenstück FMS .	3 Knotenpunkte	Punkt 1, Fig. 5.
2.	Bogen FS	1 Knotenpunkt, 1 Selbstberührungspunkt	„ 2, „ 6.
3.	Flächenstück $BFSG$	1 Knotenpunkt, 2 conjugirt imaginäre Doppelpunkte	„ 3, „ 7.
4	Bogen BG	1 Rückkehrpunkt, 2 conjugirt imaginäre Doppelpunkte	„ 4, „ 8.
5.	Flächenstück $UBGY$	1 isolirter Punkt, 2 conjugirt imaginäre Doppelpunkte	„ 5, „ 9.
6.	Bogen BU	1 isolirter Punkt, 1 Selbstberührungspunkt	— —
7.	Flächenstück $BPUV$	1 isolirter Punkt, 2 Knotenpunkte .	— —
8.	Bogen BV	1 isolirter Punkt, 1 Knotenpunkt, 1 Rückkehrpunkt.	— —
9.	Flächenstück VBX .	2 isolirte Punkte, 1 Knotenpunkt. .	Punkt 6, Fig. 11.

In der vom Punkte P erzeugten Koppelcurve (Fig. 10) ist ein Knotenpunkt mit einem Rückkehrpunkte vereinigt, überdies besitzt dieselbe einen isolirten Punkt. Für die Fälle 6 bis 8 konnten die Unterscheidungsmerkmale der betreffenden Koppelcurven bei dem zu Grunde gelegten Maassstabe nicht deutlich veranschaulicht werden.

Braunschweig, 27. Juni 1889. R. Müller.

XXV. Eine Erweiterung des Doppelverhältnissbegriffes.

1.

Auf einer Geraden ϱ seien vier Punkte A, B, C, D gegeben, für welche $(ABCD) = \varDelta$. Wir können dieses Doppelverhältniss — wie sich durch ähnliche Dreiecke zeigen lässt — in folgender Weise construiren. Wir errichten in A und D zu ϱ die resp. Normalen a, d. Auf A bestimmen wir zwei Punkte A_1, A_2 derart, dass $\frac{AA_1}{AA_2} = \frac{\varDelta - 1}{\varDelta}$. Dann ziehen wir A_1B. Diese Gerade treffe d in D^*. Wir projiciren D^* aus A_2 auf ϱ und erhalten C.

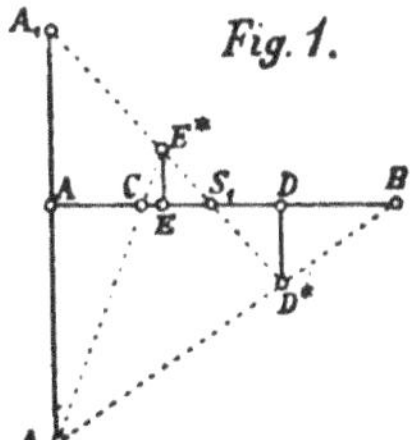

Fig. 1.

Diese Construction wollen wir verallgemeinern.

A, B, C, D, E seien fünf Punkte auf ϱ, von denen wir vier — A, B, D, E — kennen. Aus ihnen werde der fünfte — C — durch folgende Construction abgeleitet (Fig. 1). Wir errichten in

A, D, E die Senkrechten a, d, e zu ϱ. Auf a bestimmen wir, wie oben, die Punkte A_1, A_2. Dann ziehen wir A_2B. Diese Gerade schneide D in D^*. A_1D^* treffe ϱ und e resp. in S_1 und E^*. Wir ziehen die Gerade A_1E^*. Ihr Schnittpunkt mit ϱ sei C.

Aus dieser Construction folgt:

1) $$(AS_1BD) = \Delta$$
und
2) $$(AS_1CE) = \Delta.$$

Wir eliminiren S_1, indem wir für 1) und 2) setzen:

3) $$S_1A(AB - \Delta AD) = (\Delta - 1)AB.AD$$
und
4) $$S_1A(AC - \Delta AE) = (\Delta - 1)AC.AE.$$

Mithin ist:

5) $$\Delta = \frac{AB.AC.DE}{AD.AE.BC}.$$

Eine einfache Rechnung zeigt, dass
$$AB.DE = BE.AD - AE.BD.$$

Setzen wir dies in 5) ein, so folgt:

6) $$\Delta = \frac{AC}{BC}.\frac{BE}{AE} - \frac{AC}{BC}.\frac{BD}{AD} = -(ABCD) + (ABCE).$$

Die Abhängigkeit, welche wir in 6) unter den Punkten A, B, C, D, E aufgestellt haben, wollen wir mit dem Symbol $(ABCDE)$ bezeichnen. Wir haben somit für dasselbe die definirende Gleichung:

I) $$(ABCDE) = \Delta = -(ABCD) + (ABCE).$$

Wir wenden uns zu einer Gruppe von sechs Punkten $ABCDEF$. Fünf von ihnen, $ABDEF$, seien gegeben. Wir construiren (Fig. 2) zuerst einen Punkt S_2, für den

Fig. 2.

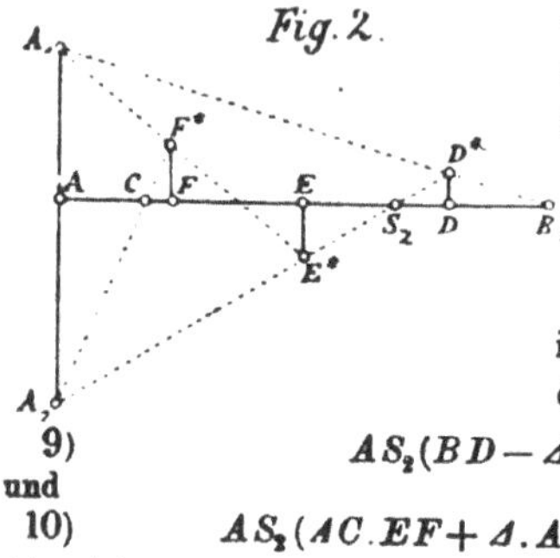

7) $$(ABS_2D) = \Delta.$$

Hierauf bestimmen wir C in der Weise, dass

8) $$(AS_2CEF) = \Delta$$

ist. Aus 7) und 8) eliminiren wir S_2. Zu diesem Zwecke setzen wir für 7) und 8):

9) $$AS_2(BD - \Delta AD) = \Delta.BA.AD$$
und
10) $$AS_2(AC.EF + \Delta.AE.AF) = \Delta.AE.AF.AC.$$

Also ist:

11) $$\Delta = \frac{AC.BD}{AD.BC} + \frac{AB.AC.EF}{AE.AF.BC} = (ABCD) - (ABCE) + (ABCF).$$

Drücken wir diese Abhängigkeit der sechs Punkte A, B, C, D, E, F mit dem Symbol $(ABCDEF)$ aus, so ergiebt sich die definirende Gleichung:

II) $$(ABCDEF) = \Delta = (ABCD) - (ABCE) + (ABCF).$$

Damit ist der Weg gezeigt, um eine Abhängigkeit zwischen n Punkten $A, B, C, \ldots, N$ festzustellen. Wir definiren dieselbe durch das Symbol:

III) $(ABCD\ldots N) = \Delta = \pm\,[(ABCD) - (ABCE) + \cdots \pm (ABCN)]$.

Bei dieser Gleichung gilt das obere Zeichen, wenn n gerade ist und das untere, wenn n ungerade ist. Soll jetzt zu den $n-1$ Punkten $A, B, D, \ldots, N$ der Punkt C gesucht werden, so verfahren wir, wie folgt: Wir construiren in $AD\ldots N$ die Normalen $a, d, \ldots, n$ zu ϱ. Auf a bestimmen wir $A_1 A_2$ nach der Bedingung $\frac{AA_1}{AA_2} = \frac{\Delta - 1}{\Delta}$. Je nachdem nun n gerade oder ungerade ist, ziehen wir $A_1 B$ oder $A_2 B$. Mit dieser Linie schneiden wir d. Den Schnittpunkt D^* verbinden wir mit A_2 oder A_1. Wir zeichnen den Punkt, in welchem diese Verbindungslinie e trifft, ziehen nach A_1 oder A_2 und fahren in dieser Weise fort, bis schliesslich eine Gerade durch A_2 oder A_1 aus ϱ den gesuchten Punkt C schneidet.

Wir führen einige Benennungen ein, welche die Stellung der Punkte in der allgemeinen Gruppe charakterisiren. A sei der Hauptpunkt, B der Anfangspunkt und C der Endpunkt der Gruppe.

Zum Schlusse wollen wir der entwickelten Abhängigkeit der n Punkte $A, B, \ldots, N$ noch eine andere Form geben. Lösen wir die Doppelverhältnisse von III) auf, so ergiebt sich:

$$(ABC\ldots N) = \pm\left[\frac{AC}{BC}\left(\frac{BD}{AD} - \frac{BE}{AE} \cdots \pm \frac{BN}{AN}\right)\right].$$

Wir führen nun den Begriff des Exponenten der Punkte $C, D, \ldots, N$ in Bezug auf die festen Punkte A, B ein. Seien diese Exponenten mit p_c, $p_d, \ldots, p_n$ bezeichnet, so ist $p_c = \frac{AC}{BC}$, $p_d = \frac{AD}{BD}$, $\ldots$, $p_n = \frac{AN}{BN}$. Benutzen wir diese Schreibweise, so geht III) über in:

$$\text{IV)} \qquad \pm\frac{\Delta}{p_c} = \frac{1}{p_d} - \frac{1}{p_e} + \frac{1}{p_f} \cdots \pm \frac{1}{p_n}.$$

2.

Wir projiciren jetzt die Figur, welche die Construction des Punktes C aus $ABD\ldots N$ darstellte, aus einem beliebigen Centrum auf eine beliebige Ebene. Hierdurch erhalten wir eine neue Figur, welche zu der ursprünglichen perspectivisch liegt. Doppelverhältnissgleichheiten der einen Figur übertragen sich auf die andere. Daher ergiebt sich für die neue Figur (3) Folgendes: Die Geraden $a, d, e, \ldots, n$, welche die Projectionen von $a, d, \ldots, n$ der ursprünglichen Figur sind, müssen durch einen Punkt T gehen. Er ist die Projection des unendlich fernen Punktes T_∞, welcher die zu ϱ senkrechte Richtung angiebt. Verbinden wir T noch mit den Punkten, welche die Projectionen von B und C sin[illegible] [illegible]n b, c diese Verbindungslinien, so haben wir in der neuen [illegible] el von n

Geraden a, b, c, ..., n durch T. Dieses ist perspectivisch zu der Reihe der Punkte, welche A, B, C, ..., N entsprechen. Folglich ist das Doppelverhältniss von je vier Strahlen dieses Büschels gleich dem resp. Doppelverhältniss der Punkte, durch welche diese Strahlen gehen. Die Doppelverhältnisse der Punkte sind aber den resp. Doppelverhältnissen ihrer Originale gleich. Die Abhängigkeit der letzteren Doppelverhältnisse von Δ haben wir in Gleichung III) aufgestellt. Uebertragen wir diese Abhängigkeit auf die Strahlen a, b, c, ..., n, welche durch T gehen, und bezeichnen wir dieselbe mit dem Symbol $(abc\ldots n)$, so gilt für dasselbe:

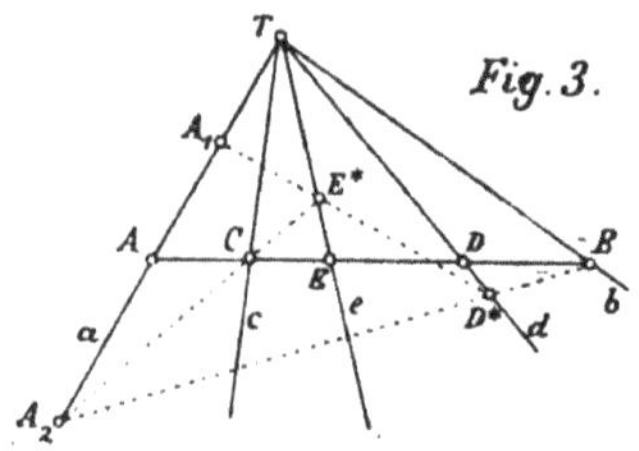

Fig. 3.

$$\text{V)}\quad \begin{aligned}(abcd\ldots n) &= \Delta = \pm\,[(abcd) - (abce) + \cdots \pm (abcn)]\\ &= \pm\left[\frac{\sin ac}{\sin bc}\left(\frac{\sin bd}{\sin ad} - \frac{\sin be}{\sin ae} + \cdots \pm \frac{\sin bn}{\sin an}\right)\right].\end{aligned}$$

Wir nennen a den **Hauptstrahl**, b den **Anfangsstrahl** und c den **Endstrahl** der Gruppe von n Strahlen durch T.

3.

Wir wenden uns nochmals zum Punkte T, von dem unter 2 die Rede war. Er muss mit den Punkten A, A_1, A_2, welche die Bilder der gleichnamigen Punkte von der ursprünglichen Figur sind, das nämliche Doppelverhältniss bilden, wie T_∞ mit den letzteren Punkten. Nun war $\Delta = \frac{AA_1}{AA_2} = (A_1A_2AT_\infty)$. Folglich ist in der neuen Figur $(A_1A_2AT) = \Delta$.

Mit Hilfe dieser Bemerkung können wir eine allgemeinere Construction des Punktes C aus $AB\ldots N$, Δ ableiten, als die unter 1 entwickelte, und ferner eine Construction des Strahles c aus den Strahlen $abd\ldots n$ und Δ.

Bei der ersten Construction ziehen wir durch A eine beliebige Gerade und bestimmen auf ihr eine Punktegruppe nach der Bedingung $(A_1A_2AT) = \Delta$. Dann zeichnen wir ein Polygon, dessen Seiten abwechselnd durch A_1 und A_2 gehen und dessen Ecken auf den Geraden liegen, welche T mit $DE\ldots N$ verbinden. Wir beginnen diesen Polygonzug mit einer Geraden durch A_1 oder A_2, je nachdem n gerade oder ungerade ist. Auf der Schlusslinie des Polygons liegt C (Fig. 3).

Bei der zweiten Construction sind $n-1$ Strahlen $ab\ldots n$ durch einen Punkt T gegeben. Wir construiren auf a die Punktegruppe $(A_1A_2AT) = \Delta$. Hierauf ziehen wir durch A eine beliebige Gerade ϱ, welche b in B schneide. B verbinden wir mit A_1 oder A_2, je nachdem n gerade oder ungerade ist. Diese Verbindungslinie treffe d in D^*. Wir ziehen D^*A_2 oder D^*A_1 und fahren so fort. Wir erhalten ein Polygon $BD^*E^*\ldots N^*$, dessen letzte

Ecke C in ϱ liegt. Durch C geht c. Ein Ueberblick über beide Constructionen zeigt, dass diese zwei verschiedene Deutungen derselben Figur sind.

4.

Wir stellen nun für die Punktegruppe $(ABC\dots N)=\Delta$ einige specielle Lagen zusammen, bei denen die allgemeinen Constructionen sich vereinfachen.

1. Ist $\Delta=+\frac{1}{2}$, so ist $\Delta-1=-\frac{1}{2}$. Führen wir unter dieser Bedingung die Construction von C nach der in 1 entwickelten Methode durch, so können wir einen der Punkte A_1, A_2 beliebig wählen. Die Strecke zwischen ihm und dem andern Punkte muss durch A halbirt werden. Zeichnen wir C nach der in 3 abgeleiteten Construction, so ist T der vierte harmonische zu A in Bezug auf A_1A_2. Dementsprechend wollen wir in diesem Falle C den n^{ten} harmonischen zu B in Bezug auf $AD\dots N$ nennen. Die Gruppe $(ABC\dots N)=\frac{1}{2}$ sei eine harmonische Gruppe. Für sie geht N über in:

$$\pm\frac{1}{2p_c}=\frac{1}{p_d}-\frac{1}{p_e}-\dots\pm\frac{1}{p_n}.$$

2. Ist $\Delta=-1$, so ist $\Delta-1=-2$. A_2 liegt in der Mitte von A und dem willkürlich gewählten Punkte A_1. T ist der vierte harmonische zu A_2 in Bezug auf AA_1. Der Punkt C ist mit den übrigen durch die Relation verbunden:

$$\mp\frac{1}{p_c}=\frac{1}{p_d}-\frac{1}{p_e}\dots\pm\frac{1}{p_n},$$

bei der das obere Zeichen für ein gerades, das untere für ein ungerades n gilt.

3. Wir nehmen an, dass der Punkt A unendlich fern liege. Dann geht III) über in:

$$(\underset{\infty}{A}BC\dots N)=\Delta=\pm\frac{1}{BC}[BD-BE\dots\pm BN]$$

oder:

$$\pm\Delta BC=BD-BE\dots\pm BN.$$

Machen wir B zum Nullpunkt und sei BC, $BD\dots$ gleich c, d, ..., so ist:

$$\pm\Delta c=d-e\dots\pm n.$$

Die Construction von C führen wir in diesem Falle am einfachsten so durch, dass wir die Richtungen der unendlich fernen Punkte A_1, A_2 bestimmen. Zu diesem Zwecke ziehen wir durch einen Punkt von ϱ — etwa durch B — zwei Gerade, deren Neigungen gegen ϱ der Bedingung genügen: $\frac{\Delta-1}{\Delta}=\frac{tg\,\varphi_1}{tg\,\varphi_2}$. Dann sind A_1, A_2 die unendlich fernen Punkte dieser Geraden.

Soll C der n^{te} harmonische zu B sein, d. h. soll construirt werden: $\pm\frac{c}{2}=d-e\dots\pm n$, so ist $\varphi_1=\varphi_2$ und im Uebrigen willkürlich.

Ist $\Delta=-1$, d. h. soll construirt werden: $\mp c=d-e\ldots\pm n$, so halbirt die Richtungslinie von A_2 den sonst willkürlichen Winkel φ_1.

4. Rückt der Anfangspunkt A der Gruppe ins Unendliche, so wird der Endpunkt C_m durch die Gleichung bestimmt:

$$(\underset{\infty}{A}BC_m\ldots N)=\Delta=\pm AC_m\left(\frac{1}{AD}-\frac{1}{AE}\cdots\pm\frac{1}{AN}\right).$$

Dieselbe erhält eine einfachere Form, wenn wir AC, AD, ... gleich $c, d,$ ... setzen. Dann ist:

$$\pm\frac{\Delta}{c}=\frac{1}{d}-\frac{1}{e}\cdots\pm\frac{1}{n}.$$

Für $\Delta=\frac{1}{2}$ ist C_m gegeben durch:

$$\pm\frac{1}{2c}=\frac{1}{d}-\frac{1}{e}\cdots\pm\frac{1}{n}.$$

Für $\Delta=-1$ ergiebt sich C_m aus:

$$\mp\frac{1}{c}=\frac{1}{d}-\frac{1}{e}\cdots\pm\frac{1}{n}.$$

5.

Wir machen von den aufgestellten Erklärungen eine Anwendung auf die Curventheorie.

In einer Ebene B seien $n-1$ Gerade $\alpha\beta\delta\ldots\nu$ und ein Punkt P gegeben. P sei Scheitel eines Strahlenbüschels in B. Jeder Strahl ϱ schneidet aus den Geraden $\alpha\beta\delta\ldots\nu$ $n-1$ Punkte $ABD\ldots N$. Wir suchen den n^{ten} Punkt C, welcher der Bedingung genügt: $(ABCD\ldots N)=\Delta$ und fragen nach dem Orte der Punkte C. Zur Beantwortung dieser Frage gehen wir von der Ebene B in den Raum über. Wir errichten in P eine Normale p zu B. In $\alpha\delta\ldots\nu$ denken wir uns die Normalebenen A D ... N zu B construirt. In der Ebene A ziehen wir durch den Schnittpunkt S von α und β zwei Gerade α_1, α_2, deren Neigungen φ_1, φ_2 gegen α durch das Verhältniss $\frac{tg\,\varphi_1}{tg\,\varphi_2}=\frac{\Delta-1}{\Delta}$ bestimmt seien. Ist nun n eine gerade Zahl, so erhalten wir den Ort der Punkte C in folgender Weise: Wir legen zuerst eine Ebene durch α_1 und β. Wir zeichnen ihre Schnittlinie δ^* mit der Ebene D. Dann ziehen wir die Transversalen zu α_2, δ^* und p. Sie erfüllen eine Regelschaar R^2. Die Ebene E schneidet R^2 in einem Kegelschnitte, welcher durch den unendlich fernen Punkt von p geht. Wir construiren jetzt die Transversalen zu diesem Kegelschnitte, zu p und α_1. Sie gehören einer Regelfläche dritten Grades R^3 an. p ist eine doppelte Gerade von R^3. Die Ebene F schneidet aus R^3 eine Curve dritter Ordnung, welche den unendlich fernen Punkt von p zum Doppelpunkte hat. Die Transversalen zu dieser Curve dritter Ordnung, zu p und α_2, liegen auf einer Regelfläche vierter Ordnung R^4, welche p zur dreifachen Geraden hat. R^4 schneiden wir mit ... und fahren in dieser Weise fort. Schliesslich gelangen wir zu einer Regel-

[illegible]

[illegible]

1.

[illegible]

Indem wir in dieser Weise fortfahren, ordnen wir jeder weiteren der $n-1$ Geraden [illegible] eine neue Curve zu, welche die vorhergehende in Punkten dieser Geraden schneidet. Wir leiten nun ein Gesetz ab, welches zwei solche aufeinanderfolgende Curven C_q, C_p verbindet. ϱ_x, ϱ_y seien zwei Gerade durch P. Ihre resp. Schnittpunkte mit α, C_q, π, C_p seien resp. $A_x A_y$, $X_q Y_q$, $P_x P_y$ und $X_p Y_p$. Dann ist nach Construction $(A_x X_q P_x X_p) = (A_y Y_q P_y Y_p)$. Daraus folgt, dass ϱ_x, ϱ_y, α, π, $\overline{X_q Y_q}$ und $\overline{X_p Y_p}$ Tangenten desselben Kegelschnittes sind. Nennen wir X_q, X_p entsprechende Punkte und $\overline{X_q Y_q}$, $\overline{X_p Y_p}$ entsprechende Sehnen der Curven C_q, C_p, so lässt sich der gefundene Zusammenhang zwischen $C_q C_p$ so ausdrücken: **Ein entsprechendes Sehnenpaar umhüllt mit α, π und den Geraden, welche die entsprechenden Endpunkte der Sehnen verbinden, einen Kegelschnitt.**

Dieser Satz gestattet eine einfache Linealconstruction der Curve C_p aus C_0. Halten wir nämlich $X_0 X_p$ fest, während Y_0 die Curve C_0 durchläuft, so ergiebt sich C_p als Ort entsprechender Strahlen von zwei Büscheln, welche P und X_p zu Scheiteln haben. Die Correspondenz der Strahlen dieser Büschel wird dadurch festgesetzt, dass jeder Strahl ϱ_y mit α, π, ϱ_x und $X_0 Y_0$ einen Kegelschnitt bestimmt. An ihn geht aus X_p eine zweite Tangente, welche ϱ_y entspricht.

Tritt an Stelle der Sehne $\overline{X_0 Y_0}$ eine Tangente in X_0 an C_0, so wird aus der entsprechenden Sehne $\overline{X_p Y_p}$ die Tangente in X_p an C_p. Der Kegelschnitt, welcher α, π, ϱ_x, ϱ_y und diese Tangenten berührt, muss jetzt ϱ_x im Schnittpunkte von $\varrho_x \varrho_y$, d. h. in P berühren. Es folgt als

Die Tangenten in zwei entsprechenden Punkten von C_0, C_p an diese Curven umhüllen mit α, π einen Kegelschnitt, der in P von der Verbindungslinie der entsprechenden Punkte berührt wird.

Damit ist ein Mittel gegeben, um aus den Tangenten von C_0 diejenigen von C_p mit dem Lineal zu zeichnen.

Zürich, März 1889. Dr. Chr. Beyel.

XXVI. Zur Theorie der mehrwerthigen Functionen.

1. In einigen wichtigen, in den *Sitzungsberichten der Berliner Akademie* erschienenen Arbeiten* betrachtete Herr L. Fuchs die Theorie der Differentialgleichungen von ganz neuen Standpunkten aus, und setzte manche merkwürdigen, bisher unbeachtet gebliebenen Eigenschaften derselben ins Licht. Dabei bemerkte er,** dass ein mehrwerthiges Integral einer Differentialgleichung von zweierlei Art sein kann; entweder nämlich die Werthe des Integrales, welche irgend einem Werthe der unabhängigen Veränderlichen entsprechen, vertheilen sich über die complexe Ebene in discreten Punkten, oder sie bedecken eine oder mehrere Flächen. In diesem letzten Falle kann nach ihm das Integral als eine analytische Function der unabhängigen Veränderlichen keineswegs aufgefasst werden. Diese letzte Behauptung wurde schon von Casorati*** angefochten. Dass aber auch die Fuchs'sche Ausdrucksweise nicht ganz correct ist, erhellt aus dem Cantor'schen Satze,† nach welchem die Werthe, welche eine Function für einen und denselben Werth der Variabeln annimmt, eine abzählbare Menge bilden, und folglich keine Fläche bedecken können. Nichtsdestoweniger kann die oben angeführte Eintheilung als Leitfaden zu einer Classification der mehrwerthigen Functionen dienen; und dadurch kann man leicht, mit Benutzung einfacher functionentheoretischer Sätze, zur Begründung einiger von den Fuchs'schen Theoremen gelangen. Indem ich die Ausführung dieses let-

---

* Ueber Differentialgleichungen, deren Integrale feste Verzweigungspunkte besitzen (Sitzungsber. 1884, S. 699); — Ueber den Charakter der Integrale u. s. w. (Sitzungsber. 1885, S. 5); — Ueber die Werthe u. s. w. (Sitzungsber. 1886, S. 279). Siehe auch: Poincaré, Sur un théorème de M. Fuchs (Compt. rend. XCIX, S. 75 und Acta math. VII, S. 1).

** Sitzungsber. 1885, S. 11—12.

*** Les fonctions d'une seule variable etc., Les lieux fondamentaux etc. (Acta math. VIII.)

† Beweis von Volterra in den Rendiconti dell' Acc. dei Lincei 1888: Sulle funzioni analitiche polidrome, — und von Poincaré in den Rendiconti del Circ. mat. di Palermo 1888: Sur une propriété des fonctions analytiques. Siehe auch meine Notizen in den letztgenannten Rendiconti 1888, S. 135 und 150.

ten Gedankens auf eine spätere Gelegenheit verschiebe, beschränke ich mich gegenwärtig auf wenige Worte über die Eintheilung der mehrwerthigen Functionen in zwei Familien und auf einige damit zusammenhängende Betrachtungen.

2. Ist $y = f(z)$ eine monogene Function und I_z die Punktmenge, welche die Werthe von y für einen bestimmten, aber willkürlichen Werth von z in der y-Ebene darstellt, so können sich zwei Fälle ereignen. Entweder

a) ist die Punktmenge I_z in keinem Bereiche überall dicht,* oder

b) die Punktmenge I_z oder ein Theil derselben ist in einem oder mehreren Bereichen überall dicht.

Es leuchtet ein, dass, welches auch z sei (von speciellen Werthen etwa abgesehen), die Beschaffenheit von I_z sich nicht ändert; man kann demnach die Functionen in zwei „Familien" eintheilen, je nachdem I_z für willkürliche Werthe von z von der Beschaffenheit *a)* oder *b)* ist.

Die erste Familie umfasst insbesondere die einwerthigen und die endlich-vielwerthigen Functionen und ihre Umkehrungen, die zweite die drei- oder mehrfach-periodischen Functionen und ihre Umkehrungen.

Man kann im Allgemeinen folgenden Satz aufstellen:

Die Function $y = f(z)$ und ihre Umkehrung $z = \varphi(y)$ gehören einer und derselben Familie an.

Zum Beweise dieses Satzes hat man nur zu zeigen, dass, wenn $y = f(z)$ von der zweiten Familie ist, dasselbe von $z = \varphi(y)$ folgt. Setzen wir also voraus, $y = f(z)$ gehöre der zweiten Familie an. Dann kann man aus dem Inbegriffe der Werthe von y für $z = Z_1$ eine derartige überall dichte Theilmenge $H(Y_i)$ ausscheiden, dass die Differenz irgend zweier Elemente derselben eine vorgegebene Grösse absolut nicht übertrifft. Die Function $z = \varphi(y)$ nimmt für $y = Y_i$ $(i = 1, 2, \ldots)$ unter Anderem den Werth $z = Z_1$ an. Geht man nun in der y-Ebene von $Y_i\,(i > 1)$ nach Y_1 längs einer sehr kurzen Linie, welche durch keinen singulären Punkt der Function $z = \varphi(y)$ hindurchgeht, und nimmt man Z_1 als Anfangswerth dieser Function an, so wird der Endwerth $Z_1^{(i)}$ derselben von Z_1 sehr wenig abweichen. Indem man für alle Werthe $2, 3, \ldots$ von i derart verfährt, erhält man eine Werthemenge $Z_1, Z_1^{(2)}, Z_1^{(3)}, \ldots$, welche, wie man leicht zeigt, überall dicht ist und deren sämmtliche Elemente dem Werthe $y = Y_1$ entsprechen. Damit ist bewiesen, dass $z = \varphi(y)$ der zweiten Familie angehört.

3. Es sei insbesondere

$$y = f(z) \tag{1}$$

das Integral einer algebraischen Differentialgleichung der ersten Ordnung mit isolirten singulären Punkten

$$y'^n + \psi_1(y, z)y'^{n-1} + \cdots + \psi_n(y, z) = 0,$$

* Siehe G. Cantor in den Math. Ann. XV, S. 2 und Acta math. II, S. 351.

und setzen wir voraus, 1) sei eine unendlich vielwerthige Function von der zweiten Familie. Ist J_z eine überall dichte Theilmenge von I_z, und sind y, $\bar{y}$ zwei einander hinlänglich nahe gelegene Elemente von J_z, $y_1 = y + \frac{dy}{dz}\delta z$, $\bar{y}_1 = \bar{y} + \frac{d\bar{y}}{dz}\delta z$ die Werthe, in welche y bezw. $\bar{y}$ übergehen, wenn man von z aus nach $z_1 = z + \delta z$ längs einer sehr kurzen Linie geht, so weichen die n Werthe von $\frac{dy}{dz}$ von den n Werthen von $\frac{d\bar{y}}{dz}$ sehr wenig ab; und wenn man für $\frac{dy}{dz}$, $\frac{d\bar{y}}{dz}$ zwei einander entsprechende Werthe annimmt, so sind die hieraus entstehenden Werthe von y_1, $\bar{y}_1$ sehr wenig von einander verschieden. Es ergiebt sich daraus, dass, wenn z den Werth z_1 annimmt, J_z in eine andere überall dichte Menge oder wohl in mehrere derartige Mengen übergeht.

Es möge jetzt η ein Element von I_z bedeuten, welches J_z nicht angehört. Ziehen wir in der z-Ebene durch z eine geschlossene Linie C, welche durch keinen singulären Punkt der Function 1) hindurchgeht und den Werth y derselben in η überführt, und wenden die obige Schlussweise nach und nach auf den Ueberschritt von jedem Punkte der Linie C zu einem naheliegenden Punkte derselben an, so schliessen wir, dass η ein Element einer überall dichten Menge sein muss, welche natürlich eine Theilmenge von I_z ist, d. h.:

Die Menge der Werthe der Function 1), welche einem und demselben Werthe von z entsprechen, ist entweder selbst überall dicht, oder sie besteht lediglich aus überall dichten Theilmengen.

Mantua, den 20. August 1889. G. Vivanti.

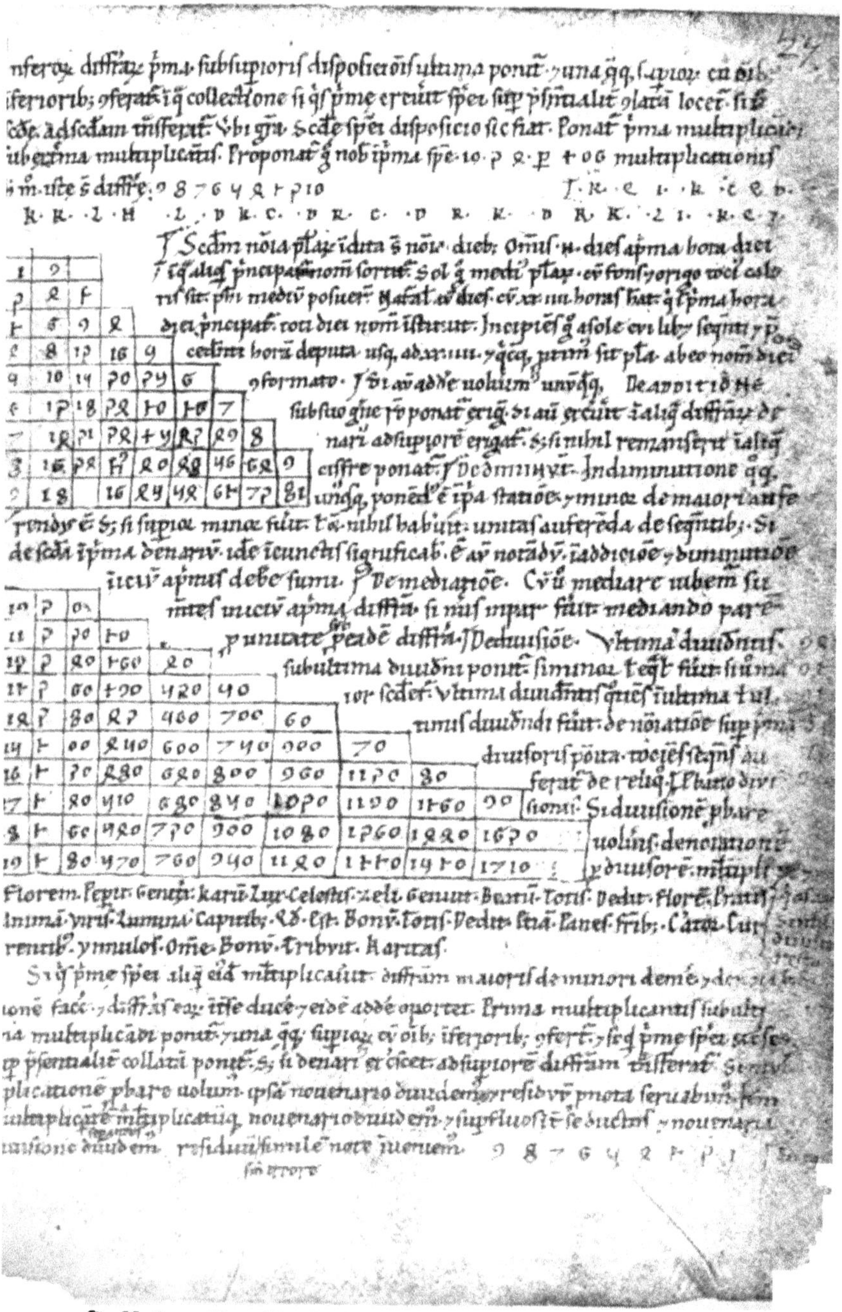

Text des Codex viennensis no. 275 auf fol. 27r.

Infer[i]orum differentiarum prima sub superioris disposicionis ultima ponitur. (quęque superiorum cum omnibus | inferioribus conferatur. in qua collectione si quis creuerit speciei, super presentialitatem conlatam locetur. si uero | secundę, ad secundan feratur. Uerbi gratia: Secundę speciei disposicio sic fiat. Ponatur prima multiplican extrema multiplicantis. Proponatur ergo nobis in prima specie.10.24.per 306 multiplica hoc modo. istę sunt differentię: 9 8 7 6 5 4 3 2 1 0.

(Die nun folgenden, sowie die seitlich stehenden Buchstabenreihen werden hier wegge

1	2							
2	4	3						
3	6	9	4					
4	8	12	16	5				
5	10	15	20	25	6			
6	12	18	24	30	36	7		
7	14	21	28	35	42	49	8	
8	16	24	32	40	48	56	64	9
9	18	27	36	45	54	63	72	81

10	20							
11	220	30						
12	240	360	40					
13	260	390	520	50				
14	280	420	560	700	60			
15	300	450	600	750	900	70		
16	320	480	640	800	960	1120	80	
17	340	510	680	850	1020	1190	1360	9
18	360	540	720	900	1080	1260	1440	16
19	380	570	760	950	1140	1330	1520	17

Secundum nomina planetarum indita sunt nomina diebus: Omnis enim dies a prin diei | in qua aliquis principatur, nomen sortitur. Sol ergo medius planetarum, cum fons tocius calo|ris sit, philosophi medium posuerunt. Naturalis autem dies cum XXIIII horas prima hora | diei principatur, toti diei nomen instituit. Incipiens ergo a sole cui libet s et pre|cedenti horam deputa usque ad XXIIII et quicunque primus sit planeta, ab eo diei | conformato.

DE ADDITIONE. | Si autem addere uoluimus, unusquisque | sub suo genere ratio[n primo] ponatur, erigatur. Si autem excreuerit in aliqua differentiarum de|narius, ad sup erigatur. Sed si nihil remanserit in aliqua, | ciffre ponatur. DE DIMINVTIONE. In dimi quoque | unusquisque ponendus est in prima statione et minor de maiori aufe|rendus e si superior minor fuerit, uel etiam nihil habuerit, unitas auferenda de sequentibus. secunda, in prima denarium, idem in cunctis significabis. est autem notandum, in addi diminutione | inicium a primis debere sumi. DE MEDIATIONE. Cum uero mediare i sa|mentes inicium a prima differentia. si numerus inpar fuerit, mediando parem | pro sub pro[xima?] eadem differentia ... DE DIUISIONE. Ultima diuidentis | sub ultima di ponitur, si minor uel equalis fuerit. si uero ma|ior, secundetur. ultima diuidentis quot ultima uel ul|timis diuidendi fuerit, denominatione super primam | diuisoris posita, sequens au|feratur de reliquo. PROBATIO DIUI|SIONIS. Si diuisionem probare | u denominationem | per diuisorem multiplica.

Florem . Peperit . Genitrix . Karum . Lux . Celestis . Zeli . Genuit . Beatum . Totis . Florem . Pratis . | Animam . Viris . Lumina . Capitibus . Quid . Est . Bonum . Totis . Dedit . Sci Panes . Fratribus . Creator . Cur|rentibus . Ynnulos . Omne . Bonum . Tribuit . Karitas.

Si quis primę speciei aliquid eiusdem multiplicauerit, differentiam maioris de demere et denomina|tionem facere, differentias eorum inter se ducerę et eidem addere (Prima multiplicantis sub ulti|ma multiplicandi ponitur, et unaquęque superiorum cum o inferioribus confertur. et si quid primę speciei excrescet, | super presentialitatem c ponitur. Sed si denarius excrescet, ad superiorem differentiam transferatur. Si mul|tiplica probare uolumus, ipsam nouenario diuidemus et residuum prę nota seruabimus. Item | m cantem separantes multiplicatumque nouenario diuidemus, et superfluos inter se ductus e raria | diuisione diuidemus residuum sine errore similem notę inueniemus. 9 8 7 6 5 4

Historisch-literarische Abtheilung

der

Zeitschrift für Mathematik und Phys

herausgegeben

unter der verantwortlichen Redaction

von

Dr. O. Schlömilch, Dr. E. Kahl

und

Dr. M. Cantor.

XXXIV. Jahrgang.

Leipzig,
Verlag von B. G. Teubner.
1889.

Historisch-literarische Abtheilung.

Die ersten Bestimmungen der Rotationsdauer der Sonne durch Beobachtung der Sonnenflecke.

Eine historische Skizze

von

E. Gelcich.

Hierzu Taf. II Fig. 1—15.

I.

Der eigentlichen Besprechung unseres Themas lassen wir zunächst einige ganz kurze Worte über die ältesten Wahrnehmungen der Sonnenflecke überhaupt vorangehen.

Obwohl man über die Existenz der Sonnenflecke erst mit der Erfindung des Fernrohres Gewissheit erlangte, so unterliegt es keinem Zweifel, dass grössere Flecke schon früher auffielen. So glaubte man z. B. im Jahre 807 einen Merkurdurchgang vor sich zu haben, während es sich offenbar um einen grossen Fleck handelte. Ein anonymer Schriftsteller der damaligen Zeit berichtet über diese Erscheinung wie folgt:[1]) *et stella Mercurii XVI Kal. April. visa est in Sole, quasi paruula macula nigra, paulo superius medio centro ejusdem sideris, quae a nobis octo dies conspecta est. Sed quando primum intrauit et euixit, nubibus impedientibus, minime notare potuimus.* Da nun ein Merkurdurchgang nicht so lange dauern kann, so kann unser Anonymus nur einen Fleck gesehen haben. Littrow führt in seinen Wundern des Himmels den berühmten Arzt aus Cordova, Averroes an, der die ersten Flecke sah, immer jedoch in der gleichen Ueberzeugung, es handle sich um einen Merkurdurchgang. Auch Kepler hielt einen Fleck für einen Merkurdurchgang[2]) und überzeugte sich erst des Gegentheiles, als ihm die Rechnung nachwies, der genannte Planet habe sich an dem betreffenden Tage nicht in Conjunction mit der Sonne befunden. Dafür beanspruchte er, wenn auch nur theilweise, die Ehre der

---

1) Joan. Reuber, Collec. Scriptorum rerum germanicarum. S. 27.

2) Er beobachtete den Fleck am Sonnenlicht, welches er in [illegible] obscura auffing.

Entdeckung der Sonnenflecke, wie dies aus der Einleitung zu seinen Ephemeriden von 1616 hervorgeht,[1]) wo er schrieb: *Felix sum eo ipso, quod primus hoc seculo macularum obseruator; eripio ergo silio tuo palmam hanc eodem iure, quo Marius Galileo satellitii Jouialis primum visi laudem eripuit. Nam si ego nesciui, me solis videre maculas, nesciuit et ille principio, se Jouiales satellites aspicere, cum tamen adspiceret* u. s. w. Später giebt er zu, dass der eigentliche Entdecker ein gewisser Johann Fabricius, Sohn des Seelsorgers David Fabricius zu Ostell in Ostfriesland war.

Durch die Entdeckung des Fernrohres gewann man Mittel, die Flecke näher zu untersuchen, und wir haben nun gleich eine Reihe von Beobachtern, die unabhängig von einander arbeiteten. Der früher genannte Fabricius brachte gelegentlich einer Reise nach Holland ein Fernrohr nach seiner Heimath, welches er mit seinem Vater zusammen gegen das Tagesgestirn richtete. Nicht nur, dass er die Sonnenflecke beobachtete, sondern er merkte sich auch die Zeit an, an welcher sie bestimmte Lagen einnahmen, und als er sie wieder in gleicher Stellung bemerkte, notirte er die Rotationsdauer der Sonne an. Seine 1611 in Wittenberg erschienene Schrift: „Joan Fabricii Phrysi de maculis in sole obseruatis et apparente earum cum sole conuersione narratio. Vitsberg. 1611“ ist unter allen, welchè von diesem Gegenstande handeln, die erste.

Pater Christoph Scheiner, Professor der Mathematik zu Ingolstadt, beobachtete die Sonnenflecke durch ein Fernrohr im März des Jahres 1611. Fabricius und sein Vater pflegten, da sie die Blendgläser nicht kannten, die Sonne von der äussersten Grenze des Fernrohres nach und nach in die Mitte zu führen. Scheiner gebrauchte dagegen die Vorsicht, nur dann seine Untersuchungen zu pflegen, wenn der Himmel leicht verschleiert war. Später verwendete er ein blaues Ocular, bis er schliesslich auch auf den Gedanken verfiel, sich der dunklen Kammer zu bedienen. Er leitete die Sonne in dieselbe durch ein holländisches Fernrohr; durch diese Vorrichtung konnte er das Phänomen mehreren Leuten zeigen und es so bekannter machen. In damaliger Zeit war die Physik des Aristoteles massgebend, man hielt die Sonne für das reinste Feuer und es darf daher nicht wundern, wenn sich der Ordensprovinzial Theodor Busäus dagegen sträubte, die Entdeckung der Sonnenflecke plötzlich bekannt zu machen. Er empfahl zum Mindesten, behutsam und vorsichtig zu Werke zu gehen, so dass Scheiner das Resultat seiner Beobachtungen dem gelehrten Patricier zu Augsburg, Markus Velser, nur brieflich mittheilte. Velser zögerte nicht, diese Errungenschaften bekannt zu machen, ohne sich jedoch der Mitwirkung Scheiner's zu bedienen. Die bezügliche Druckschrift trug den Titel: „Tres epistolae de maculis solaribus scriptae ad Marcum Velserum, cum

1) Hansch, Vita Kepleri in epistotis ad Keplerum scriptis. Leipzig 1718. S. XXI.

obseruationem iconismis. Aug. Vindel. 1612." Den dritten Brief unterzeichnete Scheiner mit den Worten: „*Apelles latens post tabulam.*" Nicht lange darauf erschien eine Fortsetzung dieser Beobachtungen, betitelt: „De maculis solaribus et stellis circa Jouem errantibus accuratio descriptio ad Marc. Velserum perscripta. Aug. Vindel. 1612." Der dritte, vom 25. Juli 1612 datirte Brief trägt die Unterschrift: *Apelles latens post tabulam, vel si mauis, Ulysses sub Ajacis clypeo.* Kurz darauf erhielt Scheiner einen Ruf nach Rom, dem er alsbald folgte; in der ewigen Stadt setzte er seine Studien mit grossem Eifer fort und als er über 2000 Beobachtungen verfügte, schrieb er das Werk: „Rosa Ursina s. sol ex admirando facul. et macular. suarum phaenomena variis nec non super polos proprios mobilis a Christoph Scheinero, Germ. Svevo e Soc. Je. Bracciani. 1630", welches von den Zeitgenossen mit grossem Beifall aufgenommen wurde.

Auch Galilei erhob Anspruch auf die Entdeckung der Sonnenflecke, indem er behauptete, selbe eher gesehen zu haben, als ihm Scheiner's Beobachtungen bekannt wurden. Velser sendete nämlich die Briefe Scheiner's an Galilei am 6. Januar 1612, und da meinte Galilei, Scheiner habe von seinen Beobachtungen Kenntniss gehabt.[1]) Dagegen vertheidigte sich Scheiner in der Rosa Ursina, wobei er mehrere Zeugen anführte.[2])

Im Jahre 1788 erst veröffentlichte Zach einige Nachrichten, aus welchen hervorging, dass Thomas Harriot in England Manuscripte hinterliess mit Aufzeichnungen über Beobachtungen von Flecken, die der berühmte Engländer vom 8. December 1610 bis zum 18. Januar 1613 fast ununterbrochen ausführte. In den geschriebenen Vormerkungen erzählt Harriot, dass er zu diesen Beobachtungen durch die Erzählung Joseph a Costa's veranlasst wurde, welcher berichtete, dass man in Paris Flecke an der Sonne bemerkt.

In der Folge wurden die Beobachter immer zahlreicher, unter den älteren derselben zeichnete sich besonders Hevel aus.

Die Sonnenflecke haben wesentlich zur Aufstellung der verschiedenen Hypothesen über die physische Constitution der Sonne beigetragen, wir haben uns aber mit diesem Theil ihrer Bedeutung nicht zu beschäftigen. Wie schon früher bemerkt, haben schon die ersten Beobachter Fabricius und Scheiner gleich den Einfall gehabt, diese Flecke zur Bestimmung der Rotationszeit der Sonne auszunützen. Wir wollen nun sehen, welche verschiedene Methoden dazu in Vorschlag kamen, und hoffen damit ein sehr interessantes Capitel aus der Geschichte der Mathematik, wenn auch nicht vollständig, so doch möglichst ausführlich zu erledigen.

---

1) Istoria et dimostrazioni intorno alle macchie solari del sign. Galileo Galilei in Roma 1614.

2) Bode, Astronomisches Jahrbuch für 1788, S. 154 ist ein Brief von Zach dd. London 26. November 1788 enthalten, welcher die näheren Auskünfte enthält.

II.

Die ältesten Beobachter, Fabricius und Scheiner, hatten ursprünglich keine anderen Anhaltspunkte für die Bestimmung der Rotationsdauer, als die Bestimmung der Zeit, welche ein Fleck verwendete, um von einem Sonnenrand zum anderen zu gelangen. Oder, vorausgesetzt, dass der Fleck unverändert seine Lage behielt, konnten sie eventuell auch die Zeit abwarten, bis er zweimal nacheinander wieder dieselbe Stellung einnahm. In dieser Weise ermittelten sie die Rotationsdauer mit ungefähr 26 Tagen.

Die Vervollkommnung des Fernrohres und die Einführung des Fadenkreuzes machten erst genauere Beobachtungsmethoden möglich und diesen folgten auch auf dem Fusse graphische und rechnerische Bestimmungsmittel, die wir nun eben in der chronologischen Folge ihres Bekanntwerdens behandeln wollen.

Soweit wir eruiren konnten, war Christian August Hausen (ordentlicher Professor der Mathematik) der erste Gelehrte, der eine Methode zur Bestimmung der Rotationsdauer der Sonne aus Beobachtungen von Sonnenflecken gab und erschöpfend behandelte. Seine 1726 zu Leipzig erschienene Druckschrift umfasst 48 Seiten und eine Figurentafel mit 20 Holzschnitten. Der Titel derselben lautet:

> Theoria motus solis circa proprium axem, quam disputatione pro loco in amplissima facultate philosophica obtinendo. Ad d. XIV Aug. 1726 proposuit. Praeses Christ. Augustus Hausen Mathes. prof. Ordinar. Respondente Christophoro Bürkmann Norimbergensi SS. Th. Cultore. Lipsiae. Literis Joh. Georg. Schniebesii.[1])

Auf den ersten Blick ladet die Brochure durchaus nicht zum Studium dieses Gegenstandes ein, denn die an und für sich genug einfache Aufgabe ist sehr umständlich, wir möchten sagen zu umständlich behandelt. Es wird uns auch Mühe kosten, ihren Inhalt kurz genug wiederzugeben.

Zunächst erklärt der Verfasser einige Grundprincipien der stereographischen Polarprojection, und zwar wie man die Projection eines gegen die Projectionsebene geneigten kleineren Kreises[2]) und den Neigungswinkel dieser beiden Ebenen[3]) durch Construction oder durch die Elemente des Euklid

---

1) Es hat uns grosse Mühe gekostet, diese Quelle aufzutreiben. Aus den Wiener Bibliotheken war die Druckschrift durchaus nicht zu haben und wir verdanken die Bekanntschaft mit derselben dem gewöhnlichen liebenswürdigen Entgegenkommen des Herrn Dr. Laubmann, Königl. Bibliotheksdirector in München, der sich die Mühe gab, dieselbe ausfindig zu machen und uns zur Verfügung zu stellen. Die Druckschrift ist mit 27 anderen heterogenen Abhandlungen zusammengebunden und das ganze Werk trägt die Bibliothekszahl Dissert. 2071 (Band I) der Königl. Hof- und Staatsbibliothek in München.

2) A. a. O. Prop. I, III.

3) Prop. II.

bestimmen kann. Sodann löst er graphisch und geometrisch folgende Aufgabe[1]): M (Fig. 1) ist ein Punkt der Kugel $ABCD$, AC die Projectionsebene, D das Auge. m sei die Projection des Punktes M auf die Ebene des grössten Kreises $ABCD$, welcher mit der Ebene des Papiers zusammenfällt. Es ist die Projection von m auf AC zu bestimmen.

Nun geht er über zur Untersuchung einiger Bewegungsverhältnisse und ihrer Reproduction auf dem Projectionsbilde.[2])

Ist P das Auge (Fig. 2), ee' der Durchschnitt der Projectionsebene mit der Papierfläche, DJ ein kleinerer Kreis der Sphäre, K dessen Projection. Denken wir uns den Kreis DJ in die Papierebene aufgedreht und ein Punkt π desselben beschreibe in einer gewissen Zeit den Weg $\pi\beta$, so reproducirt sich diese Bewegung in der Projection durch den Bogen pb und Hausen stellt nun die Relation auf:

$$\text{Geschw. } \pi : \text{Geschw. } p = T\Sigma . DF : T\sigma . dK.$$

Da es nicht leicht ist, sogleich zu entdecken, wie man auf diesen Schluss gelangt, möge hier die Beweisführung des Autors Platz finden.

In Fig. 3 sind die Punkte T, Σ, S, σ, s, P der Fig. 2 besonders gezeichnet. Man führe $hs \parallel TS$. Es bestehen nun die Proportionen:

$$P\Sigma : Ph = \Sigma S : hs \ldots hs = \frac{Ph}{P\Sigma} \cdot \Sigma S,$$

$$hs : \sigma s = T\Sigma : T\sigma \ldots hs = \frac{\sigma s . T\Sigma}{T\sigma},$$

woraus:

$$\frac{\Sigma S}{\sigma s} = \frac{P\Sigma . T\Sigma}{Ph . T\sigma}.$$

Nun nimmt Hausen an, dass h und σ so nahe aneinander fallen, dass man $Ph = P\sigma$ setzen kann, woraus er erhält:

$$\Sigma S : \sigma s = P\Sigma . T\Sigma : T\sigma . P\sigma.$$

Die Methode stützt sich, wie man sieht, auf approximative Voraussetzungen, die heutzutage nicht mehr zulässig wären.

Kehren wir nun zu Fig. 2 zurück, so ist vermöge der Kreiseigenschaften:

$$\pi\beta = \frac{DF . \Sigma S}{\Sigma\pi},$$

der daraus entstehende Werth von ΣS in obige Proportion eingeführt, ergiebt nach Bestimmung von σs:

$$\sigma s = \frac{T\sigma . \sigma P . \Sigma\pi}{T\Sigma . \Sigma P . DF} \cdot \pi\beta.$$

Aber auch im Kreise K (Fig. 2) hat man die Analogie:

---

1) Prop. VI.

2) Prop. IV, V. Unsere Leser merken, dass wir bei der Beschreibung der Druckschrift nicht die Reihenfolge des Autors einhalten, da uns die oben gewählte passender scheint.

$$pb = \frac{dK.\sigma s}{p\sigma},$$

daher

$$pb = \frac{dK}{DF}\,\frac{T\sigma.\sigma P.\Sigma\pi}{T\Sigma.\Sigma P.p\sigma}\cdot\pi\beta.$$

Aus der Natur der Projection folgt die Proportion:

$$P\Sigma : P\sigma = \pi\Sigma : p\sigma$$

und somit $P\Sigma.p\sigma = P\sigma.\pi\Sigma$ und demnach:

$$pb = \frac{dK}{DF}\cdot\frac{T\sigma}{T\Sigma}\pi\beta,$$

woraus

$$\pi\beta : pb = T\Sigma.DF : T\sigma.dK, \text{ q. e. d.}$$

Hat man nun drei Lagen eines Sonnenfleckes beobachtet, so werden dieselben nach Proposition VI (Fig. 1) auf die Ebene der Ekliptik polarstereographisch projicirt. Dadurch erhält man den Kreis K (Fig. 2) und nach Proposition I, II, III dessen Neigungswinkel gegen die Ekliptik, mit anderen Worten: man erhält die Neigung der Sonnenaxe.

Aus der Projection des Parallelkreises gewinnt man unmittelbar die Bewegungsgrössen pb (Fig. 2), woraus sich $\pi\beta$ berechnen lässt. Schliesslich sind noch einige Sätze angeführt, welche lehren, wie die Bewegung der Erde in der Zwischenzeit der Beobachtung berücksichtigt werden soll.

Bevor wir nun zur Besprechung der Methoden von Cassini und De l'Isle übergehen, erinnern wir daran, dass infolge der Bewegung der Erde um die Sonne wir den Nordpol des Tagesgestirnes bald sehen und bald nicht, und dass dieser Pol im Laufe eines Jahres um den Pol der Ekliptik einen scheinbaren Kreis bewegen muss. Zweimal im Jahre sehen wir den Pol gerade am Rande der Sonnenscheibe und zweimal im Jahre projicirt er sich uns auf jenen Durchmesser der Scheibe, der senkrecht auf der Ekliptik steht. Denkt man sich auf der Sonnenscheibe einzelne Punkte markirt, so werden diese je nach der Lage, in welcher wir den Pol sehen, infolge der Sonnendrehung bald gerade Linien, bald Ellipsen beschreiben, die gegen den Nord- und gegen den Südpol der Sonne offen sein können.

Nach dieser einleitenden Bemerkung gehen wir nun zur Cassini'schen Abhandlung über.

Cassini[1]) giebt zunächst eine Methode an, um die Lage der Sonnenaxe gegen die Ekliptik zu bestimmen, wie sie sich uns von der Erde aus gesehen projicirt. Es stelle der grosse Kreis in Fig. 4 die Sonnenscheibe vor, ACB ihren Durchschnitt mit der Ekliptik. Zur Zeit der Sonnenwende wird, wenn $DE \perp AB$ steht, D den Pol der Ekliptik vorstellen. Macht man $DF = DG = 23'28'$, und führt man $HCF \perp FC$, $LCM \perp GC$, so werden HJ und LM die Projectionen des Sonnencentrums auf die Sonnen-

1) Elements d'Astronomie. Paris 1740. S. 81 flgg.

scheibe während der Axendrehung der Sonne zur Zeit der Nachtgleichen vorstellen.

Um die Lage dieser Projection für eine beliebige Zeit zu finden, verbinde man F mit G und vom Mittelpunkte P der FG beschreibe man mit dem Halbmesser $CF = PG$ den Kreis $FSGO$, der die auf der Sonnenscheibe abgelegte scheinbare Bahn des Sonnenpols um den Pol der Ekliptik in der Zeit eines Jahres vorstellt. Trägt man auf diesen Kreis die Länge der Sonne, z. B. nach R auf, zieht Rr parallel mit SV und verbindet man T mit C, so ist T die Lage des Pols, wie er sich uns darstellt, und TV die Projection der Sonnenaxe. — Den einfachen Beweis dieses Verfahrens, der hier schliesslich übergangen werden kann, führt Cassini synthetisch und ziemlich umständlich aus und nun geht er zur Beobachtung und Auftragung der Flecke über.

Mit einem Quadranten beobachtet man die Meridianhöhe beider Sonnenränder und des Fleckes, sowie die Durchgangszeiten am Mittagsrohr der Ränder und des Fleckes. Die bezüglichen Zeiten- und Höhendifferenzen geben ein Mittel, um die Lage des Fleckes auf ein rechtwinkliges Coordinatensystem $FGON$ (Fig. 5) aufzutragen, dessen Abscissenaxe mit der Lage des Sonnenäquators HJ für den betreffenden Tag parallel ist (AB = Ekliptik, D = Pol der Ekliptik). Ist z. B. NO in soviel Zeitsecunden abgetheilt, als die Durchgangsdifferenzen der Ränder betragen und NF in soviel Bogenminuten, als der beobachtete Sonnendurchmesser erreicht, so lässt sich in leichter Weise die Lage des Fleckes X durch die Coordinaten NW = Durchgangszeit des Randes weniger Durchgangszeit des Fleckes, und NR = Höhe des Fleckes weniger Höhe des Unterrandes auftragen. — Hat man ein Fernrohr mit vier Fäden, die sich im Mittelpunkte des Gesichtsfeldes unter Winkel von 45^0 schneiden, so beobachte man die Sonne zu einer beliebigen Tageszeit, indem man das Fernrohr so stellt, dass sich der Sonnenrand längs des einen Fadens, z. B. FH (Fig. 6) bewegt. Beobachtet man die Zeit vom Durchgang des Fleckes durch den Faden AD, welcher den Stundenkreis vorstellt, und durch einen beliebigen schiefen Faden MN, so ist wegen $\angle MOA = 45^0$ und $AO \perp OF$, $BX = XO$. Man kann somit in Fig. 2 jetzt ähnlich wie früher vorgehen. Als Maass der Ordinate nimmt man dann die Durchgangszeit vom Stundenkreis (AD) bis zu einem schiefen Faden und als Abscisse die Durchgangszeit der beiden Ränder durch den Stundenkreis. Selbstverständlich müssen jetzt die Abstände FG und GO der Fig. 2 in so viel Zeitsecunden eingetheilt werden, als zwischen dem Durchgange der beiden Sonnenränder durch den nämlichen Stundenkreis vergingen. Wir übergehen schliesslich eine dritte Methode, die für den Fall berechnet ist, dass das Fernrohr nur zwei aufeinander senkrechte Fäden hätte, da sie auf ähnliche Lösungen führt.

Nun handelt es sich darum, die Lage der Sonnenaxe, beziehungsweise ihren Neigungswinkel gegen die Ekliptik zu bestimmen. Bekanntlich beschreiben die Sonnenflecke zweimal im Jahre vollkommen gerade Linien, in allen übrigen Zeiten, je nach der Länge der Sonne, mehr oder minder offene Ellipsen, die bald gegen den einen, bald gegen den anderen Pol gekrümmt sind. Verfolgt man also die Lage der Flecke zur Zeit, als sie gerade Linien beschreiben, und trägt man erstere nach der früher angegebenen Art von Tag zu Tag auf die Sonnenscheibe auf, so wird jener Diameter, der auf diesen Bahnen senkrecht steht, die wahre Lage der Sonnenaxe ergeben. Die Endpunkte dieses Diameters geben die Lage der Sonnenpole an und der Abstand derselben vom Pol der Ekliptik das Complement der verlangten Neigung. — Sind die Bahnen Ellipsen, so handelt es sich darum, jenen Punkt der Sonne zu finden, der von allen Punkten dieser Ellipsen gleich weit absteht, wozu mehrere Constructionen führen können. — Von den verschiedenen Fällen, welche Cassini anführt, wählen wir den allgemeinen, dass die Ellipsenaxe eine beliebig geneigte Stellung annimmt.

Es sei Lbl (Fig. 7) eine solche Ellipse. Man führt den Halbmesser TCt senkrecht auf die grosse Axe Ll und beschreibt über Ll als Halbmesser den Kreis $LYZl$. Vom Punkte b führt man die $bY \| Ll$ und trägt von T aus die Bögen $TV = TK \sim LY$. Die KV schneidet den Halbmesser Tt in O; über diesen Punkt zieht man die EF parallel mit der Ekliptik AB und erhält so den Durchmesser EF desjenigen Kreises, den der Pol der Sonne in einem Jahre um den Pol der Ekliptik beschreibt. Zieht man noch durch O die $Hh \| CD$, so erhält man in h die wahre Lage des Poles. Wäre die Convexität der Ellipse gegen Norden gewendet gewesen, so läge der Pol in H.

Den Beweis davon führt Cassini wie folgt: Es ist zufolge bekannter Sätze der Geometrie:

$$Oh^2 = OH^2 = EO.OF \quad PK^2 = OV^2 = OT.Ot = EO.OF;$$

daher

$$OK^2 = OV^2 = OH^2 = Oh^2$$

und

$$OK = sin.arc\ TK \text{ und } OK \sim LY.$$

Der Sinus von LG ist uY und letztere Grösse giebt uns die halbe kleine Axe der Ellipse, welche die Erhöhung des Auges über die durch dieselbe bestimmte Ebene vorstellt. So giebt also auch Oh und beziehungsweise OH dieselbe Grösse an, welche offenbar dem Abstande des Pols von der Sonnenscheibe entspricht.

Soll also endlich die Rotationszeit der Sonne bestimmt werden, so bestimmt man sich die Lage des Pols (z. B. in O [Fig. 4]) und notirt die Zeit auf, wann der Fleck den Durchmesser $T.OC$ (Declinationskreis) passirt. Wird der Fleck wieder sichtbar, so notirt man abermals die Durchgangszeit durch den Declinationskreis, der unterdessen eine veränderte Lage angenommen hat. Die Differenz dieser beiden Zeiten giebt vorläufig die scheinbare Umdrehungszeit der Sonne an. Es folgt nun eine Erklärung, warum diese Umdrehungszeit nur eine scheinbare ist und wie man durch Proportionen daraus die wahre Umdrehungszeit berechnen kann, was unsere eigentliche Aufgabe nicht mehr tangirt.

Für den Fall, dass ein Fleck nicht durch längere Zeit sichtbar bleiben sollte, räth Cassini, durch drei oder vier Tage die Ortsveränderung des Fleckes zu beobachten. Man erhält so mehrere Punkte der Ellipse, über deren grosse Axe ein Kreis beschrieben wird. Projicirt man die Ellipsenbögen auf den Kreis, so hat man nur noch die Proportion aufzulösen: der einem Tag entsprechende Kreisbogen verhält sich zu 360° sowie 1 Tag zur Dauer der Sonnenrotation.

De l'Isle[1]) erklärt in der Einleitung zu seiner „Theorie du mouvement des taches du Soleil", dass er letztere schon im Jahre 1713 ausgearbeitet hatte, ohne die Dissertation zu sehen, welche Cassini schon 1675 der Akademie vorlegte. — Im Ganzen und Grossen bemerkt man nur geringe Unterschiede in den beiden Abhandlungen, nur ist De l'Isle womöglich umständlicher, als Cassini. Wir können kaum wagen, hier den Auseinandersetzungen von De l'Isle zu folgen, da sie uns viel zu weit führen würden und wir uns doch lieber mit den rechnerischen Methoden ausführlicher beschäftigen wollen. Deshalb erwähnen wir also nur kurz, dass De l'Isle gleich als zweite Aufgabe erörtert, wie man die Bahn eines Fleckes im Voraus entwerfen kann und wie man bei dieser Operation auf die Ortsveränderung der Erde Rücksicht nehmen soll, wenn es sich nämlich um die scheinbare Bahn handelt. Dann kommen die zwei Aufgaben: 1. Aus zwei Beobachtungen eines Fleckes die Lage der Sonnenaxe zu bestimmen; 2. aus drei Beobachtungen die Lage der Pole und die Neigung des Sonnenäquators gegen die Ekliptik zu ermitteln. Zum Schlusse zeigt De l'Isle auch ein rechnerisches Verfahren, um die letzte Aufgabe aufzulösen. Er bedient sich dabei der sphärischen und der ebenen Trigonometrie, indem er sich zu letzterem Zwecke der Projectionen der sphärischen Dreiecke auf die Sonnenscheibe bedient.

Die sphärische Rechnung geht wie folgt vor sich: Es seien A, B, D (Fig. 8) drei Lagen eines Sonnenfleckes, EG die Ekliptik, H ihr Pol. Durch die Flecke führe man drei Breitenkreise und durch A, B einen grössten Kreisbogen AB, durch B, D einen grössten Kreisbogen BD. Man erhält zwei sphärische Dreiecke, die, da die Lage der Flecke bekannt ist, vollkommen bestimmt sind. In den Halbirungspunkten J, K der Seiten AB, BD denke man zwei darauf senkrechte grösste Kreisbögen gelegt, die sich im Punkte L schneiden. L ist offenbar der Pol des Kreises, der durch A, B, D bestimmt ist, somit der Pol der Sonne, weil eben die Rotation des Fleckes um den Sonnenpol geschieht. Der Breitenkreis HLM schneidet dann die Ekliptik in einem Punkte M, gegen welchen die Sonnenaxe ge-

1) Mémoires pour servir à l'histoire & au progrés de l'Astronomie etc. St. Petersbourg 1738. S. 143 figg.

neigt ist, und der Bogen HL misst die
Ekliptikaxe.

Legt man nunmehr auch durch P
Kreisbögen, so entsteht zunächst das
Seiten JB, BK und der Winkel JBK
ABH, BHD). Berechnet man also
KJ, so hat man, weil $BJL = BKL$
kann man jetzt aus $\triangle JKL$ JL berechnen.

Das rechtwinklige Dreieck LJB
man hat:

$$\angle LBJ - HBP$$

Jetzt ist auch BHL bestimmt,
und den von ihnen eingeschlossenen W
der Sonnenaxe gegen die Ekliptik,
heliocentrische Längendifferenz zwischen

Die Rechnung durch ebene Trigonometrie
man die obige sphärische Figur
projection der Sonne (Fig. 9)
centrischen Längen in ihrer
des Fleckes A wird bei gleichem
Stück ON wiedergegeben u.
setzen der stereographischen Pol
und bd, so giebt der Durchschnitt
Pols in l. Das Stück kl
geocentrischen Längen der

Lalande theilt in der
folgende Methode von Bo
noch nicht bekannt gewesen
dass diese und noch eine
in Rom gedruckt wurden
Angabe des Autors. Der
solaribus".

Die Rechnung wird

In Fig. 10 sei P
sind die beobachteten
Breitenkreise. Fällt man
CG, CE, so sind die
die Cosinuse der
mit D, H mit J,
welcher, wie leicht

1) Astronomie
2) Rogeri Jos
1755.

als auch in der Ebene der Ekliptik liegt. Desgleichen erhält man durch Verbindung von D mit F und von J mit K einen Punkt L von gleicher Beschaffenheit und ML ist die Schnittlinie der genannten beiden Ebenen. Da sämmtliche Parallelkreise die Ekliptik unter einem gleichen Winkel schneiden, so giebt, wenn $CN \parallel ML$ gezogen wird, N den Knoten des Sonnenäquators. Fällt man von D und J die $DQ \perp ML$ und $JQ \perp ML$, so ist $\angle DQS$, wie einleuchtend, nichts Anderes als die Schiefe der Ekliptik. Um sie zu berechnen, hat man:

im $\triangle HCJ$ gegeben HC, CJ (heliogr. Breite von B, D) und $\angle HCJ$ (heliogr. Längenunterschied von B, D), daher zu berechnen HJ, $\angle CJH$;

im $\triangle CJK$ gegeben CJ, CK, $\angle JCK$ zu berechnen JK, $\angle CJK$.

$$\angle CJH + CJK = HJK$$

und

$$\angle JM = 180 - HJK.$$

Wegen $\triangle MBH \sim MDJ$ hat man ferner

$$DJ : BH = JM : MH$$

und

$$DJ - BH : DJ = JM - MH : JM,$$

ebenso

$$FK - DJ : DJ = KL : JL;$$

hat man so JM, JL und $\angle LJM$ berechnet, so ist auch das Dreieck LMJ bestimmt.

Im $\triangle LJQ$, rechtwinklig bei Q, kennt man nunmehr die Hypotenuse JL und $\angle JLQ$, somit auch JQ und im $\triangle DJQ$, endlich rechtwinklig bei D sind DJ und JQ gegeben, woraus DQJ berechnet werden kann.

Die Länge des Knotens ergiebt sich aus:

$$\angle JLM = \angle JVN, \quad \angle JVN - CJK = GCN.$$

Es sei zur Bestimmung der Rotationsdauer NX der Aequator, FX ein Declinationskreis; NF lässt sich leicht bestimmen und aus NF und FE folgt der Werth von FN und $\angle ENF$. Im $\triangle FNX$ ist jetzt FN und $\angle FNX = FNE - ENX$ bekannt, daraus lässt sich FX und NX bestimmen. Reducirt man die Lage eines zweiten Fleckes noch auf den Aequator und bildet die Differenz der heliocentrischen auf den Knoten N bezogenen Rectascensionen dieser Flecke, so giebt eine einfache Proportion die gewünschte Rotationsdauer.

Später und zwar erst 1777[1]) hat Boscovich eine Methode durch sphärische Rechnung angegeben, die im Folgenden besteht[2]): C, C', C'' sind die drei Lagen des beobachteten Fleckes, P' der Sonnenpol, P der Pol der Ekliptik. Gegeben sind die Längen und Breiten der drei Flecke. $P'E$, $P'E'$ sind grösste Kreisbögen, die auf CC', $C'C''$ senkrecht stehen.

1) Opera. Bd. V, S. 76.

2) A. a. O. Bd. V, S. 116 § 76.

In den Dreiecken CPC', $C'PC''$, CPC'' sind durch die heliographischen Breiten die Seiten, durch die Längen die Winkel am Pole gegeben, man kann somit die grössten Kreisbögen CC', $C'C''$, CC'' und die Winkel $PC'C$, $PC'C''$, $PC''C'$ berechnen. Dadurch erhält man $CC'C'' = \angle CC'P' + P'C'C''$ und $C'E = \frac{1}{2} CC'$, $C'E' = \frac{1}{2} C'C''$. So kann man im $\triangle C'EE'$, EE' und die Winkel $C'EE'$, $C'E'E$ berechnen. Letztere zwei sind die Complemente der Winkel $P'EE'$ und $P'E'E$. Im $\triangle EP'E'$ kennt man jetzt EE' und die Winkel bei E und E', woraus sich $P'E'$ ergiebt. Im rechtwinkligen Dreiecke $P'E'C''$ sind gegeben die Seiten $P'E'$ und $E'C'' = C'E'$, womit $P'C''$ und $\angle P'C''E'$ bestimmt erscheint. Nun bekommt man: $PC''C' - P'C''E' = PC''P'$, woraus und aus den Seiten PC'', $P'C''$ $\angle C''PP'$ und PP' zu berechnen kommt. Nun ist PP' die Neigung der Sonnenaxe und $\angle C''PP'$ der Längenunterschied $B''D$, der zur Länge des Knotens führt.

Die Revolutionsdauer ergiebt sich aus Winkel CPC'', welch' letzterer durch Auflösung des Dreieckes CPC'' resultirt. Die Proportion:

$$\angle CPC'' : 360 = t : x$$

führt endlich zur Kenntniss des verlangten Elementes. Boscovich giebt die vollständigen zum Ziele führenden Formeln erst bei Anwendung auf Zahlenbeispiele.

Ungefähr ein halbes Jahrhundert nach dem Erscheinen des Werkes von De l'Isle lieferten kurz nacheinander Euler und Kästner sphärisch-trigonometrische Rechnungsmethoden. Euler[1]) leitet seine Abhandlung damit ein, dass er sich mit dem complicirten Figurenwerke seiner Vorgänger nicht zufrieden erklärt. Er zieht die sphärische Rechnung vor, die er wie folgt in Anwendung bringt.

Ist nach irgend einer Methode die Lage eines Sonnenfleckes auf der sichtbaren Sonnenscheibe schon aufgetragen worden, so muss zunächst diese Lage auf die Ekliptik reducirt werden und um dies zu thun, muss der Neigungswinkel des vertikalen Sonnenhalbmessers gegen letztere bestimmt werden.

Es sei Z das Zenith des Beobachters (Fig. 12), P der Pol, VR ein Theil des Aequators, VSE die Ekliptik, S die Sonne.

Setzen wir der Kürze halber: ZP = Complement der Breite $90 - p$, ZPS = Stundenwinkel $= t$, VS = Länge der Sonne $= l$, SVR = Neigung der Ekliptik $= e$, PS = Poldistanz $= q$, $\angle ESP = u$.

Da Euler nur p, l, t und e als bekannt voraussetzt, so berechnet er zuerst aus $\triangle RSV$ RS und gewinnt so PS, dann aus l und e $\angle RSV = \angle ESP$; aus q, p, t bestimmt er $\angle ZSP$ und schliesslich:

$$ZSE = ESP - ZSP.$$

1) Novi commentarii Academiae scientiarum imperialis Petropolitanae. Tom XII pro Anno 1766 et 1767, S. 273. De Rotatione Solis circa axem ex motu macularum apparente determinanda. Autore Joh. Alberto Euler.

Die Rechnung würde natürlich kürzer ausfallen, wenn man sich erlauben könnte, die Declination der Sonne als bekannt vorauszusetzen. Diesen Fall hat Euler aber unberührt gelassen und dafür die andere Vereinfachung eingeführt, dass man die Höhe der Sonne misst, wodurch ZS bekannt wird.

Um den Winkel zu bestimmen, welchen die durch den Mittelpunkt der Sonne und den Fleck M gedachte Linie mit der Ekliptik bildet, betrachte man die Fig. 13, in welcher $CDGH$ die Sonnenscheibe, T den Erdmittelpunkt vorstellt. TO giebt dann die Ebene der Ekliptik an, $\angle DTO$ ist der scheinbare Sonnendurchmesser r, $\angle OTM$ nennen wir a. Man hat:

aus $\triangle DOT$: $$\sin r = \frac{OD}{OT} = \frac{OM}{OT},$$

aus $\triangle OMT$: $$OM : OT = \sin a : NMT,$$

daher $$\sin NMT = \frac{OT}{OM} \sin a = \frac{\sin a}{\sin r}$$

und endlich $$COM = NMT - a,$$

$\angle a$ ist aus den Messungen $r - MDT$ bekannt.

Hat man die Neigung der Axe und des Fleckes gegen die Ekliptik bestimmt, so braucht man nur noch die Lage des Fleckes auf die Ekliptik zu beziehen und man kann dann sogleich zur Bestimmung der Lage des Sonnenpols schreiten.

Zu ersterem Zwecke sei in Fig. 14 M der Fleck, C die Verbindungslinie des Sonnen- und des Erdmittelpunktes, also wenn EJ die Ekliptik und E den Mittelpunkt der Längentheilung vorstellt, $EC =$ die heliocentrische Länge der Erde $= 180 + l$. Aus der vorigen Aufgabe ist die Entfernung des Fleckes von C, also $CM = m$ bekannt und der Winkel $ECM = n$ wird gemessen. Im $\triangle EMC$ sind somit drei Elemente bekannt, weshalb sich EM und $\angle MEC$ berechnen lassen. Will man den Fleck durch seine heliocentrische Länge EN und durch die Breite NM bestimmen, so hat man die Formeln aufzulösen:

$$\sin MN = \sin m \sin n,$$
$$tg\, CN = tg\, m . \cos n$$
und
$$\angle EON = 180 + l - CN.$$

Es seien nun M, M', M'' (Fig. 15) drei verschiedene Lagen eines beobachteten Fleckes, O der Pol der Ekliptik, μ, ν die Zeitintervalle der Beobachtungen von M, M' M''. Man setzte:

die heliocentrischen Ekliptik-Coord. von M Länge a, Compl. der Breite b,
„ „ „ „ „ M' „ b „ „ „ g,
„ „ „ „ „ M'' „ c „ „ „ h.

P sei der Pol der Sonne, $12^h - y$ dessen Länge, $OP = Z$.

In den sphärischen Dreiecken POM, POM', POM'' ist $\angle POM = a + y$, $\angle POM' = b + y$, $\angle POM'' = c + y$ und:

$$\cos PM = \cos f \cos Z + \sin f \sin Z \cos(a+y),$$
$$\cos PM' = \cos g \cos Z + \sin g \sin Z \cos(b+y),$$
$$\cos PM'' = \cos h \cos Z + \sin h \sin Z \cos(c+y).$$

Der Pol P muss von M, M', M'' äquidistant sein, woraus aus obigen Gleichungen die Bedingung folgt:

$$\cotg Z = \frac{\sin f \cos(a+y) - \sin g \cos(b+y)}{\cos g - \cos f}$$

oder

$$\cotg Z = \frac{\sin f \cos(a+y) - \sin h \cos(c+y)}{\cos h - \cos f}.$$

Aus diesen Gleichungen und aus diesen Bedingungen lässt sich y und Z und dann irgend eine der Seiten z. B. ZM bestimmen. Kennt man PM, so ergiebt sich $\angle MPM'$ aus:

$$\cos MPM' = \frac{\cos f \cos g + \cos(b-a) \sin f \sin g - \cos PM^2}{\sin PM^2}$$

und endlich aus:

$$MPM' : \mu = 360 : R,$$

woraus

$$R = \frac{\mu\, 360}{MMP},$$

die Rotationsdauer der Sonne. In analoger Weise wird R aus den Beobachtungen von M' und M'' ermittelt.

Die Methode Euler's hat jedenfalls den Vorzug grosser Uebersicht in Verbindung mit entsprechender Klarheit, doch ist die Berechnung, die dazu erforderlich ist, immerhin lang genug.

(Schluss folgt.)

Recensionen.

Geonomie (mathematische Geographie), gestützt auf Beobachtung und elementare Berechnung. Für Lehrer, Studirende und zum Selbstunterricht, bearbeitet von Dr. Th. Epstein, Lehrer an der Realschule „Philanthropin“ in Frankfurt a. M. Mit 166 Holzschnitten im Text und 18 Figurentafeln. Wien, Druck und Verlag von C. Gerold's Sohn. 1888. XVI, 576 S.

Die Nothwendigkeit, ein neues Kunstwort für jene Disciplin einzuführen, welche bisher als durch die Bezeichnung „mathematische“ oder auch „astronomische Geographie“ ausreichend definirt gegolten hat, wollen wir dahingestellt sein lassen. Mag man darüber denken, wie man will, so wird man dem Verfasser doch jedenfalls zugestehen müssen, dass er das Wesen seiner Geonomie in sehr ansprechender Weise darzustellen und ein Lehrbuch zu schreiben verstanden hat, welches den Stoff, soweit er bis vor etwa einem Decennium vorlag, vortrefflich und übersichtlich darstellt. Wir sagen absichtlich, dass das Werk den allerneuesten Standpunkt der Wissenschaft nicht vertritt; der Studirende wird, wenn er diese Geonomie durchgearbeitet hat, noch nach weiteren literarischen Hilfsmitteln sich umzusehen haben, allein er wird sich, das verdient anerkannt zu werden, auch so weit gefördert sehen, um verhältnissmässig leicht die ihm noch übrig bleibenden Schritte thun zu können.

Die Methode, nach welcher der Verf. vorgeht, ist im Wesentlichen keine neue, sondern die gute alte genetische, welche die himmlischen Erscheinungen feststellt und stets da die erforderlichen Beobachtungs- und Berechnungsmittel der Besprechung unterzieht, wo diese sich von selbst und ungesucht behufs schärferer Analyse der einzelnen Bewegungserscheinungen darbieten. Von der sphärischen Trigonometrie ist ein ziemlich ausgedehnter Gebrauch gemacht, doch ist nur Weniges als bekannt vorausgesetzt, schwierigere Formeln, wie z. B. die Napier'schen und Gauss-schen, werden besonders hergeleitet. Es wird sodann die Bestimmung der Gestalt und Grösse der Erdkugel vorgenommen; die Zweifel an der absoluten Kugelform stammen nicht, wie es hier heisst, aus den Zeiten Picard's, obwohl sie, das ist richtig, erst gegen Ende des XVII. Jahrhunderts sich etwas mehr in den Vordergrund zu drängen begannen. Die Vorgeschichte des später zwischen den englischen und französischen Mathematikern geführten Streits über die Erdgestal[illegible] t-erstatter angestellten Untersuchungen zu[illegible] wohl auch einmal einer gesonderten Behandlung theilhaftig werden. Auf die älteren Gradmessungen nun geht unser Verf. mit solcher Gründlichkeit ein, dass er sogar gewisse Originalactenstücke und die Abbildungen der wichtigeren Messinstrumente von damals wiedergiebt; diese Ausführlichkeit findet ihre Berechtigung wohl weniger in einer geschichtlichen, als vielmehr in der richtigen pädagogischen Erwägung, dass ein Neuling den doch immerhin lange nicht so verwickelten Mechanismus dieser astronomisch-geodätischen Arbeiten schneller verstehen lernt als denjenigen, welchen man heutzutage zur Anwendung zu bringen gezwungen ist. Einem Schaltcapitel, in welchem gewisse Lehrsätze der Coordinatengeometrie entwickelt und zusammengestellt sind, folgt ein Ueberblick über die neueren Gradmessungsarbeiten; einige mathematisch-geographische Aufgaben, wie die Berechnung des „mittleren" Erdhalbmessers (ungefähr zu $\pm 35^0$ lat. gehörig), die Distanzenbestimmung auf der kugelförmigen Erde u. s. w. schliessen sich an. Nächstdem geht der Verf. zur Messung der Pendelschwere über und zeigt, wie auch durch diese die Abplattung der ellipsoidischen Erde ermittelt werden kann.

Von der Erde schreitet der Verf. weiter zu den Himmelskörpern; dabei trägt er dem so entscheidenden und von den Lehrern oft so wenig berücksichtigten Augenscheine dadurch Rechnung, dass er die Sonne als das sich Bewegende behandelt. Manches hat hier eine sehr durchgearbeitete, gegenüber den Schilderungen in anderen Büchern durch Klarheit hervorstechende Darstellung erfahren, so hauptsächlich die Lehre von der Präcession und von der Zeitgleichung. Natürlich findet nachher der Uebergang von der geocentrischen zur heliocentrischen Weltanschauung statt, wobei die Eigenart der elliptischen Bahnbewegung so vollständig dargelegt wurde, als es ohne die vom Verf. ausgeschlossene Infinitesimalrechnung zu geschehen vermochte. Erfreulich ist, dass in der Reihe Derer, welche sich die Erklärung der Planetenbewegung zur Aufgabe gestellt haben, auch der Name des Eudoxus und unter den vorcoppernicanischen Systemen auch dasjenige der homocentrischen Sphären nicht fehlt. Bei der Erörterung der Planetendurchgänge ist mit Recht — ähnlich, wie es früher schon der Referent im Anschlusse an J. J. v. Littrow vorgeschlagen — nicht nur der eigentlichen Parallaxenbestimmung, sondern auch der directen Abstandsmessung gedacht, von deren Wesen der Anfänger weit leichter als von jener erstern einen klaren Begriff erhält. Wir sind nicht in der Lage, die Inhaltsübersicht so ausführlich zu gestalten, wie es vielleicht in einer wesentlich didaktischen Zwecken gewidmeten Zeitschrift angezeigt wäre; wir erwähnen vielmehr nur noch kurz, dass auch die Finsternissberechnung ziemlich allseitig abgehandelt, und dass nicht minder auf die neueren Methoden, das specifische Gewicht des Erdkörpers aufzufinden, eingegangen wurde. Freilich hat v. Jolly's geistreiches Abwägeverfahren in der allerletzten Zeit so mannigfaltige und einschneidende Verbesserungen erfahren, dass es in seiner ursprünglichen Gestalt eigentlich nicht mehr vorgetragen werden sollte. Nicht versagen können wir uns die Betonung des Umstandes, dass uns eine so vollkommene buchhändlerische und buchdruckerische Ausstattung noch nicht leicht bei einem Lehrbuche vorgekommen ist.

Was aber wollten wir oben mit dem Ausspruche andeuten, dass das Epstein'sche Werk von den Fortschritten der letzten zehn Jahre unberührt geblieben sei? Zu dem Ende verweisen wir auf S. 226, wo es heisst: „Man neigt in Gelehrtenkreisen vorzugsweise zu dem Abplattungswerthe $\frac{1}{289}$ hin, da dieser nicht nur aus vielen guten Pendelbeobachtungen resultirt, sondern weil sich ihm auch die Resultate der Gradmessungen, je weiter sich diese ausdehnen, desto mehr zu nähern scheinen." Hiernach scheint es doch der Verf. für ausgemacht zu halten, dass es einen wirklich genauen Werth für $\frac{a-b}{a}$ giebt, dass die bisherige Nichtübereinstimmung in den Fehlern und Unvollkommenheiten der Operationen ihren Grund hatte, und dass mit der Zeit eine asymptotische Annäherung an diesen wahren Werth zu erkennen sein werde. Gerade das ist aber *nicht der Fall*. Jenes Referenzellipsoid oder Niveausphäroid, dessen Abplattung auf die eine oder andere Weise ermittelt wird, ist nicht das, was wir „Erdgestalt" nennen, und die Abweichungen der letzteren von jener Hilfsfläche müssen in langsamer, mühevoller Arbeit durch eine Vereinigung von astronomisch-trigonometrischen Messungen, Nivellirungen und Schwereversuchen von Ort zu Ort aufgesucht werden. Diese Erkenntniss ist in langsamer Steigerung durch die Leistungen eines Ph. Fischer, Stokes, Bruns, Helmert u. A. uns vermittelt worden, und es hätte auch an diesem Orte wenigstens angestrebt werden müssen, dem Leser die grossartige Perspective aufzuschliessen, die sich für die „Geonomie" der Zukunft eröffnet.

München. Dr. S. Günther.

Die Elemente der Geometrie, für den Schulunterricht bearbeitet von H. Seeger, Director des Realgymnasiums zu Güstrow. Mit 6 Figurentafeln. 3. Auflage. Wismar, Hinstorff'sche Hofbuchhandlung. 1887. 211 S. Preis Mk. 2,40.

Das Buch verräth im Ganzen ein gesundes Streben nach Deutlichkeit und wissenschaftlicher Strenge. Der Stoff ist sowohl im lehrenden Theile, als auch bezüglich der Aufgabensammlung als reichhaltig und wohlgeordnet zu bezeichnen.

Dieses im Allgemeinen anerkennende Urtheil schliesst nicht* aus, dass Referent sich mit manchen Einzelheiten durchaus nicht befreunden kann.

* Referent findet sich veranlasst, diese selbstverständliche Sache zu betonen: der Verfasser einer kürzlich in dieser Zeitschrift erschienenen ... nämlich anderer Meinung.

Die Parallelentheorie enthält S. 15 den Satz, dass zwei gerade Linien, die von einer dritten Geraden durchschnitten werden, sich auf derjenigen Seite der schneidenden Linie, auf welcher die inneren Winkel zusammen weniger als zwei Rechte betragen, schneiden (oder convergiren). Der Beweis lässt sich nach Herrn S. ohne Zuziehung unendlicher Flächenräume nicht führen. Aber mit solchen muss es ja wohl gehen, da wir im Anhange dem Bertrand'schen Beweise begegnen. Uebrigens sollte hier ein pädagogisches Bedenken noch gewichtiger gegen diese Art des Vortrages in die Waagschale fallen. Auch die Abweichungen vom Herkommen, welche sich in der Fassung der Deckungssätze finden, kann man nicht als besonders gelungen anerkennen.

Endlich dürfen einige Dinge nicht verschwiegen werden, welche mit der Wissenschaft wenig, mit der Schule aber umsomehr zu thun haben. Zunächst sollte ein Schulbuch nicht Andeutungen in unvollständigen Sätzen machen, wie dies schon S. 6 Nr. 15, S. 10 Nr. 31 und oft geschieht. Es kann Herrn S. als praktischem Schulmann gewiss nicht unbekannt sein, dass unvollständige Sätze von den Lehrern auch dann beseufzt zu werden pflegen, wenn die Schüler nicht durch ihr Lehrbuch dazu angeleitet werden. Dann gehören Wörter, wie „offenbar", „Beweis leicht", „bekanntlich", „folgt unmittelbar", „unmittelbar einleuchtend", „folgt sofort" nicht in ein Lehrbuch. Die fraglichen Wörter erinnern in wissenschaftlichen und Schulbüchern an die in Versnoth zusammengeschmiedeten Versfüllsel mancher Poeten. Referent begegnete ihnen auf S. 41, 43, 45, 46, 47, 49, 54, 57, 58, 59, 65, 78, 81, 84, 88, 89, 90, 91, 94, 95, 99 u. s. w. — Zu den Sprachreinigern gehört Herr S. auch nicht. Wir finden z. B. Situationspunkt, homologe Punkte, centrisches System, Symmetrale, äquidistant, excentrischer Winkel, Sehnenpolygon, Multiplum, aliquoter Theil, Fundamentalproportion, Aehnlichkeitsmodulus, höherer Calcul. So haben wir S. 35 den merkwürdigen Satz: „Wenn der Situationswinkel zweier gleichartig construirten congruenten Systeme 180° beträgt, so wird jede Strecke, welche zwei homologe Punkte verbindet, durch den Situationspunkt halbirt. — Die armen Jungen! — Zum Glück versichert ihnen Herr S., dass die Sache nicht schwierig sein könne, da der Beweis durch das Wort „Leicht" ersetzt ist.

Druck und Papier ist tadellos.

K. Schwering.

Wie unterscheidet sich die Methode der Mathematik von der der Philosophie? Von Maximilian Haberland, Realschullehrer. Neustrelitz, 1884.

Die 24 Seiten starke Abhandlung ist vorwiegend philosophischen Inhalts. Zunächst wird der Begriff „Methode" nach Kant, Trendelenburg und Herbart näher dargelegt und alsdann an Beispielen mathematisches und philosophisches Vorgehen gezeigt. So gelangen wir S. 14 zu dem Schlusse:

„Darnach beruht also die Methode der Mathemalik auf der Anwendung von Beweis, Definition und Axiom.

Da nun die Vernunft in der Philosophie, den principiellen Unterschied von der Mathematik vergessend*, doch versucht, in diesen drei Stücken die Mathematik nachzuahmen, so weist Kant bei jedem einzelnen nach, dass keines dieser Stücke in dem Sinne, darin sie der Mathematiker nimmt, von der Philosophie geleistet werden kann."

Nach einem geschichtlichen Rückblicke auf Cartesius und Leibnitz wendet sich der Verf. S. 22 wiederum Kant zu mit der Frage, „ob Kant's Lehre von den Eigenthümlichkeiten der mathematischen Methode der philosophischen gegenüber mit seiner Ansicht von der Subjectivität unserer sinnlichen Anschauungsformen steht und fällt."

Referent will dem Schriftchen gegenüber nur insofern eine eigene Aeusserung machen, als er sich zu der Beobachtung berechtigt glaubt, dass die Zahl der kantgläubigen Mathematiker nicht zunimmt. Ich verweise dabei auf die bekannten Aeusserungen von Gauss, welche neuerdings von Kronecker in der in seinem Journal abgedruckten schönen Abhandlung „Ueber den Zahlbegriff", Bd. 101, S. 339 erwähnt sind.

K. Schwering.

Auflösungen und Beweise der Aufgaben und Lehrsätze aus der analytischen Geometrie des Punktes, der geraden Linie, des Kreises und der Kegelschnitte. Bearbeitet von Fr. Graefe, Prof. Leipzig, Verlag von B. G. Teubner. 1886.

Referent hat sich über die „Aufgaben und Lehrsätze" des Herrn Graefe bereits empfehlend geäussert; vergl. diese Zeitschrift Jahrg. 1886, S. 226. Die jetzt vorliegenden „Auflösungen und Beweise" sind in demselben Geiste bearbeitet; an einigen Stellen leistet der Herr Verf. sogar mehr, als die Ankündigung verheisst und erfreut den Leser durch interessante mathematische Untersuchungen, die selbständige Bedeutung beanspruchen dürfen. Referent erwähnt hier die Untersuchungen über die Pascal'schen Sechsecke S. 52 flgg. und die Bearbeitung der Aufgabe des Malfatti.

K. Schwering.

Die Elementargeometrie des Punktes, der Geraden und der Ebene. Systematisch und kritisch bearbeitet von Dr. Otto Rausenberger. Leipzig, Druck und Verlag von B. G. Teubner. 1887. 236 S.

Bei dem Worte „Elementargeometrie" pfl
buch zu denken. Das vorliegende Buch ist

* Vernunft? D. R.

einen mathematisch gebildeten Leser voraus. Es hat ferner nicht den Zweck, eine vollständige Zusammenstellung des weitschichtigen Materials zu geben, welches auf dem Gebiete der niederen Mathematik durch Einzelforschung im Laufe von mehr als zwei Jahrtausenden sich gehäuft hat. Die Absicht des Verf. geht vielmehr auf eine Darstellung der Grundbeziehungen und Grundeigenschaften derjenigen Gebilde, welche durch die Zusammenstellung einer endlichen Zahl von Punkten, Geraden und Ebenen entstehen. Dabei betrachtet der Verf. die Anschauung als die nicht zu beseitigende Grundlage der Geometrie und schliesst daher alle Forschungen, welche mit derselben nicht im Einklang stehen, trotz ihres wissenschaftlichen Reizes von seiner Darstellung aus. Dabei wird aber dem vielbesprochenen Parallelenaxiom eine besondere Aufmerksamkeit zugewandt und die Stellung der einzelnen Sätze zu demselben vollkommen klar gelegt.

In dem ersten Theile des Buches, welcher die Ueberschrift „Grundlagen" trägt, lässt der Verf. die **gerade Linie** als unveränderlich durch Drehung um zwei ihrer Punkte entstehen und leitet die Haupteigenschaften derselben aus dieser Erzeugungsweise ab. Bezüglich der Ebene wird dieselbe zwar zunächst durch Drehung einer Geraden, welche eine andere fortwährend schneidet, um einen festen Punkt auf der Geraden erzeugt. Allein es gelingt nicht, die Eigenschaften der Ebene aus dieser Erzeugungsweise abzuleiten. Vielmehr bedarf es hier neuer Axiome, welche der Anschauung entstammen. Dabei nimmt der Verf. gegenüber den Versuchen z. B. von **Bolyai** und **Lobatschewski** eine abweisende Stellung ein. Und zwar ist nicht die Künstlichkeit dieser Erzeugungsweisen der Grund dieser Ablehnung, sondern die Unzulänglichkeit derselben. Auch durch diese Versuche entgeht man nicht den Axiomen.

Nunmehr gelangen wir S. 16 zum eigentlichen Gegenstande, der in herkömmlicher Weise in Planimetrie und Stereometrie zerfällt. Der Verf. hält an dieser Eintheilung darum fest, weil die Planimetrie einen solchen Umfang gewonnen hat, dass sie durch räumliche Betrachtungen füglich nicht zerrissen werden darf.

Seinem Grundsatze getreu, die Aufmerksamkeit denjenigen Gebilden vorwiegend zuzuwenden, **welche einen ganz allgemeinen Charakter tragen**, beginnt der Verf. mit der begrenzten Geraden, der Strecke. Für dieselbe werden die Begriffe der **Addition** und **Subtraction** festgesetzt, und zwar spricht der Verf. das Axiom aus: **Man erhält dieselbe Gesammtstrecke, in welcher Reihenfolge auch man die Einzelstrecken (summatorisch) zusammensetzt.** Da nun die ganze Arithmetik sich nur auf zwei Begriffen aufbaut, nämlich dem der Addition und dem der positiven ganzen Zahl; da alle anderen Rechnungsarten sich auf diese beiden Begriffe zurückführen lassen, so **haben wir die Möglichkeit gewonnen, die Gesetze der Arithmetik auf die Geometrie anzuwenden.** Sofort wird von diesem wichtigen Ergebnisse Gebrauch gemacht. Wir theilen eine Strecke in n Theile, jeden wieder in n Theile u. s. w.; wir tragen eine Strecke auf der anderen ab, so oft es geht, den Rest auf der kleineren Strecke u. s. w., und sehen uns so ausgerüstet mit den Begriffen des Decimalbruches und des Kettenbruches, sowie dem des Irrationalen. Erst jetzt kommt der Ausdruck $a - b$ an die Reihe. Mit nicht geringer Genugthuung betont Ref. diese Anordnung, welche er längst durch geschichtliche Gründe und didaktische Nothwendigkeit als die allein berechtigte erkannt und verfochten hat. Multiplication und gebrochene Zahl müssen der negativen Zahl vorangehen. Mit interessanten und scharfsinnigen Bemerkungen über Curvenmessung und der geistreichen Erweiterung, welche Cayley und F. Klein dem Begriffe des Messens gegeben haben, schliesst der die Strecke behandelnde Abschnitt. Das zweite allgemeine Gebilde, welches sich uns nunmehr darbietet, ist der Winkel. Während wir bei der Strecke keine natürliche Maasseinheit vorfanden, ist dies beim Winkel der Fall. Er ist nicht als Richtungsunterschied zu erklären und ebensowenig als ein aus der Gesammtebene herausgeschnittener Flächentheil. Indem wir nun drei Gerade betrachten, haben wir das Dreiseit vor uns. Logisch sind bezüglich des Durchschneidens derselben vier Fälle zu unterscheiden, von denen das Parallelenaxiom nur drei bestehen lässt. Dann folgen die beiden ersten Gleichheitssätze (Gleichheit von a, β, γ und a, b, γ), welche natürlich vollständig begründet werden. Die Bezeichnung dieser Sätze als Gleichheitssätze statt Congruenzsätze ist ebenso berechtigt, wie aller Wahrscheinlichkeit nach dem eingebürgerten Missbrauch gegenüber — hoffnungslos. Nunmehr gelangen wir zur Parallelentheorie, wo wir zunächst dem Satze des Ptolemäus begegnen und durch denselben von der Existenz paralleler Linien überzeugt werden. Indem wir weiter nur voraussetzen, dass zwei Gerade sich nur in einem Punkte schneiden können, beweisen wir, dass zwei Dreieckswinkel zusammen stets weniger betragen, als einen Gestreckten und dass die Winkelsumme eines Dreiecks ebenfalls dies Maass nicht überschreiten kann. Wir haben nun die Mittel, eine Reihe von Sätzen über das Dreieck, sowie zwei weitere Gleichheitssätze (Gleichheit aus a, b, c und a, α, β), endlich den fünften ($a, b, \alpha; a > b$) Gleichheitssatz zu beweisen und zu erkennen, wie zwei Dreiecke, welche nur in einigen Stücken übereinstimmen, sich bezüglich anderer ungleicher Stücke verhalten.

Nun hat der Leser ein wohlumgrenztes Feld einfachster Sätze vor sich, welche vom Parallelenaxiom unabhängig sind. Er darf sich jetzt diesem wichtigen Marksteine zuwenden. (S. 48, § 15.)

Das Axiom selbst tritt in der Form auf, welche ihm von dem Altmeister Euklides ertheilt ist, und nun nimmt der Verf. nach wenigen einfachen Folgerungen aus demselben zur nichteuklidischen Geometrie Stellung. Zunächst wird der Bertrand'sche Beweis d[illegible] [illegible]ls unzulässig dargethan und dann werden einige Sätze aus derjenigen Geometrie mitgetheilt, welche nach Bolyai und Lobatschewsky das Axiom verwirft. Es würde die Grenzen einer Anzeige bei Weitem überschreiten, wollte er auch nur in gedrängter Uebersicht die geistvollen Ausführungen des Verf. wiedergeben. Eine solche Kürzung würde zudem, bei einem so feinen und vielumstrittenen Gegenstande der mathematischen Forschung, vielleicht den Verf. verläumden. Trotzdem kann Ref. nicht umhin, einen einzigen Satz des Buches wörtlich herzusetzen. Er lautet:

„Es ist demnach die Möglichkeit, dass die nichteuklidische Geometrie noch einmal als unzulässig erkannt wird, nicht unbedingt ausgeschlossen."

Nach einer kurzen, aber klaren Erörterung bezüglich der unendlich fernen Punkte gelangen wir S. 59 § 17 zum Vierseit und Viereck.

Durch einfache Abzählung wird festgestellt, dass hier ein Umstand vorliegt, der beim Dreiseit nicht vorhanden ist und unsere Aufmerksamkeit besonders fesseln muss; der Umstand nämlich, dass Strecken lediglich durch andere Strecken bestimmt sind. Insbesondere für das Vierseit treten acht Strecken auf, von denen nur fünf willkürlich sind. Wir haben also drei Beziehungen (Gleichungen) unter denselben zu erwarten. Um diese Gleichungen abzuleiten, sind wir genöthigt, besondere Figuren, das Parallelogramm und Paralleltrapez zu betrachten. Diese Betrachtungen sind nichts Anderes, als die Theorie der Aehnlichkeit. So gewinnen wir den Lehrsatz des Menelaos und durch ihn zwei der gesuchten Gleichungen. Aus der Aehnlichkeitslehre ergiebt sich als Folgerung der Lehrsatz des Pythagoras, bei dem das Wort „Quadrat" also zunächst in rein arithmetischem Sinne erscheint. Mit Hilfe dieses Lehrsatzes erhalten wir nun die dritte Gleichung, deren nahe Beziehung zum Cosinussatze der Trigometrie nicht unerwähnt bleibt. Analog sind die Untersuchungen für das Viereck durchgeführt; Zweiseitigkeit der Geraden, der Satz des Ceva, der Determinantenausdruck für die sechs Entfernungen je zweier von vier Punkten und die naturgemässe Einführung des vielleicht einfachsten homogenen Coordinatensystems sind hier vorgeführt.

In der ebenen Trigonometrie, deren Behandlung S. 91 beginnt, werden Sinus und Cosinus zunächst als Projectionen definirt, und dann bezüglich ihrer Werte und Vorzeichen durch die vier Quadranten verfolgt. Dann wird das Additionstheorem dieser Functionen zunächst für spitze Winkel abgeleitet und als allgemein giltig kurz, aber streng nachgewiesen. Ref. zieht eine andere Ableitung vor, wenigstens für den Unterricht. An das Additionstheorem schliesst sich die Zusammenfassung durch die Moivre'sche Formel und die Entwickelung in Potenzreihen. Dieselben werden jedoch, wie auch die Einführung der Zahl π, nur nach Art einer kurzen Zusammenfassung vorgeführt.

Den Zugang zu der nun folgenden hochinteressanten Darstellung der Geometrie der Lage bietet natürlich das Doppelverhältniss. Eine lichtvolle arithmetische Grundlage sichert uns das Verständniss der Involution und der harmonischen Theilung. So ausgerüstet treten wir an die zwei Fundamentalgebilde der Geometrie der Lage heran, jene wunderbaren und doch so einfachen zehn bez. neun Geraden und zehn bez. neun Punkte, von denen je drei Punkte in einer Geraden liegen und je drei Gerade sich in einem Punkte schneiden. In trefflicher Weise wird die sich naturgemäss ergebende Frage behandelt, ob denn diese eigenartigen Gebilde die einfachsten ihrer Art sind. Die Antwort ergiebt sich durch combinatorische und rein geometrische Betrachtung.

Aus den folgenden Abschnitten, welche die Collineation und Reciprocität betreffen, wollen wir nur kurz die wohlbegründete Betonung der Stetigkeitsannahme, sowie den Umstand hervorheben, dass der Verf. bezüglich der metrischen Relationen eine völlige Dualität in Abrede stellt, aber einen beschränkten Dualismus anerkennt. Das ist auch ganz in der Ordnung; nur meint Ref., dass sich die Schranken doch noch weiter hinausrücken lassen, als der Verf. zuzugeben geneigt scheint.

S. 151 beginnt der letzte Theil unserer Schrift, die Stereometrie. Wie in der Planimetrie, so werden auch hier die Grundlagen sorgfältig und ausführlich dargelegt. Insbesondere findet das Ebenenbündel und die Einführung des Parallelenaxioms seine gebührende Berücksichtigung. Die Eigenart der Darstellung kann hier noch weniger, als an früherer Stelle durch unsere Besprechung hinreichend deutlich werden. Höchst anziehend ist die Behandlung der dreiseitigen Ecke. Aus dem einzigen Satze $a+b>c$ werden alle die Winkel und Seiten betreffenden Ungleichungen durch Betrachtung der Polarecke und Nebenecke abgeleitet. „Der gewöhnliche Beweis für den Satz $a+b+c<4R$ nimmt das Parallelenaxiom zu Hilfe und entbehrt der nöthigen Strenge.“ Natürlich folgen diesen Ungleichungen alsbald die metrischen Relationen an der dreiseitigen Ecke, d. h. in sehr vernünftiger Beschränkung auf wenige Formeln, die sphärische Trigonometrie. Diese bietet nun den Uebergang zu einem anziehenden Gebiete, welches in den gewöhnlichen Lehrbüchern sehr kärglich bedacht zu werden pflegt, dem Inhalt der Ecken. Und dennoch ist dieser Theil der niederen Raumlehre nicht blos wissenschaftlich wichtig, sondern führt auch zu bemerkenswerthen Schulaufgaben. Ref. erlaubt sich, hier an die regelmässigen Körper und die Theilung des Raumes im Mittelpunkte der umschriebenen Kugel zu erinnern.

Der Ausdruck für den Inhalt der Pyramide durch die Kanten tritt uns mehrfach entgegen. Zunächst erscheint er bei Aufstellung der Möglichkeitsbedingung für ein Tetraeder (S. 191), dann aber auch bei directer Inangriffnahme der betreffenden Aufgabe. Der Inhalt der Pyramide wird durch unendlich nahe Parallelebenen bestimmt.

Aus dem reichen übrigen Inhalte heben wir insbesondere die anziehende Darlegung einiger Grundbegriffe aus der *analysis sit*[illegible] vortreffliche damit in nahen Zusammenhang gebrachte Behandlung des Euler-schen Satzes $e+f-k=2$ hervor.

Den Schluss bildet die Collineation räumlicher Systeme.

Indem Ref. das treffliche Buch zur Seite legt, fasst er sein Urtheil dahin zusammen, dass diese Elementargeometrie nach Inhalt und Darstellung einen hervorragenden Platz unter den Schriften ähnlicher Art beanspruchen darf. Wer wissenschaftliche Gründlichkeit, gepaart mit genauer Kenntniss der neuesten Arbeiten und eine anmuthige Darstellung der Grundlehren der Geometrie sucht, der wird bei diesem Buche sich befriedigt finden. Möge die treffliche Schrift in keiner Bibliothek einer höheren Lehranstalt fehlen.

Coesfeld, im März 1888. K. Schwering.

Beispiele und Aufgaben zur Algebra. (Für höhere Lehranstalten.) Von Dr. G. Lauteschläger. Zwölfte vielfach vermehrte Auflage bearbeitet von Dr. Fr. Graefe, Professor. Darmstadt, Bergsträsser.

Auf 132 Seiten finden wir den gewöhnlichen Stoff in ziemlicher Fülle und, wie es scheint, in entsprechender Anordnung. Durch die Neubearbeitung ist laut Vorrede nicht unerheblich die wissenschaftliche Seite des Buches gehoben worden. So sind z. B. durch die Neubearbeitung wesentliche Aufgaben aus dem Gebiete der reciproken Gleichungen und anderer Gleichungen höheren Grades, welche auf quadratische zurückführbar sind, hinzugekommen. Insbesondere findet die Berücksichtigung des Imaginären durchaus den Beifall des Referenten.

Eine besondere Seite des Buches ist ein gewisser Schulhumor (nicht zu verwechseln mit Galgenhumor!), der bei manchen Aufgaben hervortritt. Wir meinen damit nicht Aufgaben, in denen Jahreszahlen geschichtlicher Ereignisse als Unbekannte auftreten, sondern etwa Aufgabe 623, wo sieben Mädchen einem Knaben Nüsse fortnehmen, oder 661, wo zwei Räuber zwei Reisende berauben. Nicht ganz neu dürfte es manchem Lehrer sein, dass laut Aufgabe 946 Bakchos den Silen einmal neben einem vollen Weinfasse schlafend gefunden hat; er benutzte die Gelegenheit und trank u. s. w. Weiss doch z. B. Heis auch diesen schönen Beitrag zur griechischen Götterlehre fast mit denselben Worten zu berichten. Prächtig ist auch ein sechs Strophen langes Gedichtchen (928), von dem wir wenigstens eine aufnehmen wollen:

Die Zahl der Rehe kenn' ich nicht,
Die fielen durch den Schuss;
Doch lag's an Füchs' und Hasen dicht,
Die man addiren muss.

Coesfeld. K. Schwering.

Anleitung zur Auflösung eingekleideter algebraischer Aufgaben von Dr. E. Bardey. Erster Theil: Aufgaben mit einer Unbekannten. Leipzig, Druck und Verlag von B. G. Teubner. 1887.

Wie die Vorrede erzählt, ist die Veranlassung der Herausgabe dieses Büchleins eine eigenthümliche gewesen. Wir können dem Verf. nicht ganz beistimmen, wenn er Auflösungen und dergl. in den Händen der Schüler fast mit einem gewissen Angstgefühle zu erblicken scheint. Die Thätigkeit des Durchschnittsschülers ist einmal wesentlich nachahmender Art, besonders auf unterer Stufe. Eigenes kann erst dann erwartet werden, wenn die Nachahmung die Kräfte des Lernenden gestählt und gewissermassen ausgelöst hat. Auch das Kind lernt zuerst nachsprechen und dann erst sprechen. Und zu diesem Zwecke ist die vorliegende kleine Sammlung recht geeignet. Die Fassung der Sätze ist einfach und klar; der Schüler wird den Ansatz leicht mit denselben Worten wiederholen können, ohne blind auswendig zu lernen. Schön sind die Methoden, welche ohne Gleichungen Aufgaben lösen.

Coesfeld. K. Schwering.

Lehrbuch der Algebra. Theoretisch-praktische Anleitung zum Studium der Arithmetik und Algebra. Zum Gebrauche an höheren Lehranstalten, insbesondere an Gymnasien, bearbeitet von Prof. Dr. J. van Hengel, Oberlehrer am Königl. Gymnasium zu Emmerich. Freiburg im Breisgau, Herder'sche Verlagsbuchhandlung. 1887. 8. 489 Seiten. Preis brochirt M. 5, geb. M. 5,50.

„In den vorhandenen, zu Hilfsmitteln beim algebraischen Unterrichte bestimmten Büchern zeigt sich allerdings zuweilen ein gewisser Anlauf, ausserdem dass ein mehr oder weniger grosser Uebungsstoff zur praktischen, bezw. mechanischen Verarbeitung vorgelegt wird, auch der theoretischen Seite der Algebra Rechnung zu tragen; allein die Scheu, zuviel zu verrathen, scheint doch in ihnen gross zu sein, und das Dargebotene ist nicht selten unbestimmt, verworren oder geradezu falsch, und manche Begriffsbestimmung zu eng gefasst."

In diesen Worten der Vorrede tritt die Absicht des Verfassers klar zu Tage, und Referent giebt ihm gern das weitere Zeugniss, dass Herr van Hengel redlich bemüht gewesen ist, in der von ihm gekennzeichneten Richtung Wandel zu schaffen. Sehen wir zu, wie weit seine Absicht erreicht worden ist.

Das Buch zerfällt in zwei Theile. Der erste, 168 Seiten stark, führt die Ueberschrift: Allgemeine Arithmetik; der zweite die Ueberschrift: Algebra.

Die Allgemeine Arithmetik umfasst die Lehre von
nungsarten. Dieser „Rechnungsarten" giebt es zu

sieben, da eine Zahl in siebenfacher Weise von gegebenen Zahlen abhängig sein kann. Schade, dass der Verfasser hier nicht an die alten sieben Farben des Regenbogens gedacht hat, während die neuere Physik im Spectrum unendlich viele Farben vorhanden weiss. Die „siebente" Rechnungsart ist natürlich das Logarithmiren und die Zuordnung derselben zu den Grundformen der Arithmetik ist ein altehrwürdiger Irrthum der Lehrbücher. Es wird glaubhaft versichert, dass manche Verfasser dieser Bücher sehr wohl wissen, dass der Logarithmus nicht eine algebraische, sondern eine transcendente Function ist. — Ziemlich müssig dürfte die Unterscheidung S. 10 zwischen losen, mittelfesten und festen Zahlverbindungen sein. Denn den Vortheil, mit Hilfe dieser Festsetzungen den Sinn der sträflich nachlässigen Schreibart 35.4:2:7 sofort errathen zu können, schlagen wir gar nicht hoch an. Eher dürften die Erklärungen der Addition und Multiplication S. 14, bezw. S. 32 Beachtung verdienen. Sie lauten: „Addition ist das Ableiten einer Zahl (Summe) aus zwei oder mehr gegebenen Zahlen (Summanden) durch Zusammenkommenlassen der Einheiten derselben." „Multiplication ist das Ableiten einer Zahl (Product) aus zwei oder mehr Zahlen (Factoren), wenn sie von diesen so abhängig ist, dass das Resultat Null ist, wenn einer der Factoren Null ist, und dass, wenn an die Stelle irgend eines der Factoren alle seine Summanden einzeln eintreten, die Summe dieser Einzelresultate gleich dem zu suchenden Resultate ist." Offenbar geht namentlich aus der letzteren Erklärung hervor, dass die wesentlichen Multiplicationsgesetze als Hauptmerkmale hervorgehoben und zu einer Definition verwerthet werden sollen. Allein es dürfte diese Absicht doch in anderer Weise einfacher verwirklicht worden sein und die obige Erklärung sich z. B. zum Auswendiglernen für Schüler wenig eignen. — Was sagen wohl die Herren Schulmänner zu der Ansicht S. 33 des Verfassers, dass auch zwei oder mehr Factoren eines Productes benannte Zahlen sein können? Werden sie sich durch die obige Definition in Verbindung mit dem Beispiel a kg $\times\, b$ m $= ab$ kgmtr zu dieser Meinung herüberziehen lassen? Wohl schwerlich! Auch darf der Verfasser nicht auf allgemeine Zustimmung rechnen, wenn er S. 76 aus $a = b$ und $a^c = b^d$ schliessen will, dass $c = d$ sei. Denn obwohl $e^0 = e^{2\pi i} = 1$, so ist doch nicht $0 = 2\pi i$. Befremdlich ist auch die Erklärung einer imaginären Zahl. Sie steht ebendort Nr. 25 und lautet: „Eine Zahlverbindung, deren Resultat weder der Zahlenreihe der positiven, noch der negativen einzelnen Zahlen angehört, wird imaginäre Zahl genannt." Natürlich ist es bei dieser Aufstellung spottleicht, den Fundamentalsatz der Algebra zu beweisen, und ohne gerade den Vorwurf argwöhnischer Sinnesart auf sich zu laden, darf man an die obige Definition erinnert werden, wenn man S. 175 mit Erstaunen liest: „Eine Gleichung mit einer unbekannten x heisst eine Gleichung vom n^{ten} Grade, wenn sie in n Gleichungen von der Form $x + a = 0$ zerfallen kann, wobei a irgend eine bekannte, positive oder negative Zahl bezeichnet.“ Auch die Beweise für die Irrationalität der Wurzeln S. 127 und 142 sind nicht streng. Denn wenn m und v keinen gemeinsamen Theiler haben, so folgt durchaus nicht ohne einen bekannten Beweis, dass dann $m^2:v$ keine ganze Zahl sein kann.

Wir sind jetzt mit unseren Ausstellungen fertig und können nicht umhin, übrigens an dem Buche Manches anzuerkennen. Zu den wohlgelungenen Abschnitten desselben gehört z. B. die schöne Darstellung der Pythagoreischen Zahlen, gehören die Anweisungen zur Ertheilung eines rationalen Nenners, die Vorschriften zur praktischen Wurzelausziehung. Vortrefflich und nicht unbedeutend über den herkömmlichen Gemeinbesitz der Lehrbücher hinaus bereichert erscheint die Auflösung der Gleichungen zweiten Grades mit zwei Unbekannten. Dasselbe gilt mehr oder weniger bezüglich der Kettenbrüche nebst Anwendungen auf Zeitrechnung, bezüglich der Darstellung des binomischen Lehrsatzes und der logarithmischen Reihe (Coefficientenvergleichung). Leider fehlen ausreichende Convergenzbetrachtungen hier, wie früher bezüglich der geometrischen Reihe. Auch die Darstellung der Combinationslehre ist wohlgelungen.

Druck und Papier sind vortrefflich.

Fassen wir unser Urtheil zusammen, so können wir nicht umhin, das Buch vom praktischen Gesichtspunkte aus zu empfehlen; bezüglich mancher mehr der Theorie angehörenden Dinge wird eine Umarbeitung erforderlich sein.

Coesfeld, 1888. K. Schwering.

Constructive Geometrie der Kegelschnitte auf Grund der Focaleigenschaften. Einheitlich entwickelt von Adalbert Breuer, k. k. Reallehrer in Trautenau, Böhmen. Ein Lehrbuch für höhere Unterrichtsanstalten und für den Selbstunterricht. Mit 80 in den Text gedruckten Originalfiguren. Preis 1 fl. ö. W. Prag 1887, Selbstverlag.

Die vorliegende Darstellung der Kegelschnittslehre geht von der Definition durch Brennpunkt und Leitlinie aus. Es werden die verschiedenen Constructionsaufgaben (Punkte, Tangenten u. s. w.) in sehr klarer Sprache gelöst. Auch die Betrachtung des Kegelschnitts als Tangentengebilde ist geschickt angeschlossen. Nach diesen Vorbereitungen untersucht der Verfasser die Eigenschaften der Ellipse und Hyperbel bezüglich ihrer beiden Brennpunkte. Auch der Osculationskreis der Kegelschnitte und die naheliegenden Beziehungen zum Tactionsproblem finden gebührenden Platz.

Die Wendung: „Der gesuchte Punkt existirt daher nicht in Wirklichkeit; er kann also höchstens in der Einbildung bestehen und wird deshalb imaginär genannt“ ist [illegible] lich.

Uebrigens sei das Buch mit seinen schönen Figuren und seinem klaren Vortrage bestens empfohlen.

Coesfeld, 1888. K. Schwering.

Die Elemente der Kegelschnitte in synthetischer Behandlung. Zum Gebrauche in der Gymnasialprima bearbeitet von Dr. W. Erler, Professor am Königl. Pädagogium Züllichau. Mit 1 lithogr. Figurentafel. Dritte verbesserte Auflage. Leipzig, Druck und Verlag von B. G. Teubner. 1887.

In den Kreisen der Mathematiklehrer ist eine Strömung eingetreten, welche der Bearbeitung der Kegelschnittslehre in der Prima zustrebt. Man führt zur Empfehlung dieses Strebens an, dass dasselbe den Schüler keineswegs mehr belasten werde, als die Durchnahme so mancher Dreiecksaufgaben, dass die Kegelschnittslehre dagegen sehr geeignet sei, den mässig begabten Primaner anzuregen, dass die Physik in manchen Theilen geradezu gebieterisch zur näheren Betrachtung gewisser Kegelschnittsaufgaben und Eigenschaften hindränge; endlich führt man aus, dass die massgebenden Vorschriften der obersten Schulleitung einer mässigen und geschickten Einbeziehung dieser Dinge in den Primalehrstoff nicht widersprächen. Für die Vertreter dieser Anschauungen war es eine höchst erfreuliche und darum höchst beifällig aufgenommene Erscheinung, dass ein so erfahrener Pädagoge und bekannter kritischer Schriftsteller wie Herr W. Erler zunächst in der Hoffmann'schen Zeitschrift und später in der vorliegenden Schrift mit einem Versuche hervortrat, der das in den obigen Zeilen gekennzeichnete Problem zu lösen scheint. Indem der Verfasser auf die Behandlung der harmonischen Eigenschaften verzichtet und darum auch entsprechend jeden der drei Kegelschnitte zunächst und hauptsächlich in getrennter Behandlungsweise vorführt, gelingt es ihm, einen reichen und zweckmässig gewählten Stoff auf ganze 45 Seiten zusammenzudrängen. Sehen wir uns genauer die Ellipse an. Zur Definition und Formbestimmung werden die Brennpunktseigenschaften benutzt; es wird sofort, und zwar sehr elegant, die Gleichung abgeleitet; es folgen dann die Beziehungen zum Tactionsproblem und daraus im natürlichen Zusammenhange die Tangenten der Ellipse. Dann erscheint die Curve in ihrer Entstehung durch Leitlinie und Brennpunkt, die conjugirten Diameter und verwandte Eigenschaften, die Beziehungen zu dem über der grossen Axe als Durchmesser beschriebenen Kreise, endlich die Ausmessung der Ellipse. Es folgen 37 Aufgaben, welche zweckmässig gewählt und geordnet sind. Nur bei einer geringen Anzahl ist eine Anleitung zur Lösung oder eine Verweisung auf den theoretischen Theil beigefügt. Uebrigens dürfte nur eine, nämlich die dritte, einer wesentlichen Aenderung bedürfen.

Die kleine Schrift sei hiermit bestens empfohlen.

Coesfeld. K. Schwering.

Sammlung von Lehrsätzen und Aufgaben aus der Stereometrie. Im Anschluss an nachgelassene Papiere des Oberlehrers Dr. KRETSCHMER bearbeitet von Dr. H. THIEME, ord. Lehrer am Realgymnasium zu Posen. Leipzig, Druck und Verlag von B. G. Teubner. 1885.

„Die stereometrischen Aufgaben erscheinen noch meist als Rechnungsaufgaben, wie die Durchmusterung der Abiturientenaufgaben in den Schulprogrammen* zu erkennen giebt. Dieser Zustand ist weder sachlich berechtigt, noch entspricht er den Absichten der Unterrichtsbehörde." Der Verf. will nun diesem Uebelstande durch sein Buch abhelfen und zwar unter ausdrücklicher Betonung der grossen Bedeutung klarer räumlicher Anschauungen. Er hat dabei nachgelassene Papiere seines verstorbenen Lehrers benutzt.

Das Büchlein enthält 92 Seiten und gliedert seinen Lehrstoff in 14 Paragraphen. Zunächst werden wir uns mit einfacheren Lagenbeziehungen der Elemente zu beschäftigen haben, die ja auch in den Lehrbüchern den Zugang zur eigentlichen Körperlehre bilden. Es folgen dann im § 5 Lehrsätze und Aufgaben über drei- und mehrseitige Ecken. Hier begegnen uns durchaus analoge Aufgaben, wie sie in der Planimetrie längst Gemeingut der Aufgabensammlungen geworden sind. Man findet diese Aufgaben in Elementarbüchern häufig der sphärischen Trigonometrie zugewiesen; mit Unrecht, denn ihren wesentlich anschaulichen Charakter büssen sie unter der Herrschaft der Formel dabei gewöhnlich ein. Dieser Paragraph enthält bei Herrn Thieme 132 Aufgaben. Wir gestatten uns, eine einzige namhaft zu machen: „Unter welcher Bedingung lässt sich in eine vierseitige Ecke ein Rotationskegel beschreiben?" Ueber das Tetraeder finden wir 172 Aufgaben gestellt, bei denen mit Recht mehrere Rechnungsaufgaben aufgenommen worden sind. Wir heben hervor die interessante Aufgabe, aus den Kanten des Tetraeders die Verbindungslinien der Ecken mit den Schwerpunkten der Gegenflächen planimetrisch zu construiren und zu berechnen; ferner sei die Aufgabe erwähnt, welche nach den Daseinsbedingungen einer Kugel fragt, die alle 6 Kanten berührt, und endlich sei die Berücksichtigung anerkannt, welche das Tetraeder mit senkrechten Gegenkanten findet. Diese 172 Aufgaben bilden eine hervorragend schöne Sammlung und nach der Meinung des Referenten den brauchbarsten und werthvollsten Theil des Buches. Von annähernd gleicher Bedeutung scheinen die Aufgaben des § 9 zu sein, welche dem Wesen nach die Grundzüge der analytischen Geometrie unter Zugrundelegung Cartesischer Coordinaten enthalten. Freilich hat uns die Behandlung hier weniger angesprochen, als beim Tetraeder; aber sachlich erscheint es uns als ein ungemein glücklicher Griff, diesem praktisch so wichtigen Zweige der Geometrie Früchte für den elementaren

---

* Der Rückschluss von Abiturientenaufgaben auf den Betrieb des Unterrichts ist übrigens vielfach ungerechtfertigt. Die Prüfungsordnung fordert ausdrücklich: „Einfache Aufgaben". D. Ref.

Unterricht abzugewinnen. „Gegeben eine Ebene durch ihre Schnittpunkte mit den Coordinatenaxen und ein Punkt durch seine Coordinaten. Man bestimme den Abstand des Punktes von der Ebene durch Zeichnung und Rechnung.“ Diese Aufgabe wiegt inhaltlich ein ganzes Dutzend jener Dingelchen auf, welche sich in so manchen Sammlungen breit machen. Und ist diese Aufgabe einem mittelbegabten Primaner zu schwer? Jeder Lehrer, der nach geeigneter Unterstützung der Anschauung dieselbe seinen Schülern vorträgt, wird das Gegentheil bezeugen können. — Erwähnen wir noch aus unserm Büchlein Aufgaben über Anfangsgründe der beschreibenden Geometrie, über stereographische Projection und endlich über das Berührungsproblem der Kugel.

Sei es dem Referenten gestattet, schliesslich zu bemerken, dass er die Hervorhebung von Hauptaufgaben, sowie Andeutung der Lösung an vielen Stellen ungern vermisst hat. Auch Figuren fehlen leider gänzlich.

Möge man sich endlich entschliessen, das Postulat, „durch drei Punkte eine Ebene zu legen“, gänzlich fallen zu lassen! Der Zeichner kann es ja doch in Wirklichkeit nicht ausführen, noch viel weniger in der neuen Ebene zeichnen. Und auch wissenschaftlich gilt eine Aufgabe nur dann für glatt gelöst, wenn der wesentliche Theil der Construction in einer Ebene ausführbar ist. Ein classisches Beispiel dieser Lösungen und zugleich eine wunderschöne Veranschaulichung der eben ausgesprochenen befremdlich klingenden Meinung des Referenten fanden wir kürzlich im Journal für Mathematik von Kronecker-Weierstrass, Bd. 99. Es handelt sich um die Lösung der Aufgabe, den achten Schnittpunkt dreier Flächen zweiter Ordnung zu finden, und jeder der ausgezeichneten Geometer, welche sich an der Lösung betheiligen, Caspary, Sturm, Schroeter, Zeuthen, erkennt stillschweigend oder ausdrücklich an, dass die Zeichnung in einer Ebene anzustreben ist. Und wie leicht ist es, genau so im elementaren Unterrichte zu verfahren! Man unterscheidet einfach „Analysis“ und „Construction“, lässt in der ersteren Zeichnung in verschiedenen Ebenen, in letzterer aber nur in einer Ebene zu.*

Das Buch verdient beste Empfehlung.

Coesfeld. K. Schwering.

Vorlesungen über die Theorie des Potentials und der Kugelfunctionen, gehalten an der Universität Königsberg von Dr. Franz Neumann, Professor der Physik und Mineralogie. Herausgegeben von Dr. Carl Neumann, Professor der Mathematik an der Universität Leipzig. Leipzig, 1887. B. G. Teubner. XVI, 364 S. mit Figuren im Text.

Seit wir Bd. XXXII dieser Zeitschrift, histor.-liter. Abth. S. 16—17, über das Erscheinen der deutschen Bearbeitung des Betti'schen Lehrbuchs

* Ref. wird auf die hier kurz erwähnte Ansicht baldigst ausführlich zurückkommen.

der Potentialtheorie berichteten, ist von den damals namhaft gemachten Schriften ähnlichen Inhaltes eine, nämlich die Dirichlet'schen Vorlesungen, in neuer Auflage erschienen, unsere Bemerkung bestätigend, dass gerade dieses Buch sich am angenehmsten lese. Eine schwere Wettbewerbung entsteht ihm in dem Werke, dessen Erscheinen wir heute unseren Lesern anzeigen. Auch gegenwärtig haben wir Vorlesungen eines hochberühmten Lehrers vor uns, auch heute ist der Druck auf Grundlage vortrefflicher Nachschriften erfolgt, dagegen ist in einer Beziehung eine sehr wesentliche Verschiedenheit hervorzuheben. Während Herr Grube das Dirichlet'sche Heft unverändert liess, hat Herr C. Neumann mit ziemlicher Freiheit geschaltet. Er hat nicht blos ein von ihm selbst 1852/53 nachgeschriebenes Heft mit einem weit umfangreicheren, welches Herr O. E. Meyer 1856/57 anlegte, und mit Abhandlungen des Herrn F. Neumann aus den Jahren 1838, 1847, 1878 zusammengeschmolzen, er hat auch nicht unbedeutende eigene Zuthaten da und dort eingefügt, so dass man fast das Wort „herausgegeben" des Titelblattes durch das Wort „bearbeitet" ersetzt wissen möchte. Wir betonen diesen Umstand, weil er die Verantwortlichkeit des Herrn C. Neumann für das Gebotene in das richtige Licht setzt, eine Verantwortlichkeit, welche der Verfasser des Werkes über das logarithmische und Newton'sche Potential in keiner Weise zu scheuen hat. Haben wir doch bereits oben den Eindruck angedeutet, welchen wir von dem uns vorliegenden Bande erhalten haben. Die neuen Vorlesungen sind mindestens ebenso angenehm zu studieren, wie die Dirichlet'schen Vorlesungen; sie enthalten Vieles, was in sämmtlichen sonstigen Werken über Potentialtheorie sich nicht vorfindet; sie weichen in ihrem Gange nicht unwesentlich von anderen Werken ab. Andererseits vermissen wir allerdings auch Einiges. Weshalb z. B. auf S. 55 der Convergenzbeweis für die nach Kugelfunctionen zweier Winkel fortschreitende Reihe einfach vorausgesetzt ist; weshalb auf S. 218 für den Newton'schen Satz von der Unwirksamkeit einer ellipsoidischen Schaale auf einen inneren Punkt, der recht eigentlich der Potentialtheorie angehört, auf Duhamel's Mechanik verwiesen ist; weshalb auf S. 5 dem Beweise der Gleichung

$$R.\cos(R,p) = -fm\frac{dV}{dp}$$

nicht die so nahe liegende Bemerkung beigefügt ist, es seien V, E, R, m, μ, f von der Wahl des Coordinatensystems durchaus unabhängig; jede Gerade p könne somit als x-Axe gedacht und die Gleichung $R\cos(R,x) = -fm\frac{\partial V}{\partial x}$ unter Ersetzung von x durch p einfach abgeschrieben werden, worauf der partielle Differentialquotient in einen totalen übergeht, sofern p als einzige unabhängige Veränderliche gedacht ist, warum, sagen wir, ähnliche Lücken vorhanden sind, wissen wir nicht. Wir haben aber diese wenigen Beispiele auch nur hervorgehoben [illegible] den

schaften zur Bruttoprämie wird, wie die Dividendenvertheilung stattfinde u. s. w., wird er allerdings nicht beantwortet finden.

CANTOR.

Grundriss der Theorie der Zinsrechnung von Dr. HEINRICH BLEICHER. Berlin 1888, bei Julius Springer. 75 S.

Dass ein Capital 1 zu p Procent jährlich verzinslich bei Berechnung von Zinseszinsen in t Jahren zu $\left(1+\frac{p}{100}\right)^t$ anwächst, sofern t eine ganze positive Zahl ist, ist bekannt genug. Eine gewisse Schwierigkeit erscheint, wenn t keine ganze positive Zahl ist. Sind dabei Zinstermine nach je $\frac{1}{n}$ Jahre vorgeschrieben, so werden t Jahre auf $\frac{nt}{n}$ Jahre zurückgeführt und der relative Procentsatz $\frac{p}{n}$ für je eine Zinsperiode gewählt. So erscheint der Endwerth $\left(1+\frac{p:n}{100}\right)^{nt}$. Ebenderselbe Werth erscheint aber in der Form $\left(1+\frac{\pi}{100}\right)^t$ mit ganzem oder gebrochenem t, sofern der conforme Procentsatz π eingeführt wird, und zur Auffindung von π führt eben die Gleichung

$$\left(1+\frac{\pi}{100}\right)^t=\left(1+\frac{p:n}{100}\right)^{nt},$$

nämlich:

$$1+\frac{\pi}{100}=\left[\left(1+\frac{p}{100n}\right)^{\frac{100n}{p}}\right]^{\frac{p}{100}}.$$

Wird $n=\infty$, d. h. wird augenblickliche Verzinsung angenommen, so verwandelt sich das eben Gefundene in

$$1+\frac{\pi}{100}=e^{\frac{p}{100}}.$$

Das Ergebniss des Capitals 1 nach t Jahren mit p-procentigem Jahreszinsfuss, der aber auf augenblickliche Verzinsung zurückgeführt und dadurch von jeder willkürlichen Zinsterminbestimmung befreit ist, ist demnach bei ganz beliebigem t

$$e^{\frac{pt}{100}}.$$

In diesem Satze, welchen Herr Bleicher allerdings ganz anders herleitet, liegt der Grundgedanke der ungemein lesenswerthen kleinen Schrift, welche wir der Aufmerksamkeit unserer Fachgenossen, welche mit Versicherungswesen theils praktisch, theils theoretisch in Universitätsvorlesungen sich zu beschäftigen haben, recht sehr empfehlen.

CANTOR.

lehenscours und Construction von Amortisationsplänen; III. Construction von Lotterie-Anlehens-Plänen; IV. Wahrscheinlichkeits- und Leibrentenrechnung; V. Capitalversicherung; VI. Verbindungsrenten.

Offenbar stehen die drei ersten Abschnitte in engerem Zusammenhange, und ebenso die beifolgenden, so dass statt sechs auch nur zwei Theile unterschieden werden konnten: I. Die Lehre von den Capitalanlagen; II. die Lehre von dem Versicherungswesen, soweit es von der Lebensdauer des Menschen beeinflusst ist.

In beiden grossen Abtheilungen sind zweierlei Lehren als Hilfsmittel benutzt und deshalb vorher kurz erörtert: Zinseszins- und Wahrscheinlichkeitsrechnung. Beruht doch jedes Lotterieanlehen auf diesen beiden Grundlagen. Wir können es daher nicht billigen, dass erst vom IV. Abschnitte an der Leser mit dem Begriffe der Wahrscheinlichkeit bekannt gemacht wird. Unserer Ansicht nach sollte vielmehr die Wahrscheinlichkeit *a priori* gleich im I. Abschnitte behandelt sein. Der III. Abschnitt hätte auf die mathematische Gewinnhoffnung gegründet werden sollen. Im IV. Abschnitte wäre alsdann die Wahrscheinlichkeit *a posteriori* zur Sprache gekommen. Bei dieser Anordnungsweise wäre ohne Erhöhung der Schwierigkeit eine grössere Strenge der Darstellung erzielt worden, während gegenwärtig manche Frage, welche beim Studium auftaucht, z. B. ob es einen wesentlichen Unterschied bilde, wenn man es mit einem in Serien getheilten Lotterieanlehen und ein anderes Mal mit einem nur nach Nummern geordneten zu thun habe, gar nicht erledigt werden kann.

Wir betonen diesen Mangel, der unserer Meinung nach der allgemeinen Anordnung zum Vorwurfe zu machen ist, um so stärker, als wir den einzelnen Abschnitten selbst fast ausschliesslich Lob zu ertheilen haben. Mag auch vielleicht Herr Holzinger in seiner Vorliebe für den conformen Zinsfuss im Gegensatz zum relativen viel zu weit gehen, mag seine Behauptung (S. 5), die letztere Rechnungsweise sei nicht richtig, jeden Beweises ermangeln, so ist praktisch diese ganze Frage von untergeordnetem Werthe, und es ist unter allen Umständen anzuerkennen, dass Herr Holzinger seine Leser wenigstens mit den beiden Auffassungsweisen der Zinseszinsrechnung bei Bruchjahren bekannt macht. Als besonders gelungen wünschen wir aber, abgesehen von der, wie schon erwähnt, mangelhaften Wahrscheinlichkeitsgrundlage, den III. Abschnitt zu bezeichnen. Auf acht Seiten ist hier ein wichtiger und keineswegs rechnerisch ganz einfacher Gegenstand vortrefflich behandelt. Auch in den drei letzten Abschnitten ist die Darstellung der eigentlichen Rechnungsführung eine sehr übersichtliche, so dass wir nicht zweifeln, es werde an ihrer Hand ein an mathematisches Denken gewöhnter Leser sich leicht zum Rechner einer Versicherungsanstalt bilden. Manche Fragen, wie z. B. die: auf welche Weise die Sterblichkeitslisten anzufertigen sind, wie die Nettoprämie der Gesell-

wenn das Werk auf der Höhe der Zeit bleiben sollte. Ein frühzeitiges genaues Eingehen auf imaginäre Gebilde der Ebene konnte nicht wohl länger entbehrt werden. Die Bearbeitung dieser Theile des Werkes hat Dr. Ernst Wilhelm Fiedler vorzugsweise übernommen, und wie der Vater keinen angenehmeren Mitarbeiter sich suchen konnte als den Sohn, wie der Sohn keinen wohlwollenderen Einführer in die schriftstellerische Laufbahn finden konnte als den Vater, so hat auch der Leser das Recht und die Pflicht, dem Vereine Fiedler Vater und Sohn sich dafür dankbar zu erweisen, dass Einer in dem Anderen, oder besser gesagt, Beide in dem Gegenstande ihrer Arbeit so ganz aufgingen, dass ein Unterschied in der Gestaltung dieses oder jenes Paragraphen nirgends wahrnehmbar ist. Eine wesentliche Verbesserung der neuen Auflage war man auch berechtigt von der Erfüllung der Zusage zu erwarten, es werde dem zweiten Theile ein das Ganze umfassendes alphabetisches Sachregister beigegeben werden. Diese Hoffnung hat sich leider als hinfällig erwiesen. Zwar sind die letzten neun Druckseiten mit der Ueberschrift „Alphabetisches Sachregister" versehen, aber diese unübersichtliche, fortlaufend gedruckte, unvollständige Arbeit wirklich zu benutzen, um Etwas aufzufinden, dürfte selbst den Verfassern kaum möglich sein, und doch soll ein Sachregister auch dem dienen, der sich über einen ihm ganz unbekannten Gegenstand belehren will. Nun suche Einer einmal „Neunpunktekreis", wenn er nicht weiss, dass damit „Kreis von Feuerbach" gemeint ist! Oder es suche Einer „Kirkman-sche Gerade" oder „Jacobi'sche Curve" u. dergl. m. Ein Sachverzeichniss zu diesem Werke herzustellen ist eine Riesenarbeit, das wissen wir sehr gut; aber diese Riesenarbeit musste bewältigt oder ganz unterlassen werden.

Cantor.

Goniometrie und Grundzüge der Trigonometrie innerhalb der Ebene als goniometrische Ergänzung der doppelmassigen Geometrie der Elementargebilde innerhalb der Euklidischen Geometrie des Masses. Für obere Classen höherer Lehranstalten bearbeitet von Dr. Alex. Wernicke am Herzogl. Neuen Gymnasium und an der Herzogl. Technischen Hochschule zu Braunschweig. Braunschweig 1888, C. A. Schwetschke & Sohn (E. Appelhans). VIII, 175 S.

Der Verfasser behandelt auf 122 Seiten die Goniometrie, auf 50 Seiten die ebene Trigonometrie, ein deutliches Zeichen, dass er in jener den wichtigsten Theil seiner Aufgabe findet, diese gewissermassen nur als Anwendung der goniometrischen Formeln, und weil es nun einmal so hergebracht ist, folgen lässt. Dementsprechend finden wir in jener ersten Abtheilung die weitaus meisten Betrachtungen, welche dem Verfasser eigenthümlich sind und welche dem Büchlein über den Kreis der Schule hinaus Interesse zu erwecken vermögen. Ob dabei wirklich ein Schulbuch zu Stande kam, ob Gymnasiasten aus demselben Goniometrie und Trigonometrie zu lernen vermögen, das ist eine Frage erfahrungsmässiger Prüfung, die wir nicht zu entscheiden wagen, aber gern bejahend entschieden sehen möchten. Die Schule, welche in ihren oberen Classen dem mathematischen Unterricht die Wernicke'sche Schrift zu Grunde legen kann, hat gewiss aus dem mathematischen Unterricht der unteren Classen diejenige Geistesbildung erwachsen sehen, die er zu erzeugen fähig ist.

Herr Wernicke beginnt mit der Betonung der Aufgabe, Winkel und Strecken in gegenseitige Abhängigkeit zu bringen, und der Nothwendigkeit, zu diesem Ende zunächst den Winkel der Messung zu unterwerfen. Winkel und Kreisbogen, sowie Winkel und Kreissector sind Grössen, die in unmittelbarer Verhältnissmässigkeit zueinander stehen. Es kann ein Sectorenmaass, es kann ein Bogenmaass des Winkels gebildet werden, und wenn es möglich wäre, durch Zeichnung den Sector in ein Quadrat, den Bogen in eine Strecke genau umzuwandeln, so wäre damit zugleich die Möglichkeit gegeben, den Winkel ebenso wie jene Gebilde in beliebiger Weise zu theilen, also auch zu messen, und einzelne Theile wieder zu einem Ganzen zu vereinigen vermöge des Satzes, dass der Summe zweier Winkel auch die Summe der ihnen einzeln entsprechenden Sectoren oder Bögen entspricht. Dieses einfachste Additionstheorem versagt, wenn Winkel und Sehne zueinander in Beziehung treten. Dadurch erwächst die Nothwendigkeit, das in diesem Falle giltige Additionstheorem aufzusuchen, und der Satz des Ptolemaeus vom Sehnenviereck führt zu demselben. Dabei treten ausser dem Halbmesser des Kreises, zu dessen Centriwinkel der gerade zu untersuchende Winkel gemacht wird, zwei Strecken besonders hervor: die vom Winkel bespannte Sehne und die Höhe vom Mittelpunkte bis zur Sehne. Ihr Verhältniss zum Halbmesser heisst Sehnen- und Höhenquotient. Es ist ersichtlich, wie nunmehr Sinus und Cosinus sich von selbst darbieten.

Wir möchten kürzer über die späteren Entwickelungen hinweggehen, die, wenn auch weiter Eigenthümlichkeiten des Verfassers sich vorfinden, doch nicht in gleichem Grade wie jene Anfänge von allen uns bekannten Goniometrien abweichen. Wir heben deshalb nur noch einen einzigen Gegenstand hervor. Das Additionstheorem ist nur unter der Annahme, dass α, β und $\alpha + \beta$ Spitzwinkel sind, bewiesen. Herr Wernicke benutzt nun das Additionstheorem selbst als Definition der goniometrischen Functionen grösserer Winkel.

Dass Ref. sich besonders angenehm dadurch berührt fand, dass zahlreiche geschichtliche Bemerkungen eingestreut sind, braucht nicht erst gesagt zu werden.

Cantor.

Kalender-Karten für die Jahre 1800—1999, entworfen von Prof. Dr. Felix Müller. Berlin, 1888. Verlag von Rudolf Hertzberg.

Herr Müller hat 1885 Kalender-Tabellen herausgegeben, welche im XXX. Bande dieser Zeitschrift, hist.-lit. Abth. S. 136 Anzeige fanden. Die Kalender-Karten, welche er jenen Tabellen folgen lässt, gehören gewiss zu den einfachsten denkbaren Hilfsmitteln, um für die in der Ueberschrift angegebene Zeit von zwei Jahrhunderten sofort den zu irgend einem Datum gehörenden Wochentag und ebenso den Ostertermin des betreffenden Jahres zu erkennen. Man bedarf dazu nur eines Nachschlagens in einem von 14 kleinen Kärtchen doppelten Eingangs, die zusammen ein Miniaturheftchen bilden, das in jeder Seitentasche leicht Platz findet.

Cantor.

Bibliographie

vom 1. November bis 15. December 1888.

Periodische Schriften.

Abhandlungen der königl. Sächs. Gesellschaft der Wissenschaften; der math.-phys. Cl. 14. Bd. Leipzig, Hirzel. 42 Mk.

Sitzungsberichte der kaiserl. Akademie der Wissenschaften in Wien. Mathem.-naturwissenschaftl. Classe. Register zu den Bänden 91—96. Wien, Tempsky. 1 Mk. 40 Pf.

Verhandlungen der vom 21.—29. Oct. 1887 auf der Sternwarte zu Nizza abgehaltenen Conferenz der permanenten Commission der internationalen Erdmessung. Berlin, G. Reimer. 27 Mk.

Journal für reine und angewandte Mathematik, begr. v. CRELLE, fortges. v. KRONECKER. 104. u. 105. Bd. Berlin, G. Reimer. pro Bd. 12 Mk.

Jahrbuch über die Fortschritte der Mathematik. Herausgeg. v. M. HENOCH u. E. LAMPE. 18. Bd. (1886), 1. Heft. Berlin, G. Reimer. 10 Mk.

Vierteljahrsschrift der astronomischen Gesellschaft. Herausgeg. v. E. SCHÖNFELD u. H. SEELIGER. 22. Bd., 1. u. 2. Heft. Leipzig, Engelmann. 4 Mk.

Meteorologische Beobachtungen in Deutschland, herausgegeben von der Direction der Seewarte. Jahrg. IX. Hamburg, Friedrichsen & Comp. 13 Mk.

Reine Mathematik.

NEUMANN, C., Die Methode des arithmetischen Mittels. 2. Abh. (S. Akad.) Leipzig, Hirzel. 6 Mk.

LIE, S., Zur Theorie der Berührungstransformationen. (S. Akad.) Leipzig, Hirzel. 1 Mk.

LIEBLEIN, J., Sammlung von Aufgaben aus der algebr. Analysis. 2. verm. Aufl., herausgeg. v. LASKA. Prag, Neugebauer. 4 Mk. 50 Pf.

FIALKA, Z. v., Ueber einige mit der Schraubenlinie zusammenhängende Curven. Brody, West. 1 Mk. 20 Pf.

BOHNERT, F., Bestimmung einer speciellen periodischen Minimalfläche, auf welcher unendlich viele gerade und geodätische Linien liegen. (Inaug.-Dissert.) Göttingen, Vandenhoeck & Ruprecht. 1 Mk. 80 Pf.

WAELSCH, E., Das Normalensystem und die Centrafläche algebraischer Flächen, insbes. d. Fl[illegible] [illegible]n. 1 Mk. 40 Pf.

Angewandte Mathematik.

Fuhrmann, A., Anwendung der Infinitesimalrechnung in den Naturwissenschaften, im Hochbau und in der Technik. 1. Theil: Naturwissenschaftl. Anwendungen der Differentialrechnung. Berlin, Ernst & Korn. 3 Mk.

Waege, W., Netze zum Anfertigen zerlegbarer Krystallmodelle. Berlin, Gärtner. 2 Mk. 40 Pf.

Die königl. preuss. Landes-Triangulation. 8. Thl. Reg.-Bez. Breslau. Berlin, Mittler & S. 10 Mk.

Vertheilung der in beiden Bonner Durchmusterungen enthaltenen Sterne am Himmel. (Aus den Annalen der Münchener Sternwarte.) München, Franz. 2 Mk. 50 Pf.

Fraunhofer's gesammelte Schriften. Im Auftrage der königl. bayerischen Akademie der Wissenschaften herausgeg. v. E. Lommel. München, Franz. 12 Mk.

Physik und Meteorologie.

Lehmann, O., Molekularphysik mit bes. Rücksicht auf mikroskop. Untersuchungen. 1. Bd. Leipzig, Engelmann. 22 Mk.

Ernecke, F., 150 Versuche zur Veranschaulichung der Ausbreitung, Spiegelung und Brechung des Lichts. (Für Schulen.) Berlin, Gärtner. 1 Mk. 60 Pf.

Sumpf, K., Grundriss der Physik. Hildesheim, Lax. 3 Mk. 20 Pf.

Historisch-literarische Abtheilung.

Die ersten Bestimmungen der Rotationsdauer der Sonne durch Beobachtung der Sonnenflecke.

Eine historische Skizze

von

E. Gelcich.

(Schluss.)

Hierzu Taf. III Fig. 8—18.

In der Folge ist bei allen vorgeschlagenen Methoden immer die sphärische Rechnung überwiegend, so auch bei Kästner, der sich mit der Lösung dieser Aufgabe[1]) nur wenige Jahre nach Euler beschäftigte. Nachdem er gezeigt hat, wie die Lage des Fleckes in Bezug auf die heliographischen Coordinaten bestimmt wird, geht er zur Ermittelung des Neigungswinkels des Declinationskreises mit dem Breitenkreise über.

Ist E (Fig. 8) der Pol der Ekliptik, P der Pol des Aequators, C der Sonnenmittelpunkt, somit PCD ein Declinations-, $ECQF$ ein Breitenkreis, so ist $\angle DCF$ zu bestimmen.

Ist die Breite und die Declination des Gestirnes, sowie die Schiefe der Ekliptik bekannt, so ist zunächst das $\triangle ECP$ bestimmt. Kennt man aber nur die Länge und Breite ($\Upsilon Q = \lambda$, $EC = \xi$) und die Schiefe $Q\Upsilon F = \varkappa$, so bestimmt man $\angle DCF$ wie folgt. Man setze

$$QF\Upsilon = f, \quad QF = h, \quad \angle DCF = \gamma.$$

Aus $\triangle \Upsilon QF$ rechtwinklig in Q hat man:

1) $$\cos f = \cos\lambda \sin\varkappa,$$

2) $$tg\, h = tg\, k \sin\lambda,$$

3) $$CF = 90^0 - EC + QF, \text{ somit } \cos CF = -\sin(h - \xi).$$

Aus $\triangle CFD$ folgt:

4) $$\cot g\, \gamma = -\sin(h - \xi)\, tg f.$$

Aus 1) und 2) folgt aber

1) Novi comment. societ. regiae scient. Gottingensis. Tomus I, 1770. S. 110. Ad motum solis circa axem suum computandum formulae analiticae. Abrah. Gotth. Kästner.

$$\frac{\cos^2 f}{\sin^2 \varkappa} + \frac{tg^2 h}{tg^2 \varkappa} = 1$$

und

5) $$\frac{\cos^2 f}{\cos^2 \varkappa} + tg^2 h = tg^2 \varkappa.$$

Das $\triangle$ ♈QF liefert ferner

6) $$\sec h \cos \varkappa = \sin f.$$

Aus dieser und Gleichung 1) folgt:

7) $$tg f = \frac{\sec h \, cotg \, \varkappa}{\cos \lambda}.$$

Entwickelt man $\sin(h - \zeta)$ und setzt in die entstehende Gleichung die Werthe aus 7), 6) und 4) ein, so wird

$$cotg \, \gamma = - tg \lambda \cos \zeta + \frac{\sin \zeta \, cotg \, \varkappa}{\cos \lambda}.$$

Diese Formel ist von Mayer auf S. 129 seiner kosmographischen Sammlungen abgeleitet worden. In dem speciellen Falle, wo es sich um die Sonne handelt, ist $\zeta = 90^0$, daher

$$cotg \, \gamma = \frac{cotg \, \varkappa}{\cos \lambda}.$$

Warum Kästner diesen Umweg gewählt hat, anstatt die Formel einfacher und direct abzuleiten, ist geradezu unbegreiflich.

Nun stelle C den Mittelpunkt der Sonne vor (Fig. 9), CB gebe die Richtung des Frühlingsmittelpunktes an, ct sei ein Bogen der Ekliptik, m die Lage eines Fleckes. BCc ist die heliocentrische Länge der Erde, mt die heliocentrische Breite des Fleckes, BCt dessen heliocentrische Länge. Die geocentrische Länge der Sonne sei λ, die heliocentrische Länge der Erde $= \Lambda$; man setze ferner $mt = \varphi$, $ct = \zeta$, so ist aus $\triangle\, cmt$

$$\sin \varphi = \sin \Theta \cos \mu, \quad tg \zeta = \sin \mu \, tg \Theta,$$

wobei $\Theta = mc$.

Es folgt die Bestimmung der Rotationselemente. Der Kreis in Fig. 10 stelle die Ekliptik, CP die Axe der Sonne vor. M sei ein Fleck. Von M fälle man MT senkrecht auf die Ekliptik, so ist $\angle MCT = \varphi$ die heliocentrische Breite, $VCT = \tau$ die heliocentrische Länge des Fleckes. Fällt man $ST \perp$ ♈♎, so ist:

$$ST = CT \sin \tau = \cos \varphi \sin \tau, \quad CS = \cos \varphi \cos \tau;$$

$CP = CM$ ist $= 1$ gesetzt.

Vom Nordpol der Sonne denke man sich ferner die PB senkrecht auf die Ekliptik geführt, welche mit letzterer den Winkel $BCP = \alpha$ bildet. Den Winkel ♈CB nenne man β.

Die $MN \perp CP$ giebt den Halbmesser des vom Fleck M beschriebenen Parallelkreises, den Winkel PCM werden wir γ nennen.

Die zu bestimmenden Grössen sind α, β, γ, und zwischen diesen stellt Kästner folgende Beziehung auf:

$$\cos \alpha \cos \varphi \cos(\beta + \lambda) + \sin \alpha \sin \varphi = \cos \gamma,$$

wo λ die heliocentrische Länge des Fleckes bedeutet. Da es sich um die Bestimmung von drei Unbekannten handelt, muss der Fleck dreimal beobachtet werden; man erhält dadurch drei Werthe von φ, λ und somit drei Gleichungen, deren Auflösung α, β und γ ergiebt. — Sind φ, f, F die drei ermittelten Breiten, λ, l, L die Längen des Fleckes, so geht Kästner wie folgt vor. Zunächst bestimmt er

$$tg\,\alpha = \frac{cotg\,\varphi\,cos(\beta+\lambda) - cos\,f\,cos(\beta+l)}{sin\,f - sin\,\varphi} = \frac{cos\,\varphi\,cos(\beta+\lambda) - cos\,F\,cos(\beta+L)}{sin\,F - sin\,\varphi}$$

und daraus successive, indem er

$$cos\,\varphi(sin\,F - sin\,f) = a, \quad cos\,f(sin\,F - sin\,\varphi) = b, \quad cos\,F(sin\,F - sin\,\varphi) = c$$

setzt:

$$tg\,\beta = \frac{a\,cos\,\lambda - b\,cos\,l + c\,cos\,L}{a\,sin\,\lambda - b\,sin\,l + c\,sin\,L};$$

die Bestimmung von α und γ ergiebt sich dann von selbst.

Um endlich die Rotationsdauer der Sonne zu ermitteln, schlägt er folgendes Verfahren ein.

In Fig. 11 stellen M und V zwei beobachtete Lagen des Fleckes vor, von welchen aus die MT und VW senkrecht auf die Ekliptik gefällt werden. TCW giebt den Unterschied der beobachteten heliocentrischen Längen; $MT = VW = sin\,\varphi$, $TC = WC = cos\,\varphi$, $MN = VN = sin\,\gamma$. Das Dreieck TCW ist bestimmt, somit TW bekannt, und daher

$$MV^2 = (VW - MT)^2 + TW^2.$$

MN, der Radius des vom Fleck beschriebenen Parallelkreises, ist bekannt und soeben fand man die Chorde MV des Bogens MV, weshalb auch Winkel VNM berechnet werden kann. War die Zeit, welche von der Beobachtung des Fleckes in M bis V verstrich, t, so ist die Rotationsdauer der Sonne:

$$\frac{360}{MNV}t.$$

Zum Schlusse giebt Kästner die algebraische Berechnungsart der Rotationsdauer an. Sind die geocentrischen Coordinaten von M $\begin{cases}\varphi\\ \lambda\end{cases}$, von V $\begin{cases}F\\ L\end{cases}$, so ist:

$$TW^2 = cos^2\varphi + cos^2 F - 2\,cos\,\varphi\,cos\,F\,cos(L-\lambda),$$
$$MV^2 = (sin\,F - sin\,\varphi)^2 + TW^2,$$

aus welch' beiden folgt:

$$MV = \sqrt{2}\sqrt{1 - sin\,F\,sin\,\varphi - cos\,F\,cos\,\varphi\,cos(L-\lambda)}.$$

Setzt man der Kürze halber den zweiten Ausdruck unter dem Wurzelzeichen $= q^2$, also:

$$MV = q\sqrt{2},$$

so ist

$$sin\tfrac{1}{2}MNV = \frac{q}{\sqrt{2}\,sin\,\gamma},$$

und die Rotationsdauer:

$$T = \frac{360t}{\ldots}.$$

Silvabelle[1]) leitet einige trigonometrische Grundgleichungen ab, aus welchen sich dann alle Probleme lösen lassen. Seine Methode ist nicht sehr übersichtlich und die Ableitung der bezüglichen Gleichungen auch nicht kürzer als bei den anderen Methoden. Sie besteht im Folgenden.

C (Fig. 12) stelle den Mittelpunkt der Sonne vor, E_0, E, E_1 sind die beobachteten Lagen eines Fleckes zu den Zeiten, als sich die Sonne in T_0, T, T_1 befand; e_0, e, e_1 sind die Projectionen der Flecken auf die Ekliptik. Es ist vorausgesetzt, dass die Erdbahn kreisförmig gestaltet ist. DN ist die Schnittlinie der Ekliptik mit der Ebene des von dem Flecke beschriebenen Parallelkreises.

Nun führe man folgende Constructionen aus. $T_0N \perp CT_0$; πT_0 ist eine von der Ekliptik auf die T_0C gefällte Senkrechte und π ist der Punkt, in welchem diese Senkrechte die Ebene des ebengenannten Parallelkreises trifft. Diese Ebene ist also durch die Punkte π, N, D gegeben.

Man fälle ferner von e die $eB \perp CT_0$, $TF \perp KB$. Dann ist $TF \parallel T_0C$. Endlich ziehe man die $CG \perp Te$ und lege die übrigen in der Figur deutlich sichtbaren Verbindungslinien an. Der kürzeren Fassung wegen führen wir die vom Verfasser angewendete Bezeichnungsweise an. CT_0 nehme man als Einheit an, dann ist:

$$FB = \sin TT_0 = B,\quad CG = \sin CTe = G,\quad cF = \sin eTF = F,\quad tg\, eTE = L,$$
$$\cos TT_0 = b,\qquad \cos CTe = g,\qquad \cos eTF = f;$$
$$T_0n = n,\quad T_0\pi = \pi,\quad TE = Z,\quad CE = r,\quad CD = x.$$

Gegeben sind die Längen und Breiten des Fleckes in allen drei Lagen. Man hat zunächst die Beziehungen:

$$(T_0D) = 1 + X,\quad (eE) = Z.L,\quad (eF) = Z.F,\quad (TF) = Z.f,$$
$$eB = (FB) - (eF) = B - Z.F,\quad (CB) = b - Z.f,$$
$$(Ce) = \sqrt{(g-Z)^2 + G^2}$$
$$= \sqrt{1 - 2g.Z + Z^2},$$

also

$$(CE) = r = \sqrt{1 - 2Z.g + z^2 + Z^2L^2},$$

woraus folgt:

$$Z = \frac{g \pm \sqrt{(r^2-1)(1+L^2)+g^2}}{1+L^2}.$$

In dieser Gleichung sind alle Grössen gegeben; r ist der Halbmesser der Sonne. Man setze noch $(eB) = \alpha$, $(CB) = \beta$, $eE = \gamma$.

---

1) Mémoires de mathém. et de physique, présenté à l'Académie Royale des Sciences, Bd. V. Paris 1768. S. 631. Probl. par M. de St. Jacques de Silvabelle: Trois observations d'une tache du Soleil étant données, déterminer le parallèle du Soleil que décrit la tache, et le temps de sa révolution.

Aus $\triangle DT_0N \sim DBK$ erhält man:

$$(BK) = \frac{n}{1+x}(BD) = \frac{n}{1+x}(\beta + x)$$

und

$$(eK) = (BK) - (Be) = \frac{n}{1+x}(\beta + x) - a.$$

Aus $\triangle NT_0\pi \sim KeE$ erhält man ferner:

$$\gamma = \frac{(T_0\pi)}{(T_0N)}(Ke)$$

$$= \frac{\pi}{n}\left[\frac{n}{1+x}(\beta + x) - a)\right]$$

und endlich

$$\pi = \frac{n\gamma}{\frac{n}{1+x}(\beta + x) - a}.$$

Dieser ist der aus der Länge und Breite von E abgeleitete Werth von π. Bestimmt man π aus den Beobachtungen von E_0 und E_1 und nennt die bezüglichen Werthe von a, β, γ mit a_0, β_0, γ_0 und a_1, β_1, γ_1, so kann man drei Gleichungen für π aufstellen, aus welchen sich π, n und x bestimmen lässt.

Aus diesen Grössen lässt sich jedes einschlägige Problem lösen. Will man z. B den Halbmesser des Parallelkreises (cE) und dessen Neigungswinkel gegen die Ekliptik (Neigung der Sonnenaxe) $\angle CHc$ bestimmen, so hat man zunächst aus $\triangle DT_0N \sim CHD$ den Werth von CH. Fällt man vom Mittelpunkt des Parallelkreises die $cH \perp DN$, so ist auch das rechtwinklige Dreieck CcH bestimmt. Denn es ist, wenn $T_0P \perp DN$ als Einheit genommen wird, $\angle \pi T'P = \angle CHc$ und $\pi = tg\, HT'P$ bekannt. So kann also aus CH und cHC, Cc berechnet werden. Im $\triangle CcE$ kennt man jetzt die Hypothenuse $CE = r$ und Cc, daher auch cE der Radius des Parallelkreises.

Es ist nun näherungsweise:

$$ee' = \sqrt{(e'B - eB)^2 + (cB - cB')^2}.$$

Im gleichschenkligen Dreieck EcE' kennt man alle drei Seiten und es lässt sich daraus $\angle EcE'$ und dann mit der bekannten Proportion die Rotationsdauer bestimmen.

Während also diese Methode den Vortheil hat, dass sie in einem Zuge auch auf die Bewegung der Erde Rücksicht nimmt, lässt sie andererseits die wahre Gestalt der Erdbahn unberücksichtigt und führt bei der Berechnung der Rotationsdauer weitere Näherungswerthe ein, welche voraussetzen, dass man auf mathematische Genauigkeit verzichtet.

Die Methode von Silvabelle soll, wie Lalande angiebt, durch Hédin in Upsala 1776 verbessert worden sein.[1])

1) Uns ist es durchaus nicht ge[illegible] [illegible]chrift von Hédin ausfindig zu machen.

Die fernere nachfolgende sphärische Rechnung rührt von Pézenas her.[1])

Es sei AZB (Fig. 13) die auf die Ekliptik projicirte Sonne und O der Erdmittelpunkt, so stellt Z den der Erde am nächsten liegenden Punkt der Sonne vor, den Pézenas das Zenith nennt. Zieht man den Strahl OD tangent an den Sonnenkörper, so ist DOC der scheinbare Halbmesser und, weil $DOC = 90 - DCO = 90 - DZ = AD$, AD in Gradmaass der Werth dieser Winkelgrösse. Legt man durch D den Kreis $DG \parallel AB$, so ist DG die Projection der Sonnenscheibe, $DF = FG$ die Projectionen der Bögen DZ, ZG. T stelle nun einen Sonnenfleck vor, dessen Winkelabstand von $Z = ZOT$ gemessen wurde, so handelt es sich zunächst um die Bestimmung von ZT. Man erhält aus der Betrachtung der Figur folgende Gleichungen:

$$\sin\alpha : \sin\beta = CT : CO = CD : CO,$$

$$\sin\alpha : \sin(180 - \beta) = \sin DOC = \sin arc DA$$

und

$$TCZ = CTK - COT,$$

wodurch Bogen TZ gegeben ist. Die Ableitung wäre einfacher, wenn man $CO = \infty$ setzen würde, was Pézenas nicht voraussetzen will. Der Winkel des grössten Kreisbogens DZ mit dem Kreisbogen TZ, worauf der beobachtete Fleck liegt, lässt sich einfach messen.

Die nächste zu lösende Aufgabe ist die Bestimmung der Länge und der Breite des Fleckes. Betrachtet man zu diesem Zwecke die Fig. 14, in welcher ♈ den der Erde näher gelegenen Aequinoctialpunkt vorstellt; die Erde befinde sich in Z, P sei der Pol des Aequators, PCZ ein Meridian; im Dreieck ♈ZP ist ♈$P = 90^0$ und man kennt ZP und ♈Z: man kann somit $\angle$ ♈ZP berechnen. Aus diesem Winkel und aus TZP (Complement von TZD, Fig. 13) findet man ♈ZT. Vom Pole Π der Ekliptik führe man den Breitenkreis $\Pi T\Theta$; im rechtwinkligen Dreieck $ZT\Theta$ kennt man TZ und $\angle TZ\Theta$, woraus sich die Breite $T\Theta$ berechnen lässt. Im Dreieck $TZ\Pi$ kennt man endlich TZ, $T\Pi$ und $Z\Pi = 90^0$ und daraus lässt sich $\angle T\Pi Z$, d. i. der Längenunterschied des Fleckes T und der Erde Z, bestimmen.

Um die Rotationsdauer der Sonne zu erhalten, bestimmt man in der vorhergehenden Weise die Ekliptikcoordinaten des Fleckes für drei Lagen T, T', T'' und berechnet die Seiten des sphärischen Dreiecks $TT'T''$. Zu letzterem Zwecke berücksichtige man, dass, wenn der Fleck nach T' kommt, die Erde auch ihre Lage nach Z' verändert hat. Bestimmt man für die zweite Lage Z', wie früher, $\Pi T'$ und $\angle Z'\Pi T'$, so ergiebt sich der Werth des Winkels $T\Pi T'$. Im Dreieck $T\Pi T'$ sind dann zwei Seiten und der eingeschlossene Winkel, und somit auch TT' gegeben. — Anstatt die Rechnung weiter sphärisch zu führen, nimmt jetzt Pézenas die Chorden

1) Mémoires de mathem. et de physique, présentés à l'acad. Roy. des Sciences. Tome VI. 1774. S. 318 flgg. Nouvelle Théorie des Taches du Soleil. Par P. Pézenas, Historiographe du Roi, à Marseille.

TT', $T'T''$ und $T''T'''$, und beschreibt mit denselben das geradlinige Dreieck $TT'T''$, über dessen Eckpunkte er den Kreis C (Fig. 15) führt.

Daraus erhält man unmittelbar die Rotationsdauer x:

$$x = \frac{360t}{TCT''}.$$

Diese Methode hat den Vortheil für sich, dass man die Rotationsdauer unmittelbar bestimmen kann, ohne die Neigung des Sonnenäquators erst zu kennen. Pézenas unterlässt aber nicht zu zeigen, wie man auch letzteren bestimmen kann.

Im gleichschenkligen Dreieck TPT'' (Fig. 16) zwischen dem Rotationspol und den Lagen T, T'' des Fleckes kennt man die Seiten und daher auch die Winkel. Auch das Dreieck $T\Pi T''$ ist vollständig bestimmt und man bekommt:

$$\angle \Pi TP = T''TP - T''T'\Pi, \quad \angle \Pi T''P = \Pi T''T - PT''T'.$$

In den Dreiecken $PT\Pi$, $PT''\Pi$ kennt man jetzt zwei Seiten und den eingeschlossenen Winkel, woraus der Werth von $P\Pi$, d. i. die Neigung des Aequators, erhellt.

Beim Studium dieser Partie der Geschichte der Mathematik bildet nach dem Uebergange von den graphischen zu den rechnerischen Methoden erst Cagnoli[1]) wieder eine angenehme Abwechslung, da sich in dessen Methode zum ersten Male die Lehren der Differentialrechnung angewendet finden, allerdings aber noch nicht, um mit Hilfe derselben den bequemeren analytischen Weg einzuschlagen. Seine Rechnung ist durchaus sphärisch, er bedient sich der Neper'schen Analogien; die Methode ist in Vergleich zu den früheren kurz genug.

Ist E (Fig. 17) der Pol der Ekliptik, P der heliographische Pol, T, B, C drei successive Lagen eines Fleckes, so hat man im Dreieck PET, unter Berücksichtigung der Zeichenänderung für den Fall, dass sich T von E entfernt:

$$-\sin\tfrac{1}{2}\,\partial ET : -tg\tfrac{1}{2}\,\partial PET = \sin(ET + \tfrac{1}{2}\partial ET) : cotg(PTE - \tfrac{1}{2}\partial PTE)$$

oder

$$\sin\tfrac{1}{2}(EB - ET) : tg\tfrac{1}{2}\,BET = \sin\tfrac{1}{2}(EB + ET) : cotg\tfrac{1}{2}(PTE + PBE).$$

In dieser Proportion ist das vierte Glied unbekannt. Als Differentialen (Aenderungen) der Seite ET wird also die Aenderung $ET - EB$ angesehen, als Differentiale der Winkel BET und PTE die Aenderungen BET und PBE. Stellt man weitere zwei Gleichungen für $\triangle PCE$ auf, indem man die Aenderungen aus $\triangle PBE$ und PTE ableitet, so wird man die halben Summen der drei bei T, B, C gebildeten parallaktischen Winkel erhalten. Aus $\triangle PCE$ ist dann:

1) Mém. présent. à l'Acad., Bd. X. Oder auch in der Trigonometrie von Cagnoli, S. 448.

$$tg\tfrac{1}{2}\,\partial PEC : tg\tfrac{1}{2}\,\partial PCE = tg(PEC + \tfrac{1}{2}\,\partial PEC) : tg(PCE + \tfrac{1}{2}\,\partial PCE)$$

oder, wenn durch die Aenderung obiger Elemente das Dreieck PCE in jenes PBE übergeht:

$$tg\tfrac{1}{2}\,CEB : tg\tfrac{1}{2}(PBE - PCE) = tg(PEC + \tfrac{1}{2}CEB) : tg\tfrac{1}{2}(PBE + PCE).$$

Bestimmt man daraus $\angle PEC$, so hat man damit die Lage des Pols gegeben. Im $\triangle PEC$ kennt man dann CE, PEC und PCE, woraus sich PE und PC berechnen lässt. Ermittelt man in ähnlicher Art PB und aus $\triangle BEC$ BC, so kann aus $\triangle BPC$ nunmehr $\angle BPC$ berechnet werden und daraus die Rotationsdauer der Sonne.

Während wir bisher sahen, dass die verschiedenen Gelehrten, welche sich mit der Lösung dieser Aufgabe beschäftigten, den speciellen Fall für sich behandelten, ging du Séjour von einem neuen Standpunkte aus.[1]) Er fasste die Aufgabe in einer allgemeineren Bedeutung auf und löste sie als speciellen Fall der Finsternisse auf; dann machte er einen Unterschied für den Fall, dass die Rotationselemente direct zu bestimmen sind, und für den Fall, dass ihre genäherten Werthe als bekannt vorausgesetzt werden. Es sei gleich hier bemerkt, dass letzteres Verfahren auch de la Lande in der III. Auflage seiner Astronomie behandelt. Letzterer setzt die Rotationselemente als bekannt voraus und rechnet damit die heliographischen Coordinaten des Fleckes aus drei gemachten Beobachtungen. Ist die Annahme richtig, so muss jedesmal das gleiche Resultat herauskommen; ist dies nicht der Fall, so kann die Annahme durch Ausgleichungen corrigirt werden.

Wenden wir uns nun zur Abhandlung von du Sejour.

Es sei (Fig. 18) C der Erd-, S der Sonnenmittelpunkt, SX die Rotationsaxe. Die Ebene $SB \perp SO$, in welcher die Flecke erscheinen und verschwinden, nennt Séjour den Horizont der Flecke. Der Winkel BSX sei δ. Den Punkt Z nennen wir das Zenith der Sonne; T, Z' seien zwei Lagen eines Fleckes, K der Mittelpunkt des von demselben beschriebenen Parallelkreises. Die Breite des Fleckes Z' ($= Z'E$) sei l, der Winkel ihres Declinationskreises mit dem Meridian, d. i. mit jener Ebene, die durch SC, SX und SB bestimmt ist, sei h. σ sei der Sonnenhalbmesser und der Radius der Sonne $= 1$. Fällt man von der Lage eines Fleckes T die TM senkrecht auf den Halbmesser des bezüglichen Parallelkreises, so ist $\angle TKM = h$, $TK = \cos l$ und

$$TM = \cos l \sin h, \quad KM = \cos l \cos h.$$

Es ist ferner, wenn $Mm' \perp BS$ ist, $Mm' = Mm + KB$ und nach Auflösung der Dreiecke KSB und KMm:

1) Traité analytique des mouvemens apparens des corps célestes; par Dionis du Séjour. Paris, Veuve Valade. 1786. Bd. I, S. 569 flgg.

$$Mm' = \sin\delta \sin l + \cos\delta \cos l \cos h$$

und wegen $SC = \frac{1}{\sin\sigma}$:

$$CN = \frac{1 - (\sin\delta \sin l + \cos\delta \cos l \cos h)\sin\sigma}{\sin\sigma}.$$

Um die scheinbare Distanz des Fleckes vom Sonnenmittelpunkt, wie sie von der Erde aus beobachtet wird, zu erhalten, muss noch TN bekannt sein. TN ist aber die Hypothenuse des rechtwinkligen Dreiecks TMN, in welchem TM bereits bestimmt wurde. NM ergiebt sich aus $BS - Km$, wo $BS = \cos\delta \sin l$, $Km = \sin\delta \cos l \cos h$ ist. Setzt man $\tang \Delta = \frac{TN}{CN}$, so ergiebt sich:

$$tg\,\Delta = \frac{\sin\sigma \sqrt{\cos^2 l \sin^2 h + (\cos\delta \sin l - \sin\delta \cos l \cos h)^2}}{1 - \sin\sigma(\sin\delta \sin l + \cos\delta \cos l \cos h)}.$$

Dies ist die Grundgleichung, von welcher du Séjour zur Lösung des Problems ausgeht.

Die Beobachtungen ergeben unmittelbar den Winkel des durch den Fleck gedachten Sonnenradius mit dem Horizontalfaden des Fernrohres Ω:

$$tg\,\Omega = \frac{\text{Declin. d. Fleckes} - \text{Declin.} \odot}{\cos \text{Declin.} \odot\ (AR \text{ Fleckes} - AR\ \odot)}$$

und

$$\varphi = \arcsin \frac{\cos \text{Länge} \odot \times \sin \text{Neig. Ekliptik}}{\cos \text{Declin.} \odot},$$

woraus $A = \Omega - \varphi - 90$, d. i. der Winkel am Sonnenmittelpunkt, gebildet von dem durch den Fleck gedachten Halbmesser und von der Axe der jährlichen Bewegung. Endlich die scheinbare Entfernung des Fleckes vom Sonnenmittelpunkt:

$$\Delta = \frac{\text{Declin. d. Fleckes} - \text{Declin.} \odot}{\sin\Omega}.$$

Denkt man sich ferner ein sphärisches rechtwinkliges Dreieck, gebildet durch einen grössten Kreisbogen vom Fleck zum Pol der jährlichen Bewegung, dann durch einen vom Fleck zum Horizont des Fleckes senkrechten grössten Kreis und von dem sich von selbst ergebenden Bogen des genannten Horizontes, so sind die Katheten desselben A und B; nennt man die Hypotenuse a, den Winkel am Pol b, so ist:

$$\cos a = \cos B \cos A, \quad tg\,B = \frac{tg\,B}{\sin A},$$

wobei

$$\cos B = \frac{\Delta}{\sigma} \text{ oder } B = Mm'.$$

Nennt man den Winkel am Sonnenmittelpunkt, welchen der Meridian des Fleckes mit der Geraden bildet, die den Mittelpunkt der Sonne mit der Projection des Fleckes bildet, Θ, so ist:

$$TN:TM = 1:\sin\Theta, \quad TN:NM = 1:\cos\Theta;$$

aus diesen und den früher aufgestellten Beziehungen findet du Séjour:

$$tg\,\Theta = \frac{\cos l \sin h}{\cos\delta \sin l - \sin\delta \cos l \cos h}$$

und Y, d. i. der Winhel BSP:

$$Y = A - \Theta.$$

Endlich

1) $\cos$ Neigungswinkel d. Sonnenäquat. $= \cos\delta \cos Y$,

2) $tang$ (geocentr. Länge ⊙ — Länge d. Knotens) $= \frac{tang\,\delta}{\sin Y}$.

Um die Beobachtungen wegen der Bewegung der Erde zu reduciren, benenne man mit a, b, a_1, b_1 die früher abgeleiteten Grössen für zwei aufeinander folgende Beobachtungen, mit m die Winkelbewegung der Erde in der Zwischenzeit, so ist

$$a_1 = a, \quad b_1 = b - m,$$
$$tg\,A_1 = tg\,a_1 \cos b_1, \quad \sin B_1 = \sin a_1 \sin b_1,$$
$$\varDelta_1 = \sigma \cos B_1,$$

woraus die auf den ersten Beobachtungsort reducirten Beträge A, B, $\varDelta$ der zweiten Beobachtung erhalten werden.

Führt man jetzt folgende Bezeichnungen ein:

n Drehungswinkel des Fleckes von der I. zur II. Beobachtung,
n_1 " " " " " I. " III. "
n_2 " " " " " I. " IV. "

h, h_1, h_2, ... die Stundenwinkel des Fleckes, t, t_1, t_2, ... die beobachteten Zwischenzeiten in Minuten zwischen den einzelnen Beobachtungen, p die Aenderung von h in einer gegebenen Zeit, so ist:

$$n = \frac{tp}{1440}, \quad n_1 = \frac{t_1 p}{1440}, \quad n_2 = \frac{t_2 p}{1440}.$$

Schliesslich stellt du Séjour allerlei Beziehungen zwischen den verschiedenen hier angeführten Grössen, von welchen wir nur folgende hervorheben:

3) $$\frac{tang\,\varDelta}{\sin\sigma}(1 - \sin\sigma \sin B)\sin\Theta - \cos l \sin h = 0,$$

4) $$\sin B - \sin B_1 - \cos\delta \cos l(\cos h - \cos(h+n)) = 0,$$

5) $$[\sin(h+n) - e \sin h]\sin\Theta - c \sin h \cos\Theta = 0,$$

6) $$[\sin(h+n') - g \sin h]\sin\Theta - f \sin h \cos\Theta = 0,$$

7) $$m \cos h + q \cos(h+n) + \cos(h+n') = 0,$$

wobei

$$c = \frac{tg\,\varDelta_1(1 - \sin\sigma \sin B_1)\sin(A - A_1)}{tg\,\varDelta(1 - \sin\sigma \sin B)},$$

$$m = \frac{\sin B_n - \sin B_1}{\sin B_1 - \sin B}, \quad q = \frac{\sin B - \sin B_n}{\sin B_1 - \sin B},$$

$$e = \frac{tg\,\varDelta_1(1 - \sin\sigma \sin B_1)\cos(A - A_1)}{tg\,\varDelta(-\sin\sigma \sin B)};$$

f und g sind ähnlich wie c und e, nur beziehen sie sich auf die Werthe Δ_{II}, A_{II}, B_{II}.

Endlich:

$$\begin{aligned}\alpha &= tg\,\Delta(1-\sin\sigma\sin B)(\sin B_{I}-\sin B_{II})\\ &+ tg\,\Delta_{I}(1-\sin\sigma\sin B_{I})(\sin B_{II}-\sin B)\cos(A_{I}-A)\\ &+ tg\,\Delta_{II}(1-\sin\sigma\sin B_{II})(\sin B-\sin B_{I})\cos(A_{II}-A),\\ \beta &= tg\,\Delta_{I}(1-\sin\sigma\sin B_{I})(\sin B_{II}-\sin B)\sin(A_{I}-A)\\ &+ tg\,\Delta_{II}(1-\sin\sigma\sin B_{II})(\sin B-\sin B_{I})\sin(A_{II}-A)\end{aligned}$$

und

8) $$tg\,\Theta = \frac{\alpha}{\beta}.$$

So ist das Problem in seiner grössten Allgemeinheit gelöst. Kennt man jetzt Θ für eine Beobachtung, so lassen sich daraus die Werthe Θ_{I}, Θ_{II}, Θ_{III}, ... für die anderen Beobachtungen ermitteln aus:

9) $$\Theta-\Theta_{I}+A_{I}-A=0,\quad \Theta-\Theta_{II}+A_{II}-A=0 \text{ u. s. w.}$$

und Y aus:

10) $$Y=A-\Theta,\quad Y=A_{I}-\Theta_{I} \text{ u. s. w.}$$

h ergiebt sich aus 5), 6), 7) und eben aus denselben Gleichungen auch die Stundenwinkel des Fleckes zur Zeit der verschiedenen Beobachtungen. Die Breite des Fleckes berechnet man sodann aus 3) und den Neigungswinkel der Rotationsaxe des Fleckes mit dem Horizont des letzteren aus 4), wobei für 3) und 4) mehrere Gleichungen, je nach der Anzahl der Beobachtungen, aufgestellt werden; endlich ergiebt sich die Neigung des Aequators und die Länge des Knotens aus 1) und 2).

Vom mathematischen Standpunkt ist die Lösung von du Séjour sehr schön, vom praktischen jedoch viel zu umständlich, da alle die früheren, bisher entwickelten Methoden leichter und rascher zum Ziele führen.

Ist eines oder das andere der Rotationselemente schon bekannt, so vereinfacht sich entsprechend die Rechnung. Du Séjour behandelt folgende specielle Fälle:

1. die Rotationsdauer der Sonne ist bekannt;
2. alle Rotationselemente sind näherungsweise bekannt und es handelt sich um deren Berichtigung.

In ersterem Falle sind n, n_{I} bekannt, in letzterem kann man vorläufig δ und Y aus der Neigung des Aequators und der Länge des Knotens bestimmen. Ebenso kann Θ und Θ' berechnet werden aus

$$\Theta = A - Y,\quad \Theta_{I} = A_{I} - Y.$$

Stellt man dann zwei Gleichungen 13) aus drei gemachten Beobachtungen auf und eliminirt $\cos l$, so erhält man h und endlich l. Dann können alle anderen Elemente neu berechnet werden.

Einfacher gestaltet sich diese [illegible] -rentialrechnung. Die Differentiation d[illegible]

Ausdrücke für $d\Delta$, dl. $d\delta$, dh, δn. Stellt man beliebig viele Beobachtungen an, so lassen sich mehr Gleichungen aufstellen, als Unbekannte ($d\Delta$, dl etc.) vorhanden sind, und deren Werthe durch die Theorie der kleinsten Quadrate auf das Genaueste ermitteln.

Damit hätten wir die älteren Methoden erledigt und sind somit am Ziele unserer Abhandlung angelangt. Obwohl die Analysis und die Differentialrechnung bei der Lösung des Problems theilweise in Anspruch genommen wurden, so behandelten die verschiedenen Gelehrten das Problem doch immer als eine alleinstehende Aufgabe der Mathematik und selbst da Séjour, der erklärte eine allgemeine Lösung geben zu wollen, entfernte sich doch nicht wesentlich vom alten System. Erst durch Lagrange erfuhr diese höchst interessante Frage eine epochemachende Wendung, als er die Bewegungsgleichungen für ein rotirendes System ganz allgemein, ohne Rücksicht auf specielle Zwecke entwickelte.[1]) Es liegt die Betrachtung des Lagrange'schen Verfahrens nicht mehr in dem Bereich jener Grenzen, die wir uns vorgesteckt hatten, da wir eben nur das Alte zu sammeln beabsichtigten. Wir unterlassen aus diesem Grunde, das Verfahren von Lagrange aufzunehmen, welches, obwohl einfach genug, uns doch zu sehr in die Länge führen würde, und begnügen uns, die von Böhm angezeigte kürzere Methode noch aufzunehmen, nur damit der Gegensatz zwischen Einst und Jetzt um so greller in die Augen falle und damit unsere Leser im Stande seien, die Schwerfälligkeit früherer Jahrhunderte besser zu beurtheilen.

Im Jahre 1852 legte Böhm der Wiener Akademie der Wissenschaften[2]) eine umfangreiche Abhandlung vor, welche die Resultate einiger Beobachtungen von Sonnenflecken enthielt. Zur Bestimmung der Rotationselemente bediente sich Böhm folgender Methode.

Bezeichnet man mit a, d die wahre Rectascension und Declination der Sonne zur Zeit T, sowie durch α und δ dieselben Grössen für den Sonnenfleck, nimmt man ferner die Ebene des Erdäquators als eine Coordinatenebene, wovon die Linie der Nachtgleichen die X-Axe vorstellt, die Erdaxe ferner als die Z-Axe, so sind die Coordinaten, durch welche die Lage des Mittelpunktes der Sonne gegen jenen der Erde ausgedrückt wird:

$$X = R \cos d \cos a, \quad Y = R \cos d \sin a, \quad Z = R \sin d,$$

und die Coordinaten des Sonnenfleckes in Bezug auf den Erdmittelpunkt:

$$x = v \cos\delta \cos\alpha, \quad y = v \cos\delta \sin\alpha, \quad z = v \sin\delta,$$

oder in Bezug auf den Sonnenmittelpunkt:

$$\xi = \varrho \cos\Delta \cos A', \quad v = \varrho \cos\Delta \sin A', \quad \zeta = \varrho \sin\Delta,$$

1) Mécanique analytique, par J. L. Lagrange. III. Édition. Paris 1[illegible] Bd. II Sect. IX.

2) Denkschriften der mathem.-naturwissenschaftl. Classe der kaiserl. Akad[illegible] Wissenschaften. III. Bd. Separatabzug. „Beobachtungen von Sonnenflecken [illegible] Bestimmung der Rotationselemente der Sonne, von Dr. J. G. Böhm.“ Wien 1[illegible]

wobei ν die Entfernung des Sonnenfleckes vom Mittelpunkte der Erde, ϱ den Halbmesser der Sonne, Δ und A' die heliocentrische Declination und Rectascension der Sonne bedeuten. Es existiren, wie leicht einzusehen, die Beziehungen

$$\xi = x - X, \quad v = y - Y, \quad \zeta = z - Z.$$

Die Grössen d, a, R und ϱ sind als bekannt vorausgesetzt (Astron. Jahrbücher), die Grösse ν findet man aus den Gleichungen:

$$\psi = \sqrt{\{(d-\delta)^2 + (a-\alpha)^2 \cos^2 d\}}, \quad \nu = R - \sqrt{\varrho^2 - R^2 \psi^2 \sin^2 d}.$$

Bezeichnet man mit A, B, D drei Constanten, so ist die Gleichung desjenigen Parallelkreises der Sonne, in welchem der Fleck liegt:

$$\zeta = A\xi + Bv + D.$$

Während die Grösse D für jeden Fleck andere Werthe erhält, sind A und B constant und bestimmen die Lage des Aequators. Denn bezeichnet man mit n die Neigung des Sonnenäquators gegen den Erdäquator und mit k die gerade Aufsteigung desselben, so ist

$$tg\, n = \sqrt{A^2 + B^2}, \quad tg\, k = -\frac{A}{B}.$$

Die Neigung n' des Sonnenäquators gegen die Ekliptik, sowie die Länge k' des aufsteigenden Knotens findet man, wenn e die Schiefe der Ekliptik bedeutet, aus den Gleichungen:

$$\sin n' \sin k' = \sin n \sin k,$$
$$\sin n' \cos k' = \cos e \sin n \cos k - \sin e \cos n,$$
$$\cos n' = \sin e \sin n \cos k + \cos e \cos n.$$

Bezeichnet man die heliographische Breite des Fleckes mit φ_h, so ist ferner

$$\sin \varphi_h = \frac{D}{\zeta} \cos n.$$

Drückt man nun durch U den Winkel aus, welchen zwei Meridiane der Sonne miteinander bilden, wovon der eine durch den aufsteigenden Knoten des Sonnenäquators, der andere durch den Sonnenfleck geht, so ist

$$\cos U \cos \varphi_h = \cos \Delta \cos (A' - k).$$

Bezeichnet endlich t die Rotationszeit der Sonne, T wie früher die Epoche der Beobachtung und endlich τ die Zeit, zu welcher der Fleck den aufsteigenden Knoten des Sonnenäquators passirte, so ist für jede Beobachtung:

$$\tau = T - \frac{t}{360} U.$$

Setzt man $\frac{t}{360} = m$, so wird

$$\tau = T - mU \text{ und } m = \frac{T - \tau}{U}.$$

Natürlich bestimmt Böhm viele Gleichungen $\tau = T - mU$ und findet dann aus den daraus entstehenden Bedingungsgleichungen den wahrscheinlichsten Werth von m und bezw. von t nach der Theorie der kleinsten Quadrate.

Recensionen.

Dr. Paul Gordan's Vorlesungen über Invariantentheorie, herausgegeben von Dr. Georg Kerschensteiner. Leipzig, Teubner. I. Band: Determinanten, 1885. II. Band: Binäre Formen, 1887.

Unter den Methoden, welche dazu dienen, die rationalen Invarianten einer gegebenen Form zu finden, hat sich als die fruchtbarste die von Aronhold eingeführte, aber erst durch die Untersuchungen von Clebsch und Gordan eingebürgerte symbolische Rechnung erwiesen. Gordan bediente sich ihrer mit durchschlagendem Erfolg beim Beweise des Satzes der Invariantentheorie, dass jede binäre Form ein endliches System von Invarianten besitzt, durch welche alle anderen der gleichen Form sich rational und ganz ausdrücken lassen. Auf der Basis der Symbolik beruht das bekannte Werk von Clebsch, sowie der Abschnitt über algebraische (auch ternäre) Formen in dem Buche über Geometrie von Lindemann, nach Vorlesungen von Clebsch, während andererseits die geschätzten Lehrbücher von Salmon (Höhere Algebra, bearb. von Fiedler) und Faà di Bruno (Theorie der binären Formen, bearb. von Walter) die partiellen Differentialgleichungen und canonischen Formen für die Erzeugung der Invarianten vorziehen.

Das vorliegende Lehrbuch hat (in seinem zweiten Bande) nach Inhalt und Behandlungsweise viel Aehnlichkeit mit der „Theorie der binären Formen" von Clebsch, wie sich dies aus dem langjährigen Zusammenarbeiten der beiden Forscher erklärt. Auch die Vorlesungen von Gordan wollen ein Lehrbuch sein, das den vollen Einblick in die heutige Formentheorie gewährt. Auch für sie ist, wie für Clebsch, das souveräne und mit virtuoser Technik gehandhabte Hilfsmittel die symbolische Rechnung, das so ausgiebig zur Verwendung gelangt, dass der Leser die wirkliche Gestalt nur einiger wenigen Formen in einer Anmerkung erfährt. Aber Gordan hat seine Methode seit dem Erscheinen des Clebsch'schen Buches durch die unablässige Arbeit an dem erwähnten Hauptproblem zu noch grösserer Leistungsfähigkeit gesteigert, und dieser Vorzug ist auch auf das Buch übergegangen.

Man muss es dem Herausgeber danken, dass er diese Darstellung von berufener Hand zu veröffentlichen unternommen und durch zweckmässige Anordnung des grossen Materials, übersichtliche Darstellung und passen-

eingeschaltete Beispiele das Seinige dazu beigetragen hat, die weittragenden Methoden der deutschen Forschung zu verbreiten und so dem in wenigen Jahrzehnten mächtig entwickelten Wissenszweige der neueren Algebra junge Kräfte zu gewinnen.

Der erste Band beginnt mit einer flüssig geschriebenen Theorie der Determinanten, die von den üblichen Darstellungen nach Jacobi's Vorgang nicht wesentlich abweicht. Von Anwendungen — die sich alle auf das Gebiet der Algebra beschränken — erwähnen wir die in den Lehrbüchern vernachlässigten linearen Gleichungen mit einem Ueberschuss von Unbekannten. Ihre Auflösung führt zum Beweise eines vielfacher Verwendung fähigen Satzes über „correspondirende Matrices", der, beiläufig gesagt, von Manchen Clebsch, von Anderen sogar Grassmann zugeschrieben wird, in Wirklichkeit aber von dem Referenten zuerst ausgesprochen worden ist.

Es folgt ein Capitel über die Resultante, das auf dem Algorithmus des grössten gemeinsamen Theilers beruht und die Zerlegbarkeit einer ganzen Function in ihre Linearfactoren nicht voraussetzt. Die Auffassung der Resultante als Functionaldeterminante leitet Sätze ein über die Resultante von Producten von Functionen, linearen Combinationen derselben u. s. w., welche als Vorbereitung für einen Beweis des Fundamentalsatzes der Algebra dienen, den Gordan an Stelle des zweiten Gauss'schen Beweises setzt. Der Schluss des Bandes bringt die Ausdrucksformen für Resultante und Discriminante in den Wurzeln der Urformen.

Den Kernpunkt des zweiten Bandes bildet der Satz von der Endlichkeit des Formensystems, der jedoch wegen der schwierigen Beweisführung hinter die Untersuchung der Formen der vier ersten Ordnungen gestellt wurde, für welche dieser Beweis vorbereitend einzeln erledigt wird.

In den §§ 1—5 werden die Hilfsmittel der symbolischen Rechnung dargelegt. Abgesehen von den bekannten Identitätssätzen und dem Polarenprocess sind es die folgenden:

Der Faltungsprocess. Er besteht in der Bildung eines symbolischen Products mit einem Klammerfactor mehr, als sie ein gegebenes besitzt. Aus $a_x^n \cdot b_x^m$ bildet man durch Faltung $a_x^{n-1} b_x^{m-1} (ab)$.

Der Ω-Process, anzuwenden auf Functionen $f(x_1 x_2, y_1 y_2)$ mit zwei (oder mehr) Reihen von Variabeln. Er besteht in der Bildung von:

$$\Omega(f) = \frac{1}{mn}\left\{\frac{\partial^2 f}{\partial x_1\,\partial y_2} - \frac{\partial^2 f}{\partial y_1\,\partial x_2}\right\}.$$

Alle diese Operationen besitzen Invarianteneigenschaft. Dem Faltungsprocess allein kommt keine reale Bedeutung zu, wohl aber wiederum dem auf ihn zurückführbaren „Ueberschiebungsprocess". Die Aufgabe (§§ 3, 4) der Ueberschiebung von Producten führt zu dem grundlegenden Satze, dass jedes Glied einer Ueberschiebung durch eine [illegible] bungen darstellbar ist. Hierdurch wird die Bi[illegible]

Aufgabe zurückgeführt, alle möglichen Ueberschiebungen einer Form über sich selbst und die entstandenen Formen herzustellen.

§ 5 bespricht einen von Aronhold angegebenen Algorithmus, mit dessen Hilfe gewisse Eigenschaften der Combinanten ermittelt werden. Das Buch führt für diesen Process die wenig glückliche Bezeichnung „Deltairen" ein, die zudem kaum zur Verwendung gelangt. Ref. möchte bei diesem Anlass auch gegen das der deutschen Zunge nicht geläufige Wort „Derangement" im I. Bande — statt des sonst gebräuchlichen „Inversion" oder „Umkehrung" — Verwahrung einlegen.

Der Paragraph (6) über Combinanten, deren Haupteigenschaften einer Abhandlung von Gordan ohne Beweis entnommen werden, konnte ohne viel Mehraufwand an Raum, den übrigens der Gegenstand wohl beanspruchen durfte, mit den nöthigen Beweisen versehen werden, wenn er hinter § 9 gestellt worden wäre. — Es folgt ein Abschnitt über Formen $f(x_1 x_2, y_1 y_2)$ mit zwei Reihen von Veränderlichen, welche nach aufsteigenden Potenzen von $x_1 y_2 - y_1 x_2$ in der Weise entwickelt werden, dass die Coefficienten der Entwickelung Polarformen der „Elementar"-Covarianten der Form $f(x_1 x_2, y_1 y_2)$ sind, aus der sie durch Faltung gebildet werden. Es verdiente hervorgehoben zu werden, dass dieselben in realer Weise aus der Form f durch den Ω-Process entstehen. In dem Werke von Clebsch steht jener Satz über die Entwickelung von f, der von ihm und Gordan gleichzeitig gefunden wurde, an der Spitze der Theorie; hier schliesst er sich der Darstellung eines Gliedes der Polarform durch nur Polarformen auf natürliche Weise an. Mit Hilfe desselben werden (§ 8) die asyzygetischen Covarianten dritten Grades der Form fünfter Ordnung berechnet. Auch die Darstellung der Covarianten in den Wurzeln der Originalform und das Reciprocitätsgesetz von Hermite erscheinen als Anwendungen.

Während der Satz, dass jedem symbolischen Product Invarianteneigenschaft zukommt, schon in der Einleitung bewiesen wurde (auch an dieser Stelle, § 5, ist der Uebergang von der symbolischen zur wirklichen Form nicht ausführlich genug), knüpft die Umkehrung desselben wiederum an jene Reihenentwickelung an und erfordert, unter Aufhebung der Beschränkung auf binäre Formen, die Verallgemeinerung zunächst des Ω-Processes, die in § 9 zum Beweise des Theorems führt, durch das Clebsch erst die Symbolik zu dem gemacht hat, was sie heute ist: dass jede Invariante durch ein Aggregat von symbolischen Producten darstellbar ist. Den Schluss des ersten Theiles bildet ein Paragraph (10) über diejenigen partiellen Differentialgleichungen, welchen die invarianten Bildungen genügen.

Der Herausgeber hat die lange Folge methodischer Erörterungen dieses ersten Theiles des zweiten Bandes — hier und da von Ungenauigkeiten der Rechnung und des Ausdrucks abgesehen — klar und ansprechend dargestellt, indem er durch instructive Anwendungen das Interesse rege zu erhalten bestrebt war. Wer sich durch ihn hindurchgefunden hat, dem wird das folgende Capitel über Formen der vier ersten Ordnungen (2. Theil) mühelosen Genuss gewähren. Anregend ist auch ein Excurs über simultane quadratische Formen, die in gegenseitiger Abhängigkeit stehen, und ein (nur zu kurz gehaltener) Abschnitt über die mit den regulären Körpern der Stereometrie zusammenhängenden Binärformen und Irrationalitäten, mit dem die Untersuchung solcher Formen verbunden ist, für welche die vierte Ueberschiebung über sich verschwindet.

Der fundamentalen Untersuchung des vollständigen Formensystems sind die beiden ersten Paragraphen (20, 21) des dritten Theiles gewidmet. Der Gedankengang des (trotz aller auf die Anordnung verwandten Sorgfalt) langwierigen Beweises stimmt im Wesentlichen mit dem von Gordan in seiner Programmschrift verfolgten überein, nur dass die in früheren Capiteln des Buches getroffenen Vorbereitungen ihn knapper zu fassen erlauben. Allerdings gewährt der endlich erbrachte Beweis dann auch mehr, als blos die Antwort auf die fast triviale Frage nach der Endlichkeit des Formensystems. An der Hand der Ueberschiebungen, die der Beweisgang zu bilden verlangt, erhält man noch bis zu den Formen achter und neunter Ordnung hin übersehbare Tabellen aller in das vollständige System vorläufig aufzunehmenden Formen, aus welchen dann durch spätere Untersuchung, für die Gordan ebenfalls die Wege angiebt, die überflüssigen (durch die anderen darstellbaren) Formen auszuscheiden sind. Dies geschieht in den §§ 22 und 24 an dem Beispiel der Formen fünfter und sechster Ordnung.

Die Schlussparagraphen des zweiten Bandes bringen die typische Darstellung der Formen fünfter und sechster Ordnung und die Auflösung der entsprechenden Gleichungen in einfachen, durch das Verschwinden gewisser Invarianten charakterisirten Fällen, die §§ 31—33 die Systeme der simultanen Formen (2, 3) und (3, 3). Mit der Theorie der Formen sechster Ordnung steht in enger Verbindung die der Elementarcombinanten von zwei Formen vierter Ordnung, deren irrationale Beziehungen im Anschluss an die Arbeiten von Anderen im § 28 (etwas abgebrochen und unvermittelt) erörtert werden. Ein kurzer Abschnitt (§ 34) über Schwester- (associirte) Formen schliesst diesen Band ab.

Vorwiegend sind es eigene oder in Gemeinschaft mit Clebsch angestellte Untersuchungen von Gordan, welche den Inhalt ausmachen. Aber auch von diesen sind wichtige nicht aufgenommen worden, fremde Arbeiten finden höchstens beiläufige Berücksichtigung, während doch z. B. einige neue von jüngeren Mathematikern herrührende von der Kraft der symbolischen Methode ein beredtes Zeugniss hätten ablegen können.

Dagegen sind manche Stellen des Buches weitschweifig geworden durch vollständige Ausführung solcher Rechnungen, die nur mit den bekannten Identitäten arbeiten. Durch Unterdrückung derselben wäre in einer späteren Auflage Raum zu schaffen für vielseitigere Gestaltung des Stoffes und reichlichere Literaturangab[illegible] [illegible]igen Stellen des Buches findet.

Indessen wird Jeder das Werk mit dem Eindruck aus der Hand legen, dass es die Autoren nicht leicht mit der Verfolgung ihres Zieles genommen haben. Man fühlt den Beweisen und Sätzen das Selbsterlebte, den Ursprung aus dem lebendigen Beispiel an, ein Zug von Frische und Vertiefung durchweht das Werk, der die erfolgreiche Mitarbeiterschaft an einem noch jungen Wissenszweige ausspricht.

Tübingen, im April 1888. A. Brill.

F. J. Brockmann, **Sammlung von Aufgaben aus allen Gebieten der Elementarmathematik**, nebst Lösungen oder Lösungsandeutungen. Paderborn, Verlag von F. Schöningh. Preis 1 Mk.

Die Sammlung enthält 400 der landläufigsten Aufgaben, je 100 aus der Arithmetik, Planimetrie, Trigonometrie und Stereometrie.

Den ersten Theil bilden Beispiele aus der Lehre von den Reihen und den Logarithmen, sowie Gleichungen mit einer und mehreren Unbekannten, die fast durchweg die Anwendung eines „Kunstgriffes" gestatten. Statt der üblichen Substitutionen wird mit Vorliebe die correspondirende Addition angewandt $\left(\frac{ma \pm ub}{pa \pm qb} = \frac{ma_1 \pm ub_1}{pa_1 \pm qb_1}, \text{ wenn } \frac{a}{b} = \frac{a_1}{b_1} \text{ ist}\right)$. Die Lösungsandeutungen sind knapp und instructiv. In ganz einzelnen Fällen könnte man etwas mehr wünschen. So z. B. wäre bei Aufgabe 27 oder der mit ihr identischen Aufgabe 33, namentlich wegen der angegebenen Werthe für x und y, ein Hinweis auf den symmetrischen Bau der Gleichung am Platze. Der zweite, planimetrische Theil beginnt mit schön geordneten Dreiecksaufgaben, deren Lösungen auf den Beziehungen der um-, ein- und anbeschriebenen Kreise zu den Winkelhalbirern, Höhen etc. beruhen. Die darauf folgende Abtheilung „Vermischte Aufgaben" müsste reichhaltiger sein. Passendes Material giebt jedes Lehrbuch. (Methoden und Theorien von Petersen.) So fehlen Beispiele über Maxima und Minima und Berührungen sowohl hier, wie auch in dem stereometrischen Theile, der sonst ebenso wie die trigonometrische Abtheilung zu passenden Uebungen hinreichenden und gut ausgewählten Stoff bietet. Namentlich gilt dies in Bezug auf die goniometrischen Aufgaben.

Das Büchlein kann angehenden Abiturienten zur Uebung im Aufgabenlösen und, wie es die Intention des Verfassers ist, als Prüfstein des mathematischen Wissens dienen. Uebrigens ist kein Mangel an guten Sammlungen.

Coesfeld. W. Krimphoff.

Dr. E. Suchsland, **Die gemeinschaftliche Ursache der elektrischen Meteore und des Hagels.** Halle a. S. 1886. Verlag von H. W. Schmidt.

Der erste Theil der vorliegenden Schrift ist von historisch-kritischem Inhalt, indem er 24 Erklärungsversuche der Luft- und Gewitterelektricität enthält, welche der Verfasser in vier Gruppen eintheilt und hierauf einer Kritik unterzieht.

In dem zweiten Theile findet die Vorbereitung für die neue Erklärung statt. Dabei werden die Fragen discutirt: Wirken heterogene Gase, wenn sich ihre Atome oder Moleküle sehr nähern, elektromotorisch aufeinander? und: Welcher Art ist die Polarität der Gase? Sodann schliesst sich Einiges über die Constitution der Wolken an. Am Schluss sind drei Volta'sche Analogien angeführt: *a)* der Volta'sche Ball, gebildet aus Flittergold, Stanniol, Seidenpapier und verdünnter Schwefelsäure; *b)* die Volta'sche Birne, welche aus einem Volta'schen Ball besteht, dessen Inneres durch einen isolirten Kupferdraht untersucht werden kann; *c)* das Volta'sche Conglomerat, welches aus Volta'schen Elementen zusammengesetzt ist, indem leere Zündhütchen mit Schrotkörnern zusammengeklopft und mit Kugeln aus angefeuchtetem Seidenpapier gemischt wurden.

Der dritte Abschnitt enthält die neue Erklärnng der elektrischen Meteore und des Hagels, welcher die folgenden drei Definitionen zu Grunde gelegt werden:

1. die Gewitterwolken sind Volta'sche Conglomerate kleinster absoluter Gaselemente mit zwischengelagerter Flüssigkeit;
2. die Hagelwolken sind Gewitterwolken mit ungewöhnlich hoher elektrischer Spannung;
3. die Luftelektricität ist eine Influenzwirkung von elektrischen Polen, welche sich in der ruhigen Atmosphäre, als einem Volta'schen Conglomerat kleinster absoluter Gaselemente mit zwischengelagertem Wassergas und wenig Flüssigkeit, stets vorfinden.

Auf Grund dieser Definitionen ist der Nachweis der Elektricität in Regenwolken, sowie die Entstehung des Hagels in völlig ungezwungener Weise erklärt.

Der vierte Abschnitt beschäftigt sich mit der Anwendung der neuen Theorie zur Erklärung von Erscheinungen, welche mit den bisherigen Theorien nicht in Einklang gebracht werden konnten. Dass die grossen Regentropfen nach heftigen Blitzen vor Schluss des Gewitters von einer „enormen Explosion von Knallgas“ herrühren sollen, ist sehr gesucht und höchst unwahrscheinlich; auf diesen angeblichen Explosionen beruhen nach meiner Ansicht, deren Auseinandersetzung hier zu weit führen würde, gewiss nicht die heftigen Donnerschläge. Auch damit bin ich nicht einverstanden, dass die Wärme der ersten grossen Regentropfen das Resultat der chemischen Vereinigung des Knallgases bei der Explosion wäre. Viel einfacher und natürlicher scheint mir die Wärme der ersten grossen Regentropfen von der warmen Luft herzurühren, durch welche die Tropfen gefallen sind.

Im letzten Theil übt der Verfasser selbst Kritik an seiner neuen Theorie; dabei fühlt er selbst, dass die Hauptschwäche seiner Theorie darin liege, dass die von ihm angenommene Erregung von Elektricität nur durch Berührung von Gasen experimentell n[illegible] werden konnte. Um sich aber darüber hinwegzusetzen, beruft er sich auf das inductive Beweisverfahren der Spectralanalyse, vergisst aber dabei vollständig, dass die Theorie über die Sonnenatmosphäre durch das Experiment bestätigt werden konnte. So lange demnach der Beweis nicht erbracht ist, dass durch Berührung von Gasen Elektricität erzeugt wird, so lange hat diese neue Theorie nur eine geringe Wahrscheinlichkeit.

B. Nebel.

B. Schwalbe, **Ueber Eishöhlen und Eislöcher,** nebst einigen Bemerkungen über Ventarolen und niedrige Bodentemperaturen. Berlin 1886. R. Gärtner's Verlagsbuchhandlung (H. Heyfelder). Preis 1 Mk. 40 Pf.

Nach einer kurzen historischen Einleitung theilt der Verfasser die hierher gehörigen Phänomene der gemässigten Klimate in folgende drei Gruppen ein:

1. Eishöhlen, wozu *a)* die eigentlichen Eishöhlen und *b)* die eisführenden Dollinen zu zählen sind;
2. die Eislöcher, welche *a)* die Eisleiten und *b)* das Eisgeröll umfassen;
3. die abnormen niedrigen Bodentemperaturen, bei welchen jedoch abnorme Eisbildungen ausgeschlossen sind.

Nach einer näheren Charakteristik dieser Gruppen werden die bis jetzt bekannten Phänomene systematisch geordnet und aufgezählt, woran sich eine specielle Beschreibung derselben sowohl in physikalischer, als auch in geologischer Hinsicht anschliesst. Bei einzelnen Höhlen werden noch eingehende Temperatur- und Feuchtigkeitsbeobachtungen mitgetheilt.

Obwohl die Berichte über Eishöhlen oft von höchst mangelhafter Natur sind und längere Beobachtungen ganz fehlen, so sind doch schon eine Reihe von Theorien und Erklärungen aufgestellt worden, von denen die wesentlichsten hier angeführt und besprochen werden. Diesen gegenüber wird von dem Verfasser eine Sickertheorie aufgestellt, die aber durch zahlreichere Beobachtungen noch zu prüfen ist.

B. Nebel.

C. Cranz, **Theoretische Studien zur Ballistik der gezogenen Gewehre.** Eine Methode zur Bestimmung der vortheilhaftesten Combination von Caliber, Drallwinkel, Geschosslänge, Geschossgewicht etc. Hannover 1887. Helwing'sche Verlagsbuchhandlung (Th. Mierzinsky). Preis 1 Mk. 60 Pf.

Der Verfasser, welcher sich schon früher durch Arbeiten auf dem Gebiete der Ballistik ausgezeichnet hat, löst in der vorliegenden Schrift ein Problem, welches von den Praktikern für sehr schwierig, wenn nicht gar für unmöglich gehalten wurde. Es soll nämlich durch eine mathematische Formel die vortheilhafteste Combination von Caliber, Geschossgewicht, Geschosslänge, Drallwinkel der Züge, Lauflänge etc. eines gezogenen Infanteriegewehres für jeden einzelnen Fall, also allgemein bestimmt werden.

Um sowohl dem Mathematiker, als auch dem Militärtechniker das Lesen dieser Arbeit zu erleichtern, ist jeder Ausdruck, ehe er zur Verwendung kommt, noch einmal definirt worden, auch bei den einzelnen Schlussformeln wurde die Bedeutung der darin enthaltenen Buchstabengrössen jedesmal beigedruckt, so dass auch derjenige die Formeln mit Nutzen verwenden kann, welcher den mathematischen Ableitungen derselben nicht zu folgen vermag. Aus dem letzteren Grunde sind am Schlusse einige Beispiele vollständig durchgerechnet, so dass es nunmehr ein Leichtes ist, ähnliche Aufgaben mittels der angegebenen Formeln zu lösen.

In dem Anhang befinden sich einige Literaturangaben, sowie Bemerkungen darüber, welche Voraussetzungen noch verbesserungsfähig sind; dass hierzu aber nicht allgemeine, unbestimmte Erwägungen zum Ziele führen, sondern einzig und allein geeignete Beobachtungsdaten, kann nicht genug hervorgehoben werden.

Ein grosses Verdienst des Verfassers ist es, den Anfang zur Lösung des obengenannten Problems gemacht zu haben, wodurch dem Techniker gezeigt wird, wie er seine Beobachtungen rechnerisch verwenden kann.

Eine Tafel mit elf Zeichnungen trägt wesentlich zum leichteren Erfassen dieser Schrift bei.

B. Nebel.

H. Thurein, **Elementare Darstellung der Planetenbahnen durch Construction und Rechnung.** Berlin 1886. R. Gärtner's Verlagsbuchhandlung (H. Heyfelder). Preis 1 Mk.

Der Verfasser ist nicht gerade der Ansicht, dass die Berechnung der Planetenbahnen als Anwendung der Trigonometrie in höheren Schulen vorgenommen werden soll, weil dies doch schwieriger ist, als die einfacheren Aufgaben der sphärischen Astronomie. Indessen giebt es immer einige Schüler, welche ein so grosses Interesse für die Astronomie an den Tag legen, dass sie das Begonnene fortsetzen, wofür sich das vorliegende Büchelchen besonders eignet. Die knappe, präcise Ausdrucksweise wird durch einige vollständig durchgerechnete Beispiele unterstützt, so dass es nicht mehr schwer sein dürfte, mit Hilfe der am Schluss beigefügten nothwendigen Tabellen ähnliche Aufgaben zu lösen. Fleissigen, talentvollen Schülern muss gewiss die vorliegende Darstellung Freude machen.

B. Nebel.

J. Finger, **Elemente der reinen Mechanik,** als Vorstudium für die analytische und angewandt[illegible] [illegible] die mathematische Physik. Wien 1884—1886. Preis 20 Mk.

Die erste des in sechs Lieferungen erschienenen Werkes wurde nach ihrem Erscheinen im Jahre 1884 in dieser Zeitschrift besprochen. Jetzt, nach Vollendung desselben, muss hervorgehoben werden, dass der Verfasser dem in der Vorrede gestellten Programm vollständig gerecht geworden ist. Dass das Werk stets eine verschiedene Beurtheilung finden wird, ist begründet durch die auseinandergehenden Ansichten, wonach der Aufbau der Mechanik stattzufinden hat. Dass der Verfasser die physikalische Richtung verfolgt, ist gewiss von grossem Nutzen für den betreffenden Leserkreis. Hauptsächlich ist das Werk für junge Techniker geschrieben, die nach Vollendung ihrer Studienzeit nur selten Gelegenheit finden, sich eingehender mit Mechanik zu beschäftigen. Um sich möglichst nach den Bedürfnissen technischer Hochschulen zu richten, wurde Einiges aus der graphischen Statik darin aufgenommen. Mit Rücksicht auf die Vorkenntnisse erstrecken sich die mathematischen Anforderungen nur auf einfache Differentialquotienten und Integrale. Reicht aber der Bildungsgang des Einzelnen nicht so weit, so ist für denselben ein mathematischer Anhang da, welcher ihn bald dahin bringt, dass ihm der Inhalt des Werkes keine zu grossen Schwierigkeiten mehr bietet.

Bezüglich der Reichhaltigkeit muss auf das Buch selbst verwiesen werden, wofür aber äusserlich schon die stattliche Seitenzahl 792 spricht. — Der schöne, exacte Druck, sowie die guten Holzschnitte werden wesentlich dazu beitragen, dass die studirende Jugend mit Lust und Liebe sich an das Studium dieses Werkes macht.

B. Nebel.

L. Henneberg und O. Smreker, **Lehrbuch der technischen Mechanik.** I. Theil: Statik der starren Systeme, von L. Henneberg. Darmstadt 1886. Verlag von A. Bergsträsser. Preis 9 Mk.

Von den vier Theilen, welche das ganze Werk umfassen wird: Statik der starren Systeme, Grundzüge der Dynamik, Theorie der Elasticität und Festigkeit, Hydraulik, liegt der erste Theil jetzt vor. Derselbe zerfällt wieder in zwei Abschnitte: Die Zusammensetzung von Kräften, die Zerlegung der Kräfte und das einfache Fachwerk.

Das Werk ist wesentlich für technische Hochschulen bestimmt, weshalb Alles, was nur rein wissenschaftliches Interesse bietet, vermieden wurde. Kurz und präcis ist die Ausdrucksweise, den mit gesperrtem Druck hervorgehobenen Sätzen folgen unmittelbar die Beweise ohne jeglichen Umschweif. Mit Freuden bemerkt man allenthalben die Anwendung der graphischen Statik, wodurch sicherlich sehr zur Verbreitung dieser relativ noch jungen Wissenschaft, welche so überaus fruchtbar ist, beigetragen wird. Zahlreiche, klare Figuren erhöhen noch den Werth dieses Buches, so dass wir auch den übrigen Theilen gern entgegensehen.

B. Nebel.

Nisson Katzenelsohn, **Ueber den Einfluss der Temperatur auf die Elasticität der Metalle.** (Inaugural-Dissertation.) Berlin 1887. Druck von G. Schade (Otto Francke).

Der Apparat, mit welchem die Versuche ausgeführt wurden, ist im Wesentlichen dem von Kohlrausch und Loomis in Poggendorff's Annalen der Physik und Chemie beschriebenen ähnlich, nur in einem grösseren Maassstab ausgeführt. Neu ist die Einklemmung der Drähte in ein konisch geschliffenes Stahlstück, wodurch der Draht unverletzt bleibt. Torsionscoefficient und Elasticitätscoefficient werden mit verbesserten Hilfsmitteln bestimmt, und dabei wird zugleich nachgewiesen, woran es liegt, dass die Resultate der früheren Beobachter nicht den Anspruch von Genauigkeit machen können, wie die vorliegenden.

Nachdem eine Reihe von Metallen untersucht worden sind, kommt der Verfasser zu folgenden Resultaten:

1. Sowohl der Torsionscoefficient, wie auch der Elasticitätscoefficient nehmen mit der Temperatur ab.

2. Diese Abnahme ist bei denjenigen Körpern eine verhältnissmässig grössere, die einen grösseren Ausdehnungscoefficienten oder auch eine niedrigere Schmelztemperatur haben.

3. Die Aenderung des Torsionscoefficienten ist bei allen Körpern eine grössere als die der Elasticitätscoefficienten. Daraus folgt, dass der Poisson'sche Coefficient μ mit der Temperatur grösser wird.

Die Arbeit wurde im physikalischen Institut der Universität Berlin unter Leitung des Herrn Geh. Rath v. Helmholtz ausgeführt.

B. Nebel.

W. H. Behse, **Lehrbuch der Physik** für höhere Bürgerschulen und technische Lehranstalten. Weimar 1887. Verlag von B. F. Voigt. Preis 4 Mk. 50 Pf.

Besser wäre wohl das vorliegende Werkchen „Leitfaden" statt „Lehrbuch" genannt worden, denn von einem Lehrbuch der Physik ist man gewohnt, doch etwas mehr zu verlangen.

Aus Mangel an Zeit, sagt der Verfasser in der Vorrede, müsse man in der Schule die mathematische Seite des physikalischen Unterrichts zurückdrängen, zumal sie die Fassungskraft der Schüler erheblich übersteige. Hiermit bin ich durchaus nicht einverstanden. Die Physik darf nach den Errungenschaften der Neuzeit nicht mehr stiefmütterlich behandelt werden; fehlt es an Zeit, so muss der Lehrer auf eine weitere Physikstunde drängen. Einfache, passend gewählte Beispiele erleichtern das Verständniss des Schülers; ich erinnere z. B. nur an die Aufgaben aus der Bewegungslehre, wobei die abstracten mathematischen Kenntnisse praktisch geübt sind und zugleich gezeigt wird, dass die Physik durch die schönen Experimente keinen Unterhaltungsunterricht mehr bieten soll, sondern dass sie praktisch verwendbar ist. — Dass die Akustik als Unterrichtsgegenstand der höheren Bürgerschulen ausgeschlossen ist, ist doch sehr merkwürdig. Sobald nicht mehr klassische Philologen allein die Entscheidung über derlei Dinge treffen, werden diese Missstände gehoben.

Wenn ich mich nun auch ganz in den Verfasser hineindenken will, der ein Lehrbuch für höhere Bürgerschulen und technische Lehranstalten geschrieben hat, so glaube ich, dass er Nöthiges vergessen, dagegen Dinge aufgenommen hat, welche ein solcher Schüler im späteren Leben doch weniger nöthig hat. Zur Begründung möge nur Einiges genügen. Z. B. sucht man vergebens nach dem Telephon, Mikrophon, der Glühlampe — Dinge, welche tagtäglich vorkommen; selbst die Elektrometallurgie hätte kurz erwähnt werden dürfen. Auch die für technische Lehranstalten geschriebene Akustik ist etwas kurz weggekommen, z. B. wird nach der diatonischen Tonleiter ein Beispiel für das Clavier angegeben, so dass der Schüler glauben muss, das Clavier sei nach der diatonischen Tonleiter aufgebaut. Die chromatische Tonleiter und die gleichschwebende Temperatur hätten erwähnt werden müssen, damit der Schüler erfährt, was die schwarzen Tasten bei dem Clavier zu bedeuten haben. Besser wäre es gewesen, den Unterschied zwischen offenen und gedeckten Pfeifen u. dergl. auseinanderzusetzen, statt die Schüler in übertriebener Ausdrucksweise in „Robert den Teufel“ und Wagner's „Tannhäuser“ zu versetzen. Schüler in diesem Alter sollen noch gar nicht in derartige Theaterstücke. Auf diese Weise wäre der Platz vortheilhafter verwendet worden, und hätte er dann noch nicht gereicht, so hätte man gewiss ohne Schaden z. B. die Capitel über die Farben dünner Blättchen, sowie das über Newton's Farbenringe streichen können. Physikbücher für die in der Vorrede erwähnten Zwecke existiren schon in einer bessern Bearbeitung.

B. Nebel.

M. Wildermann, **Naturlehre im Anschluss an das Lesebuch von J. Bumüller und J. Schuster.** 108 Abbildungen. Freiburg i. Br. 1887. Herder'sche Verlagsbuchhandlung.

In anziehender Weise ist die Physik in dem kleinen Büchelchen vorgetragen und durch zahlreiche Holzschnitte gut erläutert. Recht anschaulich sind die Vorgänge in der Natur beschrieben und dabei die Neuerungen, namentlich im Gebiet der Elektricität, hinreichend berücksichtigt. Am Schluss ist ein Verzeichniss von Instrumenten angegeben, die beim Unterricht nöthig sind. Unter diesen ist wieder eine Auswahl getroffen, welche absolut vorhanden sein müssen, welche entbehrt oder welche mit wenig Hilfsmitteln selbst angefertigt werden können. Die beigefügten Preise gestatten, die verfügbaren Mittel in der richtigen Art zu verwenden. An der

Hand des Lehrers wird dieses Buch die Einführung der Physik in die Volksschule wesentlich fördern.

B. Nebel.

E. Kohlrausch, **Physik des Turnens.** 88 Figuren. Hof, 1887. Verlag von Rud. Lion.

Mit der energischen Ausbildung des Turnens in der Neuzeit ist es nothwendig geworden, sich ein Urtheil darüber zu machen, worin die Schwierigkeit in der einen oder andern Uebung liegt. Bei diesen Betrachtungen wird man direct auf die zur Geltung kommenden physikalischen Gesetze geführt. Das Auge eines geübten Turners darf sich durch Kunststücke nicht täuschen lassen gegenüber den einfachen Kraftproben. Um derartige Ueberlegungen zu erleichtern, hat es der Verfasser unternommen, eine Physik des Turnens herauszugeben, in welcher zunächst die physikalischen Gesetze erläutert werden, woran sich ihre Anwendung auf das Turnen anschliesst. Nicht Jeder wird die Ansichten des Verfassers überall theilen, jedoch soll dadurch das grosse Verdienst desselben, einen Anfang gemacht zu haben, keineswegs geschmälert werden. Namentlich dem Turner von Fach muss das Studium dieser Physik warm ans Herz gelegt werden, um sich seinen Namen nicht durch unbillige Anforderungen an seine Schüler zu schädigen.

B. Nebel.

M. Plank, **Das Princip der Erhaltung der Energie.** Preisgekrönt von der philosophischen Facultät Göttingen. Leipzig 1887. Verlag von B. G. Teubner.

In dem Vorwort dieses Buches ist zunächst die Veranlassung hierzu, nämlich die daselbst angeführte Preisaufgabe der philosophischen Facultät Göttingen, auseinandergesetzt. Anschliessend folgen die wesentlichen Bemerkungen, welche die Einsendung der Arbeit an die Facultät begleitet haben. Von drei eingelaufenen Arbeiten erhielt diejenige des Verfassers den zweiten Preis, weil sich die Facultät mit dem dritten Theile nicht in dem wünschenswerthen Maasse einverstanden erklären konnte, wie mit den beiden ersten Theilen, während die beiden anderen Arbeiten eines Preises nicht gewürdigt werden konnten. Auf die eingehende Begründung von Seiten der Facultät, welche hier abgedruckt wurde, hat der Verfasser dem Ansinnen derselben, den dritten Theil umzuarbeiten unter Berücksichtigung der von ihr gegebenen Winke, nicht entsprochen, weil er von seinem Standpunkte aus, welchen er nun des Näheren begründet, den Wünschen der Facultät nicht vollkommen Rechnung zu tragen vermag, und somit die Wahrscheinlichkeit gering ist, dass die darauf verwendete Zeit und Mühe dem Erfolg äquivalent wäre. Daher wurde die Arbeit nur mit geringen Aenderungen dem Druck übergeben.

Eine eingehende Besprechung dieser Arbeit, welche in jeder Beziehung interessant und lehrreich ist, würde hier den gegebenen Rahmen überschreiten; es muss daher Jeder, der sich dafür interessirt, auf das Buch selbst verwiesen werden, wobei er dann sein Urtheil mit den in dem Vorwort gegebenen vergleichen kann.

B. Nebel.

O. von Konkoly, **Praktische Anleitung zur Himmelsphotographie**, nebst einer kurzgefassten Anleitung zur modernen photographischen Operation und der Spectralphotographie im Cabinet. 218 Textabbildungen. Halle a. S., 1887. Verlag von Wilhelm Knapp. Preis 12 Mk.

Die im Vorwort des Werkes angegebene Absicht, einem Anfänger im astrophysikalischen oder astrophotographischen Arbeiten Zeit und Mühe zu ersparen, kann nicht unterschätzt werden. Dann aber ergeht sich der Verfasser in Spiegelfechtereien, wärmt Dinge wieder auf, die schon seit Jahrhunderten Eigenthümlichkeiten der Gelehrtenwelt sind, was einen Unbetheiligten nur langweilen muss. Dabei gelangt er plötzlich in die musikalische Welt und es macht den Eindruck, als ob er, der Besitzer hoher Orden und Mitglied der verschiedensten Gesellschaften ist, ein verkanntes Genie sei. Derartiges gehört nicht in ein Vorwort. — Der erste Theil, welcher sich mit der Photographie für sich und den dazu nöthigen Utensilien beschäftigt, stützt sich ganz auf Prof. Dr. J. M. Eder's Handbuch der Photographie. Der zweite Theil, betitelt: „Im Cabinet“, enthält die für Himmelsphotographie nöthigen Apparate kritisch zusammengestellt, während der dritte Theil, überschrieben: „Am Fernrohr“, sich auf die photographischen Aufnahmen selbst bezieht und dabei die Vortheile der erforderlichen Instrumente hervorhebt. Das Buch leistet sicherlich jedem Anfänger grosse Dienste; denn dieser kann sich hier orientiren, ehe er unbedachter Weise grosse Summen verausgabt. Leider wirkt aber das sonst so verdienstliche Werk durch seine Breite sehr ermüdend auf den Leser. Nicht ist es die Anführung und Erläuterung der vielfach mehr oder weniger guten Ausführungen von Instrumenten für ein und denselben Zweck, sondern die Weitschweifigkeit im Ausdruck, der, selbst in den Extremen, wie „fabelhaft kurz“, „recht schlampet“ etc. gebraucht, bald erschöpfend wirkt. „Dass der Verfasser schon einige Male Augenzeuge von misslungenen Experimenten war“, ist für jeden Praktiker doch höchst interessant! Gewiss ist es auch wichtig, zu erfahren, mit w e s s e n Brillen der „junge *Candidatus astronomiae*“, der als „Gast“ in des Verfassers Hause weilt, seine Accomodationsfähigkeit geprüft hat! u. dergl. m. Dass der Herr Verleger darauf eingegangen ist, dass Professor Y o u n g's Spectrograph „zum abschreckenden Beispiel“ noch in einer grossen Figur zur Darstellung gelangt, ist zum mindesten sehr liebenswürdig von ihm. — Wäre die Ausdrucksweise präcis und knapp gehalten, was bei einem derartigen Buch erforderlich ist, so wäre es dem Verfasser gelungen, wie er selbst in dem Vorwort sagt, „ein bescheidenes Werkchen“ und ich füge noch hinzu: ein höchst verdienstvolles geschrieben zu haben.

B. Nebel.

Silvanus P. Thompson, **Elementare Vorlesungen über Elektricität und Magnetismus.** Autorisirte deutsche Uebersetzung auf Grund der neuesten (28.) Auflage des Originals von Dr. A. Himstedt. Tübingen 1887. Verlag der H. Laupp'schen Buchhandlung. Preis 6 Mk.

Ein Werk, welches in England in kurzer Zeit in 28000 Exemplaren abgesetzt worden ist, bedarf wohl keiner weiteren Besprechung, zumal es von einem Manne herrührt, der sich auch in Deutschland des besten Rufes erfreut. Dass sich dieses Werk bald auch in Deutschland einbürgern wird, ist unzweifelhaft, weil sich immer mehr und mehr der Laie für die Errungenschaften der Neuzeit interessirt. Für solche ist das Buch wie geschaffen, zugleich hat es noch den grossen Vortheil, dass es, entgegen den bisherigen elementaren Werken, sich streng an die Faraday-Maxwell'sche Kraftlinientheorie hält und dabei ganz auf der Höhe der Wissenschaft ist. Das Buch kann in jeder Beziehung nur empfohlen werden.

B. Nebel.

F. Kohlrausch, **Leitfaden der praktischen Physik.** Mit einem Anhange: Das absolute Maass-System. 6. vermehrte Auflage. Leipzig 1887. Verlag von B. G. Teubner. Preis 5 Mk. 60 Pf.

Ueber die Güte und Vortrefflichkeit dieses Buches ist schon des Oeftern in dieser Zeitschrift Erwähnung geschehen. Dem Fortschritt der Wissenschaft entsprechend, ist auch jetzt wieder, namentlich im elektrischen Theil, eine Vermehrung nothwendig gewesen. Zugleich sind aber auch Irrthümer, wie z. b. bei der Umrechnung des Leitungsvermögens auf Ohm, was in den beiden letzten Auflagen mitgeführt wurde, jetzt ausgemerzt worden.

B. Nebel.

W. von Beetz, **Leitfaden der Physik.** 9. Auflage von J. Henrici. Leipzig 1888. Th. Grieben's Verlag (L. Fernau). Preis 3 Mk. 60 Pf.

Der Beetz'sche Leitfaden hat sich bei der studirenden Jugend stets einer besonderen Beliebtheit zu erfreuen gehabt, weil er bei der gedrängten Form allein gestattet, sich in dem einen oder andern Zweige der Physik rasch wieder zu orientiren. Daher wird er insbesondere gern von solchen benützt, welche vor einem Examen stehen. Leider ist der Verfasser der Wissenschaft zu früh durch den Tod geraubt worden, weshalb die Bearbeitung einer neuen Auflage in andere Hände überging. Trotz Vermehrung und veränderter Gliederung ist aber doch der Charakter des Buches gewahrt geblieben.

B. Nebel.

TH. WITTSTEIN, **Grundzüge der mathematisch-physikalischen Theorie der Musik.** Hannover 1888. Hahn'sche Buchhandlung. Preis 2 Mk. 50 Pf.

Musiker, welche nicht gerade in der Lage sind, die Akustik in physikalischen Büchern zu studiren, sollen durch die vorliegende Schrift in die mathematisch-physikalische Theorie der Musik eingeführt werden, womit ihnen der Beweis geliefert wird von dem alten Erfahrungssatze, dass das Einfachste immer das Schönste ist. Ein näheres Eingehen auf die verschiedenen Tonleitern, sowie die Entstehung der Ober- resp. Untertöne bildet den Inhalt. Summationstöne werden gar nicht erwähnt und bezüglich der Differenztöne Folgendes bemerkt: „In weitere Details gehen wir nicht ein und bemerken nur, dass auch auf diesem Boden in unseren Lehrbüchern viel Unklarheit herrscht. So hat man neuerlich angefangen, die Untertöne auch Differenztöne zu nennen, weil angeblich „ihre Schwingungszahlen gleich sind den Differenzen zwischen den Schwingungszahlen der primären Töne". Das ist sehr unrichtig!" Beruht dies nicht auf einem Missverständniss des Verfassers? Mir ist kein derartiges Lehrbuch bekannt; auch ist das übertrieben im Vorwort, dass „in unseren physikalischen Lehrbüchern die mathematischen Grundlagen der physikalischen Theorie der Musik auffallenderweise in so hohem Grade vernachlässigt und theilweise verdeckt vorgetragen wird". Hiergegen muss ich entschieden Verwahrung einlegen; ich kenne eine ganze Reihe von Lehrbüchern, welche die verschiedenen Tonleitern ganz hübsch mathematisch behandeln.

B. NEBEL.

W. BUDDE, **Physikalische Aufgaben für die oberen Classen höherer Lehranstalten.** Aus den bei Entlassungsprüfungen gestellten Aufgaben ausgewählt und mit Hinzufügung der Lösungen zu einem Uebungsbuche vereinigt. Braunschweig 1888. Verlag von Friedrich Vieweg & Sohn. Preis 2 Mk. 50 Pf.

Wie aus dem Vorstehenden ersichtlich ist, sind dies meistens Examensaufgaben, ebenso die im Anhang gestellten Fragen, so dass die betreffenden Schüler dadurch genau orientirt werden, wie weit sich die an sie gestellten Anforderungen erstrecken. Durch Mittheilung der Lösungen kann man sich von der Richtigkeit einer Bearbeitung leicht überzeugen. Das Buch kann, wie solche ähnlichen Inhalts, nur empfohlen werden; denn an durchgerechneten Beispielen hat man den besten Prüfstein, ob die Schüler den Unterricht mit Erfolg besuchen.

B. NEBEL.

J. D. EVERETT, **Physikalische Einheiten und Constanten.** Nach der 3. englischen Ausgabe unter Zustimmung des Verfassers den deutschen Verhältnissen angepasst durch P. CHAPPIUS und D. KREICHGAUER. Leipzig 1888. Verlag von Johann Ambrosius Barth. Preis 3 Mk.

Dieses Buch wendet die absoluten, sowie die daraus abgeleiteten technischen Einheiten auf das ganze Gebiet der Physik an und nicht, wie es in Deutschland bisher üblich war, nur soweit, als es für die Elektricität und den Magnetismus erforderlich war. Dazu kommen eine Reihe von Constanten, wie sie theilweise auch in Landolt's und Börnstein's physikalisch-chemischen Tabellen enthalten sind. Jedem Physiker wird das Buch in dieser Zusammenstellung wesentliche Dienste leisten, zumal von den Uebersetzern dabei den deutschen Verhältnissen Rechnung getragen wurde.

B. Nebel.

Robert Weber, **Aufgaben aus der Elektricitätslehre.** Berlin 1888. Verlag von Julius Springer. Preis 3 Mk.

Bei der Durchsicht dieser Aufgabensammlung, welche gewiss jeden Elektriker interessiren muss, stellt sich leider die unangenehme Entdeckung heraus, dass der Verfasser die einzelnen elektrischen Grössen nicht streng voneinander unterscheidet, sonst wären ihm nicht solch' grobe Verstösse untergelaufen, wie z. B. Stromstärke statt Elektricitätsmenge, elektromotorische Kraft statt Klemmenspannung, Verwandlung der Pferdekräfte in Meterkilogramm statt Secundenmeterkilogramm. Auch die Zahlengrössen erwecken hier und da gerechte Zweifel, jedenfalls können sie nicht mit der Wirklichkeit in Einklang gebracht werden, z. B. sollen Bunsenelemente 90 Minuten lang 40 Ampère (!) geben, oder findet man, dass Bogenlampen mit mehr denn 100 Volt Klemmenspannung brennen. Bei derartigen Aufgaben sollen doch nur Beispiele aus der Praxis gewählt werden. Solche Ergebnisse beruhen doch nicht auf Messungen, wie es der Verfasser in der Vorrede hervorhebt. Solche Begriffsverwirrungen, wie sie oben beispielsweise angeführt wurden, können doch unmöglich das „Denkvermögen, die Bestimmtheit und Klarheit des Ausdruckes“ fördern, was nach des Verfassers eigener Aussage der Zweck dieser Aufgabensammlung sein soll. Während ein Lehrer mit einiger Vorsicht das Buch doch gebrauchen kann, indem er scheinbar unmögliche Zahlenangaben von vornherein ausschliesst und für Begriffsverwechslungen ein aufmerksames Auge hat, soll ein Schüler, ehe er ganz sicher in den elektrischen Maassen ist, vor dem Gebrauch gewarnt werden.

B. Nebel.

M. von Baumgarten, **Kritischer Versuch über ein Maass für Schall-Intensitäten.** Wien 1886. Verlag von Carl Teufen.

Nach einer längeren Auseinandersetzung über die Schwierigkeit, absolute Maasse zu erhalten, namentlich auch bezüglich eines solchen über Schallintensitäten, kommt der Verfasser zu der Ueberzeugung, dass sich ein allgemein giltiges Maass für Schallstärken wohl nicht aufstellen lasse, dass es aber doch möglich sei, Schallstärken mit anderen Hilfsmitteln, als dem Ohre, zu vergleichen. Es wird der Vorschlag gemacht, die Schallstärken mittels eines Phonographen oder etwas Aehnlichen auf ein Spiegelgalvanometer elektrisch zu übertragen, wodurch die Schallstärken durch Stromstärken ausgedrückt wären. Das „Wie?" wird den Herren Fachmännern anheimgestellt; der Verfasser begnügt sich, diese darauf aufmerksam gemacht zu haben. Sodann wünscht der Verf., dass sich das Ohr, wie an die Tonhöhen, auch an die Beurtheilung der Tonstärken gewöhnen müsse, und glaubt dieses durch eine Art Hammerclaviatur zu erreichen, bei welcher die Hammergewichte arithmetisch anwachsen. — Obwohl gleich zu Anfang der „bisherigen, mitunter scharfsinnigen Untersuchungen" kurze Erwähnung geschieht, so fehlt doch jede nähere Literaturangabe, weshalb es schwierig ist, dem Verf. nachzuweisen, dass er wichtige Arbeiten auf diesem Gebiet übersehen hat. Beim Durchlesen hatte wenigstens der Recensent das Gefühl, dass Manches hätte geändert werden müssen, wenn die ihm bekannten Arbeiten berücksichtigt worden wären.

B. Nebel.

Peter Münch, **Lehrbuch der Physik.** Mit einem Anhange: Die Grundlehren der Chemie und der mathematischen Geographie. 8. Aufl. Freiburg i. B., 1886. Herder'sche Verlagshandlung. Preis 4 Mk.

Ein Zeichen für die Gediegenheit dieses Buches ist die rasche Aufeinanderfolge von acht Auflagen. Für Schulen, welche etwas eingehender die Physik behandeln können, sind die zahlreichen kleingedruckten Zusätze, in welchen sehr oft Zahlenbeispiele und geschichtliche Notizen enthalten sind. Durch Erweiterungen ist auch dem Fortschritt der Wissenschaft Rechnung getragen worden.

Die Chemie ist etwas sehr knapp behandelt; für Gymnasien mag dies auch völlig ausreichend sein, dagegen beanspruchen die Realgymnasien doch etwas mehr. Sollte sich das Buch in den nächsten Jahren durch Fortschritte auf dem Gebiet der Physik abermals erweitern, so dürfte es am besten sein, die Chemie loszutrennen und in der gleichen bewährten Weise, wie die Physik, zusammenzustellen.

Durch seine Reichhaltigkeit und die hübsche Eintheilung und Behandlungsweise des vorliegenden Stoffes wird sich das Buch überall von selbst empfehlen.

B. Nebel.

Die Methoden der praktischen Arithmetik, in historischer Entwickelung vom Ausgange des Mittelalters bis auf die Gegenwart nach den Originalquellen bearbeitet von Friedrich Unger, Oberlehrer an der Realschule zu Leipzig-Reudnitz. Leipzig, B. G. Teubner. 18[illegible] XII, 240 S.

Wir dürfen, ohne einem der Verfasser von Schriften über den Rechenunterricht zu nahe zu treten, Herrn Unger's Monographie als eine Allen ebenbürtige Leistung bezeichnen. „Der Rechenunterricht vom Ausgange des Mittelalters bis auf die Gegenwart, wie er sich vorzugsweise in Deutschland gestaltet hat", das ist der auf 15 Druckbogen in sehr gedrungener Weise behandelte Gegenstand, und der Titel so gefasst, wie wir ihn eben auszusprechen uns erlaubten, würde vielleicht besser als der thatsächlich gewählte die Aufgabe enthüllt haben, welche Herr Unger sich stellte.

Es war in mehr als einer Beziehung keine leichte Aufgabe. Für die älteren Zeiten war sie nicht leicht, weil der Stoff aus schwer auffindbaren, theilweise nur einmal vorhandenen Incunabeln gesammelt werden musste, weil Vorkenntnisse über die Zeiten des Mittelalters bei den Lesern vorausgesetzt werden mussten und doch nicht in zu grossem Umfange vorausgesetzt werden wollten, weil der Verfasser demnach genau mit sich zu Rathe zu gehen hatte, wo er ausführlich sein solle, wo ein kurzes „Es ist bekannt, dass" genüge. Und der Behandlung der neuen Zeit standen fast noch grössere Schwierigkeiten entgegen. Hunderte und Hunderte von Büchern über den Rechenunterricht haben die Presse verlassen. Welche von ihnen müssen in einer geschichtlichen Uebersicht genannt werden, welche nicht? Eine kitzlige Frage, so lange die Druckerschwärze kaum Zeit fand, genügend zu trocknen! Eine weitere Schwierigkeit besteht darin, dass die Mitwelt nicht leicht ein abschliessendes Urtheil über im Flusse befindliche Streitfragen geben kann, in welchen Jeder bis zu einem gewissen Grade selbst Partei ist, und doch verlangt man von dem Historiker ein Loben oder Tadeln, ein Für oder Wider, begnügt man sich nur ungern mit einer das Urtheil der Zukunft vorbehaltenden Erklärung der Unentschiedenheit. Endlich lag eine grosse Schwierigkeit in folgendem Umstande: die Mathematiker, welche der Geschichte ihrer Wissenschaft Interesse entgegenbringen, stehen meistentheils der Volksschule so fern, dass sie selbst die Fragen der Pädagogik nicht zu kennen pflegen, um welche gestritten wurde und wird; wie können sie in solcher Unwissenheit eine Geschichte jener Kämpfe geben?

Man sieht aus diesen von uns betonten Schwierigkeiten der Aufgabe, dass gerade ein Schriftsteller wie Herr Unger zur Bewältigung derselben erforderlich war, ein Schriftsteller, der auf der einen Seite ein Lehrerseminar besucht hat, der der eigentlichen Pädagogik ein eingehendes Studium gewidmet hat, und der auf der andern Seite mit genügendem geschichtlichen Sinne begabt, mit genügenden Vorkenntnissen versehen ist, um noch so alterthümlich sich darbietenden Formen Geschmack und Verständniss abgewinnen zu können.

Wenn wir nach allem diesen unser anerkennendes Urtheil über „Die Methoden der praktischen Arithmetik" wiederholen, so glauben wir nicht zu dessen näherer Begründung, aber zur Empfehlung bei unseren Lesern noch auf einige Einzelheiten eingehen zu sollen.

nungen der Himmelskugeln beeinflusst. So ist Licht nur eine besondere Gattung von Feuer, und von Feuer und Wärme heisst es: „beides sind Bewegungen“.

Wir heben aus der Rothlauf'schen Darstellung nur wenige Einzelheiten hervor. Die schon angedeutete Beziehung der harmonischen Reihe zur Natur ist besonders ausführlich erörtert. Die Frage, wie das berüchtigte εἱλλομένη γῆ zu übersetzen sei, wird in Anschluss an die Erklärungsversuche von Aristoteles bis Heller besprochen. Sehr hübsch ist die Platonische Lehre vom Sehen behandelt, bei welchem ein Strahl vom Subject (dem Auge) und ein Strahl vom unmittelbar oder mittelbar leuchtenden Object sich treffen müssen, damit eine Gesichtswahrnehmung entstehe. Je nachdem die vom Gesehenen ausgehenden Strahlen kleiner oder grösser als die vom Auge ausgehenden Strahlen sind, nehmen wir verschiedene Farben wahr.

Cantor.

Der Astronom, Mathematiker und Geograph Eudoxos von Knidos. I. Theil: Lebensbeschreibung des Eudoxos, Ueberblick über seine astronomische Lehre und geometrische Betrachtung der Hippopede, von Hans Künssberg, königl. Reallehrer. Programm zum Jahresbericht der viercursigen königl. Realschule Dinkelsbühl pro 1888. 59 S. 1 Figurentafel.

Eudoxos von Knidos, einer der genialsten Mathematiker und Astronomen des voreuklidischen Griechenthums, hat die Aufmerksamkeit so ziemlich aller Schriftsteller auf sich gezogen, die in unserem Jahrhundert mit geschichtlich wissenschaftlichen Untersuchungen sich beschäftigten. Die Ergebnisse dieser recht zerstreuten Forschungen zu sichten und zu vereinigen, beziehungsweise zu ergänzen, das ist die Aufgabe, welche Herr Künssberg in einigen Programmen zu lösen gedenkt, deren erstes uns heute vorliegt. Dasjenige Capitel, dem gegenüber wir ein auf eigenem Wissen beruhendes Urtheil zu fällen im Stande sind, das den Mathematiker Eudoxos zu schildern haben wird, ist einer späteren Veröffentlichung vorbehalten, ebenso das Capitel von dem Physiker Eudoxos. In dem letzteren wird daher z. B. noch zu rechtfertigen sein, was S. 18 über die Tonhöhe der Saiten gesagt ist und was wir für's Erste als ein Missverständniss betrachten, indem wir der Stelle bei Theon einen ganz andern Sinn beilegen, in Uebereinstimmung mit Rothlauf, Die Physik Plato's II (München 1888), S. 5. Das diesjährige Programm ist, wie aus der Ueberschrift zu ersehen, lediglich dem Astronomen Eudoxos gewidmet, und zwar könnte man zwei Hauptabschnitte unterscheiden, in deren erstem von dem achtjährigen Cyklus, in deren zweitem von der Hippopede die Rede ist, dort in engem Anschluss an Böckh und Tannery, hier an Schiaparelli. Wir fürchten, Herr Künssberg möchte S. 34 sich für manche Leser nicht deutlich genug aus-

Subtrahirens und Dividirens durchaus auf entgegengesetztem Standpunkte. Wir theilen noch heute die Ansicht der badischen Circularverfügung vom 16. August 1883 und bedauern sehr, dass 1888 eine derselben entgegengesetzte Strömung sich geltend zu machen scheint. Für die Möglichkeit der Festhaltung der österreichischen Methode in Volks- und Mittelschule spricht uns die nicht zu leugnende Thatsache, dass dieselbe in Oesterreich nicht aufhört geübt zu werden. Für die Nützlichkeit betonen wir einen Grund, der von Herrn Unger in seiner Zusammenstellung der vermeintlichen Vorzüge übergangen ist: die meisten Rechenfehler sind Schreibfehler, nicht Denkfehler. Je weniger also geschrieben wird, um so seltener ist die Gelegenheit zu einem Fehler vorhanden.

Cantor.

Die Physik Plato's, eine Studie auf Grund seiner Werke. Zweiter Theil: Schall, Himmelskunde, Licht, Wärme. Programm der königl. Kreis-Realschule München, veröffentlicht am Schlusse des Schuljahres 1887—88, verfasst von Dr. Benedikt Rothlauf, k. Reallehrer. München 1888. 90 S.

Im XXXII. Bande dieser Zeitschrift, hist.-lit. Abth. S. 220—221, ist der I. Theil dieser Abhandlung besprochen. Unsere Leser sehen, dass der II. Theil nur ein Jahr später die Presse verliess, also zu der frühesten möglichen Zeit für eine Programmabhandlung. Herr Rothlauf hat das ihm zu Gebote stehende Zwischenjahr zu benutzen verstanden, um die, wie wir aus dem I. Theile wissen, schon vollendete Arbeit einer neuen Durchsicht zu unterziehen und sie mit ähnlichen Schriften anderer Gelehrten zu vergleichen. Wir freuen uns, dass dadurch ein von uns gegebener Rath befolgt worden ist, sehr zum Vortheile des diesjährigen Programms, wie Herr Rothlauf wahrscheinlich selbst empfindet. Wenn die Schriften von Martin und Heller, von Mädler und Rosenberger ihn vielleicht kaum auf vorher Unbeachtetes aufmerksam machten, so dürften sie doch gerade an jenen Stellen, wo sie seinen Widerspruch hervorriefen, zur Klärung wesentlich beigetragen haben.

Den Inhalt unseres Programms giebt die Ueberschrift deutlich zu erkennen. Es handelt in der dort angegebenen Reihenfolge von Schall und Himmelskunde, von Licht und Wärme. Es ist keine zufällige Reihenfolge und ebenso wenig eine zufällige Einschaltung unsererseits, dass wir zweimal des Bindewortes „und“ uns bedienten. Der Schall steht bei Plato zur Himmelskunde, die Lehre vom Lichte zu der von der Wärme in engstem Zusammenhange, ein Zusammenhang, den freilich nicht die Erfahrung, sondern vorgebildete Meinung erzeugt hat, dessen Zutreffen in einem Falle wir nicht zu loben haben, ohne im andern Falle das Nichtzutreffen zu tadeln.

So finden Schall und Himmelskunde bei Plato sich in der harmonischen Reihe zusamm[illegible] Bildung der Töne, wie die Entfer-

IV. Buche, welche so etwa zu übersetzen ist: „Der Umfang des Kreises ist nicht das Dreifache des Durchmessers, wie Viele glauben, sondern grösser; ebenso wenig ist der Kreis drei Viertel des umschriebenen (gleichseitigen) Dreiecks.“ Der eine hier abgewiesene Näherungswerth $\pi = 3$, ist allbekannt, der andere dagegen, $\pi = \frac{3}{4}.3.\sqrt{3} = \sqrt{15,1875} = 3,897\ldots$ ist uns noch nirgend begegnet, so weit unsere Erinnerung reicht. Vielleicht sollte statt „Dreiecks“ (τριγώνου) τετραγώνου gelesen werden. Alsdann wären beide Angaben in Uebereinstimmung. Diese Scholie rührt übrigens von sehr später Hand her. Wesentlich älter ist die zum XIII. Buche, welche besagt, die Pythagoräer hätten den Würfel, das Tetraeder und das Dodekaeder gekannt; Theätet habe alsdann Octaeder und Ikosaeder hinzugefügt. Auch diese Behauptung ist uns niemals begegnet.

Cantor.

Bonaventura Cavalieri nello studio di Bologna per Antonio Favaro. Bologna 1888. 60 pag.

Cavaleri oder Cavalieri? Diese Frage wurde in der Zeitschr. math.-naturw. Unterricht XVIII, 557 (1887) aufgeworfen. Herr Favaro beantwortet sie (S. 59 Note 3 der uns vorliegenden Abhandlung) dahin, dass verschiedene Schreibarten des Namens actenmässig gesichert sind, die italienischen Formen: Cavalieri, Cavallieri, Cavaglieri, sowie die lateinischen Formen: Cavalerius, de Cavalleriis. Er selbst pflegte seine zahlreichen Briefe Cavalieri zu zeichnen. Cavalieri also, wenn wir seiner Unterschrift uns bedienen wollen, hat den ersten Versuch, zur Professur der Mathematik in Bologna zu gelangen, unter dem 14. Mai 1619 gewagt. Diese durch Herrn Favaro aufgefundene Eingabe ist von geschichtlicher Bedeutung, weil sie eine Sage vernichtet. Cavalieri soll nämlich als 23jähriger Jüngling in Pisa zuerst einen Euklid in die Hand bekommen haben, den er in wenigen Tagen durchlas, und von da an habe er erst Mathematik studirt. Hat aber Cavalieri, wie aus der genannten Eingabe hervorgeht, schon im Mai 1619 Castelli in Pisa als Lehrer der Mathematik vertreten, so muss er doch mindestens seit 1617 etwa mit dieser Wissenschaft sich beschäftigt haben, also spätestens 1594 geboren sein. Entweder ist also das gemeiniglich auf 1598 angesetzte Geburtsjahr unrichtig, oder jene zuerst von Urbano Daviso, einem Schüler Cavalieri's, erzählte Geschichte ist frühe Legendenbildung. Wir glauben beinahe ersterer Annahme zuneigen zu müssen, weil auch Galilei von Cavalieri's früher eigenen Studien über Euklid und Andere in einem Briefe von 1629 erzählt, das Datum derselben als „vor etwa 15 Jahren“, mithin auf 1614 ungefähr bestimmend. Cavalieri's Versuch von 1619 scheiterte und musste scheitern, da die Universitätsleitung von Bologna grundsätzlich keinen Lehrer anstellte, mochte er noch so gut empfohlen sein, der nicht schriftstellerische Leistungen aufzuweisen hatte, wozu Cavalieri 1619 noch nicht im Stande war. Um wieviel mehr hielt man an dem hergebrachten Grundsatze fest, wo es um die seit 1617 frei gewordene Professur Magini's sich handelte, für welche man sich schon vergeblich bemüht hatte, Galilei oder Kepler zu gewinnen. Magini's Professur blieb für's Erste unbesetzt, wofür eine Entschuldigung darin gefunden werden mag, dass noch eine zweite Professur der Mathematik vorhanden war, welcher Cataldi, der Erfinder der Kettenbrüche, vorstand. Auch dieser starb aber 1626, und nun waren beide mathematische Lehrstühle Bolognas verwaist. Sie blieben es drei Jahre hindurch, bis endlich 1629 Cavalieri, auf's Dringendste durch Galilei, durch Marsili, durch Castelli empfohlen, die eine Professur auf drei Jahre erhielt. Die Anstellung wurde wiederholt erneuert theils mit Erhöhung des Gehaltes, theils mit Verlängerung der Giltigkeitsdauer. Aber neben dem Lehrerfolg, neben dem wachsenden Schriftstellerruhm gingen für Cavalieri auch Kränklichkeit und Klosterstreitigkeiten einher, die ihm den Aufenthalt in Bologna verleiden konnten. Es ist fast unbegreiflich, dass er trotzdem blieb und der Versuchung, nach Pisa überzusiedeln, widerstand. Der Universität Bologna gehörte er bis zu seinem am 27. November 1647 erfolgten Tode an. So der Hauptinhalt der reichhaltigen Abhandlung, über die wir berichten wollten.

Cantor.

Joachim Jungius. Festrede zur Feier seines dreihundertsten Geburtstages am 22. October 1887 im Auftrage der Hamburger Oberschulbehörde gehalten von Dr. Emil Wohlwill. Mit einigen Beiträgen zu Jungius' Biographie und zur Kenntniss seines handschriftlichen Nachlasses. Hamburg und Leipzig 1888. Verlag von Leopold Voss. 85 S.

Wir haben im XXXIII. Bande dieser Zeitschrift, hist.-literar. Abtheil. S. 111—112, über eine Abhandlung des gleichen Verfassers berichtet, in welcher die Beziehungen des Jungius zu den Lehren, welche man damals für die des Aristoteles hielt, wie andererseits zu denen der alten Atomistiker behandelt sind. Auch die heute uns vorliegende Festrede hat das Bestreben, anschaulich zu machen, wie im 16. und 17. Jahrhundert die Naturwissenschaften entstanden, wie die Entscheidung des Kampfes zwischen vorurtheilsloser Beobachtung und befangenen Grübeleien herbeigeführt wurde, wie trotz der Fechterstückchen der Dialektik eine Naturforschung neuer Art sich Bahn brach. Was Bacon in England, was Galilei in Italien, was Descartes in Frankreich zu Bannerträgern einer neuen Zeit machte, das beseelte in Deutschland Joachim Jungius, den Rector des Hamburger Gymnasiums. Aber wenn seine Hamburger Mitbürger diesen Titel des Jungius mit gerechtem Stolze betonen, so erkennt gerade Herr Wohlwill zuerst, dass die Kraft, welche der heimischen Schule zu Gute kam, der Allgemeinheit verloren ging, und dass darin zum T
gründet ist, dass die Erfolge des Jungius hinter

verwandten zurückblieben. Auf die eigentliche Festrede lässt die Druckausgabe noch einen Anhang von annähernd gleichem Umfange folgen, welcher der Darlegung einiger neuer Untersuchungen zur Lebensgeschichte des Jungius und zur Kenntniss seines Nachlasses gewidmet ist. Wir heben aus dem sehr lesenswerthen Stoffe nur zwei Dinge hervor. Jungius gab im December 1628 die Stellung als Professor der Mathematik in Rostock auf. Kepler wurde 1629 durch Wallenstein dorthin berufen. Er war daher zum Nachfolger von Jungius ausersehen. Zweitens zerstört Herr Wohlwill mit der scharfen Kritik, welche seine Freunde an ihm gewohnt sind, den Mythus, der sich allmälig gebildet hat und der leider auch in die Allg. Deutsche Biographie Bd. XIV S. 725 Eingang gefunden hat, als ob die Londoner Königl. Gesellschaft und gar durch Newton veranlasst das von Hamburger Seite abgelehnte Anerbieten gestellt hätte, den ganzen wissenschaftlichen Nachlass des Jungius zum Druck zu befördern. Es handelte sich keineswegs um den Nachlass als solchen, sondern nur um eine Schrift, wenn es auch nicht feststeht, von welcher die Rede war.

CANTOR.

Bibliographie

vom 16. December 1888 bis 15. Februar 1889.

Periodische Schriften.

Abhandlungen der mathem.-physikal. Classe der königl. bayer. Akademie der Wissenschaften. 16. Bd., Abth. III. München, Franz. 6 Mk. 50 Pf. (compl. 21 Mk. 50 Pf.)

Sitzungsberichte der kaiserl. Akademie der Wissenschaften zu Wien. Mathem.-naturwissenschaftl. Classe, Abth. IIa. 97. Bd., 5.—7. Heft. Wien, Tempsky. 9 Mk. 40 Pf.

Abhandlungen der böhmischen Gesellschaft der Wissenschaften. Mathem.-naturwissenschaftl. Classe, 1887—88. VII. Folge, 2. Bd. Prag, Tempsky (Leipzig, Freitag). 25 Mk.

Mathematische Annalen, begr. v. C. NEUMANN u. F. CLEBSCH, fortges. v. F. KLEIN, W. DYCK u. A. MAYER. 33. u. 34. Bd. Leipzig, Teubner. 40 Mk.

Annalen der Physik und Chemie. Sachregister zu Bd. 1—160 u. s. w., bearb. v. FR. STROBEL. Leipzig, Barth. 18 Mk.

Annalen der Physik und Chemie, begr. v. POGGENDORFF, fortges. v. G. WIEDEMANN. Neue Folge, 36—38, Jahrg. 1889. Ebendas. compl. 36 Mk.

Zeitschrift für praktische Physik und physikalischen Unterricht, herausgeg. v. M. Krieg. 2. Jahrg. 1889. Magdeburg, Faber. compl. 6 Mk.

Veröffentlichungen des königl. preuss. geodätischen Instituts. Telegraphische Längenbestimmungen im Jahre 1887. Berlin, Stankiewicz. 15 Mk.

Zeitschrift für Vermessungswesen, herausgeg. v. W. Jordan u. C. Steppes. 18. Bd. (1889), 1. Heft. Stuttgart, Wittwer. compl. 9 Mk.

Zeitschrift für Instrumentenkunde, redig. v. A. Westphal. 9. Jahrg. 1889. Berlin, Springer. 18 Mk.

Beobachtungsergebnisse der königl. Sternwarte zu Berlin. 1.—4. Heft. Berlin, Dümmler. compl. 13 Mk.

Observations de Pulkowa, publ. par O. Struve. Vol. XIV. Leipzig, Voss. 26 Mk. 40 Pf.

Reine Mathematik.

Schlesinger, L., Beitrag zur Theorie der linearen homogenen Differentialgleichungen dritter Ordnung u. s. w. (Inaug.-Dissert.) Berlin, Mayer & Müller. 1 Mk. 80 Pf.

Brockmann, J., Materialien zu Dreiecksconstructionen mit circa 400 Aufgaben. Leipzig, Teubner. 1 Mk. 20 Pf.

Huebner, L., Ebene und räumliche Geometrie des Maasses in Verbindung mit den Kreis- und Hyperbelfunctionen dargestellt. Ebendas. 8 Mk.

Gunter, H. und F. Rudio, Die Elemente der analytischen Geometrie der Ebene. Ebendas. 2 Mk. 40 Pf.

Disteli, M., Die Steiner'schen Schliessungsprobleme nach darstellend geometrischer Methode. Ebendas. 4 Mk.

Fiedler, W., Die darstellende Geometrie in Verbindung mit der Geometrie der Lage. 3. erweit. Aufl. 3. Thl. Ebendas. 16 Mk.

Kerschensteiner, G., Die Wendepunktsgleichung sechsten Grades und die zugehörigen rationalen Curven 4. Ordn. Nürnberg, Ballhorn. 1 Mk.

Leuch, R., Ueber einige ebene Curven höherer Ordnung. (Inaug.-Dissert.) Bern (Leipzig, Fock). 2 Mk.

End, W., Algebraische Untersuchungen über Flächen mit einer gemeinsamen Curve. (Inaug.-Dissert.) Tübingen, Fues. 80 Pf.

Johannes, J., Die rationalen Raumcurven sechster Ordnung, erzeugt durch geometrische Transformation aus einem Kegelschnitte. (Inaug.-Dissert.) Ebendas. 1 Mk.

Laska, W., Sammlung von Formeln der reinen und angewandten Mathematik. 1. Lief. Braunschweig, Vieweg. 7 Mk.

Angewandte Mathematik.

Dauber, S., Uebungsbuch zum Studium der elementaren Mechanik. Wien, Hölder. 2 Mk. 40 Pf.

Poisson, S., Lehrbuch der analytischen Mechanik, übers. v. A. Pfannstiel. 2.—4. Lief. Dortmund, Meyer.

Bausenberger, O., Lehrbuch der analytischen Mechanik. 2. Bd. (Schluss.) Leipzig, Teubner. 8 Mk.

Bauschinger, J., Ueber die Biegung von Meridianfernrohren. (Aus den Annalen der Münchener Sternwarte.) München, Franz. 1 Mk. 50 Pf.

Fennel, L., Ueber die Bewegung eines festen Körpers in einer tropfbaren Flüssigkeit. (Inaug.-Dissert.) Marburg (Kassel, Freyschmidt.) 2 Mk.

Struve, H., Beobachtungen der Saturntrabanten. 1. Abth. Leipzig, Voss. 10 Mk. 60 Pf.

Plassmann, J., Die veränderlichen Sterne; Beobachtungsergebnisse und Erklärungsversuche. Köln, Bachem. 1 Mk. 80 Pf.

Seeliger, H., Fortgesetzte Untersuchungen über das mehrfache Sternsystem ζ Cancri. (Bayer. Akad.) München, Franz. 2 Mk. 80 Pf.

Natanson, L., Ueber die kinetische Theorie der Joule'schen Erscheinung. (Inaug.-Dissert.) Dorpat, Karow. 1 Mk.

Physik und Meteorologie.

Exner, F., Vorlesungen über Elektricität, geh. an der Wiener Universität. Wien, Deuticke. 14 Mk.

Kayser, H. und C. Runge, Ueber die Spectren der Elemente. (Berl. Akad.) Berlin, G. Reimer. 6 Mk.

Günther, S., Die Meteorologie, mit besonderer Rücksicht auf geograph. Fragen dargestellt. München, Ackermann. 5 Mk. 40 Pf.

Kiessling, J., Untersuchungen über die Dämmerungserscheinungen nach dem Krakatau-Ausbruch. Hamburg, Voss. 36 Mk.

Bredichin, S., Sur l'origine des étoiles filantes. (Bull. de la soc. des natur. de Moscou. Leipzig, Voss. 2 Mk. 40 Pf.

Historisch-literarische Abtheilung.

Lucas Paciuolo.

Eine biographische Skizze

von

Dr. H. Staigmüller,

Professor am königl. Realgymnasium zu Stuttgart.

Wenn allenthalben im Abendlande in Kunst und Wissenschaft um die Wende des 15. Jahrhunderts sich neue lebensvolle Strömungen fühlbar machen, so bedeutet dieser Zeitpunkt insbesondere für die Mathematik der heutigen Völker Europas den Anfang eines selbständigen Weiterbaues dieser Wissenschaft in schroffem Gegensatze zur Reproduction langer Jahrhunderte.

Ein Werk, dessen Entstehung nun zeitlich mit dem Beginn jener „Renaissance" der Mathematik zusammenfällt und welches wenigstens versucht, die Gesammtheit des überkommenen mathematischen Stoffes zusammenzufassen, verdient schon aus diesem Grunde unsere volle Beachtung. Wenn dasselbe aber dazu noch den Ausgangspunkt derjenigen Schule bildet, welche zunächst die Führung übernimmt, nämlich der italienischen, so ist diese Beachtung um so gerechtfertigter, selbst wenn der Verfasser noch nicht zu den productiven Geistern jener Wissenschaft gehört, sondern nur Compilator war. Dies waren die Gründe, welche mich bestimmten, mich eingehender mit den Werken Lucas Paciuolo's, speciell mit dessen „Summa" zu beschäftigen.

Noch für einen andern Zweig menschlichen Wissens, welcher heute, zu vollständiger Selbständigkeit ausgebildet, nicht mehr als Theil der Mathematik betrachtet und gelehrt wird, ist jenes Werk von hoher Bedeutung. Es enthält nämlich die erste Darstellung der doppelten Buchführung. In dieser Beziehung ist es vor Allem das Verdienst des Herrn Dr. Jaeger, Privatdocenten der Nationalökonomie am Stuttgarter Polytechnikum, durch eingehende Behandlung der hierher gehörigen Theile aus Paciuolo's „Summa" letzteren eigentlich erst wieder in dieser seiner Bedeutung entdeckt und gewürdigt zu haben. Auch ich verdanke die Möglichkeit dieser Arbeit Herrn Dr. Jaeger, welcher mir das in seinem Besitze befindliche seltene Werk, sowie seine reiche einschlägige Literatur mit grösster Liberalität zur Verfügung stellte, wofür ich ihm a… …ehen möchte.

Es ist leicht begreiflich, dass, indem ich mich mit den Werken Paciuolo's eingehender beschäftigte, auch ihr Verfasser selbst für mich an Interesse gewann. Hierbei fand ich nun einerseits, dass in den bekanntesten Werken, welche sich mit Geschichte der Mathematik beschäftigen, über ihn nur Ungenügendes, ja theilweise Falsches gegeben wird, andererseits, dass aber selbst bei diesen ungenügenden Notizen bis zu einem gewissen Grade von Paciuolo das Wort gilt:

„Von der Parteien Gunst und Hass verwirrt,
Schwankt sein Charakterbild in der Geschichte."

Dies waren die Gründe, welche mich zu vorliegender biographischen Skizze veranlassten.

Die Ergebnisse meiner mathematischen Studien in Paciuolo's Werken selbst gedenke ich an anderer Stelle zu veröffentlichen.

Eine Vergleichung sämmtlicher biographischen Notizen über Paciuolo ergiebt, dass sie alle aus drei leider ganz ungenügenden Quellen geschöpft sind.

Diese drei originalen Quellen sind:

1. die Werke Paciuolo's selbst;
2. die Biographie Piero della Francesca's von G. Vasari;[1])
3. die Professorenverzeichnisse einiger italienischen Hochschulen und andere in Archiven erhaltene Documente.

Diese Documente, welche zum grössten Theil bisher nicht veröffentlicht waren, hat Boncompagni im XII. Bande seines „Bullettino di Bibliografia e di Storia delle Scienze matematiche e fisiche" zusammengestellt. Es sind:

1. Eine Eingabe Paciuolo's vom 29. December 1508 an den Dogen von Venedig mit der Bitte um Schutz gegen Nachdruck für einige Werke, welche Ersterer zu veröffentlichen beabsichtigte. Diese Eingabe ist in einem Bande des „Archivio generale di Venezia" enthalten, der den Titel: „Notatorio del Collegio dal 1507 al 1511" trägt;[2])

2. Bruchstücke aus den „Annali decemvirali" von Perugia. Diese Annalen enthalten mit einigen Lücken die Acten des Peruginer Magistrats vom Jahre 1208 bis 1817, und werden im Archivio decemvirale in Perugia aufbewahrt;[3])

3. Bruchstücke aus zwei Manuscripten des „Archivio di stato" in Florenz, welche die Titel tragen: „Ricordi per lo studio Pisano dal 1481 al 1495", und „Deliberazioni circa lo studio Fiorentino e Pisano dal 1492 al 1503";[4])

---

1) In Giorgio Vasari's Werk: „Le vite de' più eccellenti Pittori, Scultori e Architetti" Von diesem Werke erschien in den Jahren 1846—57 in Florenz eine vorzügliche Neuausgabe.

2) Vergl. S. 430 - 431.

3) Vergl. S. 432—437.

4) Vergl. S. 438 und 864—867.

4. Bruchstücke aus einem Manuscripte der „Bibliotheca della Provincia di Firenze", bezeichnet mit „Serie Bigazzi No. 109". Dasselbe enthält Verhandlungen über Berufungen an die Florentiner-Pisaner Hochschule;[1])

5. neun Documente (meist Bestellungen von Sachwaltern betreffend) aus dem „Archivio generale de' Contratti" von Florenz;[2])

6. aus demselben Archiv das vom 21. Nov. 1511 datirte Testament Paciuolo's.[3])

Die älteste Biographie Paciuolo's, nämlich diejenige, welche Baldi[4]) in seinem Werke „Vite de matematici"[5]) giebt, stellt sich im grossen Ganzen nur als eine Compilation einzelner Stellen aus den Schriften Paciuolo's dar; da diese Biographie jedoch auch ein paar Einzelheiten selbstständig berichtet, kann sie noch in gewissem Sinne zu jenen originalen Quellen gerechnet werden. Von jenem Werke Baldi's befinden sich ein Autograph und zwei Abschriften in der reichen Handschriftensammlung des Fürsten Baldassare Boncompagni in Rom. Nach diesen Manuscripten hat Boncompagni im XII. Bande seines oben citirten Bullettinos drei der Biographien, darunter auch diejenige Paciuolo's veröffentlicht.[6])

Von weiteren Werken, welche auf Paciuolo Rücksicht nehmen, habe ich als Literaturnachweis folgende anzuführen:[7])

Antonii Mariae Gratiani de scriptis invita Minerva. Florenz 1745. Bd. I S. 41, 42.

Agostini, Notizie Istorico-Critiche. Venezia 1752/54. Vorrede S. 48, 49 und Bd. II S. 306.

Foscarini, Della letteratura Veneziana. Padova 1752. Bd. I S. 82 Note 230.

Tiraboschi, Storia della Letteratura italiana. Roma 1783. Bd. II Thl. I S. 357 und Bd. VII Thl. I S. 454.

Mariotti, Lettere Pittoriche Perugine. Perugia 1788. S. 127.

Andres, Dell' Origine etc. d'ogni Letteratura. Roma 1790. Bd. IV S. 64.

Fabronio, Historiae Academiae Pisanae. Pisis 1791. Bd. I S. 327, 392.

Renazzi, Storia dell' Università degli studj di Roma. Roma 1803/6. Bd. I S. 227, Bd. II S. 50.

Corniani, I secoli della Letteratura italiana. Brescia 1805. Bd. III S. 270 flgg. Art. XXVII.

Bini, Memorie storiche della Perugina università degli studj. Perugia 1816. S. 253, 598.

---

1) Vergl. S. 867—869.

2) Vergl. S. 869—871.

3) Vergl. S. 871—872.

4) Bernardino Baldi, geboren in Urbino am 5. oder 6. Juni 1553, gestorben ebendaselbst am 10. Oct. 1617.

5) Obiges Werk ist bis heute noch nicht vollständig edirt. Zwar erschien ein Auszug aus demselben unter dem Titel: „Cronica de matematici overo epitome dell' istoria delle vite loro. Opera di monsignor Bernardino Baldi da Urbino, abate di Guastalla in Urbino 1707. Per Angelo Ant. Monticelli."

6) Vergl. S. 421—427.

7) Dabei gebe ich zugleich die betreffenden Seitenzahlen an, so dass ich in späte[illegible] die Autornamen zu citiren nöthig habe.

Vermiglioli, Biografia degli Scrittori Perugini. Perugia 1828/9. Bd. I S. 213.
Montferrier, Dictionnaire des sciences mathématiques. Paris 1845. Artikel „Paccioli".
Nouvelle Biographie générale publiée par M. M. Firmin Didot frères. Paris 1855. Art. „Paccioli".
Gherardi, Einige Materialien zur Geschichte der mathematischen Facultät der alten Universität Bologna. Deutsch von Curtze. Berlin 1871. S. 31 u. 43.
Jaeger, Beiträge zur Geschichte der Doppelbuchhaltung. Stuttgart 1874. S. 180, Note hierzu S. 269.
Jaeger, Lucas Paccioli und Simon Stevin etc. Stuttgart 1876.
Jaeger, Drei Skizzen zur Buchhaltung. Stuttgart 1879.
Boncompagni, Intorno alle vite inedite di tre matematici scritte da Bernardino Baldi. Mit einem Anhange enthalten in Boncompagni's Bullettino, Bd. XII S. 352—419 und S. 863—864.
Brandaglia, Luca Paciolo considerato come Ragioniere. Novara 1882.
Brandaglia, ein Aufsatz in „Il Ragioniere" vom 15. Oct. 1882.

Weiterhin sind hier folgende Werke über Geschichte der Mathematik anzuführen:

Montucla, Histoire des mathématiques. Paris 1758. Bd. I S. 367, 441, 455, 457, 476.
Kästner, Geschichte der Mathematik. Göttingen 1796/1800. Bd. I S. 65 flgg.
Cosali, Origine etc. dell' algebra. Parma 1797/9. Bd. I S. 232 flgg., Bd. II S. 96 flgg. u. S. 222 flgg.
Bossut, Essai sur l'histoire générale des mathématiques. Paris 1810.
Chasles, Aperçu historique sur l'origine et le développement des méthodes en géométrie. Paris 1875.
Libri, Histoire des sciences mathématiques en Italie. Paris 1840. Bd. III S. 133 flgg.
Hankel, Zur Geschichte der Mathematik. Leipzig 1874. S. 348, 360.

Nur in Auszügen waren mir zugänglich:

Lettera dell' abate Gaetano Marini etc. nella quale s'illustra il Ruolo de' Professori dell' Archiginnasio Romano per l'anno 1514. Roma 1747.
Pungileoni, Comentario sopra la vita e le opere di fra Luca Pacciolo, enthalten in: Giornale Arcadico di scienze lettere ed arti. Bd. LXII S. 214—233, fortgesetzt als Memorie della vita di Fr. Luca Paccioli, im LXIV. Bd. obiger Zeitschrift, S. 186—203.

Zwei weitere Werke konnte ich, obgleich ich dieselben in Italien längere Zeit buchhändlerisch suchen liess, nicht erhalten. Dieselben sind:

Barciulli, Memorie intorno a fra Luca Paciolo e Pietro della Francesca. Roma 1852.
Verrati, De' matematici italiani anteriori all' invenzione della stampa. Modena 1860.

Ebenso konnte ich den obenerwähnten Auszug aus dem Werke Baldi's nicht erhalten, was jedoch nichts zu sagen hat, da ja das Original selbst veröffentlicht vorliegt und zudem die dort enthaltene Biographie Paciuolo's in einigen der obenerwähnten Werke wörtlich abgedruckt ist.

Lucas Paciuolo, von welchem weder das Geburts- noch das Todesjahr genau zu ermitteln ist, wurde etwa um das Jahr 1445 in Borgo San

Sepolcro im obern Tiberthale geboren. Dieser Flecken, der bald Stadt wurde, gehörte seit der Mitte des 15. Jahrhunderts zu Florenz. Heute zählt das Städtchen, das Bischofssitz ist, etwa 4000 Einwohner[1]) und bildet den Hauptort des gleichnamigen Kreises der Provinz Arezzo.

„Luca Paciuolo“ scheint einer der angeseheneren[2]) Familien seines Heimathsortes zu entstammen.[3]) Seinen Familiennamen schreibt er in den meist lateinisch gehaltenen Widmungen etc. fast ausschliesslich „Paciolus“;[4]) kommt derselbe aber im italienischen Texte vor, was allerdings selten geschieht, so schreibt er „Paciuolo“,[5]) welche Schreibweise ich deshalb als die den wirklichen Verhältnissen entsprechende adoptire.[6]) Den ersten Unterricht in Mathematik erhielt Paciuolo schon frühe,[7]) vielleicht von dem damals in San Sepolcro blühenden Maler und Mathematiker Piero della Francesca.[8]) Doch kann dieser Unterricht nicht entscheidend für die Ausbildung Paciuolo's zum Mathematiker gewesen sein; denn abgesehen davon, dass derselbe nicht sicher verbürgt[9]) ist, war Piero, wie später noch näher ausgeführt wird, in erster Linie Perspectiviker und Geometer, Paciuolo aber in seinen frühesten Werken Arithmetiker und Algebraiker; vielmehr erhielt Paciuolo erst mit seiner Uebersiedelung nach Venedig Gelegenheit zu ausgiebigem Betriebe mathematischer Studien.

Wahrscheinlich im Jahre 1464 nämlich kam Paciuolo nach Venedig in das Haus des in der Giudecca[10]) von Venedig wohnenden Kaufherrn

1) Die ganze Gemeinde etwa 9000 Einwohner.

2) Vergl. Divina I, Bl. 23, 2.

3) Von Angehörigen der Familie des Lucas Paciuolo sind sein Vater, sowie mehrere Brüder und Neffen theils in Paciuolo's Werken, theils in dessen Testament etc. namentlich aufgeführt. Der Vater unseres Lucas hiess Bartolomäus.

4) In den noch erhaltenen lateinischen Documenten, in welchen unser Paciuolo erwähnt wird, geschieht dies sehr oft nur in der Form: Frater, später Magister Lucas de Borgo; tritt aber der Familienname auf, so geschieht dies ebenfalls meist in der Form „Paciolus“.

5) Eine Ausnahme bildet die Schreibweise „Luca de pacioli“ in der italienischen Eingabe an den Dogen von Venedig. Auf der andern Seite tritt in dem lateinischen Testament Paciuolo's zweimal die Schreibweise Pacciuolus und nur einmal Pacciolus auf.

6) Auch Baldi schreibt: *Fu de la famiglia de' Paciuoli.*

7) Vergl. „Divina“, Einleitungsbrief an Petrus Soderini.

8) Vergl. Vasari, Piero della Francesca.

9) Paciuolo nennt Piero nie direct seinen Lehrer.

10) Mehrere kleine südlich von Venedig liegende Inseln, welche zu einer einzigen verbunden sind. Die „Giudecca“, vom eigentlichen Venedig durch den Canal della Giudecca getrennt trägt viele Landhäuser. Ihren Namen hat sie von den hier in gr

Antonio de Ropiansi als Lehrer der drei Söhne desselben. Hier konnte er mit seinen Zöglingen die Vorlesungen des Mathematikers Bragadino besuchen.[1]) Erst von diesem Zeitpunkte an datirt Paciuolo in der mitgetheilten Stelle seine mathematischen Studien, und wenn er deshalb späterhin

1) Vergl. „Summa" I, Bl. 67. Diese Stelle enthält das Wichtigste, was Paciuolo an biographischen Notizen von sich selbst in seinen Werken uns überliefert hat, deshalb lasse ich dieselbe in getreuem Abdruck (zugleich als Sprachprobe) mit Uebersetzung folgen.

Per loperare de larte magiore: ditta dal vulgo la regola de la cosa ouer Alghebra E amucabula seruaremo noi in questo le qui da luto abreuiature: ouer caratteri: si commo ancora neli altri nostri quatro volumi de simili discipline per noi compilati hauemo vsati: cive in quello che ali gioueni de Peroscia intitulai nel 1476. Nel quale non con tāta copiosita se tratto. E anche in quello che a zara nel 1481 de casi piu sutili e forti componēmo. E anche in quello che nel 1470 derizāmo ali nostri releuati discipuli ser Bart°. e Francesco e Paulo fratelli deropiāsi dala zudeca degni mercatanti in vinegia: figlioli gia de ser Antonio. Sotto la cui ombra paterna e fraterna in lor propria casa me releuai. E a simili sciētie sotto la disciplina de ser Domeneco bragadino li in venetia de la excelsa signoria lectore de ogni scientia pubblico deputato. Qual fo immediate successore al perspicacissimo e Reuerendo doctore: e di san Marco canonico maestro Paulo da la pergola suo preceptore. E ora a lui: al presente el Magnifico et eximio doctore miser Antonio cornaro: nostro cōdiscipulo: sotto la doctrina del ditto bragadino. E questo quando erauamo al secolo. Ma da poi che lhabito indegnamente del seraphyco san Francesco ex voto pigliāmo: per diuersi paesi ce convenuto andare peregrinando. E al presente qui in Peroscia per pubblico emolumento: a satisfation cummuna: a simili faculta ci retrouiamo. E sempre per ordine de li nostri Reuerendi prelati: maxime de reuerendissimo P. nostro generale presente maestro Francesco sansone da Brescia: correndo glianni del nostro signore Jesu Christo 1487. lanno

Für das Rechnen in der „*Arte magiore*", gewöhnlich „*regola della cosa*" oder „Algebra und Almucabala" genannt, werden wir uns in Folgendem nebenstehender Abkürzungen oder Zeichen bedienen, wie wir dieselben auch in den vier anderen von uns in gleicher Wissenschaft verfassten Werken gebraucht haben. Dies ist in demjenigen, das ich im Jahre 1476 den Jünglingen von Perugia widmete, und das nicht so reichhaltig ist; und auch in demjenigen, das wir in Zara im Jahre 1481 über subtilere und schwierigere Aufgaben zusammenstellten; und auch in demjenigen, welches wir im Jahre 1470 an unsere erhabenen Schüler, die Brüder Herren Bartolo, Franz und Paul de Ropiansi aus der Giudecca richteten, würdige Kaufleute in Venedig, Söhne des weiland Herrn Antonio. Unter dem väterlichen und brüderlichen Schutze derselben bildete ich mich in ihrem eigenen Hause auch in den gleichen Wissenschaften aus unter der Anleitung des Herrn Domenico Bragadino, welcher dort in Venedig von der hohen Regierung als Lehrer in jeglicher Wissenschaft öffentlich angestellt war. Derselbe war der unmittelbare Nachfolger des scharfsinnigen und ehrwürdigen Doctors und Canonicus an San Marco, Herrn Paul da la Pergola, seines Lehrers; und jetzt folgte auf ihn in der Gegenwart der ruhmreiche und ausgezeichnete Doctor Herr Antonio Cornaro, unser Mitschüler unter genanntem Bragadino. Und dies so lange wir im weltlichen Stande waren. Aber seit wir als Unwürdiger das Kleid des seraphischen heiligen Franziscus nach einem Gelübde anlegten, kam es uns zu, durch verschiedene Länder zu wandern.

im Jahre 1508 schreibt,[1]) dass er schon 44 Jahre Mathematik treibe, komme ich ungezwungen auf obige Zeitbestimmung für seine Uebersiedelung nach Venedig. Aus den Kenntnissen, welche Paciuolo in den Tractaten XI und XII der neunten Distinction seiner „Summa“[2]) entfaltet, geht sicher hervor, dass derselbe in der Zeit seines Aufenthalts im Hause Ropiansi's sich auch eingehend mit kaufmännischen Fragen beschäftigte; ja vielleicht war Paciuolo in dieser Zeit nebenbei selbst direct kaufmännisch thätig. Im Jahre 1470 verfasste Paciuolo sein erstes mathematisches (arithmetisches) Werk, das er eben jenen Brüdern Bartolo, Franz und Paul de Ropiansi widmete.[3]) In eben diesem Jahre kam derselbe auch auf einige Zeit nach Rom in das Haus des als Architekt, Philolog, Philosoph und Mathematiker gleich ausgezeichneten Leon Batista Alberti.[4]) Zwar giebt Paciuolo für diesen Aufenthalt nur die allgemeine Zeitbestimmung: „unter dem Pontificat Paul II.“[5]) an. Da aber Alberti in den Jahren 1464—1470 in Florenz thätig war,[6]) so bleiben für jenen Aufenthalt Paciuolo's in Rom nur die Jahre 1470 und 1471 übrig.

Noch vor 1477[7]) trat Paciuolo einem Gelübde gemäss in den Franziscanerorden ein, welchem Orden auch zwei seiner Brüder angehörten[8]) Wohl durch Verwendung seiner Ordensobern[3]) wurde Paciuolo im October 1477 zunächst auf ein Jahr als Professor der Mathematik (*„ad docendum arsmetricam“*) nach Perugia mit 30 Gulden Gehalt berufen,[9]) welche Stel-

---

quarto del pontificato del sanctissimo in Christo. P. Innocentio octauo.

Und jetzt befinden wir uns hier in Perugia für die gleiche Wissenschaft zu allgemeiner Zufriedenheit auf öffentliche Kosten angestellt. Und immer auf Befehl unserer ehrwürdigen Prälaten, hauptsächlich des sehr ehrwürdigen Paters, unseres gegenwärtigen Generals Herrn Franz Sansone von Brescia. Im Jahre unseres Herrn Jesu Christi 1487, im vierten Jahre des Pontificats Sr. Heiligkeit Innocenz VIII.

1) In der obenerwähnten Eingabe Paciuolo's an den Dogen von Venedig.

2) Vergl. den 2. Theil des vorliegenden Aufsatzes.

3) Vergl. die oben mitgetheilte biographische Stelle.

4) Vergl. Divina I, Bl. 29, a.

5) Dies wäre der Zeitraum vom 30. VIII. 1464 bis 26. VII. 1471.

6) Die von demselben in Florenz erbaute Cappella Rucelai in S. Pancrazio trägt die Jahreszahl 1467, und die Façade von Sta. Maria Novella die Jahreszahl 1470.

7) Die Grenzen, innerhalb welcher Paciuolo die Mönchskutte anlegte, sind bestimmt einerseits durch die oben mitgetheilte biographische Stelle, andererseits durch die Annali decemvirali, in welchen Paciuolo bei seiner Berufung am 14. X. 1477 schon als Frater Lucas de Burgo aufgeführt ist.

8) Vergl. Divina I, Bl. 23, a.

9) Annali de[illegible]

lung er auch im November antrat. Schon unter dem 11. Januar 1478 wird Paciuolo auf seine Bitte eine Aufbesserung von 20 Gulden bewilligt mit der Motivirung:[1]) „*et cum jam legisset dictam artem (arsmetricam seu geometricam) per duos menses et optimam de se experientiam ostentisset et manifesto appareat ipsum cum tam exili stipendio vivere non posse*". Auch sonst sind in jenen Annalen ehrenvolle Zeugnisse des jungen Mathematikers enthalten. So beschliesst das betreffende Collegium unter dem 4. VI. 1478, Paciuolo auf weitere zwei Jahre anzustellen und zugleich dessen Gehalt auf 60 Gulden zu erhöhen mit der Motivirung: „*considerantes et necessitatem habere similem magistrum doctum et expertum ad docendum dictam doctrinam et habentes respectum suis virtutibus et bonitati ac moribus*". Gleich im ersten Jahre seines Aufenthalts in Perugia verfasste Paciuolo ein mathematisches Werk, das er den Jünglingen von Perugia widmete. Von diesem Werke befindet sich ein Manuscript in der Vaticana,[2]) welches die Widmung trägt: „*Suis carissimis discipulis egregiis clarisque Juvenibus perusinis etc. frater Lucas de burgo etc.*" Wie aus dieser Widmung hervorgeht, ist dieses Werk unzweifelhaft identisch mit dem ersten der in obiger biographischen Stelle erwähnten. Nach jenem Codex der Vaticana begann Paciuolo die Niederschrift des Textes am 12. XII. 1477 und beendete dieselbe am 29. IV. 1478. Das Werk zeigt, soviel ich aus der von Boncompagni mitgetheilten Inhaltsübersicht ersehen kann, ziemlich viel Aehnlichkeit mit dem später zu besprechenden Hauptwerke Paciuolo's, nur dass „*nel quale non con tanta copiosita se tratto*".[3]) Da in jenen Annalen die letzte Anweisung einer Ausbezahlung von Gehalt an Paciuolo vom 7. VI. 1480 datirt, so ist sicher anzunehmen, dass mit diesem Termine Paciuolo jene Stelle verliess und sich so seine erstmalige Anstellung in Perugia vom November 1477 bis Juni 1480 erstreckte.[4])

Der Grund, warum Paciuolo seine Stellung aufgab und bis 1. V. 1486 überhaupt jede Lehrthätigkeit ausgesetzt zu haben scheint, dürfte wohl der sein, dass Paciuolo, sei es aus eigenem Antriebe, sei es auf Befehl seiner Oberen, sich für einige Zeit ausschliesslich dem Studium der Philosophie und Theologie widmen wollte. Denn während bis zum Jahr 1480 in den Annali decemvirali Paciuolo stets nur als „frater Lucas" aufgeführt wird, führt er in jenen Annalen vom Jahre 1486 an den Titel „Magister"; ebenso nennt er sich in der Dedication seines Werkes vom Jahre 1478 nur „frater Lucas", während er in seinen späteren Dedicationen seinem Namen immer den Titel Professor oder Magister der heiligen Theologie

1) Annali decemvirali 11. I. 1478.

2) Vergl. Boncompagni, Bullettino XII, S. 428—429.

3) Vergl. die mitgetheilte biographische Stelle.

4) Wenn Paciuolo in „Summa" I, Bl. 98, 2 schreibt, seine erstmalige Anstellung in Perugia habe sich von 1475 an auf drei Jahre erstreckt, so ist hierfür unbedingt 1477 zu lesen.

beisetzt.[1]) Neben seinen Studien, dieselben vielleicht eben damit verbindend, unternahm Paciuolo in diesem Zeitraum auf Befèhl seiner Ordensoberen ziemlich ausgedehnte Reisen. So finden wir ihn im Jahre 1481 in Zara, woselbst er ein mathematisches Werk verfasste;[2]) auch in Florenz hielt er sich in dieser Zeit mehrfach auf.[3])

Unter dem 14. XII. 1487 wird Paciuolo wieder auf seinen alten Lehrstuhl *„ad docendum abicum“* nach Perugia berufen. Am 1. V. 1487 begann er dort seine Vorlesungen, welche er im April 1488 schon wieder schloss.[4])

Von Perugia kam Paciuolo nach Rom, von seinen Oberen beauftragt mit Dienstleistung bei Pietro Valletari, Bischof von Carpentrasso. Dort verfertigte er eine Sammlung von Modellen der fünf regulären und vieler davon abgeleiteten Körper[5]) und überreichte im April 1489[6]) im Palaste des Cardinals Giuliano della Rovere (Monsignore de San Pietro in vincula)[7]) dem Herzog Guidobaldo von Urbino eine Collection solcher Modelle.[8]) Zugleich wissen wir aus einer Stelle[9]) der „Summa“, dass Paciuolo während dieses Aufenthalts in Rom öffentlich mathematische Vorlesungen (wohl an der Sapienza) hielt.

An einer andern Stelle[10]) der „Summa“ theilt Paciuolo mit, dass er früher auch am Gymnasium in Neapel als Lehrer der Mathematik thätig war. Schon Baldi und nach ihm Renazzi etc. lassen diese Lehrthätigkeit unmittelbar auf diejenige in Rom folgen, obgleich aus jener Stelle der „Summa“ nur hervorgeht, dass Paciuolo überhaupt vor 1494 in Neapel Mathematik vortrug.

Zunächst möchte ich in Bezug auf diese Lehrthätigkeit Paciuolo's in Neapel feststellen, dass dieselbe sich über einen Zeitraum von drei Jahren erstreckte.[11]) Für die Annahme nun, dass diese Professur etwa in die Jahre

---

1) Vergl. z. B. die in der „Summa“ enthaltenen Widmungen.

2) Vergl. die oben mitgetheilte biographische Stelle.

3) Vergl. „Summa“ I, Bl. 93, 1 und 98, 2.

4) Vergl. Annali decemvirali 1487—88 und „Summa“ I, Bl. 98, 2.

5) Später („Divina“ I, Bl. 28, 2) erwähnt Paciuolo drei von ihm selbst verfertigte Collectionen von Modellen regulärer und davon abgeleiteter Körper von je 60 Stück, welche sich in Florenz, Mailand und Venedig befinden.

6) Renazzi verlegt dieses Vorkommniss wohl durch falsche Auffassung der Stelle Summa II, Bl. 68, 2 in das Jahr 1484; Brandaglia folgt demselben und lässt weiterhin (ohne Beweis) Paciuolo im gleichen Jahre in den Franziskanerorden treten.

7) Später Papst Julius II.; ihn nennt Paciuolo: *„nostro protectore“.*

8) Vergl. „Summa“ II, Bl. 68, 2.

9) Vergl. „Summa“ II, Bl. 74, 2.

10) Vergl. „Summa“, Dedicationsbrief an den Herzog von Urbino.

11) Was Boncompagni als unerwiesen ansieht. Vergl. Bull. XII, S. 394 Anm. 1. — Paciuolo theilt aber in seinem Tractat über Architektur ausdrücklich mit, dass er während [illegible] lid erklärte. Vergl. Divina I, Bl. 24, 2.

1490—1493 fiel, spricht der Umstand, dass Paciuolo in jener biographischen Stelle vom Jahre 1487[1]) einen Aufenthalt in Neapel nicht erwähnt, wohl aber in dem seiner „Summa" im Jahre 1494 vorangestellten Briefe an Guidobaldo. Dagegen scheinen jener Annahme einige Notizen[2]) zu widersprechen, nach welchen Paciuolo sich in den Jahren 1491 und 1493 mehrfach und scheinbar längere Zeit in Borgo etc. aufhielt. Ebenso könnte aus einer allerdings ganz ungenau gefassten Stelle des Tractats über Architektur hervorgehen, dass vielleicht jener Aufenthalt Paciuolo's in Neapel schon in die Jahre 1472—1475 zu legen wäre,[3]) und so die erste öffentliche Lehrthätigkeit des Letzteren[4]) bilden würde. Eine definitive Entscheidung der Frage, wann Paciuolo an der Universität in Neapel wirkte, könnten nur an Ort und Stelle unternommene archivalische Nachforschungen ergeben.

Schon während der Zeit seiner zweiten Professur in Perugia[5]) hatte Paciuolo begonnen, die Gesammtheit seines mathematischen Wissens in einem grossen Werke niederzulegen. Dieses Werk war nun in der Zwischenzeit fertig geworden, und um dasselbe dem Druck zu übergeben, siedelte er 1494 nach Venedig über. Dort hatte er in dem venezianischen Patrizier Marco Sanuto, dem neubestimmten Prätor Bergomos und dem Landdekan Isidor Bagnuoli mächtige Förderer des Druckes;[6]) zugleich wird auch der gesetzliche Schutz gegen Nachdruck, der ihm in dem damals noch mächtigen Staatswesen in Aussicht stand, mit ein Grund zur Wahl gerade dieses Ortes für den Druck seines Werkes gewesen sein. Die erste Seite dieses Werkes trägt den Titel: „Summa de Arithmetica Geometria, Proportioni et Proportionalita." Der Name des Verfassers fehlt, wie meist bei Incunabeln auf der Titelseite, auch benennt sich im ganzen Werke

---

1) Vergl. S. 86 des vorliegenden Aufsatzes.

2) Nach Ordensacten veröffentlicht von Pungileone etc.

3) Nach jener Stelle (Divina I, Bl. 30, 1) befand sich nämlich Paciuolo in Neapel zur Zeit, als: „Lorenzo der Prächtige anfing, sich an Baukunst zu ergötzen, und dem Künstler Giuliano da Majano seine Entwürfe mittheilte". Doch giebt Paciuolo nicht an, in welcher Eigenschaft er sich damals in Neapel befand; ja aus jener Stelle könnte die Vermuthung entstehen, dass derselbe zunächst als Kaufmann nach Neapel kam.
Ist dieser Aufenthalt identisch mit dem in obigen Stellen erwähnten, so können für denselben nur die Jahre 1472/75 in Betracht kommen.

4) Vielleicht kam in der That Paciuolo zuerst als Kaufmann nach Neapel und erklärte zunächst nur privatim dem in jenen obigen beiden Stellen erwähnten Condottiere Camillo Vitelli den Euklid, um erst nach einiger Zeit einen öffentlichen Lehrstuhl zu erhalten. Wahrscheinlich wäre Paciuolo dann in den Jahren 1475/76 in den Franziskanerorden eingetreten.

5) Vergl. „Summa" I, Bl. 67, 2 und 98, 2.

6) Vergl. Schlusspassus der „Summa".

Paciuolo nie mit seinem Familiennamen.[1]) Die zweite Seite trägt die Widmung des ganzen Werkes mit der Ueberschrift: „Magnifico Patritio Veneto Bergomi pretori designato. D. Marco Sanuto viro in omni disciplinarum genere peretissimo Frater Lucas de Burgo Sancti Sepulcri ordinis minorum et inter Sa. Theo. professores minimus." Ferner befinden sich auf dieser Seite zwei nicht von Paciuolo herrührende Epigramme, ein lateinisches und ein italienisches, welch' letzteres, was Ungelenkigkeit der Sprache anbelangt, mit dem schlechten Italienisch, das Paciuolo schreibt, wetteifert. Auf der dritten Seite beginnt ein Brief Paciuolo's an den Fürsten Guidobaldo, Herzog von Urbino[2]) in italienischer Sprache, an welchen sich auf der fünften Seite eine Uebersetzung desselben ins Lateinische anschliesst. In diesem Briefe erklärt Paciuolo zunächst den Zweck, welchen er bei der Herausgabe des Werkes im Auge habe, mit den Worten: „Ich habe hauptsächlich zum Gebrauche und zur Freude Derjenigen, welche die Tugend lieben, dieses Werk nach meinem geringen Verstande verfasst. In dem selben habe ich viele verschiedene und sehr nützliche Theile der Arithmetik, Geometrie, Verhältniss- und Proportionslehre mit Allem, was zu ihrer Anwendung nöthig ist, mit festen Regeln und vorzüglichen Anleitungen, sowie mit der Begründung jeder Operation, sowohl nach den alten, als auch nach den neueren, zusammengetragen. Deshalb trägt das Buch nicht mit Unrecht den Titel: Das Ganze der Arithmetik, Geometrie, Verhältniss- und Proportionslehre. Meine Hauptabsicht bei diesem Werke war, wie man aus seiner Anordnung leicht ersieht, genau das Verfahren (*praxim*) in jenen Wissenszweigen anzugeben." Den Hauptinhalt dieses Briefes bildet jedoch der Nachweis, wie Mathematik als Wissenschaft von Maass und Zahl zu allen übrigen Wissenschaften nöthig sei.[3]) Auf diesen Brief folgen zwei Inhaltsübersichten, worauf die eigentliche Abhandlung und damit auch die Nummerirung der einzelnen Blätter[4]) ihren Anfang nimmt. Das Werk selbst zerfällt in zwei Theile. Der erste behandelt die Arithmetik und Algebra, der zweite die Geometrie. Der erste Theil, welcher eine specielle Widmung an den Herzog Guidobaldo trägt, umfasst 224 Blätter, der zweite 76 Blätter, welche besonders nummerirt sind.[5]) Das ganze Werk, das im Verlag von Paganino de Paganini erschien, schliesst mit den Worten: „Im

---

1) Hierdurch wurde Kästner veranlasst, in dem Verfasser der „Summa" einen Bruder des Verfassers der „Divina" zu sehen, während doch Paciuolo sich in seiner „Divina" mehrfach auf seine „Summa" bezieht. Vergl. z. B. Divina I, A II, 1, 2; 21, 2 und 32, 2.

2) Der letzte Spross des Hauses Montefeltre, gest. 1508.

3) *nec a brutis abest quincunque perperam* (fehlerhaft) *numeraverit: Isid. Etym.*

4) Da nur die einzelnen Blätter Nummern tragen, citire ich stets noch die betreffende Seite.

5) Ich citire die Al[illegible]ometrie als „Summa II".

Jahre des Heils 1494, am 10. November, unter der glücklichen Regierung des Dogen und gestrengen Herrn von Venedig Augustino Barbadico, gab der Bruder des Minoritenordens Lucas aus Burgo San Sepolcro, geringer Professor der heiligen Theologie, mit seinem schwachen Verstande, aus Mitleid mit den Unwissenden dieses Lehrbuch der gesammten Arithmetik, Geometrie, Verhältniss- und Proportionslehre heraus; und indem er den Druckern Tag und Nacht beistand, hat er das Vorgelegte mit eigener Hand corrigirt." Von diesem Werke existirt noch eine zweite Ausgabe vom Jahre 1523, welche einen einfachen Wiederabdruck der ersten Ausgabe darstellt. Dieser Neudruck wurde von dem in der Zwischenzeit nach Toscolano am Gardasee übergesiedelten Herausgeber des ersten Druckes veranstaltet.[1])

Mit dem Jahre 1496 kam Paciuolo nach Mailand.[2]) Dort versammelte der Herzog Ludwig il Moro Sforza, nachdem er 1494 seinen minderjährigen Neffen aus dem Wege geräumt hatte, einen grossen Kreis von Gelehrten, Künstlern und tüchtigen Truppenführern an seinem Hofe. Unter diesen berief er auch auf den von ihm neugegründeten Lehrstuhl der Mathematik unsern Magister Lucas. In Mailand erwarb sich Paciuolo hauptsächlich durch seine Euklid-Vorlesungen[3]) einen grossen Zuhörerkreis, welcher ihn auch bewog,[4]) sich an eine Uebersetzung Euklid's nach der lateinischen Ausgabe von Campanus zu machen. Zugleich mit ihm an Moro's Hof befand sich das Universalgenie eines Leonardo da Vinci. Die Bekanntschaft, welche auf solche Weise Paciuolo mit Leonardo machte, war bestimmend auf den Vorwurf und die ganze Anlage des von Paciulo in der Zeit seines Mailänder Aufenthalts verfassten Werkes dem er den Titel „Divina Proportione" gab. Zu dem Manuscripte[5]) desselben, das er dem Herzog dedicirte, lieferte Leonardo's Meisterhand die Zeichnungen.[6]) Doch nur kurz dauerte Moro's Herrschaft. Schon im Jahre 1499 vertrieben die Franzosen denselben, und hierbei ging jenes Manuscript verloren,[7]) d. h. es fiel wahrscheinlich in die Hände der Feinde, von wel-

1) Beide Ausgaben sind heute sehr selten; so besitzt weder die Stuttgarter noch die Tübinger Bibliothek eine derselben. Mir selbst stand durch das schon erwähnte Entgegenkommen des Herrn Privatdocenten Dr. Jaeger die zweite Ausgabe zu Gebote.

2) Vergl. „Divina" I, Bl. 28, 2 und den Widmungsbrief der Divina an Ludwig Sforza.

3) In der Einleitung zur „Divina" Bl. 3, 1 sagt Paciuolo in Bezug auf selben: *„Interponendo sempre a sua* (d. h. Euklid's) *theorica ancora la pratica nostra."*

4) Vergl. den Dedicationsbrief der Divina an Soderini.

5) Dasselbe soll sich heute in der öffentlichen Bibliothek zu Genf befinden.

6) Nach *„De viribus quantitatis"*, Bl. 237, scheint Paciuolo die Originale für sich behalten zu haben.

7) Vergl. den Dedicationsbrief der „Divina" an Soderini.

chen es Pietro Soderini[1]) sich erwarb. Im gleichen Jahre 1499 siedelte auch Paciuolo *„per diversi successi“*, wie er sich ausdrückt, mit Leonardo zusammen nach Florenz über.

Hierher war damals die Hochschule des unterworfenen Pisa verlegt, und eben im ersten Jahrzehnt des 16. Jahrhunderts tobte frisch entfacht der alte blutige Kampf zwischen Florenz und Pisa. Auch sonst war das Gemeinwesen von Florenz in grosser Verwirrung. Das Drama eines Savonarola hatte eben (1498) ausgespielt, und während die vertriebenen Mediceer Alles aufboten, um wieder zurückkehren zu können, fristete unter dem lebenslänglichen Gonfaliere Pietro Soderini die Republik ihr schwerbedrängtes Dasein. Dass die Unruhe solcher Zeiten auch die Lehranstalten von Florenz beeinflusste, ist klar; und wenn nun eben im Jahre 1500 Paciuolo die Professur für Mathematik an der Pisaner und Florentiner Hochschule übertragen wurde, so müssen wir uns auf Unregelmässigkeiten in seiner Lehrthätigkeit gefasst machen. So hat nach Sotii[2]) Paciuolo im Jahre 1500 auch an der Universität von Perugia gelesen.[3]) In den Professorenverzeichnissen der Pisaner Hochschule führt Fabroni unter den *„physicae magistri“* als ersten mit dem Titel „Mathematica[4]) F. Lucas a Borgo“ auf, und zwar für die Jahre 1500, 1501, 1502, 1504 und 1505. Für das Jahr 1503 nennt er überhaupt keine Namen, sondern setzt die Bemerkung bei: *„Non legerunt vacante assignamentum Pontificis.“* Doch ist nach Fabroni's eigenem Urtheil[4]) Paciuolo mehr zu den Professoren der Florentiner als denen der Pisaner Hochschule zu rechnen. Auch aus den von Boncompagni beigebrachten Actenauszügen geht hervor, dass Paciuolo in der That in jener eigenthümlichen Doppelstellung von 1500 bis 1506 in Florenz Mathematik las.[5]) In diesen Zeitraum fällt auch die Professur Paciuolo's an der Universität zu Bologna.[6]) Auf dem Papier, wie man heutzutage sagen würde, verblieb für das Schuljahr 1501/2 Paciuolo in seiner Florentiner Stellung; doch dürfte die Zahl der Studirenden so gering gewesen sein, dass er, ohne förmlich aus dem schon sehr

---

1) Pietro Soderini war nach Savonarola's Tod im Jahre 1498 zum lebenslänglichen Gonfaliere der Republik Florenz gewählt worden, dankte jedoch schon 1512 wieder ab.

2) Vergl. Vermiglioli.

3) Ein ähnlicher Fall, wie der später näher besprochene mit Bologna. Bei Boncompagni liegt mit Bezug auf diese Peruginer Professur ein Druckfehler vor. In der Anmerkung 4 zu S. 407 seines Bullettino XII ist wohl das Datum 3. XI. 1500 aufgeführt, aber der betreffende Auszug S. 437 trägt das Datum des 3. XI. 1510.

4) Vergl. Fabroni etc., Bd. I S. 95.

5) Ein weiterer Beweis, dass Paciuolo sich in dieser Zeit in Florenz aufhielt, liegt darin, dass derselbe im Jahre 1505 dem Kloster zum heiligen Kreuz in Florenz incorporirt wurde. Vergl. den von Boncompagni S. 411 mitgetheilten Auszug aus Ordensacten.

6) Vergl. hierzu Gherardi.

gelockerten Verbande[1]) der Studienanstalten in Florenz auszuscheiden, in der Lage war, einem Rufe auf den Lehrstuhl „*ad mathematicam*“ in Bologna Folge zu leisten. Diesen Lehrstuhl hatte Paciuolo jedoch eben nur für das Studienjahr 1501/2 inne. Vielleicht waren die Florentiner Behörden aus dem oder jenem Grunde nicht mehr geneigt, eine solche Zwitterprofessur ihrerseits fernerhin zu dulden, oder Paciuolo fühlte, nicht der Mann zu sein, den ersten mathematischen Lehrstuhl einer Hochschule einzunehmen, deren zweiten der ihn weit überragende Scipio Ferro inne hatte. Jedenfalls kehrte Paciuolo im Jahre 1503 in seinen Florentiner Wirkungskreis zurück,[2]) an den ihn das freundschaftliche Verhältniss fesselte, in welchem er zu Pietro Soderini stand.[3]) Während dieses seines Aufenthalts in Florenz wurde Paciuolo auch durch die Generalcomitien seines Ordens zum Provinzial der Romania erwählt.[4])

Von Florenz[5]) siedelte Paciuolo zum dritten Male nach Venedig über. Hier las er öffentlich über das fünfte Buch Euklid's und leitete diese Vorlesung am 11. August 1508 feierlich mit einem Vortrag in der Bartolomäuskirche ein.[6]) Doch lag der Grund dieser Uebersiedelung nicht darin, dass Paciuolo in Venedig einen neuen Wirkungskreis seiner Lehrthätigkeit suchte und erhielt, sondern er wollte vielmehr in derselben Officin, aus welcher seine „Summa“ hervorging, zwei in der Zwischenzeit verfasste Werke dem Drucke übergeben.

Das erste dieser Werke ist die schon erwähnte Uebersetzung Euklid's; dieselbe ist heute vielleicht die seltenste aller Euklid-Ausgaben. Da ich sie nicht zu Händen bekommen konnte, so beschränke ich mich darauf, im Folgendem nur ihren ausführlichen Titel, sowie die Schlussworte nach Riccardi's „Biblioteca matematica italiana“ zu geben: „Euclidis mega-

1) So verblieben hauptsächlich infolge von finanziellen Schwierigkeiten, mit welchen die Republik zu kämpfen hatte, im Jahre 1503 ausser Paciuolo nur die Professoren der schönen Wissenschaften in Florenz zurück. Vergl. Prezziner, Storia del pubblico studio etc. di Firenze. Firenze 1810. S. 192.

2) So ist in einem Manuscripte des Archivio di Stato von Florenz eine vom 30. VIII. 1504 datirte Verrechnung enthalten, nach welcher Paciuolo für Modelle stereometrischer Körper, die er der Signoria überreichte, L. 62, 9 erhielt. Vergl. Boncompagni.

3) Vergl. Dedicationsbrief der „Divina“ an Soderini.

4) Vergl. Pungileoni.

5) Die Annahme Thausing's in seiner Biographie Albrecht Dürer's, es sei Paciuolo der Lehrer gewesen, zu welchem sich Dürer Ende 1506 nach Bologna begab, um Unterricht in der Perspective zu nehmen, ist daher unrichtig.

6) Vergl. Paciuolo's Euklid-Ausgabe, Bl. 31, 1: „*Cum ego Lucas Paciolus etc., quintum Euclidis profiteri solemniter caepi praefatione hac prius habita*“ Hierbei kann es Paciuolo sich nicht versagen, die grosse Zahl berühmter Persönlichkeiten, welche jenem Vortrage anwohn'en, namentlich aufzuzählen und mit den Worten zu schliessen: „*Aliique plurimi quorum nomina sigillatim referre ad quingentos et amplius operosum nimis foret florem tantum hominum decerpsi.*“

rensis[1]) philosophi acutissimi mathematicorumque omnium sine controuersia principis opera a Campano interprete fidissimo tralata Que cum antea librariorum detestanda culpa mendis fedissimis adeo deformia essent: vt vix Euclidem ipsum agnosceremus. Lucas paciolus theologus insignis: altissima, Mathematicarum disciplinarum scientia rarissimus iudicio castigatissimo detersit: emendauit."

„*Figuras centum et vndetriginta que in alijs codicibus inverse et deformate erant: ad rectam symmetriam concinauit: et multas necessarias addidit. Eundem quoque plurimis locis intellectu difficilem commentariolis sane loculentis et eruditiss. aperuit: enarrauit: illustrauit. Adhec vt elimatior exiret Scipio vegius mediol. vir vtraque lingua: arte medica: sublimioribusque studijs clarissimus diligentiam: et censuram suam prestitit.*

Anno redemptionis nostre. MDVIII. klen. XI. Junii."

Wieviel Fleiss Paciuolo auf diese Euklid-Ausgabe verwandte und welche Bedeutung er ihr beimisst, geht auch aus obenerwähntem Bittgesuch an den Dogen hervor. In demselben stellt er seine Ausgabe derjenigen gegenüber, welche „Erhardus Ratold Augustensis" ebenfalls nach Campanus im Jahre 1482 veranstaltete. Paciuolo nennt das von Ratold gedruckte Werk: „vielfach unrichtig".

Das zweite jener Werke ist die durch einige Anhänge vermehrte, schon oben erwähnte „Divina proportione". Dieselbe trägt auf der ersten Seite als vollständigen Titel (italienisch): „Das göttliche Verhältniss.[2]) Ein Werk, das allen scharfsinnigen und wissbegierigen Geistern nöthig ist, und woraus Jeder, der sich mit Philosophie, Perspective, Malerei, Bildhauerei, Baukunst, Musik oder anderen mathematischen Disciplinen beschäftigt, eine angenehme, scharfsinnige und bewunderungswürdige Wissenschaft sich erwerben und sich mit verschiedenen Fragen geheimsten Wissens ergötzen wird." Auf der zweiten Seite stehen einige Epigramme, und weiterhin folgen auf Seite 3 und 4 zwei Briefe. Der erste trägt die Ueberschrift: „Excellentissimo Reipublicae Florentinae principi perpetuo D. Petro Soderino frater Lucas Patiolus Burgensis Minoritanus et sacrae Theologiae professor." In demselben widmet Paciuolo das ganze Werk dem lebenslänglichen Gonfaliere der Republik Florenz Petrus Soderinus. Weiterhin spricht Paciuolo von sich, seinen mathematischen Studien, seiner Euklid-Ausgabe und seinem vorliegenden Werke, sowie von der Mitarbeiterschaft Leonardo da Vinci's an demselben. Der Brief ist datirt: Venedig, den 9. VI. 1509. Im zweiten Briefe lobt ein Freund Paciuolo's, Daniel Cajetan, das Werk und dessen Verfasser. Das nächste Blatt trägt ein Verzeichniss der zur „Divina" im engeren Sinne gehörigen Figurentafeln. Hierauf beginnt diese Abhandlung selbst und zwar allem Anscheine nach genau nach dem obenerwähnten

1) Eine schon im Alterthum auftretende Verwechslung.
2) Heute bekannt unter dem Namen: „Der goldene Schnitt."

rade unter dem Pontificat jenes hochgebildeten und kunstsinnigen Mediceers in ihrer höchsten Blüthe stand. Durch diese Berufung[1]) gehörte Paciuolo einem Lehrkörper an, der in gewissem Sinne als erster der ganzen damaligen Christenheit angesehen werden darf. Doch nicht lange sollte er seinen neuen Katheder inne haben. Bald nach 1514 finden wir andere Vertreter der Mathematik an der Sapienza, und da auch weitere Notizen etc. über Paciuolo, welche ja bisher nicht allzu spärlich flossen, mit dem Jahre 1514 aufhören, so darf angenommen werden, dass Paciuolo nicht lange nach 1514 starb.

Auf einen Punkt in Paciuolo's Lebensgeschichte muss ich noch zu sprechen kommen. Vielfach[2]) wird in der einschlägigen Literatur auf eine grosse Orientreise Paciuolo's hingewiesen, welche gerade für seine mathematischen Studien von hoher Bedeutung gewesen sein soll. Dabei wird die Frage, ob Paciuolo auch arabisch verstand, meist als eine offene behandelt.[3]) Dass diese letztere Frage entschieden zu verneinen ist, geht schon aus den beiden Stellen der „Summa"[4]) hervor, in denen Paciuolo die Worte El cataym, sowie Algebra und Almucabula übersetzt; in letzterer Stelle sagt er, jene beiden Worte seien entweder arabisch oder chaldäisch. In Beziehung auf Paciuolo's Orientreise aber komme ich zu dem Ergebnisse, dass hier eine eigenthümliche Verwechselung Paciuolo's mit Leonardo Pisano vorliegt, indem die mittelbaren Beziehungen, in welchen Paciuolo eben durch Leonardo Pisano zu arabischen Quellen stand, sich in der Tradition allmälig in unmittelbare Beziehungen verwandelten.

Hierfür spricht zunächst, dass Baldi von einer solchen Reise nichts weiss, sondern eben auf Leonardo Pisano als Vermittler hinweist. Auch indirect lässt sich aus dem Inhalt der Werke Paciuolo's der Beweis eines unmittelbaren Verkehrs ihres Verfassers mit orientalischen Gelehrten nicht erbringen, denn wo immer seine Kenntnisse auf arabischen Ursprung hinweisen, kann stets die Möglichkeit einer Vermittelung durch Leonardo Pisano gezeigt werden. Hätte aber in der That eine Orientreise für Paciuolo die fundamentale Bedeutung gehabt, welche jene Tradition ihr zuschreibt, so hätte derselbe in der oben mitgetheilten biographischen Stelle diese Reise doch ausdrücklich erwähnen müssen und nicht blos mit den Worten: *„per diversi paesi ce convenuto andare perigrinando"* abfertigen können; zudem geht aus jener Stelle hervor, dass es sich hierbei um Reisen im Auftrage seiner Ordensoberen handelte. Wenn ich nun auch sonst in den Werken Paciuolo's nirgends eine Andeutung einer Orientreise finden konnte, so darf wohl als eine der sichersten Thatsachen aus dessen Leben

---

1) Baldi, Libri etc. wissen von dieser zweiten öffentlichen Lehrthätigkeit Paciuolo's in Rom nichts.

2) Vergl. Fabroni, Montferrier, Montucla, Bossut, Brandaglia etc.

3) Vergl. auch Jaeger, Lucas Paciuoli, S. XIII.

4) Vergl. „Summa" I, Bl. 98, 2 und 144, 1.

staben mit kurzem Texte vorführen; durch dieselben will Paciuolo zeigen, wie man jene Buchstaben nur mit Zirkel und Lineal herstellen kann. Drei weitere Tafeln erläutern einzelne im Tractat über Architektur behandelte architektonische Glieder. Die nun folgenden 59[1]) Tafeln gehören zur eigentlichen „Divina"; dieselben rühren von Leonardo da Vinci's Hand her und zeigen in theilweise geradezu vorzüglichen perspectivischen Darstellungen die regulären und viele davon abgeleitete Körper, sowie einige Prismen, Pyramiden etc.[2]) Das Schlussblatt bietet eine Zeichnung, welche die Einleitung der Verhältnisse und Proportionen in Form eines Baumes wiedergiebt; diese Tafel ist auch schon in der „Summa" enthalten.[3])

Paciuolo, der nun jedenfalls das 60. Jahr überschritten hatte — schreibt er doch in dem Widmungsbriefe der „Divina" an Soderini von sich selbst: *„inclinante jam aetate mea"*[4]) —, scheint sich wieder seiner alten Heimstätte Perugia zugewandt zu haben, wenigstens wurde er nach den „Annali decemvirali"[5]) im November 1510 auf ein Jahr *„ad docentum abbicum"* nach Perugia berufen. Schon vorher, im Februar desselben Jahres, war er mit ehrenvollen und weitgehenden Vorrechten zum Commissarius seines Klosters in Borgo San Sepolcro ernannt worden,[6]) und scheint auch der Hauptsache nach wenigstens von 1511 bis 1513 sich dort aufgehalten zu haben.[7])

Im Jahre 1514 wurde Paciuolo unter Papst Leo X. als Professor der Mathematik an die Sapienza in Rom berufen,[8]) welche Hochschule ge-

---

1) Nach dem Inhaltsverzeichnisse sollten es 61 sein.

2) Man wird nicht fehl gehen, wenn man in diesen Tafeln die Abbildungen der 60 oben (vergl. S. 89 Note 5) erwähnten Modelle sieht.

3) Das Exemplar der „Divina", das ich benutzte, erhielt ich auf der Stuttgarter Staatsbibliothek.

4) Ebenso schreibt er in seinem Werke „De viribus quantitatis": *„Ma ormai aproximandosi de mia vita l'ultimi giorni."*

5) Da Boncompagni (Bullettino XII, S. 437) in Bezug auf diese Bestellung nicht, wie bei den anderen Zahlungsanweisungen, aus den „Annali decemvirali" veröffentlicht, so ist es mir nicht über allen Zweifel erhaben, ob Paciuolo auch in der That sein Amt antrat. Jedenfalls hatte er aber dasselbe nicht länger als ein Jahr inne.

6) Aus Ordensacten mitgetheilt von Pungileone etc. Doch geht aus einem von Boncompagni (Bull. XII, S. 471) mitgetheilten Schriftstück hervor, dass schon im Jahre 1500 Paciuolo in Bezug auf das Franziskanerkloster in Borgo gewisse aufsichtsrechtliche Functionen inne hatte; in jenem Schriftstück unterschreibt er sich auch als Commissarius. In einer früheren, ebenfalls von Boncompagni (S. 469) mitgetheilten Urkunde vom Jahre 1497 wird Paciuolo „Guardian" jenes Klosters genannt.

7) Hierfür spricht das aus Borgo vom 21. XI. 1511 datirte Testament Paciuolo's, sowie auch der von Boncompagni (Bull. XII, S. 414) mitgetheilte Rechtsfall vom März 1512, in welchen Paciuolo verwickelt war.

8) Im Ruolo des Archigymnasiums zu Rom vom Jahre 1514 steht: *„In Mathematica", „Flor. 120. Magister Lucas de Burgo Ord. Minor."* Vergl. Gaetano und Renazzi.

eben unter diesem Titel zweimal von Paciuolo selbst erwähnt;[1]) weiter hat sich, wie es scheint, von demselben keine Spur erhalten.

Paciuolo schrieb seine sämmtlichen Werke italienisch, um, wie er immer wieder angiebt, dieselben allgemein, hauptsächlich auch Künstlern und Kaufleuten zugänglich zu machen. Das Italienisch aber, das er schreibt, ist aus mehreren vulgären Idiomen zusammengesetzt und in geradezu barbarischer Weise mit corrumpirtem Latein vermengt,[2]) und verhält sich so zum klassischen Italienisch, von dem jene Zeit schon in einer Reihe von Autoren glänzende Muster besass, wie das sogenannte Mönchslatein zum klassischen. Wohl im Gefühl dieses Mangels entschuldigt Paciuolo einmal den Gebrauch der Muttersprache damit, dass er sagt, man suche in seinen Werken Scharfsinn, nicht Beredsamkeit;[3]) ein andermal[4]) giebt er zu, dass seine Schreibweise oft unförmlich sei; dies sei aber durch Wortwahl, welche Alles verständlich machen soll, geboten. Baldi[5]) meint mit Bezug auf die abscheuliche Sprache der Werke Paciuolo's, von denselben gelte, was einst Vergil sagte, als er die Werke des Ennius las, nämlich, er sammle „*aurum de stercore*".[6]) Ebenso theilt Baldi mit, Commandino habe mit Rücksicht auf die schlechte Form und den guten Inhalt des Werkes (wohl der „Summa") sich entschlossen, dasselbe in Allem verbessert herauszugeben, sei aber durch den Tod verhindert worden, die angefangene Arbeit zu vollenden. Des Lateinischen war Paciuolo ziemlich mächtig, wogegen ich, schon mit Rücksicht auf seine Euklid-Uebersetzung bezweifle, dass er griechisch verstand,[7]) wenn er gleich in seiner „Divina" vielfach die griechischen Bezeichnungen[8]) für die einzelnen stereometrischen Körper verwendet.

Wenn ich nun kurz auf die Leistungen Paciuolo's als Mathematiker eingehen will, so kann ich die Thatsache, dass derselbe in erster Linie

---

1) Das erste Mal im Dedicationsbrief des Werkes „De viribus quantitatis" mit den Worten: „*Insieme col iocondo et alegro tractato de ludis in genere cum illicitorum reprobatione spetialmente di quello de schachi in tutti modi detto schifa noia.*" Aus dieser Stelle geht zugleich hervor, dass jener Tractat dem Marchesen und der Marchesa von Mantua gewidmet war. Das zweite Mal in jenem Bittgesuch an den Dogen mit den Worten: „*Item de ludo scachorum cum Illiatorum reprobatior dicto schiphaniora anchor vulgar.*"

2) Den Grund dieser Erscheinung sucht Baldi darin, dass damals die Muttersprache „im Schlamme versteckt war", und zudem Paciuolo dem Mönchstande angehörte.

3) Vergl. Einleitungsbrief der „Divina" an Soderini.

4) Vergl. „Summa" I, Bl. 114.

5) In dem „Epitome" aus Baldi's Werk ist zum Ausdruck desselben Gedankens das Bild des „Goldes in der Asche" gebraucht.

6) Vergl. Vita Vergili, Cap. 71. Doch dürfte hier *stercus* vielleicht eher Schlacken als Koth, wie Baldi will, bedeuten.

7) Vergl. auch „Divina" I, Bl. 30, 2.

8) Meistens sogar mit griechischen Lettern.

Compilator war, nicht ausdrücklich genug betonen; denn nur aus einer falschen Auffassung der Stellung Paciuolo's als Mathematiker entspringen die meisten der später noch zu behandelnden Anklagen gegen ihn. Dass aber Paciuolo vor Allem in seinem Hauptwerke, der „Summa", auch in der That nur jenen Ruhm sucht, geht schon klar aus dem gleich auf dem ersten Blatte stehenden Epigramm hervor, das mit den Worten beginnt:

„Quae fuerant mediis carie consumpta latebris
Restituit Lucas lector amice tibi." [1])

Weiterhin schreibt er in der einleitenden Uebersicht zu jenem von ihm selbst später als *„grandopera nostra compilata"* citirten Werke:[2]) „... und dies Alles, sammt dem Folgenden, wird nach den alten und neueren Mathematikern sein, hauptsächlich nach dem scharfsinnigen Philosophen, dem Megarenser Euklid, und dem ernsten Boetius, sowie nach unseren neueren: Leonardo Pisano, Giordano, Biagio da Parma, Giovan Sacrobusco und Prodocimo Podoano, aus welchen ich zum grössten Theil vorliegendes Werk entnehme." [3]) In der That sind es auch der eigenen Zuthaten Paciuolo's nur wenige, und von diesen wenigen sind z. B. die Versuche einer Verallgemeinerung zur Lehre von den Wurzeln[4]) und einer Behandlung von Wahrscheinlichkeitsrechnungen[5]) geradezu mathematisch verfehlt. Aehnliches gilt auch von der Berechnung einiger Exponentialgleichungen vermittelst einer Näherungsmethode.[6]) Dagegen rühren diejenigen Abschnitte der „Divina", in welchen Paciuolo geometrische Probleme algebraisch behandelt, wenigstens so wie sie vorliegen, von ihm selbst her; vor Allem ist ihm aber hier die Ableitung neuer Körper aus bekannten vermittelst des „Beschneidens" *(abscindere)* und „Ueberhöhens" *(elevare)* eigenthümlich.[7]) Ebenso ist es falsch, wenn Hankel demselben noch die Kenntniss der rein negativen Grössen abspricht[8]) und erst bei Cardan ein *„minus purum"* zu finden glaubt. Zum Belege dieser meiner Behauptung möge hier aus einer Reihe von Stellen nur folgende angeführt werden: „Hat man z. B. $+16$ von $+4$ zu subtrahiren, so sage ich: subtrahire einfach 4 von 16, bleibt 12, und dieses 12 ist ein reines —. Also wirst du sagen: soll $+16$ von $+4$ subtrahirt werden, so bleibt -12, d. h. $4-16=-12$. Und dass dies wirklich so

1) „Was im Staube vermodert, vergessen im Finstern ruhte,
Stellte dir, Leser und Freund, Lucas nun wiederum her."

2) Vergl. „Divina" I, Bl. 1, 2.

3) „... *E queste cose tutte con le sequenti serano secondo li antichi e ancora moderni mathematici, maxime del perspicacissimo philosopho Megarense Euclide e del severin Boetio e di nostri moderni Leonardo Pisano, Giordano, Biagio de Parma, Giovan Sacrobusco, e Prodocimo Padoano da i quali in magior parte cavo il presente volume."*

4) Vergl. „Summa" I, Bl. 142.

5) Vergl. „Summa" I, Bl. 197.

6) Vergl. „Summa" I. B[illegible]

7) Vergl. hierzu [illegible] ger gel. Anz. 1794, S. 905.

8) Vergl. H[illegible]

S. 59 sind Worte des Hiero und des Archimed lateinisch angeführt. Entweder mussten sie griechisch oder ins Englische übersetzt auftreten, wenn der Leser nicht zur Meinung gelangen sollte, man habe in Syrakus Latein gesprochen.

S. 70: Von Gutenäcker's deutscher Archimed-Uebersetzung weiss nur Hoefer. Andere kennen blos eine Uebersetzung der Kreismessung durch ihn.

S. 76 erfährt man, Eratosthenes habe den Beinamen „Pentathlus" geführt, weil er in allen Kämpfen des athletischen Sports geübt war!

S. 108: Boethius, Cassiodorus, Isidorus sind die einzigen lateinischen Schriftsteller über Mathematik, von welchen Herr Ball Etwas weiss. Dann hätte er eben die Agrimensoren lesen sollen, bevor er über Römische Mathematik schrieb!

S. 110: Die heronische Dreiecksformel rühre vielleicht vom jüngeren Hero um 900 her. „*It certainly possesses the characteristics of the work of this time.*" Wenn irgend Etwas nicht-byzantinisches Gepräge besitzt, so ist es jene Formel und ihr heronischer Beweis! Ausserdem hiess der 938 schreibende Feldmesser von Byzanz nicht Hero.

S. 143: Aus Ârya-Bhaṭṭa's Quadrat- und Cubikwurzelausziehung geht gerade unzweifelhaft seine Kenntniss der Stellungsarithmetik hervor.

S. 147 weiss Herr Ball, dass eine historische Grundlage für die Entstehung der Zahlzeichen aus Strichen in der Anzahl des betreffenden Zahlwortes nicht vorhanden ist. Warum giebt er dann ein Probebild, das seine Unkenntniss der Gestalt alter Zahlzeichen dem Leser verräth?

Wir gehen summarischer über die folgenden Abschnitte hinweg und empfehlen Herrn Ball nur, sich über folgende Schriftsteller, die ihm fremd zu sein scheinen, Kenntnisse zu verschaffen: Bradwardin, Oresme, Blasius von Parma, Prodocimo Beldomandi, Leonardo da Vinci, Albrecht Dürer, Jodocus Bürgi. Es sind das Männer, wie wir ihm verrathen wollen, deren Leistungen ganz hervorragende Bedeutung besitzen. Daneben mag er ruhig vergessen, dass man früher einmal den Algorithmus demonstratus des XIII. Jahrhunderts (wahrscheinlich von Jordanus Nemorarius) dem Regiomontan zuschrieb, mag er Tartaglia's Erzählung von der Löung der cubischen Gleichung doch auch mit den gegnerischen Berichten vergleichen, mag er bei Beurtheilung Leibnitzens etwas weniger englische Voreingenommenheit an den Tag legen. Es dürfte auch nicht schaden, wenn er die Schriften von Napier und von Harriot ansähe. Bei Letzterem würde er sich überzeugen, dass derselbe nicht die Gleichungen auf Null brachte. Bei Ersterem würde er das Zeitwort „*fluere*" in einer Bedeutung finden, die auf die späteren Arbeiten Newton's wesentlich einwirken musste, so wenig Napier der Erste war, der von fliessenden Grössen sprach. Vielleicht käme dann Herr Ball zur gleichen Ueberzeugung mit uns, dass im XVII. Jahrhundert die Infinitesimalrechnung allmälig entstand, nicht erst von Newton oder von Leibniz erfunden wurde, dass also die unsterblichen Verdienste dieser beiden grossen Nebenbuhler auf anderem Gebiete zu finden sind.

CANTOR.

Die hauptsächlichsten Theorien der Geometrie in ihrer früheren und heutigen Entwickelung. Historische Monographie von Dr. GINO LORIA, Professor der höheren Geometrie an der Universität zu Genua. Unter Benutzung zahlreicher Zusätze und Verbesserungen seiten des Verfassers ins Deutsche übertragen von FRITZ SCHÜTTE. Mit einem Vorwort von Professor R. STURM. Leipzig 1888, B. G. Teubner. IV, 132 S.

Wir haben Bd. XXXIII S. 194—195 die italienische Ausgabe dieser Schrift anerkennend besprochen. Wir freuen uns, in unserem Urtheil mit einem Geometer wie Herrn Sturm übereinzustimmen, welcher in seinem Vorworte zur deutschen Bearbeitung mit dem Lobe des Geleisteten gleich uns nicht spart. Die mustergiltige Anordnung des überreichen Stoffes hat sich in der Uebersetzung, welche vermöge der von Herrn Loria selbst herrührenden Zusätze als vermehrte und verbesserte Ausgabe gelten muss, noch deutlicher bewährt, nachdem aus den Stellen, welche auf die Gestalt der Curven und der Oberflächen, sowie auf die abzählende Geometrie sich beziehen, ein neues Capitel abgesondert wurde. Herr Loria hat übrigens gerade die Entwickelung der abzählenden Geometrie auch zum Gegenstande geschichtlicher Studien gemacht, welche in Herrn Gust. Eneström's Bibliotheca mathematica 1888, S. 39—48 und 67—80 zum Abdruck kamen. Die von Herrn Schütte herrührende Uebersetzung ist treu und zugleich in gefälliger Sprache abgefasst.

CANTOR.

Johannes Kepler und der tellurisch-kosmische Magnetismus. Von Dr. SIEGMUND GÜNTHER, Professor der Erdkunde an der königl. technischen Hochschule zu München. Mit 19 Abbildungen im Texte. 71 S. [Geographische Abhandlungen, herausgegeben v. Prof. Dr. ALBRECHT PENCK in Wien. Band III, Heft 2.] Wien und Olmütz, Eduard Hölzel. 1888.

Als Kepler sein unsterbliches Werk über den Planeten Mars gedruckt vor sich sah, sprach er die Grundgedanken der magnetischen Anziehungslehre, welche er sich gebildet hatte, in einem lateinischen Distichon aus, welches deutsch etwa mit den Worten sich wiedergeben lässt:

„Dunkle Pfade machst sichtbar d[illegible] Magnetstein;
Freilich, es wandelt ja aus[illegible]

Wenn bei irgend einem Naturforscher Entwickelungsstufen der Gedanken unterschieden werden müssen, so findet Solches bei Kepler statt. Ursprünglich ein, man möchte sagen, scholastisch angelegter Geist, war K. nur zu geneigt, der Natur ihre Bahnen vorzuschreiben, aus der Theorie heraus die Beobachtung zu bemängeln und, wie er wähnte, zu berichtigen. Erst sehr allmälig lernte er, der Beobachtung ihr Recht zuzuerkennen und die Flügel der Phantasie mit der Scheere der Thatsachen zu stutzen. Das lässt sich auf allen Wissensgebieten verfolgen, denen K.'s reicher Geist sich zuwandte. Herr Günther hat in einer sehr gelungenen Studie das Einzelgebiet des irdischen und des Weltmagnetismus auf den Nachweis dieser Geistesentwickelung K.'s hin durchforscht. In einem I. Abschnitte führt er den Leser bis auf die Stufe der Lehre vom Magnetismus, welche die Zeit vor K. erreicht hatte. Ein II. Abschnitt setzt den K.'schen Erdmagnetismus auseinander. Der III. Abschnitt endlich ist K.'s Theorie der magnetischen Planetenaxen und der allgemeinen Anziehung gewidmet. Trotz der grossen Schwierigkeit des behandelten Gegenstandes hat es Herr Günther seinen Leser verhältnissmässig leicht gemacht, sich zurecht zu finden, indem er auf S. 23, 28, 43, 68 Sätze durch den Druck hervortreten liess, die man fast nur zu vereinigen braucht, um die Lehren K.'s in ihrer letzten Ausbildung vor sich zu sehen.

Noch vor dem Erscheinen des Gilbert'schen Werkes „De Magnete" (London 1600) hat K. ein Inclinatorium angegeben und zugleich die Grundbestimmung hinzugefügt, dass dessen Kreis in die Ebene des magnetischen Meridians fallen müsse. Gleichfalls vor Gilbert hat K. ein zu numerischer Bestimmung des Ablenkungswinkels geeignetes Declinatorium angegeben.

Bis 1600 etwa glaubte K. durch theoretische Ueberlegungen die Lage des magnetischen Nordpols ausfindig machen zu können; das Studium des Gilbert'schen Werkes überzeugte ihn von der Unmöglichkeit dieses Unterfangens. Von da an wies er auf die Wichtigkeit der Inclinationsbeobachtungen für die Auffindung jenes Poles hin. Die allgemeine Schwere, der Fall der Körper, Ebbe und Fluth, die Bewegungen der Gestirne wurden für K. mehr und mehr zusammenhängende Erfahrungsthatsachen, welche zu ihrer Erklärung nur des tellurisch-planetarischen Magnetismus bedurften.

Dass K die Gesetze der Gravitation sich entgehen liess, hat in dem von ihm begangenen Irrthum seinen Grund, als verhielten sich die Anziehungen im umgekehrt einfachen Verhältnisse der Entfernungen. K. zog also — wie Herr Günther sehr richtig in neuere Ausdrücke übersetzt — das logarithmische Potential in Rechnung.

Cantor.

Bibliographie

vom 16. Februar bis 31. März 1889.

Periodische Schriften.

Sitzungsberichte der königl. preuss. Akademie der Wissenschaften. Jahrg. 1889. Berlin, G. Reimer. compl. 12 Mk.

Mathematische und naturwissenschaftliche Mittheilungen aus den Sitzungsberichten der königl. preuss. Akademie der Wissenschaften, Jahrg. 1889. 1. Heft. Berlin, G. Reimer. 8 Mk.

Berichte über die Verhandlungen der königl. sächs. Gesellschaft der Wissenschaften, mathem.-phys. Classe. 1888, I u. II. Leipzig, Hirzel. 2 Mk.

Sitzungsberichte der mathem.-physikal. Classe der königl. bayer. Akademie der Wissenschaften. 1888, Heft 3 (Schluss). München, Franz. 1 Mk. 20 Pf.

Sitzungsberichte der kaiserl. österr. Akademie der Wissenschaften. Mathem.-naturwissenschaftl. Classe. 1889. Wien, Tempsky. compl. 3 Mk.

Die veränderlichen Tafeln des astronomischen und chronologischen Theils des preussischen Normalkalenders für 1890, herausgeg. v. W. Foerster und P. Lehmann. Berlin, statist. Bureau. 5 Mk.

Publicationen des astrophysikal. Obervatoriums zu Potsdam. Nr. 23. Leipzig, Engelmann. 5 Mk.

Beobachtungen am astrophysikalischen Observatorium in O Gyalla, herausgegeben von N. v. Konkoly. 40. Bd. (Beobachtungen von 1887.) Halle, Schmidt. 5 Mk.

Vierteljahrsschrift der astronomischen Gesellschaft, herausgeg. v. E. Schoenfeld u. H. Seeliger. 23. Jahrg., III u. IV. Leipzig, Engelmann. 4 Mk.

Fortschritte der Physik im Jahre 1883, dargestellt von der physikal. Gesellschaft in Berlin. 1. Abth.: Physik der Materie, redig. v. E. Rosochatius. Berlin, G. Reimer. 9 Mk.

Annalen des physikal. Central-Observatoriums in Petersburg, herausgeg. v. H. Wild. Jahrg. 1887, Nr. 1 u. 2. Leipzig, Voss. 25 Mk. 80 Pf.

Zeitschrift für mathem. u. naturwissenschaftl. Unterricht, herausgeg. v. J. C. V. Hoffmann. 20. Jahrg., 1. Heft. Leipzig, Teubner. compl. 12 Mk.

Annalen der Physik und Chemie, begr. v. Poggendorff, fortges. v. G. Wiedemann. 18. Bd., 1. Heft. Leipzig, Barth. compl. 16 Mk.

Repertorium der Physik, herausgeg. v. F. Exner. 25. Bd., 1. Heft. München, Oldenbourg. compl. 24 Mk.

Zeitschrift für Meteorologie, herausgeg. v. J. Hann u. W. Köppen. 6. Jahrg., 1. Heft. Wien, Hölzel. compl. 20 Mk.

Bibliotheca mathematica, herausgeg. v. G. Eneström. 3. Jahrg. Stockholm, Berlin, Mayer & Müller. 4 Mk.

Reine Mathematik.

Lie, S., Zur Theorie der Transformationsgruppen. Christiania, Dybwald. 35 Pf.

Meissel, E., Tafel der Bessel'schen Functionen J_k^0 und J_k^1 von $k=0$ bis $k=15{,}5$. (Berliner Akad.) Berlin, G. Reimer. 2 Mk.

Forsyth, R., Lehrbuch der Differentialgleichungen. Deutsch v. H. Maser. Braunschweig, Vieweg. 14 Mk.

Kuglmayr, L., Ueber Spiralen und deren Tangenten. Wien, Spielhagen & Schurich. 7 Mk.

Frankenbach, W., Lehrbuch der Mathematik. 1. Theil: Planimetrie. Liegnitz, Krumbhaar. 1 Mk. 50 Pf.

Macher, G., Repetitorium der Elementarmathematik. 1. Theil: Planimetrie. Würzburg, Hertz. 1 Mk. 20 Pf.

Laska, W., Sammlung von Formeln der Mathematik. 2. Lief. Braunschweig, Vieweg. 6 Mk. 50 Pf.

Angewandte Mathematik.

Encke, F., Gesammelte Abhandlungen. 3. Band: Astronomische u. optische Abhandlungen. Berlin, Dümmler. 5 Mk.

Hammer, E., Ueber die geographisch wichtigsten Kartenprojectionen. Stuttgart, Metzler. 5 Mk.

Peter, B., Monographie der Sternhaufen G. C. 4460, G. C. 1440 und der Sterngruppe *o* Piscium. (Sächs. Ges. d. W.) Leipzig, Hirzel. 4 Mk.

Physik und Meteorologie.

Lehmann, O., Molekularphysik mit Rücksicht auf mikroskopische Untersuchungen. 2. Bd. Leipzig, Engelmann. 20 Mk.

Planté, G., Die elektrischen Erscheinungen der Atmosphäre. Deutsch von G. Wallentin. Halle, Knapp. 5 Mk.

Hirn, A., Constitution de l'espace céleste. Colmar, Barth. 16 Mk.

Mathematisches Abhandlungsregister.

1888.

Erste Hälfte: 1. Januar bis 30. Juni.

A.

Abel'sche Transcendenten.

1. Sur l'inversion des intégrales abéliennes. P. Appell. Journ. mathém. Sér. 4, I, 245.
2. Sur les fonctions hyperabéliennes. Ém. Picard. Journ. mathém. Sér. 4, I, 87.

Vergl. Ultraelliptische Transcendenten.

Analytische Geometrie der Ebene.

3. Remarques sur la géométrie analytique des cercles du plan et sur son application à la théorie des courbes bicirculaires du quatrième ordre. G. Loria. Quart. Journ. math. XXII, 44.
4. Interprétation géométrique du système d'équations $\frac{x^2-yz}{X}=\frac{y^2-zx}{Y}=\frac{z^2-xy}{Z}$. M'Cay. Mathesis VIII, 271.
5. Eigenschaften gewisser Punkttripel auf der Cissoide. K. Zahradnik. Grun. Archiv 2. R. VI, 392.
6. Die Lissajous'schen Curven. H. Ekama. Grun. Archiv 2. R. VI, 39.
7. Sur une trisectrice remarquable. G. de Longchamps. Mathesis VIII, 5. — M. d'Ocagne ibid. 70.
8. Trouver la podaire de la courbe $y=\frac{1}{1+x^2}$. H. Brocard. Mathesis VIII, 167.
9. Développantes du point. E. Césaro. Mathesis VIII, 36.
10. Deux courbes sont construite de manière à ce que les cordes communes dirigées vers un même point connu servent de bases à des triangles de sommet et d'aire constants. Étant donnée une courbe chercher l'autre. Derousseau, Déprez, Gob. Mathesis VIII, 122.

1. Lieu d'un sommet d'un triangle rectangle, le sommet de l'angle droit étant fixe, et les conditions de déplacement du troisième sommet étant données. Minoliti, G. Russo, Verniory, Boedt, Gob, Laurens. Mathesis VIII, 258.

Vergl. Geometrie (höhere). Kegelschnitte.

Analytische Geometrie des Raumes.

2. Ueber eine Proportion aus der elementaren Geometrie M. Cantor. Zeitschr. Math. Phys. XXXIII, 119.

Vergl. Oberflächen. Oberflächen zweiter Ordnung.

Astronomie.

8. Ueber den mittleren Abstand eines Planeten von der Sonne. O. Bermann. Zeitschr. Math. Phys. XXXIII, 361.

4. Die intermediäre Bahn des Planeten (17) Thetis nach Herrn Gyldén's Theorie. V. Wellmann. Grun. Archiv 2. R. VI, 353.

Vergl. Geschichte der Mathematik 102, 103, 106, 108.

B.

Binomialcoefficienten.

.5. Eine Eigenschaft der Binomialcoefficienten. O. Schlömilch. Zeitschr. Math. Phys. XXXIII, 190. — G. Vivanti ibid. 358.

C.

Combinatorik.

16. Sur les fractions simples de $\frac{1.2\ldots n}{(x+1)(x+2)\ldots(x+n)}$. Verniory. Mathesis VIII, 13.
17. Deux formules combinaioires. Stuyvaert. Mathesis VIII, 124.
 Vergl. Wahrscheinlichkeitsrechnung.

Complanation.

18. Démonstration géométrique et généralisation du théorème de Viviani. E. Wasteels. Mathesis VIII, 186.

D.

Determinanten.

19. Exposition nouvelle de la théorie des formes linéaires et des déterminants. Ch. Méray. Journ. mathém. Sér. 3, X, 181.
20. Verschiedene Darstellungen der Resultante zweier binären Formen. L. Schendel. Zeitschr. Math. Phys. XXXIII, 1, 65.
21. Determinanten bei wiederholter Halbirung des ganzen Winkels. J. Hermes. Grun. Archiv 2. R. VI, 276.
22. Ueber gewisse Determinanten. K. Weihrauch. Zeitschr. Math. Phys. XXXIII, 126.

Differentialgleichungen.

23. Zusammenhang zwischen particulären und allgemeinen Integralen gewisser Differentialgleichungen. Bochow. Zeitschr. Math. Phys. XXXIII, 101.
24. Ueber die Form der logarithmischen Integrale einer linearen nicht homogenen Differentialgleichung. C. Koehler. Zeitschr. Math. Phys. XXXIII, 231.
25. Sur un problème concernant les équations différentielles linéaires. G. H. Halphen. Journ. mathém. Sér. 4, I, 11.
26. Sur les courbes définies par les équations différentielles. H. Poincaré. Journ. mathém. Sér. 4, I, 167; II, 151.
27. On the relations of certain symbols. J. Cockle. Quart. Journ. math. XXII, 270. [Vergl. Bd. XXVI, Nr. 284.]
28. Ueber die Differentialgleichung $\frac{dx}{x^2-1}=\frac{n\,dy}{y^2-1}$. Wold. Heymann. Zeitschr. Math. Phys. XXXIII, 61.
29. Ueber die Differentialgleichung der Functionen des parabolischen Cylinders. E. Häntzschel. Zeitschr. Math. Phys. XXXIII, 22.
30. Intégrer l'équation $xyy''+xy'^2-yy'=0$. H. Brocard. Mathesis VIII, 130.
31. Recherches sur les intégrales algébriques de l'équation de Kummer. E. Goursat. Journ. mathém. Sér. 4, III, 255.
32. The theory of the singular solutions of integrable differential equations of the first order. W. P. Workman. Quart. Journ. math. XXII, 175, 308.
33. Intégration d'un système d'équations aux différentielles totales. Sauvage. Journ. mathém. Sér. 3, X, 387.
 Vergl. Kettenbrüche 154. Rectification 229.

Differentialquotient.

34. Bemerkung zu der Formel für das Differential einer Function mehrerer Variabeln. R. Hoppe. Grun. Archiv 2. R. VI, 351.
35. Application de la dérivation d'Arbogast. Formule générale pour le changement de la variable indépendante. David. Journ. mathém. Sér. 4, III, 53.

E.

Elasticität.

36. Mémoire sur un nouveau cas intégrable du problème de l'élastique et l'une de ses applications. M. Lévy. Journ. mathém. Sér. 3, X, 5.
37. Sur l'équilibre et la déformation des pièces circulaires. H. Léauté. Journ. mathém. Sér. 3, X, 367.
38. Einfluss der Versenkung von Maassstäben in eine Flüssigkeit auf die scheinbare Länge derselben. W. Marek. Zeitschr. Math. Phys. XXXIII, 255.
39. A new solution of the equations of an isotropic elastic solid and its application to the theory of beams. C. Chree. Quart. Journ. math. XXII, 89.

Elektricität.

40. Actions électrodynamiques renfermant des fonctions arbitraires: hypothèses qui déterminent ces fonctions. P. Le Cordier. Journ. mathém. Sér. 4, I, 357.
41. Théorie des actions électrodynamiques les plus générales qui puissent être observées. P. Le Cordier. Journ. mathém. Sér. 3, X, 43.
42. Ueber die galvanische Induction in einem körperlichen Leiter. K. O. Richter. Zeitschr. Math. Phys. XXXIII, 209, 279.
43. Sur une formule générale relative à l'électrisation par influence de Mr. R. Clausius. J. G. Legebeke. Journ. mathém. Sér. 3, X, 109.
44. Zur Einführung in die Theorie der dielektrischen Polarisation. O. Tumlirz. Zeitschr. Math. Phys. XXXIII, 251.

Ellipse.

45. Ueber einige Sätze Steiner's. Stoll. Zeitschr. Math. Phys. XXXIII, 78.
46. Triangle inscrit à une ellipse sous la condition que les deux côtés partant d'un point donné coupent le grand axe à égale distance d'un point donné. Mosnat. Mathesis VIII, 47. — Jeřábek, Falisse, Farisano ibid. 48.
47. Maximum et minimum des jambes d'un angle droit tangentes à une ellipse. W. Mantel. Mathesis VIII, 275. — J. Neuberg ibid. 276.
48. Sur le rapport des deux aires dans lesquelles une ellipse donnée est partagée par une parabole également donnée. Emmerich. Mathesis VIII, 126.

Ellipsoid.

49. Détermination en grandeur et en direction des axes d'une section diamétrale de l'ellipsoide. Ph. Gilbert. Mathesis VIII, 247.

Elliptische Transcendenten.

50. Zur Theorie der elliptischen Functionen. H. Weber. Acta math. XI, 333. [Vergl. Bd. XXXI, Nr. 377.]
51. Das elliptische Integral erster Gattung mit complexem Modul. L. Saalschütz. Zeitschr. Math. Phys. XXXIII, 311.
52. Zur Theorie der Schliessungsprobleme. E. Oekinghaus. Grun. Archiv 2. R. VI, 186.
53. Sur la multiplication complexe des fonctions elliptiques. Sylow. Journ. mathém. Sér. 4, III, 109.
54. Complex multiplication of elliptic functions. A. G. Greenhill. Quart. Journ. math. XXII, 119, 174.

F.

Formen.

55. Zur Lehre der quadratischen Formen. J. Vályi. Grun. Archiv 2. R. VI, 445.
56. Parameterdarstellung von orthogonalen Subsitutionen, welche identisch umkehrbar sind, auf geometrischem Wege. Fr. Hofmann. Zeitschr. Math. Phys. XXXIII, 381.

Vergl. Determinanten. Substitutionen.

Functionen.

57. Méthode des infiniments petits. P. Mansion. Mathesis VIII, 149.
58. Eine Verallgemeinerung der dekadischen Schreibweise nebst functionentheoretischer Anwendung. Em Strauss. Acta math. XI, 13.
59. Sur la possibilité d'une représentation analytique des fonctions dites arbitraires d'une variable réelle. K. Weierstrass (L. Laugel). Journ. mathém. Sér. 4, II, 105, 115.
60. Sur les fonctions holomorphes. Hermite. Journ. mathém. Sér. 4, I, 9.
61. Démonstration d'un théorème général sur les fonctions uniformes liées par une relation algébrique. Em. Picard. Acta math. XI, 1.
62. Zur Theorie der mehrwerthigen, mehrfach linear verknüpften Functionen. K. Heun. Acta math. XI, 97.
63. On Weierstrass's doubly periodic functions. A. R. Forsyth. Quart. Journ. math. XXII, 1.
64. Sur les fonctions quadruplement périodiques de deuxième et de troisième espèce. M. Krause. Journ. mathém. Sér. 4, III, 87.
65. Application de la théorie des fonctions fuchsiennes à l'étude des courbes algébriques. G. Humbert [illegible] mathém. Sér. 4, II, 239.
66. Sur les intégrales d [illegible] riennes de première espèce. Em. Picard. [illegible]

67. Sur les fonctions itératives. J. Farkas. Journ. mathém. Sér. 3, X, 101.
68. On Abel's Theorem. A. C. Dixon. Quart. Journ. math. XXII, 200.
69. The law of symmetry and other theorems in symmetric functions. P. A. Mac Mahon. Quart. Journ. math. XXII, 74.
70. Sur une formule de Mr. Tisserand et sur les fonctions hypergéométriques de deux variables. P. Appell. Journ. mathém. Sér. 3, X, 407.
71. Ueber die Fourier-Bessel'sche Transcendente. E. Häntzschel. Zeitschr. Math. Phys. XXXIII, 185. [Vergl. Bd. XXXII, Nr. 80.]
72. Propriétés du polynome $f(x)$ du degré n qui vérifie l'identité $n f(x) = (x - a) f'(x) + b f''(x)$. V. Jamet. Mathesis VIII, 228.
73. Sur la fonction $\mathfrak{K}(w, x, s) = \sum_{k=0}^{\infty} \frac{e^{2k\pi i x}}{(w+k)^s}$. Lerch. Acta math. XI, 19.

Vergl. Abel'sche Transcendenten. Binomialcoefficienten. Determinanten. Differentialgleichungen. Differentialquotient. Elliptische Transcendenten. Formen. Gammafunctionen. Geometrie (höhere) 85, 86. Integration (unbestimmte). Kettenbrüche. Kugelfunctionen. Logarithmen. Maxima und Minima. Mittelgrössen. Rectification. Reihen. Richtungsgrössen. Substitutionen. Ultraelliptische Transcendenten. Zahlentheorie.

G.

Gammafunctionen.

74. Zur Function $\Gamma(x)$. W. Láska. Grun. Archiv 2. R. VI, 448.
75. Ueber Gammafunctionen mit negativen Argumenten. L. Saalschütz. Zeitschr. Math. Phys. XXXIII, 362. [Vergl. Bd. XXXIII, Nr. 57.]

Geometrie (descriptive).

76. Die Axonometrie als Orthogonalprojection. A. Weiler. Zeitschr. Math. Phys. XXXIII, 257.
77. Sur la droite de profil. Barbarin. Mathesis VIII, 265.

Geometrie (höhere).

78. Sur les théorèmes fondamentaux de la géométrie projective. C. Le Paige, Fr. Deruyts. Mathesis VIII, Supplément.
79. Zur synthetischen Erzeugung der Cremona'schen Transformation 4. Ordnung. Doehlemann. Zeitschr. Math. Phys. XXXIII, 243.
80. Applications de la quasi-inversion linéaire aux courbes osculatrices. Cl. Servais. Mathesis VIII, 28. [Vergl. Bd. XXXIII, Nr. 60.]
81. Sur la théorie des transformations. Cl. Servais. Mathesis VIII, 105.
82. Sur les transformations quadratiques involutives. J. Neuberg. Mathesis VIII, 177.
83. Ueber eine Art involutorischer Verwandtschaft des zweiten Grades. Kilbinger. Zeitschr. Math. Phys. XXXIII, 14.
84. The mechanical tracing of curves. C. M. Jessop. Quart. Journ. math. XXII, 151.
85. Application géométrique d'un théorème de Jacobi. G. Humbert. Journ. mathém. Sér. 4, I, 347.
86. Sur le théorème d'Abel et quelques unes de ses applications géométriques. G. Humbert. Journ. mathém. Sér. 4, III, 327.
87. Théorème sur les transversales. Laurens. Mathesis VIII, 17. — J. Neuberg ibid. 69. [Vergl. Bd. XXXIII, Nr. 198.]
88. Sur deux triangles homologiques. Laurens. Mathesis VIII, 204. — Beyens ibid. 206. — Servais ibid. 206. — Jeřábek ibid. 207.
89. Sur quatre points formant un groupe orthocentrique. Droz, François, Emmerich, Déprez, Brocard, Convert. Mathesis VIII, 209.
90. Emploi de la méthode de Roberval pour trouver les tangentes de trois courbes se rapportant toutes les trois à une courbe donnée. Meurice. Mathesis VIII, 117.
91. Lieux des points des tangentes et des normales d'une courbe quelconque ayant d'un point donné la même distance que le point de la courbe, dont elles partent. Mineur, M. d'Ocagne. Mathesis VIII, 70. [Vergl. Bd. XXXIII, Nr. 64.]
92. On a system of cubic curves. A. S. Hart. Quart. Journ. math. XXII, 199.
93. Ueber die Curven 4. Ordnung mit 3 Inflexionsknoten. P. H. Schoute. Grun. Archiv 2. R. VI, 113. [Vergl. Bd. XXXII, Nr. 91.]
94. Ueber eine Aufgabe aus der projectiven Geometrie des Raumes. C. Hossfeld. Zeitschr. Math. Phys. XXXIII, 111.

95. Construction der Raumcurven 3. Ordnung aus imaginären Punkten. C. Hossfeld. Zeitschr. Math. Phys. XXXIII, 114.
96. On self-conjugate polygons and polyhedra. A. R. Johnson. Quart. Journ. math. XXII, 158.
97. Symmetric products in relation to curves and surfaces. A. R. Johnson. Quart. Journ. math. XXII, 325.
98. Construction einer Plücker'schen Complexfläche aus ihren vier singulären Strahlen. Joh. Kleiber. Zeitschr. Math. Phys. XXXIII, 349.

Vergl. Differentialgleichuhgen 26. Functionen 65, 70, 73. Geschichte der Mathematik 120. Kegelschnitte. Kinematik. Mehrdimensionale Geometrie. Planimetrie 214. Rectification.

Geschichte der Mathematik.

99. De l'étude sur l'histoire des mathématiques en Russie. V. Bobynin. Biblioth. math. 1888, 103.
100. Sur le cours d'histoire des mathématiques de l'Université de Gand. P. Mansion. Biblioth. math. 1888, 33.
101. Études sur Diophante. P. Tannery. Biblioth. math. 1888, 3. [Vergl. Bd. XXXIII, Nr. 79.]
102. Sur l'optique de Claude Ptolémée. H. Narducci. Biblioth. math. 1888, 97.
103. Historische Miscellen. A. Wittstein. Zeitschr. Math. Phys. XXXIII, hist.-lit. Abth. 96.
104. Ahmed und sein Buch über die Proportionen. M. Cantor. Biblioth. math. 1888, 7.
105. Jusuf ben Ibrahim und Ahmed ben Jusuf. M. Steinschneider. Biblioth. math. 1888, 49, 111.
106. Ueber das Wort Almanach. M. Steinschneider. Biblioth. math. 1888, 13.
107. Kleine Anekdota zur byzantinischen Mathematik. J. L. Heiberg. Zeitschr. Math. Phys. XXXIII, hist.-lit. Abth. 161.
108. Ueber die verschiedenen Namen des sogenannten geometrischen Quadrates. H. Weissenborn. Biblioth. math. 1888, 37.
109. Hat Leonardo da Vinci das Beharrungsgesetz gekannt? E. Wohlwill. Bibl. math. 1888, 19.
110. Entwurf einer Geschichte der Gesetze des Stosses. E. Gelcich. Zeitschr. Math. Phys. XXXIII, hist.-lit. Abth. 41, 81.
111. Das älteste deutsche Rechenbuch von 1445. F. Unger. Zeitschr. Math. Phys. XXXIII, hist.-lit. Abth. 125.
112. Zur Geschichte der annähernden Berechnung quadratischer Irrationalitäten. K. Hunrath. Zeitschr. Math. Phys. XXXIII, hist.-lit. Abth. 1.
113. Sur trois petits traités mathématiques attribués au savant suédois Peder Månsson. G. Eneström. Biblioth. math. 1888, 17.
114. Sur la règle de médiation. P. Mansion. Biblioth. math. 1888, 36.
115. Ueber eine merkwürdige Beziehung zwischen Pappus und Kepler. S. Günther. Biblioth. math. 1888, 81.
116. Sur une traduction néerlandaise de la méthode de perspective de Girard Désargues et sur les leçons de ténèbres. C. Le Paige. Biblioth. math. 1888, 10.
117. Ueber einen De la Hire zugeschriebenen Lehrsatz. M. Curtze. Biblioth. math. 1888, 65.
118. Sur un point de l'histoire du problème des isopérimètres. G. Eneström. Biblioth. math. 1888, 88.
119. La tentative de Degen de généraliser le théorème d'addition d'Euler. C. A. Bjerknes. Biblioth. math. 1888, 1.
120. Notizie storiche sulla geometria numerativa. G. Loria. Biblioth. math. 1888, 39, 67.
121. Gedächtnissrede auf Leopold Prowe, † 26. IX. 1887. M. Curtze. Zeitschr. Math. Phys. XXXIII, hist.-lit. Abth. 89.
122. Carl Gustav Axel Harnack, † 3. IV. 1888. M. Noether. Zeitschr. Math. Phys. XXXIII, hist.-lit. Abth. 121.

Vergl. Gleichungen 129.

Gleichungen.

123. Démonstration du théorème fondamental de Galois dans la théorie de la résolution algébrique [illegible]erberg. Acta math. XI, 297.
124. Sur une identité. J. [illegible]III, 116.

125. Sur le moment auquel se rencontrent deux points matériels, l'un tombant librement, l'autre étant lancé de haut en bas. Emmerich, G. Russo. Mathesis VIII, 209.
126. Résolution d'une équation biquadratique. Beyens, Déprez, Heyne. Mathesis VIII, 25. — Emmerich, Rochetti, Brocard ibid.
127. Sur les équations du cinquième degré. P. Gordan. Journ. mathém. Sér. 4, I, 455.
128. Sur l'équation du 6. degré dont les racines sont les produits deux à deux des 3 racines d'une équation du 3. degré. L. van den Broeck. Mathesis VIII, 195.
129. Sur un système de 4 équations du premier degré résolu par Leonard de Pise. E. Fauquembergue. Mathesis VIII, 135.
130. Elimination de 3 inconnues entre autant d'équations. Mosnat, Pisani, Déprez. Mathesis VIII, 147.
131. Résolution d'un système de 4 équations quadratiques. Déprez, Beyens. Mathesis VIII, 78.
132. Ein Satz über den Grad der Resultante zweier Gleichungen. J. Vivanti. Zeitschr. Math. Phys. XXXIII, 184. — G. Loria ibid. 357.
Vergl. Differentialgleichungen 28. Functionen 69.

H.

Hydrodynamik.

133. Mémoire sur la propagation du mouvement dans un fluide indéfini. H. Hugoniot. Journ. mathém. Sér. 4, III, 477.
134. On a problem in fluid motion. R. A. Herman. Quart. Journ. math. XXII, 370.
135. On the motion of two spheres in fluid and allied problems. R. A. Herman. Quart. Journ. math. XXII, 204.
136. Motion of compound bodies through liquid. H. J. Sharpe. Quart. Journ. math. XXII, 262.

Hyperbel.

137. Sur l'hyperbole inverse de la droite d'Euler. Jeřábek. Mathesis VIII, 81. — J. Neuberg ibid. 82. — Fuhrmann ibid. 115.
Vergl. Rectification 228.

Hyperboloid.

138. Hyperboloïde engendré par des perpendiculaires sur les faces d'un tétraèdre. Van Dorsten, Meurice. Mathesis VIII, 50. — J. Neuberg ibid. 51.
139. Hyperboloïde à une nappe touché par deux plans. Ed. Lucas. Mathesis VIII, 233.

I.

Integration (unbestimmte).

140. Sur l'intégration algébrique des différentielles. J. Ptaszycki. Acta math. XI, 395.

K.

Kegelschnitte.

141. Ueber drei- und vierpunktige Berührung von Kegelschnitten. Chr. Beyel. Zeitschr. Math. Phys. XXXIII, 120.
142. Ueber die Normalen der Kegelschnitte. E. Oekinghaus. Grun. Archiv 2. R. VI, 112.
143. Sur les normales aux coniques. G. de Longchamps. Mathesis VIII, 110.
144. Construction der den Brennpunkten eines Kegelschnitts entsprechenden Punkte im collinearen Systeme. L. Klug. Grun. Archiv 2. R. VI, 88.
145. Coniques ayant pour foyers les points de Brocard d'un système de triangles au même point de Lemoine. Déprez, Schoute. Mathesis VIII, 203.
146. Construire une conique, connaissant 3 tangentes quelconques et la tangente en l'un des sommets. Mantel. Mathesis VIII, 202. — J. Neuberg ibid. 203. — Déprez ibid. 274.
147. Une conique passe par 4 points donnés; trouver le lieu du centre du cercle osculateur au premier de ces 4 points. Brocard, Pisani, Verniory, *Déprez*. Mathesis VIII, 121.

148. Une conique passe par 3 points donnés et touche une droite donnée en un point variable; lieu du centre du cercle osculateur à ce point. Pisani. Mathesis VIII, 143.
149. Enveloppe de l'axe radicale de deux circonférences variables à rapport des rayons constants et passant par 4 points donnés. Brocard, Pisani. Mathesis VIII, 259. — Bruyr ibid. 260.
150. Étant donnée une tangente P à une conique C, on mène par les points ou T rencontre une conique variable C', homofocale à C, deux nouvelles tangentes à C. Trouver le lieu du point de rencontre de ces droites. Déprez. Mathesis VIII, 231.
151. Ueber rechtwinklige und gleichseitige Dreiecke, welche einem Kegelschnitt einbeschrieben sind. B. Sporer. Zeitschr. Math. Phys. XXXIII, 374.
152. Ein Satz über das dem Kegelschnitt umschriebene Siebeneck. H. Schroeter. Zeitschr. Math. Phys. XXXIII, 374.
Vergl. Ellipse. Hyperbel. Kreis. Parabel.

Kettenbrüche.

153. Ueber die Entwickelung complexer Grössen in Kettenbrüche. A. Hurwitz. Acta math. XI, 187.
154. Sur la réduction en fractions continues d'une fraction qui satisfait à une équation différentielle linéaire du premier ordre dont les coefficients sont rationnels. E. Laguerre. Journ. mathém. Sér. 4, I, 135.

Kinematik.

155. Zur Bestimmung der Krümmungsmittelpunkte der Polbahnen eines ebenen Systems. F. Buka. Zeitschr. Math. Phys. XXXIII, 117. — L. Burmester ibid. 190. [Vergl. Bd. XXX, Nr. 297.]
156. Kinematische Flächenerzeugung vermittelst cylindrischer Rollung. L. Burmester. Zeitschr. Math. Phys. XXXIII, 337.
157. Ueber gleichzeitige Bewegungen eines ebenen Systems. Ferd. Wittenbauer. Zeitschr. Math. Phys. XXXIII, 193.

Kreis.

158. Herleitung der Mittelpunktscoordinaten und des Halbmessers eines Kreises aus seiner Gleichung in trimetrischen Punktcoordinaten. Stoll. Zeitschr. Math. Phys. XXXIII, 245.
159. Exercices sur les cercles tangents. Déprez. Mathesis VIII, 91.
160. Conséquence du théorème de Stewart. Simart. Mathesis VIII, 17. — Thiry ibid. 93.
161. Circonférence passant par 2 points fixes divisant en parties harmoniques le diamètre d'un cercle donné. Boedt. Mathesis VIII, 99. — Mandart ibid. 100. — Déprez ibid. 101.
162. Circonférence décrite par le milieu d'une droite tirée dans un triangle à base fixe dont le sommet décrit également une circonférence. Thiry, Meurice, Mineur, Déprez, Mandart, Ghuys, Lambotte, Emmerich. Mathesis VIII, 127.
163. Théorème par rapport aux triangles inscrits dans un cercle ayant tous deux côtés parallèles. Gob, Meurice. Mathesis VIII, 119.
164. Cinq droites concourrant en un point de la circonférence des neuf points d'un triangle. Déprez, Molenbroek jr., J. Beyens. Mathesis VIII, 146.
165. Sur les puissances des 3 sommets d'un triangle par rapport à 3 circonférences. Verniory, Déprez, Choisis. Mathesis VIII, 173.
166. Lieu du centre d'un cercle passant par un point quelconque de l'axe radicale de deux cercles et les points de tangence des tangentes tirées de ce point aux deux cercles. Brocard, Déprez, Falisse. Mathesis VIII, 45.
167. Deux circonférences variables passant l'une par A et B, l'autre par A et C, et se coupant sous un angle donné, on cherche le lieu du second point d'intersection des deux circonférences. Jeřábek, Farisano, Meurice, Verniory. Mathesis VIII, 73.
168. Sur deux cercles à rayons variables mais égaux et passant l'un par les points A et B, l'autre par A et C. Gob, Meurice, Pisani, Boedt, Mosnat. Mathesis VIII, 95.
169. Point de contact de deux circonférences tangentes entre elles et passant l'une par 2 points donnés, l'autre par 2 autres points donnés également. Verniory [illegible] VIII, 254. — J. Neuberg ibid. 256.

218. Der Brocard'sche Winkel des Dreiecks. W. Fuhrmann. Grun. Archiv 2. R. VI, 1, 218.
219. Neuer Punkt und Gerade in der Dreiecksebene. J. Hermes. Grun. Archiv 2. R. VI, 437.
220. Sur les aires de quelques triangles. Barbarin. Mathesis VIII, 15.
221. Propriété d'un quadrilatère à la fois inscriptible et circonscriptible. Déprez. Mathesis VIII, 237.

Potential.

222. Ueber das Gesetz der Veränderlichkeit der Schwere für das Jacobi'sche Gleichgewichtsellipsoid. Th. Schmid. Zeitschr. Math. Phys. XXXIII, 188. – L. Matthiessen ibid. 306.
223. Sur quelques conséquences de la formule de Gauss et sur la théorie du potentiel. Ph. Gilbert. Journ. mathém. Sér. 3, X, 429.
224. Die Widerstandsgleichung einer Potential-Niveaufläche. R. Ulbricht. Ztschr. Math. Phys. XXXIII, 372.
225. Potential einer elliptischen Walze. Ulr. Bigler. Grun. Archiv 2. R. VI, 225. [Vergl. Bd. XXXI, Nr. 642.]
Vergl. Reihen 230.

R.

Rectification.

226. De la longueur d'une ligne. Goedseels. Mathesis VIII, Supplément.
227. Sur l'article de Mr. Goedseels: „De la longueur d'une ligne." P. Mansion. Mathesis VIII, 262.
228. Zur Rectification der Hyperbel. E. Oekinghaus. Grun. Archiv 2. R. VI, 223.
229. Sur la résolution de l'équation $dx^2+dy^2+dz^2=ds^2$ et de quelques équations analogues. G. Darboux. Journ. mathém. Sér. 4, III, 305.

Reihen.

230. Développements en séries trigonométriques de certaines fonctions périodiques vérifiant l'équation $\Delta F=0$. P. Appell. Journ. mathém. Sér. 4, III, 5.
231. Zur Theorie der harmonischen Reihe. H. Simon. Grun. Archiv 2. R. VI, 105, 220.
232. Sur le coefficient du terme général dans certains développements. A. H. Anglin. Journ. mathém. Sér. 4, II, 139.
233. Ueber die Entwickelung von $e^{-1:(1-x)}$ in eine Potenzenreihe nebst einigen Anwendungen derselben. L. Saalschütz. Grun. Archiv 2. R. VI, 305.
234. $\Sigma\frac{a_n}{n^3}=\frac{\pi^2}{7}$ si on comprend par a_n le plus grand diviseur impair de n. W. Mantel. Mathesis VIII, 208.
Vergl. Functionen 58, 70, 73.

Richtungsgrössen.

235. On multiple algebra. A. Cayley. Quart. Journ. math. XXII, 270.

S.

Sphärik.

236. Théorème sur le quadrilatère sphérique. Beyens, Déprez, Demoulin. Mathesis VIII, 52.

Stereometrie.

237. Polyèdres à faces triangulaires et à faces quadrangulaires. Droz. Mathesis VIII, 166.
238. Sommet commun de deux cônes semblables construits sur deux cercles dans l'espace. Emmerich, Beyens, Ghuys. Mathesis VIII, 103.
Vergl. Tetraeder.

Substitutionen.

239. Les fonctions fuchsiennes et l'arithmétique. H. Poincaré. Journ. mathém. Sér 4, III, 405.
240. Sur les groupes transitifs dont le degré est le carré d'un nombre premier. L. Sylow. Acta math. XI, 201.
241. Recherches sur la transformation par des substitutions réelles d'une somme de 2 ou de 3 carrés en elle même. Lipschitz (J. Molk). Journ m. Sér. 4, II, 373.

O.

Oberflächen.

193. Bemerkung über diejenigen Flächen, bei denen die Differenz der Hauptkrümmungsradien constant ist. R. v. Lilienthal. Acta math. XI, 391.
194. On Rudio's inverse centro-surface. A. Cayley. Quart. Journ. math. XXII, 156.
195. Sur un mode de transformation de surfaces minima. E. Goursat. Acta math. XI, 135, 257.
196. Ueber Minimalflächen. J. Vivanti. Zeitschr. Math. Phys. XXXIII, 137.
197. Ueber Rotationsflächen mit loxodromischer Verwandtschaft. F. August. Zeitschr. Math. Phys. XXXIII, 154.
198. Extension of Cayley's differential equation for orthogonal surfaces. A. R. Johnson. Quart. Journ. math. XXII, 81.

Vergl. Complanation. Kinematik 156. Optik 200, 205.

Oberflächen zweiter Ordnung.

199. Construction der Flächen zweiter Ordnung aus 9 Punkten, von denen 8 imaginär sind. C. Hossfeld. Zeitschr. Math. Phys. XXXIII, 187.

Vergl. Ellipsoid. Hyperboloid.

Optik.

200. Mémoire d'optique géométrique comprenant la théorie du point représentatif d'un élément de surfaces réglée. A. Mannheim. Journ. mathém. Sér. 4, II, 4.
201. Untersuchungen über die Constitution unendlich dünner astigmatischer Strahlenbündel nach ihrer Brechung in einer krummen Oberfläche. L. Matthiessen Zeitschr. Math. Phys. XXXIII, 167.
202. Geometrische Untersuchung über die Drehung der Polarisationsebene im magnetischen Felde. M. Sternberg. Zeitschr. Math. Phys. XXXIII, 191.
203. Recherches sur l'action de la matière pondérable sur l'éther. E. Jablonski. Journ. mathém. Sér. 3, X, 147, 329.
204. Sur une loi de Fresnel. E. Jablonski. Journ. mathém. Sér. 4, II, 441.
205. On a physical property of a certain generator of the wave-surface of a biaxis crystal. W. Walton. Quart. Journ. math. XXII, 268.

P.

Parabel.

206. Théorèmes sur la parabole. C. Bergmans. Mathesis VIII, 63. [Vergl. Bd. XXXIII, Nr. 191.]
207. Sur les normales à la parabole. M. d'Ocagne. Mathesis VIII, 94.
208. Propriété des paraboles qui ont une même corde normale. G. de Longchamps. Mathesis VIII, 164. — Brocard, Cl. Servais, Verniory, Déprez ibid. 234.
209. Sur 3 rayons vecteurs faisant entre eux des angles égaux menés par le foyer d'une parabole. Mosnat. Mathesis VIII, 97.
210. Problèmes se rapportant à un quadrilatère plan et deux séries de paraboles. J. Neuberg. Mathesis VIII, 162, 226.
211. Paraboles touchant deux droites rectangulaires. Jeřábek. Mathesis VIII, 18. — Déprez ibid. 19.
212. Paraboles passant par un point donné et ayant pour tangente au sommet une droite donnée. Mosnat, Verniory, Déprez, Boedt. Mathesis VIII, 71. — Poilvache ibid. 73.
213. Sur les deux paraboles passant par deux points d'une circonférence et tangentes à la même circonférence dans un troisième point donné. Brocard. Mathesis VIII, 170. — Boubals ibid. 171.

Planimetrie.

214. De la mésure de la simplicité dans les constructions mathématiques. E. Lemoine. Mathesis VIII, 217, 241.
215. Sur les points complémentaires. M. d'Ocagne. Mathesis VIII, 62. [Vergl. Bd. XXXIII, Nr. 199.]
216. Propriétés du triangle. M. d'Ocagne. Mathesis VIII, 131. [Vergl. Bd. XXXIII, Nr. 203.]
217. Point d'un triangle donné auquel est circonscrit un autre triangle. Jeřábek. Mathesis VIII, 139. — Verniory ibid. 140.

218. Der Brocard'sche Winkel des Dreiecks. W. Fuhrmann. Grun. Archiv 2. R. VI, 1, 218.
219. Neuer Punkt und Gerade in der Dreiecksebene. J. Hermes. Grun. Archiv 2. R. VI, 437.
220. Sur les aires de quelques triangles. Barbarin. Mathesis VIII, 15.
221. Propriété d'un quadrilatère à la fois inscriptible et circonscriptible. Déprez. Mathesis VIII, 237.

Potential.

222. Ueber das Gesetz der Veränderlichkeit der Schwere für das Jacobi'sche Gleichgewichtsellipsoid. Th. Schmid. Zeitschr. Math. Phys. XXXIII, 188. – L. Matthiessen ibid. 306.
223. Sur quelques conséquences de la formule de Gauss et sur la théorie du potentiel. Ph. Gilbert. Journ. mathém. Sér. 3, X, 429.
224. Die Widerstandsgleichung einer Potential-Niveaufläche. R. Ulbricht. Ztschr. Math. Phys. XXXIII, 372.
225. Potential einer elliptischen Walze. Ulr. Bigler. Grun. Archiv 2. R. VI, 225. [Vergl. Bd. XXXI, Nr. 642.]
Vergl. Reihen 230.

R.

Rectification.

226. De la longueur d'une ligne. Goedseels. Mathesis VIII, Supplément.
227. Sur l'article de Mr. Goedseels: „De la longueur d'une ligne.“ P. Mansion. Mathesis VIII, 262.
228. Zur Rectification der Hyperbel. E. Oekinghaus Grun. Archiv 2. R. VI, 223.
229. Sur la résolution de l'équation $dx^2 + dy^2 + dz^2 = ds^2$ et de quelques équations analogues. G. Darboux. Journ. mathém. Sér. 4, III, 305.

Reihen.

230. Développements en séries trigonométriques de certaines fonctions périodiques vérifiant l'équation $\Delta F = 0$. P. Appell. Journ. mathém. Sér. 4, III, 5.
231. Zur Theorie der harmonischen Reihe. H. Simon. Grun. Archiv 2. R. VI, 105, 220.
232. Sur le coefficient du terme général dans certains développements. A. H. Anglin. Journ. mathém. Sér. 4, II, 139.
233. Ueber die Entwickelung von $e^{-1:(1-x)}$ in eine Potenzenreihe nebst einigen Anwendungen derselben. L. Saalschütz. Grun. Archiv 2. R. VI, 305.
234. $\Sigma\frac{a_n}{n^3} = \frac{\pi^3}{7}$ si on comprend par a_n le plus grand diviseur impair de n. W. Mantel. Mathesis VIII, 208.
Vergl. Functionen 58, 70, 73.

Richtungsgrössen.

235. On multiple algebra. A. Cayley. Quart. Journ. math. XXII, 270.

S.

Sphärik.

236. Théorème sur le quadrilatère sphérique. Beyens, Déprez, Demoulin. Mathesis VIII, 52.

Stereometrie.

237. Polyèdres à faces triangulaires et à faces quadrangulaires. Droz. Mathesis VIII, 166.
238. Sommet commun de deux cônes semblables construits sur deux cercles dans l'espace. Emmerich, Beyens, Ghuys. Mathesis VIII, 103.
Vergl. Tetraeder.

Substitutionen.

239. Les fonctions fuchsiennes et l'arithmétique. H. Poincaré. Journ. mathém. Sér 4, III, 405.
240. Sur les groupes transitifs dont le degré est le carré d'un nombre premier. L. Sylow. Acta math. XI, 201.
241. Recherches sur la transformation par des substitutions réelles d'une somme de 2 ou de 3 carrés en elle même. Lipschitz (J. Molk). Journ mathém. Sér. 4, II, 373.

Recherches sur les groupes d'ordre fini contenu dans le groupe Cremona. L. Autonne. Journ. mathém. Sér. 4, I, 431; II, 49.
Recherches sur les groupes d'ordre fini contenus dans le groupe des substitutions linéaires de contact. L. Autonne. Journ. mathém. Sér. 4, III, 63.

T.

Tetraeder.

Ueber mehrfach perspective Tetraeder. L. Klug. Grun. Archiv 2. R. VI, 93.
Ueber Triederschnitte und Minimaltetraeder. Bermann. Grun. Archiv 2. R. VI, 76, 219.
Deux tétraèdres ayant même centre de gravité. Emmerich. Mathesis VIII, 24. — J. Neuberg ibid.

Trägheitsmoment.

Moments d'inertie du triangle et du tétraèdre E. Cesaro. Mathesis VIII, 183.
Moment d'inertie du triangle. P. Mansion. Mathesis VIII, 227.
Moment d'inertie d'un quadrilatère par rapport au point de rencontre des droites qui joignent les milieux des côtés opposés. V. Jamet. Mathesis VIII, 232.

Trigonometrie.

Calcul des lignes trigonométriques des arcs du premier quadrant de 3 en 3 degrés. E. Gelin. Mathesis VIII, Supplément.
Questions diverses de trigonométrie. E. Gelin. Mathesis VIII, Supplément.
Sur les cosinus des six premiers multiples de $\frac{2\pi}{13}$. Emmerich, J. Beyens, Stuyvaert. Mathesis VIII, 22. — Lambotte, Bonnet, Déprez ibid. 23. — Choisis ibid. 23.
Équation la plus simple admettant pour racines les tangentes et les cotangentes de 3°, 21°, 33°, 39°. Gelin. Mathesis VIII, 172.
Dans tout triangle on a $\dfrac{a^2.cotg\frac{A}{2}+b^2.cotg\frac{B}{2}+c^2.cotg\frac{C}{2}}{a^2\,tg\frac{A}{2}+b^2\,tg\frac{B}{2}+c^2\,tg\frac{C}{2}}=\dfrac{R+r}{R-r}$. Beyens, Falisse, Rochetti. Mathesis VIII, 54. — Russo, Emmerich, Meurice, Déprez ibid. 55.
Équations entre des fonctions trigonométriques des angles d'un triangle plan. François, Molenbroek, Denys, Déprez. Mathesis VIII, 211.
Équations entre des fonctions trigonométriques de 4 angles dont la somme est $(2n+1)\pi$. E. Gelin. Mathesis VIII, 277.
Sur quelques espèces particulières de triangles. J. Neuberg. Mathesis VIII, 245.
Évaluation de la puissance n d'un côté d'un triangle au moyen des deux autres côtés et de deux angles. Emmerich, Laisant. Mathesis VIII, 102.
Connaissent un angle A d'un triangle et ensus l'angle entre les droites joignant A aux points de trisection du côté opposé, calculer les deux autres angles du triangle. Campbell, Emmerich. Mathesis VIII, 53.
Ueber einige Winkel- und Längenrelationen am Dreieck. K. Zahradnik. Grun. Archiv 2. R. VI, 415.
Sur les angles sous lesquels on voit les diagonales d'un cube d'un point quelconque de la sphère inscrite au cube. Gerondal, Meurice, Emmerich, Beyens. Mathesis VIII, 77.
Vergl. Analytische Geometrie des Raumes. Determinanten 21.

U.

Ultraelliptische Transcendenten.

Beiträge zur Transformation der hyperelliptischen Integrale. Wold. Heymann. Zeitschr. Math. Phys. XXXIII, 31, 313.
Vergl. Abel'sche Transcendenten.

W.

Wahrscheinlichkeitsrechnung.

263. Ueber zwei Sätze der Wahrscheinlichkeitsrechnung. Fr. Hofmann. Ztschr. Math. Phys. XXXIII, 375.
264. Probabilité que la somme $x+y$ soit premier avec n, pendant que $x < n, y \leqq n$. Laisant. Mathesis VIII, 252. — J. Neuberg ibid. 254.

Z.

Zahlentheorie.

265. Untersuchungen über die Normen complexer Zahlen. K. Schwering. Acta math. XI, 265.
266. Eine Eigenschaft der Primzahl 107. K. Schwering. Acta math. XI, 119.
267. Propositions arithmétiques tirées de la théorie de la fonction exponentielle. Lipschitz. Journ. mathém. Sér. 4, II, 219.
268. Conséquences du théorème de Wilson. J. Neuberg. Mathesis VII, 226.
269. Sur un théorème de Mr. Oltramare. Cesaro. Mathesis VIII, 129. [Vergl. Bd. XXXIII, Nr. 268.]
270. Sur les nombres parfaits. J. J. Sylvester. Mathesis VIII, 57. — Cl. Servais ibid. 92, 135. — Cesaro ibid. 112. [Vergl. Bd. XXXIII, Nr. 263.]
271. Sur le chiffre final de la somme des puissances p de 10 nombres consécutifs. Brocard, Gelin, Molenbroek, Emmerich, Mosnat. Mathesis VIII, 103.
272. Ueber magische Quadrate. Fel. Clauss. Grun. Archiv 2. R. VI, 424.
273. Des solutions entières de $xy+ax+by=c$. Beyens, Bruyr, Emmerich, Laisant. Mathesis VIII, 213.
274. Sur une somme de 5 carrés. Brasseur, Déprez, Emmerich, Molenbroek. Mathesis VIII, 145.
275. La différence de deux cubes consécutifs n'est jamais un bicarré. Fauquembergue. Mathesis VIII, 21.
276. $2n^5=(2p+1)^2+(2q+1)^2$ est impossible sauf pour le cas $n=5$, $2p+1$ et $2q+1$ étant des nombres premiers. Fauquembergue. Mathesis VIII, 75.

Historisch-literarische Abtheilung.

Lucas Paciuolo.

Eine biographische Skizze

von

Dr. H. Staigmüller,

Professor am königl. Realgymnasium zu Stuttgart.

(Schluss.)

Im Tractat XI giebt Paciuolo die erste Darstellung der doppelten Buchführung. In Betreff dieses Tractats verweise ich auf die treue Wiedergabe und die vielfachen Berücksichtigungen, welche derselbe in verschiedenen von mir oben angeführten Abhandlungen des Herrn Privatdocenten Dr. Jaeger erfuhr. Ich für meinen Theil möchte hier nur die Vermuthung aussprechen, dass Paciuolo wahrscheinlich in der Zeit, welche er in dem Hause des Kaufherrn Antonio de Ropiansi zubrachte, sich die Kenntnisse der damals in Venedig üblichen Art der doppelten Buchführung aneignete, um nun als Erster ihre Lehre in eine strenge Darlegung zusammenzufassen und dem Drucke zu übergeben.

Der Tractat XII trägt den Titel „Tariffa". Wie heute noch den Lehrbüchern über Arithmetik meist als Anhang Tabellen zur Vergleichung der in den einzelnen Ländern gebräuchlichen Maasseinheiten beigegeben sind, welche Tabellen vor noch nicht allzulanger Zeit auch bei uns sich durch nichts weniger als Einfachheit auszeichneten, so schliesst auch Paciuolo den arithmetischen Theil seines Werkes mit Tabellen ähnlichen Inhalts, in denen vor Allem auch die Wechsel- und Geldgebräuche der für den italienischen Kaufmann in jener Zeit in Betracht kommenden Länder tarifmässig zusammengestellt sind. Dieser Tarif zeigt, den damaligen politischen Verhältnissen Italiens entsprechend, eine Mannigfaltigkeit, für welche wir heute nur noch ein mitleidiges Lächeln haben. Ausser solchen Vergleichungen sind dem Tarife, der hauptsächlich für den Gebrauch in Venedig und Florenz bestimmt war, einige Winke über Waarenkenntniss beigegeben. Dass solche Zusammenstellungen nie das Werk eines Einzelnen sind,[1]) sondern aus dem Verkehr selbst herauswachsen, ist klar und so werden sicherlich solche Tarife lange vor Erfindung der Buchdruckerkunst in den Comptoiren

1) Brandaglia scheint der Ansicht zu sein, dass Paciuolo wenigstens einen grossen Theil der Notizen seines Tarifs auf seinen Reisen, speciell der Orientreise gesam[illegible] [illegible]ich in keiner Weise beipflichten kann.

verwendet worden sein, und nichts ist natürlicher, als dass dieselben späterhin ohne Autornamen gedruckt wurden. Ein solcher Tarif erschien 1481 unter dem Titel: „Questo e el libro che tracta di mercatantie et usanze di paesi" ohne Autornamen, eine andere Ausgabe trägt nicht einmal ein Druckjahr. Dieser Tarif wird einem Giorgio di Lorenzo Chiarini zugeschrieben, da diesen Namen ein Manuscript der Magliabecchiana zeigt. Paciuolo's Tarif stimmt mit jenem wörtlich überein;[1]) deshalb wurde Paciuolo von der einen Seite des Plagiats beschuldigt, von der andern die Hypothese aufgestellt, dass auch jener Tarif von ihm verfasst sei.[2]) Gegen diese letztere Annahme sprechen zwei Gründe. Erstens finde ich nirgends in Paciuolo's Werken eine diesbezügliche Andeutung; im Gegentheil sagt derselbe, er füge diese Notizen bei, „obgleich sie durch viele Andere zu verschiedenen Zeiten gesammelt wurden",[3]) und zweitens befand er sich 1481 auf Reisen, speciell in Zara. Doch kann nach obiger Darstellung Paciuolo ebenso wenig der Vorwurf gemacht werden, mit diesem Tarif ein Plagiat verübt zu haben, als man heute einen solchen Vorwurf unter analogen Verhältnissen erheben würde.[4]) Und zudem enthält auch schon das den Jünglingen von Perugia im Jahre 1478 gewidmete Werk einen Tarif, der mit obigem wohl identisch sein dürfte, und den Paciuolo vielleicht ebenfalls seinem Aufenthalt im Hause des Kaufherrn Antonio de Ropiansi verdankte.

Doch nicht nur auf den Inhalt der Werke Paciuolo's werden wir unser Urtheil über denselben als Mathematiker gründen, sondern auch auf die Art und Weise der Behandlung dieses Inhalts, und hier macht sich unseren heutigen Forderungen gegenüber bei Paciuolo in hohem Grade ein Mangel an Strenge bemerklich. Hat Paciuolo z. B. irgend eine Vorschrift zur Lösung einer bestimmten Art von Aufgaben gegeben, so fühlt er nur in den allerseltensten Fällen das Bedürfniss, ausser der Probe einen directen Beweis für die Richtigkeit seiner Vorschriften zu geben. Paciuolo erweist sich in dieser, ich möchte sagen dogmatischen Behandlung der Mathematik als echtes Kind des Zeitabschnitts, an dessen Ende er steht,

---

1) Wie schon Libri 1840 bemerkte. Vergl. dessen Histoire des sciences mathématiques, Bd. III S. 143 Anm. 2.

2) Vergl. z. B. die Bemerkungen zu diesem Tarife in Ricardi's Biblioteca matematica italiana.

3) *„Benche per molti altri se nabino recolte per diversi tempi."* Vergl. *„Summario de la quarta parte principale"* der „Summa".

4) Aehnliche Tarife dürften überhaupt die meisten grösseren der damaligen arithmetischen Werke enthalten haben. Vergl. z. B. Tagliente's „Libro d'abaco". Derselbe Verfasser gab 1525 ebenfalls eine Lehre der doppelten Buchführung heraus.

Bei Alledem ist auch im Auge zu behalten, dass bei der damaligen relativen Seltenheit und dem hohen Preise der Drucke Paciuolo sich bemühen musste, mit seinem Werke möglichst viele andere dem Käufer zu ersetzen. So schreibt er eben in Bezug auf diesen Tarif auch, er setze ihn bei, damit der Kaufmann Alles, *was er brauche*, stets zu Händen habe. Vergl. *Summario* der „Summa".

und darf, weder was Schärfe und Strenge des mathematischen Denkens, noch was Freiheit in der Behandlung der einzelnen Aufgaben anbetrifft, die Schuhriemen seines Meisters, des grossen Pisaners lösen. Auch mehr äusserlich betrachtet, kann die Art, wie Paciuolo seine Wissenschaft vorträgt, keine streng systematische genannt werden,[1]) wenn auch überall das Streben nach einem solchen Vortrag angenehm berührt.

Dass aber in einer Zeit, in welcher es beinahe für eine grössere That galt, Etwas auf die Alten zurückgeführt, als selbst entdeckt zu haben, Paciuolo trotz aller dieser Mängel durch seine „Summa" hohen Ruhm erwarb,[2]) ist nicht zu verwundern, und Paciuolo ist der Letzte, welcher uns darüber im Unklaren lässt. Vollständig berechtigt ist er, wenn er in seinem Briefe an Petrus Soderini sich selbst das Zeugniss ausstellt: „*Ego vero qui a teneris unguiculis pertinacissimo studio in his (sc. disciplinis quas Graeci Mathematicas appellant) aliquem profictum*[3]) *assecutus multorum iudicio viderer*", und in mehr als einer Beziehung ist es zutreffend, wenn ihn Daniel Cajetan in dem oben erwähnten Briefe „*alterum nostrae aetatis Nicomachum*" nennt.[4]) Eigenthümlich berührt es uns aber, wenn Paciuolo immer wieder seinen Ruhm durch namentliches Aufzählen von hochgestellten Freunden, Bekannten und Zuhörern zu illustriren sucht,[5]) und geradezu zu verurtheilen ist es, dass er jenen Brief Daniel Cajetan's seinem Werke vorausschickt. Cajetan überschreitet nämlich in Vielem weit die Grenzen freundwilliger Recension, und wenn auch nicht geleugnet werden soll, dass Paciuolo sich seiner „Divina" gegenüber in ganz anderem Sinne als Autor fühlen durfte, als seiner „Summa" gegenüber, so ist doch in jenem Briefe die Stellung Paciuolo's als Mathematiker in folgenden Worten vollständig verkannt:[6]) „*ut quod nullus in id genus pro-*

1) So wendet z. B. Paciuolo in seiner „Summa" die Lösung quadratischer Gleichungen praktisch schon lange an, ehe er sie lehrt. Vielleicht hängt dieser Mangel auch mit der von mir auf S. 99 aufgestellten Hypothese zusammen.

2) So schreibt Paciuolo in seinem Werke „De viribus quantitatis" von seiner „Summa": „*et gia per tutto l'universo divulgata*".

3) Soll *profectum* (= Erfolg) heissen.

4) Wie Nicomachus der Erste ist, der, wenn ich so sagen darf, eine „Summa" der Arithmetik zusammenstellte, welche auf uns kam, so ist Paciuolo der Erste, der ein solches Werk dem Drucke übergab. Allerdings ist Paciuolo's „Summa" nicht das erste überhaupt gedruckte arithmetische Werk; von italienischen Drucken sind z. B. älter der ohne Autornamen 1478 in Treviso gedruckte Abaco, sowie das von 1484—1567 in elffacher Auflage erschienene arithmetische Werk Pietro Borgi's. Diese Werke scheinen jedoch sich nur mit dem praktischen Rechnen beschäftigt zu haben und keineswegs den Titel „Summa" zu verdienen; zudem ist Paciuolo's Werk über Arithmetik und Geometrie, das er den Jünglingen von Perugia widmete, so alt oder älter als jene Werke.

5) Vergl. hierzu z. B. Anm. 6 zu S. 94 dieses Aufsatzes.

6) In ähnlicher Weise überschätzt auch Bini die Stellung I Mathematiker.

fessione ad hanc usque diem aut comprehendere potuit aut scivit hic solus sui altissimi intellectus indagine conquirit atque vestigat". Ausser einer hier durchleuchtenden gewissen Eitelkeit wird gegen Paciuolo auch der Vorwurf des Neides gegen jüngere Talente erhoben.[1]) Diese Vorwürfe gegen den Charakter Paciuolo's, die wohl als berechtigt anerkannt werden dürften, wiegen leicht gegen andere, auf welche ich nun eingehen muss, und deren Grundlosigkeit ich nachzuweisen versuchen werde.

Vielfach[2]) wird gegen Paciuolo der Vorwurf des Plagiats, begangen an Leonardo Pisano, erhoben; so schreibt Fabroni: „*ejusque* (i. e. Leonardo's) *scripta etc. ... expilaverit Lucas*", und in der That kann leicht gezeigt werden, dass vielleicht drei Viertel der ganzen „Summa" Leonardo's Werken entnommen sind. Eine Vergleichung der ersten Distinction der „Summa" mit Leonardo's „Liber quadratorum" zeigt z. B., dass Paciuolo den ganzen zweiten Theil jener Distinction dorther entlehnte, ohne jedoch im Entferntesten die lichtvolle und strenge Darstellung seines Vorbildes zu erreichen. Aber zu Anfang (Tract. IV Art. 4) wie am Schlusse (Art. 9) dieses Auszuges aus Leonardo's „Liber quadratorum" erwähnt Paciuolo ganz ausdrücklich seine Quelle, im zweiten Falle sogar mit der Bemerkung, dass dort die von ihm nur angeführten Regeln bewiesen seien. Diese Quellenangaben sind so genau, dass Libri, der Leonardo's „Liber quadratorum" für verloren hielt, im Stande war, dessen Inhalt richtig zu reconstruiren.[3]) In seiner Geometrie vollends beginnt Paciuolo gleich das erste Capitel mit der Erklärung, dass er hauptsächlich Leonardo Pisano folgen werde und deshalb sei, wo er keinen Autor angebe, stets Leonardo derselbe;[4]) die übrigen Autoren dagegen werde er nennen. Unter solchen Umständen und dazu noch bei einem Werke, das sich ausdrücklich für eine Arbeit compilatorischen Charakters ausgiebt, von einem Plagiat zu sprechen ist in keiner Weise gerechtfertigt, und in der

1) Vergl. Vermiglioli's Biographie Bigazzini Girolamo's I. (1480–1564). Jene Biographie beruht auf einem Manuscript eines gewissen Sotii vom Jahre 1540. Dieses Manuscript wurde 1831 von Mariotto Antinori herausgegeben. Allerdings könnte der Grund, warum Paciuolo dem über schwierige zahlentheoretische Fragen Auskunft verlangenden Schüler antwortete, er wolle zuviel wissen, auch ein anderer als Neid gewesen sein! Ich möchte hier eine Notiz, die ich in eben jener Biographie fand, beisetzen, da dieselbe für die Geschichte der Mathematik in Deutschland von einigem Interesse ist. Dort las ich nämlich: wäre Girolamo, ein Schüler Paciuolo's, nicht durch gewisse häusliche Verhältnisse verhindert gewesen, „so würde er, um sich in Mathematik besser zu unterrichten, nach Krakau, Ulm, Tübingen, Wien, Paris und Nürnberg sich begeben haben, woselbst diese Wissenschaft mit grösstem Eifer betrieben wurde".

2) Vergl. auch Foscarini.

3) Vergl. Libri, Bd. II S. 40.

4) Vergl. „Summa" II, Bl. 1, 1: „*E perche noi seguitiamo per la magior parte Leonardo Pisano io intendo dechiarire che quando si porra alcuna proposta senza autore, quella sia di detto Leonardo.*"

That ist auch dieser Vorwurf nie mit der Schärfe und Gehässigkeit gegen Paciuolo erhoben worden wie der, zu dem ich nun übergehe.

Vasari schreibt in seiner Biographie des Malers Piero della Francesca: „Unglücklich in Wahrheit sind Diejenigen, welche, indem sie sich bemühen, in den Wissenschaften Anderen zu nützen und sich selbst Ruhm zu erwerben, durch Krankheit oder Tod verhindert werden, die begonnenen Werke zu vollenden. Ja nicht selten geschieht es, wenn die Werke fast vollendet oder zu einem gewissen Abschluss gediehen sind, dass der Eigendünkel Derjenigen, welche ihre Eselshaut mit dem glänzenden Felle des Löwen zu bedecken suchen, sich dieselben anmasst. ... Piero galt für einen vorzüglichen Meister in den Schwierigkeiten der regulären Körper, sowie in der Arithmetik und Geometrie, wurde aber im Alter durch Blindheit und Tod verhindert, die Früchte seiner Arbeiten, seine vielen Werke herauszugeben, welche noch in seiner Vaterstadt Borgo aufbewahrt werden. Derjenige aber, welcher mit allen Kräften sich hätte bemühen sollen, ihm Ruhm zu erwerben, weil er Alles, was er wusste, von ihm hatte, suchte als gottloser und tückischer Mensch den Namen Piero's, seines Lehrers, zu vernichten und sich selbst widerrechtlich die Ehre anzueignen, welche Jenem allein zukam, indem er unter seinem Namen als Fra Luca dal Borgo die Früchte der Mühen jenes guten Greises veröffentlichte. ... Piero war, wie gesagt, sehr eifrig im Studium der Kunst, beschäftigte sich viel mit Perspective, und besass sehr gute Kenntnisse in Euklid, so dass er die richtigsten Umrisse der regelmässigen Körper besser als irgend sonst ein Geometer verstand. Ja die meisten Aufklärungen über diese Gegenstände haben wir von ihm, denn Meister Luca dal Borgo, der über die regelmässigen geometrischen Körper schrieb, war sein Schüler; und als Piero, nachdem er viele Bücher geschrieben hatte, gestorben war, masste sie sich Meister Lucas an und liess dieselben, als sie ihm nach seines Meisters Tod zu Händen kamen, als die seinigen drucken.“

Auf diese Anklage, welche bis heute oft wiederholt und oft zu widerlegen versucht wurde, ist zunächst zu erwidern, dass Paciuolo gerade den Piero della Francesca in ganz hervorragender Weise mehrfach als Autor citirt. Aus der grossen Zahl dieser Stellen, in welchen Piero meist das Epitheton *„monarcha della pictura“* führt, verweise ich speciell nur auf drei. In den beiden ersten[1]) theilt Paciuolo mit, dass Piero's Werk über Perspective sich in der Bibliothek des Herzogs von Urbino befinde; in der dritten,[2]) dass jenes Werk von einem tüchtigen Sprachkenner ins Lateinische übertragen worden sei. Die Gesammtheit dieser Stellen zeugt doch unwiderleglich dafür, dass Paciuolo keineswegs „den Namen seines Lehrers zu vernichten suchte“. Wenn so diese Anklage, welche Vasari gegen Paciuolo vorbringt, im höchsten Grade ungerechtfertigt ist, so bleibt noch zu unter-

1) „Summa“, Einleitungsbrief an Guidobaldo, und „Divina“ I, Bl. 33, 1.
2) „Summa“ I, Bl. 68, 2.

suchen, wie weit sich überhaupt der Einfluss Piero's auf Paciuolo erstreckt. Hierbei ist vor Allem festzustellen, dass der Kreis dessen, was Paciuolo in seinen uns erhaltenen Werken von den Ergebnissen selbstständiger Forschung Piero's sich angeeignet haben könnte, nicht sehr gross ist, da ja jene Werke selbst nicht allzuviel enthalten, was nicht aus älteren Schriftstellern nachzuweisen wäre. Von diesem Gesichtspunkte aus, zugleich mit Berücksichtigung der von Vasari dem Piero hauptsächlich zugeschriebenen Verdienste, komme ich zu dem Schlusse, dass jener Einfluss sich vorzugsweise auf Perspective, sowie Behandlung und perspectivische Darstellung der regulären Körper beschränkte. Nun ist aber in den uns erhaltenen Werken Paciuolo's nirgends ein Lehrgang der Perspective oder dergleichen enthalten, und gerade bei der perspectivischen Darstellung der regulären Körper zeigt ein Vergleich der in der „Summa" enthaltenen Zeichnungen mit denen der „Divina" den grossen Einfluss Leonardo da Vinci's. Der Tractat über Architektur, welcher wohl auch in Betracht kommen könnte, ist dagegen zum grössten Theile, manchmal sogar in längeren wörtlichen Citaten, dem Vitruvius entlehnt. Doch fast in jedem Capitel weist Paciuolo mehrfach auf diese seine Quelle hin. Nur die beigegebene Tafel, welche einen menschlichen Kopf im Profil mit übergezeichnetem Netze giebt, ist allem Anscheine nach Piero's Werk entnommen,[1]) ebenso rühren vielleicht auch die übrigen ziemlich bedeutungslosen Tafeln über architektonische Glieder etc. von Letzterem her, wenigstens machen dieselben mir nicht den Eindruck, als hätte sie Leonardo's Hand gezeichnet. Wenn fernerhin[2]) Paciuolo in seinem „Libellus" sich ausser Stand erklärt, eine perspectivische Zeichnung mehrerer von ihm behandelter Vielflächner zu geben, da ihm Leonardo's Meisterhand fehle, so ist doch klar, dass diesem Werke kein Manuscript Piero's zu Grunde lag. In einem solchen wären die Zeichnungen die Hauptsache gewesen, während in jenem „Libellus" gerade auf die algebraische Berechnung der einzelnen Strecken etc. das Hauptgewicht gelegt wird. Ausserdem ist es doch wahrlich undenkbar, dass ein Mann von der socialen Stellung eines Paciuolo an einem Werke, das in der Bibliothek seines Gönners sich befand, und dessen Bekanntschaft in weiten Kreisen selbst eine lateinische Uebersetzung documentirt, ein Plagiat verübt habe. War Paciuolo Schüler Piero's, so ist selbstverständlich, dass er seine ersten Kenntnisse über reguläre Körper diesem Lehrer verdankte. Doch ist ein Einfluss Piero's auf Paciuolo nicht allein im Verhältniss von Lehrer zu Schüler denkbar; nach Baldi war jenes Verhältniss vielmehr das eines Freundes zum Freunde. Baldi erzählt[3]) weiter, dass im Besitz der Fürsten von Urbino sich ein nach dem Leben

1) Vergl. Bossi, Del cenacolo di Leonardo da Vinci.

2) Vergl. „Divina" II. Bl. 22, 1

3) Vergl. die von Boncompagni mitgetheilte Biographie Paciuolo's aus Baldi's „Vite de matematici".

gemaltes Bildniss[1]) Paciuolo's von der Hand Piero's befinde. Auf demselben sei Paciuolo mit seinem Buche „vor der Summa" dargestellt, und von oben hängen einige scheinbar aus Krystall geschliffene reguläre Körper herab, aus denen, was die Contouren, sowie was Licht und Schatten anbetreffe, man ersehen könne, welcher Künstler Piero gewesen sei. Liegt in diesem Bilde nicht ein Beleg dafür vor, dass jene Männer in ihrem freundschaftlichen Verkehr auch Fragen aus der Mathematik erörterten? Dort das arithmetische Werk, hier die stereometrischen Modelle! Hierbei ist es nicht ausgeschlossen, dass Paciuolo von Piero Anregungen erhielt, sich eingehender mit den regulären und den damit verwandten Körpern zu beschäftigen, aus welcher Beschäftigung dann zunächst jene von mir schon mehrfach erwähnte Modellsammlung hervorging. Paciuolo's vorzugsweise algebraische Methode der Behandlung jener Körper aber, sowie das Fehlen von Angaben über ihre perspectivische Darstellung in seinen Werken spricht mir jedoch deutlich dafür, dass diesen Werken kein Manuscript eines „Künstler-Mathematikers" zu Grunde liegt; im Gegentheil, gerade in Behandlung regulärer und damit zusammenhängender Körper ist ja Paciuolo selbst nicht ohne eigenes Verdienst. Hiermit glaube ich auch den Vorwurf, dass Paciuolo seine Eselshaut mit dem Löwenfelle zu bedecken suchte, als vollständig aus der Luft gegriffen nachgewiesen zu haben. Aber ich gehe noch einen Schritt weiter und behaupte: in seinen letzten Lebensjahren trug sich Paciuolo mit dem Plane, von den theilweise unvollendeten Werken Piero's über Perspective einen Auszug zu veranstalten und denselben dem Drucke zu übergeben, um so seinem inzwischen verstorbenen Freunde ein bleibendes Denkmal zu errichten. Paciuolo schreibt nämlich einigen seiner Schüler in dem einleitenden Briefe zu seinem Tractat über Architektur, dass er für sie ein ausführliches Werk über Architektur zusammenstellen und mit demselben zugleich ihnen auch eine vollständige Lehre der Perspective geben werde, und zwar Letzteres nach den Schriften Piero della Francesca's, von welchen er sich schon einen Auszug gemacht habe.[2]) „Bemühte sich also Paciuolo nicht, seinem Lehrer Ruhm zu erwerben?"

Wenn so sämmtliche Anklagen, welche Vasari gegen Paciuolo schleudert, sachlich in keiner Weise begründet sind, so können sie nur persönlichen Motiven entsprungen sein. Im Jahre 1550 schrieb Vasari, welcher mit der Familie des Piero della Francesca befreundet war, zur Hochzeitsfeier eines Angehörigen dieser Familie jene Biographie des Künstlers. Wahrscheinlich hatte Vasari von jenem „Auszuge", den Paciuolo aus den Werken Piero's sich gemacht hatte, gehört und dessen

1) Ist vielleicht das Bildniss eines Mönches mit Zirkel und Buch in einer Initiale auf Blatt 1 der „Summa" eine grobe Wiedergabe desselben?

2) Vergl. „Divina" I, Bl. 23, 1: *„e anco con quella prometto darve piena notitia de perspectiva mediante li documenti del nostro conterraneo e contemporale di tal faculta ali tempi nostri monarcha* ***Maestro Pe[illegible]hi*** *dela qual gia feci dignissimo compendio."*

Zweck missverstanden, oder diesen Auszug mit anderen Werken Paciuolo's verwechselt und wollte nun das, wie er glaubte, wahre Verhältniss klarstellen; zugleich war es ihm natürlich Pflicht, die Verdienste Piero's als Mathematiker, die wohl vergessen waren, nachdrücklich zu betonen. Wenn Vasari aber zur Ausführung dieser Absichten die von mir mitgetheilte Form wählte, so kann ich für mich die Ansicht nicht unterdrücken, dass der Grund für die Leichtfertigkeit und Gehässigkeit des Angriffs in der Stellung gesucht werden dürfte, welche um jene Zeit die Angehörigen der Familien beider berühmten Männer in Borgo zueinander einnahmen. Hierbei ist noch in Betracht zu ziehen, dass sich Vasari auch sonst als Geschichtsschreiber in hohem Grade unzuverlässig erweist.

Zum Abschlusse dieser biographischen Skizze möchte ich nur noch mit ein paar Worten auf die Stellung zu sprechen kommen, welche Paciuolo in der Geschichte der Mathematik einnimmt.

Der „Liber Abbaci" (1202) Leonardo Pisano's bezeichnet den vielversprechenden Anfang einer neuen Periode in der Geschichte der Mathematik der heutigen Völker Europas; doch der Fortgang entsprach nicht dem Anfange. In den folgenden Jahrhunderten bewegten andere Fragen die Völker des Abendlandes, und noch nie war die Mathematik das Lieblingskind der damals alle Wissenschaften beherrschenden Kirche gewesen. So kam es, dass drei Jahrhunderte nach Leonardo Pisano die Kenntniss des Inhalts seines „Liber Abbaci" die höchste Stufe mathematischen Wissens bezeichnete. Diese Stufe nahm auch Paciuolo ein. Doch jetzt war das Erbe Leonardo's Allgemeingut aller Derjenigen geworden, welche auf den Titel eines Mathematikers Anspruch machen wollten, und Viele verdankten ihre Kenntnisse Paciuolo's „Summa".[1]) Vergeblich sucht man in diesem Werke nach hervorragend Neuem, doch umfasst es getreu das überkommene Alte,[2]) und auf diesem Fundamente standen jene Männer, welche das *„impossibile"*, das Paciuolo seinen cubischen Gleichungen beischreibt, in ein *„possibile"* verwandelten und damit eine neue Periode in der Geschichte der Mathematik begründeten, während Paciuolo den Abschluss derjenigen Periode darstellt, in welcher die heutigen Völker Europas das, was sie von älteren Culturvölkern ererbt hatten, auch erwarben, um es zu besitzen.

1) Vergl. hierzu die vielfache Erwähnung jenes Werkes bei Cardano, Tartaglia etc.

2) Wie auch noch einige andere, zeitlich nicht allzusehr davon getrennte Werke, so vor Allem Ghaligai's „Summa" vom Jahre 1521.

Berichtigungen.

Im ersten Theile dieses Aufsatzes ist zu lesen: S. 88 Z. 4 v. o. *ostendisset* st. *ostentisset*, S. 91 Z. 4 v. o. *peritissimo* st. *peretissimo*, S. 92 Z. 6 v. u. Paciuolo st. Paciulo, S. 95 Z. 5 v. o. *rarissima* st. *rarissimus*, S. 97 Z. 7 v. u. *docendum* st. *docentum*, S. 98 Z. 17 v. o. *Almucabala* st. *Almucabula*, S. 99 Z. 11 v. o. erwähnt st. erwähnte, S. 91 Anm. 1 *Bl* st. *A II*, S. 97 Anm. 3 benützte st. benutzte.

Ueber eine Algorismus-Schrift des XII. Jahrhunderts und über die Verbreitung der indisch-arabischen Rechenkunst und Zahlzeichen im christl. Abendlande.

Von

Dr. Alfred Nagl

in Wien.

Hierzu Taf. VII.

Der Computus-Tractat vom Jahre 1143, dessen Handschrift im Sammelbande 275 der Wiener Hofbibliothek die Blattseiten fol. $27^{v}-34^{v}$ einnimmt[1]) und dessen erste Seite (fol. 27^{v}) von Sickel in photographischer

1) Das Jahr 1143 ist das Abfassungsjahr dieser Schrift, worüber zu vergl. Sickel, Lunarbuchstaben, in den Sitzungsberichten der Wiener kaiserl. Akademie, Bd. 38 (1862) S. 170, Note 5. Indess herrscht darüber kein Widerspruch, dass die Handschrift noch dem 12. Jahrhundert angehört. Sie ist mit den oben bezogenen Blättern 27—34 abgeschlossen und ganz von einer und derselben Hand geschrieben. Die von Sickel a. a. O. bezogene Stelle findet sich auf fol. 29^{r} und lautet daselbst: „*Anni domini mutantur 8 . kl . ian Anni ab origine mundi 15 . kl . apl. Ciclus 19. in 14. lunae apl. Concurrentes in kl. marcii. Epacte in kl. septebs. Indictiones 8. kl. octobs.*“ Die von Sickel berufene Berechnung des Abfassungsjahres folgt erst weiter unten nach einer kurzen Bestimmung der Quatember und lautet: *Anni domini quot sint, per ordinem indictionum, qui in pręsenti sunt 75, inueniantur. ordines namque indictionum 75 per 15 multiplicandi sunt, quia in unoquoque ordine 15 continentur anni, scilicet 3 lustra .15 (l. quindecies) igitur 75 1125 sunt. Quibus 19 addantur, quod 3 anni transierant de illo ordine, nato domino. et erunt 1137. addenda est et indictio pręsentis anni, quod tot pręteriti sunt de ultimo imperfecto ordine, scilicet 6. Sunt itaque anni domini in pręsenti 1143.* Die angeführte Epochenbestimmung *(Mutatio anni ...)* kommt in dieser Handschrift mit demselben Wortlaut noch einmal vor auf fol. 34^{v}, wo sie mit einer hier ebenfalls folgenden kurzen Bestimmung der *ieiunia quattuor temporum* und der Anführung der zwölf Himmelszeichen die Handschrift abschliesst. Aber noch ein drittes Mal findet sich diese Formel auf fol. 30vo mit etwas abweichender und theilweise fehlerhafter Textirung: *Anni ab incarnatione domini mutantur 8. kl. ian. Anni ab origine mundi 15. kl. apl. Ciclus lunaris in kl. ian. Ciclus 19^is luna apl. Concurrentes in kl. mar. Epacte in kl. septeb. Indictiones 8. octob.* Die ersterwähnte Wiederholung erklärt sich daraus, dass auf fol. 33ro überhaupt ein zweiter neuer Tractat beginnt, der den Gegenstand des vorigen wiederum abhandelt. Die zweiterwähnte Wiederholung der Epochen aber erkläre ich aus dem

Nachbildung veröffentlicht worden,[1]) hat auf der Vorderseite des ersten Blattes dieser Handschrift (fol. 27ᵛ) eine in kurzen Sätzen zusammengestellte arithmetische Lehrschrift aus der Classe des sogenannten Algorismus, deren Besprechung wir heute zu unserer Aufgabe machen.[2]) Ihrer Entstehungszeit nach ist diese Algorismus-Handschrift wohl die älteste bis jetzt bekannte und sie theilt mit der ihr zeitlich zunächst stehenden im Codex aus dem Kloster Salem am Bodensee,[3]) jetzt zu Heidelberg, aus der Zeit um 1200 die wichtige Bedeutung, dass sie einen Schluss auf die früheste Verbreitung dieser Wissenschaft im Abendlande gestattet, während die gleich zu erwähnenden beiden an Alkharismi unmittelbar anschliessenden Schriften doch nur für die erste Bekanntschft einzelner Männer mit diesem Gegenstande zeugen.

Die Algorismus-Schrift ist im Wiener Codex von derselben Hand geschrieben, wie der darauf folgende Computus-Tractat, und enthält insbesondere auch genau dieselben Ziffernformen, wie sie in dem letzteren zu durchgängiger, in so früher Zeit sehr bemerkenswerther Anwendung kommen. Wenngleich aber diese Algorismus-Schrift ihren Gegenstand sehr rudimentär und unvollkommen abhandelt und gegenständlich in keiner Beziehung an den sehr werthvollen Tractat aus dem Kloster Salem hinanreicht, so verdient sie, eben um der Zeit ihrer Niederschrift willen, nichtsdestoweniger eine genau Prüfung und Classificirung des Inhalts. Dies um so mehr, als namentlich ihre hervorgehobene Verbindung mit einem Computus-Tractat zugleich einen Fingerzeig in der sehr wichtigen Frage giebt, in welchen Richtungen damals der Algorismus schon praktische Anwendung gefunden hatte.

I. Es war lange die allgemeine Annahme, dass die abendländischen Völker die Kenntniss der indisch-arabischen Ziffern und der mit ihnen geübten Rechenmethode dem Liber Abaci des Leonardo Pisano (Fibonacci) von 1202[4]) verdanken. Es ist dies ein umfangreiches, noch lateinisch geschriebenes Werk, welches mit seinem genauen Eingehen auf alle Einzelheiten der Anwendung im praktischen und namentlich im Handelsleben einen bedeutenden Eindruck macht. Aber die Forschungen der

---

Zusammenhange der Erscheinungen, wozu weiterhin die eingestreuten, auch in dem Computus-Theile auftretenden Sprüche und Verse (z. B. fol. 33ʳᵒ) zu rechnen, dahin, dass die ganze Handschrift die Nachschrift eines oder mehrerer Schulvorträge sein dürfte. Auf diese Weise allein wird die salope Zusammenstellung des Ganzen begreiflich.

1) *Monumenta graph. med. aevi fasc. VIII. no. XVI.*

2) Vergl. die mitfolgende Nachbildung sammt Textwiedergabe (Taf. VII).

3) *ed.* M. Cantor in Zeitschr. f. Math u. Phys. X, S. 2 flgg. Dieser anonyme Tractat beginnt mit den Worten: „*Incipit liber algorismi.*"

4) „Incipit liber abaci compositus a leonardo filio Bonacij Pisano in anno M°CC°II°", herausgegeben von Baldassarre (principe) Boncompagni in den Scritti di Leonardo Pisano, vol. I. Roma 1857.

neuesten Zeit haben gelehrt, dass der Anfang unserer Kenntnisse in dieser wichtigen Disciplin der indischen Urquelle weit näher liegt.

In einer für die Geschichte dieses Gegenstandes höchst verdienstlichen Abhandlung bemerkt Woepcke,[1]) dass die Araber mit ihrer Arithmetik, die sie ausdrücklich und in zahlreichen Stellen als indischen Ursprungs bezeichnen, vielleicht schon gegen Ende des VIII. Jahrhunderts bekannt geworden seien. Eigentlich vertraut mit derselben wurden sie aber jedenfalls erst durch die sodann lange Zeit in grossem Ansehen verbliebene Schrift des Abu Djafar Mohamed Ben Mussa Alkharismi (d. i. aus Kharism [Chiva] stammend, schrieb unter Khalif Almamun, 813—833). Es ist ein bemerkenswerther Umstand, dass die erste Uebertragung der indischen Arithmetik nach dem Abendlande unmittelbar an Alkharismi selbst anknüpft. Man vermochte neuester Zeit nachzuweisen, dass die Bezeichnungen „Algoarismus", „Algorismus", „Algorithmus", unter welchen diese Rechenmethode bei den Völkern Europas bis ins XVI. Jahrhundert hinein geübt wird, in unmittelbarem Zusammenhange mit der Person des berühmten arabischen Gelehrten stehen, wenn sie daselbst auch sehr bald zu einer gegenständlichen und unverstandenen Bezeichnung der Wissenschaft selber geworden waren.[2]) Ja mehr noch, der Tractat des Alkharismi über die indische Arithmetik, dessen Urtext leider noch nicht wieder aufgefunden worden, ist uns wenigstens in einer lateinischen Uebersetzung, wenngleich augenscheinlich mit manchen Zusätzen, erhalten und mit derselben wurde ausserdem in neuerer Zeit auch eine etwas eingehendere Bearbeitung jenes Tractates von Johannes Hispalensis entdeckt, sodann Beides zusammen herausgegeben vom Fürsten Boncompagni.[3]) Dieser Johannes von Se-

1) Propagation des chiffres indiens, im Journal asiatique XVI (VIIme série tome I. 1863), pag. 446 sq.

2) So schon bei Fibonacci l. c.: *Sed hoc totum etiam et algorismum atque arcus pictogore quasi errorem computavi respectu modi indorum.* Noch entschiedener der angeführte arithmetische Tractat aus dem Kloster Salem: *Quoniam de scientia huius artis, quae algorismus inscribitur cet...* Der Tractat Omnia quae a primaeva aus der ersten Hälfte des XIII. Jahrhunderts führt das Wort schon zurück auf einen *„philosophus nomine Algus"*, und diese und ähnliche Ableitungen, wobei auch das Wort ἀριθμός gewöhnlich mit im Spiele war, blieben von nun an allgemein geglaubt, trotzdem dass die astronomischen Schriften Alkharismi's in Europa stets gelesen wurden (vergl. Joach. Heller, De elementis et artibus coelestibus, Nürnberg 1549, cap. 19: *Illud est, quod dixit Alchoarismus*). Auf die richtige Ableitung des Wortes Algorismus hat erst Josef Reinaud wieder hingewiesen in Mém. de l'inst. XVIII, II, 1849 (lectures du 28. 3. 1845 et 20. 2. 1846), pag. 303. Vergl. A. Favaro im Bullett. Boncompagni XII, pag. 115 sq. Und Reinaud's Vermuthung wurde dann bestätigt durch die Auffindung des von Boncompagni veröffentlichten Tractates (s. u.).

3) Trattati d'Aritmetica pubb. da Baldassarre Boncompagni, Roma 1857. I. Algoritmi, De numero Indorum. II. Johannis Hispalensis, Liber Algorismi de practica arismetrice. („Incipit prologus in libro alghoarismi de practica

villa, auch Johannes de Luna, ein in Spanien lebender jüdischer Gelehrter, hatte sich im Auftrage des Erzbischofs Raimund von Toledo (zwischen 1130—1150) an der Uebersetzung arabischer Werke betheiligt,[1]) und so erscheint hiernach die Mitte des XII. Jahrhunderts als der späteste Zeitpunkt, in welchem die indische Arithmetik nach arabischen Quellen den abendländischen Völkern zugänglich geworden sein muss. Wenn jene Uebersetzung der Schrift Alkharismi's, wie Cantor meint,[2]) von Atelhart von Bath (um 1120) herrühren würde, so wäre hiermit auch die früheste Zeitgrenze für diese wichtige culturhistorische Thatsache annähernd bestimmt. Allein die Anhaltspunkte für Cantor's Annahme sind ziemlich vage.[3]) So bleibt es sowohl für die Zeitbestimmung, als für den Weg, den die indische Arithmetik in Europa gemacht hat, eine nothwendige Aufgabe, die ältesten Erscheinungen dieses Gegenstandes genau zu prüfen.

II. Der auf Tafel VII enthaltene arithmetische Text giebt sich als eine Art Einleitung zu dem unmittelbar folgenden Computus-Tractat, wie denn in der Folge die Algorismus-Tractate sehr häufig, ja regelmässig in dieser handschriftlichen Zusammenstellung auftreten. Die Erscheinung erklärt sich aus der Natur der Sache. Schon Beda Ven. hat es für nothwendig gehalten, die für den Computus[4]) nöthigen arithmetischen Vorkenntnisse durch eine seinem Computus-Tractat eingeschobene Abhandlung zugänglich zu

---

arismetice, qui editus est a magistro Johanne Hyspalensi."), ersterer in einer Handschrift der Universität Cambridge (I. i. 6. 5), letzterer im Pariser Codex, Ancien fonds n. 7359, beide Handschriften aus dem XIV. Jahrh.

1) Vergl. Nouvelle Biographie universelle XXVI, 565.

2) Vorl. über Geschichte der Mathematik I, S. 611 flgg.

3) Indess gewönne die Annahme an Wahrscheinlichkeit, wenn es richtig ist, dass Atelhart sich mit der Uebersetzung der Schriften Alkharismi's beschäftigt hat. Nach Boncompagni im Bullett. XIII S. 83 trägt nämlich eine Handschrift (Paris, Bibl. Mazarin no. 1258) der astronomischen Tabellen Alkharismi's den Titel: Incipit liber Ezich Jafaris Elkanrezmi per Adelhardum Bathoniensem ex arabico in latinum sup.

4) Der Ausdruck *computus* wird das ganze Mittelalter hindurch im engern Sinne als technische Bezeichnung für die Berechnung des Kalenders und der Kirchenzeiten gebraucht. Zu den bei Sickel, Lunarbuchstaben, S. 153 Nr. 1 bezogenen Stellen aus den Capitularien Karl's d. Gr. und des Durandus aus dem XIII. Jahrhundert wäre diesfalls zu verweisen auf die einleitenden Definitionen der Computus-Tractate, z. B. Johannes a Sacro Bosco, Computus vom Jahre 1232: (Cap. De aetate lunae: „*Sed ab incarnatione Domini elapsi sunt 1232 anni.*"), pr. praef.: *Computus est scientia considerans tempora ex solis et lunae motibus* cet. und weiterhin Cap. De part. temp. m. d.: *Cum igitur in istarum temporis partium et differentiarum computatione huius scientiae consistat completio, a computando nomen computus accepit. Non quod computare doceat, sed quoniam numeris certis et subtiliter coniunctis doceatur.* (Ed. ll. De sphaera et Computi, Vitebergae a. MDXLIX.) Vergl. noch insbesondere eine Stelle im Speculum doctrinale des Vincentius Bellovacensis († um 1264), wichtig, weil sie beide Disciplinen nebeneinander definirt (ed. Koberger, Nürnberg 1486, lib. XVII cap. IX): *Com-*

machen. Die arithmetische Methode ist bei ihm noch die Fingerrechnung.[1]) Das Verhältniss der Rechenmethode zu dem in der mittelalterlichen Kirchengeschichte so bedeutsam gewordenen Computus ecclesiasticus bietet überhaupt einen Prüfstein für ihre praktische Bedeutung. Die von Gerbert und seiner Schule geübte, übrigens nunmehr als älter nachgewiesene Methode[2]) mit den neun Zahlzeichen auf dem Abacus erweist sich in ihrer beschränkten praktischen Anwendung und ihrem ganzen Charakter nach als eine reine Schulgelehrsamkeit, namentlich auch durch den Umstand, dass die zahlreich erhaltenen Tractate dieser Classe nicht die geringste Verbindung mit dem Computus ecclesiasticus verrathen, wogegen gerade die hier besprochene Handschrift darauf hindeutet, dass die indische Arithmetik diese Verbindung alsbald nach ihrem Eintritte in die Kenntniss der abendländischen Nationen eingegangen ist.

Es sind, wie gesagt, nur sehr kurze, dürftige Lehrsätze über die Rechenkunst, die wir in der Wiener Handschrift vorfinden, und aus diesem Texte müssen wir noch den Absatz: *Secundum nomina planetarum* bis zu den Worten: *ab eo nomen dici conformato* sammt der vorhergehenden und der seitwärts stehenden Buchstabenreihe, als in die eigentliche Zeitberechnung gehörig, ausscheiden. Ueberhaupt werden wir die Wahrnehmung machen, dass wir es mit einer sehr unvollkommen zusammengestückelten Lehrschrift zu thun haben; am Schlusse nach dem Absatze über die Division finden sich einige Verse lyrischen Inhalts und dann folgt ein wiederholter Absatz über die Multiplication, den sich der Schreiber irgendwo aufgesammelt und als bessere Erklärung seines Gegenstandes oder auch zur Raumausfüllung nachträglich angefügt haben mag. Endlich muss auch noch der Computus-Tractat selbst mit einem Satze zur Vervollständigung des arithmetischen Textes beitragen (s. u.).

Wir finden in diesem Texte die vollständigen Capitel De additione, De diminutione, De mediatione, De divisione. Den Anfang macht

---

potus dicitur a computando i. e. numerando, unde quaelibet computatio potest dici compotus large sumpto vocabulo: proprio vero compositus (l. *compotus*) *dicitur scientia temporum distinctiva secundum motum solis et lunę, tum ad cognitionem eorum quę in Kalendario sunt festorum immobilium. Dicitur ergo compotus non quia compotare tempus doceat, sed quia difficiliora quaedam in eo compotanda reservantur. Quoniam autem ad intelligentiam compoti omniumque maiorum numerorum necessaria est scientia algorismi, scilicet propter minucias temporis vel cuiuslibet alterius rei numerabilis ad summam facilius redigendas, sic pauca de algorismi figuris breviter annotanda sunt.* Uebrigens kann auch Einhardus in Vita Karoli M. 25: *Discebat artem computandi et intentione sagaci siderum cursum curiosissime rimabatur,* — nach dem Zusammenhange nur im oben dargestellten Sinne verstanden werden.

1) Vergl. Beda Ven., opp. ed. J. P. Migne in Patrol. lat. tom. XC. (Paris 1850) pag. 294 s.: *De temporum ratione.* Cap. I: *De computo vel loquela digitorum.*

2) Vergl. meine Abhandlung: Gerbert und die Rechenkunst des zehnten Jahrhunderts. In den Wiener Sitzungsber., Bd. 96 (1888) S. 862 flg.

der Schluss eines Capitels über die *multiplicatio*. Es scheint nicht einmal, dass von der Handschrift ein vorhergehendes Blatt verloren gegangen wäre, welches den Anfang dieses Capitels und eine Erklärung der zehn indischen Zahlzeichen nebst der mit ihnen vorzunehmenden Zahlendarstellung (*numeratio*) enthalten hätte. Diese letztere ist übrigens die den arabischen Tractaten entsprechende und mit unserer modernen genau übereinstimmend.

Unser Text lässt zweimal, wenngleich an ganz unmethodischen Stellen und ohne allen Zusammenhang mit der Darstellung, scheinbar nur zur Ausfüllung leerer Plätze, die Zahlzeichen reihenweise auftreten, nach damaliger Uebung in aufsteigender Folge von rechts nach links: 9, 8, 7, 6, 5, 4, 3, 2, 1, 0, wie denn überhaupt die ganze Richtung der Numeration dieser Methode mit der linksläufigen Schrift der Araber und Inder im Zusammenhange steht. Ueber einzelne dieser Zahlzeichen wäre Folgendes hervorzuheben.

0. Unser Text bietet für dieses Zahlzeichen schon den von den Arabern ins Abendland übergegangenen Ausdruck *ciffre (ciffra)*, der auch hier zunächst nur auf die Null beschränkt blieb, bis er erst in späterer Zeit eine Verallgemeinerung auf die Bezeichnung der arabisch-indischen Zahlzeichen überhaupt erfahren hat.[1])

3. Die Handschrift hat für dieses Zeichen, neben der nur vereinzelt angewandten Form 3 (vergl. die in den Mon. graph. m. ae. l. c. veröffentlichte Seite) durchwegs die Form ⊢. Ich vermag die graphische Abstammung dieses Zeichens nicht aufzuklären; es findet sich nur im XII. Jahrhundert, so namentlich in den Regensburger Annalen des Münchener lat. Codex no. 14733.[2])

4. Unsere Handschrift hat hierfür ausschliesslich die Form ꝗ, über welches im Schriftwesen des Mittelalters charakteristisch hervortretende Zeichen ich hier Folgendes bemerken will. Die arabische Numeration sowohl von der ostarabischen, als von der westarabischen, als Gobar bezeichneten Schichte kennt nur die Form ٩, welche mit dem entsprechenden Zahlzeichen der Gerbert'schen, auch im Mittelalter schon dem Boëtius zugeschriebenen Reihe augenscheinlich genetisch zusammenhängt. An diesem Zahlzeichen scheidet sich der geschichtliche Gang der praktischen Arithmetik in Europa, wovon unten noch die Rede sein soll, in anschaulicher Weise. Die Florentiner Handschrift des Liber Abeci Fibonacci's[3]) hat noch die Form 4ς, aber auch schon 4, wie denn überhaupt unsere moderne Form nichts Anderes ist, als die arabische mit Hinweglassung des Hakens.

---

1) Vergl. die Nachweise hierüber bei Woepcke a. a. O.

2) Facsimiles in Mon. Germ. SS. XVII, 578 und bei W. Arndt, Schrifttafeln, 2. Aufl., Taf. 23*b*. Der Codex ist nach Arndt zwischen 1174 und 1197, spätestens 1201 geschrieben.

3) Auch die Formen dieser Handschrift für die Zwei z, und für die Drei ʓ, stehen den arabischen noch sehr nahe.

Jener liegenden Form ᛟ haben sich die Italiener niemals, oder vielleicht nur späterhin infolge vereinzelter Rückwirkung von Norden her bedient. In Frankreich, England und Deutschland bildet aber ihre Anwendung, im steten Zusammenhange mit dem Algorismus, die weitaus überwiegende Regel bis ins XV. Jahrhundert, wo wir dann mit den von Italien her eingeführten verbesserten Methoden und Anwendungen der neuen Rechenkunst die stehende Form 4 wieder häufiger auftreten sehen. Die in der cursiven Schreibweise vorkommenden verschiedenen Neigungen zwischen der stehenden und der vollkommen liegenden Form verrathen ganz deutlich den Zusammenhang der Entstehung des Zeichens ᛟ. Sein fast ausschliesslicher Gebrauch in Mitteleuropa hat aber gerade im XV. Jahrhundert, wo die stehende Form von Italien her unterstützt wird, eine besondere Verstärkung erfahren durch den Zusammenhang, dass eben in diesem Jahrhundert der Gebrauch der Ziffern und der indischen Rechenmethode sich sehr verallgemeinert hat und dass die Jahreszahl damals in der Hunderterstelle das Zeichen der Vier hatte. Es wurde in der Form ᛟ aus alter Gewohnheit in der Schreibung der Jahreszahl und daher auch sonst beibehalten, obwohl es gegen Ende des Jahrhunderts entschieden veraltete, und so erklärt sich wohl gegenüber dem damals noch sehr häufigen Gebrauche desselben die sehr auffallende Erscheinung, dass es mit Eintritt des Jahres 1500 mit einer gewissen Plötzlichkeit verschwindet, was namentlich in den laufenden Rechnungen der damaligen Zeitwende sehr bemerklich hervortritt.[1])

Sonst wäre hinsichtlich der Numeration auch noch die Terminologie unseres Textes zu beachten. Derselbe hat für den Begriff der dekadischen Stelle schon den Ausdruck *differentia*, dem wir in diesem Sinne dann regelmässig in allen Algorismus-Tractaten begegnen. Er findet sich bekanntlich als eine wichtige technische Bezeichnung auch in den arithmetischen Tractaten der Gerbert'schen Schule und ihrer Vorgänger, aber in wesentlich anderem Sinne. Auch dies ist ein sehr bemerkenswerther Punkt, in welchem sich beide Richtungen scharf voneinander scheiden. Andere Bezeich-

---

1) Sehr vereinzelte, vielleicht immer nur als antiquarische Erinnerung oder Spielerei aufzufassende Anwendungen im 16. Jahrhundert sind: auf dem Keutschach-Thaler von 1504, vergl. Zeller in Mittheil. d. Ges. f. Salzburgsche Landeskunde, XXVI; auf einzelnen Raitpfennigen (Jetons), wie Neumann, Kupfermünzen, Nr. 33886 (von 1504), Nr. 34703 (von 1514), in A. Smaller, Biblia Pauperum von 1579 (Bezeichnung des Holzschnittes mit 1540), besonders aber in dem Enchiridion Christianismi. Argentorati apud Joannem Schottum MDXLI, wo durchweg, auch in der Paginirung, noch die liegende Form der Vier angewandt ist. Im Jahre 1499 hat dieselbe noch allerwärts Anwendung mit dem augenscheinlichen Charakter der Allgemeinheit; Albrecht Dürer benützt sie bei seinen Datirungen vor dem Jahre 1500 noch öfter, seitdem aber niemals mehr. In den Stiftsrechnungen von Klosterneuburg habe ich sie im J[illegible] [illegible]sschliesslich, in den vorhandenen Rechnungen des 16. J[illegible] [illegible]en.

nungen in unserem Texte für die Stelle sind *species* und *statio*.[1]) Sie scheinen keine allgemeine Aufnahme gefunden zu haben.

Hinsichtlich der Multiplication lässt gleich das zu Anfang des Textes erhaltene Stück ganz deutlich die Identität der Methode mit derjenigen der arabischen[2]) und der abendländischen Algorismus-Tractate erkennen. Die untere Zahl (Multiplicand) wird mit der niedrigsten (Einer-) Stelle unter die höchste Stelle der oberen Zahl (Multiplicator) gestellt, nun zuerst mit dieser höchsten Stelle multiplicirt und das Product oberhalb des Multiplicators, mit den Einern bei jener höchsten Stelle beginnend, angesetzt (*super praesentialitatem conlatam locetur*). Ein in der Multiplication sich ergebender Zehner wird nicht sofort in die nächste Stelle eingerechnet, sondern in derselben angestellt (*si vero secundae [quis creverit speciei] ad secundam transferatur*). Nicht zum Ausdrucke kommt in unserem Texte das wichtige Moment in der Fortsetzung dieser Rechnungsart, nämlich, dass nach vollzogener Multiplication mit jener höchsten Stelle der Multiplicand um eine Stelle nach rechts zu verschieben und sohin mit der vorletzten oberen Stelle zu multipliciren ist u. s. w. Die Producte werden successive alle stellenmässig übereinander geschrieben und am Schlusse addirt, so dass das Gesammtproduct zu oberst der ganzen Rechnungsaufstellung erscheint. Zur Veranschaulichung lasse ich hier die in dem Tractate Algoritmi, De numero Indorum (Boncompagni, pag. 10 s.) beschriebene Rechenoperation 2326×214 folgen:

```
m. 497764
   ------
l.      2
k.   1264
f.   428
f.   1
e.  632
c. 428
b.   2326
a. 214
d.  214
g.   214
i.    214
```

Als Multiplicator fungirt hier die Zahl 2326 (*b*), als Multiplicand 214 (*a*). Der letztere unterliegt den successiven Verschiebungen *d*, *g*, *i* (Algoritmi, De n. I. p. 11: *mutabis numerum inferiorem una differentia versus dexteram*), wobei nur zu bemerken ist, dass bei der wirklichen Operation die Verschiebung nicht in der Form der Untereinanderstellung, sondern unter Weglöschen der früheren Stellung stattfindet, wodurch die beiden Factoren immer unmittelbar untereinander bleiben. Von dem Löschen der Ziffern macht namentlich Johannes Hispalensis umfassenden Gebrauch; er stellt die Einer des ersten Productes sofort an die Stelle des weggelöschten Multiplicators (in unserem Beispiele die 8 der Reihe *c* an Stelle der darunter befindlichen 2 in Reihe *b*) und rechnet alle Zehner sofort ein. Bei ihm ist also mit Vollendung der Multiplication der multiplicirende Factor verschwunden. Es ist namentlich die erstere Form, die des Alkharismi, welche das ganze Mittelalter hindurch von den Algorismikern geübt wird.

Eine nicht unwichtige Beigabe unseres Textes sind die beiden Multiplicationstabellen, wovon die erstere das sogenannte kleine Einmaleins, die

1) Vergl. das gleichbedeutende *mansio* bei Algoritmi, De num. Ind. ed. Boncompagni, pag. 10.

2) Vergl. Woepcke in der angeführten Abhandlung.

zweite die weiteren Multiplicationen bis $19 \times 90 = 1710$ enthält, offenbar auf das specielle Bedürfniss der Computisten berechnet. Die mannigfachen Fehler und ein in der zweiten Tabelle ganz verständnisslos eingezogener Strich sind in unserer Textwiedergabe beseitigt. Eine Vergleichung mit dem Original wird die Abweichungen leicht ersichtlich machen. Es bedarf wohl kaum der Erwähnung, dass immer eine Zahl der letzten Reihe links und eine der zu oberst in den stufenförmig absteigenden Vierecken befindlichen Zahlen als Factoren zu denken sind, und dass das entsprechende Product sich dort findet, wo die Verlängerungen der von beiden Zahlen ausgehenden Columnen zusammentreffen.

Wir haben keine Veranlassung, hier von den ohnehin höchst einfachen Operationen der Addition und Subtraction, sowie von den weiteren zwei das ganze Mittelalter hindurch als eigene Rechnungsspecies festgehaltenen der Duplation und der Mediation zu sprechen. Dagegen wollen wir auf die Stelle unseres Textes näher eingehen, welche von der Division handelt und auch mit dieser letzteren der Classe der Algorismus-Tractate sich vollkommen einreiht. Das unterscheidende Merkmal liegt zuvörderst wieder in der Anstellung. Der Divisor wird unter den Dividenden und zwar mit seiner höchsten Stelle unter die höchste des Dividenden gestellt. Ist der Divisor in der hierdurch abgeschnittenen Stellenreihe des Dividenden nicht wenigstens einmal enthalten, so wird er sogleich (durch Weglöschen) um eine Stelle nach rechts gerückt[1]) und sodann der Quotient[2]) gesucht. Die Stellung der gefundenen Quotientenziffer ist dann über oder unter den beiden Zahlenreihen und zwar immer in der niedrigsten Stelle des Divisors nach seiner jeweiligen Stellung. Diese rein graphische Bestimmung der Quotientenstellung, welche in allen früheren Methoden nur durch eine ziemlich verwickelte Regel zu finden war, ist eine sehr wichtige Errungenschaft in der Fortbildung der praktischen Arithmetik. Von der sohin nothwendigen Subtraction des Productes aus Quotient und Divisor von dem Dividenden spricht unser Text nicht mehr. Sie geschieht, beginnend mit der höchsten Stelle des Divisors und unter stetem Weglöschen der verschwindenden Ziffern des Dividenden. Vielleicht ist es dienlich, die Sache hier durch ein Beispiel, dasjenige von Algoritmi, De num. Ind. pag. 14 s. zu versinnlichen. Es ist 46468 : 324 und wickelt sich in folgenden graphischen Stadien ab (Alkharismi stellt die Quotienten unterhalb):

a.	*b.*	*c.*	*d.*	
46468	14068	1108	136	Gesammtquotient 143,
324	324	324	324	Divisionsrest 136.
1	14	143	143	

1) *secundetur,* der Terminologie der Abacistenschule entnommen und späterhin, noch im XVI. Jahrhundert, gebraucht.

2) *denominatio.* Auch dieser Ausdruck ist der Abacistenschule und mittelbar dem antiken Sprachgebrauch (Bo[illegible]

Unser Text kommt dann auch noch auf die Probe der Division durch Multiplication des Gesammtquotienten mit dem Divisor und in dem weiter folgenden Nachtrage über die Multiplication auch auf die **Neunerprobe** zu sprechen.

So zeigt also auch die Prüfung des eigentlich arithmetischen Inhalts der besprochenen Blattseite des Wiener Codex, was schon die bunte Zusammenstellung ihrer Texte andeutet, dass wir es mit einer Schrift von gegenständlich sehr untergeordneter Qualität zu thun haben, der wir mit der Bezeichnung Algorismus-Tractat sicher auch zu hohe Ehre anthun würden. Ihre Bedeutung liegt nur in der Zeit ihres Erscheinens und in dem hieraus hervorgehenden Schlusse, dass der Algorismus in der zweiten Hälfte des XII. Jahrhunderts in Mitteleuropa schon eine gewisse Verbreitung und praktische Anwendung erlangt hatte. Denn eben die unvollständige und handschriftlich fehlerhafte Abhandlung des Gegenstandes, die Nachtragung eines zweiten Absatzes über die Multiplication lassen erkennen, dass der ganze arithmetische Text unserer Handschrift nicht aus erster guter Quelle stammt, sondern in der Weiterverbreitung schon Verunstaltungen und Verstümmelungen erfahren hatte. Der Hergang bis zu seiner Niederschrift war wohl der, dass man, für den nachfolgenden Computus-Tractat das Bedürfniss einer vorausgehenden kurzen Anleitung zum Rechnen fühlend, jene kurzen Sätze des Algorismus aus irgend einer zur Hand befindlichen Quelle entnahm. Bezüglich der Division fügt der Schreiber sogar im Computus-Tractat noch eine Stelle ein, allerdings wieder ohne allen Zusammenhang mit dem vorausgehenden Texte und dem Anscheine nach wieder nur zur Ausfüllung eines leeren Platzes. Sie lautet (fol. 25ᵛ): *Ultima divisoris sub ultima dividendi ponitur, si minor aut aequalis fuerit; si maior, secundetur. quotiens ultima divisoris in ultima aut ultimis dividendi fuerit, denominatione super prima divisionis posita, totiens sequens auferetur de reliquo.*

III. Die früheste Verbreitung der indisch-arabischen Arithmetik und Zahlzeichen in der Praxis des Abendlandes erhält also durch unsere Handschrift einen wichtigen Beleg.

Wir stehen hiermit in der Mitte des XII. Jahrhunderts und fragen daher, wie es zu erklären, dass die Annahme und Weiterverbreitung dieser Zahlzeichen in Europa bisher gemeinhin erst in das XV. Jahrhundert verlegt werden konnte?[1])

Es ist bei der Untersuchung dieser Frage von vornherein eine Wahrnehmung im Auge zu behalten, die sich freilich nur in einer zusammenhängenden genetischen Geschichte der praktischen Arithmetik ausreichend

1) Vergl. neuestens die Nachweise bei Friedr. Unger, Die Methodik der praktischen Arithmetik in historischer Entwickelung vom Ausgange des Mittelalters bis auf die Gegenwart. Leipzig 1888. § 5: Einführung und Ausbreitung der indischen Zahlen im Abendlande.

begründen lässt, nämlich, dass die Entstehung aller Systeme von Zahlzeichen mit dem praktischen Rechnen im Zusammenhange steht. Indess hat eines jener Systeme, welches für uns bis zur Gegenwart stets von so grosser Bedeutung geblieben, nämlich das römische, im operativen Rechnen niemals in dem Sinne Verwendung gefunden, dass die operirenden Zahlen in der Rechnung selbst mit diesen Zeichen geschrieben worden wären. Ihr schriftlicher Gebrauch beschränkte sich vielmehr auf Schrifttexte aller Art, wo sie, wie Zahlzeichen überhaupt, die Bestimmung hatten und haben, der Unübersichtlichkeit voll ausgeschriebener Zahlwörter durch Notirung abzuhelfen. Eine thatsächliche Anwendung der römischen Zahlzeichen im schriftlichen Rechnen, die wir unten kennen lernen werden, gehört dem Mittelalter an und war durch ganz eigenthümliche Umstände veranlasst.

Zu dieser Rolle der römischen Zahlzeichen bildet einen geraden Gegensatz der Gebrauch jener Zahlzeichen, deren sich die mittelalterlichen Abacisten und die Schule Gerbert's bedienten. Dieses System der Zahlennotirung war nämlich ausschliesslich nur im operativen Rechnen anwendbar und in Schrifttexten aus dem Grunde, weil die Numeration mit jenen Zahlzeichen an den Abacus gebunden war, nicht zu gebrauchne.[1]) Aus diesem Grunde hat man auch, obwohl die Gerbert'schen „*novem caracteres*“ mit den Gobar-Ziffern zweifellos die gleiche graphische Abstammung haben, das System der Numeration in beiden für unsere Frage wohl zu scheiden. Denn erst der Umstand, dass die indisch-arabische Arithmetik die gänzliche Loslösung vom Abacus vollzogen hat, vermochte zu bewirken, dass ihre Zahlendarstellung genau so, wie sie in der Rechnungsoperation selbst stattfand, auf die gelegentliche Anwendung in Schrifttexten im All-

---

1) Eine ganz vereinzelte, sehr merkwürdige Ausnahme findet sich in einer Handschrift der Bibl. Alessandrina zu Rom, welche Zangemeister in die Zeit um das Jahr 1200 verlegt (*„stabilito l'anno 1200 egli crede che il nostro codice non possa essere anteriore o posteriore di più di 20 anni“*), worüber zu vergl. Em. Narducci, Intorno ad un manoscritto della bibliotheca Alessandrina contenente gli apici di Boezio senz'abaco e con valore di posizione, in den Atti della r. accad. dei Lincei, Scienze fis. Ser. III. vol. I, 1877, pag. 503 s. Mit photogr. Nachbildung. Es sind darin in der That zweistellige Zahlen wie 22, 17 u. s. w. mit den von der Gerbert'schen Schule her bekannten *novem caracteres*, jedoch nach der Numeration des Algorismus, d. h. ohne die Abacus-Linien dargestellt; aber der Gebrauch der Null fehlt und die vorkommenden Zehn und Zwanzig sind einfach mit den römischen Zeichen X und XX gegeben. Für die Geschichte der praktischen Arithmetik hat das bisher ganz vereinzelte Vorkommniss keine andere Bedeutung, als dass es das Ineinandergreifen der Uebungen der Gerbert'schen Schule und des Algorismus anschaulich macht, welches für jene Zeitperiode allerdings schon ganz wohl anzunehmen ist und sich noch an einigen anderen Erscheinungen wahrnehmbar macht. Vergl. z. B. aus dem XIII. Jahrhundert: Le troubadour Pierre de Corbiac énumérant son „trésor“: „L'abac e l'algorisme apresi.“ (Renouard, Glossaire de la langue romane v. Abac.)

gemeinen übertragen werden konnte. Wir würden nun aus dieser Beobachtung zu dem Schlusse gelangen, dass die Anwendung der indisch-arabischen Zahlzeichen sich gleichzeitig und in dem Maasse verbreitet haben müsse, als die arithmetische Methode der Araber im Abendlande Kenntniss und Aufnahme fand. Wenn gleichwohl die Thatsachen dem stark widersprechen, so können für diese auffallende Erscheinung zwei bestimmte Gründe namhaft gemacht werden, deren Untersuchung wir uns im Folgenden zuwenden wollen.

Der Eingang des indisch-arabischen Rechensystems in Europa hat erwiesenermassen durch Vermittelung der Araber, aber in zwei Hauptströmen, deren Veranlassung und Charakter sich streng unterscheiden, stattgefunden. Hiervon geht die eine Richtung über Frankreich und England nach Deutschland und ist im engeren Sinne an die Bezeichnung Algorismus gebunden, während die andere den Italienern ihre Entstehung verdankt, von ihnen aus sich ebenfalls nach dem Norden verbreitet und dort mit der ersteren zusammentreffend die Grundlage zu dem modernen Stande der Rechenkunst gelegt hat. Die erstere Richtung ist nun dadurch charakterisirt, dass sie mit dem Namen des ersten Lehrmeisters der Araber auch dessen System völlig unverändert aufnimmt, zunächst, wie erwähnt, geradezu durch eine Uebersetzung seiner Schrift ins Lateinische, und diese Disciplin ohne jede wesentliche Veränderung oder Fortbildung in den Schulen fortlehrt. Muss man bei der schriftlichen Ueberlieferung der in Mitteleuropa noch zahlreich erhaltenen Algorismus-Tractate von vornherein an die Mönche als Schreiber denken, so fehlt uns auch sonst jede Wahrnehmung für die Annahme, dass diese Wissenschaft, abgesehen von dem schon berührten, der Schule aber unmittelbar nahestehenden Kalenderwesen, im praktischen Leben Aufnahme und Verwendung gefunden hätte. Wir haben es wieder mit einer Richtung zu thun, die lange Zeit ausschliesslich Schulwissenschaft geblieben ist. Das ganze Mittelalter hindurch tritt uns hierin besonders ein Tractat in auffallend vielen Abschriften und sodann um die Wende des XV. Jahrhunderts in einer ganzen Reihe von Druckausgaben entgegen, so dass wir auf ein besonders grosses Ansehen desselben schliessen müssen. Er ist natürlich lateinisch und lehrt den alten Algorismus völlig unverändert. Er beginnt mit den Worten: *Omnia, quae a primaeva rerum origine*; sein Verfasser ist nicht bekannt.[1]) Dieser Tractat erscheint in der überwiegen-

---

1) Abgedruckt in neuerer Zeit bei Halliwell, Rara Mathematica, London 1839, nach einer mittelalterlichen Handschrift, in welcher Johannes de Sacro Bosco (Johann aus Holywood, dem heutigen Halifax in Yorkshire, gest. 1244 oder 1256 nach seiner überlieferten, aber undeutlich abgefassten Grabschrift) als Verfasser bezeichnet ist. Mich macht an seiner allgemein angenommenen Autorschaft zweifeln der Umstand, dass in fast allen Handschriften, namentlich schon in denen des XIII. Jahrhunderts, der Tractat anonym dem ausdrücklich bezeichneten Computus-Tractate des Johannes de Sacro Bosco vorausgeht. Dazu gehört z. B. auch

den Zahl aller Handschriften dem Computus des Johannes a Sacro Bosco vorangehend und wir schliessen hieraus wieder, dass mit seinem Inhalt und seiner Uebung sich hauptsächlich nur Diejenigen beschäftigt haben, die dem Studium der Zeitberechnungen und der jährlichen Aufstellung des Kalenders oblagen. Einen ganz vereinzelten Fall, in welchem die Anwendung der indisch-arabischen Ziffern dieses enge Gebiet überschreitet und auf die Darstellung der Zahlen in einem der eigentlich arithmetischen Wissenschaft fremden Gebiete übergeht, bieten die Annales Ratisponnenses in dem schon erwähnten Münchener Codex Nr. 14733 des XII. Jahrhunderts. Aber auch dieser Fall ist nur durch die naheliegende Berührung des Verfassers mit der Zahlenwissenschaft zu erklären und lässt durchaus keinen Schluss darauf zu, dass diese letztere damals schon Eingang in das praktische Leben secularer Kreise, namentlich also des Handelsstandes, gefunden hätte. Diese Beschränkung der arithmetischen Kenntniss auf die Schule war natürlich der Ausbreitung des Ziffernsystems von vornherein nicht günstig. Sie bildet den einen Erklärungsgrund für die Erscheinung, dass die praktische allgemeine Benützung des neuen Numerationssystems mit der Verbreitung der Wissenschaft nicht gleichen Schritt gehalten hat.

Einem ganz andern Zusammenhange verdankte nun Italien die Einführung dieser Kenntniss. Der Aufschwung, den das Handels- und insbesondere das hier massgebende Bankwesen in Ober- und Mittelitalien im XII. Jahrhundert nahm, machte selbstverständlich die entschiedene Unzulänglichkeit aller bisherigen Rechenmethoden sehr empfindlich und es scheint daher nicht auffallend, dass man sich dort allmälig mit der durch die Araber verbreiteten neuen Methode zu versuchen begann. Die Vorrede des Leo-

---

Cod. Vienn. no. 588 XIII. sec., in welchem der Tractat im Eingange ausnahmsweise die Lesart: *Omnia, quae a primaeva mundi origine* hat (fol. 1r—4r). Auf fol. 4v dieser Handschrift heisst es dann: *Explicit algorismus. Incipit noua compilatio compoti magistri Johannis de Sacro Bosco.* Die Druckausgaben, die älteste Strassburg 1488, dann z. B. Wien 1517 (Hier. Victor) etc. (der Catalogo di M. S. Boncompagni comp. Enr. Narducci, pag. XVI not. 1 zählt nicht weniger als neun ältere Druckausgaben auf) nennen alle Johannes de Sacro Bosco (auch Busco oder irrig Busto) als Verfasser. Auch ist unter dem Algorismus Johannis de sacro busto bei Prosdocimo de Beldomandi und bei Luca Pacioli (s. u.) ohne Zweifel kein anderer als dieser Tractat gemeint. Er galt also im XV. und XVI. Jahrhundert allgemein als eine Schrift des Johann von Holywood. Handschriften desselben finden sich ungewöhnlich zahlreich namentlich in der Münchener Bibliothek und es darf wohl hieraus mit Grund auf seine besondere Verbreitung in den Klöstern Süddeutschlands geschlossen werden. Ueberhaupt kann von diesem Algorismus-Tractate das Gleiche gesagt werden, was Philipp Melanchthon in der Wittenberger Ausgabe von 1549 der Tractate De Sphaera und De Computo des Johannes a Sacro Bosco von dem Ersteren sehr richtig bemerkt: *Cum autem hic libellus tot saeculis, in omnibus scholis, in tanta varietate iudiciorum Genios habuerit probitios, necesse est, cum rebus optimis refertum esse. Videmus enim, paucissima scripta vetustatem ferre, praesertim in scholis, ubi morosissime iudicari solet.*

nardo Fibonacci zu seinem Liber Abaci von 1202 sagt ganz deutlich, dass er der Erste war, welcher diese Methode literarisch nach Italien einführte, nachdem er mit derselben durch den Aufenthalt seines Vaters zu Bugea an der nordafrikanischen Küste (das heutige Bougie in der Provinz Constantine) in Berührung gekommen war, überhaupt alle in den Uferländern des Mittelmeeres gebräuchlichen Methoden auf seinen weiten Reisen, sowie auch die wissenschaftlich überlieferten Lehren eifrig studirt hatte. Er verwirft Alles, mit einziger Ausnahme der indischen Methode. „*Sed hoc totum etiam et algorismum atque arcus pictagore quasi errorem computaui respectu modi indorum.*" Dass dem praktischen Italiener der schwerfällige Abacus und die unfruchtbare Methode Gerbert's nicht zusagten, begreift sich leicht; aber auffallend bleibt, dass er den Algorismus in einen Gegensatz zu dem Modus Indorum stellt, da sie doch beide identisch waren. Die Sache erklärt sich durch den in der Geschichte des Gegenstandes sehr wichtigen Umstand, dass die Aufnahme der indischen Methode bei den Italienern von allem Anbeginn im engsten Zusammenhange mit den Anforderungen und der Anwendung im praktischen Leben geschah. Fibonacci nahm überhaupt die indische Methode gar nicht in ihrer reinen Gestalt auf, trotzdem er dies versichert, sondern er combinirte sie, „*ex proprio sensu quoddam addens*", wie er selbst hervorhebt, mit der in Italien damals noch gangbaren antiken Fingerrechnung zu einem eigenthümlichen Ganzen, in welchem seine Methode sich eher als eine durch schriftliche Aufzeichnung der Zahlenresultate unterstützte *computatio digitalis* darstellte.[1]) Darum erscheint die Methode Fibonacci's gegenüber dem Algorismus, der reinen indisch-arabischen Lehre, nichts weniger denn als ein Fortschritt, und der „Error" liegt hier viel eher auf Seiten des Autors. Aber die eigentliche Bedeutung seines umfangreichen Werkes liegt auch ganz und gar nicht in diesem ersten Theile, sondern vielmehr in der angewandten Arithmetik, die bei Fibonacci wohl zum ersten Male ein wohlsystemisirtes Eingehen auf alle Gebiete des Verkehrslebens findet. Erst die Beachtung dieser Seite seines Werkes wird es erklären, warum dasselbe im Laufe der nächsten Jahrhunderte bei den Italienern so grosses Ansehen erwerben und noch zu Ende des XV. Jahrhunderts, zeuge einer Bemerkung Luca Pacioli's, behaupten konnte.

Es ist daher irrig, zu glauben, dass dem Werke Fibonacci's ein Verdienst an der Einführung der indischen Arithmetik in Europa zukomme.

---

1) Ja, wir erfahren durch Fibonacci unmittelbar, wie die reine Fingerrechnung in ihrer wirklichen Anwendung eigentlich ausgesehen hat (cap. II pars VI, ed. Bonc. pag. 17). Er stellt zwar auch die schon von den Arabern her bekannte und später in Italien noch im XVI. Jarhundert vielgeübte Schachbrett-Multiplication dar, aber erst nachträglich bei der Addition (cap. III. pag. 19 s.) und mit den deutlichen Anzeichen, dass es sich für ihn hierbei um eine minder praktische Lehre handelt. (*Est enim alius modus multiplicandi ualde laudabilis, maxime in multiplicandis magnis numeris ... Constituatur quadrilaterum in forma scacherii ...*)

Wohl aber ist dasselbe für deren Verbreitung im Abendlande von besonderem Einflusse geworden, denn erst ihre Einführung in das praktische Leben vermochte zu bewirken, dass man mit der neuen Methode in weiteren Kreisen bekannt wurde und ihre Vorzüge allseitig verwerthen lernte. Wir können hier auf die Einzelheiten dieser Entwickelung, die übrigens für das ganze XIII. und XIV. Jahrhundert in auffallend geringer Zahl überliefert sind, nicht eingehen. Es genügt aber für unsern Zweck, die Gestalt des Endpunktes ins Auge zu fassen.

Neben den zahlreichen Versuchen zweckmässigerer Rechnungsformen, die in Italien besonders im 15. Jahrhundert hervortreten, ist besonders eine Schrift von geschichtlichem Interesse, nämlich der Algorismi tractatus des Prosdocimo de' Beldomandi,[1]) eines angesehenen Professors der mathematischen Wissenschaften zu Padua (geb. daselbst zwischen 1370—1380, gest. 1428).[2]) Ist schon die Beschäftigung einer solchen Persönlichkeit mit diesem Gegenstande bemerkenswerth, so giebt die Vorrede des Büchleins wichtige Aufschlüsse über den damaligen Stand der Entwickelung; wir wollen sie daher im Wortlaute hierher setzen:

Inveni in quam plurimis libris algorismi nuncupatis mores circa numeros operandi satis varios atque diversos, qui licet boni existerent atque veri erant, tamen fastidiosi, tum propter ipsarum regularum multitudinem, tum propter earum deleationes, tum etiam propter ipsarum operationum probationes; utrum si bonae fuerint vel ne. Erant etiam isti modi interim fastidiosi, quod si in aliquo calculo astroloico[3]) error contigisset, calculatorem operationem suam a capite incipere oportebat, dato quum error suus adhuc satis propinquus existeret et hoc propter figuras in sua operatione deletas. Indigebat etiam calculator semper aliquo lapide vel sibi conformi, semper quo scribere atque faciliter delere posset figuras, cum quibus operabatur in calculo suo. Et qua haec omnia satis fastidiosa atque laboriosa mihi visa sunt, disposui libellum edere, in quo omnia ista abicerentur: qui etiam algorismus sive liber de numeris denominari poterit. Scias tamen quod in hoc libello ponere non intendo nisi ea, quae ad calculum necessaria sunt, alia quae in aliis libris practicę arismeticę tanguntur, ad calculum non necessaria propter brevitatem dimittendo.

Es haben also damals schon praktische Rechenbücher in Italien bestanden. Die zahlreichen uns erhaltenen des XV. und XVI. Jahrhunderts, sowie auch die grosse Summa de arithmetica des Luca Pacioli, Venedig 1494, gehen alle auf das System der angewandten Arithmetik ein. Es ist sehr bemerkenswerth, dass dem gegenüber der Gelehrte von Padua sich blos auf die Verbesserung der Methoden beschränken wollte. Die An-

1) Gedruckt zusammen mit der Schrift des Johannes de Liveriis, De minuciis, zu Padua 1483 und öfter.

2) Vergl. über ihn Antonio Favaro im Bullett. Boncompagni XII, p. 1 s.

3) d. i. die Astronomie, das specielle praktische Arbeitsfeld des Verfassers.

führung seiner nachfolgenden Beispiele für die sechs Species: *a)* Addition, *b)* Subtraction, *c)* Dimidiation, *d)* Duplation, *e)* Multiplication, *f)* Division, kann in Kurzem klar machen, worin das Wesen seiner Arithmetik besteht und dass sie bis auf die Division mit unseren heutigen Methoden völlig identisch ist.

a.	*b.*	*c.*	*d.*	*e.*	*f.*
9573	50073	9080753	540603	6204	2
8164	36582	4540371½	1081206	5073	13
4720	13491			18612	587
2937				43428	345
25394				0000	5799
				31020	97531 | 39
				31472892	24688
					246

(Das Divisionsexempel *f* ist 97531 : 2468. Die untersten Ziffern 246 zusammen mit der Einerstelle 8 der nächst oberen Reihe zeigen die eigenthümliche Verschiebung des Divisors mit Umgehung des Weglöschens; die zuoberst verbleibenden Ziffern 1279 stellen den Divisionsrest dar; die Quotienten 39 erscheinen rechts von der zu ziehenden Linie neben dem Dividenden. Diese Methode ist eigentlich mit der alten arabischen noch immer identisch.) Welche Wichtigkeit der kleinen Schrift des Prosdocimo beigemessen worden, erhellt daraus, wenn Luca Pacioli in seiner Summa de arithmetica, dem umfassendsten Werke, welches jemals über praktische Arithmetik geschrieben worden, als seine Quellen für die abstracte Rechnung nennt: die Schriften *del perspicacissimo philosopho megarense Euclide, del Severino Boetio e de nostri moderni Leonardo Pisano, Giordano, Biagio da Parma,*[1] *Giovan Sacrobosco e Prosdocimo Padoano* (ed. 1494, carta 4ᵛ).

Deutlich ist hieraus erkennbar, wie in Italien das Moment der praktischen Brauchbarkeit bei diesem Gegenstande massgebend geblieben ist. Das Ziffernlöschen, dessen Anwendung den doppelten Uebelstand einer unreinlichen „Schmiererei" und des Verschwindens der operirenden Zahlen mit der hierdurch erschwerten Ueberwachung der Operation hatte, war schon von Maximus Planudes[2]) im XIV. Jahrhundert beklagt worden.

Es war um so weniger zu verwundern, dass Frankreich und Deutschland diesen Bestrebungen der Italiener nicht fremd blieben, als durch die so ausgedehnten Handelsbeziehungen der letzteren auch die übrigen von ihnen ausgebildeten Handelswissenschaften, namentlich die Buchhaltung,

1) Jordanus Nemorarius und Biasio da Parma.

2) *Μαξίμου Μονάχου τοῦ Πλανούδη ψηφοφορία κατ' Ἰνδούς ἡ λεγομένη μεγάλη* ed. C. J. Gerhardt, Halle a. S. 1865. Deutsche Uebersetzung von Dr. Hermann Wäschke, ibid. 1878.

eben im XV. Jahrhundert in die genannten Länder übertragen wurden. Sehr sprechend und in bewusster Weise drückt sich der Gegensatz der in Deutschland üblich gebliebenen Methode des Algorismus zu der neuen italienischen Methode aus um die Wende des XV. Jahrhunderts in den Titeln zweier in Deutschland erschienenen Druckschriften. Hiervon lautet der eine:

Arithmeticę opuscula duo Theoderici tzwiuel de numerorum praxi (quae algorithmi dicuntur), unum de integris per figurarum (more alemanorum) deletionem. Alterum cet ... Quentell iterato disseminari procuravit. A. 1507. s. l.;

der andere lautet:

Algorismus nouus de integris compendiose sine figurarum (more Italorum) deletione compilatus. Artem numerandi omnemque viam calculandi enucleatim cet. ohne Druckort und Jahreszahl, jedoch in der Entstehungszeit bestimmt durch wiederholte Hinweisungen des Textes auf die Jahreszahl 1491 (z. B. in der *quinta species: Volo dividere annos dñi currentes videlicit 1491 per 24*).

Diese Gegenüberstellung der Methoden *per figurarum deletionem more Alemanorum* und *sine figurarum deletione more Italorum* giebt Zeugniss, dass man sich der Herkunft der vervollkommneten Methode dauernd bewusst blieb. Schon zu Anfang des XV. Jahrhunderts treffen wir übrigens (in dem angeführten Wiener Codex Nr. 3029) auf einen in deutscher Sprache geschriebenen arithmetischen Tractat, welcher nicht allein durch diese deutsche für die Verbreitung seines Inhalts im praktischen Leben sprechende Abfassung, sondern auch dadurch sehr merkwürdig ist, dass er ganz auf dem Boden der italienischen Praxis steht und die meisten der bei den späteren Italienern um die Wende des XV. Jahrhunderts vorkommenden neueren Methoden ohne die Ziffernlöschung schon enthält. Ebenso zeigt den Einfluss der italienischen Rechenkunst die seit dem ersten Viertel des XV. Jahrhunderts blühende und zu hohem Ansehen gekommene Wiener Schule, welche vornehmlich durch die Namen Johann von Gmunden und Georg von Peurbach ihren Glanz auf dem Gebiete der Mathematik repräsentirt.[1])

Die Erfindung der Buchdruckerkunst, entsprungen einem plötzlich emporwachsenden Bedürfnisse nach Bethätigung auf allen Gebieten des geistigen und des wirthschaftlichen Lebens, hat auf dem der Rechenkunst alsbald eine

1) Die bezüglichen Schriften des Magister Joannes de Gmunden, Algorithmus de minuciis physicis (d. i. den Sexagesimalbrüchen) und des M. Georgius Peurbachius, Algorithmus in integris, sind enthalten in dem von Georg Tannstetter, genannt Collimitius, bei dem Buchdrucker Singriener zu Wien 1515 herausgegebenen Sammelwerke: Contenta in hoc libro: Arithmetica communis (des Joannes de Muris nach Boëtius) cet. Den „Algorismus" des Peurbach hat aber der Wiener Buchdrucker Winterburger schon 1500 zum ersten Male in zwei nacheinander folgenden Auflagen erscheinen lassen, worüber zu vergl. Mayer, Wiener Buchdruckergeschichte II, S. 394.

wahre Fluth von Druckschriften zur Folge gehabt.[1]) Es sind dies kurz, gemeinverstädnlich gehaltene Lehranweisungen in der Volkssprache, welche die theoretische Rechenkunst und die gewöhnlichsten Anwendungen der Proportion abhandeln. In den Ländern ausser Italien geht der Zifferrechnung gewöhnlich die Darstellung des Rechnens auf den Linien mit den Raitpfennigen *(jetons, counters)* voran, welch' letzteres in Mitteleuropa noch im XVI. und XVII. Jahrhundert die weitaus überwiegende Anwendung im Verkehrsleben hatte und der Verbreitung der arabisch-indischen Arithmetik nicht wenig im Wege stand.[2]) Mit diesen Lehrbüchlein und der hiermit zusammenhängenden mündlichen Lehre, welche allerdings noch immer nicht in den gewöhnlichen Schulen, sondern von eigenen „Rechenmeistern" in besonderen Schulen, wovon die des Adam Riese zu Annaberg in Sachsen die bekannteste, ertheilt wurde, war nun der Verbreitung der Rechenkunst und der Ziffern die weiteste Bahn geöffnet.

---

1) Die älteste italienische und wohl überhaupt erste Druckschrift über diesen Gegenstand ist das anonyme Trevisaner Rechenbüchlein von 1478, dessen Charakter der Titel deutlich hervorhebt: *Incomincia una practica molto bona et utile: a ciaschaduno chi vuole uxare larte dela mercadantia. chiamata vulgarmente larte de labbacho ... A Triviso: A di 10 Decembre 1478.* Vergl. hierüber Boncompagni in den Atti de' Nuovi Lincei XVI (1862—1863). Die nächsten sind: Pietro Borgo, *Qui comenza la nobel opera de arithmetica ne la qual se tracta tute cosse amercantia pertinente facta e compilata per Pietro borgi da Venesia.* Venedig 1482 (Hain 3659), 1484, 1488; und Fra Luca Pacioli, genannt di Borgo San Sepolcro: *Summa de Arithmetica, Geometria, Proportioni et Proportionalità.* Venedig 1494 (vergl. E. Narducci: Intorno a due edizioni della Summa di Arithmetica di Fra Luca Pacioli. Roma 1463, und Boncompagni in den Atti de' Lincei XVI p. 61 s., 105 s., 129, 131). — Von deutschen Drucken dieser Art dürften die ältesten wohl sein und bleiben die beiden von Heinrich Petzensteiner in Bamberg gedruckten Rechenbüchlein, nämlich dasjenige des Ulrich Wagner, Rechenmeisters zu Nürnberg, von 1482, und dasjenige von 1483 (Hain 13713, von Petzensteiner selbst verfasst?), über welche jetzt besonders zu vergl. Friedr. Unger a. a. O. S. 36 flgg. Ihnen folgt das bekannte Werkchen des Johann Widmann aus Eger, Behende und hübsche Rechnung auff allen kauffmanschaft, Leipzig 1489 (Kacheloffen). — Diese Daten gewinnen ihre wahre Bedeutung erst im Zusammenhange mit dem massenhaften Erscheinen italienischer, besonders aber deutscher Rechenbüchlein zu Anfang des XVI. Jahrh. und der Thatsache, dass die Anfänge der Buchdruckerkunst sich überhaupt keinem populär-praktischen Gegenstande mit gleichem Eifer zugewandt zeigen, als eben der praktischen Arithmetik.

2) Der Gegensatz zwischen beiden Rechenmethoden wird gemeinhin bezeichnet mit Rechnen auf den Linien und mit der Feder, *„compter aux gets (jets) comme à la plume"*; auch die Bezeichnung *Algorithmus linealis* findet sich. Vergl. meine Abhandlung „Die Rechenpfennige und die operative Arithmetik." Wien 1888 (Numismatische Zeitschrift XIX, 1887).

(Schluss folgt.)

Recensionen.

Acta nationis Germanicae universitatis Bononiensis ex archetypis tabularii Malvezziani. Iussu instituti Germanici Savignyani ediderunt Ernestus Friedlaender et Carolus Malagola. Cum V tabulis. Berlin, G. Reimer. 1887. XXXIX und 503 S. gr. 4°.

Man schrieb das Jahr 1876. Der damalige Assistent, jetzige Director am Staatsarchiv zu Bologna, Herr Dr. Carlo Malagola, hatte in dem dortigen Familienarchiv der Grafen Malvezzi de' Medici einen wichtigen Fund gemacht. Dieses Archiv enthält nämlich die Acten der Deutschen Nation an der Universität Bologna, d. h. die vollständigen Namenseinzeichnungen aller dort studirenden deutschen Studenten, die Statuten der Nation, ihre Privilegien u. s. w. Unter den darin verzeichneten Namen befinden sich auch die von Nicolaus und von dessen Bruder Andreas Coppernicus. Herr Malagola war damals so freundlich, ausserhalb Italiens zuerst dem Unterzeichneten von seinem Funde Kenntniss zu geben, und ich beeilte mich, denselben sofort dem Coppernicus-Verein für Wissenschaft und Kunst zu Thorn mitzutheilen, zugleich betonend, dass ich eine vollständige Veröffentlichung der Acten, die vom Anfange des XIII. bis an das Ende des XVIII. Jahrhunderts reichen, für sehr wünscheuswerth hielte. Der Coppernicus-Verein ging mit grossem Eifer auf mein Project ein. Der Protector desselben, der Oberpräsident von Westpreussen Herr Dr. v. Achenbach, begeisterte sich ebenfalls für das Werk, und so wurden bald, immer unter Vermittelung des Herrn v. Achenbach, zwischen dem Vereine und dem königl. Cultusministerium Verhandlungen über die Herausgabe gepflogen. Herr Malagola erstattete ein sechs Bogen starkes Gutachten über die Veröffentlichung, Herr Ferdinand Gregorovius, der auf meine Bitte in Bologna selbst die Schriftstücke eingesehen hatte, sprach sich in jeder Beziehung zustimmend aus, und auf Verlangen des Herrn Ministers trat der Coppernicus-Verein mit der J. G. Cotta'schen Verlagsbuchhandlung in Stuttgart in Verhandlungen über die Höhe der Subvention, welche diese für einen etwaigen Druck in ihrem Verlage verlangen würde. Freiherr v. Cotta normirte diese eigenhändig auf 1200 Mark. So war Alles zur Herausgabe vorbereitet — da legte mit einem Male die königl. Akademie der Wissenschaften zu Berlin ihre Hand auf das Werk. Neidlos gab der Coppernicus-Verein der um so viel mehr legitimirten Gesellschaft die Herausgabe anheim, die endlich im Herbste 1887 — nach 11 Jahren — für die sie sehnlichst erwartende wissenschaftliche Welt erfolgte.

Nun hätte man denken dürfen, dass entweder Herr Dr. Carlo Malagola, oder die königl. Akademie zu Berlin, mit deren Vertreter, Herrn Archivrath Dr. Friedländer, der verstorbene Vorsitzende des Coppernicus-Vereins, Prof. Dr. L. Prowe, fast bis zu seinem letzten Lebenstage wegen der Herausgabe im Briefwechsel stand, sich beeilt hätten, dem Vereine, dem das unbestreitbare Verdienst gebührt, zuerst die Aufmerksamkeit der königl. Staatsregierung in Betreff dieser Fundgrube für die Literärgeschichte Deutschlands rege gemacht und deren Veröffentlichung angebahnt zu haben, wenigstens ein Druckexemplar des Werkes zugänglich zu machen; doch nichts dergleichen ist geschehen. Wenn nicht der Unterzeichnete sich auf seine Kosten in den letzten Wochen ein Exemplar des nicht gerade billigen Buches — dem Verleger entstanden für dasselbe, da es völlig auf Staatskosten gedruckt ist, gar keine Aufwendungen — hätte kommen lassen, so würde auch noch heute weder der Coppernicus-Verein, noch sonst Jemand in Thorn irgend Etwas von der Ausgabe kennen.

In dem Buche werden alle Verdienste, welche sich Mitglieder der Akademie, sowie Minister u. s. w. um das Zustandekommen desselben gemacht haben, gebührend hervorgehoben: weshalb sind aber die Namen des Herrn Oberpräsidenten v. Achenbach und dessen Nachfolgers im Amte, des Herrn v Ernsthausen, verschwiegen, die sich beide mit der grössesten Hingabe bemüht haben, die Herausgabe herbeizuführen? Weshalb wird nicht darauf hingewiesen, dass der Coppernicus-Verein zu Thorn in hervorragender Weise und als Erster die Herausgabe nicht nur beabsichtigt, sondern fast schon den Verlagscontract mit dem Freiherrn v. Cotta zum Abschluss gebracht hatte? Sind nur Mitglieder der Akademie und active Staatsminister geeignet, öffentlichen Dank für ihre Thätigkeit bei einer so wichtigen Publication zu erhalten?*

Und nun weiter. Herr Prof. Dr. Jacob Caro in Breslau sprach seinerzeit dem Unterzeichneten gegenüber seine Ueberzeugung dahin aus, dass er den Coppernicus-Verein nicht für geeignet halte, die fragliche Veröffentlichung auszuführen, da diesem die nöthigen literarischen Hilfsmittel

* Dass Se. Excellenz der Herr Minister der geistlichen etc. Angelegenheiten über die Verdienste des Vereines um die Herausgabe anders urtheilt als die königl. Akademie, geht aus dem folgenden Schreiben hervor, welches an den Verein gelangte:

„Im Auftrage des Herrn Ministers der geistlichen, Unterrichts- und Medicinalangelegenheiten benachrichtige ich den Vorstand ergebenst, dass die wegen Herausgabe der Acta Nationis Germanorum gepflogenen weiteren Verhandlungen, an welchen auch der Herr Justizminister sich betheiligt hat, zu dem Resultat geführt haben, dass jene Herausgabe durch die Akademie der Wissenschaften mit den ihr aus der Savigny-Stiftung zu Gebote stehenden

nicht so zu Gebote ständen wie der Akademie: nun sehe man aber die Ausgabe an, so wie sie bis jetzt vorliegt — ich spreche nicht von dem in Aussicht gestellten Supplement —, dann sieht Jeder, dass man für diese weder Akademiker, noch Archivdirector zu sein braucht. Die Grundsätze zur Publication solcher Acten sind Gemeingut aller Geschichtsforscher und zu der sicherlich nothwendigen scrupulösesten Genauigkeit, mit der die Ausgabe gemacht ist, braucht man nur einen guten Handschriftenleser, der doch aber nicht gerade Akademiker zu sein braucht. Ich wenigstens habe von dieser Ausgabe auf Staatskosten, die mindestens sechs Jahre zur Vorbereitung gebraucht hat — August 1881 bis Herbst 1887 —, mehr erwartet, als sie geleistet hat. Nur das vorzügliche Register hat meine ganze Bewunderung erregt. Hier und nur hier allein erkennt man den mit Allem vertrauten Archivbeamten, und doch sind auch hier mehrfach Verweisungen auf Namen vorhanden, welche im ganzen Register nicht vorkommen.

Wie für die Geschichte jedes deutschen Gaues, so ist speciell für die Literaturgeschichte von Ost- und Westpreussen ein ganz erklecklicher Gewinn aus diesen Acten zu entnehmen, viel grösser, als man aus den Publicationen Malagola's über die Acten der Deutschen Nation, welche in Uebersetzung auch in den Schriften des Coppernicus-Vereins erschienen sind, annehmen durfte.

Da der Coppernicus-Verein als solcher sein Recht zu wahren nicht gewillt zu sein scheint, so halte ich, als früherer langjähriger Schriftführer des Vereins, welcher die ganze Correspondenz in dieser Angelegenheit geführt hat, es für meine Pflicht, die Namen Derer nicht untergehen zu lassen, welche an erster Stelle an diesem in Wahrheit nationalen Werke gearbeitet haben, und bemerke nur noch, dass ich Alles, was ich oben gesagt habe, actenmässig belegen kann.

Mitteln und mit Hilfe einer von Sr. Majestät dem Kaiser Allerhöchst bewilligten Beihilfe bewirkt werden wird.

Ein Vertrag zwischen der Akademie einerseits und dem Grafen Malvezzi de' Medici und Dr. Malagola zu Bologna andererseits unter dem $\frac{\text{29. Juli}}{\text{3. August}}$ v. J. sichert sowohl die Benutzung des in dem Besitze des Grafen Malvezzi de' Medici befindlichen Materials, als die Mitwirkung des Dr. Malagola bei dem Unternehmen.

Danzig, den 21. Februar 1882.

Der Oberpräsident der Provinz Westpreussen:
von Ernsthausen.

An den Vorstand
des
Coppernicus-Vereins für Wissenschaft und Kunst
zu
Thorn."

Thorn, 6. März 1889.

M. Curtze, Professor,
correspondirendes Mitglied der Akademie der Wissenschaften zu Padua.

Zivot i djela R. J. Boškovića (Leben und Werke von R. J. Boscovich) von Dr. F. RačKI. Separatabdruck aus dem 87., 88. und 90. Bande der Berichte der südslavischen Akademie der Wissenschaften in Agram. 1888. 428 S. 8°.

Das uns vorliegende Werk zerfällt in drei Abschnitte. Der erste Theil enthält eine von Dr. Rački in slavischer Sprache verfasste Biographie des berühmten Jesuiten, der zweite (von Prof. Josef Gelcich zusammengestellt) eine Sammlung von 91 bisher ungedruckt gewesenen Briefen diplomatischen Inhalts, der dritte eine ähnliche Collection, die zumeist ein mathematisches und wissenschaftliches Interesse bietet und fast ausschliesslich durch Schiaparelli zusammengetragen wurde. Sämmtliche Briefe sind zum Glück in ihrer Originalfassung, d. i. italienisch und französisch, wiedergegeben. An dieser Stelle können wir uns natürlich nur mit dem letzten Theile des Werkes beschäftigen.

Von den 114 Briefen wissenschaftlichen Inhalts, welche 182 Seiten des ganzen Buches einnehmen, ist zunächst ein guter Theil der Astronomie gewidmet. In zwei Briefen finden wir Angaben über die Berechnung der Cometenbahnen, und zwar lediglich eine Verbesserung der durch Boscovich 1749 veröffentlichten Methode: De determinanda orbita planetae ope catoptrica ex datis vi, celeritate et directione motus in dato puncto. In einem andern Briefe (17. April 1785) beklagt er sich, dass Pingré seine ältere Methode geringschätzte, ohne von der bewussten Verbesserung Kenntniss zu nehmen, die schliesslich doch die Seele der ganzen Rechnung bildet. Boscovich beruft sich darauf, dass sich Méchain und Saron zur Berechnung der Cometenbahnen stets seiner verbesserten Rechnungsweise bedienten und dass ihre Resultate doch vorzüglich waren. Die Wiedergabe des mathematischen Inhalts dieser Briefe erscheint ganz überflüssig, da die verbesserte Methode im 3. und 5. Bande des 1785 erschienenen Werkes: R. J. Boscovich opera pertinentia ad opticam et astronomiam enthalten ist.

In einem guten Theile seiner Correspondenz erscheint uns der Jesuit als wissenschaftlicher Vermittler zwischen den Astronomen von Paris und jenen des Instituts Brera zu Mailand, welch' letzterem er die in Paris ausgeführten Cometenbeobachtungen und die daraus durch ihn selbst berechneten Bahnelemente mittheilte oder die Berechnungen Anderer berichtigte, weitere Daten zur Verbesserung der ersten Bahnbestimmung verlangte u. s. w. Die Cometen, worauf hier Bezug genommen wird, sind folgende: 1779, 1780 I, 1780 II, 1781 I, 1781 II, 1785 I, 1785 II.

Einige von den hier besprochenen Documenten liefern mehrere Details zur Geschichte der Entdeckung des Uranus, der bekanntlich am 13. März 1781 durch Herschel gesehen und als Comet angezeigt wurde. Am 19. April 1781 schrieb Boscovich, von Messier und Lalande Beobachtungen des neuen Cometen erhalten zu haben, die sich jedoch für eine Bahnberechnung wegen der geringen Breitenänderung schlecht eignen. Er findet auf Grund dieser Daten zwei sehr abweichende Bahnen und macht darauf aufmerksam, dass das neue Object keine Spur von einem Schweife zeige. Am 10. Juni kann er noch nicht entscheiden, ob es sich um einen neuen Planeten oder um einen Cometen handelt; doch neigt er zur ersteren Annahme und sagt, dass Ende Juli darüber Gewissheit erlangt werde. Am 6. October giebt er ausführliche Daten über den Planeten; da er sich aber ausserhalb seines Domicils befindet, wo er nur die Sinustafeln bei sich hat, so kann er einer Mittheilung Messier's nicht unbedingt zustimmen, laut welcher sich die Bahn sehr der Kreisform nähern sollte. Am 19. November 1781 hielt man am Observatorium Brera den neuen Stern noch für einen Cometen und Boscovich machte die dortigen Kreise darauf aufmerksam, dass man zu jener Zeit schon allgemein anerkannte, einen neuen Planeten vor sich zu haben. Laut Brief vom 18. Februar 1782 fand der gelehrte Jesuit die mittlere Entfernung des Uranus von der Sonne 18,9 (Lalande 18,913) und die Umlaufszeit 88,15 Jahre.

Im Uebrigen finden wir von astronomischen Fragen Vieles über ein Wasserfernrohr, von dem sich Boscovich besondere Erfolge versprach, einige unbedeutende Winke über die Bestimmung der Refraction, und Ansichten über die Atmosphäre des Mondes, deren Vorhandensein ihm unwahrscheinlich klingt und die er durch Sternbedeckungen nachzuweisen auffordert.

Ein grosses Interesse bieten jene Briefe, die sich auf die Enthebung Boscovich's von der Stelle eines Directors der Sternwarte der Brera beziehen, da sie einiges Licht auf den Zustand der praktischen Astronomie in Italien am Ende des vergangenen Jahrhunderts werfen. Es genüge kurz anzuführen, dass die Jesuiten für die Anschaffung und Installirung der Instrumente oft aus eigenen Mitteln sorgen mussten, wollten sie in der Lage sein, ihre Institute auf der Höhe der Zeit zu erhalten. Merkwürdig ist das Urtheil, das Boscovich über Lagrange, einen seiner hartnäckigsten Gegner, den er zwar für theoretische Studien als besonders geeignet anerkennt, dem er aber jede Eigenschaft zum praktischen Astronomen abspricht. Noch in seinen letzten Jahren beklagte sich B. darüber, dass La Grange ihm soviele Schwierigkeiten in den Weg legte, und u. A., dass er sich stets weigerte, einen Meridiankreis für den Unterricht in der Astronomie aufzustellen. Er wirft ihm vor, das Aequatorial dem Meridiankreis vorgezogen zu haben, die Aufstellung eines Quadranten für die Bestimmung der Aberration verhindert zu haben u. dergl.

Von mathematischen Fragen enthalten die Briefe nur Kurzes und Weniges, so einige Bemerkungen über die Rectification der Kegelschnitte und über einige Punkte aus der Differential- und Integralrechnung. Erstere sind durch die Herausgabe eines Werkes von einem P. Fortunato veranlasst, welches diesbezügliche Fehler enthielt, letztere sind Antworten auf bestimmt gestellte Fragen und drehen sich um [illegible] Erklärungen über den Begriff und die Bedeutung der [illegible]

Seite 95—100 des Werkes enthält ein Verzeichniss der sämmtlichen von Boscovich herausgegebenen Werke, sowie der in verschiedenen Zeitschriften zerstreuten Monographien, doch ist entweder dieses Verzeichniss nicht vollständig oder müssen noch unedirte Manuscripte von B. vorhanden sein. So spricht er z. B. in Briefe vom 19. August 1784 (S. 371) von einer Brochure über sein Wasserfernrohr, die wir im Verzeichniss nicht vorfinden.

Schliesslich sei noch bemerkt, dass auch der Naturforscher manches ihn Interessirende finden wird, so z. B. ziemlich lange Auseinandersetzungen über die Hebung und Senkung der Küsten, über die Faltungen der Erdrinde und über die damit zusammenhängenden Veränderungen in den Azimuthen der Instrumentenpfeiler der Sternwarten.

Der Druck und die Ausstattung des Werkes lässt nichts zu wünschen übrig.

E. Gelcich.

Die Quadratur des Zirkels in berufenen und unberufenen Köpfen. Eine culturgeschichtliche Studie von Dr. Hermann Schubert, Professor an der Gelehrtenschule des Johanneums in Hamburg. [Heft 67 der Sammlung gemeinverständlicher wissenschaftlicher Vorträge, herausgegeben von Rud. Virchow und Fr. v. Holtzendorff.] Hamburg 1889. Verlagsanstalt und Druckerei A.-G. (vormals J. F. Richter). 40 S.

Der hübsch geschriebene Aufsatz ist der Sammlung entsprechend, als deren Theil er im Drucke erschien, durchaus volksthümlich gehalten. Man braucht nicht Mathematiker zu sein, um ihn zu verstehen; man darf Mathematiker sein, und wird noch immer das Eine oder das Andere daraus lernen. Wir heben namentlich S. 36 hervor, wo an Beispielen klar gemacht ist, welche praktische Bedeutung für die Kreisausmessung es besitzt, ob die Zahl π auf 15 oder gar auf 100 Decimalstellen genau bekannt ist. Der Verfasser hat diesen Auseinandersetzungen eine den Völkern und der Zeitfolge nach geordnete Uebersicht der Werthe vorausgeschickt, welche für π in Anwendung kamen, hat eine Andeutung des Beweises der Transcendenz von π folgen lassen. Eines dagegen vermissen wir: die Angabe, seit wann der Buchstabe π für die Mathematiker das Verhältniss des Kreisumfanges zum Durchmesser darstellt? Euler wird wohl nach wie vor das Verdienst zugeschrieben werden müssen, π und ebenso auch $e = 2{,}718281828\ldots$ in die Mathematik eingeführt zu haben, wenn auch die Annahme, π sei erstmalig in der Introductio in analysin infinitorum gebraucht, durch Herrn G. Eneström (Bibliotheca mathematica 1889, pag. 28) als irrig nachgewiesen ist. Andere als Euler haben schon 1742 des Buchstaben π sich bedient; Euler selbst hat abwechselnd mit π auch p gebraucht. Aber seit der Introductio bürgerte π sich allgemein und ausschliesslich ein.

Cantor.

Principien der mathematischen Optik von Clebsch, herausgegeben von Dr. KURZ. Augsburg 1887. 53 S.

Es war Cauchy, welcher zuerst die Bewegung des Lichts in Mitteln, die nach verschiedenen Richtungen verschieden sich verhalten, aus den gegenseitigen Anziehungen der Massentheilchen (der Herausgeber schreibt noch „Molekül", als ob das Wort ursprünglich französisch wäre) abzuleiten suchte. Er gelangte dabei zu Differentialgleichungen, welche die Bewegung des Lichts in Krystallen und die Wellenfläche ergeben, so lange man es mit homogenem Lichte zu thun hat. Die Abhandlungen von Cauchy sind weit zerstreut, es wird daher Jedermann, der sich für diese Theorie interessirt, dem Herausgeber dankbar sein, dass er eine Zusammenstellung, vollends aus einer so competenten Feder wie die von Clebsch, dem Publicum giebt.

Der Titel ist freilich zuviel versprechend, da das Verfahren von Cauchy weder zur Erklärung der Dispersion, noch der Absorption führt. Unter Principien der mathematischen Optik wird man heutzutage noch manches Andere, als das hier Besprochene verstehen. Aber dass ein erster Versuch abgeschlossen dargestellt ist, ist insbesondere für den Studirenden von grossem Werthe.

P. ZECH.

Neue Theorie der Reibung von Petroff. Uebersetzt von WURZEL. Gekrönte Preisschrift. Hamburg und Leipzig 1887. 187 S.

Die Frage der mechanischen Wirkung der Reibung ist von den Technikern — aus Mangel an Besserem — in der Art gelöst, dass man die Sätze von Coulomb (Unabhängigkeit von Geschwindigkeit und Grösse der Reibungsfläche, Abhängigkeit nur von dem Drucke) als für alle Fälle richtig annahm und darnach die Rechnung weiter führte. Der Verfasser sucht, da diese Sätze durchaus nicht immer sich bestätigen, den einzelnen Ursachen des unter dem allgemeinen Namen der „Reibung" Zusammengefassten nachzuspüren. An der Hand der neuesten Arbeiten wird zuerst die Reibung in Flüssigkeiten betrachtet, insbesondere das Gesetz von Hagen-Poiseuille abgeleitet und seine Uebereinstimmung mit Versuchsergebnissen nachgewiesen. Dabei ergeben sich eine Anzahl Folgerungen, nach denen die Reibung von der Zähigheit des Schmiermittels abhängig, der relativen Geschwindigkeit der bewegten Theile direct, der Pressung (Druck auf Flächeneinheit) indirect proportional ist. Auch auf die Temperatur wird noch Rücksicht genommen.

Es zeigt sich dabei, dass die bisherigen Versuche noch nicht genügend Material geben, um definitive Resultate zu erhalten. Der Verfasser giebt das Charakteristische solcher zu machenden Versuche, ohne auf deren Einzelheiten einzugehen.

P. ZECH.

Die Lehre von der Energie, historisch-kritisch entwickelt von Dr. Helm. Leipzig. 104 S.

„Die ganze Bedeutung eines Naturgesetzes liegt allein in dem Erfolg, in der Macht, mit der es uns gestattet, die Welt erkennend zu beherrschen oder in der einfachsten Weise zu beschreiben. Die letzten Begründungen bleiben immer schwankende, weil sie aus dem exacten Gebiet hinausführen." Mit diesen Worten charakterisirt der Verfasser seinen Standpunkt, ein Standpunkt, der in der neueren Zeit vielfach, besonders bei Kirchhoff und Mach vertreten ist.

In Theil I werden die Quellen der Energie-Ideen aufgesucht, in der Mechanik, der Physik, der Philosophie und der Technik. Es wird gezeigt, wie auf allen diesen Gebieten mehr oder weniger unbewusst von dem Gesetze der Energie seit langer Zeit Gebrauch gemacht wird. Besonders bemerkenswerth scheint dem Referenten die Darstellung des instinctiven Vordringens des Gesetzes in der Technik.

In Theil II wird die Begründung des Energiegesetzes behandelt. Es wird die Leistung Robert Mayer's in einer Weise anerkannt, wie das leider selten der Fall ist; es werden die Arbeiten von Joule besprochen, die „unser Wissen von der Energie erweitert, aber nicht begründet haben", die auf Schlüssen beruhen, wie sie Mayer gemacht und die experimentell zu bestätigen sein Ideal war. Dann werden die Verdienste Helmholtz' hervorgehoben, der, von der Idee Mayer's „*ex nihilo nihil fit*" ausgehend, sie in der Form: „Ein Perpetuum mobile ist unmöglich" benützt, womit er zum Gesetz von der „Erhaltung der Kraft" gelangt. Während es sich hierbei um Gewinn und Verlust an Energie von aussen oder nach aussen handelt, tritt die Vorstellung der Eigenenergie eines Körpers als einer Function des augenblicklichen Zustandes vorzugsweise bei Clausius und W. Thomson auf. S. 41 wird dann das Ergebniss der Untersuchung aufgestellt.

In einem Theil III ist von der „Energetik" die Rede, wie Rankine eine neue Wissenschaft genannt hat, deren Aufgabe ist, das Energiegesetz zu einer Weltanschauung auszubilden, welche die Mechanik als Naturwissenschaft in sich schliesst, aber über ihre Grenzen hinausgeht. Im Energiegesetz entwickelt sich damit eine Weltformel, wie sie Laplace vorschwebte. Als Beispiel für die Tragweite der Energie-Ideen werden zum Schlusse Begriffe aus der Volkswirthschaftslehre verwendet.

Das kurze, präcis und stramm gehaltene Werk wird Jedem, der sich mit dem Studium der Energie abgiebt, für Gewinnung klarer Gedanken und richtige Auffassung der früheren grundlegenden Arbeiten von unschätzbarem Werthe sein.

P. Zech.

GRASHOF, **Theoretische Maschinenlehre.** 3. Band, 1. bis 3. Lieferung. Hamburg und Leipzig, Leopold Voss. 1886, 1887.

Der 3. Band des rühmlichst bekannten Grashof'schen Werkes soll in fünf Lieferungen, von denen bis jetzt drei erschienen sind, die Kraftmaschinen in ihrem ganzen Umfange behandeln.

Die erste Lieferung beginnt mit einer Uebersicht der Formen des zu technischen Arbeitszwecken verwendbaren natürlich vorhandenen Arbeitsvermögens. Hieran schliesst sich die Besprechung der belebten Motoren: Mensch (Tragen von Lasten, Arbeiten an Maschinen bei Angriff mit Händen und Füssen), Thier (Göpel, Tretwerk). Bei den Wassermotoren wird nach allgemeinen Erörterungen über die üblichen Arten dieser Kraftmaschinen die Fassung des Aufschlagwassers besprochen und sodann in eingehender Behandlung der Wasserräder im engeren Sinne, der Turbinen und der Wassersäulenmaschinen eingetreten. Hierauf folgen die Windräder und von den Wärmemotoren nach allgemeinen Bemerkungen über dieselben die Dampfkessel.

Die vorliegenden Lieferungen, welche des lebhaften Interesses der betreffenden Kreise sicher sind, lassen den bekannten Charakter der Grashof'schen Arbeiten erkennen: wissenschaftlich gebildeten Technikern und Studirenden als theoretische Grundlage zu rationeller Praxis zu dienen und durch eine streng wissenschaftliche Behandlungsweise zugleich auch solche Leser zu befriedigen, welche an den technischen Anwendungen der von ihnen gepflegten Mathematik und Naturwissenschaften Interesse nehmen.

C.

Ueber die Berechnung und die bildliche Darstellung von Trägheits- und Centrifugalmomenten ebener Massenfiguren. Von ROBERT LAND in Dresden. Separatabdruck aus dem „Civilingenieur". Verlag von A. Felix in Leipzig. 1888.

Die Brochure knüpft an eine Abhandlung von Herrn Mohr: „Ueber die Bestimmung und graphische Darstellung von Trägheitsmomenten ebener Figuren" an, welcher eine neue Darstellung von Flächenmomenten zweiter Ordnung gegeben hat.

Ist eine ebene Fläche F und zwei durch einen Punkt P gehende Axen PA und PB gegeben und sind a und b die Abstände eines Flächenelements dF von diesen Axen, so wird das zugehörige Centrifugalmoment $\int a.b.d$F der Fläche F in Bezug auf die zwei Axen auf ein statisches Moment zurückgeführt durch Zuhilfenahme eines Kreises, welcher eine gewisse Abbildung der Massenfigur auf den Kreis möglich macht. Ist nämlich z der Abstand des Flächenelements dF vom Pol P und legt man durch P einen beliebigen Kreis vom Radius r, welcher AP in A_1, BP i[illegible] und die Verbindungslinie von dF mit P in Z_1 trifft, so

Centrifugalmoment $a.b.dF$ aufgefasst werden kann als das statische Moment eines Massenelements $dm = \frac{s^2 . dF}{2r}$ in Z_1, bezogen auf die Sehne $A_1 B_1$. Der Schwerpunkt aller dieser Punktmassen dm wird der Trägheitsschwerpunkt genannt. Fallen die beiden Axen PA und PB in eine zusammen, so geht das Centrifugalmoment in das Trägheitsmoment der Fläche um diese Axe über.

Dieser Darstellungsweise nun fügt Herr Land vereinfachende Rechnungsmethoden hinzu; er untersucht die Beziehungen zwischen den verschiedenen Lagen der Pole und zugehörigen Trägheitsschwerpunkte, giebt eine Construction des Trägheitsschwerpunktes, und bei dieser Gelegenheit erschliessen sich ihm eine Reihe von interessanten Folgerungen, die zum Theil auch zur projectivischen Geometrie Bezug haben; schliesslich wird noch der Zusammenhang zwischen Kreis mit Trägheitsschwerpunkt einerseits und Centralellipse andererseits erwähnt.

Man muss zugeben, dass diese so durchgeführte Darstellung der Trägheitsmomente der bekannten Darstellung durch Centralellipsen an Einfachheit und Anschaulichkeit zum Mindesten nicht nachsteht. Die Brochure kann den Technikern und Mathematikern empfohlen werden.

Hervorzuheben ist die klare, leicht fassliche Form der Entwickelung und die anschaulich gezeichneten Figuren.

Stuttgart, Juli 1888. CRANZ.

Ueber die Bewegung eines festen Kreises in einer tropfbaren Flüssigkeit. Von Dr. LUDWIG FENNEL. Programm der städtischen Realschule in Cassel 1888 (Programm Nr. 378).

In einer kurzen historischen Einleitung werden die Umwandlungen besprochen, welche die Theorie der hydrodynamischen Gleichungen seit Euler und Lagrange durch Clebsch, Thomson und Tait, besonders aber durch Kirchhoff erfahren hat. Der Verfasser stellt sich sodann als Ziel, alle die Fälle zu ermitteln und zu behandeln, in denen sich die Bewegung eines festen Körpers vom Charakter des dreiaxigen Ellipsoids durch die Umkehrung elliptischer Integrale, d. h. durch elliptische Functionen und elliptische Transcendenten darstellen lässt. Die Aufgabe läuft darauf hinaus, die Fälle auszusuchen, in denen gewisse hyperelliptische Integrale zu elliptischen werden, unter der erwähnten Voraussetzung über die Gestalt und Massenvertheilung des festen Körpers. Von den neun Fällen, um die es sich handelt, werden drei vollständig, die übrigen hinsichtlich ihrer Resultate besprochen.

Die gründliche und klare Arbeit ist durchaus geeignet, über die neueren Bestrebungen im Gebiete der Hydrodynamik zu orientiren, und stellt einen bemerkenswerthen Beitrag zu derselben dar.

CRANZ.

Lehrbuch der analytischen Mechanik. Von Dr. OTTO RAUSENBERGER. I. Band: Mechanik der materiellen Punkte. Leipzig, Teubner. 1888.

Von der analytischen Mechanik, mit welcher der Verfasser nach einer Reihe von Veröffentlichungen anderer Art nunmehr vor das mathematische Publicum tritt, ist zunächst der erste Theil erschienen. Eine eingehendere Beurtheilung, besonders Besprechung von Einzelheiten wollen wir auf die Zeit verschieben, wenn das Werk als Ganzes vorliegt, und uns vorläufig darauf beschränken, den günstigen Eindruck zu constatiren, den der erste Theil auf den Leser hervorzubringen im Stande ist. Der Verfasser beabsichtigt, eine zusammenhängende, systematische und übersichtliche Darstellung des Gesammtgebiets der analytischen Mechanik vorzutragen; er will weder ein Elementarbuch, noch ein Nachschlagebuch, noch eine historische Entwickelung, sondern eine systematisch geordnete, nur das Wesentlichste ins Auge fassende Darstellung der neueren analytischen Mechanik geben. Den Kreis der Studirenden, welche sich an der Hand seines Lehrbuchs in die theoretische Mechanik einführen zu lassen beabsichtigen, scheint der Verfasser mehr unter denen der Universitäten, als denen der technischen Lehranstalten zu suchen, wie die ganze Darstellung zeigt. Der Anfänger wird es dem Verfasser Dank wissen, dass die meisten mathematischen Hilfsresultate, welche verwendet werden, ausführlich entwickelt sind, wie z. B. die Theorie der partiellen Differentialgleichungen, Reihenentwickelungen, bestimmte Integrale u. A., und dass die Probleme nicht sogleich in vollster Allgemeinheit vorgeführt, sondern durch Beispiele eingeleitet werden. Die Beispiele sind aus der Physik, Geophysik, Ballistik, besonders aber aus der Astronomie gewählt. Ob unter diesen die astromechanischen Untersuchungen nicht einen im Verhältniss zum Ganzen etwas zu grossen Raum einnehmen, dürfte zum Mindesten eine discutable Frage sein.

Behandelt sind im vorliegenden ersten Theil die freie und unfreie Bewegung materieller Punkte, die Principien der Mechanik, auf deren Behandlung besonders aufmerksam gemacht werden soll, und die Differentialgleichungen der Bewegung in allgemeiner Behandlung; ferner ist eine Einleitung in die Potentialtheorie ebenfalls diesem ersten Theil einverleibt. Für den zweiten Theil, Mechanik der starren Systeme, stellt der Verfasser in Aussicht, sich in der Theorie der Elasticität und der Hydromechanik nur auf die wesentlichen Punkte beschränken zu wollen. Wir möchten den Wunsch aussprechen, dass die neueren Methoden in beiden Theorien nicht allzukurz behandelt werden.

Stuttgart, Juli 1888. CRANZ.

Bibliographie

vom 1. April bis 30. Juni 1889.

Periodische Schriften.

Verhandlungsberichte der königl. sächs. Gesellschaft der Wissenschaften. Mathem.-phys. Classe. 1889, I. Leipzig, Hirzel. 1 Mk.

Sitzungsberichte der mathem.-physikal. Classe der königl. bayer. Akademie der Wissenschaften. 1889, 1. Heft. München, Franz. 1 Mk. 20 Pf.

Sitzungsberichte der königl. böhm. Gesellsch. der Wissenschaften. Mathem.-naturw. Classe. Jahrg. 1888. Leipzig, Freytag. 11 Mk. 40 Pf.

Mémoires de l'académie des sc. de St. Petersbourg. VII. serie, t. XXXV, Nr. 12—16. Leipzig, Voss. 9 Mk. 80 Pf.

Mélanges mathém. et astron. de l'académie de St. Pétersbourg. T. VI, livr. 5. Ebendas. 3 Mk. 75 Pf.

Veröffentlichungen des königl. preuss. geodätischen Instituts. Polhöhen- und Azimutbestimmungen. Berlin, Stankiewicz. 10 Mk.

——, Gewichtsbestimmungen für Seitenverhältnisse in schematischen Dreiecksnetzen, von P. Simon. Ebendas. 2 Mk. 50 Pf.

——, Lothabweichungen in der Umgebung von Berlin. Ebendas. 12 Mk.

Mathematisch-naturwissenschaftliche Mittheilungen, herausgegeben von O. Böklen. 2. Bd., 3. u. 4. Heft. Tübingen, Fues. 2. Bd. compl. 6 Mk.

Mathematische u. naturwissenschaftl. Berichte aus Ungarn, redig. v. J. Fröhlich. 6. Bd. (Juni 1887 — Juni 1888). Berlin, Friedländer & S. 8 Mk.

Jahrbuch über die Fortschritte der Mathematik, fortges. v. M. Henoch u. E. Lampe. 18. Bd. Jahrg. 1886. 2. Heft. Berlin, G. Reimer. 10 Mk.

Astronomische Nachrichten, herausgeg. v. A. Krueger. 121. Bd. Hamburg, Mauke Söhne. 15 Mk.

Berliner astronomisches Jahrbuch für 1891 mit Ephemeriden der Planeten 1—274 für 1889. Herausgeg. v. F. Tietjen. Berlin, Dümmler. 12 Mk.

Stern-Ephemeriden für 1891. (Aus den Berliner astron. Jahrb.) Ebendas. 6 Mk.

Publicationen der Kuffner'schen Sternwarte in Ottakring b. Wien. Herausgeg. v. N. Herz. 1. Bd. Wien, Frick. 15 Mk.

Vierteljahrsschrift der astronomischen Gesellschaft, herausgeg. v. E. Schoenfeld u. H. Seeliger. 24. Jahrg., 1. Heft. Leipzig, Engelmann. 2 Mk.

Publicationen des astrophysikal. Obervatoriums zu Potsdam. Nr. 19 (Lohse's Heliograph). Leipzig, Engelmann. 2 Mk.

Annalen der Physik und Chemie; neue Folge, herausgeg. v. G. Wiedemann. Namenregister zum 1.—35. Bd. (1877—1888). Leipzig, Barth. 2 Mk.

Geschichte der Mathematik und Physik.

GRAF, H., Geschichte der Mathematik und Naturwissenschaften in bernischen Landen. 1. u. 2. Heft. Bern, Wyss. 2 Mk. 20 Pf.

REIFF, R., Geschichte der unendlichen Reihen. Tübingen, Laupp. 5 Mk.

HAHN, H., Euler's Methode der Parameterdarstellung algebraischer Curven. Berlin, Gärtner. 1 Mk.

ZWERGER, M., Der Schwingungsmittelpunkt zusammengesetzter Pendel. Histor.-krit. Untersuch. nach d. Quellen. München, Lindauer. 1 Mk. 50 Pf.

LOMMEL, E., Simon Ohm's wissenschaftliche Leistungen. Festrede. (Bayer. Akad.) München, Franz. 60 Pf.

Reine Mathematik.

GAUSS, C. F., Untersuchungen über höhere Arithmetik. (Disquis. arithm.; theor. arithm. demonstr. nova; summatio quor. serierum; theor. fund. in doctr. de residuis quadr. demonstr.; theor. residuor biquadr. comment. I, II etc.) Deutsch heraussgeg. v. H. MASER. Berlin, Springer. 14 Mk.

LIE, S., Ein Fundamentalsatz in der Theorie der unendlichen Gruppen. Christiania, Dybwald. 35 Pf.

MICHAELSEN, A., Der logarithmische Grenzfall der hypergeometr. Differentialgleichung n^{ter} Ordnung. (Dissert.) Kiel, Lipsius & Tischer. 1 Mk. 20 Pf.

BRILL, A., Ueber die reducirte Resultante. (Bayer. Akad.) München, Franz. 40 Pf.

FÜRLE, H., Ueber die eindeutigen Lösungen einer Gruppe von Functionalgleichungen. Berlin, Gärtner. 1 Mk.

GOLDSCHEIDER, S., Das Reciprocitätsgesetz der achten Potenzreste. Ebendas. 1 Mk.

HAENTZSCHEL, E., Zur Theorie der Functionen des elliptischen Cylinders. Ebendaselbst. 1 Mk.

OHNESORGE, A., Hyperelliptische Integrale mit Anwendung auf Probleme der Mechanik. Ebendas. 1 Mk.

MEYER, F., Zur Lehre vom Unendlichen. Antrittsrede. Tübingen, Laupp. 80 Pf.

STAHL, G., Ueber die conforme Abbildung durch lineare Substitution. Tübingen, Fues. 50 Pf.

WOLF, M., Die Differentialgleichung der mittleren Anomalie und die Wahrscheinlichkeit der Convergenz in der Darstellung ihres Integrals. Heidelberg, Winter. 1 Mk. 60 Pf.

GLÄNZER, K., Die Gegencurven der Kegelschnitte. Hamburg, Herold. 2 Mk. 50 Pf.

CONRADT, F., Stufenmässige Anordnung des trigonometrischen Lehrstoffs für Gymnasien. Leipzig, Fock. 1 Mk.

Angewandte Mathematik.

STEINHAUSER, A., Die Aufstellung empirischer Formeln mittelst der Methode der kleinsten Quadrate. 8 Mk.

Wolf, W., Beiträge zur Theorie und Praxis der Invalidenversicherung. Leipzig, Hinrichs Verl. 1 Mk.

Nagel, A., Astronomisch-geodätische Arbeiten, im Königreich Sachsen für die europäische Gradmessung ausgeführt. II. Abth.: Das trigonom. Netz 1. Ordn. Berlin, Stankiewicz. 30 Mk.

Boersch, O., Geodätische Litteratur. Berlin, G. Reimer. 10 Mk.

Reinhertz, C., Die Verbindungstriangulation zwischen dem rhein. Dreiecksnetz der europ. Gradmessung und der Triangulation des Dortmunder Kohlenreviers etc. Stuttgart, Wittwer. 5 Mk.

Gauss, C. F., Allgemeine Lehrsätze in Beziehung auf die im verkehrten Verhältnisse des Quadrats der Entfernung wirkenden Anziehungs- und Abstossungskräfte. Herausgeg. v. A. Wangerin. Leipzig, Engelmann. 80 Pf.

Bigler, U., Das Potential einer ellipt. Walze. (Dissert.) Bern, Huber. 2 Mk.

Velde, W., Ueber einen Specialfall der Bewegung eines Punktes, der von festen Centren angezogen wird. (Dissert.) Kiel, Lipsius & Tischer. 1 Mk. 60 Pf.

Radányi, J., Die Rotation der Himmelskörper etc. Kronstadt, Zeidner. 50 Pf.

Lübeck, G., Die Umformung einer elastischen Kugel durch Zusammendrücken zwischen zwei horizontalen starren Ebenen. Berlin, Gärtner. 1 Mk.

Wagner, K., Ueber die Bewegung einer incompressibeln Flüssigkeit zwischen zwei rotirenden Flächen. Tübingen, Fues. 1 Mk. 60 Pf.

Peschka, V., Freie Perspective. 2. vollst. umgearb. Aufl. Bd. II. Leipzig, Baumgärtner. 14 Mk.

Straubel, R., Ueber die Berechnung der Fraunhofer'schen Beugungserscheinungen durch Randintegrale mit besonderer Rücksicht auf die Beugung im Heliometer. (Inaug.-Dissert.) Jena, Pohle. 1 Mk. 50 Pf.

Physik und Meteorologie.

Humboldt, A. v., Gesammelte Werke. 1. Lief. Stuttgart, Cotta. 50 Pf.

Helmholtz, H. v., Handbuch der physiologischen Optik. 2. umgearb. Aufl. 5. Lief. Hamburg, Voss. 3 Mk.

Faraday's Experimental-Untersuchungen über Elektricität. Deutsch von Kalischer. 1. Bd. Berlin, Springer. 12 Mk.

Dalton, J. u. H. Wollaston, Abhandlungen zu den Grundlagen der Atomtheorie (1803—1808). Herausgeg. v. W. Ostwald. Leipzig, Engelmann. 80 Pf.

Mielberg, J., Magnetische Beobachtungen des Tifliser physikal. Observatoriums, 1886—1887. Petersburg, Eggers & Comp. 4 Mk.

Spoerer, G., Ueber die Periodicität der Sonnenflecken seit 1618. (Aus d. Nova acta Leop.-Carol.) Leipzig, Engelmann. 2 Mk.

Glatzel, P., Zur Methodik des physikal. Unterrichts. Berlin, Gärtner. 1 Mk.

Stewart u. Gee, Praktische Physik für Schulen u. jüngere Studirende; übers. v. K. Noack. 1. Thl.: Elektricität u. Magnetismus. Berlin, Springer. 2 Mk. 50 Pf.

Historisch-literarische Abtheilung.

Ueber eine Algorismus-Schrift des XII. Jahrhunderts und über die Verbreitung der indisch-arabischen Rechenkunst und Zahlzeichen im christl. Abendlande.

Von

Dr. Alfred Nagl

in Wien.

(Schluss.)

IV. Nach den eigentlichen Lehranweisungen wendet sich bezüglich der Verbreitungsmittel der praktischen Arithmetik die Aufmerksamkeit zunächst auf die Handels- und Wirthschaftsrechnungen, in Deutschland vornehmlich auf die reichlich erhaltenen städtischen und Klosterrechnungen. Aber gerade hier tritt der Umstand ganz deutlich hervor, dass der Anwendung der Ziffern bis in das XVI. Jahrhundert hinein ein specieller Hinderungsgrund im Wege gestanden ist. Es ist öfter hervorgehoben, aber niemals nach seinen Ursachen untersucht worden, dass sowohl in Italien, als in Deutschland und Frankreich die Rechnungen durchwegs mit römischen Zahlzeichen geführt werden, bis erst gegen Ende des XV. Jahrhunderts darin die arabischen Ziffern vereinzelt zum Vorschein kommen, um dann nach und nach erst im XVI. Jahrhundert die Oberhand zu gewinnen. Mit der oben dargestellten Verbreitung der theoretischen Rechenkunst steht dies in einem auffallenden Widerspruche, der auch durch die Erwägung, dass der Algorismus zunächst lange Zeit Schulwissenschaft bleibt, nicht abgeschwächt wird. Denn die Rechnungen sowohl im Handels- als im Privatleben zeigen schon im XIV. Jahrhundert allerwärts deutlich den massgebenden Einfluss Italiens und es ist eine selbstverständliche Sache, dass die Handels- und Industriekreise Mitteleuropas, welche schon im XIII. Jahrhundert eine lebhafte Verbindung mit den ober- und mittelitalienischen Handelsstädten unterhielten, eine Verbindung, die namentlich auch auf dem Gebiete des Bankwesens von grosser Bedeutung geworden ist, mit den buchhalterischen Formen Italiens auch die Kenntniss der dort gangbaren Rechenkunst erwarben.[1])

1) Umfassende Nachweise über diese Erscheinungen sind hier unausführbar. Ich verweise nur beispielsweise De Wailly, Elém. de Pal. I,

Der Grund ist nun bemerkenswerther Weise ein juristischer und ich will hier den öfter erwähnten, aber bisher noch nicht veröffentlichten Artikel 101 des Statuto dell'Arte di Cambio zu Florenz dd. 19. April 1299,[1]) durch welchen die Sache ihre unmittelbare Aufklärung erhält, zunächst seinem vollen Wortlaute nach anführen.

CI. Quod nullus de arte scribat in suo libro per abbacum.

Item statutum et ordinatum est, quod nullus de hac arte audeat vel permittat vel per se vel per alium scribere vel scribi facere per se vel alium in suo libro vel quaterno[2]) *vel in aliqua parte in quo vel quibus scribat data et accepta aliquod, quod per modum vel literam abbachi intelligatur sed aperte et extense scribat per literam. Facienti contra teneantur consules tollere nomine pene (poenae) solidos viginti per qualibet vice et per qualibets cripta, et nihilominus teneantur consules, si ad eorum manus pervenerit, aliquod scriptum esse contra praedicta vel aliquid praedictorum per se et eorum offitium teneantur condempnare modo praedicto. et praedicta locum habeant a medio mense aprilis sub anno domini millesimo ducento ducento (sic) nonagesimo nono ind. duodecimae in antea, sive de libris incipiendis scribi a medio mense aprilis in antea et pro rationibus quae scribentur a medio mense aprilis in antea.*[3])

Die juristische Auslegung dieser Stelle ist nicht ganz leicht. Man beachte, dass die Italiener das Wort *abbaco* unmittelbar aus dem antiken Sprachschatze bis zum heutigen Tage beibehalten, den Gegenstand seiner Bedeutung selbst aber, das Rechenbrett, in ihre mittelalterlichen Cultureinrichtungen nicht übernommen haben.[4]) Der italienische Ausdruck bedeutet

---

714, dass in Frankreich die römischen Zahlzeichen bis 1549 in Gebrauch waren. Bezüglich Italiens und Deutschlands vergl. das oben im Text Gesagte. Geering, Handel und Industrie der Stadt Basel, Basel 1886, berichtet S. 211: „Italien nimmt die arabischen Ziffern bereits im XII. Jahrhundert an (?), unsere Kaufleute im XV. und XVI. Der Handelsstand war der specifische Vertreter der neuen Schrift (Zahlzeichen). Sie dringt in den Archiven der Handelszünfte viel früher, schon im XV. Jahrhundert durch, während sich das lateinische System im gemeinen Leben, bei den Handwerkszünften wie in der städtischen Verwaltung, bis tief ins XVI. Jahrhundert hält." Der Verfasser merkt hierzu an: „Arabische Ziffern fielen mir zuerst auf in der Frohnvestenrechnung von 1579/80, Angaria II." (Vergl auch oben S. 138 Note 1.)

1) Dieses für die Rechtsgeschichte höchst wichtige Document entbehrt leider noch der Veröffentlichung.

2) Italianismus von *quaderno,* dem gangbaren Ausdruck für's Handelsbuch.

3) Man sagt, dass diese Bestimmung auch in die späteren *renovationes* dieser Statuten aufgenommen worden, was allerdings sehr wahrscheinlich ist. Ich habe solcher Renovationen nach dem Katalog des Archivio di stato (reformagioni) zu Florenz folgende notirt: 15. März 1300 — 11. September 1313, 14. März 1314 — 6. April 1316, 7. März 1316 — 13. Mai 1320, 11. Juni 1347 — 6. Februar 1584 (1384?), ohne sie jedoch einsehen zu können.

4) Das Umgekehrte war in Frankreich und in ganz Mitteleuropa der Fall,

gegenwärtig, wie schon in obiger Stelle, die Rechenkunst, im engeren Sinne das schriftliche Stellenrechnen, also die arabisch-indische Methode. *Modus abaci* ist mithin jede Einrichtung der Handelsbücher, welche irgend Etwas aus dem Princip dieser Methode mitnimmt, insbesondere also das stellenmässige Untereinanderschreiben der Postenbeträge am Rande des Blattes, und dass man sodann unter *Litterae abaci* nichts Anderes als die Figurae Indorum, die indisch-arabischen Ziffern zu verstehen habe, ergiebt sich von selbst. Wir werden unten den Grund kennen lernen, warum das Gesetz hier den Modus abaci gesondert von den Litterae aufführt und Beides verbietet.[1]) Aber auch die Anordnung des *aperte et extense scribere per litteram*, worunter natürlich in geradem Gegensatze zu den indischen Zahlzeichen das Buchstabenalphabet gemeint ist, erscheint nicht ohne Weiteres klar. Man würde zunächst an ein wörtliches Ausschreiben der Zahlen denken. Allein dass die Stelle neben diesem auch mit dem Gebrauche der römischen Zahlzeichen vereinbar gswesen, beruht auf der Untersuchung der damaligen Praxis und auf der Erwägung, dass die römischen Zahlzeichen, ursprünglich nur *notae* im engeren Sinne, nach und nach den Charakter von Buchstaben, die Zeichen für Tausend und Hundert sogar denjenigen von Wortabkürzungen angenommen haben. Das *extense scribere* bedeutet darnach nur soviel, dass die Zahlen ohne Unterbrechung der Zeile im unmittelbaren Anschlusse an den Text zu schreiben seien, im Gegensatze zu dem bekannten Auswerfen der Zahlen, und wohl auch mag dabei schon an das ebenfalls sogleich zu besprechende graphische Zusammenziehen der römischen Zeichen gedacht sein, mit einem Worte die ganze Erscheinung der damals üblichen Zahlendarstellung in den Handelsbüchern.

Wir sind nämlich in der günstigen Lage, diese Uebung an gleichzeitigen, durchaus massgebenden Quellen beurtheilen zu können. Von der Compagnia Peruzzi, sowie von den Alberti del Giudice zu Florenz, zweien der hervorragendsten Bankhäuser jener Zeit,[2]) deren Mitglieder höchst wahr-

---

wo das Wort gänzlich aus der Volkssprache verschwindet, die Sache aber, das Rechenbrett, noch im XVI. und XVII. Jahrhundert die regelmässige Einrichtung der praktischen Arithmetik bildet. Vergl. über diesen auffallenden Gegensatz meine angeführte Abhandlung: Die Rechenpfennige, bes. S. 39 flg.

1) Die Schule Gerbert's und der Vorgerbert'sche Tractat wenden das Wort *abacus* technisch auf ihr Rechenbrett und ihre Methode an. Gleichwohl ist an diesen Zusammenhang hier nicht zu denken. In Italien waren die Arcus Pythagorae niemals heimisch, am wenigsten zu Ende des XIII. Jahrhunderts, wo sie kaum mehr anderwärts geübt wurden.

2) Vergl. S. L. Peruzzi, Storia del Commercio e dei banchieri di Firenze, ibid. 1868. Doch sind darin die Stellen aus den florentinischen Handelsbüchern alle mit arabischen Ziffern wiedergegeben und die Beträge *„in abbaco"* untereinandergestellt, was allerdings mehr der Bequemlichkeit des modernen Lesers als der historischen Treue entspricht. Die einwärts gezogene Einstellung der Seitensummen ist jedoch richtig zum Ausdruck gebracht (S. 275 flg.). Meine Ausführungen im Texte beruhen auf eigener Einsicht der Handschriften.

scheinlich an der Gesetzgebung auch unmittelbar theilgenommen haben, sind noch wichtige Handlungsbücher erhalten, so insbesondere ein Libro secreto des Giotto d'Arnoldo de' Peruzzi, ein Buch seines Bruders Arnoldo de' Peruzzi, beide mit *Kalen november 1308* beginnend, ein Libro secreto sesto der Compagnia Peruzzi von 1339 und ein Libro del asse sesto der Giotto de' Peruzzi e Compagni von 1335 an.[1]) In diesen Büchern ist keine Spur der Anwendung der Ziffern zu finden, das römische Zahlzeichen führt noch die Alleinherrschaft; aber die wichtigsten Beträge, nämlich die Tausende der Lire, sind zumeist in Worten ausgeschrieben, z. B.: *ʉ quindicimilia CXV⨍V ₰ VI in fiorini.*[2]) Ganz in Worten ausgeschriebene Beträge habe ich jedoch nirgends gefunden. Aber jene erwähnte Zusammenziehung der Zahlzeichen ist überall bemerkbar. Das Zeichen für tausend, *ɑ*ꞁ, hebt sich zwar noch immer gesondert ab, aber *d*, *c*, *l*, *x* und *v*, die gewöhnlichen Minuskeln, werden nun nach Thunlichkeit, wie in fortlaufenden Texten, graphisch verbunden. Besonders charakteristisch ist hier und im ganzen Mittelalter die regelmässige Verlängerung des letzten I in den Einheiten, wie vꞁ = VII, was keinen andern Zweck hat, als die nachträgliche Hinzufügung einer weiteren Einheit zu verhindern. Die einzelnen Posten und ihre Abschlüsse sind durchaus in laufender Schrift gehalten, so dass von einem Rechnen in den Büchern selbst keine Rede sein kann, sondern zur arithmetischen Ueberprüfung alle Zahlen besonders herausgeschrieben werden mussten. Nur in dem Buche des Arnoldo und in dem Buche der Compagnia von 1335 tritt schon das Auswerfen der Zahlen an den Rand auf, wobei aber die abacusgemässe Untereinanderstellung noch immer vermieden ist und die Gesammtsummen wieder innerhalb mit textartig fortlaufender Scriptur erscheinen.

In einem Libro biancho des Paliano de Falcho Paliani von Florenz,[3]) mit 12. October 1382 beginnend, finde ich zum ersten Male die arabischen Ziffern an einzelnen Stellen auftretend. Mit ihnen ist die Foliirung hergestellt und der Buchführer bemerkt gleich im Eingange: „*chiamasi libro biancho ed è di charta 140*“. Diese 150 Blätter sind vollständig erhalten und weisen an einzelnen Stellen (fol. 12) sogar Geldbeträge in arabischen Zahlen auf. Es ist wohl eine Einwirkung des neuen Systems der venetianischen Buchhaltung, das freilich in etwas ganz Anderem bestand, als in dem schon von der antiken Zeit her bekannten Sondern der Expensi und Acceptilationes nach gegenüberstehenden Paginae. Paliano sagt nämlich weiter im Eingange seines Buches: *scriverollo alla veneziana cioè nell' una carta dare e dirrimpetto lavere.*

Noch stärker zeigt sich der venetianische Einfluss in der Zahlendarstellung in den Büchern des Francesco di Marco Datini von Prato bei Florenz

1) Bibliotheca Riccardiana. Vergl. Peruzzi a. a. O. p. 228.
2) Die Währung ist die Lira a fiorino d'oro zu 20 Soldi zu 12 Denari.
3) Archivio di stato daselbst. Vergl. Peruzzi pag. 224.

aus dem Ende des XIV. und dem Anfang des XV. Jahrhunderts, in welchen die durchweg römischen Betrågezahlen einerseits sorgfältig zusammengezogen, andererseits zum ersten Male *in abbaco* gestellt erscheinen. Sie werden nämlich ausgeworfen und derart untereinander gestellt, dass die Kategorien, nämlich die Tausender (ϭῃ), die Hunderter (c͞), die Fünfziger (*ƒ*) und die Zehner mit den Einern (ϫ, r, *mῃ*) je eine gesonderte, graphisch verbundene Gruppe bilden und mit den gleichen Gruppen untereinandergestellt erscheinen, so dass ein Zusammenzählen im Buche selbst unmittelbar ermöglicht ist. Aber die absichtliche Umgehung der arabischen Ziffern zeigt sich in diesen Büchern sehr auffällig. Durchweg werden die Summen der einzelnen Seiten und die Saldi seitwärts mit arabischen Ziffern angedeutet oder überrechnet, ja in einem Buche[1]) finden sich sogar zwei Geldrubriken, deren äussere die Beträge in der gebräuchlichen Weise mit römischen Zeichen, die innere aber dieselben Beträge jeweils daneben mit arabischen Ziffern enthält, um so einerseits der gesetzlichen Vorschrift und andererseits dem Bedürfnisse nach besserer Uebersicht der Contobewegung zu entsprechen.

Jene merkwürdige Zahlendarstellung durch gruppenweises Untereinanderstellen der römischen Zahlzeichen, welche zweifellos unter dem *modo dell' abbacho* der Florentiner Sprachweise gemeint war,[2]) findet sich nun in der That in den venetianischen Handelsbüchern am schärfsten ausgeprägt. Die Scritture Grimani von 1408[3]) z. B. halten diese Einrichtung auf das Genaueste fest, es erscheinen darin sogar die Zehner, Fünfer und Einer abacusmässig gesondert. Auch wenden sie für die kleinste Münzsorte, den Picciolo,[4]) schon durchweg die arabischen Ziffern an und die absichtliche Umgehung der letzteren für die übrigen Geldbeträge tritt auch hier wieder darin hervor, dass in den Conti selbst hier und da die Saldirungen und Seitensummirungen seitwärts in arabisch-indischer Rechnung und mit Ziffern nachgerechnet erscheinen.

Von einem ausdrücklichen gesetzlichen Verbote der Anwendung der Abacus-Darstellung und der arabischen Ziffern, wie sie in Florenz bestand,

---

1) Libro biancho segnato B von 1401, f. (Nr. 720 der Sammlung zu Prato) foglio c͞ r ϫ ṃ (d. i. 123). Der Anfang lautet: *Questo libro e da francescho de marcho da prato merchatante e cittadino fiorentino nel quale scriveremo debitori e creditori dichontro luno alaltro, chominciando questo adi primo di novembre* 1404 (arabisch) *al* 2 (arabisch) *e chiamasi libro biancho sengniato B.*

2) Vergl. auch die „Libri signati per Abacum a principio usque ad finem" der Statuta Mantuana, eine Stelle, zu deren Erklärung die Bemerkung von Du Cange (v. Abacus): *Hinc ... intelligo codices notis numericis per singulas paginas signatas* nicht ausreicht. Doch vermag ich nicht zu unterscheiden, ob es sich um eine Paginirung in arabischen Ziffern, oder mit römischen *in abbaco* gestellten Zahlzeichen, wie sie sich bei Francesco Datini findet, gehandelt habe.

3) Archivio notarile di Venezia.

4) Die Stückelung ist Lira zu 20 Soldi, zu 12 Grossi, zu 32 Piccioli —

ist mir zwar für Venedig nichts bekannt, aber dass der Rechtssatz dort ebenfalls bestand, unterliegt schon nach jener absichtlichen Umgehung der Ziffern keinem Zweifel, wenngleich das Bedürfniss vorläufig zur abacusmässigen, d. h. zur stellenwerthigen Darstellung gedrängt hat, wobei das römische Zahlzeichen zu jener ganz absonderlichen Function gelangt ist. Pacioli, in dem bekannten Tractate über die Buchhaltung in doppelten Posten in seiner grossen Summa de arithmetica von 1494,[1]) sagt darüber nichts weiter, als dass die Jahreszahl am Kopfe *all' antica, all' abaco antico, per alfabeto* zu schreiben sei. Aber noch Domenico Manzoni spricht von der *forma delle figure antiche che si soglion fare nei libri doppi*, und stellt sie mit der besprochenen Zusammenziehung und Verlängerung der letzten | dar. Er betont insbesondere die Nothwendigkeit, sie gut zusammen vereinigen (binden) zu lernen und dass dies aus dem Grunde der Sicherheit gegen nachträgliche Aenderungen geschehe.[2]) Auch das Buchhaltungswerk des Genueser

---

1) Distinctio IX. Tractatus XI. particularis de computis et scripturis (ed. Prof. Vincenzo Gitti, Torino 1878), Cap. XV: *Ma come è ditto, prima di sopra nel Quaderno porrai il millesimo* (die Jahreszahl) *all' abaco antico, cioè per alfabeto, così MCCCCLXXXXIIJ.* (1493.) Die graphische Verbindung ist natürlich im Drucke verwischt. Vergl. die Uebersetzung bei Dr. E. L. Jäger, Lucas Paccioli und Simon Stevin, Stuttgart 1876.

2) Von Domenico Manzoni aus Uderzo sind zwei Werke über die venetianische Buchhaltung vorhanden, der *Quaderno doppio col suo Giornale ... secundo il costume di Venetia di Dominico Manzoni Opitergiense*, Venedig 1554, und der *Libro mercantile ordinato col suo Giornale et Alfabeto per tener conti doppi al modo di Venetia di Domenico Manzoni da Uderzo*, Venedig 1564 und 1573 (alle drei Drucke des Da Trino). Die im Texte angeführten Worte sind dem 15. Capitel des letzteren Werkes entnommen. Umständlicher spricht der Verfasser von dem Gegenstande aber schon in dem Werke von 1554 (vergl. die Uebersetzung von Dr. E. L. Jäger, Geschichte der Doppelbuchhaltung, Stuttgart 1874), zunächst im I. Buche, Cap. 14 (Jäger S. 57), dann im II. Buche, Cap. 2 (Jäger S. 68). Er schreibt in der letzteren Stelle das sogenannte Auswerfen der Geldbeträge vor und zwar aus Sicherheitsgründen mit den „alten Figuren", besonders bei den Lire, Soldi und Grossi, wogegen bei den Piccioli nicht soviel daran läge: *lequal figure antique solamente si fanno, perche le non si possono così facilmente diffraudare, come quelle dell' abaco moderno, lequal con facilità di una sene* (d. i. *un segno*) *potria fare un' altra, come e quella del nulla, dallaqual sene potria far un 6 uno 9 e molte altre si potriano mutare.* (Die Uebersetzung bei Jäger S. 69 von *abaco moderno* mit „moderner Rechentafel" ist nach dem oben im Texte Ausgeführten zu verbessern.) Diese Rücksicht auf die Unveränderlichkeit der römischen im Gegensatz zu den modernen Zahlzeichen sei hauptsächlich bei wichtigeren Geschäften mit Rücksicht auf die gerichtliche Beweisführung zu beachten, *perche quando essi libri con tal figure antique con diligenza tenuti, in qualque giudizio li accadesse producti, quelli, come di più auttorita sariano creduti.* Daher erklärt es der Verfasser schon vorher Bd. I Cap. 14 (Jäger S. 57) als wichtig für die Buchführer, die älteren Zahlzeichen gut bilden und gut in einem einzigen Zuge verbinden zu können, *ben formarle et ben ligarle l'una con l'altra, accio siano incatenate insieme ... con prestezza senza levar la penna de la carta.*

Mönches Don Angelo Pietra von 1586[1]) kommt auf den Gegenstand zu sprechen (cap. XIV, Jäger S. 122). Er nennt die römischen die „kaiserlichen“ Zahlen und sagt, dass sie hauptsächlich für Bankhalter und Handelsleute wegen des Schutzes gegen Fälschungen wichtig seien.

Wir sehen uns nach Alledem zu dem Ausspruche veranlasst, dass der Gebrauch der römischen Zahlzeichen in der üblichen graphischen Verbindung geradezu Gegenstand eines Gewohnheitsrechtes geworden war, in der Richtung, dass die Glaubwürdigkeit der Handelsbücher vor Gericht durch den Gebrauch der arabischen Ziffern wesentlich beeinträchtigt wurde.

Dies ist also der Grund, warum der allgemeine Gebrauch der arabischen Ziffern in Handelsbüchern bis zu Ende des XV. Jahrhunderts ganz vereinzelt bleibt und erst im XVI. Jahrhundert mit dem Zurücktreten der alten Anschauung allmälig durchdringt. Bemerkenswertherweise ist die ganze Erscheinung auch auf Deutschland übergegangen. Im XV. Jahrhundert sehen wir daselbst überall die Buchführung ganz nach italienischer Art geübt. Die Zahlen sind durchweg in römischen Zeichen und gewöhnlich mit der beschriebenen Verbindung dargestellt, insbesondere fehlt nirgends die Verlängerung des letzten I. Auch die abacusmässige Darstellung in römischen Zeichen und die seitliche Ueberrechnung in arabischen Ziffern werden angetroffen.[2]) Aber am bezeichnendsten für die Annahme der italienischen Rechtsanschauung ist eine Erscheinung zu Frankfurt a. M., von welcher Kriegk[3]) berichtet. „Die arabischen Zahlzeichen, damals schlechtweg die Ziffern genannt, wurden in den Rechenbüchern des Frankfurter Rathes am Anfang des Jahres 1494 zum ersten Male gebraucht, jedoch vereinzelt und mitten zwischen den römischen. Ein wenige Wochen nachher gefasster Rathsbeschluss aber verbot den Beamten, welche jene Bücher führten, sich der ersteren zu bedienen. Hierauf erscheinen die arabischen Ziffern zuerst wieder im Rechenbuch von 1546, wiewohl noch immer mit römischen untermischt, und es dauerte noch eine Zeit lang, bis sie ganz an die Stelle der letzteren traten.“ Anmerkung 71 hierzu: „Im Rechenbuch von 1493[4]) kommt auf den Karlstag 1494 die erste arabische Ziffer vor; am Tage Invocavit dieses Jahres aber enthält das Bürgermeisterbuch folgenden Beschluss: „Item sollen die rechenmeister sich hiefür mit zyffern zu rechen massen.“[5])

1) *Indirizzo degli Economi osia ordinatissima instruttione da regolatamente formare qualunque scrittura in un libro doppio* ecc. Mantova per Francesco Osana. 1586. Uebersetzt auszugsweise von E. L. Jäger, Doppelbuchhaltung, S. 105 flgg.

2) So in den Raitungen des Bürgerspitales und des Oberkammeramtes der Stadt Wien. Arabische Ziffern erscheinen darin, aber nur im Context und in seitlichen Anmerkungen, mit dem Jahre 1470.

3) Deutsches Bürgerthum im Mittelalter, N. F. S. 83.

4) d. h. welches mit dem Jahre 1493 beginnt.

5) Bemerkensw[illegible] ist der von Fried. Unger a. a. O. S. 15 aus Köbel's Visirbuch v[illegible] [illegible]es die um 1500 in Deutschland noch

Sehen wir also hier die Ziffern gerade von jenem Felde, welches ihnen ausser der operativen Arithmetik naturgemäss bestimmt ist, durch eine concrete Rechtsanschauung Jahrhunderte lang verdrängt, so kann die Langsamkeit ihrer Verbreitung trotz der örtlich sich kundgebenden Vorliebe für dieselben nicht Wunder nehmen. Dass der Handelsstand schon frühzeitig auf den Algorismus aufmerksam geworden, ist naheliegend, und die Aufnahme der italienischen Arithmetik im Laufe des XIV. Jahrhunderts, wo auch die italienische Buchhaltung nach Deutschland vordringt, ist durch die arithmetischen Tractate in deutscher Sprache aus dem Anfange des XV. Jahrhunderts[1]) bezeugt. Schon im XIII. Jahrhundert erscheinen arabische Ziffern vereinzelt auf Siegeln, die sich dann immer häufiger dieser Darstellung

---

allgemein und überwiegend gebrauchten römischen Zahlzeichen damals geradezu als „deutsche Zahlen" im Gegensatze zu den „Ziffern" bezeichnet wurden. Es erinnert dies dem Sinne nach an die Bezeichnung *numerus naturalis* im ersten Boetius-Anhange. Die von Köbel daselbst gehandhabte Verwendung der römischen Zeichen für die Numeration und Operation in gemeinen Brüchen erachte ich indess als einen singulären Versuch des Autors, die Rechnung in gemeinen Brüchen mit dem Rechenbrett zu verbinden. — Zu dem bei Unger S. 16 vorkommenden Citate aus dem Orbis sensualium pictus des Joh. Amos Comenius: „Die Bauern zählen mit Kreuzen und halben Kreuzen", wäre noch zu verweisen auf desselben Verfassers Janua linguarum von 1631, cap. 72, De Arithmetica (Opera didact. Amsterd. 1657, I, 289): *Ruricolae per decusses, duodenas, quindenas et sexagenas supputant.* Bei den Bauern des Dauphiné sollen die römischen Zeichen noch jetzt im Gebrauche sein nach Edelestand du Menil, Et. d'archéol., p. 141 (Wattenbach, Lat. Pal.). Doch dürfte auf solche Auskunftsmittel des Bauernstandes für die Geschichte der praktischen Arithmetik kein besonderes Gewicht zu legen sein.

1) Das Erscheinen der Lehranweisungen in der Volkssprache ist selbstverständlich für die Geschichte der Verbreitung des Gegenstandes sehr wichtig. Ich will daher hier die ältesten, von denen ich Wissenschaft erlangen konnte, anführen. Italienisch: Libro d'Abacho, cod. man. der Magliabecchiana Cl. XI no. 74, geschrieben um 1320 (vergl. Boncompagni, Trattato d'arithm. stamp. nel 1478 in den Atti der Lincei 1863, XVI pag. 803). Paolo Dagomari, *Le Regoluzze* di Maestro Paolo dell'Abbaco, gedr. bei Libri, Hist. de math. 3, 296 und besser in Miscellanea Pratese no. 1. Prato, 1860. Französisch: Ein anonymer Algorismus im cod. man. der Biblioth. de Ste Geneviève in Paris R. l. 17, geschrieben unter Philipp dem Kühnen, also zwischen 1270 und 1285, beginnend mit den Worten: *Chi commenche algorisme.* (Vergl. Ch. Henry, Sur les deux plus anciens traités français d'Algorisme et de Géometrie im Bullett. Boncompagni XV pag. 49.) Deutsch: Der schon erwähnte Tractat im Wiener Codex no. 3029 aus dem XV. Jahrhundert, beginnend: „Addirn haiszt zusamgeben"; zwei Algorismus-Tractate in den Münchener Handschriften des XV. Jahrhunderts no. 4162 und no. 7088, letzterer beginnend: „Wilt du maisterlich nach rechter Kunst des weisen hochgelehrten meisters ... Algi lernen rechnen ...". Niederdeutsch: Ein Algorismustractat im Codex zu Basel F. VII, 12, geschrieben im Jahre 1445 (nach fol. 208v *scriptus per manus bernardi de Veda qui temporis fuit visitanus Gildensis, anno domini 1445*) auf fol. 169r–177r: *Allgorismus is een aerst.* — Inzwischen hat sich Fried. Unger der dankenswerthen Mühe unterzogen, den letzteren Tractat herauszugeben: „Das älteste (?) deutsche Rechenbuch", in der Zeitschr. f. Math. u. Phys.

der Jahreszahl bedienen, seit Ende des XIII. Jahrhunderts auf Grabsteinen.[1]) Das XV. Jahrhundert bringt eine besondere Vorliebe für sie in den mittel- und süddeutschen Städten, namentlich in Nürnberg, wo sie schon allerwärts auf Gebäuden, Bildwerken u. dergl. anzutreffen sind, wohl ob ihrer in die damalige Stylweise gut harmonirenden Gestaltungen. Die gewöhnliche Verwendung derselben in den Kalendarien des XV. Jahrhunderts ist aber ein untrügliches Zeichen für ihre damals schon sehr allgemeine Kenntniss und Ausbreitung.

Die Verbreitung der indisch-arabischen Arithmetik im Abendlande war also von sich entgegenwirkenden Momenten bestimmt, dem lebhaften Bedürfnisse der Handelswelt und dem Wissensdrange der Gelehrten einerseits und den oben dargestellten besonderen Hinderungsgründen andererseits. Es wird aber, um nicht neue Missverständnisse hervorzurufen oder alte zu verstärken, zu betonen sein, dass jene Hinderungsgründe zum Theil mehr der Hervorbringung von Schriftmonumenten, die uns für die damalige Uebung der Rechenkunst Zeugniss ablegen würden, im Wege standen, als dieser letzteren selbst. Wenn gegen Ende des XIV. Jahrhunderts in Italien sich die Ziffern trotz der gesetzlichen Verbote und entgegenstehender Rechtsanschauungen in die Handelsbücher eindrängen, Abschlüsse in römischen Zeichen darin mit den arabischen überprüft werden, so ist dies ein schlagender Beweis, dass damals die indisch-arabische Arithmetik bei den italienischen Handelsleuten schon die allgemein übliche, ja gewöhnliche Rechnungsform war. Diese Erwägung wird ausserordentlich verstärkt durch den Umstand, dass bei den Italienern das Rechenbrett erwiesenermassen nicht mehr in Anwendung gewesen und dass die damals noch geübte Fingerrechnung für die Bedürfnisse jenes grossartig entwickelten, mit fast sämmtlichen Einrichtungen des heutigen Bankverkehrs schon arbeitenden Handels bei Weitem nicht mehr ausgereicht haben konnte. Das Auftreten eines Tractates über die Ziffernarithmetik in der italienischen Volkssprache um 1320, dem ein solcher in französischer Sprache schon um 1280 vorangeht, wird daher zu einem bedeutsamen Umstande, der dazu drängt, diesen Zu-

---

1888, hist.-lit. Abth. S. 125. Er verweist hierbei auf eine schon fol. 180r vorkommende Datirung, welche mir entgangen ist: *Deo gratias affinitus et completus per me bernardum studentem temporis tunc hildensem. Anno domini M°cccc°xlv°.* Zu Unger's Note 3, S. 143, bemerke ich, dass die moderne Bedeutung des deutschen Wortes „Ziffern" nach dem oben im Texte erwähnten Frankfurter Rathsbeschluss von 1494 schon für jene Zeit als allgemein gangbare zu betrachten ist.

1) Die Fälle des frühesten Vorkommens der indisch-arabischen Zahlzeichen in Deutschland sind sehr sorgfältig gesammelt und besprochen von Mauch im Anzeiger für Kunde deutscher Vorzeit 1860, Sp. 130: „Mittelalterliche Siegel mit Jahrzahlen"; Sp. 46, 81, 116, 151, 189, 229, 268: „Ueber den Gebrauch arabischer Ziffern und die Veränderungen derselben." Vergl. ebenda 1863, Döbner, „Zur Geschichte der arabischen Ziffern", und 1876, Sp. 33, F. K., „Grabstein mit der Jahreszahl 1389 in arabischen Zif

stand auch der Zeit nach bedeutend zurückzurücken. Denn eben jene Florentiner Anordnung von 1299, welche die Abacuseinrichtungen, d. h. die Ziffernarithmetik für die buchhälterischen Schriften untersagt, kann füglich nur damit erklärt werden, dass die neue Rechenform eben auch damals schon allgemein in Anwendung gewesen ist.

Was Deutschland betrifft, so zeigt sich allerdings die Praxis mit dem XV. Jahrhundert, wo dieselbe uns wahrnehmbar hervortritt, und in den folgenden Jahrhunderten so stark von den italienischen Formen abhängig, dass wenigstens kein Beweis dafür erübrigt, es sei der im XII. Jahrhundert daselbst erscheinende Algorismus in das Verkehrsleben eingedrungen. Aber bemerkenswerth bleibt immerhin die Thatsache, dass der Algorismus wenigstens in theoretischer Uebung fortlebt und noch im XV. Jahrhundert bei einem italienischen Gelehrten ersten Ranges, Prosdocimo de' Beldomandi, in der theoretischen Verbesserung der Methoden hohe Beachtung finden konnte. Wenngleich der Algorismus, gleich der Gerbert'schen Arithmetik, die gar keine Spur praktischer Anwendung hinterlassen hat, vornehmlich als Schulgelehrsamkeit auftritt, so ist doch nicht zu verkennen, dass seine praktische Anwendung innerhalb eines beschränkten Kreises von allem Anfang eine weit umfassendere gewesen sein muss, als sie der Gerbert'schen Theorie jemals zu Theil geworden.

Wenn wir auf dem doch sehr praktischen Gebiete des Kalenderwesens die Anwendung der Ziffern in Deutschland mit Beginn des XV. Jahrhunderts als eine ganz regelmässige Einrichtung hervortreten sehen, so wird es angesichts dieser bedeutsamen Erscheinung vorsichtig sein, das Ergebniss einstweilen dahin zu bestimmen, dass die Anwendung des Algorismus in weiten Kreisen seit dem XII. Jahrhundert zwar nicht wahrscheinlich ist, immerhin aber bis zu einem gewissen Grade nicht als unmöglich gedacht werden kann.

Nachtrag.

S. 130 Z. 2 v. o. lies: fol. 27r statt 27v; S. 138 Z. 25 v. o. lies: fol. 29v statt 25v; S. 134 Z. 9 v. u. lies: Abaci; S. 135 Z. 8 v. u. lies: Enchiridion; S. 141 Z. 1 v. u. lies: *praesertim*.

Recensionen.

Theorie der Transformationsgruppen. I. Unter Mitwirkung von Dr. FRIEDRICH ENGEL bearbeitet von SOPHUS LIE. Leipzig, Teubner. 1888. X u. 632 S.

Das vorliegende Werk bietet eine zusammenfassende Darstellung einer ausgedehnten Theorie, welche Herr Lie seit einer langen Reihe von Jahren in einer grossen Anzahl einzelner Abhandlungen entwickelt hat, die theils in den Mathematischen Annalen, theils in dem in Christiania erscheinenden Archiv für Mathematik und Naturwissenschaft veröffentlicht sind. Die Unzugänglichkeit der meisten dieser Publicationen, die abgerissene Form mancher von ihnen, endlich auch die Schwierigkeiten, welche sich dem ersten Eindringen entgegenstellten, sind die Ursache gewesen, dass der Inhalt dieser Schriften ungeachtet seines hohen Werthes dem wissenschaftlichen Publicum bis heute fast ganz unbekannt geblieben ist. Denselben Ursachen haben wir es aber auch zu danken, dass der Autor fernab von dem athemlosen Wettlaufen unserer Tage das seltene Glück genoss, seine Gedanken in Ruhe zur Reife bringen, harmonisch gestalten und selbständig ausdenken zu können.

So stehen wir denn keinem Lehrbuche gegenüber, welches bereits mehr oder weniger bekannte, dem Zusammenwirken verschiedener Autoren entsprungene Theorien verarbeiten will, um sie in weitere Kreise zu tragen, sondern der Schöpfung eines einzelnen Mannes, einem Originalwerke, das uns von der ersten Seite bis zur letzten fast nur Neues sagt. Bei der ungeheuren Fülle des Stoffes, welche bereits dieser erste Band darbietet, ist es nicht wohl möglich, in einer wenige Seiten umfassenden Besprechung einen auch nur einigermassen vollständigen Ueberblick über den Inhalt des Werkes zu geben; wir werden uns daher auf den Versuch beschränken, eine allgemeine Vorstellung von dem Wesen und der Bedeutung der wichtigsten Gedankenwendungen zu erwecken.

Es ist bekannt, welche Bedeutung der Begriff der Gruppe seit den Entdeckungen Galois' für die Algebra gewonnen hat; die Theorie der Auflösung der algebraischen Gleichungen beruht ja vornehmlich auf der Betrachtung gewisser Gruppen von Substitutionen oder Vertauschungen der Wurzeln. Ein in gewissem Sinne ähnliches Problem wie das der Auflösung algebraischer Gleichungen ist nun, wie Herr Lie bemerkt hat, das Problem der Integration von Differentialgleichungen. Er fand, „dass die meisten gewöhnlichen Differentialgleichungen, deren Integration durch die älteren Integrationsmethoden geleistet wird, bei gewissen leicht angebbaren Schaaren von Transformationen invariant bleiben, und dass jene Integrationsmethoden in der Verwerthung dieser Eigenschaft der betreffenden Differentialgleichungen bestehen". Hierin lag der Keim zu einer neuen Integrationstheorie, welche bekannte Methoden unter gemeinsame Gesichtspunkte stellte und durch deren zielbewusste Verfolgung auch in noch unbekannte Gebiete manchen Einblick zu eröffnen versprach. Mit der Entwickelung dieser neuen Theorie aber musste nothwendig ein eindringendes Studium der erwähnten Schaaren von Transformationen Hand in Hand gehen. Das sind nun die Transformationsgruppen, oder doch gewisse unter ihnen, mit welchen wir es hier zu thun haben.*

Eine Transformationsgruppe heisst jede endliche oder unendliche Schaar von Transformationen mit der Eigenschaft, dass zwei Transformationen der Schaar hintereinander ausgeführt wieder eine Transformation der Schaar ergeben.

Denken wir uns die Punkte x $(x_1 \dots x_n)$ einer n-fach ausgedehnten Mannichfaltigkeit einer endlichen oder wenigstens discreten Anzahl von Transformationen

$$x'_i = f_i(x_1 \dots x_n) \qquad (i = 1 \dots n)$$

unterworfen. Dann kann es eintreten, dass der Inbegriff dieser Transformationen die Gruppeneigenschaft besitzt, wie z. B. für $n = 1$ die Transformationen $x' = x + 1$, $x' = x + 2$, $x' = x + 3$ u. s. f. Eine solche Transformationsgruppe heisst discontinuirlich. Im Gegensatz dazu stehen die Gruppen, bei welchen man von einer Transformation continuirlich zu anderen, „benachbarten" Transformationen der Gruppe übergehen kann, bei welchen also die einzelne Transformation noch von willkürlichen Parametern oder gar von willkürlichen Functionen abhängt. Auch solche Gruppen haben sich schon seit langer Zeit vielfach der Betrachtung aufgedrängt. Ich erinnere, um nur einige der bekanntesten Beispiele zu erwähnen, an die Gruppe aller Drehungen eines starren Körpers um einen festen Punkt, deren allgemeine Transformation von drei willkürlichen Para-

* Um wenigstens eine Vorstellung von dem Zusammenhang des Integrationsproblems mit dem Gruppenbegriff zu geben, sei Folgendes bemerkt. Wie das Problem, eine vorgelegte Differentialgleichung zu integriren, gegenwärtig aufgefasst wird, handelt es sich darum, dieselbe womöglich durch Einführung neuer Veränderlicher in eine Differentialgleichung überzuführen, deren Integrale bereits bekannt sind oder doch als bekannt angesehen werden. Die Transformation, durch welche dies geschieht, kann nun entweder eine bestimmte sein: dann erfordert das Integrationsgeschäft nur sogenannte ausführbare Operationen; oder zweitens, es giebt eine ganze continuirliche Schaar von Transformationen, welche die verlangte Ueberführung leisten. Im letzteren Falle wird offenbar jede der beiden Differentialgleichungen noch durch eine continuirliche Schaar von Transformationen in sich selbst übergeführt, und zwar bildet der Inbegriff dieser Transformationen eine Gruppe. Die Natur der Operationen, welche zur Verwandlung der einen Differentialgleichung in die andere erforderlich sind, hängt dann von den Eigenschaften *dieser* Gruppe von Transformationen ab.

metern abhängt, und an die Gruppe aller conformen Abbildungen einer Ebene auf sich selbst, in deren analytischem Ausdruck willkürliche Functionen auftreten. Es ergiebt sich hiernach eine erste Scheidung der nicht aus discreten Transformationen bestehenden Gruppen in „endliche" und „unendliche Gruppen", je nachdem die einzelne Transformation der Gruppe nur von einer endlichen Zahl willkürlicher Parameter oder von willkürlichen Elementen höherer Art, von willkürlichen Functionen abhängt. Gegenstand des vorliegenden Werkes sind nur die endlichen Gruppen, und unter ihnen wieder vorzugsweise eine besondere Classe, die „continuirlichen Gruppen". Es sind dies solche Transformationsgruppen, deren Transformationen eine einzige continuirlich zusammenhängende Mannichfaltigkeit bilden, bei welchen es also nicht möglich ist, die in der Gruppe enthaltenen Transformationen in mehrere discrete Schaaren zu ordnen. Eine continuirliche endliche Gruppe bilden hiernach z. B. für $n=1$ die Transformationen $x'=x+a$, sofern a einen völlig willkürlichen Parameter bedeutet; fügen wir aber zu denselben noch die einzige Transformation $x'=-x$, so entsteht eine Gruppe, deren Transformationen in zwei getrennte continuirliche Schaaren zerfallen.

Eine endliche continuirliche Gruppe wird dargestellt durch ein System von Gleichungen:

$$1)\qquad x'_i = f_i(x_1 \ldots x_n,\ a_1 \ldots a_r) \qquad (i=1 \ldots n).$$

Die Grössen $a_1 \ldots a_r$ sollen hier die willkürlichen Parameter sein. Die Functionen f_i, welche in der Regel als analytische Functionen ihrer Argumente vorausgesetzt werden, müssen die folgende Eigenschaft besitzen: Führt man nach der Transformation 1) eine zweite Transformation der Schaar aus:

$$2)\qquad x''_i = f_i(x'_1 \ldots x'_n,\ b_1 \ldots b_r);$$

substituirt man also in 2) die Werthe 1), so soll der auf diese Art erhaltene Ausdruck der x''_i durch die x_i wiederum der Schaar angehören, d. h. auf die Form gebracht werden können:

$$3)\qquad x''_i = f_i(x_1 \ldots x_n,\ c_1 \ldots c_r).$$

Hier ist also f_i dieselbe Function wie in 1) und 2); die Constanten $c_1 \ldots c_r$ aber sind gewisse Functionen der Parameter $a_1 \ldots a_r$, $b_1 \ldots b_r$:

$$4)\qquad c_k = \varphi_k(a_1 \ldots a_r,\ b_1 \ldots b_r) \qquad (k=1 \ldots r).$$

Die Gleichungen 1) werden im Allgemeinen nicht gerade ∞^r verschiedene Transformationen darstellen, da es denkbar ist, dass in ihnen die Parameter $a_1 \ldots a_l$ nur in gewissen Verbindungen auftreten. Von grösserem Interesse ist indessen nur der Fall, wo die r Parameter alle „wesentlich" sind, d. h. wo die allgemeine Transformation der Gruppe nicht auch schon durch weniger als r Parameter ausgedrückt werden kann. In diesem Falle, der im Folgenden allein in Betracht gezogen wird, heisst die Gruppe „r-gliedrig".

Das Operiren mit den ausgeschriebenen Gleichungen 1) ist sehr umständlich und dürfte für sich allein zur Zeit wohl kaum eine geeignete Methode sein, um eine allgemeine Transformationstheorie zu entwickeln.

Die wesentliche und entscheidende Wendung, durch welche das Lie'sche Werk zu seinen Resultaten gelangt, liegt in der Bemerkung, dass man die wichtigsten Eigenschaften der continuirlichen Transformationsgruppen bereits aus der Betrachtung eines viel einfacher gebauten Ausdruckes herleiten kann, welcher die sogenannten infinitesimalen Transformationen der Gruppen darstellt. Mit Benutzung einer nicht völlig exacten, aber kurzen und sofort verständlichen Ausdrucksweise bezeichnen wir als eine „unendlich kleine“ oder „infinitesimale Transformation“ eine solche, welche jeden Punkt $(x_1 \dots x_n)$ allgemeiner Lage des n-fach ausgedehnten Raumes ein unendlich kleines Stück fortschiebt.* Sie wird definirt durch ein Gleichungssystem von der Form:

$$5)\qquad x'_i = x_i + \xi_i(x_1 \dots x_n)\,\delta t, \qquad (i = 1 \dots n).$$

worin δt eine im Verschwinden begriffene Grösse bedeutet.

Freilich enthält nicht jede continuirliche Transformationsgruppe 1) solche infinitesimale Transformationen. Ein von Herrn Engel construirtes Beispiel, welches auf der Benutzung einer Function mit natürlicher Grenze beruht, zeigt im Gegentheil, dass es auch continuirliche Gruppen giebt, welche keine Transformation von der Form 5) enthalten, ja in welchen die identische Transformation $(x'_i = x_i)$ nur an der Grenze oder gar nicht vorkommt. Es wird aber nachgewiesen, dass sich derartige Gruppen durch Einführung neuer Parameter und analytische Fortsetzung aus den Gleichungen solcher Gruppen ableiten lassen, die in der genannten Hinsicht kein unregelmässiges Verhalten darbieten. Wir wollen uns hier auf die Betrachtung der letzteren Gruppen beschränken, da die Gruppen der anderen Art in dem Lie'schen Werke nur eine untergeordnete Stellung einnehmen. Die r-gliedrigen Gruppen, von welchen weiterhin die Rede ist, enthalten ∞^{r-1} infinitesimale Transformationen; sie lassen sich, wie eine leichte Betrachtung zeigt, auch dadurch kennzeichnen, dass ihre Transformationen paarweise als „entgegengesetzte“ oder „inverse“ zusammengehören.

Der analytische Ausdruck der infinitesimalen Transformation 5) ist noch einer wesentlichen Vereinfachung fähig. Berechnet man nämlich den „Zuwachs“ oder das „Increment“ einer unbestimmt gelassenen Function f bei der Transformation 5), d. h. den Betrag, um welchen $f(x_1 \dots x_n)$ wächst, wenn man statt der Veränderlichen x_i die 5) zu entnehmenden Nachbarwerthe x'_i einsetzt, so ergiebt sich:

* Um etwaigen Missverständnissen vorzubeugen, sei ein- für allemal bemerkt, dass dieser und andere später einzuführende Begriffe in dem Lie'schen Werke selbst in genügender Strenge entwickelt werden. In einem Berichte, der auf einen beschränkten Raum angewiesen ist, Schärfe des Ausdrucks auf Kosten des Gedankeninhalts erreichen zu wollen, scheint dem Referenten nicht am Platze.

$$\delta f = \delta t . \sum_1^n {}_i \xi_i \frac{\partial f}{\partial x_i} .$$

Der hier auftretende, durch das Symbol $X(f)$ oder Xf bezeichnete Differentialausdruck:

6)
$$Xf = \sum_1^n {}_i \xi_i \frac{\partial f}{\partial x_i}$$

kann nun das Gleichungssystem 5) vollständig vertreten: aus 6) sind ja die Functionen ξ_i der Gleichungen 5) als die Coefficienten der Differentialquotienten von f nach den Veränderlichen x_i sofort zu entnehmen; es ist $\xi_i = X(x_i)$.

Die Eigenschaften einer Gruppe nun durch diese „Symbole“ Xf ihrer infinitesimalen Transformationen zum Ausdruck zu bringen, ist der durchaus eigenartige und Herrn Lie eigenthümliche Grundgedanke des Buches. Welche ausserordentliche Fruchtbarkeit ihm innewohnt, werden die sogleich anzuführenden Theoreme, die Fundamentalsätze der Lie'schen Theorie, bereits genugsam zeigen.

Betrachten wir mit dem Lie'schen Werke zuerst die eingliedrigen Gruppen, also Transformationsgruppen

$$x'_i = f_i(x_1 \ldots x_n, a) \qquad (i = 1 \ldots n)$$

mit nur einem Parameter a, und zwar unter der Voraussetzung, dass sich die Transformationen $x'_i = f_i(x, a)$ paarweise als inverse zusammenordnen lassen (s. oben).

Von diesen Gruppen wird gezeigt, dass man statt des Parameters a einen neuen Parameter t derart einführen kann, dass ihre Gleichungen für $t = 0$ die Form $x'_i = x_i$ und für $t = \delta t$ die Form

$$x'_i = x_i + \xi_i(x_1 \ldots x_n)\, \delta t$$

annehmen. Durch diese ihre infinitesimale Transformation ist die eingliedrige Gruppe völlig bestimmt und kann in Form einer convergenten Reihe

7)
$$x'_i = x_i + X(x_i) . t + X(X(x_i)) \frac{t^2}{1.2} + \cdots$$

geschrieben werden, in welcher das Operationszeichen $X(f)$ die oben erklärte Bedeutung besitzt. Die Darstellung 7) der eingliedrigen Gruppe ist dadurch ausgezeichnet, dass man, um zwei Transformationen der Gruppe zusammenzusetzen (hintereinander auszuführen), nur ihre Parameter zu addiren braucht: der erhaltene neue Werth des Parameters ist unmittelbar der Parameter der zusammengesetzten Transformation.*

* Die Analogie des Bildungsgesetzes dieser Reihe mit dem Bildungsgesetz der Exponentialfunction springt in die Augen. Wirklich lässt sich der Ausdruck 7) zu einem Grenzübergang in Beziehung setzen, ganz ähnlich dem bekannten, welcher zur Bildung der Exponentialfunction führt. Man sieht, dass die angeführte Eigenschaft des Parameters t aus derselben Quelle fliesst, wie die Eigenschaft der Exponentialfunction, welche sich durch die Functionalgleichung $f(t_1) . f(t_2) = f(t_1 + t_2)$ ausdrückt.

Diese Relationen 12) haben eine fundamentale Bedeutung, denn sie erweisen sich als charakteristisch dafür, dass r vorgelegte infinitesimale Transformationen eine Gruppe erzeugen.

S t e h e n i r g e n d r i n f i n i t e s i m a l e T r a n s f o r m a t i o n e n $X_1 f \dots X_r f$ (zwischen welchen keine Relation

$$e_1 X_1 f + \cdots + e_r X_r f = 0$$

mit constanten Coefficienten besteht) i n d e r d u r c h d i e F o r m e l n 12) g e g e b e n e n B e z i e h u n g, s o e r z e u g e n d i e s e l b e n e i n e (r-gliedrige) G r u p p e.

Hiermit ist es also wirklich gelungen, eine jede endliche continuirliche Gruppe, deren Transformationen sich paarweise als inverse zusammenordnen, durch ihre infinitesimalen Transformationen vollständig zu kennzeichnen. Man kann abschätzen, welchen Vortheil diese Art Gruppen zu definiren bringen muss, wenn man das System der Ausdrücke $X_1 f \dots X_r f$, welche sämmtlich nur eine Reihe von Veränderlichen $(x_1 \dots x_n)$ enthalten, mit den Gleichungen 1) zusammenhält, in welche zwei Reihen von Veränderlichen und ausserdem noch die Parameter $a_1 \dots a_r$ eintreten. Allerdings ist zu bemerken, dass das System $X_1 f \dots X_r f$ mit den zugehörigen Relationen 12) kein völlig bestimmtes ist, insofern man nämlich die infinitesimalen Transformationen $X_1 f \dots X_r f$ selbstverständlich durch r andere linear unabhängige Transformationen ersetzen kann, die aus jenen mit constanten Coefficienten linear abgeleitet sind.

Die sämmtlichen analytischen Darstellungen einer Gruppe sind abhängig von der Wahl des benutzten Coordinatensystems $(x_1 \dots x_n)$, die Formel 1) ausserdem von der Wahl der Parameter $a_1 \dots a_r$. Führt man statt der Veränderlichen $x_1 \dots x_n$ durch eine geeignete Substitution

$$13) \qquad x_i = \varphi_i(y_1 \dots y_n) \qquad (i = 1 \dots n)$$

neue Veränderliche $y_1 \dots y_n$ ein, so kann dadurch die Gruppeneigenschaft der vorgelegten Transformationen natürlich nicht zerstört werden; aber der analytische Ausdruck derselben wechselt. Dennoch behalten die eingeführten Operationssymbole ihre allgemeine Form bei: Geht die Function $f(x_1 \dots x_n)$ durch die Substitution 13) über in $F(y_1 \dots y_n)$, so geht gleichzeitig das Symbol $X(f)$ über in ein entsprechendes Symbol $Y(F)$, u n d e s g e h t f e r n e r $(X_i X_k)$ ü b e r i n $(Y_i Y_k)$, wenn $X_i f$ und $Y_i F$ dieselbe infinitesimale Transformation bedeuten. Ferner geht auch die von der infinitesimalen Transformation Xf erzeugte eingliedrige Gruppe über in die von YF erzeugte Gruppe u. s. w.

Die betrachteten Operationen und Eigenschaften der Gruppen sind also in gewissem Sinne unabhängig von der Wahl des Coordinatensystems. Da man die Einführung neuer Veränderlicher auch als eine Transformation des Raumes deuten kann, indem man die Grössen $y_1 \dots y_n$ wieder als *Cartesische* Coordinaten ansieht, so können wir die genannte Eigenschaft

in die Gleichung 7) einsetzt und dann $t = 1$ nimmt. Offenbar entstehen alle Transformationen der von Xf erzeugten eingliedrigen Gruppe, wenn man für $c_1 \dots c_r$ der Reihe nach alle zueinander proportionalen Werthsysteme setzt. Da umgekehrt jeder endlichen Transformation der r-gliedrigen Gruppe eine discrete Anzahl von Werthsystemen $c_1 \dots c_r$ zugeordnet sind, so können wir mit Hilfe dieser Constanten die Transformationen der vorgelegten Gruppe in einer besonders bemerkenswerthen Weise auf die Punkte eines r-fach ausgedehnten Raumes beziehen, indem wir nämlich die $c_1 \dots c_r$ als Cartesische Coordinaten deuten. Wir werden auf diese Abbildung später zurückzukommen haben.

Es seien wieder $X_1 f$ und $X_2 f$ zwei infinitesimale Transformationen einer r-gliedrigen Gruppe. Dann giebt es noch eine zweite Operation, durch welche man aus diesen infinitesimalen Transformationen eine neue infinitesimale Transformation herleiten kann, welche wiederum der Gruppe angehört, nämlich diese:

$$10) \qquad X_1(X_2(f)) - X_2(X_1(f)).$$

In diesem Differentialausdruck heben sich nämlich die Differentialquotienten zweiter Ordnung weg und es bleibt ein Ausdruck, der wieder in der Form $Xf = \sum_1^n {}^i \xi_i \frac{\partial f}{\partial x_i}$ geschrieben werden kann und eine neue infinitesimale Transformation der Gruppe vorstellt. Da die Operation 10) sehr häufig gebraucht wird, so wird für sie ein eigenes Zeichen eingeführt und für 10) kurz geschrieben $(X_1 X_2)$.

Es sei hier die Bemerkung eingeschaltet, dass durch den Gebrauch dieses Zeichens eine sehr wichtige Relation zwischen drei ganz beliebigen infinitesimalen Transformationen Xf, Yf, Zf einen einfachen Ausdruck erhält, die sogenannte Jacobi'sche Identität:

$$11) \qquad (X(YZ)) + (Y(ZX)) + (Z(XY)) = 0.$$

Man verificirt dieselbe sofort, indem man links die drei Glieder wirklich ausrechnet. Diese Relation bildet eines der vornehmsten Hilfsmittel der Lie-schen Theorie.

Nach dem Obigen sind alle Ausdrücke $(X_i X_k)$, die man aus den r unabhängigen Transformationen einer Gruppe bilden kann, wieder Transformationen der Gruppe. Da aber die Gruppe eben nur r unabhängige infinitesimale Transformationen enthält, so folgt, dass alle diese Ausdrücke sich linear mit constanten Coefficienten aus $X_1 f \dots X_r f$ zusammensetzen lassen müssen. Es bestehen also $\frac{r \cdot r-1}{2}$ Relationen der Form

$$12) \qquad (X_i X_k) = \sum_1^r {}^s c_{iks} X_s f \qquad (i, k = 1 \dots r),$$

worin die c_{iks} blose Constanten si

$$(Y_i Y_k) = \sum_1^m{}_s \gamma_{iks} Y_s f \qquad (i, k = 1 \dots m)$$

erfüllen. Das ist aber augenscheinlich ein rein algebraisches Problem, dessen Lösung ganz allein von der Beschaffenheit der in der Formel 12) auftretenden Constanten c_{iks} abhängt.

Dieses wichtige Resultat ergiebt sich also ohne Weiteres durch Einführung der Symbole Xf der infinitesimalen Transformationen einer Gruppe. Ebenso werden wir erwarten dürfen, dass auch Untergruppen von ausgezeichneten Eigenschaften sich an der Beschaffenheit ihrer infinitesimalen Transformationen Yf leicht erkennen lassen. Die allgemeinste Art solcher Untergruppen wird dargestellt durch die „invarianten“ Untergruppen. Für die infinitesimalen Transformationen Yf einer solchen Untergruppe der r-gliedrigen Gruppe G bestehen Relationen von der besonderen Form

14) $$(X_i Y_k) = \sum_1^m{}_s d_{iks} Y_s f \qquad \begin{pmatrix} i = 1 \dots r \\ k = 1 \dots m \end{pmatrix};$$

ihre endlichen Transformationen haben die Eigenschaft, dass sie untereinander vertauscht werden, wenn man auf die Punkte des Raumes eine Transformation der Gruppe G ausführt. (Führt man allgemein auf die Punkte des Raumes eine Transformation S einer gegebenen Gruppe G aus, so geht jede Transformation T von G wieder in eine Transformation von G über, deren symbolischer Ausdruck in bekannter Schreibart ist $S^{-1}TS$. Gehört T einer invarianten Untergruppe an, so ist auch $S^{-1}TS$ immer wieder eine Transformation der nämlichen Untergruppe.)

Das Problem, alle Untergruppen einer gegebenen Gruppe G zu finden, wird übrigens nicht allein für alle miteinander ähnlichen Gruppen gemeinsam erledigt, sondern für eine noch viel umfassendere Classe von Gruppen. Die Aufgabe der Algebra, oder genauer der Invariantentheorie, auf welche dasselbe hinführt, ist nämlich offenbar unabhängig von der Form der infinitesimalen Transformationen $X_i f$, ja sogar von dem Begriffe der infinitesimalen Transformation überhaupt, und nicht minder unabhängig von Wahl und Anzahl der Veränderlichen $x_1 \dots x_n$: ihre Lösung hängt ausschliesslich ab von den Zahlenwerthen der Constanten c_{iks} in den Relationen 12). Hat man also für eine Gruppe G_r auf Grund der Gleichungen 12) alle Untergruppen bestimmt, so sind damit von selbst die Untergruppen jeder andern r-gliedrigen Gruppe gefunden, in welcher sich r infinitesimale Transformationen $X'_1 f \dots X'_r f$ so wählen lassen, dass zwischen ihnen die nämlichen Relationen 12) bestehen, und zwar unabhängig davon, ob die Ausdrücke $X'_k f$ in den Veränderlichen $x_1 \dots x_n$ oder in irgendwelchen anderen Veränderlichen $x'_1 \dots x'_m$ geschrieben sind.

Diese Bemerkung führt zur Bildung des wichtigen Begriffes des Isomorphismus.

Man wird darauf hingeleitet, wiederum diejenigen Eigenschaften der Gruppen zusammenzufassen und gesondert zu betrachten, welche nicht blos allen ähnlichen Gruppen gemeinsam zukommen, sondern überhaupt allen denjenigen Gruppen, für welche bei geeigneter Auswahl der infinitesimalen Transformationen die Constanten c_{iks} der Formel 12) die nämlichen Werthe erhalten. Zwei r-gliedrige Gruppen dieser Art heissen „gleichzusammengesetzt“ oder „holoedrisch isomorph“; der Inbegriff aller ihnen gemeinsam zukommenden Eigenschaften ist die Lehre von ihrer „Zusammensetzung“.

Der Begriff des Isomorphismus tritt auch in der Substitutionentheorie auf, ebenso wie verschiedene andere der eingeführten Begriffe; er wird aber dort bekanntlich anders definirt. Zwei Gruppen von je r Substitutionen werden in der Substitutionentheorie dann als (holoedrisch) isomorph bezeichnet, wenn es möglich ist, die Substitutionen der einen denen der andern so zuzuordnen, dass auch alle Substitutionen, welche aus der Zusammensetzung entsprechender Paare von Substitutionen entstehen, einander in derselben Zuordnung entsprechen. Setzt man in der vorstehenden Definition an Stelle des Wortes „Substitution“ das Wort „Transformation“, so erhält man eine zweite Definition des Isomorphismus von Transformationsgruppen, welche sich mit der oben gegebenen formal nicht deckt. Es wird aber mit Hilfe der sogleich zu erwähnenden Theorie der Parametergruppe gezeigt, dass beide Definitionen materiell übereinstimmen.

In der Theorie der Zusammensetzung der continuirlichen Transformationsgruppen wirft sich das Hauptinteresse auf die Relationen 12) und insbesondere auf die Werthe der in ihnen auftretenden Constanten c_{iks}. Diese letzteren erweisen sich nun als nicht voneinander unabhängig; vielmehr bestehen zwischen ihnen die folgenden Relationen:

$$15)\qquad \left\{ \begin{array}{c} c_{iks} + c_{kis} = 0, \\ \sum_{1}^{r} \nu \{ c_{ik\nu} c_{\nu js} + c_{kj\nu} c_{\nu is} + c_{ji\nu} c_{\nu ks} \} = 0 \\ (i, k, j, s = 1 \ldots r). \end{array} \right.$$

Weitere allgemein giltige Identitäten zwischen den Constanten c_{iks} bestehen nicht; es wird vielmehr gezeigt, dass umgekehrt zu jedem System von Constanten c_{iks}, welches die Relationen 15) erfüllt, Gruppen gehören, deren Zusammensetzung durch diese Constanten bestimmt ist.

Zu bemerken ist, dass bei einer vorgelegten Gruppe die Constanten c_{iks} natürlich nicht völlig bestimmt sind, da man ja statt der ursprünglichen r unabhängigen infinitesimalen Transformationen irgend r unabhängige lineare Combinationen derselben als neue unabhängige Transformationen einführen kann und dann natürlich ein [illegible] Constanten c_{iks} erhält. Zwei solche Systeme [illegible] durch lineare Transformation hervorgehen, sind als nicht „wesentlich" verschieden zu betrachten, sondern nur als verschiedene Formen eines und desselben Systems.

Die Aufgabe, die Gleichungen 15) in allgemeinster Weise zu befriedigen, ist natürlich eine rein algebraische. Fassen wir diese Bemerkung mit einer früher gemachten zusammen, so ergiebt sich das wichtige Theorem:

Die Bestimmung aller wesentlich verschiedenen Zusammensetzungen von r-gliedrigen Gruppen, ferner die Auffindung aller continuirlichen Untergruppen einer gegebenen Gruppe sind rein algebraische Probleme.

Es sind Aufgaben aus der Algebra der linearen Transformationen oder, was auf dasselbe hinausläuft, aus dem Gebiete der projectiven Geometrie.

Neben den holoedrischen Isomorphismus tritt auch in der Theorie der Transformationsgruppen noch ein zweiter wichtiger Begriff, der durch das Wort „meroedrischer Isomorphismus" bezeichnet wird. Die Definition desselben ist ähnlich der oben gegebenen.

Eine r-gliedrige Gruppe und eine $r_1 (< r)$-gliedrige Gruppe heissen meroedrisch-isomorph, wenn sich r unabhängigen Transformationen Xf der ersteren r (natürlich nicht unabhängige) Transformationen Yf der zweiten Gruppe derart zuordnen lassen, dass wieder die nämlichen Relationen bestehen: $(X_i X_k) = \Sigma c_{iks} X_s f$, $(Y_i Y_k) = \Sigma c_{iks} Y_s f$. Zwei in diesem Sinne meroedrisch isomorphe Gruppen sind es auch in dem Sinne, welcher der Definition des meroedrischen Isomorphismus in der Substitutionentheorie entspricht.

Unter den Gruppen, welche zu einer gegebenen Gruppe isomorph sind, finden sich drei besonders ausgezeichnete. Betrachten wir zuerst die sogenannte Parametergruppe. Dieselbe wird durch die Gleichungen 4) definirt, welche die Abhängigkeit der Constanten a, b, c der Gleichungen 1), 2), 3) voneinander ausdrücken. Sehen wir in 4) die Constanten $a_1 \dots a_r$ und $c_1 \dots c_r$ als Punktcoordinaten eines r-fach ausgedehnten Raumes an und betrachten $b_1 \dots b_r$ als Parameter, so bestimmen diese Gleichungen wieder eine Gruppe. Diese Gruppe heisst die Parametergruppe der gegebenen.

Die Parametergruppe hat u. A. folgende ausgezeichnete Eigenschaften. Zunächst ist sie selbst ihre eigene Parametergruppe. Ferner ist sie „einfach transitiv", d. h. man kann jeden Punkt allgemeiner Lage des r-fach ausgedehnten Raumes nur durch eine discrete Anzahl von Transformationen der Gruppe in jeden andern überführen. — Hätten wir statt des Systems der Parameter a in den Gleichungen 1) irgendwelche r unabhängige Functionen der a als Parameter genommen, so würden wir eine andere Parametergruppe erhalten haben. Man sieht aber sogleich, dass diese von der ersten nicht wesentlich verschieden, sondern mit ihr ähnlich ist, da sie eben aus jener durch Einführung neuer Coordinaten hervorgeht. Die Parametergruppe ist ferner mit der gegebenen Gruppe gleichzusammengesetzt: sie ist es selbstverständlich nach der zweiten, der Substitutionentheorie entnommenen Definition des Isomorphismus, es wird aber auch gezeigt, dass sie es nach der ersten Definition ist. Hieraus ergiebt sich leicht der oben angeführte Fundamentalsatz von der Identität beider Definitionen. Zwei Gruppen in r Veränderlichen, die gleichzusammengesetzt und beide einfach transitiv sind, sind nämlich ähnlich. Daraus aber folgt insbesondere die Aehnlichkeit der Parametergruppen gleichzusammengesetzter Gruppen, und hierin liegt obiger Satz. Man kann das letztgenannte Ergebniss auch so ausdrücken: Sind zwei r-gliedrige Gruppen gleich zusammengesetzt, so kann man statt der Parameter der einen immer r unabhängige Functionen derselben als neue Parameter derart einführen, dass nun beide Gruppen dieselbe Parametergruppe erhalten. Es werden dann also die Transformationen der einen dargestellt durch ein Gleichungssystem $x'_i = f_i(x, a)$, die der andern durch ein Gleichungssystem $y'_i = f_i(y, a)$, und zu beiden gehören die nämlichen Gleichungen 4).

Eine zweite wichtige Gruppe, welche mit einer gegebenen G isomorph ist, ist ihre „adjungirte Gruppe". Wir knüpfen an die oben gemachten, auf Formel 9) bezüglichen Bemerkungen an und deuten die Constanten $c_1 \dots c_r$ als Cartesische Coordinaten eines Raumes von r Dimensionen. Führen wir nun eine Transformation S der Gruppe G aus, so werden die Transformationen T von G untereinander vertauscht, wie bereits bemerkt worden ist. Es werden also durch eine gewisse Transformation des r-fach ausgedehnten Raumes den Coordinaten $c_1 \dots c_r$ des Punktes, welcher der Transformation T entspricht, die Coordinaten $c'_1 \dots c'_r$ eines gewissen Punktes zugeordnet, welcher der Transformation $S^{-1}TS$ entspricht. Der Inbegriff aller dieser Transformationen des Raumes von r Dimensionen bildet wieder eine Gruppe, die „adjungirte" der Gruppe G. Auch sie ist mit der Gruppe G isomorph; der Isomorphismus ist aber nicht nothwendig holoedrisch, wie oben bei der Parametergruppe; es tritt vielmehr unter gewissen Umständen meroedrischer Isomorphismus ein, ja es kann sich die ganze adjungirte Gruppe auf die identische Transformation reduciren (nämlich dann, wenn die Transformationen von G vertauschbar sind, d. h. wenn $S^{-1}TS = T$ oder $ST = TS$). Die adjungirte Gruppe ist eine projective Gruppe, d. h. ihre Transformationen sind linear; und zwar ist sie von der besondern Art, welche Herr Lie als „lineare homogene Gruppen" bezeichnet: die Grössen c' sind ganze und homogene Functionen der Grössen c; es bleibt daher bei den Transformationen der Gruppe der Anfangspunkt der Coordinaten stehen, und die Punkte der „unendlich fernen" $(r-1)$-fach ausgedehnten ebenen Mannichfaltigkeit werden nur untereinander vertauscht.

Der Nutzen, den die Betrachtung der adjungirten Gruppe bringt, liegt darin, dass an ihr alle Verhältnisse, welche die Zusammensetzung der Gruppe G betreffen, auf's Klarste zu sehen sind. Die Transformationen der eingliedrigen Untergruppen von G werden in [illegible]tzten Abbildung durch die Punkte gerader Linien ($c'_i = c_i . t$) dargestellt, welche den Anfangspunkt enthalten, und überhaupt die Transformationen einer ν-gliedrigen Untergruppe durch gewisse ν-fach ausgedehnte ebene Mannichfaltigkeiten, welche durch den Anfangspunkt gehen. Diese Mannichfaltigkeiten nun werden durch die Transformationen der adjungirten Gruppe genau so untereinander vertauscht, wie die von ihnen dargestellten Untergruppen der Gruppe G. Invariante Untergruppen zum Beispiel bilden sich als solche lineare Mannichfaltigkeiten ab, welche von der adjungirten Gruppe in sich selbst übergeführt werden. Mann erkennt hier noch deutlicher als oben das Problem der Zusammensetzung als eine Aufgabe der projectiven Geometrie. Gleich zusammengesetzte Gruppen haben dieselbe adjungirte Gruppe.

Eine dritte mit der Gruppe G isomorphe und gleichfalls projective Gruppe entsteht, wenn man die Constanten $c_1 \ldots c_r$ nicht als Cartesische Coordinaten in einem Raume von r Dimensionen, sondern als homogene Coordinaten in einem Raume von $r-1$ Dimensionen auffasst. Jetzt erscheint also nicht die einzelne endliche Transformation der Gruppe als Raumelement, sondern eine ganze eingliedrige Gruppe oder, was auf dasselbe hinauskommt, die einzelne infinitesimale Transformation. An dieser Gruppe lässt sich die Theorie der Zusammensetzung ebenso gut oder vielmehr noch besser studiren, wie an der adjungirten; sie ist leider nicht mit einem besondern Namen belegt worden.

Aus einer r-gliedrigen Gruppe kann man, wie oben hervorgehoben, durch Einführung neuer Veränderlicher unbegrenzt viele neue Gruppen herleiten, die zu der ersten ähnlichen Gruppen. Alle diese Gruppen werden von einem gewissen Standpunkte aus als nicht wesentlich verschieden betrachtet; sie gehören demselben „Typus" von Gruppen im n-fach ausgedehnten Raume an.

Wieviele und welche verschiedene Typen von r-gliedrigen Gruppen giebt es im n-fach ausgedehnten Raume? Kann man dieselben in einfacher Weise charakterisiren?

Diese Frage hat Herr Lie vor nunmehr 15 Jahren zum ersten Male gestellt. Wir nehmen keinen Anstand, das hierin liegende Problem als eines der Grundprobleme nicht allein der Theorie der Transformationsgruppen, sondern der mathematischen Wissenschaft überhaupt zu bezeichnen. Leider müssen wir es uns versagen, an dieser Stelle auch nur einen Begriff von den tiefen Untersuchungen zu geben, durch welche Herr Lie diese Aufgabe ihrer Lösung näher zu bringen strebt; wir wollen statt dessen, um die Bedeutung des Gegenstandes sichtbar zu machen, den Entwickelungen des noch nicht erschienenen Abschnittes vorgreifend, nur das merkwürdige Ergebniss aufnehmen, zu welchem er im einfachsten Falle $n = 1$ gelangt ist.

In der einfach ausgedehnten Mannichfaltigkeit giebt es nur drei Typen von endlichen continuirlichen Transformationsgruppen. Zu diesen Typen gehören die Zahlen $r = 1, 2, 3$. Sie lassen sich durch geeignete Wahl der Veränderlichen überführen in die drei bekannten projectiven Gruppen:

$$x' = x + a, \quad x' = ax + b, \quad x' = \frac{ax + b}{cx + d}.$$

Für die niedrigsten Fälle $n > 1$ liegt die Sache freilich schon viel weniger einfach: es lassen sich nicht mehr alle vorhandenen Typen in projective Gruppen überführen, auch ist die Zahl r an keine obere Grenze gebunden, und die Typen selbst hängen zum Theil noch von willkürlichen Parametern, ja sogar von willkürlichen Functionen ab. Wir wollen hier nur noch ein allgemeines Resultat aufnehmen, welches in dem vorliegenden ersten Bande ausgesprochen wird:

Die Bestimmung aller Typen von r-gliedrigen Gruppen im Raume von n Dimensionen erfordert ausser sogenannten ausführbaren Operationen* höchstens noch die Integration von gewöhnlichen Differentialgleichungen.

Die Ausdrücke Xf, die Symbole der infinitesimalen Transformationen, treten mit der Lie'schen Theorie nicht zum ersten Male in der Wissenschaft auf. In der Theorie der partiellen Differentialgleichungen spielen sie schon seit längerer Zeit eine wichtige Rolle; allein dort wurden sie bisher immer in einem andern Sinne gebraucht. Während in der Theorie der Transformationsgruppen der endliche Ausdruck Xf den Gegenstand der Betrachtung bildet, kam es in jenen älteren Untersuchungen immer nur auf die Gleichung $Xf = 0$ an. In der von Jacobi und Clebsch begründeten Theorie der vollständigen Systeme, welche auch in dem Lie'schen Werke vorgetragen wird, zeigt man bekanntlich, dass die nothwendige und hinreichende Bedingung dafür, dass q voneinander unabhängige Gleichungen

$$16) \qquad X_1 f = 0, \quad \ldots, \quad X_q f = 0$$

in n Veränderlichen $n - q$ unabhängige gemeinsame Lösungen haben, die ist: Es muss jede durch Anwendung der Klammeroperation $(X_i X_k)$ aus den Gleichungen $X_1 f = 0, \ldots, X_q f = 0$ hergeleitete neue Gleichung $X_i(X_k f) - X_k(X_i f) = 0$ eine Folge der ersteren sein, d. h. es muss für jedes i und k eine Relation der Form bestehen:

$$17) \qquad (X_i X_k) = \sum\nolimits^{s} \varphi_{iks}(x_1 \ldots x_n) X_s f \qquad (i, k, s = 1 \ldots q).$$

Die Analogie der Gleichungen 12) mit diesen Gleichungen 17) fällt in die Augen. Es besteht aber ein wesentlicher Unterschied: in den Gleichungen 12) sind die Coefficienten c_{iks} reine Constanten, in den Gleichungen 17) aber die entsprechenden Coefficienten φ_{iks} Functionen der Veränderlichen $x_1 \ldots x_n$. Gleichwohl ist es vortheilhaft, die linke Seite jeder der Gleichungen 16) oder vielmehr den allgemeinen Ausdruck

$$18) \qquad \chi_1(x) X_1 f + \cdots + \chi_q(x) X_q f,$$

* [illegible] Functionentheorie, nicht in dem der Algebra.

worin $\chi_1 \dots \chi_q$ irgendwelche Functionen von $x_1 \dots x_n$ bezeichnen, als infinitesimale Transformationen zu deuten. Auf diese Weise ergiebt sich nämlich eine neue Auffassung der gemeinsamen Lösungen des vollständigen Systems.

Sind $W_{q+1} \dots W_n$ $(n-q)$ unabhängige Lösungen, so bestimmt jedes Gleichungssystem

$$W_{q+1} = a_{q+1}, \quad \dots, \quad W_n = a_n$$

eine q-fach ausgedehnte, sogenannte charakteristische Mannichfaltigkeit des vollständigen Systems. Jene neue Auffassung liegt nun in der Bemerkung, dass jede infinitesimale Transformation 18) alle charakteristischen Mannichfaltigkeiten in sich selbst überführt.

Der Inbegriff aller dieser ∞^{n-q} charakteristischen Mannichfaltigkeiten bildet eine „Zerlegung" des Raumes $(x_1 \dots x_n)$; umgekehrt lässt sich jede solche Zerlegung in ∞^{n-q} Mannichfaltigkeiten q^{ter} Dimension durch ein vollständiges System definiren.

Solche Zerlegungen und die zugehörigen vollständigen Systeme spielen in der Theorie der Transformationsgruppen eine wichtige Rolle: gehört ja doch zu jeder Transformationsgruppe, welche nicht transitiv ist, ein vollständiges System, das man durch Nullsetzen ihrer infinitesimalen Transformationen erhält. Die Lösungen dieses vollständigen Systems geben, gleich Constanten gesetzt, die Mannichfaltigkeiten, längs deren ein Punkt allgemeiner Lage durch die Transformationen der Gruppe hingeführt wird. Jede einzelne Lösung wird durch die Transformationen der Gruppe in sich selbst übergeführt; sie heisst daher eine „Invariante" der Gruppe. Es liegt auf der Hand, dass man alle Invarianten einer continuirlichen Gruppe durch Elimination der Parameter finden kann, sobald die Gleichungen der Gruppe in der Form 1) vorliegen.

Neben die Frage nach den Invarianten einer Gruppe stellt sich die nach invarianten Gleichungen und Gleichungssystemen.

Unter einem „invarianten Gleichungssystem" wird ein solches System von (untereinander verträglichen) Gleichungen $\varphi_i(x_1 \dots x_n) = 0$ verstanden, dessen Bestehen für ein Veränderlichensystem $x_1 \dots x_n$ und das Bestehen der Gleichungen $\varphi_i(x_1' \dots x_n') = 0$ nach sich zieht, in welchen $x_1' \dots x_n'$ Veränderliche bedeuten, die aus $x_1 \dots x_n$ durch eine Transformation der Gruppe hervorgegangen sind. Die invarianten Gleichungssysteme sind augenscheinlich die analytische Darstellungsform für die „bei der Gruppe invarianten" Punktmannichfaltigkeiten, d. h. Mannichfaltigkeiten, deren Punkte durch die Transformationen der Gruppe nur untereinander vertauscht werden oder welche „die Gruppe gestatten". Von ihnen wird gezeigt, dass sie in zwei Classen zerfallen: in der ersten Classe stehen solche Mannichfaltigkeiten, deren Punkte allgemeiner Lage durch die Transformationen der Gruppe nach soviel unabhängigen Richtungen fortgeführt werden, als unter den Gleichungen $X_1 f = 0, \dots X_r f = 0$ unabhängige vorhanden sind — sie werden dargestellt durch *beliebige Relationen* zwischen den gemeinsamen Lösungen des vollständigen

Systems, den Invarianten der Gruppe; in der zweiten Classe stehen diejenigen Mannichfaltigkeiten, deren Punkten allgemeiner Lage eine kleinere Zahl von unabhängigen Fortschreitungsrichtungen zugehört — sie werden durch Nullsetzen gewisser Matrices gefunden, welche man aus den Coefficienten ξ_{ik} der infinitesimalen Transformationen $X_k f$ der Gruppe bilden kann. Transitive Gruppen haben keine Invarianten; bei ihnen können natürlich nur invariante Mannichfaltigkeiten der zweiten Art auftreten.

Aber auch für die Theorie der transitiven Gruppen gewinnen die vollständigen Systeme eine hohe Bedeutung: die transitiven Gruppen zerfallen naturgemäss in zwei Classen, je nachdem eine Zerlegung des Raumes vorhanden ist, deren einzelne Mannichfaltigkeiten durch die Transformationen der Gruppe untereinander vertauscht werden, oder nicht. Zu den Gruppen der ersten, bei Weitem umfassenderen Classe, den „imprimitiven Gruppen", gehört jedes Mal (mindestens) ein vollständiges System, welches eine Zerlegung von der eben definirten Beschaffenheit bestimmt; von ihm, wie von der Zerlegung selbst wird gesagt, es „gestattet die Gruppe". Durch Rechnen mit den Symbolen der infinitesimalen Transformationen ergiebt sich wieder ein sehr einfaches Kennzeichen dafür, dass ein vollständiges System eine vorgelegte Gruppe gestattet.

Damit die charakteristischen Mannichfaltigkeiten des vollständigen Systems $X_1 f = 0, \ldots, X_q f = 0$ durch eine infinitesimale Transformation Yf untereinander vertauscht werden, ist nothwendig und hinreichend das Bestehen von q Relationen der Form:

$$19) \qquad (X_k Y) = \sum_{1}^{q} {}_j\, \chi_{kj}(x_1 \ldots x_n)\, X_j f \qquad (k = 1 \ldots q).$$

Unter den Hilfsmitteln, durch welche Herr Lie aus bekannten Gruppen neue herleitet, dürfen wir hier dasjenige nicht unbesprochen lassen, welches vielleicht das bedeutsamste von allen ist, die Erweiterung.

Betrachtet man unter n Veränderlichen $x_1 \ldots x_n$ irgend $n-q$ als unabhängig, die übrigen als (unbestimmt gelassene) Functionen derselben, so werden diese gewisse Differentialquotienten $p_1, p_2, \ldots$ besitzen. Unterwirft man nun das ganze System einer Transformation, so werden sich vermöge derselben auch die entsprechenden Differentialquotienten $p'_1, p'_2, \ldots$ der transformirten Functionen ausdrücken durch $p_1, p_2, \ldots$ und die ursprünglichen Veränderlichen $x_1 \ldots x_n$. Fügt man diese Transformationsformeln, in welchen $p_1, p_2, \ldots$ als unabhängige Grössen zu behandeln sind, den ursprünglichen Transformationsformeln hinzu, so erhält man eine neue, „erweiterte" Transformation, geschrieben in den Veränderlichen $x_1 \ldots x_n$ $p_1, p_2, \ldots$

Es besteht nun der fundamentale Satz, dass die derartig erweiterten Transfor[illegible] Gruppe wieder eine Gruppe bilden, und zwa[illegible] r ursprünglichen

gleich zusammengesetzt ist. Von so entstandenen Gruppen wird gesagt, sie seien durch „Erweiterung“ aus der ursprünglichen Gruppe hervorgegangen.

Die Reihe der erweiterten Gruppen, welche zu einer gegebenen Gruppe gehören, ist unbegrenzt, wie die Reihe der höheren Differentialquotienten, welche bei ihrem Bildungsprocess zur Verwendung gelangen; auch kann man ihre Entstehungsart noch mannichfach abändern. Wir gehen hierauf nicht näher ein, auch nicht auf die einfache Beziehung, welche die infinitesimalen Transformationen der erweiterten Gruppen zu denen der ursprünglichen zeigen, und wenden uns sogleich zu dem wichtigen Begriffe, dessen Bildung durch den Begriff der erweiterten Gruppe vermittelt wird, zu dem Begriffe der Differentialinvariante.

Die „Differentialinvarianten“ einer Gruppe sind nichts Anderes, als die Invarianten der intransitiven unter den zugehörigen erweiterten Gruppen.

Differentialausdrücke, deren Form durch die Transformationen einer gewissen Gruppe nicht zerstört wird, haben sich der Betrachtung schon zu wiederholten Malen aufgedrängt. Wir erinnern nur an den aus den Untersuchungen von Herrn Schwarz wohlbekannten, schon bei Lagrange auftretenden Differentialausdruck dritter Ordnung

$$\frac{y'y''' - \frac{3}{2}y''^2}{y'^2},$$

welcher die Invarianteneigenschaft hat bei allen Transformationen der dreigliedrigen Gruppe

$$\mathfrak{x} = x, \quad \mathfrak{y} = \frac{a+by}{c+dy}.$$

Man hatte aber bisher kein allgemein anwendbares Mittel, um alle von einander unabhängigen Ausdrücke dieser Art zu bestimmen; auch war es, wie Herr Lie hervorhebt, den Mathematikern entgangen, dass zu einer jeden endlichen continuirlichen Gruppe Differentialinvarianten in unbegrenzter Zahl gehören.

Die Lie'sche Theorie liefert ein Mittel, alle diese Differentialinvarianten systematisch zu bestimmen: sie erscheinen als die gemeinsamen Lösungen gewisser vollständiger Systeme, derjenigen vollständigen Systeme, welche man (unter Fortlassung der überflüssigen Gleichungen) durch Nullsetzen der infinitesimalen Transformationen der intransitiven erweiterten Gruppen erhält.

Daraus ergeben sich dann aber, nach dem oben über invariante Gleichungen Gesagten, ohne Weiteres auch alle Systeme von Differentialgleichungen, welche eine gegebene Gruppe gestatten (d. h. welche durch die Transformationen der Gruppe in sich selbst übergeführt werden).

Man sieht, diese Untersuchungen lassen die Methoden weit hinter sich zurück, durch welche in neuerer Zeit ein hochverdienter englischer Mathematiker einzelne Differentialinvarianten einzelner specieller Gruppen zu bestimmen begonnen hat, Methoden, welche weder überall anwendbar sind, noch auch im Falle ihrer Anwendbarkeit eine Bürgschaft für die Vollständigkeit ihrer Ergebnisse in sich tragen.

Die vorstehenden Auseinandersetzungen werden genügen, wenn auch nicht eine Uebersicht über den reichen Inhalt des Werkes, so doch wenigstens eine allgemeine Vorstellung von der Art der in ihm behandelten Aufgaben und deren eigenthümlicher Auffassungsweise zu geben. Viele wichtige Begriffe freilich haben wir unerörtert lassen müssen, weil ihre Einführung zu viele Vorbereitungen erfordert hätte, und der Inhalt mehrerer grosser Capitel wurde nicht einmal erwähnt. Möge das Gesagte dazu dienen, auch in weiteren Kreisen den Wunsch nach einer näheren Bekanntschaft mit dem so wichtigen Inhalt des Werkes zu erwecken. Wir glauben nicht zuviel zu sagen mit der Behauptung, dass es wenige Gebiete der mathematischen Wissenschaft geben wird, die nicht durch Aneignung der Grundgedanken der neuen Disciplin eine wesentliche Förderung erfahren könnten. Vor Allem aber werden den nächstverwandten Gebieten der Differentialgleichungen und der Geometrie eine Fülle neuer Ansichten und Aufgaben zugeführt. Sind doch, wie wir oben gesehen haben, die überaus wichtigen Probleme der Theorie der Zusammensetzung im Grunde Aufgaben der projectiven Geometrie; und dieser merkwürdige, von vornherein nicht einmal zu vermuthende Zusammenhang der allgemeinen Transformationstheorie mit Problemen von scheinbar so specieller Natur ist keineswegs der einzige dieser Art. Wollte die projective Geometrie sich der neu zugeführten Aufgaben bemächtigen und statt der immerwährenden Untersuchung complicirter specieller Gebilde einmal den Gruppenbegriff mit seiner Einfachheit und seiner weittragenden Bedeutung mehr in den Vordergrund stellen, so würden wir einen neuen Aufschwung dieser allgemach etwas ins Stocken gerathenen Forschungen erwarten dürfen.

Die Stellung des analytischen Gegenbildes der projectiven Geometrie, der „Algebra der linearen Transformationen" oder der im engeren Sinne sogenannten Invariantentheorie zur allgemeinen Theorie der Transformationsgruppen lässt sich etwa so kennzeichnen: In der Lie'schen Theorie stehen nach unseren obigen Ausführungen auch bei speciellen Gruppen in der Hauptsache nur solche Eigenschaften im Vordergrunde des Interesses, deren Darstellungsform von der Wahl des Coordinatensystems nicht abhängt und welche daher bereits innerhalb eines begrenzten Raumstückes zum vollen Ausdrucke gelangen. In der Algebra der linearen Transformationen aber werden solche Eigenschaften algebraischer Gebilde, der algebraischen Formen behandelt, welche durch beliebige lineare Transformationen, die Transformationen der „allgemeinen projectiven Gruppe" nicht zerstört werden. Auch hier bleibt die Wahl der Coordinaten in gewissem Grade der Willkür überlassen; sie ist aber nicht mehr völlig willkürlich. Es wird vielmehr von vornherein eine Schaar von Coordinatensystemen ausgezeichnet, die „projectiven“ Coordinaten, welche durch die Transformationen der Gruppe untereinander vertauscht werden und die Eigenschaft besitzen, dass die einfachsten bei der Gruppe invarianten Schaaren von Mannichfaltigkeiten sich mit ihrer Hilfe durch möglichst einfache, nämlich lineare Gleichungen darstellen lassen. Da die Transformationen der Gruppe, in diesen Coordinaten geschrieben, Ausnahmselemente nicht besitzen, so kann sofort der ganze Raum in Betracht gezogen werden.

Damit aber ergiebt sich eine Fülle von Aufgaben algebraischer Natur, die man in so einfacher Form nicht hätte stellen können, wenn man die Wahl des Coordinatensystems ganz unbestimmt gelassen hätte.

Der Inhalt der algebraischen Disciplin der Invariantentheorie der linearen Transformationen wird also keineswegs erschöpft, wenn man die mehr dem Gebiete der allgemeinen Theorie der analytischen Functionen angehörigen Methoden der Theorie der Transformationsgruppen auf den besondern Fall der allgemeinen projectiven Gruppe anwendet. Die gewöhnliche Theorie der Invarianten algebraischer Formen behandelt ein vergleichsweise specielles Problem, aber dafür auch ein besonders wichtiges Problem, und dieses durch Methoden, welche seiner Eigenart unvergleichlich viel besser angepasst sind, als es überall brauchbare Hilfsmittel überhaupt sein können. Es wird eine dankbare Aufgabe künftiger Forschung sein, auch für andere Gruppen von projectiven oder überhaupt algebraischen Transformationen ähnliche algebraische Theorien zu schaffen; es giebt solche Methoden.

Der vorliegende erste Abschnitt der „Theorie der Transformationsgruppen“ bildet für sich ein abgeschlossenes Ganzes und konnte von uns als solches gewürdigt werden. Historisch aber war der Aufbau einer so ausgedehnten Theorie doch nur in organischer Verbindung mit der Lösung zahlreicher specieller Aufgaben möglich, an welchen sich die neuen Ideen entwickeln konnten. Dieser Specielles und Allgemeines abwechselnd durchlaufende Entwickelungsprocess muss sich, nach einem auch das Geistesleben beherrschenden Grundgesetz der organischen Wissenschaften, in abgekürzter und den Umständen angepasster Form im Individuum wiederholen, wenn dasselbe thätig in den weiteren Fortschritt eingreifen will. Insofern ist die Anordnung des Lie'schen Werkes nicht pädagogisch und der Verbreitung der darin niedergelegten Methoden nicht günstig, als eine der geschichtlichen Entwickelung nicht entsprechende Trennung zwischen den allgemeinen und den speciellen Theorien vorgenommen ist, von welchen die ersteren in dem vorliegenden Abschnitte behandelt werden, die letzteren aber auf die beiden noch zu erwartenden Abschnitte verschoben sind. Man muss aber bedenken, dass eine pädagogisch zweckmässige Darstellungsform nur selten auch die systematisch richtige sein kann, am seltensten bei einer noch so *neuen Disciplin*; und es wäre in der That jener Vortheil zur Zeit wohl nicht zu erreichen gewesen, ohne dass auf höhere Vorzüge, die das Werk thatsächlich besitzt, Verzicht geleistet worden wäre.

Auch haben die Verfasser Alles gethan, um den genannten Mangel, wenn es einer ist, abzuschwächen. Alles für das Verständniss der leitenden Grundgedanken Wesentliche ist durch cursiven Druck hervorgehoben. Die einzelnen Sätze sind wieder untereinander nach ihrer Bedeutung abgestuft. Ihre Formulirung ist so gehalten, dass man sich an jeder Stelle mit Leichtigkeit über den weiteren Verlauf der Entwickelung orientiren kann. Wiederholte Rückblicke rufen dem Leser das Bild des Weges, welchen er gegangen ist, immer wieder ins Gedächtniss zurück. Die Redeweise ist durchaus ungezwungen; besonders einfach und natürlich sind auch die Kunstausdrücke. Sprachwidrige Wortbildungen und unnütze Fremdwörter, mit welchen unsere Literatur auf dem Nachbargebiete der Invariantentheorie neuerdings leider förmlich überschwemmt worden ist, wird man hier vergeblich suchen.* Möchte Herr Engel, dem gewiss ein grosser Theil dieser Vorzüge, wie auch das Zustandekommen des Werkes selbst zu verdanken ist, das bewiesene redactionelle Geschick und seine Beherrschung des Gegenstandes dazu verwenden, uns einmal mit einer eigentlich pädagogischen, vielleicht auf die äusserste Strenge verzichtenden Darstellung der Grundgedanken der Lie'schen Theorie zu beschenken.

Und möchte es Herrn Lie vergönnt sein, bei uns Das zu finden, um dessentwillen er seine Heimath verliess. Möchte es ihm gelingen, einen Kreis von Schülern um sich zu sammeln, die ihm auf den neu betretenen aussichtsreichen Pfaden folgen und in froher Mitarbeit mit ihm die Wissenschaft weiterbilden zu einer immer höheren und schöneren Gestaltung.

Marburg, im October 1888. E. Study.

Lehrbuch der analytischen Mechanik von S. D. Poisson. Deutsch herausgegeben und mit einem Anhang versehen von Dr. August Pfannstiel. 1. Lieferung. Verlag von Hermann Meyer, Dortmund 1888.

Wenn auf die deutsche Uebersetzung des Poisson'schen Werkes durch M. A. Stern hin noch eine weitere Uebersetzung desselben Werkes der Oeffentlichkeit übergeben wird, so kann dies wenigstens im Interesse der Verbreitung des vortrefflichen, an Klarheit unübertroffenen Originals in deutscher Sprache nur freudig begrüsst werden.

Eine eingehendere Beurtheilung der vorliegenden Uebersetzung muss auf die Zeit verschoben werden, wann sämmtliche 11—12 Lieferungen und besonders der von dem Uebersetzer versprochene Anhang vorliegen, welch' letzterer einzelne seit dem Erscheinen des Originals veraltete Methoden und Beobachtungen besprechen soll.

---

* abgesehen von einer

Was bis jetzt erschienen ist, scheint auf eine im Ganzen ziemlich ansprechende Uebersetzung des ganzen Werkes hinzudeuten; der deutsche Text liest sich im Ganzen fliessend und nicht allzuoft stören Gallicismen.

Auf einige Einzelheiten und Aeusserlichkeiten soll schon jetzt, nach Ausgabe der ersten Lieferung, aufmerksam gemacht werden, da diese Bemerkungen vielleicht auf die folgenden Lieferungen Einfluss haben könnten.

Mit mehreren Verdeutschungen specifisch mathematischer Ausdrücke können wir uns durchaus nicht einverstanden erklären. Um nur Eines zu nennen, so wird *développée* mit „Abwickelungscurve" übersetzt. Die französischen Ausdrücke *développante* und *développée* entsprechen — ganz wie die im Deutschen allgemein üblichen Fremdwörter „Evolvente" und „Evolute" — trefflich der Vorstellung, dass ein Faden das erste Mal auf der Grundcurve, das andere Mal auf der Curve ihrer Krümmungsmittelpunkte liegt und abgewickelt wird. Aber der Ausdruck „Abwickelungscurve" für Evolute liegt unbestimmt in der Mitte, oder vielmehr nicht einmal in der Mitte, sondern er lässt ohne nähere Andeutung eher auf Evolvente als Evolute schliessen und ist daher unbedingt zu verwerfen, wenn er auch vielleicht sonst noch einmal in der Literatur der Mathematik sich finden sollte, was uns unbekannt ist. In Nr. 72 des Originals findet sich der Satz: „*La construction de la tangente en un point quelconque de cette courbe est aussi très-simple; sa développée est une autre cycloïde; et, de plus, par une série de développements successifs une courbe quelconque approche de plus en plus de se confondre avec la cycloïde, et s'y confondrait rigoureusement à l'infini.*" Der Versuch mit einem Mathematiker von Fach, welchem nicht das französische Original, sondern nur von der in Rede stehenden Uebersetzung die Worte vorgelegt wurden: „Ferner ist die Abwickelungscurve der Cykloide eine andere Cykloide und überdies nähert sich jede beliebige Curve durch eine Reihe von aufeinander folgenden Abwickelungen mehr und mehr der Cykloide" zeigte in der That, dass der Ausdruck „Abwickelungscurve" durchaus nicht unzweideutig auf die Evolute gegenüber der Evolvente, sondern eher auf die letztere hindeutet. Gerade in den exacten Wissenschaften sollte doch bei der Neueinführung von Bezeichnungen mehr Vorsicht und Zurückhaltung beobachtet werden.

Ferner ist zu tadeln, dass die wenigen Figuren nicht in den Text aufgenommen, sondern am Schluss in eine Tafel vereinigt sind, welche nicht einmal derartig geheftet ist, dass beim Herausschlagen des Figurenblattes sämmtliche Figuren vor den Leser zu liegen kommen. Glücklicherweise bürgert sich immer mehr die Sitte ein, die Figuren dem Text einzuverleiben. Wenn dies bei Werken wie Peschka, Darstellende Geometrie, oder Weierstrass' Ausgabe der gesammelten Werke Steiner's u. a. nicht geschehen ist, so hat es seine guten Gründe, aber im vorliegenden Falle, wo es sich nur um wenige, nicht sehr umfangreiche Zeichnungen handelt, ist es ein Mangel. So weit braucht sich die Treue gegenüber dem Original kaum zu erstrecken.

Diese Dinge sind Nebensachen, aber bei der Beurtheilung einer Uebersetzung treten sie naturgemäss mehr in den Vordergrund, als bei einem selbständigen Werke, und sind geeignet, dem Werth des Ganzen erheblich Eintrag zu thun.

Stuttgart, Juli 1888. CRANZ.

B. WEINSTEIN, **Handbuch der physikalischen Maassbestimmungen.** 2. Bd. Berlin 1888. Verlag von Julius Springer. Preis 14 Mk.

Bei der Reichhaltigkeit des vorliegenden Stoffes sah sich der Verfasser veranlasst, das vorliegende Material auf zwei Bände zu vertheilen, so dass entgegen dem ursprünglichen Plane noch ein weiterer, dritter Band in Aussicht steht. Der Inhalt des vorliegenden Bandes theilt sich in zwei Abschnitte, wovon der erste die Theorie der Einheiten und Dimensionen zusammen mit einer Auseinandersetzung über die gebräuchlichen praktischen Einheiten für Länge und Masse behandelt, während der zweite die Längenmessungen, Wägungen, Volumen- und Dichtigkeitsbestimmungen umfasst. Dem 3. Bande sind die übrigen physikalischen Maassbestimmungen vorbehalten.

Es ist sehr anzuerkennen, dass der Verfasser seinem Werke dadurch den wissenschaftlichen Charakter gewahrt hat, dass er die Entwickelungen bis zum Endresultat streng wissenschaftlich durchgeführt hat und erst dann die nöthigen Einschränkungen eintreten liess. Geschieht Derartiges während der Ableitung der betreffenden Formeln, so ist dem Praktiker durch das ihm entsprechende Näherungsverfahren vielleicht momentan ein kleiner Dienst geleistet, doch muss auch er zugeben, dass dadurch jede Uebersicht und jede kritische Betrachtung des Endresultats wegfällt. Gerade das Letztere ist aber für den praktischen Physiker von grosser Bedeutung; denn er verschafft sich bei der Discussion der einzelnen in der Schlussformel vorkommenden Grössen ein sicheres Urtheil über den Einfluss von jeder derselben. Ein solcher Entwickelungsgang gewährt erst den richtigen Einblick in die einzelnen Methoden. Zur Erleichterung der theoretischen Entwickelung für die praktische Verwendung hat der Verfasser öfters Beispiele eingestreut und noch Rechenschemata und Tabellen angegeben, vermöge deren die numerische Auswerthung der Formeln besonders bequem ausgeführt werden kann. — Gleich dem ersten Bande wird auch der vorliegende zweite dem praktisch arbeitenden Physiker ein Handbuch im wahrsten Sinne des Wortes sein.

B. NEBEL.

Beispiele und Aufgaben zur Berechnung der statisch bestimmten Träger für Brücken und Dächer. Von Dr. JAKOB J. WEYRAUCH, Professor an der technischen Hochschule zu Stuttgart. Leipzig, Teubner. 1888

Die vorliegende Sammlung von Beispielen und Aufgaben schliesst sich enge an die im Vorjahre erschienene Theorie statisch bestimmter Träger desselben Verfassers an. Es werden in derselben die Anwendung der dort entwickelten Rechnungsverfahren gezeigt, eine grosse Anzahl von Zahlenbeispielen durchgerechnet und einzelne weniger wichtige Theile der Theorie weiter ausgeführt. Sämmtliche Lösungen sind analytisch, nicht graphisch vorgenommen, da die Sammlung im Anschluss an die Uebungen zu den Vorträgen über „Analytische Theorie der Ingenieurconstructionen" entstanden ist und der Verfasser überdies den analytischen Methoden den Vorzug vor den graphischen einräumt, eine Auffassung, welcher auch vom Standpunkte des Praktikers aus in der Hauptsache beigepflichtet werden muss.

Ausser den gewöhnlichen Anordnungen der statisch bestimmten Balkenfachwerke und Bogenfachwerke werden auch die continuirlichen Gelenkträger, die continuirlichen Bogenträger, die Träger mit schief verschiebbarem Auflager und mit imaginären Gelenken behandelt. Den Schluss bildet die Berechnung der statisch unbestimmten Fachwerke mehrfachen Systems auf Grund der *in praxi* meist üblichen Methode der Zerlegung in mehrere statisch bestimmte Einzelsysteme.

Die Ermittelung der Stabkräfte erfolgt theils nach den genauen Formeln, theils werden für den praktischen Gebrauch Näherungsformeln in Anwendung gebracht; grosse Aufmerksamkeit ist der Ermittelung der ungünstigsten Laststellungen und der Berechnung mit Lastäquivalenten an Stelle der wirklichen Radlasten zugewendet.

Die Sammlung ist sehr reichhaltig (130 Zahlenbeispiele), übersichtlich geordnet, und ist Jedem, der sich die Theorie des Verfassers voll zu eigen machen will, angelegentlich zu empfehlen.

Zum Schlusse möge noch kurz auf folgende zwei Punkte eingegangen werden.

In Aufgabe 7 heisst es bezüglich des Einflusses von Zwischenträgern auf die Grenzwerthe der Momente M und Verticalkräfte V: „Für diejenigen Schnitte, welche mit Knotenpunkten zusammenfallen, kann bei Berechnung der M und V ganz so verfahren werden, als ob gar keine Zwischenträger vorhanden wären." Dies ist nur für die M allgemein zutreffend; für die V dagegen erreichen die Grenzwerthe an den Knotenpunkten in vielen Fällen grössere Werthe, wenn Zwischenträger vorhanden sind, als wenn die Lasten direct auf den Hauptträger wirken. Die Darstellung der Grenzwerthe von V zeigt bei Zwischenträgern in Wirklichkeit eine Treppenlinie an Stelle des in Fig. 27 eingezeichneten krummlinigen Polygons.

Das in Beispiel 13 (Fig. 32) berechnete Fachwerk doppelten Systems wird auch für den Grenzfall, dass die zwei mittleren Stäbe der oberen Gurtung horizontal sind, für statisch bestimmt erklärt, trotzdem sich einzelne Stabkräfte hierbei unendlich gross ergeben. Dass das System jedoch *thatsächlich* statisch unbestimmt ist, folgt direct aus den Gleichungen XII),

XIII) und XIV), wenn man die Belastung P gleich Null setzt, weil dann die Stabkräfte O_4, O_5 etc. jeden beliebigen Werth annehmen können. Mit anderen Worten: Das Fachwerk kann im unbelasteten Zustande Spannungen besitzen, welche sich statisch nicht bestimmen lassen. Auch der zur Begründung beigezogene Bogen mit dem Pfeile $f=0$ ist statisch unbestimmt, da er ebenfalls im unbelasteten Zustande Spannungen besitzen kann; überdies ergiebt sich bei beliebiger Verticalbelastung der Horizontalschub ebenso gut gleich $+\infty$ wie gleich $-\infty$, ist also thatsächlich statisch nicht bestimmbar.

Fr. Engesser.

Naturwissenschaftliche Anwendungen der Differentialrechnung. Lehrbuch und Aufgabensammlung, verfasst von Dr. Arwed Fuhrmann, ordentl. Professor an der Königl. Technischen Hochschule zu Dresden. Mit 28 Holzschnitten. 148 S. Berlin 1888, Ernst & Korn (Wilhelm Ernst).

Als wir (Bd. XXXI, 227 und XXXIII, 22) das Stegemann-Kiepert'sche Lehrbuch empfahlen, fanden wir es nothwendig, den Unterschied zu betonen, der zwischen den Bedürfnissen des Technikers und des Studirenden der Mathematik als solcher obwaltet. Das Schriftchen, welchem wir heute einige empfehlende Zeilen zu widmen beabsichtigen, zeigt uns, dass selbst unter den Technikern die Bedürfnisse gar sehr verschieden sind. Der Geodät, der Bau- und Maschineningenieur brauchen weit mehr höhere Mathematik als der Architekt, der Chemiker, welche die gleiche technische Hochschule mit jenen besuchen. Noch grösser als in dem, was diese gebrauchen, ist der Unterschied in dem, wozu sie es gebrauchen. Dennoch ist es gewiss richtig, was Herr Fuhrmann in seiner Vorrede sagt, dass die rechte Lust an einem Lehrgegenstande erst dann eintritt, wenn man ihn anzuwenden beginnt. Ebenso wahr ist es aber auch, dass man einem Schüler, welcher Aufgaben zur Anwendung der Differentialrechnung von ihren ersten Anfängen an auf bestimmte Wissenszweige ausserhalb der reinen Mathematik zu lösen wünschte, von den vorhandenen Sammlungen keine zu empfehlen im Stande war. Herr Fuhrmann beabsichtigt diesem Mangel abzuhelfen. Drei Bände, jeder zu zwei Theilen, sollen 1. Aufgaben aus den Naturwissenschaften, 2. solche für Architekten und Bauingenieure, 3. für Fabrik- und Maschineningenieure bieten und des ersten Bandes erster Theil liegt heute vollendet vor. Wir müssten das ganze drei Druckseiten füllende Inhaltsverzeichniss abschreiben, wenn wir die Reichhaltigkeit der Sammlung unseren Lesern erweisen wollten. Wollten wir uns etwa mit der Nennung der fünf Capitelüberschriften (I. Differenzen und Differentiale. Einfache und mehrfache Differentiation. II. Linien und Flächen. III. Vieldeutige Symbole. IV. Maxima und Minima. V. Reihen) begnügen, so sind das die gleichen Rahmen, welchen man in allen Aufgabensammlungen

Der Verfasser bezeichnet mit dem Ausdruck „mechanische Verwandlung“ das Verfahren, inhaltsgleiche Figuren in congruente Stücke zu zerschneiden, die je nach ihrer Anordnung bald zu dieser, bald zu jener neuen Gestalt sich zusammensetzen. Dem Gedanken nach ist das Gleiche schon in jenem alten Kinderspielzeug verwirklicht, dem die Römer den Namen Loculus Archimedius beilegten. Zu theoretisch-geometrischen Zwecken glaubte Herr Schönemann die mechanische Verwandlung zuerst verwerthet zu haben, bis er nachträglich erfahren musste, dass er bereits Vorgänger besass, welche er in der Einleitung nennt. Nach dem August'schen Lehrbuche von 1852 hätten auch Henrici & Treutlein, Lehrbuch der Elementargeometrie I. Theil (Leipzig 1881) angeführt werden können, welches Referent gerade unter Betonung dieser Untersuchungen im XXVII. Bande dieser Zeitschrift, hist.-lit. Abth. S. 139—140 besprochen hat. Die Selbständigkeit der ganz scharfsinnigen Verwandlungen in der Soester Programmabhandlung bleibt dabei natürlich durchaus bestehen.

Cantor.

Die Form, Anziehung und materielle Beschaffenheit der Erde (Fortsetzung und Schluss). Von Theodor Schmid. Jahresbericht der k. k. Staatsoberrealschule zu Linz für das 37. Studienjahr 1887/88. Linz 1888, Verlag der k. k. Staatsoberrealschule. 42 S.

Der Anfang dieser Abhandlung, als Programm für 1886/87 gedruckt, ist im XXXIII. Bande dieser Zeitschrift, hist.-lit. Abth. S. 27 angezeigt. Dort ist hervorgehoben, dass von den vier Entwickelungsstufen, welche Herr Schmid in der Lehre von der Gestalt der Erde als geschichtlich vorhanden bezeichnet, nur die erste betrachtet wurde. In dem Programm für 1887/88 folgt nun die Darstellung der drei späteren Stufen, und zwar der II. auf S. 5—23, der III. auf S. 23—29, der IV. auf S. 30—42. Die Behandlung ist wiederum ganz und gar modern, und nur wenige Anmerkungen lassen erkennen, welche von den Ergebnissen bereits Clairaut oder Laplace oder Stokes u. s. w. gefunden haben. Warum überhaupt Stokes als Vertreter der IV. Stufe gewählt wurde und nicht Gauss oder der Erfinder des Namens Geoïd, Listing, dürfte nicht leicht einem Leser vollständig klar werden. Den heutigen Stand der betreffenden erdphysikalischen Fragen lernt man übrigens aus den beiden Programmen ziemlich gut kennen.

Cantor.

recht gut zu unterscheiden wusste, mithin hier als einer der Urheber jener Lehre betrachtet und genannt werden sollte.

CANTOR.

J. Lieblein's Sammlung von Aufgaben aus der algebraischen Analysis zum Selbstunterricht. II. verbesserte und vermehrte Auflage, herausgegeben von Dr. W. LÁSKA. Prag 1889, bei G. Neugebauer. 180 S.

Die erste Auflage von Lieblein's Aufgaben ist 1867 erschienen und Bd. XIII der Zeitschr. Math. Phys., Literaturzeitung S. 3 angekündigt. Der heutige Berichterstatter über die zweite Auflage ist mit der ersten nicht bekannt, mithin auch nicht in der Lage, eine Vergleichung anzustellen, wieviel etwa geändert worden ist. Nach Herrn Laska's Vorrede scheinen die Aenderungen theils in der Aufnahme neuer Beispiele und in der Hinzufügung von Quellenangaben, theils in der Weglassung solcher Beispiele, welche Wiederholungen enthielten, zu bestehen. Die Auflösungen sind in den meisten Fällen nur angedeutet, so dass der Selbstthätigkeit des Lesers ein weiter Spielraum bleibt; ob im Falle des im Titel vorgesehenen Selbstunterrichts nicht ein fast zu weiter, muss die Erfahrung des einzelnen Benutzers entscheiden. Erfahrung muss auch darüber entscheiden, ob — was bei einem derartigen Buche nicht ohne Wichtigkeit ist — die Richtigkeit des Druckes nur ausnahmsweise im Stiche lässt. Dass uns bei ganz zufälligem Aufschlagen sofort zwei Irrthümer in die Augen fielen (S. 22 in Aufgabe 12 lies y^3 statt x^3 und S. 23 in Aufgabe 15 Anl. lies x^2 statt x^3), hat uns, wie wir gestehen müssen, etwas erschreckt; aber es kann ja ein besonders unglücklicher Zufall gewesen sein, der uns gerade diese Seiten aufschlagen liess, und zu genauen weiteren Vergleichungen fehlt es uns an Zeit. Der Inhalt der Aufgaben ist dem Titel entsprechend der algebraischen Analysis, in dem Sinne, wie Schlömilch, Stern u. A. das Wort gebrauchen, entnommen. Einiges aus der Lehre von den Gleichungen, Einiges über Producte, über Kettenbrüche (auch über aufsteigende Kettenbrüche) ist aufgenommen; das Hauptgewicht fällt aber auf die Lehre von den unendlichen Reihen und den Bedingungen ihrer Convergenz, sei es, dass schon gegebene Reihen auf ihren Giltigkeitsbereich untersucht werden, sei es, dass deren Entwickelung selbst einen Theil der Aufgabe bildet. Die Reichhaltigkeit ist eine so grosse, dass insbesondere Lehrer, welche nach geeigneten Beispielen sich umschauen, gewiss für alle Fälle passende Auswahl treffen können.

CANTOR.

Ueber die gegenseitige mechanische Verwandlung gleicher Dreiecke und Parallelogramme mittels unmittelbarer Constructionen. Von Dr. PAUL SCHÖNEMANN. Aus dem Jahresbericht über das Archigymnasium zu [illegible]n 1888. 27 S.

Abdank-Abakanowicz, B., Die Integraphen; die Integralcurve und deren Anwendungen. Deutsch v. E. Bitterli. Leipzig, Teubner. 6 Mk.

Mahler, Einleitung in die abzählende Geometrie. Tübingen, Fues. 60 Pf.

Rulf, W., Elemente der projectivischen Geometrie, auf Grund neuer, von Prof. Küpper herrührender Definitionen und Beweise dargestellt. Halle, Nebert. 2 Mk. 50 Pf.

Heilermann, H. u. J. Diekmann, Grundlehren der Trigonometrie und Stereometrie. 1. Theil, ebene Trigonometrie. Essen, Bädeker. 40 Pf.

Lösungen der Absolutorialaufgaben aus der Mathematik an den humanist. Gymnasien Bayerns seit dem Jahre 1861. München, Pohl's Verl. 2 Mk. 80 Pf.

Angewandte Mathematik.

Borchardt, B., Einführung in die Wahrscheinlichkeitslehre. Berlin, Springer. 2 Mk. 40 Pf.

Züge, H., Das Potential eines homogenen Ringkörpers mit ellipt. Querschnitt. Lingen, van Acken. 1 Mk. 25 Pf.

Haussner, R., Die Bewegung eines von zwei festen Centren nach dem Newton'schen Gesetze angezogenen materiellen Punktes. (Inaug.-Dissert.) Göttingen, Vandenhoeck & Ruprecht. 1 Mk. 80 Pf.

Wiechert, E., Ueber elastische Nachwirkung. (Inaug.-Dissert.) Königsberg, Koch. 1 Mk.

Nivellements der trigonometr. Abtheilung der königl. preuss. Landesaufnahme. 7. Bd. Berlin, Mittler & S. 10 Mk.

Franke, H., Technische Anleitung zu den trigonometr. Netz- u. Coordinatenrechnungen der Kataster- u. Forstvermessung. München, Ackermann. 7 Mk.

Hayn, F., Bahnbestimmung des Cometen 1882, III. (Inaug.-Dissert.) Göttingen, Vandenhoeck & Ruprecht. 2 Mk. 80 Pf.

Physik und Meteorologie.

Czogler, A., Dimensionen und absolute Maasse der physikalischen Grössen. Leipzig, Quandt & Händel. 3 Mk. 60 Pf.

Kayser, H. u. C. Runge, Die Spectren der Elemente. 2. Abth. (Berliner Akad.) Berlin, G. Reimer. 4 Mk.

Garthe, E., Ueber die tägl. u. jährl. Periode der Variationen d. erdmagnetischen Kraft im Moltkehafen auf Südgeorgien während der Polarexpeditionen 1882—1883. (Inaug.-Dissert.) Göttingen, Vandenhoeck & Ruprecht. 2 Mk. 80 Pf.

Kreidel, W., Untersuchungen über den Verlauf der Fluthwellen in Oceanen. (Inaug.-Dissert.) Frankfurt a. M., Reitz & Köhler. 2 Mk.

Historisch-literarische Abtheilung.

Ueber Gleichungen vierten Grades im zehnten Buch der Elemente Euclid's.

Von

Cand. mag. S. A. Christensen

in Kopenhagen.

Cap. I. Kurze Uebersicht des zehnten Buches der Elemente Euclid's in algebraische Sprache übergeführt.

1. Wie bekannt, behandelt das zehnte Buch der Elemente die irrationalen Grössen, aber Euclid nennt in diesem Buche Grössen nie anders als geometrisch, also durch Linien und Areale dargestellt, und wir werden daher, um seine Sätze und Beweise direct auf die Zahlenlehre überführen zu können, alle Linien durch eine Linieneinheit, m — die rationale Linie 1 — ausdrücken, so dass alle Areale durch die Flächeneinheit m^2 ausgedrückt werden. Alle seine Grössen kann man dann darauf zurückführen, die hinzukommenden Factoren werden dann — rationale oder irrationale — Zahlen, welche wir durch kleine griechische Buchstaben ausdrücken werden. Die vorkommenden Ausdrücke haben dann für uns denselben Werth, ob sie sich mit dem Factor m oder mit m^2 vorfinden, während bei Euclid theoretisch ein Unterschied ist; daher werden wir, um seiner Darstellung möglichst nahe zu kommen, diesen Unterschied beibehalten, indem wir von Grössen zweiten Grades (weil m in der zweiten Potenz sich findet), welche dann dasselbe wie Euclid's Areale bedeuten, reden. Um die Zahlenlehre zu erhalten, brauchen wir nur die Einheiten m und m^2 auszulassen, aber indem wir sie in den Berechnungen mitnehmen, erreichen wir, dass man aus unsern Formeln die Ausdrücke des Euclid in seiner Form direct ersehen kann. Wenn wir deshalb überall den Ausdruck „Grösse" beibehalten und nicht durch „Zahl" ersetzen, ist dies der Grund. Wo wir also von „Zahlen" sprechen, sind dadurch ganze oder Bruchzahlen zu verstehen.

2. Das X. Buch giebt eine vollständige Behandlung der irrationalen Grössen, welche durch Quadratwurzeln oder durch die viert[illegible] werden können, indem nämlich die einfachen

irrational erscheinen. Man hat daher die von ihm behandelten Grössen Irrationalitäten erster Art genannt.

Dieses Buch ist dasjenige, von welchem man am zuversichtlichsten behaupten kann, dass es ihm selbst gehört.* Der Inhalt war neu und zu seiner Zeit noch wenig entwickelt.

Die Bezeichnungen selbst sind schwerfällig, und nur, was von der Behandlung der Gleichungen zweiten Grades, wovon man genaue Kenntniss hat haben müssen, herstammt, war bekannt. Namentlich stellt die Sache uns sich so, dass auch numerische Gleichungen bekannt gewesen sein müssen. sonst würde man schwerlich zur Discussion von deren Wurzeln kommen, dem nächsten Weg, auf welchem man zu Ausdrücken der Form $a \pm \sqrt{b}$ gelangt, welche auch im X. Buch stets als Wurzeln von Gleichungen zweiten Grades zurückkehren. Hätte man nicht die numerischen Lösungen anzugeben gehabt, würde in der geometrischen Lösung die eine Linie eine ebenso gute Lösung als die andere geben, wenn sich das Ganze auf eine Darstellung durch Linien beschränkt hätte, und die Untersuchungen, welche sich im X. Buch finden, würden dann keinen Anlass haben. Ich kann deshalb mit Herrn Professor Zeuthen einig sein, welcher in seinem Buche „Die Lehre von den Kegelschnitten im Alterthum" bestimmt darauf hält, dass die geometrische Darstellung von Gleichungen zweiten Grades, verbunden mit dem algebraischen zweiten Buch, die Regeln für die numerische Lösung giebt. Das Fehlen einer Zeichensprache machte die geometrische Darstellung nothwendig, wenn es allgemeine theoretische Resultate galt,** und so ist auch die geometrische Darstellung im X. Buche aufzufassen.

3. In den vier das Buch einleitenden Definitionen*** sind die Grössen getheilt in

1. Grössen, commensurabel mit der Einheit. Deren Form ist $m\alpha$.
2. Grössen, incommensurabel mit der Einheit, wovon wieder zwei Formen vorkommen können:
   a) Grössen, deren Quadrat mit dem der Einheit commensurabel. Deren Form ist $m\sqrt{\alpha}$.
   b) Grössen, deren Quadrat nicht mit dem der Einheit commensurabel.

Grössen des ersten Classe (1) werden rational commensurabel in der ersten Potenz, die der zweiten Classe ($2a$) rational, nur in der zweiten Potenz commensurabel, und die der letzten Classe ($2b$) irrational genannt.

---

* Tannery, Revue philosophique XI, 1881, in der Abhandlung L'éducation platonicienne, und derselbe Verfasser, Mémoires de la société des sciences phys. et natur. de Bordeaux, 2. Ser. T. IV, 1882.

** Vergl. Nesselmann, Die Algebra der Griechen.

*** Heiberg's Ausgabe III, S. 2.

Natürlich können zwei rationale, nur in der zweiten Potenz commensurable Grössen oder zwei irrationale sehr wohl unter sich sowohl in der ersten als auch in der zweiten Potenz commensurabel sein.

Dieser Unterschied von unserem Begriffe der Rationalität hängt von der geometrischen Darstellung ab, indem das Quadrat einer durch eine einfache Quadratwurzel dargestellten Grösse rational ist, weshalb es dann nahe liegt, die Grösse selbst rational zu nennen; aber zum Unterschiede von der allgemeinen rationalen Grösse wird dann „nur in der zweiten Potenz commensurabel" hinzugefügt.

4. Der erste Abschnitt des Buches lehrt uns zu untersuchen, wie weit eine Grösse rational in der ersten oder nur in der zweiten Potenz commensurabel oder nicht rational ist. Diese Sätze gehen bis zum Satz 21.

Der zweite Abschnitt (Satz 21—36) behandelt die einfachste Classe der irrationalen Grössen, nämlich die **Mediale**, welche durch eine einzelne vierte Wurzel ausgedrückt ist. Sie wird durch rationale, nur in der zweiten Potenz commensurable Grössen gebildet, indem man die Grösse sucht, deren Quadrat dem Producte zweier solchen gleich ist: $x^2 = m\sqrt{\alpha}\,.\,m\sqrt{\beta}$, $x = m\sqrt[4]{\alpha\,.\,\beta}$.

Der dritte und vierte Abschnitt geben die Behandlung der zusammengesetzten irrationalen Grössen, indem der dritte die durch Addition, und der vierte die durch Subtraction gebildeten behandelt. Die Sätze gehen von 36—72 und von 73—111. Wir wollen sie zusammen betrachten, da der Unterschied im Ganzen nur der ist, dass man, wenn an der einen Stelle addiren zu lesen ist, in dem andern Abschnitt subtrahiren lesen muss.

Der Rest des Buches sind einzelne Sätze.

5. **Abschnitt 1.** Den Anfang macht der bekannte Satz, worauf das Alterthum die Exhaustionsmethode gebaut hat, wonach er in allgemeinerer Form die Sätze aus dem VII. Buch über das grösste gemeinsame Maass zweier Grössen wiederholt. Nachdem er gelehrt hat, wie dies gefunden wird, kommen die wichtigen Sätze: 5, welcher aussagt, dass commensurable Grössen sich wie Zahlen verhalten, und die umgekehrten und entgegengesetzten in 6, 7, 8, nebst 9 mit dem interessanten Corollarium* über nothwendige und genügende Bedingungen für die Commensurabilität, und ferner 11 — der Satz des **Theätet** —, dass, falls die beiden ersten Glieder einer Proportion commensurabel sind, die beiden letzten es auch sein werden.

---

* Satz 9 spricht von den Quadraten von Grössen, welche sich entweder als quadratische Zahlen — wenn die Grössen in der ersten Potenz commensurabel sind — oder nicht als quadratische Zahlen verhalten — wenn die Grössen nicht in der ersten Potenz commensurabel sind — und umgekehrt. Das Corollar giebt dann an, dass Grössen, in der ersten Potenz commensurabel, immer in der zweiten Potenz commensurabel sind, dass aber in der zweiten Potenz commensurable Grösser [illegible] der ersten Potenz commensurabel sind.

Diese Sätze geben uns durch die Anwendung von Proportionen die Verbindung zwischen den Linien, woran Euclid sich in diesem Buche hält, und den Zahlen, dem eigentlichen Gegenstande der Behandlung, so dass wir hieraus im Allgemeinen sehen können, ob die Grösse eine in der ersten oder nur in der zweiten Potenz commensurable rationale ist.

Einfache Sätze hierüber finden wir in 12—16.

Satz 14 ist von grösserem Interesse, indem er Grössen aufstellt, welche gewissen Bedingungen von wesentlicher Bedeutung für das im Nachfolgenden Behandelte genügen.

Er sagt nämlich: „Wenn vier Grössen proportional sind, und die erste ein Quadrat auf einer mit ihr commensurabeln Grösse mehr als die andere potenzirt, wird die dritte ein Quadrat auf einer mit ihr commensurabeln Grösse mehr als die vierte potenziren, und wenn die erste ein Quadrat auf einer nicht mit ihr commensurabeln Grösse mehr als die andere potenzirt, wird die dritte wieder ein Quadrat auf einer mit ihr incommensurabeln Grösse mehr als die vierte potenziren."

Das Quadrat einer Grösse ist dasjenige, welches sie potenzirt. Wenn hier von dem Quadrat gesprochen wird, welches eine Grösse a mehr als eine andere Grösse b potenzirt, bedeutet es, dass die Differenz zwischen den Quadraten der Grössen a^2-b^2 einem Quadrate e^2 gleich gesetzt wird.

Wenn hier gegeben ist $a:b=c:d$ und $a^2-b^2=e^2$ und $c^2-d^2=f^2$, wird $a:e=c:f$ nach den Sätzen VI, 22, V, 17, V, 7 corr. und V, 22; dann wird, wenn a mit e commensurabel oder incommensurabel ist, nach dem Satze des Theätet auch c commensurabel oder incommensurabel mit f sein.

6. In den Sätzen 17 und 18 erhalten wir eine Discussion der Gleichung zweiten Grades $ax-x^2=\frac{b^2}{4}$, indem dort die Frage über rationale oder irrationale Wurzeln untersucht wird, welches deutlich die Richtigkeit der früher erwähnten Anschauung zeigt, dass Euclid mit der Lösung von Gleichungen zweiten Grades in Zahlen vertraut war, und dass Dasjenige, welches Euclid hierüber in den geometrischen Büchern gegeben hat, eine theoretische Darstellung ist.

Satz 17 sagt:

„Sind zwei ungleiche Grössen gegeben, und wird das Viertel des Quadrats auf der kleineren an der grösseren angelegt, so dass der Rest ein Quadrat wird, und wird dieses dadurch in zwei commensurable Theile getheilt, wird die grössere von den gegebenen Grössen ein Quadrat einer mit ihr in der ersten Potenz commensurabeln Grösse mehr als die kleinere potenziren. Umgekehrt werden, wenn der grössere ein Quadrat auf einer mit ihr in der ersten Potenz commensurabeln Grösse mehr als der kleinere potenzirt, die Theile commensurabel sein."

Die gegebenen Grössen sind a und b $(a>b)$. Soll dann $\frac{b^2}{4}$ an a *angelegt* werden, so dass der Rest ein Quadrat wird, ist $(a-x)\,x=\frac{b^2}{4}$;

wenn ferner $\frac{a-x}{x}=\frac{\alpha}{\beta}$, dann wird $\frac{\sqrt{a^2-b^2}}{a}=\frac{\mu}{\nu}$, und umgekehrt, wenn $\frac{\sqrt{a^2-b^2}}{a}=\frac{\mu}{\nu}$, wird $\frac{a-x}{x}=\frac{\alpha}{\beta}$.*

Nach II, 5 wird $(a-x)x+\left(\frac{a}{2}-x\right)^2=\left(\frac{a}{2}\right)^2$

und

$$4(a-x)x+4\left(\frac{a}{2}-x\right)^2=4\left(\frac{a}{2}\right)^2$$

oder

$$b^2+(a-2x)^2=a^2, \text{ also } (a-2x)^2=a^2-b^2.$$

Nun ist $\frac{a-x}{x}=\frac{\alpha}{\beta}$, also $\frac{a}{a-2x}=\frac{\alpha+\beta}{\alpha-\beta}$,

$$\frac{\sqrt{a^2-b^2}}{a}=\frac{a-2x}{a}=\frac{\alpha-\beta}{\alpha+\beta}=\frac{\mu}{\nu}.$$

Umgekehrt, wenn $\frac{\sqrt{a^2-b^2}}{a}=\frac{\mu}{\nu}$, wird man haben $\frac{a}{a-2x}=\frac{\nu}{\mu}$,

$$\frac{a}{2x}=\frac{\nu}{\nu-\mu} \text{ und } \frac{a}{x}=\frac{2\nu}{\nu-\mu}, \text{ woraus } \frac{a-x}{x}=\frac{\nu+\mu}{\nu-\mu}.$$

Dieses ist die Behandlung Euclid's, nur führt er keine Zahlengrössen an, aber aus seiner ganzen Kenntniss der Proportionen weiss man, dass der Grund nicht ist, weil er nicht damit manövriren könne, sondern weil es nicht nothwendig ist; denn in den vorhergehenden Sätzen hat er die Verbindung zwischen der Lehre von Proportionen und der über Commensurabilität gezeigt.

Satz 18 hat denselben Inhalt wie Satz 17, nur ist hier überall commensurabel durch incommensurabel ersetzt.

7. Zum Schlusse werden in diesem Abschnitte noch rationale Grössen zweiten Grades eingeführt. Satz 19: „Das Product zweier rationalen in der ersten Potenz commensurabeln Grössen ist rational." Wenn a und b rational in der ersten Potenz commensurabel sind, wird $a.b$ auch rational sein, denn $\frac{ab}{a^2}=\frac{b}{a}$, aber bei diesen Grössen zweiten Grades kann nach der geometrischen Bedeutung keine Rede von rational in der zweiten Potenz commensurabel sein.

Satz 20: „Wenn eine rationale Grösse zweiten Grades in zwei Factoren getheilt wird, von denen der eine rational ist, wird der andere auch rational und mit diesem in der ersten Potenz commensurabel sein." Setzt man $A=a.b$, wird, wenn a rational ist, $\frac{A}{a^2}=\frac{b}{a}$, aber $\frac{A}{a^2}=\frac{\alpha}{\beta}$, also $\frac{b}{a}=\frac{\alpha}{\beta}$.

---

* Wir sehen hier zugleich, dass Euclid beide Wurzeln betrachtet, doch nicht in dem Sinne wie wir, da er die Gleichung als zwei Gleichungen mit zwei Unbekannten, $x+y=a$ und $xy=\frac{b^2}{4}$ betrachtet, wo also jede der Unbekannten ihren Werth hat.

8. Diese Sätze führen unmittelbar zum

zweiten Abschnitt über, wo er die einfachste irrationale Grösse — die Mediale — durch das Product von zwei rationalen in der zweiten Potenz commensurabeln Grössen gebildet, einführt im Satze 21, welcher aussagt: „Das Product zweier rationalen, nur in der zweiten Potenz commensurabeln Grössen ist irrational, und die Grösse, dessen Quadrat dem Producte gleich ist, ist irrational und wird eine Mediale genannt.“

Die Form einer Mediale erhält man so: Zwei rationale nur in der zweiten Potenz commensurable Grössen haben die Form $m\alpha\sqrt{\beta}$ und $m\gamma\sqrt{\vartheta}$; ihr Product ist dann $m^2\alpha\gamma\sqrt{\beta\vartheta}$, so wird die Mediale $m\sqrt{\alpha\gamma\sqrt{\beta\vartheta}}$ oder einfacher $m\sqrt[4]{\alpha}$. Das Product selbst, $m^2\alpha\gamma\sqrt{\beta\vartheta}$, ist irrational und wird ein Medialproduct genannt.

Satz 22 enthält die Theilung eines Medialproducts ebenso wie Satz 20 die eines rationalen Products.

In derselben Bedeutung, in welcher wir davon reden konnten, dass rationale Grössen in der ersten oder nur in der zweiten Potenz commensurabel waren, kann man die Medialen ähnlich eintheilen. Zwei in der ersten Potenz commensurable Medialen haben die Form $m\alpha\sqrt[4]{\beta}$ und $m\gamma\sqrt[4]{\beta}$, während zwei nur in der zweiten Potenz commensurable Medialen die Form $m\alpha\sqrt[4]{\beta}$ (oder $m\sqrt{\alpha}\sqrt[4]{\beta}$) und $m\sqrt{\gamma}\sqrt[4]{\beta}$ haben.

Während das Product zweier rationalen in der ersten Potenz commensurabeln Grössen rational ist und das zweier rationalen nur in der zweiten Potenz commensurabeln medial ist, wird das Product von zwei in der ersten Potenz commensurabeln Medialen irrational ($P = m\alpha\sqrt[4]{\beta} \,.\, m\gamma\sqrt[4]{\beta} = m^2\alpha\gamma\sqrt{\beta}$) und von zwei nur in der zweiten Potenz commensurabeln Medialen entweder medial oder rational ($P = m\sqrt{\alpha}\sqrt[4]{\beta} \,.\, m\sqrt{\gamma}\sqrt[4]{\beta} = m^2\sqrt{\alpha\beta\gamma}$, welches rational wird, wenn $\alpha.\beta.\gamma$ eine Quadratzahl ist). In Satz 27 und 28 finden wir die Form für solche Medialen.

9. Wir sind nun bis zum Satz 26 angelangt, welcher zeigt, dass die Differenz zwischen zwei medialen Producte nicht rational sein kann.

Die beiden medialen Producte können als cp und cq geschrieben werden, wenn c und p nebst c und q nur rational in der zweiten Potenz commensurabel sind. Die Differenz ist dann $c(p-q)$; wenn diese rational sein soll, muss $p-q$ rational in der ersten Potenz mit c commensurabel sein, während p und q selbst nur in der zweiten Potenz mit c commensurabel sind.

Die Aufgabe hier ist zu beweisen, dass die Differenz zwischen zwei Quadratwurzeln in unserem Sinne irrational ist. Setzen wir $p = c\sqrt{\alpha}$ und $q = c\sqrt{\beta}$, so soll gezeigt werden, dass $c\sqrt{\alpha} - c\sqrt{\beta}$ nicht $c\gamma$ gleich sein kann. Ohne vom Geiste des Beweises Euclid's abzuweichen, kann man es in der folgenden Form aufstellen.

Wenn $\sqrt{\alpha} - \sqrt{\beta} = \gamma$, hat man

$$\sqrt{\alpha} = \gamma + \sqrt{\beta}, \quad \alpha = \gamma^2 + \beta + 2\gamma\sqrt{\beta},$$

wo $\gamma^2+\beta$ rational und $2\gamma\sqrt{\beta}$ irrational ist. Also $\frac{\alpha}{\gamma^2+\beta}=\frac{\gamma^2+\beta+2\gamma\sqrt{\beta}}{\gamma^2+\beta}$, aber das letzte Verhältniss kann nicht durch Zahlen ausgedrückt werden, deshalb kann das erste es auch nicht, welches gegen das Gegebene streitet, also kann man nicht $\sqrt{\alpha}-\sqrt{\beta}=\gamma$ haben.

10. Nachdem er, wie gesagt, in Satz 27 und 28 die Form für zwei nur in der zweiten Potenz commensurable Medialen gefunden hat, wird die Frage, im Folgenden die Formen für Quadratzahlen zu finden, deren Summe quadratisch oder nicht quadratisch ist, welches in den Lemmen 1.2 nach dem Satze 28 geschieht. Er benutzt den Satz 6 des II. Buches, welcher aussagt $ab+\left(\frac{a-b}{2}\right)^2=\left(\frac{a+b}{2}\right)^2$; es gilt dann a und b so zu wählen, dass ab eine Quadratzahl und $\frac{a+b}{2}$ eine ganze Zahl ist.

Er erhält dann die Bedingung, dass a und b ähnliche Flächenzahlen sein (sich wie Quadratzahlen verhalten) sollen und ferner, dass a und b gleichzeitig gleiche oder ungleiche Zahlen sein sollen.

Drückt man a und b durch willkürliche Zahlen aus, erhält man

I. gleiche: $a=2\alpha m^2$, $b=2\alpha n^2$,

wonach die gesuchten Zahlen (x, y und z) $x=2\alpha mn$, $y=\alpha(m^2-n^2)$, $z=\alpha(m^2+n^2)$ sind.

II. ungleiche: $a=\alpha(2m+1)^2$, $b=\alpha(2n+1)^2$,

wonach $x=\alpha(2m+1)(2n+1)$, $y=2\alpha(m-n)(m+n+1)$, $z=2\alpha(m^2+n^2+m+n)+\alpha$.

Diese letzte Reihe von Werthen ist in der ersten mit inbegriffen, wenn man für $m-n$ n und für $m+n+1$ m setzt.

Obgleich diese Formeln so zu einer vereinigt werden können, ist es natürlich, dass sie von einander getrennt sind. Wir haben nämlich von Pythagoras und von Platon zwei solche überliefert, von Pythagoras die Zahlen $2n+1$, $\frac{(2n+1)^2-1}{2}$ und $\frac{(2n+1)^2+1}{2}$, eine Reihe von Werthen, welche er leicht durch ein einzelnes Gnomon erhielt, und von Platon $2n$, n^2-1 und n^2+1, welches er auch durch ein Gnomon, aber ein doppeltes, erreichen konnte.

Beide Reihen sind in der des Euclid mit inbegriffen, nämlich die des Pythagoras in der letzten für $\alpha=1$, $\alpha=1$ (d. h. $m=0$) und die des Platon in der ersten für $\alpha=1$ und $m=1$. Durch Benutzung der Zahlen x, y und z in anderer Folge erhält er zwei Quadratzahlen, deren Differenz eine Quadratzahl ist.

Wenn er demnächst im Lemma 2 die Aufgabe aufstellt, zwei Quadratzahlen zu finden, deren Differenz keine Quadratzahl ist, ist es nur seine Absicht eine Formel für solche zu zeigen, welche er im Folgenden benutzen kann.

11. Wir kommen nun zu einer Reihe von Sätzen, welche die Lösung von Gleichungen vierten Grades vorbereiten, welchen Zweck er in diesem Buche erreichen will.

Satz 29: „Zwei rationale, nur in der zweiten Potenz commensurable Grössen so zu finden, dass die Differenz zwischen deren Quadraten dem Quadrate auf einer mit der grösseren in der ersten Potenz commensurabeln Grösse gleich ist.“

In diesem und den folgenden Sätzen derselben Art will Euclid einen Ausdruck für die eine Grösse durch die andere finden, so dass die aufgestellte Bedingung befriedigt wird.

Er sucht Grössen von der Form $x = m\sqrt{a}$ und $y = m\sqrt{\beta}$, so dass $\frac{x^2 - y^2}{x^2} = \mu^2$. Nehmen wir an, dass die eine Grösse a ist und dass $\frac{a^2}{x^2} = \frac{\alpha^2}{\alpha^2 - \beta^2}$, wo α^2 und β^2 Quadratzahlen sind, deren Differenz keine Quadratzahl ist, werden a und x nur in der zweiten Potenz commensurabel sein und $\frac{a^2}{a^2 - x^2} = \frac{\alpha^2}{\beta^2}$, so dass also a und x die Bedingung erfüllen; man kann alsdann x so durch a ausdrücken: $x = a\sqrt{\frac{\alpha^2 - \beta^2}{\alpha^2}} = a\sqrt{1 - \left(\frac{\beta}{\alpha}\right)^2}$ oder kürzer $x = a\sqrt{1 - \alpha^2}$, wo $1 - \alpha^2$ nicht Quadratzahl ist.

Man kann natürlich auch ohne Unterschied den Ausdruck, wie Nesselmann (Die Algebra der Griechen) ihn hat, durch Linien b und c statt durch Zahlen α und β erhalten, aber Euclid selbst benutzt Zahlen (vom obengenannten Lemma 2 hergenommen).

Wird in der aufgestellten bedingten Gleichung μ^2 durch μ ersetzt, erhält man den Satz 30, welcher die Form $x = a\sqrt{\frac{\alpha^2}{\alpha^2 + \beta^2}}$ giebt.

Fragen wir nun, wie Euclid zu seiner Lösung kam, brauchen wir nur die Darstellung umzukehren. Er muss dann damit anfangen, die Gleichung $\frac{a^2}{a^2 - x^2} = \frac{\alpha^2}{\beta^2}$ aufzustellen, wovon $\frac{a^2}{x^2} = \frac{\alpha^2}{\alpha^2 - \beta^2}$; sollen hier a und x nur in der zweiten Potenz commensurabel sein, darf $\alpha^2 - \beta^2$ nicht quadratisch sein. Er fängt daher seine Darstellung damit an, zwei solche Quadratzahlen zu wählen, und führt dann wie oben fort.

In den Sätzen 31a und 31b findet er Medialen mit rationalem Producte denselben Bedingungen unterworfen, nämlich in 31a die Formen $y = a\sqrt{1 - \alpha^2}\sqrt[4]{1 - \alpha^2}$ und $x = \frac{a\sqrt{1 - \alpha^2}}{\sqrt[4]{1 - \alpha^2}}$ und in 31b die Formen $x = a\sqrt[4]{\frac{1}{1 + \alpha^2}}$ und $y = a\sqrt{\frac{1}{1 + \alpha^2}}\sqrt[4]{\frac{1}{1 + \alpha^2}}$.

Ferner wird dasselbe in 32a und b für Medialen mit medialem Producte wiederholt, welches in 32a zu $x = a\sqrt[4]{\beta}$ und $y = a\sqrt[4]{\beta}\sqrt{1 - \alpha^2}$ und in 32b zu $x = a\sqrt[4]{\beta}$ und $y = a\sqrt[4]{\beta}\sqrt{\frac{1}{1 + \alpha^2}}$ (oder $a\sqrt[4]{\beta}\sqrt{1 - \alpha}$) führt.

12. In den folgenden drei Sätzen kommen wir nun zu den Gleichungen $\begin{matrix} x^2+y^2=A \\ xy=B \end{matrix}$, wo A und B gewissen Bedingungen unterworfen sind:

1. Im Satze 33 sind $A=a^2$ und $B=\frac{a^2\sqrt{1-\alpha}}{2}$,

2. in 34 $A=a^2\sqrt{1-\alpha}$ und $B=a^2\sqrt{1-\alpha}\,\frac{\sqrt{1-\alpha}}{2}$,

3. in 35 $A=a^2\sqrt{\beta}$ und $B=a^2\sqrt{\beta}\,\frac{\sqrt{1-\alpha}}{2}$.

Zur Hülfe bei der Lösung dieser Gleichungen hat Euclid die bekannten Sätze über die Linien im rechtwinkligen Dreieck in einem Lemma vor dem Satze 33 aufgestellt.

Wir können dann den Gleichungen die geometrische Form geben: Zu finden die Katheten in einem rechtwinkligen Dreieck, wo man die Hypothenuse und das Areal kennt.

Nennen wir die Hypothenuse c, die Höhe h und die Stücke der Hypothenuse α und β, haben wir $\begin{matrix} x^2+y^2=c^2 \\ xy=ch=B \end{matrix}$; hieraus erhält man h, wonach α und β gesucht werden, indem $\alpha\beta=h^2$ und $\alpha+\beta=c$, welches α und β nach den Gleichungen zweiten Grades im Satze 21 des VI. Buches giebt.

Wir können nun leicht sehen, von welcher Beschaffenheit x und y werden müssen, da in den Sätzen 17 und 18 die Discussion von Gleichungen zweiten Grades gegeben wurde.

Euclid erhält dann, dass, damit x und y in der zweiten Potenz incommensurabel werden, α und β auch incommensurabel sein müssen; aber dadurch erhält man wieder durch Satz 18 die Bedingungen, welchen die gegebenen Grössen A, B genügen müssen, so dass man zu den obengenannten Formen gelangt. Diese führen zu den folgenden Formen für x und y.

1. In Satz 33 zu: $x=a\sqrt{\frac{1+\sqrt{\alpha}}{2}}$

und

$$y=a\sqrt{\frac{1-\sqrt{\alpha}}{2}};$$

2. in 34 zu: $x=a\sqrt[4]{1-\alpha}\,.\sqrt{\frac{1+\sqrt{\alpha}}{2}}$

und

$$y=a\sqrt{1-\alpha}\,.\sqrt{\frac{1-\sqrt{\alpha}}{2}};$$

3. in 35 zu: $x=a\sqrt{\beta}\,.\sqrt{\frac{1+\sqrt{\alpha}}{2}}$

und

$$y=a\sqrt{\beta}\,.\sqrt{1-\sqrt{\alpha}}\;.$$

13. Wir sind durch diesen Abschnitt zu einer Anzahl Formen für irrationale Grössen gelangt, welche im Folgenden einer näheren Untersuchung unterworfen werden, was im 3. und 4. Abschnitt geschieht, die für uns zusammenfallen, indem der Unterschied nur darin besteht, dass man im 4. Abschnitt subtrahirt, wo man im 3. Abschnitt addirt. Wir betrachten sie daher gleichzeitig.

Durch die Untersuchung selbst zerfällt der Abschnitt in eine Reihe von Unterabtheilungen — Hexaden.

14. Die erste Hexade (Sätze 36—42, 73—79) definirt die 6 Hauptarten der zusammengesetzten irrationalen Grössen, nämlich:

1. die Binomiale (Apotome durch Subtraction) von der Form $m(\sqrt{\alpha} \pm \sqrt{\beta})$, aus zwei rationalen, nur in der zweiten Potenz commensurablen Grössen gebildet;
2. erste Bimediale (erste Medialapotome) von der Form $m.\sqrt[4]{\frac{\beta}{\alpha}} \times (\sqrt{\beta} \pm \sqrt{\alpha})$ aus zwei nur in der zweiten Potenz commensurabeln Medialen mit rationalem Producte gebildet; ist das Product aber medial, erhält man
3. zweite Bimediale (zweite Medialapotome) von der Form $m\sqrt[4]{\frac{\alpha}{\beta}}.(\sqrt{\beta} \pm \sqrt{\gamma})$;
4. die grösste irrationale (die kleinste irrationale) von der Form $a\left(\sqrt{\frac{1+\sqrt{\alpha}}{2}} \pm \sqrt{\frac{1-\sqrt{\alpha}}{2}}\right)$, gebildet aus zwei in der zweiten Potenz incommensurabeln Grössen, deren Quadratensumme rational ist, aber deren Product irrational ist. Es sind Grössen der im Satze 33 dargestellten Form; die beiden letzten Arten sind auf dieselbe Weise nach 34 und 35 gebildet, nämlich
5. die „rationales und mediales potenzirende" (die „mit rationalem mediales gebende") von der Form $a\sqrt{1-\alpha}\left(\sqrt{\frac{1+\sqrt{\alpha}}{2}} \pm \sqrt{\frac{1-\sqrt{\alpha}}{2}}\right)$. Der Name erklärt sich daraus, dass das Quadrat auf der Grösse eine Summe (Differenz) von einem medialen und einem rationalen Quadrat ist;
6. die zwei mediale potenzirende (die mit medialem mediales gebende) von der Form $a\sqrt{\beta}\left(\sqrt{\frac{1+\sqrt{\alpha}}{2}} \pm \sqrt{\frac{1-\sqrt{\alpha}}{2}}\right)$.

15. In der zweiten Hexade (Satz 42—48, 79—85) wird gezeigt, dass keine dieser irrationalen Grössen auf mehr als eine Weise als aus zwei Gliedern bestehend betrachtet werden kann, dass also $m(\sqrt{\alpha} + \sqrt{\beta}) = m(\sqrt{\gamma} + \sqrt{\delta})$ unmöglich ist. Hiermit steht die sechste Hexade in Verbindung (Sätze 66 bis 71, 103—108), wo gezeigt wird, dass eine mit einer dieser Arten *commensurable* Grösse selbst derselben Art ist.

16. Die Glieder der Binomialen und Apotomen können nun gewissen Bedingungen unterworfen sein, wodurch sechs verschiedene Binomiale und Apotomen zum Vorschein kommen.

Diese Bedingungen rühren von der Discussion der Gleichungen zweiten Grades her, indem die Binomialen und Apotomen als Wurzeln von Gleichungen zweiten Grades erscheinen, während die Wurzeln der genannten Gleichungen vierten Grades als Quadratwurzeln aus diesen hervorkommen.

Betrachten wir eine Binomiale (Apotome) von der Form $a \pm \sqrt{a^2 - b^2}$, entsteht die Frage über die Beschaffenheit von a und b.

Gemeinsam für die drei ersten Binomialen (Apotome) ist es, dass b mit a commensurabel ist, während in den drei letzten b mit a incommensurabel ist. Ferner ist im ersten und vierten Binomial a mit der rationalen Einheit commensurabel, in der zweiten und fünften ist $\sqrt{a^2 \div b^2}$, aber nicht a mit der Einheit commensurabel, und in der dritten und sechsten ist keines der Glieder mit der Einheit commensurabel.

Man hat folgende Formen:

erstes Binomial (Apotome) $m(\alpha \pm \sqrt{\alpha^2 - \beta^2})$,

zweites „ „ $m\gamma\left[\sqrt{\frac{\alpha^2}{\alpha^2 - \beta^2}} \pm 1\right]$,

drittes „ „ $m\sqrt{\gamma}\,(\alpha \pm \sqrt{\alpha^2 - \beta^2})$,

viertes „ „ $m(\alpha \pm \sqrt{\alpha^2 - \beta})$,

fünftes „ „ $m\gamma\left[\sqrt{\frac{\alpha^2}{\alpha^2 - \beta}} \pm 1\right]$,

sechstes „ „ $m\sqrt{\gamma}\,(\sqrt{\alpha} \pm \sqrt{\alpha - \beta})$

oder $m\sqrt{\gamma}\,(\alpha \pm \sqrt{\alpha^2 - \beta})$.

Diese Formen findet Euclid in der dritten Hexade (Sätze 48—54, 86—91).

17. In der vierten Hexade (Sätze 54 – 60, 91 – 97) wird die Ausziehung von Quadratwurzeln der Binomialen (Apotomen) gelehrt. Natürlich drückt Euclid nicht die Sätze so aus, aber man ist dazu berechtigt, es Ausziehung von Quadratwurzeln zu nennen, weil die Sätze, in unsere algebraische Sprache übertragen, wirklich eine solche geben, und aus dem ganzen Zusammenhang mit Gleichungen vierten Grades ergiebt es sich, dass sie eine solche auch für Euclid gegeben haben.

Sie geben an, von welcher Beschaffenheit die Seite in einem Quadrat ist, welches einem Rechteck, aus einer Binomiale (Apotome) und einer rationalen Grösse gebildet, gleich ist.

Im Satze 54 wird x gesucht, wenn $x^2 = m\gamma \,.\, m(\alpha + \sqrt{\alpha^2 - \beta^2})$.

Bei der Lösung denkt Euclid sich x in zwei Theile getheilt, y und z, so dass $x = y + z$; dann ist $y^2 + z^2 + 2yz = m^2\alpha\gamma + m^2\gamma\sqrt{\alpha^2 - \beta^2}$.

Da nun y und z rational, aber incommensurabel sein müssen, können wir die Summe der Quadrate rational und das Product irrational ansetzen, da die Summe grösser als das doppelte Product sein muss.

Um die Gleichungen

$$y^2 + z^2 = m^2 \alpha \gamma, \quad yz = \tfrac{1}{2} m^2 \gamma \sqrt{\alpha^2 - \beta^2}$$

zu lösen, geht er, wie es beim Satze 33 gezeigt ist, vor; hieraus erhält man

$$x = y + z = m \sqrt{\gamma \frac{\alpha + \beta}{2}} + m \sqrt{\gamma \frac{\alpha - \beta}{2}}.$$

Bei der Lösung ergiebt sich unmittelbar, dass das Resultat eine Binomiale wird; denn setzt man $y^2 = m^2 \gamma u$ und $z^2 = m^2 \gamma (\alpha - u)$, wird $u(\alpha - u) = (\tfrac{1}{2} \sqrt{\alpha^2 + \beta^2})^2$, welches ergiebt, dass u und $\alpha - u$ rational und commensurabel sind (nach Satz 17); deshalb müssen y und z rational, aber incommensurabel sein.

Auf dieselbe Weise wird die Rechnung für die übrigen Binomialen und Apotomen durchgeführt, wo die Resultate bei den Rechnungen sich ergeben. Wir werden nur diese Resultate anführen.

Die Quadratwurzel der ersten, zweiten, dritten, vierten, fünften und sechsten Binomiale ist beziehungsweise eine Binomiale, die erste und zweite Bimediale, die grösste irrationale, die rationales und mediales potenzirende und die zwei mediale potenzirende, und für die Apotomen die entsprechenden.

Die Resultate werden in folgenden Gleichungen dargestellt:

$$m\gamma \,.\, m(\alpha \pm \sqrt{\alpha^2 - \beta^2}) = \left(m \sqrt{\gamma \frac{\alpha + \beta}{2}} \pm m \sqrt{\gamma \frac{\alpha - \beta}{2}}\right)^2,$$

$$m\gamma \,.\, m\left[\sqrt{\frac{\alpha^2}{\alpha^2 - \beta^2}} \pm 1\right] = \left[m \sqrt{\frac{\alpha\gamma}{2}} \left(\sqrt[4]{\frac{\alpha + \beta}{\alpha - \beta}} \pm \sqrt[4]{\frac{\alpha - \beta}{\alpha + \beta}}\right)\right]^2,$$

$$m\vartheta \,.\, m\sqrt{\gamma}\,(\alpha + \sqrt{\alpha^2 - \beta^2}) = \left[m \sqrt{\gamma} \left(\sqrt{\frac{\vartheta}{2}(\alpha + \beta)} \pm \sqrt{\frac{\vartheta}{2}(\alpha - \beta)}\right)\right]^2,$$

$$m\gamma \,.\, m(\alpha \pm \sqrt{\alpha^2 - \beta}) = \left(m \sqrt{\frac{\gamma(\alpha + \sqrt{\beta})}{2}} \pm m \sqrt{\frac{\gamma(\alpha - \sqrt{\beta})}{2}}\right)^2.$$

$$m\vartheta \,.\, m\gamma \left(\sqrt{\frac{\alpha^2}{\alpha^2 - \beta}} \pm 1\right)$$
$$= \left[m \sqrt[4]{\alpha^2 - \beta} \sqrt{\frac{\gamma\vartheta}{\alpha^2 - \beta}} \left(\sqrt{\frac{\alpha + \sqrt{\beta}}{2}} \pm \sqrt{\frac{\alpha - \sqrt{\beta}}{2}}\right)\right]^2,$$

$$m\vartheta \,.\, m\sqrt{\gamma}\,(\sqrt{\alpha} \pm \sqrt{\alpha - \beta}) = \left[m \sqrt{\vartheta} \sqrt{\gamma} \left(\sqrt{\frac{\sqrt{\alpha} + \sqrt{\beta}}{2}} \pm \sqrt{\frac{\sqrt{\alpha} - \sqrt{\beta}}{2}}\right)\right]^2.$$

Der nächste Abschnitt (5. Hexade, Sätze 60—66, 97—103) enthält die Umkehrung dieser Resultate und lehrt, dass ein Quadrat auf einer der sechs zusammengesetzten irrationalen Grössen eine der sechs Binomialen wird.

Auf die Beweisführung selbst bei diesen umgekehrten Sätzen einzugehen ist unnöthig. Nur soll hier noch von diesen zwei Abschnitten bemerkt werden, dass der rationale Factor $m^2\gamma$ ($m^2\vartheta$) ausgelassen werden könnte; man erhielte dann die Ausziehung von Quadratwurzeln von Zahlen. Ich habe ihn aber beibehalten, damit man die Ausdrucksweise des Euclid aus den Formeln, wie sie aufgestellt sind, herauslesen könne.

19. Im letzten (dem siebenten) Abschnitt wird eine Gesammtübersicht über die Bildung dieser verschiedenen irrationalen Grössen gegeben.

Satz 71. „Wenn ein rationales und ein mediales Product zweiten Grades addirt werden, wird die Grösse, deren Quadrat der Summe gleich ist, eine der vier irrationalen Grössen sein, Binomiale, erste Bimediale, die grösste irrationale oder die rationales und mediales potenzirende", welches sich aus der vierten Hexade folgern lässt.

Dieses setzt Satz 72 so fort: „Werden zwei incommensurable mediale Producte zweiten Grades addirt, wird die Grösse, deren Quadrat der Summe gleich ist, entweder die zweite Bimediale oder die zwei mediale potenzirende sein."

In den Sätzen 108, 109 und 110 wird dasselbe von den durch Subtraction gebildeten gesagt.

20. Um die Untersuchungen der zweiten und sechsten Hexade von der Berechtigung dieser irrationalen Grössen nebeneinander abzuschliessen, fehlt nur noch zu zeigen, dass die durch Addition gebildeten nicht mit den durch Subtraction gebildeten zusammenfallen können; dieses geschieht, im Satze 111.

21. Der Rest des Buches, welchen Heiberg zwar den übrigen Sätzen hat folgen lassen, aber dessen Echtheit er bezweifelt (Vol. V S. LXXXV), enthält einzelne Sätze, welche zeigen sollen, dass das Product von zwei zusammengesetzten irrationalen Grössen rational sein kann, nämlich das Product von einer Binomiale und einer Apotome, welches von proportionalen, commensurabeln Gliedern gebildet ist.

Hiermit endigt das Buch, nachdem nunmehr die Behandlung dieser irrationalen Grössen, welche Euclid sich vorgesetzt hat, abgeschlossen ist, aber es unterliegt keinem Zweifel, dass er noch mit Grössen der nächsten Art, von mehreren und neuen Gliedern gebildet, hätte fortsetzen können, welches wahrscheinlich der Gegenstand der algebraischen Arbeiten des Apollonius war (S. Woepcke: Restitution de travaux perdus d'Apollonius, Mémoires prés. à l'Acad. XIV, 1856, Paris).

Cap. II. Die Verbindung zwischen den euclidischen Irrationalitäten und der Theorie der Gleichungen.

22. Zur Zeit des Euclid und noch früher beschäftigten sich die Mathematiker mit der Lösung von Gleichungen, doch wohl einfacherer, hauptsächlich Gleichungen zweiten Grades; aber die schon erwähnten Gleichungen von höheren Graden, welche Euclid [illegible] Buche betrachtet, führen zu mehr zusammengesetzten i[illegible] es wünscheus-

b) A medial, B rational, die Formen $A=\sqrt{a}$, $B=b$,

c) A, B medial, incommensurabel, $A=\sqrt{a}$, $B=\sqrt{b}$.

Hieraus entstehen nun durch Bildung von $x \pm y$ unter den verschiedenen Bedingungen, welchen A und B unterworfen sind, die sechs Arten von Irrationalitäten, nämlich:

I. a) 1. $\sqrt{m} \pm \sqrt{n}$ mit dem Namen Binomiale, Apotome;

b) 2. $\sqrt{m\sqrt{mn}} \pm \sqrt{n\sqrt{mn}}$, die erste Bimediale, Medialapotome;

c) 3. $\sqrt{\frac{m}{\sqrt{m+n}}} \pm \sqrt{\frac{n}{\sqrt{m+n}}}$, die zweite Bimediale, Medialapotome;

II. a) 4. $\sqrt{\frac{a+\sqrt{a^2-4b}}{2}} \pm \sqrt{\frac{a-\sqrt{a^2-4b}}{2}}$, die grösste (kleinste) irrationale;

b) 5. $\sqrt{\frac{\sqrt{a}+\sqrt{a-4b^2}}{2}} \pm \sqrt{\frac{\sqrt{a}-\sqrt{a-4b^2}}{2}}$, die rationales und mediales potenzirende, die mit rationalem mediales gebende;

c) 6. $\sqrt{\frac{\sqrt{a}+\sqrt{a-4b}}{2}} \pm \sqrt{\frac{\sqrt{a}-\sqrt{a-4b}}{2}}$, die zwei mediales potenzirende, die mit medialem mediales gebende.

25. Nachdem wir somit die Bildung der verschiedenen Formen der irrationalen Grössen gesehen haben, werden wir nur noch zeigen, wie Euclid durch ein einfaches Raisonnement zu den Resultaten der Ausziehung von Quadratwurzeln kommt.

Aus den Gleichungen $x^2+y^2=A$ und $xy=B$ werden durch $x \pm y$ die sechs Arten von irrationalen Grössen gebildet, aber $x \pm y$ oder richtiger $(x \pm y)^2$ — das von $x \pm y$ potenzirte Areal — können wir auch auf anderem Wege finden, indem $(x \pm y)^2 = A \pm 2B$, d. h. $x \pm y$ potenzirt ein gleiches Areal mit einer Binomiale oder Apotome. Sucht man nun die Seite des Quadrates, dessen Areal eine Binomiale oder Apotome ist, erhält man $x \pm y$, wovon erwiesen ist, dass es die oben gefundenen Grössen sind; welche von ihnen es ist, beruht auf den Bedingungen, denen A und B unterworfen sind. Auch die Namen für $x \pm y$ deuten an, dass Euclid eine solche Betrachtung zu Grunde gelegt hat. IIb heisst die rationales und mediales potenzirende, denn $A+2B$ ist medial + rational, und $A-2B$ ist die mit rationalem ($2B$) mediales (A) gebende u. s. w.; für IIa ist der Name weniger deutlich. Für Ia), b), c) sind die Namen ganz naheliegend.

26. Es bleibt nur noch übrig zu zeigen, wie Euclid die Gleichungen $x^2+y^2=A$ und $xy=B$ löst. Wir haben schon Anlass gehabt, seine Methode zu erwähnen, werden sie aber jetzt in algeb[raischer] Form auf[stellen]. [illegible]

[illegible] die bekannten Glieder A und B so [illegible]

[illegible] $x^2+y^2=ab$ und $xy=ad$ erhalten.

Quadrate auf einer mit der grössten nur in der zweiten Potenz commensurabeln Grösse gleich ist.

$\frac{x^2 - y^2}{x^2} = \mu$. Dieses führt auf dieselbe Weise wie oben auf die folgenden drei Formen: 1. $x = m\alpha$, $y = m\sqrt{\alpha^2 - \beta}$;

2. $x = m\sqrt{\frac{\alpha^2}{\alpha^2 - \beta}}$, $y = m$;

3. $x = m\alpha\sqrt{\gamma}$, $y = m\alpha\sqrt{\gamma}\sqrt{\alpha^2 - \beta}$.

Dadurch erhalten wir die sechs Binomialen und Apotomen durch die Bildung von $x \pm y$ oder die sechs verschiedenen irrationalen Formen für die Wurzeln in Gleichungen zweiten Grades nach der Beschaffenheit von a und b. Hier soll blos bemerkt werden, dass es dasselbe Raisonnement ist, welches Tannery (Mém. Bordeaux. 2. S. T. IV) und Woepcke (Mém. prés. à l'Acad. Paris. T. XIV. 1856) benutzt haben; doch muss gesagt werden, dass Letzterer die Verbindung zwischen Gleichungen zweiten Grades und der Relation $\frac{x^2 - y^2}{x^2} = \mu$ nicht hervortreten lässt; bei ihm wie bei Nesselmann ist es eine zufällige Eintheilung.

24. Wir gehen nun zu den anderen Irrationalitäten über und erhalten dann hier wieder die Binomiale (Apotome). Wir werden damit anfangen, die bei Euclid aufgestellten Gleichungen $\begin{matrix} x^2 + y^2 = A \\ xy = B \end{matrix}$ (Satz 33, 34, 35) zu benutzen, um daraus die Formen für A und B und dadurch wieder die Formen der Wurzeln zu erlangen.

Hier zeigen sich unter diesen Bedingungen zwei Gruppen von Grössen, nämlich

I. x und y in der zweiten Potenz commensurabel, und

II. x und y incommensurabel, und in jeder Gruppe drei Fälle:

1. A rational, B medial,
2. A medial, B rational,
3. A und B medial, aber incommensurabel.

I. Wir haben $\frac{x^2}{y^2} = \frac{\mu}{\nu}$, woraus

$$\frac{x^2 + y^2}{x^2} = \frac{\mu + \nu}{\mu} \text{ und } \frac{x^2}{xy} = \frac{\sqrt{\mu}}{\sqrt{\nu}} = \frac{\mu}{\sqrt{\mu\nu}}, \quad \frac{x^2 + y^2}{xy} = \frac{\mu + \nu}{\sqrt{\mu\nu}}.$$

Hieraus folgt:

a) indem $x^2 + y^2$ rational $= A$ und xy medial $= B$, die Form $A = \mu + \nu$, $B = \sqrt{\mu\nu}$,

b) A medial, B rational, die Form $A = (\mu + \nu)\sqrt{\mu\nu}$, $B = \mu\nu$,

c) A und B medial, aber incommensurabel, $A = \sqrt{\mu + \nu}$, $B = \sqrt{\frac{\mu\nu}{\mu + \nu}}$.

II. Sollen x^2 und y^2 incommensurabel sein, erhält man

a) indem A rational, B medial, die Formen $A = a$, $B = \sqrt{b_n}$.

b) A medial, B rational, die Formen $A=\sqrt{a}$, $B=b$,

c) A, B medial, incommensurabel, $A=\sqrt{a}$, $B=\sqrt{b}$.

Hieraus entstehen nun durch Bildung von $x\pm y$ unter den verschiedenen Bedingungen, welchen A und B unterworfen sind, die sechs Arten von Irrationalitäten, nämlich:

I. a) 1. $\sqrt{m}\pm\sqrt{n}$ mit dem Namen Binomiale, Apotome;

b) 2. $\sqrt{m\sqrt{mn}}\pm\sqrt{n\sqrt{mn}}$, die erste Bimediale, Medialapotome;

c) 3. $\sqrt{\frac{m}{\sqrt{m+n}}}\pm\sqrt{\frac{n}{\sqrt{m+n}}}$, die zweite Bimediale, Medialapotome;

II. a) 4. $\sqrt{\frac{a+\sqrt{a^2-4b}}{2}}\pm\sqrt{\frac{a-\sqrt{a^2-4b}}{2}}$, die grösste (kleinste) irrationale;

b) 5. $\sqrt{\frac{\sqrt{a}+\sqrt{a-4b^2}}{2}}\pm\sqrt{\frac{\sqrt{a}\div\sqrt{a-4b^2}}{2}}$, die rationales und mediales potenzirende, die mit rationalem mediales gebende;

c) 6. $\sqrt{\frac{\sqrt{a}+\sqrt{a-4b}}{2}}\pm\sqrt{\frac{\sqrt{a}-\sqrt{a-4b}}{2}}$, die zwei mediales potenzirende, die mit medialem mediales gebende.

25. Nachdem wir somit die Bildung der verschiedenen Formen der irrationalen Grössen gesehen haben, werden wir nur noch zeigen, wie Euclid durch ein einfaches Raisonnement zu den Resultaten der Ausziehung von Quadratwurzeln kommt.

Aus den Gleichungen $x^2+y^2=A$ und $xy=B$ werden durch $x\pm y$ die sechs Arten von irrationalen Grössen gebildet, aber $x\pm y$ oder richtiger $(x\pm y)^2$ — das von $x\pm y$ potenzirte Areal — können wir auch auf anderem Wege finden, indem $(x\pm y)^2=A\pm 2B$, d. h. $x\pm y$ potenzirt ein gleiches Areal mit einer Binomiale oder Apotome. Sucht man nun die Seite des Quadrates, dessen Areal eine Binomiale oder Apotome ist, erhält man $x\pm y$, wovon erwiesen ist, dass es die oben gefundenen Grössen sind; welche von ihnen es ist, beruht auf den Bedingungen, denen A und B unterworfen sind. Auch die Namen für $x\pm y$ deuten an, dass Euclid eine solche Betrachtung zu Grunde gelegt hat. IIb heisst die rationales und mediales potenzirende, denn $A+2B$ ist medial + rational, und $A-2B$ ist die mit rationalem $(2B)$ mediales (A) gebende u. s. w.; für IIa ist der Name weniger deutlich. Für Ia), b), c) sind die Namen ganz naheliegend.

26. Es bleibt nur noch übrig zu zeigen, wie Euclid die Gleichungen $x^2+y^2=A$ und $xy=B$ löst. Wir haben schon Anlass gehabt, seine Methode zu erwähnen, werden sie aber jetzt in algebraischer Form aufstellen.

Wir ändern die bekannten Glieder A und B so, dass die Gleichungen die Form $x^2+y^2=ab$ und $xy=ad$ erhalten.

Da $x^2 + y^2$ einem Rechteck ab gleich sein soll, legt man x^2 an a an und erhält die Breite u; y^2 an a angelegt muss die Breite $b - u$ erhalten, d, h. $x^2 = au$ und $y^2 = a(b-u)$; dann wird $u(b-u) = d^2$, die gewöhnlichste Form einer Gleichung zweiten Grades, wo u eine Binomiale und $b - u$ eine Apotome wird, deren Orden durch b und d bestimmt wird; x und y kommen dann durch die Ausziehung einer Quadratwurzel heraus, gerade in der Form, worin Euclid sie Satz 54—60, 91—97 hat.

27. Wir haben so einen Zusammenhang zwischen den verschiedenen Arten von Irrationalitäten und den Gleichungen, welche Euclid behandelt, nachgewiesen und gesehen, dass die in diesem Buche von ihm behandelten irrationalen Grössen nicht willkürlich, sondern durch den Gebrauch bestimmt sind, welchen er für sie hat, indem sie Alles geben, was ihm zu einer genauen Untersuchung über die Lösungen der Gleichungen, welche er in diesem Buche zu behandeln sich vorgesetzt hat, nothwendig und genügend ist. Ist man dann erst mit der Behandlung der irrationalen Grössen so weit als Euclid, liegt es nahe, mit einer speciellen Behandlung von anderen irrationalen Grössen fortzufahren, deren Existenz ihm nicht unbekannt ist (Satz 115), wie Apollonius es in einer verschollenen Arbeit gethan hat (Woepcke).

28. Wir haben gesehen, welche bewunderungswürdige Arbeit Euclid hier in diesem Buche ausgeführt hat, ausschliesslich auf die Frage nach der Commensurabilität gestützt, und indem er nur die geraden Linien vor sich hat, wo die eine ebenso gut als jede andere scheint, während wir unsere Formeln besitzen, allerdings aber nicht seine exacten geometrischen Raisonnements, welche durch die Leichtigkeit, womit er die Arbeit ausführt, uns die Ueberlegenheit der geometrischen Darstellung über die algebraische zeigt, während diese uns doch die Eigenschaften auf den ersten Blick durch die Formeln zeigt.

Durch diese meisterhafte Darstellung steht das zehnte Buch des Euclid als eines der besten Beispiele da, wie weit es die griechischen Mathematiker ohne unsre Zeichensprache bringen konnten.

Februar 1889.

Recensionen.

Ueber Clebsch' Principien der mathematischen Optik.

Replik zu S. 153.

Im Laufe der Besprechung der von mir herausgegebenen nachgelassenen Schrift des Professors Dr. A. Clebsch: „Principien der mathematischen Optik", rügt Professor Zech die Schreibweise „Molekül", welche aber von Clebsch und nicht von mir herrührt. Dieselbe war bis vor Kurzem meines Wissens auch allgemein üblich. Im Jahre 1877 gab Professor O. E. Meyer „Die kinetische Theorie der Gase" in Buchform heraus und schreibt darin „Molekel" und im Plural „Molekeln". Um diese Zeit fing auch letztere Schreibweise an in anderen Schriften zu erscheinen: Henrici lässt in der 9. Auflage des Leitfadens der Physik von v. Beetz (1888) beim Plural das Schluss-n unrichtiger Weise weg; es ist das letztere auch etwas hart für die Aussprache und man wird ohne übertriebenen Purismus bald lieber das deutsche „Massentheilchen" dafür brauchen.

Dass obige „Principien" die Dispersion und Absorption nicht enthalten, ist auch in meinem Vorworte, am Schlusse desselben, angedeutet. Diesen Titel habe allerdings ich selber gewählt, da das von Clebsch geschriebene Original gar keinen Titel hat. Ich glaubte jener Lücke auch mit dem Titel „Principien" gerecht zu werden, indem ich ausdrücklich nicht „die Principien" sagte, sondern den bestimmten Artikel wegliess.

Dr. A. Kurz.

Carl Friedrich Gauss' Untersuchungen über höhere Arithmetik (Disquisitiones arithmeticae. Theorematis arithmetici demonstratio nova. Summatio quarumdam serierum singularium. Theorematis fundamentalis in doctrina de residuis quadraticis demonstrationes et ampliationes novae. Theoria residuorum biquadraticorum commentatio prima et secunda. Etc.) Deutsch herausgegeben von H. Maser. Berlin 1889. Verlag von Julius Springer. XIII, 695 S.

Im XXXII. Bande dieser Zeitschrift, hist.-lit. Abth. S. 117, haben wir über die Uebersetzung von Legendre's Zahlentheorie, welche Herr H. Maser angefertigt hatte, berichtet. Aus der gleichen unermüdlichen Feder stammt das Uebersetzungswerk, dessen Erscheinen wir heute ankündigen.

Wir haben zwar in dem eben angerufenen Berichte die Ansicht ausgesprochen, die Dirichlet'schen Vorlesungen über Zahlentheorie böten gewissermassen einen Ersatz für die ungleich schwerer geschriebenen Disquisitiones arithmeticae von Gauss, und von dieser Meinung gehen wir auch heute nicht ab. Allein in dem dabei benutzten Worte „gewissermassen“ liegt zugleich die Einschränkung, welche uns gestattet, ohne in Widerspruch zu uns selbst zu treten, die neue Uebersetzung freudig zu begrüssen. Freilich im Sinne des berühmten Verfassers der Arithmetischen Untersuchungen war es nicht, dass man dieses Werk übersetzte. Vor mehr als 35 Jahren verweigerte Gauss geradezu die Erlaubniss zur Veröffentlichung einer damals schon druckfertig abgeschlossenen Uebersetzung. Er wolle selbst, schrieb er, eine neue Ausgabe veranstalten, mit Einschluss des noch ausstehenden achten Abschnittes, wisse indessen noch nicht, wann er die Zeit dazu finden werde. Es war das die gleiche Antwort, welche er immer ertheilte, so oft Bitten an ihn herantraten, seine verborgenen Schätze doch endlich der mathematischen Welt zu Gesicht zu bringen, damit sie unter seinen Augen noch durch fremde Arbeit sich mehren könnten. Er wisse nicht, wann er die Zeit dazu finden werde, hiess es dann jedesmal, so zwar, dass da und dort Zweifel entstanden, ob die Dinge auch wirklich vorhanden seien, von denen er oft andeutungsweise redete. Der Nachlass von Gauss hat gezeigt, dass die Zweifel unberechtigt waren, was die von ihm erreichten Endgrenzen betrifft, vollberechtigt aber, sofern man hoffte, Vieles in druckreifem Zustande vorzufinden. Herr Maser hat mit Recht ausser den Arithmetischen Untersuchungen auch die zahlentheoretischen Abhandlungen und den zahlentheoretischen Theil des Nachlasses übersetzt. Ein Ganzes ist es leider nicht, was der Uebersetzer bieten konnte, bieten durfte. Gauss'sche Bruchstücke zu einem Ganzen umzubilden, wäre nur einem Gauss möglich und gestattet. Aber Herr Maser hat doch in deutscher Sprache zugängig gemacht, was in dieser Sprache heute mehr Freunde findet, als im lateinischen Urtexte. Das ist leider eine Thatsache, mit welcher zu rechnen ist. Ist sie Grund oder schon Folge des von Manchem beliebten Ansturms gegen die frühere Gymnasialbildung? Wir wissen es nicht, können aber unter beiden Voraussetzungen mit unserem Bedauern nicht zurückhalten.

Cantor.

Allgemeine Lehrsätze in Beziehung auf die im verkehrten Verhältnisse des Quadrats der Entfernung wirkenden Anziehungs- und Abstossungskräfte. Von Carl Friedrich Gauss (1840). Leipzig 1889, Verlag von Wilhelm Engelmann. 60 S.

Wir waren wiederholt in der Lage, Uebersetzungen von klassischen mathematischen Werken anzuzeigen, welche in der Springer'schen Verlagshandlung erschienen. Einmal handelte es sich auch um eine Abhandlung, um die Gauss'schen Untersuchungen über die hypergeometrische Re

Heute liegt uns ein Heft eines ähnlichen buchhändlerischen Unternehmens vor. Die Verlagshandlung von Wilhelm Engelmann in Leipzig hat mit der Herausgabe von Abhandlungen begonnen, welche, unter der Leitung von Prof. Ostwald in Leipzig gesammelt, den Gesammttitel „Ostwald's Klassiker der exacten Wissenschaften" führen sollen. Unter der genannten Oberleitung sind noch besonders geeignete Kräfte zur Ueberwachung der Herausgabe der Schriften aus einzelnen Wissenschaften gewonnen, so Prof. Wangerin für Mathematik, und den Beginn seiner Thätigkeit begrüssen wir insbesondere in 10 Seiten Anmerkungen, welche dem Abdrucke der Gauss'schen Abhandlung beigegeben sind. Erläuterungen sind es nicht, wenn auch die enggebundene Schreibweise von Gauss solche sehr wohl ertragen könnte; aber Herr Wangerin dachte vermuthlich, und gewiss mit Recht, dass jeder Leser der Abhandlung mit den Sätzen über das Potential anderwärts, sei es aus Büchern, sei es aus Vorlesungen, bekannt sein werde, und dass diese Kenntniss des Inhalts über die Schwierigkeit der Form hinaushelfen werde. Dagegen hat Herr Wangerin, und darin handelte er mit nicht geringerem Rechte, Geschichtliches über die einzelnen Sätze ziemlich vollständig mitgetheilt. Er hat auch der Kritik erwähnt, welche einzelne Sätze gefunden haben, und hat durch Angabe der Quellen den Leser in den Stand gesetzt, sich selbst von dem Gewichte der Bemängelungen und von den infolge derselben entstandenen neuen Methoden in Kenntniss zu setzen.

CANTOR.

Ueber die Construction der Halbschattengrenzen der Flächen zweiten Grades unter Voraussetzung von Kugelbeleuchtung. Von KARL SCHOBER. Separatabdruck aus dem XI. Jahresberichte der k. k. Oberrealschule im Bezirke Sechshaus bei Wien 1885. Selbstverlag des Verfassers.

Der geometrische Inhalt der Aufgabe ist eine Untersuchung der Developpabeln, welche einer Kugel und einer allgemeinen Fläche zweiten Grades umschrieben werden kann, und der Curven, längs welcher diese Developpable die Flächen berührt. Wird die Kugel als leuchtend gedacht, so ist die erwähnte Curve auf der andern, beleuchteten, Fläche die Halbschattengrenze.

Als Einleitung wird eine Zusammenstellung der Eigenschaften einer Developpabeln, welche zwei allgemeinen Flächen zweiten Grades umschrieben sind, vorausgeschickt.

Das Fundament für die constructive Lösung der eigentlichen Aufgabe ist die Bestimmung der Halbschattengrenze einer Kugel und eines Kegels bei Bestrahlung durch eine Kugel.* Namentlich die letztere Aufgabe, für

* Vergl. hierzu Meisel: „Ueber die Bestrahlung einer Kugel durch eine Kugel", *diese Zeitschr.* Bd. XXVII S. 65.

welche drei elegante Lösungen angegeben werden, erweist sich für das Weitere, z. B. bei den Rotationsflächen als von besonderer Wichtigkeit. Zur genauen Bestimmung des Verlaufs der Curven werden auch die Tangenten in den einzelnen Punkten, inbesondere die Asymptoten ermittelt. Schliesslich gelangen Besonderheiten, welche in symmetrischen Lagen beider Flächen zu einander ihren Grund haben, zur Darlegung.

Hannover. C. Rodenberg.

Ueber eine bemerkenswerthe Raumcurve fünfter Ordnung. Programm der K. bayr. Studienanstalt Neuburg a. D. für das Schuljahr 1886/87. Von Dr. Alfons Schmitt, K. Studienlehrer.

Alle Geraden, welche auf ihren Polaren bezüglich einer Fläche zweiten Grades senkrecht stehen, bilden einen speciellen Tetraedralcomplex, den „Reye'schen Axencomplex“. Derselbe wird auch erzeugt durch die Lothe, welche man von allen Punkten des Raumes auf die ihnen zugeordneten Polarebenen fällen kann. Die fragliche Curve ist nun der Ort der Fusspunkte aller Complexstrahlen, welche durch einen und denselben Punkt P des Raumes gehen. Schon Reye giebt ohne Beweis in seiner „Geometrie der Lage“ als Ordnungszahl dieser Curve 5 an. Der Verfasser führt diesen Beweis zunächst analytisch, später synthetisch und bestimmt auch die übrigen Charaktere, zeigt insbesondere, dass die Curve rational sei.

27 Flächen bieten sich dar, auf welchen die Curve liegt; 9 von ihnen sind dritter, die übrigen 18 vierter Ordnung. Für erstere ist P conischer Doppelpunkt, für letztere dreifacher Punkt. Auf dreien der Flächen dritter Ordnung tritt noch stets ein weiterer conischer Knoten auf, der insbesondere biplanar wird, wenn P einer Symmetrieebene der Fläche zweiter Ordnung angehört. Beschreibt P einen Durchmesser dieser Fläche, so erfüllen die zugehörigen Raumcurven eine Fläche fünfter Ordnung, und diese zerfällt in eine Fläche dritter Ordnung und in eine doppelt zählende Symmetrieebene der F^2, wenn der gewählte Durchmesser in dieser Ebene angenommen wird.

Als Anhang werden einige neue Ableitungen der Charaktere von Unicursalcurven mitgetheilt, welche jedoch mit dem Thema der Schrift in keinem Zusammenhange stehen.

Hannover. C. Rodenberg.

Ueber den Bündel derjenigen cubischen Raumcurven, welche ein gegebenes Tetraeder in derselben Art zum gemeinschaftlichen Schmiegungstetraeder haben.* Inauguraldissertation von Ernst Heinrichs aus Wermelskirchen.

* Vergl. die Arbeiten von A. Voss, Mathem. Annalen, Bd. 13 S. 236; Schröter ibid. Bd. 25 S. 293; Sturm ibid. Bd. 26 S. 487.

Der untersuchte Bündel besteht aus sämmtlichen Raumcurven dritter Ordnung, welche zwei gegebene Ebenen ABD und CBD in den Punkten A und C osculiren und in ihnen bez. die Tangenten AB oder a und CD oder c haben.

Der Bündel ist hiernach als das räumliche Analogon eines Kegelschnittbüschels (oder einer K-Schaar) anzusehen, dessen Curven sich in zwei festen Punkten berühren, und ist wie dieser sich selbst dual.

Die gegebenen Elemente bestimmen ein Tetraeder, das „Schmiegungstetraeder" $ACBD$, wo die Reihenfolge der Buchstaben zugleich die Zuordnung der Elemente zum Bündel kennzeichnen soll. Alle einem Tetraeder angehörigen Curven constituiren hiernach 12 Bündel. Die Betrachtung des obigen einzigen genügt. Die Projectionskegel zweiten Grades einer seiner Curven aus A und C haben die Gerade AC gemein und schneiden sich daher ausser dieser Linie nur in der Curve selbst. Jeder solche Kegel berührt das Tetraeder noch längs einer zweiten seiner Kanten, ist also durch einen weitern Punkt des Raumes bestimmt, und das gilt demnach auch für jede Curve. Folglich — wegen der Reciprocität des Bündels mit sich selbst — ist auch eine Ebene als Schmiegungsebene und, wie gezeigt wird, eine Gerade als Doppelsecante, ein ausreichendes Bestimmungsstück. Herr Sturm hat a. a. O. bewiesen, dass die sämmtlichen Tangenten der Bündelcurven einen tetraedralen Complex vom Doppelverhältniss $\frac{1}{4}$ bilden. Dieser Complex bildet daher das Grenzgebilde zwischen reell und imaginär schneidenden Doppelsecanten.

Unter gleichzeitiger Betrachtung aller zwölf Bündel zerlegt der Verfasser die Geraden des Raumes noch in weitere Gebiete nach den Anzahlen der Bündel, für welche die Geraden das eine oder andere Verhalten zeigen. Parallel mit den gekennzeichneten Untersuchungen gehen die dualen der zu den Curven gehörigen Developpabeln, der Construction der Schmiegungsebene in einem gegebenen Punkte, sowie die der Tangente. Hieran schliesst sich eine Reihe interessanter Sätze über die Bewegungserzeugnisse dieser drei Elemente, wenn eins derselben ein lineares Gebilde durchläuft. Z. B.: „Wandert der Punkt auf einer Ebene, welche eine Kante des Schmiegungstetraeders enthält, so beschreibt seine Tangente eine lineare Congruenz". „Beschreibt die Schmiegungsebene den Bündel um einen Punkt, der auf einer Tetraederkante liegt, so durchläuft ebenfalls die Tangente eine lineare Congruenz."

Jedem Punkte des Raumes ist durch den Bündel seine Schmiegungsebene, jeder Ebene ihr Osculationspunkt eindeutig zugeordnet. Eine gegebene Gerade ist jedoch für zwei Curven des Bündels Schmiegungsstrahl. Die Charakteristiken des hierdurch nachgewiesenen Nullsystems sind also 1, 1, 2.

„Dem Ebenenbündel, dessen Scheitel ein beliebiger Punkt ist, entspricht im Nullsystem eine Fläche dritter Ordnung, welche die Ecken des

Tetraeders zu Knoten hat und daher durch die Tetraederkante geht; und dual etc".

Unterscheidet man die hierdurch gesetzte Reciprocität in der Bezeichnung der Räume durch Σ und Σ', so hat man vollständiger: Jedem Punkt von Σ entspricht die genannte F^3 in Σ', jeder Geraden von Σ eine Curve dritter Ordnung in Σ' und jeder Ebene von Σ ein Punkt von Σ'.

Die Schnittpunkte einer beliebigen Ebene mit einer Bündelcurve werden associirte Punkte genannt. Nimmt man insbesondere die Ebene durch die Mitten von a, c, $\overline{AC}$, so ergeben sich aus der Lage der associirten Punkte Kriterien für das Verhalten der Curve zur unendlich fernen Ebene.

Hannover. C. RODENBERG.

W. KRIMPHOFF, **Vorschule der Geometrie.** Essen, bei Bädeker, 1888. (Beilage zum Programm des Kgl. Gymnasiums zu Coesfeld 1887/88.)

Der Plan des Werkchens ist wohl durchdacht; die Ausführung ist, von einzelnen Punkten abgesehen, als gelungen zu bezeichnen, so dass wir das kleine, 19 Seiten starke Buch für den ersten Unterricht nur empfehlen können.

Die Anordnung des Stoffes weicht in manchen Punkten von der sonst gebräuchlichen ab, indem der Verfasser die einzelnen Sätze so aneinander reiht, wie er sie unmittelbar darauf zum weiteren Ausbau braucht; der Schüler erkennt auf diese Weise stets den Nutzen und die Nothwendigkeit der einzelnen vorhergehenden Lehren. Dabei kommt es natürlich, dass sonst Zusammengehöriges nicht unmittelbar aufeinander folgt, so die vier Congruenzsätze (Kriterien genannt), die in der Anordnung 3, 1, 2, 4 folgen und durch Zwischensätze (Aufgaben) von einander getrennt sind. Es ist dies kein Fehler, der Schüler wird sich leicht unter Anleitung des Lehrers die einzelnen Sätze passend zusammenstellen können. Die Theorie der Parallelen, zu deren Definition die Gleichheit der mit einer Transversalen gebildeten Winkel benützt werden, sind am Schlusse behandelt.

Der Verfasser hat sich stets bemüht, die Sätze in einer klaren und für den Schüler leicht fasslichen Weise darzustellen. Die Schreibart ist der Altersstufe des Schülers angemessen; nur an einzelnen Stellen ist der Verfasser zu weit gegangen: man vergl. § VI, erste, zweite, dritte Grundaufgabe, wo es fast zur Monotonie wird; dabei ist die Anfügung des letzten Satzes „und ABC ist das verlangte Dreieck" nicht einmal nachahmungswürdig.

Am wenigsten ist § III gelungen.

„Die Grösse der Drehung, welche die eine von zwei Geraden um ihren gemeinsamen Punkt machen muss, um mit der anderen zusammenzufallen, nennt man einen Winkel." Wir meinen: **die Grösse der Drehung** bestimmt oder ist ein Maass für die Grösse des Winkels, ist aber nicht selbst der Winkel.

In demselben Paragraphen heisst es: „Die Grösse eines Winkels kann man nämlich nicht anders bestimmen, als durch die Grösse dieser Bogen.“ Kürzer und richtiger ist: „Die Grösse eines Winkels misst man durch die Grösse des Bogens.“

Der flache und rechte Winkel, ebenso der Complement- und Supplementwinkel wird durch die Gradzahl definirt; vielleicht wäre es besser, diese Winkel unabhängig von der Gradzahl zu definiren.

Seite 12 heisst es: „Ein Dreieck, in welchem zwei Seiten gleich sind, ist ein gleichschenkliges. Die gleichen Seiten heissen Scheitelseiten.“ Warum weicht der Verfasser von der gebräuchlichen Bezeichnung „Schenkel“ ab?

Max Müller.

Bibliographie

vom 1. September bis 31. October 1889.

Periodische Schriften.

Abhandlungen der königl. Gesellschaft der Wissenschaften zu Göttingen. 35. Bd., Jahrg. 1888. Göttingen, Dieterich's Verl. 38 Mk.

Sitzungsberichte der mathem.-physikal. Cl. der königl. bayr. Akademie der Wissensch. zu München. 1889. 2. Heft. München, Franz. 1 Mk. 20 Pf.

Denkschriften der kaiserl. Akademie der Wissenschaften in Wien. Mathem.-naturwiss. Cl. 55. Bd. Wien, Tempsky. 54 Mk. 80 Pf.

Sitzungsberichte der kaiserl. Akademie der Wissenschaften in Wien. Mathem.-naturwissenschaftl. Cl. Abth. II. 98. Bd. 1. Heft. Ebendas. 3 Mk. 50 Pf.

Verhandlungen der vom 17.—23. Sept. 1888 in Salzburg abgehaltenen Conferenz der permanenten Commission der internationalen Erdmessung. Red. v. A. Hirsch. Berlin, G. Reimer. 10 Mk.

Zeitschrift für Vermessungswesen, herausgeg. v. W. Jordan u. C. Steppes. Inhaltsverzeichniss f. d. Bände I—XVII. Stuttgart, Wittwer. 1 Mk. 50 Pf.

Jahrbuch der Erfindungen in Physik, Technologie, Mechanik, Astronomie und Meteorologie, herausgegeben v. H. Gretschel u. G. Bornemann. 25. Jahrg. Leipzig, Quandt & Händel. 6 Mk.

Meteorologisches Jahrbuch für 1889, herausgeg. v. W. v. Bezold. 1. Heft. Berlin, Asher & Co. 3 Mk.

Meteorologisches Jahrbuch, Jahrg. 1888. Herausgegeben von L. Meyer. Stuttgart, Metzler. 2 Mk. 80 Pf.

Geschichte der Mathematik.

Fink, E., Kant als Mathematiker. (Inaug.-Dissert.) Frankfurt a. M. und Leipzig, Fock. 1 Mk.

Reine Mathematik.

Thomae, J., Theorie der Functionen einer complexen Veränderlichen u. der Thetafunctionen. 3. erhebl. verm. Aufl. Halle, Nebert. 10 Mk.

Ligowski, W., Tafeln der Hyperbelfunctionen und Kreisfunctionen nebst Theorie der Hyperbelfunctionen. Berlin, Ernst & Korn. 5 Mk.

Study, E., Methoden zur Theorie der ternären Formen. Leipzig, Teubner. 6 Mk.

Abel, N. u. E. Galois, Abhandlungen über die algebraische Auflösung der Gleichungen. Deutsch herausg[illegible] Berlin, Springer. 4 Mk.

B.

Bestimmte Integrale.

297. Ueber eine Integraldarstellung der hypergeometrischen Reihe. P. Schafheitlin. Mathem. Annal. XXXI, 156. [Vergl. Bd. XXXIII, Nr. 303.]
298. Sur la formule de Fourier et ses analogues. A. Pellet. Compt. rend. CVI, 1062.
299. Mechanical integration of the product of two functions. W. Sutherland. Phil. Mag. Ser. 5, XX, 175. — Nanson ibid. XXI, 141.
300. Sur l'intégrale $\int_a^b f(x).G(x).dx$. T. J. Stieltjes. N. ann. math. Ser. 3, VII, 161.
301. Ueber eine Transformationsformel für Doppelintegrale. W. Scheibner. Crelle CIII, 77.
Vergl. Gammafunctionen.

C.

Capillarität.

302. On the error involved in a method of calculating surface-tensions from the dimensions of flat drops and bubbles. A. M. Worthington. Phil. Mag. Ser. 5, XX, 51.

Cartographie.

303. A map of the world on Flamsteed's projection. W. Baily. Phil. Mag. Ser. 5, XXI, 415.

Combinatorik.

304. Sur des polynomes contenant des produits de deux variables combinées de toutes les manières possibles. M. d'Ocagne. N. ann. math. Ser. 3, VII, 449.
305. Sur un théorème de Mr. Weill. Worontzoff. N. ann. math. Ser. 3, VII, 97.

Cubatur.

306. Sur les volumes engendrés par un contour fermé. G. Königs. Compt. rend. CVI, 927, 1512; CVII, 474.

D.

Determinanten.

307. Sur une forme du déterminant de Vandermonde. Weill. N. ann. math. Ser. 3, VII, 427.
308. Sur les racines doubles d'une équation dont le polynome possède la forme d'un déterminant. Marchand. N. ann. math. Ser. 3, VII, 431.
309. An extension of a theorem of Prof. Sylvester's relating to matrices. A. Buchheim. Phil. Mag. Ser. 5, XXII, 173.
310. Sur les racines des matrices zéroïdales. G. Brunel. Compt. rend. CVI, 467.
Vergl. Differentialgleichungen 330. Mittelwerth.

Differentialgleichungen.

311. Bemerkung zur Theorie der linearen Differentialgleichungen. L. W. Thomé. Crelle CIII, 346. [Vergl. Bd. XXXIII, Nr. 32.]
312. Ueber algebraische Beziehungen zwischen den Fundamentalintegralen und deren Ableitung für eine irreductible lineare homogene Differentialgleichung zweiter Ordnung. L. Königsberger. Mathem. Annal. XXXI, 75.
313. Ueber algebraische Beziehungen zwischen Integralen linearer Differentialgleichungen. L. Königsberger. Mathem. Annal. XXXIII, 220.
314. Ueber die für eine homogene lineare Differentialgleichung dritter Ordnung zwischen den Fundamentalintegralen und deren Ableitungen stattfindenden algebraischen Beziehungen. L. Königsberger. Crelle CIII, 274.
315. Ueber eine specielle Classe linearer Differentialgleichungen. Hamburger. Crelle CIII, 238.
316. Ueber Euler's homogenen linearen Multiplicator zur Integration der regulären linearen Differentialgleichungen zweiter Ordnung. K. Heun. Mathem. Annal. XXXI, 363.
317. Intégration par séries des équations différentielles linéaires. G. Peano. Mathem. Annal. XXXII, 450.
318. Sur la nature arithmetique des coefficients des séries intégrales des équations différentielles linéaires. S. Pincherle. Crelle CIII, 84.

Mathematisches Abhandlungsregister.

1888.

Zweite Hälfte: 1. Juli bis 31. December.

A.

Abbildung.

277. Sur la représentation conforme des polygones. P. Painlevé. Compt. rend. CVI, 473.

Abel'sche Functionen.

278. Ueber specielle Abel'sche Functionen vierten Ranges. F. Schottky. Crelle CIII, 185.

Vergl. Mechanik 472.

Analytische Geometrie der Ebene.

279. Transformation de figures analogue à la transformation par rayons vecteurs réciproques. D. Coelingh. N. ann. math. Ser. 3, VII, 133.
280. Détermination du rayon de courbure de la courbe intégrale. M. d'Ocagne. N. ann. math. Ser. 3, VII, 438.
281. Sur la théorie des roulettes. E. Cesaro. N. ann. math. Ser. 3, VII, 209.
282. Sur la potentielle triangulaire. E. Cesaro. N. ann. math. Ser. 3, VII, 257.
283. Sur quelques propriétés géométriques des stelloïdes. G. Fouret. Compt. rend. CVI, 342. [Vergl. Nr. 426—431.]
284. Sur deux classes remarquables de lignes planes. E. Cesaro. N. ann. math. Ser. 3, VII, 171. — A. M. ibid. 353.

Vergl. Rectification. Trajectorien.

Analytische Geometrie des Raumes.

285. Ueber die Krümmung der Curvenschaaren. R. v. Lilienthal. Mathem. Annal. XXXII, 545.
286. Question de géométrie intrinsèque. E. Cesaro. N. ann. math. Ser. 3, VII, 147. [Vergl. Bd. XXXIII, Nr. 424.]
287. Propriétés d'un cylindroide. Anonyme. N. ann. math. Ser. 3, VII, 295.
288. Note de géométrie. Genty. N. ann. math. Ser. 3, VII, 350.

Vergl. Cubatur.

Astronomie.

289. Théorie nouvelle de l'équatorial coudé et des équatoriaux en général. M. Loewy & P. Puiseux. Compt. rend. CVI, 704, 793, 891, 970, 1199, 1320, 1483.
290. Sur un point de la théorie de la lune. F. Tisserand. Compt. rend. CVI, 788.
291. Remarque sur un point de la théorie des inégalités séculaires. F. Tisserand. Compt rend. CVII, 485.
292. Énergie potentielle de la gravitation d'une planète. O. Callandreau. Compt. rend. CVII, 555.
293. On the annual precession calculated on the hypothesis of the earth's solidity. H Hennessy. Phil. Mag. Ser. 5, XXII, 328.
294. Formule pour le calcul des longitudes par les chronomètres. Caspari. Compt. rend. CVII, 78.
295. Sur les satellites de Mars. E. Dubois. Compt. rend. CVII, 437. — H. Poincaré ibid. 890.
296. Sur l'adoption d'une heure légale en France. Bouquet de la Grye. Compt. rend. CVII, 429.

Vergl. Cartographie. Geschichte der Mathematik 407, 411.

B.

Bestimmte Integrale.

297. Ueber eine Integraldarstellung der hypergeometrischen Reihe. P. Schafheitlin. Mathem. Annal. XXXI, 156. [Vergl. Bd. XXXIII, Nr. 303.]
298. Sur la formule de Fourier et ses analogues. A. Pellet. Compt. rend. CVI, 1062.
299. Mechanical integration of the product of two functions. W. Sutherland. Phil. Mag. Ser. 5, XX, 175. — Nanson ibid. XXI, 141.
300. Sur l'intégrale $\int_a^b f(x).G(x).dx$. T. J. Stieltjes. N. ann. math. Ser. 3, VII, 161.
301. Ueber eine Transformationsformel für Doppelintegrale. W. Scheibner. Crelle CIII, 77.

Vergl. Gammafunctionen.

C.

Capillarität.

302. On the error involved in a method of calculating surface-tensions from the dimensions of flat drops and bubbles. A. M. Worthington. Phil. Mag. Ser. 5, XX, 51.

Cartographie.

303. A map of the world on Flamsteed's projection. W. Baily. Phil. Mag. Ser. 5, XXI, 415.

Combinatorik.

304. Sur des polynomes contenant des produits de deux variables combinées de toutes les manières possibles. M. d'Ocagne. N. ann. math. Ser. 3, VII, 449.
305. Sur un théorème de Mr. Weill. Worontzoff. N. ann. math. Ser. 3, VII, 97.

Cubatur.

306. Sur les volumes engendrés par un contour fermé. G. Königs. Compt. rend. CVI, 927, 1512; CVII, 474.

D.

Determinanten.

307. Sur une forme du déterminant de Vandermonde. Weill. N. ann. math. Ser. 3, VII, 427.
308. Sur les racines doubles d'une équation dont le polynome possède la forme d'un déterminant. Marchand. N. ann. math. Ser. 3, VII, 431.
309. An extension of a theorem of Prof. Sylvester's relating to matrices. A. Buchheim. Phil. Mag. Ser. 5, XXII, 173.
310. Sur les racines des matrices zéroïdales. G. Brunel. Compt. rend. CVI, 467.

Vergl. Differentialgleichungen 330. Mittelwerth.

Differentialgleichungen.

311. Bemerkung zur Theorie der linearen Differentialgleichungen. L. W. Thomé. Crelle CIII, 346. [Vergl. Bd. XXXIII, Nr. 32.]
312. Ueber algebraische Beziehungen zwischen den Fundamentalintegralen und deren Ableitung für eine irreductible lineare homogene Differentialgleichung zweiter Ordnung. L. Königsberger. Mathem. Annal. XXXI, 75.
313. Ueber algebraische Beziehungen zwischen Integralen linearer Differentialgleichungen. L. Königsberger. Mathem. Annal. XXXIII, 220.
314. Ueber die für eine homogene lineare Differentialgleichung dritter Ordnung zwischen den Fundamentalintegralen und deren Ableitungen stattfindenden algebraischen Beziehungen. L. Königsberger. Crelle CIII, 274.
315. Ueber eine specielle Classe linearer Differentialgleichungen. Hamburger. Crelle CIII, 238.
316. Ueber Euler's homogenen linearen Multiplicator zur Integration der regulären linearen Differentialgleichungen zweiter Ordnung. K. Heun. Mathem. Annal. XXXI, 363.
317. Intégration par séries des équations différentielles linéaires. G. Peano. Mathem. Annal. XXXII, 450.
318. Sur la nature arithmetique des coefficients des séries intégrales des équations différentielles linéaires. S. Pincherle. Crelle CIII, 84.

Sur les équations différentielles linéaires à coefficients algébriques. P. Painlevé. Compt. rend. CVI, 535.
Sur les systèmes d'équations linéaires qui sont identiques à leur adjoint. E. Goursat. Compt. rend. CVI, 187.
Ueber eine Eigenschaft gewisser linearer irreductibler Differentialgleichungen. E. Ratner. Mathem. Annal. XXXII, 566. — A. Hurwitz ibid. 583.
Réductibilité des équations différentielles linéaires. E. Fabry. Compt. rend. CVI, 732.
Sur une classe d'équations différentielles réductibles aux équations linéaires. Appell. Compt. rend. CVII, 776.
Ueber die Erniedrigung der Ordnung algebraischer Differentialgleichungen mit Hilfe bekannter Integrale. L. Königsberger. Mathem. Annal. XXXI, 302.
Sur l'intégration de l'équation différentielle des coniques homofocales. E. Pomey. N. ann. math. Ser. 3, VII, 194.
Classification und Integration von gewöhnlichen Differentialgleichungen zwischen xy, die eine Gruppe von Transformationen gestatten. S. Lie. Mathem. Annal. XXXII, 213.
Sur les groupes de transformations relatifs à certaines équations différentielles. E. Picard. Compt. rend. CVI, 118.
Sur les équations différentielles du premier ordre. P. Painlevé. Compt. rend. CVII, 221, 320, 724.
Sur certaines équations différentielles du premier ordre. R. Liouville. Compt. rend. CVI, 1648.
Sur l'équation d'Euler. T. J. Stieltjes. Compt. rend. CVII, 617.
Sur la transformation de Laplace et les équations linéaires aux dérivées partielles. E. Picard. Compt. rend. CVII, 594.
Sur une proposition générale concernant les équations linéaires aux dérivées partielles du second ordre. E. Picard. Compt. rend. CVII, 939.
On the integration of partial differential equations of the third and higher orders. R. Moon. Phil. Mag. Ser. 5, XXI, 63.
Sur une classe d'équations linéaires aux dérivées partielles. E. Picard. Compt. rend. CVII, 476.
Sur des systèmes d'équations aux dérivées partielles, qui sont dépourvus d'intégrales, contrairement à toute prévision. Ch. Méray. Compt. rend. CVI, 648. — Darboux ibid. 651.

Vergl. Invariantentheorie 447. Kegelschnitte 452. Reihen 544. Substitutionen 560.

Differentialquotient.

Ueber die Nichtdifferentiirbarkeit gewisser Functionen. M. Lerch. Crelle CIII, 126.

E.

Elasticität.

Notions sur la théorie de l'élasticité. Sarrau. N. ann. math. Ser. 3, VII, 503.
Sur une propriété générale des corps solides élastiques. M. Levy. Compt. rend. CVII, 414, 453. — E. Cesaro ibid. 520.
Équilibre d'élasticité d'un solide sans pesanteur, homogène et isotrope, dont les parties profondes sont maintenues fixes, pendant que sa surface éprouve des pressions ou des déplacements connus, s'annulant hors d'une région restreinte où ils sont arbitraires. J. Boussinesq. Compt. rend. CVI, 1043, 1119.
Barsand wires of varying elasticity. C. Chree. Phil. Mag. Ser. 5, XXI, 81; XXII, 259.
Sur les déformations élastiques dans les pièces à fibres moyennes. B. de Fontviolant. Compt. rend. CVII, 383.

Elektricität.

Ueber die scheinbare Wechselwirkung von Ringen, welche in einer incompressibeln Flüssigkeit in Ruhe sich befinden. Ed. Riecke. Mathem. Annal. XXXII, 203.
On the molecular theory of galvanic polarizations. J. Larmor. Phil. Mag. Ser. 5, XX, 422.
On the formulae of the electromagnet and the equations of the dynamo. Silv. P. Thompson. Phil. Mag. Ser. 5, XXII, 288.

Sauerbeck, J., Ueber die Raumcurve VI. O. mit vier wirklichen Doppelpunkten. (Inaug.-Dissert.) Tübingen, Fues. 1 Mk. 20 Pf.

Bützberger, Ein mit der Theorie algebraischer Flächen zusammenhängendes planimetrisches Problem. Bern, Jent & Reinert. 50 Pf.

Netzhammer, R., Lehrbuch der ebenen und sphärischen Trigonometrie für Gymnasien. Paderborn, Schöningh. 2 Mk. 80 Pf.

Krumme, W., Der Unterricht in der analytischen Geometrie. Braunschweig, Salle. 6 Mk. 50 Pf.

Reich, A., Die Hauptlehren der Mathematik, mit einer Sammlung von Aufgaben. 1.—9. u. 25.—47. Lief. Hanau, Reich. Jede Lief. 25 Pf.

Brockmann, J., Planimetrische Constructionsaufgaben. Leipzig, Teubner. 1 Mk. 50 Pf.

Angewandte Mathematik.

Auszug aus den Nivellements der trigonometr. Abtheil. der königl. preuss. Landesaufnahme. VI. Heft, Ost- u. Westpreussen nebst Insel Rügen. Berlin, Mittler & S. 2 Mk.

Das schweizerische Dreiecksnetz, herausgeg. v. d. schweiz. geodätischen Commission. III. u. IV. Bd. Zürich, Höhr. 10 Mk.

Voigt, W., Elementare Mechanik als Einleitung in die theor. Physik. Leipzig, Veit & Co. 12 Mk.

Physik und Meteorologie.

Mayer, R. v., Die Erhaltung der Energie. Briefe an W. Griesinger nebst dessen Antworten aus den Jahren 1842—1845. Herausgeg. u. erläutert v. W. Preyer. Berlin, Paetel. 2 Mk. 50 Pf.

Planck, M. u. C. Pulfrich, Die kinetische Theorie der Gase. (3. Bd. der umgearb. Aufl. v. Clausius' Abhandlungen über mechan. Wärmetheorie.) 1. Lief. Braunschweig, Vieweg & S. 1 Mk. 20 Pf.

Hertz, H., Die Beziehungen zwischen Licht und Elektricität, vorgetr. auf der 62. Naturforscher-Versammlung in Heidelberg. 1.—4. Aufl. Bonn, Strauss. 1 Mk.

Fischer, L., Versuch einer Theorie der Berührungselektricität, nebst einer Untersuchung über das Wesen der Masse. Wiesbaden, Bergmann. 1 Mk. 60 Pf.

Behn-Eschenburg, H., Untersuchungen über das Giltay'sche Elektrodynamometer. (Inaug.-Dissert.) Zürich, Müller. 2 Mk.

Weinstein, B., Capillaritäts-Untersuchungen und ihre Verwerthung bei d. Best. d. alkoholometr. Normale. (Nr. 6 der metronom. Beiträge d. kais. Normal-Aichungscomm.) Berlin, Springer. 2 Mk.

Bebber, J. v., Lehrbuch der Meteorologie. Stuttgart, Enke. 10 Mk.

B.

Bestimmte Integrale.

297. Ueber eine Integraldarstellung der hypergeometrischen Reihe. P. Scha[illegible]heitlin. Mathem. Annal. XXXI, 156. [Vergl. Bd. XXXIII, Nr. 303.]
298. Sur la formule de Fourier et ses analogues. A. Pellet. Compt. rend. CV[illegible]I, 1062.
299. Mechanical integration of the product of two functions. W. Sutherland. Phil. Mag. Ser. 5, XX, 175. — Nanson ibid. XXI, 141.
300. Sur l'intégrale $\int_a^b f(x).G(x).dx$. T. J. Stieltjes. N. ann. math. Ser. 3, VII, 1[illegible]1.
301. Ueber eine Transformationsformel für Doppelintegrale. W. Scheibner. Crelle CIII, 77.

Vergl. Gammafunctionen.

C.

Capillarität.

302. On the error involved in a method of calculating surface-tensions from the dimensions of flat drops and bubbles. A. M. Worthington. Phil. Mag. Ser. 5, XX, 51.

Cartographie.

303. A map of the world on Flamsteed's projection. W. Baily. Phil. Mag. Ser. 5, XXI, 415.

Combinatorik.

304. Sur des polynomes contenant des produits de deux variables combinées de toutes les manières possibles. M. d'Ocagne. N. ann. math. Ser. 3, VII, [illegible]49.
305. Sur un théorème de Mr. Weill. Worontzoff. N. ann. math. Ser. 3, VII, 97.

Cubatur.

306. Sur les volumes engendrés par un contour fermé. G. Königs. Compt. rend. CVI, 927, 1512; CVII, 474.

D.

Determinanten.

307. Sur une forme du déterminant de Vandermonde. Weill. N. ann. math. Ser. 3, VII, 427.
308. Sur les racines doubles d'une équation dont le polynome possède la forme d'un déterminant. Marchand. N. ann. math. Ser. 3, VII, 431.
309. An extension of a theorem of Prof. Sylvester's relating to matrices. A. Buchheim. Phil. Mag. Ser. 5, XXII, 173.
310. Sur les racines des matrices zéroïdales. G. Brunel. Compt. rend. CVI, 467.

Vergl. Differentialgleichungen 330. Mittelwerth.

Differentialgleichungen.

311. Bemerkung zur Theorie der linearen Differentialgleichungen. L. W. Thomé. Crelle CIII, 346. [Vergl. Bd. XXXIII, Nr. 32.]
312. Ueber algebraische Beziehungen zwischen den Fundamentalintegralen und deren Ableitung für eine irreductible lineare homogene Differentialgleichung zweiter Ordnung. L. Königsberger. Mathem. Annal. XXXI, 75.
313. Ueber algebraische Beziehungen zwischen Integralen linearer Differentialgleichungen. L. Königsberger. Mathem. Annal. XXXIII, 220.
314. Ueber die für eine homogene lineare Differentialgleichung dritter Ordnung zwischen den Fundamentalintegralen und deren Ableitungen stattfindenden algebraischen Beziehungen. L. Königsberger. Crelle CIII, 274.
315. Ueber eine specielle Classe linearer Differentialgleichungen. Hamburger. Crelle CIII, 238.
316. Ueber Euler's homogenen linearen Multiplicator zur Integration der regulären linearen Differentialgleichungen zweiter Ordnung. K. Heun. Mathem. Annal. XXXI, 363.
317. Intégration par séries des équations différentielles linéaires. G. Peano. Mathem. Annal. XXXII, 450.
318. Sur la nature arithmetique des coefficients des séries intégrales des équations différentielles linéaires. S. Pincherle. Crelle CIII, 84.

345. Propagation du courant sur une ligne télégraphique. Vaschy. Compt. rend. CVII, 1145.
346. The winding of voltmeters. W. E. Ayrton & J. Perry. Phil. Mag. Ser. 5, XXI, 100.
347. Distribution de l'électricité induite par des charges fixes sur une surface fermée convexe. G. Robin. Compt. rend. CVI, 413. [Vergl. Bd. XXXIII, Nr. 342.]
348. On the distribution of electric currents in networks of conductors treated by the method of Maxwell. J. A. Fleming. Phil. Mag. Ser. 5, XX, 221.
349. On the seat of the electromotive forces in a voltaic cell. Hopkinson. Phil. Mag. Ser. 5, XX, 336 — Ayrton & Perry ibid. XXI, 51. – O. Lodge ibid. XXI, 263. — W. Ostwald ibid. XXII, 70.
350. On the induction of electric currents in an infinite plane current sheet, which is rotating in a field of magnetic force. A. B. Basset. Phil. Mag. Ser. 5, XXII, 140.
351. On the self-induction and resistance of straight conductors. Rayleigh. Phil. Mag. Ser. 5, XXI, 381.
352. On the self-induction of wires. O. Heaviside. Phil. Mag. Ser. 5, XXII, 118, 273, 332, 419.
353. On some experiments relating to Hall's phenomenon. Boltzmann. Phil. Mag. Ser. 5, XXII, 226.
Vergl. Wärmelehre 585.

Elimination.

354. Sur la théorie de l'élimination. H. Laurent. N. ann. math. Ser. 3, VII, 60, 116.

Ellipse.

355. Quelques propriétés de l'ellipse; déviation; écart normal. M. d'Ocagne. N. ann. math. Ser. 3, VII, 268. [Vergl. Bd. XXXII, Nr. 61.]
356. Propriétés de la courbe lieu des sommets des angles de grandeur constante circonscrits à une ellipse. Ch. Brisse. N. ann. math. Ser. 3, VII, 231.
357. Sur un quadrilatère circonscrit à une ellipse donnée. F. Farjon. N. ann. math. Ser. 3, VII, 348.

Ellipsoid.

358. Sur les normales menées d'un point à un ellipsoïde. Moret-Blanc. N. ann. math. Ser. 3, VII, 335.

Elliptische Transcendenten.

359. Ueber die Transformation der elliptischen Functionen bei zusammengesetztem Transformationsgrade. L. Kiepert. Mathem. Annal. XXXII, 1.
360. Elementarer Beweis für die Darstellbarkeit der elliptischen Functionen als Quotienten beständig convergenter Potenzreihen. Ad. Kneser. Mathem. Annal. XXXII, 309.
361. Sur la réduction de la différentielle elliptique à la forme normale. T. J. Stieltjes. Compt. rend. CVII, 651.
362. Bemerkung über elliptische Integrale. W. Heymann. Crelle CIII, 87.
Vergl. Substitutionen 562.

F.

Formen.

363. Ueber binäre Formen mit vorgeschriebener Discriminante. D. Hilbert. Mathem. Annal. XXXI, 482.
364. Ueber die Darstellung definiter Formen als Summe von Formenquadraten. D. Hilbert. Mathem. Annal. XXXII, 342.
365. Ueber einen Satz der Formentheorie. E. Stroh. Mathem. Annal. XXXI, 441.
366. Ueber die asyzygetischen Covarianten dritten Grades einer binären Form. E. Stroh. Mathem. Annal. XXXI, 444.
367. Die Concomitanten der ternären cubischen Formen, insbesondere der Form $x_1 x_3^2 - 4x_2^3 + g_2 x_1^2 x_2 + g_3 x_1^3$. Fr. Dingeldey. Math. Annal. XXXI, 157.
368. Die irreducibeln Syzyganten zweier simultanen cubischen Formen. v. Gall. Mathem. Annal. XXXI, 424.
369 Die Steiner'sche Covariante der binären Form sechster Ordnung. G. Maisano. Mathem. Annal. XXXI, 493.
370. Die Discriminante der Form siebenten Grades $f = a^7_x$. P. Gordan. Mathem. Annal. XXXI, 566.
371. Das vollständige Formensystem der binären Form siebenter Ordnung. v. Gall. Mathem. Annal. XXXI, 318.

Functionen.

372. Bemerkungen über $\Delta z = \frac{\partial^2 z}{\partial x^2} + \frac{\partial^2 z}{\partial y^2} = 0$. P. Du Bois-Reymond. Crelle CIII, 204.
373. Sur une généralisation du principe de Dirichlet. Riemann. Compt. rend. CVI, 123.
374. Zur Theorie der Dedekind'schen Ideale. L. Baur. Mathem. Annal. XXXII, 151.
375. Sur les fonctions discontinues logarithmiques. Bougaïeff. Compt. rend. CVI, 1067.
376. Propriétés des polynômes A_n qui suivent la loi $A_n = x^2 A_{n-2} - (2n-1) A_{n-1}$. Halphen. N. ann. math. Ser. 3, VII, 204.
377. Sur le plus grand diviseur commun de deux polynomes entiers. E. Pomey. N. ann. math. Ser. 3, VII, 66, 407.
378. Sur la relation qui existe entre p fonctions entières de $p-1$ variables. R. Perrin. Compt. rend. CVI, 1789.
379. Sur les criteria des divers genres de solutions multiples communes à deux équations. R. Perrin. Compt. rend. CVII, 22.
380. Sur les criteria des divers genres de solutions multiples communes à trois équations à deux variables. R. Perrin. Compt. rend. CVII, 219.
381. Ueber die Entwickelung der doppeltperiodischen Functionen zweiter und dritter Art in trigonometrische Reihen. Krause & Mohrmann. Mathem. Annal. XXXII, 331. [Vergl. Bd. XXXIII, Nr. 403.]
382. Ueber hyperelliptische Sigmafunctionen. F. Klein. Mathem. Annal. XXXII, 351. [Vergl. Bd. XXXII, Nr. 428.]
383. Beiträge zur Theorie der hyperelliptischen Sigmafunctionen. H. Burkhardt. Mathem. Annal. XXXII, 381.

Vergl. Abbildung. Abel'sche Functionen. Bestimmte Integrale. Determinanten. Differentialgleichungen. Differentialquotient. Elliptische Transscendenten. Formen. Gammafunctionen. Geometrie (höhere) 393, 394. Integration (unbestimmte). Invariantentheorie. Kettenbrüche. Operationscalcul. Reihen. Substitutionen. Thetafunctionen. Ultraelliptische Transscendenten. Unendlich.

G.

Gammafunctionen.

384. Zur Theorie der Gammafunctionen. A. Pringsheim. Math. Annal. XXXI, 455.
385. Sur une généralisation des fonctions eulériennes. S. Pincherle. Compt. rend. CVI, 265.

Geodäsie.

386. Sur l'évaluation des erreurs inhérentes au système des coordonnées rectangulaires. Hatt. Compt. rend. CVI, 921.
387. Sur la théorie de la figure de la Terre. Maur. Lévy. Compt. rend. CVI, 1270, 1314, 1375.
388. Sur la figure de la Terre. H. Poincaré. Compt. rend. CVII, 67.
389. On the physical structure of the earth. H. Hennessy. Phil. Mag. Ser. 5, XXII, 233.

Geometrie (abzählende).

390. Beiträge zur Analysis Situs. W. Dyck. Mathem. Annal. XXXII, 457.
391. Die Abzählung als Fehlerquelle in der modernen Geometrie. C. Küpper. Mathem. Annal. XXXII, 282.

Geometrie (höhere).

392. Sur les propriétés infinitésimales de l'espace cerclé. E. Cosserat. Compt. rend. CVI, 514.
393. Ueber diejenigen algebraischen Gebilde, welche eindeutige Transformationen in sich zulassen. A. Hurwitz. Mathem. Annal. XXXII, 290.
394. Ueber algebraische Correspondenzen. A. Brill. Mathem. Annal. XXXI, 374. [Vergl. Bd. XXXIII, Nr. 443.]
395. Sur les propriétés graphiques des figures centriques. V. Reyes y Prosper. Mathem. Annal. XXXII, 157.
396. Ueber die uneigentlichen Geraden und Ebenen. M. Pasch. Mathem. Annal. XXXII, 159.
397. Sur l'emploi du complexe linéaire de droites dans l'étude des systèmes linéaires de cercles. E. Cosserat. Compt. rend. CVI, 1467.

398. Ueber die Combinanten binärer Formensysteme, welche ebenen rationalen Curven zugeordnet sind. W. Gross. Mathem. Annal. XXXII, 136.
399. Sur la détermination d'une courbe algébrique par des points donnés. H. G. Zeuthen. Mathem. Annal. XXXI, 235.
400. Recherche des points doubles dans les courbes unicursales. X. Antomari. N. ann. math. Ser. 3, VII, 356.
401. Sur les courbes de genre un. O. Schlesinger. Compt. rend. CVII, 224.
402. Ueber die auf einer Curve m^{ter} Ordnung C_p^m vom Geschlecht p von den ∞^2 Geraden G der Ebene ausgeschnittene lineare Schaar $g_m^{(2)}$. L. Küpper. Mathem. Annal. XXXI, 291.
403. Ueber die regelmässigen Configurationen n_3. A. Schönflies. Math. Annal. XXXI, 43.
404. Ueber die Transformation der Gleichung der ebenen Curve dritter Ordnung mit Doppelpunkt auf die Normalform. Fr. Dingeldey. Mathem. Annal. XXXI, 177.
405. Ueber die Jacobi'schen Covarianten der Systeme von Berührungskegelschnitten einer Curve vierter Ordnung. G. Frobenius. Crelle CIII, 139.
406. Zur algebraischen Erzeugung sämmtlicher, auch der zerfallenden ebenen rationalen Curven vierter Ordnung. Fr. Meyer. Mathem. Annal. XXXI, 96. [Vergl. Bd. XXXIII, Nr. 448.]

Vergl. Kinematik. Singularitäten.

Geschichte der Mathematik.

407. Inscription cunéiforme donnant les détails d'une éclipse de Lune. J. Oppert. Compt. rend. CVII, 467.
408. Sur l'unification du calendrier. Tondini. Compt. rend. CVI, 813.
409. Galilée et le microscope composé. Govi. Compt. rend. CVII, 551.
410. Sur le bâtonnage, ancienne manière de mesurer les tapisseries des Gobelins. Gerspach. Compt rend. CVI, 1256.
411. Hypothèse de Lagrange sur l'origine des comètes et des aérolithes. H. Faye. Compt. rend. CVI, 1703.
412. Une lettre ayant rapport à la mort de Lagrange. L. Lalanne. Compt. rend. CVI, 998.
413. Notes, chiefly historical, on some fundamental propositions in optics. Rayleigh. Phil. Mag. Ser. 5, XXI, 466.
414. Sur un point de l'histoire du pendule. Defforges. Compt. rend. CVI, 1657. — C. Wolf ibid. 1660.
415. Sur les travaux du général Meusnier. Janssen. Compt. rend. CVII, 365.
416. On calculating machines. J. Edmondson. Phil. Mag. Ser. 5, XX, 15.
417. Zur Erinnerung an Axel Harnack. A. Voss. Mathem. Annal. XXXII, 161.

Gleichungen.

418. Sur le critère de Galois concernant la résolubilité des équations algébriques par radicaux. J. Dolbnia. N. ann. math. Ser. 3, VII, 467.
419. Ueber die Anwendung iterirter Functionen zur Darstellung der Wurzeln algebraischer und transcendenter Gleichungen. C. Isenkrahe. Mathem. Annal. XXXI, 309.
420. Démonstration d'une formule de Waring. F. Gom. Teixeira. N. ann. math. Ser. 3, VII, 382.
421. Sur les racines de l'équation $f(x)=0$, $f(x)$ étant un polynôme de degré n vérifiant l'identité $nf(x)=(x-a).f'(x)+b.f''(x)$. Ch. Brisse. N. ann. math. Ser. 3, VII, 314.
422. Théorèmes sur les équations algébriques et les fonctions quadratiques de Campbell. Aug. Poulain. Compt. rend. CVI, 470, 1479.
423. Sur les équations algébriques à racines toutes réelles. M. d'Ocagne. Compt. rend. CVI, 731.
424. Sur une source d'équations algébriques ayant toutes leurs racines réelles. G. Fouret. Compt. rend. CVI, 1135, 1220.
425. Sur le théorème de Rolle. Anonyme. N. ann. math. Ser. 3, VII, 302. [Vergl. Bd. XXXIII, Nr. 103.]
426. Généralisation du théorème de Rolle. F. Lucas. Compt. rend. CVI, 121.
427. Détermination électrique des racines réelles et imaginaires de la dérivée d'un polynôme quelconque. F. Lucas. Compt. rend. CVI, 195.
428. Résolution électrique des équations algébriques. F. Lucas. Compt. rend. CVI, 268.

429. Détermination électrique des lignes isodynamiques d'un polynôme quelconque. F. Lucas. Compt. rend. CVI, 587.
430. Résolution immédiate des équations au moyen de l'électricité. F. Lucas. Compt. rend. CVI, 645.
431. Résolution des équations par l'électricité. F. Lucas. Compt. rend. CVI, 1072.
432. On a machine for solving equations. C. V. Boys. Phil. Mag. Ser. 5, XXI, 241.
433. On a mechanical method of solving quadratic and cubic equations, whether the roots be real or impossible. H. Cunynghame. Phil. Mag. Ser. 5, XXI, 260.

Vergl. Determinanten 393. Elimination. Functionen 379, 380. Kegelschnitte 453. Oberflächen zweiter Ordnung 580.

H.

Hydrodynamik.

434. Turbines. J. L. Woodbridge. Phil. Mag. Ser. 5, XXII, 313.
435. Complément à la théorie des déversoirs en mince paroi qui s'étendent à toute la largeur du lit d'un cours d'eau: influence, sur le débit, des vitesses d'arrivée des filets fluides. J. Boussinesq. Compt. rend. CVII, 513, 538. [Vergl. Bd. XXXIII, Nr. 491, 492, 494.]
436. On stationary waves in flowing water. W. Thomson. Phil. Mag. Ser. 5, XXII, 353, 445, 517.
437. Sur les mouvements giratoires des fluides. L. Lecornu. Compt. rend. CVI, 1654.

Hyperbel.

438. On a new hyperbolagraph. H. Cunynghame. Phil. Mag. Ser. 5, XXII, 138.
439. Hyperbole engendrée au moyen de deux paraboles. M. Roux. N. ann. math. Ser. 3, VII, 384.

Hyperboloid.

440. Étudier le complexe des cordes d'un hyperboloïde à une nappe qui sont vues du centre sous un angle droit. E. Marchand. N. ann. math. Ser. 3, VII, 8.
441. Théorème sur l'hyperboloïde. Genty. N. ann. math. Ser. 3, VII, 436.

I.

Integration (unbestimmte).

442. Sur l'intégration par partie. Ph. Gilbert. N. ann. math. Ser. 3, VII, 365.
443. Sur quelques intégrales remarquables. E. Pomey. N. ann. math. Ser. 3, VII, 191.
444. Sur les intégrales pseudo-elliptiques. Halphen. Compt. rend. CVI, 1263.

Interpolation.

445. Formules d'interpolation. Carvallo. Compt. rend. CVI, 346.

Invariantentheorie.

446. Calcul de sous-invariants. E. Cesaro. N. ann. math. Ser. 3, VII, 464.
447. Sur les invariants des équations différentielles. E. Goursat. Compt. rend. VIII, 898.

Vergl. Formen.

K.

Kegelschnitte.

448. Synthetische Untersuchungen über die Schmiegungsebenen beliebiger Raumcurven und die Realitätsverhältnisse specieller Kegelschnittsysteme. Ad. Kneser. Mathem. Annal. XXXI, 507.
449. Applications des propriétés projectives des coniques. Weill. N. ann. math. Ser. 3, VII, 429.
450. Sur la courbure des coniques. E. Cesaro. N. ann. math. Ser. 3, VII, 152.
451. Sur les courbures dans les coniques. Cl. Servais. N. ann. math. Ser. 3, VII, 369.
452. The differential equation of a conic. Th. Muir. Phil. Mag. Ser. 5, XXI, 143.
453. La solution géométrique de l'équation du quatrième degré. Fr. Hofmann. N. ann. math. Ser. 3, VII, 120.
454. Sur un théorème de Chasles. H. Faure. N. ann. math. Ser. 3, VII, 31.
455. Coniques polaires d'un point et d'une droite. E. Fontaneau. N. ann. math. Ser. 3, VII, 292.

456. Sur les quadrilatères circonscrits à deux coniques. Alex. Renon. N. ann. math. Ser. 3, VII, 104.
457. Propriétés de trois coniques. H. Ferval. N. ann. math. Ser. 3, VII, 236.
458. Sur deux séries de coniques. P. Payet. N. ann. math. Ser. 3, VII, 325.
Vergl. Differentialgleichungen 325. Ellipse. Hyperbel. Kreis. Oberflächen 508. Parabel.

Kettenbrüche.

459. Sur la convergence d'une fraction continue algébrique. Halphen. Compt. rend. CVI, 1326.
460. Représentation de nombres irrationnels au moyen des fractions continues. H. Gyldén. Compt. rend. CVI, 1584, 1777.

Kinematik.

461. Sur certains conoïdes et en particulier sur le conoïde de Plücker. A. Mannheim. Compt. rend. CVI, 820.

Kreis.

462. Sur une propriété du cercle des neuf points. F. Farjon. N. ann. math. Ser. 3, VII, 289.
463. Sur les cercles inscrits à un triangle. E Cesaro. N. ann. math. Ser. 3, VII, 99.
464. Nouveau théorème relatif aux circonférences tangentes. Joffroy. N. ann. math. Ser. 3, VII, 461.

M.

Magnetismus.

465. Sur l'aimentation des corps diamagnétiques. P. Duhem. Compt. rend. CVI, 736. [Vergl. Bd. XXXIII, Nr. 525.]
466. Sur l'application du phénomène de l'aimentation transversale à l'étude du coefficient d'aimentation du fer. P. Janet. Compt. rend. CVI, 200.

Maxima und Minima.

467. Sur les minima de sommes de termes positifs dont le produit est constant. Ch. Bioche. N. ann. math. Ser. 3, VII, 287.
468. Der Modul des Maximum Maximorum einer Function $\psi(re^{\varphi i})$ in Bezug auf φ und die Anwendung seiner Eigenschaften auf die Reihe von Lagrange. Nekrassoff. Mathem. Annal. XXXI, 337.
469. Ueber eine specielle geometrische Aufgabe des Minimums. Ed. Neovius. Mathem. Annal. XXXI, 359.
470. Sur les surfaces minima et le théorème de Joachimsthal. A. Cayley. Compt. rend. CVI, 995.
471. Sur une surface minima réelle. B. Niewenglowski. N. ann. math. Ser. 3, VII, 391.

Mechanik.

472. Anwendung der Abel'schen Functionen auf ein Problem der Statik biegsamer, unausdehnbarer Flächen. F. Kötter. Crelle CIII, 44.
473. Théorème de Minding. A. Astor. N. ann. math. Ser. 3, VII, 38.
474. Sur l'extension à certains points de l'une des propriétés mécaniques du centre de gravité. A. de Saint-Germain. Compt. rend. CVII, 946.
475. Ueber eine neue Interpretation der Fundamentalgleichungen der Mechanik. J. König. Mathem. Annal. XXXI, 1.
476. Généralisation d'un théorème de Gauss. J. Bertrand. Compt. rend. CVII, 537.
477. Groupement et construction géométrique des accélérations dans un solide tournant autour d'un point fixe. Ph. Gilbert. Compt. rend. CVII, 726, 830, 946, 1028. [Vergl. Bd XXXIII, Nr. 532, 533.]
478. Sur l'équilibre d'une masse hétérogène en rotation. H. Poincaré. Compt. rend. CVI, 1571.
479. Sur une solution élémentaire du problème du gyroscope de Foucault. E. Guyon. Compt. rend. CVI, 1143.
480. Mouvement dans un milieu, dont la résistance est proportionelle au carré de la vitesse, d'un point matériel attiré par un centre fixe en raison de la distance. H. Resal. Compt. rend. CVI, 1329.
481. Geometrical representation of moments and products of inertia in a plane section; and also of the relations between stresses and strains in two dimensions. A. Lodge. Phil. Mag. Ser. 5, XXII, 453.
482. Sur la mesure de l'intensité absolue de la pesanteur. G. Defforges. Compt. rend. CVI, 126.

483. Sur un théorème relatif à l'attraction. E. Picard. Compt. rend. CVII, 984. — J. Bertrand ibid. 985.
484. The reaction upon the driving-point of a system executing forced harmonic oscillations of various periods with applications to electricity. Rayleigh. Phil. Mag. Ser. 5, XXI, 369.
485. Sur la vérification expérimentale des formules de Lamé et la valeur du coefficient de Poisson. E. H. Amagat. Compt. rend. CVI, 479.
486. Sur la théorie du ressort Belleville. H. Resal. Compt. rend. CVII, 713.
487. Sur la détermination exacte des positions réciproques de la bielle et de la manivelle et sur une épure de distribution tenant compte de l'obliquité des bielles. F. Dubost. Compt. rend. CVII, 904.
488. Sur les calculs de résistance des systèmes réticulaires à lignes ou conditions surabondantes. Fraenell & Bachy. Compt. rend. CVII, 729.
489. Représentation des attitudes de la locomotion humaine au moyen des figures en relief. Marey. Compt. rend. CVI, 1634.
490. Modifications de la photo-chronographie pour l'analyse des mouvements exécutés sur place par un animal. Marey. Compt. rend. CVII, 607.
491. Décomposition des phases d'un mouvement au moyen d'images photographiques. Marey. Compt. rend. CVII, 677.
492. Étude de la locomotion humaine dans les cas pathalogiques. Quénu & Demeny. Compt. rend. CVI, 1559.
493. De la claudication par douleur. Marey. Compt. rend. CVII, 641.
494. Valeurs relatives des deux composantes de la force déployée dans le coup d'aile de l'oiseau, déduites de la direction et de l'insertion des fibres du muscle grand pectoral. Marey. Compt. rend. CVII, 549.
495. Sur le mode de locomotion des Chenilles. G. Carlet. Compt. rend. CVII, 131.
496. Sur la locomotion terrestre des Reptiles et des Batraciens tétrapodes, comparée à celle des Mammifères quadrupèdes. G. Carlet. Compt. rend. CVII, 562.
497. De la marche d'un insecte rendu tétrapode par la suppression d'une paire de pattes. G. Carlet. Compt. rend. CVII, 565.
498. Des mouvements de la natation de l'anguille. Marey. Compt. rend. CVII, 643.

Vergl. Astronomie. Capillarität. Elasticität. Elektricität. Hydrodynamik. Magnetismus. Molekularphysik. Optik. Variationsrechnung 573. Wärmelehre.

Mehrdimensionale Geometrie.

499. Die Zusammensetzung der stetigen endlichen Transformationsgruppen. W. Killing. Mathem. Annal. XXXI, 232. [Vergl. Bd. XXXII. Nr. 354.]

Mittelwerthe.

500. Sur une généralisation de la formule des accroissements finis. T. J. Stieltjes. N. ann. math. Ser. 3, VII, 26.

Molecularphysik.

501. Sur les lois de l'équilibre chimique. H. Le Chatelier. Compt. rend. CVI, 355, 598, 687, 1008. — P. Duhem ibid. 485, 846. — J. Moutier ibid. 687.

O.

Oberflächen.

502. Ueber Fundamentalgrössen in der Flächentheorie. J. Knoblauch. Crelle CIII, 25.
503. Sur les surfaces de révolution. G. Pirondini. N. ann. math. Ser. 3, VII, 486.
504. Détermination sous forme explicite de toute surface réglée rapportée à ses lignes asymptotiques, et en particulier de toutes les surfaces réglées à lignes asymptotiques algébriques. G. Koenigs. Compt. rend. CVI, 51.
505. Sur les surfaces réglées applicables sur une surface de révolution. A. Pellet. Compt. rend. CVI, 654. — Ch. Bioche ibid. 829.
506. Ueber eine besondere Art von Strahlensystemen. R. v. Lilienthal. Mathem. Annal. XXXI, 85.
507. Sur la section d'une surface par un plan bitangent. Juhel-Rénoy. N. ann. math. Ser. 3, VII, 262.
508. Sur la surface engendrée par une conique doublement sécante à une conique fixe. Demartres. Compt. rend. CVI, 340.
509. Ueber eine Eigenschaft der Flächen, bei denen der eine Hauptkrümmungsradius eine Function des anderen ist. J. Weingarten. Crelle CIII, 184.

510. Sur les courbes de Mr. Bertrand, considérées comme lignes géodésiques de surfaces cerclées. G. Demartres. Compt. rend. CVI, 1065.
511. Sur les surfaces qui ont pour lignes de courbure d'un système des hélices tracées sur des cylindres quelconques. A. Petot. Compt. rend. CVI, 1517.
512. Ueber die Bedingung für die Isometrie der Krümmungscurven. J. Knoblauch. Crelle CIII, 40.
513. Sur les lignes de courbure et les lignes asymptotiques des surfaces. Lelieuvre. Compt. rend. CVI, 183.
514. Sur les lignes de courbure des cyclides. G. Humbert. Compt. rend. CVI, 257.
515. Sur la théorie des cyclides. Mlle. Bortniker. Compt. rend. CVI, 824.
516. Sur les poles principaux d'inversion de la cyclide de Dupin. G. Fouret. N. ann. math. Ser. 3, VII, 113.
517. Construction géométrique de la surface du troisième ordre. Réflexions sur la génération des surfaces algébriques à l'aide de deux faisceaux projectifs. De Jonquières. Compt. rend. CVI, 526, 907; CVII, 209.
518. Construction géométrique d'une surface, à points doubles, du quatrième ordre. De Jonquières. Compt. rend. CVII, 430.
519. Sur les surfaces de singularités des systèmes de courbes construits avec un élément donné. E. Cosserat. Compt. rend. CVII, 653.

Vergl. Cartographie. Geodäsie. Geschichte der Mathematik 415. Maxima und Minima 470, 471. Mechanik 472.

Oberflächen zweiter Ordnung.

520. Sur l'existence de trois racines réelles de l'équation qui détermine les axes principaux d'un cone. Fr. Hofmann. N. ann. math. Ser. 3, VII, 90.
521. Sur une question de géométrie liée à la théorie des normales à une quadrique. A. del Re. N. ann. math. Ser. 3, VII, 359.
522. Propriété des surfaces centriques du second ordre. Ern. Malo. N. ann. math. Ser. 3, VII, 317.
523. Surfaces du second degré engendrées au moyen d'une ellipse et d'une hyperbole situées respectivement dans deux plans rectangulaires. E. Jaggi. N. ann. math. Ser. 3, VII, 341.
524. Lieu composé de deux surfaces du second ordre. E. Marchand. N. ann. math. Ser. 3, VII, 14.

Vergl. Ellipsoid. Hyperboloid. Paraboloid.

Operationscalcul.

525. Sur quelques familles d'opérateurs différentiels. R. Perrin. Compt. rend. CVI, 1131.

Optik.

526. The luminiferous aether. De Volson Wood. Phil. Mag. Ser. 5, XX, 389.
527. Sur la mesure des indices de réfractions des cristaux à deux axes par l'observation des angles limites de réflexion totale sur deux faces quelconques. Ch. Soret. Compt. rend. CVII, 176, 479.
528. On the accuracy of focus necessary for sensibly perfect definition. Rayleigh. Phil. Mag. Ser. 5, XX, 354.
529. On a theorem relating to curved diffraction-gratings. W. Baily. Phil. Mag. Ser. 5, XXII, 47.

Vergl. Geschichte der Mathematik 413.

P.

Parabel.

530. Propriétés d'une parabole. E. Barisien. N. ann. math. Ser. 3, VII, 244. — Anonyme ibid. 248.
531. Propriété de la droite menée du foyer d'une parabole au point d'intersection de deux tangentes. M. d'Ocagne. N. ann. math. Ser. 3, VII, 442. — Ign. Beyens ibid. 443. — J. Bernard ibid. 444.
532. Sur deux séries de paraboles dans un plan. Ch. Brisse. N. ann. math. Ser. 3, VII, 306.

Paraboloid.

533. Sur les cinq normales menées d'un point à la surface d'un paraboloïde elliptique. L. Roussel. N. ann. math. Ser. 3, VII, 344.

Planimetrie.

534. De la mesure de la simplicité dans les constructions géométriques. Ém. Lemoine. Compt. rend. CVII, 169.
535. Formules servant à faire connaître les côtés d'un trapèze rectangle. Moret-Blanc. N. ann. math. Ser. 3, VII, 332.

R.

Rectification.

536. Sur les arcs des courbes planes. G. Humbert. N. ann. math. Ser. 3, VII, 5. [Vergl. Bd. XXXIII, Nr. 630.]
537. Ueber rectificirbare Curven. L. Königsberger. Mathem. Annal. XXXII, 589.

Reihen.

538. Ein Satz über Potenzreihen. Aug. Gutzmer. Mathem. Annal. XXXII, 596.
539. Sur un théorème général de convergence. J. L. W. V. Jensen. Compt. rend. CVI, 729, 833, 1520. — E. Cesaro ibid. 1142, 1791.
540. Sur la convergence des séries. E. Cesaro. N. ann. math. Ser. 3, VII, 49, 401.
541. Sur un théorème général de convergence. J. L. W. V. Jensen. N. ann. math. Ser. 3, VII, 196.
542. Sur les caractères de convergence et de divergence des séries à termes positifs. P. du Bois-Reymond. Compt. rend. CVII, 941.
543. Sur le rayon de convergence des séries ordonnées suivant les puissances d'une variable. Hadamard. Compt. rend. CVI, 259.
544. Sur la limite de convergence des séries représentant les intégrales des équations différentielles. E. Picard. Compt. rend. CVI, 1466.
545. Ueber Cauchy's zweiten Beweis für die Convergenz der Fourier'schen Reihen und eine damit verwandte ältere Methode von Poisson. A. Harnack. Mathem. Annal. XXXII, 175.
546. Sur la différentiation d'une série ordonnée suivant les puissances croissantes d'une variable. Ch. Biehler. N. ann. math. Ser. 3, VII, 200.
547. Développement de l'accroissement d'un polynome entier suivant les puissances des accroissements des variables. Marchand. N. ann. math. Ser. 3, VII, 456.
548. Sur le développement d'une fonction analytique en série de polynômes. S. Pincherle. Compt. rend. CVII, 986.
549. Sur le développement en séries des fonctions implicites. Worontzof. N. ann. math. Ser. 3, VII, 362.
550. Sur les transformations de la série de Lambert. E. Cesaro. N. ann. math. Ser. 3, VII, 374.
551. Ueber die Integraldarstellung der allgemeineren hypergeometrischen Reihe. P. Schafheitlin. Crelle CIII, 89. [Vergl. Bd. XXXIII, Nr. 316.]
552. Ueber die Discriminante der im Endlichen abbrechenden hypergeometrischen Reihe. D. Hilbert. Crelle CIII, 337.

Vergl. Bestimmte Integrale 297. Differentialgleichungen 317, 318. Functionen 381. Maxima und Minima 468. Zahlentheorie 612.

S.

Singularitäten.

553. Détermination du nombre maximum des points doubles, proprement dits, qu'il est permis d'attribuer arbitrairement à une surface algébrique, de degré m, dont la détermination est complétée par d'autres points simples donnés. De Jonquières. Compt. rend. CVI, 19. [Vergl. Bd. XXXIII, Nr. 582.]
554. Sur un trait caractéristique de dissemblance entre les surfaces et les courbes algébriques, d'où dépendent les limites respectives des nombres de points multiples d'ordre r qu'il est permis de leur attribuer arbitrairement. De Jonquières. Compt. rend. CVI, 156.
555. Sur quelques notions, principes et formules, qui interviennent dans plusieurs questions concernant les courbes et les surfaces algébriques. De Jonquières. Compt. rend. CVI, 234.
556. Sur l'intersection de deux courbes algébriques en un point singulier. G. B. Guccia. Compt. rend. CVII, 656, 903.

Sphärik.

557. Sur quelques propriétés des aires sphériques. G. Humbert. Compt. rend. CVI, 477. [Vergl. Bd. XXXIII, Nr. 592.]

Stereometrie.

558. Propriétés d'un quadrilatère gauche. G. H. Niewenglowski. N. ann. math. Ser. 3, VII, 252.

Substitutionen.

559. Untersuchungen aus der Theorie der Substitutionengruppen. E. Netto. Crelle CIII, 321.
560. Sur l'application des substitutions quadratiques crémoniennes à l'intégration de l'équation différentielle du premier ordre. L. Autonne. Compt. rend. CVI, 262.
561. Sur les substitutions orthogonales et les divisions régulières de l'espace. E. Goursat. Compt. rend. CVI, 1786.
562. Ueber ausgezeichnete Untergruppen in der Gruppe der elliptischen Modulfunctionen. Rob. Fricke. Mathem. Annal. XXXI, 227. [Vergl. Bd. XXXIII, Nr. 663.]

T.

Thetafunctionen.

563. Partielle Differentialgleichungen der hyperelliptischen Thetafunctionen und der Perioden derselben. Ed. Wiltheiss. Mathem. Annal. XXXI, 134.
564. Ueber die Potenzreihen der hyperelliptischen Thetafunctionen. Ed. Wiltheiss. Mathem. Annal. XXXI, 410.
565. Ueber die Verwerthung der ϑ-Functionen für die Curven dritter Ordnung nebst einer Anwendung auf die zu einer Curve dritter Ordnung apolaren Curven. O. Schlesinger. Mathem. Annal. XXXI, 183.
566. Applications des fonctions thêta d'un seul argument. F. Caspary. Compt. rend. CVII, 859, 901, 937.
567. Ueber die Goepel'sche Gruppe p-reihiger Charakteristiken, die aus Dritteln ganzer Zahlen gebildet sind, und die Fundamentalrelationen der zugehörigen Thetafunctionen. A. v. Braunmühl. Mathem. Annal. XXXII, 513.

Trajectorien.

568. Sur les systèmes de courbes qui divisent homographiquement une suite de cercles. Demartre. Compt. rend. CVI, 54.
569. Sur deux systèmes de courbes orthogonales. V. Jamet. Compt. rend. CVI, 830.

Vergl. Gleichungen 427. Variationsrechnung 574.

U.

Ultraelliptische Transcendenten.

570. Ueber die Reduction hyperelliptischer Differentiale in rationaler Form. G. Pick. Mathem. Annal. XXXII, 443.

Unendlich.

571. Ueber zwei Arten von unendlich kleinen und von unendlich grossen Grössen. O. Stolz. Mathem. Annal. XXXI, 601.

V.

Variationsrechnung.

572. Sur deux théorèmes de Jacobi relatifs aux lignes géodésiques. Paraf. Compt. rend. CVI, 1139. — Ossian Bonnet ibid. 1141.
573. Ueber die Rotationsfläche kleinsten Widerstandes und über die günstigste Form der Geschossspitzen nach der Newton'schen Theorie. F. August. Crelle CIII, 1.
574. Sur une question de brachistochrones. E. Vicaire. Compt. rend. CVI, 456.

W.

Wärmelehre.

575. Sur la théorie analytique de la chaleur. H. Poincaré. Compt. rend. CVII, 967. [Vergl. Bd. XXXIII, Nr. 678.]
576. Déformations permanentes et Thermodynamique. M. Brillouin. Compt. rend. CVI, 416, 482, 537, 589.

577. Some thermodynamical relations. W. Ramsay. Phil. Mag. Ser. 5, XX, 515; XXI, 33, 135; XXII, 32. — Ayrton & Perry ibid. XXI, 255.
578. On the foundation of the kinetic theory of gases. Tait. Phil. Mag. Ser. 5, XXI, 343.
579. The law of attraction amongst the molecules of a gas. W. Sutherland. Phil. Mag. Ser. 5, XXII, 81.
580. On a new method for determining the mechanical equivalent of heat. A. G. Webster. Phil. Mag. Ser. 5, XX, 217.
581. Application du principe de Carnot aux réactions endothermiques. Pellet. Compt. rend. CVII, 34.
582. Sur l'explication d'une expérience de Joule, d'après la théorie cinématique des gaz. L. Natanson. Compt. rend. CVII, 164. — G. A. Hirn ibid. 166.
583. Tensions des vapeurs: nouvelle relation entre les tensions et les températures. Ch. Antoine. Compt. rend. CVII, 681, 778, 836.
584. Sur les fonctions caractéristiques de M. Massieu. H. Le Chatelier. Compt. rend. CVI, 1343.
585. Sur la conservation de l'Électricité et la Thermodynamique. Gouy. Compt. rend. CVII, 329.

Wahrscheinlichkeitsrechnung.

586. Sur l'association des électeurs par le sort. J. Bertrand. Compt. rend. CVI, 17.
587. Sur un problème relatif à la durée du jeu. E. Rouché. Compt. rend. CVI, 47, 253, 338. — J. Bertrand ibid. 49.
588. Probabilité du tir à la cible. J. Bertrand. Compt. rend. CVI, 232, 387, 521, 687; CII, 205. — Menabrea ibid. CVI, 391. — Ch. M. Schols ibid. 687. — G. Jung ibid. 1001.
589. Sur l'introduction des probabilités moyennes dans l'interprétation des résultats de la Statistique. J. Bertrand. Compt. rend. CVI, 1311.
590. Les centenaires en France. Ém. Levasseur. Compt. rend. CVII, 71.
591. Sur les lois de mortalité de Gompertz et de Makeham. J. Bertrand. Compt. rend. CVI, 1042. — A. Quiquet ibid. 1465. — Van Dorsten ibid. CVI, 386.
592. The law of error and the elimination of chance. F. Y. Edgeworth. Phil. Mag. Ser. 5, XXI, 308.
593. On the determination of the modulus of errors. F. Y. Edgeworth. Phil. Mag. Ser. 5, XXI, 500.
594. Problems in probabilities. F. Y. Edgeworth. Phil. Mag. Ser. 5, XXI, 371.
595. Sur un problème du calcul des probabilités. Voyer. Compt. rend. CVI, 256.
596. Sur l'indétermination d'un problème résolu par Poisson. J. Bertrand. Compt. rend. CVI, 636.
597. Sur la détermination de la précision d'un système de mesures. J. Bertrand. Compt. rend. CVI, 440.
598. Sur la précision d'un système de mesures. J. Bertrand. Compt. rend. CVI, 1195.
599. Sur la combinaison des mesures d'une même grandeur. J. Bertrand. Compt. rend. CVI, 701.
600. Sur l'évaluation a posteriori de la confiance méritée par la moyenne d'une série de mesures. J. Bertrand. Compt. rend. CVI, 887.
601. Sur la rigueur d'une démonstration de Gauss. J. Bertrand. Compt. rend. CVI, 563.
602. Sur l'application de la méthode des moindres carrés. E. Carvallo. Compt. rend. CVI, 924.
603. Sur la méthode des moindres carrés. J. Bertrand. Compt. rend. CVI, 1115.
604. Sur la loi de probabilité des erreurs d'observation. J. Bertrand. Compt. rend. CVI, 153. — F. Tisserand ibid. 231.
605. Sur certains points de la théorie des erreurs accidentelles. Faye. Compt. rend. CVI, 783.
606. Sur la valeur probable des erreurs les plus petites dans une série d'observations. J. Bertrand. Compt. rend. CVI, 786.
607. Note relative à l'expression de l'erreur probable d'un système d'observations. E. Guyou. Compt. rend. CVI, 1282.
608. Sur l'erreur à craindre dans l'évaluation des trois angles d'un traingle. J. Bertrand. Compt. rend. CVI, 967.
609. Sur les conséquences de l'égalité acceptée entre la valeur vraie d'un polynôme et sa valeur moyenne. J. Bertrand. Compt. rend. CVI, 1259.

Z.

Zahlentheorie.

610. Ueber die Darstellung der Zahlen eines Gattungsbereiches für einen beliebigen Primdivisor. K. Hensel. Crelle CIII, 230. [Vergl. Bd. XXXIII, Nr. 712.]
611. Preuve élémentaire du théorème de Dirichlet sur les progressions arithmétiques dans le cas où la raison est 8 ou 12. Sylvester. Compt. rend. CVI, 1278, 1385.
612. Sur les fondaments du calcul asymptotique. E. Cesaro. Compt. rend. CVI, 1651; CVII, 426. — J. L. W. V. Jensen ibid. CVII, 81.
613. Ueber grösste Grenze. E. Busche. Crelle CIII, 118.
614. Ueber die Euler'sche φ-Function. E. Busche. Mathem. Annal. XXXI, 70.
615. Sur une intégrale numérique suivant les diviseurs. Bougaïeff. Compt. rend. CVI, 652. — E. Cesaro ibid. 1340.
616. Sur une classe spéciale des diviseurs de la somme d'une série géométrique. Sylvester. Compt. rend. CVI, 446.
617. Caractère de la divisibilité d'un nombre par un nombre premier quelconque. Loir. Compt. rend. CVI, 1070. — Van Dorsten ibid. CVII, 386.
618. Sur la représentation graphique des diviseurs des nombres. Saint-Loup. Compt. rend. CVII, 24.
619. Ueber einige mit der dyadischen Schreibweise der ganzen Zahlen zusammenhängende arithmetische Sätze. O. Simony. Mathem. Annal. XXXI, 549.
620. Ueber einen Satz von Dirichlet. A. Meyer. Crelle CIII, 98.
621. Sur une formule d'arithmétique. Lerch. Compt. rend. CVI, 186.
622. Sur les nombres parfaits. Sylvester. Compt. rend. CVI, 403, 522, 641.
623. Sur la détermination du chiffre qui, dans la suite naturelle des nombres, occupe un rang donné. M. d'Ocagne. Compt. rend CVI, 190. [Vergl. Bd. XXXIII, Nr. 740 u. 741.]
624. Problème des aiguilles traité au moyen de fractions décimales périodiques. A. Auric. N. ann. math. Ser. 3, VII, 198.
625. Sur les égalités à deux degrés. M. Frolov. Compt. rend. CVII, 831.

CPSIA information can be obtained
at www.ICGtesting.com
Printed in the USA
LVHW031258060423
743358LV00019B/121

9 783382 009830